嫡谋

完结篇 [1]

面北眉南 著

江苏凤凰文艺出版社

图书在版编目（CIP）数据

嫡谋 . 完结篇：全 3 册 / 面北眉南著 . -- 南京：江苏凤凰文艺出版社 , 2022.10（2024.12 重印）
　ISBN 978-7-5594-6537-5

Ⅰ . ①嫡… Ⅱ . ①面… Ⅲ . ①长篇小说 – 中国 – 当代 Ⅳ . ① I247.5

中国版本图书馆 CIP 数据核字 (2022) 第 002830 号

嫡谋 . 完结篇：全 3 册
面北眉南 著

策　　划	肖　恋
责任编辑	曹　波
特约编辑	张　甜
装帧设计	昆　词
出版发行	江苏凤凰文艺出版社
	南京市中央路 165 号，邮编：210009
网　　址	http://www.jswenyi.com
印　　刷	嘉业印刷（天津）有限公司
开　　本	690 毫米 ×960 毫米　1/16
印　　张	67.5
字　　数	728 千字
版　　次	2022 年 10 月第 1 版
印　　次	2024 年 12 月第 2 次印刷
书　　号	ISBN 978-7-5594-6537-5
定　　价	128.00 元（全 3 册）

江苏凤凰文艺版图书凡印刷、装订错误，可向出版社调换，联系电话 025 – 83280257

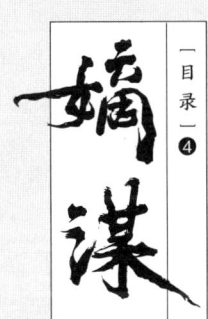

目录 ④
嫡谋

- 第四十章 情动 323
- 第三十九章 被绑 283
- 第三十八章 灭势 247
- 第三十七章 暴露 211
- 第三十六章 分家 173
- 第三十五章 教训 133
- 第三十四章 孽缘 099
- 第三十三章 联盟 065
- 第三十二章 冲喜 033
- 第三十一章 献计 001

第三十一章

献　计

从前，以徐嬷嬷女儿的身份当上了任瑶华陪嫁丫鬟的那个丫头就叫晴儿。

孙十一娘果然就是那个被任瑶华误以为是外室的女子，而她的女儿进入任家当丫鬟是为了给她报仇，难怪最后任瑶华会被自己的丫鬟出卖，原来因果一早就被方姨娘埋下了。

徐嬷嬷因为与孙十一娘的相公有旧，又对他心有愧疚，所以让孙十一娘的女儿以她女儿的身份做了任瑶华的陪嫁丫鬟，跟着任瑶华嫁到曾家。

只是不知道徐嬷嬷在这一场复仇中到底扮演了什么样的角色，她是因为对俞晴娘的复仇大计毫不知情，只是想要给故人之女一个好的出路才把她带进了任家，还是她也参与了俞晴娘的计划？

这是从前的事情，任瑶期已经没有办法再去了解。但是对于徐嬷嬷，她心里难免存有疙瘩。至于这个疙瘩要怎么处理，她还需要仔细想一想。

想起方姨娘的处心积虑，任瑶期没有哪一刻像现在这样觉得方姨娘实在是该死。

又过了两日，任三老爷的画修补完了，孙十一娘也没有了再留在任家的理由。

其间，孙十一娘也不是没有想过要找任时敏说话，可是每次都被丫鬟打断了，小丫鬟心里生气，背着任三老爷的时候没少在孙十一娘面前嘀咕，明里暗里骂她不知羞。

孙十一娘气得半死，最后只能无奈地收拾东西离开任家，走的时候连任三老爷的面都没见到，倒是李氏让人给她送了些赏钱。

任瑶期暗中敲打了任三老爷身边的小厮，若是以后在外面遇上孙十一娘，一定要将人盯紧了，好在任三老爷平日里除了偶尔去会友，很少出门。

因为云阳书院徐山长相邀，任时敏带着自己修复好的两幅画去了云阳城。任瑶期才将父亲送出门，就接到了萧靖琳的来信。

任瑶期回来之后一直与萧靖琳保持书信来往。两人几乎隔个两三日就给对方写一封，其实信里什么重要的事情也没有，但她们俩始终乐此不疲。

萧靖琳在信里写了自己近期在功夫和兵法上得出了什么新的领悟，又尝试了哪些新鲜玩意儿，迷上了一种叫作桃花酿的甜酒，背着萧靖西去买了好几次。

萧靖西喝药的时候还是不听话，偏偏他书房里那一棵不知道是什么品种的草怎么用药浇都浇不死。

徐夫人的心疾已经没有那么严重了，脸色看上去也好了很多，去燕北王府见王妃的时候经常提起任瑶期，言辞之间对她十分欣赏。

傻妞那头蠢老虎一直以为自己是一只猫，在燕北王府的时候很喜欢去找辛嬷嬷养的一只叫"白雪"的波斯猫玩，那只可怜的猫每次出来都被它追得满园子乱窜，之后吓得门都不敢再出了，于是傻妞心灰意懒之下多了一个和萧靖琳一样的爱好，喝桃花酿。

任瑶期并没有想到平日里寡言的萧靖琳写起信来倒是可以滔滔不绝，连语言也幽默了不少，总是逗得她一边看信一边笑得前俯后仰。

相较于萧靖琳，任瑶期写的东西就枯燥乏味多了，一般是写自己新看了些什么书，以及每天都有练萧靖琳教给她的那几招剑法，觉得身体似乎真的强了不少，这两样算是她枯燥生活中比较有意思的事情了。

后来萧靖琳将一些剑法的动作画在信里给任瑶期捎了过来，任瑶期看了后灵机一动，再给萧靖琳去信的时候就不怎么写字了，开始画一小幅一小幅的画，画里有她自己，有任瑶华，有她的父亲母亲，还有丫鬟嬷嬷们，都是她平日里做的一些小事，人物皆灵动鲜活栩栩如生。

不想萧靖琳竟然十分喜欢，总是来信催她再画，说要好好收集起来。

收到萧靖琳的信的第二日，任瑶期才从荣华院里请安回来，外头就有人匆匆进来禀报说燕北王府的马车停在大门外，一位自称是郡主侍女的姑娘来请五小姐出去。

任瑶期闻言既惊又喜，她昨日才收到萧靖琳的信，萧靖琳在信中并没有提到自己今日要来白鹤镇的事情。

这是萧靖琳第二次造访任家，虽然她连门都没有进，但是对商户出身的任家而言依然是莫大的荣耀。

郡主不进任府，任家为了表示尊敬还是让人将两扇正门打开了，不敢将郡主大驾关在外头。

任瑶期与李氏交代了一声，又让人去告知任老太太，便带着苹果出门了。

萧郡主接连两次亲自来找任瑶期，让任家上下看任瑶期的目光都不一样了。

任瑶期一出门就看到了等在门口的红缨。

红缨上前来笑着行礼："任五小姐，我们郡主在马车上等您。"萧靖琳不爱坐马车，不过她来找任瑶期倒是每次都坐马车，因为任瑶期不能跟着她一起骑马。

任瑶期笑着点了点头，跟着红缨上车。

不想才将身子探进马车，就有一物朝着任瑶期迎面飞了过来，任瑶期吃了一惊，差点后仰着摔下去，好在被后面扶着她的红缨一手撑住了。

而那向着任瑶期迎面飞过来的东西生生停在她眼前一寸的地方，正瞪着一双无辜的大眼看着她："嗷呜——"

萧靖琳收回正提溜着傻妞后颈的手，将它拉离任瑶期，然后拍了它的头一记，面无表情道："每日就知道吃，也不瞧瞧自己现在多重了，还敢往人身上扑。"

任瑶期看着不停地划拉着自己的四肢，已经胖了一圈的傻妞："……"

萧靖琳将挣扎不休、嗷呜叫唤的傻妞丢给红缨，让任瑶期坐过去，打量她半晌才道:"怎么傻妞胖了,你却瘦了?"

任瑶期无奈地笑了笑,伸手挠了挠一直盯着她瞧的傻妞的下巴,傻妞舒服地眯了眯眼,然后屁颠儿屁颠儿地敞开四肢,将肚皮露给任瑶期。

任瑶期忍不住扑哧一笑。

萧靖琳道:"瞧见了吧?这都是跟那只叫白雪的猫学的,有一次它还学猫叫,被我狠揍了一顿之后才不敢再叫。"

"你今儿怎么过来了?之前也不肯透点口风给我。"任瑶期一边给傻妞顺毛,一边问。

萧靖琳掀开了些车帘子看着外面道:"今日是要去白龙寺,想着白龙寺离白鹤镇不远,就来找你了。"

任瑶期闻言也看了一眼车外:"我们这是要去白龙寺?"

萧靖琳点了点头,想了想又问了一句:"你方便吗?"

任瑶期想了想,自己没有什么事情,便点了点头。

萧靖琳道:"我之前已经让红缨与你祖母交代了一声,所以家里的长辈那里你不要担心。"

萧靖琳总是能让任瑶期在细节处体会到她的细心和体贴。

萧家的马车坚固平稳,即便速度快一些,坐在马车里的人也感觉不到,所以这次不过半个多时辰就到了白龙寺,比任瑶期上次来的时候快了近一倍。

马车最后驶进了白龙寺山下的一座院落,萧靖琳似乎并没有要进寺的意思,见马车停稳就先下了车,然后回身来扶任瑶期。

任瑶期才站稳,就听到不远处一个带着笑意的声音道:"怎么这么快?"

转过头,任瑶期便看见一袭墨衣的萧靖西正立在廊下,微笑着看着她们。

萧靖琳看了萧靖西一眼,有些莫名其妙道:"因为我们是坐马车回来的!"

萧靖西摇了摇头,转而又笑道:"我刚开封了一坛去年封存在这里的好水,煮了一壶茶,过来喝吧。"

说着他转身往后一进院子里走去,任瑶期这才注意到他脚下穿的是一双木屐。

萧靖西不愧有"燕北第一美男子"的称号,简单的广袖墨衫和木屐也能让他穿出不一样的风雅。

美好的事物谁都喜欢，任瑶期也忍不住多往萧靖西那里看了几眼。

第二进庭院的院子当中摆着两个很大的琉璃鱼缸，右边种着一棵石榴树，已经结了一些青涩的果子，石榴树下是用树桩打磨成的桌子和矮凳，看着很简单朴实，却别有一番雅趣。

萧靖西走到桌边坐下，萧靖琳拉着任瑶期坐到他对面。萧靖西摆了摆手不让红缨倒茶，自己提起茶罐斟满任瑶期和萧靖琳面前的茶杯。

萧靖琳皱了皱眉："这就是那个从什么花的花瓣里采回来并在地下埋了一年的雪水煮的茶？"

萧靖西笑而不语，很聪明地没有接话。

萧靖琳将杯子放回去，然后冲红缨道："去把我的桃花酿拿来，我让瑶期也尝尝。这种坏了的水还是不要用来招待客人了。"

萧靖西似笑非笑道："哦？桃花酿？你不是说没有了吗？"

萧靖琳面不改色地回答："你问的时候我忘了，现在想起来今日过来的时候带了一坛。"

萧靖西看向任瑶期。

任瑶期看着这对兄妹，然后默默地端起萧靖西斟给她的茶喝了一口，茶香醇厚，茶水清冽，她不禁点头赞道："好茶。"

她想了想，没敢夸好水。

萧靖西闻言眉眼微弯，任瑶期无端端地想起了"秀色可餐"这个词。

不多会儿红缨抱着一个小坛子过来，觑着萧靖西的眼色，战战兢兢地给任瑶期和萧靖琳一人倒了一小杯，然后逃也似的跑开了。

萧靖西喝着自己的茶，但笑不语。

萧靖琳觉得有些不对劲，立即端起杯子抿了一口，然后瞪向萧靖西："你什么时候换了我的酒！"

萧靖西淡定地道："在你告诉我你没有带酒来之后。"

萧靖琳气得将杯子里的液体一口饮尽："又是糖水！"

萧靖西好脾气地哄道："现在是在外头，万一你喝醉了怎么办？而且你能喝，任五小姐也不能喝，不然让她家中知道了又是一桩麻烦事。"

这时候傻妞欢快地跑了过来，踮着小短腿姿势别扭地趴在桌上，朝任瑶期的酒杯里嗅了嗅。

任瑶期想起萧靖琳在信里提过傻妞也喜欢桃花酿的事儿，饶有兴致地将自己的杯子递到傻妞的鼻下，傻妞抖了抖小胡须嗅了嗅，然后摇了摇尾巴偏头走了。

萧靖琳斜睨着萧靖西："你看，你准备的什么玩意儿，狗都不吃！"

任瑶期看了萧靖琳一眼，忍了忍，最后还是觉得不要提萧靖琳之前已经喝了一杯的事实了，很伤人。

还有……狗在哪里？

三人坐在庭院里闹腾了一阵，快到中午的时候萧靖西吩咐同贺去白龙寺取他一早就定好的斋菜。

白龙寺的斋菜在整个燕北都是极有名的，每年因为斋菜慕名而来的香客不计其数，任瑶期上一回来的时候也吃过，最喜欢那道素丸子和山菌冬瓜汤，之前还与萧靖琳在信中讨论过一番。

最后等到菜上桌的时候竟然真有她喜欢的那两道斋菜，想必是萧靖琳提起过。

三人悠闲无声地用完了午膳，气氛融洽，就好像他们来这里真的只是为了吃一顿白龙寺的斋菜一样。

直到最后饭菜撤下，茶水端上来的时候，萧靖琳才突然道："我这次来是与你道别的。"

任瑶期闻言一愣，看向萧靖琳："你要回嘉靖关？"

萧靖琳有些意外，她还没说呢，任瑶期怎么就知道了？

萧靖琳不知道，她虽然从来没有与任瑶期提过她要回嘉靖关的事情，但在最近的几封信里，她好几次提起过北边辽人的动向。眼见着夏季就要过去，秋冬临近，北边的辽人会绕过关山进关内掠夺边民财物。

之前几年因为燕北打了一场大胜仗，辽人需要一番休养生息，所以边关平静了一阵，今年辽人换了新王，新上位的辽王年轻气盛，可能是小时候总听自己的祖父回忆辽人在燕北横冲直撞大肆搜刮的那段"光荣岁月"，所以对嘉靖关以南的这片土地格外向往。

眼见着可能就要有一场大仗要打，萧靖琳在云阳城这一片温柔乡里实在坐不住了。

有些人天生就适合翱翔九天，萧靖西知她甚深，所以帮她说服了燕北王妃，王妃总算是松了口，同意再放任她两年，但是两年之后必须回来，因为两年之后萧靖琳该到谈婚论嫁的时候了。

没有哪一个人家会心甘情愿地娶一个常年驻守边关，连面都见不到的女子为妻，燕北王妃是真的为自己女儿的将来忧心。

萧靖琳对这些儿女情长看得极淡，或许并不是她淡然，而是她内心比任何人都清楚自己想要的是什么。

萧靖琳见任瑶期虽然极力掩饰，情绪仍旧有些低落，便岔开话题道："对了，我听我师父说云文放也到了嘉靖关，他当时摆脱了云家的人之后便失去踪影，云家还以为他去了宁夏，不想他偷偷化了名，又溜了回去。我记得这小子之前总是三番五次地欺负你，等我去了嘉靖关，帮你收拾他！"

萧靖琳很重视任瑶期这个朋友，严格地说，任瑶期算是她第一个闺中好友，所以萧靖琳为了安慰任瑶期说了她平日里绝对不会说的话，公报私仇什么的不是萧郡主的风格。

任瑶期果然被她逗笑了，摇了摇头道："算了，我也没有受到什么实质上的伤害，让他走他的阳关道就好。"任瑶期是深知萧靖琳的性情的，不想萧靖琳为了她公报私仇，而且她不想再与云文放有任何瓜葛，连报复都不想了。

萧靖西手抚茶碗碗沿，慢悠悠地道："你也不必去想怎么报仇的事情了，云文放现在也忙得很，怕是没有什么空闲。"

萧靖琳闻言恍然看向他："你是不是做了什么？"

萧靖西笑着摇了摇头："我能做什么？只是我听说他被分到了闵文清手

下，现在每日都忙得很，不过云二少爷去了边关的表现倒是很让人刮目相看，我看到战报，他才到嘉靖关一个月的时候就立了一功。"

萧靖琳眯着眼睛看了萧靖西一眼，云文放怎么会被分到闵文清手下？

云文放既然隐姓埋名，那就是以普通新兵的身份过去的，闵文清那里可不收新兵，那狐狸手里不是燕北军精锐就是执行危险任务的人。

而且闵文清和云家人向来不和，此人又没有什么节操，如果知道云文放的身份之后不给他来几次阴的，他都不姓闵。他手中需要玩命的事情多得很，就怕到时候云文放是怎么死的都不知道。不过同样，危险和机会是并存的，只要云文放最后能够熬过去，必定会脱胎换骨，前提是这位养尊处优的少爷能够熬过去。

只是不知道萧靖西这一手到底是狠心还是仁慈了。

萧靖琳有些鄙夷地看了萧靖西一眼，有些人就是喜欢玩阴的。

萧靖西对萧靖琳明晃晃的鄙视视而不见，也开始转移话题："之前听闻任三老爷那两幅蒋元益的古画修补得很成功？"

萧靖琳面无表情地道："什么听说？颜料都是你找的不说，昨日你还特意去云阳书院看过。"

见任瑶期看过去，萧靖西脸上不可控制地一红，感到非常尴尬。可是面对萧靖琳，萧靖西连气恼都觉得无力，他难得有些孩子气地抿了抿嘴不说话了。

萧靖西因为怕给任瑶期惹麻烦，每次让自己的人给任瑶期送颜料的时候，都是借着萧靖琳的名头，而且从来不居功。不过萧靖琳在给任瑶期写信的时候，就已经将萧靖西的老底抖出来了，不但告诉任瑶期东西都是萧靖西找的，还告诉她有两样不好找的颜料是萧靖西托人去买回来的。

因此，任瑶期对萧靖西十分感激。等着萧二公子去做的大事多得很，他却还愿意花时间帮她办这些琐事，这份心意就极为难得。

任瑶期见不得萧靖西尴尬，便笑着道："我还没有谢谢萧公子呢，有几样颜料十分难寻，若非你帮忙，我父亲那两幅画也不会这么快就修好。我当时就想着，等画修好了，有机会一定要让你看看，毕竟你的功劳也不小。"

萧靖西脸色早就缓了过来，又有些懊恼自己刚刚的失态，他微微一笑，恢复了谪仙公子的风仪，"画极好，我听说修画的时候其中有一幅底稿是你画的？"

徐万里听说任时敏的女儿也参与了修画，还吃了一惊。他虽然经常听自己的妻子提起任瑶期，甚至连自己请任时敏去云阳书院以提高任时敏的名气也基本是因为任瑶期救了自己妻子这个天大的人情，但是他还真没有想到任瑶期的确是一位多才多艺的女子，这让他想起了年少时候的欧阳氏。

再加上任时敏的才气也让徐万里惊叹不已，因此，身为云阳书院山长的他现在对任家这对父女的印象极佳。

任瑶期点了点头，不好意思地笑道："我当时只是闹着玩，父亲不让我碰画，我就趁着他给其中一幅画打底稿的时候，自己偷偷给另一幅打了底稿，后来父亲见了说能用，就用了。"

任时敏当时也对女儿突飞猛进的画技惊叹不已。有女如此，任三老爷觉得自己也算是后继有人了。

萧靖西倒是觉得这样的任瑶期很有意思，原来她也有顽皮的时候，想到任瑶期当时的倔强模样，萧靖西暗自一笑。

任瑶期正奇怪萧靖西在笑什么，萧靖西却轻咳一声道："任三老爷有没有想过留在云阳书院？"

任瑶期闻言一愣，然后又是一惊："萧公子的意思是？"

萧靖西沉吟片刻道："任三老爷在画画上十分有天赋，尤其是工笔山水，已经形成了他自己特有的风格。徐山长与我说，假以时日你父亲极有可能会成为画坛的宗师人物。"

这句话任瑶期从前就听到过，裴先生也夸过父亲的画，说他有开山立派的潜力。只可惜从前任时敏没有活到那个时候。

萧靖西有些不解任瑶期这个时候眼中流露出来的那抹伤感为何，他刚刚说了什么惹人伤感的话？

萧靖西想了想，又道："云阳书院虽然只是一个书院，却也是燕北的最高学府，燕北的人才大多出自这里。而任三老爷在字画上的造诣让他胜任教习一职不在话下。"

萧靖西是真的仔细为任瑶期想过的。

任家的情形他知道得很清楚，这样的家族必定不会长久，早晚会有衰败的那一日。而一个女子若是失去了自己的家族庇佑，将会处于十分不利的位置。

萧靖西能看出来，任瑶期对自己的父母和嫡亲姐姐很有感情，若是到时候看到他们随着任氏一族一起沉浮，她必定会很痛苦。

萧二公子早就知道了未雨绸缪的道理，尽管这一次是为了一个与他似乎没有什么关系的女子。

萧靖西的话让任瑶期极为意外，她何尝没有想过父亲的出路？

任家很明显靠不住，如果任家非要自作孽不可活，他们这一房难道又要陪着一起死不成？

如果真的到了需要离开任家以求自保的那一日，父亲肯定要负起作为一家之主的责任。

就是因为清楚地明白这一点，任瑶期才会刻意在徐夫人面前提起她父亲修画的事情，让父亲走出任家这一方小天地。

对于萧靖西所说的，任瑶期说不动心是不可能的。

如萧靖西所言，云阳书院是燕北最高学府，实际上是受燕北王府控制的官学，有一些京都国子监的影子在里面。

而能在云阳书院担任教习的人，都是燕北各地的饱学之士，有些甚至还是燕北王府的门客幕僚。这实际上是一种身份，是任时敏脱离任家三老爷的身份之后另一个能被世人接受的身份。这也是任瑶期目前极力想要为自己的父亲谋求的。

只是……

任瑶期皱眉道："可是我父亲没有功名。"

任时敏不喜那些经论之学，也向来是任性的，从不勉强自己去学，视功名如粪土。

可是做云阳书院的教习，没有功名在身又怎么服众？任三老爷就算想要当名士，也没有名士的名头。

萧靖西看着任瑶期蹙起的眉头，莫名地想要帮她抚平，他垂下眸子浅笑道:"云阳城的教习也并不都是有功名的,只要……"

萧靖西顿了顿,沉吟片刻才抬眸对任瑶期笑道:"明年,云阳书院会派遣十人去京城参加文斗会,比试文章经纶、诗词歌赋、琴棋书画,以你父亲在字画上的造诣要在文斗会上崭露头角并非难事,只要他到时候能为燕北夺得一个不错的名次,回来之后进书院就没有人敢质疑。"

任瑶期闻言眼睛一亮,只是想了想又疑惑道:"我也曾听说过文斗会和武斗会,可是能参加的都是在某一方面极有名气之人。"

"文斗会""武斗会"重点都是在那个"斗"字上,说得好听一些是燕北与朝廷交流人才文化,实际上就是两方在角力挣面子。所以双方为了赢,派出去的都是高手。任时敏即便有才,可是这么多年一直是默默无闻的,根本就没有参加文斗会的资格。

不想让任瑶期苦恼的问题,萧靖西却极为轻描淡写地笑道:"参加文斗会之后名气自然就有了。"

萧靖琳见不得萧靖西万事皆在掌控的嘚瑟模样,面无表情地对任瑶期道:"确实没有什么好担心的,这次参加文斗会和武斗会的人选最后就是由他定的。若是连这点小事都办不到,像什么男子汉大丈夫?"

这跟男子汉大丈夫有什么关系?萧靖西抽了抽嘴角。

任瑶期却是问萧靖西道:"你也要去京城?什么时候?"

萧靖西愣了愣,萧靖琳也看了任瑶期一眼。

不过萧靖西很快就反应过来,弯着嘴角道:"如无意外我应该会去一趟,大概是明年的这个时候,入冬之前回来。"

任瑶期没有发觉萧靖西脸上的笑比平日里多了几分赧然和发自内心的愉悦,她在努力回想从前发生的事情,好像每一次萧二公子进京城去就没好事。她不知道从前萧靖西是不是也去了明年的文斗会,不过她记得宁夏总兵吴萧和好像就是在快入冬的时候猝死的,而萧二公子那个时候应该并不在燕北。

"怎么了?"萧靖西见任瑶期不说话,不由得问道。

任瑶期摇了摇头:"没什么,就是想着入冬以后河道被冰封不说,南边还总是下雨,路上泥泞不堪,一路上都极不好走。如果你要去的话,最好能在秋末的时候就赶回来。"

萧靖西看着任瑶期，慢慢弯起了眼角，眼中的神采令人感到炫目："好。"

任瑶期对上萧靖西的目光，心狠狠一跳，不由得也有些红了脸。虽然她觉得萧靖西处处为她打算，她投桃报李地关心他也是理所应当，可是现在想来似乎太过亲密了？

任瑶期的确担心萧靖西身体不好，大冬天的被困在冰天雪地的路上会生病，不过她更怕宁夏那边会出问题，到时候萧靖西人在京都，鞭长莫及。

萧靖琳撑着下颌坐在一旁看看这个又瞧瞧那个，一脸若有所思。

萧靖西轻咳一声，问道："你觉得这里如何？"

正在想事情的任瑶期回过神来，下意识地抬头看了看周围："这里？"这里只是一个很普通的小院落。

萧靖西笑着道："看来你是忘了自己当初给我提的建议了。"

任瑶期这才反应过来，萧靖西说的是藏兵于寺庙的事情，她当然不会忘记。不过刚刚一路行来的时候她也曾暗自打量周围的情形，似乎看不出来有军队隐藏于此，她还有些奇怪，难道计划施行得不顺利？可是看祝若梅的样子又不像。

萧靖西似乎明白任瑶期在想什么，笑道："这里有五千人。"

任瑶期闻言很惊讶，这里怎么瞧也不像是藏了五千人。

萧靖琳慢悠悠地接道："他没骗你，那五千人现在分散在后山开荒，明年白龙寺又要多不少田了，寺僧都高兴得不得了。"

任瑶期："……"果然是合理利用不浪费粮食。

不过这样也好，可以很大程度地化解寺庙和军队的矛盾，防止寺庙反弹。

既然萧靖西主动提起了军队的事情，任瑶期便顺势问道："宁夏那边如何了？"

她想要问的其实是宁夏那边有没有什么异常动作，萧靖琳却以为任瑶期问的是萧微和吴侬玉母女的事情，于是接口道："还能如何？三个女人一台戏，宁夏总兵府后院现在热闹得很。"

说到这里，萧靖琳又不得不佩服一下萧靖西的手段。吴萧和新纳的那一房娇妾果然是个厉害角色，竟然能以一敌二而不落下风，要知道她面对的可是敢往堂堂郡主茶碗里扔毒蜘蛛的疯女人。而那个妾还有本事挑拨得吴总兵狠狠教训了吴依玉两次，把萧微气得差点病倒。

就连从来对这些内宅斗争不感兴趣的萧靖琳都忍不住关注了一下吴家后院的剧情发展，不过萧郡主觉得自己是因为可以从那一位妾室那里学到一些兵法谋略才关注的，高手不问出身嘛。

事实上，在这一次的吴家内战中，萧微母女之所以会落下风，也与燕北王府的态度有关。

萧微曾派人回来让燕北王府帮她出面教训吴萧和和那个妾室。燕北王不在府中，王妃以不好干涉吴家内院为由拒绝回应，暂时由萧靖西掌控的燕北王府也没有任何实质性的举措来谴责吴家。

反倒是吴萧和主动给燕北王府送了十几车的回礼表达自己心里对燕北王府这一门姻亲的重视，还写了信过来，一番插科打诨后才吐露真言说自己并非色迷心窍，只是想要给吴家留后，请燕北王府体谅他一代单传。

就连老王妃见了信之后除了骂上几句也无可奈何，她也不能说就让吴家断子绝孙。谁让萧微生不出儿子？老王妃甚至觉得自己母女两人是不是受了什么诅咒，明明她们出身不输给任何人，最后却都因为孩子败在贱女人手中。

燕北王府不搭理，萧微和吴依玉只有继续和那位妾室互掐。

在萧靖西因为有些事情暂时出去一小会儿的时候，萧靖琳别扭又有些犹豫地继续跟任瑶期聊八卦："听说吴萧和的那个妾有了身孕，不过又被吴依玉害得小产了。"

这还是萧靖琳第一次跟人说这种内院八卦，她以前最为鄙视那些无事话人长短的长舌妇人了，不过现在跟任瑶期悄悄说起这些，竟然也没觉得违和，甚至还感觉很亲密，虽然她说出口的时候觉得有些心虚。

任瑶期也有些惊讶萧靖琳会聊这些，不过这也不是坏事，于是她问道："哦？吴大小姐就是因为这件事情才会被吴总兵责备？"

萧靖琳点了点头："不过王府安排在宁夏的人回来禀报说妾室怀孕之事未必是真，吴依玉很有可能被人陷害背了黑锅。"

假孕这种手段内宅并不是没有，任瑶期了解地点了点头，有些好奇道："燕北王府当真不管？怎么说吴夫人也是燕北王府出身，王府难道不用顾及脸面？"

萧靖琳看了任瑶期一眼，想了想，意味深长地道："萧靖西说脸面不能当饭吃。我们王府从祖上始就是带兵打仗出身，要学世家风度那一套一开始就不要拿刀剑。"

萧靖琳的话让任瑶期扑哧一笑，她还真没有想到，像萧靖西那样的人竟然会说出这种话。

不过一个人若是能不为声名所累而做出不得不做的事情，如果不是不在乎，就是他本身有那个实力不惧任何反对的声音。

萧靖西这样的人应该是第二种吧。

萧靖西回来之后邀请任瑶期对弈，一个多时辰只下了一局，这一回不是平局，而是萧靖西赢了。

萧靖西一边捡棋子一边笑言："这一局你倒是下得规规矩矩的。"

萧靖西的话让任瑶期想起了两人第一次对弈的时候，自己用尽各种手段想不输的情形，不由得低头一笑。

萧靖琳揪着傻妞的耳朵在一旁直打哈欠："你们每日下两盘棋，这一日就过去了，果真是岁月静好。"

原谅"不学无术"的萧郡主说这话的时候其实真的只是随口，并没有别的意思，可是听在下棋的两个人耳中怎么就觉得有些怪怪的？

萧靖西和任瑶期对视一眼，然后都低头捡棋子不说话了。萧靖琳和小老虎傻妞看看这个又看看那个，那一脸的无辜如出一辙。

任瑶期见气氛有些诡异，然后想起来自己还有一件正事没有说，便开口问萧靖西道："萧公子，你对方雅存这个人有没有印象？"

萧靖西想了想："方雅存……我记得前不久燕北的一批候选官员中有这个人，他与你们任家好像有些关系？"萧靖西向来过目不忘，那些官员的背景他都大致看过一遍。

任瑶期点了点头，沉吟道："他嫡母与我祖母是亲姐妹，他姐姐是我父亲的一房妾室。前一阵子，因为家中发生了一些不愉快的事情，让我想起了方雅存这个人，我有些地方想不通，想请萧公子为我解惑。"

任家的事情，该知道的不该知道的萧靖西已经知道不少，破罐子破摔，任瑶期也不怕在他面前暴露自己的家丑。

萧靖西看着任瑶期微笑颔首，示意她继续说。

任瑶期皱眉道："按理方家的根基在江南，方雅存虽然只是一个楚州从六品州同，却深受上司器重，他夫人的娘家也在江南，且家资丰厚。于情于理，他留在江南不是更好？可是无论是方雅存本人，还是他的夫人，似乎都热衷于来燕北。我听说燕北新上任的这批官员，从品阶上而言并没有高于六品的。萧公子，你对楚州的事情熟悉吗？"

萧靖西微屈着手指轻轻敲击着棋盘，思索了片刻才道："方雅存此人我之前并没有听说过，应该没有什么大的背景。不过我记得现任楚州知州冯免资质平庸，年近五十才坐到一州之长的位置，却不是靠着政绩擢升的，你知道是因为什么吗？"

萧靖西看着任瑶期微微一笑。

任瑶期闻言有些好奇道："哦？难道是靠着姻亲的裙带关系？"

萧靖西笑着摇头："确实是裙带关系，却不是姻亲。他认了一位小他十几岁的宦官为义父，将自己最小的儿子过继给了这位宦官继承香火。"

任瑶期闻言不由得皱了皱眉，心里不知道怎么就有了一种不好的预感，摩挲着拿在手中把玩的棋子问："不知他认的是哪一位宦官？"

萧靖西道："这位公公姓卢，是颜太后身边的人。"

任瑶期手一抖，手中的棋子从指尖滑落掉到地上，发出一声脆响，她脸色已经白了，抬头难以置信地看着萧靖西："谁？"

萧靖西有些错愕，不明白任瑶期怎么突然间如此失态，声音温柔地说道："是颜太后身边的卢公公，此人三十来岁的年纪，在太后身边伺候了十几年，很得颜太后欢心。不过……也只是一个宦官而已。"

任瑶期却不可抑制地想起了从前的事情，身体有些发抖。

有些事情她极力想要遗忘，从不愿想起，不过现在听到这个名字还是不能平静对待。

当年她被任家送给卢公公之后十分害怕，因为她听到伺候卢公公的下人偷偷议论，卢公公虽然是个无根之人，却很喜欢用各种下作的手段折磨女人，下人们曾经就看到从他的院子里抬出过一个被蹂躏得惨不忍睹的小丫鬟。

伺候她的婆子安慰她道，她是大家族出身的，是送给卢公公做妻子的，所以卢公公应该不会用那种手段对待她。

她第一次看到卢公公这个人是在被送过去的第三日晚上，那一日她早早上床睡了，半梦半醒之间感觉有人在抚摸她的脸，她吓得一个激灵清醒了过来，然后就看到床头坐着一个面白微胖的中年男人，那男人浑身散发出难闻的酒气，看着她的目光很诡异，让她忍不住作呕。

她吓得尖叫起来，却被那男人扑倒在床上。那人不顾她的挣扎开始撕扯她的衣裳，一只手还掐住她的脖子。

任瑶期当时绝望得想死，可是她知道自己其实还是想活的，当那个男子低下头想要亲她的时候她张嘴咬住了他的耳朵，最后被他一巴掌打晕了过去。

等她再醒过来的时候才从照顾她的婆子口中得知那人就是卢公公。

好在卢公公当时伤了耳朵，酒醒大半，也没有兴趣再折磨她，先下去看伤了，她得知自己的清白保住了的时候不由得松了一口气。

可是这一口气并没有松太久。第二日耳朵上包了纱布的卢公公又来了，这次他手上还拿了一根一尺来长的奇怪鞭子，二话不说对着她就抽。

那一次她被打得遍体鳞伤，只剩下一口气，在床上休养了半个月。

从那以后每次她伤好之后就会被他用鞭子抽一顿，只是不会把鞭子抽到她的脸上。

她还记得当时他扭曲着一张脸对她道："你不是贞洁烈女吗？我倒要瞧瞧你能贞洁到什么时候！"

她一声不吭，默默忍受。她以为自己最终会死在卢公公的鞭子下，可是最后她挺过去了，并且遇见了肯出手救她脱离火坑的裴之砚。

那一段过往对于任瑶期来说就是一个噩梦，在听到"卢公公"三个字的时候这个噩梦便又从心底触发了出来。

萧靖西和萧靖琳都觉察到任瑶期有些不对劲。

萧靖西看了任瑶期一会儿，弯身捡起落在自己脚边的那枚棋子，在手指间摩挲片刻，然后探过些身子将棋子放到任瑶期手心里。

棋子落在手心里的触感让任瑶期回过神来，她低头看着那枚白子，眼睫微微一颤。

萧靖西看着她温柔浅笑道："你看，棋子都摔出了裂纹。"

任瑶期反应过来，立即道："对不起，我……我赔给你一副吧。"虽然她赔给他的肯定及不上这一副。

萧靖西笑着摇了摇头，又从任瑶期手中拿走棋子："我喜欢有故事的物件，因为有故事才会让它变得独一无二。你今天与我下棋，然后摔坏了我一枚棋子，于是这一副原本普通的棋便变得有故事了。"

任瑶期被他的说法逗笑了，连之前因为想起卢公公这个人而产生的负面情绪也消退不少。她笑道："那我再多摔几枚，让它的故事多一些？"

萧靖西闻言冲她一笑："这可不成，既然是故事，那就不是刻意为之的。何况你也再弄不出来一个同样的裂痕。"

他看向她的目光温柔而明亮："我只是想告诉你，棋子上已经产生的裂痕是无法消除的，但是正因为这一条裂痕，它现在才能是独一无二的，何不将伤害看成是一个已经发生的故事？毕竟再如何摔它，也摔不出一模一样的痕迹。你看淡了它，它便伤害不到你。"

你看淡了它，它便伤害不到你。

萧靖西这句话和他似乎能看透一切的温柔眼神，让任瑶期有些愣怔。

片刻之后，任瑶期缓缓扬起嘴角，看着萧靖西认真道："谢谢你。"

这一句谢谢她说得很真诚，因为她是真的感激。

似乎每一次萧靖西总能用一两句话帮助她走出自己的魔怔。

任瑶期忍不住多看了萧靖西两眼，墨色的衣裳更加衬出他的容颜如玉，让人赏心悦目。这样一个俊美无双的男子总是能让任瑶期忘记他现在不过是一个比她大不了几岁的少年。

萧靖西见任瑶期一言不发地盯着他看，有些懊恼，想要端起茶碗掩饰一下自己不愿意承认的无措感，不想手却捞了个空。

萧靖琳把萧靖西的杯子端走,然后起身递给候在一旁的红缨:"去换一碗热的来。"

萧靖西:"……"

任瑶期忍不住笑出了声。

见任瑶期笑了,萧靖西和萧靖琳反倒松了一口气。

萧靖西感觉到任瑶期有故事,所以刚刚才会那般安慰她。

可是任瑶期自幼在燕北长大,他实在想不通她怎么会与太后身边的那位卢公公有交集,据他所知卢公公从未来过燕北。

萧靖西猜测或许跟颜太后与献王的恩怨有关,毕竟当年颜太后与任瑶期的曾外祖母是不死不休的敌对关系,当中有什么不足为外人道的恩怨也很正常。

"方雅存的事情我会让人帮你查查。"萧靖西对任瑶期道。

任瑶期闻言十分感激,她原本想要请夏生帮她再走一趟江南,可是夏生毕竟是献王府的人,身份敏感,所以她一直犹豫着要不要开口。

现在任瑶期从萧靖西这里得知方雅存的上峰与颜太后有牵连,她就更不能将外祖父一家拉下水了。

如果由萧靖西出面去查,反倒要好很多。

如果方雅存来燕北的原因与朝廷有关,那么萧靖西及早得知并做防备也是好的。

萧靖西似乎又要在白龙寺休养一阵,只是不知道是因为身体不好,还是因为燕北军的事,不过萧靖琳却被王妃勒令要在太阳落山之前回府。

任瑶期婉拒了萧靖琳送她回家的提议,时候已经不早了,如果萧靖琳送她回白鹤镇再回燕北王府,太阳肯定要落山了,任瑶期怕她受到王妃的责备。

最后萧靖琳只能退一步让红缨送她回去,萧靖西让同喜给她当车夫,还派了两个护卫随车。

萧靖琳看了一眼那辆外表普通的马车,想说什么,不过最后还是闭了嘴。

她看出来这是萧靖西的马车，要知道萧二公子的车向来是不借人的，就连不得不坐他的车的傻妞上去之前都会被同贺洗掉一层毛，害得傻妞现在看到萧靖西的马车就跑。

　　任瑶期自然不知道这些，她也没有认出自己上的是萧靖西的车。

　　任瑶期上了马车之后才觉出有些不对。与这辆马车相比，萧靖琳的车简直称得上简陋了。

　　任瑶期立即想到了这辆车是谁的，因为它看起来太有某人的风格了。

　　倒不是说某人华丽浮夸，这车上的每一样物件都看不出华丽花哨，但是明眼人一看就知道不是凡品。难怪萧靖琳总是笑话萧靖西太讲究。

　　也难怪红缨怎么都不肯上车，非要骑马，她还以为萧靖琳的丫鬟都与萧靖琳有一样的爱好。

　　任瑶期坐在不知道是用什么料子制成的柔软舒适的靠垫上，不由得失笑。

　　"小姐，您要喝茶吗？"有幸与任瑶期一起坐马车的苹果见任瑶期拿起小桌上一只黑漆漆的茶杯看，以为她想要喝茶，便小声问道。

　　任瑶期看了看手中的杯子，笑着摇了摇头，用墨玉杯喝茶可是有不少讲究，任瑶期怕萧靖西知道她用了他的杯子喝茶，会把这一套价值连城的玩意儿扔了。

　　那可是造孽。

　　见矮桌上还放了一本书，任瑶期拿起来随手翻了翻，是一本鉴赏名画的小册子，任瑶期饶有兴致地翻了几页，想用来打发时间。

　　只是不小心翻到扉页的时候，任瑶期看到了两行清隽的字，不由得愣了愣。

　　那是一句诗："从此绿鬓视草，红袖添香，眷属疑仙，文章华国。"

　　任瑶期记得有一次她和萧家兄妹见面的时候曾听萧靖琳小声念过这句话，当时她刚提笔写完了字，正与萧靖西说话，萧靖琳突然冒出这么一句，实在是会引起别人的误会，所以她就装作什么也没有听见，以免尴尬。

　　现在在萧靖西的书上也看到了这句话，任瑶期不知道该作何反应。

　　这是巧合吗？

　　任瑶期合上手中的书，抚了抚上面的"品画册"三个字。

　　愣怔半晌，任瑶期将书放回原本的位置，靠在车壁上闭目养神。

苹果见任瑶期看了一会儿书，又发了一会儿呆，然后就开始闭眼休息，虽然觉得有些奇怪，不过向来秉持"多做事少说话"原则的她很乖巧地放轻了呼吸声，以免吵到她家小姐。

任瑶期没有想到，她这一路还会不太平。

她两辈子加起来，虽说从白鹤镇到白龙寺或者从白鹤镇到云阳城的次数并不多，但也算是走过几回，却从未想过这一路上还会有什么危险。

当负责赶车的同喜突然发出一声闷哼，然后马车晃动一下的时候，任瑶期立即察觉到不对。

苹果没有坐稳，撞了一下头，反应过来之后立即警觉地坐到任瑶期前面，死死盯着晃动的车帘子。

外头传来打斗声，有人蹿上前头的车辕，迫使马车停下来，红缨的声音传了过来："任五小姐，你先别出来。"

任瑶期立即道："同喜呢，他受伤了还是……"

同喜咬牙忍耐的声音响起："小姐，小的没事，只是中了暗箭摔下马车。您别害怕，先在车里等着。"

听见他没事，任瑶期松了一口气，应了一声就不再出声，以免他们分心。

任瑶期心里有数，这些人肯定不是冲着她来的，怕是冲着萧靖西来的。她因为恰巧坐了萧靖西的马车才会撞上。

正在这时候，拉车的马不知道怎么的突然动了起来，嘶吼着往前跑，马车也跟着动起来。

"小姐——"同喜惊呼出声。

红缨转头瞧见，娇喝一声逼开攻向她的刺客，一边极速朝马车跑过去，一边道："你们先拦住他们。"

红缨速度极快，眼见着马头离自己已经不远，一个加速助跑后借助路旁一棵纤细的柳树，用脚一蹬，飞身上了马。

那匹受了惊吓的马竟然被她安抚下来，红缨立即道："任小姐，你有没有伤到哪里？"

任瑶期还算镇定平稳的声音在车内响起："不用担心我，我没事。你们有没有受伤？"

刚刚虽然被吓了一跳，但是任瑶期也是经历过大风大浪的人，所以很快就镇定下来，好在红缨艺高人胆大，很快就追了上来。

红缨道："我们也没事，任小姐，这些人来得蹊跷，我怕有别的埋伏，我们的人只有几个，还是不要分散的好。"

任瑶期回答："你决定就行。"

红缨便又掉转马头往回走。

不想才往回走了一段路，旁边突然又蹿出四个人，提着刀就朝坐在车辕上的红缨砍了过来。

红缨咬了咬牙，一边单手控制着马车，一边挥着鞭子迎战。可是她一只手实在难以挡住四双手的攻击。

其中一名刺客抓住机会，猛地挥刀砍断了马和车身的连接，拉车的马嘶叫一声，跑走了，若不是车身是特制的，十分坚固，差点就要翻了。

红缨眼见不好，咬了咬牙就想上去拼命。

这时候又有一人飞扑过来加入战圈，红缨一看竟然是同喜。

同喜出身献王府，对任瑶期的安危多了几分在意和责任感。他见任瑶期和红缨许久没有回去，怕出了什么事情，就将那几个人交给另外两名侍卫，自己追上来看，正好给红缨解了围。

同喜一边接下大部分攻击，一边对红缨道："快带小姐离开这里，我挡住他们。"

红缨皱了皱眉，可是形势由不得她犹豫，万一还有别的敌人冒出来就糟了。她转身掀开帘子，将任瑶期扶了出来："我们先走。"

任瑶期看向同喜。

同喜就像背后长了眼睛，头也不回地道："小姐快走，您是知道小的的特长的，您走了，小的才好脱身。"

任瑶期闻言便不再犹豫，与苹果跟上红缨。

任瑶期走得远了还能听到同喜一边打一边骂："你们这群蠢刺客！瞎了你们的狗眼吗！没发现你们杀错了人吗！还打什么打！"

可惜那几人压根儿就不理他。

红缨拉着任瑶期往小路上走，小路比较窄，就算追来一大批刺客也施展不开，一个一个解决的话，对她而言就容易多了。

夏天的小路两旁长满了那种足有一人高的长草，叶子呈锯齿状，任瑶期手上被划了好几道，火辣辣地疼，就连她的下巴上也被划了一道，不过任瑶期一声也没有吭。

也不知跑了多久，红缨终于停了下来。她仔细观察了一下四周，又趴到地上仔细听了听，直到确认没有听到什么动静，才松了一口气。

这里是一片田庄，前面不远处还有个庄子，应该是安全的。不过红缨也不敢带着任瑶期往庄子上走，农家一般都会养狗，发现陌生人就会叫，她怕狗叫声把刺客引来。红缨仔细想了想，决定带着任瑶期先躲到那片茅草堆后头等王府的人找来，就算有人追来也能守能攻。

躲好之后红缨总算是暂时松了一口气，不过当她看到任瑶期手上和下巴上的划痕的时候还是吓了一跳："怎么伤成这样了？"

任瑶期反过来笑着安慰她道："被草划伤的能有什么要紧？疤都不会留下来。"

红缨见任瑶期依然笑得平和淡然，心想她终于知道为什么云阳城里那么多的闺秀，她家眼高于顶的郡主却独独与任家五小姐成了莫逆。

这要是别的女子遇上今日这样的事情，别说是一声不吭地跟着她跑这么远的路了，怕是一看到刀就吓晕过去了。

任瑶期安静地坐在草堆后面，她在担心同喜，不知道他跑掉了没有。

也不知道今日来刺杀的人到底是哪一方的，如果是南边朝廷的人，不会只派出这么小的阵仗，而且那些杀手武功并不高，至少不管是红缨还是同喜，只要拼尽全力都能抵挡片刻。再者，瞧着这批人也不像是很有组织，至少他们在明显杀错人的情况下没有做出及时的应对。

萧家的马车从外表看起来都长得差不多，刺客为什么只追上了萧靖西的这一辆？有人能认出这是萧靖西的车？难道是燕北王府的人？

还是萧靖琳那边也同样遇上了刺杀？任瑶期开始有些担心萧靖琳了。

眼见着太阳就要落山了，刺客并没有追上来，任瑶期正想要问红缨还要不要继续等下去，却听见她们之前走过的那条路上传来一些动静。

原本坐在地上闭目养神的红缨立即睁开眼，朝任瑶期和苹果做了一个嘘声的动作，手抓绕在腰上的马鞭上，警惕地盯着来路。

任瑶期也看着那条路，她还真的没有多紧张，已经死过一次的人面对死亡的阴影时总归要比别人多几分从容，何况她还未必死得了。

当一片墨色的衣摆映入任瑶期的眼帘中时，任瑶期知道自己果然没有那么容易死。

红缨也发现了来人的身份，立即出声唤道："公子！"

萧靖西听到声音立即快步走了过来，等看到红缨带着任瑶期从草丛后面走出来的时候，冰冷的脸色终于开始回暖。

萧靖西身边只带了一个同德，任瑶期立即走过去问道："郡主那边有没有遇上危险？同喜呢？"

萧靖西摇了摇头正要回答，却看到了任瑶期下巴上那道红痕，不由得眼神一沉，抬手抚了过来："你受伤了？"

当萧靖西的手碰上任瑶期的侧脸的时候，任瑶期呆住了，一时竟忘了反应。

等萧靖西发现那道伤口很浅不像是用利器划伤的时候，他才反应过来自己一时心急当了一回登徒子。

但是萧靖西的手还是在任瑶期的脸侧停顿了片刻，才若无其事地放下来，看着她道："靖琳那边没事，人已经到了王府，我怕她闹着要出来，就没有将这里的事情告诉她。同喜因为跑得快，没有人追得上，只是手臂受了些轻伤。"他顿了顿，才接着道："所有人都没事，就是你不见了。"

萧靖西说最后这句话的语调有些特别，任瑶期听着心中一颤，垂下眸子轻声道："我也没事。"

萧靖西没有再说什么，只道："马车停在前面，我们先出去吧。"

任瑶期点了点头，一言不发地跟着萧靖西往外走。

同德在前面开路，红缨和苹果落后几步低头跟在后面。

走在小道上的时候，萧靖西突然低声道："对不起。"

任瑶期忙道："这事儿并不怪你。"萧靖西也不知道会遇上刺客。

萧靖西没有说话。

任瑶期看到他面无表情的样子，以为他在自责，所以心情不好，便想着要怎么说才能安抚他，她这么一分心就忘了看脚下的路，不小心踢到一块滑溜溜的大石头上，身子晃了晃。

萧靖西立即拉住她的手，稳住了她的身体。

任瑶期手上之前被茅草割了好几道伤口，当时不觉得疼，现在被萧靖西这么用力一握，便忍不住嘶了一声。

萧靖西察觉出不对，立即低头去看，便看到她手背上横七竖八的伤口，再看另外那只手，也是一样。

萧靖西想起刚刚一路走过来的时候看到的茅草丛，立即就明白了。他轻叹一声，低声温柔道："回去用药擦一擦就不疼了。"

任瑶期点了点头，想把手抽回来，萧靖西就顺势放开了。

等走到那片茅草丛的时候，萧靖西看了任瑶期一眼："我让人给你拿一件披风来。"

任瑶期忙道："刚刚是走得太急了没有注意，小心些就不会伤到了。"见萧靖西不说话，任瑶期保证道："真的不会伤到。"

红缨却见机道："奴婢去拿吧，奴婢脚程快。"

说着不等任瑶期拒绝，红缨就飞一般蹿进草丛，一眨眼不见了。红缨察觉出自家公子今日心情好像不怎么好，她身为郡主身边的第一侍女，别的不行，察言观色的本事还是得到了一点郡主真传的。

苹果依旧一言不发地跟在任瑶期身后，小姐在哪里她就在哪里，小姐说什么就是什么。

至于识相什么的……那是什么玩意儿？能当馒头啃吗？苹果向来是个实在的丫头。

任瑶期也只能暂时停下步子。

同德之前走在前面开路，这会儿也不见了踪影，所以小道上只剩下任瑶期、萧靖西和苹果。

两人就这么站了一会儿，谁也不说话。任瑶期不说话是不知道应该说什么。此时，他们站在一条并不怎么宽敞的山间小道上，两人站得极近。萧靖西身上隐隐的药香味清冽好闻，有一种安稳人心的力量。

　　这么近的距离让任瑶期想起萧靖西碰到她的脸颊和手掌时的触感，明明之前已经决定要装作不在意的，毕竟萧靖西只是担心她是不是受了伤，并非有意，可是不知道为何当时感受到的温度现在还没有散去，任瑶期忍不住用手背蹭了蹭自己的下颌，试图蹭掉脸上莫名其妙的温度。

　　只是她才一动作，原本正垂眸不知道在想什么的萧靖西却突然抬眼看了过来，皱眉道："怎么了？疼？"

　　任瑶期忙摇头，想了想才低声道："有些痒。"

　　"我看看。"萧靖西的脸突然靠近，仔细打量她脸上那道伤痕。

　　任瑶期有些窘迫，垂着眼睛僵立着，不敢动。

　　后来她才意识到当时的自己有些奇怪，明明可以一把将人推远一些，若是别的男子离她这么近，她早就翻脸了。不知是因为心里知道萧二公子体弱，怕一把推下去让他摔坏了，还是因为萧靖西气场太强大，让她不敢随便动手。

　　不过这个时候的任瑶期没有想这么多，只是屏息静气站在那里什么也没有做。好在萧靖西也没打算将她的脸看出一朵花来，他注意到任瑶期的不自在就侧过了些身子："没有红肿，应该是无碍的。马车上有药，等会儿我找给你。"

　　"哦。"任瑶期低头应道。

　　萧靖西偏头看了她一眼，突然轻柔低缓地念道："从此绿鬓视草，红袖添香，眷属疑仙，文章华国。"

　　任瑶期一愣，眨了眨眼，不知道该如何反应。

　　萧靖西却笑了，低叹道："你果然知道。"这时候他明明紧张得要死，却偏要故作轻松。

　　任瑶期动了动唇，不知道该如何反应。

　　萧靖西顿了一会儿才道："我不知道你乘了我的马车会有危险。"所以他才会在见到她的时候先道歉。

　　当萧靖西听人禀报说任瑶期这边出事的时候，他心中的感觉连自己都没有办法形容。

他想,果然并不是什么东西都可以算计的。

从此以后,萧靖西明白了一个道理,他可以对这世上任何一个人耍心眼玩心机,唯独不能对自己喜欢的人,因为结果会难以预料。尽管这一次他只是想要用隐晦一些的办法表明自己的心思。

任瑶期听萧靖西这么一说也明白过来,果然那本书是他故意放在那里的。奇怪的是任瑶期并没有感到生气,反而觉得有些好笑。她很难想象像萧靖西这样的人竟然会做出这种幼稚的事情。

可是任瑶期笑不出来,因为让萧靖西幼稚的对象是她。

任瑶期不知道该如何反应,感觉自己这时候保持沉默或许更好些。但当她瞥见萧靖西的神色中似乎隐含了一些落寞时,还是忍不住开了口,轻声道:"没关系,不怪你。"

萧靖西转头看向她,认真而专注。

任瑶期也看了他一眼,轻轻抿了抿唇,又将视线移开。

这时候红缨回来了,走过来将手中的披风小心给任瑶期披上,披风有些长,正好将她的头脸也一并罩住了。

等披风上了身,熟悉的味道钻入鼻间,任瑶期才后知后觉地意识到这件披风是萧靖西的。也难怪,马车是萧靖西的,他总不能时时备着女人用的东西。

披风已经穿上了,再脱下来的话就矫情了,所以任瑶期什么话也没有说。

因为有了披风,再经过那片茅草丛的时候,任瑶期便没有再被茅草割伤。

萧靖西的马车就停在外面那条比较宽敞的路上,任瑶期看了一眼,觉得好像不是之前坐的那辆,等上了马车一看,果然不是。任瑶期松了一口气,不然那本书若是还在那里,她会尴尬的。

这辆马车没有萧靖西的那辆讲究,不过垫子倒是很软和舒适。

任瑶期才坐下来,萧靖西也进来了。

其实萧靖西之前是骑马赶过来的，马车是在他出门之后同贺驾来的，只有这一辆。

萧靖西坐到任瑶期对面："同喜他们已经先走了，我送你去白鹤镇。你放心，我不露面就是了。"

萧靖西不放心任瑶期独自坐萧家的马车回去，虽说那些刺客应该是冲着他来的，但若真的冲着他，那些人未必接近得了马车。萧靖西身边的隐卫不是吃素的。

任瑶期没有说什么。她总不能把萧靖西赶下去。任瑶期悄悄打量了一下萧靖西的身板，且不说这是他的马车，就单说以他的身体，让他骑马万一摔伤了怎么办？燕北王府怕是不会放过她的。

萧靖西不知道自己被心上人暗中鄙视了，他刚从抽屉里找出备用的药膏要递给任瑶期，抬头正好看到任瑶期的目光，有些疑惑道："怎么了？"

任瑶期摇了摇头，微笑道："没什么，你冷不冷？"

萧靖西："……"

两人沉默片刻，萧靖西看着苹果给任瑶期上好了伤药之后退回到角落里，突然道："我只是中毒，并没有生病。"

任瑶期看了萧靖西一眼，不知道他为何突然说起这个，上次他为她抓蜘蛛伤了手的时候她就已经有了些猜测，现在萧靖西亲口说出来，只是让她确定了自己的猜测。

萧靖西轻咳一声，眼睛瞥向别处，小声道："所以，我没有你想的那么体弱。"说完这一句，萧靖西耳朵根慢慢红了。

任瑶期眨了眨眼愣愣地看着他，然后不知道想到了什么，她自己的脸也红了。

"我，我什么也没有想。"任瑶期有些恼羞成怒，不由得瞪了萧靖西一眼。

萧靖西又看了她一眼，任瑶期还在瞪他。

萧靖西看着看着不知怎的就忍不住笑了，任瑶期瞪着瞪着也扑哧笑出了声。车里的气氛又莫名其妙地轻快起来。

这时候外头的天色已经暗下来，好在任瑶期遇刺的地方离着白鹤镇不算远，尽管萧靖西已经命令外面赶车的同贺将车赶慢一些，仍然很快就到了白鹤镇。

两人坐在车里并没怎么说话，却没有谁觉得尴尬。仿佛就这么静静地坐着，什么也不想，什么也不说，只是闭目养神也能让时间过得很快。

马车最终在任家的大门前停下来，已经有任家的门房跑过来询问是不是五小姐回来了，靠坐在车门前打瞌睡的苹果立即坐直了。

任瑶期看向萧靖西："我下去了。"

萧靖西点了点头，叮嘱道："伤口不要碰水，每过两个时辰就擦一次，以后不会留疤的。"

任瑶期应下，扶着苹果的手下了马车。

等任瑶期进了任府大门，萧靖西才吩咐马车掉头回去。

萧靖西回到白龙寺的时候天色已经晚了，之前消失了一会儿的同德上前来禀报道："公子，今日的刺客已经全部抓到了，马车里坐着任五小姐的事情不会传出去。"

这时候的萧靖西与跟任瑶期坐在马车里的萧靖西已经判若两人，只见他顿下脚步淡声道："还有活口吗？"

同德低头回道："有两人被抓到的时候还没有死，但是随后咬舌自尽了。"

萧靖西并不意外："他们这些人，家人性命通常都捏在别人手中。不过即便什么也没有问出来，要猜到是谁动的手并不难。"

萧靖西轻笑道："想要我死的人从来就不少，但是敢在燕州动手还会找那些不入流的亡命之徒来的，也就只有那几个自以为命大的。"

萧靖西说完便走进房去，同德与同贺低头跟了进去。

同贺让人打来水给萧靖西净手，又帮他将外服换下来，同德束手立在一边，心里却在想，难不成自家主子这一回也打算不与那些人计较？

正这么想着，同德却听到萧靖西淡声道："派人与狄昊说一声，吴家可以留个后了。"

同德闻言一愣，忍不住道："公子，可是吴总兵这么些年都没有生出个儿子来，这怕是……"如果吴萧和生不出儿子，狄家就是再给他送十个百个女人,那也不管用啊。"

萧靖西似笑非笑地看了同德一眼,慢悠悠道:"这就是狄家该操心的事情了。"说完萧靖西便去了书房。

同德站在原地琢磨了一下,脸色突然变得有些古怪。

同贺要跟上去伺候萧靖西,走到同德身边的时候却停了停,低声道:"呆子!吴总兵生不出儿子,能替他生的人多了去了,只要孩子姓吴就行了。你为狄家操这个闲心做什么?"

同贺说完之后,就丢下同德快步向书房走去。

同德看了一眼同贺的背影,抬手抹了一把脸,心想,吴萧和这辈子是倒了八辈子血霉才娶了萧微,并给老王妃当了女婿吧?

任瑶期回到任家之后,任老太太只是将她叫过去问了几句她与郡主来往的细节,因为去荣华院之前任瑶期已经将自己身上收拾过了,没让人看出什么端倪,所以任老太太并没有追究她回来晚了的事情。

又过了两日,任时敏从云阳城回来了。

任瑶期趁着任时敏在李氏房里的时候问了他在云阳书院的事情。任时敏这次去云阳城收获颇丰,非但他的画技得到了徐万里的欣赏,徐万里还叫来几位画坛名宿在一起谈字论画,任时敏在这期间也是获益匪浅。

任瑶期听任时敏眉飞色舞地说着这几日的事情,脸上也露出了笑意。

任时敏最后有些不好意思地道:"为父还收到了徐先生的邀请,他邀请我去云阳书院任教。"

任瑶期脸上露出恰到好处的惊喜和惊讶:"真的吗爹爹?"

任时敏点了点头:"不过我当时以自己才疏学浅,不敢误人子弟为由拒绝了。后来徐先生便道,要请我参加明年京城的文斗会,如果我能为燕北争得荣誉,那就没有理由再拒绝他的邀请了。"

任瑶期笑问:"那爹爹你答应去京都了吗?"

任时敏闻言有些奇怪地看了任瑶期一眼:"这是自然。徐先生他信任我才会邀请我,为父怎么能让他失望?"士为知己者死,女为悦己者容,这个道理任时敏是懂的。

任瑶期却眨了眨眼揶揄道:"可是女儿记得爹爹去年也去了京都说要参加什么画会,最后什么也没有画就回来了,还说什么京城人才太多,不敢献丑。"

见女儿提及这个,任时敏有些不好意思了,轻咳一声道:"上次是为父肤浅了,这次为父自当尽力而为。"

任瑶期点了点头,笑道:"那就好,不然这次你若是临阵撂笔,那就要麻烦了。"

任时敏正色道:"为父难道是这么不知道轻重的人?你放心,从明日开始我就在家中闭关,潜心磨炼画技。"

"那我们就等着爹爹为燕北争光回来。"

任时敏闻言大笑,眼中有着往日里没有过的神采。

任瑶期看着这样的任时敏,心里暖暖的。这个时候她特别感谢萧靖西,因为她知道是谁给了任时敏这个机会。

从这一日开始,任时敏果然推掉了一切不必要的应酬,每日一心在自己的书房里磨炼画技,甚至捡起了自己已经不再感兴趣的人物画。

萧靖琳在初秋的时候离开云阳城去了嘉靖关,原本萧靖琳还打算在走之前亲自去白鹤镇与任瑶期告别,只是燕北王府突然接到边关加急公文,说在武州北六十里外发现辽人骑兵踪迹,萧靖琳最终还是没有机会来找任瑶期,只是写了一封信让人送过来,自己则带着人匆匆赶回嘉靖关。

萧靖琳去了嘉靖关之后有一段时间一直没有书信传来,任瑶期不由得有些担心她,想着萧靖琳离开之前说要是想给她写信,就让人送到燕北王府给萧靖西,可是直到入了冬,任瑶期写了两封信也没有见萧靖琳回。

任瑶期想要再写一封,却又怕耽误了萧靖琳的正事,可是不写她又始终不放心。

就在这个时候燕北王府送了一封信来,任瑶期还以为是萧靖琳的,可是信上并没有署名,拆开来一看,信封里并没有信,只有一朵橘黄色的花从信封里掉出来,落到桌上。

任瑶期一愣,将那朵花拿到手中看了看。

桑葚惊讶道:"咦?这个时节怎么会有萱草?"萱草开花多在五六月,而这时候已经是初冬了。

任瑶期想起燕北王府的温泉庄子就是一个大暖房，里面种了不少花花草草。

桑葚很是不解道："这不是郡主的信吗？郡主什么也不写，给你送来一朵萱草做什么？"

任瑶期闻言不由得笑了笑，低头轻抚着柔嫩的花瓣道："萱草又名无忧草，这是报平安的。"会用这种方式报平安的人，必定不是萧靖琳，萧靖琳知道了只会骂"矫情"。

想到萧靖琳总是默默拆萧靖西的台的样子，任瑶期忍不住翘起了嘴角。

可是笑着笑着，她不由得又叹了一口气，萧靖西总是知道她在想什么，也总是能在她需要的时候让她安心。她也说不清自己这一刻是怅然多一些，还是喜悦多一些。

想起那一日他的试探和挑明，任瑶期觉得自己还是有点乱了。

她并不怀疑萧靖西的认真和诚意，只是有时候会对自己未来的命运有一种无法把握的不确定。这种不确定让她在为任瑶华和任时敏谋划未来和出路的时候反而将自己的未来摒弃在外了。

可是有些事情不是她不去想就能避开的，最多再过两年，她的去向应该也会定好了。

而萧靖西……

萧靖西那样的人，终究还是太过美好了。任家这样的姻亲非但给不了他任何助力，反而会成为他这辈子都无法摆脱的污点。

任瑶期将手中的萱草装回信封，想要交给苹果处理掉，可是才一抬手，顿了顿，又将萱草拿了出来。

她起身走到自己的书房，用手巾将花包好，放到了书案抽屉的深处。

萧靖西听说任瑶期又送信过来的时候还有些惊讶，他以为任瑶期的信还是送给萧靖琳的。

可是当接过信，发现信封正是他送过去的那一个，且上面也没有署名的时候不由得心中一动。

他摆手让同贺他们都退下后，将信拆开，里面果然没有只字片语，倒是有几粒药用的遍地锦。

萧靖西将那几颗干瘪的遍地锦放到手心端详片刻，然后嘴角露出一丝苦笑，轻声道："遍地锦……何处无芳草吗？"

任瑶期再一次收到燕北王府没有署名的信的时候并不太意外，只是将信拿在手里许久都没有拆开。

苹果和桑葚两个丫鬟见了都觉得有些奇怪，小姐不是一直盼望郡主来信吗？怎么郡主来信了小姐又不急着拆了。

最终任瑶期还是将信打开了，依旧没有写字，信封里装着的是一把穿心莲。

任瑶期怔怔地看着手里的穿心莲半晌没有言语。

穿心莲还有一个名字，叫作"一见喜"。

最后那把穿心莲也被任瑶期收到了抽屉里，不过她没有再往燕北王府送信。

快到年关的时候，任瑶期终于收到了萧靖琳的来信。原来萧靖琳前一阵子并不在嘉靖关，而是去了武州，所以任瑶期的信虽然到了，她却没有看到。

萧靖琳告诉任瑶期，她很好，也没有受伤。萧靖琳从武州回来之后还遇见了化名为文舒的云文放。萧靖琳想起自己之前说过要帮任瑶期报仇，冥思苦想之后就趁着没人的时候把云文放敲晕了，并在他脸上画了十几只小乌龟。

可是她在做这件事情的时候竟然被闵文清看到了，闵文清趁机拿走了云文放的钱袋，扒了他的外衣，并将他扔在路上，银子和衣服全都施舍给了乞丐。

更阴险的是，等云文放醒过来被众人围观的时候，闵文清还敢以恩人的面目出现，给云文放重新找了一身衣服，还告诉他敲晕他的人是宁夏口音，之前若不是他及时出现，云文放已经是一具尸体了，只可惜那几个宁夏人逃走了。

云文放听完还以为是吴家来找他报仇了。

任瑶期看完信又是无奈又是好笑。

任瑶期提笔给萧靖琳写了回信，嘱咐她注意安全，并让她不要再为了自己与云文放起冲突。

第三十二章

冲　喜

给萧靖琳回完信就到了年尾，这个年任家过得还算平顺，都说一年若是开了一个好头，那么这一整年也将会是平平顺顺的，任瑶期想着，若真是这样那就好了。

年前在任老太太那里，任瑶期凑巧听到大夫禀报说方姨娘脸上的伤口已经好得七七八八了，都已经落了痂，也长好了。只是因为之前的刀伤太深，必然会留下疤痕。

方姨娘依旧足不出户，就连过年的时候也没有露面。往年过年的时候，任老太太都会特别恩准方姨娘露脸。

春节之后过了二月，东府二房庶出的二少爷任益林终于成亲了。

任益林之前那一门亲事推掉之后，二太太苏氏最终给他找了临镇一位杨姓富户的女儿。杨家在家资上虽然比不上任家，但是这位杨氏是正经嫡女，嫁妆还算丰厚，所以袁姨娘便也没有再说什么。外头都在传任家二太太为人厚道，连对庶子都是掏心掏肺的。

任益林成亲的时候，二房的老太爷没有回来，跟着二老太爷在京的四老爷任时序倒是回来了一次。任时序也不是专程为了庶出的侄儿成亲回来的，是为了与西府这边商量京都煤栈的事情。

京都的煤栈上一年又没有盈利，任四老爷是回来哭穷的。说他们在京都苦苦支撑，四处应酬，十分艰难，但他们在京都的体面还是要的。所以今年二老太爷和任四老爷在京都的开支又要从老家这边支出。

任老太爷在银钱方面倒是不小气，任四老爷开口要多少，他也不过是意思意思去了一点零头就如数给了他。

只是任老太爷知道，京都和南边的煤栈不能再这样下去了，否则任家非但得不到发展，反而会将已有的根基毁坏。

任老太爷不由得又想起了方姨娘的那些话，可是现在方姨娘根本就不出来见人，任老太爷想要再打听也无从下手。考虑之后，任老太爷决定山不来就我，我去就山。他提笔给方雅存写了一封信，信中提到了那位卢公公，想要让方雅存帮他打听一下卢公公有什么爱好。

两个月后，任时敏也到了要去京都参加文斗会的时候了。

任时敏需要先去云阳城与其他人会合，再同去京都。

对于任时敏能代表燕北去京都参加文斗会的事情，任家在惊讶之余自然很欢喜地表示支持。对任家而言，这是任时敏给任家争光的机会。能出一位名士，这也是任家的荣耀。

所以任时敏离开这一日，任大老爷、任二老爷和被关了好几个月又放出来的任五老爷一起带着子侄们前来送行。

任瑶期在任时敏面前开玩笑说自己也要去，任时敏倒是当了真，真的把她给带上了，对此任老太爷和任老太太也没有说什么。任瑶期便叫上任瑶华一起去。

任家的人一路将任时敏送到了云阳城。

任时敏要先去云阳书院，然后下午才从云阳城启程离开。

任瑶期正想着要和任瑶华去一趟宝瓶胡同看看外祖父和外祖母，燕北王府却派了马车过来，说是郡主给她捎了东西回来，王妃知道她今日来了云阳城，就派人来接她过府。

来接人的丫鬟任瑶期倒是认识，确实是王妃身边的。

任瑶期去燕北王府之后先去见了王妃，王妃让素锦将萧靖琳让人捎回来的东西拿给任瑶期。竟是一些极有外族特色的小玩意儿，有用不知名骨头穿起来的风铃，还有用蛇皮做成鼓面的小鼓。王妃也好奇地凑过来看，看完了之后笑着摇头道："千里迢迢的，我还以为是什么好玩意儿，这都是些什么乱七八糟的。"

任瑶期拿起一条五彩斑斓的花头巾，抿嘴一笑道："是我以前听郡主说起边关的事情，因为好奇总是喜欢问'那是什么东西'诸如此类的问题，郡主就说等以后再去边关将东西带回来给我瞧瞧。"

王妃这才明白过来。

任瑶期拿到东西，又陪王妃说了些话，后见王妃有客人来访便先告辞了。任瑶期才从九阳殿中出来，就遇见了萧靖西。

萧靖西身着银白色服饰，仪容出众，站在那里就像是入了画。

离着上次两人在马车上分别，已经有大半年了，就连两人用不署名的信来往也是好几个月之前的事情了。

想起被自己收在抽屉里的一见喜，任瑶期心下忍不住一跳。

"靖琳让人带给你的东西你都瞧见了？"萧靖西一副什么也没有发生过的样子，看着任瑶期笑道。

任瑶期点了点头，指着苹果手里的那堆东西道："都在这里。"

萧靖西看了看那堆大大小小的玩意儿，忍不住轻笑出声，打趣道："她倒是只记得给你带东西，甚至还特意交代了来人不准我偷看。"

任瑶期便也玩笑道："萧公子若是喜欢什么，挑去就是。"

"喜欢什么？"萧靖西将这几个字在唇边重复了一遍，看了任瑶期一眼。

被他这么一看，任瑶期忍不住轻轻别开了眼，不敢与他对视。

两人沉默片刻，任瑶期问道："你也是今日去京都吗？"

萧靖西颔首道："嗯，下午与你父亲他们一起启程。"

任瑶期顿了顿道："那你……注意安全，一路顺风。"

任瑶期其实还想要提醒他宁夏总兵的事情，可是又不知道该怎么开口。

倒是萧靖西似乎察觉到了任瑶期还有话想说，看着她浅笑道："你是还想交代我在今年入冬之前回来吗？"

原本任瑶期还真有这个意思，可是为何话从萧靖西口中说出来就好像变味了？任瑶期想了想，终于想明白是怎么回事，这种话一般不都是妻子交代即将远行的丈夫时才会说的吗？

看到任瑶期脸上一红，有些恼怒地瞪自己一眼，萧靖西原本有些呆愣，反应过来之后也觉得自己之前那句话说得有些不妥，像是调戏一般。

于是向来英明神武算无遗策反应敏锐的萧二公子不由得也有些懊恼起来，红着耳根道："对不起，我不是那个意思。"

任瑶期这次当真注意到萧靖西的耳根红了，不由得也呆了呆。这样的萧靖西让她觉得很新奇，原来他这样的人也会脸红无措。这么想着，任瑶期心里也有些说不清道不明的滋味。

她终究还是没有真的怪罪萧靖西，所以不忍见他无所适从的样子，于是别开眼转移话题道："我记得你之前说夏末才去京都参加文斗会，怎么现在就要去？"

好在萧靖西很快就调整过来："你之前说得很对，我想到有个词叫作多事之秋，所以还是在入秋之前就回来比较好。京都那边我递了折子，所以将时间提前了几个月。"

任瑶期闻言一愣，没有想到自己的话还真起了作用，若是萧靖西能赶在吴萧和死之前回来，宁夏那边应该会得到更好的安排，那么曾潜来燕北接手吴家势力的机会就更小了。

这么想着，任瑶期的心情也好了起来，脸上带了些笑意："嗯，对你而言京都总归是个是非之地，还是能早回来就早些回来的好。而且我听郡主说，到了秋冬时节北边的辽人动作也多些。"

去年燕北与辽人在小范围之内打过几次，听萧靖琳说燕北胜多输少。可是辽人说来就来，打不过拍拍屁股也能立即走人，燕北即便是赢了，蒙受损失的还是边疆的百姓。

云文放在这几次战争中立了不少功劳，现在也算是闵文清麾下一员悍将。他还真用实际行动证明了自己不是一个只会吃喝玩乐欺男霸女的二世祖。就连对云家人看不顺眼的闵文清现在看云文放也顺眼了不少，当然能物尽其用的时候他还是毫不手软。

看到任瑶期脸上的笑容，萧靖西的心情也跟着明朗轻快起来。

话都已经说得差不多了，任瑶期不好再与萧靖西久待，便行礼告辞。

萧靖西点了点头，目送任瑶期慢慢走出燕北王府。

任瑶期从燕北王府出来之后，思考着接下来要去哪里。

任时敏现在已经去了云阳书院，她不好跟过去，不过外祖家也在书院附近，她过去宝瓶胡同瞧瞧也好。

想着任瑶华这个时候可能在任家别院里，任瑶期吩咐桑葚去跟任瑶华说一声，让她也到外祖家来。

容氏见任瑶期来了，面上不说，心里还是十分高兴的，叫她去正房说话，问了一些任时敏这次去京都参加文斗会的事情。

其间，桑葚回来了，却说任瑶华不在任家的别院里，别院里的门房说三小姐今日没有回来过。

任瑶期闻言不由得有些疑惑，任瑶华能去哪里？难道去了林家？任瑶华在云阳城里也没有熟悉到可以串门的人家呀。

容氏以为任瑶华是不愿意来宝瓶胡同才会故意躲出去，轻叹一声，问任瑶期道："她身边有没有多跟着些人？要不要派人去找找？"

任瑶期想了想道："三姐身边跟了好几个丫鬟和婆子，应当不会有事，不过我还是派几个家人去找找看吧，眼瞧着就要到中午了，她也要用膳的。"

容氏点了点头，看着任瑶期吩咐桑葚去外面叫人各处找找。

快到中午的时候，外祖父和舅舅回来了。

任瑶期上前行礼，献王摸着胡须四平八稳地点了点头："来了就留下用饭吧，今儿我钓了两条大鱼，容氏，让人吩咐厨房拿去收拾了炖汤。"

李天佑在一旁拿自己的手掌比画了一下，咧嘴道："爹，两条手掌大的鱼也是大鱼？你糊弄小孩呢？"

献王哼了一声，瞪眼道："要不是你在那儿睡觉还腿抽筋，把我的鱼篓踹到了河里，将我好不容易钓到的几条大鱼弄跑了，怎么会只剩下两条！"

李天佑牙疼般嘶了一声，嘀咕道："什么大鱼？那个鱼篓子里只有你从岸边捡到的一只小王八！以为我没看到吗？"

"你在嘀咕些什么？"李乾皱眉瞪向儿子。

倚红立即递一碗茶到李天佑手上，李天佑正口渴，端起茶碗牛饮一口，舒服地叹了一口气。

等一碗茶见了底，李天佑就忘了之前揭他爹老底的事情，倒是想起另外一桩事："爹，我就说我没看错吧？小丫头在这里，刚刚在路上瞧见的那个肯定是大丫头了。"

任瑶期不由得问李天佑道："舅舅，您碰见我三姐了？在哪里碰见的？"

李天佑道："就是刚刚回来的路上啊，大丫头好像是跟一个小娃娃在一起，我只瞧见个侧面，指给爹看，爹还说是我看错了，说你不可能只有那个小娃娃一般大。"说着李天佑伸手在自己膝盖处比画了一下。

任瑶期嘴角抽了抽，无语。

容氏疑惑道："哪里来的小娃娃？"

李乾道："听春生说跟着她们的那辆马车像是雷家的。"

"雷家？"容氏越加惊讶了，"瑶华怎么会与雷家的人熟悉？"

任瑶期却已经明白过来，李天佑口中的那个小娃娃应该是雷盼儿。

任瑶期所料并没有错，任瑶华这时候确实是与雷盼儿在一起。

要说任瑶华今日也是出门不顺。

她原本想要去任家别院，不过想着难得来一次云阳城，身边也没有什么人管束，便吩咐车夫绕着云阳城中繁复的地段转上两圈，多绕一些路再回去。

不想马车走到路上的时候，遇上两个婆子当街吵架，结果弄翻了一个卖早桃的小贩的担子，桃子掉了一地，任瑶华的马车从那里路过的时候正好轧坏了几个。

任瑶华让车夫给那小贩一些钱，就当是买下那几个被马车轧坏的桃子，不想那小贩是个心术不正的，听见马车里坐着的是一个小姑娘，又很好说话的样子，就嫌车夫给的钱少了，非拉着他们要把地上掉的桃子不管好坏全都买下，不然就不让走人。

这要是别家的小姑娘怕惹麻烦，多给些钱也就解决了，偏偏遇上的是任瑶华。

原本小贩说几句软话，任瑶华也不太在意那点银子，偏偏小贩见瞧热闹的人多，以为任瑶华带着的下人不敢当街对他如何，就满嘴不干不净起来，把任瑶华惹火了。

任瑶华冷声吩咐车夫走人，那小贩还是不依不饶。

就在这个时候，雷霆带着雷盼儿从外头回来，恰好遇上这一幕。雷霆让自己的管事下来帮任瑶华摆脱了那个小贩。

而雷盼儿见马车里坐着的是许久不见的姐姐，立即要求下车与任瑶华共乘。于是最后就变成了雷盼儿和任瑶华坐着马车在街上转悠，雷霆无奈之下派了些人跟着她们，自己先回去处理事情了。

按理，以雷盼儿的年纪是不容易长时间记住只见过一两面的人的，她却一直记得任瑶华，还对任瑶华很亲近，不得不说这也是两人之间的缘分。

任瑶华见雷盼儿没玩多久就有些累了，趴到她怀里不想动，就抬手抚上雷盼儿的额头："怎么了？不舒服？你刚刚是从哪里回来？"

雷盼儿觉得任瑶华的怀抱香香软软的，不由得蹭了蹭："前几日是我娘亲的祭日，爹爹带我去祭拜娘亲。姐姐，什么是祭日？"

任瑶华一愣，摸着雷盼儿小脑袋的手更温柔了些："盼儿，你想你娘吗？"

雷盼儿点了点头，想了想又将自己的小脑袋从任瑶华怀里一点一点地拱出来，疑惑又委屈地道："想的，可是盼儿已经忘了娘亲长什么样子了，姐姐，娘亲会怪盼儿吗？"

任瑶华有些心酸，摸了摸她的脸，难得温柔地道："不会的，盼儿只是年纪小才记不住。"

雷盼儿似懂非懂地点了点头，看了看四周，然后凑到任瑶华耳边神秘兮兮地道："可是盼儿听说爹爹会给我找个新娘亲，姐姐，盼儿不想要新娘亲。"

任瑶华无言以对，想不出用什么话来安慰小孩子。她想说新娘亲也会喜欢你，对你好的，可是这些任瑶华自己都不敢肯定，又怎说得出口。

雷盼儿转了转眼珠子，拍手道："姐姐，要不你来当盼儿的娘亲吧？盼儿喜欢姐姐，姐姐也喜欢盼儿，你来当盼儿的娘亲，盼儿就不怕被人欺负了。"

虽说童言无忌，任瑶华还是有些尴尬。

一旁的香芹听得生气，叉腰道："小丫头什么也不懂胡说八道什么呢！小心老虎来叼了你去！"

雷盼儿被吓到了，撇了撇嘴泪眼汪汪地看着香芹："香芹姐姐好凶，盼儿不要喜欢你了。"

香芹被她控诉得肝胆儿一颤，可是想起她说的话又强撑着道："不喜欢就不喜欢！哼！"

芜菁拍了香芹一记："你可真出息了，跟个五岁的小孩较真儿。"

香芹不服气道："我较真儿怎么了？她在这儿胡说八道，我们当是小孩子不懂事，可是若在外头还这么说，我们家小姐还要不要嫁人！"

芜菁不理她，转头温柔地哄雷盼儿道："雷小姐，刚刚这种话以后可不要在别人面前提及，不然会给我们小姐惹出麻烦的。"

雷盼儿泪眼汪汪地点了点头，看了看任瑶华："盼儿不说就是了，盼儿就是心里想想，不会告诉别人的。"说着小姑娘还看了香芹一眼，补充了一句："盼儿又不是笨蛋。"

"喵！小丫头，你这是在挑衅我吗？"香芹抱着手臂眯起眼睛斜睨着雷盼儿道。

雷盼儿噘着嘴扑回任瑶华怀里，只留给香芹一个小翘臀。

任瑶华看了香芹一眼，在雷盼儿面前威武霸气的香芹立即低眉顺眼地坐好，雷盼儿回头给了香芹一个鬼脸。

快到中午的时候，雷霆过来接雷盼儿回府。

雷盼儿噘着嘴紧紧攥着任瑶华的衣袖不舍："瑶华姐姐，你什么时候再去看我？"

任瑶华平日里难得来一次云阳城，而雷家连个女主人都没有，任瑶华哪里有借口去看她，可是她又不想说谎骗雷盼儿，便沉默下来。

雷霆站得比较远，这边的话他也听见了，便交代奶娘几句，让她抱盼儿离开。

奶娘过来笑着道:"小姐,时候不早了,任三小姐也要回去用饭了。老爷说以后你可以去探望任小姐。"

雷盼儿转头看了她爹一眼,这些日子父女两人接触的机会多了,雷盼儿对雷霆也稍微亲近了些,便乖乖地将手放开。

任瑶华忍不住摸了摸她软软的头发:"回去吧。"

雷盼儿终究还是被奶娘抱走了,任瑶华朝雷霆屈膝行了一礼:"今日多谢雷大老爷出手相助。"之前被雷盼儿一番闹腾,任瑶华连当面正式道谢的机会都没有。

雷霆点了点头:"任三小姐以后出门还是多带几个护卫为好。"想了想,他又加了一句:"性子太倔的人,总容易吃亏。该妥协的时候,妥协一次又何妨?"

任瑶华没有想到雷霆会突然冒出这么一句,不由得愣了愣。

虽说对于一个总共才见了两次面的人而言,说这种话有些僭越了,不过想起自己上一次见到他的时候,说的那几句话也毫不客气,任瑶华倒是发不出脾气了,何况她并非不知道好歹,雷霆是好意提醒还是刻意挖苦,她还是能听出来的。

所以任瑶华又屈膝行了一礼,淡声道:"我自幼就是这种性子,所以亏也吃了不少,以后会注意的,多谢雷大老爷提点。"

见任瑶华承认得这样爽快,雷霆反而有些讶异,不由得多看了她一眼。

去年关于任家三小姐的传闻传得沸沸扬扬的,他也听到了一些,虽然经过接触,他不太相信那些捕风捉影的谣言,心里却也觉得这位任三小姐应该是个耿直的急性子。一般这种人都很固执,不怎么听劝,不想这位任三小姐倒是个虚心的。

这么想着,雷霆向来冰冷严肃的表情缓和了一些,朝着任瑶华点了点头,两人道了别,雷霆上马,任瑶华转身上了车。

任瑶期是在下午送任时敏离开云阳城的时候才见到任瑶华的,任瑶华与雷盼儿分别之后回了任家别院，虽然留在别院里的婆子将任瑶期派桑葚来找她的话交代了一遍，但是任瑶华还是没有去宝瓶胡同。对于外祖一家，她心里始终有疙瘩。

来给任时敏他们送行的学子不少，任瑶期和任瑶华坐在一辆车里，只能远远地追在后面，根本就瞧不见任时敏的人。

任瑶期问任瑶华道："舅舅说今日看到你和盼儿在一起？"

任瑶华皱了皱眉，不知道李天佑是在哪里看见她的，她将自己今日的事情都与任瑶期说了。

任瑶期道："多亏了雷家的人帮忙，不然今日怕是又有麻烦事。"

任益均今日也过来了，任时敏去京都参加文斗会，抛去功利因素，最高兴的，除了三房的人，就是他了。

任益均给任时敏送行的时候笑道："我这辈子怕是不能离开燕州了，三叔，我真羡慕你。你好好比试，等你获胜回燕北的时候，我们叔侄两人再把酒同欢。"

只是世事难料，在任时敏离开燕北一个月之后，任益均突然病重。

任瑶期在李氏房里听到这个消息时大吃了一惊："三哥病了，很严重？"

周嬷嬷叹道："说是昨日夜里受了些凉，今日一早就有些发热，原本大家都没有当回事，毕竟三少爷总是三天两头地小病一场。大太太还叫了平日里给三少爷诊脉的大夫进府来给三少爷看了，大夫也说没有什么大碍，给开了个温补的药方子就走了。可是到了今日傍晚的时候，三少爷的病症突然就严重起来，全身发冷，四肢抽搐，药水吃食都喂不进去，再找大夫进府的时候，大夫见了也吓了一跳。"周嬷嬷说到这里顿了顿，然后小声道："大夫说，三少爷熬了这么多年，药都是照着三餐吃，能熬到今日也算是一件奇事了，可到底生下来底子就薄，这次怕是要不好，老太太那里已经暗中吩咐管事做准备了。"

任瑶期坐在那里有些愣怔，三哥突然病重？三哥怎么会病重？他从前不是一直活得好好的吗？说不定比她的命还要长。

任瑶期忍不住道："大夫进府瞧过吗？有没有可能是别的原因？比方说吃了什么不应该吃的东西，中毒？"任瑶期想起萧靖西的"病"。

周嬷嬷摇头:"大太太已经叫了三个大夫进府,说的都差不多,没有大夫说三少爷是中毒。"

不是中毒?那是怎么回事?任瑶期心里有些担心。

在任家,除了父母姐姐,任瑶期也只对任益均这个三哥有好感。

"我去瞧瞧三哥。"任瑶期起身道。

周嬷嬷看了看外头的天色,劝道:"五小姐,现在天色已经很晚了,你这个时候过去不方便,还是明日一早再去吧?大太太那里已经乱了。"

任瑶期看了看外头,天的确已经黑了,她这会儿过去的话非但帮不上什么忙,还会给大太太添乱,于是点头道:"那我明早再去瞧三哥。"

只是这一夜,任瑶期始终睡不安稳。

任益均那里也折腾了一宿,好几次大太太都以为他要断气了,煮好的药怎么喂都喂不进去,整整一日滴水未进。

这会儿就连大老爷都觉得任益均活不了了。只是大太太始终不肯放弃,守着任益均一夜未睡,到了第二日一早,甚至还派人去请了个神婆进府,说是要看看任益均是不是被什么邪祟缠住了。

任瑶期一早给老太太请了早安之后就与任瑶华一起去看任益均。任益均这会儿已经神志不清认不得人了,脸色很难看,就像是蒙了一层金纸,丝毫没有活气,一屋子的丫鬟都躲在屋子里暗自抹泪。

任瑶期趁着大太太这会儿不在,刻意凑近仔细看了看任益均,如周嬷嬷所言,确实看不出有任何中毒迹象。

这时候大太太进来了,与她一起进来的还有那个神婆。

那神婆五六十岁的年纪,头发花白,长得倒是慈眉善目,此时正跟在大太太身后滔滔不绝:"那姑娘长得俊,手也巧,心肠也极好,最重要的是她八字重,能压住三公子身体里的邪祟!"

任瑶期和任瑶华对视一眼,这是要做什么?

大太太也看见了任瑶期和任瑶华,只点了点头就将神婆带到外室。隔着帘子,任瑶期听见她道:"你说的我都知道了,只是这事儿单凭我是做不得主的,我还要去请示一下家里的长辈。"

那神婆一听大太太这话就知道大太太还是不愿意，又劝道："大太太，我知道你是嫌那姑娘出身低，这也是相对于你们这种大户人家而言，这姑娘家中有父母兄弟，还有十几亩良田，在普通人看来算得上是家境殷实了。最重要的是三公子这会儿正等着救命，可拖不得了啊！何况这么短的时间里要找一个身家清白又八字合适的姑娘可不容易，也不是所有人家都肯让自家闺女来冲喜的。"

冲喜？任瑶期和任瑶华都瞪圆了眼睛，不由得又回头看了任益均一眼。

可惜这会儿任益均并不知道外头发生的事情。

大太太最后还是被神婆说得有些心动，带着她往荣华院去找老太太商量了。

任瑶期和任瑶华回去之后将这件事情与李氏和周嬷嬷说了，周嬷嬷道："大太太想要在这时候给三少爷找个姑娘冲喜也很正常，毕竟三少爷这次能不能挺过去还难说，若是……至少还有个人能给他守着，以免他孤苦。只是冲喜这种事情，与我们任家家境相当的人家怕是不会愿意让女儿这么嫁过来，所以只能找一些家世上有所欠缺的。"

任瑶华皱眉道："大伯母找的是神婆？我怎么瞧着像是媒婆？"

任瑶期却想着，以任益均的骄傲，他若是神志还清醒着，怕是死也不会答应。只可惜任益均现在已经做不得自己的主了。

任瑶期没有想到的是，到了中午，外头就传来消息说老太太同意了给任益均冲喜的事情，且时间就定在明日。

会这么赶的原因是任益均的情形越发不好了，能不能撑过明日还难说。

任府从下午开始就忙碌起来，因这场婚事来得仓促，任家之前是半点准备也没有。任老太太和任大太太也没有想要大办，一切仪式和礼数都是怎么简单怎么来，就连宾客都没有请，只有任家的几个近亲。

毕竟谁也不知道这场喜事最后会不会变成白事，难免觉得有些不吉利。

任家在外头忙了个热火朝天，任瑶期却忍不住担忧。

或许是方姨娘和韩家的所作所为太过无孔不入，任瑶期总是怀疑自己身边发生的事情是不是被人设计，就连任益均的突然病重，她都忍不住往阴谋那一方面想。

现在方姨娘的芳菲院那边的事物也是归紫薇院管,所以任瑶期特意交代周嬷嬷注意方姨娘那边的动静。任瑶期因为不放心,所以叫了周嬷嬷安排在芳菲院的丫鬟过来问话,却得知方姨娘这些日子从未出过房门,甚至照顾她起居的于嬷嬷和金桔也几乎没有出过院门。

任瑶期又让周嬷嬷帮忙去查大太太请进府的那个神婆,以及她给任益均找来的冲喜之人的底细。

周嬷嬷也是个有本事的,到了晚上就来了消息。

"五小姐,奴婢已经仔细查过那婆子了,并没有查出什么问题,甚至她在燕州的口碑还很不错,虽然为了生计免不了装神弄鬼,却从未干过伤天害理的事情。十几年前邻镇有一户富户的填房想要用巫蛊害原配留下来的嫡子,悄悄找到她想要她设坛施法,被这婆子拒绝了。她还悄悄把这事儿透露给那位嫡子的奶娘,让奶娘防着这位填房。那位嫡子平安长大之后得知了这件事,还特意找到她给了她不少银子,她当年的善行也传开了。大太太之所以会找她进府来给三少爷驱邪,也是因为打听过这个婆子的品行还不错,不会为了银钱胡乱害人。"

大太太王氏向来是个谨慎的,这一点任瑶期倒是相信。

"至于那位被送进来冲喜的姑娘姓齐,闺名月桂,家住白鹤镇三十里外的东乡村,她祖爷爷曾是那一带的乡绅,也算是乐善好施,有些美名。到了她祖父这一辈齐家分了家,她父亲是次子,分到了十几亩良田,不过在东乡村已经算是小地主。她上头有一位兄长,下面有两个弟弟,皆是一母同胞,家中人口简单。"

任瑶期微微蹙眉:"既然齐家无生计之忧,又只有一个女儿,理应看得贵重才是,怎么会把她送来冲喜?"

周嬷嬷叹道:"五小姐您有所不知,这齐家人有些重男轻女,将儿子看得极为贵重,女儿就……齐姑娘自幼就下地干农活,也没有读过什么书。前一阵子齐姑娘最小的弟弟与她堂伯家的堂兄弟打架,那位堂兄弟不小心掉到河里淹死了,齐氏族长就让齐姑娘家赔偿一半的田产给那位堂伯,不然那位堂伯就要报官。齐姑娘家总共就那么十几亩地，三个兄弟只有长兄娶了媳妇，另外两个弟弟还没有娶妻，这些田产赔出去之后一家人生计艰难不说，两个弟弟以后娶妻都会捉襟见肘。"

任瑶期这下明白了，讽刺道："所以齐家就要卖女儿了？"

周嬷嬷有些奇怪地看了任瑶期一眼，五小姐现在脾气好了不少，怎么听到齐家的事情就生气了？

周嬷嬷自然不知道，作为一个同样被家族为了利益而出卖过的女子，任瑶期心里总是有些意难平。

"听说原本东乡镇上有个死了发妻的中年男人，想要娶齐家姑娘回去当填房。这男人家中有些资财，也没有儿子，承诺的聘礼还不少，齐家原本是有些动心。后来齐家不知道从哪里打听到这个男人是因为在妻子重病的时候偷偷地……咳，就是和村里的一个寡妇有些不清不楚，把自己的发妻活活气死了，被齐姑娘知道了，齐家姑娘就要铰了头发去当姑子，说自己宁愿一辈子不嫁人。可是齐家哪里容得她不嫁人？齐姑娘情急之下就说自己宁愿嫁给死人守一辈子寡。她这话正巧被这个神婆听到了，所以这次要给三少爷冲喜，神婆就想到了这位齐姑娘。最后一算八字，还真的与三少爷合上了，神婆去问齐家的意思，齐家也正为齐月桂的亲事焦头烂额，一听是我们白鹤镇任家的三少爷，还是八抬大轿娶进门当正妻，给的聘礼钱更是够他们再买个几十亩良田，齐家人哪里还有不愿意的？齐姑娘因为之前有言在先，这会儿也没话说了。"

这么听起来这个齐家也不像有什么问题，不然算计之人也太神通广大了。至于这个齐月桂是什么样的人品，任瑶期现在还不好判定，反正她从前没有听说过这个人。

这一夜很快就过去了，任益均的婚礼是在第二日申时开始的。因为这一场婚事的特殊性，任瑶期身为未嫁之女只能待在自己的院子里。

听到外头传来喜庆的吹吹打打声，不知道为何，却只让人感到萧索和凄凉。任家上下也没有谁表现出喜气洋洋的模样，就连今日娶儿媳妇的大太太也是一脸疲惫，毫无笑颜。任老太爷和任老太太更是连面都没有露。

这一场清冷的婚礼进行到夜里终于结束了。

任瑶期一直让人留意着任益均的病情，大太太将能请到的大夫都请了来，都说是三少爷多年郁积于心，加上一场风寒将原本压制在身体内的问题都引了出来。有大夫犹豫着告诉大太太，三少爷之所以米水不进，甚至喂药也是喂多少吐多少，是因为他自己不想活了，气得大太太当场发火将大夫赶了出去。

任瑶期也不相信任益均不想活了，他明明是那么骄傲那么肆无忌惮，在她最无望的时候告诉她要反抗，还敢砸了祖宗祠堂，怎么会有这种消极的心思？

可是任瑶期又不由得问自己，除了记得他是当初那个敢于带着自己砸祖宗祠堂的三哥，她又有多了解任益均？

心有抱负，又因为身体难以实现。厌恶从别人眼中看到同情和轻视，所以他除了把他当成正常人的三叔任时敏之外，对待别人都是恶声恶气的。

想起那日送任三老爷回来的路上，任益均兴奋中又隐隐含着一丝落寞的眼神，任瑶期心里也有些茫然。

不过，任瑶期想，她总还是要试一试的。她决定明日派人去一趟云阳城，请求燕北王妃派个医术高明的大夫过来给任益均瞧瞧。燕北王府有几个大夫医术都很高明，不仅仅是在燕北，在整个大周朝都极有名气。

到了第二日一早，任瑶期还没来得及派人去燕北王府就有人来禀报说三少爷今日早上能喝进去药了。

这个消息让任瑶期喜出望外。觉得儿子已经一只脚踏进棺材里的大太太更是喜极而泣，一大早就去了任益均的院子，亲眼盯着他喝了一碗药又吃了一碗清粥，对着西天拜了又拜。

任瑶期也去探望了任益均。

她一走进任益均的院子就瞧见正房的廊下跪着一个人，走近了一看却是个十五六岁的陌生姑娘。

那姑娘肤色微深，脸上还长了几粒雀斑，五官长得很秀气，小巧挺翘的鼻子尤其好看。她身上还穿了一身大红，只是胸口以下到裙面被泼了什么上去，湿了一团，黑乎乎的，身上还有一股子药味。

见任瑶期打量她，那姑娘也转过头看向任瑶期和任瑶华，眼睛不大却清澈有神。她咧嘴朝着任瑶期和任瑶华笑了笑，又继续将头低下去跪好。

"这是……"任瑶华有些疑惑地皱眉。

门口一个机灵的丫鬟立即小声道："三小姐、五小姐，这是新进门的三少奶奶。"

"三嫂？"任瑶华瞪大了眼睛，又看向那跪着的姑娘。

"哎……"那姑娘眨了眨眼，有些不好意思地应了一声。

旁边的两个丫鬟忍不住扑哧一笑。

任瑶华："……"

任瑶期问道："三嫂怎么会跪在这里？"

齐月桂腼腆地笑了笑："我做错事了，在罚跪呢。"说完这一句就不肯多言。

任益均的丫鬟与任瑶期比较熟，知道她与三少爷关系很好，便小声道："是大太太让三少奶奶跪着的。"

任瑶期有些好奇这位新进门的三嫂怎么在进门第一日就把婆婆得罪了，尤其还是在她一嫁进来任益均的病情就有了好转的情况下。

大太太并不是一个会胡乱发脾气的人，即便是一直没有生育的大少奶奶，大太太也极少当着外人的面让她没脸，向来是和颜悦色的。

不过任瑶期不好在这里多问，便朝齐月桂点了点头，与任瑶华一起走进内室。

任益均真的醒了，虽然精神瞧着还不好，脸上也没有血色，大太太正坐在床沿边给他捏被角，边说着什么，眼睛还是红肿的。

看到任瑶期和任瑶华进来，大太太停住话头朝她们点了点头，脸上还带了些笑意："你们来了？"

上前行完礼，任瑶期轻声问道："听说三哥好些了，我和三姐来瞧瞧。大伯母，大夫来瞧过了吗？怎么说的？"

大太太起身道："大夫已经来过了，又开了几剂药，说是只要能喝进去药并且能进食，就会慢慢好起来。等会儿我再请几个大夫进府看看。"

任瑶期点了点头，心里也松了一口气。

这时候大太太的大丫鬟进来禀报说大少奶奶身边的嬷嬷过来了，好像有什么事情要请示大太太。

大太太看了任益均一眼，然后犹豫着对任瑶期道："期儿，你三哥与你最好，你帮我好好劝劝他，让他好生吃药，不要再闹脾气。"

原本在闭目休息的任益均睁开了眼睛："那个女人呢？"他的声音虽然嘶哑虚弱，却也很明显是不悦的。

任瑶期一时没有反应过来他说的是谁，大太太却立即走过去，也不顾任瑶期和任瑶华在场，小声哄着他道："你先放宽心养病，等你病好了，想怎么样娘都依着你。若是觉得齐月桂配不上你，等你身子好了，娘再想法子就是。但是你不好起来，娘也不好打发她走啊？你现在能好转，说不定还真是因为……"

这句话不知道触到了任益均的哪片逆鳞，让他气得抬起手就去捶床沿，吓得任大太太脸都白了，急急拉住他的手道："儿啊，你别气，千万别气。娘不说了，娘什么都不说了，什么都由着你还不成吗？"

任益均看着大太太一字一顿道："赶她走！我不想再看到她！"

任瑶期这会儿算是明白了，原来齐月桂得罪的不是大太太，而是任益均，所以才会被大太太罚跪。可是任益均一直躺在病床上，今儿早上才醒来，齐月桂能怎么得罪他？任瑶期满脑子的疑惑。

大太太忙道："好好好，娘赶她走，娘这就赶她走！你好好的啊！"

任益均紧抿着唇看着大太太不言语。

大太太叹了一口气，吩咐任益均房里的人好好伺候，又看了任瑶期和任瑶华一眼，转身出去了。

等大太太出去之后，任瑶期走近任益均，轻声道："三哥，你能醒过来真的太好了……"

不想任益均却眼也不睁地嗤笑道："好什么？世间多一个废物罢了。"

任瑶期闻言愣了愣，难道任益均真的是因为自己不想活了才会突然病重？

任瑶华有些看不惯任益均，张口就嘲讽道："那至少也还是个能喘气的废物，能让家人安心。要是死了，就连废物也不如！"

任益均额上青筋一跳，任瑶期有些头疼地看了任瑶华一眼，向她使了个眼色，任瑶华看了看半死不活的任益均，抿了抿唇，一言不发地转身走到旁边去坐了。

任瑶期道："三哥，三姐她说话向来是这样，你别生她的气。"

任瑶期顿了顿，又接着道："不过她的话虽然不好听，道理却还是有的，人活着并不全然是为了自己。你这次突然病重，大伯母头发都愁白了不少，这几日更是不眠不休地守在你这里，连自己的院子都没有回过。"大太太的为人，任瑶期不予置评，但是无可否认她是一位好母亲，不管是对任瑶音还是任益均，她都是全心全力地爱护。

见任益均不说话，任瑶期又道："有些人明明有好的出身、好的相貌、好的身体，可是这一辈子却选择了醉生梦死，庸碌度日；有的人有抱负有才华也有能力，却偏偏没有好的家世，一生只能为人附庸，所有努力最后皆为他人作嫁衣裳。三哥你有才有貌也有抱负，最终却因为身体拖累只能被困在这座院子里。三哥，我若是你，我也会怨愤不甘，可是这世上本就没有那么多的公平啊。"

任益均望着头上的床帐，怔怔的。

"我就知道一个人，他与你一样自幼身体不好，可是我从未在他身上看见怨愤不甘，甚至于见到他的人都会不自觉地忽视他身体的不足，只为他的风采折服。可是他真的就从来没有为自己的际遇不平过吗？我觉得未必吧。你的出身或许比不过他，但上天给你们的磨难是相同的，区别只在于他克服了而你却妥协了。'天将降大任于斯人也，必先苦其心志，劳其筋骨，饿其体肤，空乏其身，行拂乱其所为，所以动心忍性，增益其所不能'说的就是他这样的人。我比较好奇的是，他能做到的事情，你为何不行？想想这个人，三哥你还以为自己只是因为身体不好才会被困于这内院之中吗？"

任益均沉默良久，就在任瑶期以为他不会再开口说话的时候，他突然道："萧靖西……你说的那人是萧靖西？我……我确实远不如他。"

任瑶期笑了笑："你从来没有试过怎么就知道自己不如他？三哥，好好养病，让自己好起来。如果父亲能在这次的文斗会上得胜，他或许就可以接到云阳书院的聘书，到时候你去给他当书童如何？"

任益均轻轻扬了扬嘴角。

该说的都已经说了，任瑶期也不知道自己还能怎么开解任益均，只能依靠任益均自己想通。

大太太在内室外的帘子边站了许久，将里面的对话都听到了耳里，掏出帕子揩了揩眼角，转身又出去了。

"大太太您不进去守着三少爷？"丫鬟小心问道。

大太太摇了摇头："难得他听得进劝，就让瑶期和他说说话吧，我再去老大媳妇那里看看，有些账目她理不清。"大太太一边说着，一边忍不住反省，这些年因为顾忌着任益均身体不好，她是不是对他管束太多？

丫鬟道："那三少奶奶那边要如何处置？真的顺着三少爷的意送回去吗？"

大太太叹了一口气："人都抬进门了还能送到哪里去？刚刚不是让人把她送去偏院了吗？就让她暂时在那里住着吧，交代她没事不要出门，以免让三少爷瞧见。"

昨日将人抬进门冲喜，今日任益均病情就大有好转，如果这个时候就把人送走，就算她不怕别人说他们任家过河拆桥，也还要顾忌任益均的病情。谁知道是不是真是冲喜的作用？

"均儿为何会对齐氏这般反感？"大太太之前听说任益均醒了，只忙着高兴和请大夫了，一步也没有离开任益均床前，见任益均对齐月桂发脾气也只是以为儿子看不上人家，没有深究，现在想着似乎有些不对。

丫鬟道："之前听说少爷醒了，奴婢与您是一起过来的，也只是一进门就瞧见三少爷在对三少奶奶发脾气。要不奴婢去问问少爷房里值夜的丫鬟？"

大太太点了点头，冷脸道："是该找来问问，若是齐氏真的做了什么不好的事情，我也不放心留下她。"

于是任益均房里的丫鬟被大太太的人找个由头叫了出来。

那丫鬟就知道大太太回过神来之后会找她问话，所以回答起来也很顺溜："今儿一早，三少奶奶天还没亮就起身了，之后要伺候三少爷擦脸擦手，奴婢们也不好拦着。后来三少奶奶又让我们把药端过来，说要给三少爷喂药，三少爷依旧没有反应，不肯喝。再后来三少奶奶就从自己的衣兜里拿出了一包臭烘烘的东西凑到三少爷鼻口边，念念有词的，奴婢听到她好像在说手里的那玩意儿是什么东西的粪便，能包治百病，如果三少爷不肯喝药，她就把那玩意儿塞到三少爷的鼻子里，从鼻子里喂进去，还说自己曾用这种方法治好了家里的一头母猪，治人应该也是能成的……"

说到这里，丫鬟的脸色变得极古怪，大太太也变了脸色，气得有些发抖："真是岂有此理！"

丫鬟赶紧道："可是三少爷真的醒了过来。"虽然很有可能是被自己的新婚妻子气醒的。

"三少奶奶见少爷醒了，就要灌他药，三少爷把碗砸了让她滚，三少奶奶却说……说自己嫁了个废物，连药都不会喝。再后来您就来了，您喂三少爷喝药，三少爷也没有再吐。"

大太太原本怒极的脸色终于好看了一些，只是还是不怎么高兴。

"均儿能醒过来或许有她的功劳，可是哪里有对自己的夫君这般说话的？这也太无理了！"大太太皱眉道。

丫鬟们低头看脚尖。

大太太又叹了一口气道："罢了罢了，她一个乡野丫头，我还能奢望她有大家闺秀的修养不成？均儿能好过来就好了。只是你们以后注意着不要让她近身伺候三少爷，也不要让她在府里上蹿下跳的，以免让别人瞧了笑话。"

任益均的丫鬟忙低声应了。

任瑶期这时候也在问任益均关于他新婚妻子的事情："三哥因何事生三嫂的气？"

难道是任益均发现了齐月桂有什么不对劲的地方？

任益均又闭上眼睛转过头去不理任瑶期，只是他的呼吸粗重了一些，似乎在生闷气。

任瑶期有些莫名其妙。最后还是任益均的丫鬟遮遮掩掩地将今日早晨的事情说了出来。

任瑶期和任瑶华听了脸上都有些古怪。

任益均道:"别,别提那毒妇!"

任瑶华看了任益均一眼道:"毒妇?说不定她这么做是为了你好呢?你瞧你不是醒过来了吗?你死了对她有什么好处?再说男子汉大丈夫,跟一个小女子置什么气?也不怕说出去让人笑话。"

任益均越发不待见任瑶华,气道:"谁让你进来的?出去!"

任瑶华看了任瑶期一眼,将手里的茶碗放下,很利索地站起来:"既然三哥你已经醒了,而且瞧着精神还不错,我就先回去了。"

说着也不等任瑶期,任瑶华自己先走了。

任瑶期见任益均明明虚弱得连气都喘不匀,却还一副气鼓鼓的样子,不由得无奈道:"三哥,你刚醒过来,应当好好静养,生那些无谓之气做什么?"

任益均又闭上了眼睛。

任瑶期觉得任益均有时候就是小孩子脾气,她能跟一个病人较什么真?所以任瑶期只是好声好气地跟任益均又说了几句软话,然后交代他好好休息,就离开了。

这一日之后,任益均虽然还是卧病在床,不过能吃药也能进米水了,身体慢慢康复起来。

在任益均静养的这段时间,齐月桂一直没有露面,听说大太太给她找了个老嬷嬷,教她学规矩,并让她在规矩没有学好之前不准出门见人,还免了她的晨昏定省。齐月桂甚至连三朝回门那一日都没有回去,只不过是齐月桂自己不想回娘家。她不愿意回去,任家也觉得免了折腾。

这一次任益均伤了元气,整整休养了三个月才能下床。

这一日,任瑶期正在自己的小书房里给萧靖琳写信,桑葚突然进来禀报道:"小姐,不好了,三少爷和三少奶奶又打起来了!"

任瑶期不慌不忙地放下手中的笔,转了转右手的手腕:"这次又是因为何事？"

桑葚连忙道："三少奶奶把三少爷种在院子后面的几丛兰花拔了，三少爷气得跳脚，正追着三少奶奶满院子跑，说要把她绑了送回娘家。现在清风院里正闹得人仰马翻。老太太和大太太今儿都出门了，大少奶奶实在是没有法子，只能让人来请您过去劝劝三少爷。"任家谁都知道，一大家子的兄弟姐妹中，也就三房的五小姐能和性情古怪孤僻的任益均说上话，也不会轻易被甩脸色。这待遇，连三少爷的嫡亲兄妹都没有，也难怪大少奶奶赵氏会求到这里来。

大嫂请她过去，任瑶期只能赶紧换了一身衣裳前往清风院。

她进去的时候，任益均已经跑不动了，正靠在东厢廊下的一根大柱子旁上气不接下气地喘着，一群丫鬟婆子都围在他周围给他顺气，递茶水。

任益均的眼睛却死死盯着对面西厢廊下的齐月桂："你给我过来！"

相较于任益均的狼狈，齐月桂连头发丝儿都没有乱，她笑嘻嘻地看着任益均，然后缓缓摇头道："不过去！"

任益均气得直跳脚："你过不过来！"

齐月桂眨了眨眼："就不过去！"

"你！"任益均将一群婆子丫鬟都挥开，指着齐月桂恨声道："你给少爷等着！少爷今天要是抓不住你，就不姓任！"

任益均的丫鬟见他又要跑过去追人，急得直冒汗，连忙拉着任益均的衣袖劝道："三少爷，还是让婆子们帮您把三少奶奶绑……追过来吧？您歇一歇？"

任益均还没有来得及说话，齐月桂就在对面笑道："对啊对啊少爷，您追不上我，还是让丫鬟婆子们代劳吧？反正到时候您还是姓任的。"

任益均闻言气得牙痒，一把推开拦路的丫鬟："不用！都给我让开！"

带着任瑶期进来的大少奶奶连忙喊道："三弟、三弟妹，五妹妹来了，你们别闹了！"

任益均这才停住步子看了过来，皱眉道："你怎么来了？"

任瑶期看了任益均一眼，这么一看却愣了愣。任益均可能因为跑动过，这会儿脸上带了些潮红，额头上还有汗，眼神也比他卧病在床那会儿清亮不少，他身上竟没有了常年带着的那股子阴郁之气。任瑶期还是第一次见到这么有活力的任益均。

这么想着,任瑶期不由得深深看了齐月桂一眼,齐月桂注意到她的眼神,冲着她灿烂一笑:"五小姐,今儿天气好,你也该出来走走。"

任瑶期也笑了笑,然后问道:"你们今日这是?"

任益均一听到这个就来气,气呼呼地走到任瑶期面前道:"瑶期你来瞧瞧这个蠢妇做了什么!她竟然把我好不容易养活的兰花连根拔了!等我发现的时候,全都救不活了!"

齐月桂连忙道:"我不知道那是兰花,它又没有开花,看着就像是杂草。我只是想要用那几个花盆种些别的。"

说着齐月桂自己走了过来,摇头道:"少爷,我已经认错了,我真的不是故意的。我给您再种回去还不成吗?何必为了这点小事大动肝火,气坏的可是自己的身体。"

任益均嘴角抽了抽,然后趁着齐月桂靠近的时候一把擒住她的胳膊:"我看你还往哪里跑!蠢妇!"

齐月桂被他抓住了也不怕,反而笑嘻嘻地道:"咦?从毒妇又变成蠢妇了?既然现在少爷您抓住我了,那就任您处置好了。"

任益均看着齐月桂死猪不怕开水烫的模样反而为难了,他能怎么处置她?

打一顿?太粗鲁了,不像君子所为。

骂一顿?这蠢妇嘴皮子比他还利索。

抓住齐月桂胳膊的任益均深深地皱起了眉头。

任瑶期叹了一口气,觉得好笑,到底忍不住出言给任益均解围道:"三哥,三嫂不是说要帮你把兰花种回去吗?"

任益均闻言眼中一亮,用另外一只手指着齐月桂趾高气扬地道:"你若是能在一日之内把那几盆兰花恢复成原样,我就暂且放过你!"

齐月桂眨了眨眼睛,勉为其难道:"那好吧。"

任益均笑了,他确定那几盆兰花已经彻底死了,大罗神仙也救不了。至于说要齐月桂买新的回来……

任益均冷笑,把她卖了不知道够不够买两株。

于是闹了一个上午的闹剧就这么莫名其妙地平息了。

下午，老太太和大太太回来之后听说了清风院的事情很生气，将齐月桂叫过去狠狠地教训了一顿，罚她跪了两个时辰，要她继续在自己院子里学规矩，不准乱跑，不然就要家法伺候。

其实齐月桂自从嫁过来之后除了来荣华院和大太太的院子里挨训，还真没有再出过门。

到了第二日，任益均心情极佳地派人过来请任瑶期去清风院一起验收齐月桂种兰花的成果，其实是想要看齐月桂出丑。

任瑶期对齐月桂这个人越发好奇，所以任益均来请她她就过去了。

可是当齐月桂捧出一个花盆，任瑶期看到花盆里种着的东西时先是愣了愣，然后别过头去，忍不住笑了。

任益均皱着眉头绕着捧着"兰花"的齐月桂转了两圈："这是什么兰花？我怎么没见过？"

齐月桂冲任瑶期眨了眨眼，然后一本正经地对任益均道："这是我好不容易找到的珍贵品种，少爷应该没有见过。"

任益均将信将疑地看了齐月桂一眼："当真？"瞧着有些像兰花，他也确实没有见过这种品种。

齐月桂连忙点头："当真。"

任益均冷哼道："不是说要恢复成原样吗？你拿这玩意儿糊弄我？"

齐月桂遗憾地道："少爷您不要？不要我拔了再种别的。"

齐月桂说着就要动手去拔，被任益均一把拦住了："罢了，罢了，这次就不与你计较，放过你吧！"

齐月桂连忙屈膝行礼，笑眯眯道："多谢少爷恩典。"

任益均看了看她又看了看她手里的"兰花"，冷哼一声，大发慈悲道："你可以下去了，对了，让人端茶点来花厅。"

"好嘞，这就去。"齐月桂将花盆放到庭院的游廊下，利索地退下了。

任瑶期笑着摇了摇头，跟着任益均去了清风院待客用的小花厅。

分主宾坐下之后，任益均道："在你过来之前，我接到消息说三叔今儿来信了。"

任瑶期忙道："信上说了什么？"

任时敏他们四月出发去的京都，现在都已经快八月了。

这期间任时敏只来了两封信，说他们去京都之后，宫中的文渊殿起了一场大火，之后文斗会就被延期了，他们大概八月才能回来，正好赶上过中秋。

任益均笑道："是好消息，三叔的画拿了第二，虽然得第一的那位代表的是京都，却是我们燕北人，所以三叔也不算是输了燕北的脸面。"

任瑶期想了想，扬眉道："难道是世子爷？"

任益均哈哈一笑："没错，就是燕北王世子。"

任瑶期也听说过这位出身燕北王府的世子爷虽然不能武，在琴棋书画等风花雪月之事上却是行家。

"朝廷让燕北王府的世子代替京都来与燕北派去的人比试？"任瑶期皱眉道。

任益均嗤笑道："他们也就会干这些小家子气的事情，无非想要用这种方式告诉燕北王府，就算燕北来的人赢了，赢的人也是大周朝的子民，也都要听他李氏的差遣，因为连我们的世子都得仰他鼻息。"

任瑶期闻言笑道："哦？那么说燕北这次就算是赢了也赢得不痛快？"

任益均摇了摇头："自然不是。"任益均难得卖起了关子。

任瑶期很配合地做洗耳恭听状。

"文斗会上他们京都耍花样，接下来的武斗会可没有那么多花样让他耍了，刀枪骑射马球蹴鞠，燕北大获全胜。"任益均说这句话的时候，神情中有着毫不掩饰的身为燕北人的骄傲。

任瑶期惊讶道："我记得以前的武斗会燕北虽然占了优势，但是朝廷也会赢上几个回合才是。"

任益均又是一声嗤笑："让着他们罢了。既然这次是他们自己不要脸面，那我们还给什么脸面？"

朝廷用燕北王世子来告诫燕北王府"普天之下莫非王土，率土之滨莫非王臣"，燕北王府的应答是直接挥拳头，看谁拳头硬。

任瑶期想着，原来燕北和朝廷之间的矛盾已经这么白热化了？看来这一次京都之行确实是暗潮汹涌，也难怪萧靖西会亲自进京。只希望他们回来能顺顺利利的。

"父亲在信上有没有说明确切的回程日期？"

任益均皱眉道："原本打算中秋之前就启程的，可是萧二公子又病了，怕是会耽误些时候。"

任瑶期闻言一惊："萧二公子病了？是什么病，严不严重？"

任益均有些奇怪地看了任瑶期一眼："三叔信上没有细说，毕竟三叔也不能与萧二公子近身接触吧。不过我想应该是他多年的顽疾发作了，他的身子不是一直不好吗？"

任瑶期却在想，萧靖西这个时候生病是真的病了，还是因为什么事情装病？如果是真病，那他是身上的毒发作，还是被人暗算了？

因为想着萧靖西生病的事情，接下来任瑶期与任益均说话的时候就有些心不在焉。她担心萧靖西若是因为生病而没有办法在宁夏动乱之前赶回来，那么曾潜岂不是又有机会了？至于任瑶期心里有没有为萧靖西本人担心，怕是连她自己都分不太清楚。

任瑶期在任益均这里坐了会儿，就起身告辞了。

任益均起身送她出去。

任瑶期看着他便笑道："三哥，你最近脸色好看不少。"

任益均一愣，莫名其妙道："我一个病秧子，脸色还能好看到哪里去？"

任瑶期笑着摇了摇头："有一位太医曾经说过，有很多病纯粹是懒出来的，多动一动其实也很好。郡主教了我一套剑法，我已经练了快一年了，你知道我以前一入冬就容易得风寒，这一年来我却从未喝过药。"

任益均闻言不由得若有所思。

正在这时候，一个婆子从游廊下走过，看着游廊下的花盆小声嘀咕了一句："咦？谁把韭菜种到琉璃花盆里了？"

任益均脸色一变，立即撇下任瑶期往游廊下走去，指着之前齐月桂拿来的那盆"兰花"，瞪着那婆子道："你说什么？再说一遍！这是什么东西？"

婆子被凶神恶煞的任益均吓了一跳，战战兢兢地道："回……回三少爷，这……这是韭菜,厨房里就有一大捆,用来做韭菜盒子的。"

任益均脸上瞬间变得五颜六色起来,他咬了咬牙,然后握拳吼道:"齐月桂!你给我滚出来!"

齐月桂正好端着任益均之前指名要的一碟子姜糖从茶水房里跑出来,听到声音忙道:"来了来了,少爷!您要的糖来了!"

可是齐月桂跑了几步后就注意到不对劲,她的视线在铁青着一张脸的任益均身上转了转,又看了看游廊下那盆"兰花"和吓得直发抖的婆子,然后动作迅速地将手里的碟子塞给身后的小丫鬟,撒腿就往回跑。

她一边跑,还一边回头挥手道:"少爷,您先吃糖,我去给您重新泡一壶好茶。马上就回来!"

任益均哪里还听她的鬼话,抬脚就追了上去:"齐月桂,你个蠢妇!你给我站住!"

齐月桂回头:"咦?少爷您又要跟我跑?那好吧,不过您跑慢点啊!哎——小心脚下!"

齐月桂话音刚落,任益均就踢到了庭院里的一个小花盆,啪叽一声摔倒在地。

齐月桂犹豫了片刻又磨磨蹭蹭地跑回来:"少爷,您没事吧?要不要紧?伤到哪里没有?要不我让人抬您回房?"

任益均手脚并用地爬起来,二话不说就要上前抓人。齐月桂吓得立即往后跳了一大步,然后又跑走了。

任瑶期看着在院子里你追我跑不亦乐乎的两人,叹了一口气,自己带着丫鬟走了。

桑葚道:"小姐,您不劝劝吗?"

任瑶期摇头,淡声道:"有些事是两个人的事,别人插不上手。"

桑葚似懂非懂地回头看了一眼。

这一年的秋天比往年要冷得早些,才过中秋就接连下了好几场雨,外面风大雨大，将初冬穿的夹袄拿出来穿上还是抵不住冷意。任府上下也开始提前缝制冬衣了。

任三老爷还没有从京都回来，任瑶期开始有些担心，三天两头去任益均那里打听消息。

任时敏就算是给家里写信，信也是寄到任老太爷手里，让任家的男人们先看。只是快到九月了，任时敏那边还是没有信寄过来。

任益均与任大老爷说了一声，让任大老爷派人去京都看看，或者给东府的二老太爷和四老爷去信问问京都的情形。

九月中旬，燕北又下了一场早雪，预示着冬天的来临。

这一日一早，任瑶期和任瑶华结伴从荣华院回来。任瑶期怕冷，身上穿着一件厚厚的棉袄子，手里还捧着一只巴掌大的暖炉，从园子里穿过的时候，鹿皮靴子踩得地上的雪咯吱咯吱作响。

正在这时候，门房的一个婆子匆匆跑过来，边跑边欢喜地道："三老爷回来了，三老爷从京都回来了。"

任瑶期闻言一喜，然后心里大大松了一口气。

真是太好了，父亲回来了。

任时敏回来之后照例先去荣华院见任老太爷和任老太太，然后再回紫薇院。

任瑶期和任瑶华刚从荣华院回来，这会儿便先回紫薇院等任三老爷。

半个时辰之后，任时敏终于出现在紫薇院的正房。

任时敏这次参加文斗会，不仅在画技上有所突破，结识了不少志同道合的友人，更是收获了名声，所以他看起来虽然比离开的时候瘦了不少，人却格外精神。

人逢喜事精神爽，这是很正常的事情，而让任瑶期意外的是，任时敏竟然穿着一身藏青色的束袖，这件衣服的布料看起来虽然很好，可是任时敏向来注重自己的仪表，这种在他看来只适合武夫和粗野之人穿的式样他怎么可能会穿？

这衣服让任三老爷显得风尘仆仆，实在不像是不分冬夏每日沐浴，一日要换三套衣服的任三老爷的穿衣风格。

李氏也注意到了任时敏的穿着，连忙问道："老爷，要先沐浴吗？"

任时敏低头看了看自己的衣服，皱眉道："穿了这么些日子竟是习惯了，被你这么一提醒，我才觉得自己发臭了，去准备些热水吧。"

李氏忙吩咐人烧水，自己亲自去给任时敏拿衣服。

任瑶期凑过去道："爹爹，你这一路上不太平吗？"

任时敏伸手将任瑶期的头推开："别靠过来，爹爹身上难闻得紧。"

任瑶期笑嘻嘻道："狗不嫌母丑，我不嫌爹臭。"

任时敏闻言哭笑不得，却也不赶她了："原本打算参加完宫中的中秋赐宴就启程的，却被一件事情拖住了，然后又是大大小小的宴请。"

"哦？出了什么大事情吗？"还是萧靖西的病情加重，回程都成了问题？任瑶期不由得有些担心。

任时敏接过丫鬟端上来的茶，也没有了他以往那些七七八八的讲究，揭开碗盖就喝，好在现在天气冷，茶端过来正好可以入口。

任时敏喝了两口热茶才道："这事说大也大，说小也小。萧二公子在文斗会上露了一次面，不知怎么的被颜相的夫人瞧见了，颜夫人就与太后说想要把颜家千金嫁给二公子。"

任瑶期闻言一愣："颜小姐？"

任瑶期想起来，从前颜家小姐也看上了萧靖西，还要追着他来燕北。

"不是说萧二公子病了吗？"任瑶期问道，看来应该病得不严重。

任时敏点了点头："二公子在文斗会上露了露面，之后就一直在别馆里养病，只到最后的中秋赐宴不能缺席才出来了一会儿。"说到这里，任时敏叹了一口气："不知道萧二公子现在怎么样了。"

任瑶期皱眉："他这次没有与你们一起回来？"

任时敏叹道："原本是一起走的。之前皇帝和太后一直不愿意放人，最后好不容易才得以脱身，可是这一路上不怎么太平，先后遇上了两路刺客，最后萧二公子提议他与我们分开走，那之后萧二公子的马车就不见了。不过他离开之后，这一路上都太平起来，看来那些刺客是冲着萧二公子来的。"

任瑶期听完之后原本已经放下的心又悬起来了。

萧靖西竟还没有回来吗？

他又遭遇了刺客？任瑶期不由得想起上一回自己乘坐他的马车的时候发生的刺杀事件以及他身上的毒，不知道这样的事情他一年之中要遇上几回？

任瑶期还想再问任时敏一些细节，可是这时候李氏过来了，说洗澡水已经备好了，请任时敏过去沐浴。任瑶期看着任时敏一脸疲惫的样子，终究还是按捺住了，想等任时敏休息好了再来问。

几日后，萧靖西仍然没有消息，但是不知道出于什么原因，对于萧二公子没有回燕北的事情燕北王府并没有对外宣扬，甚至连任时敏他们都被交代了不要多言。任瑶期听任益均说，最近通往京都的官道上，来来往往的人马比往常多了一倍不止。

外头的形势表面上看起来依旧风平浪静，但是底下已经是一触即发的紧绷。

之前任时敏还在京都的时候，任大老爷曾派人去京都打探消息，现在任时敏回来了，打探消息的人却带来了二老太爷的信。

这日一早，任老太爷便召集任家所有的成年男子，任时敏也去了。任瑶期得知之后就交代下去，任三老爷一回来就来禀报她。任瑶期猜想二老太爷来信应该是为了任家在南方的煤栈的事情，而这件事情很有可能与方雅存扯上关系。

自从任瑶期知道方雅存和卢公公之间的牵扯之后，对于京都的消息都很关注。

中午，任时敏一回来，任瑶期就去了他的书房找他。

任时敏很纳闷为何女儿会关心这些无聊的事情，不过他还是好脾气地与任瑶期说了："你祖父说因为方家的帮忙，任家在江南的煤矿有了些起色。听说明年任家可能还会在京都一带再开四家煤栈，相关文书已经开始准备了。"

任瑶期试探地道："我记得在京都开煤栈需要的文书非常复杂，疏通关系需要花费的银钱也不少。"

任时敏想了想道："听你祖父说好像有贵人相助。"

任瑶期抿了抿唇，语气有些僵硬地问道："什么贵人？"

"这个……你祖父好像没有说。"任时敏不好意思说是自己没有注意听。

任瑶期低头轻声道："这世上哪里有那么多便宜的事情？别人给了你什么，总是希望从你身上拿到更多的回报，只是不知道到时候任家给不给得起那位'贵人'想要的。"

"什么回报？任家又不缺银子。"任时敏不在意道。

任瑶期叹了一口气。她想起任时敏说等过完年开春之后，有可能就要去云阳书院任教的事情，便开口问道："爹爹，你去云阳书院任教的话，书院每年给你多少俸禄？"

任时敏闻言有些奇怪地看了任瑶期一眼，皱眉道："银钱只是身外之物，瑶瑶你不要太在意这些，若是缺什么爹爹让人给你买就是了。至于书院那边，我正想与徐山长商议，不拿月俸。"

任三老爷压根儿就没有看上那点钱，他去书院也只是因为那里有不少与他志同道合的人，他能与他们一同钻研自己感兴趣的事物，这次去京都的一路上他就进益不少。

任瑶期就知道会这样。

她暗叹了一声，说道："爹爹，不是我在意那些身外之物，只是你记得之前五房被罚了一年月例的事情吗？"

任三老爷恍然道："哦，这事啊？我记得。五弟还来找我借过银子，不过后来不知道怎么的被父亲知道了，让人把银子拿走了，还说我若是再敢偷偷给五弟银子，就连我一起罚。"

任瑶期点了点头："这一年五叔他们过得如何，你也看到了？"

任老太爷说不给银子那就是真的不给。原本任五太太有不少嫁妆，支撑五房的支出倒也不是问题，只是任五太太的嫁妆大多是一些值钱的首饰，她拿出去典当了几次后任五老爷就不让了，也不准她向娘家借银子。

任五太太当初嫁进来的时候，林家给她的嫁妆都是顶好的，不少人都见过，有些东西一拿出去别人就知道。五老爷也是个要面子的，要妻子用嫁妆养活他，他觉得脸没有地方搁。

可是任五太太不拿银子出来补贴，五老爷又实在拿不出银子，五房就有些捉襟见肘了。任五太太还没有受过这样的委屈，没过半年就坚持不住了，又开始偷偷典当首饰。

成亲十几年从来不跟妻子大声说话的五老爷发了大脾气，和五太太吵了几架，两人互不搭理了大半年，直到最近才渐渐缓和了些。

"爹爹，若是有一日你也被祖父罚月例怎么办？"

任三老爷纠结地道："这……不会吧？"

任瑶期摇了摇头："不怕一万就怕万一。所以云阳书院给的俸禄你还是先收下，大不了你留着不花就是，等过个几年你将这些银子都拿出来捐给书院建一座画馆或者书楼岂不美哉？这些银子可都是你自己挣得的，与拿任家的钱建的画馆可不同。"

任时敏被说得动了心，想了想点头道："那就这么办吧。"

第三十三章

联　盟

　　第二日，任时敏应邀去云阳书院，与任时敏一同从京都回来的人这一阵子都要去云阳书院讲学，任瑶期以要给郡主送信为由提出跟着过去。任老太太想着任瑶期多去王府走动，可以与王妃打好关系，就答应了她。

　　只是任瑶期没有想到的是，她刚到云阳城，首先听到的竟然是宁夏总兵吴萧和暴毙的消息。

　　任瑶期虽然隐约记得从前吴萧和死的时间就是这一阵，可是在听到这个消息的那一瞬间脸色还是忍不住变了。

　　现在整个云阳城都因为这个消息热闹了起来。

　　谁都知道宁夏总兵吴萧和是燕北王的妹夫，吴萧和手中掌有整个宁夏的兵权，他对于西北地区的边疆稳定起着举足轻重的作用。

　　而宁夏总兵一职有些特殊，是世袭，由老子传儿子，再由儿子传孙子。偏偏要命的是，吴萧和没有儿子，只有一个独生女儿。

　　吴萧和的突然暴毙所带来的西北地区军权的真空，尽管只是一时，却一定会让各路势力都蠢蠢欲动。

　　可是这个时候萧靖西还没有消息，也不知道是否平安回来了。

　　任瑶期犹豫片刻，最后还是找了一个信封，往里面装了几根当归，没有留下只字片语，也没有署名，就让人连同她给萧靖琳的信一起送去了燕北王府。

信送过去之后，任瑶期就在别院里等消息，可是她从上午等到下午，直到天黑燕北王府那边都没有消息传过来，任瑶期不由得越发忧心。

"小姐，外头露重，还是回屋吧，小心别着凉。"桑葚将一件夹棉的深红色厚重披风搭在了任瑶期的肩头，轻声劝道。

任瑶期总觉得屋子里闷，练完剑后在外头的游廊下站了许久，之前还不觉得，这会儿许久未动，被桑葚这么一说还真有些冷，便点了点头。

这时候院子里的一棵老槐树上传来振翅声，婆子惊讶道："咦？怎么会有乌鸦？这可真不吉利啊。"

任瑶期不由得皱了皱眉。

桑葚注意到了，轻斥那婆子道："胡说八道些什么？又不是什么稀奇的鸟儿，大冬天还能看见一两只呢，大惊小怪的！"

那婆子知道大宅门里忌讳在主子面前说不吉利的话，连忙打嘴赔笑道："小姐恕罪，奴婢这是嘴欠，胡说八道的，您别介意。"

任瑶期虽然没有说什么，心里的不安却越加明显。

第二日一早，任瑶期让下面的人准备马车，准备去燕北王府探望王妃。

不知道为什么，她心里总是有些不安，虽然知道这个时候燕北王妃未必有工夫接见她，她还是想要去看一看，连她自己也不知道这种不安是从何而来。

是因为担心宁夏的形势，担心曾家会来燕北，担心任家勾结方雅存使自己这一房受到牵连，还是纯粹只是担心萧靖西此刻的安危？

一进燕北王府，任瑶期就感觉到了一丝不对劲，具体哪里不对她一时半刻也说不上来，只是仿佛连路上行走的婆子丫鬟们都神色肃然。

任瑶期在九阳殿没有见到燕北王妃，是辛嬷嬷接待的她。

辛嬷嬷请任瑶期坐下，让丫鬟给她上了茶，笑着道："任五小姐稍坐片刻，王妃刚刚去探望老王妃，奴婢让人去禀报一声您来了。"

辛嬷嬷自上次任瑶期救了徐夫人之后就对任瑶期很友好，加上任瑶期与萧靖琳的关系，每次任瑶期来燕北王府，她都会吩咐下头的人好好招呼。

任瑶期忙道："我没有什么重要的事情，今日是来给王妃请安的。若是王妃有事要忙，还是不要惊动她的好。"

辛嬷嬷道："老王妃病了，大夫正在把脉，王妃过去守着了。"

"老王妃她身子无碍吧？"任瑶期恰到好处地关心道。

辛嬷嬷叹了一口气："还不是为了吴总兵的事情，吴夫人还年轻呢。"

吴萧和暴毙，萧微就成了寡妇，还是无子的寡妇，也难怪老王妃急病了。

任瑶期觉察到辛嬷嬷眼中带着一抹忧色，可是以王妃和老王妃的关系，辛嬷嬷应该不会为萧微母女的处境忧心。

难道还出了什么事情？

任瑶期在九阳殿的偏厅里坐了片刻，与辛嬷嬷说了会儿话，在有意无意中探听到萧靖西果然还没有回来。

王妃一直没有回来，任瑶期也不好待太久，一盏茶水进了口之后就打算先告辞。

不想还不等她离开，王妃那边就派了素锦过来。

"任五小姐，王妃请您再稍留片刻，她就快回来了。眼下已经快到中午了，王妃请您留在府上用膳。"素锦笑着对任瑶期道。

任瑶期瞥了一眼外头的天色，她今日来得早，在王府里也没有坐多久，现在离中午用午膳的时候还早着呢。

不过素锦这话也只是留客的说辞，任瑶期自然不会与她较真儿，只是比较好奇王妃留下她是要做什么。

并不是说王妃从来没有留她用过膳，只是以往都是她与萧靖琳一起，萧靖琳离开之后她很少来燕北王府，王妃每日也有很多事情，就算她来了也不一定能见到。

而现在王妃特意留她用饭，肯定是有用意的。

任瑶期在九阳殿的偏厅又等了大约一盏茶的工夫，王妃才从老王妃那里回来。

见王妃来了，任瑶期忙起身见礼，被王妃亲自扶住了。王妃笑容亲切地道："让你久等了。你坐吧，没有外人，不必拘礼。"

任瑶期先扶着王妃上座，然后才坐下笑道："也没有多久，辛嬷嬷和几位姐姐一直在陪我说话。"

"哦？你们都聊些什么？"王妃笑问。

辛嬷嬷笑道："任五小姐喜欢奴婢养的那只猫，奴婢就与她聊了会儿。"

接着辛嬷嬷又说了些白雪的趣事，惹得大家都忍不住笑了。任瑶期暗中注意王妃的神情，却什么也没看出来，所以也猜测不出王妃留下她的真正用意。

直到一番说笑之后，王妃吩咐辛嬷嬷道："你带人去厨房瞧瞧，吩咐今日不要送斋菜过来，瑶期留在九阳殿用膳，就按琳儿在家时的例来，菜做得爽口一些。"

任瑶期不由得道："王妃在吃斋？"她以前与萧靖琳一起用膳的时候并没有注意到王妃是吃斋的。

不想辛嬷嬷却道："王妃吃斋十几年了，只有郡主留在九阳殿用膳的时候王妃才会吩咐厨房送荤菜过来，不过她自己是只用素菜的。"

萧靖琳喜欢吃，有她在的时候通常都摆着满满一桌子佳肴。因为萧靖琳要求高，有些品相太好的食物甚至看不出来荤素，任瑶期与王妃用过几次饭，注意到她用得很少，也只当她是胃口不好。

辛嬷嬷退下去时，还将殿里的侍女都带了下去，只留下素锦和绮罗两个随侍。

任瑶期知道王妃要与她说正事了。

果然，王妃起身对任瑶期道："你跟我来。"说着王妃就往内殿走去。

任瑶期没有多问，起身跟在她身后。

任瑶期以前跟萧靖琳来过九阳殿的内殿，知道这里是王妃平日里休息的地方，除了一些关系亲近的人，一般不接待外客。

王妃招手让任瑶期与她一起坐到软榻上之后才对素锦和绮罗道："你们也先出去，没有我的吩咐不要让人进来。"

素锦和绮罗应声退下。

任瑶期见内殿只剩下她与王妃两人，不由得越发好奇王妃要跟她说什么。

王妃看着她笑了笑，说道："我吃了十几年的斋，你知道是为什么吗？"

任瑶期想了想道："难道王妃与佛有缘？"任瑶期自然是胡诌的，不过这种说法最安全。

王妃摇了摇头,叹道:"并不是,其实我像你这么大的时候并不信佛,甚至见家中的长辈遇事就跪佛堂求佛祖保佑,还觉得好笑。"

任瑶期没有说话,她知道这个时候不需要她插嘴。

"后来我生下靖西,他……他身体不好,有一次好几个大夫会诊以后都说他活不了了,我哭得死去活来,却毫无办法,那个时候我想到了求佛祖保佑。"

王妃的声音虽然淡淡的,却带着一种坚定:"我向佛祖许愿,若是靖西能好好活下去,我愿意从此潜心向佛,这辈子不杀生不做亏心事,一生茹素。"

说到这里,王妃笑了笑,看向任瑶期道:"我佛果然慈悲,靖西最后真的活了下来。"

任瑶期听了不由得沉默,她以前极少见到王妃和萧靖西相处的画面,偶尔见到的那一两次母子两人在人前也没有太过亲密的言行。王妃和萧靖西都是持重之人,情感皆不外露。王妃对萧靖琳关怀备至应该是因为萧靖琳是女儿。王妃对萧靖西未必就不如对萧靖琳关心,只是她教养儿子与女儿的方式不同罢了。

王妃叹了一口气,眼中的忧心再也没有掩饰:"靖西他在回燕北的路上失踪了,燕北王府派了好几路人去找都没有找到,至今还没有消息。"

任瑶期闻言一惊:"我父亲说萧二公子当时与他们分开的时候身边是跟了人的,那些人也一起失踪了?"任瑶期知道那些人都是武功极好的高手,更别提还有暗中保护的人了。

王妃叹道:"只找到几具尸体,和燕北王府的马匹,其余的人都不见了踪影,甚至连马车也消失了,怎么找都找不到。"

任瑶期不由得皱了皱眉,她无暇去想王妃为何特意与她说这些,只顾着担心萧靖西的安危。

之前萧靖西没有回她的信,她还想着他会不会是因为不好露面所以才没有回云阳城,但是现在王妃说连燕北王府派出去的人都没有萧靖西的消息,她才感到不妙。

难道那些刺客这次得手了,萧靖西已经……

想到这里,任瑶期下意识地摇头。

不会的，萧靖西不会这么容易死。

王府的人虽然没有萧靖西的消息，可是也没有找到他的尸体呀。"王妃别担心，萧二公子吉人自有天相，定然会没事的。"任瑶期安慰王妃道，尽管这安慰未必会起到什么作用。

王妃点了点头，眉峰轻蹙让她眉间的纹路微现，"但愿如此，这么些年都熬过来了……"王妃顿了顿，然后看向任瑶期道，"我今日留你下来，其实是有个不情之请。"

"王妃请说。"任瑶期点头道。

王妃沉吟片刻，才道："我想请你帮我向献王借一个人。"

竟然牵扯到了献王府？任瑶期惊讶不已。

可是这话她也不知道要怎么回答。

王妃若只是想要她帮忙，那就冲着萧靖西三番五次助她的情谊她也定不会拒绝。

可是如果牵扯上献王府的话，事情就会复杂很多，且她也做不了献王府的主。

至于堂堂燕北王府竟然要向废献王要人，要的是什么人，王妃怎么知道献王府还有人可用这些，任瑶期也没有提出疑问。

献王府在燕北王眼皮子底下养着一帮戏子的真正用意是什么，燕北王府未必不知，只是睁一只眼闭一只眼罢了，从这一点而言，献王其实应该感谢燕北王府。

似是知道任瑶期的为难，王妃叹道："我也知道我这是强人所难，只是……"王妃从自己的衣袖里拿出一封信笺递给任瑶期，"你看看吧。"

任瑶期伸手接过，在看到信上熟悉的字体时她就知道这信是萧靖西亲笔所写。

信上面只有简单的几句话，就是交代王妃若是他这次不能顺利回燕北，让她在不惊动任何人的前提下去找献王，找他借一个人，至于借什么人，萧靖西并没有提及，只是在末尾随意地提了一句"必要之时可以找任五小姐帮忙"。

"我正在想怎么接你来云阳城，不想你自己就来了，还来了燕北王府。"

王妃道。

任瑶期连看了两遍信，也没有想明白萧靖西说的那个人是谁，不由得皱眉问道："萧二公子信中要向我外祖父借用的，不知道是哪一个？"

王妃摇了摇头，又犹豫道："他没有提，我也不知道，也许献王知道？"想了想，王妃又道，"我只知道靖西是在晋州附近失踪的。"

"晋州？"任瑶期不由得皱眉。

晋州、河中、绛州、慈州、隰州五州皆属河中府管辖。任瑶期知道这里是她曾外祖母宛贵妃的家乡。据她后面了解到的一些事情推测，宛贵妃在世的时候曾经对这块地方有过一番经营，如果献王最终没有办法问鼎高位，这里将会是她给自己的儿孙谋求的一块封地。只可惜，这一步退路最终还是没有用上，献王被逼到燕北，还失了爵位。

任瑶期一直以为献王既然已经退到了燕北，那么对河中那一块就彻底失去了控制，毕竟颜太后的人不会坐视自己的眼皮子底下出现一块不在自己控制范围内的地界而不管，这些年来也没有看到献王与燕北以外的地方的人有过接触。可是王妃的话和萧靖西的信让任瑶期不由得多想了。

难道晋州与献王府还有什么牵连？

想到这里，任瑶期又不由得想到上一次她在宝瓶胡同外祖家的时候萧靖西找上门来的事情。

当时萧靖西与外祖父有过一番谈话，只是谈话的内容她并没有听到。

王妃又道："想必你也听说宁夏出事了，王爷又因为北疆战事而去了武州，若非现在情势逼人，燕北一个不好就会大乱……"

任瑶期缓缓道："王妃，我帮您走一趟宝瓶胡同。"

王妃闻言话语一顿，心中一喜，握住任瑶期的手道："这便好了，辛苦你走一趟了。"

任瑶期笑着道："瑶期一直承蒙王妃和郡主照顾，这次不过是替您跑一跑腿罢了，哪里有什么辛苦可言。"

王妃摇头道："你说得这么容易，其实我都明白。不管献王那边如何答复，燕北王府都欠了你一个人情。"

王妃并非不通情理之人，所以她能明白任瑶期的为难之处，可是即便为难，任瑶期还是答应走一趟，王妃是要领她这个人情的。

　　任瑶期闻言笑了笑。

　　其实她因为想通了一些事情，现在并没有王妃想的那么为难了。萧靖西既然没有在信中提到要借的是什么人，那就说明他之前跟献王可能有过什么协议。毕竟以萧二公子的心计谋算，不可能做没有把握的事情。

　　而且任瑶期也愿意相信萧靖西的为人，他既然知道献王府的艰难和她的处境，还在信里特意提到她，那应该不会真的让她做为难之事。

　　既然萧靖西可能已经事先与献王府商量好了，那她走这一趟就真的只是为他跑一跑腿，还赚了燕北王府一个人情。

　　这么想着，任瑶期心里安定多了。她想到萧靖西既然之前就能算计到这些，那么这次失踪肯定是事出有因，并非遇到了什么危险。

　　任瑶期收好萧靖西的那封信，对王妃道："既然如此，我就不留下来用膳了，这就去宝瓶胡同。"

　　王妃道："还是用完午饭再去吧，已经快到午时了。"

　　任瑶期摇头："萧二公子至今没有消息，我还是先去看看外祖父那里能不能帮上什么忙的好。"

　　任瑶期这话并非虚情假意，是真的担心萧靖西是不是遇上了危险，而且献王府已经注定与颜太后一系不死不休，现在燕北王府与朝廷也仅仅就差撕破脸，这个时候献王府与燕北王府结盟对献王府而言未必不是一件好事。

　　王妃闻言越加感激。

　　任瑶期起身行礼告退，王妃也不好再留，叫来素锦送任瑶期出门。

　　任瑶期才走出九阳殿，就看见一个陌生嬷嬷匆匆跑来，素锦见了连忙上前道："周嬷嬷，是不是老王妃那里又有什么事情？"

　　周嬷嬷急道："老王妃又把药吐了，说是太苦不肯喝，奴婢来请王妃再过去瞧瞧。"

　　素锦道："我等会儿与王妃说说，看看能不能让大夫再换一剂不那么苦的药。周嬷嬷去没去过二夫人那里？二夫人说的话老王妃说不定还肯听一些。"

素锦之前陪王妃去探望过老王妃，见识了老王妃自己心情不好就在众人面前给王妃没脸瞎折腾的行径，心里很替自己主子硌硬。

那婆子只是个二等婆子，听素锦说得有道理，就应了一声，转头往二夫人住的院子去了。

任瑶期叹了一口气，心里想着，这燕北王府里也热闹着呢。从前吴萧和死后，萧微母女好像被老王妃接回了燕北王府，如果这一回还是这样的话，燕北王府以后还会更热闹，也不知道王妃能忍到几时。

任瑶期从燕北王府出来之后就去了宝瓶胡同，进屋的时候已经到午时了，容氏正在听楚楚报今日中午的菜单。

见任瑶期在这个时候过来，容氏有些惊讶，不过还是很高兴地吩咐楚楚又加了两个任瑶期喜欢的菜。

她吩咐完之后才笑着道："今日怎么这个时候过来，也不先派人来说一声。好在家里有春生他们昨日打回来的一些野味，你正好尝尝鲜。"

任瑶期笑道："那我也算是歪打正着有口福了？"

容氏失笑："可不是。"

等楚楚吩咐人上茶出去之后任瑶期才问道："外祖父呢？不在家吗？"

容氏有些惊讶任瑶期来找李乾："与你舅舅在后院听戏呢，你找你外祖父何事？"

难怪任瑶期刚刚进来的时候听到后院里有丝竹声和咿咿呀呀的唱戏声。

任瑶期想了想，问道："外祖母，萧二公子那次来这里找外祖父是为了什么事？"

容氏闻言看了任瑶期一眼，微微皱了皱眉："你怎么突然想到问这个，是不是有人对你说了什么？"

容氏心里有些不悦，这不悦不是针对任瑶期的，而是因为这些事情本不该牵扯到她女儿一家。

任瑶期叹了一口气,将之前王妃交给她的萧靖西的亲笔信递给容氏:"我刚从燕北王府过来,我父亲这次原本是要与萧二公子一起回来的,不想在路上遇上几拨刺客,导致萧二公子与我父亲他们分开。而萧二公子的车驾在走到晋州的时候突然失踪了,现在连燕北王府的人都找不到他。"

容氏接过信打开看了一眼,原本就皱起的眉头皱得更紧了。

任瑶期不由得在心里嘀咕:难道自己猜错了?萧靖西与献王并没有什么协议?

容氏将信看完之后就撂到炕几上,看着任瑶期道:"是萧靖西让燕北王妃交给你的?"

任瑶期察觉出容氏话中的不悦,正想说些什么,容氏已经皱眉说道:"我之前还以为萧靖西年纪虽然不大,为人做事倒是沉稳可信,不想却是我高估了他。"

任瑶期怕容氏怪罪萧靖西,忙道:"外祖母别生气,这事儿其实也怨我,萧二公子平日里帮了我不少忙,与我也算是熟悉,所以这次才会让我送信过来,其实……"

容氏越发皱紧眉头道:"你是说你与他走得很近?"

任瑶期哑言,这要怎么回答?

说不近肯定是骗人的,可是她一个未婚女子与一个未婚男子走得近这话她也说不出口。

容氏看着任瑶期的表情若有所思。

任瑶期正想着要怎么解释自己和萧靖西之间的牵扯,却听见容氏淡漠地道:"萧靖西失踪了,这与我们献王府有什么关系?你回去告诉燕北王妃,我们什么忙也帮不了,至于萧靖西信中提的那个人,我们不知道是谁。"

容氏的回答有些出乎任瑶期的意料,她张了张嘴想要说什么,可是最终只是苦笑一声,低声应道:"我知道了,外祖母。这次是我思虑不周,给您和外祖父添了麻烦,下次我会小心的。"

献王府有献王府的立场和考量,她不能为了自己的私心而硬要献王府改变立场。

可是尽管如此，任瑶期心里还是有些难过，她担心的是献王府现在不愿意帮萧靖西，萧靖西还能不能平安回来。

如果萧靖西回不来，那……

或许她应该问清楚萧靖西和献王府之前约定的到底是什么，看看能不能想办法补救。毕竟如果献王这边不愿意帮忙，燕北王府也不是没有人。

这么想着，任瑶期心神也定了下来，只是她不知道容氏愿不愿意告诉她。

如果容氏不说，她又要不要想什么办法来劝说？

容氏将任瑶期的神情变化看在眼里，却并不说话，只低头抿了一口茶，然后看着碗沿不知道在想些什么。

任瑶期正想好了说辞，想要开口，却突然听见李乾的声音在外头道："谁在里头？"

楚楚回道："回老爷的话，是任五小姐来了，正与老夫人在屋里说话呢。"

李乾嗯了一声，掀开帘子走进来。

任瑶期忙起身向李乾行礼："外祖父。"

李乾点了点头，摸着胡子道："瑶期来了啊，容氏，让厨子把那些野味都烤了让她尝尝。"

容氏起身，等李乾在炕上坐下之后才与任瑶期坐下，笑道："妾身已经吩咐下去了。"

李乾点了点头，然后就看到了炕桌上的那封信。他看了看容氏和任瑶期，伸手将信拿起来四平八稳地打开看了。

任瑶期也没有多想，以为李乾会与容氏一样拒绝萧靖西的请求，不想却听见李乾狐疑道："萧家小子怎么这会儿才来信，人不是已经过去了吗？难道还没有到？"

任瑶期闻言一愣，抬头看向李乾："外祖父，你是说他向你借的人你已经借给他了？"

李乾点了点头，看了任瑶期一眼又看向容氏："这信不是她带来的吗？你没告诉她？"

任瑶期也看向容氏。

容氏面色不改地笑道："哦，妾身刚要说，您就进来了。"

任瑶期："……"

容氏看了任瑶期一眼，有些意味深长地道："妾身只是好奇为何他会把这封信交给王妃，让王妃托付瑶期送过来。"

任瑶期郁闷不已，原来容氏看到信之后就知道她白来一趟了，所以后面说的那些话只是试探她，不想她关心则乱又因为容氏是她的至亲而没有防备，所以没有看出破绽，不但为萧靖西辩解，还绞尽脑汁想要从容氏这里探些口风。现在回想起来，任瑶期觉得自己真是蠢透了，她已经许久没有体会到这种挫败感了。

李乾闻言也看了任瑶期一眼，然后拿起信又看了一遍，这一次李乾看着看着也皱起了眉头，问任瑶期道："这是他交给王妃，让王妃给你的？"

任瑶期老老实实地点头，她现在算是明白了，不管她怎么自认聪明，有容氏在这里，她的那点聪明只能算作小聪明，一不小心就会被那点小聪明误了。

李乾摸着胡须想了想，就在任瑶期以为他会说些什么的时候，他将信放下道："容氏，我想了一上午，把那只驯养了许久的野雁也杀了清蒸吧。"

容氏好脾气地回道："今日已经有一道当归鸡汤了，野雁还是先让倚红养着吧。"

野雁和家鸡……有什么必然联系吗？

李乾想了想，点头道："嗯，都是禽类，那就暂且作罢。"

任瑶期不由得绝倒。

"你们聊着，我去院子里随便走走，刚用了不少点心，消消食。"李乾拍了拍衣摆，起身背着手道。

容氏和任瑶期忙起身，目送他出门。

等李乾走后，任瑶期和容氏复又坐下，容氏才道："你还有什么想问的？"

按常理，任瑶期应该会觉得不好意思，然后说自己什么也不想知道撇干净关系的，不过任瑶期却大大方方地点头道："是的，外祖母，我想问献王府和萧二公子之间是不是有过什么协议，如果实在不方便说，您也可以当我没有问过。"

容氏不由得看了任瑶期一眼，然后笑了笑："既然他一个外人都能信任你，我们身为至亲又有什么不能说的。你之前说萧靖西是在晋州失踪的？晋州所在的河中一带是过去宛贵妃留给我们的最后退路。"

　　"过去？"任瑶期皱眉。

　　什么时候的过去？现在已经不是退路了吗？

　　容氏叹了一口气："是啊，宛贵妃留给我们的最后退路并不是燕北，而在河中，她交代我们等燕北和朝廷真正翻了脸，双方打起来无暇他顾的时候我们就能回去河中府。你外祖父手中还有一道先皇诏书，是册封他为河中王的，诏书上的时间在那道废王诏书之后。"

　　"鹬蚌相争，渔翁得利？"任瑶期惊讶道。

　　她之前也一直觉得有些奇怪，宛贵妃与颜太后在几十年的争斗过程中也算旗鼓相当，甚至宛贵妃在很长一段时间还处于上风，为何到最后却兵败如山倒，势力全数瓦解不说，不仅保不住儿子，连自己的性命也丢了。

　　现在看来，当初宛贵妃一方的形势并非她想的那样危险，宛贵妃经营过的河中一带的势力也并未像外界以为的那样瓦解。

　　献王被宛贵妃弄到燕北王眼皮子底下，这样献王就能得到燕北王府的庇护，而河中势力也得以逃脱朝廷的视线，继续在暗中稳固发展。

　　这个时候她不得不佩服宛贵妃，谋略手段揣摩人心，宛贵妃都做得十分完美，连自己死后的事情都算计得这么远。

　　容氏又是一叹："原本是这样没错，可是没有想到渔翁还没有得利，鹬蚌中的一位就主动找上门来了。"

　　任瑶期想到了萧靖西上一次的来访："您是说，萧二公子？"

　　容氏点了点头，感叹道："后生可畏啊！"

　　任瑶期却在想，当年在她离世之前燕北和朝廷之间的矛盾已经明朗化，南北形势也空前紧张起来，不过她却没有活到看见献王拿着先皇诏书去河中为王的那一日，可能是时机未到，也可能是因为萧二公子的介入以致当中出了什么变故。

　　"他知道了宛贵妃在河中给你们留下的退路，所以用这一点威胁你们为他所用?"任瑶期也不想将萧靖西往坏处想,可是当牵扯到朝廷争斗的时候,已经没有办法用好坏来衡量一个人,只能说每个人立场不同。

容氏摇头道:"不,他只是提出了互利互惠而已。"

见任瑶期看着她,容氏笑了笑,伸手帮任瑶期捋了捋额前的发丝:"就是结盟,献王府与燕北王府结盟。我们在他需要的时候出借河中的势力,他则保证我们在燕北的安危,等到我们回河中的那一日,燕北王府不加以阻挠并承认先皇的封王诏书。"

原来如此!

容氏见任瑶期低头不语,叹了一口气道:"当年,是我们对不起你母亲。"

容氏的话让任瑶期不由得愣怔。

当年任瑶期的母亲李元香以郡主之尊,下嫁任家这种没有底蕴的商户,舅舅李天佑至今也没有娶正妻,除了形势所逼不得不为之以外,也是为了麻痹朝廷,让颜太后一系的人彻底放心。

任瑶期轻声问道:"我母亲她知情吗?"

容氏将手放下,闭眼答道:"知情。你母亲跟着我们如同丧家之犬般一路从京都来到燕北,她享过别人没有享过的尊荣,也经过磨难,大起大落,哪里还不知情?只是嫁到任家是她自愿的。"

"为什么?"任瑶期问道,如果李氏知道献王府还有东山再起的机会,她当年怎么就甘心嫁到任家那种家族?

容氏眼眶微红:"我也问过她这个问题。她是我唯一的女儿,如果她真的不愿意,我也不会逼她下嫁,可是她告诉我她是为了献王府的荣耀,为了有一日她和她的儿女再说起娘家姓氏的时候依旧能抬头挺胸。"

容氏的回答令任瑶期惊愕,她没想到竟是这个原因。难怪这么些年,李氏即便在任家过得再艰难,都没有向娘家求助,因为她知道只有暂时忍耐,献王府才有东山再起的机会。

"我已经错了一次,不会再错第二次,你不是你的母亲,所以你可以选择。"容氏突然对任瑶期温声说道。

任瑶期半天才反应过来:"什么?"

容氏摸了摸任瑶期的头，慈爱地看着她道："我们虽然与萧家结盟，但是并不意味着需要结亲。萧靖西虽然是个惊才绝艳的人物，却因为自幼身中奇毒，体弱多病，并非长命之相，我不会让你嫁到燕北王府。瑶期，你是个好孩子，将来可以选择一个如意郎君，过你自己想过的生活。"

任瑶期听完之后愣愣地说不出话来："外祖母，何出此言……"

容氏看了一眼桌上的信，一副了然的表情："萧靖西打的什么主意我清楚得很，你这次应了燕北王妃的请求来这里，王妃是不是对你很感激？"

如果说任瑶期现在还说自己不明白的话，那她就是在装傻了。

萧靖西……

她没有想到，他拐了这么大一个弯，目的竟然是让燕北王府欠她一个大人情，让王妃对她心生感激。

撇开别的不说，单是这一份用心，任瑶期说不感动是不可能的。

容氏看着任瑶期道："他非但借着这个机会向我们表示了他的心意，也让燕北王和王妃知道，你并非只有商家之女这么简单的身份。有朝一日若是朝廷与燕北的对抗陷入僵局，在关键时刻，你背后的献王府就能左右局势，这么一来你比朝廷硬塞给他的女人，或者燕北那些看上去光鲜亮丽实际上无不依附于燕北王府的所谓的大世家出身的女子要有价值得多。"

任瑶期："……"

容氏笑叹道："能将现在这种局面因势利导引向他想要的方向，这个后生可真是不简单哪！连我也不得不欣赏他。只是可惜……他若是个健康的男子……唉！所以说人无完人。"

容氏并不避讳与任瑶期说起这些事情，她这一生经历过不少，很多事情都看得比旁人透彻。也或许是她女儿的婚姻，让她希望瑶期能找到一个真正合适的人。

任瑶期听着，脸色却有些古怪。

她想起那一次在马车上，萧靖西跟她说他身体没有她想的那么弱的话。当然任瑶期不打算将这话说给容氏听。

之后祖孙两人又聊了些别的，任瑶期现在已经对萧靖西的处境放下心来，所以也乐于与容氏聊天。

当说到雷家的时候,容氏道:"雷家的孝期已过,最近他家的门槛就快要被媒人踏破了,只是雷家家主似乎并不急着续弦。你和瑶华与雷家那个孩子很熟?"

任瑶期道:"见过几次,盼儿天真可爱,我和姐姐都很喜欢她。"

容氏端着茶碗沉吟道:"雷霆沉着稳重不浮躁,倒是难得。他现在年纪也不大,阅历及不上那些老狐狸,不过等遇到机会再磨砺个几年,雷家在他的带领下必定会有所作为。至于雷家的正统问题……说起来这燕北又有几个真正的世家?萧家承认了你是,你便是。"

任瑶期没有想到容氏对雷霆的评价这么高,不由得讶异。

容氏见了,笑道:"前几日你外祖父和舅舅外出,马车撞上了他的车,原本错不在他,他却主动上前道歉,让你外祖父的马车先走,事后还让人备了礼来赔罪。燕北像他这般年纪的年轻人,能这样沉得住气的有多少?"

献王府在燕北处境尴尬,很少有人家愿意与献王府相交,当然献王府也乐得自己关起门来过日子。一般人若是撞到了献王的马车,撞了便撞了,并不会像雷霆这般做事周全。容氏见多了世情冷暖,所以见到雷霆如此,难免会有些感叹。

任瑶期留在宝瓶胡同用了饭才回任家别院。她刚回去没多久,素锦就来了,明面上是奉王妃之命来给任瑶期送东西的。王妃送了任瑶期几匹绸缎和羽缎,还有一篮子秋葡萄。

任瑶期将丫鬟婆子都屏退之后,当着素锦的面写了一封信给王妃,告诉她献王府已经如萧靖西所言派了人过去,不过其他的事情她并没有多说。

素锦收了信之后就立即回去禀报王妃。

又过了一日,任时佳派人接任瑶期去林府。

在路上的时候,任瑶期听见外头有几个书生模样的人在茶馆门口谈论宁夏的事情，就吩咐车夫将车停在一边听了一会儿。

那些人说因为吴总兵的暴毙，宁夏如今已经乱得不成样子，吴家的好几个部下因为没有人弹压而打了起来，有人甚至想要支持吴萧和唯一的女儿吴依玉成为新一任的宁夏总兵，只是这话一说出来就被不少人嘲笑了，说是立吴总兵的女儿还不如赶紧给吴小姐招个夫婿，立她夫婿。

而吴夫人正有这个打算，所以最近明里暗里表示想要与吴家联姻的人不少，可是不知道为何吴小姐听说了这件事情之后大闹她父亲的灵堂，将那些人都赶了出去，让吴夫人很是没脸。

还有个书生感叹道："吴家小姐如此彪悍，就算是有宁夏的兵权当嫁妆，怕是也没有几个人消受得起啊。"书生的话引起一番哄笑。

这些话任瑶期不过是随便听听，反倒是一个年纪稍微大一些的中年书生说的那句话让她在意了。那人道："我听说皇帝有意从京都新派来一位宁夏总兵，旨意已经在路上了，想必不日就会到燕北。"

至于这位朝廷新派来的宁夏总兵是谁，那人并没有明言。任瑶期脑海中不由得跳出一个名字，曾潜。

难道这一回，曾潜还是会来燕北吗？

任瑶期闭上双眼靠坐在车壁上，面上并没有什么表情，双手却是慢慢握成了拳。

"走吧。"任瑶期开口吩咐车夫。

任瑶期从林家回来之后，得知任瑶华来了。

"三姐怎么这时候过来了？"任瑶期惊讶道。

之前她来的时候邀任瑶华一起，任瑶华没有来。

香芹替任瑶华回道："三小姐又收到雷家小姐的信了，所以三小姐打算顺便来云阳城看看盼儿小姐。"

雷盼儿今年已经开始认字了。自从她会写字之后，任瑶期和任瑶华时不时就会收到小丫头让人捎去白鹤镇的"鬼画符"。第一次收到信的时候，任瑶华真的吓了一跳，偏偏香芹那个喜欢咋咋呼呼的丫头还在一旁胡说八道那一定是什么害人用的符咒，有人在对她家小姐下降头。多收到几次之后，任瑶华就淡定了。

任瑶期一直有些压抑的心情终于好些了,对任瑶华笑道:"哦?这次又写了什么?拿出来我瞧瞧。"

任瑶华让香芹把雷盼儿的信交给任瑶期。

任瑶期打开信仔细辨认了一会儿,忍着笑轻声念道:"圈华姐姐圈期姐姐,你们什么圈圈来看盼儿,盼儿圈圈你们了……"

香芹在一边笑得肚子都疼了,被桑葚用手肘撞了一下肚子。

任瑶华瞪了任瑶期一眼:"什么乱七八糟的!你都多大的人了,还跟小孩子似的。"

原来雷盼儿写信遇到不会写的字就画一个圈代替,每次看她的信就跟猜谜语一样。

任瑶华和任瑶期不方便去雷家看雷盼儿,就派人去给雷家送了帖子,邀请雷盼儿来任家的别院玩。

可惜的是,送帖子的婆子回来禀报说,今日一早雷家小姐跟着雷家二爷出门访友去了,要过几日才能回来。

雷盼儿在给任瑶华和任瑶期写信的时候也经常提及她二叔,她的字就是跟着二叔学的。雷二爷可怜侄女没有母亲,雷霆这个当父亲的又太忙,很多时候顾及不上,所以一般是他照看雷盼儿,基本上他走到哪儿都把小丫头带在身边。

雷盼儿不在云阳城,任瑶华也只好与任瑶期一起暂且在云阳城里住几日,两人做个伴儿也好。

等就剩下姐妹两人的时候,任瑶期问任瑶华道:"你今日来云阳城真的只是为了看盼儿?"

任瑶华沉默片刻才道:"不是,我只是心里不高兴,不想待在家中,所以找借口来了云阳城。"任瑶华看了任瑶期一眼,道:"昨日祖母又赏了方姨娘好些东西,今日早上我去给她请安的时候听她说以后父亲来了云阳城,让方姨娘她们也跟来,反倒是母亲要留在任家。"

任瑶期闻言一笑:"哦?方姨娘如今肯见人了?"

任瑶华摇头："我是没有见过她，不过听说她现在开始见任瑶英她们了，只是喜欢在脸上蒙一层面纱。"

看到任瑶华愤怒的模样，任瑶期摇了摇头："你何必为这种事情生气，祖父祖母给她脸面不过是因为现在需要借用方家的人脉，至于到时候谁跟着父亲来云阳城谁又留在任家老宅，也不是祖母一句话就能决定的。"

她想方设法让任时敏走出任家去了云阳书院，可不是为了让任家二老给方家卖面子的，谁来谁留下也不是他们能说了算的。

至于方家和方雅存……总有与他们清算的时候。

任瑶期和任瑶华就这样在云阳城住了几日，任瑶期从献王府那里得到一个确切消息，朝廷果然委派了新的宁夏总兵，这位新上任的宁夏总兵姓曾。

而萧靖西一直没有消息，眼瞧着任时敏明日就要回白鹤镇了，任瑶期原本放下的心又渐渐提了起来。

雷盼儿终于回来了，得知任家曾经送信给她邀请她来任家别院玩，她第二日就过来了。

恰巧任瑶期因去了宝瓶胡同没有碰到她。任瑶期明日就要回白鹤镇了，想要请求容氏，如果得知萧靖西的消息，就让人告知她一声。现在这个时候，任瑶期已经没有心思去考虑避嫌的事情了。

任瑶期是下午去的宝瓶胡同，出来的时候已经是傍晚了，这一日难得是一个大晴天，连一丝风都没有。

马车从纵横交错的胡同中穿过，任瑶期靠坐在车壁上蹙着眉头想事情，她的手随意地拿起一本放在小几上的书，正想翻开，却看见从书页里掉落一根干瘪的草。

任瑶期一愣，将那根草拿到手里才认出来，这竟是一朵萱草。萱草经过熏制晒干之后是可以食用的，这一朵与任瑶期之前从萧靖西那里收到的那朵的不同之处就是，这是一朵已经被熏制过的可以食用的萱草。

萱草别名无忧草，任瑶期想起自己之前送去燕北王府的那几根当归，不由得心中一喜，问苹果道："马车刚刚是停在门外吗？"苹果点头："是的，小姐。"

任瑶期对外喊了一声"停车"。

马车缓缓停靠在路边。

任瑶期隔着帘子问赶车的婆子："刚刚马车停在外头的时候有没有什么人靠近？"

赶车婆子以为任瑶期是在怪她偷懒乱跑，忙道："五小姐，奴婢没有看见有人靠近马车，不过奴婢在中途如了一次厕，这期间有没有人过来奴婢就不知道了。"

这时候后面有马车轮子滚地的声音传来，似乎是来了一辆马车。

任瑶期原本也没有在意，可是听到外头赶车的婆子咦了一声，然后察觉到那辆马车似乎就停在自己这辆马车旁边。

任瑶期突然意识到什么，立即坐直身子，想要掀开帘子，手触到车帘的那一瞬间却又顿住了。

正在这个时候任瑶期听到旁边那辆马车的车壁传来"笃——笃——笃——"三道沉闷的敲击声。

任瑶期想了想，还是伸手将车帘子掀开一些往外看，不想旁边停着的却是一辆很普通的榆木马车，并不是燕北王府的。

任瑶期不由得有些失望，准备将帘子放下来。

就在这个时候对面的马车车帘被掀开了，一张清俊非凡的笑脸毫无预兆地出现在任瑶期的视线中。

任瑶期心里猛然一跳，看着他说不出话来。

萧靖西也不说话，只是浅笑着看着任瑶期，又轻轻敲了敲自己的车壁，任瑶期鬼使神差地也抬手在自己的车壁上轻轻敲了两下。

萧靖西眼中的笑意更甚，当中的亮光似乎能将人灼烧。

任瑶期垂下眼睛，放下车帘。

外面又传来车壁被轻敲的笃笃声，因为声音不大，所以除了两辆马车里的人，并没有其他人听到，就算听到了也不会在意。

可是这不轻不重的声音听在任瑶期耳中，却是与她的心跳声一样响亮，让她不知道应该作何反应。

最后萧靖西的马车先动了起来，超过任瑶期的马车缓缓驶出了胡同。任瑶期这才吩咐驾车的婆子继续前行。

驶出胡同之后，萧靖西的车走在前面，任瑶期的车跟在后面。最后萧靖西的车在一处避风的地方停了下来，任瑶期还没有开口吩咐，她的马车竟然也停了。

任瑶期觉察到萧靖西下了马车，他也不开口让自己下车，就站在那里等着。

任瑶期想了想，还是示意苹果扶自己下车。

她每次来献王府的时候，为了避免麻烦，一般只带两个心腹丫鬟和一个赶车婆子，现在遇上萧靖西倒少了不少口舌。

任瑶期走到萧靖西面前站定，屈膝行了一礼，轻声道："萧公子，别来无恙。"

萧靖西看着她，嘴角微弯："嗯，我很好。"明明是很简短平常的一句话，却硬是被他说出几分别样的滋味来。

任瑶期不由得又想起了自己当时送给他的当归，还想到他做的那些事情。她终究没有办法再以对待平常人的态度对待他。

她轻叹一口气，暂时撇开这些不明不白的情绪，问道："你何时回来的？"

萧靖西看了一眼自己的马车，微笑道："刚刚。"

任瑶期："……"

见任瑶期不说话，萧靖西继续道："看到你的信，得知你正在云阳城，我就过来了。对不起，让你担心了。"

任瑶期想说谁担心你了？可是这话任瑶期想想就觉得牙酸矫情，所以只能闭口不言。

"我记得我当初答应过你会在入冬前回来。"萧靖西的声音里带着明显的笑意。

任瑶期暗想，萧靖西不过去了京都一趟，她怎么感觉他的脸皮厚了不少？还是因为她之前跟他不熟，所以被表象迷惑，以至于忽视了他的本性？

萧二公子没有听见任瑶期的腹诽，继续道："原本应该更早些时候回来的，不过路上遇上些麻烦，正好我又接到一些关于宁夏的消息，所以就假装躲避刺杀转道去了晋州，这次多亏献王的人帮我掩盖行踪。"

任瑶期抬头道："掩盖行踪？你摆脱那些追兵并不是为了逃回云阳城，而是……而是去了宁夏吧？你之前在京都接到的关于宁夏的消息是朝廷有意对宁夏出手，所以将计就计在晋州来了个金蝉脱壳？"

萧靖西眼中的惊讶渐渐散去，看着任瑶期打趣道："我突然发现身边多一个聪明人也不是什么好事，至少在我想要卖弄的时候会找不到机会。"

任瑶期笑了："萧公子这是在提醒我，以后见到你需要退避三舍绕路走吗？"

萧靖西："……"

任瑶期终于明白萧靖琳为什么总是喜欢拿话噎萧靖西了，因为这样做之后果然会心情舒畅。

"现在你可以卖弄一下你在宁夏的所作所为了。我听说朝廷已经重新任命了一位姓曾的宁夏总兵，正在来上任的路上。"

萧靖西见到任瑶期脸上的笑容，顿时感觉一路上车马劳顿连夜赶路的辛苦疲惫全部消失了："曾潜吗？他现在想要接管宁夏可还差些火候。吴家在宁夏经营了数十年，哪里就那么容易被替代的？若是吴萧和真的后继无人那还好说，可是现在吴家有人继承香火，他就算去了宁夏又能如何？"

虽然任瑶期听到曾潜这个名字时心里还是有些不适，不过吸引她注意力的还是萧靖西后面的话。她惊讶道："吴萧和后继有人？你说的难不成是吴依玉？"

萧靖西好笑地看了任瑶期一眼："终于猜错了一回。"

任瑶期受到之前那几个书生的对话影响，才会得出这个结论。她仔细想想，萧靖西未必会扶持萧微母女上位："难道狄家送去的那位女子已经有了身孕？"

萧靖西叹道："猜中了。"

任瑶期惊讶不已，在萧微母女的眼皮子底下还能有孕，且还赶在这么关键的时刻，这位姓狄的女子果然不简单。

只是……

任瑶期皱眉道："你怎么能确定她生的是男孩？"若生的是女孩，与吴依玉一样，也是没有继承权的。

萧靖西道："这个孩子一定会是男孩。"

见萧靖西说得这么肯定，任瑶期稍微一想就明白过来。

在这种时候，吴萧和的孩子已经不仅仅是继承吴家香火这么简单了，狄氏生下的必须是男孩。任瑶期怀疑这个孩子到底是不是吴萧和的，又或者到底有没有这个孩子的存在，不过只要燕北王府承认这个孩子的存在并全力扶持，那真相如何根本不重要。

至于朝廷承不承认，关燕北什么事？不是有一句话叫作天高皇帝远吗？

这么想着，任瑶期心里关于曾潜要来燕北的阴影便淡了不少。

没有了对宁夏的掌控权，曾潜就算来了也不过是一只被拔了牙的老虎，翻不出什么花样。

"说起来还真要谢谢你。"萧靖西道，"若非你那时让我早些回来，宁夏的事情也不会这么顺利。"

任瑶期道："我不过是随口一说罢了。"

萧靖西看着任瑶期，温柔低缓地道："你随口一说，我却当真了。"

任瑶期不由得有些脸红，为什么她觉得萧靖西这句话有些怪怪的？她抬眼看向萧靖西，发现他虽然表情镇定从容地看着她，耳根处却有些红。

任瑶期转开眼道："时候不早了，回去吧。"

萧靖西看了她一会儿，然后点头："好。"

任瑶期抚了抚自己的披风，转身走向马车时，听到萧靖西略带迟疑的声音："如果你听到了从京都传过来的关于我的传言，不必当真。"

任瑶期立即联想到了那位颜大小姐。

她顿住脚步，转头看着萧靖西道："关于你的传言？什么传言？"

萧靖西沉默片刻："只是些捕风捉影的传闻罢了。"

任瑶期起了捉弄之心，回了萧靖西一个无辜的笑："无风不起浪，传言也是有根据的，我会有选择地相信。"

萧靖西："……"

任瑶期说完转身要走。

萧靖西苦笑道："京中传言，颜家有意与燕北王府结亲，颜太后要将颜家长房嫡长女赐婚于我。"

任瑶期停住步子，没有回话。

萧靖西看不到她的表情，又不知道她心中所想，只能继续道："这不过是颜太后的一厢情愿。"

"你确定只是太后一厢情愿？"任瑶期突然开口道，"萧公子，你见过颜大小姐吗？"

萧靖西皱了皱眉，然后点头道："遇到过一两次。"

任瑶期点了点头，没有再说什么。

看来那位颜大小姐对萧靖西是有意的。

任瑶期问这么一句不过是想要弄清楚这桩事，并没有别的意思，不想萧靖西却误以为任瑶期是以为他不坦诚所以生气了，情急之下伸手握住了任瑶期的手。

这一瞬间，两人脑中都是一片空白。

萧靖西半晌才反应过来自己又做了一件登徒子才做的事情，心下有些懊恼，怕任瑶期反感，可是不知道为何他的手就是松不开，只低头看着两人相握在一起的手发愣。

任瑶期感觉到自己手心里暖暖的，一时之间除了自己的心跳，再听不到任何声音。这次交握的手与之前是不一样的，她也不知道哪里不一样，就只知道不一样。

好在任瑶期先回过神来，咬了咬唇，有些懊恼地轻声道："还不放开。"

这会儿天色已经黑了下来，两人又是站在避风的地方说话，两个丫鬟都很有眼色地避到了路口，所以没有人看到这一幕。

萧靖西因为任瑶期难得带着些羞涩的娇嗔语气闪了神，手明明想要放开的，却不知为何握得更紧了。

他回过神来之后迅速放开手，脸上火烧一般喃喃道："对不起，我不是……"

任瑶期瞪他一眼,转身上了马车,却依然能感觉到自己狂乱的心跳,以及手心里残留的温度。

直到任瑶期的马车消失在路的尽头,萧靖西还站在原地没有动。

他脸上有懊恼,有后悔,有恍惚,还有一丝不易察觉的羞涩。

这一晚任瑶期在床上翻来覆去许久都睡不着,只要一闭上眼睛就会回想起萧靖西紧握住她的手的那一幕。她没有产生任何厌恶或愤怒,只有悸动。

她将自己与萧靖西从认识以来的所有事情都在脑海中回想了一遍,有些细节她以为自己已经忘记了,不想却记得清清楚楚。

"我不会是……"任瑶期喃喃地说了一句,只是最后那几个字被吞没在了唇齿间。

第二日,任瑶期精神不济地出现在任瑶华面前的时候,任瑶华被她吓了一跳:"你不会是昨夜着凉了吧?"

任瑶期摇了摇头,强笑道:"昨晚没有睡好而已。"

"为何会睡不好?"任瑶华不记得任瑶期有认床的毛病,何况这任家别院任瑶期也住过好几回了,被褥都是她自己用惯了的。

任瑶期怎么好与任瑶华说她是想自己和萧靖西的事情想了一个晚上以致没有睡好?

好在任瑶华也不是打破砂锅问到底的性子,任瑶期敷衍了几句后她也就不再问了。

任时敏在云阳城里的讲学已经告一段落,准备今日就回白鹤镇,任瑶华和任瑶期自然是跟着他一同回去。

任三老爷心情不错,在路上便与任瑶期姐妹两人说起了明年开春来云阳城的事情。

任瑶期问道:"爹爹,我们到时候住在何处?你去书院的话,如果还住在任家别院里怕是不方便。"

任时敏想了想回道："我瞧着书院里的教习大部分在宝瓶胡同附近租住。"

任瑶期拊掌道："这样也好，爹爹与同僚住得近的话，以后论起相同的志趣来也方便。我瞧着院子不必太大，爹爹、母亲，加上我们，两进的院子就够住了。"任瑶华看了任瑶期一眼，心想父亲还没说要带母亲和她们来云阳城吧？这可真能自说自话！

任时敏倒是没有觉得这话有什么不妥，点头道："这些都是小事，我交代管事去办就成了。"任三老爷从来不为这点俗事操心。

任瑶华见任时敏今日很好说话，便也试探着道："父亲，方姨娘也一起跟来吗？"

任时敏皱了皱眉："她不是伤了脸不好见人吗，跟来云阳城做什么？她还是继续留在白鹤镇养着吧。"

任瑶华忍不住勾起嘴角，趁机上眼药："可是我听祖母的意思，似乎想要让她跟来为您打理内院。父亲，到时候云阳书院的那些夫人太太来拜访，您能让一个毁了容貌的妾出面招呼？懂规矩的人家不会暗地里笑话咱们没有体统吗？不说别的，到时候您在书院里抬得起头来？"

任时敏看向任瑶华，不悦道："这是哪里听来的胡话！"

任瑶华想要说什么，被任瑶期打断了："三姐也是听祖母那么一提罢了，没影儿的事呢，父亲别动气。"

任时敏皱了皱眉，不再言语，不过心里却因此有些生气。任瑶华既然能说出来，那就必定是任老太太当真提起过的。

回到白鹤镇之后，任时敏就交代自己手下的一个管事，让他去云阳城的宝瓶胡同找房子，两进或者三进的都可以，能买下来最好，买不到合适的，租赁也可以。离着明年开春去云阳城还有几个月，找房子的时间足够了。

这一日，任瑶期又去探望任益均。

任益均现在虽然偶尔仍会有些伤风感冒，但是精神已经好了很多，脸上也不像以前那般阴霾。不过清风院的丫鬟婆子们都知道，任三少爷的脾气还是没有变好，只是现在他撒气的对象变成了新进门的三少奶奶。

任瑶期去清风院的时候听丫鬟们说三少爷和三少奶奶在书房，就径直去了书房，不想还没有等人进去禀报就听见里面传来任益均忍无可忍的咆哮声，"蠢妇！不过是个简单的'桂'字，你从大清早写到现在，写坏了八张纸都没有学会，你脖子上面长了一颗猪头吗！"

齐月桂委屈地道："少爷，您这笔不好，我拿在手里它就一直抖，然后字就歪了……歪一点您就要求重写，您将就着看不行吗？"

任益均气道："我这支是三叔送的上好湖笔！你自己蠢笨如猪，还怨起笔来了？字如其人，你人是歪的吗？"

任益均的丫鬟见怪不怪地轻咳一声，禀报道："三少爷、三少奶奶，五小姐来了。"

屋子里似乎静了静，然后齐月桂掀开帘子走出来，看到任瑶期的时候明显松了一口气。她擦了擦头上的汗吐了吐舌头，一边把任瑶期拉进书房，一边扬声对任益均道："五姑娘来了，少爷你们说话，我去看看有什么好的茶点，给你们端过来啊！"

说完不等任益均说话，她脚底抹油般跑了。

任益均指着她的背影气道："不求上进，粗野不堪，岂有此理！"

任瑶期现在已经对他们奇特的相处方式习以为常，之前大太太很不喜欢齐月桂，现在虽然也谈不上喜欢，但是任益均的身体确实是越来越有起色，大太太便不再说什么了。

任瑶期和任益均两人分主宾坐下之后，任益均对任瑶期道："你有空也过来多教教她，这府里的女眷就数你学问最好了，也让她瞧瞧什么是真正的秀外慧中！免得每次让她写字她就起幺蛾子！"

任瑶期笑而不语，岔开话题道："三哥如今身体如何？可还有用药？"

任益均撇了撇嘴，有些别扭地道："我喝了十几年药了，都没有什么用。"他不好跟任瑶期说齐月桂总是笑话他，说他身体就是被娇惯坏的，明明不用喝药的时候还喝药，最后到了真正生病的时候药就没了效用。

任瑶期看着任益均笑着道："听闻三哥现在每日早上起来都会打拳？"

任益均点了点头："我让父亲给我请了个拳师进府，学点拳脚功夫防身也好。"

任瑶期疑惑道:"三哥需要防身?"

任益均脸色突然变得难看起来,哼了一声别过头不说话了。

他能说自己上次和齐月桂打架被那泼妇一脚踹下床的事情吗?简直是岂有此理!

当时齐月桂一边扶他起身一边小心翼翼地道歉:"哎哟少爷,我真不是故意的,我刚才根本就没有用力啊!瞧您这小身板儿单薄的……我下次会轻点的……"

任益均当时的脸色黑得可媲美锅底。

第二日他就去找他父亲说要请个拳师进府来教他拳脚功夫,他就不信他会连个妇人都制服不了!任三少爷当时就在心中发下宏愿,一定要打倒齐月桂那个泼妇,振一振夫纲。

任瑶期一看任益均的脸色就知道这个问题自己不该问下去,所以很聪明地闭了嘴。

丫鬟上了茶点来,任益均道:"三少奶奶人呢?她不是说端茶点去了?"

丫鬟忙道:"回少爷的话,三少奶奶说她去给您做靴子,就快入冬了,您要的那双新冬靴还差几针呢。"

任益均哼了一声,脸色却缓和了一些。

任瑶期笑道:"三嫂倒是有一双巧手。"

齐月桂之前给李氏、任瑶期和任瑶华一人做了一双鞋。她手脚麻利,别人做一双鞋要花上大半个月的工夫,她两三日就能做成,且还双双精致,上脚也十分舒适,周嬷嬷看到了也感叹这位三少奶奶是个有心的。

任益均摆手道:"她也就那么两下子能拿出手。"

任瑶期看着任益均忍不住笑。

任益均被任瑶期看得有些不自在,便说道:"对了,听说那位朝廷派来的新总兵已经到了云阳城。"

任瑶期脸上的笑收了起来:"哦?到得还挺快。"

任益均嗤笑:"再晚来几日宁夏怕是连残羹冷炙都没有了,听说苏家那位大少奶奶与这位新任宁夏总兵有些亲戚关系。"

任瑶期对这些再清楚不过了，闻言笑了笑。

任瑶期略坐了一会儿就起身告辞，离开的时候齐月桂正好拿着一双新靴子过来要给任益均试试合不合脚，见任瑶期要走，笑道："五姑娘怎么不多坐会儿？我们少爷也就和你说得上话，你来了他嘴上不说，心里高兴着呢。当然，如果你不嫌弃他棋艺差，陪他下两盘他就更高兴了。"

任瑶期笑道："我下次再来陪三哥下棋，上次三嫂给我做的鞋我很喜欢，多谢三嫂了。"

齐月桂开朗地笑道："这有什么好谢的，你喜欢什么式样和花样告诉我，我再给你做几双，也费不了多大工夫。"

任益均听见她的声音，在书房里道："齐月桂！你还不给我滚过来！今儿再学不会写自己的名字，你就不要吃饭了！"

齐月桂闻言扑哧一笑，然后有些无奈地对任瑶期道："你三哥这人，别扭得很，明明是好心的话，从他嘴里说出来就变了味儿，还真是……"

齐月桂摇了摇头，与任瑶期道别，拿着手里的靴子往书房去了："知道了少爷，我不吃饭，只吃馒头，给你省银子成了吧！"

任瑶期回头看了一眼，笑了笑，摇头走了。

回去之后，任瑶期探听到曾潜赴任来了，不过这一回的曾潜没有从前的底气，在路过燕州的时候还特意停一日，给燕北王府送了拜帖。燕北王不在云阳城，萧二公子见了他。

之后，曾潜就直奔宁夏。

只是前任宁夏总兵还有一个遗腹子的消息也传了出来，吴夫人拒不承认狄氏肚子里怀的是吴总兵的儿子，吴家大小姐带着几个凶悍的婆子要给狄氏喂堕胎药，结果被吴萧和手下的一些将领拦下了。

一朝天子一朝臣，让不知道根底的朝廷新派的总兵掌控宁夏，还是扶持一个前任总兵留下来的奶娃娃，这一笔账并不难算，所以尽管萧微母女在宁夏叫嚣狄氏怀的只是一个野种，愿意附和她们的人也不多。

但是也有少数家族打着娶了吴家大小姐吴依玉，让自己人以吴家女婿的身份继任宁夏总兵的主意。原本萧微身为燕北王府的郡主，燕北王府应该支持这种做法才是，可是燕北王府竟然没有表态要力挺萧微母女。萧微也让人带过信回来，可惜燕北王不在府上，而王妃对这种大事向来不理。

老王妃撒泼装病的招数都使了出来，王妃面上对老王妃恭恭敬敬的，只是对于宁夏的事情她坚持不插手，让老王妃恨极却也无可奈何。

曾潜去了宁夏之后，吴萧和的部下皆不买他的账，而萧微母女也依旧占据着宁夏总兵府，曾潜名义上是新任的宁夏总兵，实质上他连宁夏兵权的边角都摸不着。皇帝的圣旨到了宁夏，大家都嘻嘻哈哈地听了，也接了，完了之后依旧是该干吗干吗，没有人当一回事。

曾潜一点办法都没有，只能憋屈地继续留在宁夏，给朝廷上奏章禀报宁夏的情形。他如今大作用没有，只能时刻关注宁夏军的动向。

其间，狄氏那里接连不断地遭遇了十几次暗杀，不过最后竟然都神奇地化险为夷。

秋天一过去，冬天也来得匆匆，任瑶期现在一心期盼着这一年能安安稳稳过去，然后父亲带着他们这一房的人离开任家去云阳城。自她知道任家这座宅子的真正来历之后，就无时无刻不厌恶着这个地方。

年关之前任瑶期接到了萧靖琳的信，明年夏天萧靖琳就要及笄了，她可能会在那个时候回云阳城，因为王妃会给她办一个及笄礼。萧靖琳提醒任瑶期不要忘了之前约定的互相给对方起小字的事情。

看萧靖琳信中的意思，这一次回来之后王妃可能就不会让她走了。任瑶期虽然为以后能时常与萧靖琳相伴而高兴，更多的却是对她无法完成自己的抱负而遗憾和心酸。

萧靖琳在信的末尾简单提到了云文放的近况，云文放在最近辽人与燕北的几场战争中大放异彩，屡立奇功，连去边关巡视的燕北王都对他赞赏有加，已经破例擢升他为云骑尉，并领参将一职。

对于云文放的事情，任瑶期不过是看过一眼就丢下了，并没有放在心上。

这一年如任瑶期所愿，就这么平平顺顺地过去了。

出了正月，任时敏之前交代过的那个管事来禀报说房子已经找好了，暂时找到了三座院子，一个是一座小两进的宅子，不过地方不是很大，好处在于离云阳书院极近，从那里去书院走路只需要一刻钟。

另一座也是两进的院子，因为主家去年才翻修过，过去就可以住，不用多做规整。不过院子的主人只愿意租赁，不愿意卖出去。值得一提的是这座院子离着献王一家的宅子极近，只隔了两条巷子。

还有一座是三进的大院落，离云阳书院要稍微远一些，乘坐马车大约需要两刻钟。不过院子很宽敞，布局也很合理，稍微修葺一下就能住得很舒服。

管事来请任时敏拿主意，任时敏想了想，还是决定亲自去云阳城看看。毕竟今后相当长一段时间都要住在那里，作为一个有追求的人，居住环境对他而言很重要。

率先被任三老爷否决掉的是那座离献王一家很近的院子。他不喜欢舅爷一家，所以不想与他们住太近。

任瑶期知道之后也没有说什么，献王府和任家的人其实还是不接触比较好，住得稍微远一些也没事，因为就算是住在隔壁，她们也不能总往外祖家跑。

任三老爷打算带着任瑶期一起去云阳城看院子，毕竟父女两人审美比较接近，好沟通。如果最后定下了其中一座院子，需要安排修葺的事情，他们也可以商议一下。

任瑶期照旧拉着任瑶华一起去，任瑶华在家中也无事，便同意了。

不过父女三人在去与任老太太辞行的时候，任老太太却让任时敏将当时正在她屋里的任瑶英也一并带上。

任老太太笑道："都跟去瞧瞧吧，反正以后也都是要住在一起的。"

任时敏不太喜欢这个庶女，不过老太太都发话了，他也不能说什么，带两个是带，带三个也是带，一起去就一起去吧。

任瑶英很高兴，谢过了任老太太和任时敏，又朝着任瑶期和任瑶华温顺地笑了笑。

任瑶期还好，任瑶华则冷着脸别过头去，看也不看她一眼。

任瑶英也不在意，只忽闪着一双眼睛乖巧地问老太太："祖母，到时候我、哥哥还有姨娘也跟着父亲一起去云阳城里住吗？"

任老太太最近对任瑶英很和蔼，总是叫她来自己院子里解闷，闻言笑道："你之前不是还说喜欢云阳城吗？喜欢就一起去吧。"很多时候，任老太太都很好说话，只要她愿意宠着你，给你脸面。

现在在任老太太面前最有脸面的孙女是任瑶华和任瑶期，最近或许还要加上一个任瑶英，都是三房的女儿。

任时敏皱了皱眉，淡声道："你和益鸿可以去，不过你姨娘要留在任家。"

任瑶英下意识地问道："为什么姨娘不能去？"

任时敏不悦道："我是去云阳书院任教的，不是去游山玩水，带个妾在身边像什么话！让人看笑话吗？你若是要跟去，就要在嫡母面前乖顺听话，否则还是留在任家的好。"

任瑶英咬了咬下唇，眼泪已经在眼眶里打转了。

任老太太打圆场道："好了，好了，这是我的意思，你对孩子撒气做什么？"

任时敏道："母亲，方姨娘现在的情形就算是跟着去云阳城也只能在屋子里待着不能出门，还不如让她在她熟悉的任府待着。我带益鸿和瑶英去就行了。"对于这一点，好面子的任三老爷很坚持，他不会拿自己的脸面在学生和友人们面前开玩笑。

任老太太也不再说什么。

方姨娘现在确实不能出门见人，去了云阳城也只是像现在这样每日关在房里，所以去不去其实并没有太大区别。

于是任时敏便带着三个女儿出门了。任瑶华不愿意和任瑶英坐，任瑶期就和任瑶华坐了同一辆车，任瑶英独自坐了一辆车。

一路无话，到了云阳城之后任时敏径直带着人去看了两座宅子。第一座离云阳书院近的宅子旧了些，如果要修葺定要花费不少时间。第二座三进的院子就要宽敞明亮得多，任三老爷看到之后也不由得点了点头。

最后任时敏问任瑶期的意见，任瑶期想了想说道："那座两进的院子太小了，要住下我们一房人怕是有些挤，最要紧的是车马进出极为不便。我们如果要常住的话，以后可能还需要宴请父亲的友人来家里吃饭，这样的话就更加施展不开了。那个三进的院子虽然离着书院远了些，不过父亲你每日左右是要坐车的，按车程算也不算远，且里面的房子很新，需要重新修缮的地方少，我瞧着不错。"

任三老爷闻言立即点头，"没错，为父也是这么想的！"他又转头问管事，"这房子主人愿意卖？"

管事低头回道："是的老爷，如果您满意的话，今日就可以签下房契。"

任时敏很爽快地说："那你就去给我买下吧，另外需要修缮的地方也报上来。"

管事连忙应声去安排。

任时敏越看越满意新宅子，兴致勃勃地与任瑶期商量起房屋动土的事情。

这时候任家别院有婆子来报说，雷家大小姐去了别院找三小姐和五小姐。

原来雷盼儿听说任家的人来了云阳城，就高高兴兴地来找人玩，不想任瑶华和任瑶期跟着任三老爷出了门，并没有在别院里，让小姑娘扑了个空。

任瑶华在这里插不上话，有些乏味，于是立即道："不如我回别院看看？"

任瑶英也道："我也回别院吧，吹了些风有些头晕。"她的脸色果然不是很好看。

任时敏不在意地摆了摆手："你们先回去吧。"

任瑶英和任瑶华两人便先回了别院，任瑶期继续陪着任时敏设计院子。

只是谁也没有想到，任瑶英和任瑶华不过是先走这么一步，就出了问题。

第三十四章

孽　缘

因任瑶期和任时敏都没有回去，任瑶华和任瑶英不得不同乘一辆马车。

任瑶华上车之后就视任瑶英如无物，任瑶英也不上去自讨没趣，自己坐到一旁品茶。

正月刚过，最近几日虽然一直是大晴天，但是天还是很冷，马车里便烧了炭炉子，虽然用的是上好的银丝炭，但马车里长久密不透风，还是让人觉得闷气。

任瑶英便时不时地撩开车帘子让马车透一透风，顺便也看一看外头的景致。任瑶华也觉得车里有些闷热，便也没有管她。

马车进入云阳城最为繁荣的正阳街的时候，前面有几辆马车恰好从一家酒楼的后巷里驶出来挡住了路，赶车的婆子便将马车停下来，让那几辆马车先过去。

任瑶英往外看了一眼，咦了一声道："原来这里就是福满楼啊，三姐姐你不是很喜欢吃福满楼的松子百合酥吗？我们让人买一些回去吧。"

任瑶华不领情，正要拒绝，任瑶英却笑道："上次提起福满楼的点心，祖母她老人家也说不错呢，我想买一些回去孝敬祖母，三姐姐你觉得呢？"

任瑶华皱了皱眉头，她若是说不同意，估计任瑶英回去就能在任老太太面前告她一状，说她不孝顺了。任瑶华冷笑一声，吩咐香芹道："你下去给九小姐买两匣子点心回来。"

香芹撇了撇嘴，掀开车帘子下了马车。

恰好这时候马车外响起一名男子有些迟疑的声音："哎？你不是……请问马车里坐着的是任家小姐吗？"

任瑶华感觉这个声音有些熟悉，可是又想不起来在哪里听过，任瑶英却掩唇轻声惊呼道："好像是周家公子。"

让任瑶英这么一提醒，任瑶华也想起来了，是周家的公子周汶，上次去温泉山庄的时候见过面。

不待任瑶华发话，任瑶英就冲着外头柔声道："外面可是周家公子？"

周汶听到任瑶英的声音很高兴，连忙道："是我，原来车里坐着的是任九小姐？我说怎么瞧着刚刚下车的丫鬟眼熟。"周汶记性极好，连见过一面的香芹都记住了。

任瑶英隔着车帘子与他对话："我和三姐正要回别院，恰好路过这里，我祖母和三姐都喜欢福满楼的点心，所以想要让丫鬟去买些回去。"

周汶道："原来如此，我说今日怎么这么凑巧，我母亲和妹妹也喜欢这里的点心，我路过此处也想带些回去。对了，我妹妹与你许久未见，总是提起你，她就在前面的马车里，你要见见她吗？"

任瑶华皱眉："时候不早了，下……"

任瑶英连忙抢话道："虽然时候不早了，不过我们确实是很久没有见到周姑娘了，自然是要见一见的。"说完任瑶英还冲着任瑶华笑了笑。

外头的周汶已经听到了任瑶英的话，便吩咐自己的随从道："去与小姐说一声，让她过来见一见任家两位小姐。"

事已至此，任瑶华也不好吩咐马车离开了。

周蓉果然就在附近，很快就过来了，在外头惊喜地道："瑶英妹妹在车里？"

任瑶英掀开车帘子扶着丫鬟的手走出去，欢喜地拉住周蓉的手："蓉儿姐姐，好久不见，你最近可好？"

自任瑶英从马车里出来，周汶的视线就痴痴地定在她身上。任瑶英转眸看了周汶一眼，脸上微红，低头上前柔柔地一福："见过周公子。"

婉转温柔的声音让周汶心底一阵酥麻，看着她的视线越加不肯稍离。

这时候任瑶华也下了车，礼节性地与周家两兄妹见了礼。

周蓉不喜欢任瑶华，与她见过礼之后就不搭理了，只自顾自地道："前面不远处有一家只接待女客的茶楼，里面还有女说书先生呢，我早就想要去看看了，可惜没有机会。今日可赶了巧，瑶英妹妹与我一起去如何？许久不见，我们也说说体己话。"

周汶见机灵活地安排道："我这就让人去茶楼给你们打点。"

任瑶华出声制止道："不必了。我们是跟着家中长辈来云阳城的，没有长辈的允许随意逗留在外不合规矩。"

周蓉不高兴了："这才出了正月花灯节呢，按燕北的规矩这时节女子也是可以与家中姐妹一同出门游玩的。"

燕北相较于京都，对于女子的束缚要稍微小一些，比如正月十五、七夕、中元、重阳这样的节日是允许女子结伴出游的，一般会让家中的兄弟跟在左右照应。

这个时候刚出了正月，年节的气氛还没完全散去，正阳街上的女子也有一些，所以周蓉才这样说。

任瑶华淡淡地看了她一眼："周小姐也知道，上元节都已经过去了不是吗？"

周汶见妹妹一脸不服气想要反驳的样子，怕她们起冲突，忙笑着打圆场道："任三小姐说得也有道理。这样吧，任三小姐不是喜欢福满楼的点心吗？我去给你挑一些新鲜出炉的，另外听说福满楼最近又出了几样新鲜花样，我也去买些来给你们带回去。你们不如先去马车上等着，借着这个机会说话叙旧如何？"

伸手不打笑脸人，周汶彬彬有礼又十分体贴的样子让任瑶华不好驳了他的面子，便放软了声音道："多谢周公子美意，不过我已经让丫鬟去买了，就不劳烦了。"

周汶哈哈一笑道："不麻烦，不麻烦，买点心这种事情我最在行。"说着他朝气鼓鼓的周蓉和含笑看着他的任瑶英眨了眨眼睛，转身就往福满楼里去了。

买点心这种事情哪里用得上周家公子，他这么做不过是想要给任瑶英和周蓉一个说话的机会，说起来他也是好意，任瑶华就不好生气了。

任瑶华礼貌性地问她们道："不如上我们这辆马车里等？"

周蓉挽住任瑶英的手冷着脸拒绝道："不必了，我自己也有马车！瑶英妹妹去我的马车上！"

任瑶华也不勉强，点了点头就想上车。

正在这个时候，从对面的一家酒楼里走出几位衣着华丽的少年。任瑶英抬头往那边看了一眼，然后似乎看到了什么可怕的东西，脸色发白地躲到周蓉身后。

周蓉顺着任瑶英的视线往对面看了一眼，吓得惊呼一声。

这时候周围响起了议论声，议论的对象正是从对面酒楼里走出来的那几个少年当中的一个。

那位少年身材挺拔，衣饰也极为讲究，若是单看背影，谁都会以为是一位翩翩少年郎，只可惜他的正脸太吓人了。半边脸十分苍白，依稀可见清秀的轮廓，另外一半却有十分严重的烫伤，似乎外面的一层皮都烫化烫皱了，露出了皮下的肉，尤其是他伤了的那边脸上的那只眼睛，泛着青灰的死白，就像是被煮熟了的鱼眼睛。

任瑶英看到这个少年脸上的伤就不由得想起自己姨娘脸上的伤疤，所以才会脸色苍白，不敢再看第二眼。

不过不只是任瑶英，但凡看过那位少年的脸的人都不敢再看第二眼，就连与那位少年同行的几位也不愿意将视线停留在他的脸上，即便在与他说话的时候眼神也是游移的。

可是那位少年像是一点也不知道自己的脸有多恐怖一般，非但不想办法遮挡，反而在看到别人眼中对他的厌恶和惧怕时还会冲着那人一笑，这一笑往往会让人吓掉半条命。

他似乎听到了周蓉的惊呼声，往这边看了过来，然后冲着周蓉勾了勾自己的嘴角，吓得周蓉拉着任瑶英倒退了一步。他则像是看到了什么有意思的事情一般哈哈大笑起来。

任瑶华原本正要上车，这会儿也被这动静吸引了注意力，不由得转头往那少年那边看了过去，正巧对上那少年朝她扫过来的带着戏谑的目光。

任瑶华也被那少年的脸吓了一跳，不过她不是一般喜欢大惊小怪的胆小女子，视线只是略微一停顿就转开了，然后掀开车帘子上了马车，仿佛看到的只是一个再正常不过的人。

那位少年却看着被放下来的马车帘子愣在了当场，随即眼中闪过一抹兴味。

走在少年身边的一位年轻男子轻咳一声小声道："曾兄，你别在意她们，她们只是……"

曾奎伸手搭在男子肩膀上，用亲密又好奇的语气道："只是什么？她们只是被我脸上的伤吓到了？"

年轻男子看了一眼自己肩上的手，似乎有些不自在地动了动肩膀，不过他修养还不错，所以忍住了将那只手甩出去的冲动："咳，曾兄若是在意她们的目光，下次出门我给曾兄找一只面具遮一遮？云阳城里有一家玉器店，里面有一位玉器师傅手很巧，我去给曾兄定制一只白玉面具，正好……正好衬曾兄的气质。"

曾奎闻言笑睨年轻男子一眼，玩笑般道："苏兄不是嫌弃我这一副相貌吧？"

苏允琛忙道："曾兄这是哪里话，交友贵在交心，哪里有以貌取人的。"

曾奎闻言脸上的笑意更甚，缓缓将自己的脸凑近苏允琛，愉快地道："既然如此，我要面具做什么？曾某想要结交的只有苏兄这种不以貌取人的，至于其他人嘛……"说着曾奎笑看了一眼与他们一起出来，却故意站得和他们有些距离的人，意味不明地笑了笑。

苏允琛看着曾奎近在咫尺的脸，面色有些发白，尤其曾奎那只死鱼一般的眼睛直愣愣地瞪着他的样子让他毛骨悚然。苏允琛吞咽了一口唾沫，拼命压下腹中翻滚的感觉，僵硬着往旁边挪了挪。

曾奎看在眼中也不计较，反倒是好心地将自己的脸移开，指着任瑶华那辆马车问道:"刚刚上马车的那位不知是哪家的小姐?"

福满楼大门前不远处停着几辆马车,有两位姑娘一边满脸惧意地往他们这边看,一边在丫鬟的搀扶下上了马车,不过曾奎指的并不是这辆马车,而是前面那辆。

苏允琛迟疑着道:"前面那辆车上坐着的小姐我之前没有瞧仔细,马车也看不出来是哪一家的,不过后面那辆好像是周家的。我之前看到周汶了,那两位姑娘中有一位应该是他的妹妹。哦,周汶是我在云阳书院的同窗,学问很不错,有机会我介绍你们认识。"

正在这时候,周汶大步从福满楼里走出来,然后走到任瑶英和周蓉的马车前低声说了几句,好像是在询问马车里的人有没有什么想吃的糕点。

曾奎扬唇一笑,反手握住苏允琛的手,拖着他一边往对面街走去,一边道:"也不用找机会了,择日不如撞日。"

苏允琛被拖着走了好几步才反应过来,心下不由得有些懊恼大嫂的这位娘家堂弟真是太我行我素了,还喜欢动手动脚,难怪他大哥不愿意来陪这个小舅子。他到现在还不习惯看曾奎的容貌,可是父亲让他招待客人他又不能拒绝。曾奎很快就将苏允琛拖到了正在说话的周汶面前,周汶转眼一看到曾奎也吓了一大跳,不过他是男子,总算是没有吓得当众失态。他避开曾奎的视线,看向苏允琛,有些疑惑地道:"苏兄,你这是?"

苏允琛尴尬地笑了笑,将自己的手从曾奎那里扯回来,整了整衣襟后对周汶作揖见礼:"周兄。"然后苏允琛看了曾奎一眼,轻咳一声对周汶道:"周兄,这位是新任宁夏总兵曾大人之子曾奎,也是我大嫂的堂兄弟,他刚才听我提起你,所以想要过来与你结识。曾兄,这位就是周汶周兄。"

周汶在同龄人当中也算是个八面玲珑的人,不然以他较为普通的家世也不能与云家、苏家这样大家族的公子们称兄道弟,交情甚笃。

在苏允琛给两人介绍之后,周汶立即笑道:"哦,原来是曾兄,失礼失礼。"

曾奎冲着他点了点头,然后视线在两辆马车上转了转,笑问道:"周兄是陪嫂夫人及妹妹一起出来的?"

周汶脸上一红,苏允琛忙小声提醒曾奎道:"周兄还未曾婚配。"

周汶轻咳一声道:"马车里是我妹妹和任家两位小姐。我和妹妹原本是跟着我母亲出门的,不过母亲临时有事先走了,我们恰好在福满楼门口遇见了任家三小姐和九小姐,我妹妹与任九小姐是好友,所以就小叙一下。"

曾奎的视线停在稍远一些的那辆马车上,笑问:"那辆车上坐着的是……任家三小姐?"周汶有些奇怪曾奎怎么会问这个,不过还是点了点头:"正是。"

曾奎又问:"是哪个任家?也是云阳城的吗?"

苏允琛觉得有些不对了,出声打断道:"曾兄,在这里说话不太方便,而且周兄还有事情要忙,我们不如另外约个时间再叙?"

周汶也觉得大庭广众之下议论人家姑娘不对,便从善如流地点头笑道:"好,苏兄到时候让人给我送帖子就是了,我必定会到的,就当是给曾兄接风洗尘。"

曾奎看了看苏允琛和周汶,轻笑一声,不再问了,不过他的视线却一直停留在任瑶华的那辆马车上。

周汶和苏允琛对视一眼,交换了一下眼神,他们都是十五六岁的少年人,很能明白曾奎这种目光所代表的含义。曾奎怕是对那位任三小姐有些心思。

周汶想起任瑶华明艳的容貌,又看了看曾奎脸上惨不忍睹的伤疤,暗中摇了摇头,心想,鲜花怎么可能插在牛粪上?这位曾公子还真是没有自知之明。

这时候芜菁从任瑶华的马车里下来,走到这边福了一礼,然后冲着任瑶英和周蓉的马车道:"九小姐,三小姐说雷家大小姐还在别院里等着,我们不太方便在外头久留,您是跟我们一同回去吗?"

任瑶英顿了顿才有些犹豫地道:"我、我也回去。"不过却不见她从马车里下来。

周汶看了站在旁边的曾奎一眼,知道任瑶英可能是吓得不敢下车了,便很善解人意地道:"我和妹妹送你们回去吧,任九小姐就暂且与蓉儿同坐好了,一路上你们也能说说话。"

任瑶英柔柔地道了一声谢。

周汶朝着曾奎和苏允琛拱手道:"那我们先走一步。"

苏允琛点了点头，拱手还礼，曾奎将视线从任瑶华的马车上收回，对周汶笑了笑。

这时候福满楼的伙计提着两匣子点心送了出来，周汶让自己的小厮接过去，然后自己上了马，跟在任瑶英和周蓉那辆马车旁边。

曾奎的眼睛微微眯了眯，看着他们一行消失在正阳街，然后才在苏允琛的招呼下转身离开。而马车上，周蓉和任瑶英都有些惊魂未定。

周蓉拍着自己的胸口说："吓死我了，那个人长得真丑，我看一眼都会吓得睡不着觉。"

周蓉的话让任瑶英想起了自己的姨娘，当她第一次看到方姨娘揭开面纱后的容貌的时候差点吓得昏过去，从那以后方姨娘就再也不在她面前露真容了。不过方姨娘脸上的伤疤还是在任瑶英心里留下了阴影。

周蓉见任瑶英不说话，想了想，又凑到任瑶英耳边小声道："哎，你说刚刚那个丑八怪一直问你三姐做什么？难不成他……"

原来刚刚曾奎、苏允琛和周汶站的地方离她们的马车极近，他们三人的对话她们在马车里听得清清楚楚。

任瑶英之前被曾奎丑如厉鬼的容貌吓到了，没有细想，不过听周蓉这么一说，再仔细回想一下刚刚听到的对话，也觉得有些不对。

周蓉想了想，用胳膊肘撞了任瑶英一下，捂嘴笑道："哎，你三姐为人狠辣，心思又毒，那位曾公子貌丑如鬼，说起来他们两人还真般配。"

周蓉原本只是一句玩笑话罢了，任瑶英听了却心中一动，不过她嘴上仍嗔道："周姐姐别乱说，我三姐长得那么好，怎么可能与那种人般配。"

周蓉感叹道："瑶英你性子真好，她那么欺负你，你还为她说话。"

任瑶英垂眸浅笑："她是我姐姐，我自然是盼着她好的。"

周蓉反而因此对曾奎有了些兴趣，轻轻掀开车帘子唤了一声："哥。"

周汶正绞尽脑汁地想着怎么与任瑶英搭话，见周蓉叫他，眼中一亮，立即驱马靠近马车，一边往马车里看，一边道："蓉儿，何事？"

周蓉看了一眼她哥的样子，又看了看似乎有些羞涩的任瑶英，捂嘴偷笑，但仍问道："那位曾公子是宁夏总兵的儿子？他多大了？可有婚配？"

周汶闻言无奈地轻斥道:"蓉儿,这些不是你该问的话。"

周蓉瞪了周汶一眼:"这里又没有外人,问你你便说呗!"

周汶道:"我也是第一次见曾公子,哪里知道那么多?不过他应该没有婚配吧。"

周蓉捂着嘴嘻嘻笑,然后小声道:"哎,哥,你说刚刚那位曾公子是不是……"周蓉挤眉弄眼地指了指前面的马车。

周汶轻咳一声,严肃道:"不要胡说八道!"

周蓉撇了撇嘴,一把撂下车帘子:"不说就不说!"

周汶看着放下来的车帘子,摇头苦笑。

任瑶英一直坐在那里没有说话,也不知道在想些什么。

福满楼隔壁一家茶楼的二楼包房,靠窗坐着两位男子,正是雷霆和雷震。

等楼下的马车和人群都散去之后,雷震才开口道:"哥,刚刚那位就是新任宁夏总兵曾潜的独子?他的脸……"

雷霆皱眉看着马车离开的方向若有所思,听见雷震的问话才开口道:"这种事情有什么好打听的?你离他远些就是了。"

雷震闻言有些惊讶地看了自己的哥哥一眼:"哥,你怎么也以貌取人?"

雷霆握着茶杯淡淡地道:"我从不以貌取人,但是我相信相由心生,这位曾公子脾性古怪,不是可以深交之人。"

少年闻言皱了皱眉,不解道:"哥,你是怎么看出他脾性古怪的?我瞧着他性子挺开朗的,也不曾因为自己的容貌而自卑。"

雷霆闻言一哂:"将别人对他的惧怕当作乐趣这还不是古怪?不自卑吗?或许他只是藏得深些而已。"

雷震皱着眉头想了想,觉得自己兄长说的话有些道理,心里想着大不了离这位曾少爷远些就是了,于是便将曾奎丢开,转而道:"时候不早了,我去接盼儿回府。"

雷霆又看了一眼马车离开的方向，放下手中的茶杯淡声道："再等会儿吧，不然她又得闹腾。"

雷震有些好奇地看着雷霆道："哥，任家三小姐和五小姐的人品信得过？你好像很放心盼儿与她们亲近？"

雷霆模棱两可地道："盼儿自己有判断能力，谁真心待她好，谁是利用她，她嘴上不说，心里明白得很。"

雷震想了想，也笑道："难怪之前无论你房里那个丫鬟怎么讨好她她都不领情，小小年纪就跟个人精似的，也不知道是像了谁。"说着雷震看了雷霆一眼，玩笑道："大嫂在世的时候也是个敦厚的性子，盼儿容貌上虽然随了她，性子可不像。"

雷霆闻言看了雷震一眼，然后从桌上的碟子里捻起一颗花生仁，手指微微一搓，雷震就嘶的一声捂住了自己的额头。

不理会雷震愤怒的视线，雷霆拍了拍衣摆起身："我有事先走了，你喝完茶去接盼儿回府。"说完就转身走了。

雷震无奈地揉着自己的额头，小声道："真小气，玩笑也开不得！"

任瑶期跟着任三老爷回到别院的时候，雷盼儿已经被雷震接走了。任瑶华没有将之前遇见曾奎的事情放在心上，所以也就没有与任瑶期提起。

任三老爷又在云阳城逗留了一日，将别院翻修的图纸画好了交给管事，然后带着任瑶期姐妹三人回了白鹤镇。他要两个月之后才正式在云阳书院任教，所以也要两个月之后院子整修好了，才带着家人搬过来住。

芳菲院里，方姨娘午睡起身，新来的小丫鬟用铜盆打了一盆水进屋，远远放在外屋的脸盆架上就赶紧低头离开了。

金桔出来看到铜盆不由得皱了皱眉，正想叫人进来把铜盆换下去，却听见方姨娘在里屋叫她。金桔想着这会儿方姨娘应该不会从里屋出来，便就着铜盆里的水浸湿了帕子，再拧干送进去。

伺候完方姨娘净了手脸，金桔立即出去唤丫鬟将水倒了，不想新来的丫鬟不知道方姨娘屋里的规矩，将水倒了之后又将铜盆放到了架子上。

方姨娘从内室出来的时候一眼就看到了架子上的铜盆，下意识地抖了抖，脸上的肌肉也开始变得扭曲。毫无预兆地，方姨娘抄起桌上的茶盘就往铜盆砸过去，铜盆从架子上掉下来，滚到方姨娘的脚下。方姨娘低头看了一眼，然后捂着脸短促地尖叫了一声。

她似乎在竭力压抑自己，那一声尖叫才冲出口就被硬生生地吞了下去，而苍白得没有半点血色的唇被她咬出了一道深深的牙印，泛出血丝。

正在给方姨娘找衣裳的金桔听到动静跑了出来，待看到被打落在地的铜盆和正冷冷注视着她的方姨娘，吓得脚下一软："姨娘，您别生气，您……"

于嬷嬷急急走进来，看到这情形就明白是怎么回事了，立即上前将铜盆扔出去，骂门口的小丫鬟道："你是谁教的规矩？芳菲院只用木盆你不知道吗！自己下去领罚！"

吓破了胆的小丫鬟抽噎着下去了。

于嬷嬷看了一眼跪在地上的金桔，暗叹一声，然后扶着方姨娘回了内室。

方姨娘回过神来，抬手抚摸着自己的脸，正当于嬷嬷想要安慰她几句的时候，她深吸一口气平静下来，对于嬷嬷道："去让金桔起来吧。"

于嬷嬷松了一口气，去外室让金桔不要跪了。

金桔抹着泪进来给方姨娘磕头谢了恩。

这时候外头有婆子战战兢兢禀报道："姨娘，九小姐来了。"

方姨娘立即起身奔到自己的床边，拿起面纱蒙上了脸。于嬷嬷知道方姨娘怕吓着任瑶英，忙上前帮她将面纱整理好。

等方姨娘确定自己的脸包得严严实实之后，才起身坐到桌边，对于嬷嬷点头道："让英儿进来吧。"

于嬷嬷应声去了，很快任瑶英就进来了。

方姨娘语气与以前一样柔和："英儿，你回来了？"

方姨娘脸上蒙着面纱，任瑶英也就不那么害怕了。她走到方姨娘身边道："娘，我回来了，爹爹也回来了。爹爹他……他现在有事情要忙，等他忙完了我再求他来看您。"

自方姨娘受伤之后，任时敏就没有再踏入芳菲院一步。任瑶英觉得方姨娘心里肯定是委屈的。她曾经开口求过任时敏来看一看她姨娘，可是任时敏只淡淡地说了一句："让你姨娘好好养伤，没事就读读佛经，平一下心气。有什么需要你就去与你母亲说。"

后来，任瑶英也明白自己的父亲不待见姨娘了，所以她请求的话就没敢再说出口。

方姨娘闻言似乎笑了笑。她伸手摸了摸任瑶英的脸颊，岔开话题道："院子选好了？什么时候搬过去？"

任瑶英想起之前任时敏说不带姨娘去云阳城的话，心里一酸，强笑道："父亲说还需要修葺一番才能住，大约三月底就能搬过去了。"

方姨娘点了点头，又细细问了任瑶英在云阳城里的事情。

任瑶英想起自己今日过来的目的，便小声地将前日在街上与曾奎相遇的事情说了。

方姨娘听完之后许久没有说话。

任瑶英拉住方姨娘的手希冀地道："姨娘，您说曾家那个丑八怪是不是看上任瑶华了？姨娘，您是没有瞧见曾公子的模样，女儿差点被他吓死。"

方姨娘一怔，下意识地抬手摸了摸自己的面纱。

任瑶英这才意识到自己说错话了，怪只怪她这两日一直在想曾奎和任瑶华之间的可能性，这会儿跟方姨娘说起这件事就有些激动。

"娘，我……我不是……"

方姨娘回过神来看到任瑶英懊悔的表情，笑了笑："姨娘没事，你继续说。"

任瑶英见方姨娘的样子，不像是生了气，不由得松了一口气。她之前听外头的丫鬟悄悄议论说姨娘自脸上受伤之后性情大变，动不动就会发脾气，尤其是别人在她面前提及容貌的时候。

可是任瑶英觉得方姨娘依旧没有变，还是那个温柔的、对她好的姨娘。

于是任瑶英继续道："娘，反正三姐是一定要嫁出去的，不如想法子让她嫁给曾家公子？曾公子以后肯定会回宁夏，到时候三姐也得去宁夏，就没有人与我们作对了。"

任瑶英想着，只要任瑶华嫁给了那个丑八怪，那么这辈子任瑶华怎么都比不过她了,因为只要是个人都比曾奎好。

方姨娘沉吟道:"曾家少爷?曾潜的儿子?英儿,你可知道曾潜现在是朝廷委派的宁夏总兵?"

任瑶英道:"我打听过了,曾潜这个宁夏总兵不过是听着好听而已,他手里没有兵也没有权,怕什么?"

方姨娘心里想的要比任瑶英复杂得多:"这件事情姨娘需要先打听清楚,再做决定。"

虽然方姨娘没有立即答应让任瑶英有些失望,不过一想到任瑶华真的有可能嫁给那位丑如厉鬼的曾家公子,她就忍不住兴奋。

接下来的一个来月过得出乎意料地平静,直到任时敏要去云阳城前几日,任家三房才开始忙碌起来。

任老太太原本希望任三老爷带方姨娘一起去的,不过任时敏不愿意,任老太太想着以方姨娘现在的样子带出去确实不太体面,便也没有说什么。不过她还是让人送了不少东西去芳菲院,安抚方姨娘。好在方姨娘很平静地接受了,并没有闹出什么事情来。

临行之前,任老太太却突然改了主意,不想让任瑶华去云阳城了。任老太太的想法很简单,任瑶华已经十六了,现在外头关于她的那些不好的谣言早已经散去,反而有了她为人严谨守礼的传言,最近已经有两户人家到任家来打听任瑶华。

其中一家的家世与任家不相上下,是顺州的一个商户人家,姓范。他们家二太太的娘家在白鹤镇,年前带儿女回来参加母亲的寿宴时见到过随着任老太太一起出席寿宴的任瑶华,觉得她大气持重,所以上了心。

另外一户人家就是白鹤镇上的,姓唐,家里是做木材生意起家的,与任家有些生意上的往来,论家底还不如任家,算是很普通的商户人家。

这两家,任老太太都不是很满意。对于范家,任老太太嫌弃那位范公子不是长房长子，不能继承家业。唐家那位虽然是长房长子，不过任老太太觉得女儿家要高嫁才对，唐家的家底太单薄了，而且她见过那位唐家大少爷，个子不高，才学也不怎么样，还及不上唐家另外两位少爷。

虽然这两家都不尽如人意，但任老太太觉得这也算是一个信号，她再带着任瑶华多走动走动，肯定能挑到合适的。任瑶华的年纪也耽误不得了。

任瑶华知道祖母不想让她走之后也没有说什么。她和任瑶期不一样，任老太太对她一直很好，虽然很多时候她也不满意任老太太对方姨娘的态度，不过总的来说老太太还是疼她的。

任瑶期知道之后却有些烦忧，她压根儿就不想让任老太太给任瑶华定人家，她信不过任家的长辈。

可是在这件事情上，连任时敏和李氏都没有发表什么意见，毕竟任瑶华现在确实是到了要说亲的年纪了，且任家姑娘们的亲事向来是任老爷子和任老太太做主。任瑶期暂时也找不到什么好法子能让任瑶华跟他们一起走。

就在他们要启程去云阳城的前两日，又有一户人家来向任瑶华提亲了，并且竟然是苏家的大管事陪同来的。

任瑶期当时正带着丫鬟们整理自己的书房，书房里的书她基本都是要带过去的，又不放心让丫鬟婆子们来整理。

听到苏家大管事带了两个人来任家的时候，任瑶期一开始并没怎么在意，直到任老太太派人将任瑶华叫了过去。

因为这一阵子任老太太一直在操心任瑶华的婚事，所以任瑶期心里便有了些警觉，总觉得不是什么好事。

果然，等周嬷嬷打听到消息回来后，任瑶期心中的惊怒简直没有语言可以形容。

"嬷嬷你说什么？是哪个曾家来提亲？"

周嬷嬷有些惊讶任瑶期的失态，不过还是很快回道："是新任宁夏总兵曾大人，他派人来给他的独子提亲。"

任瑶期有些站不稳，被周嬷嬷一把扶住了："五小姐，您怎么了？是不是哪里不舒服？要不要请大夫？"周嬷嬷焦急地将任瑶期扶到椅子上坐下。

任瑶期心里已经是惊涛骇浪。她实在想不通这一回曾家为何还会向任瑶华提亲，曾家才来宁夏多久？脚都还没有站稳，知不知道有个任家都难说。任家难道还有什么值得利用的地方？

从前替曾家说项的是二房的二太太，而这一次二太太虽然没有出面，苏家却来人了，应该是因为苏家大少奶奶曾氏的那一层关系。

"老太爷和老太太那边是怎么个意思？"任瑶期摆了摆手示意自己没事，皱眉问道。

周嬷嬷道："老太爷让人在外院接待了苏家大管事，老太太见了曾家派来的人。不过奴婢听说老太爷和老太太并没有立即应下来。"

任瑶期讽笑："这次当然不能应得快，毕竟曾家如今也不过是寄人篱下，只是碍于苏家的情面，任家也不好一口回绝。"

周嬷嬷有些不明白任瑶期为何会说"这次"，难道还有"上次"？不过她并没有问出来，只以为是任瑶期口误。

"五小姐，奴婢也听说了那位曾公子容貌上有些缺陷，不过居家过日子也不能只瞧容貌，您为何会这么反感曾家？"

周嬷嬷虽然也不赞成让任瑶华嫁到曾家，但任瑶期的反应仍出乎她的意料。她之前还以为是因为任瑶期和燕北王府的郡主交好，而曾家又是朝廷的人，所以才会对曾家不喜，不过看任瑶期的样子又不像是这么简单。

任瑶期道："我之前听到了一些关于曾家的传言，这位曾公子不仅容貌上有缺陷，性子也很古怪。"

曾奎喜欢别人怕他，越怕他越高兴。可是任瑶华性子倔，哪里是肯低头的人？所以为了让任瑶华惧怕他，曾奎从前不知道用了什么龌龊手段折磨任瑶华，激得她最后忍无可忍不惜弑夫。

别人都喜欢性子柔顺体贴的女子，偏偏曾奎是个例外，他就喜欢别人反抗他。别看曾奎比她们大不了几岁，自他知人事以来折在他手里的丫鬟和小厮数不胜数。甚至有一次曾潜新纳进府的一位美妾因为不认得曾奎，见到他之后趾高气扬地让他滚远一些别污了她的眼睛，曾奎当场就将她拖回了自己的院子，也不管她是自己父亲的新宠。

曾潜只有曾奎一个儿子，溺爱得很。所以这些事情被曾家隐瞒得很好，再加上现在他们离开京都来了燕北，就更没有人知道曾家内院里的这些龌龊事了。任瑶期知道的这些还是裴先生告诉她的。

在别人眼中，曾奎或许只是一个容貌上有缺陷的少年，而在任瑶期眼中，苍蝇蛆虫都比他干净。

周嬷嬷看任瑶期的神色也知道她听到的那些传闻肯定不怎么好，不由得也有些担忧。

任瑶华回来之后，任瑶期过去找她。当从香芹口中得知任瑶华在云阳城曾与曾奎有过一面之缘的时候，任瑶期半晌说不出话来。

难道这就是孽缘吗？绕了一大圈子以为躲过了，却还是遭遇了。

从前曾潜初来燕北的时候曾奎并没有同行，他是之后自己过来的。那个时候任瑶华已经被禁足，根本就没有可能见到曾奎。这一回任瑶期设计让曾潜这个宁夏总兵名不副实，可还是没有让任瑶华摆脱这段孽缘。

可是，就算是孽缘，任瑶期也绝不可能眼睁睁看着任瑶华入火坑。

她们不知道的是，在曾家派来的人走后不久，任家就同时接到了京都二房老太爷和方雅存的来信。

二房的老太爷不知道从哪里得知了曾家想要求娶任家姑娘的消息，他没有打听到曾奎在内院里的那些龌龊事，反而打听到曾潜现在是皇帝跟前的大红人，算得上是朝中新贵。他还提醒任老太爷曾潜是一位能臣，只要给他半分机会，他就能翻身扬名，出人头地，前途不可限量。

如果说任家二房的来信任老太爷不过是看看就作罢了的话，那么方雅存的来信就让任老太爷有些犹豫了。

方雅存在信中随口提道，那位帮了他大忙的卢公公竟然也与曾潜有些交情，在得知这件事情之后还笑言会来讨一杯喜酒喝。

在三房离开白鹤镇前一日，任老太爷将任三老爷叫了过去。任瑶期知道任老太爷这时候将父亲找去肯定是为了任瑶华的婚事，于是在任三老爷从前院回来之后立即找到了他。

当从任时敏口中听到京都来信的内容时，任瑶期深吸了好几口气才勉强压下怒火。

"这么说祖父是想答应曾家的提亲？"任瑶期面无表情地冷声问道。

任时敏道："父亲说会认真考虑。"

任瑶期沉默了许久才道："父亲，您能去与祖母说这次要带三姐一起去云阳城吗？等三姐的亲事真的定下来，她怕是不能再随意出门了，甚至都不知道以后能不能留在燕州。"

任时敏觉得这些都是小事便应下了。他见小女儿伤感，忍不住打趣道："你自幼就与瑶华不和，怎么这会儿倒舍不得了？"

任瑶期笑了笑，微微别过头去："再不和她也是我姐姐，我就这么一个亲姐姐。"

这日晚上去荣华院请安的时候，任时敏果然提出了要带任瑶华一起去云阳城的事情，任老太太有些意外，不过她还是不太愿意让任瑶华离开白鹤镇，最后因为任老太爷同意了，任老太太才没有再阻止。

第二日天还没有大亮，任家三房的丫鬟婆子们就开始往马车上搬东西了。好在这几日已经陆续将比较笨重的大件物什都搬走了，所以一房六个主子，二三十个丫鬟婆子零零散散的行李规整起来加上坐人，也就是十几辆马车。

任瑶期从任家出来的时候，像她刚醒过来时那样再次打量了一眼任家这座所谓的祖宅，不但没有半点留恋，反而有一种如释重负的松快感。

她想，这一次走出了这个家门，除了逢年过节无法避免的时候，她能不回来就不会再回来了。

李氏今日似乎也很高兴，自从嫁到任家，除了最开始那一两年，她已经很少出门了。她最长一次离开任家还是陪着任瑶华住到庄子上那次，这次能去云阳城，别的不说，至少离献王府更近了。尽管依着李氏的性情就算住得近，也不会无缘无故就往娘家跑，但是离自己的娘家近，会让她更安心。

任瑶期和任瑶华姐妹两人乘坐同一辆马车，一路上任瑶华不知道在想些什么，很少说话，就连香芹在一旁要吓唬苹果给她讲鬼故事，任瑶华都没有管。

走到半路，任瑶期笑问道："三姐，这一路你都在想什么？"

在一旁要宝的香芹见主子们说话，终于坐到一旁安静下来，老实了。

任瑶华看了任瑶期一眼，毫不避讳地淡声道："没什么，只是在想曾家那位公子是个什么样的人。"

任瑶期闻言皱眉："总之不是好人。"

任瑶华闻言像是想起了什么，突然笑了："怎么到了你这里，就没有一个是好人了？这位曾公子你都还没有见过。"

任瑶期想起来，从韩云谦到丘韫再到曾潜，只要是任瑶华的议亲对象，她好像都不赞成。其实她也想要问问，任瑶华到底是得罪了哪路神仙，怎么就不能遇见一个好的。

"我之前不是与你说过吗？曾奎在京中有些不好的传言，只是他初来燕北，那些谣言没有传出来罢了。我并不是因为他相貌丑陋才厌恶他的。"任瑶期耐心解释道。

任瑶华道："所以我才会想他是个怎样的人，曾家又为何会突然向我提亲，论理我也只见过他一次而已，并且当时在场的并不止我一个人。如果照你所说，只是因为我没有太过关注他的相貌，也太令人啼笑皆非了。"任瑶华顿了顿，"我瞧着祖父的意思，似乎并不是很反对结这门亲。"

任瑶期想，既然他们已经从任家出来了，那么无论付出什么样的代价她都不会让任瑶华听从任家的摆布嫁去曾家，大不了到时候鱼死网破。只是这话任瑶期没有当着任瑶华的面说出来，毕竟实在是有些大逆不道。

因为出门早，所以任家的马车抵达云阳城的时候还不到午时。

宅子有三进，任时敏夫妇带着任瑶期和任瑶华姐妹住在第二进，任时敏和李氏住正房，任瑶期依旧住西厢，任瑶华住东厢。

任瑶英被安排在第三进的小西厢，任益鸿则住到了外院第一进的偏院里。

除了任瑶英，其他人对周嬷嬷做出的住处安排都很满意。

任瑶英住的第三进虽然也是厢房，但是比起任瑶期和任瑶华姐妹两人每人各占三间的东西厢，任瑶英住的后西厢只有两间，且第三进不仅住着她这个主子，还住了些有头脸的管事婆子和丫鬟。

晚上去给李氏请安的时候，任瑶英委婉地表示自己愿意让出后西厢，和任瑶华或者任瑶期住到一起。

周嬷嬷皱眉道："九小姐，您愿意挤着住委屈您自己，三小姐和五小姐未必愿意。我们三小姐和五小姐都各自需要一间书房和一间待客用的小厅，您是庶女按规矩在用度上要减半，不过奴婢想着还是给您安排了两间房。这里是云阳城，不是白鹤镇，既然来了，我们就要顾着三老爷的脸面把一些规矩拾起来，这样才不会被云阳城里注重规矩的人家笑话。九小姐，您说说是不是这个理儿？"

任瑶英闻言脸色白了白。她看了任时敏一眼，可是任时敏并没有对周嬷嬷的话表示出丝毫不悦，任瑶华和任瑶期更是坐在一旁聊天，连看都没有看她一眼。

从正房出来之后，任瑶英叫住了要去外院的任益鸿，忘记了她姨娘对她嘱咐的不要让任益鸿牵扯到内院的事情。

她红着眼睛委屈地道："哥，娘不在，以后这里就只有我们两人相依为命了，我们一定要相互帮衬才是。"

任益鸿皱眉，有些莫名其妙道："不是还有父亲、母亲、三姐和五姐在吗？怎么就是相依为命了？"

周嬷嬷没有亏待任益鸿，虽然他只是庶出，但任三老爷毕竟只有他这一个儿子，周嬷嬷给他安排的住处和用度都是好的。他在外头住着的偏院地方也不小，还有小书房和会客用的小厅，所以他体会不到任瑶英的委屈和悲愤。

任瑶英被他的话气得差点说不出话来，看了看周围才小声骂道："你个呆子！三姐和五姐都是正房太太养的，我们两个是妾生的！她们是一伙，我们才是一伙！"

任益鸿眉头皱得更紧："这是哪里听来的话？让父亲听见了可会骂你不懂礼数。母亲她并未亏待过我们。"

在任益鸿受过的教育里，对嫡母要尊敬，不能口出恶言，不然就是不孝。何况李氏这个嫡母虽然并没有对他有过太多管教，但也当真从未亏待过他。

任瑶英冷笑道:"她是没有亏待你,所以你忘了我们的亲娘。可是她亏待了我!"说完这一句,任瑶英就跺脚走了。

任益鸿看了看突然发飙跑走的妹妹,摇了摇头,小声叹道:"唯女子和小人难养也!"

按照燕北的规矩,搬迁新居第二日会摆酒席请一些亲朋好友,也算是给新居添一些人气。

不过任家并未分家,任时敏这一房严格来说也不算是乔迁,所以任时敏并未吩咐李氏办酒的事情。倒是云阳书院一些与任时敏相熟的先生得到消息,派家人送了一些吃食或者小礼过来。

李氏便提议让任时敏请云阳书院的友人过来,在外院摆几桌。任时敏想了想,便同意了,书院的那些先生与任时敏也算是志趣相投,这样的应酬任三老爷并不反感。

任瑶期看在眼里,心里是高兴的。他们这一房现在需要一些与任家无关的人际往来,这样就算有一日他们与任家翻脸,也不至于处在众叛亲离的尴尬局面中。

任瑶期还与李氏和任瑶华商量,等过些日子家里都安排好了,要找个由头请任时敏在书院的那些友人的妻女来家中,以后也好相互来往。

李氏也是受过世家教育的,当然明白对于刚进入云阳书院资历尚浅的任时敏而言,这些内院妇人之间的交往对他而言是有益无害的,所以李氏很愉快地应下了,甚至还提早与任瑶期姐妹两人商量起了到时候要用到的菜式,需要提前做什么准备。对李氏来说,自己当家做主请客,还是她嫁人之后的头一遭。

不过,李氏母女没有想到的是,她们的帖子还没有送出,徐山长的夫人欧阳氏的帖子就先送了过来。

徐夫人邀请李氏母女一起去白龙寺拜佛听禅顺便吃斋菜,也不止邀请了她们母女,还有几位同在云阳书院任教的先生的妻女。

任瑶期正苦恼着怎么帮助李氏和别的夫人们交际，接到帖子自然喜不自胜。

有徐夫人牵线，李氏要走进云阳书院夫人们的小圈子就容易多了。

于是任瑶期立即让李氏给徐夫人那边回了消息，说她们一定去。

到了与徐夫人约定好的日子，李氏早早就起来装扮。她倒不是想要打扮得花枝招展，相反她的穿着很低调朴素，只是因为很注重这次出门，所以花了些心思，让自己看起来既素雅又不会丢了任时敏的脸面。

任瑶期和任瑶华去正房找李氏的时候看到她的穿戴也都点了点头。

临出门的时候，任瑶英的丫鬟跑过来说九小姐有些不舒服，今日不跟她们一起去白龙寺了。

虽然任瑶英这话一听就是找借口不想去，李氏也没有说什么，让喜儿过去看看，问了问需不需要请大夫进来给任瑶英瞧瞧，也不勉强她出门。

李氏她们走后不久，躺在床上装病的任瑶英就起身了，吩咐自己的丫鬟道："你去周家与周小姐说一声，让她派车来接我出门。"

那丫鬟是后来跟的任瑶英，被方姨娘用银钱笼络住了，对她还算忠心，得到吩咐和赏钱之后立即出门去了。

任瑶英冷笑道："我才不跟着你们出去当摆设！"

李氏她们与徐夫人约好了在城门外会合，任家的马车出了云阳城的城门果然看到了好几辆马车。

先到的是柳太太和陈太太，她们的年纪都和李氏差不多，在云阳书院的太太们当中算是比较年轻的。柳太太带了自己的次女柳梦涵，她的长女去年已经出嫁了。陈太太则带了长女陈之意和刚满三岁的小儿子。

柳太太和陈太太看到李氏态度都很友好，主动过来打了招呼。她们平日里应该也是温柔和善的人。柳梦涵和陈之意都与任瑶期差不多大，性情也都温顺婉约。

因为各自的夫婿都在云阳书院任教，李氏和柳太太、陈太太很快就聊到了一处。三人都是受过良好教育的大家闺秀，说话轻言细语，举手投足也很温婉，所以对彼此的第一印象都很好。

之后又陆续来了好几位太太，看她们说话作态都是修养极不错的。徐夫人是最后到的，虽然她并没有迟到，不过还是对等着她的众人表达了自己的歉意。

看到任瑶期的时候，徐夫人招手让她过去，拉着她的手和善地道："怎么瞧着比上次又瘦了些？最近在家中有没有好好练琴练画？今日跟我坐一辆车吧，我要好好考校考校你有没有偷懒。"

说着徐夫人还与李氏开玩笑道："我就借你女儿去我马车上说说话，你不介意吧？"

李氏感觉到了徐夫人的善意，笑着摇头："那是您瞧得起她。"

旁边的几位太太也笑着打趣了几句。柳太太笑道："之前就听说夫人您新收了个小徒弟，梦涵在家的时候还一直吵着说要见一见呢，不想今日还真有这个机会见到她，瞧着就是个聪明有福气的好孩子。"

徐夫人笑道："她们都是好孩子。"说着徐夫人又对柳梦涵和陈之意道："我之前就想着，你们的性子应该合得来，刚刚果然瞧见你们相谈甚欢。不错！以后你们就多来往吧，反正住得也近，来往方便。"

柳梦涵和陈之意都很尊敬徐夫人，闻言均点头应下。

相互之间寒暄够了，徐夫人就带头上了马车，各位太太小姐也都上了自己的马车。

等马车动起来的时候，任瑶期感激地道："多谢夫人了。"

徐夫人看着她温和地笑道："小事罢了，说起来你还是我的救命恩人呢，我随手拉你一把又算得了什么。不用谢我了，以后好好过自己的日子就是。今日来的这几位太太小姐性子都很不错，你们平日里与她们多多来往，总不会错的。"

任瑶期忙应下。

徐夫人是学识渊博之人，不过任瑶期也算是名师足下高徒，博览群书，所以一路上与徐夫人相谈甚欢。

马车很快就到了白龙寺。

徐夫人带着诸位太太上了香捐了香油钱，然后又去听大师讲佛经。她性子开明，也不让任瑶期这些年轻的姑娘跟着，打发她们去玩自己的。

任瑶期、任瑶华便与柳梦涵、陈之意一起走了。

几位小姐绕着白龙寺转了一圈，一路上也聊些风土人情。她们都是有家学渊源的，所以谈吐也都十分风雅，就连任瑶华听她们说话也不会觉得无趣。

后来走累了，她们就让寺里的知客僧安排了一处小院，喝茶聊天下棋，倒也悠闲自在。

任瑶期赢了柳梦涵一局之后起身让座给陈之意，却发现原本坐在她身后的任瑶华不见了。

任瑶期问苹果道："三姐呢？"

苹果回道："三小姐去更衣了，您当时在下棋，三小姐就没有打扰您。"

任瑶期闻言点了点头，没有再说什么。

任瑶华确实是因为喝多了茶水想要去更衣，不过她没有想到回来的时候会在半路上遇见曾奎。

这是任瑶华第二次看见曾奎，可是不知道是不是因为听任瑶期说了曾奎的那些事情，曾奎看她的视线让她觉得有些不舒服。

两人也不算是认识，所以任瑶华看了他一眼之后就移开了目光，打算从他身边走过去，打招呼什么的对于两个连话都没有说过的陌生人而言是没有必要的。

不过显然另一个当事人并不这么想。

曾奎见任瑶华再次无视他，便伸手拦了拦，笑睨着她道："任三小姐，我们又见面了。"

任瑶华皱眉道："我们认识吗？"

曾奎闻言似乎有些惊讶，不过眼中的兴趣更加浓厚了，十分有礼地作揖道："是我冒昧了，上一次见面我们并没有说过话，确实算不上认识。我是曾奎，家父是曾潇，京都人士，前一阵子才来燕北。"

曾奎这么一番作态倒真不像是有残疾的人，任瑶华不由得看了他一眼。说实话，这样的曾奎一点儿也不像是任瑶期口中那个心思阴暗暴戾之人。

伸手不打笑脸人，任瑶华点了点头："曾公子有礼了。"

曾奎笑着走近一步，也不避讳自己脸上吓人的伤，盯着任瑶华用温和的语气道："任三小姐今日是来拜佛的还是来吃斋菜的？"

他脸上的伤狰狞恐怖，偏偏说话的语气又异乎寻常地柔和，这一幅画面其实是有些恐怖的，至少香芹就吓得倒退了一步，被芜菁狠狠瞪了一眼，尽管芜菁也吓得脸色发白。

任瑶华却依旧面不改色，看了曾奎一眼，淡声说道："既拜佛也吃斋菜。我妹妹还在等我回去，曾公子，失陪了。"

曾奎微微眯眼，然后笑着退了半步。任瑶华正要从他身边走过去，不想曾奎却突然抬手握住了任瑶华的手腕。

任瑶华先是一愣，反应过来之后猛力将自己的手腕往回扯，虽然隔着衣袖并没有碰到肌肤，但是任瑶华不知道为何在曾奎接触到她的那一刻，由他的力道中感觉到了毛骨悚然的冷意，虽然只是一瞬，也让任瑶华心中一凛。

在任瑶华往回猛力扯自己的手腕、香芹和芜菁气愤地上前准备拉人的时候，曾奎突然毫无预兆地松了手，任瑶华被自己的力道反弹得差点摔倒在地上，好在芜菁站在她旁边，一把扶住了她。

任瑶华惊怒的样子和丫鬟们气愤的敌视目光似乎取悦了曾奎，他哈哈大笑起来，仿佛看到了什么令他愉悦的事情。

任瑶华站稳之后冷声道："你这是什么意思？"

曾奎收了笑声，一边喘息一边道："没什么意思，就是觉得你的反应有趣罢了。我碰了你的手，我负责就是。"最后那一句，曾奎用的是戏谑的语气。

任瑶华恼怒道："胡言乱语！我瞧你是病得不轻，出门喝药了吗？"

曾奎性子古怪，任瑶华骂他的话并没有让他生气，反而逗得他再次哈哈大笑。

任瑶华见他果然不是什么正常人，不想再与他纠缠，板着脸就要走人，曾奎脚步一转跟了上来。

香芹和芜菁一左一右护着任瑶华，满脸防备地瞪着曾奎，这个时候两个忠心护主的丫鬟连曾奎脸上的伤疤都忽略掉了。

可是曾奎就跟没看见她们似的，任瑶华走，他也走，任瑶华停住步子，他也停住步子，还一脸笑嘻嘻的模样。

任瑶华不由得有些犯难，现在这里没有什么人，等到了人多的地方别人看到这种情况，定会误会他们之间有什么牵扯，这样她就是跳进黄河也洗不清了。

眼见着就要从夹道里走出去，任瑶华终于忍无可忍，怒斥道："曾公子，请您自重！您这样跟着我要做什么？"

曾奎笑道："这路又不是你的，你走你的，我走我的，有何不可？"

任瑶华忍着气道："那么请问您是要走前面还是后面？我让您先走还不成吗！"

曾奎语气缓慢温柔，一字一顿道："我说不成！我想怎么走就怎么走。反正你以后会成为我家的媳妇，与我走在一起又能如何？"

香芹先怒了，也不管曾奎是什么身份，骂道："呸！你想得美！我们小姐才不会嫁给你这种人呢！还不快走开，看着就恶心！"

"恶心"两个字吸引住了曾奎的注意，他转过头打量了香芹一圈，然后舔着嘴唇笑道："这是你的丫鬟？长得倒是不错。"

香芹吓得差点坐到地上。

任瑶华这次是真的怒了，真是岂有此理！

任瑶华本就是个一点就着不管不顾的性子，正要跟曾奎撕破脸，却听到后面有一个稳重低沉的男声说道："任三小姐你怎么在这里？我刚刚瞧见任五小姐在向寺僧问你的下落。"

任瑶华猛然回头，却看见了雷家的家主雷霆。

遇见雷霆的惊讶缓解了任瑶华被曾奎挑起的愤怒，她深吸一口气定了定神，低头向雷霆行了一礼。

突然冒出来的雷霆打断了曾奎的兴致，他眯着眼睛似笑非笑地打量了雷霆几眼。

雷霆与曾奎并没有正式碰过面，算是陌生人，所以雷霆看了他一眼之后就当作不认识别开了眼。

任瑶华已经彻底冷静下来，不知怎么的她就想起了上一次雷霆对她说的那句话。她知道不能在这个时候与曾奎闹起来，曾奎光脚的不怕穿鞋的，任瑶华却要顾及自己的母亲和妹妹在徐夫人以及那些太太小姐面前的脸面。

如果她当真在这里与曾奎闹起来，最后怕是真的要如曾奎所言，除了嫁给他别无他法了。

想到此，她走向雷霆道："我与我妹妹她们走散了，雷爷刚刚是在哪里看见她的？"

雷霆回答："我正巧也要过去，一起走吧。"

任瑶华现在只想快些摆脱曾奎这个疯子，闻言忙道："那就劳烦雷爷了。"

雷霆点了点头，带着任瑶华往外走，不知是有意还是无意地将曾奎看向任瑶华的视线挡住了。

曾奎看着两人目不斜视地从他面前走过，盯着雷霆的背影良久，然后咧嘴一笑，却让人感觉毛骨悚然。

任瑶华跟着雷霆摆脱曾奎之后终于松了一口气，再次正式向雷霆屈膝行礼道谢，然后问道："不知雷爷是在何处看见我五妹妹的？"

雷霆停住步子，打量了一下周围然后道："是在无量寿佛殿附近，我想从这边岔过去应该会近一些。"雷霆指了指右边的道路。

任瑶华也不是第一次来白龙寺了，听雷霆这么一说就大致知道方位了，她看了雷霆一眼，然后道："这里的路我都认得，雷爷今日来白龙寺想必也有事情要办，我不好再耽搁您，我自己去无量寿佛殿就可以了。"

雷霆闻言没有说什么。

任瑶华又屈膝朝着雷霆行了一礼，然后才带着几个丫鬟往右边的岔路走去。

刚走出十几步任瑶华就觉得有些不对劲，不由得回头一看，却发现雷霆正走在她们身后五六步的距离之处。

见任瑶华回头看过来，雷霆才淡声道："我之前不是说了正好与你顺路吗？你走前面吧，这里比较僻静，万一那人跟上来，我在这里也能有个照应。"

任瑶华闻言，心下微暖，便停下步子等雷霆跟上来。

雷霆挑了挑眉。

任瑶华微微一笑："既然顺路，那就一起走吧，怎好让您跟在我后面。"

她长相本就明艳，这么笑起来让人眼前一亮。

雷霆道："任三小姐平日还是多笑一笑的好。"

雷霆长相英挺，说话的声音也很低沉悦耳，这句话听在任瑶华耳中以为他是在夸赞自己笑起来好看，所以脸红之余也有些懊恼，心想原本还想着这位雷家当家的是正人君子，不想私下里也喜欢打趣姑娘家。

雷霆接下来却又道："我之前与你说过，性子太倔强的人容易吃亏，所以遇到不想让步又不得不让的时候，你不如笑一笑。很多时候一个笑容就能让你收到意想不到的效果。"

任瑶华有些愣怔，雷霆这是在教她为人处世之道？

"这么说雷爷您在外头经常对人笑？"

雷霆沉默了一瞬，然后道："不，我的方法是板着脸盯着对方一言不发，这样别人摸不透我的底细就会主动让步。"

任瑶华看着雷霆说这话的时候一脸深沉的模样，忍不住扑哧笑出声来。

"就是像您现在这模样吗？"

雷霆也不由得勾了勾嘴角："怎么会？我觉得我现在的脸和蔼可亲多了。"

这会儿连任瑶华身边的丫鬟也忍不住笑了。

任瑶华原本觉得雷霆为人深沉，让人捉摸不透，经过两次接触之后她就不这么觉得了。

雷霆道："不过这种方法我能用，你用的话难免会让人觉得孤傲不易接近，所以还是笑一笑的好。"

任瑶华低头抿嘴一笑。

这么说着话，无量寿佛殿已经快到了，任瑶华一转眼就看见任瑶期带着自己的几个丫鬟婆子从另外一条路走了出来。

任瑶期也看到了任瑶华以及站在她旁边的雷霆，微微一愣之后就带着人走了过来。

雷霆见任瑶期带的人不少，便与任瑶华点了点头道："我先走了。"

任瑶华又谢了一次雷霆。

任瑶期走过来之后，雷霆朝她微微颔首打了招呼，然后便转身走了。

任瑶期见他走远了才有些疑惑地问任瑶华道："三姐怎么会与雷家家主遇上了？"

任瑶华想起之前遇见曾奎的事情，脸色又难看起来："别提了！"

任瑶期有些不解，难道雷霆得罪了任瑶华？可是刚刚远远瞧见他们之间的气氛挺好的啊。

这时候香芹跳了出来，一股脑地将曾奎在路上拦住任瑶华做的恶心动作、说的恶心话对着任瑶期活灵活现地学了一遍。

任瑶期听了之后脸色也冷了下来。

任瑶华这会儿反倒没有之前那么气了，或许因为与雷霆的一番对话让她心情好了不少："之前你与我说曾奎的事情的时候我还半信半疑，不想他真的就如此下作不堪！"

香芹忙不迭地点头道："今日多亏我们遇上了雷家家主，不然还不知道那个恶心的丑男人会做出什么事情呢。"

任瑶期皱眉道："曾奎的性子像极了他的父亲，有仇必报，只希望他不要因此记恨上雷霆才好。"

虽说这一回曾潜的势力大不如前世，雷家也不用看曾家的脸色行事，可是曾潜毕竟是朝廷派来的宁夏总兵，而且明枪易躲暗箭难防，曾奎这种人随心所欲惯了，怕是什么事情都做得出来。

任瑶华听任瑶期这么一说，也有些担心起来："雷家……他就算是想动也动不到吧？"

任瑶期想了想："雷霆也不是那种会任人鱼肉的，以曾家现在的势力想要在燕北王府的地盘上动雷家自然是毫无可能，不过防君子容易防小人难，他若是成心想要给人添堵，还愁找不到机会吗？我觉得还是提醒一下雷霆让他最近当心一些的好。"

任瑶期从前吃过曾家的苦头，知道曾潜和曾奎这对父子是什么样的货色。

任瑶华觉得任瑶期说得很有道理，雷霆好心帮了她一把，若是让他因为这件事情得罪曾奎以致惹上什么麻烦,她心里肯定难安。

"我这就去告诉他。"任瑶华皱眉道。

任瑶期见任瑶华要去找雷霆,忙道:"三姐,我们出来太久了,母亲她们现在怕是已经听高僧讲完经了,我们还是先回去吧,雷霆那边派个丫鬟去传话就可以了。"

任瑶华也觉得自己刚才有些急切了,看向芜菁道:"你去追上雷爷,把五小姐刚刚说的话告诉他,让他小心一些。盼儿那里也让人看紧了,没事不要出门。"

芜菁应声去了。

任瑶华和任瑶期两人便回去找李氏。

走在路上的时候,任瑶华问任瑶期道:"雷家家主是一个什么样的人?"

任瑶期想了想,将上次外祖母容氏与她说的话告诉了任瑶华,然后道:"我没有与雷家的人接触过,雷霆这个人我见的次数也不多,不过倒是没有听说过他有什么劣迹。"

任瑶华听了不由得若有所思。

这一次出门是李氏进入云阳书院太太圈的第一步,尽管任瑶期和任瑶华因为曾奎而影响了心情,但是总的来说这次去白龙寺还是有收获的。

回到家后,管事立即上来向李氏禀报了任瑶英的事情。

听说任瑶英在她们离开不久后就被周家的马车接走了,李氏惊讶之余也不由得皱起了眉头。

随着李氏出门的周嬷嬷听到管事就这么让任瑶英出了门,便骂道:"老爷和太太都不在家,谁允许九小姐随意出门的!若是出了什么事情怎么办?"

那管事后来也是越想越觉得不妥,不由得满脸冷汗道:"可是周家派来的人说他们已经遣人去白龙寺向太太请示了。"

周嬷嬷冷声道:"哦?那么你得到太太说可以让九小姐上周家的马车的命

令了?"

"没……"

"那你告诉我,你的主子是谁?周家的人?"

"我……"

"行了,先派人去周家把九小姐接回来,她若是好端端的,你就回来领罚,她若是出了什么事,你也不用回来了。"

管事立即退下了。

任瑶华皱眉道:"母亲,您太惯着她了。反正在她心里我们都是些不安好心的人,您又何必顾忌那么多给她脸面?她还会领情不成?"

李氏叹道:"不过是个孩子,我还能与她计较?罢了,这次她这么没规矩,等她回来我会让她禁足,以后也不会让她随意出门。"

任瑶华埋怨道:"祖母明明知道方姨娘和您不和,还是让她跟了来。管她她怨您对庶女太过严厉,不管她她又总是出幺蛾子。这次既然是她自己不懂规矩犯了错,母亲您就把她一直关着吧,也免得她出去给您惹祸。"

对任瑶英这个庶妹,任瑶华从来就不介意当坏人。她若是李氏,必定一点自由都不会给任瑶英,一直关着她,看她还能起什么歪心思。

过了一个时辰,任瑶英才被接回来。

好在她这次当真是去了周家,并没有乱走。

任瑶英看了李氏一眼,又看了看任瑶华和任瑶期,然后上前行礼,之后就是一言不发地站着。

李氏语气还算温和地道:"瑶英,出门要征得家中长辈同意这个规矩,你不知道吗?"

任瑶英低头道:"母亲您不在府上,父亲去了书院。周家来人说已经派人去白龙寺请示您了,我便去了。"

李氏皱眉:"可是我并没有见到周家的人。"

周嬷嬷道:"九小姐,就算是周家派人去请示了太太,您也应该等太太派人回来说您能出门了,您才能出门。这些规矩以前没有人教您吗?"

任瑶英咬了咬唇。

李氏叹了一口气:"你回去将孝经抄二十遍吧,另外以后若是没有得到我或者你父亲的允许,不能自己擅自出门。"

任瑶英闻言不由得道:"那若是周家又派人来接我呢?母亲您会同意我出门吗?"

任瑶英说着,下意识地捂了捂自己的前胸,衣襟里有一枚玉兰花翡翠吊坠,是周汶今日悄悄塞到她手里的。周汶说,下次还会让周蓉来接她去周家。

她当时并没有应他,可是如果李氏说以后让她不要再去周家,她又有些不甘心。

周汶喜欢她,她心里清楚。

周汶容貌不差,又有才学,还会想尽办法讨她欢心,任瑶英的确动心了。她想,若是周汶的家世能再高一些那该有多好!

她陆陆续续打听过一些,周家的家底在云阳城也只能算是中等,家财上还远远不及任家。周汶的父亲虽然在燕北王府当差,不过也只是一个小小的书记官,并没有什么实权,以后升迁的余地也不会太大。

听周蓉的意思,周太太嫁过来的时候嫁妆也还算丰厚,不过周太太的嫁妆有大部分是留给周蓉当嫁妆的,就连温泉山庄的那一个小庄子,也是要给周蓉的。除了周汶这个人之外,周家其实没有什么可图的。这是任瑶英从周蓉的话中得出来的结论。

今日周汶试探地告诉她,他母亲已经在为他物色妻子人选,不过他自己想等明年八月参加过乡试后再考虑婚事,说完之后还将那朵玉兰花给了她。

任瑶英当时并没有直接拒绝。

她想着,若是周汶到时候能在乡试中取得好成绩,然后再顺利通过燕北的会试,那么前途也是不错的,毕竟周汶说起这些来很自信,她也暗中向周蓉打听过,周汶在云阳书院确实很受先生们喜欢。

任瑶英现在年纪还小,议亲的事情尚轮不上她,所以她觉得也没有必要这么早就拒绝周汶。撇开家世等因素,任瑶英对周汶这样能说会道长相也很不错的少年还是很有好感的。

任瑶华在一旁冷冷道:"你听不懂吗?因为今日没有经得长辈的同意就擅

自出门，你已经被禁足了！除了你的房间，你哪里也不能去！"

任瑶英难以置信地看向李氏："母亲，您要禁我的足？"

李氏道："等你学好了规矩再出门吧。"

任瑶英红着眼睛悲愤道："母亲，就因为我是庶出的，您便这么糟践我吗？三姐和五姐住大房间，能跟您出门，我这个庶出之女住下人住的地方也就罢了，现在连门都不让出了？您若是当真这么讨厌我，就打发我回白鹤镇吧！有祖母和姨娘在，我至少还能有一口饱饭吃！"

"放肆！"任瑶英越说越过分，连李氏都听不下去了，不由得皱眉喝止道。

"任瑶英，你在这里有人饿着你了？难不成送到你房间去的饭食最后都喂了狗？你做错了便是做错了，乖乖接受惩罚就对了，再拎不清在我娘面前乱吠，我就让人来好好教教你规矩，也免得你这个姨娘教的什么礼数也不懂，丢了我们的脸！来人！把她给我带回去看管起来，只要她敢走出房间一步，就打断她的腿！"任瑶华冷笑道。

任瑶英气道："你敢！"

任瑶华笑了，看着她语气阴森地道："你可以试一试我敢不敢！打断别人的腿这种事情我又不是第一回做，你和你那个姨娘不是清楚得很吗？当初不是还给我大肆宣扬过？"

"你……"

这时候，一道男声突然出现在门口："怎么回事？吵吵嚷嚷像什么话！"

众人回头便看见任时敏冷着脸走了进来。

"你就是这么教养她们的？一个一个的都大呼小叫？"任时敏对李氏道。

李氏低头认了错。

任瑶英立即哭了起来："父亲，您可要给我做主啊！"

任时敏看见她哭就烦躁，看了看在场的人，然后指了没有说话的任瑶期道："说说怎么回事。"

任瑶期将今日任瑶英没有请示过李氏就擅自出门的事情说了。

任时敏问李氏："你们今日不是去白龙寺了吗？"

任瑶华道："九妹妹说她身子不适，所以不去了，母亲还给她请了大夫来。不过等我们一离开，九妹妹的病就好了，上了周家的马车。"

任时敏看向任瑶英："你装病？"

任瑶英一边抽噎，一边道："我……我知道母亲和姐姐不喜欢我，我也不想跟过去讨人嫌，我……"

"我问的是你有没有装病！"任时敏有些不耐烦地道。

任瑶英只顾着哭，不说话了。

任时敏看了她一眼，转头对李氏道："找个婆子来好好教教她规矩，在她把规矩学会之前不许她踏出自己的房间一步。"

李氏低头应了，任瑶英哭得更大声了，声音里有着说不出的委屈。

任时敏看着任瑶英道："我知道你是跟着你姨娘长大的，在为人处世上或许学到了她的一些做派，这一点我很不喜欢，所以你必须要给我改过来，否则你就回白鹤镇吧，但是不要再与人说你是我任时敏的女儿。"

任瑶英被任时敏后面那句话吓住了，连哭都忘了。

父亲这话的意思是要与她断绝关系？

任瑶华冲着喜儿使了个眼色，喜儿会意，上前请任瑶英出去。见任瑶英没有反应，喜儿只有和鹊儿一起扶她出去。

等任瑶英走了之后，任时敏又看向任瑶华，皱眉道："我在外面都听到了你的声音，你的规矩也该好好学学！"

任瑶华见任时敏发作任瑶英，心情正好着，被任时敏这么一骂也不生气，反而乖巧地应了。

任时敏见她如此也不说什么了。他发作任瑶英最主要的原因还是她撒谎，这一点让任时敏十分不喜。任瑶华的性子虽然不合任时敏的心意，不过总算人没有长歪。

其实任三老爷对儿女的要求真的不高。

他两次发作任瑶英都是因为她的人品问题。

任瑶英从这一日开始被禁足了，因为是任时敏这个做父亲的亲自开的口，谁也不敢再说什么。

第三十五章

教 训

任瑶英被禁足之后任家三房在云阳城的日子变得更加简单悠闲。

这一日,任瑶期去正房找任三老爷,正巧听到任三老爷与李氏说起曾家昨日又派人去了任家,还带着曾潜的亲笔信,当时在场的除了媒人,还有苏家的大老爷。曾潜这次是正式替自己的儿子求娶任瑶华,架势摆得很隆重,态度也很谦和。

"那祖父应了吗?"任瑶期撩开帘子,皱眉问道。

任时敏知道任瑶期一直很关心任瑶华的亲事,也不计较她打断长辈说话,点头道:"我瞧父亲似乎有这个意思,他今日特意让人给我送信就是觉得这桩婚事可行。"

任瑶期皱眉道:"爹爹,您在书院可有听到有关宁夏那边的消息?关于曾潜的。"

"曾潜?"任时敏认真想了想,"啊!这几日谈起曾潜的还真有,听说曾潜这人能力不错,之前宁夏不是没有人愿意听他的吗?可是这几个月,曾潜身边已经聚集了一些之前没有得到吴总兵重用的人,虽然势力并不大,但是比起他刚入宁夏的时候处境已经好多了。"

任时敏虽然对这些事情不感兴趣,但是他每日身处的地方毕竟是云阳书院。自古以来书生们聚在一处除了风花雪月,就喜欢谈论政事,针砭时弊。任时敏再两耳不闻窗外事，处在那样的环境中也免不了耳濡目染。

任瑶期闻言勾了勾嘴角，眼中却毫无笑意："难怪祖父想要应了这门亲事。"

李氏也听闻过曾奎的事情，对这门亲事并不满意，问任时敏道："老爷，华儿的婚事已经没有转圜的余地了吗？"

任时敏看了看妻女的表情，知道她们是什么想法，叹道："小辈们的婚事向来是由长辈定的，父亲怕是不会允许我插手。不过如果你们都看不上曾家公子，我可以回去与父亲说一说。"

虽然任三老爷觉得就算自己说了不同意，任老太爷也不会采纳他的意见。

任瑶期也知道任三老爷的话在任老太爷那里未必管用，但是听到他愿意回去为任瑶华争取一番，任瑶期还是高兴的，李氏也很欢喜。

第二日，任三老爷果然为了任瑶华的亲事特意回了一趟白鹤镇。

不过最后的结果也如他们所料，任老太爷不过是听听罢了，并没有将任时敏这个当父亲的的意见当一回事。任老太爷在权衡过利弊之后觉得与曾家结亲是个不错的选择，至于燕北王府那边的态度，不是还有一个同样与曾家是姻亲关系的苏家在吗？苏家这些年不照样是平平稳稳的，甚至还很得燕北王府的重用。

朝廷与燕北之间的矛盾不是一日两日了，且这些矛盾也不是短时间就能解决的。但是江南与燕北的往来从来没有受到什么影响。退一万步说，就算有朝一日曾家和燕北王府势同水火，并影响到任家这一门姻亲，任家也只是舍弃掉一个女儿罢了。

任老太爷算盘打得很好，现在形势未明他两边站队，等有朝一日形势明朗了，他再坚定立场。

因早已经预料到任老太爷的态度，所以任三老爷回去与任瑶期说起这件事情的时候，任瑶期也没有太失望。

倒是任瑶华听说之后找到了任瑶期，直言道："听说祖父已经打算正式应了曾家，过一阵子就要下订了？我宁愿铰了头发当姑子，也不会嫁给曾奎那样的人。"

若是没有上一次在白龙寺里遇见曾奎的那一出,任瑶华对这门亲事或许还不会这么排斥。既然已经见识过了曾奎的嘴脸,要任瑶华这么骄傲的人再嫁给曾奎任他糟践,她会生不如死。

任瑶期笑着安慰任瑶华道:"三姐别急,这种事情不会发生的。"

我绝不会让你嫁到曾家!任瑶期在心里暗暗发誓。

这日下午,任瑶期让人往燕北王府给萧靖琳送信的时候夹带了一封没有署名的信。

到了傍晚,任瑶期就收到了一封同样没有署名的回信。

第二日,任瑶期向李氏提出想要去一趟外祖家。

他们刚搬来的时候,容氏遣人送了些东西过来,都是家中自制的一些吃食。任时敏虽然不待见岳家的人,但是他也是知礼的,便让人送了丰厚的回礼,不过两家之间的交往也仅此而已。

李氏想着再过月余就是自己母亲容氏的生辰了,到时候再回去一趟看望自己的父亲、母亲,所以她除了给献王府送了两次东西也没有回过娘家。

听说任瑶期想要去探望外祖父和外祖母,李氏心里是高兴的。

她自己不能经常回娘家,以免惹人闲话,不过任瑶期去就没有什么关系了。

所以李氏立即应了,还准备了一些吃食药材让她带过去。李氏原本想让任瑶华也一起去,不过任瑶华说雷盼儿这几日说要过来,她怕自己和任瑶期都走了,雷盼儿来了不见人会哭闹。虽然知道任瑶华说的都是托词,李氏除了叹气,什么也没有说。

任瑶期带着两个心腹丫鬟乘马车独自去了。

任家三房现在住的院子与献王府一个在宝瓶胡同西南,一个在宝瓶胡同西北,中间还隔着一座占地广阔的云阳书院。这距离虽然不算太远,可也不近了。

马车从任家前面的巷子里出来之后,任瑶期吩咐赶车的婆子道:"绕到正阳街去,我还要到福满楼买两匣子点心带过去。"

赶车的婆子不疑有他,驱使马车掉头往正阳街去了。

任瑶期出门的时候还很早,正阳街靠近福满楼这一带大都是些茶楼、酒楼、点心铺子,因为还不到吃饭的时候,所以没有中午热闹,人流也少了。

任瑶期的马车先是停在了福满楼门口。任瑶期打发两个跟来的婆子道:"你们进去帮我买两匣子点心,都要新鲜出炉的,这会儿还早,怕是要劳你们等一会儿了。"

两个婆子忙道不打紧。

任瑶期又让苹果数了些碎银子给她们:"福满楼里有茶水点心,你们进去一边喝茶一边等吧,我去前面的茶楼等你们。"

两个婆子接了钱欢喜地应声去了。

任瑶期又让车夫将马车再往前赶一段,最后进了一家茶楼后面的侧巷。

这家茶楼是接待女客的,所以有专供女客人进出的通道。

任瑶期一下马车,就看见了同喜。

按理这里是没有男客的,同喜的出现显得有些突兀,任瑶期却没有半点意外。因为这家茶楼除了她们之外,今日并没有别的客人。

同喜看见任瑶期立即迎了上来,行礼道:"五小姐。"

任瑶期点了点头,示意他在前面带路。

同喜带着任瑶期等人上了二楼,在一间包房前停了下来,看了任瑶期一眼,然后就退到了一边。

任瑶期吩咐苹果和桑葚道:"你们在外面候着吧。"

苹果和桑葚不敢说什么,都低头应了。

任瑶期抬手推门走进包房。

这间包房有内外两间,地方不算太大,装潢却极为精巧细致,处处显示出优雅格调。

任瑶期径直进了内间。

萧靖西正坐在桌前低头摆弄着什么。窗外射进来的光线给他靠近窗户的那只手镀上了一层温暖的金光,即便只看侧脸,也很美好。

任瑶期走近了才发现萧靖西手里捣鼓的是一只玉制的九连环,任瑶期看过去的时候萧靖西正好将九连环解开。

萧靖西抬头朝着任瑶期一笑,然后扬了扬手里的九连环道:"要试试吗?"

任瑶期伸手去接,萧靖西又微微抬手避开,然后低头将被他解开的九连环恢复成了原样。

"我给你计时?"说完萧靖西不知道从哪里变出一只小沙漏,放到桌上。

任瑶期看了看沙漏,然后低下头不紧不慢地拆起来。这玩意儿她小时候也玩过,不过要怎么拆开她有些忘了,只能一边拆一边慢慢探索。

萧靖西坐在一旁安静看着,并不出声指导。

结果沙漏漏掉了大半,任瑶期还是没有解开。她看了看沙漏,又看了看只笑不语的萧靖西,然后将九连环放回桌上。

萧靖西挑了挑眉:"怎么?"

任瑶期道:"非我所长,不浪费时间了。"

萧靖西好笑地打趣道:"这么容易就放弃?"

任瑶期闻言摇了摇头,然后又拿起那只九连环端详:"如果只是为了解开的话,有一个很简单的方法,就是砸开它。不过我瞧着这只九连环似乎是萧公子的心爱之物,所以作罢了。"这只九连环玉质润泽,看上去似乎经常被人把玩。

萧靖西轻笑道:"嗯,前几日同贺给我整理箱笼的时候找出来的,十岁以前它是我的心爱之物。"

任瑶期道:"保存得真好,看来萧公子是恋旧之人。"

萧靖西但笑不语,给任瑶期倒了一杯热茶。

"曾潜最近似乎混得如鱼得水?"任瑶期看着萧靖西倒茶的动作,轻声问道。

萧靖西将茶壶放下:"即便有吴家在,宁夏也从来不是铁桶一块,曾潜这个宁夏总兵虽然名不副实,但是名头总是在那里。为了利益,要向他靠拢的人肯定会有。"

任瑶期闻言皱眉道:"可若是由着他这样各个击破,燕北不也很头疼吗?"燕北王府想要让燕北的形势稳定,宁夏有着举足轻重的作用,这也是朝廷这一次会拿吴家开刀的原因。

萧靖西若有所思地看了任瑶期一眼:"你似乎很在意宁夏的事情?可有什么缘故?"

任瑶期闻言沉默了片刻,然后才道:"前几日曾家来任家提亲了。"

曾家和任家的亲事现在还停留在私下协商阶段,并没有传出来,而这阵子萧靖西在云阳城的时候并不多,所以并没有注意到这些小事。

萧靖西显然是误会了,脸色变了变:"向谁提亲?"

任瑶期这才想起来自己没有说清楚,忙道:"是我三姐。曾潜为曾奎向我三姐提亲了。"

萧靖西松了一口气,轻咳一声道:"哦,我还以为……"

萧靖西没有说完,任瑶期也没有傻得去问,两人沉默了一会儿。

萧靖西想了想,才接着道:"曾奎吗?这个人并非良配。"

任瑶期听萧靖西这么说就知道他在曾潜来燕北之前肯定查过曾家,并且知道曾奎在京都干的那些事情。

任瑶期点头道:"我也听到过一些关于曾奎的传言,所以并不赞同三姐嫁到曾家。不过任家老太爷,也就是我祖父有同曾家结亲的意思。"

萧靖西不由得挑了挑眉,不过想到任家老太爷是任瑶期的亲祖父,终究什么也没有说。

萧靖西不说,任瑶期却不客气道:"我只有一个姐姐,不想看到她被家族用来换取那点可笑的利益。"

萧靖西点了点头,"你想怎么做?"他顿了顿,又温柔地道:"我帮你就是。"

任瑶期今日来找萧靖西就是来求他帮忙的,不过听到萧靖西这句话,她内心还是有了一丝悸动。

任瑶期低头轻声道:"这件事我确实需要你帮我,任家走到今日也该受些教训了。"

萧靖西闻言有些意外："怎么个教训法？"

任瑶期缓缓道："想要左右逢源两边站队也要看有没有那个分量。任家是在燕北发家的，我祖父却想要把任家的煤栈开遍整个大周。现在是他该做选择的时候了，燕北和京都他只能择其一。如果任家要选择京都，那么燕北的这几座煤矿和煤栈任家就别要了吧。"

萧靖西顿了顿："如果燕北王府封了任家的煤矿，任家所有人的生活怕是都会受到影响，包括你。"

任瑶期笑了笑："没关系，我祖父是聪明人，他知道要怎么选。"

萧靖西喜欢看任瑶期笑，不过这一刻他瞧着任瑶期笑却有些心疼。

任瑶期看向萧靖西，眨了眨眼道："当然，也不能让你白做功，燕北军现在不是正缺银子吗？任家的银子够你解燃眉之急了，你可以在手里多留些时日。"

萧靖西失笑地摇头："哪有你这样的？"

任瑶期笑了笑，没有说话。

任家是怎么发家的，她知道，萧靖西也知道。

"对了，方雅存那边有什么消息吗？"

萧靖西道："方雅存也算得上是一名能吏，你知道他的根基在哪里吗？"

任瑶期想了想，然后肯定地道："是方家！"

萧靖西点了点头："所以如果你想要方雅存彻底没有还手的机会，应该从方家下手。至于官场上的事情则是瞬息万变，像当初楚州知州冯免之所以会看中方雅存，也不过是因为方家有钱为他打点罢了。冯免能升迁，方家出力不少，他当然会反过来提携方雅存。如果方雅存没了方家这个后盾，那么他就算再有本事，在江南的官场上也会寸步难行。"

萧靖西的话让任瑶期眼前一亮。

也多亏了萧靖西告诉她这些弯弯绕绕，不然她在燕北，方雅存在江南，想要知己知彼都不容易。

"多谢你，我知道该怎么做了。"任瑶期由衷地道。

萧靖西闻言一笑，轻声道："你不必对我言谢。"

正在这时候，苹果隔着门禀报道："小姐，两位嬷嬷已经买好点心了。"

任瑶期闻言知道自己该走了。

虽然她相信萧靖西肯定将这里都打点好了，不会让人知道他们私底下会过面，不过她消失在人前太久也不妥当。

任瑶期看了萧靖西一眼，起身道："我先走了。"

萧靖西看着她点了点头："好。"

任瑶期屈膝行了一礼，正要转身离开，萧靖西又开口道："对了，如果你有什么事情需要去江宁办，可以让人找江宁褚家的褚九爷，你就说自己是萧家的人。我记得方家的嫡长女方雅慧嫁到了秦家，褚九爷的正妻正是出身秦家。"

任瑶期不由得停住脚步，迟疑道："不知这位褚九爷是否信得过？我要办的事情怕是……"

任瑶期正在想的也是这件事情，扳倒方雅存的办法她有，可是要找到合适的人促成此事却是个问题。不得已的话，她只能去找献王府借人，或者去找祝若梅帮忙。不过无论是献王府还是祝若梅，要将手伸到江宁，都需要一些时间。

萧靖西知道任瑶期的顾虑，温言道："你有事情尽管交给他办就是，他不会多言半句的。"

任瑶期听萧靖西这么一说便明白了，这位褚九爷怕是燕北王府安插在江宁的人。

可是这么一来，任瑶期更觉得过意不去了。

萧靖西见任瑶期沉吟着不说话，想了想，然后看着任瑶期笑道："嗯，我的人可以给你用，过后我会找任家收银子的。"

任瑶期想起来之前两人说的话，不由得笑出了声。

"好，谢谢。"

任瑶期与萧靖西道别，走出了包房。

同喜见任瑶期出来，一边领着她下楼，一边道："已经让茶楼的伙计将五小姐的人安排在前头喝茶。等您上了马车，小的才让她们去前门等您。"

任瑶期点了点头，道了一声谢。

等任瑶期上了马车,同喜安排人将车驾出去,她带来的另外几个婆子丫鬟果然从茶楼前门出来了。

马车从正阳街出来之后,又绕回了宝瓶胡同。

容氏那里已经得到了消息,所以任瑶期的马车刚驶进献王府前面那条大胡同,就看见倚红等在胡同口。

等马车在门前停稳之后,倚红连忙上前来帮任瑶期打车帘子,一边扶她下车,一边问道:"表小姐怎么这会儿才到?老夫人等您许久了。"

任瑶期指了指身后提着点心匣子的婆子道:"今日出来得早,所以去正阳街买了些点心。"

倚红看了一眼,笑道:"是福满楼的点心?爷他倒是喜欢吃,不过老夫人怕他闹牙疼,所以不肯让他多吃,等会儿可得藏稳妥了。"

几人一边说笑,一边往里走,恰好这时候,后脖子里插着一把折扇的李天佑优哉游哉地从门内走了出来。

倚红一愣,忙问道:"爷您这是要上哪儿啊?"

李天佑看到任瑶期,乐呵呵地朝她打了一声招呼,面对倚红的时候就摆出一张严肃正经的脸:"爷上哪儿得看爷乐意!我说你怎么什么都要管啊?"

倚红也不恼他当众下她脸面,好脾气地笑道:"奴婢只是想起来老夫人一早交代过,今儿府上会有客人来,所以让您先别出门。"

李天佑翻了个白眼,将自己插在后颈衣服里的折扇拿出来,唰地打开扇了扇道:"甭管来的是什么客人,爷才是主!客随主便懂不懂?"

李天佑见任瑶期和倚红都被他手中折扇的扇面吸引了注意力,又来了精神,凑到任瑶期面前向她展示自己手中的折扇:"外甥女,你瞧瞧舅舅这把扇子写得如何?最近云阳城里那群书呆子都爱拿这玩意儿到处显摆,说是自己的什么墨宝,然后打赏给人,爷昨儿也一口气写了几十把,准备今儿出门送人。"

跟在李天佑身后的秋生手里提了一只大麻布袋子,想必袋子里装的就是李天佑的"墨宝"。

任瑶期早就注意到李天佑手中那把扇子的扇面上一面写着"貌比潘安",另外一面画了一幅人物肖像,凭五官来判断应该是他本人。

任瑶期正在努力找措辞进行评价,却听到一个带着笑意的很有磁性的男声从他们身后传来。

"不知一鸣兄的墨宝能否送我一把?"

众人回头去看,就见一个身材挺拔的年轻男子牵着一匹黑色骏马站在他们后面笑看着他们。

这青年男子生得浓眉挺鼻,眼睛深邃,身上的衣裳布料极为普通,可是整个人看上去又从阳刚中透出几分文雅,气质十分独特。

任瑶期注意到他的马匹上有一个被粗布包得严严实实的长形物什。她在萧靖琳那里见过各种兵器,猜测那应该是朴刀一类的东西。刚刚他们站在这里说话,这人牵着一匹马从后面走近,竟没有惊动他们,就连有武功底子的秋生也是在这男子出声前一刻才有所警觉。

一鸣是李天佑的字,知道的人并不多,可是看这青年男子的年纪应该比李天佑要小一大截,却能直呼李天佑的字,还以兄弟相称。

任瑶期怎么也想不出这人是什么来头。

李天佑往来人那里看了过去,微微眯了眯眼似乎是在辨认来人的容貌,然后向来对人乐呵呵没有什么大气性的李天佑却陡然冷下了脸色。

"我当是谁,原来是闵家的黄口小儿,一鸣兄也是你叫的?"

姓闵的男子闻言半点不恼,反倒放低了姿态,笑道:"那我还是唤您一声李爷吧。"

李天佑冷哼一声,斜睨着他道:"不敢当!你还是给我有多远滚多远,不然小心我关门放秋生!"

闵姓男子闻言哈哈一笑,摇头道:"一鸣……李爷说话还是这么幽默风趣。"

李天佑鄙视地道:"别说得你好像跟我很熟似的,爷当年看见你的时候,你还是个吸溜着鼻涕跟在你那老狐狸爷爷身后哭着喊着要抱的小兔崽子!现在小兔崽子长大了，来爷面前装大头蒜了？一边儿待着去！"

任瑶期在一旁听着，不由得对这位男子的身份越发好奇起来。

倚红走到李天佑身边小声道："爷，闵公子就是今日要来我们府上的那位客人，老夫人交代过让您不要与客人起冲突。"

李天佑皱眉看了那男子一眼，然后冷哼一声拂袖而去，秋生等人连忙跟上去。

那男子不在意李天佑从头到尾的冷脸，朝着他拱了拱手，然后牵着马到一边等着李天佑一行骑马出了巷子。

倚红朝男子点头道："闵公子请。"

男子看向倚红，拱手道："纪姐姐？这么些年，您的样子还是没有变。"

倚红礼貌地笑了笑，态度有些疏离地说了一句："闵将军好记性。"就不言语了。

男子又看向任瑶期，打量了她几眼，然后有些迟疑地问道："这位可是任家五小姐？"

任瑶期不知道男子的底细，又见李天佑和倚红的态度都很奇怪，正琢磨着倚红口中这"将军"两个字，听见男子对她说话，便点头笑了笑。

男子接着道："任五小姐有礼了，在下闵文清。"

任瑶期闻言一愣，不由得又看了他一眼。

闵文清？萧靖琳信中曾提到过的那个闵文清？

闵文清怎么会出现在献王府？

闵文清是聪明人，立即猜到任瑶期可能听说过他，不过这个时候他们已经进了献王府，容氏派了人出来要带闵文清去花厅，说是老爷已经在花厅了，闵文清不能让献王等他，便朝着任瑶期和倚红拱了拱手，跟着来人去了。

倚红则带着任瑶期去正房找容氏。

容氏也在等任瑶期来，看见她就笑道："今儿怎么过来了？可是有事？"

任瑶期行了礼之后被容氏招呼坐到她身边，玩笑道："无事就不能来登三宝殿了？"

容氏轻轻拍了拍她的头，又问倚红："天佑出门了？"

倚红回道："爷带着秋生他们走了。"顿了顿，又道："爷在门口遇到了闵文清，不太高兴。"

容氏笑了笑："随他去吧，你去花厅那边盯着，别让人怠慢了客人。"

在献王府，与李天佑一样看闵文清不顺眼的人不少，容氏怕下面的人暗地里做什么小动作。

倚红应声去了。

任瑶期在一旁听着，等倚红出去之后便问容氏道："外祖母，闵将军怎么会来这里？"

容氏惊讶地看向任瑶期道："你知道闵文清？"

任瑶期点了点头："曾经听郡主提起过几次，听说是燕北军中最年轻的将军，心机手段俱是十分了得。"

容氏闻言一笑，淡声道："闵家后继有人。"

"闵家？"

容氏想了想，缓声道："闵文清并非土生土长的燕北人，闵家祖籍晋州，是从闵文清的爷爷那一辈才迁来燕北的。"

"晋州？那不是……"任瑶期有些惊讶，随之立即想起一种可能，"难不成闵家之前是献王府的人？"

容氏看着任瑶期叹道："没错，闵文清的祖父闵浩然与你曾外祖母宛贵妃娘娘是同乡。真要算起来，闵家与我们其实还有些沾亲带故的关系，只是如今已经没有几个人知道了。闵浩然当年深受贵妃娘娘的信任，并奉娘娘之命先一步来燕北成了燕北军中的军师，他手中甚至还握有一部分贵妃娘娘交给他的精锐，闵家当初其实也算是贵妃娘娘的一着暗棋吧。"

任瑶期听着容氏的用词，又想起李天佑看到闵文清时的态度，似乎猜到了什么，"难道闵家后来投靠了燕北王府？"

容氏又叹了一口气："也算不上闵家投靠燕北王府，我们也是后来才知道，闵家一早就是燕北王府的人。之前若不是萧靖西挑明这一点，我们还一直当闵家是献王府的一着暗棋。"

听了容氏的话，任瑶期才明白献王府为什么会同萧靖西合作，萧靖西又为什么会知道献王府的底牌，原来根源在闵家这里。

"那这一次闵文清因何而来？"任瑶期问道。

容氏道："上一次我们帮了萧靖西一回，他为了表示自己合作的诚意，愿意将闵家手中握有的那部分原本属于宛贵妃的势力归还。闵文清今日就是为了此事而来。"

任瑶期不由得沉默下来。

她想起了从前的事情。从前燕北王府似乎并没有与献王府走到一起，那么闵家手中的那部分势力应该是已经被萧靖西收拢，甚至连河中的势力也有可能被他借助闵家之手蚕食。

任瑶期知道这种事情萧靖西做起来简直就是驾轻就熟的。

"在想什么？"容氏见任瑶期许久不说话，拿手在她眼前晃了晃。

任瑶期回过神来，笑了笑："没什么，出了一会儿神罢了。"

她想要问容氏怨不怨恨燕北王府和萧靖西，不过后来一想又觉得这个问题其实也没有什么好问的，看如今献王府的态度就知道了。

献王府和燕北王府是两股政治势力，可以合作，也可以对立，全看当政者的立场。成者王侯败者寇，如果用恩怨情仇来判定那就显得太可笑了。

所以尽管之前燕北王府吞并了闵家手中的势力，献王府现在仍愿意与萧靖西合作，即便李天佑再不喜欢闵文清，也只是刺他几句，并未真正与他动手，阻止他进来。

"听说曾家向任家提亲了？"容氏也没有追问，转而问起了任瑶华的婚事。

任瑶期点了点头，肯定地道："曾奎此人并非良配，这件婚事不会成的。"

容氏闻言若有所思地看了任瑶期一眼，然后笑道："如果有什么事情你自己做不到，可以与我说，外祖家跑跑腿的人还是有的。"

任瑶期点了点头："我知道了，外祖母。"

其实任瑶期知道，在献王府真正与燕北王府交心之前，在燕北的地盘上，献王府能动用的力量很少。如果在献王府力所能及的范围内，该请外祖家帮忙的时候她不会矫情。

快到中午的时候，倚红回话说闵文清见过李乾之后就离开了，并没有留下来用饭。

容氏点了点头，并没有说什么。

任瑶期想着，闵家其实在献王府的地界上是很尴尬的，不管最初的立场是什么，闵家辜负了宛贵妃的信任是铁一般的事实。尽管现在献王府和燕北王府很有可能因为合作关系而走到一起，献王府的人也不可能以原来的态度来对待闵文清了。

任瑶期在外祖家用完了午膳才离开。

马车刚从献王府前面的巷子转出来，任瑶期就听到了舅舅李天佑的声音。

"我说你脸皮怎么就这么厚！跟着我有意思吗？"

另外一个声音有些无奈地道："一鸣哥，我只是看你是不是真的回家了。"

任瑶期听出来这是闵文清的声音。

"老子回不回家关你屁事啊！"李天佑被自己讨厌的家伙跟了一路，十分恼火，忍不住爆了粗口。

闵文清好脾气道："一鸣哥，曾家的人你还是离远些的好，刚刚那个曾奎说要与你赌赛马目的可能并不简单。"

任瑶期听到曾奎的名字大惊，连忙道："停车！"

马车在李天佑和闵文清面前停了下来。

任瑶期掀开车帘子走下来。

闵文清还是之前那身装扮，手里牵着马，看到任瑶期的时候并不意外，点头打了一声招呼。

李天佑抓了抓头发，看了看任瑶期，挤出一张笑脸："外甥女，这就要回去啦？"他之前还凶神恶煞地瞪着闵文清，这会儿变脸变得也很快。

任瑶期行了一礼，然后问道："舅舅刚刚遇见了曾奎？"

"啊！你也知道曾奎啊？哦，对了，他好像……"李天佑说到这里顿了顿，看了闵文清一眼，没有继续说下去。

任瑶期皱眉问道："他说要与你赌赛马？"

李天佑斜睨闵文清一眼，然后摆了摆手道："知道了知道了，不赌了不赌了！你就别说教了啊！而且刚刚曾家那小子连闵小屁孩都赢不了，还妄想与我交手？我会这么蠢被他拉低水准吗！"

任瑶期皱眉看向秋生："怎么回事？"

秋生看了李天佑一眼，然后低声将刚刚的事情说了。

原来李天佑今日从家里出去之后就去了自己平日里喜欢的一个戏楼，将自己写的几十把折扇搭上打赏银子成功送了出去，后来苏家少爷和曾奎也来了。

曾奎看到李天佑很是自来熟，说是久仰李爷大名，要找个机会与他赌赛马，周围的人听了都起哄。

李天佑向来是这种赌局上的常客，所以遇上别人邀赌也并不奇怪。

不过在李天佑答应曾奎的赌局之前，闵文清和他手下的几个小兵竟然也出现在了戏楼里。

闵文清看场面热闹，便说也想要赌几把，还说择日不如撞日与其找日子赌马，还不如当场来赌牌九。

李天佑不搭理闵文清，闵文清就借着之前曾奎起哄的劲儿对上了曾奎。曾奎之前闹得最厉害，闵文清说要跟他赌，他也不能当众拒绝，所以便当场架起了赌桌。

几轮玩下来，无论座位怎么换，都是闵文清赢曾奎输，曾奎输光了自己身上的五百两银票，又输掉了苏二公子借给他的三百两。

不管一开始曾奎起哄说要与李天佑开赌局的目的是什么，这时候他的好胜心也被激了出来，说牌九不好玩又费时，干脆就来赌骰子。

闵文清把玩着手中的牌九道："赌什么我无所谓，不过既然玩法换了，赌注是不是也得换？"

李天佑开始一直在看热闹没下场，这会儿蔫儿坏地躲后面出主意道："没错！赌钱没意思又俗气，不符合你们的身份哪！干脆玩大的，输了的脱衣服！谁的衣服全脱光了，就要光着屁股去正阳街上跑一圈。"

平日里与李天佑在一起开赌的都是些没有节操的货，这会儿全都来起哄了。

闵文清面色不变，依然笑眯眯的："我没意见，曾公子怎么说？"

闵文清表态了，曾奎也是个无法无天的主，且他自认为赌技很不错，不信自己今日运气当真会这么背，当即皮笑肉不笑地应了，不过提出摇骰子不用别人，就他们自己轮流来。

结果几轮下来，曾奎脱得只剩下最后一条裤子。

闵文清也不是一直赢，输了两把，脱了腰带和外衫。

最后还是与曾奎一起来的苏家二公子看不下去，觉得自己再不阻止事情就没法收场了，找了个借口说是家中长辈派人来找了，要曾奎跟他回去。

闵文清打量着曾奎仅剩下的那条裤子吹了一声口哨："赌不赌随曾公子的便。你若是现在要走，剩下的这条裤子就先欠着，等下次再还，我没意见。"

曾奎眯着眼睛看了闵文清半晌，最后笑着点了点头，跟着苏家公子离开了。

秋生说得很详细，任瑶期听得眼角直抽。

闵文清在一旁笑道："说起来我的赌术还是小时候跟一鸣哥学的。"

李天佑嗤笑一声，不理会闵文清的套近乎："老子当年还教过你光屁股爬树，用你爷爷珍藏的棋子儿打鸟，往老鼠洞里灌桐油，今儿怎么不见你拿出来现啊？"

闵文清叹了一声没有接话，然后朝李天佑行了一礼道："我先走了。"

李天佑翻了个白眼，拿侧脸对着他。

闵文清又朝着任瑶期点了点头，然后转身上马，临走之时又道："一鸣哥，以后见了曾家的人离远一些。"

李天佑不悦道："老子吃的盐比你吃的米还多，要你多事？滚！"

闵文清掉转马头走了。

李天佑摇开自己的扇子使劲扇了扇，皱着眉头也不知道在想什么，最后反应过来任瑶期还在，才有些尴尬地笑了笑，没话找话地道："那啥，小屁孩子什么的都是小时候好玩，长大了惹人厌。"

见任瑶期不说话，李天佑又画蛇添足地补充一句："哦，那什么，我没说你啊!"顿了顿,"嗯,也没说你姐姐。"

任瑶期:"……"

"舅舅,您很讨厌闵文清?"任瑶期问道。

这句话任瑶期没有问外祖母容氏,却问了李天佑,是因为她感觉容氏对闵文清的态度和李天佑有些不同。

容氏对闵文清的态度很客观,虽然说不上喜欢,但是既然已经是合作关系,就会给他应有的尊重。

而李天佑明明也是知道这些的,却还是会对闵文清冷脸。

这说明李天佑对于闵文清的态度是带了些感情因素的,可能因为在闵家被发现真正身份之前李天佑付出过感情,所以才会在知道真相之后反感闵文清。

虽然任瑶期也弄不清李天佑现在这种性情是他保护自己的一种韬光养晦的手段,还是本性如此,但是她相信李天佑是有真性情的。

果然,李天佑听了任瑶期的话之后脸上就有些挂不住,摆了摆手跟赶蚊子似的:"别提了!"

任瑶期见李天佑不愿意谈及闵文清便也没有再追问,只是道:"舅舅,不管您喜不喜欢闵文清,他有一句话说对了,曾奎这个人还是离远些的好。"

李天佑脾气来得快去得更快,任瑶期的话勾起了他内心的八卦之火。他看了看四周,然后凑到任瑶期面前小声道:"对了,我听娘说曾家那小子去任家提亲了?你们家任老头子没答应吧?听你这话似乎对曾家那小子并不看好啊?哎,我说那小子人品就不说了,那长相……啧,实在是能把人吓哭啊!要是晚上起身嘘嘘,一睁眼对上这么一副尊容,一般人还不吓得昏过去啊!我虽然不喜欢你那个凶巴巴的姐姐,不过她怎么说也是我外甥女,我也不能看着她入火坑啊你说对不对?要不舅舅想个法子把这门亲事搅黄了?不过要怎么搅黄呢?"

李天佑自言自语自得其乐地说了一大堆,然后就开始摸着下巴想主意。

任瑶期:"……"

李天佑自个儿琢磨了半天,才皱眉道:"不如我让秋生他们半夜过去直接把他废了?秋生你怎么看?"

秋生："……"

任瑶期忍了忍，然后无奈道："舅舅，我三姐不会嫁到曾家的，谢谢您的好意。"

李天佑抬头问："咦？你自己有好主意？什么主意，说出来舅舅给你参详参详？舅舅吃的盐比你吃的米还要多！"

任瑶期顿了顿，然后诚恳地道："那么您能在不惊动所有人的情况下将曾奎解决了吗？"

李天佑挑眉看向秋生。

秋生想了想，然后摇头："不惊动别人没有问题，但是燕北王府那边怕是不行。"

李天佑眨巴眨巴眼睛看向任瑶期。

任瑶期温和地道："所以您还需要吃更多的盐，我也要努力吃更多的米。杀人越货这种事情不是不能做，只是如果做不到神不知鬼不觉就不如不做的好，不然后患无穷。"

李天佑张嘴看了看任瑶期，又去看秋生。

秋生低头做木头状。

任瑶期笑着屈膝行礼："我先回去了，舅舅也早些回去吧。"

等任瑶期的马车驶出了巷子，李天佑才眨巴眨巴眼睛问秋生："她说什么？杀人越货的事情不是不能做，要做就要做得神不知鬼不觉？"

专业技术被鄙视了的秋生闷闷地道："表小姐是这么说的。"

"哎呀！我就说小屁孩都是小时候好玩，一吓就哇哇哭，长大了怎么就这么不讨人喜欢呢！"李天佑摇着自己的扇子，愤愤地转身走了。

李天佑这人有一颗童心，又爱恶作剧逗弄小孩子，当年闵文清、任瑶期，甚至包括任瑶华都被他吓唬过。

等娃娃们长大之后，李天佑非但吓唬不住他们，反而时常被他们吓唬回去。这一点李天佑心里是十分不爽的！

任瑶期从外祖家回来之后还是不放心，怕曾奎会打献王府的主意，便给外祖母容氏捎了一封信，与她说了曾奎的事情，让他们小心，不要去招惹曾奎。

容氏让丫鬟带了话来,只有两个字——"放心"。

任瑶期知道容氏心里有了底才真正放心。

也不知道是因为闵文清的搅局还是因为献王府本身有了戒备,任瑶期之后当真没有听到曾奎去找李天佑的事情。

倒是后来雷盼儿来任家玩耍的时候,任瑶期发现她身边多了好几个孔武有力的婆子,护卫也多了不少。

任瑶期和任瑶华打听了之后才知道,原来自从上次白龙寺的事情之后,雷家有几家铺子半夜里走了水,烧了不少东西,只能停业整顿。好在雷霆早有防备,只是损失了一些财物,并没有人员伤亡。

任瑶期觉得雷家的事情可能真的与曾奎有关系,不然好端端的铺子怎么会走水?

显然雷霆也觉得这件事情是有人故意为之,所以这阵子都不允许雷盼儿出门。就连雷震,雷霆也派了不少人跟着。

这次雷霆允许雷盼儿来任家玩,雷震还有些怨怪他哥道:"前几日才烧了几家铺子,若是真有人在背后捣鬼,这会儿怎么就让盼儿出门了?出了事情可怎么办?"

雷霆淡声道:"烧了点不值钱的东西,只是给人看的,那人消了气你们就能安全许多了。"

雷震皱眉道:"这人也太无法无天了!"

雷霆不以为然:"当真无法无天就不会避开我们雷家在云阳城的产业了,可见他们也是忌惮燕北王府的。"

也因为知道了曾家是忌惮燕北王府的,雷霆才肯让雷盼儿出门,不过只能去离雷家不算太远的任家,别的地方也是不准去的。

任瑶期和任瑶华还是担心雷盼儿会有事,派了人亲眼看着她回了雷府才放心。

又过了几天，任时敏突然说他明日要回白鹤镇一趟，因为今日任老爷子捎了信让他回去。

任瑶期算着时间也差不多了，心里有些预感，便也没有多问。

任时敏第二日一早就回了白鹤镇。中午的时候，任家老太太派了人过来，说是想念任瑶期这个孙女了，想要接她回去一趟。

若是想念任瑶华还好说，任老太太想念任瑶期却让李氏百思不得其解。任瑶华也有些狐疑，觉得肯定是有什么事情才会急着把任瑶期叫回去。

"我与你一起回去吧。"任瑶华对任瑶期道。

任瑶期摇了摇头："父亲也不在家，你还是留下来陪母亲吧，我去一趟就回。"

任瑶华想着任瑶期向来聪明，就算有什么事情应该也能先想办法拖延，她也就没有执意要跟回去。

任瑶期自己回了白鹤镇。

说起来任瑶期从任家老宅搬离的时间也不久，可是当马车再一次驶进任府大门的时候，她觉得自己的心态似乎有些不一样了。

在二门外下了车，任瑶期立即被等在二门的人领着去了荣华院。

任瑶期走到荣华院正房的时候，发现今日任家的人到得很齐，任老太爷和任老太太、大老爷和大太太、三老爷、五老爷和五太太，甚至连东府的老太太、二老爷和二太太也过来了。

她这一辈的除了她，在场的只有大少爷任益延。而上一辈中唯一没有在场的只有她母亲李氏。

屋子里的气氛有些奇怪，不过任瑶期一副什么也不知道的样子，低头上前给任老太爷和任老太太行礼。

任老太太一把将任瑶期拉起来："行了，别跪了，你过来，祖父、祖母有些话要问你。"

任瑶期顺从地起身，站到任老太太身侧。

任老太太看了任老太爷一眼，见任老太爷没有发话，便开口问道："期儿，你最近有没有去燕北王府？"

任瑶期一脸茫然:"前一阵子去过一次,不过那时听闻王妃因为宁夏和老王妃生病的事情很忙,最近就没有去请安了。"

任老太太皱了皱眉,与任老太爷对视一眼之后又问道:"那你还有没有给郡主写信?郡主呢?有没有给你回信?信上都说了什么?"

任瑶期低声回道:"前几日收到过郡主的来信,我也回了一封让人送去燕北王府。郡主在信中说了她在嘉靖关的一些趣事,还说自己再过两个月就会回来。除此之外并没有别的了。"

任老太太问道:"郡主当真没有在信中提起我们家的什么事情?"

任瑶期一脸茫然:"我们家的什么事情?"

任老太太循循善诱道:"就是有没有说王府对任家有什么不满意的地方?"

任瑶期仔细想了想,然后摇了摇头:"没有说过,祖母为何会这么问?"

任老太太见问不出什么,便又看了任老太爷一眼。

任老太爷的脸色一直是严肃的,事实上在场之人的脸色都有些严肃,任瑶期注意到这些之后表现出了一丝不安。

任老太太不死心地对任瑶期道:"会不会是郡主的信你没有看明白呢?她或许有过什么暗示?你把信都放在哪里,我让人去拿,让祖母帮你仔细看看吧。"

任瑶期皱眉道:"可是郡主不让别人看她的信,上次萧二公子不小心拆错了她的信,她还发了好大一通脾气。"

任老太太不悦道:"那你就不要让她知道!"

任瑶期低下头不说话,却固执地摇了摇头。

任老太太最近心气不顺,或者说任家很多人都心气不顺,在面对任瑶期的时候因为有些顾忌,任老太太还算是好脸。

不过见任瑶期敢公然反抗,任老太太还是一阵恼火:"给祖母看看又有什么事?"

任三老爷看不过去了,顶着压力为任瑶期说话:"母亲,信笺是私人物件,若是郡主和瑶瑶都不愿意让人看,还是算了吧,这样对郡主不太尊重。就算瑶瑶她不与郡主说,以后见了郡主也还是会心虚,最后被郡主知道了不是更不好?"

任老太太气得指着他骂道:"闭嘴!你懂什么!"

任三老爷确实不懂任家的这种大事与他的小女儿有什么关系,他是读书人,见不得私拆信笺这种事情。

一直没有说话的任老太爷拍了拍桌子:"好了!都什么时候了!吵什么!"

任老太爷看了低头不言的任瑶期一眼,温和地道:"不看信就不看信吧,不过瑶期啊,现在任家需要你帮忙做一件事情。"

任瑶期抬头看向任老太爷:"什么事情?祖父请吩咐。"

任老太爷满意地点了点头,然后道:"你等会儿就回云阳城,然后去燕北王府给王妃请安,并将她和燕北王府其他人对你的态度以及对你说的每一个字都记下来,然后回来一字不落地告诉我。"

任瑶期点了点头,又有些莫名其妙地道:"可这是为什么?"

一旁的林氏小声嘀咕道:"还能为什么?有人将去年咱家煤矿坍塌的事情翻出来告了上去,现在任家的三座大煤矿都被贴了封条。"

任瑶期耳尖听到了,做出一副呆怔的模样:"可是这与燕北王府有什么关系?"

大少爷任益延在一旁轻声解释道:"往年这种事情也是有的,但是一般安顿好那些遇难矿工的家眷之后,再给官府一些孝敬,事情便揭过去了。这次父亲他们去找官府送银子的时候,官府却没有松口,只让父亲回来等消息。不想父亲前脚回来,那边的矿山后脚就有官兵赶到封了矿门,就连燕州的几个煤栈也被官府派人接管并还查起了账。"

凡是家里有煤矿的,谁家的煤矿里没有发生过事故?

只是这种事情实在是无法避免,那些遇难的矿工也都是签了死契的,所以最后一般是用银子摆平。任家往年对这些事情并没有太过在意,所以去年那次事故也就马马虎虎应付过去了,却不想有人会拿这件事情做文章,官府那边突然发作起任家,甚至还有一些山雨欲来的趋势。

若是说没有燕北掌权人的意思在里面,任家是怎么也不肯信的。于是这会儿,任家当权的人不淡定了。

任老太爷道:"好了,你先去吧。再多的事情告诉你你也不懂。到了王妃面前,不管王妃是什么态度,你都要表现得乖顺一些。"

任瑶期点了点头:"我知道了,祖父。"

任老太爷吩咐任老太太:"让人备车,送她回云阳城。"

于是任瑶期在任家老宅没有待半个时辰就又被任家的马车送了回去,且还是直接奔着燕北王府去的。

任老太太甚至还派自己身边的珊瑚跟着任瑶期一起过去了。

等马车到了燕北王府,任瑶期规规矩矩地递上了牌子求见王妃。

燕北王府身为燕北的第一掌权者,本就有一大堆规矩,这从王府中内殿外殿的布局,以及各个主殿的命名上就可见一斑。

若不是老燕北王萧岐山不喜欢这些繁文缛节,对一些规矩进行了简化和改进,燕北王府的规矩与南边的李家皇宫都有的一拼。

平时任瑶期来燕北王府,其实是不用走这些程序的,至少她从来没有递过什么牌子。

不过今日任瑶期就偏偏按了王府的规矩来。

珊瑚从来没有跟着来过燕北王府,不过燕北王府的规矩多她倒是早有耳闻,所以也并没有什么怀疑。

只是这一次任瑶期带着珊瑚等人在燕北王府外头等了近半个时辰,里面才出来一个嬷嬷,说王妃今日没有空闲,不见客。

这还是任瑶期头一回在燕北王府吃闭门羹。

任瑶期身后的几个丫鬟都面面相觑,珊瑚更是吓得脸都白了。

不过她仔细瞧了那嬷嬷一眼,发现竟有些眼熟。

珊瑚立即回想起来,这个嬷嬷就是上一次送四小姐任瑶音回任家别院的那位,好像是姓段?

果然,珊瑚听见任瑶期问道:"段嬷嬷,请问王妃什么时候有空见我?我改日再来请安。"

段嬷嬷摇头道:"王妃最近都没有空,任五小姐还是请回吧。"

任瑶期看了珊瑚一眼,踟蹰着不知道该不该走。

珊瑚跟在任老太太身边多年,也是个脑筋灵活的,连忙上前一步赔笑道:"段嬷嬷最近可好,今日过来之前我们老太太还提起过您呢,说五小姐承蒙您照顾了。"

说着珊瑚握住段嬷嬷的手,将一个装着十两银锞子的荷包塞到段嬷嬷的袖子里。荷包是她来之前任老太太交代她准备好的,十两银子的荷包一共准备了五六个,另外还有一些小红包,以备不时之需。

珊瑚让段嬷嬷想起来上次去任家别院任老太太出手大方打赏她一个玉蟾把件的事情,她脸上的神色缓和了不少,点头寒暄了一句:"任老太太最近身子可好?"

珊瑚见有门路,心中一喜,笑得越发乖巧:"我们老太太好着呢,今日特意让我们五小姐来给王妃请安,不巧正遇上王妃有事,看来只有下回再来了。"

段嬷嬷想了想,点头道:"王妃今日确实不想见客。"

珊瑚听到段嬷嬷说的是"不想"而不是"不便",心里一咯噔,试探地问道:"那依嬷嬷之见,我们什么时候再来为好?"

段嬷嬷沉默片刻,叹了一口气,却不愿意多说,只道:"你们请回吧。"说完就转身回了燕北王府,也不理珊瑚在后面唤她。

段嬷嬷这么一走,珊瑚心里越发没底,可是王妃明说了不见客,她们也不能硬闯,这里可是燕北王府。

珊瑚有些作难地看向任瑶期:"五小姐,这……"

任瑶期摇了摇头:"王妃不见客,我也没有办法。"

珊瑚叹了一口气:"那只有先回去向老太爷和老太太复命了。"

于是任瑶期又乘马车回任家,经过一番折腾,任瑶期的马车抵达白鹤镇的时候天色已经黑了下来。

任家各房的人还聚集在荣华院没有走,倒是任老太爷和任大老爷不见了,另外东府的老太太也因为坐不住先回去了。

原来在任瑶期离开之后外头又陆续有消息传来。

与任家名下的一座煤山相连的一个山主，状告任家暗中将煤矿挖过了界，挖空了他家的山腹。

挖煤挖过界这件事情的确是那位山主落井下石，因为之前两家之间原本就是有过协议的，任家每年也给了他一笔银子，只是没有想到这一起官司竟然引出了任家在废弃的矿洞中私藏兵器的事情。

这件事情一出，众人皆哗然。

无论是在李氏皇朝治下的大周还是在燕北王府治下的燕北，都是严令禁止私藏兵器的。任家的废弃煤矿中竟然被发现了几百把弓箭和一百来把朴刀，虽然兵器的数量并不算太多，但是这件事情本身会引起什么样的结果就可大可小了。

任老太爷和任大老爷在任瑶期离开之后没有多久就因为这件事情被官府请了过去，主心骨一走，任家也乱了。

任老太太心里急，只能将各房的人先留下来，等外头的消息，并且商量看看有没有什么好的对策。

任瑶期一进屋众人的视线就全向她投过来，仿佛想从她那里看到什么转机，任老太太甚至立即站起身有些急切地问道："怎么样？王妃见你了没有？都说了什么？"

任瑶期摇了摇头："王妃没有见我。"

任瑶期的话一落下，屋里便静了静，任家诸人你看我我看你，面色越发沉郁。

任老太太皱眉道："你没有见到王妃？这是怎么回事？"

珊瑚走上前去，将今日的事情以及段嬷嬷说的话与任老太太说了。任老太太脸色一变，迁怒起了任瑶期，指着她骂道："平日里王妃不是对你印象极好吗？还差人给你送了好几次东西，怎么会不见你？"

任瑶期摇了摇头，该说的珊瑚已经说了，她也没什么好说的了。

任五老爷道："母亲，王妃说不见瑶期，瑶期也不能硬闯。现在父亲和大哥都被官府请了过去，也不知道什么时候回来，您别动气，先想想法子解决问题才好。"

任老太太气道："那你说说怎么办！"

任五老爷看向任三老爷："要不我与三哥去官府那边瞧瞧，看看能不能打听到什么消息？"

任老太太原本想点头，可是想到任老太爷和大儿子已经被叫去官府两个多时辰了，还是没有消息传来，万一另外两个儿子去了也被困在官府里可怎么办？她又摇头道："你们去能有什么用？还是多派几个脑子灵活的管事去官府候着，有什么事情也好及时报回来。"

任五老爷只能去再多派几个管事出门。

原本一直坐在一旁手里拿着一串佛珠入了定般的任家二老爷似乎也被召回了凡尘，他一边转着佛珠，一边喃喃道："这些事情怎么就赶到一块儿了？难道是今年任家的运道不好？"

任老太太想起任老太爷临走之前说的那几句话，不由得皱紧了眉头："运道不好还可以花钱消灾，就怕是犯了小人！"

众人闻言不由得都看向任老太太。

五太太性子急，忙追问道："母亲，什么小人？您的意思是有人故意要害我们任家？"

任老太爷也想到了可能是因为任家打算与曾家结亲的事情惹怒了燕北王府，以致燕北王府想要给任家一个教训，所以他才会让任瑶期去燕北王府试探一下王妃的态度。

后来官府找上门来，说是在任家废弃的矿洞里发现了兵器，任老太爷震惊之余又开始怀疑这一手笔是不是韩家为了报仇做出来的，毕竟燕北王府若是想要给任家教训，根本就没有必要绕这么大一个圈子，处心积虑地栽赃陷害。

任瑶期心里也正在琢磨。

以任瑶期对萧靖西的了解，他确实不屑做出这种栽赃陷害的事情只为了给小小的任家一个教训，她也想到了许久没有动静的韩家。

只是韩家能这么快就听到风声，并且在这个关头踩任家一脚，是不是燕北王府那边给过韩家什么暗示，任瑶期就不清楚了。

让韩家出面来对付任家，倒还真是省事。

因为任老太爷并没有把任家和韩家老太爷的仇怨在小辈们中间公开，所以任老太太说了那么一句就闭口不言了。

晚膳众人是在荣华院的花厅里用的，只是这顿饭还没怎么动筷，外头打听消息的管事就满头大汗地跑回来了。

"老太太，大事不好了，老太爷和大老爷被官府收押了。"

任老太太手一抖摔了筷子，起身的时候一个不稳就要摔倒。她抖着唇道："你说什么？什么收押？"

大太太忙一把扶住任老太太，同时脸色大变："到底怎么回事，你慢慢说！"

管事喘着气道："原本官府是说带我们老太爷和大老爷去问话的，可是主子们进去了大半日还不见出来。眼瞧着就要天黑了，奴才只好花五十两银子去找杨师爷探听情况，等了近一个时辰，杨师爷那边才终于递来了消息，却是要奴才们不要等了，赶紧回来找人商量怎么把主子们弄出来，老太爷和大老爷因为私藏兵器的事情已经被收押，关进衙门大牢了。"

任家一向出手大方，平日里与官家的关系都还不错，所以遇到什么不好解决的事情也会找衙门协商，甚至有时候处理一两个犯了错的下人也是借助官府。但是任家的主子从来没有想到自己也有进衙门出不来的一天。

就连任老太爷和任大老爷离开任家的时候都没有想到自己有被扣押的可能。

女眷们都被这个消息吓得大惊失色，任老太太更是两眼一翻，晕了过去。

离着老太太最近的大太太拉她不住自己也差点摔了，连忙唤人："快来人扶住老太太，五弟妹，让人请大夫来……"

任家众人都被任老太爷和任大老爷下狱、任老太太晕倒的事情吓得乱了方寸。

任二太太倒是临危不乱，先帮着任大太太领着人将老太太扶到内室，又请了大夫进府来给任老太太看病。

任二老爷、任三老爷和任五老爷也是措手不及，等大夫进府给老太太看过确认她只是怒急攻心并无性命之忧之后，才又连忙出去召集手下的管事想对策。

❖❖❖

任家出了这样的大事，任三老爷暂时也不能回云阳城了，现在任老太太又病倒了，任瑶期当晚也留了下来。

任瑶期看着任老太太一脸憔悴地半躺在炕上昏昏沉沉的，又看了看任家众人皆一脸心慌的模样，心情很是复杂。

今日之事皆是因她而起，身为任家之女，她实属不孝。

可是任瑶期并不觉得后悔，与愚孝比起来，她更在乎自己父母、姐姐的生命和幸福。即便将来有一日她会因为自己今日的所作所为而受到报应，她也绝不后悔。

任老太太病倒的事情也传到了云阳城，第二日上午，李氏和任瑶华就回来了，跟随而来的还有任时佳和林琨夫妇。

任家几位老爷商量着这次无论花多少银子，都要先将任老太爷和任大老爷救出来再说。

之后便由任时茂和林琨一起，带着银票去了官府。女眷们一边在家中陪着任老太太，一边等消息。紧张的氛围充斥着任家每一处，连向来咋呼的五太太林氏都愁眉苦脸的不怎么说话了，每隔一刻钟就打发人去外面看任时茂他们回来了没有。

这么一等就等了大半日，到了中午的时候林琨回来了。

原本病歪歪的任老太太精神了许多，强撑着坐起来问道："如何？"

待发现只有林琨一个人回来的时候，任老太太脸色都白了，又有要昏倒的架势："怎么只有你回来了？老五呢？"林琨连忙道："您别担心，时茂和大哥晚些时候就回来了，小婿是怕你们着急想知道消息，所以先回来告诉你们一声。"

大太太闻言一喜，连忙站了起来："大老爷也会一起回来？"

老太太总算是缓了一口气上来，让任时佳和任瑶华扶着她坐直身子："都回来了？都没事了？"林琨道："我和时茂拿着银子去找杨师爷，请他帮忙去说项，最后穆大人那边收了一万两银票，同意让大哥出来。"

任老太太原本还欣喜着的脸又僵住了，急忙问道："让老大出来了，那老太爷呢？"

林琨叹了一口气："花了一万两银子又托了不少人说项，穆大人那边才勉强同意放大哥回来。但是因为这件事情牵连有些大，穆大人说岳父还需要留在衙门里等案情水落石出。"

任老太太觉得天都要塌了，事情竟然会变得这么严重？

任大太太问道："多花些银子也不肯放人吗？一万两不行，两万两、三万两、十万两呢？"任家并不缺银子。

一个声音在门口道："这次已经不是银子的问题了。"

是三少爷任益均和大少爷任益延进来了。

"不是银子的问题，那是什么问题？"任时佳急忙问道。

任益延紧皱着眉头有些疲惫地道："前一阵子宁夏那边有一伙贼人冲进了一位参将家中，将那位参将一家老小五十余口人屠杀殆尽，还放火烧了宅子，这件事情在宁夏闹得很大，到现在那一伙贼人都没有找到。"

众人闻言心里都有了不好的预感。任大太太问道："这与我们任家有什么干系？"

任益均道："贼人虽然没有找到，但是他们在现场留下了一些兵器，而昨日官府在我们的煤窑里搜到的兵器正好与那伙贼人用的一样。"

"怎么会这样？"任大太太有些难以置信。

任老太太脸上越发不见了血色。

任益延叹了一口气道："官府现在怀疑我们任家与那伙贼人之间有什么关系，所以才不肯放人。"

任老太太回过神来，突然拍着炕沿怒道："荒谬！我们任家的人又没有去过宁夏，怎么会和那些贼人有牵扯？更何况那个什么参将我们听都没有听说过，与他无冤无仇的，杀他全家做什么？"

这时候，任益均突然来了一句："祖母，您可知道，死了这个参将后，最后得益之人是谁？"

任老太太没好气地道："我怎么知道！我又不在宁夏！"

任益均扯了扯嘴角："那么我告诉你，这一场惨剧最后得益的是曾家！新上任的宁夏总兵曾潜，在李参将死后接管了他的全部人马，并且借由这个契机在宁夏占得了一席之地！"

任益均说完之后环顾了一眼众人，有些嘲讽地道："连这些都不知道，你们还想着要与曾家结亲？也难怪最后连自己是怎么被人整死的都不知道！"

任益均的话无异是在众人心中投下了一枚惊雷，任老太太被震得说不出话来，连任益均语气中的刻薄嘲讽都忽略掉了。

"这次老太爷和你父亲被下狱是因为曾家的关系？"任老太太难以置信地瞪着任益均道。

任益延轻声责备道："三弟，这些只是我们的猜测。"

任益均轻哼一声，看着任益延道："除了这个还有别的理由吗？难不成还真是我们任家在外头杀人放火了？"

任益延被噎得说不出话来。

任益均冷声道："我们任家只是商户，那就老老实实做普通的商户好了，至少一家人平平安安，不用提心吊胆！你们偏偏贪心不足想要左右逢源，可是也不瞧瞧我们家是什么斤两！"

任益均的话半点情面都没有留，任老太太的脸色一阵红一阵白，似乎随时可能昏过去一般。

任大太太一边给任老太太揉胸口，一边转头轻叱道："有你这么说话的吗？还不快闭嘴！"

任益均梗着脖子顶回去："我怕我今日闭了嘴，改日一家老小都要为这种愚昧无知、短视贪婪而葬送性命！"

任老太太捂着胸口，颤抖着手指着任益均道："反了！都反了！你不愿意做任家的子孙就给我滚出去！"

任益均冷笑一声，转身走了。

任益延瞧着有些急了，追上几步唤了一声"三弟"，又看了看任老太太和大太太。

大太太还是心疼儿子的，之前当众斥责任益均也是怕他被任老太太责备，便暗中朝大儿子使了个眼色。

任益延道:"我去说说三弟。"然后就追了出去。

大太太让三少奶奶齐氏端参茶过去给任老太太喝一口,任老太太抬眼看到齐氏就想到了任益均之前说的那些大不敬的话,十分来气,挥手朝着齐氏手中的茶碗扫去,迁怒道:"你也给我滚!"

齐氏似乎早就料到了任老太太的动作,很是机警地微微侧身避了过去,然后动作顿也不顿地将手中的茶碗塞到珊瑚手里,对任老太太赔笑道:"哎,这就滚!这就滚!您仔细身子别气着了。"

说完齐氏就以别人没有反应过来的速度跑了出去。

任老太太又一次气急攻心,两眼一翻晕倒在炕上。

一屋子的人又忙着请大夫,给老太太喂药、喂参茶。

齐月桂从荣华院出去之后正好看见追着任益均跑出来却没找到他的任益延。

齐月桂想了想,没有惊动任益延,自己小跑着回了清风院。

齐月桂在清风院找了一圈,最后在小花圃里找到了随意坐在草地上的任益均。

"少爷您今天跑得可真快,我刚刚瞧见大少爷在后面追您都没有追上呢。"齐月桂大大咧咧地走过去坐到任益均身边。

任益均推了她一把,横眉竖目道:"起开!谁准你靠过来了!"

任益均虽然面上凶神恶煞的,推人的力道却并不大,齐月桂配合着被他推开了一些,笑嘻嘻地道:"哦,我忘了向少爷请示了,咳咳,我可以靠近您的尊躯吗?"

任益均原本心中排解不开的抑郁情绪被齐月桂这么胡搅蛮缠地一闹,竟散了大半,他哼了一声,别过脸去。

齐月桂便又屁颠儿屁颠儿地靠过去,这次任益均没有再赶她走。

两人就这么在草丛里坐了大半天，齐月桂难得安安静静的，不吵也不闹。

任益均回过神来的时候，看了齐月桂一眼，突然觉得原来这蠢妇也有安静讨喜的时候。

齐月桂看到任益均看她，立即给了他一个大大的笑脸，露出一口小白牙，"少爷，您心事想完了，回魂啦？"

任益均嘴角抽了抽，觉得自己之前果然是发了太久的呆所以脑袋有些不清醒了，竟然会觉得这个女人讨喜。

"你就不能不开口说话？"

齐月桂莫名其妙道："不让开口说话要嘴干吗？"

"吃饭！每顿饭都要吃三大碗还堵不住你的嘴吗？"齐月桂食量很大，任益均每次跟她吃饭的时候都能看到丫鬟们惊呆的眼神，最后任益均只能把丫鬟们都赶出去不让人伺候了，不然顶着那些目光，除了齐月桂本人，谁也吃不下饭。

齐月桂鄙夷地看了任益均一眼："嫁汉嫁汉穿衣吃饭！你肩不能扛手不能提的，连韭菜和兰花都分不清楚，跟着你也就只有能吃饱饭这一条好处了。"

任益均这会儿终于体会到了之前他说那些话的时候，他祖母想要掐死他的心情了。

可是今日齐月桂的这句话又让任益均发不出火来，因为他想到可能真的会有那么一日，他连一个每顿只要求吃三大碗白米饭的媳妇都养不起。

今日五老爷任时茂和林琨去官府找门路的时候，他和任益延也跟在后面出了门。任益延与他去找杨师爷问情况，不想正好听到了杨师爷和穆大人手下一位幕僚的对话，也正是他们的对话让任益均察觉出任家这次的事件暗中隐藏的危机。

杨师爷与那幕僚的对话中所表露出来的意思，除了他们任家之外，宁夏也有两户原本很风光的人家因为一些事而倒了霉。

就连云阳城里的苏家，经营的马场也出了一些变故。

原本燕北军中所有的战马一向是由苏家的马场提供。今年燕北军在换下一批战马后却没有像往年一样直接从苏家的马场买马。

这些年有一批牧民私下联合起来抵制苏家对西北地区马场的垄断，苏家原本并没有将这些人放在眼里。

事实上，苏家的马场能在西北的马场中独占鳌头，甚至垄断战马市场，也不是没有原因的。苏家马场的马毛亮膘肥、速度快、耐力好，因为苏家除了不缺钱不缺人以外，还有一门秘不外传的养马技术，又占据着西北最肥沃的一大片草原。

凭借着能养出最为出色的战马这一点，苏家在燕北的地位也是不容易撼动的。

可是令人感到意外的是，今年开春之后燕北军竟让其他的牧民和苏家一起将马匹送去，然后再从中择优挑选。

苏家养出的战马虽然优秀，但是别的牧民那里也不是没有好马。一些牧民靠着自己祖传的技术和多年经验养出来的马并不比苏家的差。

燕北军这次挑选的战马虽然还是有一大半出自苏家牧场，但也从别的牧民手中收购了一部分，苏家在战马上的垄断地位已经被打破了。

任益均认为这些事情凑到一起并不简单。

因为无论是宁夏那两户倒了霉的人家还是苏家，都是最近与曾家走得比较近的，苏家与曾家更是姻亲关系，现在还要加上一个任家。

任益均猜测是曾家最近的动作太大，已经让燕北王府不满了。

他是读书人，杀鸡儆猴的故事还是听过的。

任家身为燕北的普通商户，原本不至于牵扯进这些政治斗争中，却偏偏撞到了燕北王府的枪口上。

任益均想着任家长辈们做的事，若是这次他祖父和父亲能够平安回来，并且由这次的事件吸取到教训，那么以后任家或许还能继续在燕州立足，否则任家这一艘船总有要翻的那一日。

任益均并不觉得自己的想法是杞人忧天，今日任家老太爷和任大老爷的牢狱之灾就已经预示着任家在走下坡路了。

也就是在这一刻，任益均意识到了自己很没用，平日里齐月桂骂他的话并没有错，如果他不是任家三少爷，他还能做什么？若是有一日他不再是任家三少爷了,他又能做什么?

此时荣华院那边,任五老爷和任三老爷终于把任大老爷任时中接了回来。

只是众人在看到任时中的时候都吓了一跳。

任时中身为任家嫡长子,是任老太爷钦定的下一任家主,并且得到了任家上下的认可,他平日里很注重自己的形象,至少每一次出现在人前的时候都是一身稳重光鲜的穿着,言行举止也很有准当家人的气势。

今日任时中却是被任时茂和任时敏兄弟两人扶回来的。

任时中出门时穿的那件鸦青色杭绸直裰已经皱得不成样子,尽管现在他身上还披了一件任时茂提前备好的深蓝色缎面披风,但是露出来的衣摆还是看得出来有些破损。

他眼下有些乌青,看上去很疲惫,嘴唇更是脱水到干裂,发髻显然是前不久才匆匆梳好的。

任老太太瞧见他的模样震惊地叫了一声"大郎",然后就说不出话来了,而任大老爷跪倒在任老太太面前的时候神情也有些激动,大太太和大少奶奶在一边瞧着直抹眼泪。

任老太太也哭了一会儿,然后才想起来任老太爷还在官府的牢房里关着,可是看着任大老爷现在的模样,任老太太实在是有些不敢开口问任老太爷如今的情形。

倒是任时佳急忙开口问道:"大哥,你是在牢里吃苦头了?父亲呢?父亲现在如何了?"

任大老爷脸色疲惫地道:"那些狱卒倒是没有动手打人,只是这两日一直在被人审问,一共才睡了两个时辰,牢里十分潮湿阴冷,我还好,父亲他着了凉有些发热。原本我是想让父亲出来,我继续在牢里待着的,可是好说歹说,官府就是不肯放父亲出来,说他才是任家的现任家主。我又想着自己要不也先不要出来,我和父亲两人一起也算是有个照应,可是父亲不同意。今日我出来的时候,五弟他们已经求了穆大人给父亲请了个大夫。"

任五老爷也叹气道:"只是衙门那边怎么也不允许我们进去探望,说是这次案情牵涉极大,怕父亲与外面的人串供,在事情没有水落石出之前需要先将父亲收押。"

任老太太越发提心吊胆。

任三老爷道:"大哥能回来也好,至少这些官场打点之事你比我和五弟都熟悉,父亲那里还要仰仗着你。"

任老太太也想起来了,忙道:"大郎你先回去歇着,等休息好了再想办法将你父亲救出来,花多少钱都没有关系,只要人能出来就好。"任老太爷不在,任老太太就像是少了主心骨一样,她实在是不敢想象若是任老太爷真的回不来了该如何是好。

任大老爷确实疲累得连站都站不住了,可是他知道现在无论是救任老太爷出狱,还是让任家平安度过这一次大劫难,都需要他拿主意,这也是任老爷子一定要让他回来的原因。

任大老爷让大太太扶着他坐到铺有软垫的椅子上:"我再交代几句话就回去休息。"

任老太太立即道:"你说。是不是你父亲交代了你什么事情?"

任大老爷想了想,然后道:"从这两日在狱中时那些官差审问我和父亲的话来推测,任家今日的祸事或许真的与曾家有些牵连。"

任老太太与屋里的众人想起今日任益均说的那些话,都是脸色一变,任老太太的脸色尤其难看。

任大老爷看了任三老爷一眼,叹了一口气:"三弟,或许当日真应该听你一句,不与曾家结亲的。"

站在外围的任瑶华闻言看了任瑶期一眼,任瑶期低着头站在边上,脸上没有什么表情。

任老太太道:"现在说这些有何用,何况我们与曾家还没有正式交换庚帖呢,也算不上是正经的儿女亲家,曾家那一头拒了就是。"任老太太说到这里有些担心地问任大老爷道:"如果我们不与曾家结亲会如何?官府会放你父亲回来吗？"

任大老爷叹了一口气："那就要看燕北王府的意思了。"

任老太太不安道："这还不行？那还要怎么做？"

任大老爷沉默片刻才道："恐怕京都那边的煤栈，任家也要先放弃了。"

任老太太立即皱眉："这怎么行？任家的煤栈好不容易才有了今日的规模，你又不是不知道这些年来你父亲花了多少心血在上头？"

将任家的煤栈开遍整个大周，这是任老太爷的心愿，也是已故太老爷任宝明的遗愿。

任大老爷道："父亲说，如果迫不得已，任家只能丢卒保车了。"

任老太太一脸颓然，在心里怨恨起了东府和方家，原本任老太爷并没有打算立即应下曾家这门亲的，可是偏偏在那个时候收到了东府二老太爷和方雅存的来信。

任大老爷说了这么多，便有些支撑不住了。

任大太太忙道："老爷，您还是先回去歇歇吧。既然父亲已经这么说了，我们照做就是。您不休息好，哪里有精力应付接下来的事情？"

任老太太也道："你去歇着吧，曾家那边我安排人过去回绝，其余的事情等你休息好了再说。"

这次任大老爷没有拒绝，让任大太太陪着回了自己的院子。

任老太太现在也疲累得很，人多吵得她脑仁疼。她冲着众人摆了摆手道："你们也别守在这里了，都出去吧。"

众人便从荣华院退了出去。

任老太太知道与曾家划清界限之事已经刻不容缓，立即让人去隔壁的东府请任家二太太过来。

任家二太太出身苏家，苏家与曾家又是姻亲关系，所以这件事情由苏氏去当这个中间人最合适不过了。

任老太太躺在炕上将意思说了，苏氏听完之后皱眉问道："大伯母，这些都是从衙门里打听出来的消息吗？"

苏氏问的是任家因为曾家而被牵连的事情，任老太太虽然没有明说，但是话语里似乎就是这么个意思。

任老太太之所以会透露出这些，是因为苏氏虽然出身苏家，曾家也只不过是苏家的一门姻亲，苏氏却是实打实的任家媳妇。

任老太太叹道："若非实在是迫不得已，我们也不想出尔反尔，可是你看看你大伯父如今还在牢里吃苦头……"说着任老太太就哽咽起来。

苏氏轻言安慰任老太太一番，知道这件事是还在牢里的任老太爷的意思，便没有多言。任家当家做主的是谁她清楚得很，任老太爷说要拒绝曾家的亲事，那就说明没有转圜的余地了。

所以苏氏答应任老太太会尽快回一趟苏家，请苏家出面回绝曾家的求亲，有苏家做中间人，双方的脸面都会好看一些。

苏氏第二日就去了云阳城。

曾家与任家之前也仅仅是处在议亲阶段，并没有交换信物和庚帖，所以任家现在要回绝，曾家那头就算不乐意也没有别的法子。

苏氏当日下午就回来了，说苏家会出面帮任家与曾家说清楚，任老太太感激了苏氏一番。

那边，任大老爷已经开始为任老太爷的出狱而奔波，只是任家忙了几日，托了不少关系，花了不少银子，官府就是不肯松口放人。好在与任家关系比较好的那位杨师爷告诉任大老爷，之前已经请大夫去牢里给任老太爷看过了，任老太爷喝了几剂药之后就退了热。任家人总算是放了点心。

就这样，任老太爷在牢里待了七八日之后，那位穆大人终于肯见任家大老爷了。任大老爷之前也找过穆大人几次，但是穆大人不肯再见任家的任何人，就连杨师爷那边也没有办法。

任家得知消息之后惊喜不已，以为这件事情总算是有了转机。

于是这一日任大老爷在任五老爷和林琨的陪同下去见了穆大人，任家众人则在家中焦急地等待消息。

任大老爷他们这么一去就是大半日，回来的时候天都已经黑了。任老太太见任大老爷回来了立即问道："如何？官府那边是不是已经同意放人了？"

任大老爷却一脸疲倦地叹了一口气："母亲，让人去请三弟还有东府的二弟他们过来吧,有些事情我自己怕是不能拿主意。"

任老太太听他这么说,又见任五老爷以及林琨都是一脸严肃,心里不由得一沉。她立即吩咐丫鬟去东府请人,又让人把任时敏也叫过来。

等东府二老爷和任时敏都过来之后,任大老爷才道:"今日穆大人那里松口了。"

众人闻言皆是一喜,任老太太松了一口气,抚着胸口有些责备地道:"官府能松口就是好事,你们这副样子吓了我一跳。"

任大老爷叹息道:"肯放人确实是好事,不过任家也需要付出一些代价。"

任二老爷皱眉道:"什么代价?"

任五老爷道:"穆大人说,这次的事情干系太大,原本父亲是不能被放出来的。但是考虑到我们任家只是普通商户,这些年来也没有出过什么作奸犯科之人,加上燕北王府那边对我们任家有些印象,同意从轻发落。"

"那到底是怎么个从轻法?"任老太太急道。

任五老爷沉声道:"要么交出任家名下一半的煤矿和煤栈,要么给一百五十万两银子,再每年从任家的煤矿和煤栈的出息中拿出六成来上缴,从明年开始连续上缴十年。"

"什么!"任老太太几乎要昏过去,气道,"这叫从轻发落?那么什么是从重发落?"

任大老爷语气艰难地道:"宁夏的余家和吴家您知道吗?这两家因为曾家也被牵连了。余家和吴家包括家主在内的成年男子全部被斩,十三岁以下的男子和所有女子都被充作了官奴,两家家产全数充公。"

任大老爷的话一说出口,屋子里鸦雀无声。

任大老爷环顾一眼众人,然后闭了闭眼睛道:"你们觉得我们还有选择的余地吗?"

任老太太感觉到一阵眩晕,强撑着道:"当真没有别的法子了吗?这不是要绝我任家后路吗?"

任大老爷苦笑着安慰道:"留得青山在不愁没柴烧,人在还能将这些损失赚回来,若是人不在了,又能怎么样?这些不也都是别人的?"

任老太太呆怔着不说话了。

　　任大老爷揉了揉眉心道:"我与穆大人说,这件事情太过重大,我需要见父亲一面才能定夺,穆大人已经答应明日让我去牢里探望父亲。"

　　任老太太这才有了些精神,忙道:"对对对,这件事情还需要你父亲拿主意,你明日去与他好好商量看看该怎么办。"任老太太自嫁到任家后,家中的大事都是任老太爷拿主意。如果任老太爷知道了,或许就能想出什么法子让事情有转机。

　　毕竟拿出一百五十万两银子并每年交出出息的六成,对任家来说也是伤筋动骨的事情,任老太太自己是不敢拿这个主意的。

　　任瑶期在任三老爷回来之后也知道了这件事情。

　　任三老爷乐观地道:"如果只是花些银子父亲就能出来,任家也能平安,那花些银子就是了。"

　　任瑶期暗中摇头叹道,如果任家人都像她父亲这样想,也就没有这么多争端和是非了。一牵扯到钱财,事情哪里会这么简单?任家接下来怕是还有的闹。

第三十六章

分　家

第二日，任大老爷去牢里探望任老太爷，等他回来之后任家各房又聚集到了荣华院。

任大老爷道："父亲同意了，就按照穆大人说的办吧。以后每年官家都会派人来查我们的账目，以确保百分之六十的收益上缴。另外那一百五十万两银子，我们一下子拿不出这么多，穆大人那边同意我们在一年之内分三次上缴。"

众人面面相觑，没有说什么。

任老太太问道："那你父亲什么时候能回来？"

任大老爷道："等煤矿和煤栈那边的账目交接清楚了，并先交付五十万两银子，父亲就能出来了。我这就交代人尽快去办。今日我见到父亲，他虽然不发热了，却一直在咳嗽，精神也不怎么好，牢里阴冷潮湿，再住下去父亲怕是会撑不住的。"

听任大老爷这么说，任老太太也没有什么意见了，反正都要出银子，早出晚出又有什么分别，他们还能欠官府的账吗？

"那你快去，早些将你父亲接回来。"

任大老爷正要应下，却听到外头响起了吵嚷声。

任老太太皱眉不悦道："谁在外头吵吵闹闹的？"

珊瑚匆忙跑进来，禀报道："老太太，是东府的老太太过来了，她……"

珊瑚的话还没有说完，东府的老太太廖氏就大步走了进来。

二老爷忙道："母亲，您怎么过来了？"

廖氏看了任老太太一眼，冷哼道："我不过来？我不过来的话任家全让人败去了都不知道！"她走过去，用手指重重地点了任二老爷的额头一下："就你老实，别人说什么就是什么，我若是不多看着些，你怕是被人吃得连骨头也不剩下了。"

任老太太不悦道："二弟妹，你这话是什么意思？"

廖氏冷笑道："什么意思？我问你，你是不是想要将任家一半的家产拿去救大伯出狱？你们要救人我自然是不反对，但是在那之前我们先把家分了吧！"

屋里众人闻言无不震惊。

任二老爷轻咳一声道："母亲，您说什么呢！"

任老太太看了任二老爷一眼，心下冷哼一声，这件事情若不是有人特意去告诉了廖氏，廖氏怎么会知道并且选在这个时候来闹？难怪任二老爷刚才一声也没吭，甚至都没有提要给自己在京都的父亲和弟弟去信交代一下，原来是有这么一出在后头等着呢。

任大老爷道："二婶，祖父在世的时候就有言在先，任家是不分家的。"

廖氏道："此一时彼一时！若是你祖父知道任家会被你们给败了，肯定早就同意分家了！现在分了才对任家有好处吧？我们东府分走我们的那一份，你们再拿你们的那一份去救大伯，祖宗的基业还能保下来一半不是？"

任老太太气得头晕："什么叫作任家被我们给败了？"

廖氏当即哼笑道："难道这次不是因为你们西府自己的事情才惹来的牢狱之灾，甚至让任家一门也跟着陷入了泥潭！之前因为念着东府西府好歹都是任家人的分上，让我们东府出人出力我也没有二话，可是你们也太过分了！任家的家业又不单是你们西府的，凭什么说拿出一半去救人就拿？你问过我们的意见吗？"

任大老爷见她是长辈，只能心平气和地道："二婶，我们每次都有请二弟过来商量的。"

廖氏气得指着他道:"那是因为你们知道我儿子心肠软,性子直,人好欺负,所以你们就可着劲儿地欺负我们!我告诉你,有我在,谁也甭想乱占我们东府的便宜!这次这个家我们是分定了!"

廖氏想分家想了几十年,这次绝对是个大好机会。这次是西府的人自己决策失误才导致任家危机,她自然要借着这个机会分出去,凭什么她东府的人要陪着西府一起倒霉。

任老太太也想起了二老太爷写来的那封信,气道:"什么叫作这是我们西府惹出来的事情?之前若不是二叔写信让我们应下曾家的亲事,会有这么多的麻烦事情吗?你现在还好意思过来与我们说是我们自己做错了?"

廖氏不甘示弱道:"我们二老太爷这些年来难道不是什么事情都听大伯的?向来是大伯说往东就往东,说往西就往西,什么时候轮到大伯听他的了?他之所以这些年都在京都不归,不也是因为大伯当年的一句话吗?这次他也只不过是因为关心侄孙女的亲事随口这么一提而已,我就不信你们因为他的一封信就同意了与曾家的亲事!现在倒是赖到我们头上来了?"

这话任老太太不好反驳。

事实上廖氏说的也没有错,任老太爷还真的不是那种因为弟弟一句话就会将孙女嫁出去的人,促使任家和曾家亲事的其实还是方雅存的那封信。而且当年也确实是任老太爷让任永祥去京都的。

廖氏和任老太太两人自年轻的时候就不合,谁也没有看谁顺眼过,这会儿更是剑拔弩张。

任五老爷觉得需要先稳住廖氏再说,于是好声好气地劝说道:"二婶,就算要分家也要等我父亲先回来再说吧?您也知道家中的大事都是我父亲拿主意的,我们这些晚辈就算是同意了,等我父亲回来他不肯,你们也是分不出去的。所以您今日在这里吵闹也没有什么意义。"

任家的钱财确实都是掌控在任老太爷手中,就连这次要救他,任家也要先问他的意思,让他做安排。

任二老爷这时候也站出来劝说他娘:"母亲,五弟说的没有错,当务之急是将大伯父救出来,分家不分家还是要等大伯父出来之后再谈。而且父亲和四弟也还在京都，分家事关重大，也是需要他们同意的。"

廖氏这才松了口："我也不是说现在就分，但是至少要先将话说清楚。我还是那句话，亲兄弟明算账，救大伯的钱你们自己出，该分给我们的那一份你们不能动！"

任老太太也知道现在不是与廖氏闹翻的时候，不然耽误了救任老太爷就完了。

所以她也没有再与廖氏吵下去，只道："行了，这件事情等我们老太爷回来再商量吧，我反正是做不了主，也不管了。今日时候不早了，你们都先回去歇着吧，明日还有不少事情要忙。"

廖氏想了想，今日闹到这程度也差不多了，她也不想任老太爷出不了狱。只要不用他们的钱财去赎人就好。

之后众人便从任老太太的荣华院里退了出去。

任家要一下子拿出一百五十万两有些不易，就算能拿出来也会影响到煤栈的周转，但是先拿出五十万两还是没有问题的。

而煤矿和煤栈那边，官府一早就已经派人去查账了，这会儿倒也便利了不少。

于是过了短短三日，事情就都安排好了，五十万两银子送了出去，燕北境内的煤矿和煤栈账务的事情也与官府派来的人进行了交接。

于是这一日中午，任家诸人终于迎回了任老太爷。

上一次任大老爷是被人扶回来的，而任老太爷差不多是被人架回来的。

任瑶期一早就与李氏、任瑶华等人一起等在了荣华院，第一眼看到任老太爷的时候，她几乎有些认不出来了。

短短十几日，任老太爷那一头乌黑的头发就已经斑驳了，两鬓布满了银丝。他的脸颊两侧都凹进去了一块，竟像是大病了一场的人，额头上的纹路也深了不少，哪里还有半分平日里精神矍铄目光如炬的威严模样？说是街上乞讨为生的老乞丐也是有人信的。

任老太太看到他的时候，忍不住捂嘴哭了起来，其他女眷也都抹起了眼泪，一屋子的人都愁云惨淡。

任大老爷跪倒在任老太爷面前，声音哽咽道："父亲，您这是又病了一场吗？儿子不过是几日没有见到您，您怎么……"

任老太爷虚弱地摆了摆手，正想要说什么，突然弯下身子哇地吐出了一口血。

众人见状都吃了一惊，站在最前面的任瑶玉吓得尖叫一声，后退好几步，差点摔倒在地。

任瑶玉的惊叫声，立时让屋子里的气氛变得紧张起来。

任老太太扑过去，抖着手去给任老太爷擦嘴角的血，哭道："老太爷，你这是怎么了？大郎不是说你的病好了吗？怎么会咳血呢？"

任老太爷张了张嘴，头一偏，晕了过去。任老太太也差点哭晕过去。

大太太立即跑出去吩咐人去叫大夫进府。

任老太爷的病倒给任家众人的心里蒙上了一层阴影，所有人都面带忧虑，原本因为任老太爷回来而产生的喜悦也冲淡了。

大夫很快就给任老太爷把完了脉，给出的结论是任老太爷前一阵子受了寒，寒气侵入心肺，又拖延了几日没有得到医治，最后虽然用了药，却也只是些温补的药，不太对症，一直没有得到根治。这几日任老太爷的情绪也是大起大落，将病发了出来，所以才会咯血。

任老太爷之前作为被牵连进宁夏灭门案的重要人犯而被关押，后来任家人又同意用大量的钱财赎出任老太爷，被请进去给任老太爷看病的大夫怕受到牵连，用药不敢太重也是正常之事。

大夫长篇大论，又是阴阳又是经脉的，任老太太听不懂，急得直接问道："大夫，您就说他到底有没有事，要怎么才能治好。"

大夫道："说有事也没事，说没事又不尽然，一句话就是要好好休息，少劳心劳力，用药调养并且静养，老朽先去开药方吧。"

这话听着像是没有什么大事的样子，任老太太总算是松了一口气。只是看到地上任老太爷咳出来的血,任老太太心里还是有些不踏实,心里浮现一丝不安和不祥的预感。

任瑶期也看着地上的血迹若有所思。

她感觉哪里有些不对,只是大夫说得头头是道,她仔细听下来也没有觉得大夫有哪里说得不对,最后只能归结于自己太过多心。

任家其他人倒是没有多想,大夫说静养一阵就能恢复,他们也都安心了。

现在于任家而言正是多事之秋,若是任老太爷真的在这个节骨眼上倒下,任家怕是会更加乱。

任老太爷卧床休养了三日,情形终于有了好转,除了刚回来的那个晚上半夜又咳了一次血,之后的几日就没有再咳血。

或许是因为任老太爷上了年纪,身子骨没有年轻人的恢复力,休养几日后虽然也能下床了,精神却远不如从前,任老太太心中的隐忧始终没有散去。

不过任老太爷心里还是记挂着外头的事,在能下床之后就开始着手处理他这些日子积累下来的事情。

任老太爷平日里虽然用心培养自己的嫡长子任大老爷,但是他本身是一个很有掌控欲的人,任家实质上的掌权人还是他,在他不在的时候,有许多事情任大老爷也处理不了。

任老太太和任大老爷担心任老太爷才恢复些元气的身体会支撑不住,但是任老太爷坚持,他们也没有办法阻止。

在任老太爷回来的第五日,任家又召集了各房的人议事,因为任时佳夫妇还留在任家,这次任老太爷破例让林琨也来了。这次任家出事,林琨也帮了任家不少忙,并没有像别的亲友那般为了避嫌而不闻不问,这一点让他获得了任家大部分人的好感。

任老太爷坐在上首,视线在儿子女婿侄儿们身上逐一扫过,众人都恭敬地低头站在下首。任老太爷满意地点了点头,将手中拿着的账册放到手边的小几上,对任大老爷道:"老大,你将任家如今的情形与他们说说吧。"

任大老爷闻言站出来恭谨地道:"是,父亲。"

他看向其他人,缓声道:"任家要明年四月之前拿出白银一百五十万两,现已兑现了五十万两。这笔钱我们任家虽然咬咬牙也能拿出来,但必然会伤筋动骨,所以三年之内我们在外的生意绝不能出大岔子,否则在银钱上将会不好周转,任家也有可能因此一蹶不振。"

众人闻言不由得面面相觑。

任五老爷犹豫着道:"大哥,当真会有这么严重?"

任大老爷叹了一口气道:"我们任家如今也算是家大业大,论资产,在整个燕州虽然算不上是首富,但少说也能排在前十。任家的资产虽然远远不止一百五十万两,能动用的银钱却有限,因为要维持一个庞大的家业本身就需要大量可以随时动用的银钱,否则我们的煤矿和煤栈根本就维持不下去。你们当中像是三弟,很少接触这些,可能不太明白,往简单说就是,如果我们任家想要维持住手中已有的产业,大部分银钱是无法动用的。"

众人闻言,未免心中沉重。

任大老爷继续说道:"至于拿出每年所有收益的百分之六十所导致的结果则是,任家怕是在十年之内都无法有大的发展了。"

虽然之前心里已经有一些底,这会儿任老太太还是有些承受不住打击:"怎么会这么严重?这不等于是被人扼住了咽喉吗?"

众人闻言皆没有说话,这次的事件对于任家的打击,比他们想象中的还要严重。

任大老爷安慰道:"不过想想,比起其余的那两家,我们这次至少勉强保住了家业,一家老小也是平安的,留得青山在不愁没柴烧。"

与任家一样被曾家牵连的两家,家中资产并不比任家少,但是最后都充了公。

这么想着,众人心里又好受了些。

正在这时候,外面又响起了东府老太太的声音。因为上一次廖氏硬闯,闹了个不愉快,这次外头守着的丫鬟不敢再轻易放她进来了。

任老太爷对任老太太道:"是我让人叫二弟妹过来的,让她进来吧。"

任老太太对珊瑚点了点头，珊瑚便出门去将廖氏领了进来。

　　廖氏一进门就瞪了任老太太一眼，任老太太面色不变地坐在上首。

　　任老太爷朝廖氏点了点头，又吩咐珊瑚去给廖氏搬一把椅子过来，廖氏坐下后对任老太爷道："大伯身子可好些了？"面对任老太爷的时候，廖氏还知道寒暄几句。

　　任老太爷笑着点了点头："好多了。"

　　廖氏笑道："这就好这就好。"她看了任老太太一眼，然后又问任老太爷道，"那今日大伯找我来，是不是要与我谈分家的事情？"

　　任二老爷在下面劝道："母亲，大伯父的病刚好，这件事情还是等过一阵子再说吧。"

　　廖氏瞪了任二老爷一眼："你这孩子，有些事情宜早不宜迟！早些分完，你大伯父肩头的担子还能轻些，以后也好安心养病，我听说大伯这病也需要安心静养。"

　　任老太太皱了皱眉想要说话，被任老太爷摆手制止了，他沉吟了片刻才问道："二弟妹，你真是铁了心要分家？"

　　廖氏忙道："这是自然，难不成我还是说出来好玩的？"

　　任老太爷点了点头，又问道："那这是你一个人的意思，还是东府所有人的一致意见？若是你一人之意，那我们怕是还需得商量商量了。"

　　廖氏这次顿了顿才回道："我们老太爷那脾气，你又不是不知道，他年轻的时候就听你的，当初你说不分家他就没再提分家的事情，你让他带着四儿去京都他就老老实实地带了四儿去京都。但是你若是问我们东府想不想自己当家做主，那也自然是想的。毕竟现在孩子都大了，连曾孙辈都要出来了，总不能还是寄人篱下吧？"

　　任老太爷挑了挑眉，神情莫辨道："寄人篱下？原来二弟妹是这么想的？"

　　廖氏也是有些怕任老太爷的，知道自己一时口快说错了话，忙道："不是不是，我的意思是我们东府如今也是一大家子了，有什么事情还总是来请示大伯的意思的话，总有些不便不是？"

　　任老太爷点了点头，没有再揪住廖氏的错处不放，道："我之前从老大口中听到你来过西府提分家的事情，我仔细考虑了一下，如果这是你们这一房所有人的意思，我作为任家的家主也不能置之不理。"

廖氏闻言一喜："这么说大伯是同意分家了？"

任老太爷抬了抬手示意廖氏听他把话说完，廖氏见事情有门，立即不再插嘴了。

任老太爷道："我前日就已经让老大替我写了一封信去京都给二弟，如果他也同意分家，并且认同我给出来的分家之法，那么这件事情就这么办吧。"任老太爷有些疲惫地靠在了座椅上。

廖氏先是惊喜，只是想了想之后又觉得有些不对，急忙道："大伯已经在信中写明了这个家要如何分？那也要与我们说说吧？"

任老太爷冲着任大老爷点了点头。

任大老爷开口道："父亲的意思是，燕北以外包括江南和京都的所有煤栈以后都由二叔接手。"

任家近些年来往江南和京都的投资不少，从规模而言，江南地区包括京都在内的煤栈在数量上并不比燕北的少。

原本京都那边的煤栈并不赚钱，不过自从方家帮任家与那位贵人搭上线之后，南边煤栈如今的进益也颇为可观。

任二老爷在下面听着不由得目光微闪。

廖氏之前接到过二老太爷和四老爷的信，知道现在南边的煤窑进益还不错，所以对于这个分法心里也还算是满意，毕竟二老太爷这些年来都在南边经营，燕北这边的煤栈都是西府在管。

不过廖氏还是做出一副不太满意的模样："燕北的煤栈我们任家已经经营多年，江南虽然现今比之以往已经大有起色，但还是没有办法与燕北的煤栈相提并论。这么分的话，还是我们这一房吃亏！"

任老太爷闻言也不辩解，只点了点头道："那么可以按照第二种分法，我与二弟现在都不年轻了，任家以后如何还要靠年轻一代，所以任家在燕北和南边的所有煤栈我会分成五份，交给时中他们这些年轻一辈的来掌管，我就彻底当个甩手掌柜了。"

廖氏闻言不由得皱眉："为何是五份？"

任老太爷淡声道："他们这一辈只有五兄弟，自然是五份。"

廖氏不由得一噎，她只有两个儿子，这边却有三个，这不是明显让他们吃亏吗？

"如何？"任老太爷挑眉道。

廖氏轻咳一声："煤栈的事情先放到一边，说说煤矿怎么分吧。"

任老太爷沉吟了片刻道："父亲当初留下来的遗言是任家不分家，若是子孙非要不顾遗训闹分家的话，任家的所有煤矿都归任家嫡长房。"

"什么！"廖氏眼睛都要急红了，差点跳起来。

煤栈只要有钱就可以开，煤矿却是有钱也不一定能买到好的。

任老太爷做了一个少安毋躁的手势："这段遗训当初父亲曾写下来，二弟也是知晓的，并非我信口开河。"

见廖氏一脸不忿地想要开口，任老太爷接着道："不过我也不是不讲情面的人，当初父亲说这段话的时候任家只有燕州的这几座煤矿，并没有包括我后来在南边买下来的那三座，所以南边的几座可以分给你们。这几座煤矿出息也还不错，我原本也是交给二弟在管，他最清楚。"

廖氏的脸色总算缓和了下来，之前任宝明交代两房不分家分家不分产的话她也是知道的，不然她也不会忍到今日才提出要分家分产，只是她并不知道原来老头子并不仅仅留下了话，还留下了字据。

要知道在大周朝，子孙们分家产的争端就算是告到了官府，先人白纸黑字留下来的遗言也是官家判定家产分配的依据。

就算知道这么分他们这一方会吃亏，廖氏也说不出什么反驳的话，不然真要是惹恼了任老太爷，拿出任宝明来压他们，连仅有的那三家煤矿也捞不着了。

"那你们拿出去的那一百五十万两呢？总不能我们也要出一份吧？"廖氏脸色不好看地道。

任老太爷道："这一百五十万两大部分是从燕北的煤栈中划出来的，江南那边的银钱并没有动用，以后也会由燕北这边承担。不过那每年六成的利润上缴却是包括了任家名下所有的产业，江南和京都那边煤栈的出息也将会算在当中，这一点不是我能决定的。"

廖氏撇了撇嘴："任家经营了这么些年，公中总有些银钱吧？"

任老太爷点头道："确实有些积蓄，不过近些年都花在江南和京都的煤栈上了。你们若是有所怀疑，我会给你们这些年来任家的账簿。再则……任家如今还没有分家，利益既然是共享，那么风险理应共担才对。另外，这座宅子和云阳城的那座别院，以及燕州内所有的田产都算是任家的祖产，只传长房长子，也是不分出去的，这是写在父亲的遗训里。至于京都和江南的宅子，都分给你们。你们现在住着的东府，要搬出去还是要继续住着都随你们，就算是分了家，我们也是一家人。"

廖氏听得心中不顺，可是任老太爷说得有理有据，她又找不出反驳的理由。

廖氏与任二老爷对视了一眼，道："这件事情我们还需要再商量商量，虽然你是当家的，但是也不能你说怎么分就怎么分吧？"

任老太爷很宽容地道："这是自然，有什么意见你们可以提，只要是合理的要求我都可以考虑。不过我还是觉得父亲的话有道理，我们任家也不算是人丁太兴旺的家族，能不分家的话更好。"

廖氏盼了几十年好不容易等到能分家的时候哪里肯不分，当即摇头坚决道："都已经说到这个份上了，还是分了的好。"

任老太爷叹道："那你们先回去商量吧，其余的事情等二弟从京中来信再谈。"

廖氏也不想在这里久待，坐在客座上她怎么坐怎么别扭，当即利索地起身对二老爷道："时远，我们先回去。"说完朝着任老太爷点了点头就率先出去了。

任时远朝着任老太爷和任老太太行了礼，也跟了出去。

他们一离开，任老太太的脸色就落了下来。

任老太爷似乎有些疲累，说道："时中留下，你们也都出去吧。"

任时敏等人便也退了出去。

见屋里只剩下了他们三人，任老太太才开口道："老太爷，真的要与他们分家？现在正是任家困难的时候，若是此时将家产分了岂不是更加艰难？"

任老太爷叹了一口气，任老太太听到后不由得怔住了，任老太爷这种人向来强势，是很少会叹气的。

"老太爷……"

任老太爷道："如果能不分家，我也不会同意在这个时候分。只是现在看来，分了也未必是坏事。"

任老太太不解："此话怎讲？"

任老太爷靠坐在座椅上，淡声道："从我和时中这次入狱以及之后发生的那些事情来看，任家会有此一劫还是在于燕北王府那边的态度。如今我们是拒绝了曾家的亲事，但是京都那边我再插手……"

任老太太闻言一惊："你的意思是要放弃那些产业？可是这些年任家在这上头花了不少心血啊。"

任老太爷道："我并不是要放弃，所以才将除了燕北以外的产业借着这次分家的机会交给了二弟，以后江南的事情就交给他们经营，明面上我不会再插手，也算是跟燕北王府那边表个态。"

任大老爷道："父亲的意思是，将燕北和江南的产业分开来经营，这样就算是以后朝廷和燕北有了冲突，我们明面上已经与二叔他们分了家，我们在燕北经营燕北的煤矿和煤栈，二叔他们则是负责江南的，朝廷和燕北的冲突也就牵扯不到我们任家了。"任老太爷这次算是受教训长记性了。

任老太太明白了，只是仍不放心道："可是二弟他明白你的意思吗？若是像廖氏那样……"

任老太爷闻言一笑，轻描淡写地道："任家的家主从来就只有一个。"

说完他又看了任时中一眼，沉声道："老大，你也记住这句话，任家的家主只有一个！"

任大老爷低头应了一声："是。"

任老太太便明白过来了，原来任老太爷并不是真心想要分家产，这只是他借着廖氏想要分家的机会想出来的权宜之计！目的就是将任家在将来朝廷和燕北发生冲突的时候所承担的风险降到最低!

这么想着,任老太太之前被廖氏气出来的闷气终于消散不少。

又过了几日,任家收到了东府二老太爷从京城捎来的信。

二老太爷在信中同意了任老太爷提出的分家之法,任老太爷分得了燕北的所有煤矿和煤栈,东府则全权接手江南和京都的煤矿和煤栈。二老太爷这些年一直管着江南和京都的生意,如今那边的煤栈每月的进益也不少,再过一两年未必就不能超过燕北这边的产业。至于任家的煤矿,二老太爷也是知道他父亲当年留下来的遗训的,能分到江南的那几座,任老太爷也不算是坑他。

不过二老太爷也提出,别的他都没有意见,但是因为江南那边的煤栈刚刚有了些起色,如果每年都给官府六成的收益,他怕会维持不下去,所以要求任老太爷为他暂时垫付一成,他只给五成。

任老太爷接到信之后就给他回了信,答应前三年为他垫付一成利润。

二老太爷见信之后便很爽快地同意了,至于东府的二老太太廖氏,想必二老太爷那边已经给她去过信了,所以她没有再过来找麻烦。

于是几乎是在一个很平和的气氛下,东府和西府将家分了。

任家这次分家从表面上看起来对任家似乎没有什么影响,至少任家的晚辈们几乎感觉不到有什么差别。

任家的事情暂时告一个段落,任家三房也要离开白鹤镇回云阳城了。

只是在离开白鹤镇的前一日,方姨娘那边派了于嬷嬷来李氏面前说想要见任瑶英一面。

自上次任瑶英被任三老爷下令关了禁闭之后,任瑶英就没有出过门。后来李氏又按照任时敏的要求给任瑶英寻了一位教养嬷嬷重新教她学规矩,这次因为任家出事,李氏和任瑶华是急忙赶回来的,任瑶英被留在了云阳城。

之前因为任家出了大事,任家上下也没有谁特别留意一个庶女在不在场。这会儿李氏意识到任瑶期、任瑶华,还有任益鸿都回了白鹤镇,只留下任瑶英一人在云阳城的确有些不妥当。

任瑶期想到,之前她们回来的时候方姨娘应该就已经知道任瑶英没有一起回来的事情,肯定暗地里打听过原因,不过这段时间方姨娘却是很聪明地一直没有提起过,可能是怕任老太太因为曾家的事情迁怒于她,这样她非但不能为任瑶英出头,连自己的处境也会尴尬。

现在任家的危机基本上解除,任老太爷的身体也逐渐好转,方姨娘终于忍不住提起了任瑶英的事情。

李氏让周嬷嬷出去回了于嬷嬷,说任瑶英因为犯了错被任三老爷罚闭门思过,于嬷嬷听完之后就回去了。

任瑶华冷着脸道:"净会给人找不自在!"

李氏叹了一口气:"瑶英是从她肚子里出来的,她惦记着也没有错。"

任瑶华皱眉与任瑶期道:"如今东府和西府已经分了家,江南的那些产业都归了叔祖那一房,任家在南边的生意就算是还需要方家照应,与我们这一房也没有太大的关系了,她这会儿不是应该夹着尾巴做人吗?"

任瑶期想了想,以她对任老太爷的了解,他不像真的会把江南的产业全数交给东府,这次的分家恐怕是权宜之计。

她笑了笑,对任瑶华道:"任家为了江南的那些煤栈投入了多少?自然不可能说放弃就放弃,所以方家的关系还是需要用到的。"

方姨娘对任老太爷和任老太太本性的了解不亚于她,自然知道什么时候应该低调做人,什么时候应该为自己谋求利益。

任老太爷回来之后任家并没有寻着什么由头发作方姨娘,方姨娘心里肯定也有了谱,这次在他们离开白鹤镇之前提起要见任瑶英,应该也有试探任家老太爷和老太太的态度的意思。

果然,过了不久,任老太太那边就来了人叫李氏过去问话。

任瑶期和任瑶华陪着李氏一起去了。

任老太太将李氏叫过来也确实是为了问任瑶英的事情。

李氏将任瑶英私自出门,被任三老爷罚的事情说了。

任三老爷要罚女儿,且确实是在任瑶英有错的情况下,李氏原本也不能说什么。但是你若是看一个人不顺眼，她就是什么也不做你也会觉得她不对。

所以向来不喜欢李氏的任老太太又将李氏说教了一顿，道："难道你就没有错处了！内院不是你在管吗？她一个孩子想出去就能出去了，你的人都干什么吃去了？赶明儿岂不是谁想进你们内院就能进？"

李氏低头讷讷不语。

任瑶华想要开口为李氏辩解，任瑶期朝着她摇了摇头。任老太太是存心想要发作李氏的，任瑶华为李氏顶撞任老太太只会是火上浇油。

任瑶华抿了抿唇，忍耐着将到嘴边的话咽了下去。

任老太太看着李氏道："你若是管不好院子，我就给你指派个人去！"

任瑶华一惊："祖母，您不是想让方姨娘去吧？"

任老太太闻言瞪了她一眼："闭嘴！你的账我还没有跟你算呢！"任老太太转头吩咐珊瑚道："去让麦冬家的进来。"

任瑶华皱眉看了任瑶期一眼。

不多会儿，珊瑚领着一个穿着藏青色褙子，年纪四十出头的中年妇人走了进来。

等中年妇人给任老太太和在座的主子都请了安，任老太太才指着她对李氏道："这是麦冬家的，这次你带了她一起去云阳城，就让她给你管管内院吧。"

任瑶华挑剔地上下打量了麦冬家的几眼，撇嘴道："祖母，她是您从哪里找来的人？不是您跟前伺候的吧？怎么瞧着眼生得很？您就算要给人也要给个您院子里伺候的吧？"

任瑶华这话其实算是变相地拍了任老太太的马屁，任瑶期惊讶地看了任瑶华一眼。

任老太太的脸色果然好看了不少，对任瑶华道："怎么不是我的人？她母亲以前是我的陪嫁丫鬟，是个顶顶能干的，后来嫁给了蓟州煤栈的大掌柜。"

还真是任老太太的人？这下可真不好回绝了。

任瑶期思忖着任老太太今日来这一出怕是因为不太放心他们脱离任家的掌控在外头自立门户，所以想要找个"自己人"看着他们。任瑶英的事情只不过是一个借口而已，有没有任瑶英她都会找个借口往他们这一房塞人。

长者赐不敢辞，任老太太要给三房指人，李氏连半点回绝的余地都没有，只能低头应下。

　　任老太太见李氏收了人，这才满意道："瑶英虽然不是你生的，但也是你的女儿，你以后要对她上点心。关了这么久，她也知道教训了，这次回去就将人放出来吧。她年纪不小了，也用不着你操心几年了。"

　　李氏又低头应了。

　　任老太太又转头叮嘱任瑶期："等回云阳城之后，你还得去燕北王府拜见王妃。你不是一直与郡主保持通信吗？王妃若是还不肯见你，你就让郡主帮你在王妃面前说几句好话！"

　　还不等任瑶期回答，任老太太就又吩咐立在一边的麦冬家的道："你去了云阳城之后记得提醒着些五小姐！我记得你是认字的，以后五小姐给郡主写信的时候就由你伺候笔墨，听见了没有？"

　　麦冬家的低头应了一声"是"。

　　见任瑶期不说话，任老太太又将严厉的目光投向了她。

　　任瑶期与任老太太对视一眼，然后微微一笑："知道了，祖母。"

　　是个识字的？原来任老太太派麦冬家的去云阳城，还有监视她与郡主之间往来的意思！

　　任老太太这才满意，摆了摆手道："行了，你们都回去吧。麦冬家的留下，我还有些事情要交代。"

　　李氏带着任瑶期和任瑶华退下了。

　　一出荣华院，任瑶华就冷下了脸色："刚刚我们就不应该应下的！那个麦冬家的也不知道是什么人，凭什么管我们的内院？"

　　李氏叹气道："这也是没有办法的事情。"长辈要给你指派人，你只有欢喜地接下。

　　任瑶华也明白这个道理，所以她刚刚才说不出拒绝的话，不过还是憋了一肚子的气，低声骂道："方氏那个贱人哪次不给我们添些乱，她就浑身不自在！"

　　任瑶期安慰她道："好了，不过是个媳妇子，值得你这样气坏自己？她来头再大也不过是个奴才,若是安守本分还好,若是不安分的话……"

任瑶期笑了笑,任老太太还真以为随便派个她的人来就能够控制住三房?她也只能使出这种伎俩了。

第二日李氏带着两个女儿回了云阳城。

任时敏因为要去书院,已经在两天前就走了,任益鸿也先离开了。

回到云阳城的住处之后,无论是李氏还是任瑶期姐妹,都感觉到一阵轻松惬意,尽管云阳城的宅子不及任家老宅一半大。

当日,趁着任瑶期和任瑶华都在李氏房里的时候,周嬷嬷问起了怎么安顿那个麦冬家的事情。

任瑶期想了想道:"安排在管事们的住处,祖母不是让她来协助母亲管理内院吗,库房就交给她管好了,等会儿就将账簿交给她。"

"这……妥当吗?"李氏犹豫着道。

虽然由于任三老爷爱好广泛,三房库房的东西并不少,大多数还是挺值钱的,但是管库房总没有管人事风光。

"有什么不妥当的?祖母不是说她很能干吗?那就能干给我们瞧瞧!不然她一个新来的还什么都想管,她有那个能耐吗?"任瑶华冷哼道。

任瑶期这么安排也是想要先探一探麦冬家的底,知道她是什么样的为人才好应付。

周嬷嬷按照任瑶期的说法下去安排麦冬家的了,回来之后对任瑶期道:"奴婢说安排她去管库房,她并没有说什么。"

任瑶华满意道:"看来是个识相的!"

任瑶期却是等着周嬷嬷接下来的话,有时候识相的人未必就比不识相的人好对付。

果然,接下来周嬷嬷又道:"只是她对住处不太满意。"

任瑶华皱眉道:"不是安排她住后院吗?后院住着的除了管事就是几个得

脸的大丫鬟了，这还不满意，难道要让出正房来供着她不成？"

周嬷嬷摇了摇头："她倒不是嫌后院的住处不好，只是说她这次来云阳城老太太还交代了她让她伺候五小姐笔墨，若是住得离五小姐远了，怕五小姐使唤起她来不方便。"

任瑶期道："那她想要住哪里？我住着的西厢旁边倒是有个小耳房，不过那里已经住了两个大丫鬟了。"

周嬷嬷道："奴婢也是这么说的，麦冬家的说她愿意与两个丫鬟挤一挤。"

"她这是真想要和两个丫鬟挤一挤，还是想要逼得两个丫鬟给她让出屋子？以退为进这一招倒是使得不错！"任瑶华冷笑道。

任瑶期倒是爽快地应了："既然她愿意挤就挤着吧，你让她搬过去吧。"

周嬷嬷皱眉道："小姐，这真的没有关系吗？"

任瑶期笑道："还能有什么关系。"

任瑶华抱怨道："真不知道祖母她到底是怎么想的。"

任瑶期倒是能猜到任老太太是怎么想的，从麦冬家的反应来看，任老太太派她过来的首要任务是监视她和郡主以及燕北王府的交往情况，然后随时向任老太太禀报。

从这一日起麦冬家的与苹果、桑葚住到了一起。

第二日，任瑶期按照以往的作息去自己的小书房里练字，没过多久麦冬家的就过来了。

任瑶期没有说什么，麦冬家的就接替了桑葚，给任瑶期磨墨。

"五小姐是要给郡主写信吗？"麦冬家的见任瑶期将纸平铺到了桌上，便问道。

任瑶期摇头。

桑葚在一旁轻声道："五小姐是要练字呢，而且五小姐不喜欢在她写字看书的时候有人出声打扰她，麦嫂子你既然要伺候小姐笔墨，以后还是记着些好。"

麦冬家的点了点头，不过她还是出声道："五小姐，老太太让您一回来就给郡主去信。"

任瑶期悬腕写字，不说话。

麦冬家的看了一眼任瑶期写的字，心里不由得暗自赞叹了一声，她早就听说五小姐的字画都是三老爷亲手教的，一手字写得比府里的少爷们还好。

可是任瑶期写的是金刚经，并不是给郡主的信。

麦冬家的皱了皱眉，又看了任瑶期一眼。

任老太太让她督促五小姐早些给郡主去信，还要她提醒五小姐记得在信中求郡主在燕北王妃面前为任家求情，并且将信的内容记下来告诉她。

任瑶期默完了一整篇的金刚经，已经到了午膳时分。

麦冬家的在一旁等得心急，正以为任瑶期今日是故意拖延不想写的时候，却见任瑶期吩咐苹果将她之前默写的经文挪开，然后又从抽屉里翻出一沓信笺。

任瑶期依旧是一言不发，埋首写字。

麦冬家的凑过去瞧，一眼就看见了"郡主，见信如晤"几个字，终于松了一口气。

接下来基本上不需要麦冬家的说话提醒，任瑶期先是解释了一番自己最近没有给萧郡主去信的原因，将自己家中的事情告诉郡主知晓，然后才请求郡主为任家在王妃面前求求情，让王妃肯接见自己。

任瑶期写的内容正是任老太太交代了麦冬家的要任瑶期写在信上的那些话，乖巧听话得让麦冬家的简直没有了用武之地。

任瑶期写完之后等信干透了，当着麦冬家的面亲自装到信封里封好，然后在信封上画了一朵小花，最后递给苹果道："送去燕北王府给段嬷嬷，请燕北王府的人帮我送去给郡主。"

麦冬家的忙道："五小姐，您不用写上您的名字吗？郡主怎么知道是您？"

任瑶期终于肯与麦冬家的说话了，还很心平气和的："我在信中已经署名了，你没看到？我是个未出阁的姑娘家，怎么好将自己的名讳写在信封上？这信在送达郡主手上的时候不知道要经过多少人的手。所以我和郡主约好了在信上画朵小花，她见到就知道是我的信。"

麦冬家的没有见过任瑶期和萧靖琳的信，自然是不清楚情况的，不过她还是留了一个心眼，当即笑道："还是让奴婢去送信吧，奴婢还没有去过燕北王府呢，去见见世面也好。五小姐刚刚说是把信交给一位姓段的嬷嬷？不知道要怎么找到她？"

任瑶期皱了皱眉："既然你想去，就去好了，让苹果和你一起去吧，以往都是她替我送的信，你跟着她就知道了。"

麦冬家的连忙笑着应了，还客气地对苹果道："那就劳烦苹果姑娘带路了。"

苹果点了点头，没有说什么就行礼退下了。

麦冬家的连忙跟上去。

苹果和麦冬家的乘同一辆车往燕北王府去了。

在车上，麦冬家的道："苹果姑娘，小姐的信呢？"

苹果看了麦冬家的一眼，将信拿了出来："在这里。"

麦冬家的伸手去接，并笑道："还是我拿着吧，你们这些小姑娘身上都喜欢熏些香料，沾上了不太好。"

苹果皱了皱眉，不过还是让麦冬家的将信拿过去了。

麦冬家的接过信之后又仔细看了几眼，确定是之前任瑶期当着她的面封上的那一封才放心地收到自己怀里。

"苹果姑娘在五小姐身边伺候的时间不短了吧？"麦冬家的问道。

苹果点了点头。

麦冬家的笑道："苹果姑娘性子真稳重，不怎么喜欢说话呢。"

苹果扯了扯嘴角笑了笑。

麦冬家的又问："五小姐去燕北王府的时候你都是跟着的吗？这么说你对燕北王府很熟了吧？我还没有去过燕北王府，不知道里头的嬷嬷丫鬟们好不好相处？"

苹果简短地道："嗯。不太熟，不知道，没相处过。"

面对苹果这样一棍子打不出一个屁来的人，麦冬家的也很无奈，她一路上试探着问了不少话，可是得到的答案都是不痛不痒的，然后燕北王府就到眼前了。

苹果熟门熟路地带着麦冬家的进了王府，然后让人禀报说要找段嬷嬷。

段嬷嬷不多会儿就出来了，看到是任瑶期身边的大丫鬟，还有一个从来没有见过的媳妇子，她也不动声色，点了点头算是打了招呼，态度算不上太热情。

苹果屈膝行礼道："段嬷嬷好，我们小姐让我们把她写给郡主的信送来给您。"苹果看了麦冬家的一眼。

麦冬家的连忙将信拿了出来，双手递给段嬷嬷，并笑道："段嬷嬷好。"

段嬷嬷看了她一眼，点了点头，然后对苹果道："我知道了，信会送去给郡主的，你们先回去吧。"

麦冬家的忙道："段嬷嬷，我们五小姐前些日子回白鹤镇了，昨日才回来，所以才没有来拜见王妃，等过几日我们五小姐就来给王妃请安。"

段嬷嬷皱了皱眉，道："王妃最近没有空，等过一阵再来请安吧。"说着段嬷嬷不等麦冬家的说什么就拿着信走了。

苹果道："信送到了，我们走吧。"

麦冬家的也没有办法，毕竟王府里守卫森严，她们没得允许是不能随便进去的，只能想着等下一次有机会再同这位段嬷嬷搞好关系。

段嬷嬷离开之后立即去了萧靖西的院子，将信给了萧靖西。

"五小姐让丫鬟送来的，说是要捎给郡主。"

萧靖西接过信之后看了一眼没有署名的信封，忍不住一笑，摩挲着信道："嗯，今日来的除了她的丫鬟还有什么人？"

段嬷嬷道："还有一个四十来岁的媳妇子，瞧着面生得很，还对奴婢说任五小姐想要来给王妃请安。应该不是任五小姐身边的人。"

因为王妃从来就没有说过不见任五小姐的话。

萧靖西点了点头："吩咐下去，以后任家来人都先带到你面前。你先下去吧。"

段嬷嬷躬身退下了。

等屋里没人了，萧靖西便将任瑶期的信拆开，看到"郡主，见信如晤"几个字的时候他一愣，然后笑着摇了摇头。

尽管知道这封信是任瑶期为了骗过任家人所施的障眼法，萧靖西还是一字一句认真看完了。

等他看到最后的时候突然察觉到有些不对，于是又将信从头到尾看了一遍，然后发现信的正文从第二段开始，每一段话的首个字连起来是一句话：任家江南产业尽可入君囊。

萧靖西不由得愕然。

半晌，他摇了摇头，轻叹道："我以为自己够狠了，你倒是比我还能下狠手。"

麦冬家的回去之后就捎了信回白鹤镇，将今日的事情禀报给任老太太。

任瑶期的信虽然是送过去了，但从麦冬家的来了之后，任瑶期就再也没有接到过萧靖琳的信了。

麦冬家的一直很尽职地盯着从外院送进来的信笺，最后却只能无功而返。

她也隔三岔五提醒任瑶期给燕北王府递帖子求见王妃，任瑶期也照做了，可是王妃那里一直是不见，最后麦冬家的除了将实情上报给任老太太，也没有别的法子了。

而任老太太现在也没有太多工夫来管三房的事情。

自任家东府和西府正式分家之后，东府的二老太太就决定要动身去京都了，任二老爷任时远这一次也会一起过去，倒是二太太苏氏决定暂时留在燕北看家，让任二老爷带着几个姨娘以及两个儿子一起过去。任瑶亭说要留下来陪母亲，这次也没有跟着祖母和父亲走。

东府的老太太这一走似乎是打着长期留在京都的打算，将一些值钱的东西，不管笨重与否都收起来打包了。

只是东府和西府原本都是任家的，东府的一些摆设虽然是由东府在用着，其实都算是任家的祖产，按理是不能搬离祖宅的。

不过廖氏可不管这一点。在她心里，既然东西在东府的地界上，那么就是分给了他们那一房，凭什么不能带走？

任老太太这几日被廖氏气得差点吐血。

任老太太其实并不是个太小气的人，若是廖氏要带走的只是些一般的物件，她也就睁一只眼闭一只眼让廖氏占占小便宜。

可是东府里有两架屏风、两对花瓶，以及一些字画都是当年太老爷任宝明在世的时候花大价钱收集起来装点门面用的古物，说好了只传给长房长子的。有时候一个家族有没有底蕴看的就是先祖留下来的旧物多不多，上不上得了台面。

这次廖氏却想要把这些东西都装运到京都去。

别说是任老太太了，就是任老太爷心里都是有意见的，因为这已经不仅仅是银钱的问题了。

任老太太将二太太请过去晓之以理动之以情了一番，二太太苏氏倒是极好说话，回去之后就劝说廖氏不要将这些东西也一并带走，先留在东府，反正她们以后说不准还会回来住，再说一路上带上这些也不是很方便。

不想廖氏非但听不下去还将苏氏骂走了，说她吃里爬外。然后廖氏还气不过地在亲戚们中间散播谣言说任老太太尖酸刻薄，想要赶他们这一房净身出户。廖氏想着自己以后反正都要长居京都了，也不怕再与任老太太撕破脸，更不怕什么名声不好。

原本在上一代就被任家分出去的那些个偏房这会儿也开始出来起哄看热闹了。

站出来说风凉话的人自然也不少。

最后一番热闹过后廖氏总算是走了，至于那些祖产，任老太太也忍着气出银子赎了回来，她心里巴望着廖氏这一走最好就不要再回来了。

廖氏和任二老爷离开之后不久，任五老爷也想去京都。任时茂原本就是京都和燕北两头跑，京都那边的产业他当时也插手了一些，有时候什么买卖牵涉到燕北和江南两边任老太爷也都是交给任时茂办，只是因为这几年任家出了不少大事，任时茂才被绊住了。

任时茂这次去京都其实也是打着去散心的主意的，还想要带着林氏和一双儿女一起去。

自从那一次任老太爷以罚月例的方式想要让任时茂长教训之后，任时茂和林氏夫妻两人的关系就时好时坏。后来任时茂想着林氏还从来没有出过燕北，又想起两人刚刚成亲那会儿他答应过林氏有机会一定会带她去京都看看，便想着带林氏和儿女一起去京都住一阵，这一去能将这段时日里发生过的不愉快的事情忘记也好。

五房的人对这次出行都表现得很高兴。任瑶玉在出发前来云阳城跟自己的外祖家辞别的时候，还很嘚瑟地到任瑶期和任瑶华面前炫耀了一番，大度地表示回来的时候会给姐姐们带些京都的特产，任瑶华就差用白眼赶她走了。

任五老爷这次拖家带口原本打算去个一年半载再回来，没有想到的是，却在走到徐州的时候就走不了了。

原因是五太太林氏和任瑶玉母女两人生病了。

五太太林氏和任瑶玉这次都病得十分突然，离开燕州的时候还好好的，刚走到德州就开始水土不服，脸上起了疹子。

原本极少出门的人第一次远行，会有些水土不服的症状也并不奇怪，所以林氏和任瑶玉除了在饮食上更加注意以外，也并没太放在心上。

不想一路走下去，两人脸上的疹子却越长越严重，原本只是像痱子一样的疹子变成了水痘那么大，还化了脓，甚至一靠近就能闻到腥臭味，到徐州的时候两人开始低烧不退。

这下可急坏了任五老爷，他们留在徐州给林氏母女治病，不过请了不少大夫看过都说不出个所以然来，还有大夫说有可能是染上了时疫，将林氏和任瑶玉身边的丫鬟婆子们都吓得不敢近前去伺候了。

林氏和任瑶玉的病就这么拖了一个月，任家这边听到消息的时候，两人已经病得奄奄一息了，不少大夫见了都说人没治了，让任五老爷准备后事，这让停留在异乡人生地不熟的任五老爷痛苦不已。

任五老爷写信让任家派人过去接他们回来，林氏和任瑶玉就算是救不过来了他也不想让妻女就这么死在异乡，何况他还想要回来试试看两人是不是水土不服，希冀着或许回了燕北她们就不药而愈了。

任家这边接到信之后，却不太愿意让还没有查出病因的林氏和任瑶玉就这么回来，万一真的是时疫怎么办？任家总不能全给两人陪葬吧！

于是任老太太派了管事过去先稳住任五老爷，还答应给他请几个燕北这边的名医过去，让任五老爷先不要急着将人送回来。

任家的态度让正经历着巨大痛苦的任五老爷震惊之余愤怒不已，他从来没有想到在自己最需要家人帮助的时候，任家会这么对待他。

任五老爷自成年之后虽然也没有为任家做过什么大的贡献，但是他在任老太爷的教育之下向来一切以家族为先，为家族做事的时候也是勤勤恳恳的，尽管他知道按照任家定下来的家规，等到任老太爷去世之后任家的家产他能分到的并不多。

可是任五老爷依旧认真做着任老太爷和任大老爷交给他的事情，而且任五老爷觉得任大老爷不是不顾手足情义的人，等到他掌家的时候一定会厚待兄弟。

可是这一次，任五老爷第一次对此产生了怀疑。

任家不想让任五老爷带着濒死的林氏和任瑶玉回去，任五老爷心酸气愤之余只能求助自己的三哥任时敏。

任时敏倒是念着兄弟之情，让李氏派人去将云阳城的别院收拾一下，又让人去寻大夫，然后派了几个管事带着人去接任时茂。

任瑶期知道这个消息之后极为惊讶，从任时敏那里要来了任时茂写的信仔细看了一遍。

任瑶华也没有料到林氏和任瑶玉母女在离开之前还是一副嘚瑟得不得了的样子，这才离开燕北一个月就出了这样的事情。

她虽然很厌恶林氏，也不喜欢任瑶玉，但是不管怎么说她们毕竟是亲人，她再讨厌她们也从不希望她们出事。

"怎么样？信上说是什么病了吗？"任瑶华问任瑶期道。

任瑶期摇了摇头，又将信中任时茂对林氏和任瑶玉病状的描述仔细看了一遍。任时茂为了让任时敏帮他找的大夫及早了解到情况，将林氏母女两人的病症交代得十分详细。

任瑶期一边看一边道："刚开始发病的时候脸上只是起了些痱子大小的疙瘩，大夫看过之后说是水土不服引起的症状，她们喝了几剂药，以为过一阵子就会自己消下去，不想最后疙瘩恶化还化了脓，现在脸上和脖子上已经没有一块好的地方了。"

任瑶期一边说着，一边皱起了眉头。

任瑶华听着，脸上的神色也变得严肃起来。她想了想，问任瑶期道："怎么都发在了脸上？你说会不会是……"

任瑶华想说是不是方姨娘做的手脚。

当初方姨娘就是被林氏划伤了脸，以致到现在还不敢出来见人。任瑶华听下头的人悄悄议论，之前有个丫鬟给方姨娘送洗脸水的时候忘了及时退出来，结果看到了没有蒙面纱的方姨娘，被她脸上的伤吓得差点晕过去。由此可见当初林氏那几刀划得有多重。

林氏划得有多重，方姨娘心里就有多恨。

任瑶华觉得以方姨娘的性情，她肯定会找林氏报复回来的。

可是令人意外的是，自方姨娘受伤之后，她就将自己关在了院子里。这么久了，别说是报复林氏了，就连自己的房门她几乎都没有出过，就像是忘记了自己的脸是怎么受伤的一般。

而五太太林氏也逐渐由事发之后的战战兢兢怕方姨娘报复不敢出院门，到最近又开始活跃在白鹤镇的太太们的圈子中了。

任瑶华几乎要以为这件事情就要这么揭过去了。

这一次林氏和任瑶玉的病发在了脸上，任瑶华第一反应就是林氏和任瑶玉是不是被方姨娘报复了。

可是如果真的是方姨娘的话，她到底是怎么做到的？

见任瑶期没有说话，任瑶华又有些百思不得其解地道："如果真是她，她也太能忍了吧？这两年都没有什么动静。"

任瑶华知道如果林氏的脸是在她还在任家的时候出了问题，别人联想到她与方姨娘当年的仇怨后一定会怀疑到方姨娘身上，可是林氏是在出了燕北之后才出事的，谁又有理由去怀疑一个身在内院几乎不怎么出门的姨娘？

任瑶期知道方姨娘是一个极有耐性的人，只要能达到自己的目的，别说是蛰伏几年，就算是十几年、几十年她也是能够做到的。

她暗叹一声再次提醒任瑶华道："所以我总是要你不要与她和任瑶英产生正面冲突。因为比起手段和狠毒，你永远不会是她的对手。"

任瑶华接过任瑶期手中的信将林氏和任瑶玉的惨状看了一遍，也不由得心有余悸。她脸色难看地道："那我是不是要感谢她这些年来对我算是手下留情了？"

任瑶期闻言却想起了任瑶华从前的事情，对任瑶华这种人而言，毁了她的脸并不能真正毁了她，所以方姨娘最后毁了她最为在意也是仅有的骄傲。

任瑶期叹了一口气没有说话。

任瑶华接着道："虽然这些都是我们的猜测，不过我感觉一定与她有关系。你说她是怎么做到的？下毒吗？怎么个下法？"

任瑶期想了想说："如果真的与她有关，应该是下毒无疑了。"

任瑶期仔细想了想信中关于林氏母女病情的描述，斟酌着道："至于这个毒是怎么下的，我猜不是在吃食里就是在日常的用物中动了手脚。"

"如果是吃食的话，为何五叔和五弟他们都没有事？出门在外，这一路上他们应该都是一桌用饭吧？"任瑶华也认真分析道。

任瑶期点了点头，赞同道："你说得对。我想应该也不是在衣物上，因为出事的是脸，她们身上却没事。"她想到了什么，又问任瑶华道，"如果你脸上长了小疙瘩，又要出门的话你会怎么做？"

任瑶华想了想："擦一层厚粉将脸上的疹子遮住？"

任瑶期点了点头。

原本只是长了些痱子大小的疙瘩，林氏和任瑶玉都是极要脸面又爱美之人，她们又恰好出门在外，所以一定会在脸上多扑一层粉来掩饰，只是后来脸上的症状却越来越重了。

任瑶华反应过来，立即道："你是说她可能将毒下在了她们用的胭脂水粉里？"

任瑶期点了点头，起身对任瑶华道："我这就去找父亲，让他给五叔去信的时候提醒一下五叔，如果真是下毒的话，现在找出毒源说不定五婶和八妹妹还有救。"

任瑶华和任瑶期的想法一样，她也不喜欢林氏，甚至能给林氏一点小教训的事情她也很乐意去做，但是这并不代表她能眼睁睁看着她们去死。否则她与方姨娘之流又有什么区别？

听到能救人，任瑶华立即点头："对，你快去。"

任瑶期去书房找到任时敏。

她也没有说自己肯定林氏和任瑶玉一定是中了毒，只是告诉任时敏她曾经在某一本书中看到过，有人中毒的症状也是脸上起了像痱子一样的小疙瘩。既然给林氏和任瑶玉治病的大夫都找不到症结所在，不如换一个想法去找找病因，有没有可能林氏和任瑶玉是因为在路途中误食或误用了什么东西以致中了毒，自己还不知道？

任时敏听了之后觉得任瑶期说的也有些道理。

任瑶期在一旁一边看着任时敏写信，一边还提醒道："爹爹让五叔查一查那几日的吃食以及五婶婶和八妹妹的日常用物，那些东西都要留着，先别丢了。如果真的是中毒，能查出毒源说不准五婶婶和八妹妹还有的救。"

任时敏又将任瑶期提醒的事情写在了信中，让人迅速给任时茂送了过去。

任时茂接到任时敏的信的时候已经到了真定，他立即亲自去调查一路上他们的吃食以及林氏和任瑶玉的日常用物。

结果果然在母女两人平时用的水粉中查出了问题。

林氏和任瑶玉用的都是从任家带过来的胭脂水粉。

林氏爱美，任瑶玉随了母亲，小小年纪对穿衣打扮也都极为在意。母女两人用的胭脂和水粉都是最好的，是云阳城中最有名的花想容胭脂铺卖的珍珠桃花粉。

燕北的名门太太小姐们很多用的都是这种珍珠桃花粉，甚至京都的一些夫人都慕名让家人来买过，所以这种粉就算是带去京都也是很拿得出手的，林氏临走之时让人去花想容买了六盒，还准备送给京都的四太太和六小姐任瑶凤一人一盒。

谁也没有想到会是这几盒珍珠桃花粉出了问题。

得知病人确实是中毒，大夫们总算不再束手无策，几个大夫聚集在一处，各自发挥所长。恰好任时敏之前给他们找来的大夫中有一个擅长辨识毒物，认出掺杂在水粉中的东西是被一种有毒的蟾蜍的毒液浸泡过的，要解毒倒也不难。

只是任瑶玉现在身体太过虚弱，不知道灌了药能不能熬过去。

任五老爷看着躺在床上虚弱得没有一点生气的任瑶玉，也是没有一点办法，只能咬牙让大夫用药。毕竟有希望总比躺着等死好。

大夫连夜赶配出了解药，给林氏和任瑶玉各灌下去一碗，又让丫鬟们将棉帕用药物浸湿，给林氏和任瑶玉敷脸。

到了第二日，等解药已经灌进去三碗的时候，林氏的情况终于慢慢好转，虽然脸上和脖子上的脓包还是没有办法消下去，但是已经有结疤的苗头。且之前给林氏灌药的时候，灌进去一碗，她能吐出大半，现在却能自己将药吞下去，还可以吃一些稀粥了。

任瑶玉的情况就不太好了，药都是让人直接灌下喉的，却一点清醒的迹象也没有，大夫说是因为任瑶玉这次损耗太大，即便能解了毒，毒药对身体的伤害已经造成，能不能醒过来只能听天由命。

到了第四日，林氏体内的毒素已经被清除出大半，她也能开口说话了。只是夫妻两人只能泪眼相看，林氏好转过来的那一份喜悦已经被任瑶玉随时可能会死去的阴影笼罩。

任瑶玉现在的情形其实已经比之前好了一些，因为毒素已被清理出身体，她能够自己吞咽了，只是一直到第十日都没有清醒过来。

这个时候林氏已经能够下床了，她脸上的疙瘩也都结了疤。大夫说等疤落了之后脸上会留下一些白色的印记，要完全消除是不可能的，但是一直擦药的话，过个两三年印记会淡去不少，林氏是女子，用些脂粉遮挡也不会太吓人。

丫鬟端了饭菜进来请坐在床头的林氏和任时茂用饭，他们现在吃饭都是直接在床边支桌子。

林氏能起身之后一步也不肯离开任瑶玉，更不肯回燕州，生怕自己再也见不到女儿。这一个多月，任时茂瘦了一大圈，林氏更是瘦得眼睛都凹进去了。

林氏一直盯着女儿，摇了摇头："我吃不下，五郎你快吃吧。"

任时茂叹了一口气，接过丫鬟递上来的碗，用鸡汤将米饭拌匀了，再用汤勺舀了送到林氏嘴边："吃几口吧，你别再倒下了，不然我真的不知道该怎么办了。"

林氏闻言又掉下泪来，她吸了吸鼻子接过任时茂手里的碗和调羹："我自己吃，你也吃点。"

任时茂见林氏吃饭了，松了一口气，心里的压力也少了一些。

林氏只吃了半碗就吃不下了，任时茂也不再勉强她，让丫鬟将碗筷都收拾下去，然后去净房更衣。

等任时茂回来的时候，就看见林氏面向门口跪在床边，双手合十，表情十分虔诚地轻声说着什么，似乎是在许愿。

任时茂等她说完睁开眼之后才走过去，伸手将她拉起身，顺手给她拍了拍裙摆上的尘土。

"我记得你不信佛的。"

林氏拉着任时茂的手又坐回床边："原本是不信的，但是以后我会一直信下去。"

林氏说着转头看向任时茂："之前不知道是不是做梦，我在感觉自己快要死了的那会儿，好像看到了佛光。可是我又能感觉到你拉着我的手哭，说让我不要离开你，说我死了你不知道该怎么办。"

任时茂点了点头，握住林氏的手道："我是说过。"

林氏低头笑了笑："那时候我难受得很，虽然知道死了就能解脱了，但是我还是舍不得。我就求那一道光说，只要这次能让我活下来全了我们夫妻的缘分，从今以后我一定潜心向佛，当佛祖座下的信徒，以后也一心向善，心中不怀恶意。然后我真的醒过来了。"

林氏顿了顿,转头去看任瑶玉,伸手摸了摸她的额发,轻声道:"刚才我又向佛祖许了愿,只要他能让玉儿醒过来,我愿意这一世都顶着这么一张脸,就当是我自己做了错事应得的报应。这一世,下一世,我、你、玉儿、健儿,我们一直做一家人,就算是生在普通人家也好,穷苦一些也好,反正我们要一直在一起。"林氏抬头看向任时茂,含泪道,"相公,你说好不好?"

任时茂也落下泪来,将林氏抱进怀里,哑声道:"好,无论怎么样,我们都做一家人。"

林氏在任时茂怀里忍不住哭出声来,当她躺在床上看到任时茂一脸绝望地看着她流泪的时候,她是真的醒悟过来了。

她已经有夫如此,却还要强求别的,还要与人争强好胜,也难怪老天爷也看不下去,几次三番地给她降灾以示惩罚。

现在只要老天爷愿意将她的女儿还给她,让她做什么事情她都愿意。

只希望老天不要嫌弃她醒悟得太晚才好。

这时候有丫鬟进来道:"五老爷,三老爷又送信来了。"

任时茂忙接过丫鬟递过来的信,拆开看过后,对林氏道:"三哥说会继续帮我们访几个擅长与毒物打交道的大夫或者药师,问我们要不要先带玉儿回云阳城。"

林氏有些犹豫:"玉儿能否受得住一路颠簸?"

任时茂想了想道:"玉儿一直不醒,大夫都束手无策,这里又是荒郊野外,环境也不太好,不如还是带玉儿先回云阳城吧?健儿现在虽然有三哥、三嫂帮我们看着,三哥说那孩子也一直在担心我们,每日都吃不下饭。"

任益健之前已经被任时茂先送到云阳城了,他当初也怕林氏和任瑶玉的病会传给儿子。

林氏也担心儿子,看了看昏睡不醒的任瑶玉,还是点了点头:"那就先回去吧。"

任时茂想了想,对林氏道:"我知道你以前一直不喜欢三嫂,不过这次无论是三哥还是三嫂,都不计前嫌帮了我们不少忙。你能解毒玉儿能好转,也是因为三哥及时来信提醒我查一查是不是因为你们中了毒,以后在三嫂面前你还是客气点吧。"

林氏点了点头:"我知道了,以后我把他们都当恩人。对恩人不客气,我也怕报应。"

第二日,任时茂便带着林氏和昏迷不醒的任瑶玉启程回燕州。

李氏已经按照任时敏的吩咐将任家在云阳城里的别院收拾好了,只等五老爷一家回来住。

任时敏和李氏倒不是不愿意让五房的人住到自己的新宅里,只是任家别院地方大,安排五房几个主子和他们的丫鬟婆子会更加方便一些。何况别院那边也是空着没有人住的。

之前因为不放心让任益健一个人住在别院里,在任时茂将任益健送回来的时候,李氏就将人接到宝瓶胡同这边来了,让任益健和任益鸿两人一起住在了偏院。

任时茂回来的时候,任时敏和李氏送任益健过去,顺便也带上了儿女们一起去看林氏和任瑶玉。

好在任瑶玉这一路颠簸并没有让病情加重,她身体里的毒素已经清除得差不多了,就是因为身体损耗太大,所以一直醒不过来。大夫也说这种情形是有些危险的,如果任瑶玉一年之内还是醒不过来的话,即便能在别人的帮助下吃喝拉撒,最后也会因为身体衰竭而死。

李氏带着任瑶期和任瑶华进去看任瑶玉的时候,差点没认出来。

任瑶玉原本有些婴儿肥,身材与任家别的姐妹相比要圆润一些,这也是她自己和林氏一直不满意之处。可是现在的任瑶玉像是整个儿缩了水一般,除了身上的肉都少了之外,脸色也是蜡黄蜡黄的,头发更是枯黄无光泽。

林氏这会儿虽然已经好得差不多了,脸上却布满了星星散散的血痂,一眼看过去实在是有些瘆人,加上瘦得凹进去的脸,哪里还有半分当初那种风流妩媚的神韵?

此刻的林氏就是一个一眼看上去有些丑陋的普通中年妇人。

令李氏和任瑶期姐妹感到惊奇的是，林氏看到她们后态度竟然十分亲切，说话的语气也十分平和，让她们受宠若惊之余都有些难以置信。

若不是因为她们在同一个屋檐下生活了十几年，她们简直要怀疑这个林氏是不是假冒的。

任瑶期仔细观察了林氏一会儿，发现林氏真的变了不少，面对她们的亲切友好虽然看上去还有些不太自然，但是也能看出她是真心实意想要与她们修补关系。

那边，任三老爷和任五老爷兄弟二人也到一边去说话了。

任时茂首先就朝着任时敏弯腰作了一揖："三哥，大恩不言谢！"

任时敏托住他的手肘扶他起身："自家兄弟，说这些就生分了，能帮到你们就好。"

任时茂感激道："这次多亏了你那封信去得及时，不然惠君和玉儿怕是……"每次一想起妻女当时奄奄一息的模样，任时茂都会说不出话来。

任时敏叹了一口气，问道："下毒的事情你调查了吗？知不知道是何人下的手？"听任时敏说起这个，任时茂脸色立刻冷了下来，"这些日子我只顾着担心惠君和玉儿的病情，还没有来得及细查。不过被做过手脚的是在花想容买的那几盒珍珠桃花粉，我已经让人将有机会接触这些东西的人都严加看管了起来。若是被我找出来是何人下的毒手，我……我一定要……"

因为心里恨极，任时茂反而找不出合适的词。

任时敏点了点头，理解地拍了拍任时茂的肩膀："若是能找出罪魁祸首，自然不能轻饶。你如果有什么需要帮忙的地方尽管开口。"

任时茂闻言叹了一口气道："患难见真情，三哥，真的谢谢你。"

任时茂想起自己之前向家中求助的时候，任老太爷和任老太太的反应，不由得心下黯然。

任家倒是也给他们送了药材找了大夫，任老太太更是派人去，想要将他和任益健先接回云阳城安置，但是他们因为担心林氏和任瑶玉是染了时疫，拒绝让她们回家，放任她们死在异乡的事情，还是让任时茂伤了心。

他理智上能理解父母想要自保的想法，情感上却无法接受。

任时敏有些明白任时茂心中所想，不过他也是为人子女，实在是不能说什么，只得又回到下毒之事上头："你心里可是有怀疑之人？"

任时茂也被拉回思绪，不过任时敏的话却让他犹豫了一下。

任时敏皱眉道："还是说你已经有了怀疑的目标？"

任时茂叹了一口气，认真看向任时敏道："三哥，以后若是有什么对不住的地方，还望你包涵兄弟一次。"

任时敏有些莫名其妙，任时茂能有什么对不住他的地方？

任时茂知道他这位三哥是再简单不过的性情，与他说话拐弯很多时候只能自讨苦吃，于是他坦诚道："我确实是怀疑一个人，但是并没有证据。"

"哦？什么人？"

任时敏顿了顿，然后才道："方氏！"

任时敏闻言一愣，随即又皱眉想了想："方氏？她不是一直在任家没有出来吗？她怎么下得了毒？"

任时敏倒没有因为任时茂怀疑他的妾室而生气，只是就事论事地觉得方姨娘即便有动机，也没有那个本事能将毒下到林氏的脂粉里。

任时茂道："惠君在云阳城的花想容胭脂铺里买了六盒珍珠桃花粉，我之后找人查验了那六盒粉，发现除了惠君和玉儿在用的那两盒之外，其余的四盒也都是有毒的。这说明下毒的人是在惠君和玉儿用那两盒粉之前就下了，因为不知道她们会用哪一盒，便在每一盒里都做了手脚。"

任时敏闻言沉吟道："所以你的意思是，毒是在你们离开白鹤镇之前下的？"

任时茂点了点头："惠君说，那几盒妆粉是在她离开白鹤镇的前两日买的，她买回去之后第二日就和玉儿用了，大夫说那种毒药发作的时候虽然猛烈，却算是慢性毒，需要连续用上好几日才会发作。凶手就是想要利用这一点误导我们，让我们以为惠君和玉儿是在离开白鹤镇之后才染了病。"

任时敏道："那几盒妆粉呢？留下来岂不是会成为证据？虽然你当时也认为她们是染了病，但是万一有人看出来是中了毒呢？"

就像任瑶期，凭着任时茂信里所说的情况就猜到了可能是中毒，任时敏觉得自己女儿真厉害。不过因为任瑶期与他说不要在任时茂这里提她，免得任时茂这个当长辈的觉得欠了她的人情从而难做，所以任时敏便没有提任瑶期的功劳。

任时茂点头道："三哥说的有道理，我也是这么想的。所以我猜测凶手其实还是想要找机会将那几盒妆粉再换回去的，只是因为自从惠君和玉儿中毒之后，我就一直留在她们身边照顾，房里也一直有人守着，那人直到你给我送信的时候都没能找到机会下手，后来也就没有机会了。"

"哦？那你之后有没有让人搜过身边的人的行李？如果真是如你所说，下毒的人手里应该还有六盒没有被下过毒的妆粉才是。"任时敏说道。

任时茂又点了点头："接到你的信之后，我就让人将能接触这几盒珍珠桃花粉的人都看管了起来，这次回云阳城之前我特意让人将所有人的行李搜了一遍。结果当真让我找出了六盒没有被下过毒的珍珠桃花粉。"

"哦？那你可查出这六盒珍珠桃花粉是谁带过去的？"任时敏也意识到了这件事情的严重性和恶劣程度，表情变得严肃起来。

林氏和任瑶玉这次都差一点中毒身亡，由此可见这下毒之人的狠毒。若是能查出来是何人所为，他们必不能容忍这种人再在任家为害。

任时茂叹了一口气："我之前已经问过了，只是那四个丫鬟相互推诿，不肯承认是自己做下的事情。"

任时敏皱眉问道："那这下要如何处置？送官吗？"

任时茂握紧了自己的拳头，冷声道："送官？未免太便宜她了！"

任时敏看到任时茂这副模样，心里便有了谱。任时茂心里肯定早已有了决断，只是因为怕最后这件事情会扯上方姨娘，让他有芥蒂，所以才会事先与他通一声气。

"你放心去做吧，若是最后查明与她无关便罢，若真是她在背后害人，就算你不动手我也不会再容忍这种狠毒之妇，让她有机会再次兴风作浪！"任时敏严肃地道。

任时茂闻言却并没有喜色，反而面色显得越发踌躇。

任时敏不解，心道，难道五弟以为他会护着方姨娘不成？

任时茂却摇头道："我自然是相信三哥你的，我就怕到时候父亲和母亲那边会阻止我为自己的妻女讨公道。"

任时茂神色有些黯然："三哥应当还记得上一次的事情，方氏害玉儿之事明明已经证据确凿，父亲却还是……若非如此，惠君后来也不会失去理智，愤而毁了方氏的容貌。"

任时茂心里对自己的父亲是有怨的，若不是那一次任老太爷处事不公，哪里会惹出后来这么多的事情？

只是子不言父过，任老太爷是任时茂的父亲，又是任家的当家人，任时茂心里再如何硌硬，当着自己亲哥哥的面也说不出指责父亲的话。

不过这一回，他不想再听从父亲的决策了。

"其实这次父亲让我去京都，交代了我不少事情，都是针对江南那些产业的。我这才明白，父亲虽然面上答应了与二叔分家，其实任家还是在他的掌控之下。"任时茂叹了一口气，"父亲既然不可能放弃二叔手中的那些产业，那么今后必然还会有需要依靠方雅存的地方，所以肯定不会允许我们真正与方家翻脸！"

任时茂毕竟不是任时敏，他这些年京都燕北两头跑，也帮着任家打理过不少产业，任老太爷为何会频频护着一个姨娘，任时茂经过上一回的事情之后哪里还有不明白的。

任时敏虽然对这些事情极少过问，但是他并不是一个蠢笨之人，任时茂的意思他也听明白了。

任时敏觉得任时茂说得也有些道理，若是到时候任老太爷当真还要护着方姨娘以维持和方雅存的关系，他们这些做儿子的难道还能违拗不成？

所以任时敏不由得皱眉道："这确实是个问题。"

任时茂道："所以如果最后真的查出来和方氏有关，我希望三哥能够帮我。"

"如何帮？你说。"任时敏点头道。

任时茂顿了顿，才接着道："父命难违没有错，以父亲的本事我们也实难去违背他，所以我要在父亲知道这件事情之前就动手。到时候三哥你就找个借口将方姨娘接到云阳城来。"

任时敏这下明白了："五弟你是说要背着父亲先下手为强？"

任时茂态度十分坚定地点了点头："对！这次我若是再轻易放过仇人，那就枉为人夫、枉为人父了！三哥，你愿意帮我吗？"

任时茂也觉得自己的要求确实是有些过分的，他是为了给妻女报仇所以才冒着得罪父亲的危险，他凭什么要求任时敏也为了他去反抗父亲？何况方氏还是任时敏一双儿女的生母，而任时敏从小到大几乎没有对任老太爷的任何决定有过质疑。

任时茂想，若是任时敏拒绝他，他是不会怨怪的。

任时敏果然犹豫了片刻，不过最后还是点头，伸手拍了拍任时茂的肩膀道："如果当真是她，我就让她来云阳城，任凭你处置！"

方姨娘本就是他三房的人，任时敏觉得自己处置一个妾的权力还是有的。

任时茂闻言感激道："三哥，多谢你，我知道我这是强人所难了。"

任时敏叹道："这其实也怨我治家无方，惭愧了。"

兄弟两人皆有些唏嘘。

第三十七章

暴 露

　　探望完了林氏和任瑶玉，任时敏便带着妻子儿女们回去了。

　　也不知道是有意还是无意，任时敏和李氏虽然带了任益鸿一起来别院，却没有带任瑶英过来。

　　回到家中之后，任瑶期敏锐地察觉到自己的父亲心里似乎有事，她之前看到任时茂请了任时敏去一边说话，心里想着必定是因为林氏和任瑶玉中毒之事。

　　任瑶期也很想知道任时茂将这件事情查得怎么样了，她之前试探地问过林氏，可是林氏竟然真的转了性子，绝口不提被人下毒之事，也不提方姨娘。林氏说她醒过来之后就没有再过问，任五老爷也没有刻意对她说起，她现在只盼望任瑶玉能醒过来，只要任瑶玉能好好的，她愿意放弃仇怨。

　　至此，任瑶期才真正相信林氏已经彻底脱胎换骨了。连任瑶华也相信了林氏的转变，对她的态度和善不少。

　　任瑶期端了一碗茶去书房找任时敏，任时敏一看到任瑶期进来就知道她想要问什么。

　　任时敏与任瑶期无话不谈惯了，也不觉得在女儿面前说起这些有什么不妥，他觉得小女儿聪慧，很多时候还能给他排忧解难，遂将之前任时茂与他谈的事情原原本本地告诉了任瑶期。

任瑶期听完任时茂的打算之后也没有说什么。

但是她知道事情不会这么简单，方姨娘若是好对付的话，也不会出这么多的事情了。

任瑶期觉得方姨娘或者方雅存手中应该是有些人脉的，比如方姨娘能找到肖大姑、康姨娘、下毒的丫鬟这些人为她所用。

在她知道方雅存和卢公公的关系以及与朝廷的牵扯之后，任瑶期心里隐隐有些明白了，当初方雅存要到燕北来怎么可能是无备而来？

萧靖西在江南和京都能有那么多的可用之人，被太后派来燕北的卢公公手中未必就没有。

至于方姨娘是如何从方雅存手中求到这些人脉的，任瑶期就不知道了。

不过，这一次未必就不是将这些人一网打尽的契机，任瑶期暗想道。

过了三日，任时茂那边来了消息，请任时敏去别院说话。

任时敏独自去了任家别院，不过一个时辰之后他就回来了。

任瑶期一直在书房等，一看到任时敏的脸色就知道任时茂这次肯定是查出了一些什么。

"父亲，五叔那边有什么消息吗？"任瑶期起身问道。

任时敏脸上没有半点笑意，竟是任瑶期从未见过的严肃沉默。

任时敏重重坐回自己的座椅上，一句话也没有说，就当任瑶期想要再出声的时候，任时敏却抬起手，一拳狠狠砸在自己的书案上。

任瑶期不由得吓了一跳，忙上前去查看任时敏的手有没有被伤到。

任时敏的指关节处有些红，他摆了摆手道："没事，不疼。"

任瑶期叹了一口气："父亲，您这是做什么？"

任时敏颓然地呼出一口气，突然问道："瑶瑶，爹爹是不是很蠢？"

任瑶期闻言有些惊讶，心想这是受什么刺激了？

任时敏接着道："别人是不是都这么认为的，所以想要怎么骗就怎么骗？"

任时敏抬眼看向任瑶期，却微微苦笑："瑶瑶，你有一个我这样的爹是不是很辛苦？有时候看着爹爹被人算计又不好明着说出来扫了爹爹的颜面，所以只能暗地里帮爹爹挡灾。"

任瑶期听了哑口无言。

任时敏不等任瑶期回答，捏了捏自己的眉心道："我果然是……"

任瑶期打断他道："爹爹，到底发生了什么事？"

任时敏道："你还记得那位孙十一娘吗？"

任瑶期惊讶道："孙十一娘？难不成这件事情还与她有关？"

任时敏点了点头："你五叔对那几个丫鬟用了些手段……"

任时敏说到这里的时候话语有些含糊，任瑶期心里明白，怕是任时茂这一回被逼急了用了些狠辣的手段，那个做内应的丫鬟最后撑不住说了实话。

任时茂确实用了些非常手段，花重金找了一个以前专门在狱中逼供的狱卒，然后将那四个有嫌疑的丫鬟分开关起来给她们用刑。

按理说四个丫鬟应该有三个是冤枉的，可是任五老爷已经顾不得那么多了，也不管会不会有报应，吩咐那狱卒不管用什么法子一定要将事情审出来。

最后四名丫鬟竟然有三名丫鬟被折磨得差点疯了，都说要招供，还有一个丫鬟咬舌自尽未遂，最后那名狱卒凭着自己的经验断定其中一个说要招供的丫鬟是真的犯人。

那丫鬟说，确实有人安排她找机会将五太太和八小姐的珍珠桃花粉换了，不过在脂粉中下毒的不是她。

任五太太的粉拿回来的时候就被人加了料。

"这与孙十一娘有什么干系？"任瑶期问道。

任时敏道："你还记得孙十一娘有个女儿吗？"

任瑶期点了点头，她当然记得，还印象深刻！

"孙十一娘的女儿现在就在花想容胭脂铺子里当学徒，这丫鬟说她手中没有毒的脂粉就是从这个叫晴儿的丫头手里拿到的。"

"原来如此！"任瑶期点了点头。

花想容胭脂铺算得上是燕北最有名的胭脂铺子，燕北王府每年给朝廷送供奉的时候，如果有胭脂和水粉，那就必定是花想容出品。

而珍珠桃花粉则是花想容的招牌，因为用料珍贵，它每年卖出来的盒数都是有限的，卖给了哪些人，铺子里也都会有记录。

如果有人刻意买了六盒珍珠桃花粉来替换林氏的那六盒，花想容那边肯定是能查出来的，可是之前任时茂并没有查出那六盒粉的来历。现在看来，原来还有晴儿的功劳。

晴儿的这次出场任瑶期倒是没有感到意外。

从曾奎出现的时候她心里就有了预感，有些人是你想躲也躲不过的，这就是孽缘。

这一回因为孙十一娘没有死，晴儿也没有出现在任瑶华的生命中，不想却是在这里等着。

任时敏道："五弟已经让人去花想容找俞晴娘，听说她年纪也就与你差不多大，怎么就能做出这种事情来！她不是我们家的丫鬟，我们不好对她动用刑法，不过五弟说了一定要将她送官。"

任瑶期点了点头，问道："那幕后主使呢？"

任时敏冷然道："这还用问？我这就吩咐人去白鹤镇接方姨娘。这次就算是父亲阻止，我也要了结这毒妇！不然谁知道下一个被她害的人会是谁？"任时敏想起正事还没有做，立即起身，想要让人去李氏那边吩咐一声。

任瑶期道："父亲让人去请方姨娘打算怎么说？"

任时敏道："就说瑶英病了，想要见她一面。"用别的理由方姨娘未必会信，任时敏在路上的时候就想好了，只能用任瑶英生病的借口。

想到这里任时敏心里不由得有些郁闷，方姨娘只是他的一房妾，现在他想要处置自己的妾却还需要撒谎将人骗过来。

任瑶期并没有任五老爷的感叹，也觉得这个借口可行，方姨娘的人性也只有在她面对自己的一双儿女的时候才会表现出来。

不过任瑶期对任时敏和任时茂两人能顺利瞒过任老太爷将方姨娘收拾了一事持怀疑态度。

所以她心里另有打算。

任时敏不知道任瑶期心里在想着别的事情，有些犹豫地问道："瑶瑶，当初你是不是就察觉到孙十一娘有问题，所以才让她搬离内院？后来又拒绝让她相公来任家当差。"

任瑶期闻言却反问道："爹爹，孙十一娘长得像表姑姑？"

任时敏一愣，一头雾水道："哪个表姑姑？"

"方家的那位方雅慧姑姑。"任瑶期看着任时敏道。

任时敏又是一愣，他已经有许久没有听到方雅慧这个名字了，不想今日竟从自己女儿口中听到。

虽然任时敏不明白任瑶期为什么会突然提到方雅慧，但还是认真地想了想。

任瑶期见状笑道："爹爹不是要派人回白鹤镇接方姨娘吗？这件事我们等会儿再谈吧。"

任时敏点了点头，任时茂交代他最好是在任老太爷不在家的时候去请方姨娘过来。任时茂自从决定要瞒着任老太爷将方姨娘偷偷处置了，就一直留意着任老太爷的去向，得知今日任老太爷会在与几位生意上有来往的友人用完午膳之后去蓟州一趟，要明日才会回来。

现在是巳时，而云阳城离白鹤镇差不多有两个时辰的路程，此时派人回去正好，因为任老太爷向来会提前安排自己的行程。

任时敏去找了李氏，让李氏先将任瑶英看管起来，然后派人去接方姨娘过来，就说任瑶英病了。

而在任时敏交代李氏的同时，任瑶期也叫来了苹果，低声吩咐了她一段话。

最后李氏派去接方姨娘的人和苹果差不多前后脚出府。

从李氏房里出来的时候任时敏在檐廊下碰见了任瑶期，任时敏想起来之前两人没有谈完的话继续道："你之前是说孙十一娘像方雅慧？"

任瑶期之前只不过是不想要任时敏因为孙十一娘的事情而想太多，所以提起这个来转移任时敏的注意，没有想到任时敏还记得。

她只能无奈地暗叹了一声，点头道："是听人提到过。"其实她也不是太想知道自己爹爹年轻时候的那些风流韵事啊！

任时敏倒还真的仰起头来仔细回想了一番。

半晌，他摸着下巴不太确定地道："不是很像吧？我记不太清楚了。"

这么多年过去了，任时敏只对方雅慧那个不太优美的鼻子还有些印象，至于她的长相他还真的记不起来了。

不过孙十一娘的鼻子长得好像比方雅慧要好一些，所以任时敏是真的没有看出方雅慧和孙十一娘的相似之处。

任瑶期对任时敏的回答有些无语。

她想，如果方姨娘找孙十一娘来任时敏面前真的是因为她和方雅慧相像的话，那么方姨娘肯定是想错了什么事情，或者是当初方雅慧在方姨娘面前说了什么让方姨娘有了这个误会。

"孙十一娘那边你也不用再担心了，五弟已经派人去找孙十一娘了。若她也牵连到这件事情当中，那她也别想要脱身！"任时敏见任瑶期不说话，还以为她在担心孙十一娘那边出幺蛾子，所以摸了摸她的头安慰道。

任瑶期点头："知道了，爹爹。"

之后不久，任时茂派人过来告诉任时敏，他已经通过花想容的掌柜将俞晴娘抓住了。

在交出俞晴娘的事情上，花想容很配合，毕竟这件事情花想容也是有责任的。孙十一娘那边，任时茂也派了人过去，但是回来的人说孙十一娘一大早去一户大户人家送定制好的几块匾额，还没有回来。任时茂让人去字画铺子打听过之后又派了人去那户人家门前等着。

只是任时茂的人等了许久都没有见孙十一娘出来。

又过了许久，与孙十一娘一起过去的那个小伙计已经出来了，却仍不见孙十一娘。

那伙计说主家很满意他们送去的匾额，让管家留着他们用了茶点，又给了他们些活计，倒是孙十一娘早前已经先一步离开了，说是要回去取点东西，之后就一直没回来。任时茂的人又赶紧去字画铺子和孙十一娘的落脚之处找，依旧没有找到她。

任瑶期听了这些消息，却并不着急。

不久之后，苹果回来了。

苹果对任瑶期道："奴婢照您说的故意打草惊蛇，让孙十一娘知道五老爷正让人在外头等着她。她很警觉,让一个伙计出来看了看情况,然后偷偷从那家的后侧门溜进了隔壁人家,再从隔壁人家的后门跑了,夏生已经跟了上去。"

任瑶期点了点头:"祝若梅那里也安排好了?"

"是的小姐,奴婢已经将您的吩咐交代给了袁大勇。"苹果提起袁大勇的时候脸上有些不自在。

任三老爷来云阳城之后不久,袁大勇也来了云阳城的任家煤栈,依旧是当个二掌柜。这一回并不是任三老爷打的招呼,而是袁大勇凭自己的本事来的。这倒方便了任瑶期,她原本也打算想办法将袁大勇弄到云阳城的,不想袁大勇本身就是个机灵的。

该安排的都安排好了,任瑶期便静下心来在家中等消息。

任三老爷派去接方姨娘的人已经到了任家,方姨娘听说任瑶英突然病了,心下一慌,也来不及多想就去求了任老太太要来看任瑶英。

其实也不怪方姨娘这么精明的人会被骗到。

她听到任瑶英突然病倒首先想到的就是林氏要报复她,所以找任瑶英下了手,毕竟这种事情林氏不是没有做过。

任老太太也没有为难方姨娘,虽然自上次的事情之后任老太太对方姨娘冷淡了很多,但碍于方家的关系没有给她脸色看,在任老太爷的示意下还会偶尔给她些照顾,只是心里终究还是有芥蒂的。

方姨娘也是个心思缜密的人,等她坐着任三老爷派去接她的马车出了任府,走到半路的时候就察觉出了哪里不对。

依任三老爷的性子,既然是真的厌弃了她,那么如果不是任瑶英的情况真的不好了,他也不会特意派人接她去云阳城,李氏和任瑶华更不会想让她过去。不过来接她的这些人却并没有很着急的样子。

就算这些人不是任瑶英身边伺候的,不太清楚情况,可如果任瑶英的病真的很严重,消息难道不会传出去?

方姨娘之前是因为关心则乱所以疏忽了，这会儿察觉出了不对劲就越想越觉得可疑，于是让于嬷嬷将那跟车婆子叫进马车里套话。

跟车婆子虽然是李氏的人，但毕竟没有方姨娘脑子灵光。方姨娘不过是问她一些关于任瑶英的病情，她就露出了不少马脚。

方姨娘看着眼神躲闪的婆子已经明白了个大概，心里有了一种不好的预感。

想到这次利用女儿骗她的竟然是自己跟了十几年的男人，方姨娘又怒又恨。

她这一辈子对不起很多人，但自问从来没有对不起任时敏。她给他生了一双健康的儿女，只要他去她的院子，她就顺从他并竭尽全力取悦他，甚至为了迎合他的爱好努力看书、练字、学画。

可是自从她的容貌被林氏那个贱人毁了之后，任时敏别说给她出头了，就连一句安慰的话都没有说过，甚至从那一日过后就再也没有出现在她面前。

方姨娘越想越心寒。

这个时候，方姨娘心里最恨的人不是林氏、任五老爷，也不是李氏母女，而是任时敏。

不过不管方姨娘此刻心里起了多大怨恨，面上仍一点也没有表现出来。当着李氏派来的人的面，方姨娘表现出的是一个担心自己女儿病情的焦急的亲娘形象。

不过等那婆子下车之后又走了一段路，车上突然传来了于嬷嬷的惊呼声。

"姨娘？姨娘您怎么了？您别吓奴婢啊！停车，快停车！"

赶车的人也吓了一跳，立即将马车停在路边。

之前那个跟车婆子忙问道："于嬷嬷，怎么了？"

于嬷嬷急道："姨娘突然晕过去了！"

那婆子也吓了一跳，掀开帘子去看，果然看见方姨娘双目紧闭倒在于嬷嬷怀里，只是方姨娘戴着面纱，婆子看不清楚方姨娘的脸色如何。

"哟，姨娘之前还好端端的，怎么会晕倒？"她又看了看四周，着急道，"还偏偏晕倒在半路上，这可怎么办？"

眼看快到白龙寺了，她们就把马车停在白龙山下不远的一条小道上。

于嬷嬷抱着方姨娘一边抹泪一边道："姨娘担心九小姐的病，哭着哭着就晕倒了。这里不是离白龙寺不远了吗？我听说寺里有会医术的高僧，不如先上山求寺里的高僧把姨娘救醒再说。"

那婆子闻言有些犹豫。

于嬷嬷怒骂道："我们姨娘都这样了，你还在那里犹豫什么？就算是三太太在这里，也不会见我们姨娘病成这样还坐视不理！还不快些！"

那婆子也怕方姨娘出事，想了想也只有应下了。

最后马车拐了一个弯往白龙寺去了。

等马车到了寺门前，于嬷嬷又吩咐那婆子道："我们姨娘这样不好被人瞧见，要不你先进寺打听一下那高僧在不在寺里，如果在的话就请他出来一趟。"

婆子说不过于嬷嬷，只有匆匆去找人给方姨娘瞧病。

等那婆子走了不久，方姨娘却悠悠醒过来了。

于嬷嬷一阵惊喜，又说姨娘醒了要找寺僧要一个附近的小院子休息一下，也方便高僧给方姨娘看病。

其余几个留下来的人都是不能做主的，见方姨娘说想找地方歇歇脚，也不好反对，只能帮着去张罗了。

等她们找寺里的僧人要了个小院子安排好了于嬷嬷，于嬷嬷又支使她们去报信的报信，抓药的抓药，都分别支开了去。

等这些人都各忙各的之后，方姨娘一扫之前的病容，起身道："金桔留下来应付她们，于嬷嬷先跟我从后门出去。"

于嬷嬷道："可是姨娘，我们去哪里？"

方姨娘淡声道："我一个姨娘还能去哪里？自然是回任家！"

虽然对任时敏心灰意懒，方姨娘也知道自己现在暂时并没有别的地方能去，在任家她还能利用任老太爷的野心自保。

虽然任老太爷今日出了门，但任老太太是在的。

没有任老太爷的指示，任老太太不会让方姨娘出事。

方姨娘已经猜到可能是因为五房的事情任三老爷要发作她，她回去之后自然会想办法补救，任时茂和林氏想要借此扳倒她不是那么容易的。

方姨娘在心里冷笑。

听方姨娘说要回任家,于嬷嬷也松了一口气,她安排金桔留下,又护着方姨娘匆匆自后门出去了。

匆匆从院子的后门出来之后,方姨娘脚步微微顿了顿,往山上寺院的方向看了一眼。

于嬷嬷见她停下也跟着停下了步子,顺着方姨娘的目光看了一眼,疑惑道:"姨娘,您还有事?"

于嬷嬷这一眼看去,只看到白龙寺以及不远处掩藏在山上浓密树冠中的白云庵的一角飞檐,不知道方姨娘在看什么。

方姨娘笑了笑,摇了摇头:"没什么,走吧。"

她紧了紧披风,将自己从头到脚都藏在披风里,然后扶着于嬷嬷的手匆匆往山脚下走去。

等到了山脚下,方姨娘吩咐于嬷嬷去找一辆马车或者牛车过来,她要赶在那些人回过神之前回白鹤镇。

于嬷嬷立即应声去了。

方姨娘等于嬷嬷走后,先打量了一下四周,见附近没有人,就走到前面不远处的一棵歪脖子小树下。

她摸了摸树上的几道刻痕,之后便从衣袖中掏出一根极为普通的麻绳,踮起脚将麻绳套在那棵歪脖子树最靠近地面的那根枝干上,并且打了一个奇怪的绳结。

方姨娘做完这些之后不久,于嬷嬷就坐着一辆牛车回来了。

方姨娘二话不说,扶着于嬷嬷的手上了牛车。

牛车掉了个头,又往白鹤镇驶了回去。

方姨娘坐着牛车离开之后没有多久,一个身着黑衣的高壮男子就从暗处现了身。

他走到之前方姨娘站着的那棵歪脖子树下,摸着下巴打量树上的麻绳绳结半响,最后将那根绳子从树上解下来,揣进自己袖子里。

做完这些,他便将手指伸到唇边,吹了一声口哨。

然后，从一条小径上出来了两个人和三匹马。

黑衣的高壮男子冲着那两人打了一个手势，那两人便动作敏捷地蹿上了马背，骑马朝方姨娘坐着的那辆牛车追了过去。

高壮的黑衣男子也上了马，跟在他们后面。

方姨娘和于嬷嬷离开不久，任时敏和李氏派来的那个跟车的婆子就回来了，等发现不对的时候，院子里哪里还有方姨娘的人影。

跟车婆子问金桔方姨娘去了哪里，金桔只道于嬷嬷陪着方姨娘瞧病去了，别的什么也不肯说。

跟车婆子急得跳脚，却也拿金桔没有办法，只能一边让人去云阳城与三老爷和三太太禀报，一边去找方姨娘的下落。

而方姨娘在上了车之后就开始在心里盘算自己下一步要如何做，才能将五房对她的指控撇干净。

她想着，就算有谁供出了她，没有确切的证据她也是不怕的。

而证据，方姨娘觉得他们绝对找不出来！

只有人证，她难道还不能倒打一耙？

只是要如何与任老太爷交涉才能让任老太爷再一次站到她这边，方姨娘觉得自己需要好好想想。

就这样，等到牛车行驶一段路程之后，方姨娘才觉出不对劲。

她坐在牛车上觉得回去的这一路比她来的时候要颠簸许多。

她开始还以为是牛车没有马车稳的缘故，但是等她悄悄掀开车帘子往外看了一眼之后却不由得大惊失色。

这条路并不是去往白鹤镇方向的！方姨娘并不是没有出过门，白鹤镇到云阳城的路她还是知道的。

于嬷嬷看到方姨娘的脸色，往外一看也发现了不对劲。她立即坐到方姨娘身边，厉声道："停车！你这是要将车赶到哪里去？这条路不是回白鹤镇的！"

可是外头赶车的人一声不吭，只顾着自己赶路，压根儿就不搭理嬷嬷。

于嬷嬷心里又急又怕，又不由得暗自后悔自己找车的时候没有擦亮眼睛。

她之前怕方姨娘私自离开久了会惹出什么闲话，所以想要赶紧回去。见大路旁停着一辆牛车比旁边另外几辆牛车和马车都要干净，车厢也稳固宽敞，赶车的又是一个矮小瘦弱的老头儿，就挑了这一辆。

现在见这车夫将她们带离了大路，走到了小道上，明显是有不良企图，也不知道会怎么对她们，于嬷嬷想着已经出了一身冷汗。

方姨娘倒是慢慢冷静下来，立即将自己身上戴着的一副珍珠耳坠、一只玉镯子以及头上的金簪都退了下来，递给于嬷嬷，一边对她使眼色，一边扬声说道："我这里有些首饰，还有五十两银子，你都拿去。在前面停车，放我们下车。"

于嬷嬷接过方姨娘手里的首饰，又将自己身上带着的五十两银子拿出来，掀开车帘子，战战兢兢地递了出去。

可是外面赶车的人充耳不闻，也没有接于嬷嬷手里的东西。

方姨娘不由得皱眉，想了想又道："我们身上只有这些了，你如果只是求财，还是拿了东西速速离去，我一个弱女子也不会去报官的。如果是求别的……"方姨娘顿了顿，然后语气平静地继续道："我们两人一个是个五十来岁的老婆子，一个是被毁了容貌半点用处也没有的妇人，你就算是想要将我们卖了也卖不出什么好价钱，还要冒着被我的家人报官和派人来追拿的危险，并不值当。"

若是一般的强盗，看到这些钱财又听到方姨娘这一番话，就算是不立刻放人也会心生犹豫，但是外头这位像是聋了一般半点反应也没有，甚至连车速都没有减下来半分。

方姨娘这才意识到事情不简单。

她立即换了语气，冷叱道："是林氏派你来的？还是五爷？既然你是帮他们做事的，也应当知道我是什么人，若是被我家老爷知道了，你和你一家老小都别想活命了！你若是放我们下车，我将身上的财物都给你，也不追究今日之事！林氏那边你也别怕不好交差，我自会应付。"

方姨娘这句话一出，外面赶车的人却嗤笑了一声，乐道："你一个姨娘，口气还挺大的啊。"

方姨娘之前上车的时候出于警觉也看了一眼车夫，见是个须发皆白的矮瘦老头才放心上了牛车,可是这会儿听声音却像个没长大的少年,心里不由得越发犹疑起来。

"你到底是什么人?想要做什么?"

外头的少年却又成了哑巴,不肯应话了。

之后无论方姨娘用什么话试探,他就是不开口,只是有时候听到什么他认为好笑的话仍会嘻嘻哈哈地笑,最后弄得八面玲珑、手段不少的方姨娘也没了法子。

方姨娘摸了摸自己藏在袖口的匕首,正想着要不要拼死搏一搏。

自从那次吃了林氏的亏之后,方姨娘的袖子里时刻藏着一把匕首,就算是睡觉的时候也不会离身。

她听着外面那人的声音,年纪应该不大,瞧着身体也不是很健壮,若是她与于嬷嬷合力,未必没有逃生的机会。

方姨娘正在心里暗暗下决心,却听到外头传来由远及近的马蹄声。

方姨娘和于嬷嬷皆是心中一喜。

于嬷嬷立即扯开嗓门儿喊道:"救命啊!救命啊!谋财害命了!谁来救救我们!"

外面赶车的人果然减慢了速度。

于嬷嬷和方姨娘还来不及松一口气,却听到外头那人嘻嘻哈哈地道:"哥,你怎么才来?这婆娘忒啰唆,我都快受不住想要进去将她们敲晕了!哦,对了,她心肠果然不好,说要我一家老小的命呢!"

一个爽朗的男声哈哈一笑,说道:"行了,交给他们吧,你先回去。"

赶车的少年将手中的鞭子往车辕上一摔,跳下车,蹿到黑衣男子的马前嬉笑道:"这么远,哥你让我走路回去不成?我跟着你们呗,给你们赶车也成啊。"

与黑衣男子一同过来的另外两位男子出言笑话道:"小虎子,之前是谁撒泼耍赖一定要跟来的？还说什么不怕苦不怕累，更不怕凶女人。怎么这会儿却嫌路远了？"

"好了，别逗他了，先把人弄回去再说。"黑衣男子笑骂道。

方姨娘在马车里听着，心里却越来越沉，她也顾不得外头的都是男子，唰的一把掀开了车帘子。

却见一个皮肤黝黑、高大壮实的男人坐在马上，笑着露出一口大白牙，他身后还有两位骑着马的男子，听到黑衣男子的吩咐后正下马往她这边大步走来。

而之前她以为是一个干瘪老头的赶车人，此时将头上的破毡帽脱了下来拿在手里扇风，他脸上用来伪装的胡子也被他扯下来了，露出一张满是稚气的脸，只是这张脸上还有皱纹。

方姨娘皱了皱眉。

那少年回头看见方姨娘，冲着她做了一个鬼脸，然后笑嘻嘻地抬手在自己脸上布满皱纹的地方搓了搓，搓出了一些泥巴一样的脏东西，最后露出了"皱纹"下面黝黑发亮的光洁皮肤。

"不是说要我的命吗？你可瞧清楚了，你爷爷我是这副模样的，到时候可别找错了人！"少年单手叉腰，还拿着破毡帽的手指向方姨娘嘚瑟地道。

方姨娘却理也不理他，目光定在那个还坐在马背上的黑衣男人身上。

另外两个男子一边往方姨娘的马车走来，一边笑话那少年。

"就你小子还爷爷？"

"会尿床的爷爷吗？"

除了那少年，其余几人皆是哄堂大笑，气氛十分欢快，仿佛他们只是相约出来跑马的，而不是来劫人的。

于嬷嬷探头出来一瞧，有些摸不着头脑到底是怎么一回事。

两位男子似乎想要将方姨娘和于嬷嬷制住，于嬷嬷反应过来之后吓得惊声尖叫起来，方姨娘厉声呵斥："滚开，别碰我！"

她看向那黑衣男子，审视着他道："你是他们的领头？我想我们可以先谈一谈！"

原本要来抓方姨娘的那名男子倒真的听话没有去碰她，反而回头吹了一声口哨，打趣黑衣男子道："头儿，她说想跟你谈！她知道你还没有娶压寨夫人？"

黑衣男子笑骂道："滚蛋！"

骂完之后黑衣男子当真策马靠近了方姨娘的马车，掏了掏耳朵道："有屁快放！"

方姨娘看了看其余几人，对黑衣男子冷声道："我只与你谈，让他们回避！"

另外几人又在一旁吹起了口哨，方姨娘充耳不闻，只看向黑衣男子。

黑衣男子喷了一声，然后摆了摆手："你们先滚一边儿去，我听听这娘们儿要说什么。"

另外三人虽然瞧着有些吊儿郎当，却都依言走远了一些。

方姨娘看他们走了之后才看向黑衣男子道："你们是跑江湖的？"

"跑江湖"这个定义有些广，世人喜欢将出卖力气的苦力、街头卖艺的、混帮派的、做山贼的等都称作跑江湖的。

"说那么多废话做什么？"黑衣男子挑了挑眉，"你叫我过来无非想要与我谈条件，让我放了你。"

"你想要什么？不妨开个价！"方姨娘矜持地道，一副胸有成竹的模样。

黑衣男子摸着下巴打量了她一番，然后道："我如果说想要一千两金子，你也能给？"

方姨娘皱了皱眉："没有。不过我不信雇你的人能给你一千两金子，只要你放了我，我可以给你一百两金子。"

黑衣男子笑了，露出一口白牙，不像强盗倒像个阳光青年，"你一个不受宠的姨娘口气倒不小，你哪里来的一百两金子？"

方姨娘冷冷道："你只管收银子就是了。"

黑衣男子想了想，然后又是一笑："这可不行，你不说清楚钱是哪里来的，我可不敢收，谁知道会不会有什么圈套？我自己倒霉不要紧，我手底下还有百十来号弟兄呢。对了，你可别告诉我任家会为你花银子，你这种情况的我也不是没有遇到过，夫家都是宁愿你们死了也不会花钱将你们从强盗手中赎回去的。"

方姨娘咬了咬牙道："我自然不会找任家要这笔银子！我娘家兄弟给我在广利钱庄存了一笔私房钱，大概有八九百两银子，我原本是想要给女儿添嫁妆的。"

方姨娘从自己随身携带着的荷包中找出一枚小巧的印鉴递给黑衣男子："你拿着这枚印鉴去广利钱庄，跟掌柜的说'卞家老太太病了，卞老三来取银子给卞老太太抓药'。掌柜就会给你银子了。"

黑衣男子接过印鉴看了看，这枚印鉴就是一枚很普通的木质印鉴，上面没有刻字，只有一个简单的图案，这图案与黑衣男子之前从那棵歪脖子树上解下来的那根麻绳上打的结很相似。

黑衣男子知道这枚印鉴上肯定有猫腻，不过他面上并没有表现出来，只是挑眉问道："卞老太太？那是谁？你夫家和娘家都不姓卞吧？"

方姨娘道："我娘姓卞，这是我娘家兄弟之前定好的暗语，毕竟我一个姨娘私下里有这么大一笔银子被人知道了不好。"

黑衣男子点了点头，将印鉴揣到自己的衣襟里，然后道："好了，回车里去吧。"

方姨娘道："你将我们丢在这里就行，我们自己想法子回去。"

黑衣男子嘿嘿一笑："谁说我要放你们回去了？"

方姨娘闻言脸色一变："你刚才不是答应收了银子就放我走吗？"

黑衣男子道："我答应过？我怎么不记得了？还有，你跟个强盗讲信誉，不是让人笑掉大牙吗？"

方姨娘不死心道："我若是失踪了，任家老太太碍于我娘家的脸面也会派人出来找的，你们到时候不会有好果子吃！"

男子哈哈一笑道："这会儿还想着威胁人？你倒是真能耐啊！不过谁说你是被我们劫走的？就连你的丫鬟都会说你是自己偷偷跑掉的吧？你自己因为害了人东窗事发而畏罪潜逃了，任家怎么就不好对方家交代了？"

方姨娘和于嬷嬷闻言都是大惊失色。

于嬷嬷指着黑衣男子道:"你……无耻!"

方姨娘张嘴想要再说什么,黑衣男子却不肯再给她说话的机会,横掌一劈,方姨娘侧颈一阵剧痛,然后两眼一黑,晕了过去。

接着于嬷嬷也被黑衣男子劈晕了。

之前走远的三人又跑了过来。

少年蹦过来围着黑衣男子撒欢道:"哥,她与你说什么了,为啥要打发我们走不让我们听见?我刚瞧见她给你东西了,是什么?是什么?她之前怎么不说给我?"说着就要到黑衣男子怀里掏东西。

黑衣男子避开他,往他额头上敲了一记:"别闹,先回去再说!"

另外两个男子继续逗少年:"你毛还没有长齐,她自然不会把好东西给你!给大哥是因为大哥长得最好呗!"

少年反唇相讥:"难怪她之前说要给我五十两银子和首饰,却什么也不给你们,甚至都不肯被你们敲晕,你们现在知道自己长得有多寒碜了吧?"

那两人闻言面面相觑,然后扑哧一笑,上前揉少年的头发。

"行啊小子,嘴够毒!都跟谁学的?"

少年拨开他们的手,跟猴儿一样跳上了黑衣男子的肩,抱着他的脖子不肯下来:"当然是跟我祝哥学的!"

黑衣男子,也就是祝若梅拍了拍少年的屁股:"行了,快去赶车,把人带走。不然等会儿真有人找来就麻烦了。"

少年这才吐了吐舌头,从祝若梅背上下来,又跳上了马车。

其余两人也上了马。

祝若梅双腿夹紧了马腹,呵斥一声,带着他们离开了。

一刻钟之后方姨娘恢复了一些意识,她之前在意识到危险时就悄悄含了一颗味道辛辣的醒神药丸,不过祝若梅下手很重,导致她虽然有了些意识也动弹不得。

她看了一眼与她一同倒在地上的于嬷嬷，又努力想要从被风吹起来的车帘子的缝隙里看清楚马车外面的景象，却总是不能集中精神。

最后她勉强认出来马车是往云阳城的方向去的。

再一次失去意识之前，方姨娘在心里暗自庆幸，幸好她之前就没有相信过黑衣男子。

现在她没有办法自己脱身，只能等外面的人得知消息之后想办法来救她了。

方姨娘之前给黑衣男子的那枚印鉴是有猫腻的，那句暗语也另有乾坤。

若是一般的强盗，拿了方姨娘的那枚印鉴去拿钱，最后肯定会被人顺藤摸瓜，掀了老底。

只可惜，今日算方姨娘倒霉，遇上的并非一般强盗。

祝若梅将方姨娘和于嬷嬷带到云阳城里一座看上去很普通的民宅，然后去找袁大勇。

任瑶期最先接到的是孙十一娘那边的消息。

夏生让丫鬟转告任瑶期，孙十一娘避开任五爷的人溜出去之后先是去打听了自己女儿的下落，知道俞晴娘被人关起来要送去官府之后很着急，但是没有露面。

最后孙十一娘乔装打扮了一番，偷偷雇了一辆马车去了白云庵。

夏生一直跟在她后面，看着她进了白云庵后与庵中的一位姑子接上了头。

而那位姑子任瑶期也是听说过的，就是之前与李天佑有过牵扯的风流尼姑梁姑子。

任瑶期闻言有些惊讶："白云庵？"

白云庵与白龙寺一样也坐落在白龙山上，而祝若梅他们一直在白龙寺附近。

寺院藏兵的事情到如今已经算是半公开化了。南面的朝廷一直忌惮燕北军故而时刻紧盯，寺院里藏了那么多兵平日里还要练兵，不可能没有一点风声走漏出来。

只是没想到朝廷竟然会用这些女人充当马前卒？

不知道白云庵是一直有问题，还是因为白龙寺那五千燕北军精锐而引来了朝廷的探子。

而梁姑子之前会与李天佑扯上关系是不是也有人暗中指使。

这些问题以及事情未来的走向已经不是任瑶期一个内宅女子所能掌控的了，她让夏生将他打探到的消息报给献王和萧靖西，接下来自然会有人接手。

而方姨娘在白龙寺失踪的消息，与祝若梅托袁大勇带来的方姨娘被擒的消息，是先后传到任瑶期这里的。

听完苹果的转述，任瑶期终于松了一口气。

祝若梅让袁大勇将方姨娘被关的地方告诉给任瑶期，问任瑶期要不要过去看一看。

任瑶期摇了摇头，对苹果道："现在我不方便过去，你让袁大勇转告祝若梅，让他先帮我将人看好。"

任瑶期与方姨娘没有什么好谈的，而且她现在还没有想好要怎么处置方姨娘。

放她走自然是不可能的，方姨娘现在算是"畏罪潜逃"，只要她不出现，毒害林氏和任瑶玉的罪名就是铁板钉钉的。

无论是任家还是方家，都没有办法因为方姨娘的失踪而怪罪任何人，毕竟知道方姨娘私自遣开众人带着于嬷嬷逃跑的可不止一人。

杀了她吗？任瑶期不想因此脏了自己的手。

现在方姨娘还有些用处，在她想清楚之前就暂时先关上一阵子吧。

那边任三老爷和李氏知道方姨娘逃走了也是吃了一惊，立即安排人手去找。任时茂得知这件事情之后也派了人出去找，他怕方姨娘逃回任家求庇于任老太太，还派人快马赶去了白鹤镇，任家那边却说方姨娘并没有回去。

到了第二日，任家老太太自然也知道了这件事情，还派人来云阳城问，可是方姨娘一直没有消息。

第二日下午，任老太爷接到消息赶了回来，他一边命令人继续寻找方姨娘，一边将任时敏和任时茂兄弟召回了云阳城。

任时敏和任时茂一回去就挨了任老太爷一顿骂。

只是这一次，任时茂没有乖乖站在下头挨骂。他低着头木然地打断任老太爷道："父亲，这是惠君和玉儿被人下毒之后我头回见到您。您就没有什么想问的吗？比如惠君的身体恢复得如何了？玉儿现在醒了没有？什么时候可以醒过来？她们是怎么遭人毒手的？凶手是谁？抓到了没有？"

任时茂的话一说完，屋子里就奇异地安静了下来。

任老太太打圆场道："我们不是派人去云阳城看过她们吗？还送了不少药材。这些还是你父亲交代的。"

任时茂不理任老太太，抬首看向任老太爷，似乎想要等任老太爷一个回答。

任老太爷皱了皱眉，道："她们现在如何了？"

任时茂回答："惠君好得差不多了，大夫说要静养一段时日。玉儿……玉儿她一直没有醒，大夫说她……说她有可能撑不过去。"任时茂说起自己女儿的时候似乎有些艰难。

任老太爷对任老太太道："再多请几个大夫去给瑶玉瞧瞧，燕北找不到好大夫就托人去京都看看。"

任时茂抹了一把脸，淡声道："多谢父亲关心。"

任老太爷看了他一眼，继续道："现在你们可以告诉我为何要将方氏叫去云阳城了？时敏，你来说！"

任老太爷严厉地看着任时敏："你母亲说，是你和李氏派人过来接的方氏，说瑶英病了让她去探望？"

任时茂道："父亲，您还是问我吧。是我求三哥借三嫂的名义把方氏骗去云阳城的，三哥他是被我逼的又顾念着兄弟之情，没有办法才应下的。惠君和玉儿中毒之后我抓住了几个人，最后有个丫鬟供出是方姨娘买通了花想容里的一个学徒在惠君和玉儿所用的脂粉里下了毒。"

接着任时茂将事情的经过详细地说了一遍，最后道："我让三哥把方姨娘叫去云阳城原本也没打算如何，只是想要问清楚这件事情是不是真的与她有关，如果真的是她做的，我也会将她交给父亲按家规处置！没有想到她自己心虚，走到半路的时候假装晕倒，说要去白龙寺休息，然后借着这个机会带着她的嬷嬷逃了。"

任老太爷对此将信将疑，方姨娘一个弱质女流就算是畏罪潜逃，又能逃去哪里？

"你仅仅凭着那个丫鬟的片面之词就认定毒是方氏下的？"任老太爷道。

任时茂闻言握紧拳头忍了忍，最后还是没有忍住，低声吼道："有证人还不作数，那么依父亲所见什么才是证据确凿？就像上一回她陷害玉儿撞倒康氏那样吗？可是最后还不是被您护下来了！"

"放肆！"任老太爷不悦道，"你这是对长辈说话的态度？"

任时茂吸了一口气，隐忍道："父亲，我向来敬重您，可是这一回您能否给我、给您儿媳妇、给您孙女一个公道？"

任老太爷冷哼道："你这是在怨我不公道？"

"儿子不敢！"

任老太爷看着任时茂斥道："我上一次就告诉过你，身为任家子孙，就当以任家的利益为重！不然任家养你这么些年都是白养了吗？现在还不是与方家翻脸的时候！"

任时茂再也忍不下去，怒道："所以您的意思是，即便这一次真的是方氏下毒害了惠君和玉儿，您依旧要让我忍下这一口气放过她吗？"

任老太爷抬手拍桌，震得桌上的茶碗噼里啪啦作响："我是让你以大局为重，不要将事情闹大到不可收拾的地步！等到江南那边步入正轨，到时候你要问罪，我还能拦着你吗！"

任时茂梗着脖子冷声道："那我还算是个男人吗？我宁愿不吃任家这碗饭，也要替自己的妻女讨回公道。"

"你这话是什么意思？"任老太爷冷了脸色。

任时敏在一旁扯了任时茂一把。

任老太太也连忙道："闭嘴！说的什么混账话！"

任老太爷冷笑："让他说，我倒是要看看他要怎么做才算是个男人！"

任时茂不顾任老太太的眼色，硬声道："儿子的意思是，方氏最好能逃远一点，不要被我的人找到，不然她这一回别想脱罪！父亲这一次是不是又要断了我们的银钱？您请便吧。"

说完这一句，任时茂就转身走了。

任老太爷被气得心口发疼，突然剧烈咳嗽起来，任老太太正想给任时敏使眼色让他去劝劝任时茂回来给任老太爷赔罪，不想转眼就看到任老太爷咳出了一口血。

任老太太和任时敏都吓了一跳，任老太太连声惊呼让任时敏去请大夫。

任老太爷咳过一阵之后就脱力般倒在罗汉床上喘气，看上去十分疲惫，脸上也没了什么血色，很像他当初刚从牢狱里出来时的样子。

任老太太在一旁吓得直掉眼泪。

最后大夫进府来给任老太爷瞧过后，说是上一次的病没有根治，今日又气急攻心，所以才会咳血，又交代了让他多静养，少劳累。

任家这边的情况任瑶期还不知道，她料到父亲和五叔回去之后肯定会被骂上一回，不过也只是挨一顿骂罢了。找不见方姨娘，任老太爷也不能如何。

只是到了下午，祝若梅却又让袁大勇给任瑶期递了消息，说方姨娘那边想要见能主事的人，有紧要之事相商。

方姨娘原本以为抓她的人是任时茂和林氏，可是那些人抓了她之后只是将她关起来，并没有询问她任何事情，也没有对她用刑报复。

被带进来的时候她就发现了关她的地方是一个普通的院子，周围有不少人看守，别说她一个弱女子，就算是一个会武的大男人想要逃走也是不可能的。现在这里只关着她一个人，于嬷嬷则在她们刚进来的时候就被带到了其他地方。

她试图与外面看守的人搭话，可是无论她说什么，外面的人都没有回应，若不是外面时不时响起的脚步声，以及定时给她送来的吃食，她几乎要以为外面没有人了。

方姨娘终于察觉出事情的不对劲，抓她过来的人并不是林氏和任五老爷，他们还没有这个本事。

方姨娘琢磨着，如果不是为了私仇的话，那就是因为别的事情了。方姨娘心里便有了些数。

所以她才朝外面喊话说自己想要见主事人，她有重要的事情想要交代。

任瑶期知道方姨娘口中的"能主事之人"并非指她，以方姨娘的心机，大概是猜测囚禁她的人是燕北王府的势力，现在想的必定是以什么秘密换取她的自由。

任瑶期并不想与她做什么交易，她们之间也没有能交易的东西，任瑶期只希望方姨娘以后能不再影响她和她亲人的生活。

但是任瑶期也知道，她的意思并不能代表燕北王府的意思。如果方姨娘手中真的有燕北王府想要的东西呢？

任家尚且能够为了利益而抬举一个姨娘，她凭什么让燕北王府牺牲自己的利益来帮助她这么一个不相干的人？方姨娘与她的恩怨纠葛，与其他人并无干系。

祝若梅能在方姨娘与燕北王府达成协议之前告知她，已经是重情重义知恩图报了。这个消息他应该也告诉萧靖西了，毕竟萧靖西才是他正经的主子，而他帮助她的前提是不损害萧家的利益。

不过她还是想要找到一个两全其美的办法，在不损害燕北王府利益的前提下让自己也如意。任瑶期正想着自己要不要去见一见方姨娘，以及见到之后应该如何应对，苹果突然又从外面转了回来，手里还拿着一封信。

"小姐，郡主给您来信了。"

任瑶期闻言有些惊讶，接过苹果手中的信正想要询问，却见麦冬家的也匆匆从外面掀帘子进来了。

"小姐，奴婢听说郡主来信了？"麦冬家的的视线停留在任瑶期手中的信上，脸上一阵惊喜，但因为怀着对郡主的敬畏，所以她并不敢拿着鸡毛当令箭要求任瑶期将信先给她瞧。

任瑶期看了她一眼，淡淡地点了点头，然后当着她的面将信拆开。

麦冬家的连忙问道："小姐，郡主信里说什么了？有没有帮您向王妃求情啊？王妃那里什么时候可以接见您？"

桑葚正端茶进来，见了便撇嘴道："小姐才拆开信，还没看呢，你急什么？"

麦冬家的闻言脸上有些讪讪的，但还是盯着任瑶期的表情。

任瑶期没有理她，将信从头到尾细细瞧了一遍，许久之后才道："郡主说等她回来之后会请我去王府，到时候再带我去拜见王妃。"

麦冬家的忙问："那郡主她什么时候回来？"

任瑶期皱了皱眉："快了吧，听说会在生辰之前回来。"

周嬷嬷为人强势，麦冬家的到了周嬷嬷手上也占不到什么优势，每日只做些小丫鬟做的端茶倒水的活儿，原本像她这种资历放出去起码也是个管事，所以她这些日子是有些委屈的，偏偏郡主那里一直没有消息，王妃也没有再请任瑶期去燕北王府的意思，麦冬家的急得头发都要白了。

现在任瑶期终于接到了萧郡主的信，麦冬家的总算能有话向任老太太交代了。

只是好消息来之不易，她还想要知道得详细一些。

"郡主还有没有说别的？奴婢瞧着郡主的信还挺长的。"麦冬家的赔笑着凑近了些道。

任瑶期看了她一眼没有说什么，麦冬家的就越发厚着脸皮过来瞧任瑶期手中的信。

任瑶期将信又看了一遍，且随着她去了。

麦冬家的迅速将信读了一遍，发现信里除了说等回来之后请任瑶期参加她的及笄之礼的事情之外，就提了一些她在边关发生的趣事，以及嘉靖关附近的一些自然景致。见除了这些再没有什么重要的内容，麦冬家的便挪开了眼。

任瑶期将信收了起来，对麦冬家的道："你不是要回白鹤镇吗？早些回去让祖母安心吧。"

麦冬家的立即笑道："五小姐说的是，奴婢这就走，老太太那里也时刻惦记着呢。"

等她走了之后，任瑶期便吩咐苹果道："去让周嬷嬷备车，我要出门一趟。"

苹果问道:"奴婢说小姐要去哪里?"

苹果问的不是"小姐要去哪里"而是"奴婢说小姐要去哪里"。可见这丫鬟虽然面上看上去呆,其实并不真呆。

任瑶期想了想,道:"就说我要再去一趟外祖母家吧。"

苹果应声下去了。

任瑶期又去了李氏那边请示。

李氏听说任瑶期又要去外祖家有些意外,任瑶期去外祖家去得是勤快了一些。

任瑶期也想要找个好一些的借口出门,但是她实在是想不到,只能再一次拿去外祖家当幌子。

好在李氏也没有怀疑什么,只交代她几句就让她出门了。

任瑶期上了马车之后按照上一回的路线,先安排人去福满楼买点心,然后让车夫将马车又赶进了上一次的那间茶楼。

一从后门进去,任瑶期果然又看到了同喜等在院子里。

见任瑶期进来,同喜连忙上前来行礼,然后道:"小姐请跟小的来。"

任瑶期点了点头,什么话也没有说只跟在同喜后面。

同喜这一次并没有带任瑶期上楼,而是带着她从一扇比较隐蔽的侧门出去,侧门外头停着一辆不起眼的青幄马车。

任瑶期安排桑葚留在茶楼里照应,然后带着苹果上了那辆马车。

同喜跳上车辕,将马车赶出了小胡同。

任瑶期在马车里坐了大约一刻钟时间,感觉到马车慢慢减速,最后进了一座宅院。

"小姐,到了。"同喜在外头低声道。

苹果先掀开帘子下了马车,然后回头来扶了任瑶期下车。

任瑶期打量了一下这座宅子，发现很是普通，第一进的外院也没有看见什么人。

"小姐，随小的来。"同喜在前头带路道。

任瑶期点了点头，跟着他走进了二门。

一进门，任瑶期就看到了站在一边游廊上的萧靖西。

任瑶期走过去，向萧靖西屈膝行了一礼："萧公子。"

萧靖西看着她笑道："看懂了我的信？"

任瑶期闻言笑了，她之前给萧靖西递消息用的是藏头句，这次萧靖西让她来这里用的却是藏尾句。两人这么传递消息，倒也显出几分有趣。

任瑶期正要说话，却见游廊中间的花坛中有一处矮丛一动，一个白色的庞然大物从原本藏身的草丛中站起身，往这边走了过来。

任瑶期愣了愣，一时反应不过来。

那庞然大物动了动鼻子，正要往任瑶期这里扑过来，萧靖西抬手打了一个响指，那玩意儿竟然在任瑶期面前三步远的地方生生刹住了脚，然后在任瑶期目瞪口呆的注视下趴坐下来，瞪着一双大眼睛讨好地看着萧靖西，后面的尾巴还竖起来摇了摇。

"还认得吗？"萧靖西笑看着任瑶期问道。

任瑶期看着地上的那一大只，试探地叫了一声："傻妞？"

大白虎瞪着大眼睛看向任瑶期，身后的尾巴摇得更快了。

任瑶期面色古怪地看向萧靖西："它这是跟谁学的？"

萧靖西面色不变道："之前一直将它放在温泉山庄那边，听说它现在喜欢与一只獒犬玩。"

任瑶期："……"

傻妞一直好奇地盯着任瑶期，只是碍着某个人的威严，趴在地上除了动一动尾巴以表达自己内心的欢快之外，半点也不敢动弹。可见即便是动物，也是会察言观色的。

见任瑶期一直在打量傻妞，萧靖西道："它虽然长大了，但还是喜欢人给它顺毛。你害怕吗？"

任瑶期摇了摇头，果真伸手去给傻妞顺毛。傻妞欢快地摇着尾巴，看了看萧靖西，然后小心翼翼地拿头去蹭任瑶期。明明长得一副傻大个的模样，却学着小猫儿一般爱娇，逗得任瑶期直乐。

这时候同德走了过来，低头禀报道："公子，已经安排好了。"

萧靖西点了点头，看向任瑶期说："走吧。"

任瑶期摸了摸傻妞的头，站起身来："让我见方姨娘吗？"

萧靖西摇了摇头，笑道："你不想见就不见，我只是觉得你或许想知道她准备说些什么。"

任瑶期确实有些好奇方姨娘准备说什么，便没有拒绝，跟上了萧靖西。

"嗷呜——"

见两人都要走，傻妞呆乎乎地爬了起来，好奇地看着他们。

任瑶期回头看了一眼。

萧靖西吩咐同德道："先喂它些吃的，如果它在园子里到处乱滚又把身上弄脏了，就让同贺给它洗澡。"

"嗷呜——"

任瑶期看着不敢再跟上来的傻妞，笑着朝它挥了挥手，然后离开了。

两人一前一后走到一个独立的院落前的时候，萧靖西突然停住步子转头道："当断不断必受其乱，你这次又心软了。"

任瑶期闻言一愣，然后摇头道："不是，我没有。"

萧靖西笑了笑："哦？你若是没有心软，为何会吩咐祝若梅将人关起来就作罢？"

任瑶期不由得无言。

她当然知道，如果能借着这个机会让方姨娘永远消失，那么以后就再无后顾之忧。可是她即便是重来一回也只是一名普通的女子，动一动嘴皮子就结束一个人的性命这种事情她没有办法做到。

见任瑶期不说话，萧靖西不由得一叹，然后看着她温柔地道："心软并不是什么坏事，我没有要教训你的意思。只是，有什么你不方便做的事情，不妨交给我。"萧靖西顿了顿："如果你信得过我的话。"

任瑶期看着萧靖西,想要说谢谢,可是话到嘴边又说不出来了。

萧靖西的目光温柔而认真,让任瑶期觉得一声轻描淡写的谢谢实在是太过敷衍,所以她什么也没有说。

萧靖西又转过身往院子里走,任瑶期低头跟了上去。

这个院子并不大,只有北面三间房,没有左右厢房。任瑶期看到房间门口和各处角落都有人看守。对于方姨娘这种身份的人而言,这种看守也算是特殊待遇了。

萧靖西带着任瑶期去了中间那间屋子,任瑶期环顾了一下,并没有看到方姨娘。

萧靖西没有说什么,示意任瑶期跟着他在屋子中间的八仙桌前坐下。

同贺很快就送了茶点过来,任瑶期看到当中有几样点心还是福满楼的招牌。

这时候任瑶期清楚地听到了隔壁的推门声,然后是方姨娘的声音:"怎么样?你们主子愿意见我了?"

方姨娘的声音有些疲惫,但是还算冷静。

推门的人似乎没有答话,不过接着又有脚步声响起,一个男声不紧不慢地道:"你要见我究竟有何事?"

任瑶期微微愣了愣,这个声音她听着耳熟,随后想起来是曾经见过的闵文清的声音。

方姨娘不认得闵文清,似乎打量了他许久才开口道:"你是他们的主子?"

闵文清笑道:"这世道是有主的,我不敢称主。"

方姨娘顿了顿道:"我的意思是,我要见做得了主放我离开的那个人。"

闵文清似乎是在椅子上坐下了:"那就要看你有没有继续活着的价值了。"

方姨娘道:"这么说你做得了主?"方姨娘十分谨慎,这份谨慎也似乎从侧面说明了她要说的话当真十分重要。

闵文清玩味道:"我能不能做主并不是重点,重点是你有没有那个本事走出这里。"闵文清笑了笑:"知道这里是哪里吗?万福巷的一座宅子,离着正阳大街也不远。但是说不准这里就是你的埋骨之地。"

闵文清说话时语气并不重,甚至还带着一丝笑意,却没有人怀疑他话语的真实性。

"原来这里是万福巷。"方姨娘喃喃道。

闵文清似乎想起了什么,又道:"我差点忘了,这个地方对你来说应该不算陌生。你所熟悉的广利钱庄就在两条街外。"

方姨娘闻言目光微闪:"我说怎么听着这地方熟悉,广利钱庄我确实去过一次。"

闵文清笑问:"哦?只是去过一次?"

方姨娘却又打起了太极。

任瑶期皱了皱眉,倾身过去小声问道:"从广利钱庄查出什么了吗?"

萧靖西顿了顿,也放低了声音道:"之前让人拿着那枚印鉴去了一趟广利钱庄,按照她说的话与钱庄的掌柜说了一遍。钱庄倒是真给了八百五十两银子,只是等我的人走后,他们就派人跟了上来,并且还另派人往白云庵去了。"

任瑶期皱眉道:"这些难道都是朝廷的暗桩?"

萧靖西笑道:"广利钱庄吗?不会,广利钱庄的东家与云家关系不错,倒是那个钱庄掌柜的身份有些蹊跷。"

任瑶期想了想,觉得也是。

广利钱庄算得上是燕北最大的钱庄之一,这种产业自然要在燕北王府的掌控当中才算正常。她若是燕北王府的当权人,也不会放任一个不知根底的钱庄掌控燕北大部分的银钱流向。

萧靖西道:"就连白云庵里的人也都有问题。如果我猜的没有错,这些人都是朝廷的裁军令颁布之后才在燕北出现的,因为时日不长,所以还不成气候。这次若不是因为你的事情,我说不定还不会注意这些人。"

任瑶期想着,萧靖西猜测的应该是对的。

说不定方雅存这次想要来燕北就是为了将这些人都利用起来,只可惜最后因为她的搅局方雅存没有来成,所以这些人就与方姨娘扯上了关系,只是不知道方姨娘将这些人为她自己所用有没有经过方雅存上头的主子的同意。若是那位主子知道他布下的人手最后全折在了一位妇人手中,会是怎样一副表情。

任瑶期想起那位曾助纣为虐的肖大姑，怕也是有些问题的，便与萧靖西说了。

这次若是能将朝廷的这些势力一网打尽，也算是防患于未然，尽管对于萧靖西而言，这些人不过是小鱼小虾米，但是虱子多了咬人也是会疼的。

隔壁屋里，闵文清似笑非笑的声音传了过来："既然你并没有这个诚意，那我们就不必浪费时间了。"

接着是闵文清撩衣摆起身的声音。

方姨娘道："等等，是我没有诚意还是你们没有诚意？那可是我保命的东西！总不能你们随便来个什么人，也不答应说要放我回去，我就和盘托出吧？"

闵文清轻笑一声，也不说话，直接开了房门。

"等等——"

这下方姨娘有些坐不住了，她好不容易等到有人肯过来听她说话，瞧这男子的气度应该也不是无关紧要的人。最重要的是，要是他就这么走了，她还真不知道自己会不会就这样被关死在这里。

她不想死，也不能死，她若是死了，她的两个孩子也全完了。

方姨娘之前与闵文清打太极也不过是想要探一探他的底细，不想这个年轻男子瞧着年纪不大，心思却深得很，滑不溜手，让她无计可施。

而且听他之前提到广利钱庄，说不定已经查出了什么，这也怪她之前被擒的时候心里有些急看走了眼，以致失了策。

方姨娘现在最怕的就是这些人顺藤摸瓜，查出更多的事情，到时候她就成了无用的弃子。

所以方姨娘见闵文清当真要开门走，便起身追到了门口。

闵文清挑了挑眉，淡声道："想说实话了？这次你可是要想好了，因为你可没有下一次机会了。"

这次方姨娘的态度要谦卑诚恳多了："是是是，我想好了，还要耽搁您一些时间。"

闵文清又将门关上，走回房间。

在闵文清关门的时候方姨娘乘机往外看了一眼，正好看到屋檐廊下的一片翠色衣角，方姨娘的目光不由得一凝。

等闵文清再次坐下，方姨娘皱着眉头犹豫了片刻，才问道："请问外面站着的那名女子是谁？"

闵文清没想到她眼睛还挺尖，便随意道："一个丫鬟而已。怎么？你还认识不成？"

方姨娘想了想，照实道："没有瞧清楚面貌，不过她穿的那条翠色百褶裙倒是眼熟得紧，我好像在哪里见过。"

方姨娘面露沉思。

隔壁屋里，任瑶期闻言不由得苦笑。

外面站着的应该是苹果，今日苹果身上穿的那条翠绿色百褶裙是她之前穿过几次的，后来让徐嬷嬷找出来给了苹果。不想方姨娘眼尖心细，只是在门口瞟了一眼就觉出这条裙子的料子和边花有些眼熟。

苹果其实也很无辜，任瑶期和萧靖西进了屋子，她不敢走太远只能在屋门口守着。听见隔壁屋有动静，她也立即转过身子避远了些，不想还是被方姨娘瞧见了裙角。

萧靖西看着任瑶期安抚地一笑，还打趣她道："你也是奇怪，如今你为刀俎，她为鱼肉，你还怕被她认出来不成？放心就是，我不介意到时候帮你灭口。"

任瑶期倒是被他的话逗笑了。

隔壁屋，方姨娘没有再追问外面那个丫鬟的事情，开门见山地说道："广利钱庄我真的没有去过几次，不过我兄弟之前来信告诉我，若是有什么事情需要帮忙，可以联系广利钱庄的刘掌柜。"

"那位刘掌柜是什么来头？"闵文清没有告诉方姨娘，刘掌柜和他手下的那几个人早已被抓起来了。

方姨娘摇头道："具体是什么人我不知道，不过我知道他本事挺大，我托他办的事情他都能给我办好。听我兄弟说，这人是当初别人交给他用的，因为他这次没能来燕北，我便说服了他把这条线交到我手里。"

"将人交到你弟弟手里的那位'别人'是哪一位？"

方姨娘顿了顿，说道："太后身边的卢公公。"

方姨娘想着，这一条线既然已经暴露了，她也没有再为人隐瞒的必要。在别人交代之前说出来，还可以成为自己的筹码。

任瑶期再一次听到卢公公的名字，已经没有之前那么失态了，只是脸上露出一丝难以察觉的厌恶之色。

"方雅存与卢公公很熟？他交代方雅存来做什么？"

听到自己弟弟的名字，方姨娘明显有了些顾虑："太熟倒是不至于，只是我兄弟的上峰冯大人与卢公公走得比较近，他本身又很得冯大人的赏识，所以冯大人有什么事情也不瞒着他，很多事情都愿意交给他办。这次来燕北的事情应该也是奉了冯大人的命令，大概就是帮着卢公公打点一下燕北的官场吧，因为我之前听说卢公公会被派来燕北做监军。"

"监军？"闵文清笑了，"哪一路的监军？"

方姨娘看了闵文清一眼，说道："应该是宁夏军吧。"

说到军中的事情，闵文清当然是再清楚不过了。

朝廷派曾潜来是打前锋的，等这边情势稍微稳定下来，再派个监军来，这是朝廷的惯用做法。

那边，萧靖西也低声对任瑶期解释道："南边朝廷的派系也不少，说起来曾潜和卢裕并不是同一派系的。"

任瑶期想了想说："卢裕是颜太后的人无疑，可是我听说曾潜其实也是颜家的人？"

萧靖西屈指轻轻敲了敲桌，淡笑道："你说的没有错，不过你别忘了小皇帝现在长大了。"

任瑶期闻言立即领悟了，难怪她曾听闻皇帝对颜家一门把持朝政有些不满，只是后来因为发生了宁夏的事情，燕北萧家又太过强硬，皇帝和颜家在太后的和稀泥下暂时和解了。

不过颜太后的立场和态度就值得玩味了。颜太后这些年一直坚定地与自己的娘家颜家共同进退，世人也都把颜家和颜相的意思当作是太后的意思。而真到了关键时刻，太后未必会舍弃自己的亲生儿子与娘家站在一起，毕竟母凭子贵，皇帝才是她安身立命的根本，没有儿子当皇帝，她就什么也不是。

这就是宁夏来了个曾潜，朝廷又打算派来一个卢监军的原因，这是朝中派系暗中角力的结果。

萧靖西看到任瑶期若有所思的神色就知道她听明白自己隐晦的暗示了，不由得心生欢喜。

那边，在方姨娘交代完了广利钱庄的事情之后，闵文清又问起了她白云庵的事情。

方姨娘原本还心存幻想，以为白云庵暂时没有暴露，不想还是被人顺藤摸瓜了。

方姨娘心下无奈，只有将梁姑子的情况也一并交代了。

"那位孙十一娘也是你们的人？"闵文清问道。

方姨娘道："孙十一娘是梁姑子介绍给我的，她们之前就认识，我与她倒不算熟悉。梁姑子手里有不少人，她应该很早以前就是朝廷的人了，我听说她还跟废献王世子有些……有些关系，应该是朝廷之前就安排在废献王身边的眼线。"

任瑶期在隔壁听着心下也在琢磨，梁姑子确实曾与她舅舅有些牵扯，不过她之前打听到李天佑已经许久没有去过白云庵了。想必是在白龙寺藏兵之后梁姑子的任务发生了改变。

隔壁屋里，方姨娘道："我知道的都已经告诉你了，能否放我离开了？我只是一个内宅妇人，这些人在我手上的时候我也不过是利用他们做了一些私事而已。"

闵文清闻言有些好笑道："私事？那你这个内宅妇人也未免太手眼通天了，难怪有你这个姨娘在任家，连献王爷的女儿都要让你三分。"

方姨娘闻言却是心中一动，狐疑地反问道："你认识献王，也知道李氏？你到底是什么人？"

闵文清微微一笑，没有回答她，只道："你之前不是说有重要的事情要谈？如果只是这些事情的话，即便是你不说我也很快会查出来。"

方姨娘闻言不由得暗自咬牙，心想这人年纪轻轻的还真是一只狐狸，实在不好应付。

她现在人在屋檐下，不得不低头，又能奈他何？

可是方姨娘也不过是得了方雅存手中的一些人手而已，又哪里知道什么朝廷的重大隐秘？她一个内宅妇人，即便是有些手段，也只是在内宅中用而已，对政事并不太了解。

现在闵文清的意思就是嫌她说的这些事情分量还不够。

方姨娘一边在心中暗恨，一边脑筋急转。

在闵文清又一次想要起身离开的时候，她突然开口道："等等，我还有一件事情。"

闵文清顿足挑眉。

方姨娘看着闵文清道："我确实还有一件要事，不过在说出来之前我想要见一个人。"

闵文清闻言不由得好奇道："哦？你想见什么人？"

方姨娘盯着闵文清的眼睛一字一顿地道："我想起来刚刚看到的站在门外的那个丫鬟身上穿的裙子为何那么眼熟了，我们任家的五小姐就有一条一模一样的裙子！"

闵文清笑着摇头道："连人都有长相一模一样的，何况是一条裙子。难不成你想说门外站的人是你们任家五小姐？"

方姨娘却笑道："大人不是女子，自然不明白。我刚刚虽然只看了一眼，却也认出来那件百褶裙所用的布料是前年我们家大姑奶奶让人捎回来给几位姑娘的，燕州的绸缎庄里没有这种衣料，我们五小姐用那匹碧绿色的做了一件披风和一条百褶裙，九小姐也做了一身一样的，只不过用的是杏黄色。"

闵文清对这些衣料确实是不懂，不过他也不是随便就能被人糊弄的，闻言只不过不置可否地一笑，就抬步出了屋子，也不管方姨娘在他身后呼唤。

闵文清让门口的守卫将房门关严实了，不给方姨娘再次窥探的机会。他出来之后，特意看了看站在角落里低眉顺眼的苹果，确切地说是仔细研究了她身上的裙子好一会儿。

苹果悄悄地用眼角瞥了他一眼。

闵文清露出一个和善的笑容，问道："小丫头，你这身裙子布料不错啊，哪里来的？"

苹果闻言狠狠刮了他一眼，然后转过身子留给他一个背影。

闵文清有些尴尬，他好像被人当成调戏丫鬟的登徒子了？其实他真的只是想要知道方氏刚刚是不是在随口忽悠他啊！

见面容严肃正经的小丫鬟半天也不肯赏脸转回来，闵文清只能摸了摸鼻子，默默地进了中间那间房。

闵文清进去的时候，萧靖西正微微倾身靠近任瑶期说话。

闵文清看到萧靖西的眼神不由得愣了愣，又看了任瑶期一眼。

见萧靖西和任瑶期都朝他看了过来，他立即收回目光，露出一个大大的笑脸，朗声打招呼："二公子，任五小姐。"

任瑶期被他吓了一跳，闵文清说话这么大声不是明摆着告诉方姨娘他们就在隔壁吗？刚刚他和方姨娘的对话他们可听得一清二楚。

闵文清看到任瑶期微愣，想了想便有些明白了，想到刚刚他进来的时候萧靖西正放低了声音与任瑶期说话，不由得面色古怪地往萧靖西那里看了一眼。

萧靖西若无其事地低头饮了一口茶。

任瑶期有些莫名其妙地看着他们，不知道这两位大男人打的什么眉眼官司。

闵文清轻咳一声，努力忽略掉自己心头的怪异，笑着说道："任家的这位姨娘还真是难缠得紧。"

萧靖西将茶杯放下，一边示意闵文清坐下说话，一边道："所以才让你去问。"

闵文清坐到了一旁的椅子上，闻言哈哈一笑："二公子这是在夸属下？"

萧靖西也笑："听靖琳说过，你审问手段很不错。"

闵文清闻言不由得来了兴致："哦？萧大郡主她老人家还说了属下什么？属下今后再接再厉。"

萧靖西和任瑶期对视一眼，两人都想起上一回萧靖琳评价闵文清的话，皆是一笑。闵文清见了越加好奇："萧大郡主还真提了我？"

任瑶期但笑不语。

萧靖西点了点头，淡笑道："不过随口提了那么一句。"

"提了什么？"闵文清心里是真的好奇得很。

萧大郡主平日里看到他向来是面无表情，他与她说话她最多是点头或者嗯一声，连多余的目光都懒得给一个。他还以为萧靖琳很不喜欢他，倒是没想到她还会在萧靖西和任五小姐面前提到他。

萧靖西看了闵文清几眼，微微一笑："芝麻包子。"

"啥？"闵文清傻眼，这是什么暗号？他怎么没有听懂？芝麻包子不是吃的吗？萧靖琳喜欢吃这个？

任瑶期忍着笑别过头去。

萧靖西看着一头雾水的闵文清，不肯再多说，转而道："你下午不是要去武州吗？"

这是下逐客令了？

闵文清想要玩笑几句抱怨一下，不过看到任瑶期在场，他有些摸不准萧靖西什么态度，便很识相地顺着他的话道："这就走了，过来与你说一声。"他又看了任瑶期一眼道："我瞧着从方氏那里已经问不出什么来了，她说要见到任五小姐才说的事情也不知道是真是假。"

萧靖西点了点头："我知道了，今日多谢你。"

闵文清爽朗一笑，然后朝着萧靖西行了一礼，利索地转身走了，只是心里还在默默地琢磨：献王的小外孙女和萧靖西是什么关系？以及芝麻包子到底是什么意思？

第三十八章 灭　势

等闵文清走了之后，任瑶期突然打量了几眼这间屋子，然后有些狐疑地问萧靖西道："我们能听到隔壁的人说话的声音，但是隔壁的人听不到我们说话的声音对不对？"

她注意到刚刚闵文清和萧靖西说话的时候并没有刻意压低声音，以闵文清的城府，在不知道她要不要见方姨娘之前肯定不会故意暴露她就在隔壁。

萧靖西："……"

任瑶期看着萧靖西又低下头喝茶不说话，不知道是该气还是该笑。

这人还真是……

萧靖西被任瑶期盯得有些撑不住那副淡然的面具，脸色微红。

他之前是想要提醒任瑶期他们在这里说话隔壁听不见的，可是看着任瑶期为了不被隔壁听见而微微靠近他说话，她身上传过来的独特淡雅香气让他忘掉了那句提醒。

现在被任瑶期当面指出来，萧二公子的脸皮再厚也有些撑不住快要龟裂了。

好在任瑶期向来不是喜欢咄咄逼人的脾气，看出萧靖西的尴尬，她只能暂且压下心绪，转移话题："我去见见她吧。"

萧靖西这才放下手中用来当道具的茶碗，说道："如果你不想去就不用去了，不过是个小人物，翻不出什么大浪。"

任瑶期觉得，该面对的事情终究要面对，她去见方姨娘最后一面，就当是和曾经软弱无能的自己做一次道别吧。

任瑶期起身，摇头道："没关系。"

萧靖西便点了点头没有再说什么，只是在任瑶期出去之后他也站起身跟在了她身后。

任瑶期走到隔壁门口的时候，门口的守卫并没有阻拦她。

于是她推开门走了进去。

方姨娘正坐在床上发呆，听到脚步声抬眼，看到任瑶期的时候不由得愣住了。

"是你？真的是你？怎么会是你！"

方姨娘之前对闵文清说要见任瑶期，还真的只是诈一诈他，她虽然心下有了怀疑，但是并不能肯定这件事情真的有任瑶期在里面插手。

在方姨娘眼里，任瑶期一直是一个性情温和又单纯好糊弄的孩子，即便自从那一年她大病一场之后性子有了些转变，变得开始亲近李氏和任瑶华并疏远她，她也认为是骨肉亲情使然，而不认为任瑶期本身会有什么威胁。

就算有人告诉她她今日身陷于此是任瑶华的手笔，她都不会这么惊讶。

相较于方姨娘难以置信的神色，任瑶期的脸色是平静的，她走到离方姨娘五步远的地方就停住了脚步。

"难道这一切都是你安排的？"方姨娘死死地盯着任瑶期道，"是你勾结他们把我抓来的？"

任瑶期对她话语里的指控视而不见，语气平静地道："你还有什么想要交代的？"

方姨娘闻言，眼中闪现出疯狂的怨毒之色，一字一句地咬牙切齿道："没想到竟是我看走了眼，当真是会咬人的……唔……"

方姨娘那句骂人的话还没有出口，突然弯腰捂住自己的唇，殷红的血迹从她的面纱中浸了出来。她咳了几声，扯开自己的面纱，将两颗门牙和一颗花生仁混合着带了血迹的唾沫吐在自己的掌心。

方姨娘呻吟了几声，抬头惊恐地往门口看去，刚刚有人用一颗花生仁打掉了她的两颗门牙。

任瑶期回过头来，心里猜测着刚刚动手的人是谁。

方姨娘这会儿已经摘下了面纱，满嘴的血和脸上横七竖八的伤疤让她看起来惨不忍睹，着实狼狈。

方姨娘怒怕交加地瞪着任瑶期，却再也不敢开口骂了。

半晌，她惨笑一声："好！好得很！是我小瞧了你！是我技不如人！"

方姨娘门牙掉了两颗，说起话来漏风，听着有些好笑，但是任瑶期并没有笑，只是看着满脸狼狈的方姨娘，心绪复杂。

方姨娘又抬头看着任瑶期："你是什么时候开始布局的？我竟然丝毫没有发觉！还是说你之前一副信任我的样子，都是在做戏？你也与任瑶华一样，心里恨我恨得巴不得我死吧？"

任瑶期沉默了许久才淡声道："我母亲和姐姐被你弄到庄子上的时候，我病了一场。那段时间我做了一个梦，一个很长很长的梦。"

方姨娘嘲讽地看着任瑶期。

任瑶期视而不见，继续用平淡的语气道："那个梦让我看到了太多本可以避免的悲剧，所以等到我醒过来的时候，自省吾身，才顿悟原来自己不知不觉就做错了那么多事情。"

方姨娘之前咽了好几口血，嗓子不舒服，咳嗽了好几声才道："看来在那个梦里你的结局并不好。"

任瑶期闻言倒是想了想，然后微微一笑摇头道："好与不好要看自己求的是什么了。我的结局未必不好，你的却也未必好。"

任瑶期后来想过，其实她自己从前的结局并不算不好，从卢公公手中逃脱之后，裴先生对她很好。虽然名义上她是他的侍妾，但是他从头到尾都把她当作门下学生来对待，手把手教会她各种知识，也从来没有逾礼之处。

至于方姨娘，她即便是作为对朝廷有功之人最后投靠了自己的兄弟，但是她没有了夫家，任瑶英和任益鸿没有了父族，他们在方家也不过是个客人而已。任瑶期不相信她会过得比自己好到哪里去。

任瑶期之所以恨方姨娘，不是因为她从前将自己害得如何，而是因为她父母姐姐们的结局。

但是这些任瑶期并不打算与方姨娘细说。

方姨娘盯着任瑶期冷笑，一想到她今日的结局是任瑶期扮猪吃老虎，暗中布局造成的，她就恨不能生食任瑶期的肉。她碰了碰自己之前一直贴身藏着的匕首，如果可能的话她真想往任瑶期脸上划个十几二十刀。

可是刚刚那一颗打落了她两颗门牙的花生仁告诉她，还有人在暗处盯着她们，如果她敢动手，暗处的人肯定会毫不犹豫地结果了她。所以方姨娘不敢轻易动手。

她的嘴疼得有些发麻，她想着，看来这伙人对任瑶期还挺重视的，如果她用匕首劫持任瑶期的话，不知道逃出去的机会有多大？

这里如果真的是万福巷，那只要能逃出这个门去呼救，这些人肯定也不敢明目张胆地追出去。

任瑶期看到她闪烁的目光就知道她肯定没有想什么好事，只是不知道自己为何并不畏惧，可能是刚刚打落方姨娘门牙的那一颗花生仁让任瑶期心里有了安全感，又或许是她知道站在她背后的人是谁的缘故。

萧靖西既然能让她独自进屋来见方姨娘，那就一定会有所安排。

方姨娘不知任瑶期心中所想，以为任瑶期过来见她就是小姑娘想要在她面前耀武扬威。她一边在心里打着小算盘，一边道："既然现在我已经在你手上了，你就让我做个明白鬼吧。你身后的到底是什么人？这几年你都做了些什么事情？"

任瑶期看着方姨娘没有说话，她没有必要被方姨娘的话题牵着走。

方姨娘看着任瑶期的神色却是突然想起了什么，狐疑地道："难道我与林氏之间的事情也都是你在暗中捣鬼？"

方姨娘说这句话的时候也不过是想要引任瑶期说话，好寻找破绽，并不真的认为任瑶期有这个本事，可是看到任瑶期脸上平静无波的表情之后她心里没来由地生出一股恐惧。

如果这些事情都是任瑶期设计的，最后害得她和林氏两败俱伤的话，那任瑶期的心机也未免太深沉了。

方姨娘看着任瑶期的目光由狐疑变成见了鬼的惨白："真的是你？这怎么可能？"

她和林氏结仇是因为林氏母女将任瑶英推到茅厕里出了大丑，而林氏母女之所以会对付任瑶英，则是因为由林氏母女引起的巫蛊之事让任瑶玉在任老太太面前失了宠。可是她当初要设计的明明是任瑶华，最后偏偏任瑶华什么事情也没有，她还以为是任瑶华或者李氏长心眼了。

"当初是你帮了任瑶华，然后让林氏母女和我结仇？上一次桂嬷嬷被揭发的事情也是你在捣鬼？"方姨娘说着说着跟跟跄跄地站起身，然后出乎意料地朝着任瑶期猛扑过来。

方姨娘的算盘打得很好，她刚刚是选好了角度用任瑶期的身体挡住自己，扑过来的时候动作又十分迅速，就算外面有人盯着她们，也不可能越过任瑶期伤到她，任瑶期就成了她的挡箭牌。

任瑶期一直防备着方姨娘，在方姨娘扑过来的时候她就反应敏捷地往后急退。

而有一人比她们动作更快。只见方姨娘还没来得及碰到任瑶期的时候，身体就以一种十分奇怪的角度往旁边飞了出去，扑通一声，方姨娘的太阳穴的位置重重撞在四方桌上，然后顺着桌脚倒在地上。

方姨娘疼得眼前发黑，却怎么也晕不过去，头上的血顺着她的眼角流了下来，将她的视线染得一片通红且模模糊糊。方姨娘觉得自己疼极了，却不知道伤在了哪里。

她感觉到一个男子从外面走了过来，直直走到任瑶期面前，然后一个十分好听的陌生声音在屋子里响起："她有没有伤到你？"

方姨娘没有听清楚任瑶期是怎么回答的。她努力地眨了眨眼，想要看清楚这个男子是什么人。她预感到真正能够左右她命运的人出现了。

那男子却看也没有看她一眼，只是不知道朝着哪里吩咐道："先带下去吧，别弄脏了地方。"

有人从门外走了进来，弯身行礼道："是，公子！"

在来人摸出了方姨娘的匕首，抓住她的胳膊想要带她出去的时候，她终于反应过来这个所谓的"公子"是谁了。

"萧……你是萧二公子？"方姨娘挣扎着喃喃道。

萧靖西没有看她，正忙着低头打量任瑶期，想要看她有没有哪里被伤到。

方姨娘眼中发出亮光，像刚刚还伤得要死的人突然活过来了，一边剧烈挣扎着，一边朝着萧靖西的方向道："萧二公子，救救我，救救我，我可以帮你！我弟弟方雅存已经得到了太后的人的信任，我可以求他为你办事。"

要说方姨娘也算是有些急智的，至少在这个时候还知道要用什么方法打动萧靖西来自保。

萧靖西摆了摆手，要将方姨娘拖出去的同贺停住了步子，拎着方姨娘站在一边。

萧靖西没有回头，只是低头温柔地对任瑶期道："你先出去在外面等我，这里交给我如何？"

任瑶期来见方姨娘只是为了与自己的过去做一个了断，并没有什么想要与方姨娘说的。她看了一眼因为萧靖西的话而重新燃起希望的方姨娘，点了点头，什么话也没有说就出去了。

任瑶期走出门后，站在庭院里等着。

她虽然有些好奇萧靖西会与方姨娘说什么，却没有想要去听一听的想法。

至于萧靖西会不会被方姨娘的话打动，任瑶期抬头看了看天，微微笑了笑。

萧靖西等任瑶期出去之后才看向方姨娘。

方姨娘感觉到了他的目光，连忙将自己刚刚的话又说了一遍："萧二公子，我可以为燕北王府做事，我弟弟和方家也可以为燕北王府做事。任瑶期那个小丫头能做的事情我都可以做的。"

萧靖西闻言微微一笑，语气平淡地道："我没有什么需要你们为我做的，而她能做的事情你们却做不了。"

方姨娘好像听不懂萧靖西的话，只急急道："怎么可能做不了？我弟弟最为顾念我了，只要我去求他，要他做什么他都会肯的！现在卢公公已经很信任他了，还说要带他去见皇上和太后。到时候我会说服他为你们燕北王府办事的！"

萧靖西闻言似乎觉得有些好笑："你让方雅存背叛朝廷为我所用？"

方姨娘连忙点头："是的，二公子，我去求他。"

萧靖西摇了摇头，看着她的目光带着怜悯："方氏，是谁给了你这种自信？任家吗？"

方姨娘却依旧哭着祈求萧靖西能放过她。

萧靖西摇头说道："我不能放了你，不然她会失望的。"

方姨娘一愣："谁？谁会失望？"

萧靖西闻言一笑，往门外看了一眼。任瑶期出去之后门没有关上，她就背对着他们远远地站在庭院里。天井里的光线肆无忌惮地洒在她身上，她就那么站着，就像是一幅缱绻隽永的画。

方姨娘半天才反应过来，脸上越加没有血色，抖着唇看着萧靖西："你，你……她？不，这不可能……"

萧靖西笑了笑："可不可能，不是你说了算的。"

方姨娘今日一连串的打击下来已经濒临崩溃边缘，萧靖西这句话让方姨娘心里最后一丝希望都破灭了。

萧家二公子看上了任瑶期？这怎么可能？怎么可以？

"她总是心软。"萧靖西叹息般摇了摇头。

方姨娘惊惧地道："你要杀我？你要为她杀了我吗？"

萧靖西闻言笑着摇了摇头："不，她心软，我却并不。我觉得你有必要活着看看你认为不可能的事情到底可不可能。"

说着萧靖西吩咐同贺道："以后外面发生的事情都让人来告知她一声，让她看看她以为的那些所谓的倚仗还能存在多久。"

萧靖西的话让方姨娘打从心底里感觉到了冷意，她忍不住颤抖："你要做什么，你们想要做什么？"

一直以来，方姨娘的倚仗不过就是方雅存和方雅存背后的方家而已。方姨娘自己也清楚，没有了这些倚仗，她什么也不是，任家也不会让她一个姨娘活得这么风光。"

萧靖西没有回答方姨娘的话,以他的身份,原本不必见方姨娘这种人,但是为了任瑶期,他见一见也并不觉得自己委屈了。

吩咐完了同贺之后,萧靖西就头也不回地出了门。

萧靖西看着等在外面的任瑶期,摇了摇头,快步走了过去。

任瑶期听到脚步声回头一看,便见萧靖西微笑着朝她走了过来。

任瑶期朝他一笑:"说完了?"

萧靖西走到任瑶期面前,低头笑道:"说完了,想知道?"

任瑶期摇了摇头:"她手中最后一张底牌无非就是她弟弟方雅存罢了,你未必看得上。"

萧靖西闻言一笑,打趣道:"哦?你知道什么是我看得上的?"

看着萧靖西笑的模样,任瑶期也有了开玩笑的心情:"知道啊,难道不是要像冬生或者祝若梅那样的吗?哦,还有一个闵将军。"

萧靖西闻言只能摸着鼻子苦笑了。

冬生和祝若梅都是他用手段从任瑶期手里要过去的,而闵文清那里更是一笔说不清的账。任瑶期这话明显是在挤对他。

任瑶期忍着笑回头朝苹果招了招手,苹果立即走了过来。

任瑶期对萧靖西道:"时候不早了,我要回去了。"

她没有问方姨娘的下场,既然萧靖西说将人交给他处置,那她就不再过问了,她相信萧靖西会做得比她好。

萧靖西看着任瑶期点了点头:"好。"

任瑶期顿了顿,犹豫道:"我……"她觉得自己应该对萧靖西说一声谢谢的,却有些说不出口。

萧靖西似乎明白她想要说什么,笑着截断道:"我送你出去。方氏这边你不必再担心了,方家你布置得如何了?"

任瑶期一边跟着萧靖西往外走，一边道："我已经给江南褚九爷捎了两封信，算算时间也该差不多了。"

萧靖西点了点头："褚九爷夫妻两人都是办事牢靠之人，你有什么事情尽管交给他们就是。"

冬生已经将马车赶了过来。

任瑶期和萧靖西都停住步子。萧靖西微笑着看着任瑶期。任瑶期屈膝行了一礼才转身扶着苹果的手上了马车。

在马车动起来的前一刻，任瑶期听到萧靖西温柔低沉的声音隔着旁边的车帘子传了进来："你过得快乐而顺遂就是对你的敌人最大的报复，所以你只要努力做到这一点就好了。至于其他的……"

马车在这个时候动了起来，任瑶期想要靠近窗边听清楚萧靖西后面那一句话，却只听到一阵车辕辘滚动的声音。

她不由得掀开车帘子，往外看了一眼，萧靖西站在不远处微笑着看着她，温柔的笑容让任瑶期心下一跳，手一滑车帘子就落了下来。

她没有再去掀车帘子，只是靠坐在马车车壁上发呆。

一直将自己当作背景沉默不言的苹果突然说道："至于其他的交给我就好。"

任瑶期一愣，看向苹果。

苹果憨憨地道："小姐不是在猜萧二公子后面那一句说的是什么吗？奴婢耳朵灵，又靠窗坐着，所以听清楚了！"

虽然萧二公子最后那几个字声音放得很轻，不过苹果对自己的耳力还是很有信心的！

任瑶期："……"

苹果没有看到任瑶期眼中的无奈，继续道："还有，刚刚奴婢一直站在廊下，听到方姨娘求萧二公子让他放了她，她会去求自己的兄弟给燕北王府做事。萧二公子说，他如果这么做了，小姐您会失望的。他说小姐您太心软，他不会让方姨娘死，会让人把接下来外面发生的事情都告诉她。"

苹果以为之前任瑶期走到庭院里去是不好意思听方姨娘和萧二公子的对

话，被香芹教训过好几次的苹果觉得自己身为小姐身边的大丫鬟，就要做小姐想做而不能做的事情，反正她就是一个丫鬟，脸皮厚一点也没有关系，所以萧靖西和方姨娘的对话她硬是听完了全程，谁叫她耳力好！

也不是她不懂规矩，她想着门前那两个守门的既然没有赶她走，就说明她站在那里也没有什么关系。

而且萧二公子出来的时候看到她还对她笑了笑，她是光明正大地在听！

任瑶期："……"

赶车的冬生听到后在外面翻了一个大白眼，暗自嘀咕着，五小姐这么精明的一个人身边怎么总是跟着一个傻傻的丫鬟？任家没人了吗？

不过这话他是不会与萧二公子说的，毕竟他也是因为耳力太好偷听到的，萧二公子只是安排他来送人，并没有安排他来偷听。而且看现在的情形，如果他在萧二公子面前多嘴，反而会被萧二公子修理也说不准，所以冬生就装作自己什么也不知道。

冬生将任瑶期送回了那间茶楼，又安排人将任瑶期的马车赶了进来。

任瑶期上了自己的马车，从茶楼出去了。

之后，任瑶期像上一回一样带着人转回了宝瓶胡同。

容氏见任瑶期没隔多久又来探望她，并没有说什么，吩咐厨房做了几道任瑶期爱吃的菜，留着她用了饭。

饭后用茶的时候，容氏说道："我听说两日前曾家那位少爷已经被曾总兵召回宁夏了。"

任瑶期闻言抬头道："哦？曾潜不放心将儿子留在云阳城了？"

在任家倒霉的这一段时日，与曾家亲近的几个家族陆续被燕北王府剪除，有点眼色的都知道燕北王府是容不下曾家在自己眼皮子底下兴风作浪的。

虽然宁夏并不属于燕北王府治下的燕云十六州，但是宁夏地区的掌权人历来是燕北王府扶持的，所以宁夏实际上还是掌控在燕北王府手中的。

历代燕北王都将阻抗北狄和西夷当作自己的责任，同样，南边的朝廷也失去了对燕云十六州和宁夏的掌控。

现在朝廷将手伸到宁夏，燕北王府自然不会坐视不理。这个时候宁夏总兵的儿子还是留在宁夏才安全。

容氏道:"不放心是肯定的,不过我也听说曾家和前任宁夏总兵吴家有意结成亲家。"

任瑶期闻言一愣:"吴家?吴萧和的女儿?曾家要和吴家结亲?"吴萧和只有一个女儿,就是吴依玉。

容氏点了点头,笑了笑:"听说吴家那位夫人有这个意思,但是吴家大小姐不愿意,还放话说只要曾家少爷敢去宁夏她就去要了人家的命,不少人都在等着看笑话呢。"

任瑶期摇了摇头,这位吴家大小姐还真是什么话都敢说。

不过这些都不关任瑶期的事情,只要曾奎能离任瑶华的生活远远的就好。

在任瑶期准备告辞离开外祖家的时候,容氏突然叫住任瑶期,理了理她的额发温声道:"期儿,身为女子,一生只有一次选择的机会,外祖母希望你能慎重。"

任瑶期微微一怔:"外祖母……"

容氏轻轻拍了拍她的手:"外祖母知道你是个好孩子,为人做事都知道分寸,提这么一句并没有别的意思,只是希望你以后不会因为自己年少时候的决定而后悔。"

任瑶期沉默了一会儿,然后轻声问道:"那您后悔吗?"

容氏闻言一愣,然后笑着摇了摇头,叹道:"不悔,至今不悔。"

任瑶期想了想,点了点头,对容氏道:"我明白了,外祖母。"

容氏轻叹一声,摸了摸她的头,没有再说什么。

任瑶期从容氏这里回去的一路上都在想容氏说的那句"不悔,至今不悔"。

容氏当初能被宛贵妃挑选出来作为献王正妃,出身自然是不低的,只是后来宛贵妃落败,她的家族被牵连,族人早已七零八落,她自己也由皇子正妃沦落至此境地,可是她依然能在自己面前笑着说不悔。

任瑶期能感觉到容氏那句不悔是真心实意的。

若是她呢?

任瑶期不由得想,若是她的话,她又能做到始终不悔吗?任瑶期低头怔怔看着面前小几上的原木纹路,入定一般一路上都没有回过神来。

直到到了家门口,苹果小心翼翼地出声请任瑶期下马车,任瑶期才从自己的思绪中挣脱出来。

在下马车的时候任瑶期想,其实要做到"不悔"应该也不难吧,只要能坚守人心,始终如一,哪里有那么多的"悔不当初"?

方姨娘失踪的消息很快就传到了方家,方雅存连连来信询问任家方姨娘的下落,一封信比一封信言辞恳切,不过行文中既含着担忧和急迫,又隐含着咄咄逼人的锋芒。

任老爷子知道方雅存这是在暗中给任家施压,可是他派人将整个燕州都翻遍了也没有找到方姨娘,甚至连那个与方姨娘一同失踪的于嬷嬷也彻底不见了踪影。

任老爷子感觉自己自从上一回被儿子气得吐血之后身体越发不如以前了,任家此时却依旧是内忧外患风雨飘摇。

任老爷子只有一边咬牙撑着,一边将之前一些一直不放心交给别人的事情交给大儿子任时中。

偏偏这个时候,已经分出去的二老太爷从京都写信回来说一些原本已经打通的关节这会儿又出了问题,请求任老太爷看在是一家人的分上帮忙疏通疏通。

二老太爷还以为是自己的兄长不满意自己分了出去,所以暗中出手想要让他吃些苦头教训一下,毕竟方雅存和宫里面的那一条线是任老太爷搭上的,他们算是沾了光。

二老太爷还因此将自己的老妻廖氏狠狠教训了一顿,怪她不应该这么早就与西府那边翻脸。所以他在给任老太爷写信的时候语气是十分恭敬的。现在他们已经分了家,他们这一房就指望着江南的这些产业过活了。

任老太爷一边回信宽慰自己的弟弟，让他安心，一边想着肯定是方雅存见他们还没找出方氏，以为是他们任家暗中将方氏怎么样了，所以才会想要用这个方法逼着他们将人交出来。

任老太爷只能暗恨方姨娘失踪得不是时候。可是他除了再次派出人手去找人之外，也真的是束手无策。

之后不久，方雅存那边又来信说他近期要亲自来燕北一趟。

对于方雅存要来燕北的事情，任瑶期听过之后不过是笑了笑，什么也没有说。

而方雅存在来燕北之前就被方家的家务事拖住了。

原因是方家的那位老太太不知道抽了什么风，突然对外宣称要过继方家九老爷刚出生的小儿子到方家大老爷膝下继承香火。

因为方老太爷在世的时候也是个风流的人，所以方老太太虽然只生了一双儿女，且儿子还是个痴傻的，却有不少庶子庶女。

方家九老爷也是方家诸多庶子当中的一个，因为是早产儿，身体孱弱，方老太太也没有将他当一回事，只当猫儿狗儿一般养大了，等到了年纪就将人赶了出去让他自生自灭。

方雅存对这位九弟甚至没有什么印象，还以为他在被赶出家门之后就悄无声息地死在了什么地方，不想这会儿却突然冒了出来，还生了个儿子要过继给方家那个痴傻的大老爷方雅寻继承香火。

方家大老爷方雅寻也就是方老太太的唯一嫡子，生下来就是个痴儿，不过方老太太还是早早地给他娶了妻，期望他能生出个一儿半女来好继承方家。

只可惜事与愿违，方大老爷似乎不能生育。

到了最后，方老太太终于心灰意懒，而方雅茹和方雅存姐弟就这么在方家冒了头，毕竟方家需要一个继承人来支撑门户，否则方老太太也没有办法对方氏的族人们交代。方雅存很清楚方家是他在官场上立足的根本，也是保证他姐姐在任家的地位的前提，所以先解决方家的家务事才是当务之急，因此去燕北的事情自然就先搁浅了。

这几天，方夫人刘氏也是着急上火，额角上冒出了好些红疙瘩，扑上好几层厚粉都遮不住。原本方雅存要亲自去燕北找方姨娘，刘氏就有些不同意，因为方姨娘，方雅存损失了不少人手，上面本就对方雅存颇有责难。

而且她去过燕北，也到过任家，知道不太可能是任家将方姨娘怎么样了，任老太爷和任老太太绝对不敢轻易得罪方家。她怕方姨娘的失踪针对的不是方姨娘本人或者任家，而是他们方家。

刘氏正在伏案写信，方雅存面沉如水地从外面走了进来。

刘氏连忙将手中的笔放下，迎了上去。

"老爷回来了？杏儿，去打水来伺候老爷净脸更衣。"

方雅存三十岁左右的年纪，身材修长匀称，面容与方姨娘有五六分相似，因男生女相而越发显得秀雅俊美。面容平常的刘氏站到他面前，容貌被衬得更加暗淡无光。

方雅存摆了摆手道："不必忙了，我马上要出门。"

刘氏挥手让丫鬟们退下去，又亲自捧了温茶来给方雅存，然后觑着方雅存的脸色，小心道："老爷这是怎么了？"

方雅存接过温茶喝了一口，冷声道："还能怎么了！管事说老太太已经将九弟的孩子接了来，下午就要进府了！"

刘氏闻言一惊："怎么会这么快？老太太那里都没有让人来与我说一声，我也好安排院子啊。"

方雅存冷哼一声道："安排什么？不需要你安排了。那孩子以后会住在老太太的院子里，跟她同食同寝。"

"那九弟、九弟妹他们？"

方雅存闻言脸色越加不好："九弟身子不行了，我让大夫去看过，说是撑不了几个月了。等九弟去世之后，九弟妹会去庵堂里住。那个孩子会由老太太亲自抚养长大。"

刘氏惊道："怎么会这样？"

这些事情老太太都是瞒着他们偷偷安排的，连她这个当家主母也都是事后才知道。

方雅存看向刘氏皱眉道："她今日还是不肯见你？"

刘氏闻言也是愁容满面地点了点头:"我今日过去请安,母亲派人出来告诉我她身子不舒服,我请了大夫进府她也让人打发出来了。老爷,老太太的转变也太快了,会不会是有什么人在暗中挑拨?"

从年轻的时候起方老太太的名声就不怎么好,刘氏嫁过来之前也担心会不会被方老太太刁难。可是这些年来,方老太太对她虽然并不是太亲近,却也从来没有刻意为难过,该给的体面也都给了,她每次给老太太的孝敬老太太也都笑眯眯地受了,心情好的时候还会给些回礼。

她还以为当年那些传言都只是以讹传讹,方老太太并没有那么难相处。

没想到十几年都平平顺顺地过来了,眼瞧着就要修成正果,老太太却闹起了幺蛾子。

方雅存眼睛微微一眯,沉吟道:"老太太对我们的态度开始转变应该是从上一次大姐姐回娘家之后开始的。"

刘氏想了想,确实如此,只是她还是有些想不通:"这些年我们与大姐姐一直有来往,逢年过节我也没少往秦家送礼,秦家办各种喜事我们给的随礼都是最拔尖的,为的就是给大姐姐在夫家做脸面,好几次在外头遇见大姐姐,她对我的态度也很亲热。我实在是想不通她为何要挑拨我们与老太太之间的关系,难道把我们踩下去换个奶娃娃来当家主,她能得到的好处更多不成?难道这当中有些什么误会?"

误会?当真只是误会吗?

刘氏一句话,让方雅存沉默下来,心下也隐隐生出了一股不安。

这时候外面有人禀报说有人过来请老爷去衙门。

方雅存只有起身道:"我出去了,老太太那里你再去一趟,就说是问问给孩子安排奶娘的事情,看她愿不愿意见你。另外你再去大姐姐家里走一趟,看看能不能打听出什么来。至于族里过继的事情……你写一封信给你兄长,让他联系一些人到时候给我们帮衬一下。"

刘氏忙起身应了,一边送方雅存出门,一边道:"妾身之前就已经在写信了,老爷放心就是。您已经当了这么多年的家,别人想要找个奶娃娃替代您哪里就那么容易?就算老太太她要一意孤行,与我们方家有生意来往的那些世交也会站出来帮您说一句公道话的。"

刘氏目送方雅存离开之后，继续回去将信写完封好，让人帮她送去了娘家。然后她便换了一身出门的衣服，又去了方老太太的院子。

只是她才走到院门口就被方老太太院子里的一个婆子拦下来了。

"太太，我们老太太还病着，说不想见客。"

刘氏平日里对方老太太院子里的人都是和颜悦色的，这次却拉下脸端起了当家太太的架势："什么客不客的？我是客人吗？"

那婆子一愣，忙赔笑道："您当然不是客人，不过老太太确实交代过谁也不见，太太您就别为难我们这些当奴才的了。"

刘氏皱了皱眉，想要去方老太太那里探一探口风，好早做打算，可是方老太太连她的面也不肯见了，这下要如何是好？

刘氏只有软下声道："你再去帮我问问吧，我听说九弟的孩子今儿下午就要进府了，我想要向老太太请示一下奶娘和伺候的人都要怎么安排，如果人手不够，我也好早些让人去寻。"

婆子立即道："哦，您若是要问这个，奴婢倒是听老太太提起过，小少爷来了就由她带着住在正房，奶娘嬷嬷丫鬟们她一早就已经挑好了。"

刘氏闻言一惊，老太太连这些都已经挑好了？为何她一点风声都没有听到？难道一早就已经在防着她了？

这么想着，刘氏的脸色难看了起来。

那婆子平日里也得了刘氏不少好处，看见她如此，想了想还是道："要不奴婢进去帮您问问老太太？说不定她这会儿想见您了呢？"

刘氏点了点头："好，你去问问老太太。"

那婆子忙应声去了。

方老太太最近确实不舒服，这会儿正恹恹地半靠在软榻上歇凉。

婆子进来禀报的时候，不知道哪一句惹到了方老太太，她当即坐直身子指着婆子就骂："我不是说了不见的吗！你到底是谁的人？来人啊，给我拖下去打五十板子，让她长长记性！"

那婆子许久没见方老太太发这么大的火了，事实上方老太太年轻的时候打杀个把人实在是家常便饭，尤其是方老太爷刚去世那会儿，她没少对原本就看着不顺眼的姨娘们下狠手。不过近些年来，老太太不知道是不是信了佛的缘故，脾气已经好了许多，所以这婆子差点忘记了方老太太的本性，这会儿吓得浑身都哆嗦起来。

"老太太饶命，老太太饶命啊！奴婢只是瞧着四太太来了好几次，所以才帮她禀报一声，老太太饶了奴婢吧。"

方老太太心气儿正不顺，控制不住自己的怒火，正要叫来人将这婆子拖出去，半跪在软榻边上给方老太太捶腿的一个丫鬟忙轻轻扯了扯方老太太的衣袖，给她使了个眼色。

方老太太似是想起了什么，勉强控制住自己的脾气，挥手道："行了，这次饶了你，再有下一次，就自己下去领罚吧！下去！跟外头的人说，我谁也不见！"

婆子连滚带爬地跑了出去。

刘氏在外面等着婆子进去通报，等了不多会儿就见那婆子满脸大汗地跑了出来，不由得惊讶："这是怎么了？"

婆子忙道："四太太您请回吧，老太太说了谁也不见。"

刘氏闻言还想再问，那婆子却低着头半句话也不肯说了，刘氏见了纳闷不已，却也只好先离开了。

回去之后她便让人往方家大姑奶奶方雅慧的夫家递了帖子，想要明日过去拜访方雅慧。

而那边方老太太等婆子出去之后，冷笑道："来看我？是来看我什么时候死吧！我若是死了，方家就落到他们手里了，狼子野心的畜生，他们还当我什么都不知道呢！"

给方老太太捶腿的丫鬟忙道："老太太，您先别气，您若是气坏了，别人不心疼，我们大姑奶奶可心疼，谁让她才是您亲闺女呢。"

方老太太深吸一口气,又躺回榻上,看了一眼给她揉捏脚心穴位的丫鬟道:"你说得对,我这辈子也只有慧儿和寻儿这两个亲骨肉,至于别的什么人再如何掏心掏肺地对他们好,他们也能在背后挖你的心吃你的肉。我这次算是想通了,就算是把方家毁了,也不能把它交给别的什么狼心狗肺的人!哎哟……"

丫鬟见方老太太呼疼,立即停了手:"奴婢该死!"

方老太太摆手道:"没事,你按得很舒服,继续。对了,她从哪里找来你这么个可心的丫鬟?"

丫鬟便又低头轻按起来,笑道:"回老太太的话,奴婢是大姑奶奶托秦家的姑奶奶找的人,奴婢的祖上曾经是宫里的太医,所以家传了一手针灸推穴的手艺。大姑奶奶见奴婢这一手按摩穴位的活儿做得还行,想着您老人家最近总是说手脚发汗,便让奴婢来伺候您了。大姑奶奶可孝顺了,总是惦记着您呢。"

方老太太满意地点了点头:"算我没白疼她。"

丫鬟抿嘴一笑:"那可不是,不光是我们大姑奶奶,表小姐和表少爷也都常记挂着您呢,奴婢来方家的时候,他们还托奴婢向您问好了。"

方老太太脸上的郁色终于被冲淡不少,可是想到活泼可爱的外孙、外孙女,她又不由得想起自己儿子不能生育的事情,终究还是意难平:"你祖上不是太医吗?你说大老爷那种情况,还有没有生育的可能?"

因为这丫鬟是方雅慧送回来给方老太太的人,这些日子又伺候得方老太太很舒坦,还能与她聊一聊女儿和外孙们的趣事,方老太太对她比对自己房里的几个大丫鬟还要信任一些。

丫鬟想了想,叹气道:"其实之前大姑奶奶发现大老爷是被人偷偷下了绝育的药才导致不能生育后,还特意将奴婢叫过去问过这事儿,只可惜大老爷是早年就被人下了药,且一下就是好几年,现在想要治的话……怕是已经迟了。"

方老太太虽然心里已经知道答案,这会儿听着却依旧很失望。

那丫鬟见了连忙劝道:"老太太,大老爷那里虽说治愈的希望不大,但是您还是可以寻访一些名医试试看,至少现在已经知道症结在哪里了。九老爷的孩子您依旧带在身边教导,九老爷眼瞧着就要不行了,九太太又一心想要进庵堂当姑子，将小少爷过继给大老爷，您帮着带在身边教导，等小少爷长大了之后也只会感激您孝顺您。就算今后大老爷病治好了，有了自己的孩子，这个孩子也还可以给他当个左膀右臂啊。"

方老太太听了不由得点头，末了又问："这些都是慧儿让你跟我说的？"

丫鬟闻言抿嘴一笑："大姑奶奶也总是想着娘家好的。她原本对四老爷和四太太都很亲近，还总是在您面前说他们的好话，不想却是无意间得知了大老爷不能生育的真相，实在是……唉！大姑奶奶心里着实不好受。"

"这哪里能怨慧儿？别说是她，就连我也被他们骗了！若不是现在方家已经有大半不知不觉落到他手里，他又成了些气候，我也不必为了稳住他们而忍气吞声，连仇都不能报！我早该料到的，当初他们的姨娘活着的时候就会做一手药膳，还凭着这个爬上了太老爷的床，我却没有料到他们会为了谋得方家的家产而下毒害寻儿！"

说到最后，方老太太几乎恨得要咬碎自己那一口牙。

当她从女儿那里得知唯一的儿子不能生育是因为年少的时候被人下了好几年的绝育散，而下毒的人很有可能是方雅茹、方雅存和他们的姨娘的时候，方老太太恨不能将他们碎尸万段。

可是这一次女儿似乎变聪明了，告诉她现在要先稳住方雅存夫妻，等到该安排的事情都安排好了之后再与方雅存撕破脸不迟。方老太太心里虽然十分不甘愿，却也知道女儿说的是对的，不然方雅存很有可能先下手为强，借机将方家彻底掌控。

只是她也实在不愿意再看到方雅存和刘氏，只能一边称病避开，一边暗中召集一些族中德高望重的长辈，想要先将九老爷的孩子过继过来，然后再把方雅存赶出方家。

刘氏派去给方雅慧送帖子的人回来禀报说，大姑奶奶也不太舒服，最近不想见外客，让刘氏改日再过去。

方雅慧是个没有太多心机的人，对刘氏向来很友好，刘氏还从来没有在方雅慧那里吃过闭门羹，所以刘氏便知道这件事情果真与方雅慧有些关系了。

下午，九老爷的孩子果然被送了过来，刘氏连孩子的面都还没有见到，孩子就被送到了方老太太手里，几个乳娘也是与孩子一起来的，刘氏后来才知道这几个乳娘还是老太太让方雅慧去找的。

由于方老太太之前的保密工作做得好，过继的事情早就已经安排好了，孩子送进来之后就被记到了族谱上，连方雅存都没有惊动，方雅存知道的时候木已成舟。

事后方雅存又惊又怒，他是方家未来的当家，方氏一族未来的族长，他原本以为经过这些年的经营方家已经有大半在他的掌控当中了，可是过继的事情发生之后他不再这么自信了。

他觉得事情没有这么简单，这次的事情绝对不只是方老太太一人在背后捣鬼，她一个人不可能在瞒着他的情况下做到这一点，肯定有别的家族参与进来，而参与进来的家族，方雅存觉得应该是方雅慧的夫家秦家。

刘氏安慰方雅存道："孩子虽然过继给了长房，但毕竟只是几个月大的婴孩，等他长大至少还得十几年，方家还能等着让他来做主不成？"

方雅存心里这才平顺了些，只是对族中的事情愈加注意了，生怕方老太太再出什么招数。

果然，没过几日，方老太太突然请来了方家好几个原本已经不管事的族老进府，说要开祠堂，清理门户。

而被清理的对象竟然是方家下一任家主方雅存！方雅存的罪名是他和自己的姐姐以及姨娘合伙，暗中对方雅寻下毒，想要谋取方家财产。

除了逢年过节祭祖的时候，方家已经很多年没有开过祠堂了，对于方老太太和方雅存之间的恩怨，方家其他人瞧着也是云里雾里的，毕竟平日里这对嫡母庶子之间都是一副母慈子孝的样子，谁也没有想到他们要么不闹，一闹就是这么大的阵仗。

方雅存即便是有所防备，也没有想到方老太太会突然发力召集这么多人开祠堂，想要将他逐出方家。不过一开始他也并不担心方老太太仅凭着几句话就能将他拉下马，这些年他在方氏族中也暗中拉拢了不少自己的势力。

方太太刘氏也被这一变故弄得险些乱了阵脚，好在她一早就给自己的娘家兄弟送了信，她娘家与方家也有些交情，虽然这是方家的家务事，但是如果方老太太执意要将方雅存扫地出门的话，她娘家也不会坐视不理。

可是在开祠堂的当天，方老太太拉着痴痴傻傻的方雅寻对着方氏族人一番泣血哭诉，以及接二连三呈现出来的人证和物证，让方雅存夫妇感觉到了不妙。

方氏族人看向方雅存的目光也渐渐变了。

毕竟毒害兄长谋害方家嫡支子嗣这一条罪名实在不小。

虽然方老太太呈现出来的证据大部分指向方雅存的生母，那位早已经过世的姨娘，但是也有证据表明在那位姨娘去世之后还有人继续给方雅寻下毒，而这个继续下毒的人除了最后得益的方雅存和方雅茹姐弟，还能有别人吗？

方老太太将证据呈现出来给族人过目之后就扬言要报官，但是族里一些资历较老的族老都不同意，毕竟这件事情对于方家而言不是什么光彩的事，这种家丑一般是族里开祠堂来解决的，宗法在很多时候比朝廷的律法更受一些大家族的掌权人拥护。

好在到了这个时候还为方雅存说话的人也有一部分，对于方雅存的姨娘下毒害方雅寻之事因为证据确凿，大部分人选择相信，所以这部分人也都是为方雅存本人辩解。

最后双方各执一词，方雅存为了让自己能喘一口气示意自己人提出暂时休息一下，他需要时间想办法让自己摆脱当前劣势。

方家族里的那几位族老年纪大了，坐了一上午确实有些精力不济，方老太太也只有同意，亲自招呼几位德高望重的长辈去一旁喝茶用些吃食。

方雅存这个时候还能勉强保持礼数周到，不过他也只是在年轻一辈中有些威望，老头子老太太们都不怎么买他的账，他便暗中叫了几个亲近之人去一旁说话。

方老太太在上面瞧见了，不过是报以一声冷笑就随他去了。比起方雅存的窘况，方老太太则是一副胜券在握的自信。

因为族里还没有下令要将方雅存如何，方雅存现在暂时还不是戴罪之身，方老太太不拦着他，别人便也没有什么好说的。

只是因为今日方老太太丢出来的证据太令人惊心，情况对于方雅存而言实在不利，所以他与自己人商量了一会儿也没有商量出什么好计策可以立即翻盘。看方老太太今日的架势，很明显不会给他们反击的机会。

倒是一个平日里受过方雅存不少恩惠的年轻人最后犹豫着道："老太太说之后给方雅寻下毒的人是您，但并没有足够的证据证明这一点，毕竟当时可以下手的除了您之外还有别人。"

这人说到这里，看了方雅存一眼，却不继续往下说了。

另外一人恍然领悟道："对了，当时四姑奶奶还没有出嫁！而且听说四姑奶奶也跟着卞姨娘学了一手好药膳，是懂一些药理的，出嫁之前也经常给老太太做药膳，说起来她一直在内院，比四爷更有机会下……"

这人说到一半就被旁边的人扯了扯衣袖。

说话那人抬头，便看见方雅存的脸色已经变得铁青了。

"不行！"

众人闻言对视了一眼，之前说话那人还试着劝道："四爷，四姑奶奶已经出嫁了，且还是远嫁到了燕北，现在就算将罪名都推到她头上，方家也不能将她召回来处置，有夫家护着，她还能有什么事？您却不同，若是您身上的罪名不能彻底洗脱的话，这家主之位怕是……"

还有人附和着道："是啊，四哥。而且我听说四姐她前一阵子似乎失踪了，至今都没有找到人，说句不好听的，就算最后找到了怕还不如没找到呢。现在这种情势下，拿四姐出来挡一挡未尝不可。"

"是啊，四爷。"

方雅存恼怒道："都闭嘴！我身为男人，怎么能让一个弱女子出来顶罪！那人还是我的亲姐姐！你们都先出去吧！"

那几个方雅存一派的人都摇了摇头，然后走开了。

方雅存一口气喝完了一盏凉茶，这时候刘氏带着儿子走了进来。

方雅存看到刘氏就问道："怎么样？舅兄那边的人怎么说？"

刘氏叹了一口气，没有说话。

方雅存见了心里越发烦躁起来。

刘氏看着来回走动的方雅存许久，然后突然带着儿子在方雅存面前跪了下来。

方雅存一愣："你这是做什么？"他伸手去扶刘氏。

刘氏却避开了他的手，方曙舟看了看母亲又看了看父亲，然后也跪着没有动。

刘氏低头道："老爷，妾身嫁给你十余载，从未曾求过您一件事，但是今日妾身想要求您一件事。"

方雅存皱了皱眉："什么事情不能站起来好好说！"

刘氏苦笑一声，低声道："若是只有我们夫妻二人，那么无论有什么样的结果，妾身都愿意与君共同进退，生死不弃。"

方雅存不由得一怔。

刘氏摸了摸儿子的头，继续道："可是妾身是个做母亲的人，妾身实在不忍心看着自己的孩子今后被人唾骂，说亲无门，前途尽毁。所以即便知道这样很自私，妾身也还是忍不住要自私这一回。"

"这是何意？"

刘氏终于抬首看向方雅存："妾身之前听到了你与他们的对话。"

方雅存瞪大了眼睛，脸色难看地道："你也想要让姐姐顶罪？"

刘氏道："顶罪？为何是她为我们顶罪？老爷，你与妾身说句实话，给大伯下毒之人是你吗？"

方雅存不由得语塞。

刘氏看着方雅存的神色，苦笑道："你我夫妻十余载，我怎么不知道你的为人？说你买通人暗下杀手我信，要你给大伯下毒你却是不会做的。妾身想，给大伯下毒的人也只有姐姐了。"

方雅存别过头去："胡说八道！"

刘氏却定定看着方雅存不语。

方雅存闭了闭眼，终于道："无论四姐做了什么，都是为了我！若是没有她，我也不会有今日。我方雅存虽然不是什么良善之人，却也知道不应辜负为我牺牲、给人当妾的亲姐姐。"

刘氏看着方雅存失望地道："那我和孩子呢？老爷，我和孩子就活该被辜负吗？你总说四姑奶奶吃那么多苦都是为了你，可是我看到的是她是你几个庶出姐妹中过得最好的一个，这当中难道就没有我们这些年来护着捧着的功劳吗？以往你让我帮着她，我也自认尽了一个娘家人的责任，从未亏待过她。这一次若不是为了孩子，我也愿意与你承担她造下的罪孽，可是我不能。老爷，你看看我，再看看孩子，我们才是一家一体，我们才能荣辱与共啊！"

方雅存痛苦地闭上了眼睛："我……我不能……"

刘氏眼中慢慢浮现出失望之色。

末了，她擦干净脸上的泪，拉着儿子站了起来，看着方雅存慢慢道："老爷，你不能，我却能的。我已经与我娘家说了，让他们想办法将这件事情都推到四姑奶奶身上！"

方雅存一脸震惊地看着刘氏："你……"

刘氏已经慢慢平静下来，一字一句地道："妾身心意已定！你若是为四姑奶奶抱不平，最后还是打算为她担下罪名，那么我便带着儿子吊死在方家门前。妾身是什么人你应该也清楚，妾身从来是说到做到，妾身已经备好了棺木。"刘氏顿了顿，又道："这件事过后，你若是想要休了妾身，妾身也无怨！只要你好好对待孩子，妾身就去庵堂里过下半生。"

说完，刘氏屈膝行了一礼，带着孩子出去了。

方雅存往前追了两步，想要叫住刘氏，却终究没有踏出门去，只能怔怔地立在门口，看着刘氏带着儿子离开。

刘氏的表态让方雅存内心痛苦不已。

他与刘氏多年夫妻，当初会娶刘氏进门更多地是看中了刘氏的家族会带给他助益，而对于刘氏这个相貌平平的妻子，他年少的时候是有些看不上的。

后来他在方家立足之初，刘氏的家族明里暗里确实给了他不少帮助，刘氏相貌虽然不佳，但是性情温顺，善解人意，又向来以夫为天，即便是方雅存常常以挑剔的眼光来看她，也实在是挑不出她除了容貌之外的任何缺点，再后来两人又有了孩子。

这么些年下来，方雅存对刘氏也是有感情的。

虽然他年少轻狂的时候也曾暗中想过，等到他功成名就再也不用看任何人眼色过日子的时候，想要什么样的如花美眷没有，可是到了一定的年纪，阅历渐增之后他也明白了，这一生有刘氏这样的妻子，其实算是他的福气。

方雅存从小到大都过得战战兢兢，生怕嫡母哪一日看他不顺眼会要了他的小命，他的生活真正安定下来是在刘氏进门之后。

刚刚刘氏说她要带着儿子吊死在方家门前，不知道怎么的就让方雅存回想起了朝不保夕的年幼时代，这让他心慌了。

下午，方老太太再次让众人去方家祠堂商讨对方雅存的处置问题。

刘氏娘家果然安排了人提出众多疑点，然后渐渐将罪名推到了方姨娘头上。在这个过程中，刘氏的目光一直停在方雅存身上。

方雅存站在那里拳头握紧了又松开，松开了又握紧，每次他想要开口说话的时候一接触到刘氏绝望中暗含乞求的目光，便又失去了开口的勇气，这是方雅存这一生中过得最为煎熬的时刻。

一位族老开口问方雅存："老四，事实是这样吗？是你姨娘和姐姐给雅寻下的绝育散？"

方雅存面对众人的目光，又看了看刘氏和儿子，最后颓然地喃喃道："不知道，我不知道。"除了"不知道"，他不知道还能怎么回答别人的质问。

一边是他的亲姐，一边又是他的妻儿。

刘氏见状松了一口气，眼中也浮现出一丝欢喜。

她想，这么些年，她总算没有白白对他掏心掏肺。在这之前，刘氏心里一直是忐忑的，她并不真的想死，也怕他们母子加在一起都抵不上一个方雅茹。

方老太太看了方雅存一眼，嘲讽又轻蔑的样子。

倾向于认为方雅存与这件事情无关的人也不少，所以方雅存不承认，方老太太又暂时拿不出更加有用的证据来指证方雅存，族里也不能随便给方雅存定罪，而且现在已经有了一个更合适顶罪的人出现。

一个死去的姨娘和一个早已经不是方家人的姑奶奶，自然比方雅存这个差点要成为方家未来接班人的人带给方家的动荡小。

不过方老太太并不肯放过方雅存，她认为方雅存即便没有动手，至少也是知情之人，可是她栽培了他这么多年，对他一直倾心信任，却不见方雅存告知她真相，是个养不熟的白眼狼。如果方家族中不处置方雅存，她就要将这件事情报官，交给官府定罪。

官府插手能不能给方雅存定罪不好说，不过方氏一族的脸肯定会丢尽。

一直吵到了晚上，最后方老太太终于同意后退一步，方雅存可以不从族谱中除名，但是要从方家祖宅中搬出去，至于方家的继承人她要另定。

当年方雅存一个庶子能做方家的主，全赖方老太太支持，现在方雅存的翅膀虽然硬了，但是方老太太身为族长夫人，在族中的余威还是有的。

方雅存那一方也想着，毕竟孩子还小，方老太太年事已高，方家年轻一辈中有能力接方雅存班的人少之又少，方家最后还是要依靠方雅存这位四老爷。只要方雅存不被赶出方家，以后也不是没有当家主的机会。

所以，方老太太的要求方雅存那一方商量之后就接受了。

方雅存这一房尽快从方家祖宅搬离，方家族中之事暂时由几位族老接手，他们这一支的产业则交回方老太太手中。

方雅存的姨娘人已经不在了，方老太太想要追究也追究不得。方雅茹心思歹毒，助纣为虐，谋害长兄，被方家逐出族，方家会去信给任家表示从今而后不再承认她是方家之女。

方雅存和刘氏都觉得方老太太今日的所作所为实在不像她之前的风格，怎么有些重重拿起，轻轻放下的意思？

尤其是方雅存，他年幼的时候没少在方老太太那里吃苦头，根本不相信方老太太会这么容易就放过他。

不管方雅存夫妇两人心里是怎么想的，方老太太似乎真的有将事情就这么了结的意思，等交接之事商量好了之后，方老太太就安排人送客了。

族人都离开之后，方老太太看也没有看方雅存夫妇一眼就让人扶着回了自己的院子，只让人来通知他们快些搬离方家，且不准带走方家的任何财物，就与那些被她扫地出门的庶子一样。

方雅存经营了这么些年也有些家底,所以第二日他们就从方家搬了出去,一家人住到了之前买的一座小院里。

不过对于方家,方雅存并不愿意放手。

已经吃进嘴里的东西,谁又愿意吐出来?

方雅存的算盘打得极好,他打算拖延一段时间后将手中的产业置换出去,留个空壳给方老太太。

不过他没有想到的是,这一次方老太太竟然能先一步料到他的打算,一早就拿到了方家名下产业的所有账本,并且重金请了好几个极有资历的掌柜拿着账本去与他一一交接,只要数目有一点不对他们就不依不饶。

在他算一步,敌人算三步的情况下,方雅存的如意算盘被彻底粉碎了。方老太太以令人惊讶的速度收回了方雅存手中的所有产业。

方雅存的上司这阵子又来找方雅存要银子给上头孝敬,而方雅存现在已经不能再随意支取方家的银子了,因此出手自然没有以往大方,这让冯免十分不悦,在得知方家发生的事情之后,冯免对方雅存的态度也冷淡了许多。

以至于后来上面派人来追究那些在燕北折损的探子的事情的时候,方雅存被卢公公的人狠狠地教训了一顿,之前的升迁之事也不了了之了。

任瑶期也不得不感叹,那位褚九爷办事就是爽利。虽然对付方雅存的各个细节都是任瑶期事先算计好的,再交由褚九爷去实施,但是若没有褚九爷这个地头蛇,任瑶期相信自己要扳倒方雅存定不会这么事半功倍。萧靖西身边果然没有泛泛之辈。

至于方姨娘那里,自然有人将外面发生的事情告知了她。

当方姨娘得知方家已经给她姨娘和她定罪,并将她从方家逐出去的时候,方姨娘的脸色十分精彩。

"这不可能!怎么可能会有证据!明明已经……"方姨娘难以置信地喃喃道。

方姨娘这段时日迅速地消瘦下去,原本细心保养的一头柔顺乌发也变得枯黄暗淡,甚至还出现了不少白发,加上脸上的伤疤和掉了两颗门牙,让她看上去就像是一个丑陋憔悴的老妇人。

她突然抬头看向说话之人，眼神有些疯狂和固执："我弟弟呢？我弟弟他会来找我救我出去的对不对？"

同贺语气不变地如实告知："方雅存被逐出了方家祖宅，方氏族长会另选他人，方老太太将方家所有产业从他手中全数收了回去，分交给了其他几位庶子打理。方雅存受你牵连，被降为从七品州判。"同贺顿了顿，最后道："你已成为弃子。"

"弃子？弃子……"方姨娘恍惚地坐倒在床上，喃喃地重复道。

同贺看了她一眼，转身出去了，在走出去关上房门的那一刻，屋里突然传来了方姨娘的笑声，过了许久，那笑声又变成了呜呜的哭声。

在方姨娘和方雅存接连出事之后，任瑶英果然安分了，虽然偶尔还会掉眼泪，但已不敢再随意招惹李氏和任瑶华了。

六月初，李氏筹备了许久的赏花会终于开起来了。

这是李氏第一次办这种聚会，所以她十分重视，从请帖的设计到宴会上点心瓜果的准备，都是她带着任瑶华和任瑶期一起商量着筹备的。为了准备这一次的赏花会，她们着实忙了一阵子，不过也都乐在其中。

三老爷对这种风雅的聚会也是乐见其成的，还很大方地拿出了自己珍爱的二十几盆兰花、牡丹花盆栽给妻女长脸，凑个趣儿。

收到李氏帖子的太太们也很赏脸，都让人回口信说会来参加。

这一日一大早，任瑶期就起身装扮起来，为了贴合今日的赏花会，李氏给她和任瑶华各自准备了一身新衣裙，任瑶期是一身鹅黄色绣了禅兰花襕边的袄裙，任三老爷之前见了说她穿得好看，还给这身衣裳赐了个别名叫"惠兰"。

任瑶华穿的则是一身银红色绣满了大朵牡丹花的对襟褙子，显得她容貌越发艳光逼人，任三老爷也给她这一身赐了个名，叫"胡红"。

李氏则穿了一身藕荷色绣莲花的对襟褙子，看上去素净又端庄，三老爷曰"清涟"。

李氏也给任瑶英做了一身新衣裙，是粉红底子绣白梅花的袄裙，衣料和做工都与任瑶华和任瑶期两人的差不多。任瑶英拿到衣服之后过来谢了李氏，只是她看上去还是恹恹的，提不起精神。

今日来得最早的是柳太太和女儿柳梦涵，她们还带了一盆自己种出来的虎头兰。

这是之前就说好的，今日既然是赏花会，那么来参加的太太小姐们都要带花来，最后还要评出花魁。

之后陈太太母女和另外两位太太也来了。陈太太带了一盆"洛阳红"，另外两位太太一位带了盆"翠一品"，一位带了盆"魏紫"。

欧阳氏和几位年纪稍大的太太来得晚一些，欧阳氏带了一盆"白雪塔"和一盆"凤凰振羽"，其余几位太太也都带了花中名品。

李氏让人在庭院里搭了一个凉棚，将家中的名花摆了出来，又摆上了矮几和矮凳，让人上了茶水点心。在搬来这里之前，任三老爷将这院子上上下下修整过一遍，且都是按照他的审美来修的，任三老爷别的不说，在这一方面还是极有天赋和眼光的，所以即便只是一个普通的庭院，也给人一种心旷神怡之感。

这时候刚好是初夏，上午还不是很热，院子里有凉棚遮阳，温风习习，坐在庭院里赏花喝茶，聊些城中趣事，也是一件极其惬意的事情。

今日来的都是一些家教极好的太太和小姐，对于八卦之事聊起来也都是适可而止。任家前一阵子的变故大家都知道，却没有人拿出来说，甚至连偷偷议论也没有，对主家十分尊重。这些太太的脾性极对李氏的胃口，所以她也是真心想要与她们相交。

任瑶期和任瑶华姐妹两人跟柳梦涵和陈之意，以及另外两位小姐在一起聊些花花草草的事情。几位小姐年纪虽然小，但也都是读过书有些见识的，尤其是柳梦涵和陈之意，也算得上博闻强识的女子了，加上一个眼界宽阔的任瑶期，在一起也聊得十分投契。

任瑶英也跟着出来了一会儿，不过今日来的这些小姐都是嫡出的，虽然她们并没有瞧不起任瑶英的意思，也没有在言语上挤对她，但是任瑶英总感觉别人对任瑶期和任瑶华热情，对她则十分冷淡，坐了一会儿之后觉得浑身不自在，最后自己找了借口躲回房去了。

任瑶期正听柳梦涵和陈之意两人妙语连珠地辩论是柳家的那一株"虎头

兰"好,还是陈家的那株"洛阳红"更出色,外面门房匆匆忙忙进来禀报说有贵客到了。

任瑶期奇怪有谁会在这个时候过来,之前下帖子请的太太小姐们除了一位李太太因为娘家兄弟喜得贵子回了娘家不能过来之外,其他收到帖子的人都到了。

任瑶期正纳闷着,却看到一位身材高挑,眉目精致中暗含英气的女子出现在院门口。

任瑶期看到来人面上一喜:"郡主?"

原本轻声谈笑的众人也都被突然出现在这里的萧靖琳吓了一跳,还是欧阳氏反应过来,笑着道:"哟,郡主回来了?"

众人都起身向萧靖琳行礼,萧靖琳点了点头:"听说这里有个赏花会,我过来看看,你们随意,不用顾忌我。"

李氏忙让人去再添座位上来。

任瑶期笑着迎上前,嗔怪道:"靖琳你什么时候回来的?来信的时候怎么不说一声?"

萧靖琳脸上也露出了笑模样:"怎么?惊吓到你了?"

任瑶期眨了眨眼:"怎么会是惊吓,是惊喜才对。我还以为你要中旬才能回来呢。"

萧靖琳朝着与她打招呼的闺秀们点了点头,然后才道:"我是今日清早回来的,原本打算明日来看你,不过萧靖西说你们今日在这里办赏花会,让我过来看看。"

听萧靖琳提到萧靖西,任瑶期顿了顿。

虽然不知道萧靖西是怎么知道她家今日办花会的,不过萧靖西让萧靖琳过来的用意她大概能猜到。李氏和她们想要在云阳城里站稳脚跟,有了郡主或者说燕北王府的承认,她们以后会更顺利一些。

萧靖琳没有看到任瑶期的神色,只打量了一下四周的盆景,虽然她看不出名贵品种的花和花园子里种着的那些有什么区别,不过想起自己刚刚匆忙之中随手带过来的那一盆,还是犹豫着要不要拿出来。

跟在萧靖琳身后的红缨没有看到萧郡主脸上的纠结,她看郡主打量院子里摆着的花,便跑出去将她们落在马车上的花捧了进来。

众人看到萧郡主的丫鬟捧了花来,都好奇地看了过来。

"咦?这是什么花?"有一位年纪较小的小姐好奇地凑了过来。

萧靖琳一脸深沉状。

"哎哟,还长了刺儿呢!"那位小姑娘捂着手指头惊呼道。

柳梦涵和陈之意对视了一眼,然后小心翼翼地道:"这个是……仙人掌?"

"啊?仙人掌?仙人掌是花吗?"

"这棵仙人掌不是开花了吗,算……算是花吧……"

任瑶期看了萧靖琳一眼,忍不住笑。

萧靖琳这才点了点头对大家道:"这是我二哥种的,我见这玩意儿开花挺稀奇的就带了过来,凑个趣儿。"

众人闻言注意力立即被萧二公子吸引了过去。

萧二公子是什么人啊!那可是谪仙一般的人物!萧二公子种出来的花肯定与一般的花不同!即便这只是一盆开了花的仙人掌。

于是打量这一盆仙人掌的目光,便由怀疑变成了各种猜测。

任瑶期揶揄地看了萧靖琳一眼,别人不知道,她可是知道萧靖琳最爱做的就是拿萧靖西当挡箭牌。

之后,日头大了些,李氏又招待众人去了大花厅。

任瑶期寻着机会带着萧靖琳去了自己房里叙话。

两人虽然两年没有见面,但是也时常有信往来,所以并没有陌生感。

任瑶期瞧着萧靖琳似乎又长高了不少,之前还与她差不多的身高,现在已经高了她半个头,而且因为常年在外巡关,萧靖琳的肤色有些偏暗,让她看起来越发轮廓分明,有一种不同于闺阁千金的美丽。

萧靖琳瞧着任瑶期,觉得任瑶期也比两年前更好看了。任瑶期前一阵子已经过了十四岁的生辰,五官较之两年前长开了些,容貌和气质越发出挑,尤其今日这一身鹅黄色的衣裳很衬她白皙剔透的皮肤,看上去清丽出尘。

萧郡主在任瑶期头上比了比,有些嫌弃道:"怎么矮了这么多?"

任瑶期不由得失笑，也不与她计较。

"怎么提前回来了？我记得你之前说过会在生辰到来的前几日赶回来。"萧靖琳生辰是在六月二十二，任瑶期以为她最快也要六月十几才会回来。

萧靖琳道："我母亲说这次来参加我及笄礼的人会有不少，让我早些回来做准备。"

任瑶期点了点头。

燕北王府的郡主及笄，也算得上是燕北的一件大事，届时无论是宁夏还是朝廷都会派人来燕北祝贺。

现在燕北、宁夏、朝廷之间的关系十分敏感，萧靖琳早些回来也好。

"对了，云文放好像会回来。"萧靖琳突然道。

萧靖琳在与任瑶期的通信中也会偶尔提起云文放，听说他现在已经是五品鹰扬将军，手底下带了一队人马，屡立奇功。

从军人的角度而言，云文放算得上是一位合格的将领，萧靖琳也慢慢改变了对他的轻视态度。

不过她也能看出来云文放这种人十分执拗，不会轻易放弃自己的目标，这也是她会将云文放的消息告诉任瑶期的原因。

之后两人又聊到了宁夏的事情。

萧靖琳道："狄氏前阵子生了个儿子，母子平安。"

狄家将狄氏保护得滴水不漏，据说替身都找了十几个，分别藏在各处，萧微和吴依玉杀错了好几次人。

任瑶期暗自摇头，萧微自作聪明，从来就没有想过自己立身的根本，只会做这些无用功。她若是能始终坚定地与燕北王府站在同一立场，别说是一个狄家一个狄氏，就是吴萧和生了多少个庶子，她也能稳坐宁夏第一夫人的位置无人敢动，她的女儿在婚姻一事上也能多许多选择。

中午用饭的时候，众人瞧着无论是碗碟杯盏，还是调羹筷子，无不别致精巧，赞叹不已，得知是任三老爷和任瑶期父女两人自己画的花样子，都是交口称赞，让向来不怎么虚荣的李氏也不得不虚荣了一次。

有几位夫人还想找李氏要图样子，说回去之后也要照着打上几套，留着给女儿当嫁妆。任三老爷和任瑶期对这些都无所谓，李氏便笑着应下了。

这次的赏花宴，因为这些夫人太太带来的花都是些不相上下的名品，所以在最后评比的时候就有些争论了，不过这些夫人太太也都是极有分寸的，她们的花虽然好却都不会好到能喧宾夺主的地步，所以花中状元和花中榜眼分别是任三老爷培育出来的一株兰花和一株叫"十八学士"的茶花，花中探花则是欧阳氏带来的那一盆"凤凰振羽"。

之后欧阳氏提议，还是不要再评什么第四、第五了，不如来评"花中老寿星""花中美娇娥"等来得有趣。

欧阳氏的提议得到了大家的认可，各家小姐便绞尽脑汁地给自家的花儿们想头衔，过程中热闹不已。

最后几乎各家的花都入了选，就连萧郡主带来的那盆仙人掌都被任瑶期玩笑地安上了个"花中女将军"的名头。

香芹在一边与苹果小声嘀咕："哎，为啥是女将军啊？难道花也分男女？"

苹果顿了顿，肯定地道："因为它开花了。你见过男人戴花？"

"哦，也是。"香芹恍然大悟地点了点头，又津津有味地看起了热闹。

这次的赏花会，李氏算得上初战告捷，她的温婉谦逊、知书达礼给来赴宴的客人们留下了一个极好的印象，让人忽略了她只是一个商户人家出身的媳妇，更多地让人想起她的另一个身份——献王嫡女，先皇的嫡亲孙女。加上任时敏在云阳书院的年轻一辈先生中也是极有才华和风度，又不喜欢与人争名夺利，很有魏晋君子之风，让原本看在欧阳氏的面子上才与李氏接触的太太们也起了与李氏相交的心思，而原本就与李氏极为投缘的柳太太和陈太太则与李氏更加亲近了。

到最后赏花会结束，李氏带着任瑶期和任瑶华两人去送客的时候，又有几位太太邀请李氏母女去参加她们的聚会或者小宴会，李氏都欣然应下了。

萧靖琳是留到最后才走的，李氏对萧家的人虽然并不像其他燕北人那么敬畏，但她也很喜欢这个与自己女儿交好的性格随和没有架子的郡主，见萧靖琳也喜欢那些花卉瓷器，李氏将一套没有用过的长颈圆肚绘了桃花的酒瓶送给了她。

萧靖琳倒是爽快地接下了，还与任瑶期说回去后要用这个瓶子装她喜欢的桃花酿，让任瑶期听了哭笑不得。

任瑶期亲自送萧靖琳出二门。萧靖琳道："那个你想好了没有？"

任瑶期知道萧靖琳说的是她的小字，便眨了眨眼："想好了，不过现在不告诉你。"

萧靖琳孩子气地撇了撇嘴，转身上了马："那我先走了，有什么事情的话你来王府找我。"

任瑶期点了点头，目送萧靖琳带着红缨骑马离开了。

等任瑶期回了内院，香芹抱着盆花气吁吁地跑了出来："五小姐、五小姐，郡主的'女将军'落下来没有带走！"

任瑶期看着那盆开花的仙人掌觉得有些好笑，也不知道是不是萧靖西故意与萧靖琳开玩笑，给她找了这么一盆花来。

"先放到花房里吧。"

香芹又颠颠地将花抱走了，还特意交代花房里的婆子道："婆婆你可要好生照看着啊，这可是燕北王府里开出来的花，说不定是沾了仙气的！能保佑我们家上上下下平安富贵，可马虎不得！"接下来这段时间，任瑶期没有刻意去找萧靖琳，因为知道王妃让萧靖琳这么早回来肯定也是有不少事情要忙的。

与此同时，任瑶期断断续续地知道了一些宁夏那边的消息，曾奎从云阳城去宁夏的半路上被人拦截了一次，还伤了胳膊，不过总算是没有伤及性命。外面传言说这是吴家大小姐吴依玉动的手，她不想嫁给曾奎，所以想要吓唬他。

可惜曾奎不是被吓大的，依旧回了宁夏。

而曾家和吴家的联姻也不是吴依玉胡搅蛮缠地闹一闹就能被搅黄的，萧微的态度似乎十分坚决，怕吴依玉那里再出幺蛾子，她甚至下令禁了吴依玉的足。

于是没有多久，宁夏那边就传出了前后两任宁夏总兵正式结为儿女亲家的消息。

两家联姻已经成了定局，吴家大小姐吴依玉却没有因此而消停下来，依旧隔三岔五就放话说要找曾奎那个丑八怪麻烦。

只是有了两家的联姻，无论是曾潜还是萧微都得到了一些实惠。萧微手里原本就有一些忠于吴家嫡支的人，加上曾潜手里的人以及他朝廷委派的宁夏总兵的名头，倒也聚集了一股不容小觑的势力。

当然现在狄家手里有了吴萧和的唯一继承人，向他们靠拢的势力也不在少数，狄家和曾吴联盟都在竭力吸收宁夏兵力，双方正式对上了。

第三十九章

被　绑

在宁夏势力正龙争虎斗的时刻，萧靖琳的及笄礼被定在了六月二十二日，她生辰的当日。

及笄礼前三日，燕北王府太史开始卜选萧靖琳及笄礼上为萧郡主加冠的来宾。

燕北王也在这个时候回了王府。

燕北王此时回云阳城定是为了亲自主持萧靖琳的及笄礼。

在来宾的卜选上虽然也需要按照一定的流程，但是一般而言正宾都是事先就挑选好了的。

关于萧郡主及笄礼上的正宾人选，众人猜测不是云阳书院的徐山长夫人，就是云家的老太太，这两人之中徐夫人欧阳氏的可能性更大一些。

前几日萧靖琳曾捎信来与任瑶期说想要请她担当自己及笄礼上的赞者，王妃那里并没有说什么，她让任瑶期提前做一下准备。

任瑶期觉得在燕北郡主的及笄礼上担当赞者，与她的身份有些不符。

不过到了及笄礼的前两日，外面又有传言说郡主及笄礼上的正宾定了徐夫人欧阳氏，赞者则是由云家大小姐云秋晨担任，并没有提及任瑶期的名字。任瑶期知道萧靖琳的及笄礼并不是普通小姐的及笄礼，当中怕是有很多讲究，所以听到这个消息也觉得很正常。

只是萧靖琳那边却没有再递消息过来，让任瑶期觉得有些奇怪。

倒是燕北王府的请帖送了过来，令任瑶期意外的是请帖上邀请的除了她之外，还有她的母亲李氏以及姐姐任瑶华。收到这份请帖之后，任瑶期不由得十分感激燕北王妃，这个时候燕北王府愿意在明面上扶李氏一把，李氏今后在云阳城里的交际会更加容易。

及笄礼前一日是宿宾，也就是去邀请被卜选出来的正宾。一般人家宿宾都应该由主人亲自前去邀请正宾。但是因燕北王和燕北王妃身份特殊，所以应该是派遣王府礼仪官去进行这一仪式。

而到了宿宾当日，燕北王妃却亲自坐王府马车出门了。

众人想到燕北王妃和徐夫人欧阳氏还是师徒关系，想必是为了表示对师长的尊敬才亲自前去邀请。燕北王妃的马车从正阳街经过之后果然去了宝瓶胡同。

可是最后出乎众人意料的是，王妃的车驾并没有从宝瓶胡同穿过去往云阳书院，而是在宝瓶胡同里的一座普通民宅前停了下来。然后就有随车的侍从去敲那一家的门。

吱呀一声，民宅的门打开，年纪微大的门房看到门口停了这么多车驾的时候并没有被惊吓到，反而在问明了来者何人之后，立即回了内宅禀报主家。

不多会儿，这座民宅的门便从里面大开，一位二十来岁的女子匆匆走了出来，对着燕北王妃的轿子行了一礼，恭敬地道："贵客有请，家主已在二门恭候尊驾。"

王妃身边的辛嬷嬷出来吩咐了几句，王妃的马车就缓缓驶进了那扇并不宽敞的金柱大门。因为巷子有些狭窄，即便是两扇大门都开了，后面的马车要跟着一起进去也不方便，所以王妃带来的随从丫鬟们在门口就下了马车，跟在王妃的车驾后面步行进了府。

虽然王妃进这座民宅与主家谈了些什么事情，外人无从打探，但是这座宅子的主人是谁整个云阳城无人不知无人不晓，正是废献王李乾。

废献王来燕北已经有十几年了，一直与燕北王府井水不犯河水。献王府的人从未去过燕北王府，燕北王府的当权人也未曾踏入过废献王家的院子。这一次却是燕北王妃大张旗鼓地前来拜访，这当中的意义不由得外人不多想。

任瑶期自然很快就知道了这个消息，有些惊讶，然后猜测可能是与萧靖琳的及笄宴有关系。她知道这个时候肯定有很多双眼睛盯着她外祖一家的一举一动，所以她并没有派人去找李氏问明缘故，反正该知道的她很快就会知道。

到了第二日，萧靖琳及笄宴的正日子，众人终于知道燕北王妃去宝瓶胡同所为何事了，献王妃容氏被邀请成为萧郡主及笄宴上的正宾。

这结果似乎是在意料之中。也对，除了这件事情，王妃还有什么事需要大张旗鼓地登门拜访？

但是容氏担当正宾这件事情又似乎是在众人意料之外的，按理说正宾的人选除了德高望重还需要福禄双全，容氏虽然曾贵为皇子正妃，现在也只能算得上是以戴罪之身客居燕北，请她来当正宾真的合适吗？

面对众人明里暗里的猜疑，王妃很轻描淡写地解释道：此乃天意，是王府太史官卜算出来的人选，即便是王府也应该顺应天命。

对于王妃的说法，大家明面上乐呵呵地表示明白了，到了私底下相信的人却不多。大家联想到最近宁夏那边曾家和吴家联姻之事，暗自猜测燕北王府是不是也要接着抬举废献王来硌硬南边的朝廷。

任家老爷子在知道这个消息的时候虽然很惊讶，但想了想还是决定暂时持观望的态度，不过为了谨慎，他还是派长子任时中去了一趟云阳城，找任时敏打听情况。只可惜任时敏一问三不知，问了也是白问，任时中只能无功而返。

而任瑶期在燕北王府见到外祖母容氏的时候已经不那么惊讶了，她想可能因为容氏要当正宾，所以才没有让她成为萧靖琳的赞者，不然就太引人侧目了。

不过任瑶期又想到，当时萧靖琳既然会给她捎信让她做准备，那就说明让她担任赞者并没有遇到太多反对意见，至少王妃没有拒绝。而后人选的改变是在三日前筮宾的时候，那一日正好是燕北王回府。不知道这当中会有什么联系。

容氏看到李氏母女的时候朝着她们笑着点了点头，当时她正与燕北王妃坐在一起说话，便招手叫李氏过去，让李氏给王妃见礼。

王妃扶住李氏的手让她也坐下一起叙话，又十分熟稔地对任瑶期笑着道："你母亲和姐姐留在这里与我说说话，你去看看靖琳好了没有，还有半个时辰就要开始了，她若是准备好了，我们就要去承德殿了。"

　　承德殿相当于燕北王府萧氏一系的宗祠，平日里不开放，只在年节祭祖或者举行仪式的时候会开，萧靖琳的及笄礼会在承德殿大殿的东房进行。

　　任瑶期应了一声，便转身走了。

　　萧靖琳已经准备得差不多了，似乎正在等任瑶期去找她，见到她的时候便将屋里之前伺候她沐浴更衣的人都打发下去，只留下红缨伺候。

　　萧靖琳开口就道："对不住，原本母亲已经应下了让你担当我的赞者，所以我以为……"

　　任瑶期笑着拉住了她的手道："没关系，如今这样也好。"

　　萧靖琳见任瑶期并没有怨怪的意思，不由得松了一口气，说道："我之前也没有料到会是你外祖母来当正宾，不过你说的没错，这样的结果也不坏。"

　　萧靖琳与任瑶期对视一眼，同时一笑。

　　燕北王既然请了容氏来当正宾，那么就是对之前萧靖西和献王府私自结下盟约的一种表态。这么一来，至少在短时间之内不用担心她们会成为敌对关系。

　　两人又说了一会儿话，等时间快到了王妃派人来请，她们才去了承德殿。

　　任瑶期还是第一次到承德殿，燕北王府的所有建筑都是庄重而威严的，承德殿作为宗祠庄严的风格比各殿更甚。

　　王爷、王妃、容氏，以及被邀请来观礼的人都已经到了东殿。

　　散发的萧靖琳被人引到了王爷和王妃面前，任瑶期则退回李氏和任瑶华身边。

　　燕北王任瑶期之前也看到过，不过这一次与以往在众人面前不同的是，他看着萧靖琳的时候眼中有一种慈父的欣慰，这让他看起来与一般见着女儿长大成人的父亲没有什么不同。

　　给萧靖琳充当赞者的果然是云家大小姐云秋晨，她一身绯色的衣衫笑意盈盈地立在那里，即便什么话也不说都很容易吸引住在场之人的目光。

整个及笄礼的过程十分烦琐,可能是因为身份不同,萧郡主的及笄礼比普通姑娘家花的时间更长,穿着上也比普通姑娘家多了一顶四凤朝阳的凤冠,以及一身深紫色的制式礼服。

等到快礼成的时候,外面有人进来走到燕北王面前低声禀报了几句,燕北王点了点头吩咐几句,便抬手让有司继续。

终于礼成之后,萧靖琳穿着一身沉重的礼服向王爷和王妃行叩拜之礼,这时候外面有一个尖细的声音道:"圣旨到,燕北王萧衍、燕北王妃云氏携郡主萧靖琳接旨。"

东殿里瞬时静了一静,众人都转头看向燕北王。

燕北王面色不变,吩咐人准备香案接旨。王妃也吩咐侍从安排宾客们先退去前面的清正殿喝茶。这会儿先到的只是打头的小太监,真正的宣旨太监还在后面。

任瑶期看了萧靖琳一眼,也跟着容氏和李氏从东殿里退了出去。

见任瑶期一路上都皱着眉头,容氏轻轻拍了拍她的手背小声道:"放心吧,不会有什么大事。"

任瑶期点了点头,也知道以燕北王府现在的实力,朝廷就算是再看燕北王府不顺眼,也不会在这个时候到燕北王的地盘上挑衅,只是她的右眼皮从刚刚就一直在跳,所以心里隐隐有些不安。

不过见容氏也注意到她,任瑶期怕她们担心,便什么也没有说,跟着众人一起退往清正殿。任瑶期她们几人最后出来,所以就落在了众人后头,正当要进清正殿殿门的时候,却见一行人往这边走了过来。

那一行人中,走在前面领路的似乎是燕北王的庶弟萧衡和萧三公子萧靖岳,而当任瑶期看清楚与萧衡并肩走在一起的人时,不由得顿住了步子,立在当场。

容氏和李氏都回头看了任瑶期一眼,李氏正要说话,那边的几人正好也瞧见了她们,朝着她们快步走了过来。

一个略有些阴柔的声音笑着扬声道:"哟,这不是献王妃殿下吗?"那人一边说着一边撇开众人迎了过来,不过在走到一半的时候又拍了拍自己的脑门,有些懊恼地道:"哎,瞧我这记性,这世上哪里还有什么献王和献王妃?我真是老糊涂了。"说着他又笑吟吟地盯着容氏一脸为难地问道:"您说我这会儿称呼您什么好呢?"

容氏仔细辨认了那人几眼,然后笑着点了点头:"原来是卢公公,好久不见了。"

既然容氏叫他公公,那就是宫里的太监了,李氏和任瑶华都不由得朝那人看了过去。

只见这位卢公公一身总管大太监的莲青色常服,头上戴着发冠,看上去三十几岁的年纪,生得倒是白皙俊秀,一脸斯文相,不过他看人的眼神让人觉得不舒服,黏腻阴柔,就像是被一条毒蛇盯上了的感觉。

卢公公嗤笑一声:"哟,您老记性真好,居然还记得咱家。当年您常进宫那会儿,咱家还是个屁事儿也不懂的娃娃,只会跟在大太监们后边装孙子呢。这一晃都十几年过去了……不过您看,没个称呼也不成,不然我就叫您……对了,废献王妃的娘家姓什么来着?"说着卢公公轻拍着额头,转身问跟在他身后的小太监。

小太监立即回道:"回爷爷话,废献王妃娘家姓容。"

卢公公拊掌道:"对对对,是姓容!瞧我都快忘了,容家当年也是个大家族啊,废献王妃的祖父可是当过宰辅的大人物,只可惜后来这一大家子也没剩下什么人了,也难怪我现在连姓都想不起来了。"

容氏闻言面色不变,微微含笑站在那里没动,仿佛卢公公口中说的并非她的娘家。

卢公公的视线却转到了李氏以及任瑶期两姐妹身上,任瑶期面无表情地垂下眸子,没有人看到她藏在袖子中的手在微微发抖。

"容氏,这些都是你的什么人啊?哦,这位咱家还有点儿印象,当年也经常跟着你进宫见宛罪妃的,是嘉怡郡主吧?"

李氏看了看卢公公,又看了看容氏,十几年前她经常出入宫廷的时候卢公公还真的是一个名不见经传的小太监,所以她没有什么印象,且这位公公从刚刚就一直话中带刺,隐含恶意,所以李氏只笑了笑,没有说话。

卢公公身边的小太监却不满地叱骂道:"你卢爷爷在与你说话呢。"说完又嘀咕道,"也不看看现在是谁家的天下了,真当自己还是什么郡主不成?"

向来不与人争执,性情平和的李氏却出人意料地回道:"我祖父姓李,名讳为邺,不知你说的爷爷是哪一位?"

这句话让在场之人都静了静。

那个小太监是宫里出来的,比任何人都知道厉害,见自己刚刚为了讨好卢公公说错了话,给人抓住了大把柄,吓得脸唰地就白了,差点尿裤子。

卢公公盯了李氏半晌,突然笑了,然后一巴掌重重扇到那小太监脸上。

接着他一边接过另外一个小太监递过来的帕子擦着手,一边漫不经心地道:"回去之后自己到太后娘娘面前领一百个板子,能不能活命就看老天爷脸色吧。"

那小太监跪到一边一声也不敢再吭。

卢公公笑着对容氏点头道:"不错,真不错!"

容氏知道这些在太后面前伺候的人是想要折辱她们来讨好远在京都的颜太后,这种事情她当年就已经见怪不怪了,所以卢公公别有深意的笑容并没有撼动她分毫。

她点了点头,微笑道:"卢公公这次来燕北是有正事要办吧?我们就不打扰卢公公办正事了,先行告辞。"

萧衡也道:"卢公公,承德殿就在前面不远了,我带您过去。"

卢公公却像没有玩够一般,将目光从容氏身上掠过,看向了李氏和任瑶期姐妹。

卢公公的目光在任瑶华和任瑶期身上转了转,又笑着点了点头:"不错,真不错。"他转头对萧衡和萧靖岳父子道,"身上流着宛罪妃的血果真不一样啊,瞧这两个小姑娘长得,啧……尤其是这一个,还真有几分宛罪妃当年的影子。小丫头,来告诉咱家,你叫什么名儿?"

卢公公走近任瑶期,抬手就要朝她下巴处捏,容氏和李氏脸色皆是一变,正要喝止,站在任瑶期身边的任瑶华手疾眼快地上前半步挡住了任瑶期,然后将卢公公狠狠地推了一把。

任瑶华满腔怒火，下起手来自然也有些重，卢公公没有料到还真有人敢对他动手。他身上有皇帝的圣旨，就连燕北王府也不敢明着动他，所以他才敢在燕北王府的地界上痛打献王府的落水狗，好回宫之后跟太后禀报，给太后逗个趣儿。他毫无防备地被任瑶华推了一个跟跄，然后扭到了右脚的脚脖子，当即哎哟了一声，疼得脸色发白。

萧衡和萧靖岳见状脸色都是一变，连忙上前询问卢公公有没有伤到哪里。

卢公公扭曲着脸，指着任瑶华尖声道："竟然敢对咱家动手，还不快给我把人抓住了。"

李氏连忙将任瑶华拉到怀里护住。

容氏见事情闹大了，也有些棘手，只能上前道："孩子不懂事，还请公公大人有大量别与她计较。公公你没事吧？我去帮你请大夫来看看。"

卢公公充耳不闻，只朝着另外两个小太监叫道："还不快去把那丫头给我抓过来！"

原本进了清正殿的人听到动静，也出来了几个。不过看到与容氏她们起冲突的是一个太监，谁也不好前来劝解，只有暗中派人去承德殿通知王爷和王妃。

眼见着那两个小太监就要奉命上前来抓任瑶华，任瑶期也急得想要化解这危机，她比任何人都知道不能让任瑶华落到卢公公手里，不然任瑶华很有可能会被他毁了。

正在这个时候，不远处一个带着笑意的声音道："原来都在这里，卢公公，香案已经备好了，我父王和母妃还在承德殿等着接旨呢。"

任瑶期连忙转头看了过去。

便看见萧靖西正疾步朝着他们走来，对上她的视线，萧靖西朝她微微笑了笑，虽然只是一个淡得不能再淡的笑容，却不知怎么的让任瑶期松了一口气。

两个小太监转头看到了萧靖西，他们是认得萧二公子的，下意识地就停住了步子。

卢公公正在火头上，根本就没有看到来的是什么人，只摆了摆手道："且待我抓住了这个小贱人再说！"

萧靖西走到卢公公和任瑶期他们之间，似是没有看到卢公公一身的狼狈，也没有发觉现场气氛有异，浅笑着道："卢公公不会打算这样去宣旨吧？二叔你带着卢公公先下去稍作梳洗，换身衣服再去承德殿。"

卢公公这才注意到说话之人是萧靖西，萧靖西他自然是认得的，并且有些忌讳，不过他还想要开口说什么，却被萧靖西温声打断道："香案已经备好了，公公若再不快一些，三炷香就要烧完了，到时候圣旨还没到可是对圣上的大不敬。"

一般而言，宣读圣旨是有大讲究的，在打头阵的小太监出现之后，接旨的人就要准备香案，并点上香，然后等候后到的宣旨太监来宣旨，而宣旨太监必须要在香烧完之前念完圣旨，否则就是对皇帝的大不敬。

卢公公低头看了看自己身上，外衫已经弄脏了，必然不能就这样去宣读圣旨，只能先去梳洗一下将衣服换下来，若是还耗在这里的话，真的有可能赶不上宣旨的时间。

所以他扶着自己徒孙的手站了起来，试着动了动脚，好在刚刚只是扭到了经络，疼了一下，并没有真的伤到骨头。

他这会儿也慢慢恢复了太后身边总管大太监的姿态，对萧靖西行了一礼："萧二公子，咱家失礼了，失礼了。"

萧靖西笑着颔首，对萧衡道："二叔，劳烦你陪卢公公去梳洗。"

萧衡应道："公公这边请。"萧衡也不希望这件事情这会儿闹大，毕竟他也算是主家，又在场，传出去的话他面上也无光。

萧靖岳却对萧靖西挤了挤眼道："公公只是瞧着任五小姐长得好看，想要上前看仔细一些，然后引起了些误会。"

萧靖岳是在心里暗自笑话卢公公明明是个太监，还这般好色。

可惜萧靖西与他并没有什么共同语言。

卢公公突然觉得自己的脖子处有些发冷，一种令人毛骨悚然的战栗爬上了他的心尖，他下意识地摸了摸自己的脖子，却什么也没有摸到，以为是自己昨晚睡驿站着凉了，便没有在意。

卢公公在被人扶走之前，还满是恶意地盯了容氏她们一眼，尤其是在盯着任瑶华的时候，眼中有很明显的"这事儿没完"的意思。

反正已经撕破脸了，任瑶华也不怕他，冷冷地瞪了回去。

萧靖西看着卢公公他们走远了，才回头看了任瑶期一眼，然后笑着对容氏道："怪我招待不周，让你们受惊了。"

容氏叹气道："是祸躲不过，他本就是冲着我来的，这次还要多谢萧二公子解围。"说着容氏又看了看任瑶期和任瑶华，眼中有着明显的担忧。

容氏很清楚卢公公是什么心思，也不怕这些人明着给她难堪，只怕李氏和两个外孙女会被牵连。

容氏知道，对于卢公公这种人，他要做的就是费尽心机地讨颜太后的欢心，而有什么比折辱与宛贵妃有血缘关系的后人更让太后高兴的？

任瑶期也皱眉看了任瑶华一眼，因为任瑶华的那么一推，卢公公的注意力反倒放在了任瑶华身上，任瑶期担心他会对任瑶华动手。

卢公公那种人性格扭曲偏执，只要是得罪了他，他必定会一直记在心里，并伺机报复。

萧靖西道："既然是在王府发生的事情，就由王府出面解决吧，你们不必太担心，这里毕竟是燕北。"

萧靖西肯开口揽下，容氏也松了一口气。

萧靖西说的没错，这里毕竟是燕北，不是京都，卢公公再得颜太后的宠信，他的手也伸不到燕北来，又有萧家插手，她们只要小心防备，应该不会有什么大事。

容氏并非真怕卢公公，卢公公真要欺人太甚，献王府要派人解决他也不是什么难事。只是现在卢公公是来燕北宣旨的，身上必定还背负着颜太后的命令，算得上是半个钦差，若是在燕北的地盘上出事，燕北王府不好与朝廷交代，很有可能被朝廷找到攻击的借口。献王府既然已经与燕北王府结盟，就应该要顾及燕北王府的利益。

容氏只是觉得小人难缠，就怕别人要什么下三烂的阴招。

萧靖西亲自送容氏几人到清正殿，然后才离开清正殿回承德殿。

等承德殿那边接完了旨，王妃才带着萧靖琳重新出现在众人面前。

萧靖琳找到任瑶期，避着众人带着她去一边说话。

"听说你们刚刚被卢裕刁难了？"

任瑶期轻叹一声，将之前的事情说了一遍，萧靖琳皱眉道："不过是个太监，还真把自己当成爷了。你也别怕，等会儿我让红缨和红叶跟你回去，他若是敢去找你麻烦，就揍他一顿！"

这时候一个男声在她们后面道："除了动手揍人，你还能想出什么法子？"

任瑶期和萧靖琳回头，便看到萧靖西不知道从哪里冒了出来，正挑眉似笑非笑地看着她们。

萧靖琳斜睨了萧靖西一眼："至少我还帮着出主意了，不像某些事后诸葛，也不知道当时到哪里去了。"

萧靖西还没来得及说话，萧靖琳看了任瑶期一眼，突然静静地一笑，说道："难不成听到来的是赐婚的圣旨，心里高兴坏了，所以到一旁偷着乐去了？"

萧靖琳的话让任瑶期愣了愣。

赐婚的圣旨？给谁赐婚？

萧靖琳既然会拿出来说事，那就不是给她的赐婚圣旨，难道是……

任瑶期不由得看向萧靖西。

萧靖西对上任瑶期的目光，心下一跳，连忙解释道："不是给我的。"

任瑶期："……"

萧靖琳学着萧靖西似笑非笑的样子看了他几眼："谁说是给你赐婚的圣旨了？你急个什么劲儿？"

萧靖西："……"

看到任瑶期一脸疑问，萧靖琳这才好心地解释道："太后给萧靖岳赐婚了。"

任瑶期闻言有些惊讶："萧三公子？"

萧靖琳点了点头："听说是一位什么才德兼备的宗室女，过一阵子就会送人过来完婚。"

任瑶期不由得想着，朝廷难道是想要从内部分化燕北王府？

就如同萧靖西暗中支持狄家与曾潜对上一样，朝廷想要扶持萧衡这一支与燕北王对上。让敌人从内部互相消耗确实是兵法中的上上之谋。

不过不是赐婚给萧靖西就好。

这个想法一浮现在任瑶期的脑海中，就让她呆愣住了。

就算朝廷赐婚给萧靖西，与她又有什么利害关系？她还能阻止太后的赐婚不成？

任瑶期不由得看向萧靖西，正好萧靖西也专注地看着她，两人的视线一对上，就有一种说不清道不明的氛围将他们笼罩了。

任瑶期回过神来，微微低下头，转移话题道："圣旨还说什么了？只是赐婚吗？"

任瑶期没有注意到，若是以往她肯定不会这么直白地问圣旨的内容，她向来是小心谨慎之人，不会让自己落下什么明显的把柄被人抓小辫子。

所以她的心还是有些乱了。

萧靖西之前还有些失落，不过他也是心有九窍的人，立即注意到了任瑶期平静表象下的不寻常，心里不由得欢喜起来。

萧靖西的眼中慢慢染上了笑意，他自然不会点破，只顺着任瑶期的问题回道："今日这道圣旨是颁给燕北王府和靖琳的，朝廷给了她一个静淑郡主的封号。至于给萧靖岳赐婚之事是太后口谕。"

"静淑郡主？"任瑶期听到萧靖琳的封号不由得看向她。

萧靖琳瞥了萧靖西一眼，然后不在意地对任瑶期道："可能是朝廷见我前一阵子在嘉靖关太折腾了，所以赐了我这么一个封号，让我好自为之，学一学普通闺阁女子的静雅娴淑。"

虽然面上没说，萧靖琳心里还是很鄙视朝廷的小人行径的。

她觉得朝廷与其讽刺她一个女人牝鸡司晨，还不如抓紧时间训练那些细胳膊细腿的所谓"朝廷精锐"。男人无用还好意思怨恨女人太强，真是让人嗤之以鼻。

任瑶期也觉得朝廷此举实在是太小家子气了。

她听说萧靖琳这两年立了不少战功,若萧靖琳是男儿身的话,被封个将军是再正常不过了,只是这些年来朝廷从未嘉奖过她。好在萧靖琳也并不在意这些虚名,凭着自己的本事,在燕北军中的威望也不小,即便身上并无将军头衔,下面的燕北士兵见了她都会恭敬地叫一声萧将军,而这与她燕北王府郡主的身份并无关系。

"对了,我的小字呢?"萧靖琳之前与任瑶期约好了两人在对方及笄的时候为对方取小字的,见任瑶期这里没有动静,不由得问道。

任瑶期便道:"你觉得凤阳这个字如何?"

"凤阳?"萧靖琳眨了眨眼,正等着任瑶期给她解释意思。

萧靖西已经低声念道:"凤凰鸣矣,于彼高冈;梧桐生矣,于彼朝阳。"

任瑶期笑着点了点头:"这是出处。"

萧靖琳便也跟着念了一遍,又在心里仔细琢磨了一番,然后她脸上慢慢地浮出了笑意:"萧凤阳……不错,我很喜欢。"

萧靖琳向来觉得,能不受拘束地做自己喜欢做的事情就好,别人能不能理解她她并不在意,但是有人能懂她的感觉真的不错。

见萧靖琳喜欢自己给她起的字,任瑶期也很欢喜。

这时候红缨走过来对萧靖琳道:"郡主,王妃正在寻您呢。"

萧靖琳便走开两步去询问红缨。

萧靖西趁着这个机会低头轻声对任瑶期道:"卢裕那里我会让人盯着,你别怕。"

任瑶期抬头,对上萧靖西温柔专注的眼眸,心下一跳,垂下眼帘道:"谢谢。"

萧靖西总觉得任瑶期对卢裕的态度有些奇怪,按理说今日才是他们第一次见面。他不由得想起了上一次任瑶期对方姨娘说起自己曾经做的那个噩梦的事情,不过他却没有问。

"你……"萧靖西似乎想要开口说什么。

任瑶期便又抬眼看向他。

萧靖西顿了顿,正要开口,萧靖琳却已经与红缨说完话,走了过来。

萧靖西便将快到嘴边的话又吞了下去。

任瑶期看了萧靖西一眼,转头问萧靖琳道:"王妃找你有事?我们先回去?"

萧靖琳点了点头,今日是她生辰,来了不少祝贺的人,宁夏那边也派了人过来,她不好一直躲着不见人,王妃让她出去露露脸。

萧靖西没有将之前的话再接下去,只道:"你们先去吧,我也还有些事情需要处理。"

任瑶期便与萧靖琳一起离开了,只是一路上她还是忍不住想萧靖西刚刚那一句未出口的话是什么。

萧靖琳的及笄宴,虽然遇上了卢裕这么个不速之客,不过对于献王府,总的来说还是一个很重要的开端。

燕北王妃大张旗鼓地邀请废献王妃容氏作为郡主及笄宴上的正宾,可以说是给了燕北各个世家贵族一个信号。在献王一家来到燕北的这段时间里,因为朝廷忌讳和燕北王府的漠视,几乎所有的燕北世家都不约而同地忽视了献王府众人的存在,将他们摒弃在燕北贵族们的社交圈之外。

而如今,这一持续了十几年的僵局,似乎正有打破的趋势。

萧靖琳及笄宴的第二日,献王府就有人登门了。

而第一个登门拜访献王府的,是雷家。

雷家目前没有当家主母,所以是雷家家主雷霆亲至。雷霆说是之前惊扰了李乾的车驾,这一回是亲自来探望的。虽然雷霆在宝瓶胡同待了不到两刻钟的时间就离开了,但还是引起了不少人注意。

第三日,云家也有人来宝瓶胡同拜访容氏,来的是云家大太太。云家大太太在宝瓶胡同待了半个时辰才离开。

雷家和云家的态度让原本还持怀疑态度的各家族心里都暗暗有了数。

雷家姑且先不论，毕竟雷家迁回燕北的时日尚短，就说云家，谁都知道云家向来是以燕北王府马首是瞻的，云家亲近献王一家，焉知不是燕北王府暗中授意？

于是到了第四日、第五日，来献王府拜访的人陆续多了起来，还有一些燕州以外的州府的人家也派了人过来。

虽然很多家族不是家主亲至，而是派了府上的管事来送些平平常常的小吃食，或者送来个帖子邀请容氏或献王父子去赴宴。

献王府这边的态度很平常，既不受宠若惊也不冷漠以对，给送东西的，容氏都收下了并交代下面按规矩回了一份；来邀请赴宴的，则大部分推了，只有一小部分确实是家主诚心相邀，又实在推不掉的，才应下了。

李氏和任瑶期姐妹也听到了外面的这些动静，李氏参加完萧靖琳的及笄宴回来两日之后应邀去参加云阳书院的一位顾太太办的茶会。顾太太也是世家出身，邀请的人除了云阳书院的太太们以外，还有一些别家的夫人。

李氏来云阳城之后只与云阳书院的太太们相交过，不过那一日主动来找李氏搭话的人却不少，且并不只是云阳书院的太太们。

对于这种情况，任瑶期并不意外。

燕北的世家大部分是看燕北王府的脸色行事，从燕北王妃亲自去宝瓶胡同请容氏开始，任瑶期就已经料到了会有这些情况。不过对于她们而言，并不是一件坏事。

至于任瑶期之前担心的卢裕那里，却一直没有动静，也没有再派人来她们这里找碴。任瑶期后来才知道，卢裕在郡主及笄宴第二日一早就急急赶去了宁夏，自然没有空闲再来寻她们的麻烦。

萧靖琳之后又给任瑶期送了信来，说卢裕以及他这次带来的人身边都有人盯着，不会给他暗中动手的机会。任瑶期这才放了心。

而卢裕在抵达宁夏后不久，朝廷就又下来一道圣旨，给了卢裕监军一职，让他暂时留在宁夏协助曾潜处理宁夏军务，卢裕就这样被绊住了。

这一日，任瑶期和任瑶华正在正房听周嬷嬷给她们讲些治家之道，门房进来禀报说任家大太太来了。

这还是自他们搬来云阳城之后，大太太第一次来他们府上。

李氏连忙带着任瑶期和任瑶华迎了出去，又让人去把任瑶英也叫出来。

大太太见她们都在二门迎她，忙上前扶住李氏的手笑道："这是做什么？你们都迎了出来，还怕我找不到地儿不成？"

李氏笑了笑，请大太太进院子。

大太太不肯先走，便携了李氏的手一起走在前面，任瑶期和任瑶华两人跟在后面，一行人去了正房。

等各自落座，李氏吩咐人上了茶点之后才道："大嫂今儿怎么有空来云阳城？"

大太太随意地打量了一下正房，微笑道："来办些事情，顺道过来看看你们。我刚才一路走来瞧着这院子虽然不大，布置得倒是十分精巧，恐怕是三弟的手笔吧？"

李氏也笑道："确实是老爷布置的。"

接着大太太又与李氏聊了一些家常事，眼见着快到中午了，李氏便留了大太太吃饭，大太太也没有拒绝。

大太太给人的感觉一直是温和明事理的，之前在任家的时候对李氏虽然并不热情，却也没有明着打压，就连任瑶华对大太太也没有多少恶感。

见气氛渐好，大太太突然问道："对了，前些日你们不是去参加了郡主的及笄宴吗？听说那一日燕北王府很是热闹，不单单是燕北的名门世家都来了，连南边的朝廷也来给郡主颁了一道加封的圣旨。"

大太太这句话一出口，任瑶期就知道大太太准备进入今日的正题了。

从燕北王府邀请容氏之后，燕北各大家族陆陆续续对献王府表示出了善意，任家却一直没有动静。

任瑶期之前还在心里想着，不知道任家这次能忍多久。

这不就来了吗？

果然，接下来大太太就开始向李氏打听燕北王妃为何会邀请容氏去当郡主及笄宴上的正宾。

李氏并不太知道献王府和燕北王府之间的内幕，她许久没有回娘家了，上一次见到容氏，容氏也没有对她提起太多。

所以大太太问了半天,也没有从李氏口中问出个所以然来。

最后大太太笑道:"前几日,我还听老太太提了一句,说三弟妹似乎已经许久没有回娘家了?"

李氏闻言笑了笑。

大太太又道:"虽说三弟妹你已经嫁到了我们任家,是我们任家的人了,但是娘家那边也不能少了往来才是。不然外人见了,还以为我们任家不通情达理,不准媳妇回娘家探亲呢。"

李氏低头道:"大嫂说得是,之前是我考虑不周。"

李氏虽然无争,却并不是愚钝之人。之前她之所以不回娘家,是因为任家不喜欢她往娘家去,开始那几年她每年也会抽空回宝瓶胡同见父母,可是每次回去之后任老太太都不太高兴,次数多了她便也明白了,就尽量不回娘家了。

现在大太太却说是她不愿意回娘家,而不说是任家不喜欢她回去。

不过李氏顺从习惯了,并没有反驳大太太的话。

大太太听了心中满意,她心里其实也清楚,这些年来是任家怠慢了李氏。不过现在任老太爷和任老太太见献王府似乎有起复的趋势,便想重新经营这门姻亲关系,而李氏就是双方的桥梁。

刚刚大太太出言试探李氏的态度,见李氏还是一副顺从的性子,并没有因为娘家这一阵子出了些风头就对她拿乔便松了一口气,觉得今日被任家二老遣来的任务大概可以完成了。

于是大太太越发亲近地对李氏道:"那就抽空带着两个孩子回去看看吧,也顺便代我们老太爷和老太太向李老爷和李夫人问个好。老太太之前还说,若非老太爷身子不好,她现在走不开,也想到亲家家里走动走动呢。"

李氏也应下了,又过问了一下任老太爷的病情。

大太太叹道任老太爷如今的身子到底是不如以前了,这阵子虽然没有再咳血,却也动不动就会觉得累,现在家中大部分的事情已经交给任大老爷和任益延。

李氏便吩咐周嬷嬷准备一些上好的药材,等会儿给大太太带回去给任老太爷,虽然东西不多,但也是三房子孙的一点心意。

午膳过后,大太太临走之时又拉着李氏到一边去说话,这一次是避着任瑶期和任瑶华姐妹两人的。

等到送大太太出门之后，母女三人回了正房，任瑶华就问道："娘，大伯母刚刚与你说了些什么？"

李氏闻言叹了一声，从自己的衣袖里拿出一个大红底子的织金荷包："大嫂说这是老太太让她送来的。"

任瑶华拿过李氏手里的荷包，在手里掂了掂，荷包瞧着不小，却很轻。任瑶华将荷包打开，将里面的东西拿出来时却咦了一声。

坐在任瑶华身边的任瑶期转头看去，便见任瑶华从荷包里拿出来的是一把每张面值一千两的银票。

任瑶华数了数，抬头道："两万两？这是？"

李氏道："老太爷说你外祖家中这段时日有不少应酬，肯定也少不了人情往来，便让老太太拿了些银子给我，让我送给你外祖，以免他们捉襟见肘。还说以后如果银子不够的话，就去找你大伯父。"

李氏在说起这些的时候，脸上并没有喜色。任家冷了她和她娘家这么多年，这会儿突然又是让她回娘家，又是给银子的，为的是什么，她心知肚明。

任瑶期开口道："大伯母还说了什么？祖母是不是有什么事情要你去做？"

李氏将二十张银票折好，又收到荷包里，轻叹道："倒也没有什么事情，只是让我没事就带你们去外祖家串串门……"

"然后顺便打听一下献王府和燕北王府的事？"任瑶期淡笑道。

任老太爷打的是什么算盘，没有人比任瑶期更清楚了。

任家既然能借方雅存攀上宫里的人，自然也能再回来和献王府套近乎，如果献王一家真的有起复的可能，任家这一门姻亲自然也能跟着沾光。

任瑶期看了一眼李氏手里的荷包，心中暗讽，任家的银子可不是那么好拿的。

第二日，李氏便让人准备好马车，又备了一些礼品，然后带着任瑶华和任瑶期姐妹两人回娘家了。

见李氏回来，献王和容氏都很高兴，献王还推了别人邀请他去钓鱼的约，决定在家里见见许久不见的女儿，李天佑出了门也被叫了回来。

"爹，娘……"李氏带着两个女儿行了礼之后，看着献王夫妇唤道，话还没有说出来，眼泪就先流了出来。

虽然不久之前李氏还见过容氏，不过她已经有很多年没有回娘家了，有些控制不住自己的情绪。

容氏看着李氏如此有些心疼，拉了她在炕上坐下，嗔道："回来是好事，你哭什么？没瞧见孩子都在旁边看着吗？也不嫌丢人！"话虽如此，她自己却也红了眼眶。

而献王叹了一口气，起身要出去。

"爹……"李氏有些无措，还以为李乾是生了她的气，要走。

李乾停下步子，转头对李氏笑道："你们说话，我去问问看今日有没有你爱吃的菜。"

李氏破涕为笑："爹爹还记得女儿喜欢吃什么？"

"自然记得，你最喜欢吃糖葫芦，你小时候我还瞒着你娘甩开侍卫们偷偷抱你出去买过好几次，后来被你祖母知道了，罚我们三年不准吃糖葫芦，你哥哥还因此记恨你好久。"李乾难得出言打趣道。

李乾出去之后，容氏便携了李氏上炕说话。

聊了几句之后，容氏便问李氏今日的来意。

在自己的母亲面前，李氏也没有什么好隐瞒的，便将任家二老让大太太来找她的事情告诉给容氏。

容氏听完之后并不意外，反而笑了笑："你婆家出手还是很大方的。"

这时候，却听李乾的声音在门口响起："银子你先退回去给他们。"

众人闻言均转头朝门口看去。

只见李乾和李天佑爷儿俩，每人手上举了三四串糖葫芦走进来。李天佑嘴里还被山楂塞满了，正吧唧吧唧地四处找地方吐核儿。

倚红拿了一个大瓷碟进来，接过李乾和李天佑手里的糖葫芦，在瓷碟里摆好，放到李氏和任瑶期姐妹面前。

李乾走到炕上坐下，挑了一串糖葫芦递给李氏："门口只有卖山楂馅儿的，将就点吃。今日没有准备，下回来了我们自己做吧。"

李天佑在一旁道："对对对，下次让倚红去熬糖，我要吃糯米馅儿的！上面再撒一层干果！"

李天佑的话勾起了李氏儿时的回忆，让她忘了之前要说的话，接过李乾递过来的糖葫芦笑道："谢谢爹。"

容氏看了话题转得忒快的父子两人一眼，问李乾道："老爷之前说什么？"

李乾正给任瑶华和任瑶期发糖葫芦，闻言随口道："什么说什么？"

李天佑走过来捡了一串糖葫芦，好记性地提醒他爹："'银子你先退回去给他们'这一句。"

李乾哦了一声，语气随意地道："让你退回去就退回去，我是一家之主，得听我的！"

容氏也没有与李乾争辩，笑了笑，转头对李氏道："既然你爹不愿意收，你就让人送回去吧。"

李乾啧了一声，在一边挥着竹签子小声道："两万两啊！还真不少。我算算啊，够买好几只斗鸡，好几只蟋蟀，然后鸡又生鸡，蟋蟀又生蟋蟀……啧，还真不要啊？怪可惜的……"话虽然是这么说，他脸上却没有太多遗憾的表情。

任瑶华在一边听着，实在忍不住了，含着怒气开口道："退回去？那以前的银子也要一起退回去吗？"

李氏一愣，然后皱眉呵斥任瑶华道："华儿，怎么这么没规矩！"

任瑶华冷冷地看了正用自己的袖子擦嘴的李天佑一眼，讽刺道："规矩？哪家的规矩？"

李天佑擦了一把嘴，不在意地朝着任瑶华露齿一笑。

李氏却猛然抬手，狠狠给了任瑶华一个巴掌。

啪的一声脆响，将众人都镇住了。

任瑶华也没有料到李氏会打她，愣愣地抬头："娘……"

李氏打了任瑶华之后也有些后悔，可是刚刚任瑶华话里的讽刺意味狠狠地戳到了她的心窝，所以她依旧冷着脸噙着泪道："给我认错！"

任瑶华今日原本就不乐意来，若不是李氏非要带她一起来的话，她根本就不想踏进这里半步。

就算献王府能够起复又能怎样，如果献王府这些年真的隐瞒了自己的实力，她的心只会更冷。这些年在她们孤立无助被一个姨娘欺负的时候，外祖家在哪里？为了他们做大事的人心中所谓的大业，连骨肉至亲也能抛下不管吗？这些年，李氏偷偷给娘家送了多少银子？任瑶华面上不说，心里怎么会不知道。可是之前李氏给的银子他们都收下了，现在眼瞧着自己能翻身了，就摆起派头来了吗？

任瑶华捂着脸冷笑道："认错？认什么错？我只是心寒而已。现在攀上了燕北王府就瞧不起任家的银子了？那早前你们干吗去了？要装清高就该一开始就一文不要，不要等到这个时候才嫌弃任家的银子满是铜臭味！你们现在回绝得这么干脆，有为我娘想过吗？你们有没有想过她回去之后要怎么向公婆交代，有没有想过她会被夫家责难，怨她连这点小事都办不好？"

李氏想要阻止任瑶华再说下去，任瑶华却已经站起身来："我原本就没有想要沾外祖家什么光，以后你们享你们的荣华富贵，不必想着还有我这么个外孙女了。"说完这句话，任瑶华就走了。

"三姐——"任瑶期连忙叫道，可是任瑶华早已经快步走出了屋子。

屋子里瞬时静了下来，半晌，李天佑呵呵一声，看了众人一眼，干巴巴地说道："哟，这丫头气性还真大，也不知道随了谁。"

李氏又急又气，只能吩咐周嬷嬷派人跟出去，然后坐在那里除了抹泪不知道该说什么。

李乾沉默了半晌，突然道："这些年，让你们受苦了。这丫头……这丫头虽然性子急，话却说得有道理。"李氏母女能被一个商户如此欺负，的确是因为他们不愿意太早暴露自己手中的实力，也怪不得任瑶华会怨恨他们。容氏叹了一口气，没有说话，让李天佑派人跟上任瑶华看看，别让她出什么事。

被任瑶华这么一闹，李氏也没有心情在娘家待下去了，担心任瑶华急匆匆出去有没有回家，还担心自己之前那一巴掌打重了会让任瑶华脸上肿起来。

容氏明白李氏的心情，便也没有多留她，只道："你先回去看看华儿吧，瑶期留下来陪我说说话。"

等人都走了，李乾和李天佑父子也出去了之后，容氏才问任瑶期道："期儿，你不怨恨我们吗？"

任瑶期想了想，如实道："幼时也曾怨过的，还有些羡慕七妹妹和八妹妹她们。不过后来长大了便知道了，好日子坏日子其实都是自己过出来的，这些年我们过得不好，其实自己本身的原因更大一些。您瞧，如今我们过得不也不错吗？"

这是任瑶期的心里话，她很久以前就已经想通了。

其实献王府也不容易，她们的舅舅李天佑至今都没有成亲，也没有孩子。找不到合适的人家是一个原因，更多的原因怕还是忌讳朝廷。一个没有男丁继承香火的献王府比子孙满堂的献王府更能让人放心。退一步说，就算献王府忍不住提早暴露了自身实力，暂时护住她们在任家过好日子，之后又能否躲过朝廷接踵而来的赶尽杀绝？

献王府一旦不存在了，她们母女在任家的日子就好过了吗？

容氏见任瑶期这么说，倒是不知道该说些什么好了。她叹道："对于你外祖父不愿意再收任家银子的事情，你是怎么看的？你也以为是你外祖父想要扬眉吐气，气一气任家二老吗？"

任瑶期摇头道："我们母女能不能在任家立足，并不取决于收不收任家的银子，而取决于献王府今后能展现出来的实力。依照我祖父的性子，如今就算不收他的银子明着拂了他的脸面，他也不敢在这个时候翻脸，反而会越发忌惮。如此一来，任家更不敢轻视我们母女了。"

任老爷子就是这样的性子。

如果这次献王府收钱收得太快的话，任老爷子说不定还会在心里嘀咕，觉得献王府就算能翻身也不过如此。他们现在能被任家用银子笼络住，以后也能被任家用银子笼络住，反倒不会特别顾忌李氏了。

反倒是拒绝了任家的银子，会让任老爷子觉得献王手中肯定还有后招，且现在是对他们薄待李氏心有不满，想要来个秋后算账。任家以后在对待李氏的时候也会尊重一些。

容氏闻言欣慰道："好孩子，你有一颗玲珑心啊！"

容氏想着，这个外孙女不仅仅是在容貌上像宛贵妃，就连聪慧也随了宛贵妃，现在年纪尚小就如此通透豁达，假以时日定也会是一个人物。容氏又道："对了，之前有一桩事情原本想要告诉你母亲的，不过她先走了，我便与你说吧。"

容氏与任瑶期接触的次数多了，也知道这个外孙女年纪虽然不大，却比她母亲更有主意能当事，所以便也将她当作成年人来对待。

任瑶期点了点头："外祖母请说。"容氏沉吟道："这些日子，有不少人家想要给你舅舅做媒。"

任瑶期闻言并不惊讶。

现在献王府既然复出有望，那么自然就有人想要与献王府联姻。李天佑年纪虽然不小了，却是献王和容氏的独子，且还未曾有过婚配。

燕北王府已经表了态，并且献王府还与各世家往来，那么就算嫁个不得宠的庶女或者是旁支之女给李天佑观望一下也是有益无害的。

任瑶期以为容氏想要与她说说给李天佑物色的正妻人选，好让她回去说给李氏听，让李氏也参详参详，便问道："不知外祖母看上了哪一家的闺秀？"

不想，容氏却摇了摇头："你舅舅的婚约一早就已经定下来了。"

任瑶期闻言一愣："可是我听说……"任瑶期顿了顿。

李天佑年少之时曾经定过一次亲她是知道的，还知道这门亲事是在先皇还在世，宛贵妃还宠冠后宫的时候就定下来的，那位姑娘的出身自然是不一般，听说是三朝元老内阁首辅文渊阁大学士纪楠的嫡长孙女。

只可惜在宛贵妃失势之后不久，纪家和容氏的娘家一样被宛贵妃和献王牵连，满门获罪。李天佑的那位未婚妻，纪家大小姐不愿意去做官奴被人糟蹋，悬梁自尽了。

容氏看到任瑶期欲言又止的表情就明白她也是听过这段因由的，颔首叹道："可惜了芙韵那丫头。你若是见到她，也会喜欢她的，见过她的人都喜欢她，你母亲年幼的时候就很亲近她。"

见容氏伤感，任瑶期连忙出言安慰。

容氏摇头道："没事，只是想着有些可惜，纪家只是被无辜卷进来的。我与你提起这件事情，是想说，我们既然已经定了纪家的媳妇，那就会娶纪家的女儿。"

任瑶期有些惊讶，难道那位纪芙韵当年没有死还活着？可是看容氏为她可惜的表情又不像。

容氏提声对着外面唤道："倚红在外面吗？"

容氏的话落音没多久，倚红便掀帘子走了进来，低头行礼道："老夫人，婢妾在。"

容氏朝她招了招手，笑道："没有外人在，就不用这般规矩了，你过来。"

倚红看了任瑶期一眼，然后顺从地走到容氏面前。

容氏拉着她的手在炕上坐下，倚红便也不再推辞，端端正正地坐了。

容氏对任瑶期道："现在你暂且叫一声纪姨妈吧。"

任瑶期愣了愣，倚红姓纪她上一次听闵文清叫过，不过却没有想到她会是三朝元老纪家的女儿。

虽然有些意外，任瑶期还是立即叫了一声："纪姨妈。"

倚红抿嘴一笑，冲着任瑶期点了点头。容氏叹道："当初纪家满门遭难，只有纪家嫡出的二小姐纪芙颖因恰巧回了外祖家而逃过一劫，她乳娘便将自己的女儿替了她。芙颖逃出来之后打听到我们来了燕北，就扮成小乞儿一路找了过来，幸亏在路上遇上了后来赶来的郑国良他们。郑国良原本是贵妃身边的人，自然是认得芙颖的，这才一路有惊无险。只是我们本就是被发落的，芙颖只有扮成戏子进来，最后还成了个丫鬟。说起来，终究是我们亏待了纪家人。"

倚红（也就是纪芙颖）连忙道："老夫人万不可这么说，当年贵妃娘娘本就对我祖父有恩。后来纪家遭难，若非您和王爷收留芙颖，芙颖怕是早已经与姐姐一样成为一具枯骨。"提起自己的家人，纪芙颖忍不住红了眼眶。

容氏拍了拍她的手，笑道："好孩子，你放心。我们一直记得与纪家的婚约，无论献王府今后如何，你都是我李家的媳妇。"

纪芙颖听到这里已经落下泪来:"老夫人,芙颖现在的身份只是一个戏子,怕是配不上爷了。老夫人还是另为爷求一门名门淑媛,这样对献王府今后也是一个助益。芙颖愿意以侍妾的身份待在爷身边……"

容氏正想要说什么,李天佑却掀帘子进来了,咧嘴一笑道:"哟,这会儿害羞了?这些年你对爷管东管西的时候怎么没见害羞啊?哪个侍妾敢动辄就对爷说教,连出门喝个酒都要被念得耳朵起茧子?"

纪芙颖闻言脸红得能滴血。

在外面她自然不敢教训李天佑,但是在李天佑太胡闹的时候,她关起门来也还是要说他几句的。忠言逆耳,她以为李天佑因此不会喜欢她,可是怎么听他这话的意思好像并不反对娶她?

容氏笑着摆了摆手:"行了,你们要翻旧账都出去翻,别打扰我和期儿说话。还有你,难怪连外甥女都笑话你没规矩,进来都不吭一声的!"

任瑶期在容氏这里用完了午膳才回去,回到家的时候李氏正在午休。

周嬷嬷将任瑶期拉到一边告诉她说,李氏回来之后与任瑶华又起了争执,刚刚一直在屋里流泪,好不容易才被周嬷嬷劝着睡下。

周嬷嬷让任瑶期去看看任瑶华,好好劝劝她。

任瑶期无奈地一叹,任瑶华对外祖一家一直有偏见,任瑶期不止一次劝过她,任瑶华依旧不能释怀。

道别了周嬷嬷,从正房出来之后,任瑶期便去了东厢找任瑶华。

可是令任瑶期意外的是,任瑶华不在屋里,倒是芜菁坐在内屋的炕上拿了个绣棚在绣花。

见任瑶期进来,芜菁连忙将手上的活计放下,下炕来行礼。

任瑶期环顾了一圈,惊讶道:"三姐呢?不在屋里?"

芜菁一开始还有些支支吾吾的,不过见任瑶期皱着眉头一言不发地盯着她,最终还是低下头道:"三小姐她出门了。"

任瑶期连忙问:"她去哪里了?什么时候出去的?身边带了些什么人?为何连周嬷嬷都不知道?"

芜菁道:"三小姐从太太那里出来之后将自己关在了屋里,还把奴婢和香芹都赶出来了。后来雷家小姐捎了信过来,奴婢进来给三小姐送信,三小姐看完信之后就说要出门一趟。只是那时候太太正在气头上,周嬷嬷也在劝太太,三小姐不愿意在那个时候去正房请示,所以就吩咐奴婢去准备出门的车。门房见是三小姐出门,还以为是太太允了的,就没有拦着。"

任瑶期连忙问道:"三姐是去赴盼儿的约吗?"

芜菁点了点头:"是的,五小姐,三小姐接到雷家小姐的信后就说要出门一趟。您也知道,三小姐平日里也不喜欢出门的,只有去见雷家小姐的时候才会出去。"

任瑶期不悦道:"那也应该与母亲或者周嬷嬷说一声。你们怎么也不劝着些?就算劝不住,也该早些说出来,不然若是出了什么事情可怎么办!"

芜菁不安道:"不会出事吧?三小姐去见雷家小姐也不是一次两次了,太太那边不是每次都没有拦着吗?"也就是因为任瑶华见雷盼儿的次数多了,李氏也都是允了的,她们才没有太当一回事。

任瑶期心里却很不放心:"盼儿的信呢?拿来让我瞧瞧。我看三姐去了哪里。"

芜菁连忙将之前那封信拿了出来,递给任瑶期。

任瑶期将信打开之后便放了一半的心,这封信确实是雷盼儿写的,雷盼儿的字迹和说话的语气别人想要模仿也不容易。

信中,雷盼儿约了任瑶华去她们之前经常见面的一家茶楼,就在正阳街上,任瑶期之前也去过一回。

将信看完之后,任瑶期抬头道:"三姐身边带了香芹?还带了什么人?"

芜菁连忙又说了几个名字,除了房里两个二等丫鬟、几个婆子之外,都是平日里经常跟车出门的那几个,确实不像是偷偷溜出门的样子。

任瑶期吩咐芜菁道:"你去周嬷嬷那里说一声,然后让周嬷嬷再多派几个人去茶楼瞧瞧。如果三姐真的与雷家小姐在那里,就让人在外面候着,等三姐出来。若是三姐不在那儿,就赶紧回来禀报一声。"

不久,周嬷嬷派出去接任瑶华的人回来说她们没有在那间茶楼里找到三小姐,倒是遇见了久等三小姐不至,要被雷家二爷接走的雷盼儿。

雷盼儿说她等了任瑶华许久,却不见任瑶华赴约,还以为任瑶华不来了。雷家的下人和茶楼里的掌柜伙计也都说没有看到任家的马车来过。

周嬷嬷得知这个消息之后大吃一惊,立即告诉了李氏和任瑶期。

李氏急得不行,立即派了人去各处找任瑶华。

任瑶期也被任瑶华无端失踪的消息惊了一跳,连忙将之前周嬷嬷派出去的人叫来细细询问了一番。被派出去的婆子回来的时候也试着打探过任瑶华的下落,不过正阳街的人似乎都没有见到过任瑶华的马车。只是那几个婆子也不敢打听太多,怕传出去不太好听,所以就让人急急忙忙回来禀报,剩下的几个又沿途去找人了。

"母亲,你赶紧派人去外祖家,让外祖家的人也帮忙找。"任瑶期连忙对李氏道。

献王府有不少高手,比起任家的这些普通婆子丫鬟,他们去找人会更迅速一些。

"奴婢去一趟吧。"周嬷嬷道。

周嬷嬷是从献王府出来的,比别人更熟悉一些,任瑶期点头道:"那嬷嬷快去。"

周嬷嬷一刻也不敢耽搁,立即坐了一辆马车去献王府找容氏。

容氏得知之后连忙将春生和秋生叫了去,让他们带着人去找任瑶华。

而任瑶华从自家出去之后不久,就被人盯上了。

任瑶华的马车快驶入正阳街的时候,在一条小道里被人堵住了。

一辆破牛车打横着飞驰过来插到任瑶华和后面跟车的那辆马车中间,等后面那一车的丫鬟婆子回过神来的时候,任瑶华的马车已经拐了个弯儿不见了。

后面那辆车的人正想要赶紧追上任瑶华的马车,却不想这时候不知道从哪里又蹿出来好些人将她们围住了,说是牛车被她们的马车撞坏了要她们赔偿,然后那些人趁着这些丫鬟婆子降低警惕的时候将她们都弄晕塞进了马车,最后赶着马车扬长而去。

而任瑶华那辆马车在拐弯之后马车夫就发现了不对，任瑶华忙吩咐车夫将马车停下去查看一下发生了什么事，马车夫才将马车停下就被人从背后袭击，声音都没有发出来就一头栽倒在地。

袭击车夫的人坐上了车夫的位置，又有另外两人也跟着坐上了车辕。

等马车再次行驶起来的时候，香芹一把掀开马车帘子，见外头坐着的不是自己熟悉的车夫，而是三位陌生男子，香芹吓得立即尖叫起来，一名男子手疾眼快一掌砍在香芹颈侧将人劈晕了过去，然后与另外一人一同钻进了马车。

任瑶华吃了一惊："香芹——"

她急忙抄起矮几上的茶壶往来人头上砸去，又将案几也掀翻了推过去，正要喊人，就被一人用之前敲晕香芹的手法敲晕了。

就这样，任瑶华连同她带出门的丫鬟婆子两车人被连人带马车劫走了。那一伙人赶着任家的两辆马车专挑云阳城里的小巷子七拐八拐地出了城门，最后上了官道。

任瑶华被人掳走的地点虽然是在一条比较偏僻的胡同里，不过带走了那么多人要想完全没有动静是不可能的。

献王府的人顺藤摸瓜一路追踪，最后发现那些人带着任瑶华出城上了往涿州方向去的官道。

接到献王府那边送过来的消息，李氏吓得差点晕过去，周嬷嬷连忙一边掐李氏的人中，一边道："太太您要稳住啊，不然三小姐可怎么办？"

任瑶期也道："母亲别急，春生不是已经带人追上去了吗？我们再等等消息。"任瑶期也担心得很，不过现在不是自乱阵脚的时候。

李氏也反应过来，抹着眼泪坐直了身子："你们说得对，华儿还等着我去救她，我不能自己先乱了。"

李氏知道若是她倒下了任瑶华的处境会更加危险，任时敏是个不管事的性子，他就算想要救任瑶华也没有什么办法，而任家若是得知任瑶华被一伙来历不明的男子掳走了，想不想让任瑶华回来还是个问题。

想到这里，李氏连忙道："周嬷嬷！快吩咐下去，三小姐被人带走的消息千万不能传出去，老太爷、老太太那里也要瞒住！"

周嬷嬷连忙道："太太放心，之前五小姐已经吩咐奴婢安排下去了，连老爷那里也先瞒住了，就说三小姐今日去探望外祖，被外祖母留下了。"

李氏见任瑶期已经先一步想到了这一点，不由得松了一口气。

见李氏已经冷静下来，任瑶期又连忙派苹果去了一趟燕北王府找萧靖琳。那伙人已经出了云阳城往涿州方向去了，任瑶期怕献王府的人最后因为一些顾忌鞭长莫及。而不管是燕州还是涿州都属于燕北的地界，任瑶期想着请燕北王府的人帮忙是最稳妥的。

任瑶期那边很快就收到了萧靖琳的回信，说这件事情萧靖西在任瑶华的马车出城门的时候就已经知道了，并派了人跟上去救人。任瑶期得知萧靖西已经插手之后松了一口气，她相信任瑶华一定能平安回来的。

在后院里住着的任瑶英也听到了一些风声。

虽然周嬷嬷已经下了封口令，但任瑶华和李氏先后从外头回来之后又发生了争执，任瑶英恰好从廊下经过听到了些动静。

虽然任瑶英很快就被任瑶华的丫鬟发现并请走了，任瑶英还是一直暗中留意任瑶华和李氏这边的动静。后来任瑶华离府，不久之后任瑶期回来去找任瑶华，再后来任瑶英便见李氏陆续派了几拨人出门去，似乎想要找人。

任瑶英暗中观察到最后，得出了一个令她惊讶的结论，任瑶华好像不见了？

为了证实自己的猜测，任瑶英便故意找了个借口去找李氏，却只见到了李氏身边的大丫鬟喜儿，喜儿说李氏有些不舒服，让她明日再来。

任瑶英便笑着道："那我去找三姐姐吧，这事儿我与三姐姐说也是一样的。"

喜儿皱了皱眉，连忙拦住了她道："九小姐，三小姐她去了外祖家还没有回来，您有什么事情不妨告诉奴婢，奴婢替您转告太太一声。"

又去了废献王府上？

任瑶英有些不太相信喜儿的说辞。任瑶华不喜欢自己的外祖一家在任家不是什么秘密，怎么可能才从那里回来，转头又去了？还是自己独自去的。且照之前的情形来看，任瑶华从外面回来的时候并不怎么愉快。

这时候鹊儿也掀了帘子出来，与喜儿说周嬷嬷正找她们有事。

见两个丫鬟的视线都往她身上扫，任瑶英知道自己再在这里待下去肯定会让人怀疑她的动机，便笑了笑主动走开了。

任瑶期在得知任瑶英刚刚去了正房找李氏的时候忍不住皱了皱眉。任瑶英与她是同父异母的姐妹，若是任瑶英从此以后能识相点不要总想着兴风作浪，她看在父亲的面子上可以与她井水不犯河水。

可是任瑶英好像并不是这么想的？

任瑶期现在正担心任瑶华，也没有空闲来搭理任瑶英，只是让人将任瑶英和她身边的那几个丫鬟婆子都看牢了，不准她们出门。

过了不久，外头果然有人来报任瑶英身边的一个丫鬟说要出门买针线，被门房拦了下来。

任瑶期知道，无论如何任瑶华还是快些回来的好，不然时间久了，传出一些风言风语，对任瑶华是很不利的。

任瑶华醒来之后发现自己被绑住手脚堵住嘴倒在了一辆陌生的马车里，之前跟她一辆车的香芹已经不见了。

原来在出了城之后不久，那一伙人便兵分两路，任瑶华的丫鬟婆子们被扔到了任家的那两辆车上拉往蓟州方向，香芹也在其中的一辆马车上。

而任瑶华则被换到了一辆原本就准备好的普通马车上，直奔涿州。

任瑶华猛地清醒过来，低头打量了一下自己的衣着，发现衣服都还好好的才松了一口气。

她原本想要用自己的身体撞击车壁向外面求救，可是贴着车壁仔细听了一会儿之后，她意识到周围除了她这一辆疾驰的马车之外并没有别的什么人或者车，他们走的似乎是一条小路。

任瑶华不敢轻举妄动，她怕自己求救不成反而惹怒了外面的人给自己招祸。就算要自救，她也要等待一个合适的时机。

也不知道过了多久，任瑶华感觉马车的速度终于放慢了，直至在什么地方停了下来。

外面赶车的男子说道："你去前面的村里向那些村民们买些干粮，接下来的两日我们需要一直赶路，不方便住店打尖，也不方便生火。"

赶车的男子似乎是发号施令的那一个，任瑶华听到有人应了一声，然后骑马离开了。

又有人下了马凑过来笑道："嘿，兄弟。你知道咱雇主是谁吗？花这么大的阵仗抓了这么多人？不过银子给得倒是挺大方的啊，每人拿五十两呢，而且那些被我的弟兄们带去蓟州的婆姨和姑娘卖出去的银子也都归咱。"

外头赶车的男子似乎不愿意答话，还掀开车帘子往里面看，似乎想要看任瑶华醒了没有。任瑶华从马车停下来之后就闭上了眼睛，放缓呼吸，装作自己还没有醒过来，想要从外面的人的对话中听出些线索。

赶车的男子往里面看了一眼就又将车帘子放下了。

"嘿，之前没有细瞧，这姑娘长得还挺标致的，难怪让咱卖了那些人，唯独这个要留下来，这要是卖了的话绝对能卖个好价钱啊。不过话又说回来，这姑娘长得这么好，不是普通人家养出来的吧？我们兄弟虽然并非燕州本地人不清楚底细，可是咱都是同道中人，你也不能帮着雇主蒙我们啊！这要是有来历的姑娘，咱风险也大，收的银子自然也要多些。"之前说话的男子在偷偷往马车里看了一眼之后，狐疑地说道。

赶车的男子不耐烦道："不过是商户人家的女儿！你怕还跟上来作甚？与你那些兄弟一起去蓟州不就行了。"

"嘿，话可不能这么说，咱之前可只收了一半银子，现在人抓到了，你们要去见雇主邀功，我若是不跟着吃亏了咋办？咱也有一帮子兄弟要吃饭，不容易啊。"

赶车的男子冷哼了一声："随你！"

任瑶华听到这里就明白了，原来绑架她的并不止一伙人，外面说话的这两个就不是一起的。赶车的男子这一伙才是与雇主直接联系的，而说话的另外一名男子与带走香芹她们的那些人则是一伙的，他们好像只是半路被拉来的帮手，不是燕州人，也不清楚雇主和她的身份。

任瑶华听到不远处似乎有牛叫的声音，还有赶牛人的吆喝，这附近应该是有人的。任瑶华想了想，正打算拼尽全力撞击车壁引起别人的注意，却突然听到车外有人闷哼了一声，然后重重倒在了地上。

任瑶华心里一惊，却听到赶车的男子道："怎么去了这么久，不过是让你做做样子，然后找个机会将他做掉而已。这些江湖人脑子不好使，身手倒是好得很，跟了我们这么远都没有机会将他甩开，探探他的脉搏看死透了没有。"

过了片刻，之前被派去买干粮的人道："已经死透了，放心，我的匕首是淬过毒的。"

赶车的人道："将尸体先搬到马车上，等找到合适的地方就埋了。这蠢货的人带着马车和那一群丫鬟婆子一起去了蓟州，要是任家有人循迹找过来也会找去蓟州，帮我们引开追兵。我们可以带着她去找雇主拿银子了。"

"还是你聪明，省了银子又少了麻烦。"

任瑶华听他们说要将尸体搬到马车上来一阵恶心惊恐，她平日里再强悍也只是个才及笄的小姑娘而已，对死人本能地感到害怕。

扛着尸体过来的那人接下来的一句话让任瑶华有些惊讶，这份惊讶甚至还让她暂时压住了对死人的恐惧。

那人嘀咕道："也不知道那雇主是怎么想的，她自己是个姑娘家，这么大老远地绑一个姑娘过去作甚？"

"哪来这么多的废话？她给钱，你干活就是了！"

绑架她的人是个姑娘？

任瑶华之前曾猜测过抓她的人到底是谁，认为最有可能的应该是那个她在郡主及笄宴上得罪的卢公公，或者曾家少爷曾奎，可是怎么会是个姑娘？

与她有过过节的姑娘并没有几个，任瑶音算是一个，不过她已经去了江南，任瑶华不觉得任瑶音有本事找来亡命之徒。任瑶英也算一个，不过外面的人说"这么大老远"显然不是指与她在同一个屋檐下的任瑶英。至于已经失踪的方姨娘，她是妇人才对，不应该是姑娘。

可是除了这些人之外,她并不记得自己还得罪过什么姑娘家,值得人家花这么大的手笔来对付她。

有人将马车帘子掀开,将一个男人的尸体扔了进来。马车本就不宽敞,任瑶华甚至能感觉到死人的手碰到了她的袖子,她紧紧咬住唇才让自己没有将尖叫声发出来。

那人将尸体扔上来之后狐疑道:"怎么这么久还没醒,不会是装睡吧?"那人似是想要上来查看。

任瑶华心中一跳。

赶车的那人却嗤笑一声:"你扔个死人到个姑娘身边,她要是醒着的会没一点动静?那些人下手重了些而已。"

"也对,她醒了也能再吓晕过去。"

"行了,时候不早了,赶路吧!现在还在燕州的地界上,我心里总是不大踏实,我们得尽快赶到涿州去。"

"不踏实啥?等做完了这一票咱就往南去,再不回来了。到时候娶妻纳妾生孩子,不要太快活!"那人说着说着便笑了起来。

"但愿如此!"赶车的男子叹道。

这时候马车又动了起来,外面的两名男子因忙着赶路也停止了交谈。

任瑶华想着,无论那个要绑架她的女人目的是什么,都不能让她得逞。可是她一个手无缚鸡之力的弱女子,要怎么样才能从这些杀人不眨眼的亡命之徒手中逃脱?马车又行驶了小半个时辰,等到了一个树木茂盛的高地的时候,马车又一次停了下来。赶车的男子道:"就在前面的林子里找个地儿将死人埋了吧,这样马车跑起来也能快一些。"

骑马的男子应了一声,下了马。

任瑶华透过被风吹开的车帘子往外看了看,发现马车停着的地方是一处地势颇高的高地,右边是一片树木茂盛的林子,再往前一些左边有一个大斜坡,斜坡下面似乎是一大片田地。

任瑶华不由得眼睛一亮,她想到了脱身的办法,虽然看上去难度有些大。

她打算等会儿挪到马车车门边,等马车行到前面那一处斜坡的时候就跳下马车，从斜坡上滚下去。下面既然是田地，这时候天色还早，肯定会有在田间劳作的人。虽然这么做肯定会受伤，说不定还会因此失掉性命，但也比落在不怀好意之人手中要好。

至于外面的那两人，肯定不能也跟着她从斜坡上滚下去，这么高的坡度，那两人要找路下去找她也不易，若是她下去之后侥幸还有命在，说不定就能从他们手中逃脱。

任瑶华越想越觉得这个方法可行，不由得激动起来。

却不想外面的那两位男子因为从林子里突然冒出来的几个人而提高了警惕，两人互相对视了一眼。他们为了在不引人注意的情况下将任瑶华迅速交到雇主手上，就只出动了他们俩，接应的人手都还在涿州。若是这些人是冲着他们来的，那么在不清楚来人的实力之前是不能与之硬拼的。而那几人径直朝着他们的马车迅速走了过来，并散开呈包围之势。

两人心里暗叫一声不好，朝对方使了一个眼色。赶车之人重重地抽了马臀一记，驾动了马车。

另外一人也迅速翻身上马，一边驱动自己的坐骑跟上马车，一边弯身从马鞍下拿出一副弓箭。他只顾着往后警惕那从林子里跑出来的几人，却没有注意到前面草丛里早已埋了一排铁蒺藜。

赶车的人一声"小心"说得太迟了，那人的马蹄正好踩在铁蒺藜上，然后前腿跪倒在地上，将马背上的人重重甩了出去。

任瑶华在马车上虽然有些不明所以，但是外面那人掉下马的声音她还是听到了，不由得暗中欢喜，难道有人来救她了？

可是下一刻，一个突然出现在前方的笑声却像一盆冷水浇到了任瑶华心头。

与此同时赶车的人闷哼一声，然后马车车厢在一阵剧烈的倾斜后翻倒在地。

任瑶华在被撞了两次头之后，重重地摔出马车，滚到地上。她嘴里吃进了一口尘土，被呛得直咳嗽，左小腿处也是一阵钻心的疼，让她差点晕过去。

任瑶华下意识往自己的左腿看去，裙子上的血迹让她感觉到一阵头晕。原来刚刚从马车里摔出来之后，任瑶华的左腿被马车上一根突出来的木橛子扎到了。

任瑶华感觉到一个人影走到她面前，挡住了阳光，那人的脸也被藏在了阴影里。

任瑶华下意识地往后挪了挪，却疼得闷哼一声。

那人在任瑶华面前蹲了下来，任瑶华终于看清楚他那张丑如厉鬼的脸。

"啧，怎么这么不小心呢？流了这么多血，会不会变成瘸子啊？"曾奎的话说得好像很遗憾，语气却是轻快的。

任瑶华疼得冷汗直流，一双眼睛冷冷盯着曾奎。

曾奎这才想起来似的拍了拍自己的额头："哦，我忘了你的嘴被堵住了说不了话。"他笑嘻嘻地伸手将任瑶华口中的布扯掉，然后饶有兴致地打量着任瑶华的脸道，"虽然很狼狈，不过还是好看啊！难怪吴依玉说要送我一份大礼，果然是大礼啊！"

"吴依玉？原来是她！"任瑶华咬牙道。

任瑶华实在没有想到，她跟吴依玉无冤无仇的，甚至连面也没有见过几次，吴依玉竟然派人来绑架她。

曾奎欢喜地点了点头，又抬手来捏任瑶华的下巴："原来你也认识吴依玉啊？她说要把你也变成跟我一样的丑八怪再送给我，让我们凑成一对。"

任瑶华有些反感地皱着眉躲过曾奎的手，厌恶地道："别碰我！"

曾奎一愣，然后眼神一冷，脸上的笑却更加灿烂了："别碰你啊？可是不碰你你的腿怎么办呢？扎得这么深，一不小心可就瘸了。"

说着他的手就出其不意地重重按到任瑶华的伤口上。

任瑶华疼得忍不住尖叫了一声，曾奎却像是看到了什么令他开心的事情一般哈哈大笑起来。

曾奎带来的几个帮手将那两个人迅速收拾完之后都走了过来，有人还从林子里赶了一辆大马车出来并提醒曾奎道："公子，还是先赶路要紧，等回了宁夏才算安全。"

"是啊，公子，您这次是借口养伤瞒着老爷偷偷跑来的，我们要赶在老爷发现之前回去，不然属下们就都吃不了兜着走了。"

曾奎转头看了他们一眼，那些人都噤了声。

曾奎将手上沾染到的血迹抹到任瑶华脸上，笑嘻嘻地站起身："那就先回去吧，回去之后我们慢慢玩。"

"公子，这位小姐腿上的伤要不要先包扎一下？伤得这么重，不及时处理的话以后走路怕是会不便……"有人提醒曾奎道。

曾奎转头看了任瑶华一眼，却高兴地摆了摆手道："我刚才突然想起来，她成了瘸子倒是与我这个丑八怪更般配了！所以还是不用包扎了，等她成了瘸子，我就娶她过门。"

属下们闻言面面相觑之后皆是汗颜。

他们以为曾奎瞒着他父亲千里迢迢不眠不休地连夜赶路过来，从吴依玉手上救出这名女子，是因为对这女子有情意，却不想他居然乐意见辛辛苦苦救出来的这么个如花似玉的姑娘变成瘸子。

曾大少爷的心思果然不是他们这些凡夫俗子能懂的。

"少爷，这两人怎么办？"属下们指着倒在地上的两人道。

曾奎道："带回去做成人彘送给吴依玉吧。她不是要送我大礼吗？我也该送她一份不是？"

人彘？

属下们看着昏倒在地的两人，艰难地咽了咽口水。不过谁也不敢不听话，有人不知从哪里拿出了两个麻布袋子，将那两人套了，扔到马背上。

曾奎转身想要将任瑶华抱上马车，任瑶华艰难地往后挪了挪，狠狠地瞪着曾奎："滚开！"

曾奎笑眯眯地看着任瑶华："不愿意跟我走啊？那你要怎么办？"

任瑶华转头看了一眼不远处的斜坡，可惜她现在受了伤，手脚又被绑住了，实在是挪不过去。

曾奎也顺着任瑶华的视线看过去，突然拊手笑道："呀，你想下去啊？这斜坡上可是有不少尖利的石子和断裂的树根，滚下去的话你这张脸怕是保不住了。至于腿嘛，哦，反正你也要变成瘸子了，腿断不断倒是无所谓。"

不待任瑶华回答，曾奎蹲下身用他那双死鱼眼盯着任瑶华的眼睛笑道："好吧，既然你喜欢这么玩，那我们来打个赌如何？你在一刻钟之内自己爬过去并且从上面滚下去，如果你两条腿都没断或者只是右腿断了，就算你赢了；如果你双腿都断了或者只是左腿断了，那就算你输。你赢了我放你走，你输了的话就乖乖跟我去宁夏。怎么样？赌不赌？"

任瑶华冷笑一声，咬牙道："赌！希望你说话算话！"

曾奎笑眯眯地道："这是自然。"

他还好心地用匕首将任瑶华手上的绳子割断："你这张脸我还是很喜欢的，所以等会儿可要好好护着点啊。"

任瑶华活动了一下僵硬的手，她的手腕被绑了一路，因为血液不流通，这会儿已经没有什么知觉了，不过好在手臂和手肘还能使力。

看了一眼三四十步远的那片斜坡，任瑶华咬牙艰难地往那边爬了过去。

曾奎兴致勃勃地靠在马车车壁上看热闹，还时而给任瑶华拍手鼓励。曾家的那几个被曾潜从军中挑选出来保护曾奎的随从见了，都有些不忍直视。正常人都不会因一个如花似玉的姑娘被如此折磨而产生什么兴趣，只有曾奎看得目不转睛。

任瑶华趴在地上歇了一会儿，吐掉口中的沙土，正想要继续往前爬，变故却在这个时候发生了。

从斜坡下突然冒出五个蒙着脸的人，这五人以一种匪夷所思的速度从斜坡下跳了上来，也不知道他们是之前就藏身在斜坡上，还是从下面爬上来的。

任瑶华吓了一跳，因为不知道这群突然冒出来的人是敌是友，所以她很警惕地滚到一边，死死盯着曾奎和突然冒出来的人。

曾奎看到突然冒出来的人之后皱了皱眉："你们是什么人？难道是吴依玉派来的？"

曾奎的随从反应也很快，立即将曾奎围在了中间。

五个人当中最后上来的那人看了看任瑶华，又看了看曾奎他们以及马背上那两个硕大的麻袋，不搭理曾奎的话，只用沙哑的声音迅速道："我先带这丫头去交差，你们去把大哥和二哥救出来。"

听到这一句，任瑶华原本还有些希冀的心瞬间一沉，这几人与那两人是一伙的，都是吴依玉的人。

曾奎也听到了这句话，眼睛微眯着，笑道："吴大小姐倒还有些本事，居然能请到这么多人。"

蒙面人当中有人怪笑道："曾少爷你还是顾及着你自己吧，雇主发话了，她要的可不只是这丫头，还有您……"那人的话音一顿，恶劣地看了一眼曾奎的裤裆处："还有曾少爷您身上的某一处。"

蒙面的几人皆是一阵哄笑。

吴依玉还真说过这类话，她之前放话说曾家若是敢娶她，她就让曾家断子绝孙。

见主子受辱，曾奎的随从们不干了，有人拔刀道："不过是些连面都不敢露的宵小，看来你们的雇主是看走了眼。"

蒙面人道："所谓神仙打架，凡人遭殃。我们只是些混饭吃的江湖人，拿钱办事，家里都是有老有小的，实在是怕得罪了神仙最后遭报复啊！"

蒙面人中最先说话的那人不理他们你来我往的吵骂，径直走到任瑶华身边蹲下，他的视线在她右腿上一扫，皱了皱眉头，然后弯腰要将任瑶华抱起来。

任瑶华甩手就给了蒙面人一巴掌，虽然隔着蒙脸的布，那一掌却依旧有些力道。蒙面人什么话也没说，依旧将任瑶华拦腰抱了起来。

任瑶华又急又气，对着那人又踢又打，蒙面人被踢中了腹部不由得闷哼一声，手却没有松开分毫。

曾奎吩咐自己的人过来将要带走任瑶华的人拦住，其余的蒙面人却同时攻了上去。蒙面人一边对敌，一边要抢那两只装了人的麻袋。蒙面人还剩四人，曾奎那边却有六人，不过一交上手曾奎的人就发现这四人的武功着实不弱，他们都被拖住了，不能拦着另一个蒙面人带走任瑶华。

曾奎眼睁睁地看着任瑶华被人带走，冷笑一声，躲在自己随从们的保护圈后，从马鞍上取下一副弓箭，取箭拉弦瞄准。他虽然没有什么武功，但毕竟是武将世家出身，射箭还是射得有模有样的，接连三支箭朝着那抱着任瑶华离开的蒙面人背后射去。

那名蒙面人武功也不弱，前两支箭看也没往后看一眼就轻松地躲开了，到了第三支箭的时候，任瑶华恰好朝着蒙面人的手腕上狠狠地咬了一口，蒙面人似乎没有料到任瑶华会动口，不由得呆了呆，就这么一闪神的工夫，曾奎的箭射了过来。蒙面人反应过来，抱着任瑶华往旁边闪了闪，却依旧让那支箭射到了右臂上。

任瑶华只是想着不能被这人带走送到吴依玉那里，因此她这时候已经有些歇斯底里无所不用其极了，所以连抓带咬毫不留情。见蒙面人受伤，任瑶华心里一喜，正要再给他一脚挣脱他，却听到蒙面人低声道："莫非你是属狗的？"

这句话让原本已经有些陷入疯狂的任瑶华瞬间呆若木鸡，因为她听出来这个声音与她之前听到的那个沙哑的声音完全不同，这个声音低沉而有磁性，一听就知道说话的是一个年轻男人。

最重要的是，这个声音任瑶华觉得十分耳熟。

蒙面男子见任瑶华不再挣扎松了一口气，然后将任瑶华抱上曾奎的马，矮身躲过曾奎又从后面射来的箭，动作敏捷地翻身上马，一只手扶住任瑶华将她摆了一个不会压到伤口的姿势，一只手握住缰绳。

"再忍一忍，马车就停在前面不远处的农庄里，车上有伤药。"等马跑得离曾奎等人远一些了，他才低头道。

想了想，他又加了一句："虽然这附近一时找不到大夫，不过包扎伤口我还是很拿手的，我保证你的腿不会瘸，你别害怕。"

任瑶华听着这几句并不高明的安慰，忍不住落下了泪。在知道自己被人绑架的时候，在与死人同乘一辆马车的时候，在被人逼着要从斜坡上滚下去生死不知的时候，任瑶华都没有哭过，这会儿却忍不住趴在蒙面人怀里号啕大哭。

蒙面人低头看了一眼哭起来比小孩子还要伤心难过不顾形象的女子，张了张嘴不知道该说什么，最后只能轻轻地在她背上拍了拍。到了他之前说的那个农庄的时候，蒙面人将任瑶华小心地从马上抱了下来，直接抱进一间农舍。

任瑶华这一路上都很乖巧，就像一只狼狈又可怜的红眼兔子，蒙面人抱着她也不见她挣扎，还时而抽噎两下，哪里还有之前对着人又踢又咬的彪悍劲儿？若是香芹那丫头在这里，一定会以为自家小姐被吓傻了或者是被任瑶英附体了。

蒙面人将任瑶华放在屋子里唯一一张土炕上，任瑶华试探地叫了一声："雷……雷大爷？"

蒙面人看了她一眼："嗯。"他抬手将自己蒙脸的面巾扯了下来，露出轮廓分明的英俊面容，正是雷家当家雷霆。

任瑶华彻底松了一口气，正要说什么，雷霆却起身往外走了。

任瑶华下意识地一把扯住他的袖子。

雷霆步子一顿，转头看来。

任瑶华脸上一红，将手放开。

雷霆知道任瑶华今日是真的被吓到了，所以才会这般，便放软了声音道："药箱在外面的马车里，我去拿进来给你包扎一下伤口。"

任瑶华点头，不好意思道："多谢……多谢你。"

雷霆转身出去了，任瑶华这才看到雷霆右臂上有一大团血迹。她终于回想起来雷霆之前好像中了一箭受伤了，而他之所以会受伤，是因为她咬了他一口，使他没有避开后面的箭……

这会儿安全了，任瑶华的神志也渐渐回来了，便将当时的情形悉数回忆了起来。

想起自己当时对雷霆又踢又踹又挠又咬，不知道给雷霆身上添了多少伤，任瑶华心里就是一阵愧疚自责。她下手有多重她自己心里最清楚。

第四十章 情　动

雷霆很快就提着药箱子回来了。

"抱歉，冒犯了。"雷霆将药箱放到土炕上，皱着眉道了声歉，然后低头给任瑶华检查小腿上的伤口。

任瑶华下意识地缩了缩脚，却因为扯动伤口而忍不住呼了一声疼。

雷霆的动作顿了顿，然后才抬头道："虽然没有伤到骨头，但是这种热天你的伤势须得赶快处理，只是这里一时半会儿找不到大夫，你且忍一忍吧。"

说着雷霆从药箱里翻出一块棉布，然后将棉布扯成细条蒙住自己的眼睛，才动手将任瑶华左腿的裤子用小银剪子剪开。

任瑶华见他蒙住了眼睛心下稍安，不过当雷霆的手碰触到她的时候她还是忍不住红了脸。

"你自己的伤包扎好了没有？"任瑶华低声问道。

雷霆虽然蒙住了眼睛，不过他之前已经细细检查了一遍任瑶华的伤势，所以处理起伤口来没有半点障碍。

"只是小伤，刚刚去马车上拿药箱的时候我已经止过血了。"

怕任瑶华看到他的伤势东想西想，雷霆进来之前给自己的伤口草草地上了药。虽然他觉得在曾奎手里受的那一箭还没有任瑶华之前踢他的那几脚重。

任瑶华有些心虚地在雷霆的手腕上扫了一眼，上面有一个很明显的带血的牙印，雷霆因为没有将这点小伤放在心上，所以就没有上药。任瑶华却恨不能找个洞钻进去。

雷霆动作迅速地给任瑶华上了药，缠上纱布，尽管他已经十分小心了，可是要完全不碰触到任瑶华是不可能的。两人从之前那两句对话之后便沉默下来。

直到雷霆帮任瑶华处理完伤口之后才将蒙着眼睛的棉布解下来。

任瑶华这才道："对不起，我之前没有认出是你，所以把你弄伤了……"

雷霆见任瑶华一脸内疚不安的模样，想了想，说道："没事，不疼，就是觉得牙还挺利的。"

任瑶华见雷霆说这一句时一本正经的严肃模样，忍不住破涕为笑。

雷霆顺手给自己手腕上的伤口也撒了点伤药，好让任瑶华放心。

任瑶华看着他收拾好了，又打量了一下这间农舍："你怎么会出现在这里，还正好救了我？"

雷霆将伤药和纱布都放回药箱，头也不抬地道："自上次曾奎的事情之后，盼儿每次出门我都叫人暗地里跟着。听闻你最近麻烦事也不少，所以你出来见盼儿的时候我也顺道让人留心了。"

任瑶华闻言一呆，愣愣地道："你，你叫人暗中保护我？"

雷霆看了任瑶华一眼道："也不算。就是盼儿约你出来的时候我会让人一路跟着你，不然万一你在路上遇上了麻烦，雷家也是要负责任的。"

虽然雷霆说并非刻意派人去保护她的，但任瑶华听到之后还是百感交集。

除了家人之外，雷霆是第一个主动来保护她的人。

自懂事起，任瑶华就想着要保护母亲，后来她又想着要保护妹妹，她以为自己是个坚强的女子，天生就应该站在比自己弱小的家人面前为她们撑起一片天。

"原本就是为了以防万一，不想这回还真派上了用场，你被人绑走的时候我恰好在正阳街见一个朋友，所以才能在接到消息之后及时跟上来。只是因为走得太急，来不及带上太多人手，又不知道绑你之人到底是什么底细、路上有多少接应之人，不敢轻举妄动，所以才跟了这一路。"

雷霆急忙跟上来的时候身边只带了一个刘贵，他怕贸然行事，那些人狗急跳墙伤了任瑶华。所以雷霆在确认任瑶华人在马车上且并没有受伤,绑她的人只想着赶路去涿州,暂时并不会伤人之后才放心跟在他们后面,然后再在一路上暗中布置营救人手。

很快雷霆便清楚燕州到涿州这一路的地形,抄了一条小路赶到任瑶华他们前面,原本他打算在林子里埋伏,将任瑶华截下来,不想却发现林子里已经埋伏好了一伙人。

雷霆也没有想到,曾奎会在这个时候带着几个护卫冒出来,更没有料到任瑶华后来会受伤。

正在雷霆打算冒险救人的时候,他遇到了燕北王府萧靖西手底下出门办事的几个顶尖高手。雷霆担心任瑶华的伤势,不敢再作拖延,当机立断向燕北王府借了三个人,再加上自己的一个手下从斜坡处爬过来接近任瑶华。

对于自己一路跟过来救人的过程,雷霆虽然说得很简练很轻描淡写,任瑶华却知道从云阳城出来走到这里,才一个半时辰,雷霆又要紧紧跟着他们,又要暗中召集人手,还要安排救人计划,定是费了不少心力。

就是血脉亲人大概也只能做到这样周详了,何况她于他不过是一个有过几面之缘的人。

"这里不宜久留,我先让人送你回云阳城。"雷霆起身道。

"那你呢?"任瑶华连忙问道。

雷霆以为任瑶华害怕再遇上危险,便放软了声音安慰她道:"你别怕,我带来的人都是信得过的,武功也都还过得去,再说还有几个燕北王府的高手也要回云阳城,正好可以与你一路。就算吴家和曾家再来人,你也是安全的。你的伤我刚刚只是粗略地包扎了一下,为了稳妥起见,还是早些回去请大夫看一看。"

任瑶华觉得有雷霆在她心里会踏实些,她现在也只认得雷霆,便又问了一遍:"你呢?不回去吗?"

雷霆道:"我要先去处理些事情。"曾奎那些人肯定不是燕北王府那些高手的对手,现在必定已经落到他们手中,他要先去把这个大麻烦处理了才能走。

他怕任瑶华在外头待久了，对她一个女子而言不太好，任家肯定也会担心，所以才让她先走。

任瑶华见雷霆这样说，也不好耽误他办事，便点了点头。

这时候外面响起了敲门声。

"我出去瞧瞧。"雷霆的目光扫过任瑶华那破了一截的裙子，微微皱了皱眉，出门的时候将外头的门小心关上了。

门外正等着两人，见雷霆出来了，其中一个立即出声问道："任三小姐没事吧？"

雷霆看见说话的人狐疑道："你这次也是出来办事的？"

雷霆之前因为情急，所以没有时间多想，如今想想燕北王府突然冒出来的人未免也太多了，还正好在关键时刻被他遇上，现在连萧二公子身边的随从同喜都出现了。

同喜轻咳一声："我是被我们公子派来看看事情办得怎么样了。我听说任三小姐受伤了，怎么会受伤呢？不是一路都跟着的吗？"这下回去要怎么交代啊？

雷霆挑眉看了同喜一眼，后来想想萧二公子的这位随从好像出身献王府，便明了了，点头道："是我失策了，任三小姐现在已经没事了，腿上的伤也没有伤到胫骨。"

同喜却眼睛微眯，警惕地看了看雷霆，再看了看他身后那扇紧闭着的门，突然瞪大了眼睛，指着雷霆道："你……你……你……大夫……"

能言善辩的同喜惊得嘴里能塞进去一个鸡蛋。

同喜"你"了半天之后，突然有些气恨地瞪着雷霆道："枉我一直觉得雷家大老爷是位顶天立地的正人君子……"

一向沉默寡言，从来都是给人当背景的燕北王府暗卫出身的萧华默默地瞥了同喜一眼，在心里抓狂：他刚刚不是还觉得雷霆能及时救人，救得好救得妙吗？性命攸关的时候扯男女大防不是扯淡吗？

雷霆想了想，淡声道："我会给个交代的。"至于是什么交代，雷霆并没有明说。

不过总算是堵住了同喜的嘴。

"人已经拿下了?"雷霆这话是对萧华说的,之前萧华也参与了救任瑶华的行动,现在萧华人已经站在这里,说明曾奎那边已经解决了。

萧华点了点头:"嗯。"

"你们打算怎么处置曾奎?"雷霆之前想着,曾奎既然是因为他才对上的,那最后也理应由他出面善后。

不过现在同喜也出现在这里,雷霆想,或许萧靖西那边会有安排。

同喜摸了摸下巴,笑嘻嘻道:"我们听雷爷的就是。"

雷霆皱了皱眉:"听我的?"

同喜挤眉弄眼道:"是啊,雷爷的人不是说我们要扮成吴依玉的人,然后从曾奎身上取一样东西吗?以后不就可以看吴家和曾家狗咬狗了吗?雷爷的计策高明啊!"

雷霆这会儿想起来,之前那个开口调笑说吴依玉想要留下曾奎那玩意儿的人是他的属下。

萧华默默地瞥了同喜一眼,心里道:不愧是主子身边的近侍,连自己想要整治个人都要把雷家家主拉下水,你说这人脑子到底是怎么长的呢?真是太奸猾了啊!

见雷霆沉吟不语,同喜叹了一口气道:"听萧华大哥他们提起任三小姐的惨状,小的这心里实在是悲愤难忍啊!我们任三小姐她招谁惹谁了?就活该被人如此欺凌?他们曾家和吴家都算些什么玩意儿?随随便便就跑到咱们燕北王府的地盘撒野,他们以为燕北没人了吗?这次不给曾家和吴家一点教训,简直是天理难容啊!"

萧华心想:怎么还拉上了他们?

雷霆想起任瑶华之前拖着伤腿艰难爬向斜坡的模样,心里也是有怒火的,虽然知道同喜这么说也有拖他下水的意思,却还是果断地领首道:"既然天理难容,那就替天行道吧。"

雷霆打听到曾奎之前没少糟蹋折磨无辜女子,废了他确实算是替天行道了。

见雷霆答应出头,同喜不由得对雷霆多了不少好感。

他这么做其实也有想要试探试探雷霆的意思,身为一个男人,如果遇事躲闪,瞻前顾后,他是瞧不上的。好在这个雷霆好像还挺有担当的样子,且明明知道自己在算计他,也毫不介意地答应下来,心胸够宽广。

"你们先送任三小姐离开这里。"雷霆上了停在一边的马车,拿了一件长长的披风下来。

同喜想了想,说道:"不如还是一起回去吧?虽说咱人也不少,可是任三小姐却都不认识,她刚刚才遇上危险,此刻怕是心中不太安稳,有你这么个熟悉的人在,能让她心安。反正曾奎那边也花不了多长时间。"

听同喜这么说,雷霆又想到之前任瑶华欲言又止地问他怎么不一起回去的模样,心里暗自责怪自己太过粗心,竟然没有想到这一点,于是点了点头:"这样也好,我去与她说一声。"

雷霆进去之后发现任瑶华自己从土炕上下来了,正扶着炕沿慢慢走动,转头看见雷霆进来,任瑶华差点没站稳摔了。

雷霆连忙上前扶她坐下,又把自己拿进来的披风递到她手上,然后才板着脸教训道:"你是想要以后都瘸着腿走路吗?"

任瑶华尴尬道:"我以为你要去忙了,我总不能再让别人抱去马车上吧?所以想要试试能不能自己走出去,其实给我一根拐杖支撑的话,还是可以的。"

雷霆叹了一口气,然后道:"你在这里等我,我去附近办完事情后马上就回来,到时候我们一起回云阳城。这外面有武功高强的人守着,你别怕。"

任瑶华摸着手里的披风,将它搭在自己的裙子上,点头道:"好,你先去忙吧。"

雷霆便又放心地出去了,在他出门的那一瞬任瑶华连忙说了一句:"你小心些。"

雷霆顿了顿,然后才走出门去。

雷霆、萧华和同喜回到那片林子附近的时候,曾奎和他的那些随从果然已经被人绑了起来，扔到了地上。

他们过去的时候正好听到曾奎在那里讽刺道："怎么？你们的雇主要如何处置我？"

同喜不由得冷笑，然后高声说道："大小姐说了，要断了你的命根子，让你就算是娶了她也洞不了房！"

曾奎的人立即骂道："你们敢！我们家大人不会放过你们的！"

蒙面人中有人愤愤道："有什么不敢的！你们挑断了我们大哥和二哥的手筋和脚筋，让他们成了废人，我们是江湖中人，就算没有吴家大小姐的命令，也要有冤报冤有仇报仇！"

雷霆换了一个沙哑的声音道："雇主说了，解决掉这个想要吃天鹅肉的癞蛤蟆就安排我们和我们的家人离开，你曾家又能如何？雇主大方得很，给了我们她一半的嫁妆银子呢。"

萧微只有吴依玉一个女儿，很早的时候就开始给她置办嫁妆了，吴家有钱，吴依玉的嫁妆自然也丰厚得很。重赏之下必有勇夫，所以吴依玉能请到这么多的江湖高手为她办事并不稀奇。

曾奎带来的人都咒骂起来，他们是曾潜特意挑选出来保护曾奎的，若是曾奎出了什么事情，他们肯定是活不了的。

曾奎脸色发白，在心里早将吴依玉骂了千百遍，他发誓只要自己能活着离开这里，定会让这个贱人求生不得，求死不能！

雷霆朝自己的属下使了一个眼色："时间不早了，快动手，我们还得尽快赶去涿州！"

雷霆的手下会意，拿着一把锋利的长匕首走到曾奎面前，怪笑道："大少爷，您别怕，我见过好几次我爹给人骟牲口，一刀下去马上就完事。"

雷霆的这个属下原本就是市井出身，一开口就痞味十足，倒真像是江湖上混的。

"不要……"曾奎忍不住往后挪动着身体，想要躲过那人手中的匕首。

那人下手果然快得很，一刀挥下去，曾奎便发出了凄厉的惨叫。

迅速解决完曾奎的事情之后，雷霆又回去找任瑶华。

雷霆的属下阳贤追上去问道:"主子,那个谁就扔在那里任他自生自灭?"

雷霆停下步子转头看了他一眼,淡声道:"你不是说你刀法很好,他暂时死不了吗?"

阳贤拿出自己的长匕首比画了一下,想了想又提起自己的衣摆将刀面擦干净:"这种事情我见我爹做得多了,手法对的话确实是死不了,不过他是骗马,我这是骗人啊……"

雷霆翻身上了自己的马,不在意道:"没事,想必曾家很快就会找过来的,这里我们不宜久留,还是尽快撤离的好。"

见雷霆这么快就回来了,任瑶华有些惊讶。

雷霆道:"事情办完了,我们走。"

任瑶华点了点头,默不作声地将之前雷霆给她的披风穿好,披风是雷霆的,所以很长,她站起来之后正好可以遮住她的脚。

雷霆走到任瑶华面前蹲下。

任瑶华一愣,然后意识到雷霆是想要背她出门,不由得有些脸红,忙道:"你,你还是给我找根拐杖过来吧……"

雷霆头也没回地道:"你拄着拐杖能过门槛?能跨水沟?能上马车?"

任瑶华不语。

雷霆想了想,又说道:"还是你觉得抱你出去比较合适?"

任瑶华想到自己之前就是被雷霆一路抱过来的,这会儿倒是矫情起来了,便闭了眼,趴到雷霆背上。

"帽子戴上。"雷霆轻轻松松地背着任瑶华站了起来,要出门的时候转过头小声提醒道。

任瑶华连忙将披风上的帽子拉到头上,帽子几乎遮住了她的半边脸,她低着头的话别人根本看不清楚雷霆背上背着的是什么人。

之前被雷霆抱回来的时候,任瑶华情绪还比较激动,没有想太多。这会儿低着头趴在雷霆的背上,任瑶华能够清楚地听到雷霆缓慢而有力的心跳声,碰触到他背上紧实的肌肉,闻到他身上散发出来的成熟男人气息。

任瑶华觉得自己有些晕晕的,甚至没有注意到院子里有没有别人,直到雷霆将她安置在马车上,她才抬起被风帽遮挡得严严实实的脸。

雷霆找了个软垫放到她背后让她靠着,又将之前备好的茶水放到任瑶华的手可以碰到的地方。

"我先下去了,你自己在马车里没问题吧?"雷霆自然不能跟任瑶华一起坐马车,他要下去骑马。

任瑶华点了点头。

"我就在外面,若是有什么事情,你就敲一敲车壁。"

说完雷霆正要转身下马车,任瑶华却突然叫住他道:"等等。雷、雷大哥……"

任瑶华觉得现在还叫雷大爷的话倒是有些刻意生疏了,所以刚刚想也没想,出口就喊了一声雷大哥。

对于这个新称呼,雷霆只是挑了挑眉就接受了。

"有事?"

任瑶华叫完之后又觉得自己突然改了称呼有些莽撞,不由得懊恼,不过她还是说道:"我之前在马车上醒过来之后就只有自己一个人,我的丫鬟她们……我曾偷听到他们说要把我的丫鬟卖到蓟州去,不知道还能不能将她们救回来?"

任瑶华冷静下来之后就想起了香芹她们,原本想着等回到云阳城之后就让人去把香芹她们追回来,可是后来想想,她们是在一伙贼人手中。若是贼人没有将她们卖出去,任家怕也不能打听到她们的下落,可若是已经卖了出去,找回来的难度也大了很多。

能跟着她出门的丫鬟婆子不是她的心腹,就是李氏和周嬷嬷信任的人。尤其是香芹,自幼就在她身边伺候,她虽然有时候嫌弃这丫头聒噪又蠢笨,连拍个马屁都会给她拍到马腿上,可毕竟是多年的情分,若是香芹被人卖了或者受了什么罪,她心里也会很难受。

想到雷霆既然能从吴依玉和曾奎手中将她救出来,想必雷家比他们任家一个普通的商户人家要有门路。

雷霆颔首道:"我这就让人去一趟蓟州,看看能不能将人追回来。"

他之前跟出云阳城的时候因身边带的人有限，所以没有特意分出人手去救任瑶华的丫鬟和婆子，现在任瑶华既然已经没事了，那帮她救一下丫鬟也只是举手之劳。

任瑶华见雷霆答应帮忙找人，喜出望外道："谢谢你，雷、雷大哥。"

雷霆闻言难得开了一句玩笑："雷、雷？我的新名字吗？"

任瑶华的脸越发红得厉害，平日里伶牙俐齿的她却找不出话来回敬雷霆。

雷霆下车之前道："别担心，你的丫鬟会没事的。"

一行人回到云阳城的时候天还没有完全黑下来，城门也还是开着的。进了城之后，燕北王府的人都先离开了，雷霆正要先将任瑶华送回去，就有人先奔着他们过来了。

"这位是雷家大老爷吧？小的是袁大勇，给雷大老爷请安。"来人看到雷霆立即上前行了一礼。

与此同时，任瑶华乘坐的那辆马车的车壁从里面被轻轻敲了敲。

雷霆下马走到任瑶华的马车车窗旁小声问道："来的是任家的人？"

任瑶华的声音隔着车帘子传了出来："嗯，你叫他过来回话。"

任瑶华知道袁大勇是瑶期的人，虽然她与他接触得少，只见过一两次，但见袁大勇特意等在这里，她就猜到可能是任瑶期派他来的。

雷霆让袁大勇过来。

袁大勇朝着马车里小心地道："三小姐？是三小姐吗？"

"嗯。是我妹妹让你来的？"任瑶华道。

见车里坐的真的是任瑶华，且听声音也很平静，袁大勇不由得大喜："三小姐，您没事真的太好了，五小姐一直在担心您呢。对了，三小姐，五小姐在前面不远的胡同口等您。"

"这么晚了她出来做什么？"任瑶华皱眉道。

雷霆道："我先送你过去吧，想必五小姐也等你许久了。"

"嗯。"

雷霆护着任瑶华去了袁大勇说的那条巷子，果然看到有一辆马车等在那里。

见这边来了人，那马车帘子一掀，任瑶期走了下来："三姐？"

任瑶华这边听到声音也马上掀开了车帘子。

"小心你的腿。"雷霆见她急急忙忙的样子，忍不住皱眉提醒道。

见任瑶华的姿势有些奇怪，任瑶期走过来打量着她被披风遮住的腿："三姐，你的腿受伤了？严重不严重？"

在妹妹面前，任瑶华又恢复了她姐姐的样子："没事，小伤而已，已经包扎过了。"

雷霆在一旁听着无奈摇头。

虽然不信任瑶华只是小伤，任瑶期也不好在这个时候去查看，只是招手叫来一个婆子，让她将任瑶华背到自己马车上。

"我已经请了大夫，回去给你好好看看。不过今日我们怕是得先住一次外祖家。"任瑶期等任瑶华趴到婆子背上之后才说道。

任瑶华的背一僵，只是碍于雷霆在场，她抿嘴问道："为什么？"

任瑶期知道让任瑶华这个时候去献王府她肯定不乐意，不过还是道："不然呢？你就这么回去？你带出去的人和马车在哪里？"

"香芹她们被带去了蓟州，雷大哥已经派人去追了。"任瑶华道。

任瑶期却被任瑶华对雷霆的称呼惊到了，不由得看了雷霆一眼，不过她知道现在不是问这些事情的时候，便将称呼问题暂时揭过，只道："我猜她们最快也不能在天黑之前回来，你难道要带着一群人半夜回去？"

任瑶华不说话了。

任瑶期叹了一口气，上前拉了拉任瑶华的手，小声道："好了姐姐，就住一晚上，等香芹她们回来了，我们立即回家。"

任瑶华吃软不吃硬，见任瑶期这么软语求她，又想到任瑶期这么做是为了她，心里一软就说不出反对的话了。

任瑶期就当她是应了，便吩咐婆子背着任瑶华上马车。

任瑶华不由得回头看了雷霆一眼。

雷霆朝她点了点头。

等任瑶华上了马车之后，任瑶期朝着雷霆行了一礼，感激地道："这次多谢雷大老爷救了我三姐。"

在雷霆顺利救下任瑶华，他们还在回城路上的时候，任瑶期就接到了萧靖西让人递给她的报平安的消息，所以任瑶期才会提前安排好，自己出门来等任瑶华。

雷霆却想着这位任五小姐消息倒是灵通，他们这一路回来自然不可能大张旗鼓，她却能在这里将他们等个正着，不过他面上仍不动声色，受了任瑶期的礼之后道："恰巧遇上，举手之劳。你姐姐腿上的伤只粗略包扎了一下，回去之后尽快让大夫帮她看看。我不方便再与你们同行，我会派几个人跟在你们的马车后面，送你们回宝瓶胡同。"

任瑶期忙又谢了他。

雷霆不是多话之人，将事情三言两语地交代清楚之后，就上了自己的马离开了。

任瑶期也上了自家的马车。

"这次多亏了雷家大老爷，等回去之后一定要让母亲备一份厚礼送去雷家。"任瑶期笑着道。

任瑶华嗯了一声没有说什么，然后又问道："母亲知道我回来了吗？"

任瑶期点了点头："我刚刚已经派人回去告诉她了，她原本也要来接你，被我劝住了。"

任瑶华顿了顿，才道："我……让你们担心了。"

任瑶期摇头道："你平安比什么都好。"

任瑶华闻言却愈加愧疚："今日若不是我与母亲置气，自己偷偷跑出门去，也不会被吴依玉的人抓个正着，后来又遇上曾奎……我当时以为自己这次肯定是活不成了的，也恨自己脾气坏，咎由自取……"

任瑶期握住任瑶华的手，温声打断道："三姐，这不能怪你，俗话说不怕贼偷就怕贼惦记。"

任瑶华："……"

马车很快到了宝瓶胡同，容氏身边的楚楚早就候在胡同口，见任家的马车过来了，立即让人回去禀报容氏。

任瑶期先下了马车，然后让人将任瑶华背进门。

容氏已经让人将西厢的两间房打扫好了，任瑶期和任瑶华过去的时候，容氏和纪芙颖已经在西厢等着了。

见婆子背着任瑶华进门，纪芙颖连忙去后院请大夫。其实献王府本身也有一两个能看病的能人，容氏怕任瑶华不喜，便还是让人先去医馆请了一个擅长医治跌打损伤和外伤的大夫进府，让他在后院候着。

大夫看了任瑶华的伤之后道："姑娘运气不错，再偏半寸就要伤到骨头了。伤口包扎得也很及时，又用按压穴位的方法止了血，再好好休养半个月就好了。"

众人闻言终于松了一口气。

纪芙颖问道："伤口这么深，会留下伤疤吗？"女人总是会计较容貌，虽然是伤在腿上，但是对于一个未出嫁的姑娘而言，留一道大伤疤在腿上还是有些遗憾的。

大夫道："伤口有些深，怕是还会留下疤痕。等会儿我给她开些药膏，记得每天早晚涂一次，虽不敢保证能半点痕迹不留，但总是可以让疤痕淡一些。"

容氏点了点头，让人带大夫下去开方子抓药。

听说腿上会留下疤痕，任瑶华倒没有太过担心，她今日能平安回来就已经是捡了一条命，只留下一条疤痕并不算什么。

见任瑶华一脸疲倦，容氏道："我让人送点吃的进来，填饱了肚子再吃药吧。"

任瑶华今日连午饭都没有吃，刚刚又一直在赶路，在路上的时候雷霆问她要不要吃点东西，她觉得没有什么胃口就没有吃，现在确实有些饿了。

任瑶华沉默片刻，然后闷声道了句："谢谢。"

虽然这声谢谢干巴巴的，容氏也没有说什么，笑了笑就带着纪芙颖出去了，只留了姐妹两人在房里。

任瑶华面朝墙壁躺了一会儿，然后又突然转过身来问任瑶期道："我是不是特讨人嫌。"

任瑶期想了想，正要回话，任瑶华却又转过身去闷声道："算了，还是别说了。"

在任瑶期以为任瑶华已经睡过去的时候，又听到她低声道："你和母亲都不怪他们，我想或许有什么事情的确是我误会了。不过有些疙瘩已经结了太多年，是日积月累结下来的，就算现在勉强揭开了，我也不可能当作什么事情都没有发生过。"

任瑶期走过去坐到炕沿上，听任瑶华继续道："不过我更不想让母亲伤心难过，让她左右为难。所以以后我会尽量做到与外祖家的人和平相处，该有的礼数我都不会少，你放心吧。"

任瑶华说完这一句就闭上眼睛不说话了。

任瑶期却明白了她未说完的话。

任瑶华不喜欢就是不喜欢，也做不到说原谅就原谅。不过她愿意试着去接受献王府的人。

任瑶期知道，对任瑶华而言，能做到这一点已经很不容易了。

或许把这些交给时间会是一个不错的选择。至少任瑶华以后不会对外祖家的人那么排斥了。第二日天还没有亮的时候雷家就来人了，且还送来了任瑶华的丫鬟和婆子，包括任家丢失的那两辆马车。

这一次雷霆自己没有来，来的是雷家的管家刘贵。他将人和马车交给献王府的人之后就告辞了，没有半点邀功的意思。

所以任瑶期接到消息出来的时候并没有遇到雷家的人。

倒是香芹号啕大哭地朝着任瑶期扑了过来："五小姐……奴婢终于看到您了，奴婢以为再也见不到您了啊！"

苹果立即闪身挡在任瑶期面前，憋出一句："臭死了，别熏到五小姐。"顿了顿，又好心加了一句："三小姐在屋子里。"

香芹原本被苹果的那句"臭死了"打击得体无完肤，她一个才被凄惨拐卖的姑娘，经过了这么半日一夜的时间，衣服没破，头发没散脸没脏，甚至连指甲缝都在下车前仔细剔过了。那一车的丫鬟婆子哪一个敢说有她干净整洁？这样还嫌她臭!

好在苹果后面那句"三小姐"十分有效地止住了香芹的暴跳,她立即眼泪汪汪地问道:"三小姐好不好?"

香芹醒过来之后就一直哭,被人拿刀抵住脖子都吓不住,还差点将眼泪鼻涕蹭到别人身上,最后那群人实在忍不了了,就用破布堵了她的嘴,把她丢角落里。

等雷家的人找到她的时候,她第一句问的就是:小姐找到了没有,她要去找小姐。雷家的人告诉她说任三小姐已经回去了,哭功一流的任家第一丫鬟这才消停,并在那个时候才意识到自己的仪表很有问题。

任瑶期安慰了香芹几句,让桑葚先领她下去换衣服,她自己则去正房找容氏。

容氏招手让任瑶期坐下,然后问道:"雷霆这人如何?"

任瑶期一开始还没有反应过来,以为容氏问的是雷霆的人品,不由得有些奇怪,容氏之前不还夸过雷霆吗?怎么这会儿反过来问起她来了?

容氏一看任瑶期的表情就知道她没有明白自己的意思,便直接道:"我问的是瑶华的夫婿人选。"

任瑶期闻言不由得一愣。

任瑶华和雷霆?

她还从未往这上头想过,毕竟雷霆是娶过妻的,再娶是续弦。

在任瑶期心里,任瑶华值得一个最好的男子,去给人做续弦太委屈她了。

"外祖母怎么会突然想到他?"任瑶期道。

容氏笑道:"倒不是我突然想到了他,是今日的事情让我不得不想一想了。原本雷霆出手救了瑶华,于情于理我们都要表示感谢的,而雷家也应该将这件事情的始末与我们交代清楚。毕竟我们才是瑶华的家人。"

任瑶期听到这里便回过味来了,接口道:"可是雷霆似乎并不要我们的感谢,甚至他也没有来与我们说明此事,他的意思……"任瑶期想了想,"他是想要另外找个时机来提?"

容氏点了点头,意味深长地道:"我也是这么想的,不过他提的事情怕是不简单了。"

任瑶期呆了呆，回想起昨日任瑶华叫雷霆雷大哥的事情。昨日因为见任瑶华很累，任瑶期也没有再细问她，难道在雷霆救任瑶华的时候发生了什么是他们不知道的？

任瑶期见容氏似乎并不反对，不由得问道："外祖母认为雷霆合适？"

容氏想了想："说句实话，在燕北比雷霆优秀的男子并不多。虽然是续弦，但是以世人的眼光看来，其实还是任家高攀了。"

容氏说的这些任瑶期心里也是明白的，所以她没有说话。

容氏笑道："现在看来你母亲之前给瑶华算命所说的那位命定之人，倒是与雷霆的条件符合了。"

任瑶期想了想，倒还真是如此。

容氏道："好了，我们现在也只是在这边猜测，到时候再看吧。"

虽然容氏这么说，但是任瑶期从容氏房里出来之后还是忍不住想雷霆和任瑶华的事情。

任家二老自然是一千个一万个愿意让任瑶华嫁给雷霆的，李氏有了上次算命之人说的话，怕也不会反对，任三老爷则根本不管这些。

那任瑶华呢？

任瑶华可愿意给人当续弦？

任瑶期回到西厢的时候，香芹已经换了一身衣服过来，正抱着任瑶华的一只胳膊哭得稀里哗啦，任瑶华一脸忍耐地看着她。

见任瑶期进来了，任瑶华总算是找到契机推开香芹："行了，去给我找一身衣裳来换。"

香芹吸了吸鼻子，睁着一双桃子眼道："小姐，不是才换的吗？"

任瑶华看了自己袖子上那一块不明液体一眼，额头上的青筋跳了跳。

香芹立即警觉地起身，一边往外走，一边回头给了个十分狗腿谄媚的笑："哎，奴婢这就去，您身上这谁给找的衣裳啊，绿不啦唧的怎么配得上小姐您的花容月貌。"

好不容易将香芹打发出去，任瑶华问任瑶期："现在回去吗？"

任瑶期走到任瑶华身边坐下，笑道："等会儿母亲会让人来接我们。"

任瑶华点了点头，没有说什么。

"雷家的人已经回去了？"任瑶华问道。

"嗯，来的是雷家的一个管事，将人送到之后就走了。对了，刚刚外祖母还与我聊到了雷家大老爷。"

任瑶期的话让任瑶华看了过来："哦？"

任瑶期笑道："外祖母说雷大老爷此人年纪轻轻就担起了雷氏族长的重任，为人又沉稳可靠，心胸也不错，难怪云阳城里不少人家都盯着雷家大夫人的位置。"

任瑶华皱了皱眉："你怎么也学起了那些妇人喜欢碎嘴的毛病。"

任瑶期不以为然地笑了笑："自家人在一起说说闲话罢了，有什么要紧！依我说，雷家大老爷确实样样都好，只有一样是不好的。"

任瑶华问道："哪一样不好？"她忘了自己刚刚才教训妹妹碎嘴，自己却忍不住想要知道雷霆哪一点不好。

任瑶期看了任瑶华一眼笑道："自然是'续弦'不好，家世与雷家相当又是正经嫡出的姑娘，谁愿意给人当继室？"

任瑶华听了这话却有些不悦地轻叱任瑶期道："难不成死了结发之妻是他的过错？身为男子首先要立身正，有担当，然后要无邪门歪道之心，有仁义助人之念。我看不出来雷大老爷有什么不好的地方。"

任瑶华斩钉截铁的语气让任瑶期暗自惊愕，她还从来没有从任瑶华这里听到过对一个男子这么高的评价。不久之后，李氏就派人来接任瑶期和任瑶华回家了。

回到任家，李氏和任瑶华母女一见面，自然是激动了一番，任瑶华离家之前的那点不愉快两人都忘得干干净净。

任瑶英听说任瑶期和任瑶华回来了，也来了正房，见任瑶华腿受伤了，很是惊讶了一下，被李氏遮掩过去了。只是任瑶英心里还是存了不少疑问，虽然她面上没有表示出来。

过了两日，容氏给任瑶期递了个消息，说雷家家主雷霆造访。

任瑶期接到容氏这个模棱两可、别人觉得没有什么实质意义的消息，却明白容氏的用意，想必雷霆这次在她们外祖父和外祖母面前真的表示了自己想要娶任瑶华的意思。

不过雷霆应该还没有正式派媒人上门提亲，因为李乾和容氏只是任瑶华的外祖，任瑶华是姓任的，雷霆要提亲应该是向任家提。

尽管任瑶期不喜欢任家，巴不得任家二老不要插手她们这一房的事，但是这个是正经的礼数，如果出了错是会落人口实的。

而雷霆在提亲之前先探献王府的口风，是表示对李乾和容氏的尊重，以及表明献王府这一门亲，他是认的。

雷霆拜访献王府之后不久，任瑶期又接到了关于宁夏的消息。

雷霆带着任瑶华离开之后不久，曾家的人就找到了曾奎，那时候曾奎已经因失血过多而陷入了昏迷。

曾潜派来寻找曾奎的人见到曾奎的惨状之后十分愤怒，立即按当时曾奎身边那几人的描述暗中寻找对曾奎施以毒手之人，最后曾家在附近一座农舍中找到了几个留下来照顾伤患的，其中两个据说是首领的人受了重伤，全被曾家人当场乱刀砍死。

而被其他"贼人"劫走的那一名女子却在半路上跳车逃走了，且恰好遇上了回云阳城的闵将军，被闵将军派人送回了云阳城。曾家这次派来找曾奎的人人数有限，不敢对上闵文清，只有带着已经被医治了一番的曾奎先回了宁夏。

曾潜看到自己唯一的儿子被人抬着回来，且还成了一个残废，再也无法为曾家传宗接代，差点因气急攻心而倒下去。最后跟着曾奎出去的那些随从没有一个得了好下场。

而曾奎醒过来之后对他父亲说的第一句话就是："爹，我要吴依玉那个贱人不得好死！"

曾潜也是恨吴依玉恨得想将她千刀万剐，尤其是他后来查到，绑架任瑶华引曾奎去燕北之人果然是吴依玉的时候。曾潜自然不会轻易相信属下的话，所以他还派人去查过，结果查到吴依玉这段时间买通了不少江湖人，还放言要阉了曾奎，好让他癞蛤蟆吃不了天鹅肉。

曾潜恨声道："你放心，这个仇为父一定要报！"

在曾奎回到宁夏第二日，他被吴家大小姐一刀切了子孙根的事情就传遍了宁夏，许多人听了不过当作笑话没有当真，因为这种传闻以前就出过不少。不过还是有一些好事之人问到了吴依玉那里，吴依玉不知道大祸临头，还嘲讽道："我是出了一大笔银子，就等着看曾家断子绝孙。"

这句话让那些原本还想着娶吴依玉以便接手吴家势力的人家立马偃旗息鼓了，其实这也正是吴依玉闹这么一出的目的。她不愿意嫁曾奎，也不愿意嫁宁夏任何一个名门公子。在她眼里，他们连云文廷一个手指头都比不上，全是癞蛤蟆。曾家则以为消息是吴依玉故意散播出来的，因此，曾家对吴依玉的憎恨更甚。

世人以为事情闹到了这个地步，曾家和吴家的婚事怕也会有变数，就连萧微都悄悄派人去打探曾奎是不是真的受了伤。

可是令人意外的是，曾家非但没有取消婚约，还向吴家提出想要将婚期提前的要求。之前萧微为了安抚吴依玉，将婚期定在了两年之后。可是现在，曾潜却向萧微提出想要在八月初就将两人的婚事办了，甚至连一向与吴依玉不对盘的曾奎也没有反对。

萧微这下开始犹豫了，怀疑外界传闻曾奎伤了某处的传言是真的。她虽然爱慕权势，却也不想让自己的独女守一辈子活寡，所以态度便有些推诿。

曾家又开出条件，只要吴依玉肯嫁，就为吴依玉请封郡主，让吴依玉以郡主和吴家嫡女的身份继承原本吴萧和手下势力，曾潜则帮助萧微和吴依玉母女两人坐稳位置，将狄家赶出宁夏。

如果这些条件还不足以让萧微牺牲女儿的婚姻，那么曾家随后将总兵府印信和曾潜好不容易收拢到手的五千人马交给萧微，作为娶吴依玉的聘礼，则让萧微动摇了。五千人马随随便便就给了她，也从侧面说明了曾家现在的实力和曾潜的能力。

萧微亲自去了一趟曾家，还带了一个大夫同行，说是想请大夫给准女婿看看病，以免成亲的时候病还没好，不吉利。也不知道曾家是如何做的手脚，反正大夫给曾奎看完病之后说曾奎身体没有问题，可以在八月初娶亲。

于是吴依玉和曾奎的婚期就这么定了下来。

吴依玉知道之后大闹了一场，萧微又觉得有些对不起女儿，便又向曾家提出，若是成亲之后吴依玉想要回娘家住，曾家不能阻挠。

曾潜在心里冷笑，面上却应得好好的。

就在这个时候，一个人偷偷找到了吴依玉。

这人说他是曾经被吴依玉雇去燕北的某位江湖中人的兄弟，来向吴依玉要银子。他们听那位已经遭了曾家毒手的兄弟醉言，吴大小姐要请人阉了曾奎，就在曾奎偷偷去燕北的那次将曾奎做了，吴依玉需要按传言给他们一万两银子。

这人说得言之凿凿，连曾奎被砍掉的那玩意儿都拿到了吴依玉面前，还指出曾奎胯下靠近腿根处有一颗大痣。

吴依玉看着那坨血肉，恶心得不行，开始怀疑曾奎真的出了问题。

只是最后，吴依玉还是选择暂时按兵不动。为了彻底震慑住那些打她主意的人，她在某些人的特意挑拨之下想出了一个十分恶毒的主意。

于是萧微发现原本因为婚事而闹腾的吴依玉突然消停下来，甚至没有再抗拒与曾奎的婚事。

萧微以为女儿长大了，想通了，十分欣慰，连对她的看管都放松了一些。所幸的是一直到婚期临近，吴依玉都没有再闹出事情。

任瑶期陆陆续续接到宁夏这些消息之后没有多久，雷霆就再一次动作了，他这次是找了媒人直接去的任家提亲。

除了白鹤镇的任家二老，云阳城的任三老爷和李氏也在同一时间得到了消息，任瑶期和任瑶华自然也知道了。

李氏是又惊又喜又有些为难，惊的是雷家家主会突然向任瑶华提亲，喜的是雷霆一表人才能力出众，且与任瑶华的那位"命定之人"条件完全符合，为难的自然是任瑶华嫁过去是做继室的。

任三老爷见过雷霆几次，世家出身的雷霆能文能武，谈吐不俗，所以对雷霆印象不坏，不反对他成为自己的大女婿，不过也没有赞同。

至于任家老太爷和任家老太太则完全是惊喜了。

在给两人合过八字之后，任老太太是越发欢喜了，因为这两人的八字配到一处竟是美满姻缘，天作之合。

因此任家很快就答应了雷家的提亲。

身为当事人之一的任瑶华则被接二连三的消息弄蒙了。

在初初得知雷家去任家提亲之事的时候，任瑶华与众人一样惊讶，她在想为何雷霆会想娶她？明明她在他面前的几次没有一次是可以给人留下好印象的。

后来任瑶华便不可避免地想到了上次雷霆抱着她骑马，抱着她进农舍，给她包扎伤口的事情。她想，雷霆是因为这件事情才娶她的吗？

不知怎么的，任瑶华又突然不高兴了。

后来，李氏打听到任老太太要给任瑶华和雷霆合八字，任瑶华知道之后又紧张起来，她在婚配之事上已经吃过几次亏，原本她觉得自己是能听凭天意的，到了这时候却又不自觉地在意起来。

结果出来之后李氏高兴得不得了，连最后那一点顾虑也没有了，比起女儿的安危和幸福，继室不继室的也不那么重要了。

而任瑶华自己居然也暗暗松了一口气。

这阵子任瑶期一直在注意着任瑶华，她想若是任瑶华有一点不乐意嫁给雷霆的意思，她或许会想办法将亲事搅和了。任瑶华从前的婚姻惨剧一直是任瑶期心里的一个大结，所以她比谁都希望任瑶华能嫁一位良人，幸福美满。

任瑶华这几日虽然看上去有些别扭又纠结，却没有对这门亲事有一丁点儿反感的意思，任瑶期甚至觉得，任瑶华之所以会别扭和纠结，是因为对这桩婚事太上心了。

婚事最终确定下来之后，李氏开始忙着为任瑶华准备嫁妆了。

任老太太也派了人来云阳城接任瑶华回白鹤镇，说是有事情要交代。

当着来接人的那几位嬷嬷的面，任瑶英说自己想任家二老了，也想要同任瑶华一起回去看望祖父和祖母，还说自己亲手缝制了几双鞋袜，想要亲自送回去请祖父、祖母试穿看看合不合脚。

任瑶英这样说了，李氏自然不能拦着她尽孝心。

任瑶期不放心任瑶华，便也跟着她们同行了。

回到白鹤镇任家，姐妹三人立即被早就候在二门口的一众丫鬟婆子簇拥着去了荣华院。丫鬟婆子们个个笑容满面，对着任瑶华和任瑶期姐妹两人妙语连珠，极力奉承。

一婆子道："老太太想念三小姐和五小姐想念得紧，一早就派了奴婢们到二门迎您二位。老太太身边的珊瑚姑娘更是每隔一刻钟就过来问一遍，说老太太一直在念叨二位，催着她出来看看。"她话语里没有一句提到任瑶英，仿佛来的只有任瑶期和任瑶华。

任家的人都知道任瑶华和方姨娘母女的恩怨。现在方姨娘背着个不光彩的名声失了踪，还被方家除了籍，方雅存在方家也逐渐失势，而任瑶华和任瑶期姐妹一个与燕北王府郡主有交情，一个眼见着就要嫁到雷家做当家夫人，风光无限。这些丫鬟婆子都成了精，自然懂得该怎么迎合。

任瑶英落后了一两步，无人搭理。尽管在回来之前她心里已经有了一些准备，但是真正遇到这种怠慢的时候，心里还是难受得像是被人用钝器在心窝口一刀一刀慢慢扎着，疼得她差点晕过去。

她看了一眼走在前面的两位嫡姐，垂下眼慢慢地攥紧了自己的拳头。

任老太太人逢喜事精神爽，一扫前段时间的憔悴焦躁、喜怒无常，看到任瑶期和任瑶华进来的时候便哈哈笑着朝她们招手："快过来快过来，让祖母瞧瞧你们。"

任瑶期和任瑶华才打算向任老太太磕头行礼，就被她一手一个拉到了罗汉床上坐下。任瑶英原本也跟在后头行礼，任瑶期和任瑶华都被任老太太拉着起了身，却没有吩咐让她起身。

她咬了咬唇，只能跪下去默默地将礼行完。起身的时候看到任老太太正拉着任瑶华和任瑶期一口一个"乖孩子""心肝儿"地嘘寒问暖，目光根本就没有在她身上停留过半分，而她刚刚那一跪就像是连任瑶期和任瑶华也一并跪了，心里不由得觉得十分屈辱。

任老太太当没有看到任瑶英，任瑶英没得吩咐又不敢去旁边的椅子上坐下，一屋子的丫鬟婆子也都忙着附和任老太太凑趣儿，没有人提醒一声九小姐还一直站着没有落座，任瑶英也就只能低头站在那里。

任瑶期见此情景心下感叹，以前这种事情她也是见过的，不过都是发生在她母亲李氏身上。任老太太抬举方姨娘，打压李氏的时候，就经常给方姨娘赐座，却对李氏视而不见。

如今风水轮流转，任瑶期都还没有动手教训任瑶英，任老太太就先跳出来给她们出气了，仿佛这样就能抵消以前发生的事情，只可惜任瑶期并没有体会到一丝半毫的快感，只觉得讽刺。

直到一番"你慈我孝"的大戏演完，任瑶英才找到机会插话献上自己给任老太太做的鞋袜。

任老太太总算是发现了任瑶英的存在，不过面上依旧是淡淡的，直接让丫鬟将任瑶英做的鞋袜收了起来，别说试穿了，连看都没有看一眼。

"你先下去吧，我还有些话要与华儿和期儿说。"任老太太摆了摆手，没有赐座，直接就将任瑶英赶了出去。

任瑶英早就不想待在这里自取其辱了，所以很顺从地退了出去。

任瑶英离开之后，任老太太将屋里的丫鬟婆子们也都打发了出去，只留下任瑶华和任瑶期两人。

见这情形，任瑶期就知道任老太太要说今日叫任瑶华回来的目的了，倒是连她也一起留了下来让她有些"受宠若惊"。

任老太太摸着任瑶华的头感叹道："我家华儿一转眼就长大了，祖母也老了。"

任瑶华不比任瑶期，她对这个一直疼爱她的祖母还是很有感情的，见任老太太头上果然出现了几根白丝，不由得鼻子一酸，挽住任老太太的胳膊嗔道：

"祖母哪里老了？祖母精神着呢！"

任老太太哈哈一笑，拍了任瑶华的头一记："就会哄祖母开心，是人都会老，祖母自然也不例外，不过让祖母开心的是，总算能在老眼昏花之前看到我的华儿有个好的前程，祖母也知足了。"

任瑶华闻言有些感动又有些脸红，逗得任老太太脸上的笑意更甚，还轻轻刮着她的鼻子取笑："哟，看看祖母瞧见了什么？我家华儿居然也会害羞了？今儿真是太阳打西边出来了。"

任老太太语重心长地对任瑶华道："不过华儿，你要记住了，将来出了这个门你也是任家的女儿，任家才是你最坚实的后盾，只有任家长盛不衰，你在夫家才能站稳脚跟。没有娘家撑腰的女人，就像是没有根的浮萍，是得不到夫家敬重的。姻亲结的就是两家两姓之好，同气连枝相互扶持才是正理。"

任瑶期闻言，嘴角忍不住露出一抹冷笑。

果然又是这一番话。

任瑶华现在总是与任瑶期待在一处，对她也算是比较了解了，所以别人没有发现，她却看懂了任瑶期笑容中的讽意。她看了任老太太一眼，点了点头："知道了，祖母。"

任老太太对她的回答十分满意，这种以娘家利益为重的话，她以后还会经常在任瑶华面前提起，好让她牢牢记在心里。因为任瑶期以后也会受到这种教育，所以任老太太让她也留下来听训了。

"对了，听说你们与雷家那个孩子走得极近？"任老太太问道。

任瑶华点了点头："盼儿有时候会给我们写信，还会约我们见面。"

任老太太闻言不由得意味深长地看了任瑶华一眼："所以你才见到了雷家大老爷？"

任瑶华皱了皱眉，立即道："我们不方便去雷家拜访，所以盼儿一般是约我们在外面见面，她一直是独自赴约的，雷、雷大老爷并未同行。"

任老太太玩笑般打趣道："哦？这么说你没有见过雷霆？"现在雷霆成了任家的准孙女婿，所以任老太太便直呼雷家家主姓名了。

任瑶华顿了顿道："遇见过一两次，都是偶遇，也没有怎么说过话。"

任老太太对于雷霆突然来提亲的事情也有些不解，毕竟想要与雷家结亲的人家不少，比任家条件好的大有人在，且不久之前任家的煤矿才受创，又因分家分了近一半的家产出去，虽然还不到败落的地步，但终究还是伤了元气。

任老太爷觉得这很有可能是献王府将要起复的缘故，任老太太却想着会不会是雷霆看上了任瑶华。她也暗中打探过，知道任瑶华与雷家大小姐关系不错，又见过雷霆几次，似乎还说上了话。

现在见任瑶华否认，任老太太自是不信，不过她也不点破，只是拍了拍任瑶华的手道："好了好了，祖母不过是随便问问。"

任老太太想了想，又道："不过，以后你与雷家那个孩子还是先不要见面的好。现在你与雷霆已经有了婚约，要注意避嫌了。免得到时候外头出来些什么闲言碎语，于你的名声不好。小孩子嘛，等以后你进了门，再随便哄哄就好了。"

任老太太言语中有着对雷盼儿的不以为然，任瑶华听了之后心里有些不舒服，正要说话，任瑶期却先辩解道："姐姐是因为怜惜盼儿没有母亲又没有姐妹兄弟，才总是不忍拒绝她的相邀，才不是为了接近什么人利用她一个孩子呢。"

任瑶期的话让任瑶华一愣，仔细想想任老太太话里的逻辑，任老太太可不就是以为她是因为想要嫁给雷霆才故意使手段接近雷盼儿的吗？现在两家的婚约成了，雷盼儿自然没了利用价值。

任瑶华心里十分硌硬，觉得自己受到了侮辱。

任老太太拍了任瑶期一记，掩饰地轻叱道："你这孩子，怎么说话的！祖母只是给华儿提个醒罢了，哪里就是这个意思了。"

任老太太话虽然是这么说，不过脸上还是有几分掩饰不住的不自在，任瑶华便明白了，任老太太心里果然是这个意思。

她咬了咬唇，虽然没有再说什么，但是之前被任老太太那些煽情的话勾出来的感动和孺慕之情也淡了不少。

她是一个骄傲的人，忍受不了在别人心里，还是在自己向来敬重的祖母心里，自己竟然是这样品性的女子。

任瑶期看了任瑶华一眼，她对任瑶华亲近任老太太虽然不怨怪，却也并不乐见。为了将来打算，还是让任瑶华与任老太太离心的好，以免任瑶华将来在面对娘家和婆家的选择的时候陷入两难的境地。

从荣华院出来之后，任瑶华的脸色便一直不好，任瑶期自然知道她是因为什么事情而不悦，却并没有主动开解她。

倒是任瑶华忍不住问任瑶期道："在祖母心里，我难道真是一个工于心计、毫无廉耻之心的女子吗？"

任瑶期闻言看了任瑶华一眼，然后淡声说道："在祖母心里，工于心计、毫无廉耻之心并不是什么缺点，你又何必介意。"

任瑶华闻言猛地瞪向任瑶期。

任瑶期笑了笑："你知道我的态度，且你心里也未必不清楚祖母是一个怎样的人，所以别这样看着我。"

任瑶华闻言顿了顿，然后抿唇道："我是在祖母身边长大的，她纵有千般不好万般不好……对我总是好的。"

任瑶期低声道："是吗？但愿以后也会如此。"

她声音不大，任瑶华没有听清楚："什么？"

正在这时候，门房婆子领着一个丫鬟从二门急急走了进来，任瑶期和任瑶华都停住步子看了过去，却发现那丫鬟是五太太身边的大丫鬟碧荷。

上一回五太太和任瑶玉一起中毒，她们身边的丫鬟婆子们也都大换血了一次，这个叫碧荷的丫鬟还是她们的母亲李氏让周嬷嬷调教好之后送给林氏用的，后来林氏对碧荷很满意就留在了身边。

碧荷是从三房出来的人，自然认得任瑶期和任瑶华，看到她们之后就立即走过来行礼："奴婢见过三小姐，见过五小姐。"

见她脸上满是喜悦，任瑶期便笑问道："这么急匆匆的，可是有什么事情？"

碧荷立即道："回五小姐的话，是大喜事呢！刚刚八小姐醒过来了！"

"八妹妹醒了？"任瑶期闻言很是惊喜。

任瑶华也道："什么时候醒的？身子可好？大夫怎么说？"

碧荷道："八小姐醒了大概两个时辰了。大夫说八小姐现在还有些虚弱，不能下床走动，不过再好好调养一年就能恢复了。五老爷和五太太高兴得不得了。三太太知道消息之后也立即过去了，又让奴婢将这个好消息送回来给老太爷和老太太知晓。"

五老爷自从搬出任家之后就没有回来过，他自己在云阳城里开了个笔墨铺子，虽然店面不大，但因为任时敏的帮衬，让他与云阳书院的外事管事接上了头，有了书院这一大主顾，他的小店生意自然还不错。

听说最近任时茂还打算派人去东北关外收些皮货回来做毛皮生意。

任五老爷正用实际行动表示自己打算自立门户，任老爷子被他的行为气了个半死，扬言任家再没有五老爷任时茂这个人。

任时茂知道之后依旧我行我素，并不肯低头回来求任老爷子原谅。

因为此事，任瑶期是有些佩服任时茂的，尽管她以前对这个五叔并不太喜欢。

任瑶期想着，既然是李氏让碧荷来的，那李氏应该是想要做个和事佬的，借着任瑶玉苏醒之事缓和五房和任家二老的关系。

虽然任瑶期觉得自己母亲做的肯定会是一场无用功，不过不得不说，离开了任家之后，李氏在处理这些家务事的时候越发驾轻就熟起来。

"那你快去吧。"任瑶期笑着对碧荷点了点头。

碧荷应了一声，又欢欢喜喜地往荣华院去了。

"我们是不是要回云阳城看看八妹妹？"任瑶华问道，她虽然不喜欢任瑶玉，但是任瑶玉醒了她也是高兴的。

任瑶期道："祖母不是说要留我们住两日吗？怕是不会让我们这个时候回云阳城。"

任老太太关于培养待嫁女子对家族忠诚的闺训还没有结束，所以多留了她们两日。

等她们回到原先住着的紫薇院后没多久，任老太太那边派了人来，细细地过问了她们有没有缺什么东西，又赏了她们一堆吃穿用的玩意儿，最后果然半句也没有提到任瑶玉醒了的事情。

任瑶期和任瑶华又在白鹤镇待了一日，然后才回云阳城。不过任瑶英却生病了，不能与她们一起回去。

任家请来的大夫给任瑶英诊过脉之后说她是染上了风寒。

任瑶华对任瑶期道："怎么会这么巧，偏偏这个时候生病？不会是装的吧？"

任瑶期摇头："这个大夫口碑不错，不是她能收买得了的，所以病是真的，只是这病确实来得蹊跷了些。"

"那怎么办？跟祖母说带她回去治？"任瑶华皱眉道。

任瑶期摇头："现在只是小病，非要带她回去，万一病情加重了怎么办？就让她留下吧，找人看着就是。"

任瑶华点了点头，冷笑道："我倒要看看她到底想搞什么名堂，我去吩咐人看住她。"

于是，任瑶英留在了白鹤镇任家老宅，任瑶期和任瑶华回了云阳城。任瑶期和任瑶华回去之后就去探望任瑶玉。

任瑶玉虽然已经清醒，但是因为上次中毒伤了根本，接下来又在床上无知无觉地躺了很久，所以已经瘦得皮包骨头，困扰她和任五太太多年的婴儿肥再也看不见了。还有就是因为许久没有动过，她身上的骨头和皮肉也像是生了锈一般，没办法行动自如，连走路和吃饭都不能自己独立完成。

看到向来在她们面前飞扬跋扈的任瑶玉变成了如今这副模样，任瑶期和任瑶华都有些涩然。

不过好在任瑶玉醒了过来，大夫说，她若是再不醒就再也醒不过来了。

又过了一阵，京都传来任家在京中的产业出了大问题的消息。

任家二老太爷不知道因为什么缘故，将手中一大半的煤矿和煤栈抵押给了京都的一个大钱庄，弄到了东南六个州的煤栈经营权，可是等到了期限之后，他们却拿不出银子将产业赎回来，最后稀里糊涂地就让任家的产业落到了别人手里。

　　这些，任瑶期是从任三老爷口中知道的，任三老爷虽然说得简单，任瑶期却听得明白，任永祥怕是中了别人的连环计。

　　任二老太爷现在正着急上火地带着儿子到处打点人情、托关系，想要去官府告钱庄欺诈，还写了信回来求任老太爷帮忙。

　　任老太爷得知任永祥没有经过他的同意，在别人的忽悠下偷偷摸摸将手中的任家产业抵押出去，去弄什么东南六州的经营权，气得差点又一次吐血。

　　任老太爷也急，他自然不希望任家的产业就这么成了别人的，奈何鞭长莫及有心无力。任老太爷让任老太太给方家老太太去了一封信，请求方家帮忙。虽然现在方雅存失势了，可是方家还没有倒，且方家与任家的姻亲关系还在。

　　只可惜，方家在这件事情上也无能为力。

　　不过这件事情还没有结束，又过了不久，任永祥手中剩下的那些产业也被接连上门的债主们瓜分了。

　　任老太爷得知这个消息之后，受不住打击又一次晕了过去。

　　任家是不是正为了京都的事情暗中奔走任瑶期不知道，因为任三老爷从八月开始也忙了起来，没有闲暇去过问任家的那些"俗事"。

　　八月初是燕北学子们参加秋闱的日子，任三老爷被云阳书院安排监考。

　　这阵子天气忽冷忽热，在秋闱开始的前一日突然下起了雨，虽是秋日，却让人感觉到像是提前进入了冬天。

　　任三老爷从明日开始就要正式住到考场里，李氏怕他着凉，又给他准备了几身厚实的衣裳带过去。

　　就在这个晚上，任瑶华将任瑶期叫过去，对她道："今日任瑶英找个借口去了龙王庙，你知道她去做什么了吗？"

　　任瑶期知道肯定是盯着任瑶英的人刚刚来给任瑶华禀报了任瑶英的行踪："哦？解签？还愿？给香油钱？"

　　回到白鹤镇，任瑶英能出门的机会并不多，任老太太能准她出门的缘由也就那么几个了。

　　任瑶华冷笑道："哼！你还记得周家公子周汶吗？任瑶英出门见他去了！"

任瑶期闻言不由得皱了皱眉:"周汶?他明日不是要参加秋闱吗?怎么还有时间去白鹤镇?"

任瑶华道:"不知道。我只知道他在龙王庙等任瑶英等了一个时辰,然后两人不知道说什么说了半个时辰,最后任瑶英回去的时候是面带笑容的。"

任瑶英这会儿心情很不错,下午周汶特意赶去白鹤镇就是为了告诉她,他明日就要参加秋闱了。周汶对自己能中举人很有把握,他让任瑶英将他给她的玉佩收好,等他中了举就去求母亲来任家提亲。

周汶还与她聊了自己的抱负,承诺以后一定会好好对她。

可是当任瑶英怀着欢喜的心情回了任家之后,便听到几个坐在一起躲雨嗑瓜子的婆子的碎嘴。那几个婆子正在聊燕北的几大世家,尤其说到了雷家以及雷家的家主雷霆,现在任家上下都知道三小姐是要嫁到雷家做当家夫人的,所以提起雷家当年的风光时无不是与有荣焉,仿佛雷家的风光就是任家的风光,很是不见外。

任瑶英听着听着就顿住了脚步,悄无声息地在游廊之下站立了许久,怔怔的一动也不动。等回到自己的院子之后,任瑶英再想起周汶之前对她说的那些话的时候,欢喜和自得就不知不觉地淡去了。

一场秋雨似乎就是为了这一场秋闱准备的,等任三老爷监考结束回来的时候,天又放晴了,甚至又突兀地热了起来。

不知道是不是因为这阵子天气太过变化无常,任三老爷回来当日就生了病,病得倒也不是很严重,就是有些咳嗽和鼻塞。任三老爷不爱吃药,李氏只有吩咐厨房用川贝炖梨给任三老爷吃,就连这个,任三老爷也是不乐意吃的,每次都要任瑶期亲自送到他手里,盯着他吃下去才作罢。

任三老爷憋着气将一碗川贝炖梨咕咚咕咚一口干了,那皱成一块的脸让任瑶期看了闷笑不已,等他吃完之后,赶紧给他用钎子戳了一颗蜜饯。

任三老爷看了一眼,嫌弃道:"不吃!给我茶漱口!"

任瑶期便吩咐丫鬟将茶水端上来,自己把蜜饯吃了。

任三老爷漱完口之后道:"明日我去书院。"

任三老爷因为生病,已经连着两日待在家中,只是说完这一句,任三老爷就大大地打了个喷嚏,手中的茶碗差点掉到地上,鼻涕也流了出来。他立即将手里的茶碗丢到案几上,掏出手帕捂住鼻子,十分狼狈。

任瑶期道:"爹爹难道想要让学生看到自己这副模样?"

想象了一下在学生们面前打喷嚏流鼻涕的样子,任三老爷立即不说话了。

他顿了顿才道:"这次生病的人不少,秋闱那几日就有人在考场里晕了过去,只能中途下场。"说到这里,任三老爷有些遗憾地摇了摇头。

他自己虽然不看重功名,不过总算是为人师表的,知道学生们寒窗苦读实在不易。

任瑶期安慰道:"下次考也还是有机会的。"

任时敏摇了摇头:"南明兄觉得很可惜,那是他的得意门生。"

任三老爷口中的南明是云阳书院柳夏先生的字,柳夏的年纪与任时敏差不多,两人脾性相近,所以成了朋友,柳太太与李氏的关系也很不错。

任瑶期笑道:"柳先生爱才,他的得意弟子可不少。"

任时敏瞪了任瑶期一眼:"这位是他最得意的,之前还说要让他跟着我学画。不过现在看来这位周公子如此弱不禁风,我怕他受不得苦,还是罢了吧。"

任三老爷说别人弱不禁风的时候,很显然忘了自己现在也还病着。

任瑶期挑了挑眉:"这位学生姓周?"

任时敏点头道:"之前听南明兄提了几回,好像是叫周汶。在考场坐了半日就晕了过去,要再考只能等三年了。"

任瑶期愣了愣,周汶?

想到周汶在考试前一日冒雨赶去白鹤镇会任瑶英之事,任瑶期有些哭笑不得,实在不知道该说什么好了。

任瑶英也知道了周汶在考场上晕倒被人抬出来的事情,周蓉给她写信了。

周蓉在信中道,周汶这一病就病了三日,好不容易退了热却因为受不住打击,人有些颓废。周父、周母虽然急得头发都白了,却又不敢提秋闱的事情,怕周汶听到了受打击,周家这几日愁云惨雾的。

周蓉知道自己哥哥的心思,所以写信过来给任瑶英,问任瑶英能不能想办法去她家一次,就算是不能直接与周汶见面,让周汶知道她去了,说不定能立即好起来。

任瑶英给周蓉回了信,敷衍了一番,说自己因为上次出门之事被祖母禁了足,实在是走不开。

周蓉立即又回了信过来,信中说,任瑶英如果不能去周家一趟的话,能不能给周汶写一封信,安慰他一番。

任瑶英看了信之后,随手就拿火折子烧了。她没有再给周蓉回信,还将周汶送给她的那块玉牌扔到了梳妆台最底层的抽屉里。

这一年转眼就到了九月。燕北向来冷得早,过了重阳节之后天就会一日比一日冷,所以九月九重阳节是云阳城里的热闹节日。

每年到了这个时候,云阳城的街头巷尾到处都是推着独轮车卖菊花盆栽的花农、挽着个篮子走街串巷卖茱萸囊的小媳妇和老婆子。大大小小的酒铺、茶楼、酒楼开始应景地卖起了菊花酒、五色菊花糕,以及各种以菊花为佐料的菜肴。从世家大族到寒门农户无不喜欢呼朋引伴,相约登高踏青。

今年的重阳节,徐夫人与云阳书院的太太们商议,想要在城外的南郊办一个大一些的登高节,李氏也参与其中。

这一日,李氏去了徐夫人那里,任瑶期和任瑶华在家中与院子里的几个大丫鬟挑选酿菊花酒的材料。

她们这几日收了不少别人家送来的菊花酒和五色菊花糕,交好的各家在重阳节前两日互赠吃食是燕北的一个习俗。只是回礼的时候,李氏有些作难,五色菊花糕可以现做,菊花酒却需要前一年的九月九就酿好,她们前一年的重阳节并无准备,最后只有去酒楼里买了几坛子菊花酒,用瓶子装了做回礼。

送酒有希望两家关系长长久久的意思,李氏觉得自家诚意不够,便吩咐任瑶期和任瑶华两人带着丫鬟们酿几坛子菊花酒,等到明年重阳节的时候用来送人。

任瑶期正带着几个大丫鬟亲自挑选用来酿酒的地黄、当归、枸杞,喜儿满脸笑意地跑进来禀报道:"三小姐、五小姐,雷家派人送酒来了,太太和周嬷嬷不在家，不知道应该怎么回礼？"说着她笑嘻嘻地看了任瑶华一眼。

任瑶期也看了任瑶华一眼，笑眯眯道："家中去年没有酿酒，那就只能回些在酒铺里买的了。"

任瑶华皱了皱眉头，然后将手中的小铜秤放下，起身道："我去瞧瞧。"抬头正好对上妹妹戏谑的目光。

任瑶华瞪了任瑶期一眼，转身出去了。

香芹跟出去之前还朝着任瑶期挤眉弄眼地笑了笑，滑稽的模样让任瑶期觉得好笑。

过了许久，喜儿偷偷跑回来跟任瑶期禀报，任瑶华去厨房亲自领着人蒸了两笼菊花糕，还特意吩咐人多做了一笼小兔子模样的菊花糕给雷盼儿。

重阳节的礼都不重，看重的无非心意，任家没有菊花酒，任瑶华只能从诚意上下功夫。

任瑶期听了但笑不语，然后严肃地吩咐了几个胆大包天的丫鬟，不要在任瑶华面前提这件事情。她怕任瑶华恼羞成怒，找她撒气。

正说笑着，外头又有人禀报道燕北王府也送了酒和糕点来。

任瑶期一早也给燕北王府送了些酒和点心，算是礼数，倒是没有想到那边还会回礼。

而与酒和糕点一同送来的，还有萧靖琳的信。

任瑶期接过信走到书房里才拆开来看，只看两眼就愣住了。

萧靖琳写的是宁夏的事情。

宁夏前总兵吴萧和的嫡女吴依玉与现任宁夏总兵曾潜的独子曾奎的婚礼定在了九月初，任瑶期之前是知道这个消息的，原本也预料到这个婚礼可能会有一些波折，却没有想到最终会发展成一出闹剧。

吴依玉在婚礼前的那一阵子直至大喜之日，一直表现得很低调，没有再闹出什么事情来，可是谁也没想到，那只是暴风雨之前的宁静，吴依玉根本就没有想要与吴家善了。

在成亲的正日子，曾奎带着人来吴家迎亲，吴依玉一声不吭地上了曾家的花轿，变故就发生在两人拜堂的时候。

吴依玉突然一把掀开自己的盖头摔在了地上，然后指着离她一步之遥的曾奎狂笑出声，一屋子的宾客震惊之余又有些莫名其妙。

吴家大小姐莫不是发了癔症？

曾家父子脸色一变，曾潜暗自给自己的属下递眼色想要将吴依玉带下去，吴依玉却从自己那身大红喜服的衣袖里掏出一个盒子，一把掷到曾奎脸上。曾奎的鼻子被砸出了血，捂着鼻子看着吴依玉，眼中汇聚着狂风暴雨。

吴依玉指着地上的盒子边笑边道："丑八怪，认得这是什么吗？"

曾奎下意识地往地上看了一眼，一屋子还没有缓过神来的宾客们的注意力也都转到了地上。

吴依玉扔出来的那个盒子掉到地上之后就开了，盒子里面还冒着寒气，一截带着血的玩意儿从盒子里掉了出来，滚到曾奎脚下。

曾奎看了一眼之后，脸色唰地白了，像是看到了什么洪水猛兽一般急急倒退两步。

吴依玉嗤笑一声，脸上是满满的恶意和嘲讽："曾家的丑八怪，你自己身上掉下来的玩意儿你不认识？想要娶妻生子？你还是先把这玩意儿接上再说吧！"说着吴依玉还意有所指地在曾奎两腿之间的部位看了一眼。

在吴萧和还在世的时候，吴依玉为了跟萧靖琳一较高下，也在宁夏军队里混过几年。吴萧和没有儿子，只有吴依玉一个女儿，私心里也曾打过将她当作接班人培养的主意，毕竟谁也不甘心死后为他人做嫁衣裳。

所以吴依玉自幼就蛮横霸道，身上没有半分世家小姐应有的矜持和温婉，在她看来，谁给她不痛快，谁就该付出代价。

吴依玉心里只有一个云文廷，所有妨碍她和云文廷在一起的人都该死。曾奎这种癞蛤蟆竟然想要打她的主意，这让她恶心得不行。现在吴家和曾家的联姻她想尽了办法也阻止不了，嫁给云文廷眼瞧着就成了她这辈子都无法实现的遗憾，吴依玉恨不能将曾家的人扒皮抽筋。

她吴依玉不好过了，谁也别想要好过！

吴依玉的话无异于在在场之人心中投入了一枚惊雷，宾客们盯着地上那已经辨别不出形状的玩意儿看了两眼，哪里还有不明白的。一些原本留在厅中观礼的妇人都惊叫一声往后退，有些还干脆捂着嘴干呕起来。就连男人们看着地上那个血迹已经干涸的玩意儿，都忍不住起了一层鸡皮疙瘩，没有人敢上前。

只有吴依玉这个罪魁祸首依旧站在那里没有动，还饶有兴致地欣赏着曾奎脸上扭曲的表情，这让她心里十分痛快。

曾潜在反应过来之后勃然大怒，也顾不得维持脸面了。他脸色十分难看地道："给我把这个疯子绑起来！拖下去！"

曾家的人迅速朝着吴依玉围了过来，吴依玉却一点害怕的样子也没有，只是冷笑着往后退了一步，这时候不知道从哪里冒出好些人迅速站到吴依玉面前，将她保护起来，并亮出了兵器。

当着这么多人的面在喜堂上突然发难，且还拿着兵器，说明吴依玉根本就没有想过善了。

"哼！宁夏是吴家的地盘，想抓我？你们还没那个本事！"吴依玉自信满满地道。

她父亲在世的时候给了她一队人马，这些人是她的嫡系，连吴夫人的话都不会听。今日出门的时候，她并不是没有准备，这些人都混在送亲的队伍中来了曾家。

除了这些嫡系人马之外，还有后来投靠她的一些江湖人现在正在外头等着接应她，这些江湖人就是替她阉了曾奎的那一伙人。吴依玉不缺钱，自认为驾驭得了这些见钱眼开的江湖人，所以她今天才能这么有恃无恐。

曾潜的脸色越加难看了，他没有想到吴依玉还能有这么一手。宾客们见局面一下子剑拔弩张起来，怕惹祸上身，都开始往外退，场面顿时变得有些乱。曾潜想要用强硬的手段将吴依玉拿下，可是厅里的人不少，曾潜因有所顾虑便有些束手束脚。

吴依玉似乎早就料到了一般冷冷一笑，她该闹出来的都闹了，这件事情够曾家父子喝一壶大的了，便也不想留在这里任人宰割，在自己人的护卫下跟着往外撤。

吴依玉朝着护在自己身边的护卫使了个眼色，那护卫会意，将手指伸到唇边，打了一个十分响亮的呼哨。

之前跟着混进吴家送亲队伍的吴依玉的人不知道又从哪个角落里冲了出来，曾奎的目光在他们身上一扫，发现当中有两人瞧着十分眼熟，不由得回想起了自己最不愿意回想起来的那一日，脸上那最后半分血色也褪尽了。

"把人全给我抓起来！一个也不要放走！"曾奎的声音极阴极冷，像是一字一字从齿缝里挤出来的，让在场之人都忍不住抖了抖。

曾潜看到曾奎如此，也看出一些端倪。他看着护在吴依玉身边的那些人，不由得握紧了自己的拳头，看向吴依玉的目光就像是在看一个死人。

他这辈子还从来没有受到过这种侮辱。

吴家，真是好样的！

曾潜没有再追吴依玉那群人，而是朝着自己身后打了个手势，一个护卫模样的人迅速跑走了。曾奎看见之后，也没有再追上去，他的脸上依旧惨白如厉鬼，嘴角却缓缓勾起了一抹森冷的笑，躲在一边的曾家管家不小心瞥到他脸上的笑，忍不住往后退了两步，差点被自己的脚绊倒。

从曾家大门出来之后是一条街巷，只要跑出这条巷子就能看到早就准备好的马车和马。吴依玉一边跑一边想，她这次动静不小，宁夏暂时是不能待了，她打算带着自己的人先去云阳城住一阵子。

她已经有许久没有见到云文廷了，想起那个世间最美好的完美男子，吴依玉心里依旧一阵悸动。

很快就能再见面了，这次不管用什么手段，她一定要得到他！

眼见着就要冲出巷子，马车就在眼前，却不想在这个时候，从周围的屋脊上突然冒出来不少拿着弓弩的人。

那些像是凭空出现的人悄无声息地举起了手中的弓弩，瞄准吴依玉那一行人。

箭矢上机括的声音在头顶响起。

吴依玉脸上的笑容还来不及收回，就僵在了嘴边。

护在她周围的人都不由得停住了步子，看向只有几步之遥的马匹，不敢再动。有个年轻一些的护卫不知道是因为收不住步子还是紧张想跑，不小心往前迈出了两步，十几道破空声响起，他连声音都来不及发出就被十几支箭矢刺穿了身体，重重倒在地上，空气里瞬时就弥漫起浓重的血腥味。

谁都没有说话，也没有再动一步，一群人就像是被点了穴一般站在那里，诡异的静谧让人心里发毛。

吴依玉感觉到身后传来了脚步声，不由得转过头，却不料嘭的一声，一支箭矢擦着她的鬓角而过，她的头发被箭射散了。

同时曾奎那张丑如厉鬼的脸出现在吴依玉面前，看到曾奎脸上令人毛骨悚然的笑，从来不知道害怕为何物的吴依玉忍不住咽了咽唾沫，感到脊背发凉。

曾奎一步一步、十分缓慢地走到吴依玉面前，有两个忠心的侍卫下意识地想要抬手将曾奎拦下，却不想才抬起手臂就被不知道从什么方向射过来的箭矢射了个透心凉，抽搐了一下就倒在了血泊中。

再也没有人敢动了，就连吴依玉也僵立在原地。

曾奎看了吴依玉许久，然后伸出手来捏住吴依玉的下巴，将自己的脸凑到吴依玉面前，两人呼吸可闻，吴依玉忍不住作呕，却因为顾虑不敢动一步。

曾奎的手指在吴依玉的下巴上摩挲了一阵，动作十分轻柔，就像是在抚摸一件稀世珍宝一般小心温柔，旁人冷不丁见了，还以为他对吴依玉怀有情意。

吴依玉心里有些发毛，忍了忍，最后实在忍不住了，便忽略心里不断涌上来的恐惧狠狠地瞪着曾奎冷声道："放开我！你们曾家竟敢私自养这么多弓弩手，你们想做什么？被燕北王府知道了，你们吃不了兜着走！"

吴依玉话说得凶狠，却依旧是一动也不敢动，她嚣张并不代表她不怕死，相反她向来惜命得很，不值钱的从来都是别人的命。

曾潜虽然是朝廷委派过来的总兵，但只是空有官衔，即便他现在的处境已经好了不少，手里的人仍是有限的。而这些弓弩手一看就是已经训练了许久的私兵，绝不可能是宁夏军队里的人，这一点是瞒不过在军中待过的吴依玉的。以曾家现在的身份来说，这其实是一件犯忌讳的事情。

曾奎的手突然发力，将吴依玉的下巴捏得发出"咔嚓"一声响，就像是骨头被捏碎的声音，吴依玉忍不住发出了一声惨叫，差点晕过去。曾奎顺势将吴依玉抱在怀里，捏她下巴的动作又变成了轻柔的抚摸。

他摸着吴依玉的脸，像是怕吓到她一般用温和黏腻的声音在她耳边轻声道:"你说这些弓弩手啊?原本没打算让他们这时候现身的,不过谁让你这么顽皮?不出动他们,哪里能抓住你?"

吴依玉的下巴已经迅速地红肿起来,她疼得直打哆嗦,可是曾奎贴着她说话,嘴唇蹭到她耳朵上的触觉让她更加无法忍受,那感觉就好像是有一条吐着信子的小蛇在往她耳朵里钻。

吴依玉怕得发抖的样子似乎取悦了曾奎,他的脸色也不再像之前那般苍白,眼中甚至还出现了强烈的兴奋之色。众目睽睽之下,曾奎伸出舌头,在吴依玉的耳郭上仔仔细细地舔了一圈,最后张嘴咬住了她的耳垂。

吴依玉僵了一瞬,然后便尖叫起来。

她的尖叫让曾奎更加兴奋,曾奎眼神突然一冷,然后狠狠咬住吴依玉的耳垂,像是动物一样开始撕咬。吴依玉又怕又疼,翻着白眼晕了过去。

曾奎放开手,吴依玉从他身上滑落,倒在了地上。

完结篇
[2]

面北眉南

著

江苏凤凰文艺出版社

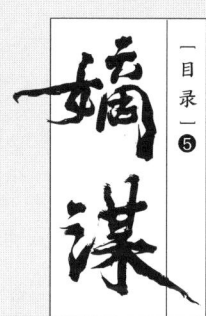

章节	页码
第四十一章 情定	001
第四十二章 筹谋	035
第四十三章 出招	067
第四十四章 出嫁	105
第四十五章 除族	137
第四十六章 定亲	171
第四十七章 捣鬼	209
第四十八章 往事	251
第四十九章 闹剧	287
第五十章 赐婚	319

第四十一章

情　定

　　四周鸦雀无声，即便是曾家的人看向曾奎的眼神都充满惊恐。

　　曾奎似乎没有注意到周围异样的目光，视线在吴依玉的那些随从脸上一一扫过，最后狠狠地皱起了眉头。

　　曾奎的这个表情，让在场所有人都忍不住抖了抖。

　　"还有几个人呢？"曾奎脸色阴冷地说。

　　在场之人都没有说话。曾奎便死死盯住吴依玉身后的一个随从，又重复了一遍："还有几个人在哪里？"他才发现之前看到的那两个眼熟的身影并不在这些人当中。

　　那人被曾奎盯得忍不住发抖，咽了咽口水道："跑、跑了。"

　　曾奎两步上前，一把掐住那人的脖子："跑到哪里去了？"

　　其实那名随从比曾奎还要高壮一些，又是练家子，若是平时，他能单手将曾奎这种公子哥儿提起来，可是那些瞄准他的弓弩让他不敢乱动，只能战战兢兢地回道："刚刚出来的时候，大小姐让他们去联系藏在外头的接应之人，想必是看到形势不对就跑了。"见曾奎的目光像是淬了毒一般盯着他看，他又补充了一句，"他们是大小姐找来的江湖人。"

　　曾奎听了胸口剧烈地起伏了两下，然后一把夺过旁边一人手中的刀，朝着那人的脖子砍了过去，那人猝不及防，被砍倒在地上。

　　周围无论是吴家的人还是曾家的，见状都忍不住后退了一步。

曾奎将手中还滴着血的刀扔到地上，然后吩咐道："去给我把人追回来，生死不论！这些人都带回去！"

他抬起脚，将自己刚刚不小心粘在鞋底的血迹揩在倒在地上的吴依玉的衣服上，然后头也不回地转身走了。

众人看到他的背影，都忍不住打了一个寒噤。

就这样，已经逃出曾家的吴依玉又被曾家的人抓了回去，并且满身鲜血淋淋。

萧微很快就得到了消息。她又惊又怒，还恨自己的女儿不懂事。可是她又不能不管吴依玉，所以立即带着人来了曾家，这个时候她还不知道自己的女儿在曾奎手里遭了大罪，不仅下巴被捏碎了，耳朵上的皮肉也已经不成样子。

可是这一次萧微被曾家拒之门外了。

曾潜不见客，谁也不见。只让管事来回了萧微一句：吴依玉嫁到了曾家，已经是曾家的媳妇，以后只会留在曾家。

直到这个时候，萧微才对自己的决定感到后悔。

她在曾家门前等了许久，什么法子都用过了，就差要带着人硬闯了，可是曾家已经被曾潜派人守了个水泄不通，连一只苍蝇都飞不进去，她最后只能无功而回，另想法子救吴依玉。

曾家这一次一改之前谁也不得罪的态度，无论萧微怎么折腾，无论多少人说合，都不肯放吴依玉回来，从头到尾只有一句话：吴依玉已经是曾家的媳妇，万无回娘家之理。

萧微法子用尽，最后实在没有办法，只能派人回燕北王府求救。

上一次萧靖西派人来给任瑶期交代任瑶华被劫经过的时候还比较含蓄，对曾奎的事说得比较含糊，任瑶期只隐隐猜到了一些。不过萧靖琳说话就没有那么多顾虑了，所以，当任瑶期知道吴依玉大闹喜堂的经过的时候脸色很怪异。

将那盒"东西"送去给吴依玉，最后又扮演接应吴依玉的人，定然与燕北王府有关。即便曾家之前对曾奎受伤是吴依玉所为这件事有所疑虑，到了这个时候也不能不信了，吴依玉手里的那截"东西"就是最好的证据。只可惜吴依玉自认聪明，最后被人当枪使做了替罪羔羊还无知无觉。

吴家和曾家不管之前有过什么样的利益交换，到了这个时候想不翻脸也不行了。吴依玉不仅将曾奎弄成残废，还在两人的喜堂上当着那么多人的面将这事闹了出来，曾家若还没有半点反应，宁夏的人要怎么看曾家？怎么看曾家背后的朝廷？就算曾家丢得起这个脸，朝廷可丢不起这个脸。

现在吴依玉还在曾家手中，以曾家父子睚眦必报的性子，吴家和曾家根本就没有办法善了。

这个血仇是结定了。

萧靖琳在信的末尾还提到，萧微本来想要去求卢监军出面救吴依玉的，不过那几日卢监军恰好因为有事出了门，没在宁夏。

任瑶期不由得想，在这个时候萧微还派个太监去曾家救女儿，到底是想救人，还是想要火上浇油？

不过宁夏的事情任瑶期不过是看个热闹罢了，新仇旧恨加起来，她很乐意看到曾家和吴家狗咬狗，最后拼个两败俱伤。

任瑶期看完之后就将信收了起来，然后继续回去酿她的菊花酒。

可能是因为正值秋日，这一日的事情还真特别多。

到了下午，任瑶华又皱着眉头出现在任瑶期面前，还不等任瑶期开口询问，任瑶华就道："雷家还去了一趟白鹤镇，给任家老宅送了重阳节礼。"

雷霆是个稳当的人，这样做并没有什么不妥，礼节如此，所以任瑶期知道任瑶华还有别的话没有说出来，便看着她等候下文。

任瑶华冷着脸又道："任瑶英遇上了雷家来送礼的人。"

任瑶期挑了挑眉："哦？她搬弄什么是非了？"

任瑶华不由得冷笑："还能有什么？她让人拐弯抹角地暗示雷家的人我曾有一日彻夜未归。"

任瑶英自然是不知道雷霆不但知道这件事情的始末，还参与其中。她以为雷家知道这件事情之后一定会派人去打听、去查证，毕竟谁家也不愿意娶一个闺誉有问题的女子进门。

任瑶英不相信那一日任瑶华是去了外祖家，又没有办法查出个所以然来，便希望借雷家之手来查。如果最后证实任瑶华当真有问题的话，雷家肯定会退婚，这就是任瑶英打的算盘。

任瑶期不由得好笑道："难怪她要回白鹤镇，原来是在等机会。"

任瑶英在云阳城的时候被周嬷嬷派人看得紧紧的，根本就没有办法瞒着人生事。她以为回了白鹤镇就会不一样，李氏和周嬷嬷就算要派人盯梢也不可能在任老太太和大太太的地盘上过于明目张胆。

所以任瑶英敢私会周汶，还敢在雷家的人去任家的时候给任瑶华下绊子。她不知道，任瑶华和任瑶期对她从来没有放心过，所以无论她在哪里，盯她的人绝对不会少。

任瑶华冷哼一声，有些倨傲地道："她不是总想着使坏吗？我刚刚已经派人去白鹤镇把她接过来了。明日就是重阳节，徐夫人要办登高节，云阳城里有些脸面的人都会来，我倒要看看她还能玩出什么花样！我在这里等着她就是！"

任瑶期叹气，她看出来任瑶华这次是真的被激怒了。

她知道任瑶华的脾气，也不好在这个时候劝她，只提醒道："接来就接来吧，只是人你可要让人盯紧了，别到时候出什么乱子。毕竟她可以豁出去不要脸，你却不能。还有……不管她为人如何，在外人眼里她是我们同父的亲妹妹，杀敌一千自损八百的事情不要去做。"

任瑶华抿了抿唇："我若不是顾及这一点，她还能有今日？你放心吧，我心里有数。"

任瑶英傍晚的时候才回到云阳城，任瑶华站在正房的檐廊下居高临下地看着来给李氏请安的任瑶英。

任瑶英对上任瑶华锋利的视线的时候不由得有些心虚，却仍强装镇定地笑着打招呼："三姐姐，你怎么站在这里不进屋啊？"

任瑶华冷眼看了任瑶英许久，她想若是依着她以往的脾气，这会儿定会狠狠地给任瑶英两个耳光，然后将她从台阶上踹下去，好让她长点记性。

现在任瑶华对任瑶英的厌恶更甚以往，她却发现自己不想动手了。

所以任瑶华只是轻蔑地看了任瑶英一眼，然后转身先一步进了正房。

站在一旁看着的任瑶期忍不住笑了笑，也跟在任瑶华身后走了。

任瑶英被任瑶华的那个眼神一看，竟莫名其妙地生了一种被轻视的屈辱感，她咬了咬唇暗暗握紧了自己的拳头。

第二日是重阳节，一大清早李氏就带着任瑶华、任瑶期和任瑶英坐马车出门了，任三老爷和任益鸿也要一同去城外南郊，就骑马跟在后面。重阳节登山，向来是与亲朋好友同行。出城之前，任五老爷也带着任益健过来了，因任瑶玉的身体还没有恢复，任五太太留在家中没有一起来。

云阳城外南郊有一座天清山，说是山，其实也就是地势稍微高一些的土坡，早前有人在这里种了满山的梨树，后来有一年山上起了火，梨树被烧掉大半，再后来有人又重新在空出来的地方种上了一大片桂树。

天清山上那半山的梨花开得极美，每到梨花挂枝的季节这里就成为文人墨客们最为偏爱的地方。任三老爷就来这里画了好几幅梨花图。后来因为又有了桂树，到了秋天这里也热闹起来。

因为天清山素来就是文人墨客们常来游玩之处，山上修了不少休憩的亭子，又有几口出水甘甜的活泉眼，加上景致也算不错，所以就成为重阳节登高的好去处。今年徐夫人她们的登高会就是在这里举办。

任家的马车在天清山山脚下停了下来。天清山下有一座江南风格的大园子，最初曾经是燕北王府的一座行宫，后来辽人入侵，萧家败退，这座行宫就荒废下来，等到萧家再次掌控燕北之后，又将这座行宫修葺一番拨给了云阳书院，所以这里常被云阳书院用来举办各种诗会、画会、文会。今日，这里则是任瑶期她们落脚休息的地方。

李氏带着任瑶期姐妹去见徐夫人她们，任三老爷去会友人，任益鸿则被自己的同窗叫了去。

任瑶期和任瑶华正与柳梦涵和陈之意说话，突然不远处一个软软甜甜的声音道："瑶华姐姐！瑶期姐姐！"

任瑶期转头便看到了穿着一身粉色衣衫的雷盼儿，迈着小短腿朝着她们跑了过来。

看到小丫头欢喜的模样，任瑶期和任瑶华都忍不住笑了起来。

雷盼儿挣开自己的奶娘，扑上来一把抱住任瑶华的腿，抬起头来笑得见牙不见眼，说道："嘻嘻，逮住啦！"然后就不肯放手了。

她这副可爱娇憨的模样，惹得大家都笑了起来。

站在一边没有说话的任瑶英的视线也投到了雷盼儿身上，又看了看任瑶华，然后露出一副若有所思的样子。

大家都喜欢逗弄雷盼儿，任瑶英也笑着温声问道："雷小姐今日是自己来的吗？"

雷盼儿道："盼儿的父亲和二叔也来了呀。"

雷盼儿提到雷霆，大家就不由得想到了雷霆和任瑶华的亲事，见雷盼儿与任瑶华感情这么好都有些讶异。好在这些太太小姐们修养极佳，因怕任瑶华尴尬，谁也没有继续往这方向上打听。柳梦涵还故意将话题引开了。

任瑶华冷冷地扫了任瑶英一眼。

之后，被邀请来的太太小姐们也都陆陆续续到了，在见到韩攸和任瑶亭一起出现的时候，任瑶期愣了愣。

走在韩攸和任瑶亭旁边的是姜沅娘和一位面相陌生的少女。这位陌生少女任瑶期从来没有见过，她穿了一件浅蓝色绣兰花的通袖褙子，衣裳和首饰都十分平常，身量较高，长了一张标准的鹅蛋脸，长相只能算是中上，气质却十分娴静，让人瞧着觉得十分赏心悦目。

"五姐姐。"任瑶亭看到任瑶期和任瑶华，便挽着韩攸走了过来。

韩攸看到任瑶期的时候却有些不好意思。

几人相互见礼后，任瑶期才知道这个陌生的姑娘是姜家六小姐姜茜娘。

任瑶亭笑道："我们刚刚还在说今日肯定会遇见你呢。阿攸之前原本想要去找你的，是我说你这阵子肯定有事要忙，所以带着她玩了几日，你可别怨她。"

韩攸曾求任瑶期帮忙引见姜家小姐，现在姜家姐妹与她走在一起，那就说明她们已经认识了，不需要任瑶期再引见了。

任瑶期笑着道："那我还得谢谢七妹妹呢，不然怕是会怠慢了韩小姐。"

几人除了姜茜娘之外都是熟悉的，所以很快就聊到了一起。姜茜娘的话虽然不多，应当也读过些书，柳梦涵和陈之意说话她偶尔也能插上两句。

聪明低调、不惹人厌，这是任瑶期对姜茜娘的第一印象。

徐夫人让人将菊花酒和菊花糕摆上了桌，说是让大家先休息休息，等会儿一起去登天清山。这次的登山会徐夫人她们花了不少心思，所以除了登山还安排了不少消遣，在座的太太小姐们都听得跃跃欲试。

这时候，苹果走了过来，在任瑶期耳边小声禀报道："小姐，郡主来了，派了她身边的红缨来请您。郡主说这里人太多，她不想进来，就在外面等您。"

任瑶期闻言心下欢喜，与任瑶华交代了几句，又去李氏那里说了一声，然后才带着苹果离开，不过在走之前她又特意提醒了任瑶华一次让她小心任瑶英。

任瑶期带着苹果不引人注意地出来之后果然看到了红缨，红缨立即带着任瑶期去找萧靖琳。

萧靖琳今日是坐马车来的，任瑶期掀开帘子之后就看到萧靖琳正腰杆笔直地坐在那里。

"靖琳？你之前不是说今日不会来参加登高会吗？"任瑶期笑问道。

萧靖琳吩咐红缨赶车，然后道："里面人太多，我不喜欢，不过我没说今日不登高。"

任瑶期忍不住笑道："你歪理还真多。"

任瑶期也是与萧靖琳熟悉之后才知道，萧靖琳在熟人面前的真实性情与她平日里表现在众人面前的有些不一样，至少她并不真是一个冷冰冰的人。

任瑶期上了萧靖琳的车之后也没有问她要去哪里，马车行驶得很慢，风撩开了车帘，让人感觉到惬意不已。

马车行驶了大约一炷香的时间，才停了下来。

"郡主，到地方了。"红缨隔着帘子禀报道。

萧靖琳先跳下马车，然后转身扶任瑶期下去。

任瑶期站稳之后就发现前面不远处已经停了一辆眼熟的马车，而萧靖西正从马车上下来。

萧靖西今日穿了一件白色底子绣云纹暗纹的大氅，乌发黑眸，不过是抬眼朝着这边浅浅一笑，就让任瑶期的心跳漏掉一拍。

任瑶期脚步微微一顿，然后才跟着萧靖琳走上前去。

任瑶期屈膝行了一礼，抬头的时候正好对上萧靖西含笑的目光，两人已经有一段日子未见，不知为何任瑶期觉得今日的萧靖西格外好看，视线便多停留了一瞬。

察觉到任瑶期的视线，萧靖西心下欢喜，带着笑意的容颜越发让人移不开眼。

萧靖琳轻咳一声，斜睨着萧靖西道："时候不早了，我们走吧，不然下午赶不回来了。"

任瑶期有些惊讶，不由得问道："去哪里？"

萧靖琳之前说今日是出来踏青的，她以为就是在天清山附近，可是听萧靖琳话里的意思，似乎要去的地方还挺远。

萧靖琳觑了萧靖西一眼。

萧靖西看着任瑶期微笑道："去温泉山庄，我让人做了几只大风筝，这里放不开。"

任瑶期闻言有些为难，她自然喜欢与萧靖琳在一处玩，可是这登高会是徐夫人和她母亲她们准备的，她离开一会儿没关系，一直不露面可不好。

似乎是知道任瑶期在为难什么，萧靖琳道："我去找你的时候已经与欧阳先生打过招呼了，先生她最是知道我的性子，你别担心，她会为你遮掩的。"

任瑶期觉得有些奇怪，可是一时半会儿又说不出到底奇怪在何处，不过依然有些犹豫。

萧靖西顿了顿突然道："风筝是我画的。"

"啊？"任瑶期眨了眨眼，看向萧靖西，一时没有反应过来。

"风筝是我画的。"萧靖西重复道。

他虽然还是笑着，眼神却暗淡了，又小声说了一句："你不去吗？"

任瑶期脸上红了红，想说今日实在是有些不方便，她不好就这么离开，话到嘴边，不知道为何对上萧靖西的目光就怎么也说不出口了。当她莫名其妙地开口说出"去"这个字的时候，连自己都愣住了。

她声音不大，萧靖西却听清楚了，唇角弯出一个愉悦的弧度，眼中那点暗淡之色立即被刹那间破云而出的光亮照没了。

萧靖琳不忍直视般别过头去，在心里冷哼了一声。

任瑶期咬了咬唇，觉得自己刚刚肯定是中邪了。只是既然已经应下了，她也不可能再反悔，只能转身上马车，再也不敢看萧靖西一眼。

萧靖琳让任瑶期先上了马车，然后鄙视地上下打量了萧靖西一番道："你知道你现在像什么吗？"

萧靖西心情愉悦，虽然知道萧靖琳肯定没有好话，却还是好脾气地笑了笑："什么？"

萧靖琳翻了一个白眼："孔雀！公的！正开屏！所以你现在千万别转身背对着我！"丢下这一句，萧靖琳就跳上了马车。

马车行驶到半路，萧靖琳纠结了许久，才面无表情地对任瑶期道："你知道史上殷纣王和周幽王的江山是怎么旁落的吗？"

任瑶期愣了愣，不知道萧靖琳为何突然聊到这个，正想回答，萧靖琳却叹了一口气，语重心长地接着道："史书上血淋淋的教训告诉我们一个道理，不要轻易被美色迷惑，美人泪，英雄冢！"

任瑶期："……"

从南郊到温泉山庄走了大半个时辰，等马车进了温泉山庄之后，三人下了马车。

任瑶期环顾一下四周，笑道："重阳节不是出门登高的吗？温泉山庄哪里有高处？"

萧靖西闻言一笑，抬手指着西南方向道："那里不是？"

任瑶期顺着萧靖西指的方向看了一眼，微微一愣。

温泉山庄的西南方向有一座高塔，塔有九层，被云阳城的人叫作摘星楼，从很远的地方就能看到。任瑶期之前来温泉山庄的时候也看到过这一座塔，不过据说摘星楼是温泉山庄的一处禁地，有人把守，等闲不能近前。

任瑶期之前听别的小姐太太们议论，有人说九层塔其实是一座舍利塔，里面供奉着佛祖的舍利，也有人说那一座塔里供奉的是萧家历代先祖的牌位以及萧家传家的兵书，更有人说摘星楼里其实关着一位年纪已经有一百来岁的燕北国师，每次燕北出战之前燕北王都会来摘星楼里请国师卜卦，卜算凶吉。

不过看萧靖西和萧靖琳的表情，这摘星楼里不像是有什么大秘密的样子。

可毕竟是禁地，作为重阳节登高的场所似乎不太合适。

萧靖西笑了笑，不在意地道："一座空楼而已，之所以不让人进去，不过是怕塔太高了，上去会有危险。"

萧靖琳看了萧靖西一眼，没说话。

任瑶期心里虽然有些怀疑，不过萧靖西都这么说了，她也不好再说什么。

三人一边往西南走，一边说着话，突然路边的草丛里出现了窸窸窣窣的声音，任瑶期转头一看，便瞧见傻妞从不远处的一丛矮灌木里探出头来。它的尾巴轻快地摇了摇，嗷呜一声正要钻出来，同贺不知道从哪里冒了出来，拍了拍它的头："打滚弄了一身的泥，先跟我去洗洗！"

傻妞原本摇得欢快的尾巴一顿，然后转过头朝着同贺凶神恶煞地吼了一声。现在的傻妞已经差不多有一只成年老虎大小了，这一声吼惊得周围树枝上的鸟儿纷纷振翅飞走，一般人听了也会吓得腿肚子发抖。

萧靖西走过去，伸手在傻妞脑门上弹了一指，似笑非笑地道："精神这么好，多洗几次澡？"

先一刻还发着老虎威的傻妞，连忙偏头往后退了退，瞪着一双圆滚滚的大眼睛尤辜地看着萧靖西，身后的尾巴摇得越加谄媚，哪里还有半分森林之王的气势。

任瑶期在一旁看得忍俊不禁。

同贺笑道："每回都要公子在的时候这小家伙才肯乖乖洗澡，平日在园子里厉害着呢。"

傻妞大部分时候养在温泉山庄，平日里威风八面，横行霸道。因为园子里的人都知道它是萧靖西的爱宠，谁也不敢拿它怎么样，惯得它越发无法无天，一不开心就要来个老虎吼，给人脸色看。

不过到了萧二公子面前，它就什么脾气也没有了，乖得像一只大狗。

最后因为任瑶期的求情，傻妞免去了被抓回去洗刷一顿的命运，欢乐地跟在他们身边一起往九层塔去了。只是这只傻老虎的劣根性还在，走个几步就要学猫儿追个苍蝇扑个蝴蝶玩个尾巴的，一路上数它最开心。

九层塔外面果然有人把守，不过有萧靖西在，他们三人一虎进去的时候守卫们连眼也没有抬一下，倒是苹果和红缨两人被留在了外面。

任瑶期之前远远瞧着，觉得这座高塔高是高了，进了塔，里面肯定很窄。等到她进去之后就发现塔中的每一层都很宽敞，第一层里面空空的，什么摆设也没有。第二层倒是有一个四方桌，桌上放着一个棋盘，棋盘上摆着珍珑棋局，黑白两色的棋子正厮杀得难分难舍。

从第三层开始出现了书架，书架高至屋顶且贴着四面墙壁摆满了整个屋子，连窗户都堵上了，所以塔中光线昏暗。萧靖西走在前面，手里拿着一盏不知道从哪里找来的油灯，一边上楼梯，一边偏身注意跟在他身后的人。

任瑶期心里对这座在世人口中神神秘秘的高塔还是有些好奇的，所以她一边走一边打量着，心里还在猜测下一层会不会出现什么奇观，只可惜一直上到了第八层，目之所及的也都是书架。

好在爬到第八层的时候，四面的天窗都露了出来，有光线射进来，塔中瞬时变得亮堂了。

萧靖西将手中的油灯吹灭，放到楼梯旁的暗格里。

任瑶期正要转头与萧靖琳说话，却发现萧靖琳不见了。

"靖琳？"任瑶期喊了一声，发现自己的声音不停地在塔里回荡，竟然有七八次回音，不由得惊了惊。

"这座塔其实叫作回音塔。"萧靖西的声音在旁边响起，也出现了回音。

任瑶期看着近在咫尺的人，心下一跳。

之前上楼的时候没有人说话，她又一直忙着打量塔中的情形，听到自己身后始终有脚步声便以为萧靖琳跟了上来，现在想想她之前听到的脚步声有可能只是回音。

"靖琳去哪里了？"任瑶期轻声问道。

"刚刚傻妞突然跑了下去，靖琳怕它惹祸下去追了。"萧靖西也小声道。

任瑶期想问那为何不与她说一声，不过话到嘴边她又咽了下去。

任瑶期不说话，萧靖西也不说话，就站在那里看着她。

第八层塔虽然因为有窗户而亮堂了不少，但因为周围摆满了书架，人站在塔中并不觉得有多宽敞。

萧靖西站的位置离任瑶期只半只手臂远，任瑶期觉得自己的心跳有些快，半晌她将自己的视线移开，去打量周围的书架："刚刚没有仔细瞧，这里都藏着些什么书？"

借着这个机会，任瑶期往旁边走了两步，让两人之间的距离远了一些。

"第八层都是佛经。"萧靖西低声说道，随手在离自己最近的一个书架上抽出一本书，递给任瑶期。

任瑶期接过，翻开一看，发现里面全是梵文。

她摇了摇头，笑着将书放回原处："我不认得梵文。下面几层呢？也都是佛经吗？"

萧靖西唇角微微翘了翘："不是，什么书都有，只有这一层是佛经。"

"哦。"

说完这么几句两人又安静下来，任瑶期觉得有些不透气，虽然两人说话的时候因为能听到回音，显得有些吵，不过她下意识地觉得还是不要安静下来的好，所以她没话找话地接着道："那第九层是什么书？"

萧靖西没有回答，任瑶期正要抬头去看他，却听到他轻声道："我们上去看看。"

任瑶期想着，与其在这里等萧靖琳，还不如上楼看看，她与萧靖西同处一室说话也不好，不说话也不好，奇怪得很。

"好。"

听到任瑶期的回答，萧靖西便率先往楼梯走去，任瑶期跟在他身后往上看了一眼才发现，第九层似乎要比第八层窄一些，楼梯却高陡了不少，爬起来也吃力。

萧靖西一边上楼，一边注意跟在他身后的任瑶期，提醒她小心，等到任瑶期上最后一阶的时候，萧靖西突然拉住她的手，将她拉了上去。

任瑶期呆了呆，感觉到手心里温热的触感，一阵酥麻的感觉从左手手心开始蔓延，让她觉得自己像是被什么东西狠狠地烫了一下。

回过神来的任瑶期立即想要将手抽回来，可是这一次萧靖西将她的手握得很紧，任瑶期根本就抽不出来："你……"

萧靖西却像没有听到任瑶期的话，若无其事地牵着任瑶期走到最后一层的塔顶，然后回头对任瑶期温柔地笑道："最后一层是锁着的。"

萧靖西笑着的时候身上有一种独特的魅力，让人无法抗拒，任瑶期觉得自己的手脚有些发软,连挣扎都忘记了,她下意识地看了一眼前面被锁上的那扇月洞门。

萧靖西一只手牵着任瑶期,另外一只手的手心上出现了一把很普通的铜钥匙,他单手将钥匙插到门上的锁洞里,然后便顿住了。

任瑶期有些晕晕乎乎地问:"打不开吗?"

萧靖西转过头来冲着她又是一笑,然后温柔地轻声道:"你来开好不好?"

任瑶期以为他打不开,便点了点头,然后又意识到自己的左手还被萧靖西牵着,便有些羞怒地低声道:"你先放开我!"

萧靖西不为所动地轻声道:"你用右手开。"

任瑶期:"……"

她觉得萧靖西今日肯定是被什么东西附身了,脸皮厚得堪比城墙,可是萧靖西硬拉着她,她怎么也挣脱不开,动静闹得太大也不行,只能红着脸用右手去开锁。

任瑶期没有细想,若是硬拉着她的手的人不是萧靖西,而是别的男子,她怕是宁愿从楼梯上摔下去也不会就这么任人牵着的。她从来就不是逆来顺受任人摆布的性格。

萧靖西就站在任瑶期呼吸可闻的地方牵着她的手,眼睛眨也不眨地低头看着她,目光温柔,这是他第一次毫无掩饰地将自己心中的感情沉默地以不容置疑的姿态表露在任瑶期面前,让任瑶期措手不及。

任瑶期心里慌乱得不行,手指一动,"咔嚓"一声轻响,锁便打开了。

任瑶期转头看了萧靖西一眼,有些奇怪这锁明明好开得很,萧靖西为何会打不开。

萧靖西伸手将门推开,然后牵着她进了回音塔的最后一层。

进去之后,任瑶期便愣住了。

这一层因为是塔顶,所以呈一个锥形,比下面任何一层都要高,没有放置书架,里面空荡荡的什么也没有。

塔顶上有一些细细小小的圆孔,今日天气晴朗,光线便透过这些小圆孔从上面洒落下来,在塔内照出无数的细小光圈,星星点点,就像是落满了一屋子的星光。

萧靖西拉着任瑶期走到屋子中间站定，转头对她道："外面的人将这里称作摘星楼，也算贴切。"

任瑶期从震撼中回过神来，仔细打量这第九层塔，很快她便发现这一层虽然没有书架，墙上却刻满了花纹。

萧靖西见任瑶期面露好奇之色，便拉着她走到墙边，让她看仔细。任瑶期走近了才发现，墙上面密密麻麻的并不是花纹，而是字。

这些字每一个都只有印在书上的字那般大小，遍布四面墙壁，甚至连离着地面有三四人高的锥形塔顶上也有，只是这些字都是梵文，任瑶期一个也不认识。

"是佛经？这是怎么刻上去的？"任瑶期惊讶地问道。

先不说要花多少时间才能在塔内刻满这么多蝇头小字，塔顶离着地面这么高，就算是用梯子爬上去刻写也很有难度。

萧靖西摸着墙上的字，转头笑看着任瑶期，然后轻声念了起来。

萧靖西的声音总是与他的人一样，有着一种令人迷醉的吸引力，尤其现在，他一字一句，语调温柔，声音低沉，任瑶期就算一个字也听不懂也不由得听怔住了。

萧靖西就这样牵着她的手，看着她，低声念着她听不懂的句子。任瑶期安静地站在那里，并没有将手抽回来，尽管现在萧靖西的力道并不大，只要她挣扎就能摆脱掉。

虽然任瑶期听不懂萧靖西说的是什么，却又觉得自己隐隐地明白萧靖西在说什么。

任瑶期不知道自己在那里听萧靖西念了多久，这里光线虽然并不暗，却像与外面是两个世界，一个只有萧靖西和任瑶期的世界。

萧靖西停下来之后，任瑶期过了许久才回过神来，对上萧靖西温柔含笑的目光，任瑶期一句话也说不出来，只感到眼睛一阵酸涩。

萧靖西站到任瑶期面前，小心翼翼地将她抱在怀里。

任瑶期的额头抵在萧靖西的胸口，听着他胸腔里发出来的扑通扑通的声响，她是后来才回想起来，萧靖西这个时候的心跳声好像有些不对劲，尽管现在萧二公子外表看起来并没有半点紧张不安或者羞涩腼腆。

两人想起来要下楼的时候是任瑶期感觉到自己饿了。她从萧靖西怀里离开，低头轻声道："下去吗？"

这一次萧靖西并没有再拉着任瑶期不放，嘴角边挂着愉悦的笑容回答："好。"

两人从第九层塔顶退出去的时候，萧靖西看了看任瑶期，然后将钥匙递给了她。任瑶期愣愣地接过，等萧靖西说将钥匙交给她的用意，萧靖西却什么也没有说就示意任瑶期跟他下楼。

从回音塔下来的时候，两人都没有说话，似乎也不需要说什么，有些事情今日已经都挑明了，谁也不能再装傻。

出了回音塔，任瑶期问道："靖琳呢？"她看了看天色，她和萧靖西在塔里待了至少有一个时辰，萧靖琳却一直没有露面。

萧靖西顿了顿，然后才道："你别怨她，萧家家规，她不能上去。"

任瑶期想问，为何萧靖琳不能上去，她却能上去？

不过话到嘴边却成了："你刚才说的'一座空楼而已，之所以不让人进去，不过是怕塔太高了，上去会有危险'是哪里？"

萧靖西："……"

任瑶期瞪了萧靖西一眼，找萧靖琳去了。

萧靖西跟在任瑶期后面，心里无奈又暗生欢喜。

萧靖琳并没有走远。

任瑶期出来之后没走几步就看到她背对着他们席地坐在不远处的草丛里，右手还拿了一个小木碟子用力投掷出去。

原本蹲在她身边的傻妞在她动作的同时飞快地蹿了出去，在小木碟子落地之前"嗷呜"一声张嘴衔住，然后又转过身屁颠屁颠地跑回来，将叼在口中的木碟子放到萧靖琳手中，摇着尾巴吐着舌头兴奋地看着她。

萧靖西面不改色地解释道："傻妞之前瞧见园子里的护卫这样训犬……"

萧靖琳听到声音回头看了一眼，然后起身拍了拍自己身上的草屑，走了过来。

傻妞正玩得高兴，见萧靖琳要走，顿时不乐意了，嗷呜一声咬住萧靖琳的裙摆，死命拖着她不让她走。

萧靖琳面无表情抬脚往傻妞脖子下面一踹，使了个巧劲儿，圆滚滚的傻妞便被她踹得往旁边滚了好几滚才停下来。

"嗷呜——"一骨碌爬起来的傻妞抖了抖耳朵,双眼亮晶晶地看着萧靖琳,像是又发现了新玩法,飞快地跑了回来,团成一团倒在萧靖琳脚边,就差在头上写两个字:"求踹!"

萧靖琳不搭理它,走到任瑶期面前,看了看任瑶期又看了看萧靖西,然后抿了抿唇注视着任瑶期,也不说话。

任瑶期还是第一次在萧靖琳脸上看到类似于忐忑不安的表情。

刚刚萧靖琳没有与任瑶期打招呼就自己下来了,留下任瑶期和萧靖西独处,身为任瑶期的朋友,萧靖琳觉得自己有背叛朋友的嫌疑,因此担心任瑶期会怪她。

任瑶期稍微想了想就明白萧靖琳在纠结什么了,她笑了笑,上前拉住萧靖琳的手:"我有些饿了,吃完饭去放风筝吗?"

萧靖琳松了一口气,脸上也露出了笑意,立即反手握住任瑶期的手:"走,我带你去吃好吃的。"说着看也不看萧靖西一眼,就拉着任瑶期走了。

萧靖琳带着任瑶期到揽月阁的时候獐子已经烤好了,架起来的柴火还在庭前没有撤下去,两个婆子正拿着小刀在砧板上片肉,摆在庭院里的圆桌上的还有一蒸笼面饼、一瓦罐正冒着热气的汤、一盘洗净切好的水果,除此之外再没有其他了。

萧靖琳拉着任瑶期在桌子旁坐下,然后挥手让那两个片肉的婆子和院子里伺候的人都退下。

萧靖西随后也进来了,笑了笑,坐到任瑶期对面。

萧靖琳将片好的一盘胸脯肉端过来,然后把烤肉夹在蒸面饼里放到任瑶期面前的碟子里:"你吃这个试试。"接着又起身去砧板边捣鼓那只烤好的獐子。

萧靖西盛了一碗瓦罐里的汤放到任瑶期面前:"这是豚骨山珍汤,烤肉是军中赐宴的时候常吃的,靖琳说让你也尝尝。"

任瑶期看了萧靖西一眼,也盛了一碗汤放到他面前,然后又给萧靖琳盛了一碗。

萧靖西眼中满是笑意，笑得任瑶期忍不住想要瞪他。

暧昧的气氛没有维持太久，萧靖琳很快就回来了，手里还拿着两个大盘子，每个盘子里都放了一只烤前腿。

在任瑶期惊讶又好奇的注视下，萧靖琳面无表情地将其中一个盘子放到萧靖西面前，却对任瑶期道："男人就应该大口喝酒吃肉，比女人还讲究、娘们兮兮的男人哪里靠得住？"说完便斜睨了萧靖西一眼。

萧靖西低头看了一眼盘子里油腻腻的烤獐子腿，眼皮跳了跳。

萧靖琳也不看他，只挨着任瑶期坐下，然后用手拿起自己那只烤獐子腿，挑衅似的咬了一大口，慢条斯理地咀嚼着。

萧靖西："……"

任瑶期看着较劲的兄妹两人，觉得无奈又好笑。

萧靖琳很明显是在与萧靖西闹别扭，任瑶期也不好说什么，看了萧靖西一眼，便低头吃自己的东西，她是真饿了。

面饼夹烤肉的味道还不错。

萧靖西摇了摇头，喝汤。

萧靖琳食量不小，不多会儿一只烤獐子腿就有大半进了她的肚子。她的吃法虽然豪迈，动作却并不粗鲁。

任瑶期觉得有趣，且看着萧靖琳吃得大开大合的，自己的食欲都好了不少，喝了一碗汤，吃了两个面饼夹烤肉。

只有萧靖西，自始至终不动声色地默默喝他的汤。萧二公子即便被自己妹妹挤对了，也不会被激得抓起烤獐腿就啃。

任瑶期用面饼夹了些烤肉，放到萧靖琳面前的碟子里，然后又"顺便"夹了一个放到萧靖西的碟子里。

萧靖西忍不住弯起嘴角，夹起自己盘子里的慢慢吃了，然后低声道："没吃饱，还要。"

萧靖琳怒视萧靖西，冷哼了一声。

任瑶期："……"

这一顿饭吃得刀光剑影，任瑶期觉得烤肉很上火，所以吃完饭之后第一次力排众议坚持己见，让人端了两碗浓浓的苦丁茶上来，十分坚决地看着萧靖琳和萧靖西两人喝下才作罢。

用完饭之后又歇了会儿，三人去放风筝。

任瑶期终于看到了据说是萧靖西自己画的风筝，一只大麒麟、一只大白老虎，每一只都有傻妞那么大，还有一只十几尺长的似蛇似龙的玩意儿。

萧靖琳力气大，独自一人就能将那只大白老虎稳稳放上天，傻妞乐疯了，仰着头追着那只与它十分相像的白老虎跑，且乐此不疲。其余两只大家伙则被红缨和红绡放了上去。

大风筝任瑶期自然没有那么大的力气掌控，她拿了一只普通的纸鸢在苹果的协助下放上了天。

任瑶期一边拉着手中的线，一边转头问一直站在她身后的萧靖西："哪一只是你画的？"

在风筝上天之前任瑶期仔细看过，那几只大风筝虽然画得十分传神，但只有匠气不见灵气，像是做风筝的手艺人的手笔，实在不像萧二公子的风格，尽管任瑶期从来没有见过萧靖西的画，也觉得那几只风筝不太可能是他画的。

萧靖西看着天上的纸鸢，但笑不语。

任瑶期便知道自己猜对了，不由得有些气结，也不再搭理萧靖西。

放了一下午风筝，最后估摸着时候不早了，任瑶期便要回城。她今日出来了一天，虽然已经与李氏打过招呼，回去太晚终究不太好，天清山的登高会这会儿也差不多要结束了。

萧靖西吩咐同贺下去准备马车，送任瑶期回去。

不多会儿，同贺走了回来，在萧靖西耳边小声禀报了几句，萧靖西不动声色地听着，面上并没有什么特别的表情。任瑶期想着同贺说的有可能是有关燕北王府的事情，便也没有在意。

等同贺说完之后，萧靖西才走到任瑶期面前道："马车已经备好了，现在回去吗？"

任瑶期因为气萧靖西骗她，这一下午都没有再搭理他，萧靖琳也幸灾乐祸了一个下午。现在想起来，任瑶期觉得自己有些小心眼，简直是越活越回去了。

倒是萧靖西一点介意的样子也没有，这一下午每次任瑶期回头都能对上他含笑的注视。

任瑶期上了马车，一眼就瞧见马车的矮几上有一只打开着的木箱子，她走过去才看清楚，木箱子里面是一只风筝。

任瑶期伸手将风筝拿出来才看清楚这是一只美人风筝。

美人风筝从头发五官到发饰衣饰皆活灵活现十分传神，看得出来画风筝的人十分认真细致，而看到美人脸的时候任瑶期愣住了，因为这赫然就是她自己。

任瑶期愣了半晌，像是突然想到了什么，忍不住掀开车帘子，然后一眼就看到了站在不远处的萧靖西。

萧靖西似乎是一早就料到她会掀开车帘子，与她的视线对上的那一瞬，眼中的笑意温暖而深情，让任瑶期忍不住红了脸。

与任瑶期一同坐在马车里目睹了全程的萧靖琳："哼！"

在回云阳城的路上，萧靖琳终于忍不住对任瑶期道："瑶期，对不起，我……"她难得别别扭扭了一会儿，然后道，"萧靖西就是个黑心的芝麻包子！"

任瑶期皱眉道："哦？原来他这般不堪吗？"

萧靖琳顿了顿："也不是……"

萧靖琳正想要否认，然后又突然想到什么，抬眼看向任瑶期，果然看到任瑶期正似笑非笑地看着她，萧靖琳反应过来任瑶期是在与她玩笑，也忍不住笑了。

她想了想，才认真道："他自有千般不好，那也比这世上大多数人要好。"

萧靖琳今日之所以会睁一只眼闭一只眼，让萧靖西带任瑶期去回音塔第九层，也是想肥水不流外人田。

在萧靖琳眼里，这世上的男子没有一个配得上她的瑶期，也就是知根知底的萧靖西还算凑合。

尽管如此，在萧靖西带着任瑶期上塔顶的这段时间，她坐在外面等着的时候还是郁闷地忍不住想揪草揪傻妞。也因此，在看到萧靖西的时候，她是怎么看怎么不顺眼，总想呛他几句。

任瑶期闻言不由得失笑，这对兄妹每次凑到一起就会相互揭短拆台，可是在萧靖琳眼里,萧靖西还是"比这世上大多数人要好"。

在进云阳城城门之前,萧靖西和萧靖琳的马车都缓下了速度,两辆马车并行。突然,任瑶期听到外面有马车车壁被敲响的声音,立即就想起上一次萧靖西也是这样与她打招呼的。她看了萧靖琳一眼,坐着没有动。

外面又敲了三下,不急不缓,不依不饶的,任瑶期忍不住红了脸,心里有些嗔怪。

萧靖琳起身"唰"地一把拉开车帘子,面无表情地冲外面道:"有话说话,别娘们兮兮的!"

外面的声音果然停了下来,任瑶期忍不住弯起了嘴角。

萧靖西的声音过了一会儿才响起:"你们先进城,我还有些事情要去办。"

"我送瑶期回去,你该干吗干吗去。"萧靖琳暗自翻了个白眼。

那边萧靖西顿了顿,低声道了一句:"谢谢!"

萧靖琳愣了半晌,直到自己的马车驶了半晌,她才反应过来。

谢谢?她送瑶期回家,要萧靖西说什么谢谢!

萧靖琳想方设法埋汰了萧靖西一下午,结果最后还是被萧靖西轻飘飘的一句谢谢扳回了局面,让她瞬间就郁闷了。萧靖琳将任瑶期送回家才离开,回到燕北王府的时候看到了萧靖西的马车,她想了想,还是先去了萧靖西的昭宁殿。

萧靖西此时正在书房里看公文,见萧靖琳推门进来便是一笑:"回来了?"

萧靖琳冷哼一声,站到他面前不说话。

萧靖西也不急,吩咐同贺给萧靖琳端茶,然后将手中加急的公文处理了。等到他忙完之后,萧靖琳还是站在那里,正带着探究之色打量他。

萧靖西也不意外,不待萧靖琳说话就笑着开口说道:"我知道自己在做什么,你不必担心。"语气中带着安抚的意味。

萧靖琳的脸色果然好看了一些,道:"因为你带瑶期去的是那里,我才没有阻止你,想必你比我更清楚回音塔第九层对于萧家子孙的意义,希望你以后不要让我失望。"

萧靖西闻言不由得失笑,半真半假地调侃道:"你这么护着她,我会以为你们才是亲姐妹。"

萧靖琳上下打量了萧靖西几眼，有些鄙夷地道："若非看着你长大，知根知底，你以为我会给你机会接近她？"

萧靖西闻言哭笑不得，他比萧靖琳大，怎么就成了她看着他长大了？

"我是认真的。以后你若是不能为自己的所作所为承担责任，那就真的连女人都不如了。瑶期是我的朋友，如果她以后因为你而伤心难过，萧靖西，我是不会饶过你的！"萧靖琳看着萧靖西，一字一句地道。

萧靖西闻言轻叹一声，起身走到萧靖琳身边看了她一会儿，然后伸手摸了摸她的头。

萧靖琳有些别扭，一把将萧靖西的手拍开，白了他一眼："别把我当傻妞！"

萧靖西闻言一笑，又坐了回去。

萧靖琳在原地愣了一会儿，突然回过味儿来一般，有些恼怒地板着脸对萧靖西道："以后别把这一套用在我身上！你个大男人，又不是什么倾城美姬，有事没事就来个倾城一笑给谁看！"

萧靖西："……"

任瑶期回去的时候已经快酉时了，李氏和任瑶华她们还没有回来。

今日，在任瑶期离开之后，云阳书院的登高会便开始了，柳家小姐和陈家小姐问起任瑶期，徐夫人果然如萧靖琳所说为任瑶期遮掩了过去，因此并没有人对她中途离开说什么。

徐夫人身体不好，虽然用过任瑶期的方子之后已经许久不曾发作了，不过依旧不能劳累，所以由李氏和另外几位太太带着大家一起登高。

天清山坡度很缓，在比较陡峭的地方修有阶梯，所以，即便是平日里大门不出二门不迈的太太小姐们要爬起来也很轻松。

任瑶华原本是与雷盼儿走在一起的，李氏与柳太太、陈太太她们则走在稍微靠前的地儿。只是走到半路，李氏她们在前面不知道说起什么都笑了起来，陈之意转过身来招手让任瑶华过去，任瑶华见雷盼儿走累了被奶娘背在背上，便往前走了几步与陈之意和柳梦涵说话。

等到任瑶华与她们说完了话，回头来看雷盼儿的时候，却发现之前一直走在后面的任瑶英不知什么时候上来了，站在雷盼儿身边，正一边走着一边凑过身去与雷盼儿咬耳朵。

任瑶华的脸色不由得一冷，她与陈之意她们招呼了一声便走回雷盼儿身边。

在任瑶华转头的同时，任瑶英就看到她了，还朝着任瑶华笑了笑。或许在外人看来，任瑶英的笑容软软的柔柔的还带着些讨好，任瑶华却觉得任瑶英的笑容里带着一种难以形容的恶意。

任瑶华淡淡地瞥了任瑶英一眼："不是说累了走不动了吗？我瞧你精神得很。"

任瑶英笑了笑："刚刚休息了许久，好不容易攒足劲儿。不过被三姐你这么一提醒，我发现自己又走不动了呢。"

任瑶华不想搭理她，转头去看雷盼儿，却发现原本活蹦乱跳的雷盼儿此刻正蔫蔫儿地趴在奶娘的背上，见任瑶华看她，她眨了眨眼睛看了任瑶华许久，却什么也没说，只是眼睛红红的，看上去像是受了什么大委屈。

任瑶华心下一惊，抬手摸了摸雷盼儿的头："怎么了？不舒服了？"

雷盼儿摇了摇头，然后沉默地偏过头去，微微躲开任瑶华的手。

任瑶华不由得愣了愣，皱眉看向任瑶英，任瑶英却早已经落后两步去与唐家的几位庶出小姐说话了。任瑶华忍了忍，终究还是没有当场发作。

她不再管任瑶英，只是低声问雷盼儿的奶娘："盼儿怎么了？"

因为雷盼儿是被奶娘背着的，所以奶娘这会儿才察觉到雷盼儿有些不对劲，连忙将她放下来，嘘寒问暖。

雷盼儿一副打不起精神的样子，无论奶娘和任瑶华问她什么，她都嘟着嘴不说话。

因为雷盼儿闹了情绪，任瑶华便也慢了下来，她们渐渐落到了后面。

任瑶华便问奶娘之前发生了什么事情，并且旁敲侧击地问起任瑶英之前与雷盼儿说了什么。任瑶英虽然是凑到雷盼儿耳边说的话，不过雷盼儿是被奶娘背在背上的，奶娘肯定也能听到些。

奶娘却说，任瑶英只是问了几句雷盼儿平日里的喜好，又夸奖了她几句，然后还玩笑般问雷盼儿喜不喜欢任瑶华，这些都是很平常的逗弄孩子的话，并不过分。

任瑶华却明白，任瑶英说那些话肯定别有用意，只是奶娘没有注意到罢了。而雷盼儿虽然只是一个孩子，平日里又活泼可爱，实际上她很聪明敏感。

任瑶华想了想，对奶娘道："盼儿可能是累了，我们先在这里歇会儿吧。"

周围也有一些体态娇弱的太太小姐走累了停下来休息，奶娘怕雷盼儿真累坏了，连忙应下。

任瑶华吩咐丫鬟将茶水点心摆出来，然后牵着雷盼儿走到一棵树下乘凉。奶娘原本想要跟上去，不过想了想还是在离她们四五步远的地方站住了，她知道任家三小姐以后会嫁到雷家当主母，所以在任瑶华面前很知趣。

任瑶华蹲身站在雷盼儿面前，摸了摸她的头，看着她的眼睛问道："盼儿，怎么回事？"

雷盼儿看了她一眼，还是咬着唇不说话。

任瑶华叹了一口气，语气越加柔和地道："告诉姐姐好不好？刚刚那个在你耳边说话的姐姐是不是说了什么让你不高兴的话？"

雷盼儿闻言先是瘪了瘪嘴，然后眼睛红了，最后实在是没有憋住，哇地大哭起来。

任瑶华一愣，然后立即将雷盼儿抱在怀里，低头小声安慰她。旁道上有路过的人听到哭声，立即疑惑地看过来。

奶娘在一边看着，连忙笑着遮掩道："我们家小姐娇气，走累了不愿意走了，正哭闹呢。"

原本听到动静看过来的人都了然地笑了笑，然后也不再注意这边，谁家的小姑娘不是娇养着的？像雷盼儿这么大的小姑娘能走到这里已经很不容易了。

任瑶华低声哄着雷盼儿，然后抬头看了奶娘一眼，心想这奶娘倒是个心思活络的。一边的香芹还很友好地对奶娘笑了笑，然后拉着她去一边用点心。奶娘看了雷盼儿一眼，见雷盼儿的哭声渐渐小了下去，似乎已经被任瑶华哄住了，便放下心，识趣地跟着香芹去了。

任瑶华慢慢将雷盼儿哄住了，拿出帕子给她擦眼泪和鼻涕，雷盼儿哭得眼睛和鼻子都红彤彤的，看上去可爱又可怜，任瑶华忍不住捏了捏她的脸，取笑她道："瞧你，变成小兔子了。"

雷盼儿可怜兮兮地一边打嗝一边道："是像兔子糕糕那样的吗？"雷盼儿说的是任瑶华之前特地做给她的兔子形状的重阳糕。

"对啊，兔子糕糕好不好吃？"任瑶华摸了摸她的头。

雷盼儿吸了吸鼻子使劲点头，有些不好意思地道："好吃。"想了想，她又噘了噘嘴，扯着任瑶华的衣袖道，"盼儿喜欢吃兔子，盼儿不要当兔子！"

任瑶华又捏了捏她的脸："那以后不要哭。"

雷盼儿乖巧地点了点头。

任瑶华正想着要怎么问雷盼儿为什么会哭，雷盼儿就睁着一双红红的大眼睛看着任瑶华，开口问道："瑶华姐姐，你要当我母亲了吗？"

任瑶华正在给雷盼儿整理裙角的手一顿，抬头看雷盼儿，正好对上雷盼儿那双饱含羞涩、高兴、紧张、委屈、担忧等情绪的眼睛，不由得愣了愣。

任瑶华斟酌着道："是刚刚那个在你耳边说话的姐姐告诉你的？"

雷盼儿点了点头，眼睛眨也不眨地看着任瑶华："她问我喜欢什么，我说我喜欢瑶华姐姐做的兔子糕糕，她说等以后你去了我们家，我就每天都能吃到了。"

任瑶华皱了皱眉，见雷盼儿正好奇地打量她，脸上的神色微缓。

雷盼儿轻扯着她的衣袖又问了一遍："你要当我母亲了吗？"

"我……"任瑶华有些语塞，不知道该怎么回答雷盼儿这个问题，她顿了顿，问道，"你刚刚就是因为这个不高兴吗？"

雷盼儿想了想，摇了摇头，看着任瑶华摆出一副认真严肃的表情，只是她刚刚才哭过鼻子，这个表情摆在她脸上让人看着觉得好笑，但是她接下来说的话却让任瑶华很意外。

"我知道很多人都想给我爹爹讨个新媳妇，她们都说到那个时候盼儿就有新娘亲了，可是盼儿知道她们都是哄小孩的，爹爹的媳妇是爹爹的，她们不是盼儿的娘亲，盼儿的娘亲只有一个，她和曾祖母一样都不在了。"说到这里，雷盼儿的脸色黯淡下去。

任瑶华抿了抿唇，找不出话来安慰她。

雷盼儿小大人一般叹了一口气，然后看着任瑶华道："瑶华姐姐，我想过要是你或者瑶期姐姐当我母亲就好了，我可以天天看到你们，你们教我写字陪我玩。你虽然也不是盼儿的亲娘，但是盼儿喜欢你，你也喜欢盼儿。可是你要是当了我母亲，会不会只喜欢爹爹就不喜欢盼儿了？"

任瑶华："……"

"姐姐，盼儿可不可以问你一个问题？"雷盼儿扑闪着眼睛，认真道。

任瑶华点了点头，她没有想到，盼儿会想这么多。

"姐姐，有很多人都是因为先喜欢爹爹才顺便喜欢盼儿的，你呢？你也是先喜欢爹爹才喜欢盼儿的吗？"雷盼儿小小的脸上满是忧心。

任瑶华想了想，道："我认识你的时候并不认识你爹爹。"

雷盼儿闻言眼睛一亮，立即拉住任瑶华的手："那姐姐是因为喜欢盼儿才顺带喜欢爹爹的？"

任瑶华忍不住拍了拍雷盼儿的小脑袋："胡说八道！"

雷盼儿想到什么，突然瞪圆眼睛，一把捂住自己的小嘴巴："姐姐只喜欢盼儿吗？"

那爹爹不是太可怜了？雷盼儿马上忘记了自己之前的纠结，脸上满是同情之色。

任瑶华："……"

任瑶华好不容易安抚住小小年纪就爱胡思乱想的雷盼儿，叮嘱她道："以后不要在别人面前提起这些事情，也不要搭理别人在你面前说的那些话。"

雷盼儿乖巧地点了点头，想了想，又噘嘴道："盼儿不喜欢那个姐姐。"

任瑶华愣了愣，才反应过来雷盼儿说的是任瑶英，不由得有些好奇道："为什么不喜欢她？"

任瑶英在外给人的感觉向来是温柔又柔弱的，很多时候都比她这个喜欢冷着脸的人有人缘。

雷盼儿含着手指想了想，然后认真道："她明明不想笑，还一直对盼儿笑，明明不喜欢盼儿，还装作一副喜欢盼儿的样子，盼儿看到她眼睛都快抽筋了。"

任瑶华"扑哧"笑出声，将雷盼儿抱到怀里使劲儿揉了揉。

"不喜欢她以后看见了就离她远一点,若是她还要凑上来找你说悄悄话你就大哭把她吓走。"任瑶华心情极好地给雷盼儿灌输对付任瑶英的办法。

雷盼儿似懂非懂地点了点头。

等两人休息够了,任瑶华带着雷盼儿找到李氏她们的时候,雷盼儿早已经恢复了往日活蹦乱跳的样子,哪里还有半点之前的别扭模样,任瑶华见了都忍不住称奇。

倒是任瑶英见雷盼儿又开开心心地与任瑶华黏在一起,且态度比以前还要亲密的时候,脸色有些不好看。

下山的时候,雷盼儿因为走了许久的路,累得睡着了,任瑶华便将她交给她的奶娘,她自己走在后面。

任瑶英从山上的净房里走出来的时候,发现自己带来的丫鬟和婆子全都不见了,只有一个跟着她进去伺候的大丫鬟还在身边。自从被林氏设计掉过一次茅坑之后,她如厕的时候身边就再也没有离过人。

任瑶英心里大惊,正要喊人,就发现任瑶华从另外一条道上转了出来。

任瑶英看了看四周,心中暗自警惕,面上仍强自镇定地道:"三姐,你怎么在这里?我带来的丫鬟和婆子们呢?"

她估摸着自己身边的人应该是被任瑶华调开了,可是现在她们还在半山腰上,她之前因为想要避开任瑶华所以故意走在了后面,而她现在才发觉,丫鬟带着她来的这个净房的位置似乎有些偏。

任瑶英狐疑地看了自己身边的大丫鬟一眼,那丫鬟却低下了头。

任瑶英这会儿哪里还有不明白的,不由得又惊又怒。

方姨娘在的时候曾几次三番叮嘱过任瑶英,对自己身边伺候的人一定要大方,不能随意拿下面的人发脾气,这样才能笼络住人心。任瑶英自认为对自己身边伺候的人都还算宽厚,平日里也没有短过赏赐,可是她没有想到,这个她平日里还算器重信任的大丫鬟竟然会帮着任瑶华来算计她。

只是任瑶英也意识到了,现在不是她发作人的时候。任瑶华身后跟着六个人,而她这边只有自己和一个已经倒戈了的丫鬟,并且任瑶华显然来者不善。

任瑶英迅速地估计了一下形势,正想着要不要大声呼救将人引过来,任瑶华淡淡地瞥了任瑶英的大丫鬟萍儿一眼。萍儿咬了咬唇,立即垂着眼上前一把将任瑶英的嘴捂住，同时，任瑶华带来的两个婆子快步上前将任瑶英抓住，让她动弹不得。

任瑶英瞪大了眼睛，有些难以置信地看着萍儿，又看了看冷冷地站在那里没有说话的任瑶华。

任瑶华面色平静而冷淡地看着她。

任瑶英看着这样的任瑶华心里的不安越发强烈了。

任瑶英以前没少与任瑶华对上，每一次任瑶华都是暴跳如雷，直接动手教训她，恨不能将她生吞活剥。姨娘却说，那样的任瑶华不足为惧。可是现在，任瑶英觉得任瑶华有哪里与以前不一样了，而这样的任瑶华比那个对她动辄打骂的任瑶华更加令人害怕。

"你也不必不服气，你自己蠢笨如猪，你的丫鬟却比你聪明多了，至少她懂得看清楚形势。"任瑶华带着淡淡的嘲讽开口道。

任瑶华看着任瑶英的目光就像是看着一只跳梁小丑："任瑶英，我原本打算放你一马，是你自己闲得发慌有好日子不过非要生事，你说我该如何回报你？"

任瑶英脸色渐渐发白，想要说话，可是任瑶华根本就不给她开口说话的机会，反而转头问香芹："你的鬼主意多，帮我想想九小姐她喜欢什么。"

香芹立即挤眉弄眼地回道："奴婢觉得九小姐与茅坑有不解之缘，她肯定是喜欢的。"说着这唯恐天下不乱的丫鬟还用十分猥琐的目光瞥了不远处的净房一眼。

任瑶英气得差点晕过去，瞪着香芹的目光像淬了毒的刀子。

任瑶华挑了挑眉，似乎是在认真考虑要不要听香芹的提议将任瑶英扔到茅坑里。

任瑶华沉默的这个过程中任瑶英简直备受煎熬，那一次的事情对她而言打击是巨大的，她至今还心有余悸。

好在最后任瑶华摇了摇头否决道："掉进去出不来怎么办？且带着一身骚臭，丢的可是我们家的脸。"

香芹遗憾地叹了一口气，表情十分失望。

任瑶华想了想，招手将自己身后的一个婆子叫到身前："你不是养了些小玩意儿吗？拿出来跟九小姐玩玩吧。"

那婆子恭谨地应了一声，然后从自己的衣袖里拿出一个黑漆漆的小木盒子，走到任瑶英面前。

任瑶英因为恐惧，眼珠子不停地乱转，然后用乞求的目光看着任瑶华，似乎想要求饶，只可惜任瑶华心肠硬得很，依旧是一脸冷淡。

那婆子将手中的盒子打开，盒子里装的是一盒孩子小拇指粗细、圆圆扁扁、正在不停蠕动的虫子。

任瑶英看了一眼，若不是她正被两个婆子抓着，可能会直接坐倒在地。见那婆子用一根竹镊子，从盒子里挑了一条虫子出来，任瑶英开始剧烈地挣扎起来，将头使劲往后仰。

婆子低声道："得罪了九小姐，这是血蛭，它只吸血，不会要人命的。"婆子的话听起来像是安慰，却将任瑶英吓得恨不能晕厥过去。

任瑶华以不容置疑的声音淡淡地道："喂她吃下去！"

用竹镊子夹着血蛭的婆子，立即将那一只令人感到毛骨悚然的玩意儿夹到任瑶英口中，任瑶英脸上露出极度扭曲的表情，想要将血蛭吐出来，那个捏着她下巴的婆子立即将巾子塞到任瑶英的口里把她的嘴堵住，这下任瑶英想要吐也吐不出来了。

这时候站得离任瑶英近的几个婆子突然闻到一股子骚臭的味道，低头一看，原来是任瑶英吓得小便失禁了，裙子上和鞋上都尿湿了。

香芹做了一个嫌恶的表情，捏着自己的鼻子往后退了退。

任瑶华缓步走到任瑶英面前，冷眼看着抽搐不止的任瑶英淡声道："我不打你也不骂你，以后只要你惹我不高兴了，我就喂你一顿'好吃的'。"

任瑶华今日也是被任瑶英惹毛了，若任瑶英算计的人是她自己，她或许还不会这么生气，可是任瑶英竟然利用雷盼儿那么小的孩子！是可忍孰不可忍！任瑶华决定给任瑶英一个令她毕生难忘的教训，提醒她认清楚自己的处境。

任瑶华漠然地看着任瑶英在那里痛苦了半天。任瑶英尿湿的裙子都快被风干了，她才终于吩咐婆子道："把她嘴里的布拿下来，若是她肯识相就给她喂药，她若是大喊大叫就让那虫子在她喉咙里自生自灭好了。"

婆子应声将任瑶英嘴里的手巾拿了出来，任瑶英还来不及出声就先呕吐起来。这个时候的任瑶英满脸眼泪和鼻涕，嘴边和衣裳上还沾上了她自己的呕吐物，看上去要多狼狈有多狼狈。

等任瑶英吐完了，婆子拿出一个竹筒想要将竹筒里装着的东西喂给她，任瑶英这个时候已经如同惊弓之鸟，惊恐地看着婆子手里的竹筒，浑身颤抖地向任瑶华求饶："饶命，三姐求求你，饶命……"

任瑶华满脸不屑地看了她一眼："你也就这点出息了！吃不吃随你。"

婆子道："九小姐你还是将药喝下去吧，不然血蛭会一直依附在你的喉咙里吸血。"

任瑶英忍不住一抖，越发觉得喉咙里又痒又疼，似乎还有什么东西在蠕动。她一边哭一边使劲咳了咳，却什么也咳不出来。

任瑶华的耐性已经告罄，皱眉道："她不喝就算了，时候不早了，回去。"

任瑶英反应过来，也不管那竹筒里是什么东西，发疯一样挣开一只手，拿过婆子手里的竹筒就往自己嘴里灌，一竹筒酸酸咸咸带着腥味的水下肚之后，任瑶英才精疲力竭地扔掉手里的竹筒。这个时候也没有人制着她了，她双手捂住自己的脸，坐倒在地，哭了起来。

任瑶华脸上一点同情之色也没有，只吩咐萍儿道："去净房给她把衣裳换了，再去把伺候她的那几个都叫过来，然后下山。"

萍儿见识了任瑶华的恐怖手段，怕她怕得要死，立即上前来扶任瑶英起身。

正在这个时候，一道嗤笑声在不远处响起。

任瑶华心下一惊，回头看去，却什么人影也没有看到。

她之前已经有过布置，在附近的路口处都安排了人把守，就是为了防止在整治任瑶英的过程中被人撞见。香芹和芜菁几个大丫鬟连忙上前来将任瑶华围住，警惕又有些害怕地看向四周。

"什么人在装神弄鬼？出来！"任瑶华看着前面冷声道。

任瑶华不信什么鬼神，在整治任瑶英这件事情上也自认问心无愧，所以她不怕。

任瑶华的话音刚落，就见一个身形修长的男子从前面不远处一棵老梨树上跳下来。这男子肤色微黑，长得剑眉星眸，五官十分立体俊美，笑起来的时候带着些痞气，却能让女子忍不住脸红心跳。

任瑶华在看清楚来人的相貌的时候愣了愣："你……"

那男子抱着手臂斜倚在树干上偏头打量了任瑶华几眼，又看了看努力想要将自己的身体藏到萍儿身后躲丑的任瑶英，最后视线又移回到任瑶华身上，挑眉问道："她呢？"

在场之人都不明白他在打什么哑谜，不由得一头雾水地看向任瑶华，任瑶华却皱了皱眉，脸色也冷了下来："我当是谁，原来是云二公子回来了。你要找人自去你云家找，我这里没有你要找的人！"

在场之人也都认出来了，这个突然冒出来的男子竟然是三年没有回云阳城的云家二公子云文放。

因为几年的军旅生涯，云文放比之三年前黑了不少，身体看上去也更加精瘦，五官轮廓比以前更加分明，尤其是那一双星眸，深邃了许多，让他整个人看上去更加成熟而俊美。

云文放闻言嗤笑一声，却没有当众点出自己口中的"她"是什么人，只是挑着眉玩味地道："你就不怕我将你欺凌庶妹的事情说出去？"

任瑶华抿了抿唇，挺直了背嘲讽道："随便你！不过几年不见，我还以为你会长进不少，原来也就这点斤两。"

云文放倒没有与任瑶华计较，懒洋洋地伸展了一下四肢："既然她不在，那我先走了。对了，记得告诉她我回来了。"

任瑶华别过头去没有搭理他。

云文放扯了扯嘴角又道："你这整治人的法子不错，不过也太麻烦了，下次可以来找我，让个把人神不知鬼不觉地在这世上消失我还是能做到的。"

云文放的视线懒懒地落在任瑶英身上，任瑶英却感觉自己像是被一头狼盯住了一样，浑身的汗毛都竖了起来，越发躲在萍儿身后不肯出来。

任瑶华没有意识到这其实是傲娇的云二少爷在向她委婉示好，只当作没有听到。

云文放离开之前转头往右边看了一眼，想了想，有些玩味地喃喃自语道："看来喜欢瞧热闹的人还真不少。"

这句话任瑶华听到了，心里不由得一惊，正想要问云文放这话是什么意思,云文放却很干脆地走远了,任瑶华又拉不下脸叫住他追问。

挥手让萍儿将任瑶英带下去换衣裳后,任瑶华想了想,还是带着人往刚才云文放看的方向走了过去。

没有走多远,任瑶华就看到了不远处的树下那个背着手站立的身影,那人站在那里也不知道多久了,树枝的阴影将他的脸遮住大半,让人看不清楚他的表情,任瑶华觉得自己的呼吸窒了一窒。

她在原地站了一会儿,那人没有走过来,她也没有走过去。半晌之后,任瑶华暗暗深吸一口气,闭了闭眼淡声吩咐香芹她们道:"你们在这里等我。"

几个丫鬟都乖巧地应了,自觉地分散开,把守住路口。

任瑶华挺直腰杆,缓步走到那人面前。她没有去看那人的表情,只是神色冷淡地屈膝行了一礼:"见过雷大爷。"

雷霆沉默了一瞬:"怎么称呼又换了?"

任瑶华闻言,忍不住抬头去看雷霆,只是雷霆依旧是那副万年不变的面孔,任瑶华实在看不出来他心中所想。

任瑶华不知道雷霆是什么时候来的,是否看到了她整治任瑶英的过程,会不会觉得她手段太过于阴毒,而且对付的还是她自己的亲妹妹。

"你来很久了?都看到了?"任瑶华不喜欢猜来猜去,所以想了想,还是直接问道。

雷霆看着任瑶华,点了点头:"嗯,看到了。"

雷霆语气平静,任瑶华心里却突然涌起一股酸涩,有些茫然,又有些突如其来的莫名其妙的委屈。

任瑶华很鄙视突然间就软弱起来的自己,缓缓吸了一口气,想要迅速将自己武装起来。她想,既然雷霆看到了,肯定会对她心生厌恶,如此他们之间的婚约怕是也没有勉强下去的必要了。

任瑶华正思量着要如何将自己的想法说出来,雷霆却先她一步开口了。

"需不需要我帮你?"

任瑶华一愣,雷霆的话她听见了,却没有听懂,他不是应该指责她蛇蝎心肠,对她心生厌恶吗?

雷霆见她不说话,继续道:"你这次虽然做得还算周全,选的地方却不太对。这里四通八达，你又不熟悉地形，虽然有人把守着几个路口，却遗漏了一条隐蔽的小径，刚刚陈家的小儿子就差点闯进来。而且这附近几百年的老梨树不少，在上面藏几个人也是轻而易举的。"想必雷霆也看到云文放了。

任瑶华还有些没有回过神来："那、那人呢？"

雷霆被她难得的傻愣愣的样子逗笑了："被我支走了。"

任瑶华看着雷霆，愣愣的，不知道该说什么好，眼圈慢慢红了。

雷霆轻叹一声，走近一步，抬了抬手，想了想却还是放下，只是放软了声音道："你别怕，云文放那里我会处理的。"

他刚刚现身就是因为看到了云文放，怕任瑶华吃亏。可是还不等他动作，云文放就离开了。

任瑶华终于意识到是自己不对，立即低下了头，咬着唇闷闷地"嗯"了一声。

雷霆见她如此，心里不由得产生了一些怜意，只是他并非擅于安慰女人的男子，心里琢磨要怎么安慰任瑶华，于是两人之间有一阵短暂的沉默。

倒是任瑶华略低了头率先开口道："雷大哥，你刚刚……你会不会觉得我行事阴狠？"

任瑶华是眼里揉不进沙子的人，尽管雷霆说的话让她之前的那些不安消散不少，可她还是想要知道雷霆心里是怎么看她的。她自己也没有发觉，尽管她这话问出口的时候已经尽量让自己的语气淡然，但是刻意放缓了的呼吸还是透露出她心底的不安。

"你要人命了？"雷霆挑眉问道。

任瑶华愣了愣，摇头道："没有……"

雷霆点了点头，轻描淡写地道："我没瞧出哪里阴狠了，倒是很欣慰你这一回行事严谨了不少。在局面得以控制的范围内进行反击，并不是一件羞耻之事。"雷霆顿了顿，语气不容置疑地强调道，"你并没有错。"

任瑶华看着雷霆，听着他用低沉的语气肯定地说出这么几句话，感觉自己心中某处悄无声息地塌陷了一角，这种感觉十分陌生，让她觉得自己心里有些酸酸软软的。

"以后若是有什么事自己不能处理，就派人知会我一声。"雷霆想了想，叮嘱道。

任瑶华低头轻声应了。

她原本对于雷霆突然去她家提亲，心里还有些别别扭扭的。她别扭的原因也不是为了别的，就是担心雷霆是因为当初在救她的时候抱过她，为了她的闺誉着想不得已才想要娶她。任瑶华曾经想过，等再见到雷霆的时候她要问一问，他娶她到底是心甘情愿，还是迫于无奈。

可是现在，任瑶华突然释然了，也不想再问雷霆情愿不情愿的问题了。

雷霆往任瑶华身后看了一眼："时候不早了，再不下去就有人找来了。"

任瑶华也回头看了一眼，见香芹站在那里探头探脑的，似乎有事情想要禀报，又不好过来，任瑶华猜想可能是任瑶英已经换完衣裳出来了。

她便点了点头，低声道："我走了。"她抬头看了雷霆一眼，不知为何脚下却迈不开步子。

"你先走。"雷霆以为任瑶华是要等他先离开，便开口道。

任瑶华抿了抿唇，最后还是先转身离开了。

第四十二章

筹　谋

任瑶英果然已经换好一身衣裳出来了，连她身边伺候的人也都一个不落地被带到了。只是这个时候的任瑶英脸色苍白如纸，眼睛红肿，看上去十分虚弱，时不时地就咳嗽几声，前所未有的狼狈不堪。

任瑶英抬头看到任瑶华走过来的时候，眼中出现了惧怕，甚至忍不住往后退了一步。任瑶华冷冷地看了任瑶英一眼，对于她的惧怕很满意。她今日做这些事情，就是为了狠狠地教训任瑶英一顿，让她知道怕，让她以后再也不敢招惹自己。

因为出了这么一桩事，她们回云阳城也就比别人晚了一些，不过任时敏和任益鸿没有与她们一同回去，他们这些书生还有别的活动，要晚上用完饭才回去。

李氏她们一进府，任瑶期就迎了出去。只是才与任瑶华和任瑶英打一个照面，任瑶期就知道事情不对。她看了仍旧一脸惊恐的任瑶英一眼，又看了看任瑶华，并没有当众问出口，只在任瑶华回房更衣的时候跟了过去。

只是任瑶期还没有开口问，芜菁就进来禀报说萍儿来了，说任瑶英不舒服，想要请大夫进府瞧瞧。

任瑶英不舒服要请大夫，萍儿不请示李氏也不去请求周嬷嬷，反倒找到了任瑶华头上？任瑶期挑了挑眉看向任瑶华。

任瑶华冷笑一声："她倒是惜命。不过怕死有怕死的好处，既然她不放心就请大夫进来给她瞧瞧吧。"

芜菁应声去了。

任瑶期这才问任瑶华出了什么事情。

任瑶华也不瞒着任瑶期，将今日在山上任瑶英挑拨雷盼儿，最后她让人喂任瑶英吃血蛭的事情说了。

任瑶期面色平静地听了，并没有指责任瑶华胡来，倒是与雷霆一样关心起了善后的事情。

任瑶华犹豫了一会儿，还是告诉任瑶期道："云家二少爷回来了，今日还被他看到了。"

这回，任瑶期的眉头才皱了起来。

任瑶华又尽量以平静的语气道："雷大爷也来了，他说……说云文放那边他会去处理。"

任瑶期从任瑶华这强作淡然的语气中听出了些什么，不过为免任瑶华恼羞成怒，只装作什么也没有发现。对于云文放的事情，任瑶期却没有再问。

接下来的两个月，任瑶期并没有见到云文放。重阳节过后，燕北也一天比一天冷起来了，虽然这一年的第一场雪来得有些晚，但是冷厉的北风丝毫不含糊，刮得云阳城里的人都懒懒的。

这一阵子任瑶期即便是出门也只是跟着李氏在宝瓶胡同里串门子，甚少在外头露面。倒不是她刻意躲避云文放，而是任瑶华的婚期定在了来年八月，李氏忙着给任瑶华准备嫁妆，任瑶华也被李氏拘在家中绣嫁衣，任瑶期本就不是爱热闹的性子，自然乐得在家中陪母亲和姐姐。

自重阳节一别，任瑶期和萧靖西、萧靖琳两兄妹也没有见面，不过与萧靖琳一直保持着书信往来。

不过有一次，任瑶期又收到萧靖琳的信，打开一看之后总觉得哪里奇怪，后来又仔细将信看了一遍才确定，这封信上的笔迹虽然与萧靖琳的极为相似，却不是萧靖琳的字。

任瑶期反应过来之后先是吓了一跳，以为有什么针对萧靖琳的阴谋，可是将信通篇读下来，便打消了这个疑虑，因为这封信从头到尾就没有什么重要的事情，只是问候了她一番，说起了几件傻妞的趣事，然后叮嘱她近期染上风寒的人很多，让她少出门。

任瑶期愣了半晌，突然福至心灵将信封倒过来往书案上倒了倒，结果倒出一粒色泽艳丽、颗粒饱满的红豆。

任瑶期："……"

她瞪着那封用萧靖琳的笔迹写的信半晌，然后看到信首那"卿卿如晤"四个分外扎眼的字，不由得红了脸。

任瑶期犹豫了半晌，最后还是提笔回了信。她也不点破写信之人的身份，只是说了几件不痛不痒的事情，然后嘱咐对方注意身体。到了信的最后，终究还是忍不住恶劣地添上了一句："见卿今日字迹笔锋软绵无力，不复往日洒脱苍劲，心境之故否？"然后她忍着笑将信封好，让人送去了燕北王府。

到了第二日，任瑶期又收到了燕北王府据说是萧郡主送来的信。她打开一看，不由得愕然，这一次信里没有一个字，而是学着她以前给萧靖琳去的信那样，上面全是一小幅一小幅的图画。虽然只是寥寥几笔，却无论是人还是物都画得生动形象。

画上出现最多的是萧靖琳和傻妞玩耍的画面，只有一幅画里面出现了一名男子的身影，那名男子正站在一个放风筝的女子身后，两个人都只画了背影，看不到面容，却可以让人感觉到男子的视线一直停驻在女子身上，温柔而深情。

任瑶期看了那幅画半晌，忍不住用手指在那男子的头上轻轻点了点，反应过来之后她觉得自己的手指似乎被什么烫了一下，仿佛她刚刚那几下不是点在纸上，而是真真切切地点在了某人的脑门上。

她将信和之前的那颗红豆一起，收到了书案下的抽屉里锁好。

回信的时候，任瑶期想来想去，不知道写什么，在书房里坐了半个时辰，最后只装了一张白纸进去。原本想就这么将信送回去的，可是不知怎么想的，她又拆了一个用来辟邪的五谷香囊，挑了一颗红豆放进信封，封好。

但是信送出去没多久，任瑶期又后悔了，觉得自己今日的行为是受了某人的影响，有些大胆了。回过神来的任瑶期又连忙让苹果去将信追回来，可惜给燕北王府送信的人性子急脚程快，苹果到最后愣是没有追上，那封装着白纸和红豆的信还是送到了某人的桌案上。

看到苹果沮丧懊恼又小心翼翼的模样，任瑶期突然觉得自己最近变得有些莫名其妙，索性也就丢下不管了。

这一日夜里突然下起了雪，不过下了一夜，第二日一早整个云阳城就成了一个冰雕玉琢的世界。这一日燕北王府那边没有再送信过来，原本任瑶期与萧靖琳也不是每日都传信的，任瑶期就没有在意。

第三日，徐夫人发帖子邀请李氏和任瑶期姐妹去参加暖炉会，暖炉会无非是一群太太小姐在一处喝茶聊天观赏雪景，每年冬日这种暖炉会就特别多，尤其是下了雪之后。冬日里人们都比较沉寂，唯有落雪的时候会活跃起来，仿佛冬雪冻死的不仅仅是地里的害虫，还有人们身上的懒虫。

徐夫人的暖炉会并不是开在她自己家中，而是借了云阳书院里的一片梅林，踏雪寻梅是一件极其风雅之事。

任瑶期、任瑶华与柳梦涵这些才女在一处作诗行酒令。

任瑶期饮了几杯甜甜的果酒，脸颊便有些红晕。她原本以为这种果酒与她之前跟萧靖琳喝的那种差不多，是甜甜的果汁，没有想到徐家准备的果酒虽然酒味极淡，却当真是含酒的，只是不容易喝醉罢了。

不过任瑶期不是一般人，酒量极差，半杯就能倒，所以别人喝了果酒都无事，唯有她上了脸，好在并不算严重。

见柳梦涵和另外一位小姐两人正斗诗斗得热闹，任瑶期起身想要出去走走散散酒气。她与任瑶华说了声更衣，便带着苹果和桑葚出了暖房。

外面还在下着米粒大的小雪，今日又格外冷，苹果上前来帮任瑶期将风帽小心戴好，又递给她一只小暖炉让她捂在手里。

任瑶期原本想就在外面稍稍站会儿，吹吹风散散酒气就进去，却见红缨迎面踏着雪走了过来，别的丫鬟这个时候都穿上了厚厚的棉袄御寒，香芹那丫头更是恨不得将自己裹成一只粽子，红缨却依旧穿得单薄。

她没撑伞也不戴帽，一路走来，头发和肩膀上都落满了雪花，却浑不在意。看到任瑶期的时候，她似乎正巧被风雪迷了一下眼，停下来眨了眨眼，然后上来行礼道："见过任五小姐，我家主子有请。"

任瑶期见到红缨也很高兴，她有两个月没有看到萧靖琳了，没想到今日在这里碰上了。便让红缨在前面带路，她扶着苹果慢慢跟上去。

只是今日的红缨比之平时似乎更加沉默寡言，任瑶期也没有在意，红缨向来就不是话多的人。

红缨带着任瑶期去了那片梅林。

这个时候的梅林正是一年之中最美的时刻，红粉初蕊，瑞雪银装。梅林里静谧得很，落雪无声。任瑶期打量了一下四周，正要问红缨萧靖琳在哪里，却见一人从梅林中走了出来，她愣了愣，不由得呆立住了。

萧靖西穿着一身墨色的出风毛斗篷走了过来。

萧靖西没有戴风帽，细碎的雪花落满了他的乌发，乍一看给人一种红颜白发的错觉，却令他俊美的容颜越发让人无法逼视。

"你怎么在这里？"任瑶期许久才找到声音，不由得看了红缨一眼，红缨正面无表情地低头站在萧靖西身后，神色比平日清冷，令任瑶期有些奇怪。

"我不能来？"萧靖西嚯着笑反问，不知道是不是任瑶期的错觉，这句话萧二公子说起来还带着几分委屈。

"我以为是靖琳……"

萧靖西莞尔，也看了红缨一眼："她是南星，不是红缨。"

任瑶期闻言十分惊讶，又看了"红缨"几眼："是红缨的姐妹吗？长得真像。"难怪任瑶期觉得今日的红缨比平日里要清冷寡言，从容貌上来看，两人几乎长得一模一样，所以她才会认错。

南星上前再次行礼："奴婢南星，见过任五小姐。"这次南星的神情突然有了些细微的变化，面部表情柔和了不少，脸上甚至带了些笑意。

任瑶期不由得愣了愣，因为这样的南星与平日里的红缨几乎没有差别，若是刚刚南星一直是这一副神情的话，她肯定半点差异也瞧不出来。

"这下瞧出来了？"萧靖西缓缓地眨了眨眼，一脸的无辜。

任瑶期反应过来之后不由得暗自咬牙，萧靖西的意思是刚刚他并没有特意让南星去扮红缨将任瑶期骗来，虽然南星当真要扮起红缨来简直是惟妙惟肖，所以是任瑶期自己眼拙，才没有认出来。

仔细想想，南星确实没有说自己是红缨，请她的时候说的也是主子有请，而非郡主有请。任瑶期有些懊恼，她喝了点酒当真有些醉了，居然没有注意到这些细节。不过也因为红缨是萧靖琳的人，她才会放松警惕。

只是看到萧靖西现在的表情，她恨得有些牙痒。

　　萧靖西看到任瑶期瞪他的神色便知道她生气了，怕她就这么转头走掉，他不动声色地上前一步，低下头低声道："站久了有些冷，去林子里走走如何？"

　　虽然在慢慢了解萧靖西之后，任瑶期知道他这么说很有可能是在博取同情，可是看到萧靖西头上落满了雪花，她还是点了点头。

　　萧靖西展颜一笑，刹那间满林子的红粉初蕊瑞雪银装也及不上他那一瞬散发出来的光彩。

　　任瑶期低头默不作声地想，她好像有些明白萧靖琳说的"红颜祸水"的含义了。

　　两人并肩朝梅林走去，南星和两个丫鬟都很识相地远远跟着。

　　任瑶期走了一会儿就发现了，梅林里十分寂静，除了他们之外就没有别人了，想必萧靖西之前就做了安排。

　　她转过头正要说话，却发现萧靖西的视线正停留在她的脸上，见她看过去也没有转开视线。她心下急跳，觉得之前那点酒意越发上脸了。

　　"你身上湿了怎么办？"任瑶期转过头道。

　　萧靖西之前可能等了她一会儿，头上落满了雪花，刚刚当着丫鬟们的面任瑶期不好问，这会儿有些怕他着凉。

　　萧靖西声音里带了些笑意："无碍。"然后也不知道他是怎么动作的，他头上的雪花竟然在那一瞬间全洋洋洒洒地落了下来，一头乌黑的头发竟然真的没有半点湿意。

　　任瑶期愣了愣，看着气定神闲的萧靖西不知道想起了什么，突然就笑了。

　　"笑什么？"萧靖西转头道。

　　任瑶期忍着笑摇了摇头。

　　她想起自己上次在信里讽刺萧靖西的字比起萧靖琳的软绵无力，萧靖西刚刚是在含蓄地向她卖弄，以证明自己并不像表面看起来这么"柔弱"？不过任瑶期知道这话当着萧靖西的面不好说，脸面什么的她还是要给萧靖西留一些的。

　　只是萧靖西看到任瑶期脸上带着揶揄的笑容就有些明白了，虽然表面上依旧是一副若无其事的模样，耳根却有些红了。

"你怎么来了？"任瑶期见他不说话了，便又将之前的话问了一遍。

这时候他们刚刚拐过一个弯，南星她们还没有跟上来，萧靖西停下脚步，将手掌摊开在任瑶期眼前。

任瑶期有些诧异，低头一看，发现萧靖西的手心放着一枚红豆。抬头对上萧靖西含着笑意的温柔目光，任瑶期脸上也红了红，想要将萧靖西手里的红豆拿回来，不料才将手伸过去就被萧靖西握住了。

任瑶期的手动了动，没有抽出来，不由得瞪了他一眼，有些羞恼道："你……"

正要跟着拐弯的南星耳朵动了动，看了另外两个丫鬟一眼，停下步子不走了。

桑葚看了南星一眼，也下意识地停住了脚步，苹果却依旧要跟，然后手臂就被南星拉住了。苹果莫名其妙地看着南星，南星也看着她，却什么话也没说，两人便站在那里大眼瞪小眼。

"送出去的东西哪里有收回去的道理？"萧靖西借着衣袖的遮掩，将任瑶期的手牢牢握在自己手里，低声道。

手心火热的触感让任瑶期半只手臂都火辣辣的，比另外那只揣着小暖炉的手还热乎。她正要挣脱，萧靖西却将手放开了。

任瑶期低着头将手收回去，两只手紧紧地抱着自己的暖炉。

"我看了信，就来了。"萧靖西低声道。

任瑶期："……"

萧靖西怕任瑶期恼羞成怒，弯了弯嘴角，继续往前走。任瑶期也跟了上去。

两人就这么在梅林里慢慢走着，也不说话，周围只有靴子踩在雪地上发出的咯吱声。

也不知道走了多久，任瑶期看了看路，低声道："往回走吧。"她怕出来太久，那边有人找来，虽然知道萧靖西肯定派了人在周围守着，还是不好在外头待太久。

萧靖西虽然想一直与她这么走下去，走不到尽头才好，不过他也明白任瑶期心里所想，便点了点头，笑应道："好。"

两人另外寻了一条路往回走。

"南边的事情怕是已经差不多了。"萧靖西突然开口道。

任瑶期愣了愣才反应过来萧靖西说的是任家在南边产业的事情。

"动作还真快。"任瑶期不带任何感情色彩地感叹道。

任家在江南的产业差不多是任家的半壁江山，却在短短几个月的时间里就被人侵吞完了，难怪任瑶期听说任老太爷最近又撑着病体忙了起来，谁劝都不听。

"是韩家动的手？"任瑶期想起上一次韩云谦的话，问道。

萧靖西颔首："嗯。"顿了顿，又加了一句，"是韩家经的手。"

任瑶期闻言不由得笑了，调侃道："无本的买卖你做得越发得心应手了。"

虽然被鄙视了，萧靖西也不恼，笑看了任瑶期一眼："这可是你允我的。"

任瑶期斜睨萧靖西一眼，也不与他辩驳，比起脸皮厚，她是甘拜下风的。

"接下来任家怕是会有一番动荡。"虽然知道任瑶期不惧，萧靖西还是沉吟着安慰道，"不过你也别担心，你父亲将会接到云阳书院的正式任命，任家想要掌控你们这一房就没那么容易了。"

任瑶期闻言不由得一愣。

云阳书院里任教的先生不少，但并非每一个都是有正式任命的，因为被正式任命之后就相当于有了官职在身，隶属于燕北王府管制，领的不再是云阳书院的薪水，而是燕北王府的俸禄，这是白身与官身的区别。

任三老爷若是有了官身，那他与燕北王府就是君臣关系，任家想要越过燕北王府掌控任三老爷那是绝不可能的，相对的，任三老爷在处置家务事上也有了一定的自由。

只是要接到燕北王府的正式任命并不简单，被任命之后就有了朝廷正七品官职，所以在人数上向来有限制。

一般而言要有至少十年的教龄，且在学术上有一定成就。任三老爷年纪轻轻，又刚到云阳书院不久，比他资格老的大有人在，怕是难以服众。

对于萧靖西的话任瑶期虽然有些惊喜，却还没有被惊喜冲昏头，将自己的疑惑问出了口。

萧靖西闻言一笑，安慰道："所以这件事情还差一个契机。"他想了想，又道,"现在还不行,这个契机还未到,须得再等一等。"

任瑶期点了点头,有些好奇萧靖西口中的契机到底是什么,不过看萧靖西的样子似乎并不打算现在就与她细说,她便也没有追问。萧靖西既然这么说了,那就是对此事有了一定的把握,这一点任瑶期还是相信的。

两人一路走着,尽管走得并不快,但是梅林的出口眼瞧着就要到了。

萧靖西突然问道:"听闻你也有一对双胞胎侍女?"

任瑶期闻言看了萧靖西一眼,有些惊讶道:"嗯,现在还养在我外祖家中,跟着人学些拳脚功夫。"

萧靖西说的应该是乐山和乐水,任瑶期去献王府的时候偶尔会看到这两姐妹,两姐妹练功很刻苦,这几年练下来都极有长进。任瑶期自己不会武功,所以无法评价别人武功的好赖,不过听夏生的意思,这两个丫头都是练武的好苗子,也算是他门下的高徒。任瑶期打算明年找个机会将人弄回来。

不过萧靖西是怎么知道乐山和乐水的存在的?这会儿问她这话又有何意?

任瑶期想到南星和红缨,不由得玩笑般道:"怎么?萧公子又想与我要人?"

任瑶期将一个"又"字强调了一下,萧靖西听了之后心里不由得微微苦笑,知道任瑶期是想起了当初他从她手中要走同喜和祝若梅的事情,挖苦他呢。

不过面上,他还是一本正经地微笑着反驳道:"怎么会?我就那么缺人?"

任瑶期看了萧靖西一眼,笑而不语。

她心里却想,这次萧靖西就算是真的看上了乐山和乐水想要找她要人,她也是不肯给的。她花了大力气培养了几年的人,萧靖西一看上就想要走,哪里有这么便宜的事情?

萧靖西轻咳一声道:"双胞胎因为容貌相似,心意相通,好好调教的话,有些时候会有意想不到的用处,比如红缨和南星她们就能做一些别人做不到的事情。"

听萧靖西这么说,任瑶期想到了刚刚南星几乎能毫无破绽地扮演红缨的事情。

"所以,我只是问问你要不要将人先交给我,等调教好了之后再要回去,以免浪费了人才。"萧靖西怕任瑶期误会他又想与她抢人，斟酌着道，"而且到时候若是以王妃或者郡主的名义将人给你的话，以后你用她们行事也更方便一些。"

萧靖西的话让任瑶期心中一动，萧靖西说得很有道理，乐山和乐水若是从燕北王府出来的，确实是更加有利于以后行事。

她自己将人弄回来的话，乐山和乐水便是任家的丫鬟，在她离开任家之前，任家老太爷和老太太是有处置她们的权力的，但如果有了燕北王府的背景，以后除了她自己之外，就没有任何人敢对她的丫鬟指手画脚了。而且能让乐山和乐水多学一些东西，自然是只有益处没有坏处。

萧靖西见任瑶期的神色便知道她有些动摇了，也玩笑道："你放心，我不会私扣了你的丫鬟不还的，一年之后就送还给你。"

任瑶期忍不住笑了，又想了想，才点头应道："好。"

萧靖西见她应下，不由得弯了弯嘴角。

不说别的，任瑶期肯将自己将来的贴身丫鬟交给他，显见是对他十分信任。至于为何要先将任瑶期将来的贴身丫鬟要过去，萧靖西的小心思就只有他自己知道了。

"我等会儿就让南星去接人。"萧靖西愉悦地道。

任瑶期看了萧靖西一眼，没有说什么。

两人走到路口，脚步不由得都停了下来，萧靖西看了任瑶期一眼，任瑶期也看了看他。两人沉默了一瞬，任瑶期轻声道："我回去了。"

萧靖西点了点头，侧身让到一边，让任瑶期先行离开。

任瑶期低着头，带着自己的丫鬟往来路上走了。直到任瑶期的身影消失在梅林里，萧靖西才带着南星从另外一条路上离开。

任瑶期照着原路返回，却不想还未走到之前小姐们聚会的暖阁，就听到前面不远处的湖边一阵骚乱，似乎还有丫鬟在惊叫。

任瑶期步子一顿，皱了皱眉。

桑葚问道:"小姐,要去瞧瞧吗?"

任瑶期想也不想地摇了摇头:"不了,回去吧,出了什么事情等会儿就能知晓了。"

她并非好奇心重的人,也明白是非之处不宜久待的道理,说完转头就走。

只是才走了没有几步,前面就出现了脚步声。

任瑶期抬头一看,就见不远处的转角走过来一人,让她不由得愣了愣,脚步也是一顿。来人步子很快,眉峰微微蹙起,嘴角却往一边微挑,虽然看着像是在笑,那笑容里却含着讽意,让他看起来有些玩世不恭又有一些不耐烦。

任瑶期没有想到会突然在这里遇到他。

来人一转眼也看到了任瑶期,脚步一顿,眼睛突然亮了,原本蹙起的眉峰瞬间平复下去,脸上原本带着讽刺的笑容也变得阳光起来。

他脚下不停,腿长步子快,转眼就走到了任瑶期面前。

"你刚才去了哪里?我找了你许久!"他一出口就是这么一句,虽然是一句带着质问的话,声音却低沉又愉悦,仿佛两人之间已是熟得不能再熟,且才刚刚分开不久。

任瑶期垂了垂眸,借着屈膝行礼的工夫,稍微往后退了退,拉开两人之间的距离:"云二公子。"相比云文放的喜悦和激动,任瑶期要淡然多了。

云文放的视线一直停留在任瑶期身上,眼睛一眨不眨,重见的喜悦让他忽略了任瑶期的冷淡和疏离,只想就这样将心上人一直看下去。

"你长高了。"云文放用手在任瑶期的头顶和自己的胸口处比了比,笑容灿烂地道,他脸上再没有了似笑非笑的模样,是真正的飞扬洒脱的笑容。

任瑶期在心里叹了一口气,不知道要怎么接话。

她想绕过云文放就走,却也知道依着云文放的性子,此举可能会激怒他。她不想在这里与他拉拉扯扯惹人注意。

正在这个时候,刚刚云文放走过来的方向响起了脚步声,有人往这边来了。

云文放自然听到了,脸上的笑容微敛,眉头又是一皱,看了任瑶期一眼,表情有些犹豫挣扎,最后却还是道:"我先走了,免得将你也牵扯到乱七八糟的事情里。"

任瑶期虽然不知道他这话是什么意思，还是立即将路让开了。

云文放看着任瑶期又道："不管别人说什么，你都不要信，我……当初说的话我都记着，你也要给我记得，知道吗？"云文放说这一句的时候虽然语速有些快，也依旧霸道，却难得和颜悦色，语气温和。

这时候脚步声已经很近了，云文放不等任瑶期说话，闪身就进了一条小径，任瑶期眼前一花，他人就不见了。

与此同时，云文放之前的来路上也出现了几个人，都是脚步匆匆，一脸焦急。任瑶期看了一眼，发现是几个眼生的丫鬟婆子，只有一个婆子瞧着有些眼熟，好像是徐家的人。

"救上来的时候就快没气息了，这么冷的天湖水冰凉，请大夫过来又要耽搁些工夫，真是造孽啊！"一个婆子一边走一边道。

她们也看到了任瑶期，立即停住话头，匆匆行了一礼。

任瑶期点了点头，便让她们走过去了。

知道肯定是出了事，任瑶期也不耽搁，立即就去找李氏和任瑶华。

还没有走到之前的暖房，任瑶期就瞧见芜菁一边张望一边跑了过来，在看到任瑶期的时候，她明显大大松了一口气，立即迎上来道："五小姐，叮算是找到您了，三小姐让奴婢过来寻您回去。"

见到是芜菁，任瑶期便问道："可是出了什么事？"

芜菁点了点头，一边引着任瑶期去找任瑶华她们，一边凑到任瑶期耳边小声道："刚刚郭家大小姐落水了。"

"郭家大小姐？"任瑶期有些惊讶。

芜菁立即解释道："就是蔚州郭家的那位大小姐，当初在千金宴上您还见过呢。五小姐您离开之后没多久，姜家两位小姐和郭家大小姐就来了。之后不知道怎么的，她们又相约去游湖，然后就出了郭家大小姐落水的事。"

任瑶期点了点头，想了想又问道："云二公子也在场？"

她想起来刚刚云文放说不想让她也牵扯到乱七八糟的事情里，这个乱七八糟的事情想必就是指郭玉娇落水的事。

芜菁闻言犹豫了一会儿才道："五小姐，其实之前云二公子有拦住三小姐问您的去处，三小姐被他问得十分不快就骗他说您去了湖边。刚刚听到有人落水,三小姐被吓了一跳,生怕五小姐您出了什么事,所以让我和香芹她们都出来寻您。"

任瑶期点了点头,这会儿也不好细问,便跟着芜菁速速地去找了任瑶华,好让她安心。

任瑶华看到任瑶期没事,第一句话问的就是她是不是遇到了云文放。

看到任瑶华眼中的恼怒和担忧,任瑶期将自己刚回来的时候与云文放在路上碰到的事情说了。

任瑶华皱了半天眉,然后交代她以后看到云文放有多远躲多远。云文放回来之后她看到了他两次,他每次都向她打听任瑶期的下落,这让任瑶华心生警惕。虽然她说不上多熟悉云文放这个人,可是她还是能感觉到云文放是个十分危险的人物,尤其是从边关回来之后。

任瑶期自然老老实实地应下了。

任瑶期和任瑶华姐妹两人在这边说悄悄话,其他几位小姐则是在谈论郭玉娇落水的事情。

徐夫人的暖炉会邀请的大都是云阳书院的女眷,因为姜家也是开书院的,徐家平日里常有往来,姜家姐妹又正巧在云阳城中,所以也被邀请了过来。除此之外,还有一些声名不错的世家千金也收到了邀请,比方说曾经在千金宴上出过一些风头的郭玉娇,因为正巧在云阳城里,也接到了邀请。

后来姜家姐妹和郭玉娇去游湖,却没有想到会出这种事情。出事之后徐夫人赶过去处理了,她们这些来参加宴会的客人不好在这个当口走,便依旧留在这里。

有人小声道:"好端端的怎么会落水?不是带了婆子丫鬟出去吗?就没有人瞧见?"

"听说郭小姐落水的时候周围没有旁人。"

"郭小姐与姜八小姐当时正在吵架……"

任瑶期正在一旁默不作声地听着她们的议论,徐夫人身边的大丫鬟什锦匆匆走了进来,先是往暖阁里看了一圈,然后径直走到任瑶期面前,屈膝行礼道:"任五小姐,我们夫人唤您去一趟。"

虽然有些惊讶徐夫人为何会在这时候找她,任瑶期还是没有犹豫就点头应了，与任瑶华招呼一声跟着什锦走了。

什锦带着任瑶期去了离湖边很近的一个院子，这个院子没有厢房，只有并排的三间大屋，看上去像书房。

任瑶期远远地就看到门外有不少人走动，热闹得很。

有丫鬟提着热水、铜盆、炭盆匆匆进了屋，还有婆子抱了厚厚一床褥子，仔细听着屋子里竟有细细的抽噎声。

什锦直接带着任瑶期进了屋。任瑶期一进去就发现这里果然是书房，一抬眼就能看到一张黑漆的大书案，徐夫人的声音从右边的屋子里传了出来。任瑶期跟着什锦走过去，发现屋子靠窗有一张软榻，一群丫鬟婆子围在软榻周围忙碌着，任瑶期只能看到厚厚的褥子外头露出的一截湿漉漉的头发，以及白得有些诡异的一截脖颈。徐夫人就站在软榻旁皱着眉头沉声指挥。

任瑶期走近了，就看清楚了躺在床上的人的半张脸，正是落水的郭玉娇。她这才发现郭玉娇掩藏在厚褥子下的身躯一直在抖，还能听到她牙齿打战的声音。

看见任瑶期进来，徐夫人朝她招了招手，然后又头也不回地问丫鬟："姜汤怎么还没端上来，大夫来了没有？"

任瑶期走近了，觑着空当才问道："郭小姐没事吧？"

徐夫人叹了一口气："好在救上来得及时，没有呛几口水，只是湖水太冷了，怕是冻坏了。"

任瑶期看徐夫人的神色，便知道郭玉娇应该没有大碍，也松了一口气。

"有件事情交给你去做。"见安排得差不多了，徐夫人才对任瑶期道，"刚刚事情紧急，我就匆匆赶过来了，别的都来不及顾。太太们那边我交给了你母亲还有柳太太她们，小姑娘们那里就交给你了。"

徐夫人小声详细地交代了任瑶期几句，让她告诉那些小姐郭玉娇已经没有大碍，并且尽量安抚，免得以后出现什么不好的流言，让几位小姐的闺誉受损。

"今日我算是主家，出了这种事也该我来出面。只是我没有女儿也没有儿媳妇，大家都知道你是我的小徒弟，所以这事儿就交给你了。"徐夫人拍了拍任瑶期的手吩咐道。

任瑶期知道，以徐夫人在燕北世家女眷中的地位，让她去做这些实质上是信任她，并在众人面前抬举她，所以她立即应下了。

从徐夫人这里离开之后，任瑶期就回了暖阁，按照徐夫人的意思将郭玉娇的情况与众人说了。

出了这种事情，今日的暖炉会自然是开不下去了。等李氏她们那边也交代清楚之后，任瑶期便帮着徐夫人送客。对于任瑶期出面之事，众人虽然觉得有些惊讶，不过细细一想又都觉得在情理之中，平日里徐夫人对任瑶期这个关门弟子的喜爱和器重大家都看在眼里。

李氏和任瑶华也先回去了，任瑶期处理好后续事情之后便去找徐夫人。

任瑶期才走进书房就听到一位妇人带着怒意的声音："丫鬟看到是姜沅娘在争执中将我们玉娇推到了河里，这件事情怎么可以就这么算了？姜家简直欺人太甚！"

徐夫人温声安慰道："之前我已经问过了，丫鬟说两人之前是有过一番争执，但是并没有人瞧见姜家八小姐动手推人。"

那妇人气道："两人当时在吵架，如果不是姜沅娘推了玉娇一把，难不成还是我们玉娇自己跳下湖的？"

徐夫人叹了一口气，转头见到任瑶期来了，便招手让她过去。

任瑶期便看到一位三十来岁的妇人坐在郭玉娇躺着的软榻边，脸上还带着压抑不住的怒意。任瑶期以前曾见过这位妇人，知道她是孟家的当家大太太，出身蔚州郭家，是郭玉娇的嫡亲姑母。郭玉娇来燕州的时候都是住在她姑母家中。孟家在燕州是数一数二的大家族，这位郭氏虽然当家没多久，却是个厉害的角色。

任瑶期上前去给孟大太太见了礼，孟大太太有些惊讶，不知道任瑶期为何会出现在这里，不过她还是勉强点了点头。

徐夫人低声问了任瑶期几句话，任瑶期都一一答了。

这时候躺在榻上的郭玉娇突然醒了过来，孟大太太立即转头急声问道："玉娇你醒了？你感觉如何？还冷不冷？"

徐夫人见状也起身走过去，任瑶期跟在徐夫人身后。

郭玉娇嘴唇还带着些青乌之色，不过脸色已经比之前好看太多了，那座湖里的水并不深，她又被施救得及时，所以并没有呛太多水，之前只是被冻坏了一时没有缓过劲来，刚刚大夫来给她瞧过了，也说并无大碍。

"玉娇，你告诉我刚刚是不是姜沅娘推你下水的？"孟夫人问道。

"是，是她。"郭玉娇声音沙哑地道，"姑妈，我冷。"

孟大太太立即吩咐丫鬟道："快再去拿床被子来，手炉呢？多拿几个手炉过来。"等吩咐完之后，她又对徐夫人道，"夫人您也听到了，玉娇说是姜家那个丫头推她落水的，您也别做和事佬了，这件事情姜家必须要给我们郭家一个交代。"

徐夫人叹了一口气，郭玉娇是在她这里出的事，所以她必须得过问，只是孟大太太这话的意思是想要自己与姜家算账不想让她插手，孟大太太态度这般强硬她也不好再说什么了。

孟大太太等郭玉娇缓和一些之后就要带着她回去，徐夫人也没有拦着，只是吩咐丫鬟婆子们小心地将郭玉娇连着软榻一起抬上马车。孟大太太匆匆带着郭玉娇走了，估计是想要马上去姜家说理。

等人都走了之后，徐夫人才有些疲倦地揉了揉自己的额角，什锦扶着徐夫人坐下，给她按捏头上的穴位。

徐夫人拉着任瑶期也坐下："今日辛苦你了。"

任瑶期摇了摇头，见徐夫人脸色不太好，便也动手给她按揉手上的穴道："我也没做什么，只是送送客罢了。"

徐夫人捏了捏任瑶期的手，然后让人将高嬷嬷叫进来，问道："到底是怎么一回事，查清楚没有？"

徐夫人没有让任瑶期回避的意思，任瑶期便继续坐在那里给徐夫人按摩穴位。

高嬷嬷道："是郭小姐提出要去湖边走走，后来不知因为何故郭小姐突然发了大脾气，指着姜家八小姐骂了几句，姜八小姐性子好并未回嘴，只是小声为自己辩解，姜六小姐也在一旁为两人调解。之后云二公子突然出现了，见她们在争吵，云二公子并没有上前，就在这个时候郭家大小姐突然掉进了湖里。"

徐夫人皱了皱眉："是谁将郭家大小姐救上来的？"

高嬷嬷明白徐夫人的意思，忙道："是姜家一个会水的婆子将郭家大小姐救上来的。她们在争吵的时候虽然屏退了身边伺候的人，丫鬟婆子们却也不敢走太远。郭家大小姐落水之后，云二公子虽然离她们很近，却并没有下水救人，可能是怕惹上是非。他没有等郭大小姐被救上岸就转身离开了，是姜家八小姐将自己家中一个会水的婆子叫过去救的人，所幸湖里的水并不深。"

徐夫人摇了摇头，没有说什么。

云文放若是去救了郭玉娇，怕就更加牵扯不清了。只是他那么果决地见死不救，也难免让人觉得他太过冷情。

高嬷嬷想了想，又犹豫着道："不过也有人说姜家八小姐不像是会动手推人下水的，倒是有可能是云二公子用了什么手段推了郭家大小姐一把。"

云文放与姜沅娘有婚约，他又是个不管不顾的性子，因为见未婚妻受了委屈而动手给未婚妻出气也不是不可能。虽然云文放当时并没有近郭玉娇的身，但是他是有武功的，用手段让郭玉娇落水也不是不可能。

徐夫人皱眉道："没根没据的事情以后不要提了，你交代一下下面的人，别出去乱嚼舌根。"

高嬷嬷连忙应了。

任瑶期默不作声地听完了事情的经过，并没有发表任何意见。

徐夫人脸色好看些之后便轻轻拍了拍任瑶期的手："你也累了，回去吧，我安排人送你。"

任瑶期点了点头，辞别了徐夫人。

任瑶期出来的时候，外面小雪已经停了，却依然很冷，任瑶期仍旧将风帽戴上，宽大厚实的帽檐几乎遮住了她的半张脸。

当再一次看到云文放出现在她面前的时候，任瑶期并没有表现出惊讶，而是垂下眼眸，神色十分淡然。

云文放看见她很高兴。他应该是在这里等了许久，身上虽然没有落上雪花，鹿皮靴子上却是湿的。

"你总算出来了！"

他走了过来，灼热的视线落在任瑶期露在外面的那半张脸上，然后以任何人都没有反应过来的速度，伸手就掀开了任瑶期的帽子。

任瑶期皱了皱眉，苹果和桑葚连忙上来站到任瑶期身前，将云文放挡住，满脸警惕地盯着他，跟防贼一样。

云文放不以为意，注意力全落在任瑶期身上，甚至看着她有些微出神。

近三年不见，任瑶期长高了，虽然因为衣服穿得太厚而看不到身段，却也能猜到一定是窈窕袅娜。原本就精致的五官已经长开了，让她的容貌越来越出挑。无可否认，任瑶期是一位难得的美人，加上她身上有一种特别的安宁温婉气质，云文放有些移不开眼。

"这几年你过得好不好？"云文放出声问道。

任瑶期看了云文放一眼，尽量心平气和地回道："多谢云二公子关心，我很好。"

云文放弯唇一笑，依旧看着她，"那就好，我一直……"顿了顿，他才转而道，"你还记得我走的时候信上说的话吗？"云文放的语气里带着些难以察觉的期盼。

任瑶期暗叹一声，低头道："云二公子，你这次是回来成亲的吧？我不能前去观礼，只能提前祝贺你一声了。"

云文放闻言脸上的笑意不由得僵住了，看着任瑶期皱眉道："谁跟你说我要成亲的！就算要娶，我也不会娶姜沅娘，我想娶谁你难道不知道吗？"

云文放从见到任瑶期开始，一直是和颜悦色的，在努力收敛自己的少爷脾气。可是这会儿，因为任瑶期的一句话，他心里十分烦躁，又有些不安。

这会儿附近除了他们便没有别人，任瑶期苦笑道："云二公子，你给别人东西的时候就从未考虑过别人想不想要吗？"

云文放闻言脸色彻底冷了下来，一字一顿地问道："任瑶期，你是什么意思？"

任瑶期平静地看着他，没有说话，但是冷淡的神色已经说明了一切。

云文放不自觉地握紧拳头，咬牙忍了忍，才终于将自己心头冒出来的火气和慌乱强压下去。

静默片刻，他才抿了抿唇道："任瑶期，这三年我一共受了十六次伤，有三次差点就醒不过来了。"

任瑶期垂眸，掩住自己眼中有些复杂的神色。

"最后之所以会撑下来，是因为……是因为……"是因为我总是一遍又一遍地想起你、梦见你，我从未忘记自己离家从军的目的，最后便总能咬牙挺过去。

最后那句话，云文放终究还是没有说出口。他是个骄傲的人，从来不习惯卑微地去乞求施舍。对于自己想要的，他都是直接付诸行动。只是到了任瑶期面前，他栽了人生中最大的一次跟头。

云文放没有将话说下去，任瑶期也不会傻得去追问，两人之间便沉默下来。

任瑶期原本以为云文放去了边关三年，眼界和心性定会有所改变，对她的执念也会淡去，毕竟这一回他们之间从未有过过深的牵绊，只要她不问不理不回应，云文放那点少年情愫就无以为继。

可是眼前的云文放，让任瑶期着实有些头疼。

"我与姜沅娘的婚约很快就要不作数了。"云文放终于冷着脸开口，语气听起来有些冷硬，却又带着些他自己不愿意承认的委屈和倔强。

任瑶期想了想，开口要说什么，这时候正好有人匆匆往这边走了过来。任瑶期偏头一看，原来是什锦来了。

任瑶期以为是徐夫人找她还有什么事情，却不想什锦走近了，行完礼之后便对云文放道："云二公子，我们夫人有些话想要问您，让奴婢来请您过去。"

云文放闻言皱了皱眉，按捺住心中的不耐："徐夫人找我何事？"

云文放好不容易见到任瑶期，被人打断了谈话心里很不悦，只是徐夫人在燕北极有声望，又据说是任瑶期的先生，云文放也不好乱发少爷脾气。

什锦低头道："夫人听闻郭家小姐落水的时候您也在附近，有些话想要问问您。"

云文放听说是为了这件事情，嘴角微微勾起一抹嘲讽的笑容："这有什么好问的，人又不是我推下去的，她们喜欢折腾就由着她们去折腾好了。"

郭玉娇落水的过程他是看得清楚明白，可是他完全没有兴趣搅和进那几个女人的钩心斗角，尤其是还想利用他的钩心斗角，让他厌恶得很。

"这……还请云公子跟奴婢去见见我们夫人。"什锦小心地道。

云文放看了任瑶期一眼,皱了皱眉。他自是不想去的,只是徐夫人派了贴身丫鬟来请他,完全不给面子也说不过去。

任瑶期倒是想要借着这个机会脱身,可是她又怕惹急了云文放让他当场发作。

正在僵持着的时候,却见萧靖琳从拐角处转了出来。

任瑶期不由得一喜:"靖琳?你怎么来了?"

萧靖琳走过来,冲着任瑶期点了点头,又面无表情地看了云文放一眼,然后才对任瑶期道:"等你有一会儿了,事情都忙完了?那就先出去吧。"

话虽然是对着任瑶期说的,萧靖琳的视线却若有似无地看向云文放。

云文放眯了眯眼,冷笑一声,然后别过头去。

在嘉靖关的时候,云文放就感觉出了萧靖琳对他的敌意,虽然萧靖琳不至于借着自己的身份在大事上给他下绊子,但是一开始的时候针对他的小刁难还是有的。云文放自然也不喜欢萧靖琳,只是萧靖琳在军中的职务比他高,这几年也是屡立战功,在普通士兵和将领中又素有威望,云文放被军队调教了几年,在萧靖琳面前终究还是会收敛一些。

任瑶期松了一口气,正要与萧靖琳一起离开,却看到跟在萧靖琳身后的不是红缨而是南星,因为南星的衣服还是之前那一身,她不由得愣了愣。

萧靖琳却已经拉着任瑶期走了。云文放冷着脸看她们离开,然后才跟着什锦去见徐夫人。

等任瑶期和萧靖琳上了马车之后,萧靖琳才道:"早知道云文放也在,我应该早些来找你的。他刚刚为难你了?"

任瑶期摇了摇头,对于云文放的事情她不愿意多提:"说了两句话你们就来了。对了,你来找我是有事?"

萧靖琳面无表情地道:"萧靖西让我来的,让我跟你去献王府上接两个人回去。"萧靖琳看了南星一眼。

任瑶期不由得失笑:"我将人送过去不就行了,还让你走一趟。"

萧靖琳抿了抿唇没说话,心里却想着今日幸亏她来了,不然还不知道云文放那厮会怎么欺负人。不过话又说回来,萧靖西特意让南星领着她来接人,真的不是因为知道云文放来了宝瓶胡同的关系吗？

"真没用！"萧靖琳撇了撇嘴，暗自嘀咕了一句。

任瑶期没有听清，好奇地问道："靖琳你说什么？"

萧靖琳面不改色地道："我说我正好没什么事。"

其实萧靖西挺冤的，就算他是故意让萧靖琳来救驾的也不表示他怕云文放，他只是为任瑶期着想得太多了。

南星默默地看了萧靖琳一眼，没说话。习武之人都耳聪目明得很。

献王府上离着云阳书院不远，所以没有多久就到了。这还是萧靖琳头一回来献王府上，容氏让纪芙颖出来迎她们。

现在再见纪芙颖，任瑶期都会屈膝行晚辈礼，称呼她为纪姨妈。纪芙颖和李天佑的亲事定在了明年年初，虽然知道的人并不多。

萧靖琳在容氏面前十分恭谨有礼，任瑶期向容氏说明来意之后，容氏虽然有些讶异，不过还是什么都没有说就让人去将乐山和乐水带了过来。

乐山和乐水十一岁了，因为长期练武，看上去比同龄的小姑娘要高上半个头，手脚也俱是修长。她们虽然不似一般的内院丫鬟那么弱不禁风，但因为有献王府的人教她们礼仪规矩，所以看上去并不粗鲁，反倒是很有世家大族出身的大丫鬟的风范。

萧靖琳也细细打量了她们许久，眼中有些兴味。她自幼习武，自然能看出乐山和乐水是两棵好苗子，若她们不是任瑶期的人，萧靖琳很有可能会将人收入自己麾下。

萧靖琳又坐了会儿，才提出告辞。容氏留了任瑶期说话，任瑶期只能先送萧靖琳出门。

等送完萧靖琳回来之后，容氏没有半点拐弯抹角地道："人是萧靖西要去的吧？"

任瑶期："……"

容氏摇了摇头，轻轻点了点任瑶期的额头，无奈道："你呀……"

任瑶期低头轻声道："我想着让乐山和乐水多学点本事也没什么不好。"

容氏挑了挑眉："然后学着学着就成他们燕北王府的人了？"

任瑶期一愣，容氏又是好笑又是无奈地道："你想想燕北王府能教的献王府不能教的还有什么？"

任瑶期眨了眨眼，有些哑然。

容氏叹道："无非就是燕北王府的规矩忌讳，燕北王府的人情往来，燕北王府的关系脉络，燕北王府的……"

听着容氏一条一条地数下去，任瑶期不由得渐渐红了脸。

"你是真不明白还是假不明白？"容氏斜睨了任瑶期一眼。

任瑶期："……"

容氏倒是笑了，笑完之后又叹了一口气："他倒真是个有心的，这些都为你想好了。"

乐山和乐水在燕北王府待上一年再由王妃或者萧靖琳送给任瑶期，两个丫鬟不仅仅在身份上提升了几个档次，以后让任瑶期的丫鬟在面对燕北王府的奴才们的时候会更有底气，还能让乐山和乐水先一步熟悉燕北王府的人际关系，等任瑶期真的进了燕北王府，不至于两眼一抹黑吃了暗亏。

萧靖西向来是走一步算三步的主儿，可不是随便带着南星现身在任瑶期面前的。

即便是并不看好任瑶期和萧靖西的容氏，也不由得有些动容。且容氏也看出来了，萧靖西那小子也不是剃头担子一头热。以任瑶期的聪明，难道真的不明白萧靖西的那点心思吗？

"期儿，你当真决定了吗？"容氏摸了摸任瑶期的头，突然正色道。

容氏不止一次与任瑶期谈论过萧靖西的问题，且一直不怎么赞同，即便是到了现在，仍希望外孙女能找一门普通而平顺的婚姻，不求大富大贵，只求安稳顺遂。

任瑶期怔怔地出了一会儿神，最后叹了一口气，握住容氏的手，语气十分平静："是的，外祖母，我决定了。"

容氏反倒因她的直白而愣了愣，最后也只能无奈地苦笑着摇了摇头。她思考了半晌，才叹道："罢了。"

任瑶期挨着容氏，抱着她的手臂，轻轻靠在她的肩膀上。

容氏摸了摸她的头，轻声道："有外祖父和外祖母在，这次必不会让你受委屈。"她唯一的女儿已经委屈了半辈子，外孙女无论如何也不能走女儿的老路。

暖炉会过后没几日，云阳城里又发生了一件给人增添谈资的大事。

云家二少爷要退婚。

事情的起因是云二少爷的未婚妻姜家八小姐在暖炉会上推了郭家大小姐进湖里，郭家自然要为此事去找姜家理论。

原本这事不过是两个女孩子因为一言不合而起了冲突，算不得什么大事，第二天却爆出郭家大小姐苦恋云家二少爷的事情。

原来郭家大小姐在三年前就对云二少爷痴心暗付，虽然知道云二少爷已经与姜八小姐定下了婚约却依旧不肯死心。郭家原是想要应下丘家的求亲的，郭大小姐得知后不乐意了，闹了一场之后跑来云阳城姑母家中。

云家二少爷恰好在这个时候回了云阳城，郭家大小姐这些日子又见到了云家二少爷几次，虽然三年未见，对云二少爷的爱慕不减反增，简直到了茶不思饭不想的地步。

暖炉会那一日，郭家大小姐得知云二少爷也会去，便找了个由头也跟去了，恰巧遇见姜家两姐妹。

郭家大小姐原本与姜家八小姐有些交情，却因为姜家八小姐和云二公子的婚约而厌恶了姜家八小姐，这几年也与她断了往来。不过不知道何故，她还是邀了姜家两姐妹去游湖。

最后郭家大小姐与姜家八小姐因为云家二少爷争吵起来，姜家八小姐气愤之下将郭家大小姐推进了湖里。

如果事情仅仅是这样的话，那也不过是两个小姑娘争风吃醋的小事，大家听过之后笑笑也就过去了，云二少爷也不好因为这件事情就要退婚。

事情真正闹大是在郭家大小姐的姑母孟大太太再一次审问郭大小姐的几个贴身大丫鬟之后，原来郭家大小姐在暖炉会上将姜家两姐妹叫出去游湖并不是为了吹吹冷风吵吵架那么简单。

郭家大小姐因为机缘巧合，知道了姜家八小姐的一个秘密，将人叫出来是为了摊牌。

几年前的千金宴，姜家六小姐之所以无缘参加并不是她水土不服，而是姜家八小姐下了毒，让姜家六小姐脸上长满了红疹子，最后只能窝在云阳城的别院里。

郭家大小姐是怎么知道这件事情并掌握证据的没人知道，她当时只是想要让姜家姐妹反目或者逼迫姜家主动解除婚约，不过最后这个秘密还是被孟大太太抖了出来。

世人皆哗然。

小姑娘之间小打小闹的算不上什么大事，为了一门亲事而陷害同胞手足却是犯了忌讳，这种狠毒下作的女子，自然不会有好人家愿意让她进门。

所以云二公子得知后首先不干了。

云家自然不是那么容易会被流言蜚语左右的，云老太太和云大太太派人去查了三年前的事情，结果果真查出了姜沅娘害姜茜娘的证据，姜沅娘想要抵赖都不行。

云老太太和云大太太也被气得不轻。

云二少爷提出要解除婚约，云家的长辈也不好说什么了，只能派人去请姜家的人来协商。姜家这时候也正在经历一场大风暴。

姜沅娘和姜茜娘的曾祖父姜振文年纪大了，近一年来大部分时间卧病在床不问外事。就在几日前，姜振文突然开了祠堂当着族中几位长者的面表示要将族长之位让给自己的嫡长孙姜琰。

姜振文有两位嫡子，嫡长子姜适早逝，这些年姜家的事情大多是嫡次子姜淮做主，姜淮虽无族长之名，却行着族长之实。早逝的姜适生有一子姜琰，也就是姜茜娘的父亲。姜振文身为一个读书人，对嫡庶有别长幼有序那一套礼数十分看重，所以他属意的族长人选不是自己的次子，而是嫡长孙。

姜淮在姜家做了这么多年的主，自然不愿意就这样将位置让给自己的侄儿，所以三年前姜沅娘费尽心机也要为自己那一房争取到云家这个盟友。

谁也没有想到，这么多年来一直跟在二房后面唯唯诺诺的大房会打个翻身仗，姜家二房与云家的婚约也恰好在这个节骨眼儿上出了问题。

对于姜沅娘毒害姐妹之事，外头已经闹得沸沸扬扬，如果是三年前闹出来的，她或许还能与自己的母亲想办法去遮掩或者找人当替罪羔羊，只可惜这件事情在三年后才暴露，还是在姜家长房和二房关系紧张的时候，姜沅娘百口莫辩。

在姜家姐妹离开云阳城的前一日,云文放在一家酒楼的厢房里又见到了姜茜娘身边的那个丫鬟。

丫鬟低着头将主子的谢意表达给了云文放。

云文放看也没看那丫鬟一眼:"各取所需而已,且除了三年前应下与姜沅娘的婚事,我并未做过什么,所以别将帽子往爷身上扣。"

丫鬟闻言怔了怔,忙道:"我家主子不是这个意思……"

云文放仰头喝下杯中的酒,冷冷地道:"我管你主子是什么意思。你回去告诉她让她放心,我与姜沅娘的婚约到此为止,云家不会插手你们大房和二房的斗争,若是姜琰真有本事能坐上姜家族长的位置,云家不会因为今日之事迁怒他们大房,我当初答应她的也算做到了。"

云文放不喜欢姜沅娘,不代表他对姜茜娘就有什么好感。

姜茜娘在三年前就知道姜沅娘下毒害她,却在云家去查这件事情的时候为姜沅娘遮掩了下来,为的只是在关键时刻给姜沅娘致命一击。

云文放一早就知道这件事,所以他才答应与姜茜娘合作。三年前他需要一个女人帮他守住未婚妻这个位置,三年后他则需要一个由头让这个未婚妻滚蛋。

姜茜娘利用郭玉娇对付姜沅娘的事情,云文放虽然没有插手,却看得明白。对于这些女人之间的斗争他厌烦得很,尤其是姜茜娘利用郭玉娇的时候还牵连上了他,让他有些不悦。那日的暖炉会上,他一开始遇上任瑶期没有说几句话就匆匆离开了,就是因为这个,他不想让任瑶期也牵连到姜家姐妹的斗争中。

云文放觉得,既然他与姜沅娘的婚约已经要解除了,那他与姜茜娘之间互相利用的合作关系也结束了,实在没有什么好说的,也懒得再应付这些无关紧要的人。

丫鬟其实还想再说几句的,可是看到云文放的态度,又不敢多说什么,最后只能唯唯诺诺地退下了。

而此刻,在姜家别院里,姜茜娘看着哭得梨花带雨的姜沅娘眼神复杂。等姜沅娘哭够了,她才轻轻拍了拍她的背,温言安慰道:"你我姐妹这么多年,我自是相信你的。等回去到了曾祖父面前,我也会为你说话,你尽管安心。"

姜茜娘的声音，一如往日温和宽容，听不出半分芥蒂。

在姜家姐妹离开之后不久，云文放和姜沅娘的婚约正式解除了。

少了云家这个靠山，姜淮在与自己的侄儿争夺族长之位的时候就少了许多优势。他虽然掌控姜家多年，姜琰却有姜老爷子和姜家一些长辈的支持。姜家是开书院的，与普通人家相比更看重一个名正言顺。且这些年来，姜琰表面上什么都听姜淮这个二叔的，实质上却也布下了不少暗棋，姜琰与他的父亲一样，并不是什么庸人。

所以，姜家内部在争斗了小半年，姜老爷子去世之后，最终由姜茜娘的父亲姜琰接掌了族长之位。

姜家姐妹与云家二少爷的恩怨情仇虽然在云阳城里闹得沸沸扬扬，但是姜沅娘和姜茜娘毕竟不是燕北的闺秀，在她们离开云阳城之后，这件事情也就慢慢平息下去了，众人更加关注的是云家二少爷这个香饽饽最终花落谁家。只不过因为这件事情，云家也闹了很大一个没脸，所以云文放的婚事倒是暂时缓下来了。

这件事情过去之后不久就迎来了年关，腊月二十三祭灶节这一日，任家二老太爷任永祥夫妇和任二老爷回了燕北，任家老宅的东府又热闹起来，只是这个热闹让任老太爷有些闹心。

任家在京都和江南的产业已经全数被二房的人败光了，还败得莫名其妙。相比较于离开燕北之时的意得志满，任家二房这次回来得犹如丧家之犬。

闹心归闹心，任老爷子也不能将任永祥一房人扫地出门，只能依旧让他们住在了一墙之隔的东府。

任三老爷在腊月二十六才带着妻女回白鹤镇，去给任老爷子和任老太太请安的时候就吃了一个闭门羹。原来任永祥夫妇自回来之后就天天往西府跑，廖氏也一改以前与任老太太的针锋相对，对着任老爷子和任老太太好话说尽，话里话外无非就是想要回来重新与任家长房同掌家业，同舟共济。

任老爷子被他们的胡搅蛮缠气得差点就要一病不起，任老太太便以任老太爷身体不好为由闭门谢客，谁来也不见。

任瑶期倒是觉得这样也好，她也落得个清净，不用每日去荣华院上演你慈我孝的大戏。

因为二房的闹腾，今年这个年任家上下注定没法好好过了。所以等到初三一过，任三老爷就借着要访亲问友，带着妻女回了云阳城。

任瑶期人虽然回了云阳城，但是因为知道韩家那边肯定会有后续的动作，所以她也留了人在白鹤镇里注意任家的动向。她虽然不打算插手韩家和任家的恩怨，但也要保证在变故来临之前有时间做出适当的反应。

年后，任老太爷终于将任永祥叫过去交谈了一番。任老太爷将任家在顺州和蓟州的几家煤栈交给二房打理，任永祥自然是不满意的，他觉得自己是做大事的人，原本手中还管着任家的半壁江山，如今却成了任家的掌柜，还只是几家小煤栈的掌柜，难免对自己的兄长落下了埋怨，最后兄弟两人闹得不欢而散。

可是无论任永祥心里再如何不忿，还是接下了任老太爷交到他手里的那几家煤栈。任家二房现在今非昔比，他的次子任时序虽然还打算借助岳家的势东山再起，这次没有跟着他一同回来，但是他也明白这个时候不能跟长房的人翻脸。

过了正月之后，任永祥将煤栈的事务交给了自己手下的掌柜，他自己则开始热衷于与故旧友人们喝酒听戏。任老太爷原本也没对他抱什么期望，见他不闹腾着狮子大开口要再分一次任家的产业，便也由着他去了，每年的用度月例也没少他半分。

二月中旬，献王府办喜事，废献王世子李天佑娶亲。

献王府的喜宴并没有大办，只是给一些近年来有往来的人家送了请帖，比起燕北的豪门世家要低调多了。请帖上写着李天佑的未婚妻是纪氏，燕北大多数人不知道这个凭空冒出来的纪氏是何方神圣，而清楚当年那一段历史的人家，联想到李天佑曾经定下过的那一门亲，心里便都有了些猜测。

不管外头的人如何看待李天佑的亲事，李氏对于弟弟终于成家，心里是极高兴的，还特意回了几次娘家，帮容氏张罗婚事。

李天佑成亲这一日，李氏带了任瑶期和任瑶华回去观礼，任三老爷在这种时刻自然不好缺席，终究还是踏进了岳父家的门。

因为纪芙颖已经没有了娘家，容氏在外面安排了一座宅子，让纪芙颖提前几日住了进去，好让李天佑在这一日去接亲。

任瑶期跟李氏一直陪在容氏身边，当外面有人来禀报说新娘子的轿子已经进了胡同口的时候，任瑶期看到容氏的眼眶红了。

李天佑的婚礼虽然很低调，但是从燕北王府到云家、苏家、雷家等这些在燕北有着举足轻重地位的世家豪门都送了丰厚的贺仪，雷霆这个家主亲自出席，苏家、云家等家族也都有人赴宴。相比较前几年的门庭冷落，这种状况在令人惊讶之余也惹人感叹。还有人依此判断，献王府离起复怕是不远了。

宴席才刚开始，外面就有人进来禀报道燕北王妃和郡主来了，在场之人无不震惊。

献王世子成亲，燕北王府有送贺仪之事众人都知道，但是没有人料到燕北王妃会亲自来参加婚宴。虽然上一次燕北王妃曾来过献王府邀请献王妃做郡主及笄礼上的正宾，但并没有在众目睽睽之下进献王府，所以她这次突然出席献王府的婚宴还是惊到了不少人。

容氏面上看不出惊讶与否，起身亲自迎了出去。

燕北王妃出现在众人面前的时候，众人便看到王妃和容氏是一起进来的。在座之人都起了身，恭谨地给燕北王妃行礼。

容氏请燕北王妃上座，燕北王妃落座的时候看到任瑶期，众目睽睽之下她满脸笑意地朝着任瑶期招了招手道："瑶期你过来，坐我身边来。"

任瑶期愣了愣，看了容氏一眼，容氏对她点了点头，她便起身坐到了容氏和萧靖琳中间的位置。萧靖琳偷偷朝她眨了眨眼，然后又恢复了端庄的高贵冷艳之态。

在场之人见到这一幕心里不约而同都有了些想法。

虽然不少人知道任家五小姐不仅与萧郡主交好，还很得燕北王妃欢心，但毕竟没有亲眼看到来得震撼。

燕北王妃在席上一直是笑语晏晏，还时而与任瑶期低头说话，让人更加确信任瑶期在燕北王妃面前十分得脸。

燕北王妃自然不可能像别人那样一直坐到宴席结束，意思表达到位之后就借故离开了，容氏和任瑶期起身送她离开。萧靖琳没有跟着走，燕北王妃走后她就坐在任瑶期身边，从头至尾没有说过几句话，酒倒是默不作声地喝了大半壶，最后任瑶期示意丫鬟不给她斟了她才作罢。

从献王府离开的时候，萧靖琳是等任瑶期一起走的，还非要拉着她坐自己的马车送她到家门口。

任瑶期见萧靖琳脸上带着些红晕，以为她喝醉了，便依着她上了她的马车。

她们离开得比别的宾客都要晚，出来的时候巷子里已经没有几辆马车了，李氏和任瑶华的车在前面，萧靖琳让自己带来的护卫骑马在马车旁护卫。

离开献王府有一段距离之后，她们的马车遇上了一队巡城守卫。

萧靖琳让马车停了下来，巡城守卫中头领模样的人挥手让手下们先走，自己则下马过来了。

"属下参见萧副将！"来人一板一眼地朝着马车行了个军礼，任瑶期愣了愣才反应过来他口中的萧副将是萧靖琳，不由得看了萧靖琳一眼，觉得有些稀奇。

萧靖琳掀开车帘子，朝着他微微颔首："可有什么情况？"

那人往马车里看了一眼，似是看到马车里不止萧靖琳一人，便有些犹豫地道："属下稍后会向公子禀报，郡主能否到时候再询问属下？"

萧靖琳瞥了他一眼，似是知道这人的性子，也没有怪罪，只摆了摆手让他退下。

倒是那人小跑着追着马车支支吾吾地道："郡主，这、这天、天还很冷，您出门多穿几件。"顿了顿，他又扭扭捏捏地小声加了一句，"还有红缨姑娘啊。"

坐在车里的萧靖琳听见了不由得挑了挑眉，恰巧红缨今日没有跟出来，倒是南星闻言皱了皱眉，隔着帘子往外看了一眼。

还眼巴巴跟着马车小跑的穆虎不知怎的突然觉得身上一冷，不由得停住脚步，直到马车加速驶远了还是那副傻愣愣的模样站在原地，就像是一只莫名被人嫌弃的大狗。

任瑶期觉得刚刚那巡城的将领很有意思，不由得抿嘴笑了笑，不过她是厚道人，即便红缨不在，也没有出言打趣或者探问。

萧靖琳也是刚知道穆虎那个黑炭脸原来一直在打她贴身丫鬟的主意，不由得冷哼一声，心道果然是上梁不正下梁歪，有什么样的主子就有什么样的属下。

献王府和任家都在宝瓶胡同，虽然两家离得不算太近，但是这会儿街上没有什么马车和行人，所以萧靖琳的马车很快就到了任家门口。

任瑶期要下马车的时候，萧靖琳突然道："刚才宴席那会儿，至少有三拨人马企图进入云阳城，被穆虎的人拦下了。"

任瑶期闻言便没有急着起身，想了想才皱眉道："是朝廷的人还是宁夏的？"

这会儿进云阳城的人马肯定是为了李天佑的婚礼而来，难怪今日城中多了不少巡城士兵，路上的行人却少了不少。任瑶期之前就感觉有些不对劲，现在被萧靖琳这么一说，终于嗅到了一丝紧张气氛。难怪萧靖琳坚持要亲自送她回来。

"应该都有。"萧靖琳依旧是一副没有什么表情的模样，她是经历过战场上残酷洗礼的人，敌人兵临城下都不会动一下眉毛，何况是几只小虾。

不过她还是叮嘱任瑶期道："最近你们都少出门，虽然在燕北王府眼皮子底下的云阳城还算安全，没人敢有大动作，却保不准会有人使什么小手段。"萧靖琳也是想到了上一次任瑶华被掳之事，怕有人使不入流的手段下黑手，让任瑶期遭殃。毕竟除了李天佑之外，任瑶期和她母亲是与献王血脉最近的人了。

萧靖琳的担忧之情溢于言表，任瑶期感到暖心之余又想到了另一件事，萧靖琳这么郑重其事地叮嘱她注意安全，加上今日王妃亲自去参加李天佑的婚宴，这是不是说明献王府在接下来的时日里会有一番大动作？

任瑶期脑海中再次浮现容氏上次说的那句温和怜惜的话，容氏说必不会让她受委屈。

任瑶期这么想着，不由得探寻般地看了萧靖琳一眼，萧靖琳似是知道她心中所想，虽然没有开口解释什么，却微微颔首。

任瑶期立即明白了自己所料应当不差，脸上也现出一丝沉思。

萧靖琳见她蹙眉，安慰道："你别怕，没事的。"

任瑶期闻言抬头冲着萧靖琳笑了笑："嗯，我不怕。"

两人又说了几句话，任瑶期才下车回了自己府上。

马车快行进燕北王府的时候，萧靖琳听到什么声音，掀开车帘子往外看了一眼，正巧看到穆虎正一路小跑着过来，似乎想要追上她们的马车。

萧靖琳面无表情地放下车帘子当作没有看到，直到马车进了王府缓缓停下来，才若有所思地看了给她掀车帘子的南星一眼，然后一言不发地下了马车。

如果现在萧靖西或者任瑶期在场，肯定能看到萧郡主那一本正经的表情下面掩藏得很好的一丝恶趣味。只可惜南星不是萧靖琳的人，且一直被萧靖西放在外面办事，极少与萧靖琳接触，所以在南星眼里，萧靖琳一直是一个威严正直的女将军。

穆虎也正巧追了上来，恭恭敬敬地给萧靖琳行礼，咧嘴一笑，真正的见牙不见眼。

"卑职见过萧副将。"

只是他那一双眼睛正偷偷去瞟萧靖琳身后的南星，还搓着手拘谨地蹭了蹭自己的靴底，一副腼腆羞涩的模样。

"红、红缨姑娘也在啊……嘿嘿……嘿嘿……"

南星："……"

萧靖琳瞥了穆虎一眼，冷哼一声，一言不发地转身走了。

南星冷冷地扫了穆虎一眼，那目光就像刀子，刮得穆虎脸上憨傻的笑容也僵住了。然后南星也一言不发地跟在萧靖琳后面走了。

穆虎一脸委屈地目送她们走远，半晌才摸了摸自己的头："怎、怎么了？"

等萧靖琳和南星走远了，南星突然出声道："郡主，奴婢有一事相求。"

萧靖琳停了步子，看了她一眼，点了点头："什么事？"

南星僵冷着一张脸恭谨道："郡主，如果刚刚那个傻……那个姓穆的向您请求娶红缨，还请您不要应下。"连人都认不清，还想娶妻？做梦！

萧靖琳想了想道："若是红缨自己愿意怎么办？"她可是个开明又随和的主子。

南星咬了咬唇，一时也无话。虽然她从没在红缨口中听说过穆虎这个人，红缨也不像是有了心仪之人的样子，但万一呢？

倒是萧靖琳摸着下巴想了想，然后好心地给南星出了个主意："要不你再去试他一试？刚刚天都黑了，他没认出来也情有可原，要是他再认错人，你就狠狠揍他一顿。对了，揍之前记得要先套头，他毕竟是萧靖西的人。"萧郡主一本正经，正气凛然。

南星："……"

萧靖琳出完主意，就背着手走了。

萧靖琳回去看到红缨，想了想还是没有将穆虎的事情告诉她。倒不是萧郡主穷极无聊想要棒打鸳鸯或者见不得得力属下被个男人拐跑之类的，相反，萧郡主是个挺通情达理体恤下属的好主子。

之所以会出主意让南星去教训穆虎，也不是萧靖琳瞧不上穆虎要故意戏弄他，而是萧靖琳知道红缨恐怕连穆虎是哪根葱都不知道，心中另有他人。

倒是南星因为以前是做探子的，性子太过清冷，萧靖琳瞧着萧靖西那意思似乎想要将南星留在身边，以后估计会给任瑶期用。萧靖琳便想着到了内院的话，南星还是沾些人气比较好，于是就将这个重任交给了看上去傻憨单纯，其实固执的穆虎。

除此之外，萧靖琳还有点小心思，就是她知道南星跟在萧靖西身边多年，忠心耿耿，是萧靖西的心腹。她怕南星心里对萧靖西有什么不单纯的想法，如果真是如此，南星以后很有可能会成为一着废棋，这样就太可惜了。

如果南星能在萧靖西成亲之前有了归宿，不但能将南星过于清冷的性情改一改，以后任瑶期用起她来也更加得心应手，毕竟乐山、乐水年纪还小，妇人身份比小丫头身份出门更方便。

第四十三章

出　招

任瑶期不知道萧靖琳正为她动这些小心思，从献王府回来的第二日，她特意让苹果出去探听过几回，得出的结论是云阳城的守备比平日森严了一些，尽管普通民众还感觉不出太大的差别。而李氏那里不知道是不是得到过容氏的提醒，从献王府回来之后就带着任瑶华和任瑶期在家中，极少出门。

之后一个月内，云阳城里半夜走了两次水，闹了两次贼，除此之外，就没有更大的扰民事件了。与此同时，任瑶期却从萧靖琳写给她的信中得知，南边的朝廷在李天佑成亲后的第三日就下了明旨，让燕北将献王府一家拿下并押送到京城。燕北王府和献王府之间的互动虽然并未太过声张，却也没有小心遮掩，朝廷终于无法坐视不管了。

萧靖琳在信中只是隐晦地提了几句并未详说，毕竟书信往来在这个时候不算太安全，怕一不小心就被有心之人抓住把柄。献王府那边也没有消息过来，一家人都深居简出低调得很。

而任家在三月末又闹了起来。

因为之前就料到韩家近期可能会有所行动，所以当袁大勇递消息说任家二房的人与韩家有接触的时候，任瑶期并没有太意外，倒是对韩老爷子让这把火由任家内部烧起来的手段有些佩服，从报仇的一方而言，确实是爽快了。

任家二老太爷向任老太爷狮子大开口，提出要任家手中一座煤山，对于这种无理取闹的要求，任老太爷自然无视了。任家二老太爷却找到任老太爷私下谈判，还拿出了任家往年罔顾矿工性命、向燕北官员行贿、做假账、避税等不太光彩的证据，打算彻底撕破脸。任老太爷被自己的白眼狼弟弟气得当场吐血晕了过去。

将人气晕之后，任二老太爷难免有些心虚，原本他并没有打算将手中的证据披露出去，只是想要威胁一下任老太爷，拿些好处。

却不想在任老爷子被气晕的第二日，任家的煤栈爆出了问题。

有人抬着两具尸体闹到任家煤栈在蓟州的铺面，说是任家的煤有毒，毒死了一对祖孙，接下来又有几户从任家买了煤的人家找上门来，虽然没有再出人命，却也出现了中毒的症状，还有人一怒之下向官府报了案。

毒煤事件还没有给出说法，紧接着又爆出任家煤栈以次充好，用三等煤代替二等煤、二等煤替代一等煤的事情，这个内幕还是从任家"有良心"的伙计口中传出来的。任家这次遭遇到了空前危机。

虽然任家上下都瞒着任老太爷，可终究纸包不住火，任老太爷还是知道了，气得差点一佛升天，最终以非凡的毅力挺了下来，不顾任老太太和任大老爷的阻拦，撑着病体出门收拾烂摊子。

任老太太让人去请任五老爷任时茂回来帮忙。任时茂这阵子将自己的生意做得风生水起，已经淡了回任家的心思。若是平时他肯定不会应下，只是这一次任家出了这么大的事情，任老太爷又病了，身为任家子孙的任时茂在接到任老太太的信之后还是当机立断回了任家。任老太爷这会儿已经没有心思去计较任时茂以前的忤逆，而且任家现在也正是需要人手的时候，所以父子两人心照不宣地将以前的事情暂时揭过。

虽然有了任五老爷回任家帮忙，任家的事情还是一日一日地往更坏的方向发展，任家在燕北的煤栈有一半被迫关了门。尤其是蓟州的几家煤栈，每日都有人拿石子、臭鸡蛋、烂菜叶子砸门，根本没有办法经营。

任家意识到事情闹到如今已经不是靠任家自己就能全身而退的了，只得寻求别的家族施予援手，而刚与任家结成亲家的雷家成了任家最寄予厚望的援手。

抱着这种打算，任老爷子让任大老爷亲自去了一趟雷家找雷霆。

雷霆倒是亲自接待了任大老爷，对任大老爷的请求也没有一口回绝，甚至答应会帮忙与官府周旋，给任家一个喘气的机会，只是并未大包大揽地应下能让任家全身而退。

雷霆倒真没想要见死不救，毕竟他要娶任瑶华，任家是任瑶华的娘家，对于没有娘家庇护的女子，今后会面对什么雷霆清楚得很，在力所能及的范围之内，他是愿意拉任家一把的。

只是雷霆也很清楚，任家的事情并不像表面上这么简单，在别人眼中雷家再如何了得，他自己也清楚雷家毕竟不是燕北王府，还没有强到能在燕北横着走的地步。而且在雷霆看来，任家也确实需要一些教训，否则以后也会出大事。

在雷家的干预下，官府方面对任家施加的压力果然小了不少，趁着任家出事趁火打劫的那些对手也被雷家弹压了下来，背后捅刀子的人没有了，任家终于得到了喘息的机会。

任老太爷不由得大喜。

只是雷家做了这些之后就没有再插手，任老太爷则希望雷家能再接再厉，用自己手中的关系，将任家的"毒煤"事件压下来，毕竟任家以后还要开门做生意，这件事情对任家煤栈的声誉影响极大。

雷霆是有能力做到这些，可是这违背了他雷家的做事原则。所以雷霆再接到任老太爷的亲笔信之后，没有表态。

任老太爷又派了任大老爷亲自去雷府见雷霆，雷霆并未避而不见，只委婉地拒绝了任家的请求。

任大老爷回去之后将自己与雷霆的谈话转告给了任老太爷，任老太爷自然是不满意的。

任老爷子无法理解雷霆的苦心，觉得雷家在这件事情上并不想尽心尽力，而且任家现在出了事，任老爷子很担心雷家会与任家解除婚约。

恰巧在这个时候，雷家来了一位客人，雷霆原配妻子的娘家人来投奔了。

雷霆已故妻子乔氏是江南人，娘家并不显赫，且家中已经没有什么人了。乔氏有一个妹妹原本嫁到了岳州，只可惜嫁过去没多久夫君就去世了，小乔氏年纪轻轻就守了寡。小乔氏只有二十来岁，又生得貌美，原本她在夫家终日被关在偏僻的院子里倒也没事，只是她公公去世还不到一年，婆婆又生了重病，等婆婆也去世之后家里就只剩下小叔子一家，偏偏小叔子又是个贪杯好色的，她婆婆怕自己去世之后家里闹出什么丑事就动了杀念。

所幸小乔氏婆婆身边的人嘴不严实，小乔氏知道这件事情后找机会逃了出来。小乔氏娘家早已没有什么人了，且她也不敢再待在江南，怕被抓回去，于是这一逃就逃到了燕北，来到了已故姐姐的夫家寻求庇护。任家不知道从哪里得知了这个消息，且还打听到小乔氏非但生得千娇百媚，还与自己的姐姐有五六分相像，任老太太觉得雷家既然将人留了下来，为了名正言顺，雷霆可能会纳小乔氏为妾。

若是纳别的女子，任家也不会在意，可是雷霆当初既然肯为自己的亡妻守孝，肯定是对结发妻子有情意的，加上还有一个雷盼儿……有自己的亲姨妈照顾，肯定比别的什么人要好，任家心里自然就有了想法。任瑶期在得知雷家突然出现小乔氏这么一个人的时候皱了皱眉，小乔氏出现的时机太过巧合，让她不得不多想。一个终日被关在祠堂里的守节妇人，要从内院逃出来并躲过夫家的追捕顺利投奔远在千里之外的雷家，真的这么容易？

任瑶期首先想到的是这件事情极有可能是韩家在捣鬼，在这个时候，没有谁会比韩家更希望任家与雷家翻脸，因为有雷家做后盾，韩家想要彻底弄垮任家就不容易了。

任瑶华也知道了小乔氏的事情，不过这次任瑶华倒是沉得住气，什么也没有说，依旧按照李氏的嘱咐，每日在自己的闺房里绣嫁衣。

任家沉不住气了。任老太太派人来接任瑶华回白鹤镇。

任瑶期原本想要陪任瑶华一起回去，但想到任家找任瑶华回去的原因，以及任家二老可能会对任瑶华说的话，她有些讽刺地笑了笑。到了这个时候，也该让任老太太在任瑶华那里将最后那点祖孙情分耗完了。

任瑶华独自回了白鹤镇。这会儿任家虽然正处在风口浪尖，出来接任瑶华的排场却依旧不小。任瑶华到了荣华院，任老太太依旧是"心肝儿肉"地一通叫，然后领着任瑶华去探望正在病中的任老太爷，之后祖孙两人又说了些体己话。

在气氛最融洽的时候，任老太太向任瑶华提出了要求。

任老太太的要求极为简单："家里的情形你也看到了，你祖父他又……

唉！明日是云阳城金家老太太的寿宴，祖母带着你去贺寿。雷家与金家有些交情，这种场合雷家大老爷必定会露面，到时候我想法子让你与雷霆见上一面。"

任瑶华听着听着就皱紧了眉头，看了任老太太一眼，抿唇道："祖母，我听父亲说这次雷家出面助我们任家不少？"任瑶华心里有些不悦，让她偷偷与雷霆私会这种话从自己的长辈口中说出来，真是怎么听怎么别扭。

任老太太不以为然道："不过是在衙门里打了声招呼罢了，对雷家而言是举手之劳。只是若非如此我们任家的名声终究会受损，这是你祖父和我不想看到的。好孩子，你想想，等你嫁到雷家，任家若是不好了，出了什么事情谁来给你撑腰？娘家若是不好，到了夫家哪里会有好日子过？况且……"

任老太太顿了顿，叹了口气："我听说雷家来了个投奔的女子，不仅长得与雷霆原先的夫人相似，还极有心思手段。"任瑶华看着任老太太抿紧了唇，一言不发。

任老太太拍着任瑶华有些僵硬的手，安慰道："你放心，等任家渡过这次难关，祖母必定会为你做主，你不必放在心上。"

任瑶华缓缓将自己的手从任老太太手中抽了出来，垂下眼睛依旧一言不发。

任老太太也不以为意，依旧低声将自己明日的布置以及让任瑶华对雷霆说的话细细地交代了。任瑶华紧绷着脸坐在那里，一直没有开口。

任老太太交代完毕之后，问道："祖母的话你记清楚了没有？"

任瑶华沉默片刻，终于有些艰涩地道："祖母，我还未嫁进雷家就如此作为，你有没有想过雷家会怎么看我？"任老太太言里言外暗示她在雷霆面前可以用些手段。

任老太太笑道："这有什么，你们的婚期不远了，到时候就是一家人了。"

任瑶华狠狠地眨了眨眼，才将眼中的酸涩压下去，张了张嘴，最终还是没有说话。

任老太太一锤定音："这件事情就这么定了，你先去紫薇院休息，明日跟我一起去云阳城。"

任瑶华缓缓吸了一口气，一言不发地低头告退。

任瑶华回到紫薇院后不久，任老太太就派人送来了一身衣裳，还有一套头面和首饰配饰。衣裳很精致,头面首饰更是任老太太压箱底的好东西。只是任瑶华一眼也没有往桌上的东西看过,只倚坐在床头,看着绣着流云百福的被面发怔。

第二日,任老太太果然让人来叫任瑶华,要带她去云阳城。任瑶华什么也没有说,穿上任老太太给她准备的行头,在任老太太满意的目光下跟着她上了马车。

雷霆果然亲自去了金家老太太的寿宴,也不知道任老太太是让人怎么与雷霆说的,从金家出来之后她将雷霆约到了茶楼。

当雷霆推开包厢门进来的时候,任瑶华心下猛然一跳,看着雷霆依旧沉稳而坚毅的面容,有些涩然。

雷霆见屋里只有任瑶华一人,连个伺候茶水的丫鬟或婆子都没有不由得挑了挑眉,不动声色地走近,语气温和地道:"听说你找我有事?"

雷霆面上依旧没有什么表情,总是抿着的薄唇让他看起来很严肃,可是任瑶华还是没有错认他眼中带着暖意的关心。

任瑶华请雷霆坐下,借着转身的机会咬了咬唇将眼中的泪意逼了下去。

两人落座之后,任瑶华亲手给雷霆斟了一杯茶,沉默地看着他喝下。

见任瑶华久久不言,雷霆沉吟着问道:"可是在为任家的事情为难?"想了想,雷霆解释道,"你大伯父找过我,我的意思是这件事情闹得太大,尽管官府那边已经暂时压了下来,想要这么快就完全解决问题并不容易,你……"

雷霆说到这里话语突然一顿,转头往隔断隔壁间的碧纱橱那里瞥了一眼,皱了皱眉。这是茶楼里的一个套间,平日里是用来给人宴客或者谈生意用的,将碧纱橱移开之后两间屋子就成了一个大间,不移开则可以当两间包厢。

就在这个时候任瑶华轻声道:"我是来道谢的。"任瑶华终于抬头看向雷霆,"这次任家出了事情,多谢你出面周旋。"

雷霆将注意力拉回,正要说话,却被任瑶华打断了:"我知道任家的要求很过分,所以你不必理会。"

碧纱橱另一边传来了很轻的响动,若是平常人可能注意不到,雷霆却往那个方向又看了一眼,然后悄悄地朝着任瑶华打了个手势。

任瑶华脸上有一瞬间的僵硬,握着茶碗的手忍不住颤抖,不过她很快就又放松下来，挺直脊背，那张艳丽的脸上苍白得没有一丝血色，眼神却冷静决然。

雷霆皱紧了眉头看着她，莫名地心疼。

"你我虽有婚约，但是雷家是雷家，任家是任家，在这件事情上，雷家已经是仁至义尽了。所以，雷大老爷，我恳请你以后不要再插手这件事情。"任瑶华一字一顿地坚持将话说完。

雷霆一把握住任瑶华放在桌面上的手，任瑶华的手很凉且一直在抖，尽管她刚刚才将热茶碗放下。雷霆缓缓用力将她的手握紧，似乎想要将自己手心里的热度传递给她。

手上传来的暖意让任瑶华呆怔了片刻，然后低头看了雷霆的手半晌，才缓慢却坚定地将自己的手从雷霆的手掌中抽出来，轻声道："雷大老爷，我们的亲事不如就此作罢吧。"

雷霆看着任瑶华没有说话，想要再次去抓任瑶华的手，却被任瑶华躲开了。

今日若是面对别的女子，他肯定会认为对方在以退为进，用婚约威胁他。可是他对面坐着的是任瑶华，他比任何人都清楚，任瑶华刚刚说的每一句话都是认真的，她是真心要与他解除婚约。

任瑶华之所以会提出与雷霆解除婚约，是因为任家的所作所为让她觉得难堪、羞耻，她没有哪一刻比现在更清楚地认识到自己配不上雷霆。她甚至觉得，若是就这样嫁给雷霆，是对她和雷霆两人的侮辱。她已经能预见到如果她嫁进雷家，雷霆今后会因为她的娘家而不得不妥协，不得不一再做出与自己的意愿相违背的事情，而她终有一日会被雷霆厌恶。

任瑶华并没有哭，雷霆却有一种想要为她拭泪的冲动。他叹了一口气，语气前所未有地温和："别说傻话，婚约岂能儿戏，我……"

正在这个时候，外头有人敲门，珊瑚的声音急急地在外头响起："小姐，时候不早了，该回了。"

任瑶华看了雷霆一眼，起身欲离开。

雷霆见状，连忙站起来上前一步，无声地拉住任瑶华的手臂。任瑶华的步子一顿，并没有回头。她不敢回头，因为她不想让雷霆看到她刚刚一转身就不能自控滑落下来的眼泪。

雷霆听着任瑶华极力压抑着的呼吸，不顾她的躲避，坚持站到她面前，抬手轻轻地拭去她脸上的泪，动作充满怜惜。

珊瑚还在外头敲门，因为雷霆在，她不敢擅自闯进来。

雷霆对外面的动静充耳不闻，握着任瑶华的肩膀，动作轻柔又坚定地将她揽到自己怀里抱住，然后低头在她耳边小声道："相信我！"

那简单的三个字和耳边酥酥麻麻带着痒意的感觉让任瑶华不由得颤了颤，差点站不稳，原本惨白的脸瞬间染上了血色。她想要抬手将雷霆推开，却使不出半分力气，甚至连手指头都动不了。

任瑶华怔怔地抬头去看雷霆，对上的是一双坚定而温暖的眸子，让她看进这双眼里就不想再出来。

"小姐？三小姐？"

珊瑚一声高过一声的叫唤让任瑶华终于回过神来，她嘴唇微动，正想说什么，雷霆却伸出食指轻轻抵在她唇边阻止她开口，然后继续在她耳边小声道："我都知道，你别管这些了，回去专心绣嫁衣等我娶你。"

雷霆并不是敷衍任瑶华，他确实懂她的意思，懂她为何会想要解除他们的婚约，也正因为如此，他对她更为怜惜。

因为雷霆这句话，她的脸红成了大柿子。

雷霆适可而止地放开她，脸上露出了些笑意："你先离开。"

任瑶华懵懵懂懂地顺着雷霆的意思离开了房间，直到走到门外看到一脸焦急地等在那里的珊瑚才缓缓回过神来。她不由自主地回头看了一眼，门却已经关上了。她咬了咬唇，走到隔壁的时候步子顿了顿，转头看了一眼。

珊瑚低声道："小姐，老太太已经在马车里等着了。"

任瑶华这时候已经恢复成平日里的神色，只淡淡瞥了珊瑚一眼，就抬步走了。

珊瑚扶着任瑶华上了任老太太的那辆马车，才一上车，还没有坐稳，一记带着风声的耳光就重重朝着任瑶华的脸扇了过来。任瑶华身子不稳，一头撞在车壁上，一时头晕眼花，嘴唇还被牙齿磕破了皮，渗出了血迹。

任瑶华眨了眨眼，缓慢而冷静地抬头，便看到向来和蔼可亲的任老太太正一脸冷厉地看着她。

"吃里爬外的东西，白养了你这么多年！"

任瑶华拿出自己的帕子摁在嘴角边，垂眸不语，两个随车伺候的丫鬟噤若寒蝉。

任老太太烦躁地道："先回府！回去再与你细算！"

任瑶华冷漠而平静地将视线转向车窗外，马车行驶起来，掀开一角的帘子外刚刚那间茶楼缓缓而过，她的视线落在虚空的某一点上，许久没有动。

任老太太没有让任瑶华留在云阳城的意思，带着她直接回了白鹤镇任家老宅。

回去之后任老太太原本是想要请家法的，任瑶华今日的所作所为已经不是忤逆这么简单了，任老太太心里气得要死，实在是没有想到任瑶华会给她来这么一出。

可是在她们回到任家不久，雷家就派人来送了些新鲜的蔬果，说是庄子上产的，让任家二老尝一尝，别的什么也没有说。

虽然雷家送的只是一些平常的东西，却让任老太太心里的火气消去不少。不值钱的普通吃食是有通家之好的人家之间才会送的，既然雷家送了蔬果过来，很显然就并没有想要与任家解除婚约的意思。

任老太太安了些心，却依旧余怒未消，罚任瑶华去跪祠堂。

任瑶华回去白鹤镇已经三日，任瑶期一直让人留意着任家的情况，任老太太带任瑶华去见雷霆的事情她也知道，虽然不清楚任瑶华具体是怎么惹怒任老太太的，不过凭着她对任家人和任瑶华的了解也能大致猜出是怎么回事。

得知任瑶华被任老太太罚跪祠堂，任瑶期正想着要怎么把人弄回来，任家却又派人来了，只是这次任老太太是派人来接任瑶英的。

自从方姨娘失踪、方雅存失势之后，任老太太对任瑶英就不闻不问，所以这次她派人来接任瑶英回去，不单单李氏惊讶，连任瑶英自己也很惊讶。

任瑶英自从上一次被任瑶华教训之后就病了好长一段时间，也老实许多，平日里见到任瑶华就像老鼠见了猫。

周嬷嬷让人给任老太太派过来的几个嬷嬷塞了些银子，想要打听打听，最后却只打听出任瑶华被老太太关进了祠堂罚跪，其余的就问不出来了。

李氏和周嬷嬷都很担心，李氏还特意将任瑶期叫过去道："期儿，要不你也一道回去看看？华儿性子冲动，不知道怎么惹怒了老太太，眼见着离婚期也不远了，可别出什么事才好。"

任瑶期见李氏一脸担忧，立即应了下来，又安慰了她几句，然后与任瑶英一起回了白鹤镇。

因为这一次，任瑶英是老太太派人请回来的，所以任家的人没敢再给她脸色看，任瑶期和任瑶英一同去了老太太的荣华院。

任老太太看到任瑶期一起来了倒也没有说什么，态度依旧和蔼。任瑶期没有一进去就问任瑶华的事情，任老太太也没有提任瑶华，倒是说了几句之后就开始对任瑶英嘘寒问暖，让任瑶英受宠若惊。

"老太太，人都安排好了，现在就要叫进来吗？"珊瑚走到任老太太面前小声道。

任老太太喝了一口茶，垂着眼睛不知道在想什么："让她们进来吧。"顿了顿，她又吩咐道，"让人去祠堂把三小姐也带过来。"

珊瑚应声下去，不多会儿就领了八个陌生丫鬟走进来。任瑶期不动声色地打量了几眼，那八个丫鬟的年纪在十五六岁之间，皆是容貌秀美，身段袅娜，甚至有两个还长得格外妖娆。

任瑶期皱了皱眉，随即嘴角又露出一抹冷笑，然后便低下头再不看一眼。

倒是任瑶英瞧着今日任老太太对她的态度不错，壮着胆子问道："祖母，这是府上新来的丫鬟吗？瞧着眼生呢。"任瑶英知道从外面新选进府的丫鬟一般年纪都很小，这样才便于调教，这几个眼生的丫鬟年纪都不小了，用不了几年又要放出去，所以她才会好奇。

任老太太正打量那几个丫鬟，闻言不置可否地"唔"了一声，任瑶英便不敢再问，只是视线一直在那几个丫鬟的脸上打转，听任老太太漫不经心地问那几个丫鬟问题。

没过多久，任瑶华也来了。

任瑶期抬眼看去，任瑶华虽然被关了两日，脸色有些憔悴，神色倒是很平静。任瑶华的视线在任瑶期和任瑶英脸上一扫，然后上前去给任老太太请安。

任老太太对她的态度淡淡的，也没像往常那样叫她坐到身边，反倒是朝任瑶英招了招手："英儿你过来。"

任瑶英看了任瑶华一眼，低着头走到任老太太面前，被她拉着一同坐到罗汉床上。

"祖母年纪大了，眼神不好使，你来给祖母挑挑。"任老太太对任瑶英道。

任瑶英看了那几个丫鬟一眼，小心地问道："是挑来祖母院子里伺候的吗？"

任老太太摇了摇头，淡声道："是给你三姐姐挑的陪嫁丫鬟。"

此言一出，众人的视线都落到了任瑶华身上。任瑶华闻言一愣，抬头打量了那八个眼生的丫鬟一眼，当目光落到那两个长相妖娆体态风流的丫鬟身上的时候恍然明白过来，脸色不由得僵住了。

任瑶英也看了任瑶华一眼，若是以往她肯定会心中暗爽落井下石，可是自从上一次被任瑶华教训之后她对任瑶华就有一种出自本能的恐惧，也知道任瑶华若是还想像上回那样教训她简直易如反掌。

"这……三姐的陪嫁丫鬟哪里轮得到孙女来挑？"任瑶英强笑道。

任老太太闻言笑了，看着任瑶英意味深长地道："怎么就不能由你来挑？你三姐姐以后需要仰仗你的时候多了！"

任瑶英心中一惊，不由得看向任老太太，想要判断她话中的意思。

任瑶华的脸色越来越白。

任瑶期不动声色地走到任瑶华身边，握住她的手，轻轻捏了捏。任瑶华没有转头，反手紧紧握住任瑶期的手，仿佛想要从她手心里获取力气。

同时，任老太太高高在上的声音在屋里响起："雷家是大家族，你三姐姐嫁过去之后不仅是雷家的当家主母，还是雷氏一族的族长夫人。雷家不比小门小户，规矩大得很，你三姐姐的性子又有些冲动，我与你们祖父都很担心。所以我们考虑过后，决定让你也跟着一起嫁过去，大户人家嫁女，姐妹媵嫁也算是一桩美事。"

任瑶期觉得手中的力道一重，感觉到挨着她站着的任瑶华身体有些颤抖。

她转头看了任瑶华一眼，任瑶华紧抿着唇脸色苍白，但是她的背一直都是挺直的，仿佛没有什么能将她压弯。

任瑶期心中一叹，越发握紧了任瑶华的手。

任瑶英也被任老太太的话惊住了："祖、祖母……"

任老太太淡声道："英儿向来乖巧懂事，人也孝顺，想必以后不会让祖母失望吧？"

任瑶英就算再傻也明白过来任老太太或者说任家是对任瑶华不满了，虽然不知道是因为什么，但是从任老太太的态度来看，她对任瑶华肯定是很失望，不然也不会想出用她来压任瑶华一头的办法。

任瑶英心里也很复杂。当妾她自然是不乐意的，尽管是地位最高的媵妾，但任瑶华这个正妻却要一辈子压在她头上。

只是任瑶英想到要嫁去的是雷家，又回想起雷家家主的人才相貌，心里难免有几分动摇。既然任瑶华已经在任家长辈们面前失宠，依着任瑶华的性子今后肯定会与任老太太产生嫌隙，那么在她和任瑶华之间，任家肯定会选择支持乖巧听话的她，而不是脾气差不好掌控的任瑶华。她有娘家支持，任瑶华没有，加上她从姨娘那里学来的那些手段，嫁到雷家之后任瑶华未必就能压她一头。

任瑶英目光闪烁神色未明地看向与任瑶期站在一起的任瑶华，只要她得了任老太太的宠，就可以说服任老太太让她在出嫁之前一直留在老宅，她身边的人也都可以借任老太太的手全换掉，换成自己的人，以后她就不必再害怕任瑶华报复了。

这么想着，任瑶英又兴奋起来，这种兴奋甚至战胜了她这些日子以来对任瑶华的恐惧，还带着令人热血沸腾的快意。她怕任瑶华，但是更恨任瑶华，连做梦都想将任瑶华踩到脚底下，再踹上几脚。

任瑶期和任瑶华都没有将目光放到任瑶英身上，任瑶期一直微垂着眸子，任瑶华则将目光放在了对面那只粉彩美人瓶上，脸上没有任何表情。

任老太太也朝着任瑶期和任瑶华看了过来，目光在任瑶华脸上掠过，最后停在任瑶期身上："期儿今日来得正好，也学学怎么挑人，以后说不定也有用得着的时候。"

任老太太对任瑶期说话的时候从声音到神态都柔和又慈爱，语意里却隐含着几分杀鸡儆猴的意思。

任瑶华的阵前反戈彻底激怒了任老太太和任老太爷，任老太爷意识到任瑶华即便是嫁到雷家也可能会脱离任家的掌控，所以才打了让任瑶英媵嫁的主意。比起任瑶华，任瑶英要好掌控多了，为了在任瑶华手上讨到便宜，她只能依靠娘家。

任老太太不由得又想到了任瑶期，任瑶期以后的前程肯定也差不到哪里，所以必须要将任瑶期掌控在手里。

任瑶期哪里会听不明白任老太太的话中之意，若不是场合不对她都想笑了。

她像是完全没有听懂任老太太的暗示，当真认真地看了那几个丫鬟几眼，笑道："还是祖母想得周到，这几个丫鬟都长得好，孙女一看就喜欢。不如前排这四个都归我，后排那四个归三姐吧。"

那两个容貌最出色的丫鬟就站在前面一排，被任瑶期挑萝卜一样，随随便便码作一堆给挑走了。

任老太太脸上的笑容一顿，皱了皱眉，看了任瑶期一眼，心想这丫头可能是年纪还小，不懂这些？

"只是让你学着挑罢了，哪里让你现在就挑走？"任老太太道。

任瑶期从善如流，笑了笑："那孙女就等着到时候祖母给我挑。"

任老太太见她说得乖巧顺从，心里十分满意。

任瑶华看了任瑶期一眼，从任瑶期的笑容里看到了讽刺和揶揄，这让她原本失望愤怒到极致的心情有了些好转。

任老太太最后还是自己拿主意挑选了四个丫鬟，那两个容貌最出挑的赫然在列。

任老太太也忙得很，丫鬟挑完之后就让她们姐妹三人退下了，自始至终没有搭理过任瑶华。

因为任老太太没说让任瑶华回祠堂，任瑶期就拉着任瑶华去了紫薇院。一路上任瑶英刻意落后她们几步，目光闪烁，不知道是害怕任瑶华拿她出气还是在动什么歪脑筋。

不过任瑶华和任瑶期两人连眼风都没有给她一个，直到快分别的时候任瑶英才走上前来一脸愧疚地道："三姐姐，我、我真不知道祖母会做出这样的决定。我知道你肯定是不乐意的，等会儿我就去找祖母，说我不愿意。"

任瑶期没有说话。任瑶华终于将视线放在了任瑶英身上，仔仔细细认认真真地看了任瑶英半响，发现自己竟然能从这张满是愧疚和难过的脸上看出与之相反的得意和兴奋。

任瑶英的表情终于在任瑶华冷静莫测的目光中慢慢僵掉了。

任瑶华收回目光，牵着任瑶期的手从任瑶英面前走了过去。任瑶华虽然什么也没有说，任瑶英却莫名其妙地感到一股威压，这股突如其来的威压让她忍不住后退了一步。等回过神来之后，她惊讶地瞪着任瑶华的背影，心里有些屈辱又有些不服气，隐隐感觉到任瑶华哪里有些不一样了，却又说不出来。

任瑶期也看了任瑶华一眼，然后笑了。

任瑶华瞥了任瑶期一眼："怎么了？"

任瑶期摇了摇头："没什么，我之前还以为你会闹起来。"

任瑶华沉默许久才道："我即便闹得天翻地覆又可能改变祖父、祖母的决定半分？我不愿意为他们所用，他们自然会想办法找个能为他们所用的来替代我。"

任瑶期叹了一口气，心里却有几分喜悦和欣慰，觉得任瑶华经此一事真正长大成熟了不少。虽然她不知道任瑶华被关在祠堂里的这两日想了些什么，不过她知道迅速成长的滋味肯定不好受。而这一切，还要归功于任老太太这个以往在任瑶华心里占据了重要位置的长辈。

任瑶华没有提任瑶英当媵妾和那几个美艳丫鬟的事情，这些本就是由娘家安排的，她这时候当面反对不能解决任何问题。她想到雷霆的那句"等我娶你"，面容不由得柔和下来，眼神中却透露出一抹坚定。

任瑶期也没有提那些，因为这在她看来根本就不是问题，任家二老既然喜欢折腾就让他们折腾去。

任老太太没有发话让任瑶华回去，任瑶期便陪着任瑶华在白鹤镇住了下来。任家这阵子热闹得很，外头的事情还没有平息，任家的生意受到了很大的影响。

任老太太和任瑶英也很忙，任瑶英现在几乎天天在荣华院里待着，任老太太还让她住到了暖阁里，打算趁着这个机会亲自教养任瑶英一番。

　　任瑶华和任瑶期倒是闲得很，除了早晚请安，任瑶华就是在自己屋里做绣活儿，任瑶期则是看书、写字、画画。

　　某一日，任瑶期和任瑶华去给任老太太请安的时候，任瑶英隐晦而嗫嚅地告诉任瑶华和任瑶期，任家给任瑶华的那几个陪嫁丫鬟的卖身契，任老太太已经交给了她。

　　任瑶华听了之后脸上什么表情也没有，只是任瑶期知道任瑶华心里肯定不平静。任家这些日子的所作所为就是打算将来彻底架空任瑶华，扶持与任瑶华有过节的任瑶英上位压她一头，没有了娘家撑腰，身边没有一个可用之人，任瑶华将来的处境可想而知。

　　如果说任瑶华原本还对任老太太的亲情抱有幻想的话，在这一刻已经彻底失望了。

　　任瑶期看着火候差不多了，任家的大戏也唱完了，想着也该是带任瑶华回云阳城的时候了。

　　于是到了第二日，云阳城就派了人来接任瑶期回去。任瑶期再过几日就要及笄了，燕北王妃和郡主都送了礼来，听说是郡主亲自送上门的，还送了帖子来邀请任瑶期和任瑶华姐妹两人出门踏青。

　　任老太太原本是想将任瑶华拘在白鹤镇的，但是郡主亲自下了帖子，这个面子任家不敢不给，加上任家这一阵子事情实在是太多了，任老太太没有那么多的工夫管教任瑶华，最后还是放了行。任老太太想着任瑶华是她孙女，她想要她什么时候回来不行？

　　于是任瑶期和任瑶华回了云阳城，任瑶英则留了下来。任瑶英现在哪里还敢到任瑶华的地盘。

　　对于任家要任瑶英跟着嫁过去的事情，李氏震惊之余也心有怨怼，任家这些年来对她不好她可以忍，可是她见不得女儿委屈。反倒是任瑶期和任瑶华两人将李氏安抚住了。

　　周嬷嬷皱眉问道："那陪嫁丫鬟怎么办？难道当真听从任家安排？"周嬷嬷身为李氏的内院大管事，比谁都明白初到夫家人脉的重要性，当年李氏就是在这上头吃了大亏。所以听说任老太太打算将几个丫鬟的卖身契交给任瑶英，周嬷嬷气得狠狠地"呸"了一口。

任瑶期笑道："周嬷嬷之前不是已经挑了几个丫鬟吗？人手你先帮三姐备着就是。"

李氏和周嬷嬷一早就考虑到了任瑶华的陪嫁丫鬟的问题，周嬷嬷的意思是香芹和芜菁年纪还不算大，可以当陪嫁丫鬟跟过去，另外还需要挑选几个年纪小一些的好好调教调教，等任瑶华在夫家熟悉环境之后再将香芹和芜菁配给能干的年轻管事，让她们管内院，到时候年纪小的那几个就可以提上来了。

周嬷嬷不由得问道："那任家准备的丫鬟要如何处置？"

任瑶期一脸莫名："祖母挑的那几个不是给九妹妹的吗？卖身契还在她那里呢。她们自然是跟着九妹妹走。"

周嬷嬷一愣，随即便满意地笑了："五小姐说的是，那奴婢就继续给三小姐挑丫鬟去。"

"瑶英那里……"李氏皱眉道。

任瑶期闻言看了任瑶华一眼，笑了笑："船到桥头自然直，母亲现在不必在意这些，只管同之前一样筹备三姐的婚事便是。任瑶英的事情自有人解决。"

任家二老想要随便给雷霆塞人，也要看人家愿不愿意收，他们还真当雷家要娶的是任家女不成？

任瑶华闻言似有所悟。

接着李氏又说起了任瑶期及笄之事。

现在无论是任家还是献王府都正值多事之秋，任瑶期的及笄宴自然不好大办。任瑶期本就不在意这些，也不主张宴请宾客，只打算家里人自己热闹热闹。

倒是燕北王妃今日一早让人送来了一支凤穿牡丹羊脂白玉簪和一件做工华丽精致的大红色通袖褙子当作贺礼，萧靖琳则送来了满满一匣子珍珠宝石，说是给任瑶期打首饰用的，李氏和周嬷嬷收到之后被萧郡主的大手笔吓了一跳。

任瑶期看过之后就知道那些应该都是萧靖琳及笄的时候收到的贺礼。任瑶期还写信过去调侃了萧靖琳一番，说她图省事借花献佛太没诚意。

萧靖琳很快就回了信，义正词严地控诉了任瑶期一番。她接到了任瑶期的暗示，带着东西上门救驾。萧郡主事先还特意让红缨问了留在云阳城替任瑶期送信的香芹，怎么做最直接有效。

结果香芹那丫头口沫横飞地误导："请郡主是来做什么的？震慑！震慑啊！我听说用银子什么的砸人最爽快了！"

红缨虽然没有弄明白震慑人和用银子砸人之间有什么关联，不过还是尽职地将香芹的话带给了郡主，于是直接导致了萧郡主捧一匣子宝石上门的暴发户行径。

任瑶期看完信之后笑得直抖。

又过了一日，任瑶期正坐在书房里看书，苹果进来禀报说献王府来人了，还送了个人来。任瑶期听完后将书放下，起身去了李氏那里，并吩咐苹果去将任瑶华也一并请来。

任瑶期走到李氏正房的时候便看见容氏身边的楚楚领了个小丫鬟止站在屋子当中与李氏说话，见任瑶期来了，两人连忙行礼问安。

任瑶期笑着点了点头，然后向楚楚身边那个长相清秀的丫鬟招了招手，让她站到自己身边。

李氏见状有些奇怪："这丫头是？"

正当这时候，任瑶华也进来了。

任瑶期便轻轻拍了拍那小丫鬟的手道："告诉太太你叫什么，多大年纪了。"

小丫鬟也不怯场，大大方方地屈膝行了一礼，脆声道："奴婢水艾，今年十三了。"

任瑶期很满意，笑着问李氏和任瑶华："母亲和三姐觉得这丫鬟如何？"

李氏和任瑶华打量了水艾一番，水艾的容貌算不上美貌，却也清秀端正，四肢修长。站在下面的时候看上去沉静恭顺，目光清明，一看就是大户人家调教出来的。不过除此以外也看不出什么特别之处，只要给几年时间，周嬷嬷也能调教这么一个丫鬟出来。

任瑶期想了想，吩咐喜儿道："叫四五个粗使婆子来。"

喜儿立即应声去了，不多会儿就叫来了四五个膀大腰圆的粗使婆子在外头候着。

任瑶期将李氏等人都请到院子里，指着水艾对那几个粗使婆子吩咐道："把这个小丫鬟给我拿下。"

众人闻言不由得一惊。

水艾抬头看了任瑶期一眼，立即明白了任瑶期的意思，然后转身朝外冲了出去。那几个粗使婆子虽然不知道水艾犯了何事，但是听了任瑶期的吩咐便立即朝水艾围了过来，转眼就将水艾围到了中间。

接下来的场景却令在场之人目瞪口呆，水艾个子不矮人却灵活得很，虽被五个人围住，却谁也抓不住她。一个婆子想要从背后扣住她的肩膀，水艾背后像是长了眼睛似的，反手一抓一拧，然后来了个过肩摔，将那比她大了一圈的婆子摔到了地上，紧接着在众人眼花缭乱之下，其余四个婆子也相继被她放倒。

在所有人震惊的目光下，水艾朝着任瑶期等人的方向跪了下来，低头道："奴婢鲁莽，请主子责罚。"

李氏回过神来，询问地看向任瑶期。任瑶期笑道："她学了几年功夫，且资质很不错。三姐，以后让她跟着你可好？"

开始将水艾送去献王府的时候，任瑶期也没指望她能学功夫，毕竟不是谁都有练武的天赋，也不是谁都吃得了那个苦，只是她没有想到水艾的资质竟然不比乐山和乐水差，且她因为自幼就跟着罗婆子下地干农活，很有几分蛮力，加上人又聪明，会举一反三。夏生教两个是教，教三个也是教，最后便将水艾也一起收为徒弟。

这么几年练下来，现在的水艾遇上高手或许会吃亏，但是一般的普通人多几个都不是她的对手。

这倒是给了任瑶期一个意外之喜，所以便想要将水艾给任瑶华当陪嫁丫鬟，以后任瑶华到了雷家，有了水艾这个有功夫的在旁伺候，行事就更方便了。

任瑶华愣了愣，又看了水艾几眼，水艾得了任瑶期的暗示，立即上前来给任瑶华见礼。

任瑶华虽然喜欢水艾这个会功夫的丫鬟，不过想了想还是摇头道："我身边的人已经够多了，还是让她跟你吧。"

任瑶期等众人又回了屋子才对任瑶华玩笑道："三姐难道还看不上？你别瞧水艾丫头年纪不大，会的东西可不少。三姐就收下吧。"任瑶期将人放在献王府，本来就是打着培养心腹的主意，水艾和乐山、乐水两姐妹除了学武，还要学些药理医理、看账算账、人情往来等，就是等着以后跟着主子派上大用处。

任瑶华见任瑶期坚持，便收下了她的好意。

楚楚离开之前说道，容氏已经请了徐夫人欧阳氏当任瑶期及笄礼上的正宾，届时郡主则会成为任瑶期的赞者，徐夫人和萧郡主都爽快地应下了。

容氏觉得任瑶期的及笄礼冷清低调点没有关系，但是该有的礼数绝对不能少，不张扬却也不能让人瞧轻了。

任瑶期知道容氏是为她以后打算，心里感激，自然不好拒绝她的好意，便顺着容氏的意思去安排了。

就这样，没过几日，任瑶期就迎来了她的十五岁生辰。

本着低调的原则，任瑶期的及笄礼只请了几个亲朋好友，只是能请到云阳书院山长夫人当正宾、萧郡主当赞者，放眼整个燕北，也没有几个闺秀能与任瑶期比排场了。

礼成的时候，趁着有李氏和任瑶华招待亲朋好友，萧靖琳将任瑶期叫到了一旁。

"你的小字我已经想好了。"萧靖琳一本正经地道。

任瑶期闻言便来了兴趣："哦？是什么？"对于萧靖琳给她的小字，任瑶期十分好奇。

萧靖琳闻言不答，只是将任瑶期的手抓到手里，然后用自己的食指在她手心上一笔一画地写了出来。

任瑶期含笑偏头看着，等看清楚之后愣了愣。

"窈窈。"萧靖琳写完之后轻声将那两个字念了出来，然后抬头看着任瑶期，表情中带着期盼，"这个字怎么样？喜欢吗？"

"窈窈……"任瑶期也轻声念了一遍，然后眨了眨眼笑看着萧靖琳问道，"为何是这个小字？可有什么出处？"

萧靖琳想了想，认真道："用不着引经据典，因为我觉得这两个字很适合你。"某人也是这样说的。

任瑶期脸上的笑意更甚，只是笑了半天之后她却看着萧靖琳问道："靖琳，这个小字我很喜欢，不过你告诉我实话，真的是你给我起的？"

不想萧靖琳闻言便沉默了，有些沉重地思考了许久，然后果断地摇头坦诚道："不是我，虽然我觉得这个小字起得既贴切又很像我这种没文采的人想出来的，不过还是比我自己想出来的那几个好。"

任瑶期对于萧靖琳的回答并不意外，一听"窈窈"这两个字她就觉得不像是萧靖琳的风格，她父亲一直在私下里喊她"瑶瑶"，窈窈与之谐音，所以这个小字听起来竟十分亲切。至于是出自谁人之手，任瑶期不问都能猜到几分。

她也不点破，反而有些好奇道："那你想出来的那几个又是什么？"

萧靖琳这次沉默得更久，然后牛头不对马嘴地道："我的第一匹战马是一匹白马，我给她起名小白。第二匹坐骑是一匹深棕色的汗血宝马，我叫它阿土。现在这一匹也是一匹白马，养在嘉靖关的马厩里，名字是又白。"

任瑶期闻言不由得笑出了声，终于知道当初她随口给小白虎起名叫傻妞的时候为何萧靖琳会同意得那么爽快了，不由得打趣道："若是你的下一匹坐骑还是白的怎么办？"

萧靖琳也笑了，一本正经道："好办，就叫再白。"

说完萧靖琳自己也忍不住"扑哧"笑出了声，两人不由得笑作一团，任瑶期也不问她之前给自己起了什么小字了。

这一日送宾客们离开的时候，容氏没有急着先走。任瑶期将萧靖琳送出去之后，回来便看到容氏带着舅母纪氏坐在李氏的正房里一边喝茶，一边与李氏聊天。

见任瑶期回来了，容氏才将茶碗放下道："时候不早了，我也要回去了。期儿送我出门吧。"

任瑶期见容氏这架势就知道她是有话想要与自己说，立即上前扶着容氏的手。

李氏也想送容氏出门，却被容氏制止了："期儿送我就行了，你忙你的吧。"

李氏只有止步，站在院子门口目送她们走远。

容氏让任瑶期扶着她上了马车，招呼任瑶期也坐上去，纪芙颖则独自上了后面那辆马车。

任瑶期拿起一直温着的茶壶给容氏倒了一杯茶："外祖母叫我来可是有事？"

容氏端起茶杯喝了一口："前几日你们回任家发生的事情你母亲已经与我说了，你们大可不必在意。"

任瑶期点了点头："我知道的，外祖母。"

容氏想了想，才又叹道："任家怕是撑不了多久了。"

任瑶期闻言不由得沉默。

容氏看向任瑶期问道："你可有什么打算？"

任瑶期知道容氏问的是任家垮台之后三房的打算。她仔细想了想正要回答，容氏却摆了摆手道："我知道你是个聪明的，很多事情不用我提醒也早就做了万全的安排，何况还有那个……"容氏顿了顿，"所以如果仅仅是你，我也不担心，但是你有没有想过你姐姐嫁到雷家之后会如何？"

任瑶期皱了皱眉。

"以雷家如今的发展势头，雷家的当家主母哪里是那么好当的？雷家以后必定前景大好。"容氏轻叹了一声，"如果献王府……到时候我与你外祖父会离开燕北，一旦有什么事情就是远水救不了近火，且有心之人只要一打听就能知道瑶华她并不亲近外祖一家。到时候，你姐姐的娘家在哪里？"

任瑶期之前其实也思考过这个问题，容氏口中的娘家其实并不是指单纯的娘家，而是指任瑶华能够展现在别人面前的"实力"，不然的话，就算雷霆自己不介意，任瑶华在雷家也终究是少了几分底气。

任家就算再不入流，在燕北也是数得上名号的富户。等到任家倒下去，任瑶华手中握有的筹码就更少了。

见任瑶期沉吟不语，容氏轻轻拍了拍任瑶期的肩："外祖母今日说这些，现在是为了你姐姐，以后也是为了你。无论是现在还是以后，献王府的手都无法真正伸到燕北。好孩子，你既然已经给自己确定了今后的方向，那么有些事情也应该早做准备才好。"

任瑶期点了点头："多谢外祖母提点，我知道了。"

容氏满意地笑道："你向来聪慧，所以这次我也想要看看你能做到哪一步。若是你真的能扭转这个劣势，外祖母才能真正放心你的选择，否则你还是趁早打消念头为妙。"

容氏的话似是在开玩笑，却又透出一丝认真。

任瑶期和任瑶华虽然是献王的外孙女，却生不逢时，只能沦为商户之女。现在眼见着连任家也要倒下了，虽然任瑶华和任瑶期的前景都不错，但是将要面对的风险也极大。容氏觉得如果任瑶期不能自己改变这种劣势的话，还不如早些放弃选择的那一条路，找一户普通人家嫁了，这样至少能保证一生平顺。她能帮她一时，却不能帮她一世。

任瑶期自然听明白了容氏话里的意思。

容氏说完这些便没有再在任家多留，任瑶期下了马车，目送容氏的马车缓缓驶出府才转身回去。

回去之后，任瑶期开始认真考虑容氏的话。容氏提醒她的那些她既然早就已经想到过，那肯定之前就考虑过解决的办法，只是时机一直没有到。现在眼瞧着任瑶华就要出嫁，任家倒台在即，献王府起复在望，时机也该成熟了。

任瑶期这边正在推算着布局，任瑶英在白鹤镇也没闲着。

在任瑶期及笄宴后第二日，任瑶华那里就接到了消息，周汶和周蓉兄妹两人去了白鹤镇，因为有周蓉这个任瑶英的闺中密友做幌子，他们是光明正大递帖子进的任府。

据任瑶华安排监视的人禀报，周汶单独见了任瑶英一面，只是这一次任瑶英不再吃他柔情蜜意的那一套，十分干脆地拒绝了他。

当时周汶一脸伤心地看着任瑶英："瑶英妹妹，你之前不是已经允了我吗？我已经说服了父亲和母亲，他们同意我娶你为妻了啊。"

任瑶英眼中带了些不耐，但还是尽量让自己的声音听起来温柔婉转："周公子，我不记得自己答应过你任何事。何况婚姻大事都是由长辈做主，你就不要再为难我了，以后也不要再来找我。"

正在这个时候，原本去任瑶英房里换衣裳的周蓉跑了过来，将一物扔到任瑶英身上，气道："这是什么？原来你已经许配了人家？既然如此为何要欺瞒我哥哥？"

任瑶英低头一看，周蓉拿出来的竟然是她这些日子给自己绣的嫁衣，不由得又羞又气："周姐姐，你怎么能随意翻我的东西！"

周汶却盯着那件嫁衣皱眉道："这颜色怎么……"

任瑶英给自己绣的嫁衣不是正红色，而是与正红有些接近的银红色。

周蓉是个急性子的，脾气也不怎么好，当即便道："哥，我已经打听过了，她要嫁进雷家当媵妾。"

周汶难以置信地看着任瑶英："你要去给人当妾？为什么？"

任瑶英已经不耐烦应酬这对兄妹了，转身就要走，却被周汶一把拉住胳膊不死心地追问："为什么？你明明答应我会等我……"

任瑶英一把挣开周汶的手，也懒得再装她的温柔淑女，看着周汶冷冷道："我答应什么了？答应等你中了举人就应了你的求亲？周公子，请问你现在是举人吗？"

此言一出，周汶脸上"唰"地一白。

他们正在离芳菲院不远的园子里说话，原本作陪的任益延有事暂时离开了，任瑶英怕他们的纠葛被人发现告到任老太太面前，在挣脱周汶之后就跑走了，连回头看一眼都没有。

任瑶英与周家兄妹闹得不欢而散。在周汶失魂落魄地离开任家之前，任瑶英让丫鬟将周汶送给她的玉佩还给了周蓉，让周蓉转交，她自己则连面都没有露过。

周蓉恨任瑶英恨得要死，恶狠狠地连骂了好几声"贱人"。

周汶浑浑噩噩地回去之后又病了一场。

任瑶期听到这一出闹剧之后什么也没有说。

她并不想要借着这个把柄收拾任瑶英，任瑶英与她和任瑶华是同父的亲姐妹，让任瑶英的名声受损，首先会影响到任瑶华的亲事。

只是任瑶期不想刻意去坏了任瑶英的名声，有人却巴不得任瑶英的名声越臭越好。

周蓉回去之后就四处散播任瑶英肖想自己未来姐夫的言论，还说她不但水性杨花喜欢勾搭男子，还得陇望蜀，简直是女子中的败类。所用言辞之刻薄简直令人瞠目。

好在任瑶英在白鹤镇也不怎么出门，所以对于云阳城里的流言还并不知晓。

这一日天气正好，晴空万里无云，任瑶期拉着任瑶华一同去探望姑母任时佳。

任瑶华原本不想出门，她八月份出嫁，如今已经快到四月底了，她的嫁衣虽然已经绣得差不多了，却还有不少事情需要亲力亲为，不过任瑶期也不是好打发的，所以最后任瑶华还是被任瑶期拉走了。

任时佳见任瑶期和任瑶华姐妹两人一同来看她很高兴，虽然她们几日前才在任瑶期的及笄礼上见过面。

小林岑已经能走路会说话了，长得白白胖胖的，见人就笑，很讨人喜欢。见来了熟人，他便迅速爬到炕桌上抓了两块蜂蜜糕，给任瑶期和任瑶华一人塞了一块，眼巴巴地看着她们："姐姐，吃糕糕。"

逗得一屋子的人都笑个不停。

任时佳现在是有子万事足，心里唯一的念想就是护着自己的儿子平平安安地长大。只是因为之前吃的亏太多了，眼见着儿子一天天长大，她对林家别的房头的人越发防备，生怕岑哥儿哪一日被人害了。

任时佳几次向林琨提出要搬出林府老宅自立门户，只是林琨心里另有打算，并没有顺了任时佳的意。任时佳性情温顺，夫妻两人成亲多年从未红过脸，却因为这件事情，与林琨闹过几次。

任时佳为母则强，为了儿子她不在乎与林家人彻底撕破脸，可是林琨对林家的执念太深了。

任时佳与任瑶期姐妹说到了任家的事情，对于娘家如今的困境任时佳自然是清楚的，出事之后林琨也和五老爷任时茂一同去帮过忙，只是林家本身的事情也不少，林琨不能一直留在白鹤镇，何况林琨再如何都只是女婿，任老爷未必能全心信赖他。林琨索性便回来了，只在任家需要他帮手的时候出一些力。

任时佳自然是担心娘家的，只是她从来不曾过问过外面的事情，即便是担心也有心无力。

任瑶期将林岑抱到怀里，一边给他剥松子儿，一边问任时佳道："姑父出门了？"

任时佳用帕子给林岑擦了擦嘴："这不月底了吗，他在外院见掌柜呢，中午会回内院用饭。你们今儿也留下来吃饭，前阵子五哥让人从东北弄些山珍回来，给我送来了一些，正好让厨房弄几道新菜尝尝。"

任时茂自从离开任家自立门户之后生意做得十分广泛，除了笔墨铺子之外，还开了个专卖山珍海货的铺子，成日里倒腾各地特产，生意居然还不错。她家厨房里也经常接到任时茂铺子里的伙计送来的各色山珍海味。任五老爷手头宽泛了，对自家兄妹都很大方。

林琨果然在内院摆午膳之前回来了，任瑶期和任瑶华起身给他见礼，他很温和地招呼了几句。

林岑迅速从炕上爬下来，跑到林琨身边，一把抱住他的腿，笑得见牙不见眼："爹爹，抱。"

林琨也不来抱孙不抱子那一套，弯腰就将儿子抱了起来，让他坐到自己的胳膊上，轻捏着他肉乎乎的小圆脸笑问："岑哥儿今日乖不乖？有没有惹娘生气？"

林岑咬着手指傻乐，任时佳看不下去了，上前接过林岑，嗔道："快进去换身衣服净了手再抱儿子。"

林琨也不计较，笑着进内屋。

林岑挣开任时佳的怀抱下了地，迈着小短腿去追他父亲："爹爹，爹爹……"

任时佳看着儿子的背影半真半假地对任瑶期和任瑶华抱怨："小没良心的，就知道缠着他爹爹。"话虽然是这么说，任时佳眼里却含着笑意。

任瑶期看着这一家三口的互动，也不由得笑了。

在任时佳院子里用完了饭之后，岑哥儿有午休的习惯，任时佳就抱着儿子去了内室哄他睡觉，任瑶期和任瑶华便顺势提出告辞。

正好林琨也要去外院，顺便与姐妹两人一同出了门。

林琨就任家的事情说了几句安慰的话，又提到了妻子和儿子，任时佳和岑哥儿因为来了客人，今日的心情很不错，林琨便邀请她们平日里多来林家走走。

任瑶期笑道："之前我听姑姑向我母亲打听宝瓶胡同的房子，我还想着若是姑姑和岑哥儿与我们住得近，来往就更方便了。"

林琨闻言顿了顿，然后才道："你姑姑之前是提过想要在宝瓶胡同买宅子，我也着人去打听过，只是没有看上合适的。"

任瑶期点了点头，直言道："自从有了岑哥儿，姑姑就一直想要搬出去住，林家老宅虽大，难免人多嘴杂不太方便。"

其实，虽然林家的人口不少，但是因为宅子够大，还远远不到人多嘴杂的地步。林琨并没有反驳任瑶期的话，任时佳为何不喜欢住在林家，他们都很清楚。

倒是林琨有些惊讶，任瑶期年纪虽然不大，但向来懂事明理知道进退，从来不会当面让人为难给人难堪，今日为何会再三在他面前提起林家的家事？

沉默片刻，林琨才叹了一口气，苦笑道："事情哪里有那么容易。"

林琨何尝不想让妻子安心，只是他身上背负的东西太多，这么些年的执念，有些事情不是想要放下就能放下的。

任瑶期想了想，笑道："我倒是觉得做什么事情能否成功得看时机，时机到了事情也就容易了。"

任瑶期的话让林琨心中一动，不由得讶异地看了任瑶期一眼。

林琨低头沉吟片刻，然后试探道："我前一阵子得了一罐上好的龙井，我是个粗人不懂品茶，听说你父亲最懂此道，不如你来帮我品一品，觉得茶尚可的话，就帮我带回去给三哥？"

任瑶期没有拒绝，笑着应了。

任瑶华看了任瑶期一眼，虽然不明白任瑶期唱的是哪一出，不过还是什么都没有问，见任瑶期并没有支开她的意思，便依旧跟在任瑶期身边。

林琨带着她们去了庭院中一个四面开阔的凉亭，然后吩咐人去他的书房将茶叶和茶具拿来。

　　林琨虽然是任瑶期和任瑶华的姑父，但是毕竟是异姓男子，总不好关起门来说话，倒是正大光明地一齐坐到凉亭里饮茶，就算让人瞧见了也不会说什么。

　　于是三人在凉亭里品了半个时辰的茶，任瑶期和任瑶华才告辞离开。

　　林琨目送着她们的马车缓缓驶出林府，脸上虽然还是一片平和地笑着，心里却还未从翻江倒海的激动中回过神来。

　　任瑶期和任瑶华上了马车之后也都没有开口说话，任瑶期斜倚在引枕上微微垂眸不知道在想什么，任瑶华则转着自己手中的茶杯发呆。

　　直到马车快拐进宝瓶胡同的时候，任瑶华终于开口问道："你真的能让林家成功分家？"

　　任瑶期抬眼一笑，摇了摇头："我自然没有这个本事。"

　　任瑶华皱了皱眉。

　　任瑶期又道："这本就是林家的家务事，所以最后靠的还是姑父自己，谁也不能给他强出头。他隐忍多年手中的筹码必然不少，一直隐而不发不过是因为时机未到不敢冒险一拼罢了。"

　　而且，如果林琨真是那种万事都要靠别人出头的人，任瑶期也不会挑上他，尽管她挑上林家还有一部分原因是为了任时佳和林岑。

　　任瑶期不会忘记在艰难的时候别人给予她的善意，投桃报李理所应当。不然任瑶期的选择绝不仅仅是一个林家。

　　而林琨是个极度能忍的人，心机也足够深沉，能力更是不差。从任时佳侄女的角度出发，任瑶期虽然对他不太喜欢，但如果是共事的话，这种人还是值得欣赏的。因为他目标明确，谨慎小心，不会轻易动摇立场。

　　"那现在时机就到了吗？"任瑶华依旧皱着眉头。

　　任瑶期想了想，笑道："有人相助，时机自然就到了。林琨这些年来努力在任家面前卖好，不就是想要争取任家的支持吗？只是现在任家怕是不能让他如意了，我给他找的另外一家比起任家来，好太多了。"

　　任老爷子这些年来对林家打的是什么主意，别人不知道，任瑶期可是清楚得很。任家从来不做亏本的买卖，若说任老爷子没有借着女婿的手在林家分家之后分一杯羹的打算，就算任瑶期肯信，林琨自己也是不信的。

任瑶华闻言沉默得更久了。

任瑶期见她不说话，看着她笑道："三姐担心雷家不答应？"

任瑶华听她提到雷家终于抬起头来。

任瑶期今日让任瑶华跟来，在与林琨说话的时候又没有避讳她，本就有着提点教导她的心思。任瑶期偏头问道："雷家和韩家斗了这么些年，在燕北王府的天平已经倾向雷家之后，韩家的势头却还是没有减太多，尚有能力与雷家一争长短，你知道是为什么吗？"

任瑶华皱着眉头想了想："是因为雷家才迁回来不久还没在燕北站稳脚跟，加上雷氏一族族人凋零，重新培养起人脉来并不容易？"

任瑶期颔首道："这也算是一部分原因。我再问你，若是有一日燕北王府出于某种原因，需要打压某一商户，这种事情燕北王府不可能自己动手，你觉得他会将此事交予谁？"

任瑶期暗指的其实就是任家的事情，这段时日她有时候会在与任瑶华闲聊的时候说到燕北各个家族的形势，只是任家倒霉的内幕她并没有告诉任瑶华。

任瑶华想了想，回答道："韩家？"

任瑶期笑了笑："纵观历史，即便是明君身边也会出现一两个奸佞，其实未必是明君不辨忠奸，而是有些事情忠臣做不了，必须有人去为明君背这一口黑锅。这个比喻虽然不太恰当，韩家不算是奸佞，却恰好能解释燕北王府与雷家以及韩家的关系。雷家是世家，世家子弟不便经商，虽然雷家手中的产业也不少，却都是交由管事去打理。雷霆身为雷家家主，他自己是不方便亲力亲为的，所以有些事情雷家不是那么容易就能接手的。当初云家和苏家也差不多是这种关系。"

任瑶华听着若有所悟。

"所以雷家现在最需要的是一个左膀右臂。原本雷家与任家结亲，由任家来充当这个角色最为合适，只可惜……"

只可惜任老爷子眼皮子太浅，难当大任，就算雷家当真看上了任家，任瑶期也不会同意雷家和任家合作。有多大的头就戴多大的帽子，否则雷家得到的非但不是助力，还会是祸害。

"不过现在林家倒是一个不错的选择。你嫁到雷家之后，林家与雷家也算得上是姻亲关系。姑父为人虽然深沉了些，能力却是不错的，加上雷家若是能在这个时候拉他一把，让他顺利夺回自己应得的东西，他必定会对雷霆感激不尽，雷家也因此得到了一个左膀右臂。无论对雷家还是对林家而言，这都是双赢的局面。"

任瑶华听过之后有些愣怔，这些日子在任瑶期的提点之下她虽然早已经不再是当初那么冲动的性子，遇到事情也会先动脑而非先动手，但是听任瑶期这么一番话，还是感觉出了两人之间的差距。这些弯弯绕绕的事尽管经过任瑶期解释过后她能听明白，但是也仅止于听明白。

任瑶期没有在意任瑶华的愣怔，接着叹道："任家自身难保，献王府的根基不在燕北，雷家又处在风口浪尖。三姐，未来这条路并不好走，所以我们免不了需要多算计一些。"

任瑶期没有办法在短期之内扶植出一个能给她们姐妹遮风挡雨的娘家，但是她可以将雷家与"娘家"进行利益捆绑。等到林家发挥到他应有的作用的时候，雷家的人自然不敢轻瞧了任瑶华这个当家夫人。

这就是任瑶期想出来的应对方法，虽然不算完善，但是目前为止她也只能做到这一步了。

任瑶华自然知道任瑶期这么步步为营地算计是为了她将来嫁到雷家能好过，一时有些说不出话来。这些年她总是觉得自己要护着母亲和妹妹，其实她心里明白，一直以来都是任瑶期这个妹妹在护着她。

"你什么时候去见雷家的人？"任瑶华沉默半晌之后，开口问道。

任瑶期却有些犹豫了，她并不想亲自出面与雷霆谈，因为不太合适。

想了想，任瑶期摇头道："我不打算出面，还是让姑父去找雷霆吧。"

见任瑶华蹙眉不语，任瑶期以为她担心两家谈不拢，转而笑着道："我听说韩家最近与云家走得近了些？"

韩云谦在这次的秋闱中表现出众，得了解元，并得到了燕北一名叫作盛士弘的文官的赏识。盛士弘虽然并非世家大族出身，却在燕北王身边辅佐多年，是燕北王府第一谋臣，如果将燕北王府比作朝廷，那么这个盛大人就算得上是燕北的内阁首辅。

所以，虽然韩云谦还没有在燕北谋得一官半职，却因为被盛士弘收为门生而前途敞亮。韩家虽然远远比不上云家，韩云谦却是一个不可多得的人才。

如今苏家在走下坡路，雷家后来居上，隐隐有与云家分庭抗礼的苗头，云家再如何沉得住气，在与燕北王府联姻不成的情况下也不得不另辟蹊径了。

任瑶华不知道这些事情，不由得问道："云家难不成还能与韩家联姻不成？"

任瑶华觉得不太可能，毕竟双方的家世差距摆在那里，但是任瑶期知道，在利益一致的前提下，没有什么是不可能的。

"我记得云家大小姐比三姐要大一两岁，这两年必定是要出嫁的。"任瑶期摇头道，"韩家要与云家结盟，一旦事成，雷家在这场斗争中必将处于劣势，所以雷家也需要快些做决定才好。林家在这个时候主动找上门，正好合了雷家的意。"

"那苏家呢？"

任瑶期喝了一口茶，闻言笑了笑，虽然没有直接说出口，任瑶华却明白了任瑶期的意思。

苏家，怕是早就成了弃子。

这些权谋争斗任瑶华原本以为离自己很远，可是现在看来，她已经一脚踏进了这个旋涡的中心。说不心惊是不可能的，但是她抬头看了神色安然淡定的任瑶期一眼，却发现自己并不觉得害怕，心底反而涌起了一股劲头。

她想到了雷霆，那个男人无论何时都是一副平静而自信的样子，处事从不慌乱。任瑶华知道任瑶期和雷霆属于同一类人，仿佛世上没有他们解决不了的难题，泰山崩于前也能平静待之。任瑶华在这一刻也想要成为他们这样的人，不为别的，只是为了能在他们需要的时候与他们站在一处，为他们分忧，而不是躲在他们身后接受庇护。

任瑶期并不知道任瑶华在被她上了一课之后心性又有了一番变化。

任瑶期想的是，撇去韩家和任家的私仇，对燕北而言，留下韩家并不是坏事。韩家和云家结盟，雷家和林家一体，加上稳坐钓鱼台的燕北王府，燕北各方势力便能达成制衡，这样才有利于燕北的长治久安。

如果将韩家彻底打压下去,云家也偃旗息鼓,那么在此消彼长之下长此以往,将来雷家和林家在燕北的势头就无人能及,这样对雷家而言其实并不是好事。有时候有一个时刻紧逼的竞争对手在身侧,才能促进家族的发展,也能让上位者安心。

从林家回去之后没过多久,任瑶期就接到了林琨递给她的消息,雷霆果然同意与林琨合作。

其实雷霆的选择比林家的选择要宽得多,会这么快就做出决定,肯定有任瑶华的关系在里头。

这件事情过后没多久,林家就传出了要分家的传闻。

林家长房自然不肯将一半的产业分给林琨,但是这一次林琨显然是有准备的。林琨请动了几位族中长辈,将当年他曾祖父在世时分家的时候留下来的文书摊开在众人面前,白纸黑字明明白白。

林家老太太并不肯认账,林琨与林老太太私下里谈了半个时辰,也不知道林琨是如何与老太太言说的,原本咬死不肯分家的林老太太出来之后就改了口,同意将林家的产业按照当初林琨曾祖父在世时候的遗嘱分,林家老宅归长房,林琨搬离林家另立门户。只是林老太太在做出这个决定的时候脸色十分难看,回去之后便一病不起。

这件事情自始至终雷家都没有出过面,但是任瑶期比谁都知道雷家是出过力的。不然就凭林琨一人之力,是无法请动林家那些德高望重的长辈出面的。

而最终逼得林老太太让步的,无非就是林家长房当年为了侵吞二房家产谋财害命以及这些年来谋害林琨子嗣的证据。

这些年来林琨之所以隐而不发,并不是顾及林家的大局,而是在等一个一击毙命的机会。

在雷家的帮助下,林琨终于等到了。

林家分家,最高兴的莫过于任时佳了。在分家之后的第二日,她就张罗着搬出林家。

林琨夫妇虽然没有买到宝瓶胡同的宅子,但是林琨名下还有一座三进的院子,位置很不错,也足够宽敞。

林琨夫妇搬离了林家祖宅之后,任时佳便在新宅宴请亲友。

任瑶期自然也跟着李氏一起去了,任时佳十分高兴,喝了几杯酒之后便拉着任瑶期在房里说话。

"期儿,姑姑不知道该怎么感激你。当初岑哥儿被人下毒多亏你及时发现,这一次我们能搬离那里也是因为你……"

任瑶期笑着制止任时佳道:"姑姑,我们是一家人,你说这些岂不是见外了?"

只是相对于任时佳的心满意足,任家二老的脸色就不是那么好看了。

任老爷子一直觉得自己将林琨掌控在手中,可是他怎么也没有想到林家会这么快就分了家,且还是在任家无暇他顾的时候,任老爷子心里的愤怒可想而知。

只是任家现在的情形不容乐观,任老爷子也没有精力和时间特意跑过来教训女婿一顿。

任家二老太爷这会子正在闹幺蛾子,任家这次出事本与他脱不了干系,任老爷子还没腾出手来收拾他,任家二老太爷又一声不吭地先下手为强摆了任老太爷一道。他对外大大方方地承认了任家煤栈以次充好的内幕,还透露了任家这些年来的一些猫腻,称任老太爷无情无义,虽然表面上答应与他二房分家,实际上却在暗中摆了他一道,让他们二房最后净身出户。

任家二老太爷的指证直接将任家推进了泥潭。劳心劳力之下,任老太爷又一次吐血晕厥过去,任家更加手忙脚乱。

这一次任老太爷病得比上一次更加严重,他的身体原本自上回受创之后就一直没有完全康复,加上这一阵子劳心劳力,这一倒下就昏迷不醒。

百善孝为先,无论任瑶期对任老爷子的感观如何,她还是要跟着任时敏和李氏回白鹤镇看望任老爷子。

只是如今的任老爷子已经是老态毕露,哪里还有半分任家当家的威风。任家祖孙围在他身边的时候,他甚至认不出谁是谁,话也说不清楚了。

好在任老爷子的命还是保住了,除了神志不清之外并无性命之忧。任三老爷留在家里守了几日，等任老爷子病情稳定之后就先回了云阳城。李氏带着任瑶期和任瑶华多留了几日。

这一日，任瑶期正在房里练字，却听到桑葚进来禀报说云家二少爷来给任老太爷探病了，任老太太让任瑶期去荣华院。

任瑶期听到这个消息就不由得皱起了眉头，想了想，还是换了一身见客的衣裳去了任老太太的院子。

云文放正坐在正房里与任老太太说话，相比几年前，言行举止都稳重不少。任老太太虽然因为任老太爷的事情伤神得很，却还是被云文放的三言两语逗得笑意满满。

任瑶期进去行完礼之后就站到一边，低着头不说话。任老太太的屋子里除了老太太和云文放之外，还有伺候在任老太太身边的任瑶英以及赶来招呼云文放的任益延。

而云文放虽然在与任老太太说话，一双眼睛却总是往任瑶期这里看，任瑶期面色平淡，似是一无所觉。

正说着话，任瑶华也走了进来。

任老太太皱眉看了她一眼："怎么这会儿出来了？"

任瑶华这些日子都很少出门，基本上都是在房里做绣活儿。

任瑶华看了任瑶期一眼，低头道："孙女正要找五妹妹讨论针法，听闻院子里的丫鬟说她来了祖母这里，便跟了过来。"

任瑶期心里明白，任瑶华定是听说云文放来了，怕她吃亏，所以找了过来。

任老太太因客人在场就没有追根究底，只是道："云二公子难得来一趟，你们又都是自幼熟悉的，便陪着他一起去院子里走走吧。"

云文放自然是乐意的，他本来就想找个机会见任瑶期。

任瑶期也没有说什么，任益延带头领着他们出去的时候，任老太太将任瑶英叫住了："英儿就别去了，留下来给我捶捶腿。"

任瑶英乖巧地低头应下了。

任老太太又看向任瑶华："不是说要问针法吗？我房里的珊瑚绣活儿最好，你留下来问她吧。"

任瑶华一听就觉得不对，正要拒绝，任瑶期却朝她使了个眼色，让她少安毋躁。任瑶华缓缓吸了一口气，最后还是低头应下了。

任瑶期、任益延和云文放一起出了荣华院。任益延一路上与云文放交谈了几句，任瑶期从头到尾一言不发，只不远不近地跟在他们后面。

直到云文放转过头来对任瑶期道："我记得那边有一片竹林，当初任五小姐还教我辨识过竹子的公母。"

任益延笑道："那不如去那边竹林看看？这几年安排了人打理，那一片竹子长得更好了。"

云文放自然没有意见，只是三人才走到竹林边，就有人匆匆忙忙走过来，对任益延道大老爷找他有急事，正在外院等着他，让他赶紧过去。

任益延皱眉看了任瑶期一眼。他自然察觉出了几分不对，不由得有几分犹豫。只是来人催得十分厉害，说大老爷让大少爷务必过去一趟。任家这阵子一直不太平，任益延也经常被自己的父亲临时叫过去交代事情，可是云文放在这里他又不好就这么离开，让任瑶期一个女子去招呼。

云文放却道："大公子有事就先去吧，任家我住了一阵子，熟得很，何况还有任五小姐在这里。"

任益延看了看任瑶期，只能道："那我去去就回。"

任瑶期也不想让任益延为难，点了点头。

任益延离开之后还是有些不放心，暗自吩咐自己的随从去清风院将任益均找来陪云文放。

等任益延离开之后，云文放的视线就一直停在任瑶期身上。

任瑶期见他不说话，便开口道："云二公子今日只是来探病的？"

云文放闻言却笑了，走近了些，在离任瑶期两步的位置停下来。这个距离不远不近，既没有远到云文放看不清楚任瑶期的细微表情，也没有近到令任瑶期逃开。

"听说任家遇上了大麻烦，我想帮忙。"云文放看着任瑶期认真道。

任瑶期皱了皱眉："什么意思？"

云文放见任瑶期似是有些不悦，连忙解释道："你别误会，我这次是真的想要帮你。"

任瑶期闻言不由得扯了扯嘴角，淡声道："帮我？云二公子，你知道我想要什么吗？"

云文放脸上原本带着的笑容消失了，他仔细打量着任瑶期的神色，皱眉道："难道你不想让任家摆脱困境？"

任瑶期对上云文放的视线，认真道："如果我说不想呢？"

云文放有些错愕。他不了解任瑶期，更加不知道任瑶期曾经历过什么，只是觉得，任何一个女子都不希望自己的娘家失势，所以才会对任瑶期说他愿意帮助任家。

可是看到任瑶期眼中的认真，云文放却又感觉到任瑶期并没有骗他，他不由得有些迷惘："可是为什么？"

任瑶期冷淡道："不为什么，我只希望任家的事情你不要插手。而且云家虽然势大，与任家却素无往来，这个大人情任家承受不起！"

云文放觉得自己一番好心过来，却遭遇了任瑶期的冷脸，心里有些生气，他这辈子除了在任瑶期面前，从来就没有这么对人低声下气过。

"有什么承受不起的！只要你同意进云家的门，任家的事情就是云家的事情！"云文放好脾气快用完了，有些不耐地道。

云文放说完之后对上任瑶期冷然中带着讽刺的脸色，突然又有些后悔，他来之前明明是打算与任瑶期好好谈的，也没有想过要用这件事情来威胁她。

他想只要她肯应了自己，他以后一定什么事情都依着她，也愿意花心思哄着她让着她。可是不知道为什么，每次看到任瑶期淡漠冷静的样子，他又忍不住心里烦躁。

云文放呼出一口气，努力将自己心里的火气压下来："任瑶期，我不是来与你吵架的。"

任瑶期也有些疲惫，对于阴谋阳谋她能想办法化解，对着云文放她却有些无力。她好话坏话都说尽了，云文放还是不肯放弃。

任瑶期叹了一口气，声音也平缓了一些，道："云二公子，我记得我并没有招惹过你，不知道到底是什么地方做得不好让你误会了。你为何会……"

虽然任瑶期的话没有说完，云文放却听明白了，任瑶期不就是问他怎么看上她的吗？

云文放沉默许久，就在任瑶期以为他说不出什么来的时候，云文放却抬头看着任瑶期道："我从小到大都在做一个梦，梦里都是你。"

云文放的回答让任瑶期愣了愣，她实在没有料到竟然会是这个答案，难怪云文放当初会问她为什么不记得他了。

云文放见任瑶期皱着眉头不说话，以为她不信，不由得扯了扯嘴角："我并没有骗你，在梦中，你总是看着我哭，你对我不停地说着什么，只是我听不见。我第一次来任家的那一回，在回廊见到你，对你来说那是我们第一次见面，对我来说却并不是。我以为既然我能梦见你，你肯定也是能梦到我的，可是你对我并没有印象。"云文放说到这里的时候有些黯然。

任瑶期却在想，她并非对他没有印象，她对他的印象深刻得很。可是她要如何对云文放解释他们之间并不是他以为的良缘，而是一段孽缘？

"云二公子，那只是一个梦，你并不能因此就误认为你对我有什么不一样的感情。"

云文放固执地摇头，定定地看着任瑶期道："不，或许一开始我对你只是好奇，可是现在我可以确定自己的心意。任瑶期，你就不能应了我吗？我、我以后会真心对你好的。"

云文放鼓起了自己全部的勇气告白。他觉得自己的心跳得很快，如擂鼓咚咚。他紧紧地盯着任瑶期的表情，仿佛她说出一句话就可以定他的生死。

可是任瑶期最后还是摇了摇头，虽然她一句话也没有说，眼中的拒绝却让人无法错认。

云文放感觉自己的心一寸一寸地冷了下去，甚至有一种不知道身在何处的茫然。

"对不起，云二公子，我先走了。"任瑶期屈膝行了一礼，转身要走。

"等等——"云文放闪身挡到任瑶期面前，不让她离开，可是对上任瑶期的目光，他又不知道自己能说什么。

该说的该求的他都已经做了，他已经不知道该如何是好了。

正在僵持的时候，一个微冷的声音插了进来："云二公子，请问有什么招待不周的地方吗？"

任瑶期抬头便看到三哥任益均走了过来，正皱着眉头盯着云文放。

云文放也看了任益均一眼，抿了抿唇，又看向任瑶期。

任益均不耐烦地走了过来，将任瑶期拉开，自己站到云文放面前，对着云文放挑眉道："既然云二公子是客，接下来想要逛哪里我陪着。五妹妹，你三嫂找你有事，你去清风院找她。"

任瑶期应了一声，云文放却是看也不看任益均，只盯着任瑶期突然冷了声音道："如果我与你祖母说云家愿意对任家施以援手，你猜她会不会如我所愿将你嫁给我？"

云文放很清楚任老太太对云家的巴结态度，否则他今日也不能单独见到任瑶期。他之所以没有先找任老太太说这件事情，就是因为顾忌着任瑶期。

可是任瑶期并不稀罕他的心意，她总是想着从他身边逃开，将他推得越远越好。云文放感觉到了自己心里的不甘和悲哀，他当然知道这句话说出来会让任瑶期对他越发反感，但是他只想让任瑶期停下脚步，就算是讨厌他也比无视他好。

任瑶期还没来得及对云文放的话做出反应，站在他面前的任益均却被他惹火了，二话不说抡起拳头就朝云文放脸上揍了过去。

按理说任益均这种文弱书生是不可能打到云文放的，可偏偏那一拳就那么狠狠地揍到了云文放脸上，那力道甚至让云文放后退了一步。

"如你屁个愿！给我滚出去！任家还没沦落到卖女儿的地步，若真到了那地步，我宁愿一把火将任家烧成灰也好过卖女求荣，到时候谁也别指望了！"任益均指着云文放破口大骂。

云文放挨了一拳之后既没有揍回去，也没有骂回去，只是擦了擦嘴角面无表情地固执地看着任瑶期。

任瑶期也面无表情地看着他。

任益均恨得牙痒痒，还想揍他一拳，这一次却被云文放看也不看地抬手挡住了。

云文放没有理会任益均的谩骂，只定定地看了任瑶期一眼，然后自己转身离开了。他始终挺直着腰背，背影看上去像个倔强的孩子。

任益均这才面色不善地转身对着任瑶期："这疯子是怎么回事？真当云家在燕北能只手遮天了吗？"

任瑶期不想谈论云文放，低头看了一眼任益均的手，发现他刚刚打人的时候用力过猛有些破皮了，连忙道："三哥你受伤了，先回去收拾一下吧。"

任益均不耐烦地摆了摆手："啧，破点皮而已。不行，我要跟着那疯子，免得他真的去老太太面前乱说话。你先回去，别出来了。"说着任益均就追着云文放去了。

任瑶期看着任益均远去的背影，在原地站了许久，才叹了一口气，回紫薇院去了。

她不知道云文放会不会真的用帮助任家脱困来作为求亲的筹码，只知道云文放若真的这么做，任老太太绝对会应下来。只是云文放能说服任老太太，却未必能说服云家长辈。任家就算想要攀上云家这棵大树，也不是凭云文放一个口头承诺就能作数的。所以即便是做最坏的猜测，这件事情也不是说成就成的。

回去之后不久，任益均那边就给她递了信，云文放并没有去荣华院见老太太，他离开竹林之后就走了。

显然，云文放也知道即便说服了任老太太也作不得数，最重要的还是要云家同意。不过在他来任家找任瑶期之前心里就有了打算，他觉得自己可以说动云家，因为他手中握有筹码，只是现在时机还没有到，他还得再等等。

云文放长这么大也只看上了任瑶期一个，也因为一个任瑶期让他体会到了前所未有的委屈和失败，他想这辈子他不会再允许任何人像任瑶期这样左右他的情绪，让他这般打不得，骂不得，求而不得。而唯一的这个任瑶期，他不会轻易放手。

自从任老太爷病倒以后，任家在外头的形势反而好了一些。任家这次虽然赔了不少钱，生意也受到了很大的影响，但毕竟家大业大，百足之虫尚且能死而不僵。

只是暗地里似乎有一只无形的手，扼住了任家的咽喉。它不想让任家干干脆脆地倒下，反倒十分享受看着任家苟延残喘的乐趣，想要让任家以任家人可以看到的速度渐渐衰败下去。

第四十四章

出　嫁

六月初,李氏打算带着任瑶期和任瑶华两姐妹回云阳城,毕竟任三老爷那里需要人照顾,而且任瑶华的婚期也近了,李氏想要再给任瑶华添些东西。

不过任老太太不肯让任瑶华走,因为任瑶华要在任家老宅这边出嫁。

任瑶期想了想,便让李氏自己先回去了,她留下来陪任瑶华。

眼见着到了七月,任家与雷家通了声气,雷家那边也得知了任家想要将任瑶华的庶出妹妹媵嫁去雷家的事情。

没过几日,雷霆家请的媒人来了一趟任家,表示雷家拒绝接受媵妾。

雷家这么一出,彻底打乱了任老爷子和任老太太的谋算,任老爷子现在还卧病在床,自然想不出应对的办法,这便急坏了任老太太。

任老太太不甘心,可是雷家给出的理由也很充分。雷家家规有云:雷家子弟四十无子方可纳妾,这乃雷家的祖训,雷霆这个家主尚且不能违背,任老太太总不能去与雷家祖先理论。任老太太若是给雷霆预备几个通房也就罢了,偏偏她还想光明正大地让两个孙女同时嫁到雷家。

对于这个结果,最为着急的便是任瑶英了。她现在已经和任瑶华撕破了脸,断然没有再和好的可能,若是这次她嫁不成,嫡母那里也不会再给她好脸色看,而任瑶华的手段……

任瑶英又开始整夜整夜地做噩梦了。

任瑶英在狗急跳墙之下也考虑过先下手为强,在任瑶华成亲之前先与雷霆有一番实质性的接触，让他不得不允了她进门，可是她根本就没有机会见到雷霆，就算有些魑魅魍魉的手段也使不出来。

雷家很厚道，虽然拒绝了任家的媵妾，却也只是私下里拒绝，并没有将此事声张出去。只可惜纸包不住火，加上任家之前也没有刻意瞒住消息，所以在雷家拒绝任家之后不久，外面就将这件事情传得沸沸扬扬了。

一开始还有人责备雷家不尊重亲家，故意扫亲家的脸面，不过到了后来，之前被周蓉刻意宣扬出去的言论起了作用，看任瑶英笑话的人便多了起来。

任家知道之后也羞恼不已，现在外面将任瑶英传得越来越不堪，尤其是在周蓉煽风点火之下，云阳城里大部分人都信了是任瑶英先看上自己的姐夫想要去雷家做妾，最后被雷家毫不留情地拒绝了。

任瑶英知道之后差点气晕过去，到任老太太面前哭闹了一场，求任老太太给她做主。可是任老太太现在哪里还有工夫搭理她，见任瑶英进不了雷家已经是铁板钉钉的事情，便将心思花在了那几个陪嫁丫鬟身上，并且想要努力笼络住任瑶华。

只是现在的任瑶华已经不是任老太太几句好话就能哄住的了，经过一番对比，任瑶华已经清醒地意识到谁待她才是真正的掏心掏肺。

七月中旬，任三老爷突然接到一纸来自燕北王府的调令。燕北王府命盛士弘盛大人主持编撰一系列有关燕北十六州山河地理风俗名俗的书籍《燕山河图志》，参与者除了燕北王府的几个文官、燕北一些文豪名士，还有几个来自云阳书院的先生。

任三老爷也在这次的入选名单之内。他年纪虽然不大，在绘画上头的成就却让不少人折服，尤其是最近这一两年，或许是心境开阔了的缘故，绘画上的境界也提高到了一个新的层次。

将由盛大人主编的这一套地理风俗志，会涉及绘画方面的问题，云阳书院的院长向盛大人举荐了任时敏。

《燕山河图志》是一部官方文献，参与修书的人自然都有一个官方身份，任时敏虽然只是被暂时借调，却还是捞到了一个七品的职位。

任瑶期得到消息之后便明白了当初萧靖西所说的那个时机的意思。

任时敏得到的虽然只是一个挂名的闲职，却还是让他的身份发生了本质的变化,加上他当初去京都参加文斗会立下的功劳,以后在云阳书院里便能顺风顺水了。

任瑶期在意的则是,任时敏有了官身,以后三房行事就能便宜不少。

而云文放自从上一次从任家离开之后便没有了消息,任瑶期之前还担心他会出什么昏招,让人注意了一下云阳城的动静,后来才知道云文放因事外出,已经不在云阳城了。

倒是萧靖琳来信问过任瑶期关于云文放的事情,任瑶期不由得怀疑云文放的突然离开会不会与燕北王府有关。

不得不说,任瑶期还是很了解某人的。云文放来了任家,怎么可能瞒得过萧靖西。只是以萧靖西的为人,自然不会学着云文放跑到任瑶期面前找存在感,那不是萧二公子的风格。

而云文放这会儿也很恼火。云二公子这几年确实长进了,在边关待了三年,他也并不是只会埋着头冲锋陷阵,尤其是最后这一年在外头做了不少小动作。他现在手里不缺人,又是云家正正经经的主子,所以云家原本从苏家手里拿到的盐井渐渐就被他控制住了。

这就成了云文放与云家谈判的筹码。云文放倒不是想要用几口盐井逼云家的长辈们就范,是想要让云家正视他的能力,再不敢随意左右支配他。

不得不说,云二少爷的方向是正确的,只是可惜还不待他找准时机与云家摊牌,就接到消息说手中的那几口盐井出了问题。云文放虽然根本不在意盐井,但是现在正是非常时刻,容不得他不在意。所以云文放二话不说离开了云阳城。

任瑶华成亲之日定在八月二十九。在离任瑶华婚期还有一个月的时候,任三老爷派了人来接任瑶期和任瑶华回云阳城。

任老太太是不愿意让任瑶华回云阳城的,还想趁着最后的机会与任瑶华修复一下感情,便借口婚期临近不宜出门拒绝了任三老爷接任瑶华回去的要求。

只是没过几日,雷家请的媒人又来了,原来雷家规矩大,在迎亲之前还特意找高人算了一下时辰以及迎亲的路线,结果得出任家老宅所处的位置正好与雷家的宅子处在相煞的对立位上,如果任瑶华从任家老宅上花轿会很不吉利,以后还会影响到两家的运势。

世家大族里规矩多些也是正常的，只是雷家这阵子一而再再而三地给任老太太添堵的行为让任老太太心里多少有些不痛快。但是任家怎么也不敢得罪雷家，尤其任老爷子现在卧病在床无法主事，任家现在主事的任大老爷则劝说任老太太不要计较这些虚礼。

　　最后任老太太只能退让一步，忍着不快让任三老爷将任瑶华接走了。任三老爷已经接到了燕北王府的任命，现在能够自立门户了，所以任瑶华在云阳城出嫁没有人能挑出理儿来。

　　任老太太虽然同意任三老爷将任瑶华接走，却将那几个给任瑶华准备的陪嫁丫鬟也一并送到了云阳城。另外，任老太太还派了个自己的心腹嬷嬷给任瑶华，就是之前被她派去监视任瑶期的那位麦冬家的。任老太太将几个陪嫁丫鬟的卖身契从任瑶英手中拿了回来，交给了麦冬家的。

　　任瑶华对于任老太太的所作所为只是冷眼看着，并没有发表任何意见。人给了她，她便磕头道了谢，然后带着人头也不回地离开了。

　　回到任家之后，麦冬家的和那几个陪嫁丫鬟都被周嬷嬷好生安置了。麦冬家的要往白鹤镇送信也没有人拦着，大家都相安无事，就连麦冬家的之前担心的关于几个丫鬟的卖身契问题都没有人过问，这让她大大松了一口气之余，不禁为自己将来的前程欣喜不已。

　　这一日，任瑶期正与任瑶华一起在李氏房里做绣活，突然接到了雷家送来的信，且还是雷盼儿写来的。

　　今日这封信是约任瑶华去见面的。

　　以前雷盼儿也经常约任瑶期和任瑶华去陪她说话玩耍，所以这一封信倒是没有什么特别的。只是任瑶华眼见着婚期将近，出门不太好。

　　任瑶华考虑了一会儿之后打算拒绝，任瑶期却拿着那封信若有所思。

　　"还是我去见盼儿吧。"任瑶期笑着阻止了任瑶华回信。

　　任瑶华闻言皱了皱眉，道："今日还是别去了，我觉得盼儿这个时候约我出门实在是有些奇怪。偏偏这上头又真是盼儿的字，我先派人去雷家问问。"

任瑶期自然知道这件事奇怪，这也是她打算去见雷盼儿的原因。

有些事情不趁着现在先弄清楚，等到任瑶华嫁到雷家之后就更麻烦了。

见任瑶期还是决定赴约，任瑶华道："那我也一起去吧，两人一起有个伴儿。"

任瑶期摇了摇头："我叫上郡主陪我去，郡主这阵子没事正闲着呢。"

任瑶华听任瑶期说要叫上萧靖琳便放了心，即便她从未见过萧郡主动武，也知道她的功夫很好，而且在燕北这块地盘上，谁也不敢对燕北王府的郡主下手。

于是任瑶期便派了人去找萧靖琳。

萧靖琳来得很快，任瑶期回白鹤镇的这段时日萧郡主闲得很，好不容易任瑶期叫她一起出门，她自然乐意极了。

雷盼儿在信中约好的地点是之前她们经常见面的一间茶楼。

马车到了地方之后，任瑶期和萧靖琳便从后院径直去了二楼的包间。

两人推门进去的时候，便看到雷盼儿正端端正正地坐在厅中的圆桌旁，一边晃荡着两只小腿，一边拿着一块芋头糕啃着，一个穿着莲青色褙子的年轻妇人坐在她身侧，满脸笑意地看着她，手里拿着一方帕子时刻准备着给她擦嘴。

雷盼儿抬头看到任瑶期，眼睛一亮。她将手里的芋头糕快速塞进嘴里，然后就要下来扑到任瑶期怀里。结果还没有离开椅子就被旁边的妇人抱住了小小的身子。

"小祖宗，你快好好坐着！也不瞧瞧自己满手的点心渣。"

雷盼儿闻言便不好意思扑过去了，只是站起身来给任瑶期和萧靖琳行礼。

她旁边的妇人听说来的有一位是郡主有些吃惊，也依礼给萧靖琳见礼。

"瑶华姐姐怎么没有来？"雷盼儿往外探了探脑袋，看着任瑶期噘嘴道。

任瑶期摸了摸雷盼儿的头，笑道："你瑶华姐姐被母亲拘在家中绣花呢。怎么，看到我就不高兴了？"任瑶期刮了刮雷盼儿的小鼻子。

雷盼儿鼻子有些痒，咯咯咯地笑着躲避，最后索性扑到任瑶期怀里将头埋到她的胸口："盼儿两个都想见呀。"

旁边的妇人又轻声教训她道："盼儿快坐好，别冲撞了任小姐。"

任瑶期却顺势将雷盼儿抱在怀里，对那妇人笑道："没有关系，盼儿与我们闹惯了，要她规规矩矩的，我反而不习惯了。不过，请问你是……"

按理说这种场合，如果这名妇人不是任家的家仆，是该由雷盼儿给做介绍的，只是雷盼儿年纪小，还不懂这些，所以便没有人点出这妇人的身份。

"我是盼儿的姨母。"

任瑶期虽然早已经猜到了她的身份，也还是装作才知道的模样，看了看周围，见只有两个小丫鬟立在一旁伺候，便问道："盼儿的乳娘呢？怎么没瞧见？"

小乔氏几不可见地皱了皱眉："她年纪大了，前阵子回乡养老了。"

任瑶期闻言有些惊讶，倒是雷盼儿有口无心地道："姨妈发现乳娘暗中克扣盼儿的月例，便让她去庄子上住着了。"

任瑶期不由得挑了挑眉。

在她看来，雷盼儿的乳母虽然有些爱贪小便宜，但对雷盼儿是很用心地在伺候。雷盼儿现在年纪还小，就这样将她的乳母赶走并不合适。

小乔氏却像是猜到了任瑶期是怎么想的，摇头道："雷家将盼儿的事情都交给她管也是因为信任她，她却利用这一份信任为自己谋好处。今天她能为了一点钱财出卖自己的良心，以后也能因为钱财出卖自己的主子。我实在不放心这种人留在盼儿身边。"

小乔氏摸了摸雷盼儿的头，目光柔和宠溺。雷盼儿似乎也不反感她，还冲着她笑了笑。

任瑶期便揭过这个话题，笑着问雷盼儿："小丫头今日可是有事？"

雷盼儿笑嘻嘻地点头，然后让一旁候着的小丫鬟拿了好几卷纸来，摊开在桌上给任瑶期看："瑶期姐姐，你看盼儿画的画，还有写的字。"

任瑶期低头看了看，然后有些惊讶地问道："都是你画的？"

任瑶期之前看到雷盼儿的字的时候就发现她大有进步，上面画的圈圈也少了很多。不过她没想到雷盼儿画画也有进步，虽然画的只是很简单的花花草草。

雷盼儿神气地点了点头，下一瞬又是一副可怜的模样："盼儿练了好久，手都快肿了。"

小乔氏道："吃得苦中苦，方为人上人。盼儿连这点苦都吃不了吗？"

雷盼儿有些不好意思地低下了头。

任瑶期没有忘记自己今日来这里的目的，一边逗雷盼儿说话，一边不着痕迹地打量小乔氏。小乔氏容貌秀美，只是扮相稍微有些老气，全身上下除了一根簪发用的银簪之外再无其他首饰，让她整体上瞧起来比真实年纪要大一些。

她的视线始终不离雷盼儿，看得出来对雷盼儿十分紧张在意，除此之外倒是看不出来别的什么不对。

只是任瑶期对小乔氏的来历始终存有疑虑，不知道为什么雷家能放心将雷盼儿交给她。

倒是一直没有说话的萧靖琳，趁着小乔氏低头与雷盼儿说话的时候在任瑶期耳边道："雷家有派人在暗中盯着，现在盯着这屋子里动静的就有三个，且都是高手。"

任瑶期闻言便释然了。

正好在这个时候，小乔氏给雷盼儿喂水，雷盼儿手上一用力，水洒出来弄湿了小乔氏的衣裳。

小乔氏只有先下去将湿衣服换下来，临走之前还交代雷盼儿要听话，不要顽皮。

雷盼儿乖巧地应了。

等小乔氏走了之后，雷盼儿才冲着任瑶期可爱地吐了吐舌头，小声道："姨妈处处管着我。"

任瑶期也故意小声问她道："那你喜不喜欢姨妈？"

雷盼儿犹豫了一会儿，还是点了点头，然后认真地对任瑶期道："我听说姨妈长得像我娘。"

任瑶期摸了摸雷盼儿的头。

雷盼儿趴到任瑶期怀里蹭了蹭，突然又小声道："瑶期姐姐，我觉得姨妈不喜欢你和瑶华姐姐。"

任瑶期闻言心中一动："哦？盼儿为什么会这么觉得？"

雷盼儿眨巴着眼睛想了想："姨妈不喜欢我给你们写信，不喜欢我来找你们。不过今日不知道为什么，我提了一句瑶华姐姐，她就同意我写信约瑶华姐姐出来见面。"

正当这时候，雷盼儿听到了外头有脚步声，连忙将自己腰间的一个荷包扯下来，递到任瑶期手里，小声又快速地道："瑶期姐姐，可不可以帮盼儿把这些钱给盼儿的乳娘？你告诉她，与银子相比，盼儿还是比较喜欢她。"

任瑶期将荷包收到袖子里："你舍不得你的乳娘，为什么不替她求情？"

雷盼儿摇了摇头。

这时候小乔氏又回来了，雷盼儿便不再说什么了。

坐了没有多久，小乔氏便轻声对雷盼儿道："盼儿，时候不早了，等会儿还得让丫鬟们收拾东西，我们回去好不好？"

雷盼儿噘了噘嘴，很明显不是很乐意，只是她也没有当面反驳小乔氏。

倒是任瑶期闻言笑问："盼儿是要收拾东西去哪里吗？"

雷盼儿看了看小乔氏，对任瑶期道："姨妈说让我搬去她的院子与她同住。"

小乔氏摸了摸雷盼儿的头，温声道："盼儿总是在她二叔的院子里住着，怕是不太方便，正好我也想要人给我做伴，而且我照顾她比她二叔一个男子照顾她要方便多了。"

雷盼儿噘着嘴小声嘟囔："二叔才不嫌盼儿麻烦，二叔最喜欢盼儿了。"

"那盼儿难道不愿意与姨妈一起住？"小乔氏故意板起了脸，"可是盼儿出门之前答应姨妈什么了？"

雷盼儿看了一眼小乔氏那张据说与自己的亲娘十分相似的脸，有些委屈道："盼儿没有不愿意跟姨妈住，盼儿只是……"

小乔氏笑着打断她道："既然盼儿没有不愿意，那这件事就这么决定了？"

任瑶期看了看她们，突然笑着插嘴道："我听说这时候容易秋燥，小孩子不适合随便挪床，万一——不小心生病可是大事，要搬地方的话不如再缓一两个月。"

雷盼儿闻言眨着大眼睛看了看任瑶期，又去看小乔氏。

小乔氏皱了皱眉，似是有些不悦："我怎么不知道有这个说法？任小姐是从哪里听来的？"

任瑶期不以为意，浅笑着道："是听我姑母说的，她就只有我小表弟一根独苗，宝贝得紧，生怕照顾得不好。不过她一个当母亲的人，自然是紧张孩子，有时候难免会操心过了。"

任瑶期这意思好像小乔氏因为不是亲娘所以不紧张雷盼儿似的，听得小乔氏的脸色当场就不好了。小乔氏看着任瑶期的目光也有些嘲讽："任小姐年纪轻轻，懂得的可不少。"

任瑶期却像是看不懂小乔氏的脸色一般："我与姑姑感情好，常去她家串门，所以经常听她念叨，因此才学了这些。不过我看乔姨妈对盼儿也照顾得无微不至，想必以前也是照顾过小孩子的吧？"

这句话让小乔氏的脸色彻底变了，看着任瑶期的目光冷得像刀子，脸色却有些发白。

倒是雷盼儿懵懵懂懂地接口道："姨妈没有孩子啊。"

小乔氏深吸一口气，将放在桌子上的手放下去，抿唇不语。

屋子里的气氛有些冷凝，任瑶期似是不觉，端起茶碗慢慢抿了一口。

萧靖琳却是挑眉看了任瑶期一眼，有些惊讶。

任瑶期向来是个温和的人，但是今日在小乔氏面前反常得有些尖锐，说话也不怎么顾忌，这实在不像是任瑶期平日里的做派。

任瑶期注意到萧靖琳的视线，悄悄对她眨了眨眼，并没有解释。

只是气氛已经尴尬下来，就连雷盼儿这个小孩子也觉得不好再坐下去了。

于是没过多久，当小乔氏再一次提出要带雷盼儿离开的时候，雷盼儿没有再拒绝。

任瑶期也没有挽留，与雷盼儿道了别之后她和萧靖琳没有急着离开茶楼，只是吩咐红缨去换一壶热茶送进来。

"你刚刚是故意激怒她的？"萧靖琳这会儿反应过来了。

任瑶期似是正在想什么事情，闻言抬头一笑，坦诚不讳道："是啊。"

萧靖琳看了任瑶期一眼，指责道："你变坏了！"

任瑶期闻言"扑哧"一笑，为自己辩解道："我只是想要试探她的目的罢了。"

红缨送了一壶新茶过来，萧靖琳接过亲自给任瑶期倒上一杯："那你试探出来了吗？"

任瑶期想了想，指尖轻轻地碰了碰茶杯沿道："我原本以为她是冲着雷霆来的,却没有想到她是冲着盼儿来的。"

任瑶期看到小乔氏的打扮就知道自己之前想错了,若是小乔氏当真想要借着自己与雷霆的亡妻相似的容貌勾搭上雷霆,就不会是这么一副装扮。倒是任瑶期故意提起孩子的时候,她的反应太大了。

萧靖琳道:"瞧着并不像是个心思太深的。"

不然也不会被任瑶期一两句话就激出脾气来。

任瑶期闻言脸上并不见轻松,反而皱眉道:"盼儿年纪虽然小,却是个聪慧的,以前想要利用她进雷家家门的女人不少,最后都败下阵来,可是她对小乔氏的态度却很顺从,甚至连小乔氏赶走了她的乳母她都没有说话。"

萧靖琳挑眉道:"就因为她长得肖似雷盼儿的生母?"

任瑶期点了点头,小乔氏或许不够聪明,但是她有一张脸就够了。而且她若是太聪明,雷家反倒未必容得下她。

萧靖琳看着任瑶期在那里为雷家的事情担忧,摇了摇头:"任瑶华是你姐姐,不是你女儿,你即便想护犊子也不可能事事为她做圆了。这件事其实说白了就是雷家的家务事,最后还是要让任瑶华自己来解决,不然你还能护她一辈子不成?你若当真这么放不下她,就不该让她嫁去雷家。"

任瑶期闻言不由得苦笑,倒也没反驳,点了点头道:"你说的没错,是我太过操心了。"

任瑶期也知道任瑶华已经长大了,且马上就要嫁为人妇,并不需要她护犊子一样在旁边事事操心。只是这些年下来,她护着家人已经成了习惯,一时半刻改不过来了。

见任瑶期认了,萧靖琳反倒安慰起她来:"这个小乔氏一进雷家就赶走了盼儿的乳母,现在又想在任瑶华进门之前让盼儿跟她住,等她和雷盼儿处出感情了,任瑶华以后想要将雷盼儿接回正院也不好办了。算盘虽然打得不错,但她毕竟只是雷盼儿的姨妈,在雷家只是借住,谁家也没有在有女主人的情况之下让个无名无分的姨妈来照顾嫡女的,雷霆只要有脑子就不会当真将雷盼儿交给她。"

听完萧靖琳难得的一通长篇大论,任瑶期故作讶异地看了她一眼:"你不是向来不屑这些内宅之事吗?"

萧靖琳喝了一口茶润了润喉，努力掩饰着自己脸上的自得："不屑不代表我不懂。"

任瑶期看着她嘚瑟的模样，憋着笑点头附和："郡主英明！"结果换来了萧郡主鼻孔里发出来的一声轻哼。

话虽这么说，任瑶期从茶楼里出去之后，还是将雷盼儿给她的荷包给了苹果："把这个交给雪梨，让她去一趟雷家的庄子找雷盼儿的乳娘，顺便打听打听小乔氏的底细。"

雪梨这几年还是住在祝若梅家中，几年相处下来倒是与祝家人相处出了深厚的感情，祝若梅的母亲很喜欢雪梨，一心想要她给自己当儿媳妇。

任瑶期原本打算在及笄以后就让雪梨回来，这也是她之前对雪梨的承诺，只是上一次任瑶期发现祝若梅和雪梨之间似乎已经互生好感，所以在问过雪梨自己的意思之后，就打消了将人要回来的念头。不过雪梨毕竟曾是她的丫鬟，又为她吃了苦，祝若梅这些年更是助她良多，任瑶期打算等过些日子好好给雪梨打算一下，再让她出嫁。

苹果应声去了，任瑶期对上萧靖琳鄙夷的目光，笑着解释道："知己知彼百战不殆，我先打听清楚了再让三姐去应付。她这阵子忙得很，何况等她出嫁之后，我想帮她也难了。"

萧靖琳在心里翻了个白眼，心想为何她还是有一种任瑶期要嫁女儿的错觉？

"时候还早，我们坐马车在城里转转？"任瑶期挽住了萧靖琳的手，笑问道。

萧靖琳也不想这么早就回去，突然反握住任瑶期的手兴致勃勃地拉着她上车："对了，我知道有个地方的煨肉很好吃。走，我带你去！"

任瑶期知道萧郡主专爱美食，毫不反抗地跟着她上了车。萧靖琳说那个地方是个偏巷不太好找，让红缨替换了车夫坐在前面赶车。

马车快要路过南城门的时候因为要避让出城的车马而缓了下来，一个有些迟疑的声音在马车外叫道："红……红缨？"

萧靖琳挑了挑眉，将车帘子挑开，任瑶期转头便看到了上一次她们遇到过的那个黑脸的守城将领正站在车头的右边，一面搓着手，一面紧张地与红缨说话。

　　因为郡主没有让停车,等城门的马车过去之后,红缨便让马车继续跑了起来,黑脸将领一边小跑着与马车保持一定的距离,还一边向萧靖琳问安。

　　萧靖琳点了点头就又将车帘子放下了,没有再管外面的事情。

　　红缨似是低声与那黑脸将领说了句什么。

　　黑脸将领憨憨的又带着些小心翼翼的声音隐隐传了进来:"红缨姑娘,我的伤已经好了,你什么时候有空再来揍……哦不对,是再来指导我一下。"

　　红缨一头雾水地瞥了跟着马车小跑的人一眼:"穆大人说什么?"

　　"嘿嘿,嘿嘿……"穆虎摸着头傻笑。

　　红缨:"……"

　　坐在马车上的萧靖琳弯了弯嘴角。

　　任瑶期觉得她从萧靖琳的笑容里看出了一丝幸灾乐祸,不由得狐疑地看了她几眼。

　　萧靖琳注意到任瑶期的视线,缓缓眨了眨眼,又恢复了面无表情,然后端着郡主的架子隔着马车帘子对外面道:"想挨揍回去等着,你跟着我的马车跑像什么样子?"

　　外头的穆虎听到之后恍然大悟,原来红缨是因为在外头不好意思才不承认,他的眼睛"噌"地亮了,"哎!我这就回去等着!那个……我这几天都在喝虎骨酒,骨头硬着呢,嘿嘿,嘿嘿……"他说着便放慢了步子,站在原地挥着手,目送马车走远,还一脸美滋滋的模样。

　　马车上的萧靖琳嘴角抽了抽。

　　马车一阵七拐八拐之后终于停了下来。

　　任瑶期下了马车之后,发现所在的是一条陌生的巷子。

　　任瑶期还没来得及仔细打量,就听到不远处一个声音唤道:"郡主?"

　　任瑶期和萧靖琳同时转头,便看到云家大公子云文廷正站在不远处惊讶地看着她们,而与云文廷并肩而立的则是韩云谦。萧靖琳冲着他们点了点头,算是打了招呼。

云文廷与韩云谦一起走了过来。

"郡主怎么在这里?"云文廷看着萧靖琳温和地问道,还顺便朝着任瑶期点了点头。

萧靖琳的视线穿过云文廷,往他身后不远的一家门店不大的小酒楼看了一眼。云文廷顺着萧靖琳的目光转头,然后唇边露出一抹了然的笑意:"听说这里的煨肉味道极好,想必郡主是来用饭的?"

其实现在这时辰根本就不是用饭的时候,但是云文廷说起这句话来很自然,且一点意外也没有。

萧靖琳点了点头,随口问道:"你们来这里有事?"这条巷子位置有些偏,离云阳书院和云家都不近,她也是让人打听了才知道有这么个地儿的。

云文廷看了看韩云谦,笑着道:"我刚好与韩兄一起从盛大人家中出来,正想找个地方坐下聊一聊。"

萧靖琳似是没有看到云文廷眼中透露出来的想与她一起的意思,只是淡然地微微颔首:"我们先进去了。"然后便拉着任瑶期从他们身边走过去。

云文廷的目光暗淡下来,不过很快又恢复了云淡风轻的翩翩佳公子的风度,朝着韩云谦示意一下,便转身追上了萧靖琳,轻声道:"我去给你们安排。"说着不容萧靖琳拒绝,云文廷便进了那家酒楼。

萧靖琳看了一眼他的背影,脸上没有什么特别的表情。

等云文廷安排好,任瑶期和萧靖琳进去这家小酒楼的时候,里面除了一个战战兢兢地接待她们的中年妇人和一个十来岁的小姑娘之外,其余的人都被打发着回避了。对此,萧靖琳也没有说什么。

云文廷走过来将自己刚刚点的几个菜的菜名与萧靖琳说了,笑着道:"这几道菜都是这里的招牌,你们尝尝。或者你们还有别的想吃的?"

萧靖琳想了想,看了云文廷一眼:"是你打听到这里,然后让人告诉我的?"萧靖琳爱美食,所以经常让人打听燕州各地的吃食。她看到云文廷对这里的菜这么熟悉,便有些明白了。

云文廷闻言只是笑了笑:"我也是听人说起的。"

云文廷没有告诉萧靖琳,云阳城里大大小小的酒楼甚至路边的小食,他大都一家一家亲自试过。因为比起别人，他更清楚萧靖琳的口味，知道她喜欢什么，不喜欢什么。他不告诉萧靖琳，是因为他知道萧靖琳并不会因为这些感动，而他做这些也不是为了让她感动。

萧靖琳看了他一眼，没有再问。

"我与韩兄在隔壁茶楼，若是有什么事情你让人去唤我一声。"云文廷顿了顿，还是笑着温和地道。

萧靖琳点了点头，云文廷又轻声吩咐了那妇人几句，便离开了。

萧靖琳看向那满脸紧张拘束的妇人："有桃花酿吗？"

"回、回小姐，小店没有桃花酿，只有自家酿的米酒。"妇人战战兢兢地答道。

萧靖琳皱了皱眉："那就……"

萧靖琳的话还没有说完，就被任瑶期微笑着打断了："那就沏一壶茶水来。"

萧靖琳看向任瑶期，见任瑶期也在看她，叹了一口气，摆手让那妇人下去了。

茶水上来之后，那妇人就连忙退下了。萧靖琳并不在意手中拿着的只是一只粗瓷茶碗，茶也只是普通的茶，低头喝了几口。

任瑶期察觉出萧靖琳有些心不在焉。

最后萧靖琳和任瑶期还是没有留在小酒楼里用饭，只是等菜做好之后让人用食盒装好。这里毕竟是临街的铺面，萧靖琳还是顾忌着任瑶期一个内宅小姐会被人说闲话。

走的时候，萧靖琳让红缨去与云文廷打了一声招呼，云文廷立即就出来了，也没有问她们为何这么快就要走，只是站在马车旁温声道别。

"听说云家就要有喜事了？"就在云文廷以为萧靖琳会像以往那样淡定地回应一声，然后头也不回地离开的时候，马车上的萧靖琳却出声问了这么一句。

云文廷明显地愣了愣，然后道："长辈们在考虑秋晨的婚事。"

云文廷正想着萧靖琳怎么会突然问起这个，却听见萧靖琳道："表哥，你今年二十了吧？"

一声"表哥"让云文廷有些愣怔,还来不及仔细回味,萧靖琳的这句话就让他有了不好的预感,向来含着温雅笑意的嘴角不自觉地抿了起来。

"长幼有序,有些事情表哥也是时候该考虑了。"萧靖琳淡然的声音隔着车窗飘了过来。

云文廷抬头静静地看着马车帘子,仿佛能透过厚厚的车帘看到萧靖琳的脸,他的声音里带着从未在外人面前表露过的苦涩和脆弱,"琳儿……"最终却也只是喊出这两个字。

萧靖琳没有再说话,只是示意红缨驾车离开。

云文廷站在原地,许久一动也没动,神色有些悲伤又有些疲惫,直到韩云谦出来,在他身后叫了他一声。

云文廷闭了闭眼,再转过身面对韩云谦的时候便又恢复了平日里温润的模样,只是脸色与平日相比要苍白一些。

韩云谦看了他一眼,只道:"时候不早了,不如各自回府吧?"

而马车上,任瑶期看着一言不发的萧靖琳,意识到自己好像听到了一些不该听到的话,也不知道云大公子以后看到她的时候会不会感到难堪。

突然,萧靖琳长长地叹了一口气,然后看着任瑶期认真地道:"窈窈,我告诉你一个秘密。"

任瑶期眨了眨眼。

萧靖琳慢慢靠到任瑶期身上,淡声道:"我曾经想要云文廷当我的郡马。"

萧靖琳的话让任瑶期很惊讶,不由得偏头看了她一眼。

"在他当年跑去嘉靖关的时候。"萧靖琳看着马车顶,脸上没有什么表情。

每个女子年少时都会对自己的意中人抱有期待,萧郡主也不是天生就冷心冷情。云文廷相貌俊俏,能文能武,体贴温和,对萧靖琳情有独钟,更是在嘉靖关守着她好几年,那时候萧靖琳年纪虽小,但已经懂事,所以对云文廷产生朦胧的好感也很正常。

可是就在萧郡主鼓起勇气想要问云文廷要不要当她的郡马,以后与她一起镇守嘉靖关的时候,云文廷被云家人叫走了,而萧靖琳的那句话便没有机会问出口。

等萧靖琳再长大一些,懂得的事情多了,便明白云文廷当年之所以会离开，是因为在面对她和云家之间的取舍的时候，他最终选择了云家。

而她的那句话这辈子都不会有机会问出口了。

所以并不是云文廷不好，也不是萧靖琳看不上云文廷。云文廷曾经符合萧靖琳理想伴侣的标准，可惜只是曾经。

有些事情一旦错过了，就再也没有重来一次的机会。

任瑶期静静地听着萧靖琳说起这些，最终也只余一声轻叹。

萧靖琳从来都明白自己想要的是什么，所以也不需要她的安慰。

萧靖琳送任瑶期回了宝瓶胡同，留下来用过午膳之后才带着红缨离开。

萧靖琳离开后不久，苹果便领着雪梨回来了。

雪梨离开任家之后，穿着打扮上虽然朴素了许多，气色却比她在任家的时候还要好，看到任瑶期，雪梨连忙上前行礼。

任瑶期见她脸颊红润，气息还有些急促，显然是才从雷家的庄子上赶回来就来见她了。

任瑶期也不急着问话，只让她先坐下来喝些茶用些点心歇上一会儿，又让人去将任瑶华请过来。刚刚萧靖琳在的时候，任瑶华没有急着问她雷盼儿的事情，任瑶期也想等雪梨打探消息回来再将小乔氏的事情说与任瑶华听。

任瑶华过来的时候，雪梨已经喝完一盏茶水并用了几块糕点，马马虎虎填饱了肚子。

任瑶期便将自己今日见到雷盼儿与小乔氏的始末对任瑶华说了一遍，连带也说明了自己对小乔氏的目的猜测。

雪梨在一边道："五小姐料想的应当没有错，奴婢见到雷大小姐那位乳娘的时候听她说，小乔氏一进雷府就时刻关注着雷家大小姐，还非要亲自料理她的衣食住行。原本雷大小姐大大小小的事情都是乳娘料理的，小乔氏来了之后却让乳娘插不进去手。小乔氏想要让雷大小姐搬到她院子里去住，乳娘在雷家家主面前说雷大小姐认床，所以雷大小姐最后还是留在了雷二爷那里。可能正因为此事小乔氏对乳娘怀恨在心，再后来乳娘就被小乔氏污蔑贪了雷大小姐的私房银子，然后被赶出了雷府。"

任瑶华一直在一旁蹙眉听着，最后想了想道："这位小乔氏与盼儿的生母当真长得相似？"

雪梨点了点头："乳娘说两人在外貌上像了七八分，只是先头那位乔夫人性情温婉，脾气极好，不像小乔氏这般。"

任瑶期却问道："小乔氏在夫家的时候一直没有子嗣？"

"好像曾经怀上过，可惜恰好那会儿她相公去世，她因悲伤惊惧而小产了。听说孩子小产下来的时候已经成形了，是个女婴。"

任瑶期点了点头，难怪小乔氏虽然没有当过母亲，却对孩子这般执念，原来曾经得到后又失去了。

"雷家上下对小乔氏的态度如何？"任瑶期又问道。

"因为小乔氏长相神似雷家大小姐的生母，雷家大小姐并不排斥她的亲近，而且对她的话也肯听信，不然之前也不会任由她将乳娘赶出府。雷家家主那里倒是看不出什么，只是吩咐雷家上下不要怠慢了她，也不太阻止雷家大小姐与她亲近，不过对于让雷家人小姐搬过去与小乔氏一起住的提议，雷家家主没有松口。"

任瑶期听完之后不由得若有所思，然后看向蹙眉不言的任瑶华。

任瑶华注意到她的视线，挑了挑眉，目带询问。

任瑶期笑了笑："这是雷家内院之事，我不好插手。即便是你也不适合现在就插手来管。"

任瑶华会意，点了点头道："这我自是知道。"顿了顿，她又对任瑶期道，"你别担心了，等我……到时候自会处理。"

任瑶期莞尔一笑，她虽然担心，却也知道还是需要放手让任瑶华自己去做，不然任瑶华怕是会反过来怨她多管闲事了。

雪梨离开之前，任瑶期宽慰她道："你与祝若梅的婚事，我想再缓上一年，不过你放心，到时候我一定让你风风光光地出嫁。"

雪梨闻言脸上红得似能滴血，却还是尽量让自己看起来大方得体："奴婢多谢小姐。"她犹豫了一会儿，又道，"小姐，奴婢成亲之后还能不能为您做事？"

任瑶期闻言一笑，语带揶揄道："祝若梅现在大大小小也算得上是一位人物，走到外头不少人得叫他一声祝大人，你再回来为我当差算什么事？"

雪梨只当任瑶期在与她玩笑，连忙道："奴婢就是想伺候您。"

雪梨这话也是真心实意的，任五小姐与她这对主仆关系虽然并没有一个美好的开端，但是在任五小姐身边待久了她便明白了，任五小姐是个很好的主子。

即便是在她离开任家之后，任瑶期对她也很照拂，平日里的月例和赏赐并不比近身伺候的少，也因为任五小姐对她这个丫鬟自始至终这般重视，祝家上下对她也极为尊重。

何况祝若梅现在并没有正当的官职，雪梨也只当他是在燕北王府二公子那里当个无名的小随从。雪梨想着，即便以后因为要侍奉婆婆不方便在五小姐身边近身伺候，为她打点嫁妆铺子或者庄子还是可以胜任的。

任瑶期拍了拍她的手，温声道："你有这份心当然好，这样吧，等到时候你若是觉得回来帮我做事好，你就回来，我不亏待你就是。"

雪梨闻言松了一口气，连忙道谢。

转眼间就到了八月下旬，任瑶华出阁在即。

就在任瑶华出阁的前几日，任家老宅那边有消息传来，任四小姐任瑶音回来了。

任家大太太对女儿这个时候回来并不高兴，任家现在风雨飘摇，也不知道什么时候才能渡过难关。大太太前一阵子还与长女通过信，托长女为任瑶音在江南寻一户好人家，借着顾家的势，她再陪送一笔丰厚的嫁妆，不愁找不到一户好人家。

可是任瑶音偏偏要这个时候回来，任家现在哪里还有心为她的亲事筹划？任瑶音的年纪却已经耽误不得了。任大太太的打算落了空，所以即便几年不见女儿，心里着实有些挂念，也还是没有给任瑶音什么好脸色看。

任瑶期倒是没有反应，三房现在已经从白鹤镇搬离，以后只会越来越能独当一面，与任瑶音的交集自然不多了。

而任瑶华马上就要出嫁，她不喜欢任瑶音，以后大可以老死不相往来，根本就没有什么好在意的。

婚礼前一日任家发嫁。

任家给任瑶华准备了嫁妆，按照任家嫡女的例陪送了一个庄子、一座三进宅子、两间铺面、一套黄花梨家具，加上衣裳首饰以及各种摆设和生活用品，虽说因为现在的任家不比当初，任瑶华的嫁妆也缩水不少，但是在外人看来任瑶华还是风风光光地出嫁了。

李氏这些年没有存下多少私房钱，所以只是将自己攒下来的几套好首饰头面给了任瑶华。李氏因此觉得很歉疚，别的母亲都会将自己的嫁妆补贴给女儿，可是李氏出嫁的时候献王府正值最艰难的时候，哪里有什么嫁妆可以陪送？任瑶华对此并不在意，三房的经济状况如何任瑶华心里最清楚不过了，所以就连李氏要给她那几套头面首饰她也只愿意要一半，另外一半想要留给任瑶期。

不过任瑶期找到任时敏谈了一番话，当晚任三老爷在任瑶华到他面前聆听教诲的时候很豪爽地给了她三千两银子压箱底，还送了她几幅名画字帖之类值钱又显得高雅的玩意儿来充当门面，让任瑶华震惊之余有些受宠若惊。

容氏也给任瑶华添了嫁妆，两千两银票外加一对龙凤玉佩。那对玉佩听说还是当年先皇赏赐下来的东西。

其余的亲戚在给任瑶华添妆的时候也多多少少有些表示，任时佳最大方，除了一套赤金头面、一对玉镯、八匹锦缎之外，还额外给了任瑶华一千两银子。

任时佳在别的侄女出嫁的时候倒是没有这么大手笔，之所以对任瑶华另眼相待主要还是因为任瑶期，加上现在林家已经分家，林琨手下的产业不少，任时佳手头很富余。

她甚至还拉着任瑶期偷偷道："好孩子，等你出嫁的时候姑姑还有好东西给你。"底气足得很。

在发嫁的那一日，任老太太给任瑶华准备的那八个陪嫁丫鬟原本有四个是要与她的嫁妆一起先送到雷家去的，但是任老太太没有想到，在嫁妆送去雷家之前，她精心准备的丫鬟们就被周嬷嬷不动声色地全换了下来。

任老太太准备的那几个丫鬟有两个容貌出挑的，并不是任家的家生子，而是特意从外头买回来并且经过特殊调教的，学的都是怎么伺候男人，为的就是笼络住雷霆这个姑爷。周嬷嬷眼睛毒辣，自然一看到她们的言行举止就明白了她们是什么来头，气得不轻。

周嬷嬷心里气恨任家老太太对任瑶华的算计，根本就不顾忌麦冬家的是老太太的人，直接带着人从麦冬家的那里搜到了卖身契，然后转头就将那几个丫鬟卖了出去。麦冬家的倒是被周嬷嬷暂时留了下来，只是她已经被周嬷嬷雷厉风行的作风吓到了，周嬷嬷只说一句话就让她老实了：是想乖乖闭嘴，还是想这辈子再也开不了口？

周嬷嬷也不惧任家来挑什么"长者赐不敢辞"的理儿，若是任老太太以后发现她们换了人要闹腾，还有任三老爷出来顶缸。因为那几个陪嫁丫鬟是任三老爷开口卖出去的，原因就是"来路不正"，这种出身不干不净的人当陪嫁丫鬟，任家不要这个脸，任三老爷还要呢。

而跟着任瑶华去雷家的几个陪嫁丫鬟除了芜菁、香芹、水艾之外，另外五个都是周嬷嬷亲自挑选并且培养出来的，任瑶华原本的管房嬷嬷高嬷嬷也依旧跟着她去，以后帮着她管理内院。

任瑶华出嫁前一夜，任瑶期与任瑶华同榻而眠，这是当地的一项风俗，燕北女子出嫁前一夜需要姐妹陪宿。李氏也希望任瑶华和任瑶期姐妹两人能在这个时候再好好亲近亲近，毕竟等任瑶华嫁了人之后姐妹两人就不能像在闺中的时候那样时常见面了。

任瑶华虽然比别的女子要有魄力，但是毕竟明日是她这一生中最重要的日子，所以晚上因为紧张有些睡不着，但是她又不好意思让任瑶期看出她在紧张，便一直僵硬着身体躺在那里一动不动。

任瑶期也没有睡着，便问道："可是我在这里让三姐睡不习惯了？"

任瑶华不好说自己是因为要嫁人导致心里紧张，便"嗯"了一声。

任瑶期其实明白任瑶华因何失眠，却还是坏心眼儿地调戏道："那三姐还是好好习惯一下吧，毕竟以后不能总让姐夫去睡书房。"

任瑶华脸色一红，转过头来死命瞪任瑶期，见她看不见便将手从自己的被窝里伸到任瑶期的被窝里去捏她的腰，任瑶期一边往床内侧缩，一边将她的手推出去，笑嘻嘻地指责道："三姐又欺负我！"

任瑶华哼了一声："欺负你又怎么的！"说着又要去掐任瑶期的脸。

两人就这样一个嘻嘻哈哈，一个故作凶恶地闹成了一团。等闹过之后，任瑶华心里头原本那点紧张终于消散不少，有了些困意。

只是在临睡去之前，任瑶华突然问了一句："当年你真的看到是我推了任益鸿？"

任瑶华问的是她当年被送去庄子上的那件事情。她原本打算将这件事情烂在自己的肚子里，这一辈子都不问出口。因为这几年相处下来，她看清楚了任瑶期的为人，也知道她是真心实意地对自己好。所以她想不管当年事情的真相是什么，她都没有再问的必要了。

可是不知道为何，今日她却还是将这件原本已经尘封在记忆中的事情翻了出来，问出口之后她自己也愣了愣，然后又立即道："算了，过去的事情也没什么好说的了。"

任瑶期叹了一口气，回想了一下当年的事情，其实她已经记不清楚了，不过还是道："我当时看到了一个与你相似的背影，她身上的衣裳也是你的，后来想想，可能是有人引我过去刻意误导的。"当年姐妹两人闹成那样被人钻了空子，双方都有责任，好在还能补救。

任瑶华"嗯"了一声就不说话了，就在任瑶期以为任瑶华已经睡着的时候，任瑶华轻轻地探手过去在被窝里牵住了任瑶期的手。

手心传来的温温软软的温度让任瑶期忍不住回握过去，两人没有再说话，最后就这样手牵着手睡着了。

第二日，雷霆来接亲的时候，任瑶华早已经打扮好等在闺房。

一身大红色嫁衣的任瑶华，有着即便是厚重浓烈的新娘妆也遮掩不住的美艳动人，给她梳妆打扮的喜娘连连夸赞她是自己伺候过的最美的新娘子。喜娘的话是真是假不知道，不过李氏和任瑶期对任瑶华的模样还是很满意的。

新娘从娘家出门上花轿的时候脚是不能落地的，所以背任瑶华出门的任务落在了大少爷任益延头上。

任瑶期不能去给任瑶华送亲，只能站在一旁看着任瑶华盖上红盖头，看着任益延将她背起来，一步一步走出院子。

任家今日热闹得很，炮仗唢呐声一直没有停，李氏忍不住落了泪，不少人围着她劝慰。静静看着这一切的任瑶期心里的喜悦却远远大于伤感。

因为任瑶华从今日开始算彻底摆脱了从前的悲剧，从今往后只会越来越好。而既然任瑶华能改变命运，父亲和母亲自然也能改变命运，长命百岁。她这一回从睁开眼睛那一刻起心中最大的愿望就是守护血脉至亲平安顺遂，而这个愿望如今已经实现了大半。

任瑶华听到了李氏的哭声，心里很难受，今日出了这个门，再回来的时候她的身份就不一样了，这个家以后只能是她的娘家。任瑶华小时候见母亲总是被欺负，便想着以后长大了也不嫁人，这样就能一直在母亲身边保护她。好在现在母亲和妹妹都不需要她保护了，不然她出嫁都不会安心。

这份对家人的不舍，让任瑶华上花轿时的紧张感消除不少，直到花轿在雷家停下来，外面有人请她下轿。

任瑶华下轿的时候一时没有站稳，一双有力的手及时从一旁伸了过来，不动声色地扶了她一把。

"小心些。"雷霆低沉的声音在旁边响起。

任瑶华脸上一红，心里却踏实了。

任瑶华平平稳稳地进了雷家的门，按照之前学过的礼仪与雷霆拜完堂之后就被送去了新房。

雷霆用秤杆挑开任瑶华的红盖头的时候，屋子里的人都不由得轻声吸气，微微低着头的任瑶华美艳不可方物，寻常女子极少有能将浓妆艳抹抹得这么好看的。就连从不沉迷于女色的雷霆也愣怔了一瞬才回过神来。

两人喝完交杯酒完成仪式之后，雷霆就要出去招呼宾客。他体贴地将雷家的人都打发出去，只留下任瑶华带来的丫鬟，又低声问任瑶华："累了这许久，饿不饿？"

任瑶华摇了摇头，看着雷霆温和的眉眼，又红着脸轻声道："出门之前五妹妹给我备了些小糕点，让我饿的时候吃。"

任瑶期细心体贴，她自己虽然没有嫁过人，却听任时佳说起自己当年出嫁的时候被饿得前胸贴后背肚子咕咕叫唤的糗事，所以帮任瑶华准备了便于携带的小点心让丫鬟收着。

雷霆道:"我去让厨房给你送些热食来吧。"

任瑶华正要说不用,雷霆轻轻捏了捏她的手,起身出去了。

任瑶华心跳得厉害,手都不知道该往哪里放,心里又是欢喜又是羞恼。等收拾完心情抬头的时候,雷霆早已经不在屋里了。

雷霆离开后不久,外头帘子一动,一个小脑袋小心翼翼地探了进来。

任瑶华转过头便看到了正伸长脖子睁大眼睛偷偷往这边看的雷盼儿。

雷盼儿看到今日的任瑶华觉得有些陌生,不过在任瑶华朝她招手的时候,仍毫不犹豫地跑了过去,扑到任瑶华怀里,笑眯了一双眼睛。

"母亲,你真好看!"

任瑶华抱着怀里香香软软的雷盼儿心中一暖,想到自己一身厚重的礼服和首饰,怕硌着雷盼儿不舒服,便抱着她坐到自己旁边。

"盼儿怎么过来了?"

雷盼儿眨着一双大眼睛道:"爹爹说你一个人在这里会害怕,所以我来陪你啊。"

任瑶华摸了摸雷盼儿的脸,心里越发柔软。

雷盼儿到底是孩子,又是第一次见到新房,所以有些好奇地四处打量。突然她皱了皱眉,小屁股动了动,又动了动,然后从自己的屁股下面摸出了一颗桂圆。

雷盼儿眨了眨眼,然后理所当然地将桂圆放到了嘴里:"咔嚓——"

一旁的芜菁急忙道:"小小姐这个不能吃的。"

雷盼儿看了看已经被她咬出肉来的桂圆,又看了看芜菁,一脸莫名道:"为什么?这是桂圆啊。"

芜菁心想:床上的是"早生贵子",不是让你吃的啊!可是这话又不好对一个孩子说。

香芹做着鬼脸逗她道:"因为这不是普通的桂圆,而是在观音大士面前开过光的!"谁吃谁怀孕这句话被她咽下去了。

雷盼儿皱了皱鼻子,指控道:"你又骗小孩!"

屋子里的人都乐了。

任瑶华瞪了香芹一眼,制止她继续逗小孩的无聊行径,低头问雷盼儿:"盼儿是不是饿了?"

雷盼儿摸了摸肚子,想了想说:"盼儿来之前吃过点心的。"只是点心不怎么管饱。

恰好在这个时候有个陌生的丫鬟端了一个托盘进来,托盘上放着一只有盖的大碗。

雷盼儿吸了吸鼻子,蹦下了床,凑到桌子边看那丫鬟将碗盖打开,是一碗香气扑鼻热气腾腾的麻油面。

雷盼儿转头眼巴巴地看着任瑶华。

任瑶华不由得失笑,起身走到雷盼儿身边:"陪我一起吃面吧?"

雷盼儿立即笑眯了眼。

任瑶华自己动手用备用的小碗给雷盼儿盛了一碗,芜菁又给任瑶华盛了一碗。雷盼儿很懂事,筷子拿得很熟练,不需要有人喂自己就能吃得很好,任瑶华便没有管她,两人挨着坐在一起吃面。

吃完面之后,任瑶华让丫鬟伺候雷盼儿漱口净脸,然后两人又坐下了。雷盼儿没有忘记自己过来的使命,绞尽脑汁地陪任瑶华说话,生怕她无聊。只是她毕竟是孩子,吃饱喝足之后便有些犯困。

任瑶华见她打了两个哈欠之后便道:"我已经不害怕了,盼儿先回去睡觉好不好?我让芜菁送你回去?"

雷盼儿抱着任瑶华的胳膊摇了摇头,坚持道:"我陪着你。"

任瑶华无奈,只得将自己身上的首饰褪下,然后抱着雷盼儿。最后,雷盼儿在任瑶华怀里睡着了。任瑶华见婚床上铺满了花生、桂圆、红枣和莲子,便将雷盼儿安置在了软榻上。

不多会儿,又有一个雷家的丫鬟进来:"太太,姨太太来了,在院子外头,说要接小姐回去歇息。"

丫鬟口中的姨太太自然是小乔氏,按理说今日这种场合,小乔氏身为寡妇是不宜到处走动,好在她没有直接闯进新房里,可是芜菁和香芹几个丫鬟还是不乐意了。

任瑶华问道:"盼儿现在住在哪里?是与姨太太一起住吗?"

"回太太的话，小姐还是住在二爷院子里。"丫鬟低头恭谨地回道。

小乔氏一直想要让雷盼儿与她同住，雷霆没有松口。今日因为雷震要帮着雷霆招待宾客，所以小乔氏自动接过了照看雷盼儿的差事，只是后来雷霆又让人将雷盼儿接到了正院来陪任瑶华，小乔氏也拦不住。

任瑶华弯了弯嘴角，心平气和地对丫鬟道："那还是等爷回来再派人送盼儿回去吧，毕竟姨太太去二爷的院子也不太方便。"

任瑶华不知道，她现在八风不动的温和气质与任瑶期十分相似。

其实小乔氏是想趁着今日把雷盼儿接到自己院子去歇的，因为雷震肯定少不了要喝酒，小乔氏也有了适当的借口。

不过丫鬟看了看任瑶华，还是将话咽下去了，任瑶华是雷家内院的女主人，小乔氏只是客居的姨太太，该听谁的她心里还是有谱的。于是丫鬟低着头退下去打发小乔氏了。

雷家的丫鬟一走，香芹就气呼呼地道："也不看看自己是什么身份，这个时候来我们面前，摆明是想给小姐找不痛快啊。再说了，雷家的小姐哪里轮得到她来管！"

任瑶华倒是平静多了，还摆手阻止香芹接下去要抱怨的话。

院子外头，丫鬟将任瑶华的话转述给了小乔氏，小乔氏皱紧了眉头："可是这个时辰盼儿该歇息了。"

丫鬟低头道："太太已经哄小姐睡下了，姨太太不必担心，还是早些回去歇着吧。"

小乔氏闻言不由得攥紧了手中的帕子，看了丫鬟一眼，看到了她眼中的不以为然。她抿紧了唇，沉着脸一言不发地转身走了。

雷霆回到内院的时候虽然身上的酒气很浓烈，不过步伐还是一如既往地稳，脸上也看不出来醉酒的模样。只是他走到房前还是顿住了脚步，然后转身去了净房，让人送上热水沐浴，换了一身衣裳才去见任瑶华。

看到雷霆进来，原本一直在想事情的任瑶华立即紧张起来。雷霆原本想说话，不过转眼看到呼呼大睡的雷盼儿，便走过去看了看她，然后叫人将雷盼儿送去雷震的院子。雷盼儿跟着她二叔住习惯了，雷霆也不觉得让弟弟帮着带闺女有什么不对。

任瑶华回想着周嬷嬷交代她的怎么伺候夫君，便吩咐丫鬟去端热茶，然后想要伺候雷霆更衣，只是走到雷霆面前的时候才发现他已经梳洗过并换了衣裳，身上还带着沐浴后的皂荚香。

　　"你……要不要用点吃的？"任瑶华轻声问道。

　　"不用，我不饿。"雷霆坐到一旁，接过芫菁递上来的热茶，喝了一口。

　　高嬷嬷一早就准备好了热水，见雷霆回来了，立即吩咐丫鬟将水送进来伺候任瑶华梳洗，又让芫菁和香芹将新床整理一下好让主子安歇。

　　等任瑶华洗净一脸浓妆之后，雷霆已经坐在两人的婚床上了，任瑶华站在屋子当中，瞬时有些手足无措。

　　"你们退下吧。"雷霆沉稳地吩咐丫鬟们道。

　　丫鬟们二话不说，立即退下，香芹傻笑着出去的时候还被门槛绊了一跤。

　　"过来。"雷霆朝着任瑶华伸手，虽然是命令的语气，说出口的话却很温柔。

　　……

❖❖❖

　　这一夜，任瑶华最后在雷霆怀中模模糊糊地睡去，虽然她不习惯睡觉的时候身边多一个人，但是雷霆身上的气息让她感到很安心。

　　雷家已经没有正经的长辈在世了，新婚第二日任瑶华也不需要向人端茶行礼，所以雷霆醒来后见任瑶华还睡着，并没有急着叫她起床。等任瑶华自己悠悠转醒的时候，雷霆正坐在对面靠着南窗的炕上翻看手中的小册子。

　　雷霆听到动静便放下手中的册子，起身走到床边。

　　"睡醒了？"雷霆的语气依旧如往常般沉稳，听不出来太多的喜怒。

　　任瑶华彻底清醒过来，看着他有些愣怔，然后想起了昨晚两人的亲密又有些羞窘。

　　"雷……相公……"任瑶华正想打招呼，一出口又立即乖觉地改口，差点咬到自己的舌头。任瑶华喊完之后还有些戒备地看了雷霆一眼，生怕雷霆如同昨晚那样作弄她。

好在雷霆只是挑眉看了她一眼，眼中带了些笑意："我让丫鬟进来伺候你洗漱，用完早膳再去祠堂。"

虽然雷家已经没有长辈了，但雷家的祠堂任瑶华还是要去的。

任瑶华闻言，想到现在的时辰肯定不早了，有些不安道："你、你怎么不早些叫醒我，去祠堂晚了被人知道也不妥。"

雷霆本要起身往外走，帮任瑶华叫丫鬟们进来，闻言却停住步子又转身回来，在任瑶华讶异的目光中，伸手轻轻拍了拍任瑶华的头，语气认真严肃，"从昨天开始，你已经是雷家的当家主母了，除了我之外雷家就是你最大，所以你不需要为自己的行为向任何人解释，记住了吗？"

任瑶华愣了愣，看到雷霆眼中坚定的神色时，也认真地点了点头："记住了……相公。"

雷霆很满意，然后才出门去叫人。

任瑶华洗漱完之后，雷盼儿来了。

她被丫鬟牵着，到雷霆和任瑶华面前恭恭敬敬地请安，那一脸严肃认真的姿态还让任瑶华愣了好一会儿。只是等雷盼儿起身之后，又故态复萌地扑到任瑶华身边："母亲。母亲我昨天怎么睡着了？你怎么不叫醒我啊？不是说好要陪着你的吗？"说到最后她还不满意地嘟了嘟嘴。

任瑶华看到她后心情也越发好了："你睡得太沉了，叫不醒啊。"见雷盼儿皱眉，她又好笑地补充道，"不过虽然你睡着了，也还是陪着我到最后，你父亲回来之后才让人送你回去的。"

雷盼儿闻言又高兴起来了。

雷霆走到外间，回头道："过来用膳吧。"

雷盼儿牵着任瑶华的手蹦蹦跳跳地出去："母亲，以后盼儿每天都陪你用膳好不好？"

用完早膳之后，雷霆先让人将雷盼儿送到雷震的院子，然后才带着任瑶华去祠堂。

雷家的活人虽然不多了，祠堂里的牌位却不少。等到一切礼数都尽了，时间已经不早了。

"二弟他们在花厅，我们去见一见。"雷霆对任瑶华道。

任瑶华收回正在打量周围的目光，低声应了一声"好"。

"下午没事让盼儿带着你在府里转一转，熟悉一下家里。"任瑶华以前从未踏进过雷家，雷霆担心她不方便。

"嗯。"

接下来，雷霆特意放慢了步子，时而指着周围的建筑物告诉任瑶华是什么地方。任瑶华对雷霆的体贴感到很暖心，连她自己都没有发现，她的嘴边一直带着笑意。

等快走到花厅的时候，雷霆突然话语一转："下午让盼儿搬来正院吧，让她住到西厢，总是在二弟院子里终归不妥，以后还是由你来教导她。"

任瑶华心里其实也是这个意思，她既然是雷霆的妻子，自然要负责教养儿女，只是刚嫁进雷家还没有机会对雷霆开口，所以听雷霆提起便点头道："我正有此意。"

两人走到花厅的时候，雷震已经过来了，除了雷震以外，到场的还有雷盼儿和小乔氏。雷震正坐在椅子上喝茶，小乔氏则正低声与雷盼儿说着什么。

雷震抬头看到雷霆和任瑶华，连忙起身行礼，笑着唤了一声："大哥，大嫂。"

雷霆点了点头，任瑶华则回了个礼。

小乔氏也起了身，低头行了一礼，然后不动声色地将雷盼儿牵在手里，止住她上前去的脚步。雷盼儿看了看小乔氏，眨了眨眼，最后还是没有挣脱她的手，只是冲着任瑶华甜甜一笑。

任瑶华还是第一次看到小乔氏，见她不说话，便主动开口说了几句场面话当作打招呼，礼数上让人挑不出错来。

各自落座之后，便随便聊了一些家常，只是从头到尾基本上是雷霆、雷震和任瑶华在说，小乔氏一直没有插嘴。雷震比雷霆性情要温和开朗一些，说话的时候脸上总是带着笑意，与任瑶华说话的时候并无拘谨，态度却很恭敬。

直到雷霆突然道："我已经与你大嫂商议过了，下午就让盼儿搬回正院的西厢，这几年辛苦二弟了。"

雷震闻言并不意外，笑着道："大哥这是什么话，其实你要是不开口，我倒是乐意装糊涂让盼儿一直留在我那里。不过既然大嫂进了门，于情于理也该让她回去了。"说着他还转头朝着雷盼儿眨了眨眼,"只是盼儿可别不舍得二叔哭鼻子才好。"

雷盼儿冲着雷霆做了个鬼脸,又难得有些不好意思地看了任瑶华一眼,虽然没有说话,但是看样子并不排斥。

只是小乔氏闻言却白了一张脸,猛然抬头看向雷霆和任瑶华。她张了张嘴,却实在是没有立场说出要雷盼儿搬到她那里的话,而雷家上下也没有人想到要过问一下她的意思。

只是雷盼儿突然皱了皱眉,下意识地抽了抽自己被小乔氏握在手里的手,小乔氏刚刚突然用力,让她的手有些疼。好在小乔氏马上反应过来,放松了力道。雷盼儿抬头看了她一眼,没有吭声。

任瑶华注意到了这个细节,放下手中的茶碗,朝雷盼儿招了招手:"盼儿过来,你的头花歪了,让香芹给你重新理一理。"

雷盼儿下意识地就要放开小乔氏的手走过去,却被小乔氏死死拉住了,雷盼儿步子一顿,转头看了小乔氏一眼。小乔氏抿了抿唇,放开了手。雷盼儿便走到任瑶华面前,被从任瑶华身后走过来的香芹牵住了。

小乔氏深吸一口气,突然开口道:"听说太太刚刚去过祠堂了?"

任瑶华看了她一眼,虽然不知道她葫芦里卖的是什么药,还是微笑着点了点头。

小乔氏看了雷盼儿一眼,又扯了扯嘴角看向任瑶华:"那么想必太太也见到我姐姐的牌位了?"

雷霆不由得皱了皱眉,看了雷震一眼。

雷震立即笑着打岔道:"提到祠堂我倒是想起了一桩怪事,今年正月里,城外李家庄的李家祠堂突然在半夜里走了水,最后却没有查出走水的缘由,倒是有人说半夜起夜的时候看到了一头火麒麟在庄子上方徘徊。"

任瑶华知道雷震是好意,正要将雷震的话题继续下去,小乔氏却没有被转移注意力,继续道:"按理我不该在今日提这话坏了气氛的,但是乔家人丁单薄,我和姐姐也没有兄弟,如今除了我,也没有人能为我姐姐说一句公道话了。太太进了门,虽然也是正室,但是按规矩,你见了我姐姐的牌位是要行妾礼的,不知道这个礼数到了没有?"

任瑶华脸色一变，看着小乔氏不说话。

小乔氏说的这个规矩虽然没错，但是燕北毕竟不比江南，没有那么多繁文缛节，更没有哪户人家非要揪住这个不放，给新进门的继室添堵。刚刚在雷家的祠堂里雷霆没有提这事，任瑶华也只是一并拜了雷家列祖列宗的牌位，出于礼节给乔氏上了三炷香，这并不失礼。

小乔氏在这个时候说起这个，很明显是要找碴了。而且她还故意当着雷盼儿的面提，简直是其心可诛！

可是如今被小乔氏当面提出来，任瑶华也有些进退两难。说燕北没有这个规矩吧，难免会被小乔氏抓住把柄，而且还是当着雷盼儿的面。可是任瑶华也不能当真因为小乔氏一句话就重开祠堂行妾礼，毕竟她现在是雷家主母，不能被一个客居在雷家的人喧宾夺主，以致被人轻视。

雷霆皱了皱眉，正要开口说什么，任瑶华却往他那个方向看了一眼，阻止了雷霆，她知道这个时候不能让雷霆给她解围。

正在这个时候，雷盼儿懵懵懂懂地开口了："什么是妾礼？"

"盼儿过来，二叔先带你回去收拾你那些小玩意儿。"雷震招呼雷盼儿。

雷盼儿看了看屋子里的几位大人，她虽然年纪小，却也察觉出气氛有些不对，正犹豫着要不要跟雷震离开，小乔氏抿着唇冷着脸道："雷二爷何必这么急着带盼儿离开，盼儿是我姐姐留下来的唯一骨血，在这个时候理应在场。"

雷震脾气再好这时候也不高兴了，雷盼儿只是个孩子，这种事情怎么能当着孩子的面提。

小乔氏不等雷震等人阻止，就直接对雷盼儿解释道："妾礼啊，就是太太需要对着你母亲的牌位磕头问安。晚进门就要有晚进门的规矩，就跟长幼有序、嫡庶有别是一个道理。"

小乔氏此言一出，现场的气氛就有些凝滞了。

雷盼儿转头看了看任瑶华，沉默了。

小乔氏忍不住弯了弯嘴角，正想上前将雷盼儿拉到自己身边，雷盼儿却猛然抬头道："我娘不会这么做的。"

小乔氏脸色一僵："什么？"

雷盼儿认真道："盼儿虽然忘记了娘的长相，不过盼儿知道娘是个很善良的人，府里的人也都是这么说的，所以娘绝对不会为难盼儿喜欢的人。前几日盼儿还梦到她了，盼儿告诉娘，瑶华姐姐要来当盼儿的母亲。娘说她会在天上保佑我们，还说瑶华姐姐是个好人，让我以后听话。"说到最后，雷盼儿眼中已经含了泪花，小声抽噎起来。

雷盼儿一个孩子自然想不出这些话，只是当初她乳娘总是在她面前说她生母在天有灵一定会保佑她，而雷震也经常教导这个小侄女，等新母亲进门了，一定要好好听母亲的话，所以雷盼儿才会梦到乔氏对她说这些。

任瑶华看到雷盼儿的样子心疼得很，连忙将雷盼儿拉到自己身边，小心地抱住她轻声哄着，心里更是对小乔氏厌恶得不行。雷盼儿刚刚说的那些话让任瑶华心里很暖，虽然雷盼儿可能并不明白自己刚刚说了什么，却及时为她解了围。

小乔氏的脸色十分难看，她没有想到雷盼儿会说出这样的话。平时她说什么，雷盼儿是从来不会反驳的，现在却为了一个外人如此。小乔氏心里很难过。

雷霆起身淡淡地道："盼儿先跟你母亲回去。二弟与我一起去外院处理些事情。"说着雷霆便迈开长腿往外走，脸上看不出来喜怒。

任瑶华见雷盼儿不哭了，便牵着她往外走，看也没看小乔氏一眼。

小乔氏张了张嘴，看了看雷盼儿，犹豫着正要跟上，却被香芹挤上来拦住了路。

任瑶华牵着雷盼儿回了正房。

"盼儿愿意以后跟我和你父亲住在正院吗？"任瑶华拉着雷盼儿在南炕上坐下，低头问她道。

雷盼儿眼睛还是红的，闻言点了点头，声音软软的："愿意。"

任瑶华摸了摸她的头。

"母亲，姨妈是不是不高兴了？"雷盼儿扯着任瑶华压裙上的流苏闷闷道。

"为何不高兴？"任瑶华问道。

雷盼儿嘟着嘴回答："因为姨妈一直想要让我搬过去跟她住，我都没有去。而且我刚刚说那段话的时候，她好像很生气的样子。"

任瑶华有些好奇道："盼儿不是喜欢姨妈吗？为何没有答应与她同住？"

雷盼儿皱着眉头想了许久,然后摇了摇头:"不知道,爹爹也没有同意啊。"

任瑶华叹了一口气,又摸了摸她的头,雷盼儿乖巧懂事得令人心疼。

下午,任瑶华命人将西厢收拾好之后,便让人将雷盼儿的东西都搬了回来。雷盼儿人虽然小,东西却不少,都是这几年她二叔雷震给她准备的,光是丫鬟们精心缝制的小布偶就有两箱子,由此可见雷震对这个侄女实在是宠爱得紧,也难怪雷盼儿对自己二叔的亲近比亲爹更甚。

于是在任瑶华嫁到雷家的第二日,雷盼儿就回来正院住了,让小乔氏不管如何算计最后都落了空。而小乔氏接连两日都没有动静,不仅没提出要来见雷盼儿,甚至连门也不出了,听说是病了。任瑶华还给她请了大夫进府看病。

第四十五章

除 族

到了第三日，是任瑶华三朝回门的日子。

一大早，雷霆便带着任瑶华和雷盼儿去了宝瓶胡同的任家。

任瑶华一进屋，任瑶期就打量了一下她的脸色，见她眉眼精神，脸色红润，与雷霆视线交流之时眼波流转，隐隐含羞，心里最后一块石头也放下了。

一家人一起用饭的时候，任瑶期听雷霆与任三老爷随意提起说燕北王府太妃今年六十大寿要大办的事。

燕北王府太妃也就是老王妃。太妃娘娘不喜欢别人称她太妃，因为如果称呼她为李太妃的话，那么在品阶上只低她半阶的对头云侧妃也会跟着成为云太妃，从名头上便听不出两人的差距了。所以太妃娘娘便让人称呼她为老王妃，而云侧妃则是云老夫人，高下立现。

生辰年年都有，寿诞年年都办，倒没有什么稀奇的。只是今年似乎有那么一点不一样，因为燕北王一早就写了折子请旨，让在京都为质的燕北王世子回来给太妃贺寿。

燕北王府世子萧靖康自幼就被朝廷招到京都为质，自那以后几乎就没有回过燕北，就连娶亲之事也都是朝廷一手操办。这次借着李太妃生辰，世子请旨回燕北，对燕北民众而言实是一件令人欢欣之事。

任瑶期闻言却有些惊讶，因为她不记得从前萧世子有在这个时候回来燕北。而且如今因宁夏之事，朝廷与燕北情势已然十分凶险，再加上献王府的入局，朝廷将世子放回来就不怕放虎归山？世子想要回燕北怕是不容易吧？

那边雷霆也只是顺口一提，之后又与任三老爷聊起了这次修书的事情，任瑶期便也没有再深想。

饭后，任瑶华与任瑶期姐妹两人到一边说体己话，任瑶华将小乔氏的事情与任瑶期说了，任瑶期只是提醒任瑶华注意小乔氏的动向，看看她有没有与外头的人联络，其余的倒也没有多言。

任瑶华和雷霆一直留到用完了晚膳才回府，临走之时最依依不舍的反倒是雷盼儿。任家后院有一棵石榴树正结着果子，雷盼儿今日指挥着丫鬟将那一树的石榴都摘了下来，虽然果子吃起来不怎么甜，小丫头倒是玩得不亦乐乎，还交代明年的石榴也要留着给她摘。雷盼儿聪明活泼，任家上下没有不喜欢她的，就连任三老爷都送了她一方自己刻的田黄石花鸟印章。

只是谁也没有料到，没过多久京都就发生了一件大事——萧世子遇刺，身受重伤。

这个消息一出来，燕北上下哗然。

不久之前才有了萧世子要回燕北给太妃贺寿的消息，这才过了多久？萧世子就受了重伤。萧靖康作为质子在京都生活了十几年，早不出事晚不出事，偏偏在这个关头出事，任是谁也知道这当中肯定是有猫腻的。

任瑶期听到这个消息的时候正在徐夫人家中做客，徐夫人应邀参与了《燕山河图志》中关于乐谱和燕北民歌那一部分的编撰，这阵子经常将任瑶期叫过去打下手，与她一同整理收集到的一些残谱。

两人正在讨论一本残谱的修补的时候，徐山长匆匆忙忙地回来了。

这阵子任瑶期来徐家的次数不少，这还是第一次在大白天见到徐山长，不由得有些惊讶，徐山长这个时间段都是在书院里的。

而徐山长是回来找徐夫人的，也不顾任瑶期在场，直接就道出了萧世子遭遇刺杀导致身受重伤的事情。这个消息让在场的徐夫人和任瑶期都怔住了。

"这是什么时候的事？哪里来的消息？"徐夫人连忙问道。

徐山长平日里似乎已经习惯了万事都与自己的夫人商量，闻言便道："世子遇刺之后他身边的人就立即将消息送回了燕北，我刚好在王府里与盛大人商量事情，便听到了。"

徐夫人皱了皱眉："世子伤势如何？"

徐万里这才转头看了任瑶期一眼，顿了顿，才道："看情形……怕是不容乐观。"

听闻此言，徐夫人也沉默了，眉间是显而易见的忧虑。

任瑶期听到这个消息，心里也是惊涛骇浪。从前萧世子是暴毙的，关于他的死因，众人都猜测是朝廷动的手，可是现在离着从前萧世子去世的时间还有几年，怎么会在这个时候？

任瑶期心里清楚，如果萧世子真的在这个时候死了，接下来燕北和朝廷各方势力之间的较量怕是要提前开始了。首先不说别的，萧靖康一死，燕北王府的世子之位就会引发一系列大震荡。

燕北王只有萧靖康和萧靖西两个嫡子，萧靖康去世，世子之位就落到了萧靖西头上。萧靖康在的时候，萧靖西这个体弱多病的二公子还可以保持低调，等萧靖康不在了，萧靖西还能像以前那般随心所欲吗？而萧靖西的婚事还能任由他自己做主吗？到那时不管是朝廷还是燕北王府，都会对世子夫人这个位置慎重起来。

徐夫人叹了一口气，转头对任瑶期道："今日就先到这里吧，我让人送你回去。"

任瑶期现在也没有心情去整理乐谱，点了点头就离开了徐家。

萧靖康遇刺的消息是在两日后才传得尽人皆知的。燕北民众都希望萧世子能够康复，毕竟萧二公子身体不好，如果萧世子英年早逝，人们担心萧二公子是否撑得住。虽然萧家还有萧衡那一房，但是萧世子和萧靖西的知名度明显比萧靖岳要高，所以众人倒是一时没有考虑让萧靖岳来当燕北世子的事情。

虽然燕北民众的愿望是好的，但可惜的是，萧世子最终还是没有撑过去。在萧世子遇刺的消息传回燕北半个月之后，便传来了萧世子因伤重去世的噩耗，燕北上下哀恸不已。

不出任瑶期所料，萧靖康一死，盯上萧靖西的人便多了。

云家这个时候也在为这件事情算计。

原本云家已经打算考虑韩云谦和云秋晨的亲事了，萧靖康遇刺身亡的消息一被证实，云家就打算改变策略了。

云秋晨是云家花大力气培养出来的世子妃人选，当初若不是朝廷非要给萧靖康赐婚，云秋晨是要嫁给萧靖康的。现在萧靖康死了，萧靖西自然会接替世子之位，而萧靖西现在还没有娶妻，云家便开始考虑将云秋晨嫁给萧靖西的事情了。

云大太太道："母亲，对廷儿和郡主的亲事燕北王府一直没有松口，燕北王府未必有再娶云家女子的意思吧？"

云老太太抿着茶水淡声道："此一时彼一时了！世子死了，燕北王府现在的头等大事就是将萧二公子的婚事定下来，不然万一朝廷的赐婚圣旨先一步下来，就什么都晚了。放眼整个燕北，还有比秋晨更适合的人选吗？你且等着看，王妃很快就会叫你过去聊天了。"

"那韩家那边……"

云老太太摇了摇头："之前与韩家并没有正式定下来，所以也说不上是我们云家出尔反尔。而且即便要联姻，也不是非秋晨不可，韩家不是还有一个未出嫁的女儿吗？"

"母亲是说让廷儿娶韩家小姐？"云大太太皱了皱眉，"韩家那位姑娘我是见过几回的，虽然也算得上性情温和，知书达礼，可是配廷儿的话，总觉得缺了几分气度，有些小家子气了。"

韩攸样样都好，就是太腼腆了，说话轻言细语，还容易脸红，偏偏云文廷是长子嫡孙，将来是要继承云家的，所以韩攸这样的性格就有些压不住场面了。

云老太太道："廷儿不行，不是还有放儿吗？韩家小姐性子温顺，配放儿这个刺儿头再好不过了。不过这事儿也不急于一时，若是与燕北王府的亲事当真成了，云家以后的走向会有变化也说不准。先操心晨儿的事情吧，韩家的亲事以后再看！"

云大太太应了下来。

云大太太从云老太太院子里出来之后就让人将云秋晨叫了过去，云大太太有事情向来不瞒女儿的，云秋晨十分聪慧，很多时候能帮云大太太拿主意。

云秋晨来了之后，云大太太便将云老太太的打算与她说了，云秋晨听完之后一点也不意外。她自幼就是按照王妃的标准培养的，说实话，当不了燕北王妃,云秋晨其实是很不习惯的。所以云秋晨并没有纠结她和韩云谦的亲事。

因萧靖康出事,这一阵子任瑶期也没有去找萧靖琳,萧靖琳只是给任瑶期来了一封信,证实了萧世子重伤之事属实。等听到萧靖康去世的消息后,任瑶期更不好去燕北王府添乱了。

而在听到萧靖康去世消息的第二日,容氏派人来请任瑶期去献王府。

其实容氏不找人来请任瑶期,任瑶期也打算去一趟献王府,有些事情她不好过问燕北王府的人,却可以问容氏。

所以任瑶期见人来请,二话不说就去了献王府。

一进门,任瑶期就感觉到了献王府中与往日不同的氛围,可是具体的又说不上来。府内依旧隐隐约约传来咿咿呀呀的唱戏声,只是往日这些丝竹淫靡之音听起来很嘈杂,今日听来却显得献王府安静空旷得很,那些声音感觉有些遥远。

容氏正在正房里一边喝茶一边等任瑶期。任瑶期进去的时候,容氏抬头朝着她笑了笑,对她招了招手,平平地道了一句:"来了?过来坐。"

任瑶期依言坐到容氏面前。

容氏开门见山地道:"萧靖康去世的消息你知道了?"

任瑶期点了点头,等容氏的下文。

可是容氏喝了一口茶之后却没有再继续这个话题,而是笑着道:"上一次那件事情你做得很好。"容氏指的是林家和雷家联手之事。

容氏将茶碗放下,摸了摸任瑶期的头。

"你比我想象中的还要好,外祖母终于放心了。"

将手放下之后,容氏把放在炕桌上的一只成人巴掌大小的紫檀木雕花匣子拿到手中,递给任瑶期。

任瑶期打开匣子,看到里面是一对龙凤玉佩,与之前任瑶华成亲的时候容氏送给任瑶华的那一对有些相似。

玉佩下面还压着几张银票,任瑶期将玉佩收好,把银票拿出来看了看,发现一共有五千两。

"你和瑶华的这两对玉佩都是当年先皇赏赐下来的,这些年下来,我这里也只剩下这两对玉佩,除此之外没有什么好东西给你们了。银票你好好收着,虽然给你的比给瑶华的多了些，不过瑶华应该也不会在意。"

说完这些，容氏便沉默了，微微低着头不知道在想什么。任瑶期看着她，终究没有开口。有些事情不需要问出口，任瑶期已经明白了。

不多会儿，献王从外面走了进来，任瑶期立即起身行礼。

献王点了点头，与容氏一起坐了。

"我让人去请母亲，她也许久没有来看望外祖父和外祖母了。"任瑶期道。

献王看了容氏一眼，容氏却摇了摇头："我今日让你来就是想将东西给你，时候不早了，你也早些回去吧，今日我就不留饭了。"

任瑶期看了看献王和容氏，沉默片刻，然后屈膝跪了下来："那外孙女代替母亲给两位磕头问安。"

献王和容氏没有拒绝，看着任瑶期磕完头，容氏将她拉了起来。

"去与你舅舅、舅母打一声招呼，然后就回去吧。"

"是，外祖母。"任瑶期乖巧地应了，然后转身出去了。

任瑶期从正房出来之后就去了李天佑夫妇住着的厢房，舅母纪芙颖亲自出来迎了她，进屋的时候任瑶期看到李天佑正坐在八仙桌旁擦拭一柄长剑。

看到任瑶期进来，李天佑嘿嘿一笑，坐在那里装模作样地挽了一个剑花，手势倒是熟练得很。

"丫头，舅舅我拿着剑的模样是不是很威武霸气啊？"

任瑶期差点被剑柄上缀着的华丽宝石闪花了眼，李天佑手中那把是佩剑，不是用来与人交战用的武器。

"舅舅会武？"任瑶期笑问。她倒是从未见过李天佑动手，只是猜测当年他既然敢带人去京都找她，肯定是有些倚仗的。

李天佑闻言不高兴了，"嘿——春夏秋冬几个加起来都打不过我！那个姓闵的小兔崽子都是老子教出来的徒弟！"

李天佑这人说话半真半假了大半辈子，任瑶期也懒得去猜测他这话有几分真假，只笑而不言。

李天佑翻了个大白眼，摆了摆手对纪芙颖道："快去把东西拿过来。"说完便继续低头擦他的剑，没有再与任瑶期说话的意思，任瑶期就安静地坐在一旁打量那柄佩剑的华丽剑鞘。

纪芙颖很快就拿着个锦囊出来。她将锦囊递给任瑶期,笑着道:"这是舅舅、舅母给你的,收着吧。"

任瑶期接过锦囊,恭恭敬敬地对他们夫妻两人行礼道谢。纪芙颖又拉着她说了一会儿话,交代了几句,直到时间差不多了,任瑶期便起身告辞。

纪芙颖送任瑶期出门,李天佑在她们后面嚷嚷道:"以后谁再敢给你们娘儿俩气受,你就让你那两个丫鬟揍谁,就说是老子说的!"

任瑶期听了哭笑不得。

任家的马车渐渐驶离了献王一家的住处,任瑶期掀开帘子往外看了一会儿才将帘子放下来。她将之前纪氏给她的锦囊打开,里面是三千两银票,还有刚刚那座宅子的房契。

回到任家之后,任瑶期并没有在李氏面前提献王府的事情,李氏也只以为任瑶期是被容氏叫去聊聊家常。

从献王府回来之后又过了好几日,外面突然传得沸沸扬扬说献王一家早已经逃离燕北。李氏知道之后连忙打发了人去娘家瞧瞧,却得知献王府早已经人去楼空,连半个人影也没有了。

这时候外面关于献王府的谣言也是满天飞,有人猜测献王一家已经被朝廷派来的人暗中处死,有人猜测献王一家被燕北王府偷偷转移了,还有人说献王知道因为世子的死,燕北和朝廷免不了结下梁子,为免殃及他这一门池鱼,献王带着一家老小逃了,总而言之说什么的都有。

任瑶期见献王一家已经离开燕北好些天,便去找了李氏。

李氏听完任瑶期的话愣怔了许久:"走了?去了哪里?"

任瑶期想了想:"应该是去往西南方向了。"

"西南方向?西南方向……"

周嬷嬷突然出声道:"太太,西南方向不就是河中吗?"

李氏也想明白了,脸上露出似悲似喜的神色,"对,是去河中了……"李氏不知道想到了什么,突然毫无预兆地捂着脸低泣起来,无论周嬷嬷怎么劝都劝不住。

正在这个时候,外头的门房婆子突然跌跌撞撞地进了院子,大老远地就在喊:"不好了不好了,官兵来了……太太,不好了……"

任瑶期一惊,示意喜儿出去看看发生了什么事情。

喜儿连忙出去,问了那门房婆子没两句话就又回来了,脸上也带了一丝焦急的神色:"太太、五小姐,有官兵将我们的宅子围住了。"

李氏这会儿也收住了眼泪:"什么官兵?怎么会有官兵?"

"门房婆子说刚刚外头来了很多官兵,将宅子周围都围住了,说是不准人出入。"喜儿回道。

周嬷嬷问任瑶期道:"这会不会与献王殿下离开燕北有关?"

任瑶期往外头看了看,听了会儿动静:"官兵没有进来?只是守在外面?"

喜儿自告奋勇道:"奴婢出去看看。"

任瑶期想了想:"你叫上苹果一起去。"

喜儿闻言连忙出去找苹果了。

任三老爷今日休沐,听到动静也从书房里出来了,"听说外头出事了?"任三老爷眉头皱得死紧,他只是一个书生,还从未遇到过这种阵仗。

"说是院子被官兵围住了,不准人进出。"周嬷嬷简单地解释了几句。

喜儿很快就回来了,周嬷嬷正要问她情况如何,喜儿却对任瑶期道:"五小姐,郡主身边的丫鬟在外头说要见您。"

任三老爷和李氏都看向任瑶期,任瑶期便笑着安慰他们道:"郡主的丫鬟既然能进来就说明外头的是燕北王府的人,而且那些官兵并没有进来,应该没有恶意。我出去看看。"

众人不由得松了一口气,任三老爷不忘交代道:"你就在院子里说话,带几个丫鬟跟着,不要出院门。"

任瑶期应下之后才走出去,一眼就看见苹果带着红缨站在庭院里。

不过等任瑶期走近之后却发现,来的并不是红缨,而是萧靖西身边的南星。喜儿只见过红缨,便将她们错认了。

南星看到任瑶期,干脆利落地行了一礼:"南星见过任五小姐。"

任瑶期扶了扶她的手肘:"外头出了什么事?"

南星言简意赅地道:"卢公公来了云阳城。"

任瑶期皱了皱眉:"可是为了献王离开云阳城之事?"

南星点头:"卢公公正是为了献王的事情来的。他说自己是代表朝廷来问责的,还带了一队宁夏军入城,因他手中有皇帝'如朕亲临'的玉牌,王爷不好将他拦在城外。卢公公说要将您和您的母亲抓起来威胁献王,被公子拒绝了。公子担心他仗着皇帝的玉牌擅自行事,便派了穆虎过来守着。五小姐请放心,外头的人都是公子的心腹和亲兵。现在公子和郡主都不能来,公子便派了奴婢过来,奴婢这几日也会在这里守着,公子让奴婢万事都听从您吩咐。"

"那我三姐那里……"与献王府有血缘关系的还有一个任瑶华。

南星道:"您放心,雷家已经得了信,早有准备,任三小姐是安全的。"

任瑶期这才点了点头,又问了几句话,然后便让苹果带南星下去休息了。

任瑶期又回了正房,将事情简单地与任三老爷和李氏说了,听说外头的官兵是来保护他们的,任三老爷和李氏也松了一口气。

"那他们要在外头守多久?"任三老爷想起来自己还要负责修书的事,总不能一直在家里待着,虽然他在家看看书、画画画的日子过得也挺快。

任瑶期安慰他道:"不过是几日的事情,父亲您就当是多放了几日假。"

任三老爷点了点头,叹道:"也只有如此了。"

其实任瑶期原本就想要找个由头让任三老爷和李氏少出门,献王府正处在风口浪尖,谁也不知道接下来会发生什么,所以他们还是暂时避一避为好。现在他们被萧靖西的人"软禁"出不了门,正好躲过外头各路人马的打探视线,又避过了卢公公的招数。

任瑶期不知道的是,这日傍晚卢公公果然带着人马找上门来抓人问罪了,只可惜他的人马被穆虎拦在了离着任家两条巷子的胡同口,连任家的门都没有看到。

卢裕看着拦在他面前的黑脸将领,将眼睛一眯,然后似笑非笑,慢条斯理地将皇帝为了让他便宜行事调动人手用的令牌拿了出来,在穆虎眼前一晃,居高临下地道:"让开!"

穆虎动也没动,一板一眼地道:"本将正在执行公务,闲杂人等速速退下！"

"放肆！还不给咱家跪下！没看到咱家手中的令牌吗？"卢裕还是第一次看到敢明着不买皇帝账的人，就连燕北王见了他手中的东西都要行礼。

不想眼前的黑脸将领一脸正气地道："本将在执行公务，拒不接受贿赂！收起你的东西，退下！"

卢裕气得脸都白了："你……你……你……"

卢裕身后的小公公狐假虎威道："狗东西，玉牌上的字你不认得吗？"

穆虎瞟了那玉牌一眼："本将不识字！"

"那就叫个识字的来！"卢裕声色俱厉地道。

穆虎咧嘴一笑，回头看了一眼自己的兵："本将不识字，本将手底下的兔崽子们哪个敢识字？"

"属下们也不识字！"站在穆虎身后做普通守城兵装束的亲兵们异口同声地道。

卢裕作威作福惯了，哪里被人这样耍过？当即抡起手中的马鞭就要抽穆虎，穆虎目光微闪，装作要避开卢裕后退了两步，卢裕驱马上前又要再抽，不料他胯下的马不知道为何突然扬起了蹄子，卢裕一个不防，差点就要从马上摔下来，好不容易握紧缰绳稳住了马，却突然听到咔嚓一声脆响。

众人循声望去，便看到卢裕手中那块所谓的令牌掉落在地上，摔了个粉碎。

玉牌落地碎裂的声音很轻，却令场中一静。

卢裕的脸色唰地一下变得惨白，几乎是跌跌撞撞地爬下马，扑到了那堆碎玉上。

跟着他的几个小太监也吓得不轻，抖着嗓子问："公公，这可怎么办？"毁了皇帝御赐之物实乃大大的不敬，他们这些人有几个脑袋都不够掉的。

玉牌碎成这样，肯定是拼不回去的，卢裕握紧自己的拳头止住颤抖，猛地抬起头来，阴狠的目光死死盯住已经退到五六步开外的穆虎。

穆虎反应极快，立即在他开口之前义正词严地大声道："你可别赖上本将，在场之人皆可以做证，本将连挨都没有挨到你的玉牌。看你这模样，这牌子好像挺重要的，啧……你说你吧，重要的东西不好好收着，还一边拿着它一边甩鞭子抽人,这要真如你所言是皇帝钦赐的令牌,就依你这怠慢的态度,那可是死罪!"

卢裕被他这话气得差点翻白眼,他原本确实是打着让这黑脸将领顶罪的主意,被他这一通抢白便失了先机。他知道今日这事绝对没有办法善了,便努力想要让自己冷静下来,想想别的法子将祸事转移。

正好在这个时候,有一行人往这边来了,卢裕没有工夫注意自己身后,穆虎倒是第一眼就看见了,连忙上前行礼。

"属下穆虎见过二公子。"

卢裕闻声回头,便看到萧靖西带了几个护卫往这边来了。

"出了什么事?"萧靖西看了看他们,温声问道。

"二公子来得正好,他……"

卢裕才一开口,他阴柔的声调就被穆虎的惊天大嗓门掩盖住了:"回公子的话,末将正在执行公务,将这附近戒严了。这人突然冲出来说自己手中那块玉牌是御赐之物,让末将让路。末将虽然没见过什么世面,可也知道那御赐之物是了不得的东西,不说早晚三炷香供起来,至少不能连马都不下来就随随便便拿出来吧?当咱陛下的令牌是大萝卜呢!他这般轻慢的态度傻子才信那是皇帝钦赐的什么令牌呢。结果果然如末将所料,这枚大萝卜……这枚玉牌被他甩鞭子逞威风的时候折腾得掉下了马,摔碎了!"

萧靖西闻言微微挑眉,视线往穆虎手指的地上看过去,几块大的碎玉被几个太监捡了起来,还有些实在捡不起来的碎末在地上。

萧靖西看了一眼冷汗直冒的卢裕:"卢公公,不知你刚刚摔碎的是何物?"

卢裕被穆虎的话噎得差点背过气去,但是玉牌确实是在他手里碎的,就算他这会儿反咬一口,刚刚这么多人看着,也无法将罪名在萧靖西面前给这黑脸将领坐实了,现在只能先稳住萧靖西这边,再送密折子回去反咬他们一口。

"刚刚碎的只是普通玉牌。"情急之下,卢裕只想先脱了身再说,不然燕北王府现在就能以他摔碎御赐之物为由治他的罪。

可是,萧靖西虽然看起来很好说话,也从不咄咄逼人,却也不是好糊弄的,依旧好脾气地道:"那真正的令牌在何处?"

"令牌自然好好收着呢!哪里能随便就拿出来!"

穆虎在一旁说风凉话："依末将看，他手中肯定没有什么令牌！二公子，他肯定是在骗你！就像刚刚骗末将一样，还好末将没有轻信他的花言巧语。"

卢裕狠狠地看了穆虎一眼，心想他们俩这梁子是结下了，这人最好别落到他手上！

"傻站着做什么？走！"卢裕对自己的人道。他想要立刻回去写折子告状，不想多做纠缠了。

不想他没有走两步，就被萧靖西身后的两个护卫拦住了。

卢裕脸色一变，看着萧靖西道："萧二公子，你这是什么意思？"

萧靖西笑了笑："卢公公，请将令牌拿出来一见。"

"没有！咱家没带在身上！"卢裕没好气地道。

萧靖西作势想了想，然后微微一笑："那便要对不住了。"

然后还没等卢裕反应过来，穆虎已经带着那些亲兵围了上来，将卢裕和他带来的人都抓了起来。

卢裕气得大叫："萧靖西，你做什么？想造反吗！"

抓着他的穆虎早看他不顺眼了，闻言就用膝盖狠狠地顶了他的肚子一记，这黑手下得很重，卢裕两眼一黑连叫都叫不出来了。

"抓你就是造反啊？你是皇帝吗？竟然敢对咱陛下不敬，简直是活腻味了！"穆虎咧嘴道。

萧靖西制止穆虎再对卢裕动手，淡声道："你手中没有令牌却三番五次地用假令牌干涉军务，还欺君罔上。燕北王府今日就当替圣上清君侧。"

卢裕正疼得说不出话来，他身边的小太监吓得直嚷嚷："不是假令牌，刚刚摔碎的那个是真的！"

萧靖西不为所动，"摔碎了御赐之物还敢隐瞒？罪加一等！"说着便摆了摆手，示意穆虎将人都押下去听候发落，不再看他们一眼。

等那群人鬼哭狼嚎地被带下去之后，穆虎又跑回来请示："公子，是将他们关在府衙大牢吗？"

"不，将他们交给萧顺。"萧靖西淡声道。

穆虎闻言一愣，萧顺掌管王府暗狱，主要负责刑罚和逼供，功夫比不上他兄长萧华，折磨人的手段却令人闻之色变，凡是落到他手上的人都是生不如死。穆虎琢磨着，这位卢公公看来不知道什么时候狠狠得罪了自家公子爷。

不过穆虎现在在意的也不是这个，他领命之后又问道："公子，那这里还要不要派人守着？"

萧靖西想了想："让萧华带人在暗处守着，你的人只留下几个看住门就好了，别吓着府里的人。"

穆虎听完命令却支支吾吾扭扭捏捏地表示："公子，还是末将继续守着这里吧，萧华一直是负责守卫王府的，而且他长得还没有末将好，出来肯定吓人。"

萧靖西挑了挑眉，看着他不置可否。

穆虎知道主子是不好糊弄的，眨巴着眼睛可怜兮兮地说起了实话："末将刚刚看到红缨姑娘了。公子，那个……末将今年二十三了，该娶媳妇了。"穆虎红着脸道。

萧靖西看了他一眼，语气平和地微笑道："你家主子还未成亲，他手下的人谁敢成亲？"

"呃？"穆虎眨巴眨巴眼睛琢磨着，这话怎么听着这么欠揍又……耳熟呢？

萧靖西气定神闲地走了，留下一句："要娶媳妇，先把人分清楚了。"

穆虎站在原地摸着下巴上的胡茬琢磨着萧靖西的话，嘟囔道："分清楚什么？我难道还会连自己的媳妇都分不清楚？"穆虎觉得自己被主子轻瞧了。

穆虎回过神来后见萧靖西往任家的方向去了，连忙跟上去，打算再磨一磨自家主子讨一个能与喜欢的人在一起共事的机会。

正巧南星从任府走了出来，走到萧靖西面前禀报着什么。穆虎停下脚步，站在离他们十几步的地方看着"红缨"傻笑，心想自己真有眼光，红缨姑娘长得真好看，冷着脸踹人的时候尤其好看，穆虎心里美滋滋的。

萧靖西正在问南星任府的情形，听闻任瑶期并没有受到惊吓，松了一口气。

南星问道："公子，您不进去吗？"

萧靖西想了想，摇了摇头："我不进去了。"

他这会儿进去有些不合适，怕是会惊扰到任家上下。而且现在盯着他的人不少，在他达成自己的目的之前，还是需要小心一些。

正在这个时候，从任府跑出来个丫鬟。那丫鬟没有命令不敢踏出门槛，只站在任府的大门内一眼看到了南星，却没有看到萧靖西，便扬声喊道："南星姐姐，小姐找你呢。"等转眼看到萧靖西的时候，丫鬟愣了愣，手足无措不敢说话了。

萧靖西没有在意，对南星道："告诉她'别担心'，还有……'等我'，你进去吧。"

南星行礼退下，在进府的时候往穆虎站的方向看了一眼，却见那人一脸如遭雷击的表情，正瞪大了眼睛看着她。

南星抿了抿唇，头也不回地进去了。

萧靖西在原地站了一会儿才转身，而穆虎还维持着目瞪口呆的表情全身僵硬地看着任家大门。

萧靖西走到他旁边的时候道："既然你想守在这里，那就继续守着吧。"

穆虎僵硬而缓慢地转过脖子，指着任府大门的方向一脸惊恐地道："公、公、公子，她、她、她、她、不、不是红缨？"

萧靖西挑了挑眉，一边往前走一边好脾气地告诉属下："她是红缨的姐姐南星。你不知道红缨有姐姐？"

穆虎亦步亦趋地跟了上来，游魂似地道："我听说过红缨姑娘有姐姐，可是我从来没有见过，也不知道她们竟然长得一模一样……难怪，每回我喊她红缨的时候，都会被揍一顿，我还以为这是她表达亲密的方式……"

萧靖西闻言有些惊讶，"你竟然喜欢被人揍？"他顿了顿，善解人意地安慰下属，"靖琳那里有不少身手好的女子，我让她帮你留意。"

穆虎猛然抬头，头摇得跟拨浪鼓一般，一脸坚贞地表示："别人不行，我只要她！"

萧靖西笑了："哦？你说的'她'是指红缨还是南星？"

穆虎那一脸坚贞不屈烈妇般的表情瞬间崩塌，嗷地怪叫一声，捂住自己的头在路中央蹲了下来。

萧靖西看着这个随地一蹲，像是被抛弃的大狗一样毫无形象可言的得力下属，眼角忍不住抽了抽。

于是直到萧靖西离开之后很久，穆虎还独自蹲在路中央种蘑菇，一脸悲戚的模样就跟天塌下来了一般。好在因为来了官兵，这条巷子里几乎没有什么人，所以不至于让穆虎将燕北军人的脸都丢尽。

萧靖西前脚刚回到燕北王府，萧顺后脚就来求见了。

原本人既然已经交到萧顺手里，那便是随他想怎么折腾就怎么折腾的。

与暗卫出身，一脸路人长相的兄长萧华不同，萧顺个头只是中等，还长了一副十足秀气的面孔，因肤色常年带着不健康的苍白，使他看起来甚至还有些羸弱，因此在他还是个少年的时候，总是被人笑话长得像个姑娘。

可是谁也没有料到，长得像姑娘的萧顺却比任何人都心狠手辣。血肉模糊人间炼狱般的刑讯场景，一般人瞧着都会心里不适，萧顺却能面不改色甚至是享受般面对。他虽然从来不亲自动手，可是燕北王府的暗狱中很多令人闻之色变的刑罚都是他发明的。

不过萧顺虽然有些不足为外人道的阴暗爱好，却是个聪明又尽职的属下，不然他也不会成为萧靖西的心腹。所以在卢裕被送到他手中的时候，他没有直接就对人用刑，毕竟卢裕身份特殊，他也没有听闻过自己的主子与这位太监有什么私怨，所以这个度要如何把握他需要来萧靖西面前向他请示。

听闻萧顺是为了卢裕的事情来的，在书房里翻阅公文的萧靖西头都没有抬："该如何就如何，只要是交给你的人，我从来不过问。"

萧顺顿了顿，试探着问道："敢问公子，他的罪名是？"

其实萧顺这话的真正意思是：卢裕这条命最后还需不需要留着？留着有留着的玩法，不留有不留的玩法。

萧靖西修长的手指在书案上轻轻敲了敲，微微眯了眯眼，说话的时候依旧云淡风轻："欺君罔上。"

萧顺闻言松了一口气，冰冷而阴郁的眼眸中闪过一丝不易察觉的兴奋，欺君罔上就是死罪了，言下之意就是随他怎么折腾都行。

事实上萧靖西既然将卢裕抓了，就绝对不会让他有机会活着回京都，他从来不会给敌人翻身反咬一口的机会。

任瑶期不知道，从前她最厌恶痛恨的人就这样被萧靖西交给萧顺去好好"调教"了，她更不知道曾经被卢裕加诸她身上的痛苦，卢裕将要以几十倍甚至几百倍的痛苦去偿还。

这边,萧靖西不动声色地处置了卢裕,而任瑶期那里也没有消停。

南星回去之后将外头发生的事情一一禀报给了任瑶期。

听闻卢裕被萧靖西带走的时候,任瑶期愣了愣,然后心情难免有些复杂。

她当然明白,既然萧靖西给卢裕安了个"欺君罔上"的罪名就不会留下他的命。仇人将死,任瑶期不是圣人,心里自然是畅快的,只是她没有想到萧靖西的动作会这么迅速果断。

"那块令牌……"

任瑶期觉得卢裕的令牌不明不白地说碎就碎了很可疑,而且萧靖西还出现得那么及时,简直就像料到了那一幕一般。

南星顿了顿,含蓄地道:"公子身边高手很多。"所以想要让卢裕在不知不觉的情况下手软一下是很简单的事情。

任瑶期闻弦歌而知雅意,了解地点了点头,看来卢裕是被设计了。其实她早就该知道萧靖西派人过来守在这里的原因肯定不会那么简单,萧靖西不是一个习惯被动的人。

然后南星想到她家主子最后交代的话,开始一丝不苟地传话道:"主子让奴婢告诉您两句话,'别担心',还有'等我'。"

任瑶期愣了愣才反应过来南星的话,脸上突然一红,心里暗骂了萧靖西一句。

任瑶期只顾着羞恼,却不知道萧靖西派人来围住她家的门,所导致的另外一个后果也很快出现了。

任瑶期让南星下去之后正要去正房看看李氏,一出自己的厢房就听到二门外传来嘈杂的声音,动静还不小。

任瑶期皱了皱眉,不由得停住步子,正要让苹果出去看看发生了什么事,恰好周嬷嬷也听到动静走过来了,看到任瑶期连忙道:"奴婢出去看看发生什么事了,五小姐您去正房陪着太太。"

任瑶期点了点头,正要再交代周嬷嬷几句,却见之前进来过的那个门房婆子又匆匆跑了进来,看到任瑶期和周嬷嬷都站在檐廊下,她连忙走过来,一边行礼一边气喘吁吁地道:"小姐,不、不好了,任家派人来了。"

周嬷嬷皱眉:"任家派人来怎么就不好了?"

不想那婆子连忙道:"是老太爷和老太太派人来了,说是任家要将三老爷这一房逐出族!"

"什么!"周嬷嬷闻言大惊失色。

这时候任时敏也从正房出来了,恰好听到了门房婆子的那句话。

"老太爷和老太太说要将我逐出族?"

任三老爷闻言也蒙了,还有些莫名其妙。事实上自从他得了官职之后,他在任家的地位也水涨船高,即便任家现在远不如从前了,给他支的银子却非但没少还多了一倍。

任瑶期倒是没有大惊小怪,不过稍微琢磨一下就明白是怎么回事了,毕竟任家二老是什么秉性她最清楚不过了。

"回老爷的话,来人是这么说的。因为咱们府门前有官兵守着,任家老宅的那些人进不来,他们便在门口细数……细数老爷您的过错。还说从今往后咱们这一房与任家本族就没有关系了,连着您也被逐出了族。"虽然这话实在不好听,可是门房婆子也知道事关重大,不敢隐瞒。

任三老爷脸色有些白,他就算再不问俗事,也知道被逐出家族意味着什么。

除族是大事,向来只有犯了令家族蒙羞、让族人不齿的错事的不忠不孝之人才会被驱除出族,这对一个人的名声而言是重大的污点。

任时敏从来就不是一个靠谱的当家人,但是读书人"仁义礼智信"的观念已经深深地刻在了他的骨子里,所以他当初虽然看不上岳父一家,却没有阻止李氏对他们的接济,这次因为献王府被官府围了宅子他也没有怪罪李氏。

他是个简单而纯粹的人,所以想不通自己的家族为何无缘无故地要将他驱逐出族。

"这是……为什么?"任三老爷问出这句话的时候有些愤怒,还有些茫然。

任瑶期问门房婆子道:"来的是任家哪位主子?"总要有一个任家人出面才会有说服力。

"来的是三房老太爷和几位老爷,还有大老爷也来了,不过大老爷站在边上没有说话。"

三房的老太爷是任永和和任永祥的庶出兄弟，一早就被分出去了，只有逢年过节的时候才会有些往来。不过因为三房一直都是依附嫡支这头，所以三房的人对任永和这个家主向来是俯首帖耳。于是这次他们又被任家推了出来，出面解决将任时敏除族的事情。

大老爷则是任时敏的嫡亲兄长任时中。

听闻任时中也来了，任时敏道："我去问问大哥到底是怎么回事。"

任时敏说着就要往外走，却被任瑶期拉住了："等等，父亲，我有些话要对你说。"

任时敏心里虽然烦闷又焦躁，还是停下了脚步："你先回你母亲那里，我去见你大伯父，问问他们到底是怎么回事。"

任瑶期示意门房婆子先退下，却在周嬷嬷说要出去看看的时候制止了她，周嬷嬷便站到了任瑶期身后。

任瑶期这才对任时敏道："父亲，我知道是怎么回事。"

任时敏皱了皱眉，看向任瑶期。

任瑶期叹了一口气："外祖一家失踪，而我们被官兵围了，祖父和祖母是怕被我们连累。"

任时敏不由得愕然："你之前不是说不会有什么大事吗？"

任瑶期摇了摇头："是没什么大事，可是祖父和祖母向来谨慎……爹爹还记得当初五姊姊和八妹妹的事情吗？"

任时敏立即想到了当初任家不准林氏母女回来的事情，因为此事任五老爷离开了任家。他原本还觉得自己的五弟行为有些过激，可是现在轮到他自己的时候，他也感觉到了那种无法扼制的愤怒。

"就为了这没根没影的事，他们就要将我除族？"任时敏有些难以置信。

任瑶期看着任时敏轻声道："弃卒保车……"

任时敏的脸上一阵红一阵白，他这一生还从来没有这么愤怒过。

任瑶期安慰道："爹爹也别太担心了，我猜等到外面的守卫都撤了，外头的谣言都平息的时候，祖父和祖母肯定会再接纳我们回去的。"

任时敏抿了抿唇，沉默片刻，然后冷冷地道："我这就去找大哥问清楚，如果任家真的是因为这件事情就要将我除族的话，以后……以后我也不会再回去。"

任三老爷向来就不是个脾气好的人，身上有着身为文人名士的通病，骄傲固执，面子比天大，一旦触了他的逆鳞，天王老子的账也不会买。

任瑶期这一次没有阻止任时敏，等他快走出院门的时候才吩咐周嬷嬷道："周嬷嬷，你跟出去看看。"

周嬷嬷应声想走，任瑶期却看了她一眼："该说什么不该说什么你都知道吧？"

周嬷嬷一愣，试探地问："五小姐的意思是？"

任瑶期淡声道："三姐出嫁的时候那件事情，你也不想再重演吧？"

周嬷嬷一惊，略微一琢磨，立即明白了任瑶期的意思。五小姐是想要借着这个机会彻底脱离任家？

"外祖一家现在去了河中，接下来会发生什么事情谁也不知道。我祖父、祖母的行事风格想必你也清楚，以后万一被有心人利用后果不堪设想。"

周嬷嬷闻言心中一凛，立即道："是的，小姐，奴婢知道该如何做了。"说完这一句，周嬷嬷便急匆匆地往外走。

周嬷嬷是献王府出来的人，对献王府的忠心远远多于对任家。所以她明白自己今日的任务就是让任家觉得他们这一房的处境很危险，让任家将他们除族的事情坐实了。道不同不相为谋，任家这门姻亲只会给献王带来无穷无尽的麻烦。

任瑶期知道，有周嬷嬷在，这件事情肯定能成。她没有跟出去看，而是转身去了正房陪李氏。

李氏正等着周嬷嬷回去禀报，任瑶期将外头的事情大致说了说，李氏闻言愣怔半晌，最后叹息道："我又连累你父亲了。"

任瑶期没有说话。

李氏却接着道："所有人都不明白为何我执意要嫁他。因为他们不知道我却知道，你父亲是个好人。"

李氏似是陷入了回忆，唇边挂着几分柔和的笑意："我第一次见到你父亲的时候，大概是你这么大年纪。那年的上元节，你舅舅带着我偷偷溜出来看花灯，因为街上人太多了，我被人挤着撞到了你父亲，害他差点摔一跤，你猜他对我说的第一句话是什么？"

说到这里，李氏的笑容不由得加深，让她看起来似乎年轻了十来岁，仿佛回到了十几年前的那个上元节。

"姑娘你没事吧？"任瑶期眨了眨眼，猜测道。

李氏摇了摇头："他说'姑娘你撞坏了我的画'。"

李氏想起了当初那个斯文俊俏的少年皱着眉头一脸不高兴地瞪着她的模样，他的怀里还牢牢地护着自己的画卷。

"我当时与你舅舅走散了，心里害怕得很，又因为刚来到燕北，连回去的路都不认得，见他生了一副读书人的样貌不似坏人，便求他帮我找你舅舅。"

"那他帮你找人没有？"任瑶期偏头问道。

李氏点了点头笑了："嗯，找了。"

虽然当时任时敏的脸色很不好看，可他还是打发自己的小厮去帮她找李天佑了。十几年前刚来燕北的李氏，身上似乎还带着些郡主的娇纵，见任时敏肯帮她，便求他陪着她一起等，还说自己刚刚被几个不怀好意的人盯上了，怕遇上危险。

任时敏当时很不耐烦，还与她保持了三步距离不肯靠近，不过直到他的小厮将李天佑找到带过来，他都没有丢下她自己走开。

年少无知的李氏当时想着，这位公子真是个好人，长得也好看得很。

母女两人正在这里回忆当年，任时敏回来了。

任时敏的脸色很不好看，面无表情，甚至连眼神也是冰冷的。任家的人都知道任三老爷生气的时候很可怕，但是气成这样任瑶期还是第二回看到，上一次看到她父亲这副模样还是在任家要将她送给一个太监当妾的时候。

李氏看他如此也不敢说话，只是默不作声地将矮几上自己刚刚用过的那个已经没有茶水的茶碗递给任时敏，任时敏接过之后就将茶碗狠狠摔到地上，李氏看都没往地上看一眼，只姿态柔顺地站在任时敏身边。

任瑶期站在一旁也没有说话，她大概猜到了刚刚外面的情形。

周嬷嬷也很快进来了。她看了任瑶期一眼，轻轻点了点头，便低头站到一边，也不急着让人收拾地上的碎瓷。

等任时敏砸了一个茶碗，又坐下来之后，李氏才又吩咐丫鬟换了一碗新茶过来。这一次她接过茶碗的时候还像以往那样用手试了试温度,才递给任时敏。

任时敏接过茶之后没有再砸,揭开碗盖喝了一口,然后淡声道:"以后我们这一房自立门户,与任家再也没有干系了。吩咐下去,以后称呼我为老爷,别再喊'三老爷'了。"

李氏和周嬷嬷顿了顿,都恭顺地应了一声"是"。

任时敏却没有再说什么,只默默地喝完了一碗茶,然后将茶碗放下,一言不发地起身离开正房,去了书房。

周嬷嬷这才吩咐喜儿带人将地上收拾了,然后对任瑶期和李氏禀报刚刚外头发生的事情。

任家的人刚刚在外头当众数落任三老爷的罪状:狂妄、奢侈、不敬长辈……一条一条地将任三老爷贬得像是十恶不赦一般。

任三老爷就面无表情地站在门口听着,直到他们数落完,他的视线一直停在站在一旁一声不吭的任时中身上。任家大老爷任时中却不敢与任时敏对视。

最后任时敏问他兄长:"任家当真要如此绝情?"

任时中张了张嘴,最后有些狼狈地别开眼道:"我再回去劝劝父亲和母亲。"

任时敏固执地问:"任家当真要因这些莫须有的罪名将我除族?"

任时中不说话了。

任时敏盯了他半晌,然后点了点头,冷淡地道:"那就这样吧,从今往后我不再是任家的人了。"说完之后他就转身走了。

任家大老爷心里终究还是愧疚,下意识地往前走了几步想要叫住任时敏。

可是接下来周嬷嬷的声音遮掩住了任大老爷那声带着些犹豫的"三弟":"大老爷,您回去之后还是帮我们老爷求求情吧。虽说这次我们受到了献王府的牵连前途未卜,但是老爷他始终是姓任的。"

任时中被周嬷嬷的话引去了注意力,皱眉叹道:"果然是因为献王府。"

"我们三老爷是被牵连的,献王府的事情与我们老爷、太太完全没有关系啊。大老爷,您能不能想想法子救救我们老爷、太太?听说不久之前朝廷派来的那位卢公公也来过,想要将我们老爷、太太和小姐都抓去京都交给朝廷发落，幸亏这位卢公公后来有事情没有进门，可是这躲得了和尚躲不了庙，谁知道以后朝廷还会不会派别人来抓人？大老爷，您说这可如何是好？"

任时中闻言一惊："朝廷要抓三弟和弟妹去京都治罪？"

周嬷嬷在门后抹眼泪。

三房的那位老太爷也有些怕了，连忙道："这……民不与官斗。大侄儿，要不我们先回去吧？族里要将三侄……要将任时敏除族，也不需要征得他自己同意。"万一遇上了来抓人的，知道他们与这宅子里的人沾亲带故，将他们也一并拘了可不好了。

其余任家人也害怕了，连忙附和。

"大老爷……"周嬷嬷还在那里哀求。

任时中看了那几个站得笔直的燕北王府侍卫一眼："那王府的人有没有说什么？"

周嬷嬷摇了摇头："说是不准我们出入，听候发落。"

任时中叹了一口气："我回去与长辈商议商议。"说着任时中便带着族人都走了。

周嬷嬷等他们离开之后冷冷地笑了笑，也转身回去了。

任时中心里其实还是念着些兄弟情的，所以回去白鹤镇之后将云阳城的情况与任老太爷和任老太太说了之后还提议道："父亲，既然事情是因献王府而起，那让三弟休妻的话……"任家之所以没有一早就提出休妻，是因为对任时敏一家被官兵围了的原因还不能确定，被献王府牵连只是其中一种猜测。

任老太爷自上次醒过来之后精神已经大不如以前了，每日都躺在床上，神志虽然还算清醒，口齿却有些不清晰了，还很嗜睡。

"现在才休妻会不会来不及了？"任老太太开口道。

任时中道："如果三弟同意休妻，那我们与献王府就没有关系了，献王府出了什么事情自然不能连坐到我们头上。"

任老太爷闭着眼睛没有答话。

任老太太却气道："我就知道李氏是个丧门星！不会生儿子就算了，现在还要连累一家老小！早该将她休了赶出任家！"

这时候有人在门口冷声道："任家想要休了谁？"

任老太太被吓了一跳，抬头就看到任瑶华出现在屋里。

"华儿？你怎么回来了？怎么没有人通报？"任老太太愣了愣。

任瑶华走到屋子中央，视线在任老太太、任老太爷和任大老爷身上缓缓扫过："刚刚你们说要休了谁？"

任老太太见她不声不响就进来了，见了长辈也不行礼，言语还放肆，心里也有些不喜："长辈说话哪里轮得到你插嘴！你先出去！"

任瑶华冷笑一声："我母亲做错了什么，要被休弃？"

任老太太见她这般态度简直火冒三丈："做错了什么？她至今无子犯了七出之罪！任家养了她这个废物这么些年已经是仁至义尽了！"

任瑶华看着任老太太，眼中闪过愤怒、失望、伤心种种情绪："那我父亲又犯了什么错要被除族？"

原来任瑶华今日听说自己娘家被官兵围了之后也吓了一跳，正要回娘家看看却被雷霆劝住了，雷霆给她解释了献王府的事情，让她不要担心。

任瑶华知道雷霆不会骗她，安心不少。但是被官兵围了的终究是她的父母和妹妹，她还是会担心，最后雷霆答应陪她回娘家看看，结果快到娘家门前的时候正好看到任大老爷他们离开。任瑶华找任家的门房打听了一下情况，得知自己父亲刚刚被任家除了族，还是因为一堆莫须有的罪名，当即气得不轻，立即赶回来想要找任家人问清楚。不想走到正房却听到任家要休了她母亲的话。

任老太太恼羞成怒，突然又想起任瑶华怎么自己回来了，她身边明明有麦冬家的和几个陪嫁丫鬟，麦冬家的怎么不提前让人打声招呼？

"麦冬家的呢？我有事情要交代她，等会儿让她来见我！"任老太太这阵子只收到了麦冬家的捎回来的口信，说任瑶华在雷家还不错，几个陪嫁丫鬟过阵子就可以派上用场了。任家事情太多，任老太太也没有将麦冬家的召回来当面过问。

任瑶华心里正恼火，闻言扯了扯嘴角："什么麦冬家的？我没见过。"

任老太太这才察觉出不对："没见过？怎么可能没见过？那不是你的陪房

嬷嬷吗？还有春芳、秋月那几个丫鬟呢？"

"不知道！我的陪房嬷嬷是高嬷嬷，陪嫁丫鬟只有芜菁、香芹、水艾、含冬她们几个。您说的那几个人我一个也不知道！"任瑶华这会儿也不怕与任老太太撕破脸了，说出这段话的时候心里还带着些快意。

任老太太终于反应过来自己被人摆了一道，不由得惊怒万分，指着任瑶华道："你竟然敢……你们竟然敢……"任老太太左右看了看，拿起搁在旁边的一个空药碗就要向任瑶华砸来。

任瑶华正想躲开，却被拉进一个温暖宽厚的怀抱，药碗在她的脚边碎裂，却并没有溅到她分毫。而雷霆沉稳冷淡的声音在她身后响起："拙荆无状，还请任老太太息怒。"

任老太太一愣，雷霆怎么也来了？他这话是什么意思？什么"拙荆""任老太太"的？

躺在床上的任老太爷突然剧烈地咳嗽起来，将众人的目光都吸引了过去。

任老太太正觉得有些下不来台，见状连忙去照顾任老太爷。

任大老爷见任老太爷无事，便起身招呼雷霆道："三姑爷也回来了？来人啊，让太太赶紧去厨房瞧瞧，多加几道菜。"

雷霆对着任大老爷礼貌地颔首，唤了他一声"任大老爷"，然后又低头看了看任瑶华。

任瑶华看着自己的祖父、祖母在那里一番作态，冷声道："不必麻烦了，我们不是已经被赶出任家了吗，任家的饭我们吃不起。"

任时中看了看雷霆，面上有些尴尬："你这孩子，这是什么话，你祖父和祖母向来疼你，怎么舍得赶你。"

任瑶华不为所动："我父亲都被除族了，我自然也不算任家人了。我们走吧。"最后那一句任瑶华是对雷霆说的。

雷霆什么也没说，又冲着屋里几人礼貌地点了点头，然后拉着任瑶华出去了。

躺在床上的任老太爷气得额头上青筋毕露，任老太太也许久才反应过来，气道："反了！都反了！"

任大老爷苦笑着摇了摇头，现在连雷家也给得罪了。

"父亲、母亲,现在怎么办?"任大老爷无奈地问道。

任老太爷躺在床上直喘气,那声音大得跟风箱似的,半晌才挤出两个字,"休、妻!"

任老太爷脑子还算清醒,若是将任三老爷赶出去的话,雷家这门姻亲也不能认了,任瑶英的亲事也有些棘手。

任老太太虽然气恨难消,却也只有道:"明日你再跑一趟云阳城,与你三弟说,要他休了李氏,过阵子等风声过去了再让他回来。"

任大老爷应下了。

任瑶华出了正房以后,便低着头快步往外走,仿佛一刻也不想再在任家待了。原本是雷霆牵着她,最后变成了她拉着雷霆走。直到上马车的时候任瑶华才察觉自己竟然就这样拉着雷霆走了一路,不由得十分羞窘,连心里的伤心和愤怒都淡去了一些。

雷霆陪着她一起上了马车,揽了她在怀里。

任瑶华低声道:"又让你看笑话了。"

"傻话!"

"以后这里不是我娘家了。"任瑶华咬唇道。

"嗯。"雷霆轻轻地拍了拍她的背。

"你就不发表一下意见?"任瑶华觉得雷霆的反应太淡定了,她父亲这一房都被赶出宗族了,难道不是大事?所以任瑶华又对自己夫君的态度不满意了。

雷霆低声道:"你是雷家的当家太太,雷氏的族长夫人,这才是最重要的。"

只一句话,任瑶华心里就踏实了。

"我父亲他们当真没事吗?"任瑶华又问道。

这句话任瑶华今天问了不下十遍,雷霆依然不厌其烦地回答她:"真的没事,我已经去找过萧二公子了。"

任瑶华彻底安心了。

第二日一早,任大老爷又走了一趟云阳城,这一次他是自己一个人去的。

燕北王府的守卫虽然禁止任宅的人出入,却对里头的人与来访者隔着大门说话睁一只眼闭一只眼,这原本是不太符合常理的,不过没有人注意到。

当门房进来禀报说任家大老爷又来了的时候,任瑶期正陪着任三老爷在书房作画,画画向来是任时敏排解烦忧的良药。

"不见。"任三老爷被人打断很不悦,冷着脸头也不回地道。

任瑶期想了想,问门房道:"任大老爷是自己一个人来的?可有说找父亲何事?"

"大老爷今日只带了个随从来,说有重要的事情要与咱老爷商量,要老爷务必去见他一见。"门房没得允许不敢进书房,只能隔着门小心地回话。任家的人都知道,任三老爷不发火则已,一发火脾气比谁都大。

任时敏闻言眉头一蹙正要发火,却被任瑶期制止了。

"爹爹,您还是去见一见大伯父吧,您平日里与大伯父关系还不错,再说将您除族的决定并不是他能做的,他这次私下来找您说不定真有要事呢?"

任时敏想了想叹了一口气,将手中的笔放下:"那就去见见吧。"

任时敏净了手之后出去了。任瑶期将书案上的笔墨纸砚收拾一下也出了书房,才一出门就看到周嬷嬷一脸担忧地站在书房外头。

"小姐,大老爷又来了?"周嬷嬷一看到任瑶期就问道。

任瑶期点了点头:"父亲刚刚出去见大伯父了。"

周嬷嬷看了看周围,见并没有旁人,便靠过来小声问道:"小姐,大老爷这会儿又来找老爷,会不会是任家又改了主意?"周嬷嬷比谁都希望能摆脱任家,只要没有任老太太在上头指手画脚,任三老爷的后院就是李氏一个人说了算。若是以前她还不敢这么想,可是现在任三老爷有了官职已经可以自立门户了,自然是离着那些人越远越好,免得以后来扯后腿。

对于周嬷嬷的担心,任瑶期只是笑了笑,笃定地道:"不会。"任家二老向来只会趋利避害,哪里会那么容易就改变主意?

"那大老爷是为何事而来?"周嬷嬷皱眉。

任瑶期笑道:"嬷嬷刚刚派谁跟过去了?喜儿还是鹊儿?"

周嬷嬷有些尴尬:"是院子里一个二等丫鬟,我让她去看着,万一有什么事情也好及时回来禀报。"

任瑶期不以为意:"那等会儿就知晓了。"

没想到的是任时敏出去不到一炷香的时间就回来了,且还是怒容满面。看到周嬷嬷站在庭院里,任时敏朝她道:"吩咐下去,以后白鹤镇任家若是再来人,无论来的是谁,都给我乱棍打出去!"说完这一句,他便径自去了书房。

周嬷嬷愣了愣,然后低头束手恭敬地应了一声"是"。

等任时敏进了书房,周嬷嬷才将之前派去打听消息的那个小丫鬟叫到任瑶期面前询问。

小丫鬟道:"大老爷说话声音不大,奴婢没有听清楚。后来老爷突然就发了脾气,对大老爷道'我任时敏再无能也不至于无耻到休妻避祸,堂堂七尺男儿,遇到事情就想着将妇孺推出去挡灾,简直是岂有此理!以后,我家的家务事就不劳你们费心了!好走不送!'然后老爷就回来了。"

周嬷嬷听过之后恨得直咬牙,嘱咐丫鬟不要乱传并将她打发走了之后,才对任瑶期道:"原来大老爷是来撺掇咱老爷休妻的,好在老爷没有听他们的。"周嬷嬷这个时候才真正认识到任时敏的好处。

任三老爷或许样样不好,唯独人品这一样让人挑不出错处。

这日之后,任大老爷又来了一回,不过任时敏没有出去见他,再之后任时中也就不再来了,任家也没有再派人来劝。眼见着任时敏他们被关了六七日,燕北王府都没有要放人出来的意思,态度也一直讳莫如深,外头有传言说燕北王府要等到老王妃寿宴过后朝廷派人来再来处理献王府的事情。因为世子去世,老王妃的寿宴无法再办,不过按照惯例朝廷还是要派人过来给些赏赐的。

而眼见着老王妃的寿宴一天比一天近,任家终于咬了咬牙开了祠堂,正式将任时敏逐出了任家,从此以后,无论从律法还是宗法而言,任时敏都不算是白鹤镇任家的人了。

任五老爷和任时佳夫妇倒是来打听过消息,还给他们送过东西,任益均也给任时敏捎过信进来。他们虽然帮不上什么大忙,但是心意是在那里的。

在这期间,雷家也发生了一件事。雷家突然闹起了"鬼"。

一个巡夜的婆子夜里经过雷家的祠堂外面的时候看到一个穿白衣服的女人

坐在祠堂的墙头，煞白着一张脸朝她笑，那婆子当场吓晕了过去。后来又有两次，有人分别在花园的秋千上，以及书房外不远处看到了这个"女鬼"。

雷家上下人心惶惶，谁也不敢在入夜之后出来了，夜晚当值的人也会拉上两三个伴儿壮胆。

后来有流言说是已故的那位乔氏回来了，因为她后来出现的两个地方是雷盼儿平日里玩耍和读书认字的地方，说是乔氏不放心将女儿交给新妇，出来盯着任瑶华。

若是别的妇人听到这种被传得有鼻子有眼还有目击之人的传言，就算不吓得卧病在床，也会战战兢兢疑神疑鬼，可是任瑶华听到之后心里只有怒火。

任瑶华不信神鬼，只相信是有人在装神弄鬼。何况她没有做过亏心事，就算有"鬼"她也不惧。不管那人是出于什么目的做出这种事情，拿已故之人来做文章简直是卑鄙无耻。

雷霆要出面查这件事情，被任瑶华阻止了。内院的事情就该在内院解决，何况雷霆每日都很忙，任瑶华不能什么事情都依靠他来给她出头，而且任瑶华知道这次的事情针对的人是她。雷霆便命管家刘贵听任瑶华的吩咐行事。

第二日，任瑶华将雷家的下人都叫到了议事厅前，严令禁止他们再提起这件事，一旦发现再有人嚼舌根就打了板子再赶出去。这还是任瑶华嫁到雷家之后第一次用这么严厉的态度对待雷家的家仆。

将府里的下人都管束好之后，任瑶华自己也很少出门了，尤其是入夜之后她不再跨出自己的院子一步。原本雷盼儿去书房练字或者去花园里玩秋千的时候她都会跟着，现在却让雷盼儿将练字的地点改在了正房的那间小书房里，也不允许雷盼儿去花园里玩耍了。

雷盼儿很乖巧，并不抱怨什么，外头的人见了却认为任瑶华是心虚害怕了。而任瑶华没过几日就生病了，更加足不出户。

这样没过几日，原本已经好些日子没有出现的"女鬼"又一次出现在了任瑶华所在的正房外不远的回廊里。

只是这一次，这只"女鬼"被早就埋伏在暗处的几个护院抓了个正着。

外院管事提着灯笼往一动不动的"女鬼"身上一照，却发现原来只是一个纸人。这纸人被戴上了头套，穿上了衣裳，雪白的脸上只有嘴用朱砂勾成了鲜红色。大晚上的远远瞧着着实有几分惊悚。

刘贵带着这个纸人去向雷霆和任瑶华复命。

"没有发现可疑的人在附近？"雷霆打量了地上的纸人几眼，淡声问道。

"那人将这纸人绑在回廊的柱子上，自己躲起来了，等小的找过去的时候，那人发现事情败露便逃了。"

任瑶华的视线一直停在那纸人身上，起身走过去细细看了看纸人身上的衣裳。

见任瑶华似是要将那纸人身上的衣服弄下来，刘贵连忙制止道："太太，您别碰，晦气。"

任瑶华虽然不惧，却也没有再用手去碰。

"发现什么了？"雷霆也起身走过来，站到任瑶华身边。

任瑶华顿了顿，说道："这料子……是云锦布。"

雷霆看了刘贵一眼，刘贵拿着一片袖子仔细捻了捻，点头道："确实是云锦布。"

云锦布虽然看起来与市面上的普通细布没有太大的区别，在价格上却高了几十倍不止，一般被有钱人家用来做里衣，舒适又吸汗，很契合名门世家那种追求低调的华贵的心理。

"云锦布贵重，所以肯定不会是府上下人们的东西。而且小的记得咱们府上几位主子都不爱用这种布做衣裳，所以小的并未让采办置办。倒是……"说到这里，刘贵看了任瑶华一眼，见任瑶华没有什么反应，又道，"倒是太太来了之后，小的让采办特意去寻了几匹回来。"

任瑶华点了点头："我也不爱用这个，只送了两匹给人，还有两匹在库房没动。"

至于送给了谁，当着管家的面任瑶华没有说出来，刘贵看了看任瑶华的脸色也没有再问。

"你先下去休息吧。"雷霆对刘贵点了点头。刘贵立即行礼退下了。

刘贵走了之后，雷霆道："明日一早我让人送她去庄子上住。"显然雷霆对于是谁在背后捣鬼也是心知肚明的。

任瑶华沉默了片刻，然后点头直言道："这样也好，免得到最后亲戚之间那点情分也都被折腾没了。她的吃穿用度我会比照她在府里的时候分配。"

小乔氏住在这里本就不太合适，只是因为雷盼儿幼年丧母，对与她亲生母亲长得很像的小乔氏有几分孺慕之情，又因雷霆对突然出现在云阳城的小乔氏有些怀疑，便将她放到了眼皮子底下看着。

雷霆见任瑶华眼中有些倦色，便走上前拉住她的手往内室走："明天的事情明天再处理，时候不早了，歇息吧。"

原本正在想着明日如何与小乔氏摊牌的任瑶华，看到内室里铺着鸳鸯锦被的床铺，看了看雷霆拉着她的手，脸上一红。

雷霆回头看了看她，眼中带了些笑意，却没有说什么。等到夫妻两人脱了外衣躺在床上，任瑶华很乖顺地像平时那样上前去解雷霆的衣襟，却被雷霆抓住了手，抱在怀里。

雷霆闭着眼睛道："乖，你家夫君累了，明日再说。"

任瑶华："……"

知道自己被捉弄了的任瑶华气不过，狠踹了雷霆一脚，惹来雷霆一阵低沉愉悦的笑声。

任瑶华原本有些烦闷的心情也不知不觉就好了起来，在雷霆怀里沉沉睡去，一夜无梦。

第二日，任瑶华带着自己的丫鬟婆子还有管家刘贵去了小乔氏住的院子。

小乔氏正在用早膳，炕桌上摆着四样主食、四个冷盘、四个爽口菜，还有一盅冰糖炖燕窝。小乔氏的吃穿用度比照的是正院雷霆和任瑶华的例。

小乔氏勉强起身与任瑶华见礼，任瑶华没有什么情绪地走到主位上坐下："你先用膳。"

任瑶华在这里坐着，外头还候了一群丫鬟婆子，小乔氏心有不安，哪里还吃得下去，匆匆喝了几口燕窝就让人将饭食撤下去了。

"燕北的饮食可还用得习惯？"任瑶华让人上了茶，聊家常一般问道。

小乔氏看了她一眼："用得惯，谢太太关心。"

任瑶华笑了笑："府上现在用的厨娘是南边来的，你若是喜欢的话，以后就让她跟着你去庄子上伺候。"

小乔氏闻言猛然抬头："什么庄子上？"

任瑶华却自顾自地道:"听说你喜欢早上用燕窝?府上的燕窝都是我特意找我五叔从南边弄来的,别的地方买不到。以后每旬我都会让人给你送一些。"

小乔氏看着任瑶华冷笑道:"你想赶我走?"

任瑶华打量了小乔氏一眼,不知怎么的突然想起了方姨娘。任瑶华恍惚想到,若是当初那位方氏像小乔氏这般脾性和手段,她和她母亲、妹妹也不至于被逼到那个份上。所以说这人与人之间有差距,敌人与敌人之间也有差距。

"怎么会?你是我们雷家的贵客,只要你愿意在雷家住着,我和老爷便欢迎。"任瑶华慢条斯理地道,"只是这阵子府上出了些怪事,据说是闹鬼,让你搬去庄子上也是为了你好。"

小乔氏闻言并不领情,"就算是闹鬼,鬼该报复的也是她看不顺眼的仇人。我没做过亏心事,怕什么?"小乔氏看着任瑶华面带讽刺。

任瑶华对于她意有所指的话并不生气,只是面色淡然地吩咐了站在她身后的芫菁一句。

芫菁应声下去,不多会儿就带着个婆子将昨晚那个纸人拿了进来,放到小乔氏面前。

小乔氏下意识地后退了一步:"任瑶华,你这是什么意思?"

任瑶华没有说话,站在她身后的香芹却龇牙一笑:"姨太太不知道这是什么意思?劳烦您移一移您的尊眼,看看这纸人身上穿的衣裳,您知道这是什么布吗?"

纸人身上穿的褂子做工十分粗糙,也就是随便缝成了一件衣裳的模样。

"不就是普通的细布吗?"小乔氏低头看了一眼,不以为意。她虽然也是出身富户,却比不得雷家和任家,寻常人家自然不会用这种与普通细布没有什么区别,价格却贵了几十倍的云锦布。

所以当初在缝制这件褂子的时候只想着怎么隐藏自己的针法,且找出来的还是一匹最寻常的细布,她见雷家有不少丫鬟婆子都用这种布做中衣,所以没当一回事。

香芹脸上的鄙夷毫不遮掩,以不大不小的声音嘀咕道:"所以都说女儿要富养,免得以后出了门眼皮子浅,惹出笑话来。"

不待小乔氏发火,任瑶华就冷冷地瞥了香芹一眼,将嘚瑟的小丫鬟嚣张的气焰压了下去。

芜菁连忙出声给香芹解围："姨太太,这是云锦布,不是普通的细棉布。一匹这样的布能换二十来匹绸缎呢。我们太太得了四匹云锦布,让人给您送了两匹,还有两匹正收在库房里。"

小乔氏闻言脸色一变,一时说不出话来。她知道任瑶华还不至于在这种事情上骗她,最后只有咬牙不认:"这布再贵重难道别的地方就没有了?你们是想说我在装神弄鬼?"

香芹忍不住偷偷翻了一个白眼:"别的地方有没有我们不知道,不过您这里肯定只有我家太太给的那两匹。要不您将那两匹云锦布拿出来让大家看看是不是还在?"

小乔氏自然是拿不出来的,脸色不由得一阵红一阵白。

任瑶华突然笑了笑:"姨太太误会了,我也不信你会做出这种事情。所以我觉得可能是你与雷家这座宅子犯冲,招惹了些神鬼出来示警,不然原本给你的布怎么会穿到它身上?因此我才让你先去庄子上住一住,这样对你对大家都好,你说是吗?"

小乔氏心中恨极,却一时半会儿找不出什么话来反驳。她曾听说任瑶华在做姑娘的时候性子冲动易怒,有勇无谋。可是到了这会儿她却觉得任瑶华这个女人简直太有心机了。

若不是任瑶华前几日装病,做出一副忌讳鬼神的模样,小乔氏也不会想再吓她一吓,好让她一病不起。没想到到头来,这只是任瑶华的圈套而已,她哪里有半分忌讳鬼神的样子!

小乔氏不想走,可是又找不到理由赖着。任瑶华没有再给她细细思量的机会,见该说的都说了,也不愿意再与小乔氏耗下去,直接吩咐候在外头的管事刘贵夫妇进来,吩咐他们道:"趁着今日天气好,帮姨太太早些搬过去吧。这院子里的东西和人手,只要是姨太太用得顺手的,都给她带过去。另外,还有什么缺的就来与我说一声,府上没有的就出去买,一定要让姨太太满意了。"

刘贵夫妇连忙应下。

任瑶华冲着小乔氏礼貌地点了点头:"我今日还有事情,等会儿就不送你了,希望你别介意。"说完这一句,任瑶华就往外走。

"等等，我想见见盼儿。"小乔氏突然放软了声音恳求道。

任瑶华步子一顿，问刘贵媳妇道："你学过些风水，说说看姨太太身上沾了邪祟，可以见小姐吗？"

刘贵媳妇低头恭敬地回："孩子都娇弱，这种事情还是避一避为好。"

任瑶华点了点头，淡然的声音带着些歉意："那就没有办法了。"然后便头也不回地走了。

无论小乔氏愿不愿意离开雷家，在任瑶华的命令下，下面的人做起事情来手脚还是很迅速的。在正午之前，刘贵家的就去了正院禀报说小乔氏的东西已经都收拾好了。小乔氏当初投奔过来的时候什么也没有，所以除了将她屋里的东西全部打包带走之外，也没有什么好收拾的了。

任瑶华只是点头淡淡地回复一声："收拾好了就启程吧，我就不出去送了，吩咐跟过去的人好好伺候着，有什么需要就回来禀报我或者管事们。"

任瑶华当时正在书房里陪雷盼儿练字，刘贵家的和任瑶华禀报的时候，雷盼儿一直在不远处的书案后面朝这边鬼鬼祟祟地探头探脑，不过直到任瑶华回复完刘贵家的，雷盼儿都没有插嘴说一句话。

任瑶华等刘贵家的出去之后又转身回了书案旁，低头仔细看了看雷盼儿写的字："嗯，有进步，休息一下用些点心再写吧。"

雷盼儿得了表扬立即冲着她扬起笑脸，将笔放下，乖巧地让伺候在一旁的小丫鬟端着水给她净手。

任瑶华牵着她坐到桌旁，从桌上的几盘小点心里挑了一块蜂蜜糕放到她面前的碟子里。

"谢谢母亲。"雷盼儿自己拿起小勺子挖糕点吃。

雷盼儿虽然表现得很乖巧，但是任瑶华发现她今日比平时都要安静。平时即便是用点心的时候，她也喜欢叽叽喳喳说个不停。任瑶华也不点破，只在一旁看着她用点心。

雷盼儿吃了几口之后便将手中的小勺子放下了，坐在那里低头数手指。

"不吃了？要去园子里玩吗？"任瑶华用手帕给她擦了擦嘴，看着她问道。

雷盼儿摇了摇头，看着任瑶华欲言又止。

任瑶华看着她，不问也不催。

雷盼儿终于忍不住问道:"母亲,姨妈要走了吗?"

"没有,是去庄子上住,盼儿舍不得姨妈离府?"

雷盼儿想了想一脸严肃地问道:"庄子上吃得好吗?有没有人伺候?生病了有人照顾吗?"

任瑶华点头,"嗯。之前伺候姨妈的几个丫鬟婆子都会跟过去伺候,吃穿用度都与在府里的时候一样,生病了会有管事来请大夫。盼儿如果不放心的话……"任瑶华沉吟片刻,"不如派自己的贴身丫鬟送姨妈一趟,让丫鬟跟过去看看,回来之后好向你禀报?"雷盼儿的贴身丫鬟有两个已经伺候她几年了,任瑶华来了之后并没有换人。

雷盼儿听完之后,又想了想,然后点了点头:"好,顺便也看看奶娘。"

雷盼儿记性很好,还记得自己的奶娘也被送到庄子上去了。

"盼儿要去见姨妈一面吗?"任瑶华斟酌着道。

雷盼儿摇了摇头:"听说姨妈在来我们家以前过得不好,只要知道她以后能过得好就好了。"

雷盼儿早熟,很多道理不需要别人耳提面命,她也明白,难得的是她还通情达理,不会无理取闹。

任瑶华摸了摸她的头,将她的丫鬟叫过来吩咐了几句,然后让她去了。

接下来雷盼儿便像是将小乔氏的事情放下了,没有再提她,该玩的时候照旧玩,该吃的时候照旧吃。

小乔氏看到雷盼儿的贴身丫鬟花蝶儿,得知雷盼儿不打算来与她道别的时候,脸色立即苍白了下去,连被人扶上马车都不记得要挣开。

第四十六章

定　亲

在小乔氏离开之后的第二天就发生了一件大事。

离开燕北之后就销声匿迹一般的献王终于再一次出现在世人面前，献王现身河中府，且在现身当日就入住了河中王府邸。

第二日，献王向世人公布了一份先皇遗诏。

这份遗诏的成诏时间是在当初的废王圣旨之后。先皇在遗诏上言明，赦免献王一家之罪，并封献王为河中王，河中府作为献王封地。且在献王正式接受河中王封号之后，五年以内，献王及其嫡系子孙不允许离开河中。

这个遗诏一被公布，整个大周朝都震惊了。

当然有人会怀疑献王手中这份遗诏的真假，如果遗诏是真的，为何献王不一早就拿出来？

献王在公布遗诏之后就拓印了一份贴在河中城门旁的告示栏上。没过多久，不少人就拿到了这份遗诏的拓印版。经无数人鉴定，这封遗诏的笔迹出自已故大学士裴勋之手，遗诏上所盖的"奉天之宝"印乃皇帝宝玺无疑。

裴勋虽然已逝，他留下来的墨宝却不少，要鉴定笔迹并不难。裴家乃当今士林之首，裴家子弟在朝为官者众，大周朝出自裴姓的六部之首、内阁辅臣就有好几个，裴家可谓大周朝官僚世家中的不倒翁，谁也不会信裴勋会与宛贵妃和献王勾结造假。

所以当这封诏书一公布出来，怀疑诏书是假的的世人都沉默了。

至于遗诏上最令人津津乐道的则是那一条讳莫如深令人忍不住多想的"五年以内，献王及其嫡系子孙不允许离开河中"的旨意。

历代藩王向来是非诏不准擅离封地，更不准非诏入京，但是只要皇帝下了命令要召见，王爷们无论离得多远都要去京都给皇帝看的。先皇的这道遗诏倒是好，五年之内不准献王府嫡系离开河中，那就是皇帝就算下了旨宣献王或者献王世子进京，他们都可以不必理会，只当皇帝是放了个屁。

颜太后和颜家得知之后是怎样愤怒和憋屈不得知，燕北这边李氏知道了之后喜得又哭了一场，任瑶期则是松了一口气。

五年时间说长不长说短不短，却是献王府最合适的发展时机。以献王府留下的根基，只要他们顺利地过了这五年，以后朝廷想要下手动献王府就没那么容易了。不得不说，宛贵妃的手段当真不是一般人可以比的。

不过对于遗诏与裴家扯上了关系，任瑶期还是很惊讶的。当初在裴先生身边的时候，裴先生虽然曾经提起过宛贵妃，却也仅仅是寥寥数语，不过是出于一个男子对绝世佳人的欣赏和遗憾。

任瑶期从来没有听说裴家和宛贵妃这一系有过什么牵扯，裴之砚也从来没有在任瑶期面前提起过献王。当然如果双方有牵扯的话，这封遗诏的可信度就要低不少。

只是任瑶期也不由得为裴之砚如今的处境担忧。虽说以裴家的根基，朝廷想要在短期内动裴家还有些难度，也需要顾及悠悠众口，但是给裴家一些小鞋穿穿还是容易的。现在在朝廷为官的裴家人中，官职最高的是裴之砚的叔父裴继，官至正二品礼部尚书，内阁辅臣，在内阁中位次第三。裴之砚现在是翰林院学士，官职只是正五品，却是帝师，将来是要接替裴继的。比起动裴继，朝廷怕是更愿意动裴之砚。

朝廷之事，任瑶期即便心有担忧，却也无能为力。

虽然对于先皇遗诏，相信的人比怀疑的人要多，但是持观望态度的人占绝大部分。毕竟献王府的真正实力如何，谁也不清楚。谁也不是傻子，愿意为了一个新鲜出炉根基不稳前途不明的藩王惹朝廷不痛快。

在这种情况下，燕北王府最先向河中王伸出了橄榄枝，虽然只是送了些礼去河中，却代表着燕北愿意承认这位河中王。

燕北王府动了，因各种利益考量，其他各路势力也跟着动了起来。献王府崛起，整个大周朝的政治格局都将发生翻天覆地的变化，不少人已经嗅到了献王府和燕北王府之间不同寻常的政治风向。

就在这个氛围之下，燕北王府二公子萧靖西向任家五小姐任瑶期提亲了。

这个消息一出来，燕州之外的人家或许还有些反应不过来，不由得纳闷这位任家五小姐是何方神圣。

不过很快世人就都知道了，任家五小姐任瑶期是原献王现河中王的嫡亲外孙女，献王嫡女嘉怡郡主的嫡次女。

许多人还在为嘉怡郡主的命运叹息，想当初宛贵妃还在世的时候，嘉怡郡主作为贵妃娘娘最为宠爱的孙女，可谓三千宠爱集于一身，不想却命运坎坷，最终沦落到嫁作商人妇的地步。

不过燕州的一些人却不认为嘉怡郡主的命不好。传闻嘉怡郡主虽然嫁的只是一个商户之子，却与自己的夫君伉俪情深，琴瑟和谐。嘉怡郡主的夫君尽管出身不怎么样，却是燕北有名的才子，才貌出众，是云阳书院特聘的先生，还有官职在身。嘉怡郡主现已随夫君脱离本家另立门户，严格来说，嘉怡郡主的女儿已经不算是商人之女了。

总而言之，因着萧家二公子的求亲，世人都将目光投向了十几年来默默无闻的嘉怡郡主一家，只是当事人还没有意识到，因为守在任家的官兵还未撤去，恰到好处地隔绝了世人的窥探。

所以当燕北王府的媒人上门的时候，任时敏和李氏还有些反应不过来，被燕北王府委托来说媒的还是一位大人物，云阳书院的山长徐万里。更让人想不到的是，尽管来提亲的和来保媒的都是大人物，任家却没有一口气就答应下来。徐万里和任时敏在书房里谈了许久，最后任时敏将徐山长恭恭敬敬地送了出去。

任时敏的态度让不少人摸不着头脑，按理说萧靖西不仅仅是燕北王府的二公子，还是燕北王府的下一任世子，任家小姐原本是高攀了的，而且任家和燕北王府结亲其实相当于燕北王府和献王府联姻，意义重大。

不过也有不少人为任时敏暗中叫好。看看，这才是真正的读书人的气节，名士风范。无论是燕北王府还是献王府，谁的面子也不卖。

不过世人还真是误会任时敏了,任老爷没有答应燕北王府的求婚并非因为读书人的清高。

他送走徐万里之后就去了正房与李氏商量,一脸的纠结:"听说这位萧二公子身体不好。"

李氏也是一脸为难:"那这门亲事……还是推了吧。"

可怜天下父母心,任时敏夫妇不答应燕北王府的亲事的原因根本就没有那么复杂。

就在这个时候,李氏收到了自己的母亲容氏的来信。容氏在信中并没有对这门亲事表示反对和赞同,而是让李氏和任时敏自己决定,还提醒她问问任瑶期自己的意思。李氏想了想,将容氏的信给任时敏说了。

任时敏也想了想,让人将任瑶期叫了来。

任瑶期心情也有些复杂,尤其还看到当她的父母提起燕北王府的亲事时,那一脸担忧和不太情愿的表情。

其实按理说这种事情是轮不到任瑶期自己做主的,但是任时敏性情洒脱不太拘于礼节,李氏又听女儿的听习惯了,加上容氏来信也要他们问问任瑶期自己的意见。

任时敏对任瑶期道:"萧二公子我虽然没有见过几次,不过听说也是难得的才貌双全,只是可惜……"如果不是因为萧靖西身体实在是太弱了,任时敏说不定就应下了,他觉得自己对女婿的要求向来不高,无非就是文采出众加上人品端方。不过事到如今在面对最疼爱的小女儿的亲事的时候,任时敏也不得不俗气一回,谨慎起来。

李氏也道:"我与你父亲的意思,这门亲事还是推了。"

正当任瑶期在思索如何回答的时候,喜儿在外头禀报道:"老爷、夫人,燕北王府的马车到门口了。"

话说徐万里从任家离开之后就去了燕北王府,将自己今日去任家的事情交代给了燕北王和萧靖西。

听说任老爷并没有应下,燕北王还有些意外,萧靖西倒是一脸平静。

等徐万里出去之后,燕北王看了儿子一眼,轻咳一声道:"要不我再让盛士弘上门提一次?"

萧靖西摇了摇头,正要说话,燕北王又道:"那姑娘实在看不上你也没事,本王下令要娶,看谁敢不嫁!"放着狠话的燕北王威风凛凛,霸气外露。

萧靖西按了按眉心,无奈道:"父亲……"

"儿子?"

"这件事儿子自有计较,父亲无须操心。"萧靖西诚恳地道。

燕北王还有些意犹未尽:"那怎么行?你是我儿子,又将是燕北王府的世子,你的婚事可是大事!咱燕北王府向来是靠拳头打天下,那些个繁文缛节你其实……"

"父亲,现在未必了。"萧靖西笑容温和地打断了燕北王的话。

"什么未必?"燕北王收住话头,有些不解。

萧靖西耐心解释道:"我未必会是燕北王府的世子。"

燕北王愣了愣,脸上的神色也严肃起来。不再插科打诨的燕北王脸上带了些肃杀之气,这才是那个真正纵横北面疆土的燕北王,而不是一个拿儿子的亲事开玩笑的父亲,"难道京都那边又起了什么幺蛾子?"

萧靖西笑了笑:"赵氏有了身孕。"

燕北王挑了挑眉:"什么时候的事?怎么现在才说?"

"大哥出事之后赵氏就被接进宫了,之前说是怕胎儿不稳,所以没有声张,一直在太后宫中安胎。"

燕北王沉默片刻,然后看了萧靖西一眼:"这么说咱王府要立一个奶娃娃当世子?"

萧靖西倒是不在意:"即便我们不立,朝廷又岂会善罢甘休?"

燕北王摸了摸下巴:"那要是个孙女怎么办?也立来当世子?"

萧靖西不由得好笑,提醒燕北王道:"当初您允许吴萧和的遗腹子是女儿了吗?"

燕北王沉默片刻,然后启唇优雅地吐出两个字:"混蛋!"

萧靖西对自己父亲的粗鲁视而不见:"所以,父亲,你接下来有立世子这件更为重要的事情要做,儿子的婚事你就不要操心了。"

萧靖西离开书房去了九阳殿找王妃,母子两人聊了两个时辰。

第二日,王妃的车驾亲自去了宝瓶胡同。

正在正房与父母说话的任瑶期听到喜儿的禀报之后还愣了愣，正想着王府谁过来了的时候，就听到了王妃驾到的消息。

李氏和任时敏闻言皆是一惊，连忙要出去迎接。

任瑶期想了想，立即拉着李氏和任时敏小声交代道："等会儿我可能不方便在场，如果王妃提起……提起亲事，父亲、母亲就应下来吧。"

任瑶期知道任时敏和李氏是为她着想才拒绝了燕北王府的提亲，可是外人却不会理解，被人说成是不识抬举就不好了。王妃亲自上门，这门亲事不应也得应下，何况任瑶期原本就与萧靖西有了默契。

李氏和任时敏还有些犹豫，任瑶期只能道："父亲、母亲，女儿并不反对这门亲事。"

王妃的车驾已经到了门口，不好再耽搁，任瑶期说完这一句便扶着李氏跟在任时敏身后出去了。

王妃这次上门排场并不大，后面只跟了几辆马车和几个骑马的护卫。她也没有等着任家人去大门口迎接，而是等在了二门。亲近之意从这些小细节当中就能看出来，就连李氏也察觉到了王妃亲和迁就的态度。

任时敏带着妻女到二门迎接王妃，王妃扶住了要行礼的李氏，又对任时敏颔首示意，只受了任瑶期的礼。

"郡主不必多礼，我今日只是来看看你和瑶期。"王妃笑眯眯道。

李氏将王妃迎进了正厅上座，招呼丫鬟奉上茶点。王妃先与任时敏和李氏夫妇聊了几句，又招手将任瑶期叫到身前，询问她最近都读了些什么书，上次与徐夫人一起整理残谱进展如何。王妃的态度十分亲和，任瑶期都一一恭敬地答了，王妃看着任瑶期，一副十分满意的样子。

等到寒暄得差不多了，王妃握着任瑶期的手轻轻拍了拍，小声道："我有些话想要与你爹娘说，好孩子，你先出去，等会儿再进来。"

任瑶期看了看任时敏和李氏，低头应了，起身行礼退了出去。

任瑶期从正房出来之后候在了廊檐下，看着墙角的一株蜡梅发呆。守在帘子旁边的周嬷嬷抬眼看了看任瑶期，心想自家小姐这会儿肯定在想自己的姻缘。其实这个时候任瑶期只是在想这一株新移植过来的蜡梅不知道今年会不会开花。

不知道过了多久，正房里的对话已经进行得差不多了，任时敏先出来了。见任瑶期在廊檐下候着，便朝她招了招手，示意任瑶期跟上他。任瑶期便跟着任时敏走到了拐角处的蜡梅旁。

"父亲怎么出来了？"任瑶期问道。

"该谈的都谈完了，王妃与你母亲说起了内院妇人之事，为父不好在场。"任时敏轻轻皱着眉头道。

任瑶期便看着任时敏，等着他说话。

任时敏望着那株蜡梅静静地发了一会儿呆，然后又转头看了看任瑶期："为父才发现瑶瑶也长大了。"

任瑶期闻言不由得好笑："父亲，我已经及笄了。"

任时敏也笑了，语气却有些惆怅："是啊，你已经及笄了。不过为父一直觉得你还小，原本还想多留你几年。"

"那女儿就在家多陪父亲几年。"任瑶期眨了眨眼，笑着道。

任时敏斜睨任瑶期一眼，哼笑了一声。

任瑶期不由得想起之前让父母应下萧靖西的亲事的事情，不由得也有些脸红。

任时敏却正色道："瑶瑶，你老实跟我说，萧二公子的事情你知道多少？"

"父亲指的是？"

任时敏原本松开的眉头又皱了起来："自然是他生病的事情，以前听说他病得很重，有好几次都在鬼门关前打转，可是刚刚听王妃的意思，又似乎另有隐情？平心而论，燕北王府二公子无论是家世还是相貌才学都无可挑剔，为父唯一担心的就是他的身体状况。你年纪轻轻的，总不能一嫁过去就……"任时敏顿了顿，还是将"守寡"两个字咽了下去。

任瑶期想了想，斟酌着道："具体的我也不是很清楚，不过应该没有外界传言那样严重。"

任时敏了然地点了点头："他那样的出身，倒也见怪不怪了。"不过想了想之后，任时敏又皱着眉头纠结了起来，"为父又觉得燕北王府那样的环境太复杂了，他身为燕北王嫡子还难以躲避别人的暗算，你……"

任瑶期闻言看着自己的父亲笑而不语。她知道任时敏说这些并不是想要从她这里得到什么回复，这会儿无论是谁，任老爷都会找出一大堆不是。

如任瑶期所料，任时敏确实只是纠结了，一时无法适应小女儿要嫁人的事情。

"那父亲同意这门亲事了吗？"任瑶期在任时敏面前也没有那么多顾忌，笑着问道。

任时敏闻言看向任瑶期，有些闷闷不乐的样子："你自己不是愿意吗？爹不同意，你不怨恨爹？"

任瑶期抿嘴笑，用手指轻轻扯了扯任时敏的袖子："我听爹爹的，爹爹要真觉得不好就拒了吧。"

任时敏脸色终于好看了点，之前郁闷的心情也好多了，想了想，正色道："不过王妃的性子倒是很好相处，看得出来她也很喜欢你。爹琢磨着吧，嫁个人，夫君好不好倒是其次，长辈喜欢你才是最重要的。"

任瑶期闻言一愣，没有想到自己的父亲竟然还能说出这样的话。

任时敏看到任瑶期的样子就知道她在想什么，叹道："看你母亲就知道了。"

任瑶期："……"

"你进去陪王妃说话吧，爹去书房了。"任时敏又发了一会儿呆，然后转头看了看正房，对任瑶期摆了摆手，抬步朝书房走去，衣袂翩翩，举手投足依旧是那副风流名士的样子。

任瑶期摇了摇头，去茶水房里亲自给任时敏泡了一杯茶，让丫鬟给他送去，又用托盘装了几碟点心，端着去了正房。

任瑶期进去的时候王妃和李氏正相谈甚欢，两人似乎也没有聊什么要紧的，王妃在说自己当年当徐夫人的弟子时候的趣事，李氏听了在一旁笑得开心。

见任瑶期进来了，王妃便停住话头，半真半假地对李氏道："这话我们两人说说就罢了，可千万别让瑶期知道了。我可是做长辈的，被晚辈知晓了年轻时候的糗事，以后可就没办法再摆威风了。"

李氏听了又是一阵笑，点头道："这话有理，云姐姐放心，我一定守口如瓶。"

任瑶期将茶点一样一样摆到茶几上,低头笑道:"早知道王妃是在说这么重要的事情,我应该早点进来偷听的。"心里却不由得想,王妃不愧是萧靖西那只黑狐狸的母亲,这才说了多会儿的话,李氏就放下了防备和客套,唤起她云姐姐来了。

王妃闻言,作势轻拍了任瑶期一记。

王妃又略坐了一会儿,便起身告辞了。李氏和任瑶期一起送她出了二门。王妃上马车的时候,看了看任瑶期,对李氏道:"府外的那些守卫,明日就撤了,你们行事也方便些。"顿了顿,她又意有所指地笑道,"过几日,我再派人过来商议正事。"

王妃所说的正事,肯定是婚事无疑了。

李氏也笑着点了点头,目送她上了马车,直到燕北王府的马车离了府,她才带着任瑶期回去。

"王妃是个好性子的。"母女两人回房之后,李氏叹道。

任瑶期点了点头,心里暗道:也是个厉害的人物。

任时敏和李氏之前还对这门亲事不怎么情愿,她才在门外站了一会儿工夫,两人的态度就或多或少发生了改变。任时敏不再反对,李氏也乐意了。对于王妃的这种本事,任瑶期自愧不如。

王妃亲自拜访任家的消息在她的车驾离开任家之后就传了出去,云阳城里几乎家家户户都知道了,结合之前萧二公子向任家求亲的传言,不难猜测王妃亲自去任家的原因。一时间,云阳城里的人不由得都羡慕嫉妒起任瑶期来。

即便是娶媳妇,能让王妃这般看重,放下身段亲自上门求娶,也不是人人都有这样的福气的。

王妃的娘家云家在第一时间知道了这件事,云大太太立即去见了云老太太。

云家老太太这会儿脸色也不太好。她原本以为这个时候云秋晨是最适合燕北王府的媳妇。在献王成为河中王,李氏恢复嘉怡郡主的头衔之前,以任瑶期的身份是无论如何也配不上燕北王府世子妃这个身份的，可是偏偏就在这个时候……

"母亲，现在要怎么办？"云大太太问道，谁能想到会半路杀出个河中王的外孙女？

云老太太斜倚在靠背上，用手按捏了一下眉心："再观望观望。"

云大太太皱了皱眉："可是王妃已经亲自去过任家了，我听说燕北王府里负责礼仪的官员已经开始着手准备了。"

云老太太抬眸看了云大太太一眼，脸色倒是平静的："不然还能如何？献王府和燕北王府很明显是政治联姻，就算是我们云家这会儿也要靠边看着！"

云大太太闻言便不好说话了。

云老太太斜倚在那里不知道在想什么，然后又问道："之前说太夫人什么时候回来？"

云老太太口中的太夫人就是燕北王的生母，云太妃。云太妃与老王妃不合，两人斗了几十年。虽然云太妃的儿子继承了燕北王府，但无论如何，在分位上，老王妃始终要压云太妃一头，就算是有燕北王在，燕北王也不能偏帮自己的生母。

所以云太妃也不愿意待在燕北王府，自愿去给老王爷守陵，常年住在别院里吃斋念佛。因此自老王爷去世之后，云太妃和老王妃之间也算是相安无事。

云大太太连忙回道："上次去给太夫人送东西的人回来说太夫人今年年前会回来。"

云老太太"唔"了一声，又不说话了。

半晌，她摆了摆手："你先出去吧，这事儿我还需再想想。"

云大太太便依言退下了。

从云老太太的院子里出来之后，云大太太想了想，还是去了云秋晨的院子。

云大太太过去的时候，云秋晨正在书房里抄一卷佛经。

云秋晨是站立在书案前的，右手握笔悬腕，微微低着头，神态认真，露出一段雪白的脖颈，即便是不看云秋晨的容貌，单单是她举手投足间流露出来的气质，也让人移不开眼。

云大太太心里叹了一声，并没有上前去打扰她，只站在一边等了等，直到云秋晨抄完一小段，才走过去道："怎么又在抄佛经？"

云秋晨这才看到云大太太，连忙将笔放下上前行礼："母亲怎么过来了？"

云秋晨招呼自己的丫鬟上来收拾一下书案，又亲自扶了云大太太去隔壁的炕床上坐下，然后才道："太夫人之前说想要让人绣一幅《地藏菩萨本愿经》，瞧着我的字还算能入眼，我便将这事情揽了下来。"

云大太太看了看女儿，叹道："太夫人向来疼你，你可要抄仔细些。"

云秋晨微笑："这是自然。"

云大太太忍不住又叹了一口气。

云秋晨亲自从丫鬟手中接过茶水捧给云大太太："母亲因何一直叹气？"

云大太太接过茶碗，在手中捧了一会儿，并没有喝："晨儿，燕北王府向任家提亲了。"

云秋晨闻言点了点头，一贯温婉秀丽的脸上让人看不出情绪："女儿知道，女儿还听说王妃今日亲自去见了任瑶期双亲。"

"晨儿，你是怎么想的？"云大太太探寻地看向自己的女儿，她向来觉得女儿乖巧懂事又聪颖过人，十分省心，不过有些时候她也有些看不透这个女儿。

云秋晨沉吟片刻，正要说话，她的大丫鬟南珠掀帘子急急走了进来，见云大太太也在不由得愣了愣，面上有些踌躇。

云大太太一看她这模样就知道是有事情要禀报，脸上不由得带了些不悦，"有什么事情还是我听不得的？"

云秋晨看了南珠一眼，温声道："母亲又不是外人，有什么事情就说吧。"

云大太太的脸色这才好看起来。

南珠走上前来道："太太、小姐，京都传来消息说燕北王府那位世子妃赵氏已经怀了身孕。"

云秋晨听到这个消息之后眉头微不可察地皱了皱。

云大太太却吃了一惊："什么？世子妃怀孕了？之前怎么没人发现？"

说到这里，云大太太又有些狐疑，这么大的事情南珠是从哪里打探到的？她刚从老太太的院子里出来，老太太那里都还没有接到消息。

"这个消息你是从哪里打听到的？"云大太太皱着眉头审视南珠。

南珠低下了头，一声不吭。

云大太太正要再言，云秋晨却开口道："母亲，是我让南珠帮我留意着外院的消息。"

云大太太突然想起来，南珠的父亲和兄长皆是云大老爷身边的亲信。云家人虽然依着祖训不得进京都，但是像云家这样的大家族总有自己的消息来源，南珠的父亲就是在云大老爷身边负责整理消息的。

想清楚之后，云大太太吓了一跳。她没想到云秋晨胆子竟然这么大，还将手伸到了外院，连她父亲身边都有她的人。

"晨儿！你怎么这么大的胆子！若是被老太太和你父亲知道了……"

云秋晨不以为意，轻声安慰云大太太道："母亲放心，女儿不会让祖母和父亲知道的。"

云秋晨看着云大太太明显不赞同的样子，叹了一声："母亲，我们虽然只是内院的女子，但是平日里行事还不都是看着外院的风向来的？女儿如此，只是不想太过被动。"

云大太太看着云秋晨一脸冷静镇定的样子，心里不由得担心不已。

上一次云秋晨在云老太太屋里安排眼线让云老太太十分不满，云老太太因此事冷落了云秋晨很长一段时间。云家娇宠女儿，却不会放任她们插手外院的事情。在云老太太心里，云秋晨再如何聪明能干最后也是要嫁出去的。

"晨儿，娘知道你聪明能干，但是在你祖母面前还是乖顺一些的好。以你祖母的性子，是容不得别人忤逆她的。你祖母说这次燕北王府与献王府是政治联姻，我们云家也无法阻止。何况世子还留下了一个遗腹子，万一以后生出来的真是男孩，下一任燕北王最后由谁来做还真不好说，毕竟萧二公子再如何有本事，他的身体状况摆在那里，王爷不一定会将王位传给他。"

云秋晨听云大太太说完，最后却缓缓摇头："母亲你错了。世子已经过世这些日子了，却现在才传出世子妃有了身孕，这说明什么？说明朝廷在打这个孩子的主意，而世子妃和她肚子里的孩子在朝廷的控制之下。若是世子妃是在燕北王府生产，那倒还好说，如果她在京城生产，是什么来路就说不清了，试问燕北王怎么会让一个来路不明的孩子继承王位？"

云秋晨想着,何况这个孩子还未出生,等到他长大成人那一日,萧靖西羽翼已丰。再说孩子能否平安出生并长大也难说得很。

云秋晨虽然极少与萧靖西接触,却也知道萧靖西不是一个简单的人物。别人不知道,云秋晨可是清楚,在燕北王不在燕北的时候,燕北所有的事务都是萧靖西接手的。

"可是萧二公子他的身体……"

云秋晨打断道:"听说自几年前从南海回来之后,萧二公子的身体已经慢慢好转。娘,现在的燕北不是当年的燕北,燕北王并不一定要身强体壮才能带兵打仗。"

"晨儿,萧二公子和任家五小姐的亲事眼看着就要成为定局。"

"这不还没成为定局吗?"云秋晨漫不经心的一句话,让云大太太所有的声音都消失在喉间。

"你打算做什么?晨儿,这可不是闹着玩的,万一出了什么事情就等于同时得罪了燕北王府和河中王。"云大太太不由得有些急。

云秋晨闻言沉默了一会儿,最后却笑着对云大太太温言道:"女儿不过是说说罢了,母亲放心,女儿不敢乱来的。"

云大太太看着云秋晨一如既往的乖顺模样,心里却无法释然。

云秋晨不愿意再多言,又与云大太太闲扯了几句,便送她离开了。

在云家得到世子妃有喜这个消息之后没过几日,这个消息就在燕北传开了,几乎所有人都知道了已故世子还留下了一个遗腹子。紧接着世人便开始猜测世子之位最后到底会落到谁的头上,对萧靖西的婚事的关注度反而小了不少。

而在燕北民众全都心系世子爷的遗腹子之时,任时敏一家却遇到了糟心事。

任家又找上门来了。

在王妃来过之后的第二日,燕北王府便撤离了守在任家门前的侍卫。明眼人立即看出来了，之前王府派人围住任家与其说是因为献王府的事情而迁怒，倒不如说是为了保护嘉怡郡主一家免被波及。

任家这会儿也终于回过味儿来了，自然悔得肠子都青了。任家二老立即派人来云阳城找任时敏，想要让任时敏重新认祖归宗。

虽然早有预料，可是看到任家这次反应这么迅速，行事这般反复，任瑶期还是有些啼笑皆非。

任家原本以为将已经赶出家门的儿子再接纳回去是一件再容易不过的事情，却错估了任时敏的臭脾气。

任家派来的人连任时敏的面也没有见到就被请走了。

任家又接连派了好几拨人来，结果都是"不见"。最后任老太太只有亲自出马，坐着马车来云阳城见儿子。

再如何，任老太太也是任时敏的生母，任时敏不可能像对待任时中和任家其他人那样对她视而不见，所以任老太太最终还是进了任家家门。

任老太太进来之前，任瑶期将周嬷嬷叫到一边交代了几句。

等任老太太被李氏派人迎进正院的时候，任时敏和李氏已经带着任瑶期候在那里了。

任老太太的视线停留在李氏身上，神情很复杂。

李氏上前去给任老太太请安的时候，任老太太脸上很快露出了一个笑容，正要伸手扶李氏起身并说几句软话的时候，一旁的周嬷嬷却先一步上前扶住了李氏，用在场之人都能听到的声音小声提醒道："郡主，这于礼不合！"

李氏为人厚道，没有反应过来，周嬷嬷解释道："您贵为先皇亲封的郡主，按照我们大周的礼节，除了宫里几个贵人之外只需向王爷和王妃行礼。任家老太太虽说是长者理应敬着，但是祖宗的规矩不可废，皇家的颜面更不允许任何人折损。"

任老太太闻言脸色一僵，再也挤不出笑脸，看着周嬷嬷有些皮笑肉不笑，话却是对着李氏说的："这么说，我倒是要向郡主行礼了？"

李氏立即看了任时敏一眼，任时敏与之前一般眉头微蹙地站在李氏旁边，并没有因为周嬷嬷的话而有什么不满，李氏不由得松了一口气。

"不得无礼。"

李氏轻叱了周嬷嬷一声,又对任老太太道:"老太太请上坐。"却也没有坚持给任老太太行礼。

周嬷嬷被李氏这么一叱,便又低着头恭谨地站在李氏身后不说话了。在场的气氛却有些尴尬起来。

任老太太知道今非昔比,绝对不能在这个时候沉不住气跟李氏闹翻,便深吸一口气将心里的火气压下来,就着李氏给的台阶下了,自己坐到上座。不过她对站在一边任她被个刁奴侮辱的任时敏更加不满了。

任老太太坐到上座上后,便慢慢地又找回了在白鹤镇任家大宅时候的气势,正想着要按照以往的手段故意晾任时敏和李氏一阵,杀一杀李氏的郡主威风,周嬷嬷却没有给任老太太机会。

周嬷嬷扶着李氏也坐了下来,又故意大张旗鼓地吩咐丫鬟给李氏重新换椅子的背垫,将茶水换成李氏喜欢喝的,还当着所有人的面责备喜儿端上来的水烫了,带着一屋子的丫鬟忙里忙外地围着李氏一个人转,将郡主的排场摆得十足十。

任老太太自己孤零零地在上首坐着,那威风哪里还摆得下去?她的脸色便越加不好看了。

直到任时敏往周嬷嬷那里看了一眼,周嬷嬷才适可而止地停下来,任时敏这个姑爷的面子周嬷嬷还是很给的。

"老太太今日过来有什么事吗?"见人都消停下来了,任时敏身为一家之主,自觉地开了口。

任老太太理直气壮地道:"怎么?我来看看儿子和儿媳妇也不行了?"

任时敏顿了顿,还是冷淡地道:"我已经被任家逐出家族,现在已经不是任家人了。"

任老太太看着任时敏这样,语气总算是软了下来,叹了一口气安抚道:"母亲知道你还在生气,可是当时那种情形由不得家族不做出个选择,现在……"

任时敏蹙眉打断道:"既然已经做出选择,那就没有再回头的道理。我之前就已经说过,出了任家大门,我就不会再回去了。"

任老太太突然眼眶一红:"老三,娘亲自来请你回家,难道你也要将你娘赶回去？你可是我怀胎十月生出来的！"

任时敏抿了抿唇："在家族最困难的时候我也没有想过要背离家族，家族却在我这一小家子人前途未卜的时候舍弃了我。其实这些日子我也想通了，所以不怨怪任何人。但是覆水难收，我是绝对不会再回去的，老太太不必多言了。"

任老太太是知道任时敏固执的脾气的。不熟悉任时敏的人都觉得他脾气好，也好说话，事实上任时敏却是任家几个兄弟当中最不好伺候的。任老太太对这个生在中间的儿子也不怎么喜欢，更喜欢长子和幼子一些。

于是任老太太便又看向李氏："母亲知道你是个孝顺懂事的好孩子，快帮母亲劝劝老三，他又犯了倔。你应当知道，一个没有了家族的人就像是没有了根的浮萍，只能随波逐流，以后的路会有多难走可想而知。"

任时敏有些不耐烦地道："既然连她一介妇人都知道一个人没有了家族，路会很不好走这样的道理，为何你们当初却不明白，非要将我往绝路上逼？只能共富贵无法共患难的算得上什么家人？我既然已经是家族弃子，那就断无再被拾回去的理！"

任老太太脸色一白，只能目含乞求地看向心软好拿捏的李氏。

不过李氏却低下头回避了任老太太的视线，低声道："我、我听夫君的。"

任老太太气得差点要摔茶碗，最后只能抖着手将茶碗放到桌上，又挤出一个笑，对任瑶期招了招手："好孩子，你过来。"

任瑶期看了看任时敏和李氏，低着头上前站到了任老太太面前。

任老太太脸色好看了些，拉住任瑶期的手慈爱地道："期儿许久没回去了，这次跟祖母回去陪陪祖母如何？祖母给你留了好些压箱底的好东西，就等着你出嫁的时候给你当嫁妆呢。"

任瑶期任由任老太太握着她的手："多谢老太太好意，不过母亲说我还有不少规矩需要学，不能离开，还请老太太见谅。"

任老太太碰了个软钉子。

接下来无论任老太太如何苦口婆心地劝，哄的骗的都用上了，可是无论是李氏还是任瑶期都不接她的茬儿，似乎只要任时敏不松口，她们一个听夫命一个听父命，谁也不敢忤逆任时敏。偏偏任老太太对任时敏一点办法也没有。

最后折腾了半天，任老太太还是只能无功而返，先回了白鹤镇。

可是这件事情并没有完。

任家的事情原本只是任家的家务事，因为不怎么光彩，谁也没有大张旗鼓宣扬出去。可是在任老太太离开云阳城的第二天，外面就传扬开了，说嘉怡郡主现在扬眉吐气开始仗着娘家的势给婆婆脸色看，连婆婆上门去求和都被她派刁奴赶了出去，而任时敏这个郡马有了老婆就忘了娘，现在开始对郡主唯唯诺诺，跟着老婆一起给自己亲娘脸色看。

周嬷嬷听到这个传闻的时候气得不行。

"五小姐，是不是任家那边在搞鬼，想要借此逼着老爷回去？"

任瑶期想了想，轻蹙着眉峰摇头道："他们应该知道以父亲的脾气，这样的流言逼迫不了父亲低头。怕是有人借着任家的事情在暗中捣鬼。"

周嬷嬷闻言一惊："是什么人？这么做的目的是什么？"

任瑶期没有回答，只道："无论是谁在背后捣鬼，总有要站出来的时候，再等等看。"

"可是外面那些谣言就随便他们传吗？这样对老爷和太太的名声也不好，对五小姐您怕是都会有些不好的影响。"无论在什么时候，不敬不孝长辈都是会被人口诛笔伐的，就连皇帝都要注重一个孝字。外头只会看到任时敏不认亲娘，谁还会去关心任时敏是不是被赶出任家了？

任瑶期摇头："再等等。"

再等等的结果就是终于有人开始质疑萧靖西娶任瑶期的事情。有些人觉得，像任时敏和嘉怡郡主这样不懂孝道的父母肯定也教不出好女儿。

任瑶期终于明白敌人招呼也不打一声就来势汹汹是为了什么，原来是为了她和萧靖西的亲事。

只是这件事情任瑶期还没来得及做出反应，就有人先一步动作了。

任家先将任三老爷除族的事情被世人知道了，渐渐地除了个别特别迂腐的，或者故意找碴儿的人之外，众人对任三老爷的批评声也小了不少。

只是谁也没有想到，那个思想特别迂腐的很快就被人爆出在母孝期间嫖娼的事情，被燕北王府停了原本的职务。原来表面上道貌岸然开口闭口礼义廉耻的人竟然是这样的品性，世人不由得有些唏嘘。

也有聪明人察觉出来了，这人这么快就从道德的制高点跌落进污泥地里，肯定是惹燕北王府不高兴了，不然哪里有那么巧的事情？

于是不等燕北王府发话，就有更多的人主动站出来为任时敏和嘉怡郡主辩护。这些声音比那寥寥的几个批判的声音要强劲得多，很快就将不和谐的声音压了下去。

于是原本不忠不孝不仁不义的嘉怡郡主夫妇就成了被家族抛弃的受害者。

而在这个时候，已经离开云阳城一阵子销声匿迹一般的云文放突然风尘仆仆地赶了回来。

云文放是一路快马加鞭赶回来的，从听到萧靖西向任家求亲的消息起，赶路似乎成了他最为重要的事情。至于这段日子里突然冒出来牵绊住他的脚步的那些事，全被他抛开了，他并没有忘记自己插手这些事务的初衷是为了有足够的筹码去娶任瑶期，现在他在意的女人要被别人娶走了，他还在乎那些做什么？

云文放回到云阳城的时候已经疲惫不堪，一双晶亮的眸子被风吹得通红，脸上因为疏于打理长出了一些胡茬，表情更是阴沉得能止小儿夜啼，云阳城城门的守卫甚至一下子没有认出这位大名鼎鼎的云家二少爷。

云文放进城之后没有回云家，直接策马去了宝瓶胡同的任家。可是当他一人一马到了离任瑶期家门前一条巷子的岔口时被人拦了下来。

拦路的是一个一身黑衣，长相普通的男子。别人或许不认得这个极少出现在人前的男人，云文放却知道这个人。这一位正是燕北数一数二的高手——萧华。萧华曾经是燕北王府的首席暗卫统领，后来虽然不做暗卫工作，开始慢慢转到人前接手一些明面上的事，身手却比做暗卫的时候只进不退。云文放也知道，萧华是萧家二公子萧靖西的嫡系人马。

看到萧华的那一瞬，云文放什么都明白了，原本就通红的眸子瞬间闪现出状若疯狂的阴狠之色，让原本并未将云文放的武力值当一回事的萧华都不由得警惕起来。

"云二公子请回。"萧华对云家的人还算客气,想着能不动手还是不动手,所以在云文放勒马停下来之后礼貌地说了这么一句。若是云文放识相离开最好,不然他势必要将云文放打趴了送回云家,反正他家主子说过,不惜一切代价拦住任何不相干的人。

萧华原本还有些疑惑,到底是什么不相干的人需要他亲自守在这个小巷子里拦,难不成是主子身边的哪个内侍看他不顺眼所以进了谗言?不过在看到云文放的那一刻,萧华立即明白过来主子口中那个不相干的人指的是谁了。

云文放死死地盯了萧华半晌,正当萧华以为云文放会立即朝他扑过来的时候,云文放却二话不说掉转马头离开了。

云文放原本来任家不过是想要确认一件事情,但是在看到萧华的那一瞬,他已经不需要再找谁确认了。

云文放从宝瓶胡同出来之后也没有直接回云家,而是去了燕北王府。

相比任家门前的重重关卡,燕北王府外围的守卫反倒松懈多了。云文放下马问了王府门房几句话,然后又从王府出来,骑上马出城,候在了城外的那条岔路口。

也不知道等了多久,终于有一辆马车从那条岔路的尽头慢慢驶了过来,马车前后皆有骑马跟随的侍卫。

云文放一直盯着那辆马车驶近,在侍卫注意到他的时候策马从暗处现身,缓缓地停在路中央,挡住那一行人,视线依旧停在那辆马车的车帘上,似乎想要用目光将车帘子盯出一个洞。

领头的侍卫骑马上前,看了云文放一眼,然后道:"云二少爷有事?"

云文放看都没有看那侍卫一眼:"我要见萧靖西。"他的声音有些喑哑,就像是许久没有饮水的人一般。

那侍卫皱了皱眉头,却还是点头道:"云二少爷请跟我来。"显然已经得到过吩咐了。

云文放跟着那侍卫到了马车前,侍卫对着马车低声禀报道:"公子,云二少爷求见。"虽说是将云文放领了过来,不过侍卫的目光还是若有似无地放在云文放身上,不动声色的同时又带着谨慎和戒备。

云文放扯了扯嘴角,脸上却没有一点笑意,只是这个动作让他原本就干裂的嘴唇开裂了，渗出些血来染红了他的下唇，配上他阴沉的脸色，若是普通人看到非吓退不可。

"萧二公子，我有事情要与你谈，能否让你的人都退下？"云文放说出来的话却难得的礼貌。

那侍卫正要说话，马车的车壁却被轻轻敲了一下，然后车帘子便被侍立在马车旁的同贺掀开，萧靖西从马车上走了下来。

萧靖西下车之后打量了云文放一眼，面上并没有什么特别的表情，只转头温声吩咐自己的侍卫一句："你们先退下吧。"

侍卫闻言虽然有些犹豫，但还是低头行了一礼，然后带着人退到了二十来步以外的地方，再远却不肯退了。同贺没有与那些侍卫一起回避，依旧垂着眸子戳在萧靖西身后没动。

云文放看了看同贺，脸上露出嘲讽之色："我若是动手，一个随从拦得住我？萧二公子若是怕的话，还是将人都叫回来吧。"

萧靖西闻言不过一笑，并没有解释，也不理云文放的挑衅，只是问道："你找我何事？"

萧靖西这样云淡风轻的态度让云文放眼中原本压抑下去的血腥之气又翻涌了出来，他往前走了两步逼近萧靖西："你要娶她？"

云文放上前的时候并没有收敛自己身上散发的煞气和戾气，萧靖西却像是丝毫没有察觉一样，站在原地没有动，声音也没有变化："是。不过这是燕北王府和任家的事，云二少爷似乎关心过头了。"

听到萧靖西肯定的回答，云文放双手猛地握拳，让人能清楚地听到关节摩擦的声音。

"凭什么！我认识她的时候，你还不知道在什么地方为了你的病四处寻医问药呢！"云文放红着眼睛一字一顿地咬牙道，就像是一头被人逼到绝境的斗兽，全身的汗毛都竖了起来。

萧靖西闻言眼睛微微一眯，云文放没有察觉，站在萧靖西身后的同贺却下意识地往后退了半步，将头埋得更低了。

四周诡异地沉默下来，气氛有一瞬间是凝滞的，仿佛周围的一切都被什么东西冻住了，就连站在二十几步开外注意着这边情形的侍卫也感觉到了一丝深入骨髓的冷意，忍不住打了个寒战。

云文放本能地也察觉到了一点，这让他有些失控的情绪稳下来一些，不过悲伤和愤怒让他降低了警惕，只自顾自地道："萧靖西，你想要什么样的女人没有？就算燕北王府要与河中王联姻难道非要她不可？"

萧靖西只是看着云文放，没有说话。

"你能否放过她？"云文放的声音里带着些连他自己也没有注意到的乞求。云文放向来高高在上，即便是面对萧靖西的时候也从来没有低人一等的感觉，他这辈子，除了在任瑶期那里，还从未在别人面前低过头。

"放过她。我愿意为燕北王府做任何事情，云家亦然。"这一刻云文放收敛了自己所有的骄傲，虽然在萧靖西面前低头让他觉得难堪，但是他还是忍不住这么做了，尽管他的脊背抖得十分厉害。

萧靖西有些意外，只是云文放的话并不能打动他半分。他挑了挑眉，有些玩味地道："云家亦然？云文放，你什么时候能做云家的主了？"

云文放抿了抿唇，依旧泛红的眼中流露的眼神十分坚定："总有一日我做得了云家的主！只要你不娶她。"

萧靖西看了云文放一眼，弯唇笑了笑，眼中却没有丝毫笑意，说出来的话也十分冷酷："我不要云家，你也别白费力气了，她只会是我的妻。"

云文放猛然抬头，狠狠地看着萧靖西。

萧靖西对他眼中的凶狠和恨意视而不见，只是礼貌地微微颔首："事情已经谈完了，云二少爷请便吧。"

云文放脸上闪过一抹狠厉的杀意，上前一步挡住萧靖西要上马车的步伐，浑身散发出冷意："萧靖西，你不是病得快要死了吗？为何非要拖累她？如果你只想娶个摆设的话，娶谁不行？"

萧靖西淡淡地道："与你何干？"

云文放冷笑一声，一边抬手向萧靖西攻了过来，一边道："既然你早晚都要死，不如现在就去死吧，免得还要拖个人给你垫背。"

云文放身上的杀意是真真切切的，他这一刻也是真心想要萧靖西死。

云文放早已经过了不谙世事的年纪，这几年在边关的历练也让他明白不少人情世故，所以一开始他并未想要与萧靖西拼命。可是萧靖西那一句"她只会是我的妻"彻底逼疯了云文放，让他苦苦压抑的血气上涌，冲破了本就岌岌可危的理智。在云文放看来，萧靖西明明命不久矣却非要娶任瑶期，想要耽误她一辈子，简直是可恨可杀！

远处一直注意这边情形的护卫第一时间察觉到了不对，立即想要跑过来救驾，却被萧靖西一个隐晦的手势止住了，就连想要闪身上前拦住云文放的同贺也生生顿住了步子，反而后退三步离开了战圈。

因为是真的想要杀死萧靖西，所以云文放出手的时候用了全力，动作也快如闪电，想要速战速决。可是就在他的手要触上萧靖西的脖颈的时候，却被一股突如其来的力量生生压制住了。

当自己的手被一只修长的手挡住的时候，云文放还愣了愣，当看清楚这只手的主人正是萧靖西本人的时候，云文放眼中闪现出震惊之色。

这怎么可能？

云文放对自己的本事心知肚明。与萧华那样的暗卫出身的顶级高手近身搏斗的话，他是没有什么胜算的，但是对付一般的高手根本就不在话下，何况还是一个病秧子萧靖西？

云文放以为这是巧合，迅速回神之后另外一只手攻向了萧靖西的鸠尾穴。这一处穴道是人体死穴之一，偷袭的时候找准位置用准力道的话，能震碎人的心脉，重伤胸腹内脏，同样一招致命。

只是云文放的手依旧被萧靖西用手腕挡住了。萧靖西站在原地动也没有动，在挡住云文放攻势的同时，原本虚握的手掌微微一张，无名指和中指以诡异的速度和刁钻的角度轻轻地敲向云文放脐上七寸、剑突下半寸之处，恰巧落在云文放刚刚突袭他的鸠尾穴上。

云文放身形一滞，脚下一个踉跄后退几步，然后突然低头呕出了一口血，胸前的衣襟染红一片。

胸腹内的剧痛让云文放单膝跪倒在地上，视线也变得有些模糊，他似乎还有些难以置信自己突然就受了这么重的内伤，脸上的神色甚至有些茫然。

直到感觉一个人站到了自己身前，云文放才使劲眨了眨眼，抬起头来。

"你……"云文放似是想要开口说什么，只是一开口又吐出一口血，这么一吐反而让他清醒了些，更让他意识到自己伤得不轻。

萧靖西微微垂眼,居高临下地看着跪倒在地的云文放,神色很冷淡,仿佛刚刚出手伤人的并不是他:"我记得我之前说过,你应该感谢自己姓云。"

"咳……咳咳……你、你竟然会武?"云文放剧烈地咳嗽片刻,看着萧靖西面色复杂地道。

萧靖西没有回答他的问题,只是招手叫来自己的护卫,淡声吩咐道:"带两个人送他回云家,说不定还有救。"

护卫立即带了两个下属上前将云文放搀扶起来。云文放的目光却一直盯在萧靖西身上,不知道是不是因为受伤视线模糊的关系,他眼中的恨意和狠厉散去不少。

在云文放被侍卫拖走之前,他还是挣扎了一下,似乎想要说什么,却被萧靖西一句话截断了:"云文放,这是最后一次。"

萧靖西的话很淡很轻,让人听不出什么情绪,却让在场的人心下皆是一凛,似是感觉到一种令人脊背忍不住下弯的威压。

萧靖西没有再看云文放一眼,转身上了马车。

云文放被燕北王府的侍卫送回云家的时候吓了云家人一跳,尤其是他身上的血迹和惨白的脸色,一看就知道伤得不轻。

云老太太问侍卫云文放是怎么受伤的。侍卫对云老太太的态度还算恭谨,回话却是:"还是等云二少爷醒了您问他自己吧。云二少爷伤了心脉和内脏,不早些医治怕会有性命之虞。"说完这一句,侍卫就以还有公务在身为由离开了,也不管云家人心里是怎么想的。

云老太太和云大太太闻言吓了一跳,忙让人去请大夫进府。

云文廷匆忙赶过来,在大夫来之前摸了摸云文放的脉,不由得皱了皱眉。

"怎、怎么样?"云大太太脸上惊惶之色未褪,生怕从云文廷口中听到什么不好的消息。

云文廷蹙起的眉峰微松,低声安慰母亲和祖母道:"二弟身体底子好,不会有事的。"

大夫很快进了云府，给云文放看过之后发现和那侍卫说的情形八九不离十，云二少爷被人伤了心脉和内脏，伤势不轻。好在送回来得及时，总算捡回一条命，只是要康复的话需要休养大半年，在这大半年里不能动武，否则伤势非但好不了还会加重。

云大少爷在得知云文放没有性命之虞之后便派人去查了今日之事，最后得知云文放今日从外面赶回来之后首先去了燕北王府，从王府问到萧二公子出城之后就离开了王府，随后也出了城。

等属下退下之后，云文廷有些疲惫地按了按眉心，又独自在书房坐了片刻，然后让人备马，去了燕北王府。

云文廷来燕北王府是来求见萧靖西的，萧靖西对云大少爷倒是没有摆架子，直接让人带他去了书房。

云文廷一进门就恭恭敬敬地行了礼，然后诚恳地道："多谢萧二公子手下留情。"这个时候他没有像平时一样称呼萧靖西的表字。

萧靖西正坐在南窗边自己与自己对弈，闻言抬头看了云文廷一眼，微笑着道："既然来了就过来与我对一局吧。"

云文廷便走到萧靖西对面坐下，与他下起了棋。

这个过程中两人都没有再说话，书房里只能听到棋子轻叩在棋盘上的清脆声音，两人这一局下了一个时辰才结束，云文廷输了。

萧靖西打量了一下棋盘，手中把玩着一枚黑子，漫不经心道："你走错了一着，结果步步都错。当断不断必受其乱，子睿，你过于优柔寡断了。"

萧靖西的评价毫不留情面，云文廷闻言收棋子的手微僵，随即苦笑着摇了摇头："的确是我的错。"

萧靖西便不再多言，云文廷沉默地捡了一会儿棋子，然后说道："等文放养好了伤我就让他回嘉靖关，这半年我会让人好好看着他的。"

萧靖西端起茶碗喝了一口茶，不置可否。

"你对自己的婚事可有想法？"

云文廷没有料到萧靖西会突然提起这个，不由得一僵，随即暗自吸了一口气才缓缓道："我……暂时还没有成亲的打算。"

萧靖西点了点头，淡声道："你不成亲有你的理由，不过长幼有序，不要影响到弟妹的姻缘才好。"

云文廷是聪明人，立即体会到了萧靖西的意思，想了想说道："在文放回嘉靖关之前，云家会安排好他的亲事。"

原本依萧靖西的性子，这段对话到这里也就完了，他从来不过问这些琐碎之事，也从不咄咄逼人，今日他却接着云文廷的话问道："可有适合的人选？"

云文廷愣了愣："暂时还没有。"顿了顿，他又试探着问道，"庭桢这里可有人选？"

萧靖西闻言笑了笑："拿不定主意的话，可以问问王妃，她知道的闺秀多。"

云文廷闻言颔首："我回去之后让祖母和母亲改日来见王妃。"

云文廷这般配合，萧靖西满意了。

在云文廷告辞离开之前，萧靖西甚至还很好心地提醒道："我记得云二少爷之前是去了西宁？这一来一回时日也不短，他的消息倒是灵通得很。"

云文廷闻言眉头微皱，不由得沉思起来。

云文廷在云文放受伤之后想的都是怎么在萧靖西这里保住弟弟的性命，没有精力去想其他，现在萧靖西提到了云文放回来得太过"及时"，云文廷便不得不多想了。

西宁离燕州不近，燕北王府和任家的婚事不可能这么快就传到远在西宁的云文放耳中，除非有人给他通风报信。可是云文放这几年一直没有回云家，他离家之前就算留下了耳目，以云文放的行事风格，这么几年下来他也不会毫无所觉，那就是有别人给云文放报信了，而萧靖西会在这个时候提醒他这么一句，这个通风报信的人很有可能是云家的。

这么想着，云文廷脸上的神色也凝重起来。

家宅不宁，难怪萧靖西会指责他当断不断，性子优柔。

"这件事情我回去之后会查清楚的，多谢。"云文廷郑重地向萧靖西行礼道谢。

萧靖西看了云文廷一眼，淡笑道："听闻云家之前对韩云谦很看重？"

云文廷闻言不由得又有些冒汗，云家之前确实是有与韩家联姻的意思，燕北王府也并没有阻止，只是萧靖西现在提起又是何意？难道是不乐意看到云家和韩家走得太近？

"在年轻一辈中，韩云谦算得上是个中翘楚，加之与秋晨的年貌也相当……"云文廷想了想，斟酌着回道。

不想萧靖西却点了点头，微笑着道："既然如此，不如早些定下来。看上韩云谦的并非云家一家，若是晚了云家怕是要追悔莫及了。"

虽说萧靖西只是一副聊家常的随意态度，但是云文廷本就是心思敏锐之人，萧靖西这句"追悔莫及"让云文廷不得不多想。何况萧靖西平日里哪里有空闲操心云家子弟的亲事？今日却接连问到了云文放和云秋晨。

萧靖西提到云文放的亲事的时候，云文廷虽然意外却也觉在情理之中，至于现在又提到了云秋晨……

云文廷便想起了云家在世子萧靖康去世之后的筹划，只是云家的长辈们也有这种考量罢了，最后还未来得及试探就传出了萧靖西求娶任瑶期的消息，因为牵扯到燕北王府和河中王，云家便不敢轻举妄动……

萧靖西并不是一个无的放矢的人……

云文廷想着，云家怕是需要好好整顿整顿了。

云文放这次伤得着实不轻，虽然无性命之虞，但是自被人送回去之后就时时陷入昏迷，大夫说的需要休养半年的话想来并非危言耸听。

在云文放受伤卧床的时候，萧靖西和任瑶期的亲事也走起了章程。

因为是非常时期，这桩婚事在燕北王府负责礼仪的官员的操办下，从采纳到请期都十分迅速，不过这一路下来，虽然紧凑却忙而不乱，燕北王府的婚事本就有王府的一套规章秩序，按着规定的程序来，倒是便利不少。

最后，在燕北王府老王妃的寿宴前几日，萧靖西和任瑶期的婚期就正式定了下来，定在了来年的九月。

虽然对于王府和任家而言，这个婚期有些赶，不过好在李氏当初在筹备任瑶华的嫁妆的时候就开始未雨绸缪地为任瑶期一并打算了，事到临头倒也不会手忙脚乱。任五老爷任时茂在自立门户之后也算混得风生水起，不说别的，一些别人不好弄到的东西找他是没有错的。任时茂与任时敏关系最好，帮侄女准备嫁妆的事情自然义不容辞。加上任时佳夫妇也主动来帮衬，所以虽然离婚期只有不到一年的时间，任家倒也没觉得有压力。

在任家开始为任瑶期准备嫁妆的时候，燕北王府老王妃的寿辰也到了。

因为世子去世，老王妃的寿辰是没有办法大办了，所以众人留意的只是借由老王妃寿诞，朝廷此次来人会带来什么样的变局。

十一月初，燕北迎来了今年的第一场雪。

这场初雪虽然下得不大，却连着下了好些日子，整个云阳城从高处看都是白茫茫一片，城中的青石板路湿滑得很，不仅行人走路打滑，连马车也撞了好几辆。可能是因为最近这些日子来往于云阳城中的人多了起来，地面上的雪还没夯实就被踩化了，即便专门负责内城安全的城防司每日派人打扫城内主要干道，地面上却还是总有一层雪化后留下来的冰碴。

朝廷的人是十一月中旬来的燕北，听说因为路上遇上了连续不断的风雪，翻了一回车，耽搁了几日，所以没有赶在老王妃生辰当日抵达。

虽然来得晚了，该来的却也都来了。

太后和皇帝还是如往年那般赏赐了老王妃不少奇珍异宝当作生辰礼，随后又就世子去世一事表达了惋惜之意。

世子去世之后，燕北王府便派了人去京城，一面处理后续之事迎回世子尸骨，一面也有向朝廷讨个说法的意思。只是世子当日突然遇刺，虽然后来抓到了几个疑似刺客的人，但那几人当场就自尽了，最后死无对证。朝廷自然不会给燕北王府将责任推到自己身上的机会，所以到最后，燕北王府想要向朝廷问责，也拿不出站得住脚的证据，于是也只能不了了之，但是燕北王府和朝廷之间的疙瘩是留下来了。

这次来燕北的除了两个礼部的官员之外，还有几个太后和皇帝身边的太监和嬷嬷。等正事差不多了的时候，一个太监才对燕北王道："太后娘娘身边的卢公公来燕北已经有一段日子了，咱家来之前太后还说了，让卢公公办完事之后回一趟京都，她老人家身边离不了卢公公伺候。"

卢公公早就已经被萧靖西交给了萧顺，现在也不知道还有没有命在。没命了倒还好，活着才是生不如死。

燕北王府之前在给朝廷去公文的时候，曾经轻描淡写地提起过卢公公因欺君之罪已经被问责的事情，当时朝廷并没有立即回应。现在太后的人当着燕北王的面提出这件事情，也不知道是太后尚不知情，还是知情了故意来找碴的。

燕北王闻言挑眉想了想，然后四平八稳地问坐在他身侧的王妃，"他说的是哪个卢公公？本王怎么没印象？"论起耍赖犯浑，常年混迹军队的燕北王做起来毫无压力。

王妃想了想，温声提醒王爷："之前听靖西提起过，前一阵子王府好像为朝廷处置了几个欺君罔上的太监？不过妾身向来不问外头的事，具体是什么情形也不太清楚。"王妃也打起了太极。

燕北王摸着下巴点了点头，然后对那太监道："本王一年到头难得在府中，芝麻小事向来不过问，这点事儿你还是去问我儿子吧。"将责任推了个一干二净。

太监嘴角抽了抽，实在说不出话来。

倒是与太监一起来的一位一直没有出声的老嬷嬷道："不知二公子现在何处？奴婢这里还有一道有关二公子的懿旨，二公子若是在府中的话，能否出来接旨？"

燕北王和王妃对视了一眼，还是王妃吩咐辛嬷嬷道："派人去山庄将二公子找回来，就说是太后懿旨到了，让他回来接旨。"

萧靖西是在一个时辰之后才回的府。

当着萧靖西还有王爷、王妃的面，老嬷嬷口述了太后口谕，就是要给萧靖西赐婚，赐的还是太后娘家的姑娘，颜家大小姐。

燕北王和王妃听了太后口谕没有吭声，燕北王看了萧靖西一眼，还老神在在地喝了一口茶。

萧靖西不慌不忙地道："多谢太后抬爱，可惜臣已有婚约在身，婚期定在了来年九月。"

老嬷嬷闻言不以为意："有太后的旨意在，公子之前的那门亲事推掉便是，难不成那位姑娘还能比颜家小姐的身份尊贵？"

萧靖西笑了笑："这……怕是不妥。"

老嬷嬷闻言便有些不悦了："这么说，二公子是想抗旨？"

萧靖西坐在那里思考了片刻，然后朝着那老嬷嬷一笑："论身份尊贵与否……不如嬷嬷来帮我计较计较？颜小姐是太后娘娘娘家的女儿，身份自然尊贵得很，与我有婚约的则是先皇嫡亲孙女嘉怡郡主的嫡女。萧家是李家之臣，要燕北王府无故悔婚，萧家怕是无脸面对先皇。"

老嬷嬷闻言一噎，顿了顿才道："老奴不知道有什么嘉怡郡主，先皇的孙女，诸位公主郡主娘娘都在京都呢。"

这时候燕北王出声了："你一直在宫里，不知道也不怪。先皇临终之前曾给献王殿下留下过遗旨，赦免了献王并加封为河中王，嘉怡郡主就是河中王的嫡女。"

老嬷嬷自然是知道这件事的，太后为了此事还大发雷霆，宫中谁也不敢提与献王或者河中王有关的事情，否则就会小命不保。

老嬷嬷有任务在身，继续道："如果这门亲事实在推托不得……二公子倒可以效仿老王爷，娶两房，颜小姐也是个通情达理的名门闺秀。"这回这位老嬷嬷放聪明了，只说让萧靖西娶两房，也没说谁大谁小。

燕北王点头道："身为男子，三妻四妾倒是平常得很。"

老嬷嬷闻言一喜，以为燕北王府要同意，不想燕北王又叹了一口气，打量了萧靖西几眼，惋惜道："只是本王这儿子怕是没这个福气，他自幼身子就单薄，能娶妻就不错了。娶两个？啧……没那个金刚钻还是别揽瓷器活儿了。"燕北王摇了摇头。

王妃："……"

萧靖西眼角跳了跳，也亏他城府极深，才没有让脸上的笑容崩掉。

只是燕北王这么没脸没皮地犯浑，就连老嬷嬷也说不下去了。

人家亲爹直接说自己儿子不行，身体状况驾驭不了二女，还让人家说什么？牡丹花下死，做鬼也风流？这就不是撮合姻缘，而是刻意谋命了。

最后太后身边的老嬷嬷因脸皮不敌燕北王败下阵来，只能想着回去请太后定夺。燕北王府这么态度强硬地要抗旨不遵，说实话，几个宫人也不敢在燕北王府里硬碰硬，毕竟有卢公公这个前车之鉴在这里，丢了小命也未必能找回公道。

朝廷来的人并未在燕北多留，第二日就启程回京了。只是太后要将颜氏女赐婚给萧家二公子的事情，还是传了出去。

任瑶期自然也听到了外头的传言。因为她和萧靖西的婚约，就算她不主动去打听，也有人主动将事情闹到她跟前来，不过任瑶期沉得住气，对这些传言并无反应。

就在李氏带着任瑶期领着一干丫鬟婆子准备过年的时候，雷家那边来了消息，让李氏和任瑶期都是又惊又喜。

任瑶华已经有两个月的身孕了。

任瑶华是八月成的亲，现在才刚到腊月就发现有了两个月的身孕，怎能不让人惊喜？

李氏甚至喜极而泣："谢天谢地，谢天谢地！今年要好好拜拜祖宗、拜拜菩萨，让他们都来保佑我们华儿一举得男，母子平安。"李氏这一生，到了现在，若是说还有什么遗憾，那便是她没能给自己的夫君生个儿子。

因为心里的这点歉疚，让她在任家的时候即便被方姨娘欺负到头上，也没有底气去反击。她对任时敏和任家始终是有愧的。

所以现在听说任瑶华怀孕了，怎么能不为女儿高兴？

周嬷嬷跟在李氏身边伺候多年，自然明白她心中所想，当即也红了眼眶："太太放心，我们两位小姐都是有福气的人，大小姐肯定能一举得男。"

任瑶期也很为任瑶华高兴，有了孩子，任瑶华就能真正在雷家站稳脚跟了。

高兴了半天之后，李氏又有些发愁："华儿年纪轻，又是头一胎，雷家也没有个长辈照看着，我、我不放心。"

周嬷嬷道："想必大小姐派人回来告诉咱这个消息，也是想要娘家帮衬帮衬？这马上就要过年了，雷家想必也忙不过来。"

按理说，怀孕不到三个月是不好传扬出去的，任瑶华性子虽然好强，却也是个知道轻重的，不敢逞强。

经周嬷嬷提醒，李氏也想到今年是任瑶华在雷家过的第一个年，她又是雷家的当家主母，雷家包括祭祀在内的所有事情都需要她主持。若是平时倒也罢了，现在怀了身孕，又不到三个月，任瑶华自己哪里撑得住？

这么想着，李氏便坐不住了，起身道："我得去雷家看看她，有些事情我还得当面教导她一番。"

周嬷嬷连忙拦住了李氏："太太，今日时候已经不早了，不如过两日再去吧。奴婢还需要去准备些大小姐用得着的东西，到时候一并送去雷家。"

李氏想着周嬷嬷说的也有些道理，便不再坚持现在就要去看望任瑶华了："对对对，还要给她准备几个人。哎呀，不行，这到腊月了，我这里都忙得脚不沾地了，雷家想必只会更忙。要不嬷嬷你先去雷家帮衬帮衬华儿吧，有你在，我就放心了。"

"可是家里这边……"

李氏立即道："家里有我和期儿呢，你赶紧带几个得用的去雷家帮着华儿要紧。"

周嬷嬷不由得看向任瑶期。

任瑶期想了想，也点了头："母亲和嬷嬷顾虑得有道理，家里的事情之前已经忙得差不多了，有我和母亲在出不了什么岔子。嬷嬷还是去姐姐那里待一阵子，等忙完了年节再回来。"

周嬷嬷心里也不放心任瑶华，见李氏和任瑶期都这么说，便立即收拾东西，带着几个十分能干的丫鬟婆子赶去了雷家。

过了两日，李氏便带着任瑶期去了雷家看任瑶华，还带着两大车吃的用的。

任瑶华接到李氏要来看她的消息原本是想要出门迎李氏的，却被一屋子的人拦住了，最后只能在自己院子里等。

任瑶期进屋的时候随意打量了几眼，发现屋子里伺候的几乎都是任瑶华带过去的陪嫁，雷家也有两个丫鬟能进屋伺候，瞧着相貌只是寻常，皆是老实本分的样子。

任瑶华看上去气色很好，比在家的时候还胖了一些，看到李氏和任瑶期的时候眼中满是喜悦，竟让她比在家做姑娘的时候瞧着要柔和不少。任瑶期这么打量任瑶华几眼，心里就越发放心了。

任瑶华与李氏和任瑶期聊了一会儿家常，将家里的人和事都问了一遍。李氏也将自己想了两日的话一一叮嘱下来，任瑶华也都认真听了。

屋里气氛正好着，芜菁进来禀报说姑爷回来了。

雷霆身为雷家家主，年末时分忙得很。不过因为任瑶华有孕在身，他再忙，每日三餐都会回来陪着妻女一起用，晚上更不会出门应酬。周嬷嬷在雷家待了两日，现在对这位姑爷是一百个一千个满意，看到他就笑容满面的。

现在还不到饭点，雷霆是听说岳母大人来了，所以提前回来的。

李氏现在对雷霆这个女婿也是越看越满意。她虽然平日里不怎么擅言辞，可是看到雷霆特意赶回来给她请安，也拉着他嘘寒问暖了许久。

雷盼儿练完自己的字之后也跑了过来，高高兴兴地给李氏和任瑶期行礼问安，又乖巧地坐到任瑶华身边。这孩子以前动辄喜欢往任瑶华身上扑，现在任瑶华有了身孕，尽管没有人特意教她，她也知道分寸，不会莽莽撞撞地往任瑶华身上撞了，乖巧懂事得令人无法不喜欢她。

李氏也很喜欢她，便逗她道："你母亲肚子里的是弟弟还是妹妹？"

雷盼儿笑嘻嘻地回答："是弟弟，盼儿喜欢弟弟！"

李氏被她逗得笑得不行，招手让她过去，抱到怀里："盼儿为什么喜欢弟弟？"

雷盼儿噘嘴道："母亲已经有盼儿了，还是来个弟弟吧，妹妹的话肯定没有盼儿这么聪明可爱。"

童言童语逗得众人皆是大笑。

等雷霆带了雷盼儿出去，让任瑶华和李氏她们继续说体己话的时候，任瑶华便问起了任瑶期的亲事。

她只问了任瑶期一句："可是你自己乐意的？"

任瑶期笑着颔首。

任瑶华看了她一眼，便没有再问。

任瑶华之前听到萧家二公子和任瑶期的婚事的时候有些怀疑是献王府想要拿任瑶期去联姻，就像当年让李氏嫁到任家一般，为的是献王府的利益。她正想要回娘家问清楚，却被雷霆拦住了。

雷霆耐心地将事情分析给她听，让她冷静了下来。

任瑶华想到以任瑶期的聪慧，如果她当真不乐意的话，肯定会想办法弄出点动静来将婚事拒绝掉，就像任瑶期当年不愿意看到她嫁给韩云谦、丘韫和曾奎那样，她总是能想出办法来。

现在任瑶华听任瑶期亲口承认,便放了心。任瑶期不想看到她所托非人,她自然也希望任瑶期能嫁个如意郎君。

至于外面传言萧二公子身体不好,若是以前她或许还会心有顾虑,可是现在她嫁给雷霆之后,对于婚姻又有了自己的感悟。

有些夫妻相处一辈子的感情也未必比得上那些只相处了几年的。"白头如新,倾盖如故"的道理,她现在也懂了。以任瑶期的聪明,她既然能看上萧二公子,那么萧二公子身上总有优点,且这优点至少能抵消萧二公子身体上的劣势。

想通了这一点,任瑶华也就释然了。

对于任家还想将任时敏认回去的事情,母女三人也聊到了,任瑶华难得没有发表自己的意见,听闻任时敏不想回任家,她什么也没有说。再深厚的感情,也经不起三番五次的折腾和践踏。

李氏和任瑶期在雷霆和任瑶华的竭力挽留下,留在雷家用了午膳才回去。

离开的时候,李氏和任瑶华眼中都有不舍。李氏又重复交代任瑶华要好好养胎,将家务事暂时都交给周嬷嬷她们,千万不要逞强。有什么需要立即派人回去告诉她。

任瑶华一一应了,将李氏和任瑶期送到自己的院子门口,李氏就再也不让她送了。

从雷家回来之后,李氏的心情十分好。作为父母,没有比看到儿女生活幸福更重要的了。

接下来,李氏便带着任瑶期开始准备过年的事情了。好在他们人少,又没有几房人在一起生活,事情就少很多。

李氏也没有成日赶着任瑶期去绣嫁妆,燕北王府的婚服是由王府按例准备的,任瑶期不需要自己绣嫁衣,只需要为自己绣一面红盖头。

李氏还笑话任瑶期,好在她嫁的是王府,不然以任瑶期的绣工,为了不给娘家和婆家丢人,最后也只能偷偷请绣娘来绣了。

其实，任瑶期的女红虽然不算好，但是也没有糟到见不得人的程度。只是比起李氏和任瑶华来说，要寻常多了。在女红上，她唯一拿得出手的就是画图样和配色。

也因为在绣嫁妆上，任瑶期要比别人省下不少时间，所以李氏就没有像当初拘着任瑶华那样拘着她。反而因为想到嫁到王府之后遇到的事情不会少，便常常将她留在自己身边，让嬷嬷多教教她人情往来。李氏即便算不上多聪明，也知道嫁到普通人家和嫁到王府需要学的东西是截然不同的。

过年前几日，任家又派了人来请任时敏回任家，结果依旧被任时敏拒绝了。对于要不要往任家送年节礼的事情，李氏请示过任时敏，任时敏表示不用。比起决绝，或许任家上下谁也比不上任时敏。他说脱离任家，就当真会脱离，毫无回转的余地。

这一年依旧平平顺顺地过完了，周嬷嬷直到过完正月才回来，原本李氏还想让周嬷嬷待到任瑶华平安生产才回来的，不过被任瑶华拒绝了。任瑶华向娘家求助也是不得已，现在她腹中的胎儿已经满了三个月，雷家的事情也被周嬷嬷在这段时间里都安排得差不多了，周嬷嬷这个娘家的内院总管事若还是守在雷家，难免会惹人闲话。所以过完正月，周嬷嬷便回来了。好在任瑶华带过去的陪嫁个个能干，过完了一个年，经过周嬷嬷的一番调教，处理内院的事情也都开始得心应手。

年后，外面便开始传言云家二少爷又要定亲了，这一次定下的姑娘是孟家大小姐。孟家在燕北也算得上是数一数二的大家族，孟家大小姐是长房嫡出，自幼养在孟家老太太跟前，知书达礼，温柔贤淑，自然是配得上云二少爷的。

不过孟家大太太，也就是孟家大小姐的生母郭氏原本对这门亲事是有些疙瘩的。上一次郭玉娇和姜家小姐大打出手，郭玉娇在大冬天被推进了池子里，更是爆出了姜家两位小姐之间的事情，这件事情让郭氏在自己娘家也落了不少埋怨，偏偏这一切还是因为小姑娘之间为了云文放争风吃醋而引起的。连带着，孟家与云家的关系也远了不少。

不过据说这一回，孟家和云家的婚事还是王妃牵的线，云家也有意修复和孟家、郭家的关系，所以这桩婚事最后还是说成了，婚期定在了今年十月。

云文放的亲事定下来之后便轮到云家大小姐云秋晨了。

云秋晨和韩家少爷韩云谦也算得上是郎才女貌，两家之前也有结亲的意向，所以两家又热络起来。

正当燕州众人都等着看云家双喜临门的时候，又发生了一件大事，这一届的千金宴快来了。

京都那边不知怎么的也听说了燕北的千金宴，还引起了当朝太后的兴趣，所以今年的千金宴，太后娘娘打算派出十名闺秀来参加，与燕北的闺秀们比拼比拼才艺。

这个消息一出，燕北上下从豪门贵族到市井小民都惊讶不已，不知道太后是不是太闲得慌了。

燕北的千金宴，其实就是给燕北各个豪门贵族相看媳妇的，你朝廷派人来掺和是怎么回事？就算你们南边的闺女个个貌美如花，多才多艺，燕北的世家大族们也不会娶进自家门啊！

所有人都不明白太后这一手到底是什么用意，对太后此举的用意的猜测，也是五花八门，且大多数人是阴谋论。

其实燕北民众这回想多了，太后之所以会派人来参加千金宴，仅仅是因为一个传言。

据说献王的小外孙女肖似已故的宛贵妃，生得十分美貌，就连萧家二公子也被她的容颜所迷，非卿不娶，所以才会断然拒绝太后的赐婚。

要知道颜太后曾经不止一次在人前说起过颜家大小姐很有自己年轻时候的神韵，颜家大小姐也因此被捧成了京都第一美人，现在竟然有人说颜大小姐长得不如肖似宛贵妃的任瑶期，这不明摆着是说太后生得不如宛贵妃吗？

太后这一生最恨最厌恶的人就是宛贵妃，没有之一。

当初宛贵妃在世的时候，尽管出身比不上颜太后，还没有颜太后年轻，却处处压她一头。只要有宛贵妃在的地方，先皇的目光就绝不肯落在别的后宫佳丽身上。偏偏宛贵妃这个人又太聪明，就算整个后宫的女人联合起来也斗不过她一人，要抓她的小辫子绝无可能，反而会让自己落不到一个好下场，谁让九五之尊的心都落在她一人身上？

所以最后后宫嫔妃们一个个只能仰她鼻息，就连颜太后当初也曾在宛贵妃跟前做小伏低过一阵。只可惜宛贵妃样样都好，唯独命不好。她起步低，没根基，手里的一切都是靠着自己的本事一点一点谋划到的，若是先帝能再多活个三年五载，等到她站稳了脚跟，以她的本事和心计，为自己的儿子谋一个万里河山并非难事，奈何先帝死得不是时候。

颜太后对宛贵妃的恨夹杂着嫉妒、自卑、不甘、鄙夷、艳羡等错综复杂晦涩阴暗的心思，这让她十几年过去之后连先帝的相貌都记不清楚了，却还能清清楚楚记得宛贵妃喝茶的时候微微上翘着的那一根小拇指细微的弧度，并且学得丝毫不差，还变成了自己喝茶时候的习惯。

所以万事只要牵扯到宛贵妃，颜太后就会不淡定，多少年过去了都是这样，怕是等到入土以后，谁要在她坟前说几句宛贵妃的好话她都能直接从皇陵里爬出来。

太后言明要派人来参加燕北的千金宴，燕北王府没有理由拒绝，太后也没有给燕北王府拒绝的机会，已经开始着手挑选京城里出色的名门闺秀了。今年的千金宴在五月，被太后挑选出来的闺秀们最迟四月就会从京都启程，从已经解冻了的水路北上，而现在已经是二月了。

不管太后要掺和燕北的千金宴目的为何，这一年的千金宴都成了燕北的一大盛事。云家在燕北的知名度又上升了一个台阶。许多原本没有资格参加千金宴的闺秀都在找机会走各种门路参加。

人都有好胜之心，这些姑娘的想法也简单得很，就是想要将太后派来的女子们都比下去，燕北的千金宴从来都是燕北闺秀们展现自己的舞台，京都来的姑娘简直就是在挑衅所有的燕北闺秀。

不过也因为太后要来掺和，今年千金宴的请帖比以往任何一年都要难得一些。所以云家最后表示，除了每个家族只发两张请帖之外，已经有了婚约，年纪不在十二岁到十五岁之间的闺秀也不在邀请名额之内。

任瑶期知道之后越发淡定了，她还真不想蹚这个浑水。

只可惜天不从人愿，有些事情不是她不想就逃脱得了的，任瑶期是最早接到云家请帖的那些闺秀之一。

任瑶期之所以会在已经有婚约之后还能接到云家的请帖，是因为太后直接点了几名闺秀的名字，被点名的闺秀不可缺席今年的千金宴，而任瑶期的名字赫然在这些闺秀当中。

任瑶期提前几个月接到了云家的请帖,看过之后也就放到一旁了。事到如今退无可退,只能兵来将挡水来土掩。

听说云家这阵子热闹得紧,不过云家再如何热闹也不关任瑶期的事情。

第四十七章

捣 鬼

二月中旬,任瑶期接到萧靖琳的信,说傻妞突然生病了,问任瑶期要不要同她一起去看看傻妞。

任瑶期已经有许久没有看到傻妞了,说起来从一开始到现在她见到傻妞的次数并不多,傻妞对她却很友好。所以无论是人与人之间,还是人与动物之间,都讲究一个缘分。

听说傻妞生病了,任瑶期有些担心,所以回信告诉萧靖琳她要同她一起去温泉山庄。

任瑶期与萧靖琳也有一阵子没有见了,事实上自从她和萧靖西议婚之后,萧靖琳和萧靖西她都没有见过,只偶尔会与萧靖琳通几封信。

二月中旬,气温虽然已经开始回暖,却依旧有些寒冷,尤其是早晚时分,最是寒风刺骨,所以任瑶期出门的时候还穿着一件冬天的出风毛白狐裘斗篷。

在马车上等着任瑶期上车的萧靖琳看到任瑶期这一身就忍不住弯起了嘴角。

任瑶期知道萧靖琳笑什么,萧郡主今日出门只穿了一件湖绿色镂金凤穿牡丹的薄长袄,连披风都没有披。与任瑶期站到一起,两人之间是鲜明的对比。

任瑶期不觉得怕冷是件丢人的事情,所以面不改色地在萧靖琳身边坐下了。

马车出了城,一路驶向温泉山庄。

下马车的时候，任瑶期一抬头就看到不远处站着的那个熟悉的身影。

萧靖西墨衣乌发站在那里，嘴边噙着笑意看着任瑶期，目光明明温柔又平和，任瑶期却像被他的视线灼伤了一般，忍不住别开了眼。

虽然萧靖琳没有提萧靖西也在这里，任瑶期见到他却并不觉得意外。

"现在在哪里？"萧靖琳看了萧靖西一眼，问道。

"在奇珍园后面的厢房里。"

萧靖琳便带头往奇珍园的方向走。

萧靖西在任瑶期欲跟上萧靖琳的时候，突然靠过来，抬手在任瑶期的头上微微顿了一下，就如同蜻蜓点水一般又很快移开了手，后退一步。

任瑶期吓了一跳，不由得瞪了萧靖西一眼。

萧靖西看着任瑶期，微笑着将手掌摊开在任瑶期面前，无辜地道："沾了一片柳絮。"

任瑶期看了看他的手心，掌心中果然有一片轻薄的柳絮，想着大概是刚刚在马车上的时候从车窗外吹进来的，正好落在了她头上。

不想走在任瑶期身侧的萧靖西又将自己的手握紧了，轻声道："好像不是柳絮，你猜猜是什么？"

任瑶期听到萧靖西好听的声音里带着些捉弄之意，虽然摸不透萧靖西要做什么，不过以不变应万变是不会错了，所以任瑶期在看了他一眼之后就没再理会。

萧靖西却将手摊开了，里面躺着的是一朵任瑶期之前插在鬓角上的小绢花。

任瑶期见周围没有旁人，连忙伸手要将自己的绢花拿回来，萧靖西却已经后退了半步，然后收拢手掌，迅速地晃了晃，再摊开手掌的时候，他手上却又什么也没有了。

任瑶期愣了愣，看了微笑着看着她的萧靖西一眼，正要说什么，萧靖西的手又一次张开了，这一次在他手心里出现的不是那朵小绢花，而是任瑶期头上一朵粉色的小珠花。

任瑶期顿时气得脸都红了，这时候走在前面的萧靖琳停下脚步回头看了他们一眼，狐疑道："还不快些？"

任瑶期正生气萧靖西捉弄她，可是又不好意思与萧靖琳说，只狠狠地瞪了萧靖西一眼，绕过他追上了萧靖琳，心里打定主意今天一定不理萧靖西了。

　　"怎么了？"萧靖琳看了脸色有些红的任瑶期一眼，又回头看了看没有追上来的萧靖西。

　　任瑶期有些不好意思，摇了摇头，含糊道："头上的珠花掉了一朵。"

　　萧靖琳闻言往任瑶期头上看了一眼，皱眉道："两朵粉色珠花不是都在吗？"

　　任瑶期有些惊讶地往自己发髻上摸了摸，果然摸到了两朵珠花，再往上，发现那朵小绢花也好好地在头上。

　　任瑶期实在有些讶异，忍不住回头看了萧靖西一眼，正好对上他含笑注视的视线，不知怎么的脸上又红了红，立即转过头不再看他了。

　　萧靖琳拉着任瑶期来到奇珍园里的一排厢房前，在一个丫鬟的带领下进了当中一间屋子。门一打开便看到了屋子中间那只大笼子，笼子里一坨巨大的白影正缩成一个球趴在里面，听到声响，那只大球似乎动了动，然后又没有动静了。

　　萧靖琳吩咐人将那只大笼子拆开搬走，缩成一团的傻妞总算暴露在了众人面前。一般人家猛兽都是养在笼子里的，随着傻妞的体形越来越大，在萧靖琳和萧靖西不在的时候傻妞都需要在笼子里待着，毕竟园子里还有其他珍兽和普通仆从，傻妞又太顽皮，大部分的人是害怕它的。

　　这时候傻妞的头终于又动了动，然后露出两只大圆眼，看到来人它眼睛似乎亮了亮，然后皱了皱鼻子，轻轻嗅了嗅萧靖琳给它脖子挠痒痒的手。要是往常，它肯定会一舒服就得意忘形来个四脚朝天，拿自己的肚皮对着人。

　　不过今天的傻妞很明显没有什么精神，虽然探头出来与萧靖琳玩耍，缩成了一只球的身体却没有动，甚至在萧靖琳示意它站起来的时候，它还蜷在那里装死。

　　"今天它还没有出去？"萧靖琳转头问一旁负责照顾傻妞的小厮。

　　那小厮回道："小的之前打开过笼子的，不过白虎似乎不愿意动，准备的鲜肉它也只吃了平时的一半。"

　　萧靖琳皱了皱眉："到底什么毛病？"

这时候萧靖西也过来了。他走到傻妞身边，弯下腰轻轻拍了拍傻妞的头，似乎做了个示意它起身的动作。原本一直不愿意动弹的傻妞看了萧靖西一眼，然后在一旁的萧靖琳面无表情的注视下缓缓站了起来，尽管那动作看起来很是心不甘情不愿。

冷哼一声，萧靖琳拍开傻妞企图再次讨好她的大虎头，站起了身。

"到底怎么回事？上一次来看它的时候还好好的，怎么突然就生病了？"萧靖琳问萧靖西道。

萧靖西正吩咐那小厮将傻妞之前没有吃完的鲜肉再送上来，闻言回道："白雪前阵子没了，傻妞便不爱出门了。可能因为动得少又挑食的毛病，身上开始掉毛，它就越加不愿意出门了。"

应和萧靖西的，是傻妞一声蔫蔫儿的"嗷呜"。

萧靖琳有些惊讶："白雪是辛嬷嬷之前养的那只白色的波斯猫？"

萧靖西点头回答："嗯，我有时候会让人将白雪送过来与它玩耍。"

萧靖琳便又低头去看傻妞据说在脱毛的地方，不想傻妞怎么也不愿意将自己脱毛的地方露出来，任萧靖琳怎么使用暴力都不管用，只能不甘心地看了萧靖西一眼。

萧靖西走过来摸了摸傻妞，也不知道这一人一虎是如何交流的，傻妞最后还是羞答答地将自己脱毛的地方露了出来。不过如果它是人，脸上有人的表情的话，那么这时候它脸上的表情只能用一个词来形容，那就是羞愤欲绝。

任瑶期往傻妞脱毛的地方看了一眼，果然看到有几个地方秃了一小块，实在说不上好看，她似乎有些明白傻妞不愿意让人看见的原因了，不由得觉得好笑。

"只是如此？它身体没事？"萧靖琳有些不放心地问。

萧靖西又拍了拍傻妞的虎头，傻妞立即趴了回去。这时候小厮将掺了些药物的鲜肉端进来放到傻妞面前，傻妞将鼻子凑到肉前闻了闻，然后有些嫌弃地又趴了回去。

萧靖西将那装着肉的盘子往傻妞面前踢了踢，又摸了摸它的头，低声道："吃饭和洗澡你自己选一样。"

然后在众人诡异的注视下，这只欺软怕硬的大白虎慢慢起身，趴到了盘子前，十分食不知味地吃了起来。

萧靖琳忍了忍，还是没有忍住，面无表情地看向萧靖西道："为何它只听得懂你说话？"

任瑶期也有些好奇地看向萧靖西。

萧靖西注意到任瑶期的视线，嘴角微弯，然后一本正经道："并非它只肯听我的，而是我从驯兽师那里了解到了它的习性，又学了一些驯兽技巧。"

萧靖琳不由得恍然大悟，看了萧靖西一眼，撇嘴道："这倒像你一贯的行事作风。"对于任何喜欢的事物宁可多花费些工夫和耐性，也要掌握在自己手中。

这么想着，萧靖琳有些担忧地看了任瑶期一眼。她担心任瑶期以后嫁给萧靖西也会像傻妞一样被萧靖西吃得死死的，因为只要萧靖西愿意，这世上还没有他做不到的事情。

萧靖琳现在还不懂，男女之间并非你胜我就负的关系，他们更多的是你情我愿，说白了就是一个愿打一个愿挨。至于萧靖西和任瑶期之间，谁是愿打的一个，谁又是愿挨的那一个，日后才能见分晓。

等看到傻妞将那一盘子掺了药物的肉都吃干净之后，几人才摸了摸傻妞，从厢房里退了出来。

"别担心，不会有事的。"萧靖西安慰萧靖琳和任瑶期道。

萧靖琳有些心不在焉地点了点头，萧靖西又想与任瑶期说什么，任瑶期还记着之前萧靖西捉弄她的事，目不斜视地从他面前走过，没有搭理他。

一直到三人坐到亭子里喝茶，萧靖琳独自起身去更衣的时候，萧靖西才找到机会与任瑶期说话。

萧靖西借着给任瑶期斟茶的动作，稍稍靠近她一些，小声道："还在生气？"

任瑶期没有理他。

萧靖西将茶壶放下，然后小声道："别生气了，我向你道歉。我并非故意要捉弄你，刚刚的戏法是我特意找人学的……只让你看过。"

任瑶期脸上一红，萧靖西那句"只让你看过"让她忍不住心跳加快。其实她也知道萧靖西做这些无非想要逗她开心，她也并不是真的生了他的气。

于是任瑶期看了萧靖西一眼，红着脸端起自己面前的茶杯，喝了一口，当是接受了萧靖西的道歉。

萧靖西见了，眼中绽现的温柔笑意让他看起来十分吸引人，就连站在亭子外头的小丫鬟不小心往这边瞥了一眼，都立即脸红心跳地低下了头，不敢再看了。

任瑶期看了他一会儿，默默地转开眼。

两人就这么在亭子里坐了一会儿，直到萧靖西开口道："太后赐婚的事，你别在意，我会解决的。"

任瑶期低着头，"嗯"了一声。

萧靖西看着红着脸不说话的任瑶期，忍不住就犯了抽，"若是最后推不掉的话……"萧靖西故意顿了顿，想看看任瑶期的反应，然后再接上一句"我也只娶你一个。"

不想他却忽略了某个人的存在。

一个声音在他们身后凉凉地插嘴道："爹不是帮你推了吗？没有金刚钻就别揽瓷器活儿，就你这身子状况，还是趁早打消坐享齐人之福的心思吧。"

萧靖西脸上的笑容僵了僵，萧靖琳从他们身后走过来，瞥了萧靖西一眼，稳稳当当地坐到自己的位子上。

任瑶期看了看萧靖琳，再看了看脸色有些挂不住的萧靖西，忍不住扑哧一声笑出来。这一次她笑得很幸灾乐祸，对萧靖西可是半点同情也没有。

萧靖琳没有搭理萧靖西，与任瑶期聊起了千金宴的事情，将自己打听到的，太后之所以会突然兴起要参与千金宴的原因告诉给了任瑶期。

任瑶期听说是因为宛贵妃愣了愣，然后皱起了眉头。

她感觉到这件事情是冲着她来的。

有不少人说她长得像已故的宛贵妃，颜家大小姐则是像颜太后。以颜太后对宛贵妃的心结，肯定是见不得她胜过颜家小姐，尤其是萧靖西才因为她拒了颜家的亲事。

颜太后千里迢迢地要送人来燕北参加千金宴，虽然明面上送来的闺秀有十个，但是那位颜家大小姐肯定会出现。这分明是想要让她与颜家大小姐一较高下。

可是输了和赢了都不太好办。

赢了就是打朝廷和颜太后的脸，输了又丢宛贵妃和河中王的脸面，还让选择她而拒了颜家亲事的燕北王府也失了颜面，真是进退两难。

萧靖西像是知道她心中所想一般，漫不经心地开口道："赢了便赢了，只听过输不起的，还没听过不敢赢的。"

萧靖西语气虽然平常，这话却显出了几分底气和傲气。任瑶期看了看萧靖西，好奇道："那要是输了怎么办？"就算燕北王府不怕得罪颜太后，萧靖西就这么有底气她能赢？

萧靖西闻言笑了笑，只回了两个字："不会。"他倒是比任瑶期本人还要自信。

任瑶期不由得回想起自己印象中的颜家小姐。

她虽然没有见过颜家小姐本人，但也听过京都第一美人的称号。这个"第一美人"或许因为颜太后含有水分，不过颜小姐是个美人是无疑的，不然这"第一美人"就成了个笑话。

她也听说过颜家小姐多才多艺，颜家本就是世家，底蕴深厚，将家族的女子教养得样样出众并不是什么难事。想到这里，任瑶期不由得又想起了从前颜家大小姐最后带着嫁妆追着萧靖西来燕北的事情。她将手中的茶杯轻轻地磕在亭子当中铺着锦缎桌围的石桌上，发出一声闷响。

"怎么了？"坐在旁边的萧靖西看着任瑶期，突然出声问道。

任瑶期回过神来，仔细打量了他几眼，又缓缓转过头去，喝了一口茶，没有说话。

萧靖西皱了皱眉，感觉心里七上八下的，不由得看了萧靖琳一眼。

萧靖琳很爽快地回了他一个优雅的白眼。

"所谓知己知彼百战不殆，找人打听一下这位颜小姐所擅长的，到时候将她打下台去就是了。"萧靖琳开口道，带着萧郡主一如既往的飒爽匪气。

任瑶期倒是被萧靖琳逗笑了："怎么个知己知彼法？"

萧靖西正想说"我找人去帮你打探打探"，萧靖琳却唯恐天下不乱地开口道："这还不简单，眼前不就有个人见过那位颜小姐几次吗？听说还听人家弹过一曲，问问他就是了。"

任瑶期转头看了萧靖西一眼。

任瑶期的目光清清淡淡的与平日里无异,萧靖西却不知为何出了一身冷汗。他轻咳一声道:"只是进京的时候碰巧遇到过两次,有一回在太后宫中,我过去的时候,她恰巧在弹琴。"顿了顿,萧靖西又连忙补充了一句,"当时有不少人在场。"

萧靖琳轻哼一声,显然对萧靖西的招蜂引蝶很看不惯。

任瑶期便问道:"颜小姐琴弹得如何?"

萧靖西顿了顿,斟酌着道:"技巧很熟练,还算不错,只不过在境界上还差了你一大截。"

不得不说,萧靖西还是很了解任瑶期的,至少比这世上许多人都要了解。如果萧靖西说颜小姐弹得不好来哄任瑶期开心的话,任瑶期会觉得他花言巧语。现在萧靖西说颜小姐弹琴弹得还不错,任瑶期反而信了他,原本微微蹙着的眉头也舒展了些。

"太后怎么突然注意到了千金宴的事?"任瑶期开始言归正传。

虽然刚刚萧靖琳已经告诉她,是因为颜太后想要与宛贵妃一较高下,任瑶期还是问了,只不过问的其实是这些传言是怎么传到颜太后耳中的。

因为这件事情之前是萧靖琳在查的,所以萧靖琳回答道:"我之前也觉得有些奇怪,表面上看上去是因为这一次千金宴比往年都要办得大,又被人吹嘘得很了得,所以传到了京都一些夫人耳中,然后再由这些夫人的口传到了太后跟前,太后才起了这个念头。"

任瑶期皱了皱眉:"颜太后向来忌讳宛贵妃,很少有人敢当着她的面提宛贵妃的。"尤其还是提这种夸宛贵妃貌美的话,那简直就是嫌命太长了。

"据说是一位不常住京都的夫人不小心说漏嘴的。"任瑶期还是心有疑虑,因为她心里有了怀疑的目标,又觉得这件事情太过巧合。

萧靖琳道:"如果真有人在背后捣鬼,总能查出蛛丝马迹。你放心,我会继续让人去查的。"因为这件事情是萧靖琳主动要去查的,萧靖西便只在一旁听着,没有插话。

三人又在亭子里坐着说了会儿话,然后才离开温泉山庄。

萧靖琳依旧用她自己的马车送任瑶期回府,马车行驶到正阳大街的时候听到了马车外面有炮仗和敲锣打鼓的声响，车把式隔着车帘子请示道："郡主，似乎是有人家在送聘，是靠边等等还是绕道？"送聘就是纳征，是男方往女方家中送聘礼。

萧靖琳掀开帘子往外看了看，发现正阳大街已经走了大半，绕道的话要绕很长一段路，且因为拥过来看热闹的人不少，马车要掉头也不太容易。

"先靠边停停吧，等他们过去再走。"萧靖琳放下帘子，并没有半分不耐烦的样子。

"这几日接连都是好日子，热闹得很哪，昨儿还有两家的花轿撞到了一起，两位新郎官差点抬错了新娘子，可闹了一番笑话。"

"可不是，这家今日虽然只是纳征，瞧着排场也挺大的，不知是哪家的少爷？"

"是周家，周家少爷在云阳书院读书，听说才高八斗前途无量！哦，这位周少爷的父亲听说还是燕北王府的官儿。"

"哦，那难怪了……"

这时候那一队送聘礼的人已经过去了，车夫又将马车赶到了街道上，那两人的对话便听不清了。

"怎么了？有事？"萧靖琳注意到任瑶期似乎在想什么事情，便开口问道。

任瑶期抬头笑道："没事，只是刚刚送聘礼的那一家我好像认识。"任瑶期听刚刚那两人的对话，觉得他们口中的周家少爷有可能是周汶。

萧靖琳点了点头，没有多问，她对这些事情没有什么兴趣。

任瑶期不由得想着，周汶已经快要娶亲了？

不过想想，当初任瑶英与周家兄妹闹了个不欢而散，任瑶英为了摆脱周汶，一点情面也没有给他留，周汶现在另娶他人也不奇怪。

萧靖琳依旧将任瑶期送到了门口，看着她进府才离开。

晚上，任瑶期去给李氏请晚安的时候难得地问了一句："九妹妹的亲事定下来没有？"

李氏道："应该早就定下来了，就是之前你祖母说的涿州何家。"

当初任家将任时敏逐出族，倒是将任瑶英这个庶女留在了任家，就因为她们瞒着任时敏已经给任瑶英定了亲。任时敏本就不喜欢任瑶英，最后也就当自已没有这个女儿了，至于那个年纪比他还大的女婿他压根儿就没打算认。

估计任家现在也悔得肠子都青了，若是他们没有早早就将任瑶英给"卖"了，现在有了李氏这个嫡母的郡主名头在，说不定任瑶英能嫁得更高一些，而任家和任时敏之间的矛盾也能缓和一些。

只可惜千金难买早知道。

原本预料太后挑选来的那十位闺秀至少要到四月下旬才能抵达云阳城，不想在任瑶期接到云家千金宴的请帖不到两个月的时候，几位闺秀已经抵达沧州。

沧州与燕北的瀛洲相邻，由水路北上来燕的船只一般都会选择在沧州上岸，可做补给，或者选择走陆路还是继续走水路北上。

闺秀们个个娇生惯养，受不得水上颠簸之苦，不愿意再坐船，所以从沧州到燕州的云阳城走的是陆路。

这时候刚四月中旬，沧州到云阳城走得再慢也不过是两三日的路程，预计京都的闺秀们最迟四月十八就能抵达。

燕北自清明节过后就已经一日比一日暖起来了，就连向来怕冷的任瑶期也去了冬服穿起了春装，只是外头风还不小，所以出门的时候会加一件稍微厚实一些的披风。

四月十七这一日，任瑶期正在李氏房里，在李氏和周嬷嬷两人的眼皮子底下，一针一线地绣她的红盖头，却听到外头的檐廊下几个年纪稍小的二等和三等丫鬟在一处叽叽喳喳地小声说话，声音虽然刻意压低了，却还是能让人感觉到她们的活力和兴奋。

鹊儿看了周嬷嬷一眼，悄悄挪步出去了。鹊儿的性子比喜儿要柔和许多，对下面那些年纪比她小的丫鬟都比较照顾，怕她们在外头闹得没个分寸惹恼周嬷嬷，从而受罚，所以想要出去提醒那几个小丫鬟一声。

不多会儿，鹊儿却与喜儿一起回来了。

"太太、小姐，听说京城来的小姐们已经到了城外，不少人都拥到城门口看热闹呢,现在外头的人都在说这件事。"鹊儿一进门就说道。

喜儿也道:"奴婢刚刚特意让人去外头打听了一下,那些小姐还真是今日就能进城,燕北王府特意安排了一座离王府不远的大别院来安置她们。"

周嬷嬷对与颜太后相关的所有人都厌恶得很,闻言便冷冷道:"叮嘱下头的人,都好好在府里待着,谁要是私下里跑出去看热闹,小心我板子伺候!"

喜儿和鹊儿闻言对视一眼,一副有话想说又不知道该不该说的模样。

周嬷嬷皱眉:"怎么?难不成已经有人跑出去了?"

鹊儿犹豫着道:"下面的婆子丫鬟们倒不曾,不过少爷好像去了……"

周嬷嬷闻言一愣,不由得看向李氏。鹊儿口中的少爷指的是任时敏的庶子任益鸿,下头的丫鬟婆子们周嬷嬷可以教训,不过任益鸿就轮不到周嬷嬷来管了。

任瑶期闻言惊讶不已,不由得抬头道:"六弟去城门口看热闹了?"任益鸿向来一心只读圣贤书,两耳不闻窗外事,性子也不轻佻,平日里遇到哪家小姐了还会远远避开,今天竟然会跑去城门口看姑娘?

李氏也狐疑道:"益鸿也去了?他不是向来不喜欢这些热闹吗?"

喜儿道:"少爷不是自己去的,是云阳书院里的同窗过来找他一起去的,孟少爷也在呢。不过听说他们不是冲着那些千金小姐去的,这次与京都闺秀们同来的还有几位朝廷官员,其中一位姓裴的大人很得那些才子书生敬仰,他们是一起去迎裴大人了。"

任瑶期手中原本还捏着绣花针,听到喜儿的话心下一跳手一抖,绣花针便刺到了手指头,吓得她连忙将手拿开,免得血迹沾染上没有绣完的盖头不吉利。

李氏正盯着她绣花,见状连忙道:"怎么这么不小心?来让我看看你的手。"

任瑶期让喜儿过来将绣篮子收拾一下拿走,看了看手指对李氏道:"没事,只是刺破了点皮,血都没有流。"

难道真的是先生来了?

裴之砚对任瑶期而言是一个十分重要的人。

从前任瑶期名义上是他的侍妾,两人虽然并无夫妻之实,但是相伴多年,情分深厚。她并没有嫁人的打算，原本以为自己会一直陪着他过完剩下的年岁。只是某一日她小病了一场，昏昏沉沉地再度醒来的时候就回到了自己十岁的时候，从前的种种恍然如梦。

李氏见任瑶期心不在焉，以为她是累了，便让她先回去休息，等用午膳的时候再过来。

回到西厢之后，任瑶期想了想，还是派了苹果去找袁大勇打听一下外头的消息。

任瑶期九月出嫁，她把苹果和袁大勇的婚期定在了六月，等她出嫁的时候，袁大勇和苹果就作为她的陪房跟她去燕北王府。对于这个安排，袁家人自然是一千个愿意。

雪梨和祝若梅的亲事她也应了，至于婚期她则让祝家人自己定。祝若梅现在已经被提为副尉，虽然官职并不大，但也是正正经经的武将了，雪梨嫁给他身份自然也不同了。这时候雪梨才知道任瑶期为何会让她晚一年出嫁，心里不由得越加感激。最后，雪梨和祝若梅的婚期也定在了六月。

任瑶期身边的几个大丫鬟，新提上来的平夏和千兰年纪还小，不急婚配，桑葚也只有十五岁，还可以留两年。苹果若不是一早就被袁家看上了，任瑶期其实也舍不得让她早嫁。

这一日，云阳城里很热闹。云阳城的民众们，对千里迢迢赶来燕北参加千金宴的闺秀们十分好奇，虽然这些闺秀进城的时候都待在马车里让他们无法目睹到芳容，不过他们还是围到了城门口去看热闹。

因为云阳城里的守卫不少，尤其是今日这种时候，被派出来执勤的守卫更是兢兢业业，所以看热闹的人群虽然算得上人山人海，却也没有出什么岔子。不过据说那些闺秀有几位被燕北人热情好客的样子吓到了，加上一路的车马劳顿水土不服，生了病。

外头热闹，云阳城里的任家却如同平常一样，因为周嬷嬷一早就吩咐过，没有人敢偷溜出去瞧热闹，都安分得很。

到了傍晚的时候，袁大勇那边还没有递消息过来，任益鸿倒是先回来了。

任益鸿来内院见任时敏的时候，任瑶期也去了正房。

任瑶期过去的时候，任益鸿正与任时敏说着今日的事情。

"人太多了,儿子差点与几位同窗走散了,可惜还是没有见到那位裴先生。"任益鸿说这话的时候,语气还有些沮丧。

任瑶期插话道:"哪一位裴先生?"

任益鸿抬头看到任瑶期,唤了一声二姐,然后回道:"是裴之砚裴大人,前阵子听说因故被贬了官,这次他自己请缨陪同那几位小姐来燕北。书院里不少人都看过他写的那本《翰墨注》,敬仰得很,所以听说他来云阳城了,便想去见一见。"

原来真是裴先生来了。

即便任瑶期之前已经有了心理准备,可是听到任益鸿这么说,情绪还是有些波动。

任时敏也是知道裴之砚的,道:"听闻裴先生与徐山长关系极好,等他来了肯定会去云阳书院,你也不是没有见他的机会,何必如此心急。"

"怎么先生今日没有到吗?"任瑶期听任时敏这么说,不由得问道。

任益鸿摇头:"听说路上有一位官员病了,离船上岸之后裴先生就提出与这些闺秀分开走,他则留下来照应那位病了的大人,所以大概要晚几日才能到云阳城。"

稍晚些的时候,苹果也从外院带了袁大勇打听到的消息进来。

京城来的十位闺秀都已经被安排在燕北王府旁边的一座别馆里,燕北王府还派了不少侍卫给予保护。有两名闺秀在船上的时候就生病了,不过她们不愿意耽误行程,所以强忍着坚持赶路,也没有对人说自己生病的事情,是进云阳城之后才被人发现的,倒是比那位病在路上的文官要坚强得多。

燕北王府已经派了大夫去给这两位闺秀看病,据说只是第一次乘船不习惯引起的,再加水土不服,休养个几日就能痊愈了。

这次与这十名闺秀一起来的还有三位朝廷官员,其中一位就是裴之砚。这几位官员倒也并非是特意送这些闺秀来参加千金宴的,朝廷前一阵子收到了辽人的国书,意欲与大周讲和,重开两国边贸,朝廷是派人过来探听虚实的,而裴之砚会来大部分原因是为了那一套《燕山河图志》。

裴之砚今日没有到云阳城,确实是为了那名病倒在半路上的同僚,听说他们现在还停留在沧州。

任瑶期听着听着不由得有些惊讶："这些都是袁大勇打听到的？"

她原本只是想要探听一下裴先生的事情，不想袁大勇打听回来的消息竟然会这么详细。与那些闺秀相关的事情也就罢了，竟然连那几位朝廷官员此次的来意都打听到了。大辽、燕北和朝廷这三者之间的关系并不简单，普通人想要知道辽人求和、重开边贸的事情有些难度。

苹果点头："嗯。"

"那他有没有提是在哪里打听到的？"任瑶期若有所思地道。

苹果继续点头："祝大人带他去找了燕北王府的人。"

任瑶期："……"

见任瑶期不说话，苹果眨了眨眼："小姐，是不是有什么不妥？"

任瑶期摇了摇头："告诉他以后不要轻易去燕北王府打听消息。"她还没有嫁到燕北王府，就利用起了王府的人脉，若是让人知道了非成为把柄不可。祝若梅与她之间渊源较深，可以除外，别的人就不能随便用了。

苹果点了点头，想了想又道："祝大人说是萧二公子交代过，您若是有什么需要可以派人去燕北王府，袁大勇找的那人是萧二公子的人，不会乱嚼舌根。"

任瑶期闻言微怔，心中泛起一丝暖意，不过她还是道："那也不好，现在云阳城里盯着我们的人不少，多一事不如少一事。"燕北王府毕竟还是王爷和王妃当家，就算萧靖西不在意她利用他手里的人，她也要顾忌燕北王和王妃会不会在意。真要有要紧的事情，她会直接去找萧靖琳。

苹果又点头道："知道了小姐，我会告诉他的。"

等到苹果要退下的时候，任瑶期突然想起什么，问道："生病的那两位闺秀姓什么可知道？"

"一位姓颜，一位姓赵。"

任瑶期便让苹果退下了。

那十位从京都来的闺秀好好地在燕北王府的别馆中休息了几日。她们远道而来，绝大部分人在燕北都是人生地不熟的，也不用出门会友，外头的人想要见她们还必须通过燕北王府，所以这些闺秀刚来燕北的时候外头热闹了几日，到了后来反倒没有什么动静了。燕北王府也怕这些京都来的闺秀出什么岔子,所以乐得见她们安安静静的。

任瑶期对这些远道而来的姑娘并没有太多的好奇心,无风无浪再好不过了。

转眼到了五月,五月初五是端阳节。今年的端阳节云阳城里依旧会有龙舟赛。与往年不同的是,任时敏今年也收到了苏家的正式邀请帖,以往他们来燕北看龙舟赛都是以白鹤镇任家人的身份,今年却有了不同。

听说这些京城来的闺秀会在端阳节龙舟赛的那一日出现,今年有一艇龙舟还是代表南边朝廷的,想必到时候又有一番热闹了。

五月初二,燕北王府派了马车过来,说是王妃特意派人来接她去王府的。

任瑶期有些奇怪,以往她去燕北王府都是萧靖琳来接的,今日王妃接她过去不知道是为了什么。

想是这么想,任瑶期也不敢多耽搁,让丫鬟伺候着梳妆,换了一身衣裳便带着几个丫鬟出了二门去坐燕北王府的马车。

燕北王府的丫鬟嬷嬷见到任瑶期的时候态度都极其恭敬,没有半点盛气凌人的模样,万分小心地将她扶上了马车。

一行人就这么浩浩荡荡地去了燕北王府,马车进了王府之后甚至没有停在外客们下马车的地方,而是往里多行了一段路。然后这十来个丫鬟婆子就领着任瑶期去了王妃所住的九阳殿。

任瑶期进九阳殿的时候王妃正坐在主位上,挨着王妃坐的是萧靖琳。不过任瑶期也注意到了,除了王妃和萧靖琳以外,在场的还有两个姑娘,她们一左一右坐在下面的客座上,正与王妃说着话。

听到有人进殿的声音,几人同时看了过来。

王妃一看到她就嗔怒道:"好些日子没看到你了,也不知道主动过来陪我说说话。"

萧靖琳看着任瑶期,脸上露出一个笑,竟然还为她在王妃面前开脱:"瑶期最近也忙得很，上次听先生说好几首残谱都是她参与补全的，我也许久没见到她了。"

任瑶期眨了眨眼，然后上前去给王妃行礼，起身的时候笑道："我知错了，王妃可别恼我了。"

她们说着话，任瑶期注意到另外两个陌生姑娘的视线都定在了她的脸上。

其中一位姑娘一边打量着她，一边笑着道："这位就是任小姐吧？果真是……闻名不如见面。"

说话的这位姑娘十四五岁年纪，长了一双柳叶弯眉，细长的凤眼笑起来的时候流光溢彩极有神韵，鼻子小巧，樱桃嘴，是一位长得很符合大多数人审美的美人。

另外一位姑娘，年纪与前一位相仿，长相虽然稍微逊色一些，却也十分标致，尤其是微微蹙眉的时候，眉间那一抹轻愁让她看起来惹人怜爱，是个标准的京都美女。

王妃笑道："左边的这位是颜小姐，右边的这位是赵小姐，都是从京都来的。"颜小姐正是之前出声的那个，赵小姐则是容貌稍逊的那一位。

任瑶期笑着点了点头，上前去与她们见礼。

颜小姐的目光一直就没有从任瑶期的脸上移开。她带着意味深长的笑意道："我在京都的时候就听说过你。"

赵小姐柔声道："凝霜你不如先让任小姐坐下再说，任小姐你过来与我坐吧。"

这时候王妃开口了："瑶期过来与我坐，靖琳你去与赵小姐坐。"

萧靖琳闻言，二话不说就起身让出了王妃身边的位子。

颜小姐见了脸上的神色微变，不过很快又微笑起来，端起手边的茶水品了一口。

任瑶期也没有推辞，面色如常地坐到王妃身边的位置，让外人看起来自然得就像是平日里也是如此的样子。

王妃等任瑶期坐下了便交代她道："颜小姐和赵小姐是我们燕北的客人，她们又与你年纪相当，想必能聊到一处去，以后你与靖琳两个替我好好招待她们。"

任瑶期顺从地应了一声"是"。

王妃又在殿中坐了一会儿,与她们说了会儿话,直到辛嬷嬷过来似乎是有事情需要王妃处理,王妃才对任瑶期道:"你和靖琳陪颜小姐和赵小姐去玩吧,她们两人才病愈不久,让下头的人伺候仔细些。"

任瑶期又应了,然后几人辞别王妃,一同出了九阳殿。

颜凝霜与赵小姐一起,任瑶期和萧靖琳一起,四人并排走着,一时谁也没有说话。

萧靖琳在外人面前向来不主动开口,赵小姐似乎是不爱说话的性子,颜凝霜不知道为什么也不开口,还是任瑶期开口问道:"是去园子里,还是去靖琳的昭和殿坐坐?"

赵小姐微微一笑:"都可以。"

颜凝霜看了赵小姐一眼,也是一笑:"不如四处走走吧,我们还是第一次来燕北王府。映秋,你回去之后还可以与英娥姐姐说说,她虽然是燕北王府的世子妃,可还从来没有来过燕北呢。"

任瑶期不由得看了赵小姐一眼,听颜凝霜的话,似乎这位赵映秋与世子妃有什么关系。

赵映秋对上任瑶期的视线,微笑着解释道:"世子妃赵英娥是我堂姐,我父亲和英娥姐姐的父亲是嫡亲兄弟。"

任瑶期顿时了然。

世子妃赵英娥是长安公主与北昌侯赵承之女,赵承是老北昌侯的嫡长子,在老北昌侯死后世袭了爵位,赵映秋的父亲应该就是老北昌侯的嫡次子。

难怪来燕北的闺秀一共有十位,今日王妃却独独召见了她们两人。颜凝霜还好说,毕竟是太后娘家的姑娘,没想到这位赵小姐也算是燕北王府的姻亲。

萧靖琳今日依旧是一副寡言少语不爱搭理人的样子,任瑶期只有主动与她们寒暄:"世子妃身体如何?"

回答她的是颜凝霜:"我来之前进了一次宫,英娥姐姐……看起来已经好多了,不过比起以前,气色总是要差些。"

赵映秋苦笑道:"她与世子夫妻情深,世子却……若不是姐姐有了身孕,她只怕是撑不下去的。"

气氛一时之间有些伤感，赵映秋眉目含愁一脸忧郁的模样。

任瑶期正打算带着颜凝霜和赵映秋去园子里走走，看看花草，不想迎面走来了几个人。

"郡主，几位小姐，老王妃有请。"来人走到她们面前，开口道。

任瑶期看了萧靖琳一眼。

萧靖琳道："老王妃之前不是说身体不适吗？"

来人道："老王妃吃了药之后，已经好些了，听说府里来了两位京城来的小姐，老王妃让奴婢来请两位小姐去寿安殿坐坐。"

萧靖琳顿了顿，也只能道："我带她们去寿安殿见老王妃，瑶期你回去与我母亲说一声。"萧靖琳怕任瑶期在老王妃面前受气，便想着将她打发去王妃那里。

来人却道："奴婢派人去禀报王妃，郡主、任小姐和两位小姐一起跟奴婢过去吧。"

任瑶期给了萧靖琳一个眼神，示意没有事，萧靖琳也只能作罢。

就这样，几人一同去了老王妃的寿安殿。

老王妃自从宁夏那边出了事情之后就一直不怎么痛快，尤其是在外孙女吴依玉出嫁之后，萧微好几次想要见女儿一面都没有见到，偏偏曾家父子现在在宁夏的势力与吴家已经是势均力敌，说不准吴家还要稍弱一些，萧微也拿他们没有办法。

萧微曾经想要求老王妃让燕北王府出面调解，可是萧微与曾家联姻本就没有知会过燕北王府，燕北王府不过是象征性地劝了劝，最后就由着他们去闹腾了。

后来萧微也想明白了，燕北王府怕是巴不得她和曾家不合，好坐收渔人之利，想通了之后她反而不敢闹得太过分了。

老王妃见女儿和外孙女吃亏心里哪里能痛快？可是她又能如何？燕北王不是从她肚子里出来的，燕北王府也没有人愿意听她的，她娘家远在京城，偏偏现在献王府崛起，燕北王府隐有与献王结盟对抗朝廷之意，老王妃就更没有倚仗了。

因此，老王妃气得病了一场，倒是把那身脾气磨得七七八八了。所以在萧靖西和任瑶期定亲的时候，她也没有力气出来捣个小乱给人添堵了。

她们进殿的时候，老王妃坐在上首依旧气势十足，不过任瑶期却觉得老王妃这一身气势就像是用华丽的发冠和衣饰撑出来的，比她之前少了几分理所应当的底气。

几人上前给她见礼。

老王妃抬手让她们起身，视线在任瑶期身上掠过，然后停在了颜凝霜和赵映秋身上，脸上露出一个笑容："我来猜猜，左边这位是颜家的丫头，右边这位是赵家的丫头。"

颜凝霜抬起袖子掩着嘴一笑："老王妃是怎么猜出来的？"

赵映秋也笑道："老王妃眼力真好。"

"我年轻的时候见过太后，颜家的丫头与太后当年有五六分相像。剩下的那一个就是赵家的丫头了。"老王妃对她们说话还挺和气的，倒是对萧靖琳和任瑶期不怎么搭理，虽然也没有刻意给她们脸色看，但是两相一对比就能察觉出来了。

之后，老王妃就一直与颜凝霜和赵映秋说话，都是问她们京城的事情。老王妃嫁来燕北几十年，对自己的故乡还是想念的，因此三人很有话题聊。

任瑶期和萧靖琳插不上嘴，就坐在一旁喝茶。

不过任瑶期觉得，冷遇也比刁难好，今日老王妃至少没有当着颜凝霜和赵映秋的面整治她，她其实应该知足的。

好不容易坐在一边听老王妃聊完了话，王妃那里终于派了人过来，请她们去用饭。

老王妃却道："我与这两个丫头聊得投缘，你回去告诉王妃，我留她们在寿安殿用膳。"

王妃派来的侍女不由得看了萧靖琳一眼。

老王妃注意到了，当即冷笑道："怎么？我留个客都不能了？"

萧靖琳挥手让那丫鬟下去，然后对老王妃道："自然是您说了算。"

老王妃看了她一眼，又看了看任瑶期，心气又不顺起来，有些不快道："颜丫头和赵丫头留下，你们去王妃那里用膳吧。"

萧靖琳顺势站起来，拉着任瑶期行了一礼："是，祖母。"姿态十分顺从。

"用完膳,我让人过来接你们。"萧靖琳又对颜凝霜和赵映秋点了点头。

颜凝霜看了看她们,又看了看老王妃,微微笑了笑。

任瑶期也笑着朝她们点了点头,然后与萧靖琳一起出了寿安殿。

两人回了九阳殿,王妃见只有她们两人回来也没有说什么,三人坐在一起用了膳。

等用完膳之后,王妃果然派了人过去接颜、赵二人回来。

之后颜、赵两人要告辞回别馆,任瑶期原本也想一同离开的,却被王妃叫住了。颜、赵两人离开之后,王妃让辛嬷嬷将乐山和乐水带了上来。

"这两个丫鬟我让辛嬷嬷亲自带的,今儿就先跟你一起回去吧。这阵子云阳城里人多,事也多,过几日又是端阳节,你身边多几个人也方便些。"

乐山和乐水这会儿穿了一身王府丫鬟的衣裳,看上去精神得很。

任瑶期没想到萧靖西将人放到王妃跟前调教了,顿时脸就有些红了。

王妃似是明白她心中所想,拍了拍她的手:"规矩是对外人讲的,一家人自然是怎么方便怎么来。"

任瑶期闻言,对王妃很是感激。

于是,回去的时候,任瑶期身边便多了乐山和乐水两个丫鬟。

乐山和乐水姐妹两人是双生子,单从容貌上来看,很难看出两人之间的区别,不过在姐妹两人还在献王府的时候任瑶期就与她们熟悉了,知道乐水的性子稳重,乐山的性子活泼,且两人的肢体语言和细微表情也都有些微不同,任瑶期又是眼明心细的人,每每与她们说几句话,再仔细观察一下就认出来了。

从九阳殿出来之后,任瑶期一边走着,一边问了乐山和乐水几句。

走在任瑶期旁边的萧靖琳突然道:"你分得清楚她们谁是谁?"

任瑶期闻言驻足,回头看了看两个丫鬟,想了想,按照以往的判断方法,指着右边那个稳重些的道:"这个是乐水。"

两个丫鬟对视一眼,然后刚刚被认作乐水的丫鬟扑哧一声笑出了声,眨了眨眼道:"小姐,奴婢是乐山。"

任瑶期又仔细打量了乐山片刻，发现乐山那些熟悉的表情又回来了，哪里还有乐水的影子，不由得失笑。

乐水在一旁松了一口气的样子，脸上带笑，语气轻快地道："还好小姐没认出来，不然我们可走不出燕北王府。"教她们的人说了，一定要将亲近的人也骗过去才能出师。

任瑶期："……"

为何她看到了两个乐山？乐水去哪里了？

萧靖琳在一边静静地笑了，想当初她也被红缨和南星骗到过。

萧靖琳依旧是送任瑶期上了马车才回去，马车从燕北王府缓缓驶出来，行到外殿的时候，任瑶期透过被风吹开的车帘子往外看了一眼，然后不由得愣了愣。

她将车帘子掀开一些，往稍远一些的地方看了一眼。

之前已经离开的颜凝霜不知道为何还没有走，正站在王府外殿中的一座小亭子边说话，而站在她对面的则是萧靖西。萧靖西应该是刚从外面回来，身上的披风还没有脱下来。

任瑶期的手顿了顿，在萧靖西转过头来之前将帘子放下了。

几个丫鬟对视一眼，又默默地低下了头。

苹果沉默片刻，然后挪过来给任瑶期倒了一杯茶，有些笨拙地开口："小姐，喝杯茶水暖暖身子。"

任瑶期接过，低头饮了一口，抬头见几个丫鬟还眼巴巴地看着自己，觉得有些好笑："都看着我做什么？"

乐山和乐水对视一眼，乐山道："小姐，您别生气，说不定不是您看见的那样。"

任瑶期看到几位丫鬟一脸紧张的样子，摇了摇头："我不生气。"

她还不至于因为萧靖西与别的女子说了几句话就生气，只不过颜凝霜的行为让她心里有些不痛快而已。

颜凝霜是同赵映秋乘同一辆车来的燕北王府，之前王妃已经派人送她们上了车，结果现在赵映秋和马车都离开了，颜凝霜却还没走，也算是煞费苦心了。

苹果她们见任瑶期脸色还算温和,心里也稍稍松了一口气。眼见着离婚期不远了,谁也不希望再出什么事。

马车缓缓驶出燕北王府,任瑶期也没有再往马车外面看。她们的马车拐进宝瓶胡同前那一条大街的时候,任瑶期抬眼看到对街有一人正从一家印章铺子里走出来。她缓缓眨了眨眼,然后突然喊了一声"停车"。

几个丫鬟都不明所以地看着任瑶期挪到车窗边,将车帘子拉开,这个时候马车已经离刚刚那家印章铺子有些远了。

任瑶期透过车窗看过去,只来得及看到一个穿着青衫的男子迈着闲适的步子往与她相反的方向走去。

那名男子身材修长,因背朝着她们,所以她们看不见他的相貌和年纪。他虽然是一身书生的打扮,看上去却有些懒洋洋的,仿佛世间万物都不入眼也不过心。他此时正微微偏着头与自己的小厮说话,即便看不见正面,任瑶期也能猜到他这会儿定是微微敛着眸子,嘴角还挂着漫不经心的笑意,一副似是永远也睡不醒的模样,你不知道他的视线里到底是你还是只是一片虚无。

任瑶期有些愣怔地看着那人的背影,一时忘了该如何反应,直到那人的身影拐进另外一条街,消失不见。

"小姐?您怎么了?"乐山小心翼翼地问道。她壮着胆子偷偷往外看了一眼,却什么也没有看到,这条街只有三三两两的行人,且都是陌生人。

任瑶期渐渐回过神来,意识到自己有些失态,忙将帘子放下,抿了抿唇轻声道:"没事,认错了人。"

"那我们现在回去?"乐山问道。

任瑶期沉默着没有说话。

乐水察言观色:"说不准小姐刚刚没有认错人,要不掉头回去看看?"

任瑶期叹了一口气,看着几位丫鬟笑了笑:"回去吧,是我认错了。"

即便是认对了又能如何?

她记得那人是师是友,那人却只会认为她是陌生人。他们就算是站到了一起,也无言以对。

几个丫鬟便没有再说什么,苹果吩咐赶车的婆子继续往前走。

马车正要动起来的时候,车壁却被敲响了。

刚刚将心情平复下来的任瑶期不由得一愣，转头看向车窗方向，右手不自觉地握紧，竟然有些紧张。

乐山看了看任瑶期，出声问了一句："谁？"

外头的人似乎顿了顿，然后一个低柔暗哑的好听声音在外头响起："我。"

任瑶期缓缓呼出一口气，手也松开了，手心竟然有些汗湿。她怎么忘了，喜欢敲她马车车壁的，从来就只有某人而已。

任瑶期将车帘子掀开了些，看着站在车窗外的萧靖西，轻声道："你怎么来了？"

萧靖西是一个人骑马来的，站在马车旁边，手里还握着缰绳。他还穿着之前与颜凝霜站在一起时的那身衣裳，幽深的眸子看着任瑶期，一时没有说话。

任瑶期见他不言，正要将帘子放下，萧靖西低声道："我有话要与你说，我去前面的东升茶楼等你。"说着也不等任瑶期回绝，转身上了自己的马先行离开。

任瑶期撑着下巴眨了眨眼，想了想，许久没有动。

她不说话，丫鬟们也没有人敢动，马车也依旧停在路边。

"从前面的巷子岔出去，去东升茶楼后门。"过了会儿，任瑶期才低声吩咐道。

赶车的婆子得了命令，又将马车赶了起来。

乐山性子活泼，忍不住大着胆子问道："小姐，您刚刚在想什么啊？"惹来乐水一个警告的瞪视。

任瑶期看了乐山一眼，笑了笑，没说话。

她刚刚想的是，虽然萧二公子不爱骑马，不过看他上马的动作还挺好看，挺像那么回事儿的，也不知道偷偷练了多久才没有从马上摔下来。当然，这种事情任瑶期是不会对自己的丫鬟说的。

萧靖西可能是在来找她之前就已经安排好了，任瑶期的马车驶入东升茶楼后门的时候，同贺已经站在那里等了她一会儿。

同贺领着任瑶期上了二楼的包厢，萧靖西已经等在里面了。

丫鬟随从都守在外间，任瑶期看着站在自己面前的萧靖西半真半假地道："萧公子，这似乎于礼不合？"虽然她以前也私下与萧靖西见面，不过那都是有事情需要与他商量，那会儿的任瑶期一门心思想要摆脱困境保护自己的家人，哪里有闲工夫去注意名声名节。

"你我已有婚约，与普通人不同。"萧靖西想到了之前任瑶期看到他和颜凝霜站在一起说话，不知道任瑶期是不是故意这么说的，不由得有些尴尬，却还是装作镇定的样子很有底气地道。

燕北这边的民风比南边要开放，对于有婚约在身的男女更是宽容了不少，只要不做逾矩之事，又有丫鬟婆子跟着，并不忌讳他们见面。尤其是到了上巳节、花朝节、元宵节这样的日子，还会允许他们同游。

任瑶期似笑非笑地看了他一眼，也没有出言反驳他。

"我刚刚是想回去见你的……"萧靖西看着任瑶期，突然低声嘟囔一句，倒是显出了几分委屈懊恼。

任瑶期顿时有些哭笑不得，不过之前堵在心里那点被她尽力忽略的不痛快倒是消散了不少。

萧靖西往前走了一步，站得离任瑶期又近了些。

任瑶期正要后退，萧靖西却先一步伸手将她抱住。

任瑶期脸色一红，挣扎了一下又怕外间的人听到动静，只能小声道："放开我！"

"不放……"萧靖西带着笑意的低哑声音在任瑶期耳边轻轻响起，让她的心也跟着颤了颤，顿时有些手脚发软。

"我只是急着想要见你，一时没有躲开她而已，你别为了个不相干的人生我的气，好不好？"萧靖西在任瑶期耳边小声道。

萧靖西身上清冽好闻的味道无孔不入地将任瑶期包围着，她的心跳得像是要从胸腔里蹦出来，连脑子里都是"扑通扑通"的回响，任瑶期不由得又羞又恼。

她努力让自己平静下来，正要使出全身力气将他推开好让自己呼吸顺畅的时候，却看到抱着她的萧靖西耳根处呈现出十分可疑的粉红色。她动作顿了顿，然后便发现萧靖西的心跳声也很急，甚至比起她来不遑多让，尽管他看上去还是一副镇静的模样。

任瑶期又有些想笑，叹了一口气，然后冷着脸道："萧靖西，你再不放开，我就生气了。"

这还是任瑶期第一次连名带姓地叫他，萧靖西愣了愣，然后便听话地放开她，视线却不肯从她脸上稍离。

任瑶期这一回没有避开萧靖西的视线，反而认真看了他一会儿，直到认定萧二公子淡定的表象下确实是紧张了，才认真道："我不生你的气。"

萧靖西看着她没有说话。

任瑶期叹了一口气，然后道："因为我知道，以你的性子，你若是不愿意，颜凝霜就算是使出再激烈的手段，也不可能如愿。"

颜凝霜不知道，任瑶期却清楚得很，萧靖西若是真不想娶颜凝霜，颜凝霜还对他耍心机的话，萧靖西并不会介意让她从这个世上彻底消失。

任瑶期这么说的本意其实是想要安抚萧靖西，却不想萧靖西在听了这句话之后脸上并无喜意。

任瑶期正纳闷这位少爷今日到底是怎么了，萧靖西却看着她，眼神微黯地道："你不生我的气我原本该高兴的，现在我却宁愿你是生气了。"

萧靖西说这句话的时候声音极低，几乎算得上是喃喃自语，若不是任瑶期站得离他很近，可能就听不清楚了。

任瑶期看着这样的萧靖西，突然意识到了他与她的不一样，萧靖西虽然总是给人一种无所不能的感觉，让人忽略他的年纪，可是她认识萧靖西的时候他不过是个十五岁的少年，现在的他也只是二十岁。

萧靖西在面对大事的时候可以运筹帷幄，甚至算无遗策，可是在感情问题上他未必就能比普通的弱冠之年的男子成熟。

这么想着，任瑶期看着眼前神色黯然的萧靖西，心里不由得有些歉疚。

"我虽然并不生你的气，但是……如果我说我讨厌颜凝霜，你会不会觉得我不识大体？"任瑶期有些尴尬地道。这种话她从来没有说过，现在这会儿当着萧靖西的面说，难免就有些拈酸吃醋的意味，所以在说出这句话之后她脸上红得能滴血，不过这感觉其实挺新奇的，过去她从未体会过这种带着小女儿情态的别扭心情。

不过很显然，她的话取悦了萧靖西，刚刚他还一脸黯然，这会儿唇角却弯出了愉悦的弧度。

"此话当真？"萧靖西低下头，看着任瑶期低声问道。

他们两人本就站得近，萧靖西这么一低头，两人呼吸可闻，任瑶期下意识想要后退，不过想了想，还是轻咬着嘴唇站在那里没有动，尽管萧靖西近在咫尺的气息让她的小腿发颤。

任瑶期抬头看了看萧靖西如暗夜星辰一般的明亮眼眸，几不可见地点了点头。

萧靖西脸上的笑意渐深，眼中的神采似乎凝成了旋涡，能让人溺毙在他温柔而专注的眸光中。

他握住任瑶期的手，任瑶期轻轻垂下的眼睫颤了颤，萧靖西见她没有挣开，便小心翼翼地又一次将她抱住。

任瑶期还是不习惯与男子这般亲近，可是这个人是萧靖西，任瑶期便忍不住心软。这会儿她才后知后觉地意识到，她竟然见不得他露出一点点委屈难过的神色，无论萧靖西是真的委屈难过还是装出来的，她都不喜欢看到。

"我喜欢你的不识大体，喜欢极了。"萧靖西在任瑶期耳边轻声道，低柔暗哑的嗓音好听得令人忍不住脸红心跳，全身酥麻。

萧靖西就这样安静地抱了任瑶期一会儿，并没有别的动作，任瑶期也乖顺地没有动，气氛美好得令人眷恋不舍。

最后还是任瑶期动了动，红着脸从萧靖西怀里站直身子。

"你找我是不是还有别的事情？"任瑶期看了萧靖西一眼，轻声问道。

萧靖西这会儿心情不错，拉着任瑶期到屋子中间坐下，顺手给她斟了一杯茶："听说你已经允了祝若梅的亲事？"

"祝若梅是你的人，他的亲事哪里需要我来允？他求娶我的丫鬟，我同意了罢了。"任瑶期低着头道。

萧靖西闻言轻笑，看着任瑶期道："谁说他的亲事不需要你来允？他可是我的人。"

萧靖西话里的意思已经很直白了，任瑶期哪里有不懂的？可是这话不好应也不好驳。

萧靖西也不想为难任瑶期，虽然他爱极了她脸红羞涩的模样："我是想与你商量一下，他的婚期能否提前。"

任瑶期这才抬起头来看他，有些惊讶道："婚期提前？提前到什么时候？"祝若梅的婚期是祝家自己定下来的，这会儿突然要改期，还要萧靖西来与她说，任瑶期当然惊讶。

萧靖西沉吟道："越快越好吧，端阳节过后如何？"

任瑶期闻言越加惊讶，今日是初二，初五就是端阳节了，那就是要将祝若梅的亲事定在几日之后。

"为何要这么赶？可是出了什么事？"若非祝若梅年纪已经不小了，任瑶期原本觉得六月底成亲都太早了，怕他们短短两三个月的时间准备不过来。

"我想让祝若梅出一趟远门，他的婚期若是不提前的话，怕就要延后了。我问过他的意思，他说想要早些成亲。"萧靖西说道。

任瑶期看了萧靖西一眼，萧靖西让祝若梅出远门肯定是有重要的事情要交代他去办，任瑶期原本想要问问清楚的，毕竟雪梨是她的人，她不过问说不过去。可是任瑶期又怕这些事情是自己不该问的，问出来的话会让萧靖西为难。

萧靖西看着任瑶期的神色，自然明了她心中所想，笑了笑道："你知道太后这次挑选十位闺秀来燕北，同行的还有三位朝廷官员吧？他们明面上是为了千金宴和《燕山河图志》这部书来的，实则不然。"

任瑶期闻言立即想到了上一次让袁大勇去打听到的消息，那几位官员中或许只有裴之砚是真正为了《燕山河图志》来的，另外两位官员为的是与辽人重开边贸的事情。

任瑶期点了点头："上次我让人打听过了。"现在想来，袁大勇能知道这些，肯定少不了萧靖西的授意。

"新任辽王即位之时只有十五岁，难免会年轻气盛，自他即位后这几年年年带兵南侵，却无论如何也进不了嘉靖关，以致在辽国威信大减。老辽王最后一任妻子顺贞王后是北院知事的侄女，顺贞王后联合北院想要扶植自己的幼子取而代之。新辽王为了拉拢南院，娶了南院大王之女。别看这位南院大王平日里不声不响，耍起心眼来辽国没有几人是他的对手，这次辽王派人悄悄进京向大周朝廷求和就是南院大王的意思。"萧靖西对任瑶期分析了一番辽国的形势。

任瑶期垂着眸子想了想："辽国这次打了败仗，主动求和……他们是打算让地还是赔银子？"

不想萧靖西听了这话却笑了,只是笑意不达眼底:"赔银子吧,不过不是辽国赔给大周,而是大周赔给辽国。"

任瑶期闻言不由得挑了挑眉:"还有这等好事?"

"朝廷这些年偏安南域休养生息,并不缺银子。"萧靖西淡声道。

任瑶期仔细琢磨琢磨便明了了,朝廷不缺银子,缺的是对燕北的控制权。

辽人在燕北军手里吃了败仗,却绕过燕北王府向朝廷求和。求和是假,包藏祸心是真。

辽国现在南院与北院各自为政,想要分出个胜负怕不是短时间的事情。而辽王威信大减,近期内想要再次带兵南下攻城也是不能,所以辽王想要借着这个时机让自己喘口气,并清理门户,所以提出了重开两国边贸之事。

燕北王府再厉害,也只是个藩王,大周还是姓李的。

辽人知道比起隔着燕云十六州的辽国,燕北王府才是哽在大周朝廷喉咙里的一根鱼刺。吐不出,咽不下,久了还会溃烂化脓。所以辽人即使吃了败仗还敢提出让大周朝给他们进献岁币,并且重开边市贸易,他们料准朝廷不会拒绝。

因为辽人若是与燕北停战,燕北王府的存在便会变得尴尬。没有了战争,燕北若是还想要养活这么多军队,百姓们就会心有怨言,久而久之燕北王府不想裁军也不行了。如此一来,大周朝想要收拾燕北王府就简单多了,也名正言顺多了。

这么想着,任瑶期出了一身冷汗,不由得叹道:"难怪你说南院大王此人心机深沉,这一箭双雕之计使得倒是漂亮。"

等燕北王府被逼得势弱之时,辽国早已经处理好了自己的内政,因重开边贸国力也渐渐恢复,到时候再发兵南下,大周朝哪里还有可抗之力?

萧靖西闻言莞尔,每次与任瑶期说话都是他最轻松的时候。他不必防着她,也不用怕她听不懂。每次往往只要他开个头,她就能明了个八九不离十。聪明如她的女子,他还没有见过几个。

"这么说燕北王府想要阻止朝廷与大辽的这次和谈?"任瑶期问道。

萧靖西闻言倒是没有立即回答,想了想,才微笑着看着任瑶期:"若真是如此,你不怕我们成为整个大周的罪人?毕竟对普通百姓而言,能不打仗总是好的。"萧靖西对于将任瑶期划入"我们"的范畴很是心安理得。

"我记得你曾与我说起过燕北王府的历史?"任瑶期闻言反问道。

那是几年前,他们某一次见面的时候,萧靖西与她提起过朝廷和燕北王府之间的那一笔烂账。

萧靖西看着任瑶期,眼中含笑。

"对朝廷来说燕北王府是不是罪人我不清楚,不过对于普通百姓而言,燕北王府存在的意义早在几十年前的那场战争中就已经证明了。燕北王府不是要不要退的问题,而是能不能退的问题。"

朝廷和江南的百姓没有经历过,或许永远也无法想象将自己的家门打开任由辽人的铁骑践踏是怎样的人间炼狱,燕北的民众却记得清楚,甚至几十年过去也没有忘怀。

正是因为这一段惨痛的记忆,燕北的民众才会只知道燕北王府,而不知道朝廷,萧家在燕北的声望是远在江南安逸之地的李家远不能及的。

燕北的百姓都清楚,若是再一次发生几十年前那样的辽人进关之祸,他们依然会被朝廷舍弃,能保护、会保护他们性命和身家的只有燕北王府。

百姓们的想法很简单,他们不在意当家做主的人是谁,只在意谁能让他们平安饱暖。

"那你是怕还是不怕?"萧靖西闻言,依旧看着任瑶期,用他那特有的温柔低哑的声音缓缓问道。

任瑶期忍不住无奈地看了萧靖西一眼,不知道是不是她的错觉,她觉得今日的萧二公子格外"不可理喻"!

任瑶期终究还是缺少经验,若是她姐姐任瑶华在场,可能就能看明白,萧二公子今日令人发指的行为与雷盼儿撒娇的时候像足了七八分。

只不过萧二公子由于性格使然,表现得十分含蓄。

任瑶期虽然不明白,但到底是一位聪慧的女子,所以她轻声回道:"你不怕,我自然不怕。"这句话带着任瑶期自己都没有觉察到的安抚。

不过只这么一句,就让萧二公子心情愉悦了,接下来两人说话的时候,萧二公子就变得正常多了。

任瑶期同意了祝若梅要提前婚期的请求。只要雪梨愿意,她自然没有什么好说的。

眼见着时间不早了,任瑶期也不便在外逗留太久,便起身告辞。

到这时候任瑶期还没有意识到,为何今日明明应该是她生气萧靖西和颜凝霜私下会面之事,最后却反而成了她安抚萧靖西。

两人一同起身,视线相触之时无声的默契在两人之间流转。

"窈窈……"萧靖西突然低声唤道。

任瑶期看了萧靖西一眼,脸色微红。

这还是萧靖西第一次喊她的小字,萧靖西的声音温柔缱绻,听在任瑶期的耳中似乎有一种特别的意味。

"嗯。"她低着头,含糊地应了一声。

萧靖西弯了弯嘴角,上前一步牵住任瑶期的手,送她出门。任瑶期离开茶楼之后萧靖西并没有急着离开,而是在大概一盏茶后等来了萧华。

独自站在窗边不知道在想什么的萧靖西在萧华进来的时候已经恢复了他平日的模样,墨衣黑发,俊秀无双,举手投足之间是任何人也模仿不来的倾世风采。

"如何?"萧靖西转头看了萧华一眼,淡声问道。

萧靖西脸上虽然依旧让人看不出什么情绪,不过自幼便跟随他的萧华却敏锐地察觉出自家主子现在心情似乎还不错,这让萧华原本还有些紧绷的心情放松了一些。

"回公子,属下刚刚排查了一番,任小姐的马车之前之所以会停下来那么久,可能是因为裴之砚裴大人。"

萧靖西沉默片刻,然后微微皱眉道:"裴之砚?你确定?"

"正是裴之砚大人!裴大人昨日傍晚到的云阳城,没有惊动京都来的那几位同僚而是自己在城中的白云客栈落了脚。裴大人昨晚和今日一早还在云阳城里逛了逛。他是不久之前才去的别院与其他人会合。"

萧靖西挑了挑眉,一时没有说话。

萧华偷偷瞥了萧靖西一眼,等他接下来的指示。

萧华想,按照自家主子的性情,接下来肯定会派他去细查任家小姐和裴大人之间的关系,查清楚两人之间有没有过往来,又是因何有的往来。

主子说不定还会对任小姐的身份有所怀疑，毕竟按理说任家小姐自幼是在燕北长大，从来没有离开过燕州，不可能会认识裴之砚。有句话说得好，事出反常即为妖。

娶媳妇可是大事，那是一点马虎都不能有的，这世上笨得跟穆虎似的连心上人都能认错的人可不多。

萧华想着，自己或许会被主子派去京都一次？只是他这一去京都，一来一回少说也得月余，原本打算去找王妃身边的辛嬷嬷给萧顺物色个温顺可人的媳妇的事情也得暂且缓缓了，不过这样一来主子的婚事会不会也被延期？

萧华的思绪正信马由缰地跑得飞快，突然听到萧靖西道："裴之砚的话倒罢了……没你的事了，下去吧。"

萧华连忙低下头应了。

在萧华出去之前，萧靖西又叫住了他，淡声说道："我让你派人在暗处保护她，而非让你们监视她，你最好记住这一点，以免以后犯错。"

萧华闻言心中一凛，这一次他十分慎重地给萧靖西行了一个跪礼："属下明白了。"然后才起身退了下去。

萧靖西之前追上任瑶期的时候远远看到她的马车无端端停下来，原本还以为任瑶期是知道他会追上来，所以停在那里等他，后来才发现并非如此。

等萧靖西到了任瑶期的马车边，敲响她的马车车壁的时候，任瑶期甚至没有想起他们两人之间敲马车壁的暗号，当时萧靖西心里就有些委屈了。

不过等他听到任瑶期隔着马车帘子传出来的声音里有着让人无法琢磨透的情绪的时候，萧靖西心里的委屈便带了些不安。

在那一刻，萧靖西突然意识到任瑶期身上似乎有些什么是他无法掌控的。

这一点，对于一个做惯了上位者的人而言，尤其是对萧靖西这样的人而言，一时之间是无法适应的。

所以他让萧华去查任瑶期在离开燕北王府的这一段时间出了什么事情，任瑶期又遇见了些什么人。

萧靖西其实还担心任瑶期是遇上了什么为难之事，又不好对他或者萧靖琳说。

只是，不管是出于哪一点，萧靖西心里都有些在意。

所以今日的萧靖西在见到任瑶期的时候，才会有那么些幼稚表现，仿佛忍不住想要在任瑶期面前确认什么，想要他在意的那个人也如同他在意她那般在意他。

萧靖西身上自然会有些上位者和聪明人身上不可避免的毛病，遇上任瑶期又是他第一次将一个人放在心里，亲密之人之间的相处之道还需要他慢慢去摸索领悟。

好在萧靖西是真心将任瑶期这个人放在心上，当任瑶期温顺地让他抱住的时候，萧靖西的心绪也慢慢地沉淀下来。

萧二公子是个一意识到自己有错就会认真去改的人。

所以虽然他心里对于任瑶期今日的反常还有些不解和疑惑，但是他也知道他必须要给予任瑶期信任。

有些事情她不说，他就不问。

总有她愿意告诉他的那一日。

五月初五是端阳节，今年的端阳节比往年都要热闹一些。

因为世子去世，燕北上下都沉寂了一年，连正月十五的花灯节都有些灯影寥落。不过端阳节的热闹却不会受到什么影响，自古端阳节就是起源于部落的祭祀，赛龙舟、挂菖蒲、用艾叶水沐浴驱邪避灾。燕北王府也下令今年的龙舟赛可以再加几艇竞赛的龙舟，让场面更热闹一些。

龙舟需要事先下水，所以云阳城的龙舟赛都是下午才会开始。

上午，任瑶华派人送了粽子过来，有五仁、蜜枣、红豆的，还有南边的人喜欢的肉粽，装了满满的一箩筐。李氏留下了一些，剩下的都让周嬷嬷给下人们分食，说是大小姐送回来的。

送粽子来的雷家下人说雷家今年依旧会有一艇龙舟要下水，不过任瑶华因为有了身孕不能去，只有雷霆和雷震带着盼儿过去。

萧靖琳最近似乎有些忙，在端阳节之前就给任瑶期送过信来，说今年怕是不能与任瑶期一起去看赛龙舟了，任瑶期虽然有些遗憾，但是也猜到萧靖琳的忙碌可能与辽人的事情有关。萧靖琳在嘉靖关多年，与辽人有过多次交手，对边关之事比许多人都要了解。

所以虽然今年的赛龙舟比往年都要热闹，但是因为任瑶华和萧靖琳都不能去，任瑶期反而觉得无趣不少。

下午，任瑶期同李氏一起乘马车去了城外。今年的龙舟赛依旧是在城外的溧阳河河段，任瑶期和李氏过去的时候从河岸上就能看见河面上那二十多艇龙舟，当中那一艇比其余的龙舟都要大，龙头和龙身用的是金漆，远远看着富丽堂皇，惹人注意。

任瑶期和李氏在河岸边下马车的时候，河岸上就三三两两地站了许多不知道哪一家的丫鬟婆子，都对着河中央的那一艇龙舟指指点点。

李氏也不由得看了几眼，惊讶道："这一艇龙舟倒是气派，将别的船都比下去了，不知是哪一家的？"也难怪李氏会有此一问，插着燕北王府徽旗的那一艇龙舟就在这艇金龙旁边，燕北王府的船龙头已经有些年头了，虽然年年有人维护，但是与这艇在阳光下闪闪发亮的金龙相比就显得有些失色了。

任瑶期看了一眼，笑了笑道："听说今年朝廷也有船要参加龙舟赛。"

李氏了然地点了点头："原来如此！"

这时候不远处正巧有人道："不知道今年谁家的船能拿第一。"

"这还用问？自然是燕北王府的船！"有人肯定地道。

"往年倒也罢了，今年不是还有朝廷的……"

李氏和任瑶期没有听下去，因为徐夫人的丫鬟看到了她们，已经迎了过来。

李氏带着任瑶期跟着徐夫人的丫鬟去了徐家的凉棚，徐夫人虽然还没有来，凉棚里却已经坐了好几位与李氏相熟的夫人太太。

李氏坐到了柳太太和陈太太那边，与她们寒暄起来。

任瑶期与她们见过礼之后也与柳梦涵和陈之意她们聊到了一处。

其余各家的人也都陆陆续续来了，河岸边停的马车排起了长龙，四处都能听到热情的寒暄声。河中央响起了擂鼓声，有人跑出凉棚去看，却只是三三两两的几艇龙舟在热身，燕北王府的青龙和朝廷的金龙仍旧巍然不动地停在河中央，有些对阵的意思。

任瑶期正听陈之意和柳梦涵小声议论今年哪家的龙舟能够取胜，徐夫人欧阳氏身边的丫鬟过来了。

"任小姐，夫人让奴婢来请您过去。"

任瑶期闻言不由得往四周瞧了瞧："先生已经来了吗？"

徐夫人虽然派了徐家的下人过来凉棚这里招待茶水，不过她自己和徐万里都还没有到。

丫鬟指了指身后的河面说道："夫人在船上呢。"

任瑶期顺着丫鬟的手看过去，靠着河岸边已经停了好几艘私家船，是为了方便看等会儿的赛事。不过自从那一年的龙舟赛上出了事死伤了人之后，女眷们就不怎么敢上船了，都坐到岸边的凉棚里，所以河面上的游船也少了许多。

任瑶期看了一眼，那几艘船长得都差不多，让她分不出来徐家的是哪一艘。

丫鬟还以为任瑶期害怕上船，连忙道："任小姐放心，船稳得很呢，而且我们也不跟着赛船走。"

任瑶期笑着颔首："我去与母亲说一声。"

任瑶期去与李氏打了一声招呼，然后才带着乐山、乐水、苹果和桑葚四个丫鬟跟着徐家的丫鬟出去了。

对于徐夫人只叫了任瑶期一人上船，在场的太太小姐们也没有太多的想法。先不说任瑶期是徐夫人的关门弟子，就凭任瑶期现在的身份也没人会说什么。

任瑶期跟着丫鬟走到岸边才看到徐家的船，只是一艘能容下七八人的中型游船，比起别家的游船来并不显眼。

任瑶期上船的时候听到游船上隐隐约约传来了说话的声音和笑声，她虽然没有听清楚船上的人在说什么，其中有一个声音却让她的步子不由得顿了顿。

"任小姐？"领路的丫鬟见任瑶期突然停下来，不由得唤了她一声。

任瑶期冲着丫鬟笑了笑，轻声问道："船上还有客人？"

正当这时候，徐夫人身边的高嬷嬷从船舱里探出了身子，见任瑶期正要上船连忙走过来亲自扶她。

任瑶期便没有再问，扶着高嬷嬷的手上了游船。

任瑶期进了船舱，一眼就看见了徐万里和徐夫人坐在游船当中的一张方桌边。与徐万里相对而坐，背对着任瑶期方向的是一位身穿青衫的男子。任瑶期进去的时候这名男子正用他惯有的慵懒语调说道："等离了燕北之后，我还打算继续往北行，这一去怕是至少要个三年五载……"

见徐夫人往他身后的方向看了过去，那名男子意识到有人进来了便停住话，转过身来看了一眼。

任瑶期也看清楚了这男子的容貌。这张脸她曾经是很熟悉的。

曾经相伴十年，他的容貌都没有太大的变化，淡淡的眉眼，俊秀的相貌让人看不出年纪，脸上总是带着笑意，说话的时候语速很缓，只是听声音便能让人感到如沐春风的惬意。

男子看到她的时候似乎愣了愣，眼中有一丝惊讶一闪而逝。

任瑶期将他眼中的惊讶看在眼里，心里不由得有些好奇。

现在他们应该是第一次见面才对，怎么他第一眼看到她会有这样的表情？难道还有什么她不知道的渊源？

任瑶期不由得回想起从前两人第一次见面的情形。

当年卢裕带她进京，走到相州的一家驿站的时候她因不堪受辱想要趁夜逃走，最后还没有逃出驿站就被抓住了。被人带去见卢裕的时候，她在驿站的院子里撞到了一个男子，当时她心里害怕得很，正担心回去之后卢裕又会想出什么法子来作践自己，自然没有心情去注意一个陌生人的模样，她也是后来才知道她当时撞到的人是裴之砚。

回京不久，他就被卢裕转送给了裴之砚。

被人送去裴家的时候，裴之砚只是打量了她一会儿，什么也没有说就让人带她下去了。

她以为自己是被送去给裴之砚当侍妾玩物的，还不安了好些日子，但是自那以后裴之砚并没有再见她，只让管家给她派了个丫鬟伺候起居，吃饭也只是在自己那个小院子里。

直到到了裴家将近一个月之后，裴之砚才让人叫她过去，但是因为这一次见面的地点是书房，而且还是大白天，她便安心不少。

她进书房的时候裴之砚正靠在软榻上看书，见她进来了头也没有抬，只是支使她去给他磨墨，等她磨好了墨之后他便起身到书案边写字，这一写就是一个时辰。

任瑶期离他远远地站着，原本她心里还有些警惕，后来看着他认真写字的模样想起了自己的父亲，不知道怎么的就放松了防备。

她趁着裴之砚写字投入的时候，便悄悄地翻看书架上的书，等到他写完字走到她身边的时候她都没有发觉。

裴之砚与她说的第一句话是："喜欢读书？"说着还拿起她手中的书看了一眼，然后有些惊讶地挑眉，"还喜欢书画？"

当时她翻看的是一本古人鉴赏书画的笔记。

任瑶期见他声音温和，便点了点头，有些黯然地道："我爹爹很喜欢。"这本书她父亲的书房里也有。

裴之砚看了她一会儿，然后微微一笑："我府中也没什么事情能让你做的，你以后就来书房看书吧，每两个月至少看完一册。"

在任瑶期惊讶的视线下，他又悠悠地补充一句："我会隔三岔五考你一番，你若是看得不认真……以后我就让你做别的。"

任瑶期当时听到这个奇怪的"差事"的时候心里十分惊讶，心想这人从卢公公那里将她要过来就是为了让她在书房里看书？不过惊讶不解是一回事，任瑶期生怕裴之砚反悔让她去"做别的"，立即应下了。

自那以后，任瑶期每日卯时准时到书房读书，中午一个时辰用饭和休息，接着继续回书房读书到酉时，然后回去自己的院子用过晚膳之后继续在房里挑灯夜读一个时辰。

她不敢偷懒，比起"做别的"来，她还是愿意每日待在书房里与书本为伍。

她在书房的时候，裴之砚有时候也会在，不过他大多数时候是躺在软榻上看书，或者坐在书案边写字。任瑶期从来不会主动去接近他，只安安静静坐在靠着西墙的那张琴案边，多数时候连脸都不抬。裴之砚也不理会她，甚至再没叫她磨过墨，也从不让她做端茶倒水的活计。

她看的是哪一本书裴之砚从来不干涉，只要是他书房里书架上的书都任由她挑选。任瑶期感觉到自己在裴家的存在感很低，每日只在书房和自己的小院里来回，遇见的人也少，久而久之，便安心不少。在裴家的这段时间她还暗中打听了一下，得知这位裴大人与已故的妻子伉俪情深，从未有过侍妾和通房，在裴夫人去世之后他也没有再成亲的打算，她想说不定裴之砚要了她回来真的是因为一时的心血来潮吧。

任瑶期通过一段时日的相处发现裴之砚真的是一个很懒散随意的人，比如说他能躺着就绝不坐着，能坐着就绝不站着，他看书最喜欢的就是斜倚在书房的软榻上，如果躺着可以写字的话，任瑶期相信他是不会挪步到书案上去写的。裴之砚完全没有读书人"站如松，坐如钟"的讲究。

任瑶期曾经因为好奇偷偷去坐过他那张软榻，结果却发现裴之砚的软榻比起一般的软榻虽然要硬一些，却十分舒适。不过她也只偷偷坐过那一次，除了书房里的书之外，她从来不碰裴之砚的任何东西。他书房里的抽屉箱子都没有上锁，任瑶期也没有趁他不在去偷偷翻看过。

她以为有着这样懒散性子的人说要检查她读书的话不过是随便说说，所以她虽然每日还是不管风霜雨雪地去书房看书，却没有将裴之砚的话当真，直到她在书房连续看了两个月的书之后，裴之砚将她叫到了身边。

"这两个月看了什么书？"裴之砚依旧靠在软榻上，问她这句话的时候垂着眼帘，一副漫不经心的样子。

"《西行杂记》《太平年鉴》《经世集》。"任瑶期低着头低声回道。

两个月看三本书，任瑶期觉得自己已经很努力了，毕竟裴之砚之前只要求她两个月看一本书，所以她回答的时候并不心虚。她自幼记性就极好，看书的速度也快，还能将内容记个八九不离十。

裴之砚连头都没有抬，将手中的书翻过去一页，随口问道："《西行杂记》第九篇，出现了八个形貌不同的女子，当中穿红衣裳的那个叫什么名儿、家住何处、年岁几何？"

任瑶期闻言愣愣地瞪着裴之砚，有些傻眼。

这都是些什么乱七八糟的问题？

裴之砚许久没有听见她回话，便抽空瞥了她一眼，悠悠然道："怎么？答不出来？那就……"

任瑶期被吓得一个激灵，立即抢话回道："等等，那姑娘好像是叫秦九娘,家住……家住稻田村,年岁……"任瑶期纠结着眉头想了半日,她自认记性还不错,却依旧想不起书中有提那位红衣姑娘的年岁。

那本杂记其实就是一本游记,每一篇都不太长,裴之砚提到的第九篇只有四页纸,出现的人物大多也就是一两句就带过了,任瑶期能大致记住一个只出现了一次的小人物的名字已经算记性奇佳了。

那时任瑶期的年纪毕竟还小,因为自幼就聪慧学什么都比别人快,所以从未在读书识字上吃过什么亏。裴之砚这样又很像是想要故意刁难她,于是她说话的时候便忍不住有些不服气,尽管因为人在屋檐下语气和姿态还是很恭谨的:"请先生恕我愚钝,实在不记得书中有提到那位红衣姑娘的年岁,还请先生赐教。"

这是任瑶期第一次称呼裴之砚"先生",其实是带着些微不服气和讽刺的意味的。那时候任瑶期还不知道她随口这么一叫,就跟当今皇帝成了同门师兄妹。

裴之砚打量她一会儿,突然笑了,用谆谆教导的语气说道:"书中是不是有提到她出生那年兴元府正闹灾荒?"

任瑶期皱眉想了想,好像还真提到过这么一句,便点了点头:"确有提到。"

裴之砚又问道:"这本书开篇就有说起,张生是在庆隆三年从京都出行的,因为途中四处游玩加上走到金州的时候病了一场,所以从京都到庆元府利州花了整整两年时间,那他路过位于利州的稻田村的时候应该是在哪一年?"

任瑶期顿了顿,有些迟疑地道:"是庆隆五年,可是……"

裴之砚不理她的辩驳,继续道:"那位秦九娘既然已经到了看到成年男子就脸红的年纪又还是待嫁之身,那她的年纪应该在十岁到二十岁之间,她出生的那年便是正清十五到正清二十五年这当中的某一年,而在这期间庆元府的利州只有正清二十年的时候发生过一次旱灾。现在你再来告诉我,这位秦九娘年岁几何。"

任瑶期头上冒出了冷汗,声音有些艰涩地道:"十六岁。"

裴之砚终于满意地点了点头:"没错,是十六岁,现在你还坚持书中没有提到这位姑娘的年岁吗?"

任瑶期:"……"

裴之砚靠在软榻上打量她,脸上带着笑意:"还不服气?"

任瑶期低头:"不敢……"

裴之砚偏头看着她道:"你因为自己记性好,所以觉得读书是一件容易的事情,对书也少了几分敬畏之心。读书若是真有这么简单,那么考状元还不如去做茶楼酒馆里的伙计,听说优秀的伙计除了能背菜名之外还会记住各类客人的喜好忌讳。"

裴之砚将手中的书放下,稍稍坐正了身子:"读书的时候需要你去思去想,懂得举一反三,而非简单记住书上的内容。读书不在多而在精,有的人读了一辈子的书也明不了理,那么还不如不要浪费这个时间,及时行乐多好?你若一生只读了一本书,却能从中悟出道理,那便是不错的收获了。"

任瑶期听着听着,表情也渐渐认真起来。她这才明白,裴之砚是在纠正她读书的方法。之前她因为担心裴之砚觉得她偷懒,所以多读了几本,自然是没有多用心的,不想却被裴之砚发现了,便提了这么个刁钻的问题来警醒她。

这回任瑶期是真心低头恭敬地道:"是的先生,我知错了。"

裴之砚抬眼问她:"错在何处?"

任瑶期认真道:"贪多嚼不烂,先生之前让我两个月读完一本书已经是让我走马观花了。"

这回裴之砚终于满意了,一边躺回去看他自己的书,一边用漫不经心的语气道:"孺子可教!《西行杂记》《太平年鉴》《经世集》这三本书你再从头读三遍吧。三个月之后我会再来考你一番。"

任瑶期低头应了,正要退回琴案边看书,裴之砚却又道:"不过你今日并未让我满意,所以……"

任瑶期听到这话,还是忍不住僵硬了一下。

裴之砚顿了顿,似乎是想了一会儿才继续道:"所以就罚你打扫书房三个月吧。"

任瑶期松了一口气,几乎是欢天喜地地领了罚。

自那以后,裴之砚就莫名其妙地真正成了她的先生。随着她的意让她自己看了两年的书,每两个月会考她一次,答得好的话没有奖励,答不出来的时候就会被罚去做各种活计，任瑶期甚至还被罚过去花园里拔草。

这样放羊吃草了两年之后，裴之砚渐渐在她自己选书看的同时还给她指定一些书，不过任瑶期只喜欢看游记、野史、市井趣文这类书，别的书她并不是很感兴趣。

有一次裴之砚指定她看《名臣经济录》，她实在是看不下去，所以在对答的时候很有些牛头不对马嘴。裴之砚不满意，她还不自觉地顶了一句："我又不去考状元，看这些做什么！"

裴之砚倒没有生气，只是懒懒地挥了挥手罚她去刷马桶。

任瑶期再不服气，裴之砚只说了一句就能让她偃旗息鼓："我是先生，你是学生，学问上的事情自然是我说了算。你若是不喜欢这种相处模式的话，我们就换一种？"

任瑶期觉得，她还是好好去看那本《名臣经济录》吧……

任瑶期也是后来在刷马桶的时候才反应过来，原来不知不觉之间她在裴之砚面前已经敢顶嘴了。

裴之砚虽然为人懒散淡薄，但是他上知天文下知地理，又极有耐性，确实是一位好先生。

几年过去，任瑶期在与他的相处过程中渐渐放松了戒备，开始真正尊他为师，敬他为兄。

裴之砚果真没有再娶。因为他没有子嗣，裴家本家的人倒是一直在催他续弦，有些长辈还给他送了美貌丫鬟来，裴之砚烦不胜烦之下就派任瑶期去给他打发这些人。到后来，本家也就不给他塞人了。

某一次裴之砚在考了任瑶期功课之后突然问道："最近本家没人上门？"

任瑶期想了想："前几日有人来过，送了些药材过来就走了。"

裴之砚垂着眸子想了许久，然后似是想明白了什么，抚着额头苦笑着叹了一口气："罢了……名声上吃点亏也没什么。"

任瑶期有些莫名其妙。

不过裴之砚并没有给她解惑，只是看了她一眼，微笑道："这次就罚你吃一个月的芹菜吧。"

任瑶期不怎么挑食，唯一不喜欢的是芹菜的味道，闻言不由得一愣："先生,我刚刚答的有什么地方不对吗?"

裴之砚躺回榻上,悠悠然道:"对极了,看书很认真,孺子可教。"

"那为何还要受罚?"任瑶期皱眉。

裴之砚头也不抬:"因为我是先生,你是学生。"

任瑶期:"……"

任瑶期就这么在裴之砚的调教下过了许多年,一开始她只能被动挨打,到了后来便能偶尔给自己先生一些不疼不痒的反击,慢慢从一个仗着自己有几分聪明性子而有些傲气的小姑娘长成了如今这副万事波澜不惊的稳重模样。

第四十八章

往　事

任瑶期站在那里回想起当年师徒两人相处的情景，心下有些感叹又有些温暖，直到徐夫人的声音召回了任瑶期的思绪。

"这位就是我之前说起过的我的学生，瑶期你过来，见过裴先生。"

任瑶期刚刚脑子里想了许多，却也不过是一瞬间的事情，徐夫人虽然看到任瑶期明显愣了片刻，也只以为她是突然见到裴之砚才会有这般反应，并未作他想，只招呼任瑶期过去给裴之砚见礼。

任瑶期收敛心绪走上前给徐万里夫妇和裴之砚分别见了礼。

裴之砚若有所思地将视线从任瑶期身上收回，点了点头微微一笑，然后问道："你先生现在服用的方子是你给她的？"

徐夫人见任瑶期一时没有答话，便解释道："因为我妹妹与我一样，从娘胎里就带了这病，只可惜她……唉！谨言他对我妹妹的离世一直心有遗憾，所以多年来也有在钻研药理，他昨日一见我喝的药便说是对症，又知道了你教我的那些按摩穴道缓解病症的方法，所以我才提到你的。他与我是至亲，又是忘年之交，便也是你的长辈，自家人在一起说说话，你不必拘谨。"

任瑶期倒不是拘谨，只是不知道该如何回答裴之砚。这方子是她告诉徐夫人的没错，不过也是从前裴之砚钻研医书找出来的。

她也只能道："是我给先生的，方子是我从外祖父家中一本前朝太医的手札中找到的。"

裴之砚沉吟道："不知道是前朝哪一位太医的手札？"裴之砚研究过不少太医留下来的医案和药案。

任瑶期想了想，回道："胡仲云胡太医。"

裴之砚不由得恍然："原来是他，难怪了。"

徐夫人倒是有些惊奇了，"你也听说过这位胡太医？"也不怪徐夫人惊讶，胡仲云虽然是太医，却并不怎么有名，生前也没有留下让人称道的杏林佳话，加上他在世的年代与现在至少隔了四百多年，所以就连博览群书的徐夫人和徐万里也不知道这位太医。

任瑶期在心中暗道，裴先生自然是知道的，事实上这方子就是他翻看胡仲云和其他一些名医留下来的医案和医书琢磨出来的。

"我手中有一本他传给自己儿子的笔记，书中确有对心疾这种病独到的见解，如果这是他想出来的方子，倒也不奇。"裴之砚对徐夫人道。

裴之砚打量了任瑶期一会儿，笑言："不过你小小年纪又不是医家出身，却能有这分通透倒也难得，你先生收了个好学生。"

任瑶期闻言忍不住暗地里想：当年我是你学生的时候可没见你有过这种感叹！果然，学生总是别人的好。

裴之砚自然听不到她的心声，两人如今相见如同陌路，裴之砚也只是在刚看到任瑶期的时候脸上露出过惊讶的表情，问了她药方之事便与徐山长聊起了别，并没投注太多的视线在任瑶期身上，让任瑶期觉得之前她在裴之砚眼中看到的那一抹惊讶似乎只是她的错觉。

徐夫人将那方桌留给了徐万里和裴之砚两人，她自己则带着任瑶期去了船舱靠窗边的案几入座，聊近期的修补残谱之事。

这时候外头响起了炮仗和锣鼓声，声音大得连船上几人说话的声音都掩盖住了，在另一边喝茶说话的裴之砚和徐万里的注意力也转移了过来。

徐夫人笑道："是赛龙舟要开始了，谨言你还没有看过燕北的龙舟赛吧？"

裴之砚微微一笑："是没有看过，不过单从龙舟的外观来看，还是江南的花样多一些。"

徐夫人闻言不由得看了一眼停在河道中央那艘金碧辉煌的龙舟，笑道："这倒是真的，不过赛龙舟赛龙舟，总要赛起来才知道胜负，光凭外表又怎么能够定输赢？"

裴之砚点了点头，一副以之为然的样子。

今年的赛龙舟虽然比往年还要热闹一些，但在流程上依旧按照往年的进行，燕北王与云家、苏家、雷家的家主上了高台，朝廷的另外两位官员也在上面。

船上几人的注意力也都投注了过去，徐万里看向裴之砚："你不上去？"

裴之砚往高台上看了一眼，悠悠然地喝了一口茶："风头留给别人出吧，我还是留在这里与你对弈几局痛快，昨日那盘棋还未分出胜负呢。"

任瑶期忍不住看了一脸闲适的裴之砚一眼。她深知自己这位先生的秉性，这会儿他心里想的定是：输了丢脸面，赢了遭人恨，还是躲在这里喝茶舒服。

这时候河岸上已经有不少捧着笸箩在各个凉棚里穿梭寻人下注的丫鬟。

也有丫鬟往停靠在河岸边的船上来了。

徐夫人看向徐万里和裴之砚，笑言："不如我们也来猜一局如何？"

徐万里抚须一笑，打趣道："夫人是常输将军，败绩斐然，猜不猜结果都一样。"

徐夫人瞪了他一眼："先生倒是常胜将军，不过先生年年猜燕北王府胜，赢了也胜之不武！"

裴之砚忍不住笑出声来，任瑶期也是想笑又不敢笑的样子。她从未见过向来一脸严肃端正的徐山长的这一面，难怪世人都道徐山长和徐夫人琴瑟和谐，感情极好。

正当这时候，高嬷嬷匆匆推舱门进来了："老爷、夫人，萧二公子来了。"

徐万里和徐夫人对视一眼，似乎有些讶异，徐万里连忙道："请公子进来吧。"

任瑶期愣了愣，不由得往船舱外看过去，正好看到萧靖西弯腰走进了船舱。

徐万里笑道："我这船可小，早知你要来应该去借王府的画舫。"言语之间十分熟稔。

萧靖西闻言一笑，温声道："我正是来请你们去画舫的。"

说着他的视线在船上众人身上扫过，看向任瑶期的时候微微顿了顿，然后又转开，停在裴之砚那里："听说裴先生在先生这里，我便冒昧过来了，希望不会打扰到你们叙旧。"

裴之砚也正看着萧靖西，闻言笑着点了点头："萧公子，许久不见。"两人竟也是认识的。

徐夫人笑言："既然是叙旧，你也算是旧识，自然不会打扰。"

徐万里问裴之砚道："燕北王府的画舫我见过，还没坐过，今日倒是沾你的光了？"

萧靖西不由得失笑："先生这话倒是在怪我不周到了。"

徐夫人道："靖西你别理你先生，他一高兴就喜欢胡言乱语，这毛病这么多年了也没改。你来得正好，我们正要下注猜比赛，人多热闹。"

徐夫人的话一说完，徐万里就不满意道："如此一来，这赌局哪里还有公平可言？以我之见，萧公子只适合在这场赌局中做一次看客。"

众人想想，觉得也对。虽然今年出了朝廷这一变数，不过萧靖西比起别人来，要猜比赛名次总要容易许多。

萧靖西不由得莞尔："那我便做看客好了。画舫就停在旁边，诸位先移步如何？"

几人都没有什么意见，跟萧靖西一同出了船舱。

燕北王府的画舫果然就停在这条船旁边，将船再靠近一些就能直接上去。萧靖西让几人先上画舫，他跟在后面，等裴之砚和徐氏夫妇都上去之后，萧靖西将任瑶期身边的乐山和乐水叫过来，吩咐她们小心扶着任瑶期，又轻声嘱咐任瑶期道："小心些。"

任瑶期冲他笑了笑，稳稳地上了画舫，然后又稍微停了一下转身等他也一同上来。

萧靖西上了画舫，看着任瑶期，嘴角弯出愉悦的弧度。

徐万里其实算是萧靖西的老师，因此他到了学生的船上也不见外，径自与夫人一起拉着裴之砚四处打量起画舫来。

等几人打量够了之后，萧靖西便带着诸人一同去了画舫当中视野最好的花厅。萧靖西似乎一早就做好了准备，花厅里已经备好了茶水点心瓜果，倒是应了他之前的话，他去徐家的船上当真是去请客的。

几人分主宾坐好之后，徐万里看了一眼河面上已经摆好架势的赛船道："那便开始下注吧。"

萧靖西招来一个丫鬟低声吩咐了几句，那丫鬟应声退下，不多会儿便捧了个茶盘进来，茶盘上放着一沓剪裁好的宣纸，她身后还跟着几个捧着笔墨纸砚的丫鬟。

"不如诸位先将自己下的注写在纸上，等结果出来之后再拆开看，这样也比较公平。"萧靖西道。

"这倒是不错。"徐夫人点头笑道。

丫鬟们将笔墨纸砚和剪裁好的宣纸一一放在众人面前，萧靖西说不参与果然就不参与，只在一旁看着众人用纸笔下注。

任瑶期看了诸人一眼，徐万里和徐夫人一边写着，一边还低声交谈一句，似乎是在讨论拿什么来做赌注，他们这种赌法赌的是风雅，自然不会拿银子来做赌注。

裴之砚正低头品着茶，淡淡的眉眼之间都是闲适的笑意。他似乎并不急着下注，只一边喝茶一边偏头与旁边坐着的萧靖西聊几句茶道。

任瑶期也不急着写，往窗外的河面上看了一眼，几艇龙舟已经铺开停在河道中，竟像是将河面都铺满了一般，明明往年都只是玩乐性质的赛事，今年不知为何就多了一种剑拔弩张的战意。

朝廷那艇龙舟停在最中央，燕北王府的青龙停在它左侧，燕北王府左侧则停着雷家的红龙，云家的白龙则停在朝廷的金龙的另一侧，皆如一支支蓄势待发的箭，只等一声令下就会飞射而出一般。

裴之砚开口道："萧公子似乎并不在意这一场输赢？"裴之砚说的是龙舟赛的输赢，而非他们的赌注。

萧靖西闻言微笑道："胜败乃兵家常事。何况这只是一场龙舟赛，赢有赢的乐趣，输也有输的乐趣。"

裴之砚闻言挑了挑眉，似乎若有所思。

任瑶期也听到了他们的对话。她看了萧靖西一眼，却不由得心中一动。她又打量了河面上的阵容一眼，稍稍沉吟片刻，便提笔在宣纸上写了起来。写完之后将纸折好。

　　萧靖西看向她，轻声问道："赌注是什么？"

　　任瑶期想了想，又提笔在另外一张纸上写了几个字。

　　萧靖西看了一眼，见上面写的是《西山游春图》，不由得挑了挑眉好奇道："我倒是没有听说过这幅画，不知道出自谁人之手？"

　　任瑶期抿嘴一笑，又写了作者的名字在纸上，萧靖西看了一眼，见上面写的是"任时敏"，于是萧二公子很聪明地不说话了，免得他连岳丈大人的大作都不知道的事情传扬出去，后果不堪设想。

　　这时候徐万里夫妇和裴之砚也都写好了，徐万里的赌注是他收藏的一方黄石印章，徐夫人的赌注则是一方名砚，裴之砚的赌注倒是与任瑶期的有些像，是他自己临摹的《晴热帖》。

　　任时敏的画现在已经很有些名气，加上他的画并不在市面上流通，别人想求也求不到，拿来当赌注倒是很拿得出手。而裴之砚成名已久，他的字帖更是千金难求，所以众人对赌注都没有什么意见。

　　外面已经响起了一声一声的擂鼓，等到燕北王的开锣声响起的时候，外头的呐喊和喧哗便以铺天盖地之势席卷而来，热闹得令人耳膜都发震。

　　外面一片热闹，画舫上的几人倒是悠闲起来。

　　裴之砚之前正好与萧靖西聊起了茶，徐万里端起茶碗喝了一口，点头道："是好茶，水也是好水，不过沏茶的手艺却差了一些。"

　　徐夫人笑道："你那是品位刁钻！说起沏茶的手艺，在场的可有好几位高手。"

　　徐万里哈哈一笑："夫人此言正合我意。"

　　徐夫人有些莫名其妙："我说什么了？"

　　徐万里看了裴之砚一眼，故作惊讶道："夫人的意思难道不是想要喝谨言亲手沏的茶？毕竟已经有许多年没有喝到了。"

　　徐夫人当即啐了他一口，然后道："谨言是客，哪里有让客人沏茶的道理！"

徐万里有些遗憾地摇了摇头。

任瑶期笑了笑,说道:"先生若是不嫌弃,就让学生来沏吧。"

在场的只有她和萧靖西是晚辈,总不能支使萧二公子去沏茶吧?任瑶期便主动站了出来。

徐夫人笑道:"我刚刚正想说呢,长江后浪推前浪,我这位学生的手艺可不比谨言和靖西差。"徐夫人一副与有荣焉的语气道。

裴之砚看了任瑶期一眼:"哦?此言当真?"

任瑶期看了萧靖西一眼,萧靖西笑着点了点头,任瑶期便一边起身去茶水间,一边还笑道:"我是先生的学生,先生自然觉得我样样都好。"

众人闻言皆笑。

任瑶期是精通茶道的,不过烹茶需要环境清幽,平心静气,今日外头锣鼓喧天实在不适宜坐下来慢慢烹茶,所以任瑶期便选了简单的沏茶。

她在家中给任时敏沏茶的时候多了,因此动作也快,不多会儿就让几个丫鬟端了茶碗出来。

这会儿外头的龙舟赛已经赛完一轮,燕北王府的青龙和朝廷的金龙几乎是在同一时间抵达终点,而后是别的世家的船先后回来。

这个结果让外头更加热闹了,不少普通燕北民众站在河堤上看这场赛事,还有人私下开了盘口,比起世家贵族子弟们玩乐性质的赌局,赌徒们赌的则是真金白银。画舫上的几人看了看结果倒是没有太当一回事,这还只是第一局,淘汰了三分之一的船,离比赛结果还早着呢。

任瑶期亲自将茶水端到诸位的案前,然后才回去落座。

裴之砚端起茶碗,用碗盖撇开浮沫,悠闲地品了一口,却不由得顿了顿,然后又低头喝了一口。

徐夫人笑道:"如何?我没说大话吧?"

裴之砚看了任瑶期一眼,然后对徐夫人点了点头,笑道:"很不错。"

任瑶期注意到裴之砚刚刚看她的那一眼看似随意,却带了些探究,让她不由得叹了一口气。

她是裴之砚的学生,就连茶道也是他教的,两人沏茶的手法如出一辙,想必裴之砚刚刚喝茶的时候就能品出她沏出来的茶水从茶叶的量到水温的把握都是他熟悉的。

她不是没有想到会被裴之砚看出来，依旧这么沏茶也没有别的什么目的，更不是打算与故人叙旧。只是他是她最敬爱的先生，曾经如父兄一般的亲人，如今见面却不相认，她只是想要亲手给他沏一碗茶表示一下心意，仅此而已。

好在徐夫人与徐万里和裴之砚多年未见，这些年裴之砚在茶道上的习惯肯定有了不小的改变，所以徐夫人和徐万里并没有发现任瑶期和现在的裴之砚竟然可以沏出味道相差无几的茶水。

裴之砚在刚开始的震惊之后便平静下来，依旧态度悠闲地间或与众人聊几句。

外头已经比了三场，最后只剩下朝廷的金龙、燕北王府的青龙、云家的白龙、雷家的红龙和苏家的蓝龙。

第四场比赛尤为激烈，金龙和青龙依旧以不相上下的速度暂时领头，白龙、红龙和蓝龙之间的拼杀却让人热血沸腾起来，原本只关注燕北王府和朝廷之间胜负的人都不由得被这三艘龙舟吸引了注意力。

最后，雷家的红龙以微弱的优势赢了云家的白龙和苏家的蓝龙。最后一场，便是金龙、青龙和红龙之间的胜负了。

以往的龙舟赛上，几乎都是云家和苏家在争第二，雷家向来比较低调，不想今年却淘汰了云家和苏家，虽然还没到令人大跌眼镜的地步，但是结果还是令人惊讶的。好在大家的注意力又都被最后一场朝廷和燕北王府之间的胜负吸引了去，也没人在这时候就此事多想什么。

休息两刻钟之后，锣声在一片喧闹声之中再次响起，河面上仅留着的三艘龙舟如箭一般激射出去，一开始还是金龙和青龙稍稍在前，雷家紧咬在后。可是等到一个来回下来，到了最后关头加速冲刺的时候，雷家的红龙竟然好几次超过了金龙和青龙。

这一场面令在岸上观看比赛的人都惊奇不已，要知道以往每年，朝廷的船没参赛的时候都是燕北王府包揽第一的，云家和苏家的龙舟都没有赢过燕北王府的龙舟。可是现在雷家是怎么回事?

一开始众人还以为是雷家的龙舟上那些小伙子手滑,一时热血上头不小心冲到了前面,可是龙舟离着终点越近众人就越惊讶,红龙竟然还真有要与金龙和青龙一决高下的意思。

原本河岸上的喧闹声渐渐平息了,场面竟是前所未有的安静,所有人的眼睛都紧紧盯着河面上那三艇龙舟。当然,也有人在偷偷打量正坐在高台上的雷家家主雷霆,想要看出他葫芦里卖的到底是什么药。

雷霆依旧一脸沉稳地端坐着,目光虽然也定在那三艇龙舟上,却似乎并没有被周围怪异的气氛感染。

正在这个时候,坐在上首的燕北王转头与雷霆说了几句话,雷霆恭谨地回了几句,不知道雷霆说了什么,燕北王哈哈大笑起来。燕北王这一笑,原本有些安静的场面又热闹了一些,而那三艘龙舟就这么在燕北王的笑声中纷纷冲过了终点。

结果出来的时候,场面前所未有地热闹起来。

红舟第一,青舟第二,金舟第三。也就是说雷家不但赢了燕北王府,还赢了朝廷,而代表着朝廷势头十足的金龙,不但输给了燕北王府,还输给了燕北的某一世家。

这一结果令所有人目瞪口呆,当然目瞪口呆的震惊之后有不少人反应过来开始哀号。之前岸上开了不少盘口,几乎都是押的青龙和金龙,谁也没有想到会杀出雷家这匹黑马。

朝廷两位官员的脸色都很不好看,燕北王倒是没有不高兴的样子,甚至还伸手拍了拍雷霆的肩膀,一脸很是看好后辈的温和长辈模样。

徐夫人笑着摇了摇头:"我今年又输了。"

徐万里安慰她道:"夫人不必沮丧,我也没赢。"

夫妇两人相视一笑。

徐夫人看了萧靖西一眼,叹笑道:"不承想是这个结果。"她将自己面前的宣纸打开,上面依次写着青龙、金龙、白龙。徐万里的那张纸上则是写的青龙、金龙、红龙。

徐夫人又看向裴之砚和任瑶期:"你们呢?"

裴之砚微微一笑，将自己面前的纸摊开，上面却空白一片，什么也没写。

徐夫人愣了愣，然后又笑着摇了摇头，也没有说什么。裴之砚虽然什么也没写，不过意思却很明白了，他觉得金龙赢不了，可是他的立场摆在那里，不可能赌除了金龙以外的龙舟获胜，不然被有心人知晓了定会参他一本。

即便是闲散如裴之砚，也不能不遵守某些规则。

萧靖西看向任瑶期，低声问道："你写的什么？"

任瑶期想了想，将自己面前的纸递给萧靖西。

萧靖西接过拆开一看，有些惊讶地挑了挑眉，然后看着任瑶期笑了。

徐夫人笑道："这是打的什么哑谜？"

裴之砚看了任瑶期一眼："任小姐猜对了？"

萧靖西将手中的纸展开给坐在他旁边的裴之砚看，裴之砚扫了一眼，也有些惊讶，然后称赞道："好字！也猜对了。"

只见任瑶期的纸上赫然写着红龙、青龙、金龙。

徐夫人惊讶道："还真的猜对了。"

裴之砚笑着打趣道："难怪都说教会徒弟，饿死师父，看来挑学生还得挑资质平庸的才行，不然当先生的面上无光啊。"

众人闻言都笑。

任瑶期闷闷地想，当初裴之砚三天两头地罚她，原来竟是嫌弃她资质太好了吗？

萧靖西偏头低声问任瑶期："怎么猜到的？"

任瑶期看了他一眼，也低声道："听你说到'胜败乃兵家常事。何况这只是一场龙舟赛，赢有赢的乐趣，输也有输的乐趣'的时候。"

不得不说任瑶期对萧靖西还是很了解的，只凭这么一句模棱两可的话，就想到了这么个结果。当然，撞运气的成分也比较多。

萧靖西愣了愣，然后愉悦的笑意在他眼底浮现。

虽然萧靖西笑起来很好看，不过这么多长辈在场，任瑶期可不敢多看他，只能转过头去看岸上的高台处。

燕北来了这么一出，朝廷和太后的人自然是不高兴的。一位站在官员身后的太监便有些不满地嘀咕道："这成何体统！"

他声音虽然不大,燕北王的目光却还是扫向了他,太监像是突然感觉到了一股威压,如有实质一般让他从心底产生了一股恐惧,瞬间便有些喘不过气来。

燕北王语气随意地安慰一旁愁眉苦脸的朝廷官员:"不过是一场龙舟赛,输赢又有什么要紧?最重要的是大家乐和乐和。你看,本王输了,不也照样高兴?"

在自家的地盘上输给了自己的下属,燕北王都很大度又明确地表示出了"输了没事,雷家好样的"的宽容态度,朝廷若是要追究雷家的罪就显得气量狭小了。这会儿就算是太后和皇帝在场也只能咬牙认输。

所以那两位官员虽然很头疼回去之后要怎么写折子向上头禀报这件事情,不过还是勉强笑道:"王爷说的是,说的是。输赢不重要,不重要。"

之后,燕北王又亲自嘉赏了雷霆以及今日参与划舟的那些雷家的小伙子,场面很热闹,又其乐融融。朝廷的人站在旁边从头到尾僵硬着一张笑脸,显得格格不入。

燕北王最后还发言道:"赛龙舟本是为了祈福,让来年风调雨顺,也是一件与民同乐的大乐事,输赢并不重要。今年是雷家赢了,不过其余那些输了的儿郎也不必沮丧,明年再赢回来就是!"

燕北王的话让所有人都欢呼起来,原本年年都看燕北王府赢,大家也都看得乏味了,燕北王现在发话了,这说明明年的龙舟赛肯定会更热闹。

燕北王又说了些话,然后便带着自己的侍卫走了。岸上的人也都被安排着陆续离开。

画舫上的几人倒不急着这会儿趁着人正多的时候走,徐夫人道:"许久没乘船了,反正也不急着上岸,不如让这画舫带我们游览游览溧阳河?"

徐夫人发话了,徐万里自然没有意见,裴之砚也说好,任瑶期当然也不会扫兴。萧靖西便吩咐人将画舫驶到河中心去,再沿着溧阳河往下游走。

"我让人去与你母亲说一声,派人先送她回去?"萧靖西对任瑶期道。

任瑶期点了点头。

这时候,有丫鬟进来禀报道:"公子,京城来的几位小姐在岸上,说想要观赏一番我们燕北的河光山色。"

众人的视线便都投向了萧靖西。

这些京城来的小姐的意思很明显,想要上画舫。燕北的人都知道,这艘画舫是萧二公子的,京城的小姐们是冲着所谓的河光山色来的,还是冲着某人来的,真不好说。

萧靖西一脸淡定的模样,吩咐道:"让她们上郡主的那艘画舫,多派些人跟着,别出岔子。"

丫鬟领命出去了。

裴之砚看了萧靖西一眼,一边喝茶一边悠悠然地开口:"这艘画舫还挺大的,萧公子怎么不让她们上来?"

徐夫人在一旁但笑不语。

萧靖西看了任瑶期一眼,淡定地笑道:"我以为裴先生喜欢清净。"

裴之砚沉吟片刻,然后笑着颔首:"那还是清净些吧。"

云秋晨、颜凝霜、赵映秋几人站在河岸上看着不远处正要驶离的画舫,心情各异。

颜凝霜笑问道:"这艘画舫挺大的,为何还要劳动郡主的画舫?我们不过是想要看看溧阳河的沿河风景。"

回话的丫鬟态度恭谨:"公子在画舫上招待贵客,怕怠慢了几位小姐。我们郡主的画舫就停在不远处,很快就能开过来了,还请几位小姐稍等片刻。"

萧靖琳的画舫果然很快就来了,虽然今日萧靖琳没来,但两艘画舫都是一早就停在了这附近的河段上。

云秋晨面色如常地问道:"郡主的画舫也很稳当,我们上去?"

其余几位京都来的闺秀互相看了几眼,然后同时看向颜凝霜。

颜凝霜笑了笑:"那就上去吧。"说着便扶着自己丫鬟的手当先往画舫走去。

赵映秋突然按着自己的额头,身子有些不稳地晃了晃,站在她旁边的云秋晨眼明手快地托了她一把,关切地问:"赵小姐这是怎么了?"

颜凝霜也转头看了过来。

赵映秋露出一个有些虚弱的笑:"吹了一下午河风,我好像有些不舒服。之前还没觉得,这会儿看到船……"

众人闻言会意,赵映秋怕是想到了来燕北坐船的时候,那会儿她在船上的状况就不怎么好,整个人都蔫蔫儿的。

颜凝霜道:"不如你先回去歇着?"

赵映秋点了点头,带着些歉意与众人道:"那我便先走了,诸位姐妹玩得尽兴些。"

云秋晨招手叫来自己的丫鬟银珠吩咐道:"你陪赵小姐一同回去,再让人请杨大夫给赵小姐瞧瞧。"

赵映秋道了谢,跟着银珠离开了。

其余的人都跟着颜凝霜和云秋晨上了画舫。

萧靖西的画舫缓缓驶向溧阳河下游,另外一艘画舫则跟在后头,双方保持了一个不远不近的距离,后面的画舫倒也没有要追上来的意思,两艘画舫上的人像是真的来观赏河光山色一般。

不过后面那艘画舫似乎并没有影响到前面这艘画舫上的人,裴之砚邀请萧靖西与他对上一局,萧靖西欣然应允,徐氏夫妇和任瑶期便静坐一旁观棋。

裴之砚和萧靖西在棋道上都是数一数二的高手,裴之砚的棋风看似散漫实则喜欢时不时地剑走偏锋,每一着都暗含着陷阱,萧靖西的棋风则有着不符合他年龄的沉稳,无论裴之砚如何个下法,萧靖西都不会被他带离自己的节奏,只是适当的时候下起杀招来毫不手软,杀戮果决。

两人下棋子虽然不快,战局却十分激烈,吸引得在场观棋之人甚至比之前看龙舟赛的时候还要投入。

任瑶期之前与萧靖西有过对局,原本她还暗暗想过萧靖西若是遇上裴之砚,两人的棋艺谁高谁低,最后得出的结论是她先生可能要略胜一筹。可是这一场厮杀看下来,任瑶期觉得自己之前的判断可能有些主观了,萧靖西对上裴之砚虽然没有明显的优势,却从头到尾没有露出过败绩。

于是任瑶期有些明白了,当初萧靖西在与她下棋的时候或多或少是让过她的,尤其是那一次的平局。以萧靖西的沉稳棋风,本不该那么容易上她的当,毕竟比起做陷阱诱敌这一招，裴之砚如果认第二，就没有人敢认第一。

在双方杀得难分难解又局势胶着的时候，裴之砚笑了，看着萧靖西的目光带着由衷的欣赏。他悠悠然地打趣道："从棋风看品性。萧公子连下棋的时候都这么不动如山，刀枪不入，裴某不由得有些好奇，萧公子难道从未为什么事情慌乱过？"

萧靖西闻言抬眸，手指间的一枚白子轻巧地转着，若有似无地瞥了一旁的任瑶期一眼，微笑道："自然是有的。"

"哦？"裴之砚难得露出了好奇之色，徐氏夫妇也都看向萧靖西，想要听下文。

任瑶期却在看到他那一眼的时候心中一跳，竟然有些紧张，生怕萧靖西说出什么乱七八糟的话来。

萧靖西将手中的白子轻轻放在棋盘上，又是一招巧妙的杀招，在众人的注意力都被吸引到棋盘上的时候才缓缓说道："会不会紧张但看对人对事，只要是人，心里总会有尤其在意的东西，我自然也有。"

裴之砚有些讶异地看了萧靖西一眼，有软肋并不是一件可以拿出来说的事情，尤其是处于萧靖西这种身份和地位的人，更不会承认这一点，因为有软肋就等同于有弱点。

对上裴之砚的视线，萧靖西微微一笑："回避自己的'弱点'等同于否定自己，这是弱者的行为。"

裴之砚偏头落下一子，饶有兴致地问："那萧公子是如何对待自己的弱点的？去克服吗？"

萧靖西想了想，声音依旧带着淡淡的笑意："能克服的克服，不能克服的就正视，既然是自己本身不可或缺的一部分，那就认真对待。"顿了顿，他又道，"而且我并不以为一个人有一两个弱点有什么不好，人非圣贤，高处不胜寒的滋味并不怎么美好。"

任瑶期在一旁听着，不由得有些怔怔地看着萧靖西的侧脸。

萧靖西在说出这段话的时候面上的表情虽然依旧是淡淡的，但是不知道为何却有一种格外吸引人的魅力。虽然他承认自己有弱点，但是这一刻谁都不会质疑眼前淡定自信的青年是一个绝对的强者。

萧靖西在这个时候转过头来，对上了任瑶期的视线，眼中淡淡的温暖和温柔的笑意带着令人心悸的情意毫不保留地传递给任瑶期，尽管他很快就又转回目光去注意棋局，却还是让任瑶期忍不住乱了心跳，且久久无法平息。

一局下到最后，毫不意外地陷入了僵局。

萧靖西和裴之砚对视一眼，裴之砚微微一笑，投了一子入棋罐："是我输了。"

萧靖西挑了挑眉："这是和局。"

裴之砚摇了摇头，悠然道："现在的你要赢我可能不易，那只是我沾了年纪的光罢了……再过几年我就未必能从你手上讨到好了。"

萧靖西闻言不由得莞尔，也玩笑道："依裴先生的意思，似乎再过几年你就不用沾我年纪的光了？"

徐万里不由得哈哈大笑，揶揄地看着裴之砚道："这让我想起了小孩子总是以为再过几年自己就能长得比哥哥大，殊不知他在长，哥哥也是在长的。谨言，你越活越回去了啊！"

徐夫人也笑了起来。

裴之砚也不在意这位忘年交的打趣，笑着摇了摇头："我的意思是，再过几年即便我沾了年纪的光，也未必赢得了这位萧小友。你又何必逼得我明着承认？"

徐万里闻言愣了愣，然后不乐意道："什么小友？你这么胡乱叫人，可乱了辈分！"

徐万里是萧靖西的先生，自然长他一辈，裴之砚则是徐万里的连襟，还是他的忘年交，怎么说裴之砚也比萧靖西大上一辈，以友相称确实乱了辈分。

裴之砚端起自己手边的茶悠悠然地喝了一口，不在意地道："我认我的小友，与你有什么干系？你依旧是他的先生。不然以你的年纪认我当忘年之交还马马虎虎，认他的话难免会有老牛吃嫩草之嫌。"

徐万里听着火冒三丈，当即与裴之砚理论起来。

任瑶期在一旁十分惊奇地看着裴之砚表情轻松言辞犀利地与徐万里斗嘴。她还从来没有看到过裴之砚与真正的至交好友相处的模样。原来先生也有幼稚得如同小孩子的一面？任瑶期不由得感觉十分新鲜。

总而言之，这一场短暂的画舫之游还是很愉快的，只可惜裴之砚还要回别院与另外两位官员商量怎么写折子，不方便留下来用膳，画舫沿着溧阳河中下游行了个来回，就在原本上船的地方停了下来。

而原本跟在他们后面的那艘画舫虽然也回程了，离得却有些远。

萧靖西留了些人下来照应她们，几人正要各自上马车的时候却看到萧靖琳的那艘画舫上有人跑到船头，一边朝这边招手，一边喊着什么话，只可惜离得有些远，所以听不太清。

几人停住步子，萧靖西招手叫来一个侍卫，让他带着人划小船过去接应，看看发生了什么事。

任瑶期对萧靖西低声道："有没有会医术的在这里？稳妥起见，还是让个懂医术的一同过去为好。"

任瑶期的顾虑也不是没有道理，画舫在河面上好端端行着，船上的人却慌乱起来，大夫过去说不定比较管用。

萧靖西闻言点了点头："是有两个大夫候着，现在应该还在。"说着便转头吩咐了几句。

几个侍卫带着大夫一起上了小船，速度极快地划向那艘画舫，萧靖西自己并没有过去，小船上能武能医的皆有，他去并不能有任何帮助。

不多会儿，划过去的小船便又划回来了，不过那位大夫却没有在船上，侍卫一上岸就立即禀报道："公子，是一位小姐突然晕倒了。"

"是哪位小姐？"萧靖西问道。

"是京城来的一位姓周的小姐。"

徐夫人皱眉道："好端端的怎么会突然晕倒？"

很显然侍卫也无法回答这个问题，他将大夫送过去之后，大致问了一下情况就赶紧回来跟主子禀报了。

虽然大夫已经上了那艘画舫，但那艘画舫也渐渐开始往岸边停靠了。

萧靖西身为主人，这个时候自然要留下来问一下情况。他看了看在场几人，然后对裴之砚道："我让人先送裴先生回别馆？"

裴之砚往画舫的方向看了一眼："还是等弄清楚情况我再走吧。"毕竟这些小姐是跟着他来的，不闻不问也不妥当。

萧靖西点了点头，又看向徐氏夫妇。

徐夫人笑了笑，温声对萧靖西道："画舫上都是姑娘家，又有人生了病，你上前看怕是不太合适。不如我和瑶期上去看看？"

萧靖西闻言不由得看了任瑶期一眼。

如果任瑶期只是任家小姐，这种探病的活儿自然轮不到她。燕北王府若是这时候有女眷在场那是最好不过了，只可惜王妃和萧靖琳都没有来，所以这会儿让任瑶期去的话，她代表的就是燕北王府的立场。

不过任瑶期毕竟还没有正式嫁给萧靖西，她自己去应酬那些京都小姐怕是会有些尴尬，若是徐夫人陪她一起上前的话就好说了。

对上萧靖西的视线，任瑶期自然也明白了他和徐夫人的意思，知道徐夫人是好意想要给她立一立威，便点了点头："好，我与先生先过去看看。"

萧靖西听了，回了她一个笑容。

没过多久，画舫就靠岸了。等画舫停稳之后，徐夫人和任瑶期便带着丫鬟上去了。

一位面容陌生的姑娘被安置在画舫一间休息间的贵妃榻上，双目紧闭，脸色发白。之前上船来的那位大夫正在吩咐婆子给她灌刚刚用水化开的药丸，屋里弥漫着一股刺鼻的药味。

任瑶期闻到这个味道就觉得这位小姐应该不是什么大毛病，这种气味浓烈的药一般是用来醒脑祛风的。

云秋晨和颜凝霜以及另外几位小姐则围在周围，面带关切地看着那位晕厥了的小姐。看到徐夫人和任瑶期走进来，她们都转头看了过来。

云秋晨连忙迎了上来，"夫人、任小姐，你们来了？"她眼中看的还是徐夫人，显然是以徐夫人为主的。

只是徐夫人却不着痕迹地看了任瑶期一眼。

于是任瑶期很快接口问道："出了什么事？听说周家小姐突然晕倒了？要不要紧？"她这么一开口，立即成了她为主导，徐夫人为陪客的局势。

云秋晨看了看任瑶期和徐夫人，笑容得体地应道："听说这次来的路上，就有好几位小姐染了风寒身体不适，周家小姐可能还没有好利索，之前赵小姐也身子不舒服，已经先回去了。"

任瑶期点了点头,又上前一步,目带关切地问那位大夫:"刘大夫,周小姐如何了?"

其实任瑶期并不认识这位大夫,只是进来的时候随口问了侍卫一句才知道的。

那位大夫是萧靖西的人,也是个心思通透的聪明人,见任瑶期点名叫了他,又见徐夫人站在她身后没有说话,立即起身过来姿态恭敬地行了一礼,然后才起身道:"回小姐的话,周姑娘只是风寒未愈,今日又吹了风,所以才会晕倒,并无大碍。属下已经让人给她喂了些药,过一会儿就能醒了,小姐不必担心。"

任瑶期点了点头,又语气温和地问了几句,大夫都一一作答了。

在场的那些闺秀瞧着燕北王府的大夫对着任瑶期一口一个"属下"的自称,大夫又是这般恭谨的态度,心里都觉得这位任小姐虽然还未嫁入燕北王府,但显然已经很得燕北王府上下的欢心,心情都有些复杂。刚刚刘大夫在面对云家大小姐的时候态度就很随意。

颜凝霜的视线从任瑶期进来开始就一直停留在她身上,只是因为她背着光,让人看不清楚她脸上的表情。任瑶期自然注意到了她的视线,只是当作没有察觉罢了。

云秋晨倒是从头到尾保持着恰到好处的笑容,这样完美的笑容让人猜不透这位大小姐心里的真正想法。

徐夫人见意思达到了,便开口问道:"刘大夫你看这位周小姐是现在就送回去,还是需要在这里再歇会儿,等醒来了再送回去?"

刘大夫道:"还是等醒过来再说吧,老朽一会儿再给她用一用药,最好还能施上一两针。"

徐夫人又看向任瑶期,任瑶期点头道:"这样也好,我们便在这里等等吧。"

没过多会儿,那位周姑娘果然悠悠转醒了,只是还有些恍惚,脸色也依旧不怎么好看。刘大夫赶紧又给她灌了一碗药,然后拿出银针给她扎了几针,没过多久,周姑娘脸色就好转了。

徐夫人和任瑶期走过去看她,周姑娘神志已经完全清醒了,也说自己在来燕北的途中就感染上了些小风寒，后来又好了，所以没有当一回事，不想今日又复发了。

"说起来，还真有好几位小姐都病了呢。今日李小姐和陆小姐因病没有出门，现在赵小姐和周小姐也病了。"有位闺秀小声说道。

云秋晨闻言，有些忧心地问刘大夫："我听说伤风感冒会传染，有这么多小姐都病了，她们住在一处不会有事吗？"

云秋晨这么一说，刘大夫也不由得犹豫起来。按理说云秋晨担心的也有些道理，这些小姐身子本来就弱，你传给我我传给你的，就没完没了了。不过他看了任瑶期和徐夫人一眼之后，回答得还是很含蓄："这个，防范得当的话应该不会这么容易染上。"

颜凝霜却开口道："那就是有可能会相互传染了？"

刘太医想了想，还是点了点头。

颜凝霜看向任瑶期，说道："这么看来，我们还是分散着住比较好，毕竟千金宴还没有到，我们若是这会儿就全病倒了，怕是没有办法完成太后娘娘的旨意。任小姐，您以为呢？"

任瑶期想了想，笑着颔首道："颜小姐顾虑得很有道理，我回去请示一下王妃，看看可不可以再做一些安排。诸位小姐千里迢迢来到我们燕北，是我们的贵客，无论如何都应该得到妥善安置。"

颜凝霜便没有再说什么。

等周小姐又休息了片刻，刘大夫说没有大碍之后，任瑶期和徐夫人才安排人将这些小姐一同送下画舫。

上马车的时候，萧靖西和裴之砚他们过来了，虽然之前任瑶期已经派人来将事情与他们说了，他们还是当面又问了一遍。

周小姐和别的闺秀先坐马车离开了，颜凝霜和云秋晨走在后面。

颜凝霜看了看裴之砚，又看向萧靖西："原来萧公子的贵客竟然是裴大人？"

裴之砚微微一笑，随意道："萧二公子之前去京城的时候我们就认识了，碰巧今日两位故人也在，便在一起小聚小聚。"

颜凝霜的视线却若有似无地在任瑶期脸上扫过，笑了笑，有些惊讶和好奇地道:"故人?任小姐竟也是故人吗?这倒是令人有些意外呢。"

裴之砚挑了挑眉,笑容温和儒雅,风度翩翩道:"任小姐?任小姐不是主人吗?她待客罢了,毕竟画舫上除了我们,还有徐夫人这个女眷在场,总不好都让萧公子来招待。"

任瑶期不由得抿嘴一笑,虽然裴之砚现在可能只是因为颜凝霜出口无理,想要将他也拉下水,感到心中不悦所以顺口帮她说话,不过她心里还是感觉暖暖的。

颜凝霜似乎还想要问什么,萧靖西却开口道:"马车来了,几位小姐先回别院吧,等会儿我让几个大夫去给你们把把脉,若是有病还是早点治比较好。"

萧靖西声音温和,面容含笑,颜凝霜看了他一眼,不知道是不是他笑得太好看了,她脸上红了一红,有些舍不得移开眼了,也因此没能仔细琢磨萧靖西的话。

任瑶期听了面上有些古怪,不由得斜睨萧靖西一眼,心想他这话当真不是在骂人?怎么听着这么别扭呢?

云秋晨这时候笑着道:"我去一趟燕北王府吧,把今日的事情与王妃交代一下。"

萧靖西看了她一眼,脸上温和的笑意未变,却带着几分恰到好处的疏离和客气:"今日辛苦云小姐了,不过你今日陪了颜小姐她们这么久,想必也累了,还是先回去歇着吧。徐夫人和任小姐去见王妃就可以了。"

云秋晨闻言并没有多纠缠,还笑着冲任瑶期点了点头,又与众人都招呼了一声,然后转身上了自己的马车。

只是当马车帘子放下来隔绝了外面所有视线的时候,她脸上所有的表情都消失了,一双秋水剪瞳黑沉沉的,深不见底。

云秋晨走后,颜凝霜也被送走了,其余几人也都上了马车。徐万里和裴之砚一起离开了,徐夫人则与任瑶期跟着萧靖西去了燕北王府。

燕北王妃之前就听到了消息,所以徐夫人和任瑶期过去见她的时候她已经知道周小姐在画舫上晕倒的事情。

王妃对同来的萧靖西道:"你去忙你的吧,这本就是内院的事情,不需要你插手。"

萧靖西点了点头,看了任瑶期一眼,然后离开了王妃的九阳殿。

任瑶期将颜小姐的意思转达给王妃,王妃听了却反问任瑶期道:"你觉得该如何安排?"

任瑶期低头想了想,回道:"颜小姐的担心也不是没有道理,毕竟是太后派来的人,出了什么岔子总是不好的。温泉山庄那边不是有不少院落吗?她们一人住一个院子也够了,而且那里环境清幽,比较适合休养。"

王妃与徐夫人对视一眼,眼中都露出一抹笑意。王妃看着任瑶期道:"嗯,说的也有道理。"

任瑶期却在看到王妃脸上的笑意的时候脸红了。她本来是就事论事,可是王妃和徐夫人这么一笑,怎么像是她故意找借口将这些冲着萧靖西来的闺秀往庄子上赶?

任瑶期只有硬着头皮道:"我年纪轻,有思虑不周之处还请王妃见谅。"

王妃正要说话,素锦走进殿来,禀报道:"王妃,老王妃派人去了外面的别院,说是要接颜小姐和赵小姐进府。"

王妃闻言眉头微蹙:"这是为何?"

素锦回道:"老王妃听说赵小姐病了,又听说有不少闺秀都染了风寒,说赵小姐既然是世子妃的妹妹便是自家亲戚,生病了自然要接回王府照料。颜小姐是颜太后娘家人,与她也沾亲带故,所以要一并接来……"

王妃抿了抿唇,淡声道:"知道了,让她去吧。"说罢,王妃又叹了一口气,看了任瑶期一眼。

王妃虽然是燕北王府的女主人,但是老王妃毕竟是她名义上的婆婆,今日王妃若是为了这点事情与老王妃唱反调,老王妃怕是会闹起来,那样场面就不好看了。

任瑶期善解人意地道:"就近照顾也好,赵小姐和颜小姐的身份毕竟不同于别的闺秀。"

徐夫人也道:"放到眼皮子底下倒也不怕她们闹出什么事情来。"

王妃什么也没说，只是拍了拍任瑶期的手。

这时候天色已经不早了，任瑶期见事情交代完了便与徐夫人一同告辞了。

等任瑶期和徐夫人离开之后，王妃皱着眉头吩咐辛嬷嬷："去查查看是谁在老王妃面前嚼舌根！那边才刚病，这边就要接人进府了！"

辛嬷嬷立即应声去了，晚上王妃快要就寝的时候辛嬷嬷回来了，禀报道："今日给赵小姐诊脉的大夫恰好也来给王妃请平安脉，所以老王妃就知道了赵小姐生病的事情。"

王妃闻言不置可否："恰好？"

辛嬷嬷低头道："杨大夫三十岁不到的年纪，本来也轮不到他来给老王妃请脉，不过老王妃喜欢他言语风趣，又会察言观色，加上医术也还过得去，便指定了他来。平时杨大夫也会去别的府上出诊，比如云家、苏家、孟家，这些人家都与他相熟，在燕北也算有些名声。"

王妃弯了弯唇角，这个矜持的笑容让人见了不会怀疑她是萧靖西的生母。

"好男儿就该趁着年轻的时候多磨砺磨砺，免得一块璞玉最后被温柔乡侵蚀成了破铜烂铁。我听王爷说嘉靖关正缺随军大夫，既然他是个有本事的，就让他去嘉靖关锻炼锻炼吧。"

"是的，王妃，奴婢这就去办。"

"今晚就让他走。"王妃淡声补充道。

辛嬷嬷离开之前又问道："杨大夫最近挺得老王妃信任，若是老王妃知道之后非要召他回来怎么办？"

王妃正被侍女们伺候着卸头上的钗环，闻言动作顿都没有顿："他既然去了嘉靖关就是接了军令，军令如山，违抗者自然军法处置。命是他自己的，这就不是我们该管的事了。"

"那在背后指使杨大夫的人不去追查了吗？"

这一次王妃沉默片刻，然后问道："云太妃什么时候回来？"

"太妃娘娘原本说年前会回府的，不过后来又说想等到暖和一些的时候才动身，应该快回来了。奴婢明日再让人过去问问？"

王妃不知道想到了什么，轻声叹了一口气："你下去吧。"

辛嬷嬷没有再多言，应声退下了。颜凝霜和赵映秋在端阳节当晚就被老王妃接来了燕北王府,安排在离老王妃寝殿不远的一座偏殿里,伺候她们两人的人都是老王妃自己安排的。王妃对此事并未多言,还让侍女替自己去探望了赵映秋,并且赏了她们两人不少东西。

赵映秋病得并不重,休养几日之后就好了,也没有再复发。她们两人时时被老王妃叫过去说话,看得出来很得老王妃的欢心。两人每日都还会去给王妃请安,王妃大多数时候都见了她们。

不过无论是颜凝霜还是赵映秋,都没有再见到萧靖西和萧靖琳,连在园子里偶遇都不曾有。

有一回颜凝霜在去给王妃请安的时候还问起过:"在王府住了几日,都没看到郡主和萧公子,原本还想问个安的,倒是显得我失礼了。"

王妃微笑着道:"靖琳出门了,要下个月才能回来。至于靖西嘛……"王妃慢悠悠地喝了一口茶:"靖西身体不好,一般都在温泉山庄那边静养呢。"

"温泉山庄?"颜凝霜愣了愣。

王妃点头,温和地道:"是啊,温泉山庄那边最适宜养病了。之前我还想让你们过去住一阵子休养休养呢,不过你们来了王府也好,还能陪一陪老王妃,她很喜欢你们。"

颜凝霜脸上的笑容僵了僵。

不过既然已经进了燕北王府,颜凝霜就算是想要反悔去温泉山庄也不行了,不然她的目的就太过明显了。

这一日,任瑶期去徐夫人那里将自己最后修补完的曲谱送过去,她还有几个月就要成亲了,徐夫人交代她将手里的那些做完之后就先暂时放下,剩下的等明年再说,反正修书的事情没有几年是完不成的。

不想任瑶期在去徐家的时候再一次遇见了裴之砚。

任瑶期从马车上下来,看到了蹲在路旁的草丛里不知道正在做什么的裴之砚,不由得愣了愣。

"裴先生?"任瑶期轻声唤道。

裴之砚闻言抬头,看到任瑶期的时候也有些惊讶,然后站起身来拿出手巾擦了擦自己的手,微笑着道:"任小姐是来见你先生的?"

任瑶期点了点头,看了一眼之前裴之砚蹲着的那一丛草丛。

裴之砚注意到她的视线笑了笑,往草丛里指了指说道:"我刚才看到草丛里好像有一株兰花,你看看是不是我眼拙。"

任瑶期闻言便走了过去,弯身看向裴之砚指着的那一株植物,那像是一株建兰,并未开花,长在杂草丛里很不显眼,也不知道裴之砚是怎么发现的。

任瑶期仔细打量那株建兰半响,皱眉道:"是很像建兰,不过这里向阳,土壤也很干,并不适宜兰花生长,这一株的长势又很不错……应该不是兰花吧?"

裴之砚挑了挑眉,看着她笑道:"不是兰花又是什么花?"

任瑶期正想说她也不知道,不过在看到那株植物正中长出的一根并不明显的细幼根茎的时候她"咦"了一声,伸手摸了摸那根根茎,然后欣喜地道:"这株应该不是兰花,而是鹃锦,是一种石蒜,我曾经在一本《草本拾遗》上看到过。"

裴之砚若有所思地道:"《草本拾遗》?"

听裴之砚出声,任瑶期才想起来《草本拾遗》这本书还是在裴之砚的书房里看到的,裴之砚书房里的书他自己都是看过的,所以他肯定知道这株不是什么兰花。

难道这是在考她?任瑶期不由得惊讶地看了裴之砚一眼。

裴之砚却微微一笑,夸赞道:"没错,确实是鹃锦,任小姐果然博览群书。"

被自己的先生夸奖博览群书什么的,任瑶期有点脸红……那些书她还是在裴之砚的督促下看的,在裴之砚面前她还真没资格承认自己博览群书。

似乎注意到了任瑶期的不自在,裴之砚笑了笑,转头吩咐自己的随从将草丛里那株鹃锦挖出来。

任瑶期见状有些无奈地劝阻道:"先生,徐先生也喜欢花草,他要是知道了,可能不会愿意让你把这株鹃锦挖走的。"

文人都爱花花草草,裴之砚也喜欢,不过他不爱养兰花菊花之类的,他自己太懒散，偏偏又不愿意假手他人，所以无论是什么精贵品种都是养一株死一株，无一幸免。别人不知道，任瑶期倒是清楚明白得很，裴之砚之所以会中意这株鹉锦，并不仅仅是因为鹉锦比较少见，还因为书上说鹉锦很好养活，十天半个月浇一次水就行，不用像伺候兰花一样。

不过同样身为文人的徐万里也喜欢花花草草，可能不会同意裴之砚将他园子里的花挖走。

裴之砚闻言倒是认真思考了片刻："你说的也有道理。"

任瑶期松了一口气，以为裴之砚放弃挖徐家的花了，不想裴之砚接下来却悠然笑道："我还是先去找徐万里下棋吧，赢了他之后再来挖他的花，他就没什么好说的了。"

任瑶期："……"

裴之砚很愉悦地往二门去了，见任瑶期站在原地没动，还转身招呼了一声："不是要去见你先生吗？"

任瑶期便跟在他后面进了徐家的二门。

裴之砚突然说道："任小姐很像我的一位故人。"

任瑶期闻言心下一跳，顿了顿才勉强笑道："不知道裴先生说的是哪一位故人？"

裴之砚看着她笑了笑，温声道："有没有人说过你长得很像你的曾外祖母？"

任瑶期原本还有些紧张的心情突然放松下来，原来裴之砚说的是宛贵妃，她还以为……

"裴先生见过我曾外祖母？"

裴之砚偏头想了想："年少时见过一次。"

任瑶期不由得有些好奇，从前她只在裴之砚那里看到过宛贵妃的画像，却不知道原来裴之砚与宛贵妃本人还有过交集。裴之砚十几岁的时候，宛贵妃应该有四十来岁了吧？很难想象这样的两个人之间能有什么样的交集。

不过裴之砚却没有要满足任瑶期好奇心的意思，接下来他没有再提起宛贵妃。

任瑶期不由得想，之前在船上第一次见面的时候裴之砚看到她目露惊讶是因为她的容貌与宛贵妃相似？

一路上，任瑶期一直在琢磨这件事情，所以没有说话。裴之砚不知道在想什么也没有开口，两人就这么一路沉默着到了徐家正院。

尽管他们一路无言，但是两人之间的气氛非但没有尴尬，还有一种说不出来的和谐安宁。那是经过漫长岁月沉淀出来的亲近感和默契，是亲人和挚友之间才会有的。

进正院之前，裴之砚突然停下来，看了任瑶期一眼，微笑道："虽然这样说可能有些冒昧，不过任小姐总是让我有一种熟悉感。"顿了顿，不知道是不是怕旁人误会，他又笑着道，"我若是有女儿，想必就会是你这样的吧。"

说完这一句，裴之砚便点了点头，先行去书房找徐万里了。

任瑶期站在那里目送他离开，然后便去了徐夫人处。

任瑶期后来从徐夫人那里知道，裴之砚果然找徐万里下了一盘棋，赢了之后挖走了徐家二门外的那一株鹊锦。

五月就这么无波无澜地过去了，六月初的时候，在千金宴之前，燕北王府云太妃回来了。

与老王妃的高调不同，云太妃不喜欢排场。她回来的时候仅仅是三辆马车，几个普通随从打扮的王府护卫，若不是城门守将穆虎认得云太妃的那几个护卫，他们这一行怕是不会引起任何注意就进了城。

穆虎看到云太妃的车驾进城，立即让人去燕北王府禀报。云太妃的马车抵达燕北王府正门的时候，燕北王妃已经迎了出来。

云太妃比老王妃还要大上一两岁，五十出头的年纪，穿了一身没有任何纹饰的藏青色袄裙，两鬓已经有些斑白，发髻上只有一对白玉簪，除此之外通身上下没有其他首饰。虽然她的脸上已经有了岁月留下来的痕迹，不过从五官上依稀可以看出来，这位云太妃年轻的时候必定是一位难得一见的美人。

尽管比起老王妃，云太妃的穿着打扮只能用寒酸来形容，甚至连一些有脸面的婆子都穿得比她贵气，不过却不会有人将她错认作仆妇。这世上有人穿着龙袍也不像太子，自然也有人布衣荆钗也气质不凡，云太妃就是这种人。

云太妃扶住要上前给她行礼的王妃，淡声道："没有这个规矩，别让人看了笑话，进去吧。"

她面容冷淡，声音也清淡，对着自己的儿媳妇兼侄女并没有表现得太亲热，看上去似乎有些不好亲近，不过也不是高高在上刻意要给儿媳妇下马威的样子。

王妃似乎很了解这个婆婆的性情，也没有坚持，云太妃手一扶她便顺势起了身，跟着云太妃一起进去了。两人一路上连话都很少说，还基本上都是王妃在问，云太妃偶尔回一声"嗯"。

王妃亲自送云太妃去了她的兰樨殿，带着人伺候她换了衣裳，并奉上茶水。

"王爷呢？"落座之后，云太妃问道。

"端阳节之后王爷便出门了。"

去了哪里王妃没有明说，云太妃也没有问，只是点了点头："靖西也不在府中？"

王妃看了云太妃一眼，云太妃对萧靖西和萧靖琳都不是特别亲近，平日里也很少主动过问。

"靖西这阵子在别院里养病。"

云太妃闻言看了王妃一眼，然后什么也没说，低头喝茶。

王妃陪着云太妃坐了一会儿，外头就有人进来禀报说云家大小姐来了。

云太妃点了点头："让她进来。"

王妃眉头轻微地皱了皱，又很快放开了，坐在那里没有说话。

倒是云太妃对王妃道："是我之前告诉她我今日回来的。"

王妃想要问，连我这个媳妇都没有事先接到您今日回府的确切消息，侄孙女反倒得到您的通知了？王妃不知道云太妃葫芦里卖的是什么药。

事实上，因为云太妃性情偏冷，王妃与她也说不上亲近。不过自从她嫁给燕北王成为燕北王妃之后，云太妃就从未干涉过王府内务，她们婆媳二人也未曾有过什么矛盾。

王妃知道云太妃对云秋晨很另眼相待，以前觉得这也没什么，毕竟云秋晨是云太妃的侄孙女，也是她自己的侄女，不过现在王妃却有些担忧。

云秋晨很快就被侍女带进来了，看到云太妃坐在上首，还很欣喜地上前给云太妃和王妃请安。

起身之后，云秋晨笑着道："年前就听说姑祖母要回府，王妃和郡主她们都一直念着您呢。"

她不说自己记挂，反倒是在云太妃面前给王妃和萧靖琳卖好，以往她在云太妃面前也一直是如此行事，王妃对她也是有几分喜欢的。

云太妃面容和缓地点了点头，招手叫她过去坐，云秋晨便同以往一样坐到云太妃身边。

云太妃问了她祖父、祖母的身体，以及云家的一些事情，云秋晨都笑容满面地答了。王妃在一边不动声色地听着，有时候也插上一两句话，气氛倒是比之前云太妃和王妃两人在的时候还要融洽一些。

"你有事就去忙吧，秋晨在这里陪我说一会儿话。"不多会儿，云太妃对王妃说道。

王妃看了看云太妃，低头应了，然后便起身出去了。

等一出兰榭殿，王妃的眉头就不自觉地皱了起来，她回身看了一眼之后，才叹了一口气转身离开。

云太妃回来的消息，很快整个燕北王府都知道了，老王妃那里自然也听到了消息。若是早几年，老王妃肯定会因为云太妃回来却没有先去她那里请安而闹起来，这一次寿安殿那边却没有什么动静。

在燕北王继承王位之后，云太妃不知道是顾忌着儿子的声誉还是因为什么，并未借机压老王妃一头，反倒远远避开了她。不过因为两人年轻的时候就不对盘，云太妃也不乐意在老王妃面前服软，上门请安这种事情她是从来不会去做的。

老王妃虽然没有什么动静，颜凝霜和赵映秋却在听到消息之后赶紧过来给云太妃请安了。云太妃倒是没有闭门不见，让侍女将两人带了进来。

面对客人的时候，云太妃还算和颜悦色，只是她生性冷淡，加上这些年很少在人前露面，所以不怎么喜欢说话，是云秋晨一直在中间活跃气氛。

王妃自然知道颜凝霜和赵映秋去了云太妃那里，不过她并没有什么表示，云太妃是燕北王的生母,她总不能派人去监视自己婆婆的一举一动,只能让人去给萧靖琳送信,让她尽快回来。毕竟有些时候她不方便在场,萧靖琳这个孙女却可以在场,何况千金宴马上就要开始了,萧靖琳原本也打算在千金宴开始之前就回来的。

于是在云太妃回来之后没过几日,萧靖琳就回来了,同时千金宴也要开始了。

李氏一早就给任瑶期准备了好几身衣裳又重新打了几套头面首饰,是想让她在千金宴的时候穿,现在任瑶期的身份与以前不同了,今年的千金宴又比以往要特殊,所以李氏这一回对这件事情还是很在意的。

只是没有想到的是,在千金宴开始前三日,燕北王妃派自己的侍女给任瑶期送来了衣裳首饰。上一回任瑶期参加千金宴的时候燕北王妃也送了任瑶期一套头面,不过这一次燕北王妃送来了八套衣裳和八套与衣裳相配的头面首饰。

后来任瑶期听说,王妃同样赏赐了住在燕北王府的颜凝霜和赵映秋,不过她们只有四套,无论从数量上还是质量上都没有办法与王妃赏赐给任瑶期的相提并论。王妃赏赐给任瑶期的东西是按照萧靖琳这个郡主的例来的。

因此事,燕北的人都相信了王妃对自己未来的儿媳妇十分看重,使得众人对任瑶期的态度也越发不敢怠慢了。

今年的千金宴依旧在温泉山庄举办,虽说名义上还是由云家举办,但因为有太后插手,所以一些主要的安排就由燕北王府做主。

千金宴开始这日,萧靖琳一早就过来接任瑶期了,与上一回一样,任瑶期依旧是与萧靖琳一起过去。

任瑶期今日穿了一身绛紫色交领折枝凤尾菊刺绣的通袖褶子,这个颜色比较深,一般人穿上会显得脸色暗沉,不过任瑶期皮肤白皙,容貌出色,气质清雅,绛紫色穿在她身上让她更增添几分典雅。而她头上那对特别设计的凤凰展翅金簪又使她气质越加尊贵,让人一看就知道她的身份与一般的闺秀不同。

反观萧靖琳,今日倒穿得比较简单。一身牙色绣金凤纹的对襟褶子和白色百褶裙，显得她今日格外轻灵雅致。她与任瑶期站在一起的时候倒显得任瑶期是主角了。

萧靖琳见她上车便诚实地赞了一句："很好看！那些人都被你比下去了！"

任瑶期闻言抿嘴笑了。她的衣裳头面都是王妃给她准备的，什么时候穿哪一套都是做了规定的。她自己对这些并不太上心，也明白王妃亲自为她操心的原因，所以很感激王妃。连李氏都感叹王妃操心任瑶期就像操心亲生女儿一般，告诫她以后嫁到萧家之后要孝顺公婆。

萧靖琳的马车走到城门口的时候，正巧与燕北王府王妃等人的马车会合，一行人一起浩浩荡荡地去了温泉山庄。

温泉山庄任瑶期已经来过很多次了，对这里再熟悉不过。她们的马车没有在外面停，而是跟着王妃的马车一直到了主殿建筑群。

任瑶期下马车的时候，较她们先行一步的老王妃已经先行去了剪雪阁，王妃正好扶着一位五十来岁的妇人站在她们前面不远处。这位陌生的老妇人面色清冷，衣饰朴素，王妃与她说话的时候态度却十分恭敬。

还不等任瑶期去猜测这位老夫人的身份，王妃就看到了她们，笑着唤道："瑶期、靖琳，快过来。"

萧靖琳一边拉着任瑶期走过去，一边还小声对任瑶期提醒道："那是我祖母。"任瑶期闻言心下一凛。

云太妃似乎注意到了她们的小动作，眉头不由得皱了皱。

王妃笑着对任瑶期道："瑶期，过来见过云太妃。"

任瑶期连忙给云太妃行礼。

云太妃没有吭声，任瑶期却可以感觉到她的视线一直停留在自己身上，不由得感觉到了一丝紧迫感，只是云太妃没有应她，她便只能低着头不能抬起。

就在萧靖琳想要开口帮助任瑶期摆脱窘境的时候，云太妃稍稍抬了抬手，淡声道："免礼。"

任瑶期站直身子，眉头忍不住微微蹙了蹙，刚刚云太妃的沉默是对她不满？想要给她个下马威吗？

她抬头去看云太妃，不想云太妃已经率先转身离开。

王妃走过来轻轻地拍了拍任瑶期的手，对她露出一个温和鼓励的笑容，小声道:"太妃她性情如此,并非刻意冷淡你,你别怕。"

任瑶期朝着王妃笑着点了点头。

王妃又道:"这次你和靖琳都跟我住在揽月阁,你的几个丫鬟都是伺候惯了的,便都带进来吧。"

温泉山庄的几座主殿向来都只有王府的人才能住,云家人和其他的人家包括这次来的那几位朝廷派来的姑娘都住在外围。上一次任瑶期来的时候是沾了萧靖琳的光,这一次是王妃亲自邀请她的。

任瑶期低头应下,王妃便跟在云太妃身后走了。

等任瑶期跟着萧靖琳去了揽月阁,尚未安置好,老王妃就派人过来表达不满了。

原来老王妃之前说想要让颜凝霜和赵映秋也一同住在她的剪雪阁,被王妃委婉含蓄地拒绝了,安排颜凝霜和赵映秋与其他闺秀一同住在外围,只是给了她们两人一个独立的院落。

老王妃听说任瑶期住进来之后就不乐意了。凭什么她想要人住进来不行,任瑶期却可以?

王妃的解释是任瑶期马上就是萧家人了,而且她这几日需要任瑶期和萧靖琳两人一起给她帮忙。

老王妃心里自然是十分不满意的,在自己的剪雪阁里发了好大一通脾气。

老王妃的人前脚刚走,云太妃的人后脚就到了。

云太妃倒不是想要什么人住进来,而是派人来叫任瑶期过去见她的。

听说云太妃召见任瑶期,王妃也没有说什么,只笑着交代了任瑶期几句。萧靖琳说要陪任瑶期一起去,王妃也没有阻止。

于是萧靖琳带着任瑶期去了云太妃住的非雾阁。

虽然在身份上云太妃要比老王妃低半阶,但是从两人住的剪雪阁和非雾阁以及在王府的寝殿寿安殿和兰樨殿的规模布局来看却是没有什么区别的。由此可见,真要比起地位来,云太妃未必就真比老王妃低。

到达非雾阁的时候,萧靖琳怕任瑶期紧张,小声安慰她道:"你别怕,祖母她虽然性子清冷,却也不是无理取闹之人。"顿了顿又道,"无论如何还有我在呢。"

任瑶期心里倒是说不上紧张害怕，再艰难的时候她都挺过去了，只是她也很想要知道云太妃的态度，毕竟云太妃是萧靖西的亲祖母，与老王妃是不一样的。

非雾阁里点着檀香，又似乎夹杂了一些薄荷香，很醇厚清爽的味道，令人醒神。云太妃的侍女带着萧靖琳和任瑶期从明间进去掀开了右面的雕花竹帘子。

任瑶期一进右次间，就看到云太妃坐在上首那张黄花梨藤面雕刻三星拱照图案三围屏围子的罗汉床上，她身上的衣裳已经换了一身，依旧很朴素。她见她们进来便淡淡地看了过来，没有什么表情的样子。

萧靖琳带着任瑶期上前去给云太妃行礼，任瑶期低着头一丝不苟地做完动作，然后云太妃的侍女便引着她们坐下了。

屋子里一阵安静，云太妃没有说话。

萧靖琳看了云太妃一眼，主动开口道："祖母见这非雾阁是不是变了样子？"

云太妃淡淡地"唔"了一声，不置可否。

萧靖琳又道："祖母好些年没有来了吧？前几年父亲命人将温泉山庄修葺了一番，非雾阁也改了好些地方，祖母还习惯吧？"

云太妃这才转头看了萧靖琳一眼，皱眉道："我不习惯你突然这么多话。"

萧靖琳："……"

于是又是一片静默。

就在任瑶期想着自己是不是该开口说些什么的时候，云太妃突然对任瑶期说道："你与文放是怎么认识的？"

云太妃此话一出，任瑶期和萧靖琳都差点变了脸色。

萧靖琳连忙道："祖母——"

云太妃却抬手淡声制止道："没有问你，你好好坐着。"

萧靖琳皱了皱眉，却也无计可施，不由得担忧地看了任瑶期一眼。

任瑶期很快就恢复了镇定，并没有犹豫太久便坦然道："我祖母与云家老太太是同族姐妹，云二公子算是我远房表兄，他年少时曾在任家住过一段时日。"这些即便任瑶期不说，云太妃也会知道。

云太妃看了任瑶期一会儿，不置可否的模样。

任瑶期有些摸不准云太妃的意思，云太妃叫她过来突然提起云文放的事情肯定是听到了什么，云太妃这是要发难？只是无凭无据的，云太妃要怎么发难？她与云文放之间本就什么也没有，云文放也许久没有露面了，甚至亲事都定下了。

任瑶期并不知道云文放被萧靖西打伤的事情，萧靖西没有告诉她，云家更不会把这件事宣扬出去。

正在这气氛尴尬的时候，云太妃的侍女进来禀报萧二公子来了。

任瑶期愣了愣，云太妃若有所思地看了任瑶期一眼。

萧靖西进来的时候并没有往任瑶期这里看，他像普通儿孙一样上前给云太妃行礼问安。

云太妃皱了皱眉头："你最近不是忙得神龙见首不见尾吗？今儿怎么有空过来了？"

萧靖西面色不变地笑道："祖母来了，孙儿自然是要过来请安的。"

云太妃扯了扯嘴角，意有所指地道："你这请安的时机倒是抓得巧。"

萧靖西闻言也不辩驳，只是冲着云太妃笑了笑，面上还带了些被长辈拆穿的腼腆之色。

云太妃见状倒是没有再为难他，摆手让他坐下了。

萧靖琳暗地里翻了个白眼，对萧靖西的装相十分鄙视，觉得萧靖西估计连腼腆两个字是怎么写的都不知道。

萧靖西这才将视线放到屋里其他人身上，笑问道："你们刚刚在聊什么这么开心？"

屋里众人："……"

你哪一只眼睛看到我们聊得开心了？睁眼说瞎话也要有个度吧！

云太妃瞥了萧靖西一眼，低头喝茶去了。

萧靖西完全不怕冷场，开始很有技巧地与云太妃聊起天来，虽然云太妃基本上没有怎么开过口，不过屋子里的气氛却被他带得不知不觉松快起来。对于萧靖西的这项本领，萧靖琳自叹不如。

眼见着所有人都被萧靖西牵着鼻子走，云太妃终于将手中的茶碗不轻不重地放下,淡声道:"我不喜欢管闲事,这些年也没有管过什么闲事。你们若是都见不得我说话,我便什么话都不说就是了,我在府里一年到头也住不了几日。"

云太妃这一番话说出来,就连萧靖西也不得不放软了语气道:"祖母管的自然不算闲事。"

云太妃淡淡地看他一眼:"我问你,君子娶妻的标准当是什么?娶贤还是娶才?品性重要还是容貌重要?"

这话问出来,屋里不由得静了静。云太妃穿着虽然朴素,但是面无表情地问出这一番话的时候却有一股令人无法忽视的威压。

萧靖西丝毫不被这股威压影响,低头想了想,然后笑道:"君子娶妻的标准孙儿不知晓,不过凡俗之人都想要娶德才兼备容貌双全的女子为伴侣。"

"德才兼备?容貌双全?"云太妃似笑非笑地看了萧靖西一眼,"口气倒是不小,你找到了吗?"

萧靖西看了任瑶期一眼,也不回答云太妃的问题,反而像是不知道想到了什么有趣的事情笑着道:"父亲说这话是祖父当年教育他的,然后他原原本本地教给了孙儿。"

云太妃被萧靖西一句话堵得说不出话来,这话却不好再问下去了,不然就得问到老王爷和燕北王头上了。

云太妃难得情绪外露瞪了萧靖西一眼。场上的气氛却莫名其妙地松快起来,云太妃身边的几个侍女都是一副低头忍笑的模样。

"你祖父和父亲还教了你些什么?都说出来听听。"云太妃冷哼道。

萧靖西手指支着自己的下颌作势想了想,然后看着云太妃认真道:"还有就算娶不到德才兼备、容貌双全的女子,也万万不能娶那种喜欢无事生非搬弄口舌的,亲贤能远小人的道理也同样适用于内宅。"

云太妃闻言一愣,脸色便有些不好看了。

半晌,她叹了一口气,有些疲惫地道:"罢了,你们都下去吧,我有些累了。"

萧靖西率先顺从地起身,恭谨地道:"祖母好好休息,我们改日再来给您请安。"

萧靖琳和任瑶期也跟着起身。

云太妃没有再看他们,自顾自地扶着侍女的手去了右稍间。

等云太妃离开之后,他们才从非雾阁里退出来。

第四十九章

闹　剧

萧靖琳道："你怎么知道我们被祖母叫来了？"萧靖琳自然不会相信萧靖西是来给云太妃请安的时候碰巧遇见了她们，这话说出来谁也不会信。

萧靖西但笑不语。

萧靖琳立即就想到了，这会儿怕是整个温泉山庄都布满了萧靖西的眼线，一有个风吹草动就有人报到他面前。

萧靖琳哼了一声，没有再说什么。

萧靖西看向任瑶期，轻声道："祖母应该不会再找你了，至于外头的人，你都可以不见。出来的话最好与靖琳在一起，把乐山和乐水都带在身边。温泉山庄虽然是萧家的地盘，但是这几日人多眼杂，就怕出什么事。"

任瑶期听了，点头应了。

萧靖西又看了她几眼，然后看了看萧靖琳。

萧靖琳暗地里翻了个白眼，不怎么甘愿地转身往前走了几步，却不肯走远，只与他们隔了个三四步的距离。

萧靖西知道以萧靖琳的耳力肯定能听到他们说话，也不在意，他之所以让萧靖琳做做样子回避一下，只是怕任瑶期脸薄会不好意思。

"我住在幽兰阁，有什么事情解决不了就让乐山或者乐水去找我，不要自己硬撑。无论如何，我总是站在你身后的，所以不要怕。"萧靖西放低了声音道。

萧靖西没有提云太妃问起的云文放的事情，那只是一件无足轻重的小事，如他所定义的那般是有人在搬弄是非。

萧靖西低沉悦耳的声音在任瑶期耳畔温柔地响起，尽管已经很熟悉了，却还是让任瑶期忍不住心下猛跳。她不敢抬头，红着脸"嗯"了一声。

萧靖西看着任瑶期乖顺的模样，心里有一种难以言喻的欢喜。他借着衣袖的遮挡，轻轻牵了牵任瑶期的手，在任瑶期反应过来之前又迅速地放开了。

任瑶期终于抬头看了他一眼，脸颊羞红。

一触即分的接触让两人心里微起波澜，空气里弥漫着一股栀子花的甜腻花香。

两人相对而立了一会儿，直到萧靖琳忍无可忍地轻咳一声打断了周遭那股莫名其妙的气氛。萧靖西轻笑一声，转身离开了。

这日晚上，王妃在温泉山庄的云绮轩设宴，宴请一干前来参加千金宴的闺秀。朝廷的闺秀与燕北的闺秀们齐聚一堂，百花齐放，争奇斗艳，场面前所未有地热闹。

任瑶期换了一身米黄镶领真紫色底子暗纹撒花缎面对襟褙子，头戴赤金镂空镶嵌八宝头冠，与萧靖琳一同跟在王妃身侧，端庄沉静。

王妃依旧毫不掩饰自己对任瑶期的喜爱和倚重，让任瑶期和萧靖琳同她一起坐在主桌。老王妃和云太妃两人约好了一般都没有出席，主桌上只有王妃、萧靖琳、任瑶期，还有萧家二房的苏氏和萧靖媛。

苏家日薄西山，苏氏母女看上去很低调，任瑶期坐下来的时候，苏氏和萧靖媛只是看了一眼并没有说话。颜凝霜和赵映秋几人坐在主桌旁边的客桌上，离得很近。

王妃说了几句场面话，宴席就开始了，虽然是一大厅的人一起吃饭，杯盘碰撞之声却极低。

宴席开始没有多久，云太妃身边的一个侍女便进来向王妃低声禀报说云太妃身体不适，任瑶期就坐在王妃身边，听到侍女说云太妃刚刚打坐冥想之后，起身的时候有些发晕。王妃听了自然要去非雾阁探望，萧靖琳也担心云太妃的身体想要一同跟去。

王妃想了想，安排任瑶期留下来主持场面，又和气地请苏氏给任瑶期帮衬一下，然后便与萧靖琳一同离开了。

王妃一离席，云绮轩的气氛便松快许多。不知哪家的闺秀放松过头，手中的调羹掉落在地摔碎了，引来周遭一片嗤笑之声。主桌上只剩下三人，萧靖媛与任瑶期有一句没一句地搭着话。

"任小姐这身衣裳真好看，听说衣服料子还是王妃亲自挑选的呢。"

任瑶期与萧靖媛这位萧家二小姐虽然见过几面，但接触并不多，见她语气还算和气，便低声应答了几句，也只是一些无关痒痛的场面话。

主桌上的人开始交流，下面的人便也开始相互攀谈起来。说是晚宴，其实也是为了让这些闺秀相互认识交流，没有谁是真的冲着吃饭来的，所以并不讲究食不言，之前之所以没有人说话，是因为王妃在这里坐着。

云秋晨在王妃和萧靖琳离席之后不久也离开了，知道云太妃生病她坐不住，想要去探病，过来主桌与苏氏打了一声招呼。都知道云秋晨很得云太妃的喜欢，她要去探望云太妃也是人之常情，苏氏便让她去了。

无论是王妃、萧靖琳还是云秋晨，离席之后就一直没有回来。任瑶期坐在席中不由得也有些担心，难不成云太妃病得挺重？任瑶期想了想，遣了人过去探问，派出去的人回来禀报道云太妃之前晕过去一回，醒来之后精神一直不太好，王妃和郡主都留在了非雾阁。王妃说云绮轩这边就交给任瑶期了，让她等到时间差不多了就将这边的宴席散了。

任瑶期便在云绮轩待到宴席结束，然后代替王妃说了几句场面话，让人将这些闺秀都送回去了。

任瑶期安排好这边的事情，正要去非雾阁探望一下云太妃，才走出云绮轩就被人叫住了。

任瑶期回头便看到颜凝霜和另外一位朝廷派来的闺秀，以及孟家大小姐孟冬儿、苏家大小姐、云家三小姐往她这边走过来。

任瑶期笑着问道："几位怎么在这里？"颜小姐她们是最先离开的，她还以为她们回去了。

颜凝霜看了她一眼，笑了笑："我与这几位姐妹很投缘，便多聊了会儿。"

苏家大小姐与任瑶期也算是熟人了，便问道："颜小姐她们说想去奇珍园看看，王妃和郡主都不在……"

苏家大小姐的话还没有说完，云家三小姐便笑嘻嘻道："是啊，不知道任小姐能不能做这个主，让我们去奇珍园看看？"

云家三小姐云秋芳就是这样的性子，之前任瑶期还没有定亲的时候，任家的人见到云家的人只有巴结的份儿，现在任瑶期几乎是一夜之间身份就水涨船高，别说是她，就连向来三千宠爱集于一身的云家大小姐在任瑶期面前也要避其锋芒，云秋芳心里难免有些不服气。

任瑶期与云秋芳接触过几次，知道她的性子，也不愿意与她一般见识，闻言便笑道："云太妃身体不适，王妃和郡主都在太妃身边照料，几位想要去奇珍园不妨等到明日？今日天色已经有些晚了，这会儿园子里黑灯瞎火的，怕是什么景致也瞧不见。而且园子里养了些兽类，几位要进去的话需要事先安排一下，以免那些野物跑出来冲撞了几位。"

小姐们胆子都不算大，听任瑶期这么一说还真有些害怕，便打消了这会儿去奇珍园逛的念头。

苏家大小姐原本与任瑶期提起也是打算明日再去的，刚刚是被云家三小姐故意打岔，她有些看不上云家三小姐的胡搅蛮缠，又怕任瑶期以为她刚刚也是故意要与她为难，便指了指前面不远处道："几位想逛园子倒是没有必要非得去奇珍园，前面不远不就有个花园吗？我们等会儿从园子里的九曲回廊走，也不过是绕一小段路罢了。"

苏家大小姐说的花园就在云绮轩旁边。任瑶期想了想，那园子里只有一些花草树木，横贯园子的回廊上一路上都有灯笼，隔一段距离还有丫鬟守着，并不偏僻，便没有出声制止。

不过她下意识地往园子的方向看过去的时候却不由得皱了皱眉，不知道是不是错觉，她从刚刚开始就一直觉得好像有什么东西在暗处盯着她。

苏家大小姐道："任小姐也与我们一同去吗？"

任瑶期正想着自己是不是想多了，闻言笑道："我还有事要回去向王妃禀报，今儿就不去了。"

苏家大小姐也只是顺便问一问，见她不去也没有再劝。

颜凝霜刻意走在最后，看了任瑶期一会儿弯了弯嘴角："明日的比试希望能看到你，不然我怕是不好向太后娘娘交差。"

任瑶期觉得颜凝霜似乎话里有话,只是还不待她细问,颜凝霜就走了。

任瑶期皱了皱眉头也转身离开了,只是没有走太远就听到从苏小姐她们离开的方向传来了一声尖叫,然后又接连有几声尖叫传来。

任瑶期步子立即一顿,转身朝原路看去。天色已经半黑,不远处的园子里从高高矮矮的树木和灌木中隐隐透露出灯笼火光,影影绰绰的看不分明。

"小姐,奴婢们先送你回去吧?"乐山连忙道,那边也不知道发生了什么事,但不管发生了什么,主子的安全才是最重要的,她怕任瑶期非要过去看发生了什么事,万一遇上危险就糟了。

任瑶期并不是冲动的人,尤其是在还没有弄清楚到底发生了什么事情的情况下。她正要吩咐自己的婆子找人过去看看,却隐隐听到有人惊呼:"妈啊——是老虎——"

任瑶期闻言一愣,想到了什么,立即转身往回走。乐山乐水连忙一左一右护在她身旁。

任瑶期很快就走到了园子的入口,还没有进去就听到一声熟悉的嘹亮又威风的号叫:"嗷呜——"

院子里尖叫声哭声闹得不可开交,几位千金小姐都吓得腿软。任瑶期一进园子就看到一个庞大的白色身影正一步一步朝着倒在地上爬不起来的颜凝霜和云秋芳逼近,张开血盆大口,云秋芳翻个白眼晕了过去。

任瑶期见状不好,连忙出声道:"傻妞!快过来!"

正伸出舌头要舔人脸的傻妞动作一顿,疑惑地转过头来看了一眼,然后在众人惊异的目光中"嗷呜"一声,往任瑶期这边扑了过来。

"啊——"有人发出惊恐的尖叫声。

出乎众人意料的是傻妞在任瑶期身前半步的地方停了下来,趴下身子用头抵了抵任瑶期的腿,"嗷呜——"猛兽一眨眼变成了乖猫,还会摇尾巴。

任瑶期伸手在它头上拍了一记,连忙上前去看云秋芳的情况,一凑近就闻到了一股尿骚味,原来刚刚云秋芳吓得失禁了。好在她并没有受伤,只是晕厥了过去。

颜凝霜也瘫软在地,虽然一脸狼狈,不过情况比云秋芳要好,至少神志还是清醒的,只是看着乖乖跟在任瑶期脚后边的白虎依旧一脸惊惧,说不出话来。

任瑶期转头看了傻妞一眼，又拍了拍它，指了指十步开外的一棵树哄道："乖，去那边等我。"

傻妞顺着任瑶期的手指看了一眼，便一脸委屈地走开了。

傻妞一走开，压迫感就小了，云秋芳和颜凝霜的丫鬟们赶紧连滚带爬地过来了。

"小姐，小姐您没事吧……"

任瑶期一边吩咐人将云秋芳抬回去，一边安抚众人道："这是郡主养的白虎，你们别怕，它通人性，不会伤人的。"

云秋芳被抬走了。颜凝霜被人扶起来，脸上的惊惧之色还未散，瞪着任瑶期的目光流露出毫不掩饰的厌恶和恨意。她挣开丫鬟们的搀扶，向任瑶期迈出一步："你……"

只是等她想要迈第二步的时候，原本还老老实实趴在树下的傻妞突然站了起来，弓着身子朝着这边低吼一声。这一声吼与它平日里撒娇的"嗷呜"完全不同，带着真正山林之王的霸气，吓得所有人都忍不住后退一步。

颜凝霜也被吓得忍不住收回了脚步，脸色难看地看着正一脸敌意地盯着她的白虎，仿佛只要她敢再上前一步，它就会扑上来咬断她的咽喉。

任瑶期站在那里没有动，也没有转身去安抚傻妞，只是静静地看着颜凝霜，许久才笑了笑，温声吩咐道："还不快扶颜小姐回去歇着。"

等众人都离开园子之后，任瑶期才走到傻妞面前摸了摸它的头，轻声道："都说兽心最纯粹，所以能轻易察觉出别人的敌意。"

傻妞听不懂任瑶期在说什么，不过它喜欢被摸头，于是讨好地用大脑袋蹭了蹭任瑶期的手，"嗷呜——"

任瑶期又拍了它一记："你今天偷偷跑出来惹了祸，估计你家主子要罚你洗三个澡才罢休。"

傻妞正撒娇卖萌的身子一僵，可怜兮兮地仰头看着任瑶期，"嗷呜——"

乐山、乐水她们见状都忍不住笑出了声。

任瑶期往外走去，傻妞蔫头蔫脑地跟在她后面。

任瑶期吩咐苹果道："去找段嬷嬷，让她找人来把傻妞带回去。"

她原本以为今天的闹剧就结束了,却不想事情远没有她想的那般如意。

刚刚园子里一番闹腾,之前没有走远的一些闺秀有好奇的就跑了回来,还有些性子谨慎的就派自己身边的丫鬟或者婆子过来看发生了什么事情。

任瑶期带着傻妞从园子里出来的时候便听到了此起彼伏的尖叫声。

任瑶期叹了一口气,转头看了身后的傻妞一眼。

傻妞瞪着一双无辜的大眼,"嗷呜——"

她正要说几句安抚一下骚乱的场面,不想却听到远处传来一声更加凄厉的尖叫:"啊——有贼人——来人啊——"

这声惊叫若是在平时肯定能让人吓破胆,但是今晚因为傻妞的出现众人已经被吓过一次了,这会儿听到有人喊"有贼人"的时候场面竟然没有太过混乱,大家脸上更多的是茫然。

任瑶期闻言却心下一凛,连忙道:"别慌,都去云绮轩待着!"

若真有贼人,这些人四下里乱撞难免会出什么岔子,都避去云绮轩把门一关,再让婆子们守着等温泉山庄的侍卫们听到动静过来就安全了。

只是这里虽然不是温泉山庄的内庭,但外头也安排了守卫,怎么会有贼人进来?

这些返回来看热闹的小姐年纪都不大,全都往云绮轩里跑了。可是还不等任瑶期走到云绮轩的门口,就看到一个黑衣人从暗处跑了出来,双方一打照面都愣住了。

这个黑衣人一身夜行衣,口鼻被蒙住了,只留一双眼睛在外头。任瑶期一对上那人的视线就怔了怔,而黑衣人则止住步子站在那里不动了。

还来不及躲到云绮轩里的人又尖叫起来。

温泉山庄的守卫们反应并不慢,不等黑衣人向她们靠近就赶到了。

"你是什么人!"侍卫见这黑衣人站在那里不说话也不动,更不像是要攻击人,不由得有些奇怪,呵斥一声道。

正在这个时候,有人惊呼一声结结巴巴地道:"云、云、云二公子……"

有人喜欢云家大少爷温润如玉君子之风，自然也有人恋慕云家二少爷俊美风流潇洒不羁，云阳城里将云文放当作自己春闺梦里人的闺秀不在少数，明里暗里关注他的大有人在。这位将蒙着脸的云二公子认出来的小姐就是其中之一。

　　这时候侍卫们也反应过来，疑惑地看着那位黑衣男子。

　　黑衣男子不知想到了什么，嗤笑出声，然后抬手将脸上的蒙面巾扯掉，露出修眉星眸的俊脸。

　　侍卫们见当真是云二公子，不由得松了一口气，正想要问他怎么会这副装扮出现在这里的时候，一个声音先他一步出声道："二哥？你怎么在这里？你这身装扮是怎么回事？"

　　不远处，云家大小姐云秋晨和苏家大小姐急急忙忙走了过来。

　　云文放闻言向云秋晨看去，一双星眸黑不见底，就连之前挂在脸上的嘲讽笑容也收敛了起来。

　　云秋晨对上云文放的眼睛，然后又若无其事地转开目光，视线在在场之人身上转了一圈，然后停在任瑶期身上。她看了一眼任瑶期身后的傻妞，停在离她五六步远的地方："任小姐，出了什么事？我二哥他没惹祸吧？"

　　任瑶期看了云秋晨一眼："我刚送完云三小姐和颜小姐回去，不清楚这里发生了什么事。"

　　这时候，不远处的草丛里发出了窸窸窣窣的声响，原本站在一旁的侍卫身形一动，动作迅如闪电地从草丛里一抓一提，提溜出一个抱着包袱小厮打扮的人，扔到了地上。

　　那小厮摔了个狗吃屎，战战兢兢地抬起头看了看，然后又吓得立即低下头，他怀里抱着的包袱掉到了地上，散落一地的银票和金银锞子。

　　侍卫眉头一皱，弯腰将包袱捡起来："这是你偷的？"

　　小厮连忙摇头："不不不，我不是贼，我……"

　　一旁的云秋晨看了那小厮一眼，沉下脸色道："阿福？你怎么在这里？"

　　任瑶期看了看云秋晨，又看了看跪在地上的小厮，皱了皱眉头。

　　侍卫见云家大小姐认识这小厮，越发摸不着头脑，不过这小厮抱着一包袱的钱财鬼鬼祟祟的肯定有什么隐情。他看了看众人，然后走到任瑶期面前道：

"任小姐，这人形迹可疑，要不要先带下去问问？"

今日温泉山庄的侍卫都是萧华的人，萧华又是萧靖西的嫡系心腹，所以他们一早就得到过嘱咐，现在燕北王府的正主都不在，于是自觉地请示未来的主子。

任瑶期正要答话，那个叫阿福的小厮却突然连滚带爬地朝着云文放扑过去："少爷救命——少爷救命——奴才是奉了您的命令在这里等您的！您说要来带任……呃……噗……"

阿福的话还没有说完，云文放突然目露凶光，一脚踹在阿福的咽喉处，阿福的话被憋在了嗓子眼里，然后吐出了一口血。

云文放的目光冷得像冰，在侍卫们赶上来阻止之前，以极快的速度将自己的硬底靴子踩在了阿福的脖子上，"咔嚓"一声，阿福还来不及呼疼就被他一脚踩断了咽喉，瞪着眼睛死不瞑目。

这一场变故来得太快，众人都呆怔地看着这一幕，直到有人尖叫出声。

云文放面无表情地将靴子在阿福的尸体上擦干净，然后慢慢地转过头来冷冷地看着云秋晨，一步一步朝她逼近。

云秋晨心里有些发冷，强撑着才没有后退，身体却忍不住发颤。

她从来没有见过这样的云文放，也一直以为她是了解她这位二哥的。从小到大，只要是自己想要的东西，云文放就会千方百计地得到，甚至不择手段，不计后果。他不会管自己的行为会不会伤到什么人，也不怕给自己的家族招祸，他唯我独尊惯了，眼中只看得见自己想要的。

云秋晨原以为这一次也是一样。

"二哥，你这是要做什么？"云秋晨努力让自己镇定下来，放缓了语气道。

云文放依旧用那双黑沉沉的眸子盯着她，在走到离她一步远的时候伸出了手。

云秋晨一惊，转头看了任瑶期一眼，声音有些控制不住地叫道："二哥！"

云文放动作一顿，手放了下来，然后扯了扯嘴角，笑意不达眼底："你不知道我要做什么吗？最清楚的不就是你吗？"

云秋晨松了一口气，强笑道："二哥这是什么意思？"

云文放看着她挑了挑眉，又恢复了往日里漫不经心的调调，说出口的话却让人浮想联翩："你不是指使那个奴才说我是来找人私奔的吗？这会儿问我什么意思？我还想问你这出戏要怎么演呢！"

云文放的话一出口，在场之人不由得哗然。众人惊异的目光在云文放和云秋晨之间来回穿梭，这种令人血脉偾张的秘辛使他们忘记了之前对死人的恐惧，原本想要躲开的人都忍不住停下脚步想要听这对兄妹接下来的话。

云秋晨脸色有些发白，虽然她脸上依旧维持着惯有的镇定："我听不懂二哥的意思。什么私……这种话你也能在大庭广众之下说出口？"

云文放嗤笑一声，然后突然变脸狠狠一巴掌甩在云秋晨脸上。

云文放是练过武的，几年磨炼下来身手已经很不错了，一般男子都受不住他这么一下，更不要说云秋晨了。而且云文放这一巴掌丝毫不怜香惜玉，更没有半分顾念手足之情，云秋晨被他一巴掌扇得倒在地上，嘴里和鼻孔里立即涌出了血，一侧的脸颊迅速肿了起来，叫都来不及叫一声就倒在地上起不来了，却没有晕过去。

"这一巴掌估计能让你记住，为了往上爬不要脸没什么，可别以为谁都能当你的踏脚石！"

云文放的话让在场之人都静了静。

云秋晨身体抽搐一下，张了张嘴，却发不出声来，她这一下挨得有些狠了。

侍卫们面面相觑，领头的侍卫看了任瑶期一眼，见任瑶期静静地站在那里没有说话，想了想便抬手让人将那小厮的尸体先拖下去，他自己则带着人不动声色地挡在任瑶期面前。他怕云家二少爷发疯连旁人都打，至于云家兄妹要怎么折腾就不关他的事了，他是护卫又不是管事，主子指哪儿他们打哪儿。

云文放盯着云秋晨看了许久，云秋晨的丫鬟想要上前看看云秋晨如何了，却被云文放吓得不敢靠近，只能在一旁干着急。

尽管任瑶期很想转身就走随便他们去折腾，却不能够。她在心里叹了一口气，吩咐自己身后的婆子道："去搭把手把云大小姐送回去，请大夫过去。"

云文放听到声音，抬了抬头，却没有看过来，不知道在想什么。

丫鬟婆子们齐心协力才将云秋晨扶起来，那边便有一行人匆匆忙忙走了过来。这会儿天色虽然已经有些黑了，不过云绮轩周围挂满了壁灯，将这附近照得十分亮堂，宛如白昼，任瑶期看清楚来的是王妃和云大太太。

云大太太远远看到这边的情形连忙朝王妃告了一声罪，然后小跑着走过来。看到一脸惨状的云秋晨，她捂着嘴惊呼了一声："晨儿——"

王妃走过来的时候虽然皱着眉头，脸色却还算平和，目光在在场之人脸上扫视了一眼，然后看向任瑶期。

任瑶期走过去，低声将刚刚的情形大致描述了一遍。

王妃点了点头，摆手让任瑶期站到她后面，然后看向站在那里正看着一脸着急的云大太太的云文放。

"文放，你先去云绮轩的花厅等我，其余的人都散了吧。"王妃淡声道。

云文放看了王妃一眼，无所谓地扯了扯嘴角正要往云绮轩去，云大太太却突然冲过来，扬手狠狠地扇了云文放一巴掌，红着眼睛哭骂道："你这个孽障！"

云秋晨今日在大庭广众之下被云文放扇了重重一个巴掌，伤的不仅仅是脸，还有脸面，而且以后怕是想补也补不回来了。云大太太向来视云秋晨为掌上明珠，哪里受得了这个。

云文放连头都没有动一下，一声不吭面无表情地受了云大太太一巴掌。

云大太太有些控制不住自己的情绪，指着他骂道："你看清楚！这是你亲妹妹！你不护着她就算了，还当众折辱她，你这个猪油蒙了心的孽障，你真是魔障了……"

云文放闻言抬起头来，打断他母亲的话问道："母亲你觉得我要怎么样才算护着她？"

云大太太微微愣了愣，一时想不到话来接上。

云文放嗤笑一声，看了被丫鬟扶着的云秋晨一眼，嘲讽道："她骗我过来让我带人私奔，我听从她的安排顺了她的意才算护着她？"

云大太太显然没有料到会从云文放口中听到这个，当场怔住了。

那个偷偷看了半天热闹心仪云文放的姑娘壮着胆子道："云二少爷，云大小姐让你带谁私奔啊？"

在场之人虽然没有说话，却也都眼睛炯炯有神地盯着云文放，想要从他口中听到这个惊天大八卦。

云文放看了她一眼，眨了眨眼，一副风流不羁的模样："嗯，好像是姓颜的吧？可惜长得太丑，还没你好看，小爷没瞧上眼所以不干了。"

那姑娘被调侃得瞬间红了脸。

耳中一直轰然作响的云秋晨猛然看向云文放。

云大太太气得发抖："闭嘴！你少在这里信口开河！好端端的你妹妹让你跟颜……做什么！"

云文放抱着手臂站在那里，冷冷地盯着云秋晨，嘴角却挂起一抹诡异的笑："因为她想学姑祖母那样嫁进燕北王府，又觉得姓颜的女人也有这个意思而且背后又有太后撑腰怕拼不过，所以让我帮她扫清障碍。"

云秋晨挣扎着想要说什么，云文放看着她似笑非笑，右手却放在腰间。云秋晨与他对视半晌，张了张嘴，最后什么话也说不出来了。

云文放腰间放着的是一把小匕首。

云大太太被儿子的口无遮拦气得差点晕过去，指着他，"你……你……"了半天，脸色都白了。

王妃这时候出声道："好了文放，别故意气你母亲了，多大了还小孩子脾气！胡言乱语的！"

王妃一句话将云文放刚刚的话归咎成胡言乱语的玩笑，不过云文放今日这个玩笑开得有点大，众人面上虽然没有说什么，心里面信不信就难说了。

云文放倒没有再说什么，头也不回地进了云绮轩。

他从出现开始，从头到尾都没有往任瑶期那里看上一眼。

谁也没有看到刚刚还天不怕地不怕混账暴戾的云二少爷一转过身眼睛就红了，同样，谁也没有看到他那混合着绝望、狠厉、痛苦、疯狂、压抑等种种情绪的面孔。

云秋晨确实很了解云文放，他依旧是那个为了自己想要的东西可以不管不顾不在意任何人感受，也不怕伤害任何人的混账，这一点从来没有变过。只不过神机妙算的云大小姐最终还是猜错了人心。

不远处的一棵树上，一位黑衣劲装的男子面无表情地放下手里的弓弩，动作迅速又轻巧地从树上跳下来，落地无声。

一只大黑巴掌从他身后悄无声息地伸过来，不过还不等那手掌搭到劲装男子的肩头，就被那似乎后背长了眼睛的男子一把反手擒住，然后拧着来人的胳膊顶到了树干上。

偷袭的黑脸大高个儿呼了一声疼，露出一口能闪瞎人的白牙。

劲装男子看了他半天，面无表情地道：“知道你当年为什么做不了暗卫吗？”

黑脸男子闻言愣了愣，也忘了喊疼，连忙问道：“为什么？”

每一个汉子心里都有一道不愿意让外人碰触的伤疤，他年少时最遗憾的事情就是没有当成神秘又威风的暗卫，谁能懂他？

劲装男子淡声道：“因为你一张嘴就能闪瞎敌人的眼，目标太明显。”

能闪瞎人眼的某人："……"

劲装男子没有理他，收拾好自己的弓弩转身就走，黑脸汉子抹了一把脸连忙跟上："哎哎，小华，刚刚你还真下得了手？那毕竟是太妃的侄孙，王妃的亲侄儿！"

萧华面无表情地点头："只要他开口说错一个字。"

黑脸汉子摸了摸下巴："啧，这么说他命还挺大，在鬼门关前走了一趟啊？"

萧华没有说话。

他接到的命令就是只要有人敢乱说话，就杀无赦，无论这个人是谁。

之前那个小厮想要攀扯出任瑶期的时候，萧华手中的弓弩正要离弦，不想却让云文放抢先一步灭了口。小厮只说出一个"任"字，在场众人没有听清都听成了"人"字。

刚刚无论是云秋晨还是云文放，只要他们谁敢把脏水泼到任瑶期身上，都会毫无意外地死在萧华的弓弩下。萧华身为燕北王府的绝顶高手，向来是百步穿杨箭无虚发。云文放不知不觉救了云秋晨一命，也无知无觉保住了自己的性命。

王妃让人将云秋晨送了回去，看热闹的人群都散了，王妃让任瑶期也回去。她与云家大太太进了云绮轩。

任瑶期蹲下身摸了摸一直乖乖趴在一旁没有动的傻妞，忍不住叹了一口气。

段嬷嬷很快就带着人过来，把傻妞带走了。

任瑶期带着自己的丫鬟婆子回了揽月阁，萧靖琳很快就回来了。任瑶期问了云太妃的情况，萧靖琳说云太妃已经好些了，并且云太妃说自己是因为下午贪嘴多喝了两碗凉茶。

任瑶期则将晚上发生的事情告诉给了萧靖琳。

萧靖琳听完之后沉默半晌，却没有提云家兄妹两人之间的冲突，而是道："温泉山庄外门的守卫虽然不比内庭，但也不是随便谁都能混进来的，我猜测云文放可能是跟着给祖母看病的大夫的马车进来的。"

任瑶期闻言皱了皱眉，与萧靖琳两人对视一眼，都没有说话。

萧靖琳沉吟片刻，摇了摇头："我祖母性子虽然清冷了点，但也不是那种拎不清楚的人，她就算再喜欢云秋晨也不至于帮着她做出这种事情。她老人家有可能也是被人算计了。这件事情得好好查清楚才行，如果她连我祖母都敢算计……"

任瑶期知道今日的事情八成是针对她来的，不过要处理起来她还真插不上手，何况这也只是萧靖琳的猜测，无凭无据的。

萧靖琳道："云文放这个人倒是有些让人猜不透。"

任瑶期叹了一口气，她也有些看不透云文放，但是不管云文放今日那样做的目的是什么，总归是帮了她一回。

萧靖琳清楚云文放和任瑶期之间的牵连，见任瑶期不说话她也没有再提起。只是等晚上任瑶期歇下之后，她去找了萧靖西。

萧靖琳过去的时候正好看到萧华从幽兰阁出来，萧靖西的侧影映在窗纸上，正微微低着头不知道是在看书还是在做什么。

萧靖琳原本是来找萧靖西的，看到萧华之后便顿住步子，朝萧华打了一个手势。萧华默不作声地跟在萧靖琳身后出了院门。

"你刚才是去禀报云家兄妹的事情？"

萧华低头道："是的，郡主。"

萧靖琳想了想："什么状况？"

"云家大小姐被送回院子之后不久，她的丫鬟跑来王妃这边禀报说云大小姐的耳朵出了些问题。"

萧靖琳愣了愣："什么问题？"

萧华面无表情地道："左耳听不见了。"

云秋晨被扇了一掌之后，原本只是觉得左耳轰隆作响，不想被扶回去躺了一会儿左耳响是不响了，却听不到声儿了。原本王妃正在云绮轩里找云家母子谈话，听到这个消息的时候云太太当场晕了过去。

萧靖琳挑了挑眉："云文放下手那么重？"

萧华实事求是地道："云二少爷那一掌带了内劲，力道能打断成年男子一根肋骨，云大小姐只是掉了两颗臼齿，聋了左耳。"言下之意，萧华觉得云大小姐很幸运，不然被扇断脖子就连命都没有了。

"大夫怎么说？能治好吗？"

萧华想了想："跟来的几个大夫都束手无策，王妃已经去请别的大夫了。云太妃让人把云大小姐和云太太都送回城了。"

萧靖琳沉默片刻："你没去查云文放是怎么进来的？"

萧华看了萧靖琳一眼，又面无表情地重复一句："云太妃让人把云大小姐和云太太都送回城了。"

萧靖琳不说话了，她听明白了。

她祖母这意思就是想要袒护着云秋晨，不让人往下查了。

"难怪她千方百计要把我祖母请回来，原来就是怕事情败露之后没有人求情，这算盘打得好。"只可惜云秋晨高估了自己，她以为她可以掌控云文放，结果却被反噬。

"祖母这么一袒护，我倒是有些感激云文放了。"萧靖琳低声道。

她之前还觉得云文放对自己的亲妹妹下手太狠，这会儿却半点同情心都没有了，果然是恶人自有恶人磨，不然今儿她们这亏就白吃了。

萧华面无表情地站在一旁一副什么也没有听见的样子，心里却默默吐槽：要是没云文放那一巴掌，就算云大小姐有天王老子罩着也只能给她收尸。

"云文放呢？你家主子打算怎么处置？"萧靖琳有些好奇地问道。

萧华很干脆地回道："云二公子自己离开了，主子没说要拦，属下就没拦。"

萧靖琳闻言有些惊讶,比萧华还面无表情:"你……是不是听漏了?"

萧华对于这种明显是对他家主子的品性以及对他自己的业务能力的质疑很不满,不过他天生不会表达情绪,只是为他家主子辩驳道:"公子心善。"

萧靖琳看了萧华一眼,暗中翻了个白眼:"你家主子手上没染过血吗?"

萧华一本正经地道:"自己找死的人不算的话……没有。"今日云文放要是自己找死的话,早就死了。

萧靖琳:"……"

这对话没法继续下去了。

萧靖琳知道肯定是萧靖西交代过萧华有问必答,不然这些人没这么知无不言。她问得差不多了,便也不打算再去找萧靖西,转身走了。

萧华低头恭送她离开之后,想了想又回了幽兰阁。

萧靖西的屋子里弥漫着一股药香,他正端着一碗已经放凉了的黑乎乎的药汁在浇一盆盆景。

萧华对这种情形见怪不怪,他家公子从小就不肯乖乖喝药,没人看着就偷偷地拿药浇花,这毛病十几年了也没改回来,都已经是要娶媳妇的人了,啧。

萧靖西将手中的碗放下:"她回去了?"

"是的公子,郡主回去了。"萧华一板一眼地回道。

萧靖西点了点头,用手巾擦了擦手。

"郡主问您要怎么处置云二公子。"这也是萧华会回来找萧靖西的原因,身为公子的第一心腹,他要确定有些人是已经找了死,还是正在找死或者以后会找死。

萧靖西坐回西窗的榻上,手指轻轻敲击着矮几,不知是不是在思考问题。

"云文放和孟小姐的婚事定在何时?"萧靖西突然问道。

萧华愣了愣。

刚刚一直默默地伺立在一旁的同喜立即回道:"回公子,是今年十月。"这些事情同喜比萧华要清楚。

萧靖西点了点头,微笑道:"到时帮我准备一份厚礼。"

同喜低头应下了。

萧华又等了一会儿,见萧靖西没有什么话再吩咐他,便默默地退下了。

等屋子里没人了,同喜忍不住问道:"公子就这么放过云二公子?"

同喜因为出身献王府,对任瑶期的感情不同,所以对三番五次招惹任瑶期的云文放很厌恶痛恨。

今日云文放虽然没有害到任瑶期,不过他一身夜行衣潜入温泉山庄,同喜不相信他是来逛花园子的,云文放之所以没有下手,只不过是没有找到机会而已。

以他家公子的性子,不应该就这么放过云文放才是。

萧靖西闻言眼都没有抬,只是淡声道:"我从未想过要拿他如何,是他自己与自己过不去。"

在萧靖西心里,云文放还够不上做他的对手。

不过他今日没有让人追究云文放其实是考虑到任瑶期的心情。

不管云文放来温泉山庄的目的是什么,他终究还是护了任瑶期一回。他知道任瑶期是一个恩怨分明的人,不喜欢欠人情。如果他今天把云文放如何了,在任瑶期面前就显得他小家子气了。英明神武的萧二公子绝不会允许自己在喜欢的人面前犯这种长他人威风灭自己志气的错误。

至于云文放……就算萧靖西不收拾他,以他的性子也会把自己折腾得够呛,萧靖西已经不屑出手了。

云文放离开温泉山庄之后并没有回云家,云文廷半夜才找到他,那时候云文放正在城外一家简陋的酒馆里喝得半醉,酒馆的掌柜伙计都不知道去哪儿了,他身边只有大大小小的空酒坛子。

云文廷看了他许久,然后走过去将他手里的酒坛子拿走。

喝醉的云文放比平日里少了几分飞扬跋扈,满眼迷醉的模样有些像稚童,云文廷将他的酒坛子拿开的时候他也没有反抗。

"长这么大你都没有改掉闯了祸就跑的毛病。"云文廷淡声道。

这句话像是惊醒了云文放,他慢慢回过神来,许久才将焦距对准身边的人，然后嗤笑一声，也不知道清醒了没有，"闯祸吗……我没有来得及……"

"你原本还想做什么？"云文廷的话听不出来什么情绪。

云文放弯了弯嘴角，似是要故意惹怒云文廷一般："我原本想要抢了我喜欢的女人一起逃婚的，结果没有找到她的人，反倒差点被云秋晨利用了。少爷抢个女人还要派个蠢货抱着一包袱银子给我望风？嗤！"

他这一番话说得条理清晰，倒不像是喝醉了的人。

云文廷听完之后没有动怒，只是问道："是秋晨助你进的温泉山庄？"

云文放拿过云文廷手边的酒壶喝了一口，没有说话。

云文廷知道他这是默认了，不由得按了按眉心，沉默下来。

两人默默坐了一会儿，云文放突然开口道："你最想要的是什么？"虽然已经喝了不少，云文放问出这句话的时候竟然出人意料地沉静。

云文廷没有回答，云文放也没有再问第二遍。

也不知道过了多久，当云文放把自己喝得又要失去神志的时候，听到有人在旁边和着拍子低声唱道："三冬自北来，九夏未南回，青溪虽郁郁，白雪尚皑皑，晚吹低蘘草，遥山落夕阳……"

云文放想了好久才想起来，这是嘉靖关附近的一首民谣，守过边关的燕北军人都会唱。他默默地听了许久，最后都有些分不清唱这首曲子的是云文廷还是他自己在心里唱和。

天亮之后，云文放跟云文廷回了云家。

这一次云文放的父亲请出了云家家法，将云文放绑在云家祠堂外头的那条条凳上，打了个半死。云文放身上流出来的血浸湿了行刑之人的鞋底，最后若不是云文廷请了云老太太出面求情，云文放那一条命怕是就要交代在那里了。

可是无论云家如何惩罚云文放，云秋晨的一只耳朵也医不好了，更别提兄妹两人当着那么多人的面，将云家的脸面扒得一干二净的耻辱，是无论如何也弥补不回来了。

云家忙着关起门来清理门户，温泉山庄的千金宴却还要继续下去。云秋晨出事之后，云家二小姐和三小姐也都被接了回去，云家这次把脸丢大了，实在没有心情继续留在温泉山庄被人看热闹。

不过第二日的千金宴，出乎所有人意料的是原本以为不会出席的云太妃却在王妃的搀扶下坐上了高台,与老王妃两人各据一方分庭抗礼。

云太妃向来不爱凑这种热闹,也不喜欢与老王妃出现在同一个场合,尤其是她昨日病了一场,现在瞧着脸色还有些苍白。

不过尽管云太妃脸上带了病容,还是一身朴素的穿着,与老王妃站在一处的时候却并不显得卑微。相反,若是论气势和气质,老王妃未必比得上云太妃。

云太妃走到老王妃面前的时候微微点了点头算是打过招呼,然后就走到自己的座位前坐下来。

老王妃对云太妃这一番作态十分看不惯,尤其是云太妃当着这么多人的面不给她行礼,让她很难堪,怎么说她在位分上也高了云太妃半阶。

"果然不是一家人不进一家门,礼义廉耻几个字怕是都不知道怎么写。"老王妃沉着脸讽刺道。

她说这话的本意是影射云秋晨和云文放的事情,昨天的事情闹得那么大,老王妃自然是听说了。她这句话连带着把云太妃也骂了进去,指责她们云家人都不懂礼数。

云太妃闻言看了老王妃一眼:"您这是在说我吗?"

老王妃冷哼一声,意思不言而明。

不想云太妃却点了点头:"您指责的是,王爷他三天两头地不在府里,没有办法去给您请安确实是不懂礼数,这是我没有教好。"

老王妃闻言脸色更加难看了。

她明明说的是云家,云太妃却扯上了王爷,好像生怕别人不知道如今的燕北王是从她肚子里出来的,与她才是一家人一样。

若是在普通人家,妾室即便是生了孩子也是要认嫡妻为母的,可惜因为燕北和朝廷之间的那一笔烂账,严格地说起来云太妃其实并不算妾室。

当年云太妃与老燕北王三媒六聘齐全,若是没有朝廷横插一杠,云太妃才是老燕北王正正经经的嫡妻,所以朝廷当初为了安抚萧家,给云太妃也封了诰命,也因此燕北王和王妃还是称呼云太妃为母亲,萧靖西和萧靖琳兄妹也称呼云太妃为祖母。

所谓打人不打脸,揭人不揭短,云太妃却逮着老王妃的硬伤往死里踩。谁都知道老王妃这辈子最大的不甘就是没有生出个儿子，导致了她如今不尴不尬的地位。

老王妃与云太妃两人斗法，王妃并不掺和，径自坐在自己的位置上招呼萧靖琳和任瑶期过来，低声吩咐她们一些事情。

不过老王妃和云太妃之间剑拔弩张的场景尽数落在了在场之人的眼里。

原本还在对云家幸灾乐祸的人看到云太妃出场，与老王妃对峙也丝毫不落下风，心里那点等着看笑话的心思便淡去不少。她们看到云太妃在面对老王妃时气定神闲的姿态，再看了看同样出身云家的王妃，不由得想到，只要云太妃和王妃还在，云家就不至于真的倒下去。

云太妃坐在上首，将台下众人的脸色神态都看在眼里，默不作声地低头喝了一口茶。

云太妃是为了给云家撑脸面来的，就连与老王妃的这一场明争暗斗都是为了达到这个目的，老王妃被云太妃好好利用了一把。

显而易见，云太妃这一招起到了不错的效果，下面想要对云家落井下石的人见到这场面不得不收敛起来，好好掂量掂量了。说起来云太妃对云家的感情比王妃对云家的感情要深，云家现任家主是云太妃的嫡亲兄长，王妃的父母早逝，云家家主是她伯父，终究是隔了一层。

今年的千金宴请来的评委与上一届的差不多，依旧是由徐夫人欧阳氏领头，她们在老王妃、云太妃和王妃落座之后也上来了。

王妃吩咐任瑶期道："等会儿你与徐夫人她们坐在一处。"

任瑶期闻言有些不解。

王妃道："你不必下场与她们比，今天你与欧阳先生一样给她们评分。"

任瑶期愣了愣，推辞道："王妃，我年纪尚轻，怕是不能服众。"

王妃闻言难得板起了面孔低声教育任瑶期道："瑶期你要记住，这里是燕北。在自己家的地盘上谁若是敢不服气，就让他们去与我们的燕北军说道！"

萧靖琳在旁边补充："娘的意思是，别人服不服是别人的事，实在要来碍眼就是纯粹找揍的！"

顿了顿，萧靖琳又加上一句："这是爹说的，反正都是一个意思。"

任瑶期闻言有些忍俊不禁，之前那点压力便不翼而飞了。她点了点头：

"我知道了,王妃。"

王妃拍了拍任瑶期的手。任瑶期起身往徐夫人那边去了。徐夫人正与其他几位被请来做评委的夫人说话,见任瑶期过来了便指着自己身边的位置道:"来,坐这里。"任瑶期走到徐夫人身边坐下,其他几位夫人见状也都很友好地朝任瑶期笑了笑,并没有谁给她脸色看。

倒是下面的人见任瑶期坐到了徐夫人她们那里很惊讶,与左右窃窃私语起来。老王妃和云太妃也往这边看了过来。

不过云太妃看了一眼什么话也没有说就转开了眼,老王妃对千金宴不怎么在意,也没有在这会儿多说什么。

千金宴依旧是由徐夫人主持。她将今日比试的细则详细地解说了一遍,其实燕北的闺秀们都清楚这些,徐夫人主要是对远道而来的那十名闺秀解释的。

任瑶期往下面随意看了一眼,一眼就看到了坐在右边首位的颜凝霜。颜凝霜昨日虽然被傻妞吓得狠了,今日却依旧来了。一身洋红色的襦裙,细致的妆容,让她看不出有什么不适,倒是好强得很。

颜凝霜的视线似乎一直在任瑶期身上,所以任瑶期随意这么一看就正好对上了她的目光。任瑶期冲着她礼貌地点了点头,便又别开了视线。

等徐夫人将规则都介绍完,问这些千金小姐还有没有什么要问的时候,有人道:"我们来的时候听说千金宴上的先生们都是德才兼备令人敬仰的长辈?"

说话的是朝廷的一位姓陆的小姐,她的话虽然说得很委婉,目光却扫向了坐在先生们中间的任瑶期,意思不言而喻。

徐夫人笑了笑:"德才兼备不敢说,不过也都是各有所长。至于说'令人敬仰的长辈'……我认为年纪并不是最重要的,诸位比的是才艺,又不是比资历。能为之师者以之为师,这才是向学之道。"

"徐先生说的有道理,不过不知道这位任小姐擅长什么?"陆小姐今日当定了出头鸟,不依不饶地问道。

徐夫人听了并不正面回答,只笑着道:"少安毋躁,她擅长什么大家很快就能知道了。"说完这一句徐夫人便又坐了回去。陆小姐见徐夫人走了也只能作罢,心想徐夫人这么说肯定是托词,糊弄她们罢了。

任瑶期叹了一口气,她有种预感自己坐在上面并不会比坐在下面轻松。

果然，比试一开始，场上就弥漫着一股硝烟，且大多数是冲着任瑶期来的。

朝廷的闺秀们与燕北的闺秀们交替上场，本着客人优先的礼貌，由朝廷这边的人先来，最先出场的便是之前充当出头鸟的那位陆小姐。

陆小姐长相不错，起身落落大方地朝着众人福了福，然后来到了场中央。她今日展示的是琴艺，早有丫鬟摆好了琴案和瑶琴，等着她上场演奏。

陆小姐焚香净手，端端正正地坐下，然后一抬手抚琴就令众人惊艳了。

不得不说，这位陆小姐的琴艺极其出色，姿势优美，轻音悠扬，无论是从技艺还是从情感上来说都让人找不出错。就连台上的几位先生都和着拍点了点头。等她一曲完毕，众人都有一种意犹未尽的感觉。

陆小姐站起身，然后不等台上的先生们发言指点就开口道："学生不才，想请任先生指教。"

她声音虽然不大，却也让台上台下的人都听了个分明，一声"任先生"出口，无端地就带了几分挑衅。场面不由得静了静，几乎所有人的视线都往任瑶期身上去了。

任瑶期看了正一脸谦虚地看着她的陆小姐，笑了笑："徐先生和李先生她们在琴技上都是宗师级人物，陆小姐还是请两位先生指教吧。"

陆小姐也笑了笑，却看着任瑶期不说话，也不动。

这时候坐在正中的王妃发话了："既然陆小姐坚持，瑶期你随便说几句吧。"

徐夫人也笑着朝着任瑶期点了点头。

任瑶期便不再推辞，一边想着措辞一边道："陆小姐弹的可是已经失传的古曲《九嶷》？"

陆小姐闻言怔了怔，颔首道："没错，这是我从一本残谱上找到的，只可惜原曲已经残缺不全，后面半段是我修补过的。"

徐夫人笑道："说来也巧，瑶期之前也在助我整理一些珍贵的古曲残谱，当中就有一曲《九嶷》。"

陆小姐看了任瑶期一眼，有些惊讶。

她们这些被选来的闺秀都是各有所长，她擅长的就是琴，放眼整个京都琴艺比她好的没有几个，以她的资质当初修曲谱的时候还有些吃力，她不信任瑶期能做到。

"不知是否有幸听任先生弹奏一曲？"

任瑶期笑了笑，不接她的茬儿，却道："陆小姐左手手腕曾经受过伤？"

"任小姐从何得知？"陆小姐不由得瞪大眼睛，她年幼时左手手腕曾经不小心被簪子划伤，差点伤了经脉。

任瑶期道："你抚琴的时候左手的手指不敢过于用力，虽然可以用纯熟的技巧来掩饰，但是琴音里难免带了滞涩之感。"

陆小姐忍不住皱眉道："这不可能！我弹琴的时候向来很注意。"

任瑶期也不反驳，只是顺着她的话点了点头，笑言："陆小姐是很注意。都说琴声乃弹琴之人的心声，所以我便听到你心里一直在说自己害怕手疼了。若不是陆小姐琴弹得太好，我还发现不了这一点。"

任瑶期的话一说完，在场之人都笑了起来，就连陆小姐也不好意思地弯了弯嘴角。她当初伤了手腕还被姨娘逼着练琴，为的就是在诸多姐妹当中脱颖而出，给自己的姨娘争颜面。后来她手上的伤好了，当时吃的苦却被身体记了下来，以至于手腕明明早就痊愈，却还总是感觉到疼痛。后来等到她学有所成的时候，便开始努力克服这个弱点，不想今日还是被人指了出来。

接着徐夫人和那位李先生也稍稍指点了陆小姐几句，这会儿陆小姐已经没有了之前的气焰，对于别人的意见也都认真听了进去，然后一言不发地坐回自己的位置。

任瑶期坐下来的时候，萧靖琳背着众人朝她比画了一个大拇指，虽然面上还是一副郡主大人高贵冷艳的样子端坐着，任瑶期瞧着却觉得十分可乐。

接下来上场的是孟家大小姐。她原本也准备弹琴，不过有陆小姐珠玉在前，孟大小姐听过之后觉得自己没有信心比得过陆小姐，便临时换成了笛子。她笛子吹得还算不错，但是似乎有些紧张，所以有些接不上气吹岔了两个音，好在最后还是坚持把曲子吹完了。

燕北的闺秀们谁也不敢嚣张地指名要"任先生"赐教，所以最后还是几位先生点评了几句，又鼓励了她一番。

第三位出场的是京都来的一位周小姐。周小姐擅长的是书法，她让人在场中挂上一块白绸，然后左右手同时开工在白绸上面用各种字体写"福、禄、寿"这三个字。不过一盏茶的工夫，四尺见方的白绸布上已经被她双面都写满了鸡蛋大小的"福、禄、寿"，每个字的字体都不一样，引起了众人的惊叹声。大家脸上都是一副"看上去好像很厉害"的模样。

周小姐似乎不怎么爱说话，放下笔之后抿了抿唇，只低头说了一句："望任先生不吝赐教。"

众人的视线便又都集中到任瑶期身上。

不少人都抱着幸灾乐祸看热闹的心态，现在谁还能看不明白？朝廷来的这些闺秀全都拉帮结伙地要与任瑶期过不去，跟她杠上了。

任瑶期在之前陆小姐站出来点名要她"指点"的时候就已经料到会遇上这种局面。她看了王妃和徐夫人一眼，见她们都没说话便又站起了身。

不管任瑶期心里如何苦笑，面上依旧不动声色地仔细欣赏了周小姐送上来的字，想了想然后道："周小姐平日里练的可是颜体？"

周小姐看了她一眼，点了点头："嗯。"

任瑶期皱了皱眉道："颜体讲究气势，却又刚柔并济，周小姐这一幅书法美则美矣，却因为花样太多而有些糟蹋字了，若是能返璞归真，周小姐将会大有进益。"

周小姐咬了咬唇，低下了头。她知道任瑶期说得很对，她自己也不想整日里练这些花里胡哨的东西，奈何宫里的太后和娘娘们喜欢。

下面有人道："任先生说得头头是道，不过有道是嘴把式不如真把式，不知道任小姐的字写得如何？"

周小姐虽然没有说话，却也看了任瑶期一眼。

其实懂得鉴赏字画的人未必能作出好作品，就像美食家不一定就是厨子一样。

萧郡主看了红缨一眼，红缨动作十分迅速地捧了笔墨到任瑶期面前，一本正经地道："任先生请赐字。"

任瑶期："……"

好在任瑶期也不是别扭的人，拿起笔一鼓作气地写下了"福、禄、寿"三个字，没有任何花哨的颜体，与周小姐那一块花样繁多的白绸摆在一起的时候，下面起哄的人都安静了。

任瑶期在书法和绘画上的天赋当初就连她的先生裴之砚也自叹不如，加上她肯花苦工去练，自然是拿得出手镇得住场的。

任瑶期这会儿也明白了，燕北王府也不想在这场千金宴中输。

不过精挑细选出来一些人明目张胆去赢这些远道而来的京城小姐，就显得燕北王府没有什么风度，毕竟千金宴不是龙舟赛，闺秀们也不是皮糙肉厚的汉子。

所以要怎么样才能将这些太后派来的闺秀一一打败，又要不动声色轻描淡写威武霸气呢？

于是任瑶期摇身一变成了任先生。

王妃让她坐到徐先生这里，不是要她来避风头的，而是让她来抢风头，还是以一敌十的抢法。

难怪当初萧靖西说不怕她赢了得罪太后。

她一个当"先生"的赢一群学生自然不算什么。既打了太后的脸，又保住了燕北王府大气又霸气的立场，稳赚不赔。

任瑶期扫了一眼场下各怀绝技摩拳擦掌的闺秀们，很想学着萧靖琳的样子，狠狠地翻一个优雅的白眼。

既然任瑶期才是挫败这些闺秀的主力军，场下其他的燕北闺秀就都是来陪太子读书走走过场的，虽然总体而言都还不错，不过也没有太过出类拔萃的，想来燕北还是给太后留了几分脸面的。

第三位出场的朝廷闺秀是来变戏法的，上一次千金宴的时候任瑶期也见过变戏法，其实女子们比拼才艺也就是那么几样，换也换不出太多的花样。

这位小姐戏法变得比上一次的郭小姐要好。她双手微微一抖，十个手指上就出现了十个小酒盅。小酒盅颤巍巍地顶在她的纤纤玉指上，仿佛风一吹就会掉。

接下来这位小姐就用手指顶着这十个小酒盅跳起了舞，一路舞下来手指头上立着的小酒盅硬是一个都没掉，令人忍不住想要探究那十个酒盅是不是用什么方法粘在了她的手指上。

只是之后这位小姐的动作就证明了这个想法是错误的。她将十个酒盅一溜儿抛到空中，以令人眼花缭乱的动作变换着自己的手指，然后用手指间的缝隙将这些小酒盅接住，从头到尾硬是一个都没有落地，动作快得让人根本看不清楚她是怎么做到的。在场众人都忍不住惊呼起来，就连老王妃也打起了精神看得津津有味。

最后这位小姐两只水袖一挥，那十只酒盅突然又不见了踪影，接着两手一翻，两只手上倏地出现了一只大碗，碗里竟然装着有八分满的茶水。也不知道她是怎么做的，如果这一大碗茶水刚刚是被她藏在宽袖里的话，她一番动作下来怎么可能半点没有洒？在场众人再次为此惊叹出声。

那位小姐甜甜一笑，双手捧着碗上了台，然后递到任瑶期面前："任先生，请喝茶。"她虽然是笑着的，眼中却含有一丝挑衅，似乎在说我手里这碗茶你敢不敢喝？

任瑶期自然不想喝这碗不知道什么来历的东西，不过输人不输阵，她还是笑着从这位小姐手中将茶碗接过，低头闻了闻是普通的香片，茶水还冒着温热之气。她正要说几句话将这位还盯着她的小姐打发掉，萧靖琳却起身走了过来，装着好奇的模样不由分说地将她手里的茶碗接过去："好像很神奇的样子，让我试试。"

任瑶期还以为她说的试试是想喝，正要阻止，却见萧靖琳学着刚刚这位变戏法的小姐的动作两手一翻，刚刚还在她手上的茶碗立刻就消失了。众人见状都愣了愣，然后都为萧靖琳叫起了好。

那位变戏法的小姐脸色有些不好看了："郡主，那只碗是我的传家宝，还请您还给我。"这世上哪里有什么法术，她的戏法看上去神秘炫目，也不过是依靠那几件看上去简单的器具而已。

萧靖琳抬了抬眼，然后静静一笑，突然她又学着这位姑娘之前的样子甩了甩衣袖，虽然她的衣袖没有这位小姐宽大，甩起来也没有那么好看，不过还是让在场之人惊叹不已。因为萧靖琳手中赫然出现了之前突然消失的那十个酒盅。

萧靖琳面无表情地将那十个酒盅给了她："嗯，还给你，我帮你变回来了!"

变戏法的小姐:"……"

这不是你变出来的,这是你从我身上偷出来的!她在心里悲愤地道。可惜萧靖琳已经径直回了自己的座位上,恢复了她高贵冷艳的郡主范儿,压根儿不搭理她。

最后这位小姐下台的时候气得眼圈都红了。

没人注意到,萧靖琳坐下后朝着任瑶期眨了眨眼,只有任瑶期能看到她眼中捉弄人之后的愉悦。

萧靖琳想,让你拿出个破碗来显摆,还敢随便什么玩意儿都逼着人喝,找揍!

这些人可能是觉得萧郡主太无聊了,第四个和第五个出场的小姐表演的是箭法和舞剑,结果射箭的那位不知道怎么的总是脱靶,舞剑的这个倒是顺利地舞完了,还很是赏心悦目,只是最后摆了个漂亮的收势要请"任先生"赐教的时候鞋飞了,闹了个大红脸。

从第六位小姐开始终于又回到了文斗上。

第六位出场的李小姐是画画。可能是受京都风气影响的缘故,这些闺秀写字画画都很喜欢搞一些吸引人眼球的噱头花样。这位李小姐自然也不肯好好地画,只见她摆了两面空白的屏风,左右手同时开工,一边跳舞一边同时画两幅画,最后在极短的时间里完成了一幅花鸟图和一幅雪景图,画工还算不错。不过,凡是艺术,都讲究一个纯粹的心境,杂七杂八的花样太多容易失去本真,以这样的心态来作画难免多了几分匠气,少了几分灵气。

任瑶期身为任时敏的女儿,当年又跟着裴之砚在鉴赏上浸淫多年,眼界自然非一般人可比,撇开那些花样对李小姐的画作做了一番细致的点评。

行家一出手,就知有没有,只要懂作画和鉴赏的人,就能从任瑶期对李小姐的画作点评中看出她是真有几分本事的,就连与徐夫人坐在一起的几位对绘画很有研究的年长夫人都真心欣赏起这位"任先生"来。

原本还等着看任瑶期笑话的人,这会儿都沉默了。难怪燕北王府敢让年纪轻轻的任瑶期当先生。若今日参加千金宴的都是燕北的闺秀,任瑶期这般出众的表现还有可能会被人猜测是燕北王府故意为她嫁入王府造势,不过今日指名要"任先生"指教的都是太后派来拆燕北王府台的，谁也不会质疑任瑶期事先可能与这些人有过沟通，人家这是有真本事的。

第七位谭小姐和第八位庄小姐是一起出场的。谭小姐擅长吟诗作对，庄小姐擅长编曲唱歌。谭小姐让几位先生出题，她现场赋诗，庄小姐则负责编曲唱和。谭小姐文思敏捷，庄小姐嗓音柔亮清澈，这一对倒是搭配得极好，令人耳目一新。

任瑶期不怎么擅长吟诗作对，不过当年跟着裴之砚该读该学的她一样没少读没少学，依葫芦画瓢儿用几句听起来很高深的术语点评诗词小曲儿她还是会的。加上她之前表现俱佳，又自始至终一副胸有成竹的样子，便给人一种无所不能的错觉，所以等她点评完之后众人也没有觉出什么不妥，好在也只是让她点评，并未让她当场作诗与谭小姐一较高下。

前面八位小姐都上完场之后就只剩下颜凝霜和赵映秋了。

大家都知道压轴戏要放到最后，所以轮到最后这两位闺秀的时候，在场之人都打起了精神观战。

颜凝霜和赵映秋对视一眼，最后赵映秋先起身出战。

正在这时候有人上来凑到王妃耳边说了几句话，王妃闻言似是有些惊讶，想了想点了点头，然后对众人笑道："朝廷派来的几位大人到了，虽说我们燕北的千金宴上向来没有男子出席，不过这几位大人都是才高八斗、德高望重的长者，又代表着朝廷和太后，出席也没有什么不妥。"

王妃这样说了，自然没有什么人敢有意见。

那三位大人很快就被人领了过来，除了走在后面的裴之砚，另外两位大人都有些尴尬。

太后派来的几位嬷嬷见这些闺秀一个一个都败给了任瑶期心里着急，便非要请出几位大人坐镇，生怕燕北王府背地里搞小动作欺负她们。倒是几位大人来到女人堆里后很有几分不自在。

王妃命人将三位大人安排在高台东侧，与徐夫人她们这边相对着。

等所有人都再次入座之后,赵映秋上前冲着上首方向盈盈一福,柔声道:"小女子才疏学浅没有什么本事,想来想去也就是棋艺稍稍拿得出手。"她的视线在台上众人脸上一扫,最后停在任瑶期脸上,眼中含着几分歉意道,"不知道'任先生'能否陪小女子对上一局?"

一般而言,闺秀们要在千金宴上展示棋艺的话,也会有擅棋的先生与之对局,任瑶期既然当了先生,赵映秋向她挑战自然也无可厚非,除非任瑶期自己承认棋艺不行,主动认输。

不过任瑶期现在被燕北王府摆到了台前,自然不会轻易认输。只是下棋输赢并无定数,任瑶期不知道这位赵小姐的深浅,也不会自大到以为自己真能打遍天下无敌手。所幸她并不惧输。

任瑶期起身,朝着赵映秋礼貌地颔首,走向棋盘。走到王妃身边的时候,王妃笑着对她道:"你放宽心去下就是了,输了也不丢人,毕竟谁也不可能是全才。"

任瑶期点了点头,应了一声"是",然后坐到赵映秋对面。

两人猜了子,赵映秋执黑子先行。

任瑶期一边观察赵映秋的路数,一边思考着缓缓落子。从开局来看,赵映秋在会下棋的女子中算得上是高手,而且不太看得出来路数,甚至有些东打一榔头西打一榔头的散漫,挠痒痒一样让人无从反击。

好在任瑶期是很沉得住气的性子,曾经也对局过不少当世的真正高手,比如裴之砚,比如萧靖西。尤其是裴之砚,当初裴之砚遭到贬斥,整日无所事事的时候,两人时不时就摆上一局,一下就是半日。

所以不管赵映秋这么做是不是故意要搅乱对手的思路,任瑶期都不为所动。

两人就这么不咸不淡地对局了一盏茶时间,赵映秋不急,任瑶期更不会急。原本还期待会有一场精彩对杀的观众们看得都快要打瞌睡了。

就在大家以为这一场对战会这么不咸不淡地进行到底的时候,赵映秋的棋风突然变了,几个落子下来,局面在瞬间就天翻地覆,任瑶期左下那一片位置的棋子几乎全军覆没。

在场之人看得突然精神一振,有人失望地叹气,也有人暗中为赵映秋叫好。还有人想果然人无全才，任瑶期也不是什么都拔尖，心里不由得有了些安慰。

反倒是输了一半城池的任瑶期面色依旧沉静淡然，甚至她连棋路都没有因此而改变，依旧是不咸不淡不慌不忙，并未因为赵映秋突如其来的兵戈相向而自乱阵脚。

这么一来，赵映秋反而无法维持进攻的那股锐气了。两人的对局又慢了下来，任瑶期自顾自地一步一步收复失地，虽然速度缓慢，节奏却被她掌控了。

赵映秋忍不住看了任瑶期一眼："任小姐好定力。"

任瑶期闻言冲她笑了笑，不急不缓地落下一子。

其实这会儿任瑶期在心里将赵映秋的棋路琢磨了好几遍，赵映秋不动还好，刚刚她做局吃下她半壁江山的时候任瑶期总觉得赵映秋的棋路有一种莫名其妙的诡异熟悉感。

她一开始还没有琢磨出来，便故意放弃了自己的左下角一片想要看清楚赵映秋的路数，结果越看越心惊，因为赵映秋的棋风竟然与裴之砚的极为相似。任瑶期仔细想了想，赵映秋与裴家好像没有什么渊源，所以赵映秋应该是仔细研究过裴之砚的棋局，然后将裴之砚的棋风学透了五六分，比如说她做陷阱诱敌的时候就学到了裴之砚的剑走偏锋和出其不意。不得不说赵映秋真的很聪明，若不是任瑶期太过于熟悉自己先生的路数，极有可能会被赵映秋的障眼法骗过去。

赵映秋毕竟不是裴之砚，受眼界阅历和经验的限制，她学得再像也仅仅是像而已。

坐在上首的裴之砚瞄了几眼棋局，挑了挑眉，哂然一笑。不过他看了几眼之后又渐渐认真起来，眼中还带了一抹兴味。

任瑶期棋风一如既往地沉稳，即便她微微占了下风。不过局势并没有就这么僵持下去，就在任瑶期将要濒临溃败的时候，突然间她的棋风一变，杀气四溢，杀戮果断，赵映秋被她杀了个措手不及，节奏不知不觉便被她带乱了，一不小心就被任瑶期扳回了局面。

除了裴之砚在上面看得饶有兴味之外，徐夫人看到这里也十分愕然，因为刚刚任瑶期用来挫败赵映秋的那一招很明显是用的上一次在船上的时候萧靖西对局裴之砚用的那一招杀招。

任瑶期能将萧靖西的招数学个十成十,赵映秋却毕竟不是裴之砚。当时裴之砚咬牙抗住了萧靖西的杀招,赵映秋却抗不住任瑶期的。

任瑶期确实是用了萧靖西的招数。她刚刚看到赵映秋学裴之砚的棋风的时候,就想到了上一回在船上的那场对局,不由得手心痒痒。加上任瑶期比萧靖西还要清楚裴之砚的路数,所以在赵映秋布下的重重陷阱中她简直如履平地。

接下来赵映秋简直就是兵败如山倒,任瑶期不愿意拖战,用简单又粗暴的方法将赵映秋杀了个片甲不留。从这一点上来看,任瑶期还真就应该是燕北王府的媳妇,不是一家人不进一家门,燕北王看到了应该会很欣慰。

最后一个毫不拖泥带水的凌厉杀招使出来的时候,上首坐着的裴之砚轻拍桌面扬声叫了声"好!"。

裴之砚是什么人物?出身显赫,少年状元,皇帝之师,令天下学子敬仰的人物。他这一声好叫出来,给了任瑶期一个大大的脸面,王妃都忍不住弯起嘴角,笑了。

其实裴之砚当时想表达的是:真是个举一反三的好学生!

不过这声好已经叫出来了,裴之砚想要表达什么反而不重要了,大家只要知道裴先生很欣赏任家小姐的才学就够了。

赵映秋脸色有些发白,低头看了看棋局,勉强笑了笑,投子认输。

第五十章

赐 婚

赵映秋下去了,最后一个上场的是颜凝霜。

颜凝霜的脸色不太好,太后派了十位闺秀来燕北,结果前面九个谁也没有占到便宜,她这最后一个出场的压力有多大可想而知。看到站在台上锋芒毕露接受各种欣赏目光的任瑶期,颜凝霜咬了咬唇,深吸一口气之后站了起来。

"颜小姐要展示什么才艺?"徐夫人见颜凝霜两手空空地站出来,也没有丫鬟准备乐器、纸、笔等,不由得问道。

颜凝霜挺直腰背站在场中,微微笑道:"我比的是书。"

"书?"

在场之人闻言都有些好奇,颜凝霜手中并没有拿书,这个"书"要怎么比?

颜凝霜看着任瑶期,对众人指了指自己的头道:"我的书都在这里,早就听闻任小姐博闻强识,忍不住想要请任小姐赐教一二。"

众人闻言哗然,这位颜小姐说话也太狂妄了,竟然说将书都记在了自己的脑袋里,还要跟任小姐比谁更博闻强识?

任瑶期也有些惊讶,没想到颜凝霜要与她比这个,不由得问道:"颜小姐想要怎么比?"

颜凝霜似乎早有准备,不慌不忙地答道:"我随意说出一句话,任小姐指明出处。任小姐说出一句,我指出出处,如何?"

这个方法倒是简单又直接，也相对公平，不过能提出这个比试方法的人肯定是对自己有极大的自信，任瑶期也开始好奇这位颜小姐的本事了。

"不过……"颜凝霜突然话语一转，等众人的注意力都转到她身上的时候，她微微笑了笑，"我还有一个附加赌注，不知道任小姐敢不敢应？"

颜凝霜这话带着毫不掩饰的挑衅，众人又都转头看向任瑶期。

任瑶期不肯上当，笑了笑道："我今日只是评分的，并不参加比试。"可是所有人似乎都忘了这一点。

颜凝霜弯了弯唇，语气肯定中又带了些不屑："你不敢！"

任瑶期也不恼，只是有些好奇地道："不知颜小姐想要加什么赌注？"

颜凝霜看了她一眼："你若是输了就随我去京都待三年！"

众人闻言皆是一惊，王妃和萧靖琳都不由得皱了皱眉。

任瑶期也挑了挑眉，这位颜小姐还真是直接。世人都知道她和萧靖西的亲事定在了八月，跟着她去京都就是要她悔婚？而且她去了京都能不能回来还是一回事呢！

有燕北的姑娘不服气道："你要是输了又当如何？"

颜凝霜傲然一笑："我若是输了，随她处置！"

任瑶期笑着摇了摇头，打趣道："颜小姐，你是太后派来的贵客，我即便是赢了也不能随意处置你。所以你还不如直接说你想要请我去你家中做客。"

众人闻言回过味来，颜小姐还真无论输赢都不吃亏啊！不过她以为她是谁啊？凭什么她想如何就如何？

有人在下面小声嘲讽道："没睡醒吧？她当这里是她家花园子呢！"

颜凝霜不信自己会输给任瑶期，所以刚刚没有多想就说出了随她处置的话，不想会被人说成这般，不由得有些脸红。

正当这时候，坐在上首的老王妃漫不经心地说话了："要比就比，这点胆量都没有不是丢了我们燕北的脸面吗？"

老王妃说这话是什么心态无人知晓，不过这话很明显是她同意这场比试了。场面不由得又是一静，大家纷纷觑着王妃和任瑶期的反应。

王妃听了心里不由得有些恼，正要说话，一直坐在一边事不关己的云太妃开口了："哪有先生与学生比试的道理？这才是丢了燕北脸面。时候不早了，颜小姐早点展示完才能，这千金宴也早点结束。王妃，开始吧！"

云太妃面色淡淡地说出的这句话带着不容置疑的威势，将老王妃的气势全数压了下去。

老王妃脸上一阵红一阵白，今日云太妃一来就三番五次地扫她颜面，让她当众下不来台。她想发作又拉不下这个脸，因为没有能压云太妃一头的胜算，憋得老王妃自己差点一口气上不来。

云太妃拍板了，这场闹剧就被迫收场了，颜凝霜虽然心有不甘，但是也不敢出言反驳云太妃，就连老王妃也不说话了。

任瑶期有些惊讶地看了一眼给她解围的云太妃。云太妃看了她一眼，又淡淡地移开了目光。

王妃对徐夫人使了个眼色，徐夫人上前来宣布赛事继续。

颜凝霜看着任瑶期，在心里暗暗发誓，无论如何自己一定要赢这一局。

也许是察觉到了自己之前咄咄逼人的态度惹得大多数的燕北姑娘心生不悦，颜凝霜这次展现了一回风度，让任瑶期先出题，她回答出处。

任瑶期也想要试一试这位颜小姐的深浅，也不推辞，略微想了想，道："后世所望，无失天常。农工既得，男女衣食。百姓宝富，官人执事……"

任瑶期还没有说完，颜凝霜就打断道："出自《穆天子传》。"她看了任瑶期一眼，弯了弯嘴角，"该你了，'海中有金台，出水百丈，结构巧丽，穷尽神工，横光岩渚，竦曜星汉'这一句出自何处？"

任瑶期答得也很快："出自《幽冥录》。"

颜凝霜有些惊讶，《幽冥录》是志怪小说，没想到任瑶期也会看。

接下来两人又你来我往各自出题，任瑶期为了探颜凝霜的底，分别选了史书、明经、游记、地理等各类杂七杂八的书籍，出乎任瑶期意料的是，颜凝霜竟然都能说出出处。虽然她考的都是一些常见的书籍，但是以颜凝霜的年纪能将这些都看过并且还能记住，已经很不错了，难怪颜凝霜敢这么大的口气要与她比试。

颜凝霜则是抱着要赢任瑶期的目的，甚至考校了天文历法、医书药典、佛经道论等书籍。可是令颜凝霜震惊的是，无论她说出来的句子出处有多偏，任瑶期竟然都能答出来。她自己是因为有过目不忘的本领，所以将自己家中书房里的书都背了下来，能不能懂倒是次要的，她不相信任瑶期也有与她同样的本领！可是两人面对面站着，任瑶期明显没有办法投机取巧。

她们二人你来我往，下面的人看得津津有味。除了那三位大人之外，在座的都是女子，任瑶期和颜凝霜口中的书名有些她们甚至听都没有听说过，这两人却能出口成章，随便就能背出一段或者一句。

任瑶期和颜凝霜之所以答得出来对方的问题，是因为无论是裴之砚的书房还是颜家的书房里面的藏书，基本上囊括了市面上流通的大部分书籍。尤其是裴之砚的书房，很多人都是照着裴帝师的藏书来装点书房的。除非一些难以见得的孤本珍本，轻易不肯示人的。

眼见着就到了中午，两人还没有分出胜负，谁也没能把谁难住。王妃看了看天色与徐夫人商量："能不能想出个法子快些分出胜负？"

边上坐着的裴之砚听到她们的对话，悠悠然地开口道："我倒是有个法子能让她们快些分出胜负。"

王妃笑道："裴先生有什么主意不妨说说看？"

任瑶期和颜凝霜闻言也都看向裴之砚。

裴之砚微微一笑，问任瑶期和颜凝霜："两位小姐都熟读《秋阳杂说》？"

就在刚才，颜凝霜说出了一句《秋阳杂说》中的句子让任瑶期猜，所以裴之砚才会有此一问。这本《秋阳杂说》并不算什么巨著，只是前朝一位老秀才写的一些关于风俗地理、书画歌舞、花鸟鱼虫的随笔。

任瑶期道："说不上熟读，略略看过。"

颜凝霜看了任瑶期一眼："我也略略看过。"

裴之砚点了点头，笑道："那这样正好公平了，我问一个有关这本书的问题，谁答出来了判谁胜如何？"

裴之砚看向任瑶期，之前是颜凝霜出的题，颜大小姐是占了主动权的，所以严格说起来还是任瑶期吃了亏的。其他两位大人和太后派来的嬷嬷听了都觉得没有什么意见。

任瑶期闻言倒是并不在意，低头恭敬地道："我没有意见。"

虽然表面上颜凝霜占了便宜，不过颜凝霜脸上并无喜色，头上已经开始冒汗了。原本以为自己博览群书，肯定能轻而易举地胜过任瑶期，却不想任瑶期这般厉害。现在裴之砚说要出题，虽然她相信裴之砚不至于帮助任瑶期来暗算她，不过对于没有必胜把握的事情，颜凝霜还是很谨慎的。

现在太后派来的人只剩下她了，她不能输给任瑶期，否则没有办法向太后交差，她以后在颜家也抬不起头。

不过颜大小姐想要考虑，周围的人却不给她考虑的机会，毕竟在这里坐了半日大家都有些饿了。那几位太后派来的嬷嬷生怕燕北王府和任瑶期反悔似的，连忙帮颜凝霜应下了。

裴之砚往后仰靠在椅背上，偏头稍微沉吟片刻，然后问道："卫秀才曾经到过一个被当地人叫作老虎坳的地方，老虎坳里的村民冬天吃的主食是什么？"

颜凝霜闻言怔了怔，仔细想了一遍，然后道："裴大人，《秋阳杂说》里面没有提到这个。"

裴之砚和颜悦色地笑了笑："颜小姐确定？任小姐呢？"

任瑶期脸色有些古怪地站在那里，这种场景她简直再熟悉不过了。

"任小姐？"裴之砚见任瑶期不说话，又唤了她一声。

任瑶期轻咳一声道："是番薯和菘菜。"

裴之砚挑了挑眉，眼中的笑意晕散开来，点了点头，夸赞道："不错。"

颜凝霜脸色一变，分辩道："《秋阳杂说》里并未提到老虎坳的村民冬天的主食。"

裴之砚看向任瑶期笑言："任小姐觉得呢？"

任瑶期突然很想笑，不过她还是一本正经地回道："关于老虎坳的那篇杂记里确实没有提到，不过同一本书里写邻县滋阳余阳山的那一篇里有说，卫秀才重阳节与友人登高遇上了一位樵夫，樵夫他家儿媳是老虎坳的，咳，提了一句关于吃食的话。"

裴之砚又看向颜凝霜："颜小姐？"

颜凝霜咬了咬唇，脸色惨白，眼眶都红了。

一旁的嬷嬷连忙道："裴大人还是另外再问一个吧？两位小姐还没准备好呢。"

裴之砚似笑非笑地看了那位嬷嬷一眼，低头喝茶，也不搭腔。

下面有人嘲笑道:"是啊,最好问个颜小姐知道而任小姐不知道的,才算'两位小姐'都准备好了。"

这下那位嬷嬷脸上也挂不住了,只是这是在燕北,即便她是太后的人,这些刁民也不会买她的账。

倒是任瑶期很大度地道:"裴大人再出一题就是。"不然她总有一种回家告状,叫来大人一起把颜凝霜欺负了的感觉,实在不太厚道。

裴之砚见任瑶期这么说了,便道:"那就再问一题吧。"他看了看颜凝霜,笑问,"两位都看过《志怪集》和《尹川县志》吧?"

这两本书也都是颜凝霜之前提问任瑶期的,反正从明面上看裴之砚还是很照顾颜凝霜的。

任瑶期点了点头,颜凝霜也点头。

裴之砚用舒缓的声音温和地道:"《志怪集》里提到,有一种海妖鸟头蛇身带肉翼,昼伏夜出,吸食新鲜的脑髓为生。我问你们,假如海妖一族三百余众在广元二十二年夏天从民川县迁徙到余阳县,需要花多久时日?"

又是一个莫名其妙的问题,颜凝霜在心里估摸了一下从民川县到余阳县的路程,海妖虽然有肉翼,按书上的记载却飞行不了太久就需要觅食,且行动迟缓,换算一下的话少说也要用月余时间。不过这个答案颜凝霜不敢随便说出来,不由得看了任瑶期一眼。

任瑶期脸上没有什么多余的表情,看不出来是知道答案还是不知道。

裴之砚见颜凝霜犹豫,便悠悠然地补充道:"如果你们两人的回答是一样的,那就算先说出正确答案的那一位赢。"

任瑶期正要说话,颜凝霜连忙抢先道:"大概要月余时间。"

裴之砚不置可否,又看向任瑶期。

任瑶期道:"它们到不了余阳。《尹川县志》中有记载广元二十二年春末开始,达州、利州附近发生了大规模的瘟疫,民川县和余阳县都在重灾区,十室九空,难见活人。"

裴之砚哈哈一笑,点了点头,道了一声"不错"。然后他也不顾一旁的嬷嬷朝他使劲使眼色,径自站起身离席了。

颜凝霜脸上的血色迅速地褪下去,有些不相信自己竟然会输给任瑶期。台下隐隐传来笑声，颜凝霜觉得这些声音都在嘲笑她，她开始与任瑶期说的那些话现在就像是在打她自己的脸。

任瑶期见颜凝霜一副神不守舍的样子，也没有与她说什么，回到自己的座位上坐下了。朝廷的十名闺秀皆已一一亮相，虽说燕北的闺秀们还有许多没有上场，但是大家都知道今年的千金宴重头戏已经过去了。

任瑶期几乎是以一己之力力挫太后派来的十名闺秀，赢得十分漂亮，不仅仅给燕北王府赢得了脸面，就连燕北的其他闺秀也与有荣焉。任瑶期此番大出风头，扬名燕北，虽然羡慕嫉妒她的大有人在，但是比起颜凝霜她们，燕北绝大部分人还是宁愿任瑶期赢。

王妃今日心情很好，说了几句场面话之后就准备退场了。用完午膳稍作休息之后千金宴还要继续，不过任瑶期的任务已经算圆满完成了。从台上下来的时候她大大松了一口气。

王妃见了不由得笑着称赞道："今日赢得实在是漂亮。"

萧靖琳也在一旁道："太后精挑细选来的那些人，我还以为多厉害呢。"

任瑶期反倒有些不好意思了，想起来之前萧靖琳藏了人家姑娘一只碗，不由得问道："你也会变戏法？"

萧靖琳弯了弯嘴角："什么戏法，不过是动作快罢了。"

任瑶期好奇地问："那你把人家的碗藏哪儿了？人家小姑娘都气哭了。"

萧靖琳轻咳一声，凑过来小声道："我挥袖子的时候手一松，碗掉在鞋面上，然后被我藏到裙子底下了。"

任瑶期忍不住笑出声，萧靖琳倒是被她笑得有些不好意思了。

她们原本是要与王妃一同回去揽月阁吃饭的，不想才回到揽月阁，云太妃的侍女就过来了。云太妃请任瑶期和萧靖琳去她的非雾阁用午膳。

等云太妃的人离开之后，萧靖琳看了看任瑶期，皱眉道："要不你留下，我自己过去吧，我就说你不舒服。"萧靖琳上回也看出来了，云太妃并不喜欢任瑶期，尤其是昨日还出了那回事，谁知道她祖母会不会拿任瑶期撒气？

任瑶期也知道云太妃不喜欢她，所以拿不准为何云太妃会请她过去用膳，不过云太妃毕竟是长辈，还是一位对她有意见的长辈，任瑶期不想太过违拗她，毕竟两人之间并没有太大的冲突，也没有利益冲突，能和谐相处就和谐相处，不能和谐相处也不能敌对。

任瑶期想了想，还是去问了王妃。

王妃想了想，道："既然太妃让你们过去用膳，你们还是过去一趟吧。"

见王妃也这么说，任瑶期便换了一身衣裳，和萧靖琳一起去了非雾阁。

云太妃依旧坐在次间的罗汉床上，脸上还是一派清冷，任瑶期和萧靖琳上前去给她请安的时候她点了点头，让她们坐下了。

与上一次一样，气氛有些冷凝。

云太妃吩咐自己的侍女道："可以摆饭了。"

在等待摆饭的时间里，云太妃喝了几口茶之后终于说话了："你读过很多书？"

任瑶期看了云太妃一眼，不知道她问这句有什么用意，只能稳妥地答道："我父亲书房里的书看过一些。"

云太妃点了点头："记性不错。"

任瑶期眨了眨眼，弄不明白云太妃这话是不是在夸赞她，只能笑了笑，却不知道该怎么接话。

云太妃似是看出了任瑶期在她面前的谨慎小心，也不想再问什么了。于是三人又开始你一口我一口地喝茶。

好在饭食很快就摆好了，云太妃带着她们入座。用膳的只有她们三人，菜却摆满了一个八仙桌。

云太妃不爱说话，她身后的侍女笑着道："郡主看看今日的菜色合不合心意？"

萧靖琳点头道："大多是我喜欢吃的。"

侍女笑道："这是太妃娘娘亲自吩咐下面人做的呢。"

萧靖琳有些惊讶，然后连忙道："谢谢祖母。"

云太妃点了点头，没有说什么，只是自己先动手夹了一个茄盒，示意萧靖琳和任瑶期可以动筷子了。

那侍女应该是云太妃身边伺候惯了的，带着笑容的脸上很可亲，又对任瑶期道："任小姐喜欢什么菜，等会儿您与奴婢说说，奴婢好记下来。等下次您来太妃这里用膳的时候奴婢让厨下做些您喜欢的。"

任瑶期闻言有些受宠若惊。

侍女这话很明显是在与她表示亲近，她是云太妃的心腹侍女，那就是在替云太妃向她表示亲近之意。

任瑶期看了默不作声的云太妃一眼，小心地回道："我不挑食，郡主喜欢吃的我都喜欢。"

那侍女闻言甜甜一笑，上前来帮她盛了一碗汤。

吃饭的过程中，云太妃从头到尾没有说过几句话，任瑶期和萧靖琳也不怎么说话，三个人沉默着用完了一顿饭。

用完午膳之后，侍女们伺候她们净手漱口，然后又奉上了茶水。

云太妃没说让她们离开，她们便跟着云太妃继续坐到次间里喝茶。

等到茶水喝得差不多了，云太妃突然对侍女道："去把东西拿过来。"

那侍女应声退下，不多会儿就捧着一对红漆雕花的盒子出来了。

"给她们一人一个。"云太妃淡声道。

于是任瑶期手中就被塞入一个六寸见方的红漆雕花嵌景泰蓝的盒子，入手还有些沉。

任瑶期看了萧靖琳一眼，带着询问之色，萧靖琳冲她摇了摇头，表示自己也不知道这是什么情况。

侍女笑着道："郡主和任小姐打开看看啊。"

任瑶期和萧靖琳闻言便将手中的盒子打开了。任瑶期低头看了一眼就愣住了，盒子里是一些头面首饰，任瑶期没有细看，不过光是摆在上面的那支金步摇上镶嵌的宝石就成色极佳。

"祖母这是？"萧靖琳挑了挑眉，问道。

云太妃道："我都用不着，你们拿去戴吧。"

任瑶期这下真的受宠若惊了，她几乎就要以为之前感觉到云太妃不待见她只是她的错觉了。

云太妃顿了顿，又道："我知道你们不缺这些，不过总归是长辈的一番心意，你们收下吧。"

萧靖琳看了看云太妃，又看了任瑶期一眼，然后笑着将盒子收下了："谢谢祖母。"

任瑶期也只有将云太妃给她的盒子收下："谢谢太妃。"

云太妃点了点头，又沉默地坐了一会儿，摆了摆手道："你们下去歇着吧，今日也累了。与王妃说一声，下午我就不过去了。"

萧靖琳和任瑶期应了一声，然后起身退了出来。

离开非雾阁好一段路之后，萧靖琳和任瑶期对视一眼，然后沉默着回了揽月阁。

两人带着太妃给的首饰盒子一同去了王妃那里。

王妃打开她们的首饰盒子看了看，轻描淡写地道："给你们了就收着吧。"

萧靖琳见屋里没有外人，说话很直白："娘，祖母不是不喜欢瑶期吗？今儿是怎么了？"

云太妃给她首饰倒还说得过去，毕竟是她的亲祖母，平日里虽然态度比较冷淡，但是逢年过节的也没少给她好东西，对她还算不错。可上一次见面，云太妃对任瑶期有意见是显而易见的，怎么态度变得这么快？

王妃没有直接回答萧靖琳的话，只想了想，转头看向任瑶期："瑶期觉得呢？"

任瑶期看了看王妃，心里多少有些不好意思，她毕竟还不是萧家的人，王妃和云太妃才是婆媳和姑侄。

王妃笑了笑："这里没有外人，想到什么就说什么，错了又没有人怪你。"

任瑶期试探地问道："是不是为了昨日的事情？"

王妃笑着点头："你是个聪明孩子。所以你就安心收下吧。"

任瑶期看了王妃一眼，点了点头，没有再多话。

萧靖琳正要开口问，辛嬷嬷进来了，似是有事情要向王妃禀报，任瑶期和萧靖琳见状先出去了。

两人回到房里，萧靖琳才问任瑶期道："你刚才说祖母态度转变是为了昨日的事？"

任瑶期点了点头，将首饰盒子交给丫鬟收好，然后拉着萧靖琳去炕边坐下:"昨日若不是云秋晨和云文放,而是别家的什么人,燕北王府会如何处置他们?"

萧靖琳想了想:"能不能保住一条命还难说。"

"那云秋晨和云文放为何会没事?"任瑶期挑眉问道。

萧靖琳一点就明了:"自然是因为有我祖母护着。"

任瑶期见萧靖琳明白了,便也不再多言。

云太妃保下了云秋晨和云文放,让他们毫发无损地回了云家,也没有追究云家的责任,这当中自然有燕北王府的妥协。

云太妃心里明白,便也卖了王妃和萧靖西一个脸面。所以今日云太妃又是给她解围,又是叫她去吃饭,还送了一盒首饰过来,其实是因为对王妃和萧靖西理亏。

尽管知道云太妃这么做不是因为对她改观,任瑶期也并没有对云太妃的行为反感。

云太妃身为燕北王的生母、王妃的婆婆、萧靖西的祖母,她并没有觉得自己所做的一切是理所当然的,至少她做了包庇娘家人的事情之后还知道是自己理亏,懂得想办法补偿。这世上有太多喜欢仗着自己的身份地位、辈分年纪为所欲为的人,相比较起来,云太妃就能让人谅解了。

至于云太妃喜欢不喜欢她,任瑶期并不强求。任何一个人都没有办法做到面面俱到,让所有人喜欢,能做到相互尊重就已经很好了。

中午休息之后,下午千金宴继续。

只是比起上午的热闹,下午就显得冷清许多。

老王妃和云太妃都没有出席。颜凝霜和赵映秋也没有出现,听说是上午累着了,在院子里休息。

任瑶期虽然依旧是与徐夫人她们一处,但是从下午开始只有燕北的闺秀出场,没有人指名要"任先生"指导,比起上午来,任瑶期这个下午过得十分悠闲。

等到这一日的千金宴都结束之后,竟然有几位燕北的小姐跑过来找任瑶期,说想要去看看傻妞。

任瑶期不知道的是,自从昨夜傻妞威武亮相之后整个温泉山庄都流传着关于傻妞的传说,虽然这些千金小姐对猛兽有着天生的畏惧,但是感到好奇的人也有不少,尤其是昨日那头长相威猛的大老虎看到任瑶期之后就乖顺得像只猫儿,让看过的人十分艳羡。

王妃知道之后笑道:"你便带她们去看看吧,不过记得要离远一些,别伤了人。"

王妃的意思也是希望任瑶期能熟悉一下这些燕北豪门世家出身的小姐,以后嫁到燕北王府之后应酬起来也方便。

王妃都发话了,任瑶期自然要应下。

于是任瑶期和萧靖琳便带着一些胆大的姑娘去了奇珍园。

这些姑娘性子都比较活泼,一路上叽叽喳喳说得好不热闹。

有人还特意讨好任瑶期道:"任小姐你真厉害,朝廷派来的那些人个个眼高于顶,最后还不都败在了你手中。"

"是啊,尤其是那位姓颜的小姐,仗着自己是太后娘家的人就出口狂妄,以为自己当真才高八斗呢!最后被裴先生一试就给试出来了。像她那种人,就是读一辈子书,最后也是连个秀才都考不上的榆木疙瘩!"

这位小姐家世好、年纪小、性子直,之前颜凝霜在与任瑶期比试的时候就是她在下面有一句没一句地拆颜凝霜的台,也不怕得罪人。

任瑶期虽然不喜欢颜凝霜却也不乐意在背后对人说三道四,不由得皱了皱眉,正想提醒这几位说过头的小姐注意一下言辞,旁边却有人重重地咳嗽一声。

任瑶期抬头便看到颜凝霜正站在前面不远处一条岔路的树下,脸色很难看地看着她们。

这些燕北的小姐也有些尴尬。

颜凝霜也不看别人,只是冷冷地盯着任瑶期看了片刻,然后什么话也没有说就转身走了。

萧靖琳看了任瑶期一眼,小声道:"看来这笔账她记你身上了。"

任瑶期无奈地笑了笑，也小声道："没有这一出她也不喜欢我。"

之前一直叽叽喳喳的那位小姐见状好奇地问道："郡主和任小姐在说什么？"

萧靖琳面无表情地看了她一眼："在讨论背后说人坏话被人当场撞见之后的解决办法，你们要听吗？"

那小姑娘吐了吐舌头，低头不敢说话了。

颜凝霜走在她们前面，等她们快走到奇珍园的时候便看到颜凝霜也是冲着奇珍园来的，尤其是她身边跟着的一个丫鬟手里还提了一个食盒。

众人见了不由得有些好奇，颜凝霜这是干什么来了。

萧靖琳进了园子之后就找人过来，问他们傻妞现在在哪里。

"回郡主的话，公子刚刚带傻妞洗澡去了。"院子里的婆子连忙回道。

萧靖西也在？萧靖琳挑了挑眉看向任瑶期。

身后跟着的小姐们也都窃窃私语起来，萧二公子向来神龙见首不见尾，不少人甚至连他的真容都没有看到过，更别说是接触了，心里不由得都有些好奇。

不过萧靖琳显然并不打算满足这些人的好奇心，吩咐婆子道："我们在前面的亭子里，等傻妞洗完澡之后你让人将它带过来。"

婆子连忙领命去了。

萧靖琳拉着任瑶期带着这十几个小姑娘去了奇珍园当中的凉亭。

任瑶期往颜凝霜离开的方向看了一眼，萧靖琳注意到之后在她身边小声道："放心，她就算有心想要去找人也肯定到不了跟前，这园子里到处都是守卫。如果这样还能让她找到萧靖西，那只能说明……是萧靖西要见她！"

任瑶期："……"

她们没有等太久，傻妞很快就来了，而且可以肯定的是萧靖西并没有见颜凝霜，因为萧靖西跟傻妞一块儿出现了。

这些小姐原本都被突然蹿出来的猛兽和那一声令人心惊胆战的兽吼吓得惊声尖叫，就差抱头鼠窜了，却在看到跟在白虎身后出现的男子的时候呆怔住了，都忘记了要逃。

萧靖西微微弯身轻拍一下傻妞的头，及时制止住了想要撒着欢儿扑过来的白虎。墨衣乌发气质出尘的俊美男子和威风凛凛的白虎站在一处，这幅画面让在场的女子都忍不住脸红心跳，连本来凶猛危险的野兽都变得没有什么威慑力了。

萧靖琳轻咳一声，打断这诡异的静默。

诸位小姐回过神后都红着脸低下了头，屈膝行礼。虽然没有人介绍这男子是谁，所有人心里却都已经有了答案。

萧靖西对她们点了点头。

萧靖琳拉着任瑶期走过去，傻妞立即将头伸过来蹭她们。

"你刚才带它去洗澡了？"萧靖琳问。

萧靖西道："还没来得及洗你们就来了。"

傻妞坐在那里欢快地摇着尾巴，对自己刚刚能够逃脱洗澡感到很高兴。

那些小姐当中有胆大的，见傻妞很乖顺，便走了过来，有些好奇地想要学萧靖琳的样子去摸傻妞的头，不想刚刚还像小猫一样乖巧的白虎突然站了起来，朝着那个向它伸手的小姐露出尖尖的虎牙，发出一声地动山摇的低吼，吓得那位小姐尖叫一声当场跌坐在地上。

任瑶期连忙让人将那位小姐扶起来，萧靖琳拍了拍逞威风的傻妞一记。

"傻妞不让别人摸头的，你不碰它它就不会伤你。"萧靖琳看了那位小姐一眼，难得地为傻妞解释了一句。

老虎的头和老虎的屁股一样是摸不得的，身为一只老虎也是有尊严的！

萧靖琳带着傻妞在园子里玩它喜欢的飞轮游戏，那些小姐瞧着新奇都跟上去看，又不敢靠得太近，还有人一边看向老虎一边偷偷地瞥向萧二公子。

萧靖西和任瑶期没有上前，他们两人站在后面说话，远远瞧着这两人，当真是一对璧人。

萧靖西心情很好地打趣道："任先生，恭喜。"

任瑶期看了他一眼："萧公子，我喜从何来？"

萧靖西嘴角一弯："大杀四方，扬名天下算不算？"

任瑶期瞪了他一眼："怎么事先也不告知我一声。"

任瑶期自己没有反应过来，她这句话虽然听着是抱怨，却像撒娇一样，萧靖西听得心神一荡，看着她低声道："你偷偷使了我的招数也没事先告知我。"

任瑶期脸上一红，不说话了。

她当时下棋的时候没有想那么多，被萧靖西这样子提起，倒显得暧昧起来。

萧靖西见她不说话，低头笑道："生气了？以后我的招数都让你使还不成？你赢了，我也与有荣焉。"

他们二人在这边说着话气氛正好，却有人见不得他们好。

颜凝霜不知什么时候出现了，且还看不懂脸色奔着他们这边过来了。

"萧公子。"颜凝霜眼中只看到了萧靖西，红着脸屈膝行礼。

萧靖西点了点头。他面上虽然不动声色，心里却已经有些不悦了。

颜凝霜看着萧靖西道："萧公子，能否借一步说话？我有要事相商。"

萧靖西皱了皱眉，礼貌而冷淡地回道："颜小姐若是有事可以去找王妃或者靖琳。"

颜凝霜急忙道："我有很要紧的事情，不会耽误你太久时间。"

萧靖西把同喜叫了过来，对颜凝霜客气地道："送颜小姐去见王妃。"

颜凝霜还想说什么，正好同贺为了外院的事过来找萧靖西，萧靖西只得与任瑶期道别先走了。

颜凝霜跺脚走了。

任瑶期和萧靖琳陪着傻妞玩耍了一会儿，等到天色快暗下去的时候便让人送这些小姐回自己的院子，然后让人将傻妞送回去。傻妞精神头十足，玩得正开心，被送走的时候十分心不甘情不愿。

萧靖琳和任瑶期打算回揽月阁。

"之前颜凝霜过去找你们说什么了？"萧靖琳之前虽然一直在陪傻妞玩耍，不过她向来眼观六路，耳听八方，所以将颜凝霜找萧靖西的事情看在了眼里。

任瑶期摇了摇头："说是有什么要紧的事情要说。"

萧靖琳皱了皱眉，正要说什么，远处却传来了一声尖叫，紧接着又是一声虎啸。

萧靖琳和任瑶期对视一眼。

"不好，是傻妞！过去看看！"萧靖琳一边说着，一边往刚刚出现动静的地方跑，任瑶期连忙跟上前。

傻妞之前被人送走，还没有走太远，萧靖琳比任瑶期跑得快一些，等任瑶期气喘吁吁地赶到的时候，正好听到萧靖琳喊道："傻妞，过来！"

任瑶期过去一看却发现画面实在有些眼熟。

傻妞以捕猎的姿势将一人扑倒在地上，随着萧靖琳一声令下，傻妞才心不甘情不愿地将自己的爪子挪开，慢吞吞地走到萧靖琳身边，还蹭了蹭她的腿。

而被傻妞扑倒的是颜凝霜。

颜凝霜已经不是第一次被傻妞攻击了，这一次虽然依旧很狼狈，不过总算比昨日要体面多了，至少还能自己爬起来。

萧靖琳居高临下地打量颜凝霜几眼，冷声道："颜小姐，请问你刚刚想要对我的爱宠做什么？"

"爱宠"舔了舔爪子，"嗷呜——"

萧靖琳忍不住偷偷踢了某爱宠一脚。

颜凝霜看了看傻妞，再看了看萧靖琳和任瑶期，咬了咬唇："我只是想要给它喂食而已，并无恶意。"

地上果然有一个已经翻倒在地的食盒，里面是一些腌制过的生肉。任瑶期想起之前颜凝霜进来的时候手里就是提着这个食盒，原来她之前就打算要喂傻妞？

萧靖琳皱了皱眉头看了地上翻倒的食盒一眼，然后不客气地道："颜小姐，我的爱宠它不会吃陌生人的东西，你与它并没有熟悉到可以喂食的地步。另外，感谢你对它不计前嫌，不过为你着想，我觉得你以后还是离我的爱宠远一些为好，你也看见了，它好像并不喜欢你。"

颜凝霜看着傻妞的目光却带着某些让人无法理解的执拗："我看过驯养兽类的书，它并非讨厌我，只是还不熟悉我的气味而已。只要……"

萧靖琳不耐地打断道："颜小姐，我想你并没有听明白我的意思。我知道你博览群书，才高八斗，不过我不希望你靠近'我的'爱宠，你从书上学来的那套驯养兽类的法门可以对着你自己的宠物去试。"萧靖琳将"我的"两个字咬得很重。

颜凝霜听出萧靖琳语气中的排斥，不由得道："郡主，我对它并无恶意，只是很喜欢它才想要与它亲近的。而且……这只白虎不是萧公子所有吗？"

萧靖琳闻言露出恍然大悟的表情，抿了抿唇，面无表情道："你喜欢它是你的事情，它可以不喜欢你。而且……我想你可能弄错了一件事，这只白虎不是我哥哥的，它是我和瑶期的，我哥哥只是有空的时候会过来让人帮它洗澡而已。"

颜凝霜自是不信，她听说这只白虎是萧靖西特意从大理找回来的，原本有一对，中途死了一只。萧靖西很喜欢这只白虎，甚至曾经亲自照料喂食。

这是颜凝霜昨夜被傻妞袭击之后打听到的，所以对于属于萧靖西的白虎却听任瑶期的话，甚至还攻击她这一点，颜凝霜十分不能忍受。颜凝霜想到自己曾经看过一本驯养野兽的书，所以才打起了要与萧靖西的爱宠搞好关系的主意。她给白虎准备的饲料也是经过精心调配的，可是不知道为何白虎却不肯吃她的东西，在她刚刚靠近的时候又攻击了她。

颜凝霜不懂，傻妞自幼就被萧靖西养着，与一般的野兽不一样。颜凝霜看过的那本书终究是有些笼统了。而且傻妞每日里都被人精心饲育，口味刁钻得很，又从来没有短了吃食，所以颜凝霜拿来的肉对它而言并没有太大的吸引力，反倒是颜凝霜身上的气息让它认了出来。

颜小姐在平时是一个智商正常的人，可是一遇上萧靖西的事情就会变得有些偏执。

任瑶期看着颜凝霜，觉得这位颜小姐的想法实在令人匪夷所思，她昨晚才被傻妞袭击，明明吓得腿都软了，转眼又像没事儿人一样给傻妞投食……

人家傻妞的记性都比她好。

傻妞又被人带下去了，萧靖琳当着颜凝霜的面盼咐照看傻妞的人道："以后你们放机灵点，别随便让人靠近傻妞，也别让它吃别人喂的东西，不然它伤了人你们替它抵命吗？"

照看傻妞的侍从们很郁闷，他们哪里能料到颜小姐会玩这一出啊？见她突然跑上来喂食，他们都愣住了。

然后萧靖琳又命人将颜凝霜送出园子，颜凝霜临走之前意味深长地往任瑶期这里看了一眼。

千金宴的最后一日，等这些小姐都比试完之后就要回云阳城了。

　　可能因为结果已经很明显了，这些来参加千金宴的燕北世家出身的小姐便少了几分热情，所以这一日下午千金宴就结束了。

　　评选出来的十名魁主，太后派来的十名闺秀就占了七个名额，颜凝霜得到了魁首之位。

　　表面上看起来是京城来的闺秀们大胜，但这些闺秀没有一个高兴的。她们没有忘记当初太后娘娘派她们过来的目的，可是她们当中没有一个人能胜过任瑶期不说，还都败在了她手上。太后的脸面都被她们丢尽了，她们简直不敢想象回京之后会面对怎样的雷霆怒火。所以在徐夫人宣布名次之后，这些闺秀中有几个已经低声哭了起来。

　　尤其是被太后寄予厚望的颜凝霜，她输给任瑶期等于是让太后输给了宛贵妃。当听到自己成为本次千金宴的魁首的时候，颜凝霜觉得这是对自己和太后的讽刺。

　　反倒是只拿到三个魁主之位的燕北的闺秀们一个个喜笑颜开，这样的场面看上去十分诡异，令人啼笑皆非。

　　接下来王妃就命人安排这些小姐离开温泉山庄回云阳城。

　　任瑶期跟着燕北王府的车驾抵达云阳城的时候已经到了快要用晚膳的时候，任瑶期拒绝了萧靖琳的邀请，回了自己家。

　　任瑶期去李氏屋里的时候，李氏和周嬷嬷两人正在南炕上一边做着小衣裳，一边说笑。任瑶期不由得笑道："母亲和周嬷嬷在说什么呢，这么高兴？"

　　李氏和周嬷嬷看到她回来了都很高兴，周嬷嬷笑着打趣道："我们家小姐这次大出风头，我们自然高兴得很。"

　　喜儿在一旁道："小姐快来说说您以一己之力大战京都十大美人的事情！我们听的都是外头的传言，肯定没有您说出来的精彩。"

　　任瑶期闻言有些哭笑不得："什么以一己之力大战京都十大美人？"

　　燕北的千金宴素来是令燕北民众们津津乐道的谈资，虽然平头百姓无法参加千金宴，却不影响他们关注此事的热情。尤其是今年的千金宴比往年任何一届都要引人注目，所以在这些闺秀还没有回来之前，温泉山庄发生的事情就已经在云阳城传遍了。

任瑶期可以算是一举成名天下知。

李氏笑着道："外头都在传呢，说你将太后精挑细选出来的那些小姐都比下去了，听说现在茶楼里的说书先生都在说这件事。"

"小姐，您可给我们大大长了一回脸！"鹊儿说道。

任瑶期不由得红了脸，说她以一敌十真的是夸张了。琴棋书画这几样她倒是能拿出手，其余的就不是靠真本事赢的了。她没有想到消息传得这么快，连李氏她们都听说了。

任瑶期被她们你一言我一语说得有些头疼，看李氏和周嬷嬷在缝制小衣服，便拿起来看了看说道："这是给姐姐的孩子做的？"

李氏看着任瑶期微笑："是啊，你姐姐还有两个月就要生产了，还有许多的准备工作要先做好，以免到时候手忙脚乱。"

任瑶华的生产日期预计在八月，任瑶期的婚期却是在九月，两桩大事相差不到一个月。

任瑶期拿着衣物摸了摸，很柔软的触感，不由得道："做这么多穿得了吗？"李氏和周嬷嬷从好几个月之前就开始做小衣服了，如今已经存了整整一箱子。

一旁的喜儿却"扑哧"一笑，挤眉弄眼地道："可不是只有大小姐的呢。"

任瑶期愣了愣，看到屋里几人要笑不笑的表情之后突然明白了，喜儿的意思是李氏和周嬷嬷做的小衣服不只是给任瑶华准备的。

任瑶期不由得有些脸红。

周嬷嬷见任瑶期不自在，便板起脸教训几个丫鬟："都去做自己的活儿！全守在这里做什么！"

喜儿和鹊儿她们吐了吐舌头退下了。

任瑶期离开正房的时候，周嬷嬷送她出来，并道："小姐，昨日任家又派人来了，四小姐也来过。"

任瑶期皱了皱眉："可是有事？"

周嬷嬷道："说是老太爷身子一日不如一日，眼瞧着就要不行了，念着我们老爷能回去呢。好在我们老爷是个说一不二的，说不会再回任家就真的不回去。"

"任老太爷的身子如何了？"任瑶期问道。

周嬷嬷小声道："这次怕是真的不好了，不知道能不能撑过今年。"

任瑶期一愣，"之前不是还好好的？"任家那边她一直都有派人注意，任老太爷的病也不是一日两日了，虽然不见好转，却也能拖上些时日。

周嬷嬷摇了摇头："听说有人想要出高价买任家祖宅，老太爷不知道是不愿意还是怎么的，病情突然就重了。"

任瑶期闻言不由得挑了挑眉，有人要买任家祖宅？难道是韩家的人？

周嬷嬷却嘀咕道："幸亏我们与任家已经没有干系了，不然万一……小姐的婚期都会被影响。"周嬷嬷的意思是万一任老太爷死得不是时候，任瑶期就要给他守孝，肯定会耽误婚期。这些年李氏的遭遇让周嬷嬷对任家二老一点好感都没有。

"四姐姐来做什么？"任瑶期又问道。

任瑶音这次回来之后，她和任瑶华都没有与她接触过，任瑶华记恨当年的事情，任瑶期也无法再将任瑶音当作自家姐妹。

"是来探望八小姐的，还顺便来看了我们太太。因为之前小姐您有过交代，所以太太并没有留客。不过奴婢打听到四小姐是与大太太一起来云阳城的，大太太正在给四小姐物色人家呢。"

任瑶期点了点头，对任家的这些琐事并不怎么关心，倒是周嬷嬷说的那个想要高价买任家祖宅的人引起了任瑶期的注意。

第二日，任瑶期就派了袁大勇去查探那个想要买任家祖宅的人的底细。

此时，一个大消息也传回了燕北。

燕北世子妃赵氏在京都的皇宫里顺利产下一子，已故的世子有后了。

这本来是一个能令燕北人欢欣鼓舞的好消息，添丁增口对任何一个普通人家而言都是一件喜事，不过这件好事到了燕北王府头上，却令原本就诡谲的形势变得更加复杂。

首先这位小公子的归属就是个问题，他是要与他父亲一样被养在京都李家人的眼皮子底下，还是被送回燕北认祖归宗？再就是自世子去世之后一直空悬的燕北王府世子之位最终会花落谁家？若是没有这位小公子，燕北王府别无选择之下只有让萧二公子萧靖西继任世子，可是现在有了小公子，病恹恹的萧二公子还是燕北王府的最佳选择吗？朝廷方面又会是什么态度？

不管外面的人如何猜度，燕北王府对这个新出生的孩子还是表现出了高兴的态度。王妃让人准备了十大车给世子妃和新出生的孩子的礼物，等着来燕北的几位大人回京的时候一起带过去。

一波未平一波又起，紧接着王府添丁的消息而来的是太后的一道懿旨，太后从这次来燕北参加千金宴的几位闺秀中挑选出六位才貌出众的，赐婚给了燕北的世家公子或者才学出众的青年才俊。

云家、苏家、孟家这三家都接到了赐婚旨意，赵映秋被赐婚给了云家大公子云文廷，千金宴的魁主之一擅画的李小姐被赐婚给了苏家二少爷苏允琛，擅书法的周小姐赐婚给了孟家三少爷，就连丘家三少爷丘韫也给指了那位擅琴的陆小姐。

太后赐婚原本是一件举族荣耀之事，可是这里是燕北不是京都，这些远道而来的千金小姐即便本身家世再显赫，到了燕北这地界，又能给夫家带来什么益处？燕北的世家们又不是看着李家朝廷的脸色吃饭。所以接到太后懿旨的燕北世家们都不情愿，只恨怎么没有早一步给自家孩子定亲。

而这些接到旨意的世家中最头疼的当属云家了，谁都知道云家想要给云家大少爷娶郡主。就算云家大少爷娶不成郡主，燕北想要嫁给云文廷的姑娘多了去了，哪里轮得到这个半途冒出来的赵映秋？

云家送走宣旨之人之后，云老太爷随手就将那道旨意拍到了桌上。

"父亲，这该如何是好？文廷怎么能娶这位赵小姐？早知道就该先给文廷将亲事定下来，娶谁也比娶这位好。"云大老爷皱眉道。

云老太爷冷声道："当初老王爷都没有抗旨，我们云家能抗旨？"

云大老爷顿了顿："您也说了那是当初，现在朝廷也想给萧二公子赐婚，结果如何？"

云老太爷没有说话。

一直没有开口的云老太太道："是抗旨还是遵旨也不是云家说了算的，现在着急的可不止我们云家。等明日我走一趟燕北王府见过王妃之后再说吧。"

云家的长辈们在商量这道赐婚圣旨的事,当事人云家大公子云文廷却站在一旁一句话都没有说。他微微垂敛着眸,像是在思考问题又像是在发怔,坐了半天,连姿势都没有动过分毫。

晚上,云文廷依旧去了云文放的院子盯着小厮给他换药。

云文放趴着看了云文廷一会儿,问道:"听说太后给你赐婚了?"

云文廷低着头给云文放认真检查背部的伤口没有说话。

"你会娶吗?"

"伤口又有裂开的,你以后记得动作放缓一些,要做什么事情吩咐小厮,别自己动手。"

"你会娶赵小姐吗?"

"时间不早了,我先走了,明日再来看你。"

云文放冷眼看着云文廷转身离开他的房间,临走还记得帮他把房门轻轻带上。

第二日,几大世家的主母不约而同地去了燕北王府求见王妃。目的只有一个,问问这门亲事到底能不能拒。

王妃也很头疼,不接受的话太后那边不好交代,燕北王毕竟名义上只是藩王,还需要尊李氏为君,几大世家同时拒婚无疑是打太后和朝廷的脸。可是接受的话,几大世家又都不愿意,燕北王府也显得很被动。

王妃一直觉得颜太后这个人没有什么大的智慧,唯一可取之处大概就是出身好,运道佳。可是现在太后这看似胡搅蛮缠的一招,还真的为难住了不少人。

王妃知道在这个时候需要先安抚人心,所以她耐心地安慰了这几位当家主母一番,笑着道:"不就是一门亲事?瞧你们都急成了什么样。我瞧着那几位小姐人才都很不错,就算是娶进门也不亏。"

孟家的当家主母年纪最轻,也最沉不住气:"人确实都不错,容貌才情都没的挑,但是出身就差了不是一星半点儿。我听说这些小姐虽然明面上说是世家嫡女,其实大部分是庶出的,有些还是丫头养的,只是来燕北之前临时养在了正室名下,挂了个嫡女的名儿。说句大逆不道的话,太后娘娘这事儿做得实在是太不讲究了!从京城来的就了不起了?这种出身的姑娘到了我们这种人家家里只有当妾的份儿!"

也不怪孟大太太郭氏着急,孟三少爷是她最疼爱的幼子,平日里当成命根子般的存在,自幼不敢让他受一丁点儿委屈。眼见着孟三少爷到了适婚的年纪,孟大太太恨不能将燕北的闺秀们一一筛选个遍,好最后给小儿子挑选出一位天上地下都没有的姑娘。

可是现在太后说赐婚就赐婚,而且赐的还是个出身不明不白的庶女,是可忍孰不可忍,孟大太太接到旨意的时候差点将太后的那道懿旨摔到宣旨太监的脸上。

其他几位太太虽然没有说话,不过态度与孟大太太是一样的。

孟大太太最后道:"王妃,这道旨意若是咱燕北王府下的,别说让我儿子娶个庶女,就算是让他娶个乞丐我们孟家也认了。可是现在,太后的这道旨意我们孟家不接!"孟大太太说到最后眼圈都红了。

王妃倒没有怪罪她的口无遮拦,看了几位太太一眼,笑着道:"你们的意思我知道了,不过这事儿也不急着现在就解决。太后虽然下了旨意赐婚,但婚期还没有敲定不是?"

孟大太太闻言想了想,王妃说的也有道理。虽然太后赐了婚,但终归是天高皇帝远,我们没准备好迎娶,你还能硬往府上塞人不成?没有婚礼,没有三媒六聘,就算塞人进了府也是做妾的份儿!

最后,这些来找王妃拿主意的太太只有先回去了,至于太后赐下来的婚事虽然都没有明着表示抗旨,却都是消极抵抗。

原本这些朝廷派来的闺秀在千金宴之后还会接到帖子,到燕北各家去参加个花会茶会之类的,可是自从太后的赐婚旨意下来之后,就没有人再邀请这些小姐了,燕北的世家像是商量好了一样,对这些京城闺秀进行了冷处理。

在这段时间,最郁闷的就是这些京城来的姑娘了。她们来燕北未必就是她们乐意的,不然来的也不会大多是庶女了,可是现在她们想回也回不去,留下来又被排斥,处境很尴尬。

这次太后赐婚一口气赐了六个,还有四个没有被赐婚的则会在不久之后跟那三位大人一起回京都,这四个姑娘当中包括了颜凝霜。

于是这些闺秀便分成了两拨,一拨已经被赐婚的在那几位嬷嬷的交代下,开始每日给自己绣嫁衣和嫁妆,太后旨意里说到她们的嫁奁已经在送来燕北的路上,只有嫁衣需要她们自己缝制。另外几个没有被赐婚的小姐则松了一口气,开始收拾行李准备回京。

其实不仅仅是燕北的世家不愿意娶这些京城女,京城女也不愿意嫁到燕北。

嫁到这里就意味着从此背井离乡再也不能回娘家,出了事情也没有娘家人撑腰,就算有一日在这里被夫家折磨死了都不会被家中知道。而且由于出身的原因,到了婆家之后也是里外不是人。

不过与其他三位因为能回家而松了一口气的闺秀不同,随着离开燕北的日子越来越近,颜凝霜却越来越憋不住了。

她不想回京都,她只想要留在有萧靖西的地方。

住在燕北王府的日子里,颜凝霜仍旧锲而不舍地来找萧靖西,可是从她入住燕北王府开始,就从来没有一次逮到过萧靖西的人。两人明明住在同一座府邸,却像隔了一个世界一般毫无交集。

这一日,赵映秋和颜凝霜从老王妃的寿安殿出来。

"你最近怎么总是神不守舍的?刚刚老王妃问你话,你还走神。"赵映秋看着颜凝霜关心地问道。

颜凝霜摇了摇头,不说话。

赵映秋叹了一口气,上前挽住颜凝霜的手臂,"凝霜,你再过三日就要回京了,可惜我这次不能同你一块儿回去了,也不知道这辈子还有没有同家人相见的机会,你能不能帮我带几封信给我母亲和家中姐妹?"赵映秋已经被赐婚了,所以她要留在云阳城待嫁。

赵映秋的话却让颜凝霜的脸色越发暗淡,想留下来的留不下,不想留下来的偏偏留下来了,真是造化弄人。

"好……"颜凝霜抿着唇应道。

"谢谢你,凝霜。"赵映秋感激地道,她见颜凝霜精神不好,想了想又提议,"不如我陪你去园子里逛逛?"

颜凝霜平日里很喜欢在燕北王府的园子里逛,当然她不是去看花花草草的,只是想要碰运气看看能不能遇到自己想见的人,只可惜从来没有如愿过,所以现在颜凝霜也少了逛园子的热情。

见颜凝霜摇头,赵映秋又道:"听说萧二公子让人新弄来十几盆茶花,放在荸园后面的温房让人照料着。你不是也喜欢茶花吗?不如我们过去看看?"荸园是燕北王府内的三大园林之一,因为离萧靖西住的昭宁殿较远,颜凝霜平日里去得少。

颜凝霜闻言便有些意动,却又不由得狐疑道:"你怎么知道萧公子让人弄了茶花进府?"萧靖西的消息她平日里最是留意,没有理由赵映秋知道她不知道。

赵映秋无奈地笑了笑道:"刚刚我们去给老王妃请安的时候听寿安殿里的侍女说的啊,你没有听见?不信你问问你的丫鬟。"

颜凝霜回头看了自己的丫鬟萍儿一眼,这丫鬟是她从家里带来的,燕北王府里规矩多,她和赵映秋每人只带了两名自己的侍女在身边,还是老王妃怕她们不方便特别允的。

萍儿连忙点头:"是啊小姐,奴婢也听到了,您之前在想事情没注意。"

颜凝霜想到刚刚在寿安殿的时候确实是有些心不在焉,便打起点精神,点了点头:"那就去看看吧。"

两人便相携去了荸园。

燕北王府没有太过限制颜凝霜和赵映秋的行动,她们是女子,外庭一般不能去,内庭除了少数的几个殿之外她们还是可以随便逛的。

荸园的温房都是养一些比较金贵的花草,虽然叫作温房,其实是一座比较大的院子,里面也有小桥流水、飞檐斗拱,是仿江南园林建造的。

燕北王府的建筑整体风格上威严有余,精巧不足,建筑群之间参天大树不少,花花草草却少见,因为之前的几任燕北王都不喜欢这些花哨的玩意儿,荸园还是这一任燕北王萧衍娶妻之后让人为王妃特意整理出来的。所以像这些花草之类的玩意儿都放在了几个园子里养着。

茶花惧风喜阳,被放在温房外的庭院里,颜凝霜一进去就瞧见一个身穿墨色长衫的挺拔身影正背对着她们，站在一盆十八学士前，似在赏花。

颜凝霜愣愣地看了那个背影一会儿，反应过来之后脸上突然满是喜色，她也不顾还有赵映秋在场，连忙快走几步到了那男子身后，惊喜地唤道："萧……萧公子。"

那名男子闻言转过身来看向颜凝霜，先是有些疑惑，随即脸上缓缓露出一个笑容："这位小姐……认得我？"

颜凝霜看清楚这名男子的脸后不由得一怔，这男子并不是萧靖西，虽然他们两人的背影有些相似，瞧着年纪也相仿。这青年的长相虽然也算得上俊俏，可是与萧二公子比起来就差了许多，且他笑起来的时候面带戏谑的模样看起来有些痞。

颜凝霜见自己竟然认错了人，闹了个大红脸，虽然她在面对萧靖西的时候因为情难自禁，胆子比较大也放得开，在别的男子面前却并不如此。

"对不起，我……我认错了。"颜凝霜连忙退开一步道。

那名男子挑了挑眉，眼神肆无忌惮地在她身上扫了扫，又看了看跟在颜凝霜后面走过来的赵映秋，想了想之后脸上露出一个恍然大悟般的表情："我想起来了，听说府里住进来两位京城来的美人儿，就是你们吧？"

赵映秋猜出了他的身份，立即拉着颜凝霜屈膝行礼："见过萧三公子。"

原来是萧家三公子萧靖岳，难怪瞧着背影与萧靖西有些像，颜凝霜忍不住面带失望。

萧靖岳的视线一直停留在颜凝霜身上，自然看到了颜小姐眼中的失望，笑容中不由得带了些兴味。

"颜小姐刚刚把我认作了谁？我与那人长得很像？"萧靖岳笑眯眯地问道。

颜凝霜对这位与萧靖西背影相似的萧三公子并无好感，甚至有些反感两人之间的相似，脸上便恢复了平日面对别的男子时候的冷淡："是我看错了，其实并不像。"

萧靖岳却不肯放过她，依旧笑眯眯地道："你刚刚喊的是'萧公子'，这府里能被称为萧公子的除了我之外，就只有我二哥萧靖西了，小姐刚刚唤的是他吧？"

颜凝霜抿了抿唇没有说话。

赵映秋连忙出声帮颜凝霜解围："没有想到会遇上萧三公子，是我们失礼了，打扰了你赏花，还请萧三公子见谅。"

萧靖岳轻笑着眨了眨眼："怎么会打扰？我正觉得一个人赏花无聊呢，两位小姐来得正好。"

颜凝霜见这人言行举止轻浮，心里越发觉得自己竟然将此人认作萧靖西简直是昏了头。她不想与萧靖岳应酬，便道："我有些不舒服，先回去了。"

赵映秋见她说要走，连忙道："那我陪你一块儿回去吧。"然后她又对萧靖岳歉意地笑了笑，"萧三公子，我们失陪了。"

萧靖岳依旧笑眯眯地看着她们，也不阻拦，只是等到颜凝霜转过身的时候才慢悠悠地道："我二哥平日里不爱逛园子，因为他身子不好，吹不得风。不过他在昭宁殿附近有一座小的花房，里面的花花草草都是他亲自侍弄的，你们想不想去瞧瞧？"

颜凝霜立即顿住步子，萧靖岳脸上笑得越发意味深长。

果然，颜凝霜转过身来，问道："昭宁殿不是不让人进吗？"她也不是没有去过，萧靖西的昭宁殿明着虽然没有比别的地儿守卫多，但只要有人稍微靠近，就会被不知道哪里突然冒出来的人拦住，根本无法接近。

萧靖岳不知道从哪里变出一把折扇，拿在手中转着，笑道："是不让外人进，我是外人吗？"

颜凝霜果然上钩："那萧三公子能带我们进去？"

萧靖岳用折扇敲了敲自己的下颌，眨了眨眼："美人儿如果想去，我自然可以带你们去。"

颜凝霜眼中恢复了一些神采。

萧靖岳这会儿却又看了看天色："这会儿已经快到午时，过不了多久就要用膳了，我二哥此时也不在府中。不过颜小姐实在想要现在就去的话，我也是乐意奉陪的。"

颜凝霜想要去萧靖西的花房本来就是醉翁之意不在酒，听说现在萧靖西不在，连忙道："既然萧二公子不在府里，那还是等他回来我们再去吧，不然贸然过去也不合适。"

萧靖岳看了她一会儿，微笑着慢慢展开折扇缓缓地摇了摇："既然如此，那就等我二哥回来再说吧,两位现在住在何处?到时候我让人去找你们。"

赵映秋看了颜凝霜一眼,欲言又止。颜凝霜当真将自己现在的住处告诉给了萧靖岳。

萧靖岳笑眯眯地记下,颜凝霜和赵映秋这才与他道别离开了葶园。

萧靖岳站在庭院里微笑着看着她们的背影消失在院子的回廊转角,轻笑着伸手摘下一朵茶花放在鼻尖嗅了嗅,陶醉着轻声喃喃道:"果然,花儿还是别人的闻着香啊!"

离开葶园之后,赵映秋对颜凝霜轻声劝道:"凝霜,这位萧三公子瞧着有些……我们还是不要跟他接触太多得好。"

颜凝霜想起萧靖岳的模样,也觉得这人有些靠不住,可她不想放过可以接近萧靖西的机会:"我们是奉太后旨意来燕北的,他哪敢对我们怎么样?到时候多带几个人在身边就没事了。"

赵映秋见此,只有叹了一口气,不说话了。

颜凝霜看了她一眼,犹豫着道:"你若是不想去的话……那我自己去就好了。"

赵映秋闻言想了想:"我还是陪着你吧,万一有什么事情也好有个照应。"

这一日下午,萧靖岳就派人来告诉颜凝霜让她酉时去广元门等他,到时候他再带她去昭宁殿。

颜凝霜听了就开始沐浴更衣,打算重新梳妆打扮好去赴约。

等她从净房里沐浴出来的时候,赵映秋正好过来找她,见了她就问道:"刚刚萧三公子也派人来找你了吗?"

"嗯。"颜凝霜点了点头,坐到梳妆镜前让萍儿给她梳头。

赵映秋走到她身后看她梳妆,还试图劝说道:"凝霜,要不还是别去了吧。"

颜凝霜皱了皱眉:"你若是不想去就别去了。"

赵映秋叹了一口气:"既然你坚持,那我还是陪着你吧,你自己过去我不放心。"

颜凝霜点了点头,看着萍儿给她往头上抹头油。

"这不是我平日里用的玉兰花香味的?"颜凝霜揭开装头油的青花瓷罐子看了看,皱眉道。

萍儿低头轻声道:"之前那一罐用完了,这是燕北王府的管事送来的,是栀子花味的。"

颜凝霜不悦道:"我不喜欢栀子花的味道,香味太浓了,你去找找看还有没有别的味道的头油。"

萍儿为难道:"小姐,管事只送来了栀子花香味的头油,没有别的了。"

一旁的赵映秋道:"我那里倒是还有一罐玉兰花香的,你要用的话,我这就让丫鬟拿过来给你。"

颜凝霜在颜家也是娇生惯养着长大的,对这些细节很讲究,便对赵映秋道了谢。赵映秋吩咐丫鬟将她的头油拿了过来给颜凝霜。

等梳完头之后,颜凝霜还有些不悦地对萍儿道:"以后别什么东西都往我头上抹,现在混了两种头油的味道实在有些怪异。"

颜凝霜梳妆打扮还要些时候,赵映秋便先回了自己的房间。

快到酉时的时候,赵映秋过来找颜凝霜一同出门,不想两人还没有走到广元门,赵映秋的丫鬟突然低呼一声,然后连忙凑到赵映秋耳边说了一句什么,赵映秋愣了愣,然后脸立即就红了。

颜凝霜狐疑地看着她们:"怎么了?"

赵映秋有些不自在地红着脸道:"没、没事,凝霜,我想去更衣。"

颜凝霜看了看赵映秋和她丫鬟的神色,突然像是想到了什么,"你是不是……"她想到赵映秋可能是来了月事。

赵映秋羞窘地道:"我先回去一趟,凝霜……要不你在这里等等我?"

她们出来的时候已经快到酉时了,若是等赵映秋回来肯定会迟到,颜凝霜摇头道:"既然你不方便,那就先回去吧,我自己去就行了,你不用来了。"

赵映秋只有先匆匆告辞离开,走前还道:"我等会儿去找你。"

颜凝霜也没有将赵映秋的话当回事,带着自己的丫鬟去了广元门。

颜凝霜到达广元门的时候萧靖岳还没有来,她站着等了一会儿,正有些怀疑萧靖岳是不是要失约的时候，一声轻笑从她身后传了过来。颜凝霜猛然回头便看到萧靖岳不知道什么时候已经来了，正站在她身后，两人之间的距离还有些近。

颜凝霜连忙往旁边避让一步，低头行了一礼："萧三公子。"

萧靖岳看着她笑道："颜小姐等了许久？很抱歉，我因为临时有事情耽搁了一下。"

颜凝霜道："我也是刚来。"

萧靖岳拿折扇敲了敲自己的手心，轻笑着做了一个请的手势："那走吧。"

颜凝霜快步上前跟在萧靖岳后面，萧靖岳步子迈得有些大，颜凝霜跟得很吃力，走了一段路之后便气喘吁吁，正想开口让萧靖岳走慢一些，萧靖岳却突然毫无征兆地停住步子，颜凝霜一个收步不及差点儿撞到萧靖岳的背上。

萧靖岳发出愉快的笑声，看着颜凝霜低声道："颜小姐身上好香。"

颜凝霜知道自己被戏弄了，很生气，二话不说转身就要离开。

萧靖岳连忙赔罪道："哎，你别生气啊，我只是开个小玩笑。我二哥这会儿真在花房里侍弄他的兰花呢，你不跟我去看看啊？"

颜凝霜原本已经要往回走的步子又停了下来，转头看了萧靖岳一眼。

萧靖岳似笑非笑地看着颜凝霜："我不戏弄你了还不成吗？跟我来吧。"说着萧靖岳也不管颜凝霜会不会再跟上，自己转身走了。

颜凝霜站在原地犹豫了一小会儿，最后还是跟上了萧靖岳，只是刻意与他保持一段不小的距离。

萧靖岳眼角的余光往后瞟了一眼，嘴角挂上一抹痞痞的笑。

萧靖岳带着颜凝霜绕过了昭宁殿。

颜凝霜瞧着离昭宁殿似乎越来越远，不由得道："不是要去萧二公子的花房吗？"

萧靖岳摇着扇子随意道："谁说花房在昭宁殿里面的？你看，前头不就是了？"

颜凝霜抬头看去，果然在他们前方不远处出现了一个很小的园子，不过这个小园子里只有树木和灌木，并不像荨园那般花团锦簇。满园子的绿荫当中掩映着一排暖房模样的小房子。

这地方瞧着有些神秘,虽然不花哨,但是从外面看起来十分雅致,颜凝霜之前从来没有来过,这会儿倒有几分相信这是萧靖西的花房了。

颜凝霜快步跟上萧靖岳,快走到暖房的时候被突然冒出来的两个婆子拦住了去路。

颜凝霜不由得看向萧靖岳。

萧靖岳摇了摇扇子,淡声训斥道:"是我,还不让开!"

那两个婆子看了看萧靖岳和颜凝霜,又看了看颜凝霜身后的丫鬟:"三公子,您与这位小姐可以进去,丫鬟们不可以。"

萧靖岳挑了挑眉想要说什么,颜凝霜连忙道:"让她们在外面等着吧。"

萧靖岳便没有说什么,颜凝霜将丫鬟留在外头跟着萧靖岳进了园子。

萧靖岳带着颜凝霜走到那一排暖房前,推开中间那间屋子的门,颜凝霜跟进去便发现这里果然是花房,这间屋子里摆了不少兰花。颜凝霜四处看了看,却没有看到萧靖西的身影。

萧靖岳自顾自走到里面的一张软榻上坐下,给自己倒了一杯香茶悠悠地喝了起来。

颜凝霜走过去问道:"萧三公子?你不是说萧二公子在这里吗?怎么没有瞧见人?"

萧靖岳闻言扑哧一笑,斜倚在软榻上看着颜凝霜道:"我二哥还没回府呢,爷说什么你都信啊?"

颜凝霜脸色一变,转身就要走,萧靖岳却突然抓住颜凝霜的手腕一扯,颜凝霜惊叫一声倒在了萧靖岳的怀里。

"你做什么!放开我!"颜凝霜吓得脸色发白,拼命挣扎起来。她没想到萧靖岳竟然会这般无耻。她之所以敢跟萧靖岳过来,是因为她知道萧靖岳的父亲这一系与朝廷暗地里有些不清不楚的往来,她又是太后的人,萧靖岳绝对不敢对她做什么。

萧靖岳是习武的人,制住手无缚鸡之力的女子对他而言太容易了。他根本就没有将颜凝霜的挣扎放在眼里,反而低头在颜凝霜的头上深深地嗅了嗅,低声喃喃道:"你好香,光是闻着你的气味爷就……"

萧靖岳这句话说得有些含糊,就像是压抑在喉间,带着些灼热之气,颜凝霜没有听清楚，却也知道绝对不是什么好话。

萧靖岳脸上带了些不自然的潮红。他原本也没打算在这里就将颜凝霜怎么着，不过现在却有些压抑不住自己身体里的冲动。

他索性一个翻身将颜凝霜压在宽敞的软榻上，用自己的身体压制住她，一边低头继续在她颈边轻嗅，一边道："你挣扎什么？难道他可以我就不可以吗？你不是觉得我们俩很像吗？你把我当成他就是了。"

颜凝霜吓得脸上的血色都褪尽了，一边尖叫躲避，一边哭喊"救命"，可惜她的丫鬟被她留在了外面。

萧靖岳被她这么剧烈的挣扎磨出了几分火，呼吸也变得有些沉重，手下的力道一个控制不住，刺啦一声，颜凝霜的衣裳被扯破了，露出胸口处一大片雪白的肌肤。

颜凝霜这下真的流出了眼泪，正想孤注一掷去咬萧靖岳的耳朵的时候，花房的门突然被人从外面推开了，有人看到屋里的情形，尖叫起来。

颜凝霜回过神来，一把推开萧靖岳，连滚带爬地从软榻上起身，却一不小心被软榻前面的案几绊倒，狼狈地摔倒在地上。

完 结 篇
[3]

面北眉南

著

江苏凤凰文艺出版社
JIANGSU PHOENIX LITERATURE AND ART PUBLISHING

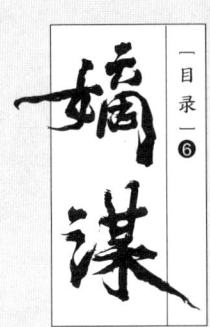

目录 ⑥ 嫡谋

- 第五十一章　生产　001
- 第五十二章　回门　037
- 第五十三章　秘辛　067
- 第五十四章　撇清　105
- 第五十五章　归还　143
- 第五十六章　怀孕　177
- 第五十七章　情结　209
- 第五十八章　反叛　243
- 第五十九章　孤胆　271
- 第六十章　　定局　299

- 番外之 君临天下 325
- 番外之 人不中二枉少年(上) 331
- 番外之 人不中二枉少年(下) 341
- 番外之 只记当年年纪小 349

第五十一章

生　产

　　相比较颜凝霜的狼狈难堪，萧靖岳就淡定多了。他起身理了理自己的衣襟，有些不悦地道："谁让你们进来的！"

　　一个女声又惊又怒："三哥……你……你这是在做什么！"

　　萧靖岳挑了挑眉，看向出现在花房里的众人。

　　打头的是刚刚出声的萧靖媛和惊怔着说不出话来的赵映秋，跟在她们身后的还有几个丫鬟和几个年纪稍大一些的嬷嬷，其中一个是老王妃跟前伺候的，另外两个瞧着面生得很，衣裳料子却极为金贵，不是燕北王府的人。

　　那两个眼生的嬷嬷看到屋里的情形都是一脸震惊，反应过来之后连忙快步走到颜凝霜身边，将她从地上扶起来。

　　"颜小姐，你……你没事吧？"

　　"这、怎么会这样？"

　　颜凝霜简直羞愤欲绝，这会儿她手上若是有刀子，肯定会毫不犹豫捅萧靖岳几刀。

　　赵映秋察觉到颜凝霜的窘迫，连忙从自己的丫鬟手中拿过出门前准备的披风，三两步走到颜凝霜面前，将披风给她披在身上，掩盖住她被撕破的衣裳。

　　那两个嬷嬷这才将矛头对准始作俑者："萧三公子！你们萧家这是什么意思？颜小姐是奉了太后娘娘的旨意来的燕北，她是太后娘娘的侄孙女，是颜家家主的掌上明珠！你竟然、竟然敢这般羞辱她！你、你们简直是欺人太甚！"

这时候，老王妃的嬷嬷连忙道："这当中是不是有什么误会？三公子？"

"还能有什么误会？我们这么多人刚刚都瞧见了，是你们萧家的三公子欺负我们颜小姐！今天你们一定要给我们一个交代！"

老王妃的嬷嬷很后悔今日陪着这些人逛园子，居然撞上了这等事情。她不由得又看了萧靖岳一眼，希望萧三公子能说句话解释一下，虽说现在这情形解释了也多半不会有人信。

萧靖岳刚刚被打断了好事，现在又被这么多人围着看，心里有些烦躁，不悦道："交代什么？是她自己愿意跟我来的，又不是我掳了她来的！"

颜凝霜羞怒道："是你骗我……"

她的话还没有说完，就被萧靖岳似笑非笑地打断了："我骗你？我骗你什么了？你为什么要跟我过来这里？难不成还是我逼着你来的？"

颜凝霜说不出话来了，她是为了萧靖西来的，可是这话现在不好说出来，而且她也没有证据证明自己是受了萧靖岳的骗才来的。

萧靖岳扯了扯嘴角："你的丫鬟你自己才命令得动，刚刚可是你自己吩咐她们不要进来的。"他看了那两个嬷嬷一眼，笑着道，"两位要我交代什么？怎么交代？交代我和颜小姐两情相悦？那我便交代了呗！大不了我娶她进门。"

众人闻言皆是一愣。

一旁的萧靖媛连忙插嘴道："三哥，你已经定亲了，是之前太后下旨赐婚的。"

还不等萧靖岳回话，一旁的颜凝霜首先不干了，抖着声音怒道："谁要你娶！就你也配？"

萧靖岳原本是一副吊儿郎当的模样，听到这句话之后眼睛不由得微微眯了眯，然后笑眯眯地对颜凝霜道："我不配，还有谁配？再说我们两人现在都这样了，我若是不娶你，你还能嫁给谁？"

萧靖岳的话对于颜凝霜而言不亚于晴天霹雳。

她刚刚一直不敢细想，可是现在萧靖岳的话提醒了她，她被萧靖岳欺负的时候被这些人撞个正着，还是在燕北王府里，这件事情最后肯定会传到萧靖西那里，到时候她哪里还有脸去面对萧靖西？

太后派来的两位嬷嬷对视一眼，其中一个道："我们要去见老王妃和王妃。"

另一个道:"萧三公子,娶谁不娶谁可轮不到你说了算!"

萧靖岳闻言倒也不争辩,只是破罐子破摔般扯了扯嘴角。

几位嬷嬷要一起去见老王妃和王妃,萧靖媛也让丫鬟去请了自己的母亲苏氏过来。不管萧靖岳的事情最后要怎么处理,他们总不能两眼一抹黑。

赵映秋陪着失魂落魄的颜凝霜回了她自己的住处,一路上颜凝霜一句话都没有说,脸色惨白惨白的,近处瞧着就像是生了病。

等赵映秋陪着颜凝霜进了屋,颜凝霜突然语气干涩地问道:"那些人怎么会来?"

颜凝霜指的是萧靖媛和太后派来的嬷嬷,还有老王妃身边的人居然也来了,实在是太过巧合了。萧靖媛平日里与她们并无往来,太后的那两个嬷嬷平日也不住在王府里,而是与其他几位闺秀一起住在了外面的别院里。

赵映秋道:"那两位嬷嬷是来找我们交代些事情的,过几日不是就要回京了吗?我回去的时候正巧遇到这两位嬷嬷被老王妃的人送出来。听说你去了园子里,她们想着过几日就要回去了,还没有仔细逛过燕北王府,就请那位嬷嬷带着我们一起找了过来。至于萧家小姐则是我们在路上遇见的。"

真的只是巧合吗?

颜凝霜不愿意去想以后如何面对萧靖西,所以她刚刚一路上想到的是今日之事从头到尾都有些奇怪。首先她和赵映秋去荨园怎么会那么巧遇上萧三公子?她在燕北王府住了好些日子,还从来没有遇到过萧靖岳。

而赵映秋为何偏偏会在与她一同来的路上被丫鬟发现弄脏了衣服?

赵映秋看了一眼颜凝霜的脸色,突然后知后觉般反应过来颜凝霜这是在怀疑她。

赵映秋急忙道:"凝霜你难道是在怀疑我做了什么吗?我们认识这么多年,也算得上是手帕交,我害你能得什么好处?"说到这里,赵映秋几乎快要气哭了,"而且我今日确实是不太方便,之前有一次我不舒服的时候你不是见到过吗?你算算日子看对不对?"

赵映秋有痛经的毛病,有一次痛得死去活来的时候正好被去赵家的颜凝霜遇到。

颜凝霜想着,赵映秋确实没有害她的理由,而且两人平日里关系又还算不错。赵映秋性子柔软，容易相处，很少与人有矛盾。

颜凝霜心慌意乱，又担心那些人乱说，所以也没有再多说什么。她这会儿回来了，便开始担心那两位嬷嬷和燕北王府的人会谈些什么。

她刚刚衣衫不整，自然不能跟着她们一起去见老王妃和王妃，所以那两位嬷嬷让她回来收拾一下。

赵映秋之前还有些生气，这会儿又忍不住安慰颜凝霜："其实今日在场的人也不算多，说不定这件事情最后会被瞒下来，反正再过几日你就要回京城了。"

颜凝霜闻言脸上的表情并不怎么松快，无论是哪一种结果，都不是她想看到的，她只恨今日在花房里的那个人怎么是萧靖岳，怎么能是萧靖岳！

那两位嬷嬷是怎么给颜凝霜讨公道的颜凝霜并不知晓，那边没有派人来叫她过去对质。不过到了第二日早上，两位嬷嬷就来了燕北王府，要接颜凝霜和赵映秋去别院住。

颜凝霜不想离开燕北王府，只想待在离萧靖西近的地方。

两位嬷嬷的态度却很明确。

"小姐，您现在住在王府里已经不合适了。"

"是啊，颜小姐，好不容易将事情压着没有传出去，若是再出什么事情可怎么办？"

颜凝霜这才抬起头来问道："事情没有传出去？"

那嬷嬷连忙道："没有没有，小姐您放心，这次他们燕北王府理亏着呢！昨晚王妃已经下了命令不准任何人再提这件事情。奴婢已经向太后禀报了这件事情，等回去之后太后娘娘也会为您做主的！"

"你们将事情禀报回京了？"颜凝霜突然问道。

两位嬷嬷相视一眼，赔笑道："小姐，我们是太后跟前伺候的，这是件大事，奴婢们怕是兜不住。"

颜凝霜闭了闭眼，不说话了。

这会儿工夫，两个嬷嬷已经差使人将颜凝霜的行李收拾好了，颜凝霜甚至还没来得及与老王妃和王妃打声招呼，就被两位嬷嬷带离了燕北王府。

两位嬷嬷怕颜凝霜闹，没有告诉她萧靖岳在她离开之后，当着老王妃和王妃等人的面说了要娶颜凝霜进门的话。

颜凝霜离开燕北王府之后，果然没有传出什么闲言碎语，好像那日的事情没有发生过一般。

眨眼就到了这些人回京的日子，除了留下来待嫁的六位闺秀和还有事情不打算回京的裴之砚，其他人都要走。而萧靖岳和颜凝霜的事情则再也没有人提起。

就这样，颜凝霜离开了燕北，也没有再整出什么幺蛾子，顺利得令人惊讶。

就在大家以为这件事情就这么结束的时候，萧家突然又接到了一道旨意。

旨意上说，之前已经与萧靖岳定下婚约的那位宗室女突然暴毙，所以太后给萧靖岳又另外指了一门亲事，被指给萧靖岳的正是颜家的嫡长女颜凝霜。

这道旨意是明面上的，做给世人看的。暗地里太后还给燕北王府来了一道密旨，这道密旨上的内容就不怎么客气了。太后对萧靖岳竟然敢调戏颜家女表示了十二万分的愤慨，措辞严厉地批评了燕北王和王妃一番，责怪他们没有约束好萧家子弟，竟然在燕北王府里让这种事情发生。

最后，太后在密旨上表示颜凝霜这样嫁入萧家是受了委屈的，希望燕北王府能好好对待她的侄孙女，不然她和颜家都不会善罢甘休。

转眼就到了八月。

任瑶期的婚期在九月，所以自从千金宴之后她就极少出门了。虽然需要她自己完成的事情并不太多，但是也有很多事情需要她亲自参与或者做决定，因此她总感觉每一日都忙忙碌碌的又好像什么都没有做，就这么过去了。

这一日，任瑶期正在自己的房里试王妃让人给她送来的婚服和礼服。任瑶期和萧靖西成亲的礼服都是燕北王府按制做的，一层一层堆叠着看起来繁复而沉重，她的头冠也比一般新娘戴的要沉重许多。

这会儿虽然已经不是盛夏，但是燕北仍旧很热，任瑶期才试到第二套身上脸上就都冒出了一层密密的汗珠子。她一直没有喊累，也没有说要休息，最后还是王妃派来的辛嬷嬷道："任小姐，要不先歇歇再试吧？还有两套礼服，现在时候还早,我们晚些回府也没事。"

任瑶期闻言点了点头,让丫鬟们帮她将头上的头冠取下来,笑着道:"我房里平时都不放冰盆的,让你们也陪着我在这里受热。要不你们去前面的花厅里歇会儿吧,我让人准备些冰镇酸梅汤。"

辛嬷嬷连忙道:"瞧您说的,奴婢们哪里就受不住这点热了?一年中最热的时候都过去了。何况奴婢们今日就是奉了王妃的命令过来伺候您的。您好好歇会儿,歇好了我们继续。"辛嬷嬷不肯去花厅里歇着,要看着任瑶期把礼服都试好了没有问题了才放心。

任瑶期便也不再劝说,只让人将冰镇酸梅汤送过来给辛嬷嬷等人解渴。

任瑶期正一边喝茶,一边与辛嬷嬷有一句没一句地聊着,突然听到外面有喧哗声,动静还不小。

任瑶期看了苹果一眼,苹果立即退了出去,不多会儿她便回来了,当着众人的面急急禀报道:"小姐,是雷家派人来了!大小姐要生产了,大姑爷不放心,让人接太太过去呢。"

任瑶期闻言立即放下了手中的茶碗,脸上带了些喜色又有些担忧:"姐姐要生产了?之前不是说还要等几日吗?雷家的人呢?"

苹果道:"来的是香芹,她这会儿在太太屋里,太太现在正准备去雷家。"

任瑶期闻言站起身,看了辛嬷嬷一眼正要说什么,辛嬷嬷已经理解地笑道:"哟,任大小姐生产这可是大事,小姐要不您先去见见雷家的人?这些婚服反正都已经做好了,就算要修改也花不了多长时间,今天试还是明天试都是一样的,要不奴婢们还是先回府吧。"

任瑶期有些歉意地点了点头,送辛嬷嬷和燕北王府的其他人出门。

辛嬷嬷离开之前叮嘱任瑶期道:"小姐,您不能进产房,也帮不上太太的忙,今日还是留在家里听好消息吧。"

任瑶期虽然不是今日成亲,但是婚期临近,一些高门大户对这些规矩都是有讲究的。任瑶期若是冒冒失失就去了雷家,不但对孩子不好,她自己也会被冲撞到。

任瑶期闻言点头道:"我知道了,嬷嬷。我不去雷家,就是去问问我姐姐的丫鬟。"

辛嬷嬷这才放心地带着人走了。

任瑶期正想去李氏房里，就看到李氏已经急急忙忙地从自己的房里出来了，香芹正跟在李氏后边一边走一边交代着任瑶华的情况。李氏想必是急着去任瑶华那里，只换了一件出门的衣裳就要走。

任瑶期急急迎上去，开口就问："怎么是今日？我记得上一次稳婆说要过几日才会生。"

李氏一边带着人匆匆往外走，一边道："提前几日或者迟上几日都是可能的，当初我生你的时候也比预期的要早上两日。"

任瑶期才将李氏她们送出二门，李氏就不让任瑶期跟着了："你别去，我和周嬷嬷过去守着就行了。"

任瑶期点头应了："若是有什么事情，您就派人回来与我说一声。"

李氏一边应着，一边走远了。

李氏和周嬷嬷离开之后，任瑶期就坐在房里等雷家的消息，从上午等到了下午，李氏派人回来过一次，说是没有什么事情让任瑶期放心，不过孩子出来还要些时候。

任时敏也从书院里回来了，虽然没有说什么，不过对于第一个外孙的出生他还是关心的。

到了晚上李氏还没有回来，也没有再派人回来，任瑶期又开始担心起来。

她在家中等得心急，正想要派人去雷家打听的时候，喜儿匆匆忙忙回来了，可能因为跑得太急，进来的时候汗水把她脸上的胭脂都晕开了。她一看到任瑶期，连礼都来不及行，就急急地道："小姐，快派人去燕北王府请一位姓龚的接生嬷嬷。"

任瑶期一听这话心里就不由得"咯噔"一声，连忙起身问道："可是姐姐那边出什么事了？"

喜儿都快要急哭了："产婆说大小姐这一胎是难产，孩子胎位不正，是脚朝下。小姐，您快去燕北王府求王妃，听说燕北王府里有一位姓龚的稳婆十分厉害，就算胎位不正她也能给掰正了，王妃当年生产都是她接生的。只是龚嬷嬷是王妃的人，从来不给外人接生，加上她现在年纪也大了。如果您去求王妃的话，王妃肯定会同意派龚嬷嬷去给大小姐接生的。小姐您快一些，不然就晚了。"

任瑶期一惊，腿都有些发软："什么晚了？这么严重？"

喜儿道："如果晚了，就怕孩子会保不住。大小姐她性子执拗，非要保住孩子！"

任瑶期这么一听就明白了，想必是稳婆见任瑶华难产问了要保大人还是孩子，任瑶华身为一个母亲，自然想要孩子活下来。

任瑶期来不及想太多，什么都没有说就带着喜儿出了门，也来不及让人重新准备马车，直接上了雷家的车去燕北王府。

她上马车之前将自己身边的乐山派去了雷家，吩咐她道："不管怎么样，保住大人！如果我姐姐她一直到最后还执拗，你就敲晕她！"

乐山接了命令之后，连马车也不坐，直接跑着去了雷家。

雷家的车夫知道事情紧急，将马车赶得飞快，很快就到了燕北王府，只是入夜之后燕北王府的守卫比平日更森严，雷家的马车到了王府门前的时候被守卫拦了下来。

任瑶期连忙下了马车，吩咐苹果去找熟悉的门房，让门房去萧靖琳或者王妃那里通禀一声。

苹果却领着一个守卫模样的男子急急走了过来，那名守卫长得浓眉大眼，面目黝黑，瞧着有几分眼熟。

"任小姐，您要进府吗？您的马车可以进去。"那名守卫行完礼之后咧嘴一笑，露出一口大白牙。

任瑶期愣了愣："不需要通禀一声吗？"

黑脸守卫笑容憨憨的："别人要通禀，您不用。"他顿了顿，又补充一句，"哦，这是主子吩咐过的，您请。"

这会儿了，任瑶期也就不客气了，道了一声谢，就上了自己的马车。黑脸守卫对着王府门口的侍卫打了一声招呼，雷家的马车就这样进了王府大门。

任瑶期很顺利地就进了九阳殿，见到了王妃，好巧不巧的是燕北王居然也在府中，任瑶期进去的时候王爷和王妃正坐在一起喝茶说话。

任瑶期虽然与王妃接触得多，却还从未与燕北王说过话，只曾经看到过几次。

知道自己打扰了王爷和王妃，任瑶期很过意不去，不过事情紧急，在行完了礼之后她还是很快表明了自己的来意。

"是难产？"王妃闻言有些惊愕。

任瑶期原本以为只是借个接生嬷嬷，应该不是什么难事，她却从王妃脸上看到了一闪而逝的犹豫。

任瑶期心里一突，难不成还有什么她不知道的隐情？

不过王妃的犹豫也只是那么一刹那，若不是任瑶期太细心，根本就不会注意。王妃与王爷很快对视一眼，然后一脸威严的王爷摆了摆手："不就是个接生嬷嬷吗？辛嬷嬷你去把龚嬷嬷叫来，让她走一趟雷家。"

王妃也对辛嬷嬷点了点头，辛嬷嬷立即低头退下了。

见任瑶期脸上带着担忧，王妃温声安慰道："没事的，龚嬷嬷手上有些本事，有她出马你姐姐一定会没事的。"

辛嬷嬷很快就回来了。

"奴婢让人将龚嬷嬷直接送到了马车上。"

王妃点了点头，又吩咐道："瑶期不好去产房，辛嬷嬷你跟过去看看吧，有什么需要帮忙的也方便。"

辛嬷嬷立即应了一声，然后就离开了。

王妃对任瑶期道："辛嬷嬷虽然不是接生嬷嬷，不过她这么大年纪了，什么事情都见识过，让她过去兴许能帮上忙。你不方便去雷家，就等着那边的消息吧。"

任瑶期连忙道了一声谢。

王妃笑着道："都是自家人，道什么谢？王爷您说是吧？"王妃看了从刚刚开始就一直端着架子一脸威严的燕北王一眼。

"唔。"燕北王点了点头，很有一家之主的范儿。

已经请到了接生嬷嬷，任瑶期也不好多打扰王妃和王爷，稍稍坐了片刻就告辞了。王妃知道她担心姐姐，也没有多留她，只是派人送她回去。

任瑶期从王府回去之后依旧坐不住，任时敏见她坐立不安，道："你既然担心，就过去看看吧。不能进产房，可以在大门外等着。"

任瑶期想了想，觉得任时敏说的有些道理，过去等着还能第一时间知道消息。于是最后，任时敏陪着任瑶期一起出门去了雷家。

等到了雷家大门前，任瑶期怕自己直接进去会冲撞到孩子，毕竟在燕北很多人家都是讲究这些规矩的，之前王妃和辛嬷嬷也一再强调过这一点，所以最后任时敏进去了，她则等在马车里。

任瑶期没等多久，突然听到"笃笃笃"的几声，马车壁被人敲响了。

任瑶期愣了愣，然后立即反应过来，轻轻揭开马车帘子。

雷家的灯笼点得很亮，任瑶期一眼就看到了站在灯下的萧靖西。萧靖西是背着光的，俊美的五官在这一片朦胧的灯影中蒙上了一层神秘的风采，越发不似凡人。

任瑶期手中握着车帘子，轻声道："你怎么来了？"

萧靖西低声道："我刚回府听说你去过王府，猜到你会过来，就来看看。"

任瑶期沉默着，不知道说什么，心里七上八下的。有过从前的经历，她不想再看到自己的亲人离开，不然她的一切努力都白费了。

萧靖西与她只隔了一道车窗站着，低声问道："你请来了母亲身边的龚嬷嬷？"

任瑶期点了点头："嗯，听说龚嬷嬷是个很厉害的接生嬷嬷，胎位不正她也能救下来。"

萧靖西笑道："这倒是真的，母亲生我和靖琳的时候都是她接生的。听说生我的时候也不怎么顺利，父亲都要放弃我了，母亲坚持要龚嬷嬷保住我，所以我现在好端端地站在你面前。"

任瑶期还是第一次听说这件事，不由得被吸引去了几分注意力。她想，难怪萧靖西自幼身体就不好。

"那你大哥也是龚嬷嬷接生的？"任瑶期因为心绪不宁，面对的又是萧靖西，所以说话的时候没有想太多。若是平时，她不会轻易提起已故的世子，人死不能复生，亲人却依旧会伤心难过。

萧靖西顿了顿，笑道："嗯，我兄长也是龚嬷嬷接生的。"

两人就这样你一言我一语地说着话，虽然只是闲聊，有时甚至会保持沉默，任瑶期却因为萧靖西在身边而安心不少。

也不知道等了多久，雷府终于有了动静。

任瑶期正要派人进去看看,香芹跑了出来,还没有跨过雷府门前的门槛就高声叫道:"生了,生了,小姐生了!"

任瑶期精神一振,立即掀开车帘子,急急问道:"姐姐她人怎么样?"

香芹三步并作两步地跑过来,脸上的喜色掩都掩不住:"小姐她好好的!母女平安!"

任瑶期这才真的松了一口气,然后发现自己的手心里居然全是冷汗。

"平安就好,她身子可还好?还清醒吗?"

香芹道:"小姐之前晕过去一次,吓了我们一跳,还以为……那位龚嬷嬷真厉害,也不知道用了什么法子把小姐叫醒了,再然后又给她灌了一碗什么药,孩子就生出来了。不过小姐这会儿有些脱力,已经睡过去了。龚嬷嬷说生完孩子都这样,小姐明日就能醒过来了。龚嬷嬷还交给我们一个方子,说按照她的方子吃药,小姐的身子很快就能调理过来,以后再生孩子也会顺利些。"

任瑶期点了点头,这才问道:"姐姐生了个女儿?"

香芹以为任瑶期担心任瑶华生了女儿在夫家不好过,连忙小声道:"五小姐您别担心,虽然我们小姐生的是个女儿,不过姑爷并没有不高兴呢。姑爷刚刚只顾着担心我们小姐了,姑爷他是个好人。"

任瑶期和香芹正在这边说话,然后就瞧见王妃身边的辛嬷嬷与一位看上去六七十岁的老妇人一同从雷府大门里走了出来。

任瑶期下意识地往萧靖西站着的地方看,却哪里还有萧靖西的人影?他不知道什么时候已经离开了。让任瑶期忍不住怀疑,刚刚萧靖西真的出现过吗?还是她因为心里紧张而臆想出来的?

香芹见任瑶期表情愣怔,以为她是在看辛嬷嬷和那位老妇人,连忙小声道:"王府的辛嬷嬷和龚嬷嬷出来了。"

那边辛嬷嬷正好也瞧见了任瑶期的马车,凑到龚嬷嬷耳边说了一句什么,龚嬷嬷似乎没有听清,辛嬷嬷又大声说了一遍,还指了指任瑶期的马车,龚嬷嬷便看了过来。任瑶期发现这位龚嬷嬷不仅长得瘦小干瘪,眼神和听力似乎也不好,让她不由得怀疑这位龚嬷嬷刚刚是怎么给任瑶华接生的。

辛嬷嬷和龚嬷嬷两人一同往这边走了过来。

任瑶期先开口道:"今日真是辛苦两位嬷嬷了。"

辛嬷嬷笑道:"我们也是奉命行事,任小姐言重了。"

两人寒暄几句,辛嬷嬷便凑到龚嬷嬷耳边大声道:"时候不早了,我陪您老回府吧。"

龚嬷嬷点了点头:"嗯,桂花馅儿的汤圆好,我就爱吃这个。"

丫鬟们听了都不由得笑了,辛嬷嬷满脸无奈地哄道:"好,回去就吩咐人给您准备。"

龚嬷嬷似乎眼神不好,眯着眼睛看了任瑶期一会儿,还凑过去问辛嬷嬷道:"这就是公子的媳妇儿?长得真好看,不过我接生过的娃娃里头还是数我们家公子最好看了。"她似乎还有些耳背,所以虽然想要与辛嬷嬷说悄悄话,声音却大得让周围的人都听见了。

辛嬷嬷有些尴尬又有些无奈,小声对任瑶期道:"任小姐您别见怪,这婆子常年不出门,礼仪都忘得差不多了。"

不想她话音刚落,龚嬷嬷却不高兴地道:"你说谁不懂礼仪?你这丫头的礼仪当年还不是老婆子教的!"

辛嬷嬷:"……"

这会儿连任瑶期也忍不住笑了,对龚嬷嬷道:"我姑母府上有个厨子会做很好吃的点心,桂花汤圆和桂花糕做得尤其好,明日我让人给您送些汤圆和桂花糕过去。"

龚嬷嬷笑得一脸褶子:"哎!谢谢少夫人!老婆子到时候给您好好调养调养,保证让您三年抱俩,个个儿好看得跟我们家公子一样。"

任瑶期闻言闹了个大红脸,接不下去话了。

辛嬷嬷忍着笑将龚嬷嬷强行扯走,临走前还不忘对任瑶期道:"奴婢先把她送回去,任小姐您也回去吧,这会儿产房里血气还未散,雷家太太也需要休息,一时半会儿还醒不过来,您不妨明日再来看望她和孩子。"

任瑶期点头应下了。知道任瑶华和孩子都平安她就放心了,也不急着这会儿就去探望。

不多会儿,任时敏也从雷府出来了。李氏不放心任瑶华和孩子,今日打算留在雷家照看,所以任瑶期和任三老爷一起回去了。

这日回去之后，可能是因为白天太过担心任瑶华，耗费了心力，任瑶期晚上睡得很熟。第二日一早，任瑶期就派苹果去了任时佳府上，央她家的厨子做了一盒子桂花汤圆和桂花糕，然后送去燕北王府给龚嬷嬷。

虽然燕北王府不可能会缺这点吃食，尤其是这位龚嬷嬷瞧着在燕北王府里地位还挺高的，不过这总归是一片心意，任瑶期是真心感谢她救了任瑶华和孩子一命。

汤圆送出去之后，任瑶期就乘马车去了雷家。

任瑶华这会儿还在睡，李氏和周嬷嬷则守着孩子，雷盼儿也在。

任瑶期一进去就听见雷盼儿一本正经地小声对李氏道："我得空去问问我乳娘我小时候是吃什么长大的，然后给妹妹也吃一样的，这样她以后就会长得好看了。"

李氏被她逗得直乐："那盼儿不怕妹妹到时候长得比你好看？"

雷盼儿看着摇篮里安安静静睡着的娃娃，一脸同情，心里想什么不言而喻，不过她面上还是安慰李氏道："不怕，她是我妹妹嘛。"

任瑶期忍不住"扑哧"一笑。

雷盼儿转头看到任瑶期，高兴地扑了过来："小姨姨，你好久没来看盼儿了。"

任瑶期弯腰抱住她，揉了揉她的脸，拉着她一起走到摇篮边打量睡着的孩子，并评价道："嗯，长得真没盼儿好看。"

雷盼儿闻言笑眯了眼睛，想了想又开始愁眉苦脸："小姨姨你别嫌弃妹妹，盼儿会想办法让妹妹也长好看的。"

任瑶期捏她的小鼻子："哦？你有什么办法？"

雷盼儿眨了眨眼，小声道："我刚刚想到了一个办法，听说小孩子经常看到谁，以后就会跟着谁的样子长。盼儿以后每天都来看妹妹，让她照着盼儿长。"

雷盼儿一脸认真的模样，将大家都逗笑了。

任瑶期问李氏道："姐姐还没醒？"

"大清早醒过来一次,看了孩子几眼,我让她吃了点东西,然后她又睡着了。生孩子耗力气,让她好好歇着,把亏损的都补回来。"李氏道。

"只是现在孩子生了下来,外面那些别有用心的人心思怕是更加活跃了,唉!"李氏心里很忧虑,忍不住叹气。

任瑶期听明白了李氏的意思,若是任瑶华这次生的是男孩,外头那些打雷家主意的人自然会收敛,毕竟雷霆不是好色之人。可是现在任瑶华生的是个姑娘,有些人就会觉得雷家还有机可乘。毕竟像雷家这样子嗣单薄的家族,子嗣是大事。

李氏倒不是不喜欢外孙女,只是联想到了自己在任家的遭遇,所以才会担心任瑶华。

任瑶期低声安慰李氏几句,正要岔开话题,就听到芜菁在外头禀报道:"太太,任家的三少爷和三少奶奶来了,已经到了二门。"

任瑶期闻言愣了愣,立即反应过来是任益均和齐氏来了,不由得大喜。自从她不回任家之后,已经许久没有见到这位性子别扭古怪的三哥了。

李氏知道任瑶期与任益均关系不错,笑着道:"那你出去迎一迎吧。"

周嬷嬷虽然不喜欢任家和任家二老,甚至对任家大太太也颇有微词,但对任益均和齐氏的印象还不错,不过她还是担心任益均夫妇是任家派来的说客,不由得看了任瑶期一眼。

任瑶期是明白周嬷嬷的,冲她摇了摇头,然后起身出去了,等她出了房门之后才想起来,这里是雷家不是她自己家,她出门迎什么客?想必李氏也是忙糊涂了。

任瑶期摇头失笑,好在也不需要她出去迎什么客人。她才走到庭院中就看到任益均和齐月桂两人进了院门。

"三哥、三嫂。"任瑶期走上前,笑着唤道。

任益均如今瞧着比之前她还在任家的时候有了很大的改变,不光是原本常年带着病态的苍白的脸有了血色,就连身体也结实了一些,甚至在看到她的时候还笑了笑。

任瑶期眨了眨眼,有些受宠若惊地看了齐氏一眼。

齐氏朝着任瑶期挤了挤眼,依旧是一副活泼乐天的模样:"我和你三哥来云阳城走走,恰巧听说瑶华昨晚刚生了孩子,又知道你也来了雷家,你三哥就说过来看看你们。"

任益均闻言不乐意了,斜睨着她道:"不是你说要来的吗!就爱瞎凑热闹!也不看看人家欢迎不欢迎你。"一开口就露馅了,任益均那性子还是没变。

齐氏在人前给足了任益均面子,连忙顺着他笑眯眯道:"嗯嗯,少爷说的是!是我非要来看看妹妹和外甥女的。"

任益均轻哼一声,嘴角却弯了弯。

任瑶期在一旁看得啧啧称奇。

她不在任家的这一阵子,她三哥和齐月桂之间肯定发生了不少事情,让这两人的关系也发生了一些变化,两人之间的气氛与以前明显不同了。齐氏刚刚对她们的称呼也说明任益均现在应该已经认可了她这个妻子。

任瑶期发现了这一点也不点破,免得她三哥又闹别扭。她只当作什么也不知道,一边领着两人进去,一边笑道:"你们是舅舅和舅妈,不欢迎你们欢迎谁?"

任瑶期带着两人进了屋,发现任瑶华刚好已经醒了,里屋传来李氏和任瑶华的说话声,孩子也被抱了进去。

任瑶期看了看任益均和齐月桂,笑着对他们道:"我带三嫂进去看看姐姐,三哥你在这里坐会儿,等下我们把孩子抱来让你看看。"

任益均点了点头留在明间的厅中,任瑶期便带着齐月桂进了内屋。

任瑶华正靠坐在床头,怀里抱着她的孩子低声与李氏说话,脸色虽然还有些憔悴,表情却柔和宁静。

任瑶期一进门就笑道:"姐姐,三哥和三嫂来看你和孩子了。"

任瑶华抬头看向她们,然后冲着齐氏点了点头:"三嫂。"

任瑶华在任家的时候与齐氏的关系也不近,所以打了一声招呼之后就不知道该说什么了,好在齐氏不是一个会让场面冷掉的人,她对李氏行了礼笑着叫了声婶婶,然后走到床边弯下身子去看襁褓里的孩子。

"哟,睡着了都这么精神呢,瞧这小拳头攥得多紧啊!婶婶,您快让我抱抱。"齐氏笑嘻嘻道。

李氏把孩子小心地抱给她,原本还有些不放心想要指点她几句,不想齐氏抱孩子的姿势却熟练得很。

李氏一看就笑了："瞧你这姿势就是抱过孩子的，哪像瑶期，一接手就手忙脚乱的，我都不敢让她抱。"

齐氏笑道："我在家的时候帮着带过弟弟妹妹。"

齐氏是小户人家出身的，这样的人家家中年长一些的帮着照看年幼的弟妹很正常。

周嬷嬷在一旁笑道："这抱弟妹和抱别的孩子可不同。"

齐氏闻言不由得好奇道："怎么不同？"

周嬷嬷笑道："你现在多抱抱孩子，送子娘娘会给你也送一个。"

齐氏不由得大窘，脸色也有些红了，不过她的性子终究不是那种扭扭捏捏的，只是抿嘴笑道："那就承您吉言了。"

周嬷嬷和李氏不太清楚齐氏和任益均的事情，出于关心，在一旁小声地问了她一些问题。齐氏嫁到任家也有不短的时间了，肚子却一直没有动静，任家大太太也有些急了。

她们自然不知道，齐氏嫁给任益均之后有很长一段时间两人是分开睡的，睡到一张床上还是最近的事情。任益均偏执任性，少爷脾气，难伺候，齐氏面上虽然总爱与任益均唱反调，总是想办法气他，其实本性豁达乐观，包容不计较，两人的性格倒也算是互补。所以经过这么久的磨合，两人的感情也渐渐升温了。

齐氏就算是再豁达，也扛不住李氏和周嬷嬷那一番关怀，最后以要抱孩子去给任益均看为由落荒而逃。

李氏和周嬷嬷见把人吓跑了都忍不住笑，两人一起出去照看孩子，任瑶期又在任瑶华房里坐了一会儿。

任瑶华对任瑶期道："这次多亏了你帮我请来那位龚嬷嬷，不然孩子怕是……"

任瑶期之前对于任瑶华在危险的时候非要不顾自身安危保住孩子的行为是有些生气的，不过现在任瑶华和孩子都平安了，她也理解任瑶华做母亲的心情，所以并没有旧话重提，只是笑着道："你我姐妹，说这些做什么？我不过是跑一跑腿罢了，又不是什么大事。"

任瑶华摇了摇头："我听说这位龚嬷嬷很难请，尤其是这十几年她基本上就没有出来见过外人，听说是耳力和眼神都不太好，在王府养老。"

任瑶期闻言却不知想到了什么，问道："当时是谁提出要请龚嬷嬷来的？十几年没有出现的人一般人都会想不起来吧？"至少她就不知道有这位龚嬷嬷的存在，亏得她还是经常出入燕北王府的。

"怎么？这当中有问题？"任瑶华皱眉问道。她知道任瑶期不会无缘无故提这个问题，加上任瑶期下个月就要嫁进燕北王府，任瑶华也不由得敏感起来。

任瑶期摇了摇头："我只是觉得有些奇怪，所以问问你，兴许是我多想了。"

任瑶华的表情却更加认真了，努力想了想："当时我已经脱力了，有些想不起来外面发生了什么事情，只是模模糊糊地记得周围有许多人在说话，芫菁站在床头……对了，芫菁一直在我旁边给我擦汗，你可以去问问她。"

任瑶期见任瑶华脸上带着倦色，想着她可能又累了，便点了点头："那我去找芫菁问问，姐姐你休息吧，晚些时候再让人叫你吃点东西。"

任瑶华应了，任由任瑶期扶着她躺下，等任瑶期起身要出去的时候她又不放心地叮嘱道："对了，那位龚嬷嬷你记得帮我好好谢谢她，等我身子好些了再亲自登门拜谢。我这里也没有什么事情，你劝娘先回去吧，你也回去，你下个月就要出嫁了，家里的事情肯定忙都忙不过来……"

任瑶期见她越说话越多，无奈地打断道："知道了，其实家里并没有什么事情，该准备的都已经准备好了，你就让母亲在这里待着吧，她走了也不会放心的，肯定天天往你这边跑。"

说着任瑶期不等任瑶华再说话就掀帘子出去了。

外间，李氏正与齐氏聊孩子的事情，任益均坐在一旁一边喝茶吃点心，一边装作不在意的模样竖着耳朵听，就连吃进去一块他最不喜欢的绿豆糕都一时没有反应过来。

任瑶期忍不住发笑，又怕笑出来她别扭的三哥会当场翻脸，便装作没有看到去寻芫菁说话。

芫菁正带着几个小丫鬟在西稍间里给孩子整理这几日收到的小衣裳和尿

布，见任瑶期进来连忙走过来："二小姐，您有什么事吗？"

任瑶期点了点头，芜菁便放下手中的活儿跟着任瑶期出去了。

"听说昨日你一直在产房里守着，我想问问你记不记得当时是谁提出要去请龚嬷嬷的？"

芜菁虽然对任瑶期的问题感到奇怪，但还是很快就回答道："奴婢听到是给我们小姐接生的那位汤婆子提的，她是太太和周嬷嬷找来给小姐接生的接生嬷嬷。当时小姐和孩子的情况都不太好，汤婆子对太太说孩子胎位不正，脐带还绕到了脖子上，羊水又破早了，一不小心不仅孩子保不住大人也会很危险。太太听到之后吓得不行，求她想想办法，她就说她知道有一个人如果在这里的话，肯定能保住大人和孩子，她说的人就是龚嬷嬷。所以太太就让人回去找您了。"

"这位汤婆子是哪里人？现在还在府上吗？"任瑶期知道，既然要用这位汤婆子，不光是她母亲会去摸这位汤婆子的底，任瑶华肯定也会查。

"就是我们燕州本地人，白鹤镇隔壁的雨花镇上的，在燕北也算是有些口碑，不然太太也不会从众多接生嬷嬷当中挑中她。今日大清早她就到周嬷嬷那里拿了银子离开了，说是这几日雨花镇上还有桩生意，要早些回去做准备。"

任瑶期点了点头，想了想也没有什么好问的。这位汤婆子表面看不出什么问题，不过她对汤婆子的怀疑并没有减少，只是这事情应该不是冲着雷家和任瑶华来的，所以她决定自己私下去查，就不让任瑶华操心了。

她再次来到明间的时候，李氏不知道和齐月桂聊到了什么，两人都笑了，倒是任益均坐在旁边有些尴尬的样子。见任瑶期来了，任益均忙不迭地起身道："你来得正好，我有话与你说，等你许久了。"

任瑶期无奈地想，我都出出进进好几次了，你才看到我，还好意思说等我许久了？

任益均已经起身走了过来，任瑶期只好带着他去次间说话。

任瑶期看了看任益均，笑着打趣道："她们刚刚跟你说什么了？"

任益均难得有些羞赧，却凶巴巴地教训："你个孩子知道什么？少问！"

任瑶期从善如流地点了点头，脸上笑眯眯的："嗯，那我不问了。"

任益均听了轻哼一声，半晌才别扭道："还有什么？不就是孩子的事情。

三婶让我们……咳咳……"

"对了，你知道前一阵子要买任家祖宅的那位是什么人吗？"任瑶期转开话题问道。

任益均也没有咬住前面的话题不放，闻言想了想："听我父亲提过，说是一个外来的商户，家中是做海货生意的，银子挺多的。当时找来任家的时候，拿了十万两银票，还说价钱可以商量。"任益均嗤笑一声，"我瞧着是钱多烧得慌，就那破房子也值十万两？"

任瑶期挑了挑眉："任家没同意？"

任益均扯了扯嘴角："何止是没同意，当时大哥说了一句'卖了也不是不可以'，结果老太爷就大发雷霆。他老人家虽然现在说不了话，但是一瞪起眼睛来还是很有家主威风的，我父亲就把我大哥教训了一顿。其实，我们都觉得大哥的想法有些道理，任家现在已经不比以前了，听说连几座矿山都快要保不住了，死守着那座宅子做什么？若当真是任家住了几百年的地方，舍不得祖宗留下来的东西倒也情有可原，只是我们任家搬进去也才几十年，说是祖宅还真有些勉强。"

任益均不知道，任瑶期却是清楚的，当初他们曾祖父这个人是有些野心的，一心想要让任家挤进燕北名门世家的行列，且一生都在为此努力，甚至于交代遗言的时候都在为任家的未来考量。

任家的"祖宅"就是任家的脸面，真要卖了，任家离这目标就越来越远了。

何况任家的祖宅里还有一个大秘密。

任瑶期觉得，任老爷子到了这个时候还坚持不肯卖掉任家的宅子，除了怕丢脸，还有一个重要的原因就是那座原本属于翟家的宅子里有一笔财物，且这些财物数量惊人。只是任家这么多年也没有将那些东西找出来。

这些事情任益均和任益延他们都是不知道的，若是有一日他们知道了事情的始末和这个秘密，却依旧认为任家的宅子可以卖出去的话，说不定任家就有救了。

任瑶期和任益均随意聊了一会儿，之后没多久，任益均和齐氏就要起身告辞。李氏挽留了几句，不过因为这里毕竟是雷家，她也不好以主人的身份强留客人。

齐氏看向任瑶期笑眯眯道:"五妹妹去送送我们呗,以后见面可就没有这么方便了,你三哥总是念着你呢。"

任益均不耐道:"不过几步路的事情,要她送什么?"

任瑶期笑着上前挽着齐氏的手,对任益均道:"我还没跟嫂子好好说几句话呢,我去送她,又不送你,你别嫌我烦。"

任益均撇了撇嘴不说话。

三人一起出门,快要走到二门的时候,齐氏对任益均道:"我有几句私房话要与妹妹说,你先往前走几步,别偷听!"

任益均闻言很不满,理直气壮地道:"有什么话是我不能听的!"

齐氏眨了眨眼:"少爷你也不是不能听,只是都是一些女孩子家的私房话,少爷你确定想要听吗?"

任益均想到任瑶期下月就要出嫁了,兴许齐氏是想要交代她一些事情,毕竟齐氏是嫂子,有些话想要教给小姑子也是正常。

所以任益均还是有些悻悻地自己走远了,只是因为心里不乐意,他的步子迈得很重。

齐氏道:"今日其实是祖母和婆婆让我们来的。她们是找的我,说要我劝劝你三哥,让他来劝你们回任家。我想着吧,就你三哥那样的驴脾气,我要真跟他说了这话,他肯定会骂我一顿,所以我虽然把他弄来了,却没有跟他提这些话。你就当是听过了吧,我也算完成了任务。"齐氏叹了一口气,一脸的懊丧,"这种里外不是人的活儿也就我这皮糙肉厚的能做了,你三哥是神仙,需要人每日拿香案供着!他祖母和母亲还真不了解他!"

任瑶期失笑:"只要你了解他就行了,毕竟以后与他共度一生的人是你,而不是别人。"

齐氏嘿嘿一笑,偷偷跟任瑶期道:"哎,你说那些娶了天仙回去的人也就最多是我这样了吧?"

任瑶期:"……"

齐氏越想越觉得自己这个比喻打得好,又自娱自乐地笑了一场。

任益均听到动静转回来,看她笑得莫名其妙,有些嫌弃地道:"什么事情这么高兴？我走到大门外都听到你的笑声。出门在外你也收敛点，少给爷丢人。"

齐氏"扑哧"一笑，朝任瑶期眨了眨眼，好像在说"你看！这位仙女儿难伺候吧？"

任瑶期也有些想笑，不过她忍住了，将任益均和齐氏送出了门。

送出门不久，任瑶期也从雷家回去了，特殊情况李氏留在雷家坐镇几日没事，任瑶期一个未嫁的女子留太久就不太合适了。而且她确实还有不少事情要忙。

任瑶期才回到家，之前被派过去给龚嬷嬷送点心的人就来求见了，说是龚嬷嬷很喜欢任瑶期送过去的桂花糕，汤圆也当场就让人去煮了。

龚嬷嬷还让人给任瑶期送来一张方子，说是给她调理身体用的。

任瑶期接过方子看了看，药方确实是好药方，不过她目前并不打算用。龚嬷嬷身上的事情还没有弄清楚之前，任瑶期还是很小心的，就连任瑶华那边，她也交代过让她先把龚嬷嬷给她的方子给几个大夫瞧一瞧。

在任瑶期和萧靖西成亲前，燕北又发生了一件事情，那就是朝廷有不少朝臣联名要求燕北王府立世子。

按理说，朝臣们的要求也不过分。

燕北王再如何也是藩王，而且燕北的安定关系到整个大周朝北部疆域的安危，朝臣们关心燕北王的继承人问题也是理所应当。但在这个时候，谁也不会认为朝廷这么关注燕北王府世子人选是一件简单的事情。

就在这个时候，又有一个谣言传出来，在燕北引起了轩然大波。

一位原本出身燕北王府的老嬷嬷在临终的时候说胡话，竟然一不小心吐露出一个天大的秘密，那就是燕北王府的二公子萧靖西其实不是燕北王的儿子。

据说王妃当年在怀第一个孩子的时候中了毒，后来孩子虽然生下来了，她自己体内却还留有毒素，在接下来的几年里根本就不适合怀孕。

可是长子出生不久就被送去京城为质，当时的燕北王府迫切需要一位小公子来安定人心，所以王妃抱了难产去世的亲姐姐的孩子当作自己的孩子养在身边，这孩子就是萧二公子。

不过萧二公子毕竟不是燕北王的亲子，所以燕北王府对外宣称萧二公子身体不好，为的就是等王妃调理好身体再生下一位公子之后，这位二公子就能顺理成章"夭折"了，只可惜王妃虽然在经过好几年的调养之后如愿又怀上了，生下来的却不是儿子，而是女儿。

王妃为了能顺利怀上第二胎，让一位接生嬷嬷给她用了秘药。是药三分毒，这秘药虽然让王妃顺利怀上了，却也伤了她的身子，所以自生下女儿之后王妃再也没能怀上孩子。也因为如此，萧二公子存在到了现在。

虽说每个名门世家都少不了一些隐秘之事，但是这一次被爆出来的燕北王府的大隐秘让整个大周朝的人都震惊了。对于此事，有人相信，也有人不信。

相信的人想着，难怪燕北王在世子过世之后迟迟不肯立二公子为世子，原本还以为是二公子身体不好，原来却是因为萧二公子根本就不姓萧。

不相信的人则认为这是朝廷弄出来的阴谋，为的就是扰乱燕北人心，以达到他们不可告人的目的。

不管世人信还是不信，萧二公子的身世问题已经成了整个大周朝的百姓茶余饭后最津津乐道的话题。大家就等着燕北王府出面辟谣。

可惜让人失望的是，燕北王府对于这个谣言一点反应也没有，就像没有听到一般，该干什么还是干什么，燕北王府上上下下忙的都是萧二公子的婚事，似乎想要用实际行动来证明这个谣言的荒谬。

任瑶期在听到这件事情的时候还惊愕了一下，不过她并不相信萧靖西不是王妃亲生的。王妃对萧靖西是什么感情，任瑶期从王妃对自己的态度上就能体会到，何况萧靖西的相貌与王妃有几分相像，这并不是萧靖西是王妃姐妹的儿子就说得通的。

所以外头虽然闹得沸沸扬扬，任瑶期在意的却是传出这种谣言的人背后的目的是什么。

她婚期将近，却闹出了这种事情，让任时敏和李氏十分忧心。任瑶华、任时佳，甚至任时茂他们都来问过，担心任瑶期的婚事会因此事而受到影响。

在这个时候，外祖母容氏也给任瑶期来了一封亲笔信，信写得十分简短，只有四个字：少安毋躁。

任瑶期想了想，将容氏的信拿去给李氏看，李氏看了之后总算是安心了。别人信不过，她自己的母亲总是信得过的，既然容氏让他们少安毋躁，那就说明外头的传言十之八九不是真的，任瑶期的婚事不会因为此事而受到影响。

于是燕北王府和任家依然很淡定地准备着婚礼事宜。

容氏的信送过来没多久，河中王就给任瑶期送来了添妆礼。添妆礼装了整整九辆马车，马车上印有河中王府的徽章，从城门一路驶到任家门前的时候吸引了云阳城里所有人的目光。献王离开燕北成为河中王之后一直很低调，这还是河中王府第一次在众人面前高调亮相，就是冲着这一点，这个热闹也不能不看。

当一样样物什被人从马车上抬下来搬进任府的时候，还有一位内侍打扮的人唱名，那场面比世家大族们送嫁妆的时候要庄严正式、高调惹眼多了。

翠竹双凤冠一顶，赤金八宝头面两副，赤金镶玉头面两副，嵌宝金步摇四对，宝錾四对，八宝金钑花钿两对、金累丝嵌宝镯一对，凤头连珠镯一对，赤金八宝镯一对，珍珠十二两，纻丝、绫、纱、罗各二十匹，燕居服四件，四季衣裳共二十四套，朱红戗金皮箱九对，各色被六床，白绢卧单四条……

除此之外，河中王府还给任瑶期的嫁妆里添了些良田和两座别院，值得一提的是其中一座在云阳城外的日月温泉附近，还有一座在河中王属地晋州，这两座别院从房契上就能看出来，皆是占地面积十分大的。

河中王送任瑶期燕北的别院还好说，送他属地附近的就难免会让人觉得他有为即将嫁到燕北王府的外孙女撑腰的意思，仿佛是在告诉燕北王府，任瑶期还有河中王府这个娘家。

这一样样东西细数下来，看得人眼花缭乱，这哪里是普通人家嫁女的套路？这是要嫁公主吧？

于是河中王府这一次给任瑶期添妆，不仅仅表达了对这个外孙女的重视，还以令人目瞪口呆的方式，高调又矜持地向世人展现出了他们的实力，经此一事，再也没有人敢小瞧河中王府了。

任家看到这一溜马车的添妆礼也很惊讶，李氏尤为激动。别人都不明白，她却是明白的，这些都是当年她还年幼时，她祖母逗她的时候许给她的嫁妆。

只可惜她出嫁的时候献王府落魄，她的嫁妆没有兑现，不想现在兑现在了她女儿身上。

李氏也由此明白了，她这些年所受的委屈，她的父王和母妃都看在眼里，记在心里，这何尝不是对她的补偿？

任家的宅子虽然还算宽敞，但九辆马车的东西全数搬进来的时候还是占据了整个前庭，最后李氏不得不将任瑶华出嫁之后空出来的整个东厢都用来放这些添妆礼，放不下的就暂时抬到任时敏用来当书房的跨院里，整个府里也就任老爷的地方最宽敞。向来视金钱为粪土将自己的书房列为家中禁地的任老爷，这一回就睁一只眼闭一只眼，什么话也没说。

任时佳夫妇除了给任瑶期四千两银子压箱底，还给了任瑶期两间铺面和一座别院，虽然比不上河中王府给的别院，却也是云阳城中很好的地段了。

任五老爷夫妇也给任瑶期添了妆。

任家老宅那边也给任瑶期送来了东西，任三老爷没有收，让人原样送了回去，把任老太太气得够呛，在家里骂儿子不识好歹。

任益均夫妇给任瑶期的东西任瑶期收下了，虽然只是一对玉佩和几枚发簪。

此外，任瑶期的先生徐夫人也给任瑶期送来了添妆，与别人不同的是徐夫人没有送金银玉器，而是送了两本书，都是读书人和爱书人梦寐以求的当世珍本。

最令任瑶期感到意外的是，裴之砚居然也给她送了礼。

裴先生给任瑶期的礼物是一架琴，这琴并不是出自名家之手，任瑶期却知道这是裴之砚的夫人还在世的时候，裴夫人亲手做的，这些年裴之砚一直带在身边。

别人不知道，任瑶期则知道这架琴对于裴之砚和他夫人的意义。任瑶期很感动，这架普通到简陋的琴的背部，裴夫人曾经亲手刻下了"结发为夫妻，恩爱不相疑"的句子，没有比这个更能表达裴先生对她和萧靖西的祝福之意了。而能够得到裴之砚如此真挚的祝福，是任瑶期这一生想都没有想过的事情。

日子就这么一天天过去，转眼就到了九月。

婚礼前三日，萧靖西去了一趟萧家的祖陵，在祖庙中举行一系列仪式，向萧家的列祖列宗们禀明自己即将娶妇，请萧家的列祖列宗保佑。

燕北王府的礼仪官还派了五六个嬷嬷来任家，这几日一直与任瑶期寸步不离。婚礼前一日，任家开始送嫁妆去燕北王府。

这一日，街上人山人海，都是来看热闹的。正阳街两旁的茶楼酒馆饭庄家家爆满，老百姓们都等着找个视野好的地方看热闹，那日河中王府给任瑶期送添妆礼的时候没有赶得及凑热闹的人，这一次都到了。

这一场热闹也没有让众人失望。

撇开任家给任瑶期的嫁妆和众人给任瑶期的添妆不提，仅仅是河中王府给的嫁妆就足以令世人震惊。燕北还从未有哪一户人家嫁女有这种排场，就连当初老王妃唯一的女儿萧微出嫁的时候也没有像任瑶期这么风光。

从这些嫁妆上就能让世人感受到，任家小姐嫁到萧家也不算是高攀，至少燕北还找不出能摆出这么大排场来嫁女的世家。在这一刻，没有人想起来任瑶期是白鹤镇任家出身的小姐，世人眼中看到的只是河中王的外孙女，一位郡主的嫡女要出嫁。

第二日，天才刚亮，任瑶期就被丫鬟叫醒了。燕北王府的嬷嬷们领着侍女们端着托盘和各种匣子鱼贯进了任瑶期的西厢。

嬷嬷和丫鬟们都笑容满面，齐身向任瑶期道了一个万福，然后就各司其职，伺候任瑶期沐浴更衣、梳洗打扮。因为训练有素，人虽然多却井然有序。

沐浴用的香汤是经过特殊配置的，气味淡雅。女子成亲当日沐浴是一种驱邪和祈福的仪式，为了祛除秽气，祈求健康。

这一日天气很好，前几日还是阴天，今日却艳阳高照，这是个很好的兆头。只是兆头虽然好了，也意味着任瑶期今日要多受些罪，因为她的礼服一层罩一层，十分繁复。

任瑶期的吉服为纁黄色，足足有八层，虽然每一层都不算厚重，但加起来就让人觉得十分闷热。这是先人定下来的规矩，任瑶期一生也就穿一次，只能忍受着。

燕北王府过来的这些嬷嬷丫鬟都很细致，连礼服上的小皱褶都要小心翼翼地抚平，光是沐浴和更衣就用了整整一个时辰。

来给任瑶期梳头的全福嬷嬷任瑶期不认识，年纪有些大了，据说是一位儿女双全很有福气的人。任瑶期安静地坐在梳妆台前，听着那位全福嬷嬷一边给她梳头，一边念念有词，心里竟然有些恍惚，这一刻她才真正意识到自己即将嫁为人妇。

从前，任瑶期年少时也曾对自己未来的夫君有过憧憬。她像每一个普通少女一样忍不住想象他是一个什么样的人，会不会喜爱自己。只是后来命运弄人，任瑶期离开燕北之后就再也没有过嫁人的念头，就连年少时那点朦胧的憧憬也渐渐消散在记忆里，再也记不起来了。

这一回，任瑶期一开始想的也只是改变至亲之人的命运，从没有想过会遇上萧靖西。

在这一刻，任瑶期忍不住细细回忆，自己年少时候心里盼望的那个人到底与萧二公子有没有一点相似之处呢？回忆许久，最后也没有一个结论。

任瑶期心里想着这些有的没的，等她回过神来的时候感觉头上一重，三四个丫鬟正围着她，帮她戴凤冠。双喜点翠三凤冠足有六七寸高，虽然为了行动方便里面并不是实心的，但是那满头的珠翠还是让人感觉头重得很。

给任瑶期戴凤冠的嬷嬷见任瑶期动了动头，不由得笑道："小姐可是不习惯？多戴几次就习惯了，以后逢年过节祭祖的时候都是要穿礼服戴冠的。王妃当年刚嫁进王府的时候也有些不习惯，后来戴得多了就好了。"

任瑶期对她笑了笑，好好坐正了。

等任瑶期终于收拾齐整的时候，白日已经过去了一半。

离燕北王府来迎亲还有些时候，苹果偷偷给任瑶期端了一碗燕窝粥和两碟点心进来。

任瑶期确实有些饿了。虽然任瑶华出嫁的时候也吃了些东西，但任瑶期怕燕北王府规矩多，而且一屋子的人看着她，她也吃不下去，所以让苹果把东西放下，没有动。

倒是从燕北王府来的那位领头的礼仪嬷嬷笑着道："奴婢们去外间候着，过会儿再来帮您补一补口脂。"她怕任瑶期不好意思，又道，"现在离吉时还有些时候呢，您还是稍稍用一些吃食垫垫肚子吧，不然会很难受的。"

说着那位礼仪嬷嬷就带着一溜人出去了。

苹果又把燕窝粥给任瑶期端过来，任瑶期接过，小口小口喝了，又用了几块点心，胃里有了东西，果然舒服许多。

苹果等任瑶期吃完了，又带着小丫鬟给她端来茶水和痰盂让她漱口。

任瑶期看着苹果沉静稳重的模样，笑了笑道："袁家等心急了吧？"

苹果红了脸，讷讷道："没有……"看了任瑶期一眼，她又强调道，"奴婢想一直跟在小姐身边伺候，如果……如果嫁了人，奴婢就不能近身伺候了。"

她一脸认真的样子把任瑶期逗笑了。任瑶期摇了摇头道："这个不行，袁嫂子该怨我了，袁家可是已经等你好几年了。"

任瑶期原本想把苹果和袁大勇的亲事定在她成亲之前，让袁家人当她的陪房。但因为袁家人一直都是任家的家仆，而他们这一房已经与任家断绝关系，所以任瑶期为了把袁家人从任家弄出来花了一些工夫，亲事也就推到了她成亲后。

袁家人自然是一千个一万个愿意跟她走，虽然袁嫂子想讨苹果这个儿媳妇很久了，但几年都等下来了，再多等几个月也没什么，反正这个儿媳妇跑不掉。

苹果听任瑶期这样说，神色一黯。

任瑶期笑看她一眼："等你成亲以后，就能帮我管院子了，不还是在我跟前伺候吗？"

苹果听了，这才又高兴起来。

任瑶期身边原本的那位管房嬷嬷徐嬷嬷，前阵子因为儿子生病已经回去好一阵子了，任瑶期给了她不少银子，让她安心在家给儿子治病。

任瑶期当初将徐嬷嬷留在身边是为了探她的虚实，后来虽然知道了她当年并不是有意要害任瑶华的，任瑶期也没有再怪罪于她，但心里还是有些硌硬。

徐嬷嬷回家之后，任瑶期也没有再给自己找一个陪房嬷嬷，想着萧靖西的院子里原本肯定是有管事的，所以以后该如何还是如何。

至于她屋里的事情，她打算交给苹果和桑葚，让她们一个管内务和账本，一个管屋里的丫鬟们。苹果和桑葚都是她这些年花心思调教出来的，她也用习惯了。乐山和乐水两个丫鬟年纪还小，不急着许配人家，也能留在身边近身伺候几年。

除了这四个大丫鬟之外，任瑶期还有四个陪嫁丫鬟：春燕、春兰、秋莲、秋香，都是周嬷嬷挑选出来细细调教过的，十一二岁的年纪，聪明伶俐。周嬷嬷特意挑了年纪不大的，除了好调教之外，还打算让她们在几个大丫鬟都嫁出去之后接班。这样便不至于让任瑶期以后无人可用。

任瑶期对这四个小丫鬟都比较满意，打算让身边的几个大丫鬟好好带带，以后也能堪大用。

萧靖西是申时到的任家，这接亲的时辰据说也有讲究，是王府里的礼仪官根据两位新人的生辰八字算出来的。

在萧靖西进门前，任家就提前放起了礼炮，几位嬷嬷领着任瑶期拜别任老爷和李氏。原本任瑶期还应该拜别任家的列祖列宗，只是现在任老爷被逐出了任家，这里没有供奉任家祖先牌位的祠堂，于是就在庭院当中摆了香案让任瑶期拜了各路神佛。

在拜别父母的时候，李氏忍不住哭了，两个女儿都出嫁了，作为母亲自然挺伤感的。任老爷看着一身嫁衣的女儿，心里也很不舍。依他本意，其实是想让任瑶期多留几年的。现在女儿出嫁了，以后再也没有人能陪他鉴赏书画了。

拜别父母之后，任瑶期被带回去等待萧靖西接她出门。燕北王府的规矩不同，任瑶期并不需要由家中兄弟背出门。从她脚下到大门外的花轿处都铺上了大红毡毯，任瑶期要和萧靖西一同走出去。

萧靖西今日也是一身纁黄色的吉服，这还是他第一回在人前穿这么艳丽的颜色，平时穿的礼服都是黑色的。

萧二公子这一路走来，毫无意外地吸引了所有人的目光。

谁家少年，足风流。妾拟将身嫁与，一生休。

任瑶期头上盖着红盖头，当萧靖西向她走来的时候她没有看见，只感觉到那一刻周围突然安静下来，然后一双靴子出现在她正前方的地面上。她的手被人轻轻牵起来，那人的手掌心干燥温暖，带着熟悉的、令人心悸的电流。

任瑶期下意识地抬头，视线范围之内依旧一片喜红。那人似乎怕她不安，轻轻捏了捏她的手，亲昵自然。任瑶期在他的力道下起身，站到他身边。

"跟我走。"萧靖西独特的嗓音在她耳畔响起,带着一如既往让人安心、令人信服的力量。

任瑶期被他牵引着,一步一步走出自己的闺房。

似乎是为了照顾任瑶期,萧靖西的步子迈得很慢,也很沉稳坚定。任瑶期忍不住握紧他的手,萧靖西感觉到了,反手将她握得更紧。

两人又一同拜别李氏和任时敏。然后,萧靖西牵着任瑶期沿着大红毡毯铺就的路走出任家。每次遇到台阶,萧靖西都会停下来,低声提醒任瑶期一声。

燕北王府的迎亲花轿比一般的花轿要大一些,材料用的是上好的香樟木,朱漆铺底,金饰雕花,端庄大气,没有铺太过花哨的轿衣。

走到轿子前的时候,喜婆走过来想要扶任瑶期上轿,萧靖西摆手拒绝了。他亲自掀开轿帘,送任瑶期上了花轿。

"要是觉得闷,就把盖头掀开透透气,没有人会看到的。"最后,萧靖西探身过来,凑到任瑶期耳边悄声叮嘱道。

任瑶期耳畔一热,萧靖西已经放开她的手退出去了。

接着在礼官的唱喏声中,任瑶期的花轿被抬了起来,跟着萧靖西的马驶出宝瓶胡同。

迎亲队伍按照惯例绕过云阳城东西南北四座城门,一路上接受了所有云阳城民众的祝福。有一些人还是特意从别的州县赶过来看燕北王府的婚礼的。这几日云阳城里的客栈生意都红火得不得了。

虽然已经过了一日中最热的时候,任瑶期坐在花轿中仍然感到闷热。她想要听萧靖西的话将盖头掀开透透气,但想起之前周嬷嬷说新娘的盖头要等新郎官来揭,别人揭开会不吉利,犹豫一会儿就作罢了。

花轿在王府门前停下,任瑶期又被萧靖西亲自扶出来。这一次两人一起迈进了燕北王府的大门。

燕北王府的承德殿正殿中已经摆好香案和祭坛。新人进门第一件事是祭拜先祖,得到萧家先人们的认可,才能拜堂。

这些程序一早就有人教过任瑶期,所以一路下来还算顺利。

祭拜完先祖,萧靖西便牵着任瑶期去清正殿,王爷和王妃已经在那里等着了。

接下来又是一系列繁复冗长的礼节，任瑶期都快要数不清自己被人指引着拜了多少次。要不是萧靖西一直在旁边扶着她，当礼仪官宣布礼成的时候，任瑶期差点站不起来。

王妃和王爷在上首说了几句祝福语，然后任瑶期就被萧靖西牵去了两人的新房。

进了新房，虽然还有不少规矩和仪式，但是终于不需要三跪九叩了。

萧靖西拿着一杆细秤挑开任瑶期的红盖头。乍亮的光线和近在眼前俊逸出尘的面容让任瑶期晃了晃眼，眨了眨才适应过来。

萧靖西笑看着任瑶期，直到一旁的礼仪嬷嬷提醒两人还有一些礼节需要完成才移开视线，将任瑶期拉起来。

新房的梁柱和漆器用的是红漆，银殊桐油以及鎏金，看起来喜庆华贵。西窗下摆着一张梨花木桌，桌上放着豆、笾、簋、篮、俎等物。

礼仪嬷嬷让两人相对而坐，一边口中念念有词，一边指引两人食用桌上的食物。这也是祭拜礼，为的是向天地神灵以及祖宗表示敬意，也昭示着这对新人从今往后都要同桌而食。

祭拜礼结束之后便是合卺礼。萧靖西夹起一片片好的肉吃了，然后又夹一片递到任瑶期嘴边，任瑶期也吃下了，这是同牢。礼仪嬷嬷将一只剖开的瓠分别递到两人手中，再斟上酒水，然后两人将瓠内的酒水倒入同一只酒杯中，共饮这一杯酒，这是合卺。

饮完合卺酒才真正算礼成。

萧靖西吩咐一声，一屋子的嬷嬷丫鬟们便井然有序地全退下去，顷刻间就只剩下任瑶期和萧靖西两人，快得任瑶期还来不及反应。

任瑶期心里有些紧张，眨了眨眼，抬头看萧靖西一眼。萧靖西拉着任瑶期走到床边坐下，然后向任瑶期靠过来，任瑶期吓了一跳，正犹豫着要不要躲开，就发现萧靖西只是靠过来帮她卸头上的凤冠。

萧靖西饶有兴致地看着她红扑扑的脸，带着些揶揄轻声问道："在想什么?"

任瑶期咬了咬唇,垂眼:"没……头上的凤冠很沉。"

萧靖西轻笑一声,也不揭穿她,认真地将她头上那顶足有六七寸高的凤冠卸下来,随手放到旁边。

头冠一卸下来,任瑶期就感觉自己的头轻了,还有种轻飘飘的感觉。

"喜服要换吗?"萧靖西贴到任瑶期耳边,小声问道。

酥酥麻麻的电流顺着任瑶期的耳郭流遍她的半边身子。可能是因为萧靖西靠得太近,以及他说这句话时与平日不一样的低沉语调,让这句原本就引人遐思的话听起来更加令人脸红心跳。

"不、不用了……我等会儿再换。"任瑶期紧张地道。

萧靖西静静地笑看着她,也不说话。任瑶期正要再说几句缓和一下这让她莫名紧张的气氛,却见萧靖西突然靠了过来。

任瑶期只觉一股清冽宜人的气息铺天盖地般笼罩住她,然后她的唇就被覆盖住了。任瑶期只感觉到脑中"轰"的一声,完全不知道该如何反应,仿佛踩在云端。

任瑶期有些坐不稳,连忙手往后撑在床上稳住自己的身子。萧靖西便伸手将她抱在怀里,嘴唇轻柔地磨蹭着她的,等她适应了他的气息之后便用舌头在她唇边探了探,然后不请自入。

萧靖西的吻与他平日里给人的印象不同。萧二公子在世人眼里是不食人间烟火的谪仙般的人物,温文尔雅,总能令人如沐春风。

萧靖西的吻温柔中却带着一股不容置疑的强势和霸道,任瑶期简直避无可避,只能跟着他一同沉沦在这相濡以沫的亲密中。

任瑶期一直昏昏沉沉的,不知道这个吻持续了多久,直到外头传来敲门声打断了萧靖西的强势掠夺。

萧靖西轻轻舔了舔她的嘴角,然后放开她,手指仍轻柔地抚了抚她的唇瓣。

任瑶期因为憋气脸上有些发红,眼中还隐有水光。她看着萧靖西半晌没有回过神来。

萧靖西轻笑着捂住她的眼睛,心情极好地低声道:"别这样看着我,至少现在别……我还要出去呢。"

任瑶期这才回过神来，正要推开他，就听到外头有人一边敲门一边道："我进来了。"

然后，就是一阵脚步声朝这边来了。

任瑶期反应过来自己现在和萧靖西的姿势有些暧昧，连忙一把将他推开。萧靖西原本也正想退开，不妨被任瑶期恼羞成怒使力一推，差点坐不稳摔到床下。也亏了萧二公子不似外头传言那般弱不禁风，不然就要出大洋相了。

萧靖西起身站好，看着任瑶期的眼神带着些委屈。

任瑶期也有些尴尬，正要说几句话，外面的人已经掀帘子进来了。

"父亲和母亲让你去清正殿。"萧靖琳的声音在屋里响起，打破了两人之间暧昧的气氛。

萧靖琳的视线十分正直，与往常无异，这让刚刚做了"坏事"的任瑶期少了不少被人当场撞破的尴尬。

萧靖西看了任瑶期一眼。

任瑶期点了点头："你去吧。"

按礼节，萧靖西完成洞房里的仪式之后，还需要去外面露一露脸。燕北王府已经许久没有办过这么大场面的喜事了，能有资格来道贺的人今日几乎都到了，皆是燕北各大世家的家主。

对于这些人，燕北王府还要给一些脸面。

所以不管萧靖西心里想不想离开，怨不怨怪萧靖琳出现在不该出现的时候扰了他的好事，他还是和颜悦色地对萧靖琳交代道："你在这里陪陪……你二嫂。"

萧靖琳很好说话："知道了，我在这里守着，你不必担心。"

萧靖西这才放心，又对任瑶期笑了笑，才离开新房。

萧靖西离开之后，萧靖琳和任瑶期大眼对小眼了一会儿，直到任瑶期忍不住笑出来："怎么了？"

萧靖琳上上下下打量任瑶期好半天，很自觉地忽略她唇上有些褪色的口脂，认真想了想，才有些纠结地道："我在想以后怎么称呼你。按照礼节应该叫你二嫂的，不过总觉得有些别扭……直呼姓名又不礼貌。"

任瑶期不由得失笑："我还以为是什么事呢！以后在人前的时候你叫我二嫂，私底下没有外人的时候你照旧就是。"

　　萧靖琳眨了眨眼，小声道："那萧靖西算外人吗？"

　　任瑶期轻咳一声，也小声道："你说算就算，你说不算就不算。"

　　萧郡主也是个好哄的，心里立刻就舒坦了。

　　萧靖琳不会承认，她刚刚想的其实是任瑶期和萧靖西成亲以后会不会只把她当小姑，而不当好友了。在萧靖琳心里，嫂子可以有很多个，好友却只有任瑶期这一个。

　　"你饿不饿？我让人送些吃的进来。"萧靖琳想了想，问道。

　　她听说新娘子都会饿上一整天，担心任瑶期也饿着。

　　任瑶期连忙阻止："我不饿，刚刚在这里完成祭礼的时候吃了不少东西。"

　　燕北王府的婚礼规矩比一般的地方多，刚刚她和萧靖西是每拜一次吃一次，虽然这些礼节很繁复费时，但也有好处，吃饱了。

　　萧靖琳点了点头，不再勉强。

　　"你以前没有来过昭宁殿吧？我二哥这里平日里最清静了，因为他的规矩大，从来不在昭宁殿接待外客，好像怕别人踏进这里就弄脏了他的地方似的，难伺候得紧。不过母亲说了，现在他已经成了家，有些规矩得改改，总不能以后让你待个客还跑去别的地方吧？你瞧瞧有什么看不顺眼的、不喜欢的，赶明儿让主管内务的管事过来记下，整改整改。"萧靖琳转移话题。

　　任瑶期很感激王妃的体贴，不过如果这些都是萧靖西的习惯，她不愿意一来就让他打破，毕竟也不是什么大事，能迁就就迁就，不然遇到实在迁就不了的事情时，反而不好解决。

　　对于夫妻之道，任瑶期并无经验，正在认真摸索。

　　两人就这么你一言我一语说着话，也没有让人进来伺候，时间竟然过得很快。等到萧靖西应酬完外面的人回来的时候，萧靖琳正与任瑶期说萧靖西幼时的趣事。

　　"娘不知道从哪里听说了男孩子小时候打扮成女孩子会比较好养，就让针线房做一些女娃娃的衣裳，还打算给二哥梳女娃娃才梳的丫髻……"

　　"咳咳！"突如其来的两声重咳打断了萧靖琳的话。

笑得停不下来的任瑶期抬头，便看到萧靖西已经进来，正笑看着萧靖琳，眼中隐含警告之意。

"时候不早了，你该回去了，母亲刚刚在找你。"萧靖西对萧靖琳心平气和地道。

萧靖琳没有半点背地里说人糗事被当场抓包的尴尬，收回上扬的嘴角，起身之前还对任瑶期道："我们下次再说，我先走了。"

任瑶期点了点头，目送萧靖琳离开。她现在不方便送萧靖琳出门。

萧靖西走到任瑶期面前，微笑道："看我笑话就这么开心？"

任瑶期还沉浸在听到萧靖西不少幼年趣事的愉快中，对萧靖西的靠近并没有不自在，反而笑吟吟地抬头问他："那你小时候到底有没有穿女娃娃的衣服？"任瑶期看着眼前的萧靖西，想象着小小的萧靖西穿着一身小红袄，梳着包包头的模样……

"扑哧——"

萧靖西在她身旁坐下，微笑着靠近她耳边低声道："你真想知道？"

直到耳畔的热流传来，任瑶期才察觉到两人已经面对面挨在一起，想到萧靖西离开之前对她做的事情，瞬间脸红了。她忍不住想往后让一让，拉开这让她手足无措的距离。

可是萧靖西没有给她机会，在她避开之前便将她拉到怀里，然后温热的唇覆盖上来。

虽然已经有过一次体验，可是萧靖西亲上来的时候，任瑶期还是蒙了。她只能一动不动地软在他怀里任他作为。

萧靖西在任瑶期口中不停地掠夺，吻得温柔又缠绵。任瑶期不知不觉沉浸在他的吻里，最后下意识地动了动舌头。

任瑶期的动作取悦了萧靖西，让他的吻更加温柔，引导着任瑶期与他一同在唇齿间嬉戏。

这世上有一种男子，当他用专注的目光注视你的时候，会让你忘记一切，只想沉沦在他无尽的温柔里。

萧靖西注视着任瑶期，轻轻在她的唇间点吻，仿佛在对待什么稀世珍宝。

"窈窈？"萧靖西低声唤道。

"嗯?"任瑶期水润的眼睛看着他。

"窈窈。"萧靖西啄了啄她的唇瓣,又唤了一声。

"嗯。"

"窈窈。"

……

第五十二章

回　门

　　第二日一早，任瑶期醒来发现自己躺在萧靖西怀里。萧靖西昨日想必也累了，还没有睡醒。任瑶期微微动了动，转头透过大红色的幔帐看外头的天色，只看到光线昏暗，却看不出时辰。

　　任瑶期仰头去看萧靖西的脸，其实她从没有这么近距离地仔细看过这个人。红帐里光线昏暗，近距离看着，萧靖西睡着的时候微微抿着唇，呼吸清浅，无论从哪个角度看都觉得美好。

　　任瑶期看着看着，忍不住偷偷伸出手想要轻轻戳一戳萧靖西的脸颊，想看看如果戳出一个酒窝，他会是什么模样。

　　她的手指轻轻碰触萧靖西的脸，正犹豫着自己的力道会不会惊醒他，萧靖西突然翻了一个身，原本平躺着的身体变成有一半压在她身上。

　　任瑶期吓了一跳，努力将自己埋在他胸前的头挤出来，看向压在上方的人，却见萧靖西的眼睛依旧闭着，仿佛只是熟睡之时不自觉翻了一个身。

　　不过任瑶期没有再被萧靖西骗到，推了推有些沉的某人，懊恼道："你什么时候醒过来的？"

　　萧靖西嘴角微微上扬，睁开眼，即便在这般昏暗的光线下，他的眼睛依旧明亮深邃。

　　萧靖西静静地看了任瑶期一会儿，声音喑哑："你醒的时候我就醒了。"其实萧靖西醒得比任瑶期早，就是怕吵醒她才没有起身。

任瑶期闻言有些窘迫。她刚刚一醒来就在看他，还孩子气地去戳他的脸，他虽然一直闭着眼睛，也肯定能察觉到。

果然，下一秒萧靖西就贴在她耳边戏谑问道："你看了这么久，看出什么来了？"

耳朵痒痒麻麻的，让任瑶期忍不住颤了一下，萧靖西察觉到了，还故意用唇碰了碰她小巧圆润的耳垂。

任瑶期脸色微红，挣了挣，却故作淡定道："发现你脸上有只痦子，一时好奇多看了会儿，后来才发现原来是只小蚊子。"

萧靖西闷声笑了，然后在她耳垂上轻轻咬了咬："难怪我刚刚感觉有只蚊子在我脸上扎了一下，不过这只蚊子可有些大。"

任瑶期终于明白，为什么萧靖琳总喜欢翻白眼了，因为她现在好像也有这个毛病。她抬手揉了揉自己已经红得发烧的耳朵，想要从萧靖西怀里挣出来，唤人进来洗漱。她没有赖床的毛病。

"起来吧，一会儿还要去九阳殿见父亲和母亲呢。"

萧靖西抱住她不动，然后干脆将眼睛闭上了："不要，我要再睡会儿。"

任瑶期差点被他呛到。她看了一眼跟个孩子一样耍赖的男人，无奈地低声哄道："你很累吗？可是请安的时辰不能误，要不我们从九阳殿回来你再睡？"

任瑶期原本只是随口一说，不想萧靖西却睁开眼睛，笑看着她问道："我累不累你不知道？"

任瑶期轻轻道："别闹了，该起了。"

萧靖西正要说话，就听到一个声音在门外道："小姐，已经卯时了。"

任瑶期闻言立即使力推开萧靖西，连忙道："带人进来伺候洗漱吧。"

萧靖西挑了挑眉，"你的丫鬟？"任瑶期怕萧靖西以为她的丫鬟没有规矩，忙解释道，"是我怕今日起晚了，让她在卯时整提醒我一声。"任瑶期顿了顿，道，"等会儿我让她们去见院子里的管事，好好学一学昭宁殿的规矩。"

其实任瑶期的丫鬟们规矩都学得很足，不然也不能跟她来燕北王府，只是任瑶期怕在萧靖琳口中难伺候的萧二公子规矩太多，她的丫鬟们哪一天不小心犯了忌讳。

萧靖西见任瑶期认真，想了想，凑到她耳边认真道："我瞧着规矩倒是不用学了，她们若是犯了什么错处，我就罚你好了。"说着还在她耳垂上咬了一口。

正好苹果和桑葚领着几个丫鬟进来了。

任瑶期连忙推开萧靖西，瞪了他一眼，然后理了理自己的头发和衣襟，掀开幔帐。她知道萧二公子在外人面前还是很正常的，只是时不时看向她的那带着笑意的眼神让她总想避开他的视线，就怕被丫鬟们看出什么。

果然，萧靖西之后就没有再出什么幺蛾子。

两人一番梳洗之后，换了一身正装，去王爷和王妃住的九阳殿。

任瑶期和萧靖西进去的时候，一身白色劲装的王爷正在正殿前耍枪。一把银枪在燕北王手中仿佛有生命一般游龙走蛇，虎虎生威。

任瑶期正眼花缭乱之际，王爷手中的枪突然毫无预警就朝着他们凌空飞射过来。任瑶期呆了呆，还没有来得及做出什么反应，萧靖西已经迅速上前一步，挡在任瑶期面前轻轻松松接住有雷霆之势锐不可当的兵器。

燕北王爽朗地笑了几声，跟萧靖西和任瑶期打招呼："儿子、儿媳！你们来了？"

萧靖西无奈道："父亲，您吓到人了。"说着又低头小声安慰任瑶期道，"别怕，父亲他……就是喜欢这样跟人打招呼。"

任瑶期这才想起来刚刚这画面好像有些熟悉。她想现在她清楚萧靖琳像谁了。

任瑶期低头给燕北王行礼问安。

燕北王与上一次见面的沉稳严肃不同，很亲和地对她笑道："你母亲在等你，快进去吧，我跟靖西说几句话。"

任瑶期低头应了，看了萧靖西一眼。萧靖西点了点头，任瑶期便先进了九阳殿。

外面只有萧靖西和燕北王两人的时候，萧靖西才低声道："父亲，你不是答应了不在殿前练武吗？你的练功房就在九阳殿旁边。"

燕北王哈哈一笑，上前拍了拍萧靖西的肩膀，还故意捏了捏，然后凑近了与儿子说男人之间的悄悄话："你老子还不是怕你昨日雄风不振，想让你在媳妇面前长点脸？你别的不行，至少接枪是一接一个准。"

萧靖西："……"

任谁同一个动作练了十几年都会出神入化的。

没人知道萧二公子最擅长的功夫不是别的，而是接暗器。速度再快、角度再刁钻的暗器也没有本事伤到他，对于这一点，他家中有两人功劳最大。

任瑶期去九阳殿的时候萧靖琳还没有到，王妃正坐在偏殿中与辛嬷嬷交代事情，抬头见她进来，便招手让她过去。

"你先坐会儿，靖琳来了就可以吃饭了，等会儿再一起去承德殿。在我这里就是我们一家人一起吃饭，没有什么规矩。"王妃对任瑶期笑着道。

燕北王府新妇进门第二日一早也有认亲礼，是一对新人再次拜祭完祖先之后在萧家宗祠承德殿偏殿完成的，到时候老王妃和云太妃都会到场。王妃让他们先来九阳殿一是为了一起吃饭，二是怕他们睡过头了，误了去承德殿的时辰，被有心人抓住把柄。

王妃与任瑶期交代一句之后就又转头吩咐辛嬷嬷关于等会儿承德殿认祖和认亲的事情，任瑶期也在一旁认真听着，虽然这些规矩她已经听过很多遍了。

没过多久，王爷、萧靖西、萧靖琳三人一起进来了。王爷爽朗的笑声隔着大老远就传了过来。

"那今日得空的时候咱爷仨去比画比画，谁输了谁当一个月的箭靶子如何？"

"不比。"萧靖琳面无表情地道。

燕北王不乐意了："我说宝贝蛋子啊，你老子一把年纪了都不怕输，你怕什么？没一点咱萧家的精气神儿！"

任瑶期正打算起身，突然听到燕北王口中的称呼差点没站稳。

王妃皱着眉头不高兴了："王爷！请您注意称呼！"

别人家里给孩子起乳名，女孩子都叫囡囡、妞妞，唯独燕北王把自己的女儿亲切地称作"宝贝蛋子"。这一项殊荣，就连萧靖西也没有。

王妃很不满意。

萧靖西年幼的时候，燕北王也给他起过乳名，不过后来被王妃十分坚决地抵制了。可是萧靖琳常年跟着燕北王在边关，王妃鞭长莫及。

燕北王哈哈一笑，大马金刀地一坐，"称呼而已，有什么要紧，你就是规矩多，事儿也多。看看现在，女儿像我，儿子像你，啧——"碍于新儿媳妇在场,燕北王还是给儿子留了些脸面,只是摆手总结道,"以后孙子都跟我!"

王妃闻言让辛嬷嬷带着丫鬟们下去将饭摆上,然后似笑非笑地对王爷道:"王爷这话的意思是在怪我教子无方?"

燕北王指着王妃对一双儿女道:"看看,看看,你们的娘又想多了吧?我说句什么话她都要掰扯个一二三四五六出来,也不嫌累得慌。本王是个粗人!哪里有那么多花花肠子让她琢磨?"

萧靖西和萧靖琳兄妹二人似是对眼前的情景习以为常,都事不关己地各自坐下。

王妃白了燕北王一眼,不再跟他一般见识,免得让儿媳妇看了笑话。

饭就摆在九阳殿的右侧殿,一张不大不小的梨花木圆桌上。王爷和王妃坐在上首,任瑶期和萧靖西坐在左边王爷这一侧,萧靖琳坐在右边王妃那一侧,看座次就是很寻常的家宴。桌上的菜色也与任瑶期在家的时候差不多,不算太精致。

王妃对任瑶期解释道:"早上吃太精致不利于养生,家常一些的好。你喜欢什么让辛嬷嬷记下,以后过来用饭的时候添上。"

王爷点头,笑道:"正是如此!想当年你刚嫁来王府的时候漱口都要用参汤,也不知道怎么养出来的毛病。"

王妃装作没有听见燕北王的话,道:"王爷,可以动筷子了。"

于是作为一家之主的燕北王拿起自己的筷子夹了一筷子脆肚丝儿放到王妃的碗碟里:"王妃用饭。"

王妃脸上的表情稍缓,礼尚往来地夹了一个小芝麻包放到燕北王碗里:"王爷用饭。"

他们先动了筷子,底下的儿女们才拿起筷子。

萧靖西给任瑶期舀了一勺八宝蒸蛋。任瑶期想了想,也给萧靖西舀了一勺。萧靖琳看了看他们,面无表情地低下头默默吃饭。

一家人的早膳就这么和谐地进行下去。

用完早饭,时辰差不多了,燕北王和王妃就带着一双儿女和新进门的儿媳妇去了承德殿。

到了承德殿，他们发现云太妃已经先一步到了，正背对着他们站在承德殿供奉牌位的后正殿外面，没有进去。

燕北王和王妃带着儿女们上前给云太妃问安，云太妃转过身点了点头。

"还差一刻钟，他们应该也快到了，先进偏殿吧。"云太妃道。

云太妃的话才刚落音，就看到老王妃从外面进来了，身后还跟着萧家二房萧衡一家人。

老王妃一看到云太妃，原本就不怎么高兴的脸彻底沉了下来。云太妃脸上依旧没有什么表情。

双方分别见了礼。

王妃对任瑶期和萧靖西道："既然人都到齐了，你们准备一下先进祠堂吧。"

今日的仪式比昨日的要简单许多。

时辰到了之后，燕北王先进祠堂上了三炷香，然后就是萧靖西和任瑶期一同进去。萧家的祠堂没有妇人不准入内的规矩。燕北风气开化，许多世家都没有这种规矩。只要是正妻就能进祠堂。

王妃则陪着老王妃和云太妃先去了偏殿。

任瑶期和萧靖西跟着王爷给萧家列祖列宗上完香之后，就回了偏殿。认祖礼之后是认亲礼。

一进偏殿就听到老王妃道："按规矩，上族谱是要等她生下孩子之后与孩子一齐上的，这么早就上族谱做什么？族规上没这规矩。"

王妃好言好语地道："这已经是许久以前的族规了，改一改也没什么。我与王爷商量过了，就趁着今日顺便上了吧。"

老王妃冷笑道："既然你们已经决定好了，那还要问我的意思做什么？我若是说不同意，谁又肯听了吗？"

燕北王大步走到自己的位子上坐下，转头笑着问王妃："你们在聊什么这么高兴？"

众人："……"

王妃看了任瑶期一眼，对王爷道："在聊今日让瑶期上族谱的事情。"

燕北王点了点头，哈哈一笑："这是好事！难怪你们都这么高兴！"

萧靖岳在一旁玩着扇子笑道："大伯，您没听清楚，祖母是说要等大嫂生了孩子之后再上族谱，这样才符合规矩。"

燕北王闻言一头雾水："这是什么时候定下来的规矩，为何本王不知道？"燕北王看的是他弟弟萧衡。

萧衡低头道："族中的事情我记不太清楚，好像是有这么一说，不过如王妃所言，已经是很多年前的老规矩了。"说了等于没说，萧衡在这种场合向来不会明目张胆反驳燕北王，只有他儿子会"童言无忌"。

燕北王摸着下巴想了想，看了看老王妃和坐在那里不说话的云太妃："两位长辈都觉得该按这个旧规矩来？"

老王妃道："这是萧家的祖宗留下来的规矩，不能说改就改。"

老王妃一口咬死了。她今日正不痛快，所以看谁都不顺眼，原因就是昨日萧靖西大婚的时候有些世家进来请安，好几位世家夫人送给云太妃的礼竟然都比送给她的重。

老王妃气得一晚上没睡好，起来的时候发现嘴上起了燎泡。这一大早的又要来参加什么认亲礼，她倒是想干脆不来了，可是她不来不就更加便宜人家"一家人"相亲相爱了吗？

燕北王又看向他生母云太妃。

云太妃沉默一会儿，然后问老王妃道："你的意思……规矩是越老越好？"

老王妃看了云太妃一眼，以为云太妃是想要与她唱反调，冷笑道："这是后世子孙应尽的孝道！没有什么好不好的，只有该不该的！像我们这样的人家，本来就应该规矩比天大。"

面对老王妃的冷嘲热讽，云太妃脸上看不出来什么不悦，只是冷淡地道："你说的也有道理，不过你可能不知道萧家最开始的族规。"

云太妃的话让众人都愣了愣，老王妃尤其厌恶云太妃这种不把人放在眼里的姿态，一点就着："什么意思？我不知道，难道你知道？"

云太妃不急不缓地道："我确实是知道的。在你进萧家门之前，萧家的族规是生了儿子才能进族谱，而不是生了孩子就能进族谱。所以要是按你说的，规矩是越早定下来的越好，那么不该出现在族谱上的人可不止她。"

云太妃一句话就让老王妃气得脸都白了，当场拍了桌子："王爷，你就任由你的生母这般诋毁你的嫡母？燕北王府的规矩还在不在？"

　　燕北王无辜被点名，眨了眨眼："啥？我们难道不是在讨论新媳妇进族谱的事吗？"

　　云太妃淡声道："就事论事而已，你何必拿他撒气。我是生母又如何？去给老王爷守陵的是我又不是你，你还有什么不满意的？要不咱俩换着去给老王爷做伴？我们现在谈论的是族规。当年你之所以能进萧家的族谱，是因为你身份不同，后来老王爷索性就把族规改了，改成生了孩子就能进族谱。不信的话，你去翻一翻几十年前萧家的旧家规，看看我有没有唬你？"

　　老王妃被云太妃顶得说不出话来，气得差点就要翻白眼。

　　眼见着气氛就要闹僵，萧靖西看向自己的母亲。

　　王妃很镇静地出面打圆场："说起来，谁家的族规也没有一成不变的，这些都是陈年旧事，今日不提也罢。"

　　云太妃没有再说什么。老王妃在这里坐不下去了，站起身来："我今日就不该过来！有什么事情你们一家人自行决断吧！"说完拂袖而去。

　　王妃连忙出声挽留，可是老王妃已经出了偏殿。王妃看了王爷一眼。

　　这时候云太妃也站起来："有什么事情你们自己决断吧，这杯茶我下次再喝。"说完，云太妃不等王妃说话也走了。

　　任瑶期站在下面瞧着，她是晚辈又是新妇，神仙打架没有她说话的份。不过看着云太妃起身离去的背影，任瑶期若有所思。

　　刚刚表面上看起来云太妃对所有人都冷冷淡淡的，甚至说到她去给老王爷守陵的时候，似乎对燕北王也有所不满，却在适当的时候给他们解了围，因为在场能与老王妃对上的人也只有云太妃了。

　　而且云太妃的离开与老王妃的离开目的也不同，老王妃是被云太妃气走的，云太妃则是为了老王妃那句"有什么事情你们一家人自行决断吧"。

　　如果云太妃不走，就坐实了老王妃被他们联合起来气走的指控。而她也走了，燕北王就不用为难了。外人看来这只是又一场东宫与西宫的置气。

　　在场之人都沉默了一会儿，然后还是燕北王开口道："两位长辈年纪大了，都坐不久，她们的茶，你们改日再敬。现在该干嘛干嘛，礼毕把族谱记上。多大点儿事！"

萧靖岳笑嘻嘻道："那祖母那边不管了吗？"

燕北王看了他一眼，挑眉道："你想怎么管？把你祖母的名讳从族谱上除去？"

萧衡连忙低声喝止萧靖岳，对燕北王道歉道："他小孩子不懂事，说话向来没遮没拦的，王爷请恕罪。"

萧靖岳也顺着他爹的话乖乖道歉："是啊，大伯，侄儿向来心直口快，说话不过脑，您别跟我这草包一般见识。"

燕北王看着他们意味深长地笑道："本王自然不会与小辈生气，不过靖岳啊，你小子也不小了，眼瞧着就要成家立业，平日里说话行事也该注意分寸了。在家里长辈们能包容你就包容了，出了这道门你也代表着我们燕北王府，犯了浑再寻求长辈包容，那就是要长辈徇私了，这可不行。"

萧衡闻言神色一凛，忙试探着问道："王爷何出此言？可是他在外做了什么混账事，有人到您跟前告状了？"

燕北王道："我这不是给他提个醒吗？他这性子实在令人担忧啊，可别等到真犯了无法弥补的事才知道错。你这做父亲的平日里也要对儿子上点心才是。"

萧衡连忙应下，见萧靖岳似是还想说话，暗中狠狠地瞪了他一眼，萧靖岳耸了耸肩，终于老实了。

萧靖岳一老实，接下来就顺利多了，再也没有人来搅和这场认亲礼。

任瑶期和萧靖西先给王爷和王妃敬了茶，收到两个大封红，之后任瑶期又与萧家二房的人按辈分见礼，萧衡夫妇也给了礼。萧家的人口还算简单，这场认亲礼很快就完成了。

然后在王爷的拍板下，任瑶期的名字顺顺利利上了萧家的族谱。老王妃和云太妃都不在，最大的就是燕北王，自然由他说了算。

从承德殿出来之后，王爷对萧靖西和任瑶期道："你们去给太妃她老人家敬一杯茶，陪她说说话再回去。"

萧靖西和任瑶期应下，王爷和王妃先回了九阳殿。

萧靖琳看了看萧靖西和任瑶期，犹豫一会儿之后道："今日我就先不去了。"萧靖西和任瑶期是去给云太妃敬茶，她跟去不合适。今日有萧靖西陪着，萧靖琳也不担心任瑶期会受委屈。

萧靖西笑着点头："好，你先回去吧，晚些时候窈窈再去找你。"

萧靖琳点了点头，先走了。萧靖西索性让跟着的丫鬟婆子们都退下，与任瑶期散步一样往云太妃的兰樨殿去了。

萧靖西低头悄声问道："累不累？"

任瑶期原本正想回答不累，可是突然想起之前两人在闺房里的玩笑，这话就有些说不出口，只是瞪了萧靖西一眼。

萧靖西低笑道："瞪我做什么？我只是想说这里离兰樨殿还有些距离，问你要不要乘软轿。"

任瑶期走自己的路，不理他。

萧靖西跟上来，轻声道："真生气了？"

任瑶期看了他一眼："没有。"

萧靖西伸手悄悄去勾任瑶期的手指，任瑶期有些不习惯，稍稍避了避，不过在萧靖西的手又追上来的时候就不动了。

两人的手借着袖子的遮掩牵在一起，就这么一路走到兰樨殿。

快到殿门前的时候，不等任瑶期说话，萧靖西就主动放开了她。

云太妃正在兰樨殿的小佛堂里，听说他们来了就出来了。

听说小辈是来给她敬茶的，云太妃也没说什么，吩咐人端了两碗热茶上来，等他们奉茶的时候也没刁难就喝下了，还从自己的丫鬟那里拿出一早就准备好的封红，给他们一人一个。

之后云太妃就没有什么话好说了，都是萧靖西说话，任瑶期有时候接上一两句。云太妃在一边听着，偶尔点点头，简单回应几声，表示自己在听。

"你们去寿安殿了吗？"云太妃突然问道。

萧靖西道："还没有，您这里比较近，就先过来兰樨殿了。"

云太妃点了点头："那你们去寿安殿吧，我这里没什么事了。"

萧靖西笑道："时间还早，我们再陪您说说话。听说您想要人抄佛经，瑶期她的字写得还算能见人，让她给您写几个看看，如果您瞧着满意就让她给您抄吧？左右她也没什么事。"

这倒不是萧靖西自作主张,他们刚刚在来的路上已经说起过这个话题了,任瑶期并没有什么意见。

任瑶期也知道在燕北王府与云太妃和平共处是很重要的,毕竟像今日这种场合,能正面对上老王妃的也就只有云太妃了。前提是云太妃她得乐意护着你。

云太妃看了任瑶期一眼,想了想道:"写字就不必了,上次千金宴的时候我看过她的字,很不错。不过抄佛经最重要的不是字好不好,而是诚心不诚心、懂不懂佛意。"

任瑶期谦虚道:"孙媳资质愚钝,不敢说懂佛意,只是读过几本佛经,诚心也是有的。"

云太妃淡声道:"你若是算资质愚钝,就没有聪明人了。"

任瑶期上次在千金宴上的表现,令所有人记忆犹新,云太妃也一样。萧靖西之前说的德才兼备,至少证明了一半。

对于云太妃直白的夸赞,萧靖西是很愉快的,还冲任瑶期笑了笑。

"你都熟读过哪些经书?说来听听。"云太妃问道。

云太妃说的是熟读,任瑶期想了想才将自己记得比较熟的几本经书说了出来。

云太妃点了点头,又说了几本别的经书名,问道:"这些呢?"

任瑶期含蓄地道:"读过几遍。"

云太妃看了任瑶期一眼,问了她几个问题,任瑶期凭着记忆一一答了。

云太妃摆了摆手,微微皱眉:"行了,读得比我还熟。"

任瑶期不说话了,萧靖西在一边笑。

云太妃道:"明日下午过来吧,每日抄半个时辰就行了。如果你哪一日有事情,就让人过来说一声,不来也行。"

任瑶期松了一口气,低头应下。

云太妃看了萧靖西一眼:"我就不留你们吃饭了,你们去寿安殿吧。"

这一回萧靖西听从了云太妃的话,带着任瑶期走了。

两人从兰樨殿出来之后,萧靖西见任瑶期若有所思,便问道:"在想什么?"

任瑶期想了想，实话实说道："在想太妃她老人家好像没有那么难以接近。"虽然对她这个孙媳妇仍不怎么喜欢，但也没有刻意难为，这已经很好了。

萧靖西笑了："嗯，你这么好，本来就应该人人都喜欢的。"

萧二公子现在说情话的境界已经快要登峰造极了，所以说天赋这种东西，是一通百通的。聪明人什么都领悟得快，不用人教。

任瑶期倒是被萧靖西夸得脸红了。

两人走到寿安殿门口，这次他们没有直接进去，而是乖巧地在门口候着，等人进去禀报。

没过多久，老王妃院子里的嬷嬷就出来面带歉意地对两人道："老王妃刚刚回来之后就觉得不舒服，两位要不改日再来吧？"

萧靖西问道："请大夫来看过吗？我们还是进去探探病吧。"

那嬷嬷忙道："不用不用，老王妃已经睡下了，只是老毛病犯了，刚才已经吃了一剂之前大夫开的药，睡一觉就能好。您二位还是请回吧。"

萧靖西又问了几句，坚持要进去，被拒绝了，最后只能失望地带着任瑶期告辞了。

其实他们都知道老王妃今日不太可能会见他们，只是见不见是一回事，来不来就是另一回事了。

这日，任瑶期与萧靖琳正在王妃这里说话，外面有人进来禀报说云老太太和云家二太太来了，要去给云太妃请安。

王妃想了想："太妃这会儿不知道是不是在午休，你先派人去兰樨殿看看，如果已经睡下了，就让云老太太和二太太改日再来，或者来九阳殿的侧殿等太妃她老人家醒了再去请安。如果太妃没有午睡，你就去问问太妃。"

侍女道："太妃知道云老太太要来，之前已经派人去二门口等着了，所以云家老太太和云二太太才会先去兰樨殿，是太妃让奴婢来与您说一声的。"

王妃想了想，问道："与云老太太一同来的是云二太太？云大太太有没有来？"

侍女回道："云大太太没有来，云老太太这次只带了云二太太和云二小姐。"

王妃点了点头："我知道了，你下去吧。"

辛嬷嬷问道："云老太太这次求见太妃娘娘，难道又是为了云家大小姐的事情？"上次云家大小姐和云文放兄妹两人在温泉山庄发生的事情，让整个云家都没了脸面，若不是云太妃在，燕北王府也不会让这件事情就这么轻描淡写地揭过去。

王妃摇了摇头："应该不是，不然云老太太应该是自己一个人来或者带上大太太。"

云老太太来燕北王府一般带着云大太太，云二太太和云三太太来得比较少。

辛嬷嬷想了想："云二小姐也来了，难道是为了云二小姐的婚事？这二太太和二小姐也是可怜人，云二老爷早早就去了，二太太又只生了二小姐这个女儿，没有个儿子，也亏得有云老太太怜惜她们母女。"

王妃点了点头，没有说什么。

比起大房和三房的人，云家二房要沉寂很多，因为二房就只剩下二太太和二小姐这对母女了。云老太太对二房倒也没有另眼相待，最看重的始终是长房的人，不过对二太太母女还算照顾，至少没有让她们缺衣少食，云家主子们有的她们都有。只是云二太太母女很低调，在云家和外人眼里几乎没有什么存在感。

任瑶期和萧靖琳在一边听着王妃和辛嬷嬷聊云家的事情，没有插嘴。尤其是任瑶期，温泉山庄发生的事情怎么说也与她有些牵连，她现在面对云家的人有些不自在。

可是没过多久，兰樨殿那边就有人请王妃过去，听说任瑶期和萧靖琳也在这里，云太妃让她们也一起跟去。

云太妃有请，王妃稍稍收拾一下就带着媳妇和女儿过去了。云家也是她的娘家，没有见外客的时候那么讲究礼仪。

云太妃没有在兰樨殿的正厅里接待客人，而是在她平日里饮茶休息的东边暖阁里，由此可见云太妃对娘家人还是很亲近的。

王妃带着任瑶期和萧靖琳进去的时候，原本正坐在南炕上与云太妃说话的云老太太以及坐在旁边靠椅上的云二太太都很快站起来给王妃行礼。云太妃见此也没有说王妃是晚辈当不得这个礼之类的场面话。

　　王妃上前扶住云老太太，对她笑了笑，然后带着两个晚辈一同给云太妃行礼，起身之后又亲自扶着云老太太在南炕上坐下。

　　云老太太不肯坐，要把位子让给王妃。王妃道："还是您坐吧，我坐椅子，原本就是我扰了你们聊家常。"

　　云太妃发话道："让她跟孩子们坐吧，咱们都是半边身子入土的老东西，想倚老卖老也没几次机会了。"

　　云老太太这才又坐下。

　　王妃就坐在了云太妃下首边。

　　云太妃看了任瑶期一眼："不是说要来帮我抄佛经吗？我与你母亲她们说说话，你和琳儿带着云二小姐去外间写字，再让人送些茶点进来。"

　　云老太太和云二太太都不由得看向任瑶期，王妃则笑着对她微微颔首，任瑶期连忙低头应了，然后与萧靖琳一起带着云家二小姐出去了。

　　等任瑶期她们都出去了，云老太太笑道："看来太妃很满意这位孙媳妇呢。"

　　云太妃淡声道："满意什么？愚笨得很！"说着云太妃又看了王妃一眼，"你以后还得好好教教她才行。"

　　现在整个燕北的女子还没有人敢说任瑶期笨的，因为谁也不会相信，所以云太妃这话虽然听着是贬低任瑶期，但也是一个长辈对入得了自己眼的晚辈的严格要求。而且让她去招待云二小姐，明显是让她尽地主之谊。

　　所以王妃笑着应下，云老太太则若有所思。

　　其实暖阁的外间与里间只隔着一个博古架和一张帘子，任瑶期她们仍然能隐隐听到里面的谈话。任瑶期有些惊讶于云太妃的态度。因为即便到了现在，她也能感觉到云太妃对她算不上喜欢，所以她没想到云太妃还会在云家人面前给她撑脸面。

　　任瑶期吩咐兰樨殿的侍女上茶点，等茶点上完之后发现暖阁的外间根本就没有书案，更别说笔墨纸砚了。虽然云太妃未必就真的想要她们过来写字，不过话都已经说出来了，任瑶期也只有临时吩咐人搬一张案几和几套笔墨纸砚过来。

云家二小姐云秋苹是个性格很内向的人。任瑶期之前也见过她很多次，每次都看到她跟在三小姐云秋芳身边，形影不离，所以尽管云秋苹长了一副还不错的容貌，穿着打扮也不比云家另外两位小姐差，却是最没有存在感的一个。

三人坐在一起，云秋苹都不会主动开口说话。任瑶期请她坐她就坐，请她喝茶她就端茶碗，说哪一道点心味道不错她就尝一尝。可能云太妃也知道云家二小姐的性格，所以没有让她们去那里聊天，而是让她们来写字。

任瑶期安置好客人之后就谨遵云太妃的指令，找出一本《妙法莲华经》来抄。

云秋苹也拿了一本经书默默抄写，萧靖琳写了几笔就撂下了，不知道从哪里拿出一本兵法，自己坐在一边看。

外间三人都没说话，里间暖阁里的人的说话声音便清晰地传了过来。

"韩家已经上门求亲了？"云太妃问道。

云老太太低声道："是的太妃，我和老太爷商量之后决定让秋苹嫁到韩家。"

任瑶期不由得看了云秋苹一眼，云秋苹虽然依旧在低头写字，脸却红了，眉梢眼角还带着一抹掩饰不住的欣喜。

云太妃问道："之前不是说要让秋晨嫁去韩家吗？怎么又换人了？"

云秋苹的脸色突然变得有些白。

云老太太和云二太太一时都没有说话，云秋苹忍不住动了动眼，很是不安。

过了一会儿云老太太才叹了一口气，语气有些艰涩地道："秋晨她……她现在左耳还是听不见，而且……而且我和老太爷都觉得还是让她在家里休养一阵子再谈亲事为好。我知道太妃娘娘您一直很喜欢晨儿，是她自己不争气，这次的事情也让您和王妃为难了，我和她祖父都觉得很羞愧。"

云秋晨变成这样，云老太太不心疼是不可能的。云家为了培养云秋晨，花了那么多心思和精力，最后却落得这副局面。若不是有云太妃在，说不定整个云家都会被带累。现在的云秋晨在云家已经与一枚废子无异，就连嫁到韩家联姻这种事情云家都没有挑她，正在这当口的云家也担心韩家会有想法，更担心其他世家看笑话。

云太妃叹了一口气，没有再提云秋晨。云秋苹终于松了一口气，低头继续抄她的经书。任瑶期看了一眼云秋苹的字，觉得以云太妃之前要求她的标准来看，云二小姐这经文抄得……肯定会被云太妃嫌弃。

之后王妃问道："下个月文放娶亲，云家都准备好了吗？"

云老太太道："各家办喜事都有一套章程，照着章程走就是了，也没有太多要准备的。"即便是极为疼爱云文放的云老太太，现在也不太想提起这个孙儿，只盼着他老老实实娶了孟家小姐，以后把心安定下来，少给家里惹祸。

王妃笑道："若是有什么需要帮忙的，就让人过来说一声。"

云老太太忙客气地道了谢。

她们聊了云秋苹和云文放的亲事，却谁都没有提云文廷的，仿佛将这件事情忘记了一般。

之后她们又聊了一些家常话，最后可能是见习惯午休的云太妃有些累了，云老太太和云二太太便起身告辞。

云太妃也没有多留。

等云老太太和云二太太从暖阁里出来的时候，云秋苹才将手里的笔放下站起身，走到云二太太身边。

云二太太脸上也带着笑，想必是对云太妃没有反对把云秋苹嫁给韩云谦这件事情感到高兴，虽然她从头到尾都没有说过话。

任瑶期和萧靖琳也起了身。

云老太太笑容和蔼地对她们道："你们写你们的，别起身了。"云老太太面对任瑶期的时候笑容也没有变过分毫，仿佛任瑶期与她家的孙子孙女并没有什么恩怨纠葛一般。

王妃还留在里面伺候老王妃就寝，任瑶期和萧靖琳坚持把云老太太送出兰樨殿才回转。

云二太太今日想必是真高兴了，人一高兴周围又没有外人，话便也多了起来。

云家的马车一出燕北王府，她就笑道："燕北王府这位新进门的少夫人长得果然好,尤其是现在,比起之前几次看到她的时候又明艳几分,想必名满天下的宛贵妃年轻的时候也不过如此。"

云二太太这简直是哪壶不开提哪壶,云老太太当场就沉了脸,叱骂道:"给我闭嘴!"

云二太太愣了愣,立即低下头讷讷地认错。

云老太太指着她就骂:"我当年是怎么教你的?一个人如果既不聪明又不会说话,那就尽量不要开口,这叫藏拙!之前十几年你都做得很好,以后也必须给我做好了!别以为女儿要出嫁,性子就又浮起来。"

说着云老太太又转头看向云秋苹:"当年我是这么教你母亲的,所以这些年她没有犯过什么大错,平平顺顺走到现在。现在我也这么教你!你给我把这句话记牢了!以后嫁到夫家也要如此!"

云秋苹咬着唇低头应了。

云老太太看着她们,有些疲惫地叹了一口气:"你们也别怨我,我都是为你们好。聪明人以为仗着自己那点聪明什么都能顺心如意,结果往往聪明反被聪明误,没个好下场。反而笨人只要小心行事,管住自己那张嘴,最后都能得个善终。你们母女都算不上是聪明人,那就装作大愚若智吧。"

说起来云老太太这也算是因材施教,云二太太当年刚嫁进云家的时候不是这个性子,很喜欢说话,偏偏说出来的话又不怎么好听,闹了不少笑话。云老太太对媳妇的要求很严,花了些时间狠狠调教了云二太太一番,慢慢地云二太太就不怎么在人前说话了,外面也再没有传出云家二太太愚钝憨直的笑话。

云二小姐小时候并不这样木讷内向,性子随了她的母亲,就连不聪明不会说话这一点也像。云老太太一发现她这个苗头,就开始严格调教她。

不管云老太太这么做是不是太过严厉无情,至少云家上下现在公认的最乖巧听话的小姐就是云秋苹,别人评论起云家二小姐来虽然也说不出太多优点,但是乖顺这一条是跑不了的。

所以别看云秋苹平日里不声不响的,之前想与云家联姻的人攀不上云大小姐,在云二小姐和云三小姐之间却是偏爱云二小姐的人家更多一些。

这边云家人一离开,任瑶期和萧靖琳回到兰樨殿,就发现云太妃并没有去午睡,而是依旧与王妃坐在暖阁的南炕上说话。

任瑶期和萧靖琳回去的时候,云太妃抬头看了她们一眼,突然招手叫来侍女吩咐道:"把她们之前抄的经文都拿来让我看看。"

侍女应声下去,很快就把外间案几上那几张纸拿了进来。

任瑶期看了萧靖琳一眼,萧靖琳面无表情地望了望天。

云太妃坐在南炕上将那几张纸拿起来翻了翻,从里面挑出四张问任瑶期,"这是你写的?"

王妃探头看了看,微微笑了笑,低头喝茶。

任瑶期也凑过去看了一眼,点头道:"是的,太妃,不过我只抄了五页。"

云太妃看了她一眼,没有说什么,将任瑶期抄的那几张纸放到手边的矮几上,又抬眼看萧靖琳:"你的呢?"

萧靖琳:"……"

云太妃早料到会如此,也没说什么,不过在低头看到手里剩下的两张纸的时候却皱了皱眉:"这是云秋苹写的?"

任瑶期回道:"是的,太妃。"

云太妃又看了两眼,然后摇头叹了一口气。

王妃笑道:"您先休息吧,已经过了您平日午睡的时辰。"

云太妃点了点头。

王妃带着人伺候云太妃躺下,又对任瑶期道:"你继续留在这里抄经书,我和靖琳先回去。"

云太妃闭着眼睛说了一句:"今日先回去吧,明日比现在晚一时辰再过来。"

任瑶期应下,王妃便把萧靖琳和任瑶期一起带走了。

出了兰樨殿,王妃才笑着对任瑶期道:"恭喜你通过了太妃的考验,以后她老人家可以放心让你抄她的经书了。"

任瑶期眨了眨眼。

王妃笑道:"你可知道太妃为何会让你们去隔壁抄书?"

任瑶期笑道:"之前不知道,母亲您这么一说我好像有些明白了。"

暖阁外间和里间只隔了一个镂空的博古架和一道帘子,根本就隔绝不了说话声,太妃却安排她们三个在隔壁抄书,就是为了考验她们的定力和诚心。

很显然，在这一场考验中通过的只有任瑶期。

对于萧郡主，云太妃一开始就没有抱什么期望。萧靖琳尚武，手里人命不少，今后也少不了杀戮，她抄的经书云太妃肯定不会碰。

至于云秋苹……

原本被云家寄予厚望的云秋晨已经沦为弃子，三小姐云秋芳性子尖酸刻薄，上不了什么大台面，只剩下一个云秋苹被云家推出来与韩家联姻。

其实云太妃考校云秋苹也是出于好心。如果云秋苹性子能力都还过得去的话，云太妃不介意拉她一把，让她时不时进府相伴，也当是给云家一些脸面。

只可惜人比人气死人。

云秋苹刚刚的情绪显然起伏过大，不仅字迹潦草，还抄错了好几个字，且只抄了两页。相比较而言，任瑶期就好太多了，五页书四张纸抄下来不仅字好看，并且一看就知道是用心抄的，字里行间没有半点浮躁。

所以王妃一看到任瑶期的字就笑了。

当初云太妃之所以会对云秋晨另眼相待，除了想给云家脸面抬一抬云家大小姐的身价之外，还因为云秋晨本人人稳心稳，而现在任瑶期比起当初的云秋晨只好不坏，也就是任瑶期不姓云，不然云太妃肯定什么不满都没有了。

云老太太来燕北王府的第二日，外头就传出云家与韩家联姻的确切消息，云家将把云家二小姐许配给韩家公子韩云谦。

韩家在燕北虽然算不上是名门世家，但也算是这些年崛起的新贵，实力不俗。尤其是韩家公子韩云谦，相貌气度自不必说，还在上一年的秋闱中得了解元，被燕北王身边第一谋士盛士弘收为门下弟子，风头一时无两，前途一片大好。

所以云家挑上韩家少爷也没有太令人大跌眼镜，韩云谦别说是配云二小姐，就是当年的云大小姐也是配得起的。

云家最近喜事连连，先是宣布了云家二小姐和韩云谦的亲事，接下来就是云家二少爷的婚礼。这一番热闹让人不再将注意力盯在久未在人前露面，据说左耳已经失聪的云家大小姐身上。外面的热闹都没有影响到任瑶期，这一日是她回门之日。

大清早，任瑶期醒来的时候萧靖西还没有醒。任瑶期这次学老实了，不管萧靖西是真没醒还是假没醒，她都躺在他怀里没有动。如果萧靖西是真没醒，任瑶期也想让他再睡会儿。

萧靖西这几日非常忙，几乎没有时间待在内院，晚上虽然都会回来陪任瑶期用饭，但用完饭之后就去了外殿书房与属下议事。等他处理完公务回来的时候，任瑶期已经撑不住睡了，萧靖西也不忍心闹她。

任瑶期正看着萧靖西的脸发呆，萧靖西闭着眼睛说了一声："醒了？"

任瑶期"嗯"了一声，见他不睁眼以为他还没睡醒，便道："时间还早，你再睡会儿吧，我等会儿再叫你。"

萧靖西微微睁开眼睛看她，微弯着嘴角道："今天不是要去拜见岳父、岳母吗？去晚了不好。"

任瑶期道："我父亲今日不用去书院，起得肯定比平时晚。我们辰时赶回去就行。"任瑶期想着萧靖西这几日肯定累坏了，好不容易今日不用忙事情，还是多睡一会儿比较好。

"去晚些真的没有关系？"萧靖西犹豫着问。

"嗯。"任瑶期应了一声。

等两人都收拾好之后已经快到辰时了，正要先去九阳殿向王爷和王妃请安，顺便交代一下今日回门的事情，还没走出昭宁殿辛嬷嬷就过来了，看着他们笑得一脸别有深意："王妃让奴婢过来说，今日已经不早了，就别去九阳殿请安了，公子陪少夫人直接回娘家就行。马车和该带的东西奴婢一早就给你们准备好了，人也配齐了，公子和少夫人这就出门吧。"

萧靖西笑着道了声谢。

知道任瑶期今日要回门，李氏一早就派人在门口等着了。任瑶期的马车一进府，就有人飞奔着进去禀报李氏和任老爷："二小姐和二姑爷回来了。"

任瑶期和萧靖西一路走去正院的时候就发现，他们路上遇到的丫鬟婆子还真不少，虽然每个人都很守礼地站在离他们七八步的地方行礼问安，头也不抬，但遇到的人确实比平日里多，好像任家的丫鬟婆子们都出来了。

原来，萧二公子上次来任家迎亲的时候那天人般的模样，让很多看到他的人念念不忘，没看到的人则暗自扼腕，所以才造就了今日这番大规模的围观。

这还是在明处的，暗处不知道有多少人在偷看这位对燕北人而言神秘莫测的萧家二公子。

好在姑爷上门是一件大喜事，热热闹闹的也挺好，府里的下人们也就只有这一次机会可以这么肆无忌惮地参观姑爷，而不被上头责骂。

任瑶期一走进正院，早已在此等候的周嬷嬷就迎了上来，欢欢喜喜地对任瑶期和萧靖西行礼："二小姐、二姑爷，老爷和太太都在正房等你们呢。"

话是这么说，周嬷嬷的眼睛也不由得往萧靖西那边看。

周嬷嬷一直顾忌着萧家二公子身体不好的传闻，现在看着任瑶期脸色和精神很好，以她毒辣的眼光也能瞧出来眼前这对夫妻之间相处融洽，琴瑟和谐。

再看萧二公子，容貌自是不必说，脸色也没有带着那种病入膏肓的病容。

在萧靖西来迎亲的那一日，周嬷嬷就站在远处细细观察过他，觉得萧靖西与传闻中的有些不一样，不过那一日特殊，她想着或许为了迎亲萧家给他用了什么药，或者给他细细装扮过。所以今日有机会近距离接触，周嬷嬷就看得格外仔细。

萧靖西面对她打量的视线并没有表现出任何不悦，还对她笑了笑。周嬷嬷从萧靖西的举动和气度上都看不出有任何不妥之处。周嬷嬷开始疑惑了，难道传闻并不可信？

还没等周嬷嬷琢磨透彻，任瑶期和萧靖西已经走进正房。

任老爷和李氏坐在上首等着他们。

以萧靖西的身份，若是别的人家肯定不敢真让他行跪拜大礼，不过萧靖西到了岳父、岳母面前不敢摆出半分燕北王府公子的架子，规规矩矩地与任瑶期一起对任老爷和李氏行了大礼。

任老爷和李氏也不是一般人，面对萧靖西的大礼他们虽然有些意外，却也大大方方接受了。萧靖西这种态度立即获得李氏和周嬷嬷等一干妇人的好感。谦虚守礼、尊敬长辈又长相出众的男子，天生就比较容易获得女人的好感。

只有任老爷脸上依旧淡淡的，打量了自己的小女儿一眼，皱了皱眉："瑶瑶怎么看上去没有什么精神？"

任瑶期愣了愣，萧靖西转头看了任瑶期一眼，但笑不语。

　　任瑶期一对上他的视线，不知道想到了什么，脸上有些红，低声道："没有，可能是坐马车的缘故吧……"

　　周嬷嬷笑着低声在李氏耳边说了句什么，李氏看了任瑶期和萧靖西一眼，头一次在别人面前反驳自己夫君的话，笑容满面地打着圆场："哪里精神不好了？我瞧着很好啊，红光满面的。"

　　屋子里的丫鬟婆子们都笑了。

　　任瑶期故作镇定地站在那里，忽视大家善意笑声中的意有所指。

　　任老爷没有反驳李氏的话，只是淡淡地"哼"了一声，不置可否。

　　虽然李氏之前因为传言不是很满意萧靖西这个女婿，不过丈母娘看女婿都是越看越满意的。并且萧靖西不仅生了一张老少通杀的脸，还谦逊温和，风趣知礼，尤其是在他特意想要给人留下好印象的时候，简直无往不利。

　　偏偏李氏就吃他这一套，萧靖西进来不过与她说了一盏茶时间的话，她对萧靖西的称呼就从二姑爷变成了"靖西"，最后变成了"我儿"……

　　任瑶期在一边看得一愣一愣的，甚至无从插嘴。

　　相对于李氏的欢喜亲近，任老爷的脸色就算不上好了。任瑶期打量他爹几眼，觉得从她爹眼里看到了他对萧靖西的评价——"油嘴滑舌！"

　　任瑶期不由得有些头疼。

　　李氏的审美观与世上绝大部分出身良好的女子一样，任老爷这样的书生则比较偏爱书生气浓的后生，最好是寡言少语一心只扑在学问上或者有一技之长的人。

　　趁着李氏唤人给萧靖西换茶的工夫，任瑶期瞥了他一眼，虽然只是清清淡淡的一瞥，什么意味也没有，却奇迹般令萧靖西明白了什么，甚至还偷偷朝着她眨了眨眼睛。

　　下一刻，任瑶期就听到萧靖西对李氏温和地道："母亲先别忙，我还有事情想要找岳丈大人谈，茶水等会儿再喝也不迟。"

　　众人闻言都不由得看了任老爷一眼。

　　任老爷皱了皱眉："找我？什么事？"

　　任瑶期也看了萧靖西一眼，用眼神问：你要做什么？

萧靖西回了她一个安抚的眼神，然后十分有礼地笑道："不知岳丈大人现在是否有空？"

任老爷瞥了他一眼，然后很有威仪地站起身："跟我去书房吧。"说着就当先走出去。

任瑶期犹豫着自己要不要跟上去，等见到萧靖西走过她身边的时候朝着她几不可察地摇了摇头，便立即打消了这个念头。萧靖西做事情很有分寸，而且她爹也不是无理取闹的人……吧？

任老爷和萧靖西离开之后，屋里就剩下李氏、任瑶期，以及李氏房里的几个丫鬟嬷嬷。

李氏想要趁着这个机会与任瑶期聊些私密话，就只留下了周嬷嬷，将别的丫鬟嬷嬷都遣了出去。

三人移步到右次间说话。李氏拉着任瑶期坐到炕上，然后仔细端详她一会儿，伸手给她理了理发鬓，笑道："姑爷与传闻中不一样呢，而且他这么看重你，娘就放下心了。"

任瑶期愣了愣，心想李氏是从什么地方看出萧靖西看重她的？进门之后，萧靖西与她根本就没有说过话。

倒是周嬷嬷笑着给任瑶期解惑："姑爷若是不看重你，又怎么会花这么多心思讨好岳父、岳母？以他的身份，今天就算进门晃一晃就走，也没有人说什么。"

任瑶期闻言抿嘴一笑，想了想，道："是的，母亲，他对我很好，很尊重，您请放心。"

李氏闻言，脸上的笑意更甚。

周嬷嬷问道："那王妃和王爷呢？还有王爷的生母云太妃。"周嬷嬷没有问老王妃，因为不用问也知道。

任瑶期认真回道："王爷和王妃也很好，视我为亲女。云太妃虽然严肃，但也帮过我几回，还让我帮她抄经书。"

周嬷嬷和李氏皆是喜笑颜开。周嬷嬷笑道："那就好，那就好，这可真是一桩大好事。只要长辈们也都看重你，二小姐你在燕北王府的地位就真的稳了。不过奴婢听说云太妃性子清冷，不好相处？"

任瑶期想了想，笑道："太妃娘娘性子是有些清冷，对孙儿孙女表面上也不是很热络，不过心里是个明白人，对我也很照顾。原本按照萧家的族规，萧家媳妇进门需要生下孩子才能被记在族谱上，这次也多亏了她在老王妃面前帮忙周旋，我才能在进门第二日就进了萧家的族谱。"

任瑶期是一个恩怨分明的人，尽管她知道云太妃心里并不喜欢她，但是帮过她就是帮过，而且还不止帮过一次。所以对云太妃，任瑶期也从心里将她当作长辈敬重，并不会在娘家人面前说她任何不好。任何人问她，她都是一样的话。

这些话很显然也是李氏和周嬷嬷愿意听到的。李氏这些年就是因为不被婆家长辈喜欢才吃了大亏，所以很在意这个。她当初之所以会同意让任瑶华给雷霆当继室，也有很大一部分原因是看到雷家没有长辈能压在任瑶华头上。现在任瑶期嫁到了萧家，李氏最为在意的就是这些问题。

突然任瑶期的丫鬟春兰在外头求见，听着很急的样子。

李氏交代一声，让春兰进来了。

春兰一进来就一脸急得要哭的样子，匆匆忙忙行礼之后道："小姐您快过去看看，姑爷不知怎么的好像与老爷吵起来了，我们在外面听到了老爷的骂人声，还有砸东西的声音。"

萧靖西来任家并没有带随从，刚刚他和任老爷去书房的时候，任瑶期让自己的丫鬟春兰和春燕过去伺候。因为任老爷不喜欢下面的人进他的书房，所以这些丫鬟都在门外候着。

任瑶期闻言愣了愣，李氏急得从炕上站起来："老爷和姑爷吵起来了？这怎么可能？发生什么事情了？"

李氏是了解任老爷这个人的，任老爷脾气虽然不怎么好，但也不会轻易就发火，会让他出口骂人甚至砸东西肯定是发生了大事。

春兰在廊下站着，听不清楚书房里主子具体说了什么。她想了想，带着哭腔回道："奴婢也不清楚。本来还好好的，书房里没有什么动静，老爷只叫了一次茶就没有再让奴婢们伺候。后来过了许久，老爷和姑爷突然就吵了起来，老爷好像骂了姑爷几句，姑爷不知道说了什么，然后老爷好像就砸了东西。奴婢们在外头听着着急，又不能闯书房，就只能到主子这里来禀报了。"

李氏听过怎么能不急？她刚刚还满意女儿嫁到燕北王府不仅受到丈夫敬重，还得到了婆家长辈的欢心，这桩姻缘不要太完美！可是转眼他家老爷就把姑爷骂了，还动了手，这姑爷要是有个好歹，女儿以后在婆家还要怎么做人？

李氏第一次对自己的夫君有了几分怨气。

"走，我们赶紧过去看看。"李氏忙从炕上下来，鞋子都没有穿好就急匆匆往外走。

周嬷嬷连忙叫住她，弯腰帮她把鞋穿好。

李氏朝任瑶期道："你也来，你爹爹最肯听你的了。"

任瑶期正低头想着什么，听到李氏的话也站起来，跟着李氏出去了。她面上倒没有李氏那么着急。

任瑶期跟在李氏后面往西跨院任时敏的书房走去。

书房的门紧紧闭着，外面候着的丫鬟婆子们脸上皆是惊疑不定的表情。

任瑶期和李氏走到书房门口的时候，里面已经没有争吵声。李氏还特意走到靠近门口的地方小心听了听，然后皱着眉头冲任瑶期轻轻摇头。

任瑶期想了想，一边朝苹果打手势，一边走过去直接抬手敲门："爹爹？女儿给您送热茶来了，可以进去吗？"

过了一瞬，任老爷的声音才隔着门在书房里响起："进来。"从声音中听不出什么喜怒。

几乎在任老爷的话落音的同时，苹果就不知道从哪里变出了一副茶盘，茶盘里还有两只茶碗，看上去茶还是热的。

任瑶期接过苹果的茶碗，推开书房门。门一开，她就看到地上有一只碎了的青瓷笔洗。这只笔洗原本是摆在书案上的，与那个笔架是一套，是任老爷的心爱之物。

任瑶期眼皮跳了跳。

李氏原本听着任老爷的声音没事，想要等任瑶期进去之后就先离开的，毕竟任老爷不喜欢无关之人进他的书房，等看到地上破碎的笔洗后吓了一跳，跟着任瑶期进去了。

任瑶期的脚才踏进去，萧靖西的声音就在里间响起："小心地上的碎片，别伤到了。"萧二公子的声音依旧温和好听，完全不像刚刚跟岳丈大人吵了一架的模样。

任瑶期和李氏对望一眼，皆有些疑惑。

听声音萧靖西和任时敏正在右次间的那间屋子里，任瑶期毫不犹豫地抬步走过去，可是等她掀开珠帘看到里面的情形时愣住了。

任时敏正盘腿坐在矮几边画画，萧靖西坐在他侧边偏头看着，这画面与之前春兰描述的怎么看怎么不像是同一间屋子里发生的事情。

萧靖西还抬头朝任瑶期和李氏笑了笑，站了起来。

任时敏也抽空抬头看了一眼，见李氏也来了，不由得皱了皱眉："你怎么也来了？有事？"

李氏仔细看了任时敏几眼，从他脸上实在看不出刚刚生过气，不由得有些尴尬地笑了笑："哦，就想要过来问问你和姑爷今日中午想要饮什么酒，我记得老爷这里还藏了几坛子上好的女儿红。"

李氏这话其实也带着试探，任时敏曾在任瑶期小时候开玩笑说他埋的几坛子女儿红要等嫁了小女儿之后，和姑爷一起喝。不过今日萧靖西来的时候任时敏并没有对李氏下过这种指示，可能是他心里对萧靖西这个姑爷有着几分不满意。

不想任时敏听了之后不在意地冲着李氏摆了摆手："不过是几坛子酒，你带人挖出来就是了，就埋在书房前面那棵树下，你又不是不知道。"

李氏终于松了一口气，任时敏既然肯给女婿喝他存了十几年，又特意从白鹤镇带来云阳城的宝贝女儿红，那就说明他对萧靖西并没有太大的意见。

而且看任老爷和萧靖西衣裳都是整整齐齐的，看不出有谁受伤。所以尽管李氏好奇刚刚这里发生了什么事情，但还是一边应着，一边先退了出去，就连那地上碎裂的笔洗，在没有得到任老爷明令的时候，她都没有自作主张让人收拾了。

任瑶期将手中的茶盘放到一边的案桌上，亲自捧了一碗递给任老爷，然后又拿了一碗递给萧靖西。

等任老爷喝了一口茶，把茶碗又顺手递回来给她的时候，任瑶期才仿佛不经意般笑问道："外间好像有些乱，我让人收拾一下吧？"

任老爷不在意地点头："收拾收拾吧。"

那笔洗是任老爷的心爱之物，任瑶期见自己提起的时候任老爷没有发脾气，就知道这事儿应该与萧靖西无关，不由得笑道："我记得这笔洗和那个笔架是父亲最喜欢的，还特意从白鹤镇带过来，怎么今日不小心摔碎了？"说着，任瑶期还询问般看了萧靖西一眼。

萧靖西带着些歉意道："这是我的不是，若不是我，笔洗也不会摔碎。我记得我书房里有一个与这个差不多的，等回去就让人给父亲送过来。"

任老爷闻言也没有拒绝，点了点头："你有心了，我确实挺喜欢那个笔洗，碎了觉得挺可惜的。"

任瑶期眨了眨眼睛，看了看任老爷，又看了看萧靖西，最后视线停在萧靖西身上。她很惊讶任老爷态度的转变，萧靖西刚刚又做了什么？

萧靖西趁着任老爷低头画画的时候，悄悄对着任瑶期眨了眨眼，笑容里带着一丝顽皮。任瑶期默默转开眼。

正想要进一步打听一下这里刚刚发生了什么事情的时候，任老爷打量了自己的画几眼，然后将笔搁下，询问萧靖西道："你看看这幅如何？"

萧靖西便认真地品评起任老爷的画来。他虽然不是画画的行家，不过眼光和艺术涵养都是极好的，所以面对自己的岳丈，还真评价了几句。若是别的人家，岳父肯定不能容忍女婿对自己的画作指手画脚，偏偏任老爷不是别人，喜欢听别人对他的作品提出意见。

任瑶期没有出嫁的时候，一直都是由她充当这个角色，所以这个女儿嫁出去后，任时敏才会越看萧靖西越不顺眼。要知道萧靖西抢走的不仅仅是他最疼爱的女儿，还是他的私人鉴赏师加知己。

不过任老爷欣赏真正有才华的人，所以当听到萧靖西从容又不失精准的鉴语之后，发觉这个女婿的鉴赏能力并不比他女儿低，心里还是很高兴的。

他指了指案几上墨迹还未干透的画道："那这幅画就给你了。"

任瑶期愣愣地问："爹爹为何要送他画？"还是现画。

萧靖西这待遇也太好了，任瑶期有些不敢相信。她爹爹之前在正房的时候不是还有些排斥萧靖西吗？

不想任老爷却理所当然道："我下棋输给了庭桢，输了一幅画给他，我就给他画了一幅，这有何奇怪？"

任瑶期这才明白是怎么回事，不过他爹爹竟然会称呼萧靖西的表字？

她意味深长地看了萧靖西一眼，故意嗔怪道："你怎么能赢我爹爹！"

任时敏闻言不乐意了，不满意地瞪着女儿指责道："怎么？他不是不会赢，而是不能赢？你就这么笃定你爹会输？"

任瑶期心想，你连我都下不过，我又下不过他，你不输谁输？

不过这话任瑶期不敢讲，因为任时敏虽然不介意自己输给萧靖西，但是很介意在女儿心里他根本就赢不了她夫君。

而且萧靖西这只芝麻包子很明显是在算计她父亲！

萧靖西看着任瑶期微笑，适时给岳父拍马屁道："父亲是正人君子，定然不乐意我弄虚作假。"

任三老爷闻言，脸色终于好看一些。

萧靖西微微一笑，又打量任老爷刚刚画好的那幅水墨山水画，道："父亲好像忘记落款了？"

任三老爷点了点头，起身走出去拿自己的私印。

萧靖西这才问任瑶期："你怎么与母亲一起过来了？"

任瑶期瞥了自己父亲的背影一眼，小声道："刚刚丫鬟过去告诉我们，你和父亲在书房吵了起来，父亲一气之下还砸了东西，我和母亲不放心，就过来看看。"

萧靖西不由得失笑，看着任瑶期轻声道："在你心里，我就这么没分寸？连泰山大人都不会让着点？"

任瑶期也低头笑了，然后问道："那刚刚是怎么回事？总不可能是一院子伺候的人都耳背了吧？"

萧靖西像是想到了什么，看着任瑶期，脸上的笑容十分温软："之前我与岳丈大人下棋，定下来的赌注是各自的'最珍爱之物'。"

任瑶期一时没反应过来萧靖西的别有深意，皱眉想了想："我父亲的最珍爱之物是他书案下的抽屉里那三幅古画。"她不觉得自己的父亲是个赌输会赖账的人。

萧靖西叹了一口气，悄悄握住任瑶期的手，还轻轻捏了捏，笑着道："其实我知道父亲赢不了我，所以想要向他讨要……你，而不是他那三幅古画。"

任瑶期愣了愣，脸上一红，连手都忘记要从萧靖西那里抽出来。

萧靖西专注地凝视着任瑶期："所以他要把画找出来给我的时候，我婉拒了。父亲对此不满意，质问我是不是觉得他输不起，然后还不小心碰翻了那个放在书案边的笔洗。可能就是因为这个才让外面听见动静的人误会了。"

任瑶期往任老爷离开的方向看了一眼，然后故作淡定地将自己的手抽了抽，萧靖西也就轻轻放开了。

"我见父亲坚持，就说我以为他最珍视的是自己的哪一幅佳作，所以提出要他的一幅画作，父亲考虑了一下答应了。"

这时候任老爷的脚步声已经近了，任瑶期也就没有继续与萧靖西小声说话，两人各自端端正正坐好。

任老爷拿着自己的印章进来的时候，眼睛还狐疑地在正襟危坐的女儿、女婿身上看了一眼，然后才坐到案几前给自己的画盖上自己的私印。

正在这个时候，外面有人禀报道："老爷，大姑爷来了，马已经快到正门口了。"

任老爷道："大姑爷进来之后，先令他去正房，我和二姑爷马上就来。"

外面的人连忙应声下去。

任老爷对萧靖西道："先过去吧，这画暂时放这里晾着，你们走的时候再带走。"

萧靖西自然没有不应下的道理。

第五十三章

秘　辛

雷霆今日过来任家，肯定是为了萧靖西带任瑶期回门的事情。任瑶华还没有出月子，自然不能回娘家。原本以为雷霆忙，肯定也没有时间，所以李氏和任时敏就没有特意派人去通知雷家，不想雷霆自己过来了。

书房外头伺候的人原本都有些提心吊胆的，可是看到任老爷出来的时候脸上并无半分怒意，跟在任老爷身后出来的二姑爷也依旧笑得那么好看，甚至任老爷偶尔还会偏过头与二姑爷说上几句话，场面十分和谐。

众人面面相觑，都有些摸不着头脑。

任瑶期将众人的视线看在眼里，又看了萧靖西一眼，不由得觉得好笑。她之前也是关心则乱，不然怎么会相信萧靖西会惹她父亲生气呢？真能与她父亲吵起来，那就不是萧靖西了。

这时候，雷霆被人领着从外面进来。他快步过来朝任老爷行礼，然后又与萧靖西和任瑶期见礼。

任老爷对大女婿的印象还可以，点了点头。萧靖西与雷霆也是熟悉的，不过今日他们两人都是以女婿的身份来的任家，所以萧靖西身上并没有半点燕北王府公子的派头，对雷霆的态度就像是普通的连襟。

因雷霆的作陪，在接下来吃饭的时候就热闹不少。三个男人坐在一桌吃饭喝酒，聊各种话题，其乐融融。任老爷也彻底没有了对二女婿的偏见，虽然对着娶了自己小女儿的人，还是不怎么舒坦。

任瑶期和萧靖西没有留在任家用晚饭，下午时间差不多的时候就打道回府了。李氏有些舍不得女儿。现在两个女儿都出嫁了，她突然觉得整个院子空旷不少。任老爷也有些舍不得任瑶期，不过他面上并没有表现出来。

任瑶期回门之后，在燕北王府的日子很悠闲。最近这阵子燕北王和萧靖西依旧很忙。任瑶期每日都与萧靖琳一起去九阳殿跟着王妃和辛嬷嬷学习王府内务，下午就过去云太妃那里抄写经文。

萧靖西每日陪着任瑶期用完早膳出门，然后晚饭的时候再回来与任瑶期一起用，用完晚饭之后还要去外院的书房处理事情。任瑶期对此倒没有什么抱怨的。她不困的时候就等萧靖西回来，与他一起歇息，实在太晚了就会忍不住瞌睡，有时候明明是想小憩一下，等萧靖西回来伺候他更衣洗漱的，可是不知道为何每次一躺下，再睁眼的时候就是早上了。

这一日，任瑶期像往常一样拿本书靠在床上迷糊了过去，不过她心里想着有什么话要与萧靖西说，睡得不是很踏实。所以等萧靖西放轻脚步进屋的时候，任瑶期隐隐有些感觉。

萧靖西在床前坐下，轻轻将她手里的书抽出去放到床头柜上，然后小心地弯身，在任瑶期额头上印下一个轻柔的吻，之后半抱着她想要把她挪到被窝里躺好。任瑶期就在这个时候迷迷糊糊地睁开了眼睛。

萧靖西低头看着她，温柔地笑开了，然后在她的唇上印下一吻，小声问道："醒了？"

任瑶期眨了眨眼，渐渐清醒过来。萧靖西还保持着之前的姿势半压在她身上，额头轻轻抵着她的额头，鼻尖触着她的鼻尖，眼中带着浓浓的笑意一眨不眨地看着她。

任瑶期的手不自觉环上了他的脖子，往外面的计时沙漏处看了一眼，只可惜这屋里的灯不知什么时候被挑得很暗，让她看不清楚，便小声问道："什么时辰了？"

萧靖西轻轻啄了她的嘴角一下，温柔地小声道："我不小心把你吵醒了。已经很晚了，你继续睡，我去洗漱一下。"

任瑶期眨了眨眼，看着他没有说话。萧靖西以为她还没有睡醒，便将任瑶期的手轻轻放回被子里，摸了摸她的头发，缓缓站起身，自己去隔间的净房洗漱。

任瑶期其实已经清醒了，听着净房里传来的很细微的水声。萧靖西没有唤人进去伺候他，甚至连这屋子里的烛火都依旧昏暗。任瑶期终于明白为什么前几次萧靖西很晚回来的时候她毫无察觉了。

等萧靖西洗漱好再次躺上床的时候，才发现任瑶期还醒着。

萧靖西将她轻轻抱在怀里，让她的头枕在他的肩窝里，吻了吻她的额头，轻声道："对不起，下次我会小心些，不吵醒你。"

任瑶期搂住他的腰："你没有吵醒我。你怎么不让人进来伺候？我之前交代过丫鬟们的，怎么我这屋里的灯都熄了？"

萧靖西轻轻拍着她的背："不是告诉你不要给我留灯吗？你睡着了，留灯会伤眼睛。洗漱而已，我不用人伺候。"

任瑶期知道萧靖西是怕他回来的动静会吵醒她。萧靖琳以前一直在她面前抱怨萧靖西的少爷脾气，说他不好伺候，可是现在萧靖西都不要人伺候了。任瑶期觉得心里暖暖的。

"最近这么忙吗？"任瑶期从来不主动过问萧靖西外面的事情，今天也就是随口一问。

萧靖西一边轻抚着她，一边道："嗯。对不起，我最近有些忙，都没有什么时间陪你。"

任瑶期在黑暗中看着他，没有说话，一双眼睛却很亮。

萧靖西忍不住低头在她的眼睛上吻了吻。

"立世子的事情……过不了多久就会定下来。"萧靖西见任瑶期还有精神，想了想就将本来想在明天与她说的事情说了出来。

任瑶期原本没有在意，等听到萧靖西的话就敏锐地察觉到了什么，不由得皱了皱眉，轻声问道："有什么问题吗？"

虽然朝廷一直催促燕北王府立世子，也隐隐有想要插手的兆头，不过燕北人都认定就算燕北王府立世子，立的也是萧家二公子。尽管远在京城的那位小公子可能身体条件比萧二公子要好上不少。

不过萧靖西今日特意提起，语气又有些奇特，任瑶期便有些疑惑。

萧靖西闻言忍不住低声笑了起来："我不过就说这么一句，你听出什么来了?"

任瑶期刚想说话,萧靖西低下头将唇印在任瑶期的眉心:"窈窈,如果我不是燕北王府的世子,你会不会失望?"

任瑶期被萧靖西亲得晕晕乎乎的,闻言神志清醒一些,眼中蒙着一层水雾看着萧靖西,只看到一双与往常一样深邃明亮又温柔的眼眸。

任瑶期轻声问道:"如果你不是燕北王府的世子,你会不会失望?"

萧靖西笑了,抵住她的额头道:"我有你了,这世上已经没有什么事情能让我失望了。"

任瑶期抬手轻轻地摸了摸他的脸,也笑了:"我有你了,这世上也没有什么事情能让我失望了。"

萧靖西闻言一愣,然后缓缓收拢手臂将任瑶期紧紧地抱在怀里。

苹果要出嫁了。

继雪梨之后,这是任瑶期第二次嫁丫鬟。

任瑶期对自己身边的人一直很好,尤其是跟在自己身边多年、寡言少语又勤恳忠心的苹果。所以她给苹果置办了一份令所有丫鬟都羡慕嫉妒的嫁妆,就跟富户人家嫁女儿似的,很舍得下本钱,除此之外还给了一笔丰厚的私房银子,至于具体数目是多少,任瑶期没有声张。

苹果出嫁这日穿着嫁衣给任瑶期磕头。这丫头实诚,那磕头的声响听着也实诚。任瑶期万般无奈地弯身托住她,免得这丫鬟今日洞房的时候要顶着一头青紫。

苹果抬头的时候眼睛红得像兔子,这还是任瑶期第一次看到这丫头哭。

这一日,萧靖琳来找任瑶期,两人结伴去王妃的九阳殿,走到半路的时候遇上了一队王府侍卫。

任瑶期和萧靖琳一边走路一边说话,原本也没有在意,不想那队侍卫当中有一人从队伍里跑出来,到任瑶期和萧靖琳面前请安。

因听着声音有些熟悉，任瑶期便看了一眼，发现原来是曾经有过几面之缘的穆虎小将。

萧靖琳一看到他就翻了个白眼，然后板着脸看着他不说话。

倒是穆虎一脸憨傻的笑容绞尽脑汁与萧靖琳搭话。只是他说了半天仍旧支支吾吾没个重点，萧靖琳听着早就不耐烦了，道："你一天到晚就没有正事可干了吗？我听说闵文清那里正缺人手，你若是闲得发慌我就让你过去。"

穆虎有些羞赧地扭捏一下，鼓起勇气道："不是的，末将……末将有事相求。"

萧靖琳闻言，瞥了跟在自己身后的红缨一眼，看着穆虎的目光有些高深莫测。

穆虎也看了红缨一眼，有些不好意思地笑了笑，然后却对着任瑶期道："少夫人，末将能不能求您个事儿？"

任瑶期闻言惊讶了，不由得看了萧靖琳一眼，她以为穆虎是来求萧靖琳什么事情的，怎么最后还求到她头上来了？

任瑶期对穆虎小将的印象还不错，闻言笑着道："穆将军所求何事？"

穆虎羞涩地笑了笑，就算他长了一张大黑脸，众人也能感觉到他的脸红了："那个……末将想娶……想娶南星，还望少夫人成全。"

任瑶期愣了愣。

萧靖琳身后的红缨闻言瞪大眼睛，惊讶地抬头看向穆虎。不过红缨也仅仅是惊讶，很多事情她并不知晓，也不知道穆虎曾经倾心于她。

不等任瑶期回答，萧靖琳就不悦道："南星又不是她的丫鬟，你要求娶找她作甚？而且南星不是出远门了吗？"

穆虎扭捏道："南星昨日就回来了，我亲眼看到的。因为她是公子的人，自然归少夫人管。"说着还羞涩又讨好地朝任瑶期笑了笑。

萧靖琳哼了一声，在心里暗自吐槽：你这回没认错人？

任瑶期看萧靖琳的态度就知道事情没有那么简单，也没有一口就应下，只是笑着道："婚姻大事不可儿戏，这件事情我还需要与你家公子以及南星本人谈谈。"

穆虎眨巴着眼睛，憨憨地问："那还要多久？"

任瑶期被他闹得哭笑不得，对上他亮晶晶的期盼眼神，也只能道："就这几日吧。"想了想，她又加上一句，"还需南星本人同意才行。"

穆虎有些发愁，又看了看红缨。

红缨被他看得莫名其妙，这跟她有什么关系？看她做什么？

不过任瑶期答应了下来，穆虎心里还是有了希望。他知道不好拦在这里太久，所以说了一番十分朴实的感谢语之后就跑开了。

到了九阳殿之后，萧靖琳在红缨不在身边伺候的时候，将穆虎和红缨姐妹的事情告诉了任瑶期。

任瑶期听了也忍不住笑了。

笑归笑，任瑶期还是在萧靖西回来的时候将这事与萧靖西说了，萧靖西没说什么，当即让人把南星叫过来。穆虎的眼神这次还真没有出错，南星确实回来了。

当着任瑶期的面，萧靖西将穆虎来求娶的事情说了，让南星自己决定。

南星听完之后沉默了，低头看了自己的鞋尖半晌，也不知道是在想事情还是发呆。

就在任瑶期觉得南星可能想要拒绝的时候，南星却抬起头说了一个字："好。"

任瑶期眨了眨眼，看了萧靖西一眼。

萧靖西却一副并不意外的样子，微微笑了笑，然后让南星下去了。

任瑶期对萧靖西道："我听靖琳说过之前的事……还以为她会不答应。"或者就算答应也不会这么痛快。

萧靖西笑道："为何不答应？穆虎从头到尾心仪的就是南星，而非红缨。"

任瑶期闻言有些惊讶："不是说他一开始心仪的是红缨，后来不小心认错了人，把南星当成了红缨吗？"

萧靖西摇了摇头："南星曾扮成红缨在靖琳身边伺候过一阵，穆虎误以为南星是红缨。其实穆虎从未与红缨有过接触。"

任瑶期无言以对，弄了半天，原来是这么大一个乌龙，又觉得有些好笑。

第二日，任瑶期就派人告诉穆虎，让他去正正经经找个媒人来提亲。任瑶期派去的人前脚才走，穆虎带着媒人后脚就来了，一路上那傻傻呆呆的笑容简直成了燕北王府一道令人无法直视的风景。

南星虽然不是任瑶期的丫鬟，但她既然是萧靖西的下属，任瑶期也很尽心尽力地安排了她的婚事，并给她准备了一笔丰厚的嫁妆。

任瑶期这阵子就在忙丫鬟们的事情，所以日子过得也充实愉快。

只是就在这个看起来很平静的十月，却发生了一件令所有燕北人都平静不下来的事情。

这一段时日，朝廷对燕北王府立世子的事情一直很关注，原本还没有提及人选问题，不过慢慢地便有人提起了先世子遗腹子，将这个孩子推到了风口浪尖。

偏偏就在这段时日，因辽国在上一次与燕北的战争中败了，辽王送了两位公主前往大周和亲，并借此再一次提出重开边贸，双方互市的问题。

大周朝廷以十分隆重的礼节，迎了辽国的两位公主进京。和亲公主进京之后，皇帝当即纳了其中一位公主进宫，封为贵妃。另外一位公主，皇帝下旨赐给了燕北王，公主与皇帝的圣旨一并被送来了燕北。

这下燕北王想要拒绝都不好拒绝，毕竟皇帝自己都收了一个，燕北王若是不收，架子就太大了。

接到圣旨的这一日，燕北王和萧靖西难得都没有出门。任瑶期和萧靖琳这阵子已经习惯了在九阳殿陪王妃用饭，所以这一日中午，一家人难得地又坐到了一桌。

桌上的气氛有些沉闷，任瑶期和萧靖琳都不说话，燕北王自从出现开始就是一副牙疼的表情，也不怎么说话。最正常的就是王妃和萧靖西了，偶尔会交流几句无关紧要的话，这两人不愧是母子。

直到吃完这一顿气氛不怎么正常的饭，燕北王才忍不住爆发了，拍着桌子道："哎哎哎！我说你们怎么回事？怎么看老子这次都是被算计的吧？你们一个个都给老子甩冷脸，不亏心吗？"

任瑶期抬头看了燕北王一眼，总觉得王爷这一通吼有些色厉内荏的意思，仔细听还带了些委屈。然后一家人都把视线放到王妃身上。

王妃不紧不慢地道："王爷何出此言？"

燕北王这一拳犹如打到棉花上，瞬间就蔫儿了。

沉默半晌，燕北王才又振作起精神，意味深长地看向不说话的萧靖西，"儿子！为父老了，你尽孝心的时候到了。那个什么辽国公主……不如你替为父担待担待吧？"

任瑶期："……"

萧靖西面不改色："父亲，这于理不合。"

"怎么就于理不合了？你小子肯定没有好好读过《孝经》！"燕北王皱眉，忍不住又拍了桌子，架子端得更大。

萧靖西看了燕北王一眼："《孝经》中并没有尽孝心要尽到长辈后院里的例子。"

见燕北王不说话了，萧靖西又露齿一笑："而且……儿子身体不好，这不是父亲您一直挂在嘴边的吗？"

燕北王悲愤莫名，又一时找不出话来反驳，心里的憋屈就别提了，可是最后也只能委曲求全地道："那你也要想个法子帮你爹一把吧？你不能事不关己高高挂起啊。"

萧靖西闻言倒真的认真想了想，然后若有所思地对燕北王建议道："儿子觉得，这事儿……"

燕北王作洗耳恭听状。

"还需从长计议。"萧靖西将话说完了。

燕北王："……"人马上要到了，你还从长计议个球啊！儿子你真的没有伺机报复你老子？

宣读圣旨的人先那位辽国公主进了云阳城，辽国公主还在城外一座别院里等着燕北王府按照礼制去接人，燕北王这是火烧眉毛了。

任瑶期和萧靖西、萧靖琳从九阳殿出来的时候，终于忍不住问道："那位辽国公主，父亲他……"

萧靖西知道任瑶期要问什么，回了她一个安慰的眼神："别担心，父亲和母亲能应付的。"

任瑶期又不由得看向萧靖琳。

萧靖琳竟然难得地同意了萧靖西的话，面无表情地点头道："别担心，父亲他刚刚只是在撒娇，以后你就习惯了。"

任瑶期："……"这种事要她怎么习惯！

不管燕北王怎么撒娇或者撒泼，燕北王府也不能把战败国派来和亲的公主丢在城外，任她自生自灭，这样实在是不够风度。所以在接到圣旨的第二日，燕北王和王妃就派了仪仗接辽国公主进城。

辽国公主进府这一日，任瑶期也是一身正装与燕北王府的人一同到了清正殿。

燕北王和王妃坐在上首主位上，老王妃和云太妃分坐上位两侧，比王爷和王妃的位置略低半阶。任瑶期、萧靖西和萧靖琳坐在左侧，萧家二房的人则坐在他们对面。

王爷和王妃都是一脸正色，云太妃坐在自己的位置上闭目养神，老王妃倒是一副心情很不错的样子，虽然没有说什么风凉话，却转过头与二太太聊天。

直到外面有人禀道辽国公主来了，众人才将目光投向清正殿外。

只见一位十七八岁身穿大红色辽国服饰的女子在几位燕北王府嬷嬷的带领下走进来。辽人大多身材高壮，这位辽国公主虽然是个女人，但也比一般的大周朝女子看起来高挑，骨架也比较大。她白色暖帽上缀着的珠子几乎挡住了半张脸，不过依稀可以看到脸部轮廓和五官。相较大周朝的女子，这位公主生得浓眉大眼，脸型稍微有些方，虽然长相不太符合大周朝人的审美，不过也并不难看。

辽国公主走到正中，微微弯腰向上首的王爷和王妃行了一个辽国的礼节，用略显生硬的汉语道："耶律萨格见过王爷、王妃。"

王妃笑着颔首，问了几句客套话，然后让人领着这位辽国公主入座。

耶律萨格皱眉看了看众人，有些不确定地道："仪式已经结束了吗？"

众人闻言一愣，耶律萨格看了看上首的王爷和王妃问道："你们汉人成亲不是有很多礼节吗？"

此言一出，殿里便静了静。

老王妃却忍不住笑了，看了王妃一眼道："这位藩国公主不光会说汉语，还是个知晓礼仪的，倒也难得。"

耶律萨格一直看着燕北王和王妃，似是在等他们回答。

燕北王面无表情地道："你的汉语说得不错，礼仪却没有学到家。汉人成亲是有不少礼节，不过汉人男子只能娶一个妻子。"

耶律萨格眉头紧皱："可是你们的皇帝之前娶了我妹妹……"

燕北王打断道："皇帝是皇帝，本王只是个王爷，不能凌驾于礼法之上。而且皇帝那不是娶妃，而是纳妃，娶和纳是不同的。朝廷下的圣旨已经封了你为侧妃，就不需要本王再成什么礼了。"

耶律萨格虽然会说汉语，却也没有精通到能够咬文嚼字的程度，所以听了燕北王的话之后张了张嘴，最终还是将话吞了下去，还朝着燕北王笑了笑，顺从地低头道："妾身明白了，多谢王爷教导，妾身今后会努力学习汉礼的。"

虽然她自称妾身并没有错，不过众人听着总觉得有些别扭。

出于多方面的考量，无论是老王妃还是萧家二房的人，都没有在这个时候出什么幺蛾子。萧靖岳上次在任瑶期和萧靖西成亲的时候乱起哄，后来一段时间吃了好几次莫名其妙的暗亏，这次他学乖了。耶律萨格是辽国公主，身份有些敏感，万一被人安上一个通敌卖国的罪名，那就玩完了。

耶律萨格被安排在冷香院。冷香院虽然比不上燕北王府几座主殿的规模宏大，却不偏僻，还紧临着萧靖琳的曦和殿，距离王爷和王妃的九阳殿也不是很远。

燕北王没有在清正殿久待，坐了一会儿就去外院了。

不知道是不是任瑶期的错觉，她总觉得刚刚辽国公主的视线停在燕北王身上，难不成这两人以前认识？

带着这个疑问，在耶律萨格被王妃派人送去冷香院后，任瑶期与萧靖琳一起出来的时候，忍不住小声问出了这个问题。

萧靖琳语气平常地道："她与父亲认不认得我不知道，我之前倒是见过耶律萨格两次。辽人与我们汉人不同，他们当中不少女子也擅骑射。我曾经在战场上见过这位辽国公主，虽然没有交过手，不过她肯定是会武的。"说着萧靖琳看向任瑶期，正色交代道，"你平时不要与她接触，不然，万一她起了什么歹心，你会有危险。"

任瑶期点了点头。对这位辽国公主，她自然是能避就避，反正也不需要有什么交情。

晚上王爷没有回府用饭，王妃给耶律萨格安排了几桌宴席，算是迎接她进府。从头到尾,王妃都没有对耶律萨格进府一事表现出任何不满。王妃一直是一个理智的人,明白耶律萨格进府并不是简单的纳妾,而是各路势力之间的较量,与私情没有半分关系,耶律萨格这个侧妃不过是个名头罢了。

显然燕北王也是这么认为的,所以他晚上回来依旧歇在九阳殿,而不是冷香院。燕北王府的人都没有觉得有什么不妥,连老王妃都没有管这个闲事。

第二天一大早,耶律萨格来到九阳殿,当着所有人的面疑惑地问燕北王:"昨晚王爷为何没有去妾身院子里歇息?"

在九阳殿用早饭的众人都默默地转头去看燕北王。

燕北王眼角抽了抽,无言以对。

最后还是王妃镇定地给燕北王解了围,对耶律萨格道:"公主还没有用膳吧?坐下来一起吃吧。"

耶律萨格点了点头,接受了王妃的好意,在王妃让人给她搬来的椅子上坐下,正好坐在萧靖琳旁边。向王妃道谢之后,耶律萨格还一本正经地道:"姐姐不要叫我公主了,按汉人的礼节,姐姐应该叫我妹妹。"

王妃:"……"

耶律萨格显然也是下功夫学过汉礼的,一顿饭吃下来礼仪上并没有出错。不过因为多了一个外人,气氛与平日里相比显得有些沉闷,就连很喜欢开玩笑捉弄人的燕北王也从头到尾端着他王爷的架子。

用完饭之后,燕北王就要出门,耶律萨格却在燕北王起身的时候唤住了他:"王爷……"

燕北王面无表情地看了她一眼。

耶律萨格似乎有些犹疑,就在众人以为她还会像刚进来的时候那样直言问燕北王什么时候到她院子里去的时候,她却道:"王爷,这云阳城我还是第一次来,不知道可否允许我出门逛逛?"

燕北王挑了挑眉,然后看了王妃一眼:"想出门就与王妃报备一声,带些人在身边。"说完这句话,燕北王便头也不回地离开了。

萧靖西也有事要忙，所以在燕北王走后也离开了。

燕北王一走，耶律萨格对王妃道："王妃姐姐，我有几个侍女是从小就跟在身边服侍的，昨日她们没有跟我一同进府，不知道现在能不能让她们进府服侍我？"

耶律萨格有八个陪嫁侍女，都是她从辽国带过来的，昨日在她进府的时候这几个侍女被拦下了，现在依旧住在外面的别院里。

王妃闻言沉吟片刻，然后道："原本按照我们王府的规矩是不能让她们进府的，不过既然是从小就在你身边贴身伺候的也不是不可以通融，只是在进府之前需要跟王府的礼仪嬷嬷学一些规矩。"

耶律萨格立即带着感激之色道："多谢王妃姐姐。"

王妃听着她的称呼，面不改色地点了点头，叫来辛嬷嬷，当着耶律萨格的面吩咐辛嬷嬷派几个礼仪嬷嬷去别院教耶律萨格的几个侍女王府礼仪。

"我们王府规矩多，她们可能要学一个多月才能入府。这期间，公主请委屈一下由王府的侍女服侍吧。"王妃坐在上首，语气温和地道。

学一个月的礼仪才能进府，时间虽然长了些，但耶律萨格只是稍微皱了皱眉就点头应下来了，然后又道："王妃姐姐，我今日想要出府看看可以吗？"

既然王爷已经吩咐过了，王妃自然不会阻拦，正要让侍女素锦去安排一下，耶律萨格却又看向萧靖琳："郡主今日有空吗？能不能陪我一起出门走走？我在家乡的时候就久仰郡主大名，一直没有机会结识，其实心里对郡主十分向往。"

耶律萨格对萧靖琳用了"向往"这个词，不知道是不是她汉语不精通的缘故。

萧靖琳虽然之前叮嘱过任瑶期不要与耶律萨格接触，但在耶律萨格向她提出这个邀请的时候却看了王妃一眼。其实萧靖琳也想找个机会探一探这位辽国公主的底。燕北王府将耶律萨格的住处安排在她的曦和殿附近，也有让她看住这位公主的意思。

王妃很宽容地笑了笑，对萧靖琳道："你在家也没事，就陪公主出门看看吧。"

萧靖琳又看了任瑶期一眼，想着要不要带任瑶期一同出府，耶律萨格注意到萧靖琳的眼色,主动提出邀请:"少夫人要是有空的话,也一起去如何?"

任瑶期看了耶律萨格一眼,笑了笑。

任瑶期很少说话,一直注意着这位辽国公主的言行。她发现这位公主似乎很习惯掌控主动权,尽管她已经十分小心让自己看起来亲和顺从,但是上位者当久了,言行举止上的习惯没有那么容易被掩饰住。

看来这位公主在辽国也是有些地位的,只是不知道她为何会被派来和亲。通常被派出和亲的皇室女子都是不怎么受宠的,毕竟和亲女子身份尴尬,异族人的身份所限,就算生下孩子,成为继承人的机会也很渺茫。

王妃想了想还是同意让任瑶期跟着出门,虽然她也觉得不让任瑶期与耶律萨格多接触为妙,但有萧靖琳在,任瑶期为人也很谨慎,所以她很放心。

任瑶期回去换了一身方便出门的衣裳,出来的时候萧靖琳已经在门口等她了。萧靖琳有些犹豫道:"要不然你还是别去了。"

任瑶期挽住萧靖琳的手,笑道:"我许久没有出门了,出去逛逛也好。不是有你在吗?怕什么。而且我还带上了乐山、乐水。"

萧靖琳想了想便没有再说什么。

耶律萨格比萧靖琳和任瑶期的速度都要快,在她们出现的时候她已经在马车旁边等着了,正打量着那辆比普通马车要大一些的马车。

耶律萨格今日并没有穿辽国服饰,而是穿了一件湖绿色的对襟褙子,衣服上面还绣着很精致的玉兰花花纹,只是她身材比汉人女子要高大,肩膀和胯部的骨架有些宽,穿起汉服来总有些违和。

相较于耶律萨格而言,萧靖琳虽然也比寻常女子高,但骨架均匀,所以尽管她气势不弱,穿起汉人女子的衣服来也别有一番韵致。

耶律萨格打量萧靖琳和任瑶期一眼,扯了扯自己的衣袖,有些不好意思道:"你们的衣服我有些穿不惯,而且也没有你们穿起来好看。"

三人一起上了同一辆马车,耶律萨格似乎对什么都感觉新鲜,就连马车里的装饰都认真打量了一番。

马车载着三人出了燕北王府,萧靖琳不说话,任瑶期便出声问道:"不知公主想要去哪里逛逛?"

耶律萨格想了想,笑道:"我对云阳城一点也不熟,还是你们安排吧。"

任瑶期沉吟片刻，就吩咐外面赶车的婆子去正阳大街。正阳大街是云阳城的主街道，两边铺面林立，周围卖什么的店铺都有，是云阳城最繁华的地方。既然是出来逛的，那就逛热闹的地方吧，相对也比较安全。

耶律萨格自然没有什么意见，一路上都很好奇地东张西望，一副兴致勃勃的模样。

任瑶期见她如此，便笑问道："公主以前从未来过燕北吗？"

耶律萨格正好奇地注视一个背着糖葫芦的小贩，闻言点头应道："嗯，这是我第一次来燕北。这里比我们大辽热闹多了，街上卖东西的人也很多。"

马车在云阳城的几条主干道上缓缓行了两圈。一路上，耶律萨格兴致不减，直到快到中午的时候，她才道："听说你们这里的茶楼饭馆都有说书唱戏的人？我还从来没有看过人说书呢，也没听过唱戏。"

任瑶期看了萧靖琳一眼，萧靖琳没有犹豫便道："那就去前面的茶楼里坐坐吧，正好快午时了，这附近有不少不错的酒楼，我们顺便在外面用饭。"

任瑶期没有反对，耶律萨格看上去一副很高兴的样子。

萧靖琳选的这间茶楼任瑶期之前也来过几次，是可以招待女眷的。三人很低调地从茶楼的后门进去，然后在女掌柜的带领下进了二楼的一个大包间。

萧靖琳叫了一壶龙井和几碟点心干果。

因耶律萨格说想要听人说书，萧靖琳便没有让茶楼的人清场，其实萧靖琳也不习惯搞太大阵仗。这里虽然是二楼的包厢，但是从镂空的窗户里也能看到一楼，只是外面的人看不清楚她们屋里的情形。

也不知道是不是巧合，一楼的说书人今日说的是第四任燕北王萧岐山的生平，恰好说到了将辽人赶出燕北的那一段，一时场面十分热烈，场外掌声雷动，叫好声不断。

耶律萨格也听得十分认真。说书人是燕北人，自然说老王爷英勇无敌，睿智过人。

什么单枪匹马闯敌营，以少胜多玩奇袭，濒临绝境有神助，燕北人民的大英雄。相比较而言，说书人口中的老辽王就是阴险狡诈、心狠手辣、蠢笨如猪、运道奇差。

萧靖琳面不改色地喝着茶。任瑶期看了萧靖琳一眼，也若无其事地与耶律萨格介绍桌上的点心，当作没有听到外面的热闹。

直到这一段书说完，耶律萨格才沉思着道："都说老燕北王是大英雄，我也听说过他当年的一些事迹，不过这位说书先生说的那些，我倒是不曾听闻过。"

不等萧靖琳或者任瑶期开口答话，耶律萨格就主动转了话题，好奇地问道："说书人会说王爷的事情吗？"

萧靖琳看了耶律萨格一眼："你对我父亲的事情感兴趣？"

耶律萨格闻言很坦诚地点了点头，认真道："是的，我想要多了解了解王爷。"

萧靖琳挑眉："你以前不是见过他吗？还不了解？"

耶律萨格闻言一顿，看了萧靖琳一眼，却笑道："我想要多了解一些。"她并没有否认自己见过燕北王的事情。

这时候临街那扇窗外传来了炮仗声，十分热闹，耶律萨格好奇地起身看去。

红缨去看了一眼之后回来道："今日是孟家送嫁妆的日子。"

红缨的话让任瑶期和萧靖琳皆是一愣。

孟家今日送嫁妆，那明日就是云文放和孟家大小姐成亲的日子？

耶律萨格似乎对汉人的这些风俗很感兴趣，一直站在窗户边往下面看，也不听说书了。

孟家在整个燕北都算是数得上号的世家大族，嫁女也嫁得十分隆重，虽然没有办法与任瑶期出嫁的时候相比，但也是大手笔，这一点从窗外传来的热闹声中就能听出来。不少原本在茶楼里喝茶听书的客人也拥到了街边看热闹。

萧靖琳和任瑶期倒是坐在那里没有动，她们都不是喜欢热闹的人。

直到送嫁妆的队伍过去，街外才渐渐恢复平常的秩序，看热闹的茶客们都回来了，三三两两地谈论云家和孟家这场婚事。

耶律萨格也回来了，依旧用她那听起来有些僵硬的汉语道："你们汉人女子出嫁真热闹。"这话说起来似乎有些感慨。

任瑶期和萧靖琳没有接话，闻言不过笑了笑。

茶楼里的说书先生终于不再说老燕北王的事迹，转而说起了民间流传的一段天作姻缘。耶律萨格似是十分喜欢,一边喝茶一边聚精会神地听着,时而露出微笑。

任瑶期和萧靖琳今日无事,便也陪着这位初来乍到的辽国公主消磨时间。快到中午的时候,萧靖琳吩咐人让临近的一家酒楼送些饭菜上来。

这一上午加中午都很悠闲,除了看到孟家送嫁妆外,并没有发生什么特别的事情。原本任瑶期和萧靖琳还怀疑耶律萨格想要趁着出门做什么事情,没想到她一直乖乖待在茶楼里,并无半分异动。

用完午饭,三人便从茶楼里出来了。耶律萨格对街上的各种店铺十分感兴趣,不过她见任瑶期和萧靖琳都没有要下车的意思,就没有提出要下马车去逛店铺。倒是路过一家打铁铺子的时候,萧靖琳让车夫停了下来。

"我之前在这里重铸了一柄匕首,既然路过,我下去看看打得如何了。"萧靖琳十分热衷于收集各种兵器,也喜欢自己画了兵器图让人照着打造。

耶律萨格闻言眼睛一亮:"我能去看看吗?"

萧靖琳看了她一眼,想了想还是点了头,然后又转头对任瑶期道:"要不你在前面不远处的多宝阁等我们?你对兵器不感兴趣,里面又闷热得很,我很快就出来找你。"萧靖琳担心兵器铺子里的那些莽汉,尤其是在里面打铁的伙计会光着膀子,吓到任瑶期。

任瑶期点了点头,笑道:"好的,那我去多宝阁等你们。"

多宝阁是云阳城里如今最大的一家首饰铺子,平日里多接待些娇客,十分有名。一些大家族的女眷出门,别的店铺不好随意逛,就可以去多宝阁看看。

萧靖琳和耶律萨格下了马车,任瑶期让马车再往前行几步,去了多宝阁。

她们是刚吃完饭出来的,这个时间多宝阁里也没有什么生意,外面的门店里只有三两个女客人在看首饰。

任瑶期现在的身份不同了,一下马车多宝阁的女掌柜就亲自出门迎接,恭恭敬敬地把她迎到店里。门店里面有供贵客休息的茶间,任瑶期要买什么,也不需要亲自去外头挑选,只要说自己想要什么,掌柜自会让人将东西捧进里面的茶室，任凭任瑶期挑选。

任瑶期来这里不过是想要找个地方坐坐，并没有什么想买的，不过既然已经来了，也不可能真的空手出去，便让掌柜拿些最近时兴的珠花来看。雷盼儿的生辰快到了，虽然任瑶期已经备好了几样贵重的礼物，不过想到盼儿戴珠花的样子十分可爱，便打算再送她两对好看的珠花。

掌柜很快就让人捧了五六个托盘过来，每个托盘上都摆了十对珠花，任瑶期看了一眼，发现攒珠花用的珠子都很不错，且式样也极为新颖，便来了几分兴趣，想着多挑几对回去也好。

她这边正认真挑着珠花，突然听到外面有人说话，似乎是来了客人。掌柜的正陪着任瑶期挑珠花，便小声吩咐伙计说今日有贵客在，暂时先不接待别的客人。

不想伙计出去一会儿又回来了，小声对掌柜说了几句，掌柜的闻言便有几分犹豫地看了任瑶期一眼。

任瑶期见状笑了笑："何事？"

掌柜的赔笑道："少夫人，您来了我们自然不好接待外客，不过外面来的是云家二小姐和三小姐，她们说认得您，您看……"

任瑶期闻言暗自挑了挑眉，笑着颔首："原来是云家小姐，让她们进来吧。我只是来坐坐，随便挑一些小玩意儿，你们的生意可以照做，不必顾忌我。"

掌柜的连忙应了一声，然后吩咐伙计几句。

不一会儿，茶间的帘子一掀，云秋苹和云秋芳两人进来了。

见到任瑶期，云秋苹本本分分地低头行了一礼，依旧是一副木讷的样子。云秋芳也行了礼，然后笑道："原来是少夫人在，我说谁有这么大脸面能让多宝阁连生意都不做呢。"

无论是什么话，从云秋芳的嘴里说出来，不知道怎么的就让人听着别扭。

任瑶期自然不会与一个小丫头计较，冲着她们点了点头，微笑道："没想到会遇到两位，真巧。你们是来挑首饰的吗？"

云秋苹羞涩地笑了笑，云秋芳撇嘴道："是啊，听说多宝阁昨日出了一批成色极佳的新货，我陪二姐来挑几样嫁妆。"

其实像云家这样的大家族，要嫁女的话压箱底的好玩意儿多了去了，根本不需要跑到坊间买什么嫁妆。这两位云小姐怕是找借口出来玩的吧？而且她们还挑在孟家送嫁妆的这一日？

心里虽然是这么想着，但任瑶期不会点破，只是笑着让掌柜的拿些好的首饰头面出来让两位云小姐挑。

多宝阁的好东西一般不会摆在外面的门店里，掌柜的立即应声去取。

任瑶期便与云家两姐妹有一句没一句地说着话。云秋苹依旧是沉默的，问一句才会答一句，从不主动开口。难得的是云秋芳今日话也比较少，甚至还有些心不在焉，时不时往外看。

任瑶期很快就注意到了，不由得暗自皱了皱眉。

就在这个时候，茶室的布帘子一掀，又有人走了进来。任瑶期一看清楚来人的模样就愣了愣。

"选好了吗？"一道熟悉的男声响起。那人走进茶室，视线并没有在任瑶期面前停留。那张俊逸的脸上完全没有了以往惯常挂在脸上的玩世不恭，看上去冷冰冰的，还有些僵硬。

云秋苹低头小声道："还……还没有，二哥。"

来的竟然是久未在人前露面的云文放。

向来张扬的云秋芳似乎也有些顾忌云文放，看了他一眼之后连忙道："很快就好了，二哥你先坐下来喝杯茶。"

云文放在原地站了一会儿，然后一言不发地坐在任瑶期斜对角的位置，视线也终于看了过来。

云文放的脸色不是很好，原本经过几年的锻炼他的肤色与一般的公子哥相比有些黑，很健康。这段时日不见，云文放虽然没有白回来，唇色却带着病态的苍白干裂，像是刚刚大病了一场。

云文放看过来的时候，任瑶期也看了他一眼。她不知道该怎么形容云文放此刻的眼神，似乎没有焦距，可是又像带着刻骨的恨意和浓浓的不甘，只是不知道他那恨意是对谁，不甘又是为何。任瑶期再仔细看时，却只看到一片浓重的雾气，朦朦胧胧的，如镜中花水中月。

一时间谁也没有开口说话，场面有些静默。

任瑶期想着,萧靖琳怎么还没来?要不还是找个借口先走吧。

只是还没等任瑶期开口,云文放先说话了,还是对她说的:"萧少夫人有事要先走?"说出这一句的时候云文放还笑了笑。

任瑶期看了他一眼,在心里叹了一口气,道:"我与郡主、辽国公主约在此处,想着她们什么时候会来。"

"耶律萨格?"云文放闻言叫出了辽国公主的名字。

任瑶期点了点头。

"离她远点。"云文放说这句话的时候冷冰冰的,依旧是高高在上的命令语气,只是才说完他就皱了皱眉,抿着唇沉默片刻才又有些不甘愿地僵硬着脸道,"老辽王生了十六个女儿,活下来八个,只有她手里分了兵权,她舅舅是现任南院大王。"

任瑶期看了看周围,这里虽然只有他们几个客人,但毕竟不是说话的地方。

似乎是明白她的顾虑,云文放扯了扯嘴角:"隔墙有耳又如何,我又不怕得罪辽人。"

还是一如既往地嚣张啊。

任瑶期忍不住在心里叹了一口气,无论如何云文放这么说也是在提点她,于是她点了点头:"多谢。"

云文放并没有因为她这一声道谢而缓和脸色,也没有看任瑶期,微微垂着眸子不知道在想什么。一时间整个茶室里落针可闻。

好在这种尴尬的场面没有维持多久,那个女掌柜很快就带人捧着不少头面首饰回来了。女人对这些东西向来没有什么抵抗力,就算从来不缺这些的云秋苹和云秋芳也是一样,所以她们挑选首饰头面的时候,这屋里的气氛倒正常起来了。

任瑶期看着坐在那里冷着一张脸不说话的云文放,心里想着他来这里的目的,难不成真是陪着两个妹妹来挑首饰的?任瑶期当然不信是这样。

但若是冲着她来的,按照云文放以前的性子,怎么会这么安静?任瑶期出来的时候,除了一直跟在她身边的乐山、乐水两姐妹,还有不少在暗中护卫的人。这时候只要云文放做出一丝一毫不妥的行为,在暗处护卫的人都有可能出手。不过云文放这会儿如寻常的客人一般坐在那里，倒是没有人能动他了。

任瑶期松了一口气。

没过多久，萧靖琳和耶律萨格就来了。萧靖琳一看到云文放，就忍不住皱了皱眉。耶律萨格的视线也在云文放身上停留了一瞬。

云文放只是看了她们一眼，脸上什么表情也没有。

郡主驾到，在场之人自然都要起身行礼。萧靖琳对人向来冷淡，即便是与她沾亲带故的云家姐妹，也不过是点头招呼了一声。

"回去？"萧靖琳走到任瑶期面前，带着保护者的姿态，不动声色地将云文放的视线隔绝开，尽管云文放并没有往这边看。

任瑶期也不想待在这里了，尽管云文放今日并没有说什么，也没有任何逾矩的举动，她还是不习惯与他待在同一屋檐下，心里总有些别扭。于是萧靖琳一询问，她便点了点头："我们出来的时间也不短了，是该回去了。"

云秋芳听了笑道："郡主怎么才来就要走？这多宝阁的首饰用料虽然不算顶好，式样却是一等一的好看呢，郡主既然来了，就挑几样吧？"说着她又看向正拿着一支金宝簪打量的耶律萨格，"公主喜欢这些首饰的话也挑些回去吧？"

云秋芳不是云秋晨，这姑娘似乎浑身带刺，从来不是什么热情好客的性子，这会儿倒摆着笑脸留起人来了。

只可惜萧靖琳不吃她这一套，见耶律萨格拿着一根金簪在看，便随手指了离她最近的那个装着首饰的托盘对女掌柜道："这些都要了。"

耶律萨格有些惊讶地看萧靖琳一眼，似乎没有料到她会喜欢这些花哨的玩意儿。萧靖琳淡声道："你喜欢就送你了，今日时候不早了，先回府吧，下回再逛。"

耶律萨格很欢喜地道了谢。那掌柜的见状，立即让人拿些上好的礼盒将这些首饰装好。

耶律萨格跟着女掌柜先去了前面的店面，萧靖琳拉着任瑶期也要离开。

"等等。"云文放突然出声。

从云文放开口，萧靖琳便冷冷地向他看了过去，并将任瑶期护在自己身侧，挡住云文放。

云文放像没有看见一般站起身，一步一步朝着她们走过来。

萧靖琳冷哼一声，正要动手，云文放却在离她们大概三步远的地方停了下来。

背着其他人的视线，云文放看着任瑶期。

萧靖琳原本对云文放的死缠烂打很不耐烦，心里想着要不要将这不开眼的浑小子打趴下再说，可是视线一对上云文放的眼睛，就不由得皱了皱眉，并没有动作。

萧靖琳眼里的云文放向来是张扬的、骄傲的、不可一世的，或许还有那么几分本事和不怕死的精神。他虽然不怎么讨人喜欢，但是在燕北军中也是一个有能耐能成事的下属。

可是这一刻的云文放，虽然一句话也没有说，脸上的表情依旧带着惹人厌的张扬、骄傲、不可一世，却让人从他的眼神中捕捉到一丝悲伤。他就像受到重创，濒死的小兽一般。

萧靖琳毕竟不是那种同情心泛滥的人，所以依旧挡在任瑶期面前没有动分毫。

任瑶期看着云文放，除了叹气还是叹气。

在她心里，她与云文放从前那点恩怨，早已经烟消云散。而这一回，他们两人之间的关系比陌生人好不了多少，她实在不明白云文放心中的执念从何而来。

任瑶期并不怨恨云文放，她对自己现在的生活很满意，所以也希望云文放可以放下那点执念，好好过自己的生活。

云文放看了任瑶期一会儿，突然没头没脑地轻声道："任瑶期，不管你信不信，我从来没有过害你之心，我也不曾真正害过你。"

说完这一句，云文放又深深地看了任瑶期一眼，然后便绕过任瑶期和萧靖琳两人，头也不回地转身离开茶室。

任瑶期摇了摇头，轻声道："走吧。"

萧靖琳点了点头，也没有多问，与任瑶期一起走出茶室。耶律萨格手里拿着几个精致的盒子，正在等她们，见她们出来，脸上便露出灿烂的笑容。

"对了，刚刚那个男子是云家的公子？"上马车之后，耶律萨格突然笑着问道。

萧靖琳看了耶律萨格一眼,淡声道:"他是云家二少爷。"

耶律萨格皱着眉头想了想,然后笑着摇了摇头:"我瞧着有几分面善呢,还以为在哪里见过。不过既然是云家二少爷,那想必是认错人了。"

萧靖琳闻言目光一闪,然后转开视线与任瑶期说话,耶律萨格也没有再提云文放的话题。

第二日,是云家去孟家接亲的日子。

可是直到吉时快到了,身为新郎官的云家二少爷仍没有出现。

云家上下急成一团,派人四下去找云文放,可是最后将云家和整个云阳城都翻遍了也没有找到。云文放就像凭空消失了一样,就连向来知道怎么把云文放找出来的云文廷都没有找到人。

眼瞧着迎亲的时间越来越近,新郎官失踪的事情又怎么瞒得住?

云家老太爷和云老太太大发雷霆。云家大老爷云邦彦被自己的父亲骂了个狗血淋头。

最后还是云老太太冷静地安抚住云老太爷:"迎亲的时辰就快到了,现在骂他也解决不了问题,想法子把今日安安稳稳度过去才好。"

云老太爷气道:"我还不知道时辰要到了吗!问题是那个孽障现在还不见人,这场婚礼要如何继续?只能我亲自去一趟孟家,向孟家赔罪!这门亲事就此作罢吧。"

云老太爷心里憋屈得很。他高高在上大半辈子,从来没有这么被动过,偏偏因为几个不成器的孙儿孙女脸面尽失。孟家虽然比不上云家势大,却也是不可轻忽的,这次是云家理亏,他也只能拉下这张老脸去赔罪。

云老太太皱了皱眉,摇头道:"不可。"

屋里众人闻言都不由得看向云老太太。

云家明面上虽然是云老太爷当家,但是云老太太聪敏睿智,自年轻时候开始就辅佐云老太爷管理云家大小事务,她一开口,就连云老太爷也会斟酌斟酌。

云老太爷无奈道:"不然还能如何?"

云老太太虽然心里也对云文放的作为恼怒得很,但还是很快就冷静下来,最先想到的不是怎么发脾气迁怒,而是将这件事情的不利降至最低。

"如果只是定亲,这门亲事还可以找借口退了,可今日是成亲,这时候才提出退婚,我们云家和孟家怕是没有办法善了了。"

退婚对女方而言本来就不光彩,云文放还是在大喜之日逃婚,云家若是真由着这门亲事无疾而终,就是明晃晃在孟家脸上甩巴掌,以后云、孟两家别说是正常往来,恐怕还会结仇。

"而且这门亲事当初是在王妃那里过过眼的,所以必须要成!"

云老太爷看了老妻一眼,也明白了她的意思。当初云文放的亲事是在什么情况下定下来的,他们也是清楚的。如果这次还是由着云文放逃了,他们云家没有办法向燕北王府交代。

云老太太的目光在众人身上慢慢扫过,最后语气坚定地道:"都别慌,你们下去该做什么准备就做什么准备,务必将今日的这场喜事进行下去。等着看我们笑话的人不在少数,别自乱了阵脚!"

云老太太的话说完,云家众人心里果然安定不少,只是云文放这个新郎官不在,这场婚礼要怎么进行下去?

云大太太白着脸道:"放儿……"

云老太太摆了摆手止住她的话,然后问云家大老爷:"文廷在哪里?"

云大老爷连忙道:"还在找云文放那个孽畜,应该快回来了。"

云老太太点了点头:"廷儿一回来,就让他带着人去孟家接亲。"

众人闻言一愣,云老太爷皱眉道:"让老大娶?"

云老太太白了他一眼:"自然还是老二娶!不过文放不方便,让兄长帮着迎个亲、成个礼也是符合礼仪的。对外就说文放旧伤发作,不方便出门。"

众人闻言立即明白了。在大周,自家兄弟帮忙迎亲确实是被允许的,不过一般是成亲的男子身体有缺陷或者实在病得走不动了。现在云文放不见了踪影,云家也只能出此下策。

云老太爷叹了一口气:"也只能如此了,孟家那里我明日会亲自登门请罪,但是今日无论如何都要遮掩过去。"云家今非昔比,他们不能在这个时候把孟家得罪狠了。

云文廷很快就被叫回来了，然后在云家两位长辈的交代下换上给云文放准备的喜服，匆匆带着花轿去孟家接亲。

云家大少爷的面貌云阳城里的人大都是认得的，所以他一出现在迎亲队伍中，围观的人群就炸开了，不知道云家这是玩的哪一出。直到云家有意放出消息说云家二少爷之前受了重伤，这会儿旧伤突发不能下床，所以才让兄长代为迎娶新娘。

虽然兄弟代为迎亲的事情也有，不过云家的做法还是让不少人心中狐疑，而且之前云家找人的事情也不是没有风声漏出来，所以也有人猜到是不是这场婚礼出了什么变故。

云家大少爷自始至终脸上都带着淡定的微笑，丝毫看不出来有什么不妥，云家上下也都表现得很镇定，并没有出什么岔子，众人心里虽然有疑惑也有猜测，但也不敢确定。

孟家对于来迎亲的是云家大少爷而不是二少爷心有不满，最后云家大老爷亲自来孟家与孟家老爷说了些话，孟家老爷出来的时候脸色很不好看，不过还是让云文廷将女儿接走了。

孟家虽然对今日之事很气愤，但是云家给的诚意也很足，而且如果这门亲事最后成不了，吃亏的还是孟家大小姐。最重要的是云家大老爷说的没有错，真与云家撕破脸，两家都吃亏，毕竟这是两个家族的联姻，要考虑的因素实在太多了。与其两家一拍两散，还不如让云家欠孟家一个大人情。孟家当家的不是傻子，再三权衡之下还是与云家达成了协议。

所以，最后在云、孟两家的心照不宣下，这场婚礼还是按部就班地进行了下去。在新郎官云文放不在场的情况下，孟家大小姐还是进了云家的门，成为了云家二少奶奶。

任瑶期第二日才从萧靖琳口中得知云文放逃婚的事情，听完之后愣了半晌，最后除了叹气也不知道该作何表情了。

萧靖琳道："云文放应该是去嘉靖关了。"虽然任瑶期没有问，萧靖琳还是将自己的猜测说了出来。

"只有到了嘉靖关，云家才拿他没有办法。不过他可能没有想到，这门亲事即便他逃了,还是成了。"萧靖琳说到这里,叹息一声。

萧靖琳是一个至情至性的人,到了现在反倒有些同情云文放,虽然她依旧不喜欢云文放这种人,但是她欣赏坚持本心、始终如一的人,尤其是在云家那种环境下,出了云文放这样的情种还真是一件匪夷所思的事情。

很快,燕北又发生了一件大事。

燕北王在众人毫无准备的情况下,向所有人宣布将要立萧惟雍为燕北王世子。世人都不熟悉萧惟雍这个名字,这是燕北王不久前为自己的嫡长孙起的名字。

这个消息一出来,燕北民众无不大惊。

谁都明白,萧惟雍虽然名义上是燕北王的亲孙子,却是在京城的皇宫里出生,甚至现在还被养在太后宫中。这样一个孩子,长大之后肯定亲近朝廷比亲近燕北多,燕北王怎么会做出这样的决定?

难道燕北王想要把小世子接回燕北?

世人对燕北王的决定百思不得其解的同时,也在暗中观察萧家二公子萧靖西的态度。众所周知,萧靖西虽然身体不好,但在燕北王不在云阳城的时候基本上都是他在主持燕北大小事务,现在燕北王不声不响就将世子之位给了远在京城的嫡长孙,难道这个手中握有实权的二公子就能服气?燕北不少人开始担忧燕北王父子之间会因为此事产生嫌隙。

也有人开始怀疑,燕北王做出这种决定实属无奈之举。萧二公子的身体状况可能要不好了,燕北王为了避免被动局面,只能先拿嫡长孙来做文章,不然萧二公子一出事,燕北王的庶弟萧衡那一方可能会借此机会崛起。比起让萧衡那一方钻空子,早些立自己的亲孙子当世子当然更合适。

接下来一段时日,萧靖西果然更少在人前露面了。虽然萧靖西平日里也很少出现在众人的视线里,但燕北的一些重要政事他一般都会参加,就算他不亲自出面,相关公文也会过他的手。自从燕北王请旨立萧惟雍为世子之后,萧靖西几乎就在燕北销声匿迹了,就连燕北王府的心腹重臣们都没有机会再见到他。

　　于是越来越多的人相信萧二公子是生了重病。

　　至于萧靖西的病情如何，燕北王府一直讳莫如深。燕北王这一阵子脸色很不好看，所以一般人没有敢在他那里探听口风的。从燕北王府内部也探听不出什么，只知道萧靖西似乎一直待在自己的院子里不怎么出门，虽然也有大夫进出昭宁殿，但萧靖西以前也是两三天请一次脉，院子里药味不断。

　　外面对燕北王府和萧靖西猜想联翩，萧靖西自己倒是过得轻松惬意，此时正与任瑶期在书房里观赏他这些年来收藏的书画。

　　萧靖西爱好广泛，虽然在他的众多爱好中书画并不是最主要的，他的收藏却不少，至少比起任老爷这个痴迷于书画的人而言，手中的珍品并不逊色。

　　任瑶期将萧靖西收藏的那些书画拿出来一幅一幅鉴赏，也时而忍不住惊叹。

　　萧靖西就坐在任瑶期旁边，含笑看着她。任瑶期看画，他看人。

　　自两人成亲以来，因燕北正值多事之秋，萧靖西每日都很忙，这还是他们第一次这么悠闲地消磨时间。

　　任瑶期翻出一幅画惊叹道："你这里居然还收藏了唐淼的仕女图！我爹爹年轻时最喜欢的两个人物画画师，一个是蒋元益，一个就是唐淼。"

　　比起蒋元益，唐淼的画更不好得到。首先因为唐淼生活的年代离他们甚远，再就是这位大师留下来的作品很少。任时敏曾经花了好几年时间不计代价让人寻唐淼的画，只可惜最后也只找到一幅残破得只剩下一半，就连修补都成问题的画作。

　　萧靖西从后面抱住任瑶期的腰，将下巴搁在她的肩膀上，笑道："那正好，我正愁岳父大人生辰的时候送他什么礼物好呢，就送这幅画吧。"

　　任瑶期肩膀有些疼又有些痒，忍不住躲了躲，回头笑道："嗯，他肯定会喜欢的。"萧靖西见她回头，忍不住轻轻点吻了一下她的唇。任瑶期靠在他怀里，偏头对上他完美的侧脸。两人都没有说话，书房里的气氛却甜蜜得很。

　　"岳父大人喜欢了，那我呢？"萧靖西蹭了蹭任瑶期的鼻尖，低声道。

　　"嗯？"任瑶期眨了眨眼。

　　萧靖西一边亲她，一边委屈道："我生辰的时候没有收到你的礼物，要怎么补偿我?"

任瑶期愣了愣,"你生日不是已经过去了吗?"在他们两人还没有成亲的时候。

萧靖西也不说话,就那么看着任瑶期。

任瑶期最受不得他这种眼神,尽管知道他很有可能是装出来的,但她还是妥协道:"那你想要什么?"

萧靖西脸上的笑容晃花了任瑶期的眼睛。他在任瑶期耳边低声说了几句。

任瑶期听了脸不可控制地红了,羞怒地瞪萧靖西一眼,转过头去不理他。

萧靖西见任瑶期的注意力又被那些画吸引去了,一边用鼻尖去蹭她的脖颈,一边还不依不饶地问:"行不行?行不行?"

任瑶期被他烦得不行,抬手推了他一下,红着脸恼怒道:"不行!你每日里想的都是些什么乱七八糟的!"

萧靖西闻言也不恼,只是笑看着她,把任瑶期看得忍不住偏过头。

最后萧靖西叹了一口气:"好吧,不行就算了。那我另外要一样?"

任瑶期斜睨他一眼,"哪样?"如果萧靖西再不正经,任瑶期决定起身就走。

萧靖西似乎看出了任瑶期心中所想,用手环住她的腰,笑道:"你不是会画画吗?给我画一幅吧。"

任瑶期想着这倒是好办,于是点了点头:"好,画什么?"

萧靖西眨了眨眼,然后道:"就画我。"

任瑶期闻言一愣,有些犹豫道:"我很少画人物。"而且……虽然她对自己的画技很有信心,却不自信能画出萧靖西的神韵。

萧靖西道:"无妨,我只是想看看你眼中的我。"

任瑶期闻言有些不好意思,觉得萧靖西肯定又在戏弄她,正要生气的时候却看到他的耳朵根也有些红,虽然他看上去依旧镇定。不知为何,任瑶期觉得这样的萧靖西十分可爱,所以将到嘴边的拒绝咽下去,点头应了。

萧靖西冲她一笑,然后拉着她起身,正要给她磨墨的时候,同喜进来了:"公子,祝大人回来了。"

任瑶期闻言脸上一喜,祝若梅回来了?她看向萧靖西。

萧靖西挑眉："人来了？"

同喜看了看萧靖西和任瑶期，眼珠子一转，主动道："来了，不过这会儿正在外头同穆大人他们叙旧呢，要不小的让他过一个时辰再来？"

萧靖西正要应允，任瑶期却轻轻扯了扯他的衣袖，主动道："我有些累了，先回去歇歇。"祝若梅已经走了好几个月，这会儿回来肯定有重要的事情要与萧靖西禀报，任瑶期不想耽误他的正事。

萧靖西看了任瑶期一眼，想了想，笑着颔首："好，我见了他就过去陪你吃饭。"

任瑶期点了点头，离开书房。

任瑶期从书房出来之后便去了九阳殿。

九阳殿里，王妃正在接待几位面生的夫人。任瑶期进去的时候，那几位夫人连忙起身行礼。

王妃召了任瑶期到身边，轻声问道："喝药了吗？"

任瑶期感觉到那几位夫人虽然没有刻意往这边看，但注意力都在她和王妃的对话上。

任瑶期轻轻地点了点头，含糊地"嗯"了一声。

王妃轻叹一声，让她坐在旁边，然后又与那几位夫人说话。

任瑶期注意听了一会儿，发现那几位夫人虽然没有明目张胆地打听燕北王立世子的事情，但在谈话的间隙也旁敲侧击地在打听消息，王妃都一一打发了回去。

等那几位夫人告辞离开，任瑶期才问，"这几位是顺州来的？"她听出来她们说话的时候带着顺州的口音。

王妃点了点头，有些疲倦地按了按眉心："嗯，这阵子来云阳城的人不少。"

任瑶期也知道现在萧靖西闲下来了，王妃却忙了不少。她起身走到王妃身侧："母亲，我给您按按吧。"

见王妃没有反对，任瑶期就给她按摩起头上的几个能缓解疲劳的穴位。

等到王妃舒服些了，便轻轻拍了拍她的手："好了，一会儿别手酸了，坐下吧。"

任瑶期又按了按，然后才在王妃身边坐下。

王妃笑看了她一眼："这一手是跟谁学的？还真有些用处。"

任瑶期笑道："在家的时候，跟我母亲学的。"

王妃闻言有些讶异，似是没想到李氏还会这些。

任瑶期笑了笑也没有解释，她母亲性子温软，却偏偏还有些李氏皇族的傲气在，伺候人的事情自然是不屑学的，但是也有个例外，那就是只要她父亲需要的，她都会学，而且学得很好。

王妃也没有多问，喝了一口茶，想了想才道："这几日进府的人基本上都是为了新封世子的事情来的。"

任瑶期闻言并不意外。

每一次权力交替的时候就是下面的人站队的时候，虽然燕北的情况相较而言还算好，但有些人还是坐不住了，只是坐不住的都是一些离权力中枢较远的家族，至少云阳城里那几大家族和其他州一些数一数二的家族最近都很消停，什么动静也没有。

任瑶期正想着这些杂七杂八的，王妃突然问道："对此事，你有什么看法？"

任瑶期闻言不由得看向王妃。

王妃微微一笑："这阵子事情多，咱们娘俩儿许久没在一起说话了。无妨，这里没有外人，你对我说什么都没关系。"

果然，之前伺候在旁的侍女嬷嬷们不知道什么时候都退下去了。

燕北王在宣布世子人选之前并没有与他们提起立世子的事情，仿佛是突然就做了这个决定，之后王爷和王妃也没有在他们面前提及此事，任瑶期就没有多问。她不由得想起有一次萧靖西曾经问过她，如果他不是燕北王世子，她会不会失望。

对任瑶期而言，不管萧靖西是不是世子，萧靖西都还是萧靖西。萧靖西是世子，她就当世子妃，尽职尽责。萧靖西不是世子，她就当她的少夫人。他有空闲的时候就同今日那般与她一起看书画画或者抚琴下棋，日子过得也很自在。崇高的地位会带来相应的责任，后一种生活未必就比前一种生活令人觉得遗憾。

对于这件事情，任瑶期也有自己的想法。燕北王和王妃对这件事情云淡风轻的态度，让任瑶期觉得立那位小公子为世子与其说是不得已而为之，不如说是某种布置。

只是有一点任瑶期想不通，那位小世子虽说在宫中出生，还被养在太后的宫中，甚至有一半的可能性已经被人调包，但是世子妃赵氏怀孕这件事应该是真的，因为燕北王府曾经查证过。可是燕北王府竟然一点也不担心先世子留下来的这个遗腹子？这毕竟是已故世子留下来的唯一血脉啊。

如果萧家和任家一样，眼里看到的只有家族利益，而不管子孙死活，任瑶期倒也不觉得奇怪，可是经过这么一段时日的相处，看到王爷和王妃对子女的态度，任瑶期觉得王爷和王妃绝非冷血之人。

再就是任瑶期觉得王妃对那位已故世子的态度十分冷淡，平日里从未提及，仿佛忘记有这么一个人一般。关于这一点，任瑶期没嫁进萧家之前就隐隐约约有所察觉，不过那时候她想着有可能是因为世子不在王妃膝下长大，所以在王妃心里对他的感情及不上萧靖西和萧靖琳。直到这次立世子的事情发生之后，任瑶期忍不住开始怀疑了。总之，这件事情从头到尾都透露出一股诡异，让任瑶期不得不多想。

原本任瑶期想找个机会问问萧靖西，这几日萧靖西难得空闲在家。只是这两日两人在一起，不是看书下棋，就是弹琴画画，日子过得十分自在，任瑶期也就不太想提这些事情了。

现在王妃提起，任瑶期在心里斟酌了一下，正要说话，辛嬷嬷恰好进来了，身后还带着一个人。

任瑶期抬眼一看，跟着辛嬷嬷一同进来的那位老妇人竟然是上一回帮任瑶华接生的龚嬷嬷。任瑶期看了王妃一眼，两人暂时止住话头。

龚嬷嬷眯缝着眼睛看了看正座上的王妃和任瑶期，然后在辛嬷嬷的搀扶下上前颤巍巍给她们行礼。王妃连忙抬手扶住龚嬷嬷，让辛嬷嬷扶着龚嬷嬷在一旁的椅子上坐下。

任瑶期嫁进王府已经有一阵子了，却没有再看到这位龚嬷嬷，之前曾经问过辛嬷嬷，辛嬷嬷只道龚嬷嬷年纪大了，不太爱出门，只在王府后面的一座小院子里荣养。任瑶期就托辛嬷嬷给龚嬷嬷送了几次桂花汤圆和小点心。

王妃对龚嬷嬷的态度很亲切，龚嬷嬷耳朵不好，两人鸡同鸭讲了几句之后，龚嬷嬷突然看向任瑶期，笑眯了眼睛："少夫人，谢谢您给老奴送的汤圆和点心，好吃得很。您不知道，她们都欺负我这个老婆子，不给我点心吃呢。"

辛嬷嬷闻言无奈道："嬷嬷您又在主子面前胡说八道！大夫说了您不能吃太多甜食，小丫鬟们都是为了您好。"

龚嬷嬷点头："没错，那些小丫头一个个的都没规矩！该换了！"

辛嬷嬷："……"

龚嬷嬷转过头来与任瑶期说话："少夫人来，老奴来给您把把脉。"

任瑶期愣了愣，她身子好好的为何要把脉？

王妃笑而不语，倒是辛嬷嬷笑道："对对对，既然龚嬷嬷今日在这里，就给少夫人把把脉。少夫人您别瞧嬷嬷年纪大了，脉把得还是很准的。让她把过脉之后，保管没多久就能怀上。"

任瑶期这才明白，原来龚嬷嬷把脉是看她身子状况是不是合适怀孕。见王妃眼中带着些希冀地看着她，任瑶期不好拒绝，便对龚嬷嬷伸出手臂，辛嬷嬷连忙过来给任瑶期的手腕下垫了个软枕。

龚嬷嬷把脉的时候微微眯着眼睛，搭在她手腕上的手指还有些颤，任瑶期都担心她能不能找到脉搏。

龚嬷嬷仔细把了三次脉，才放开手，还给任瑶期整了整衣袖，然后问道："少夫人，老奴给您的方子，您有没有按时服用？"

任瑶期之前因为对龚嬷嬷有所怀疑，所以并没有服用她开的药。

见龚嬷嬷问，她便道："因为之前正在服用别的补身子的方子，怕混在一起服用不好，所以想等前面那个方子停了之后过一阵再用。"

任瑶期倒也没有说谎，成亲之前那一阵子她外祖母也给她送来了一个调理身子的方子，她吃了一阵，现在已经停了。

龚嬷嬷闻言点了点头，也没有说什么。

王妃笑着道："嬷嬷，瑶期她身子如何？你之前给她开了什么方子？"

龚嬷嬷一边慢慢吃着辛嬷嬷拿给她的一块桂花糕，一边道："少夫人身子还成，怀娃娃肯定没有问题。老奴给的就是王妃您年轻的时候用过的那个方子，少夫人吃一阵子，就能早些怀上娃娃，以后生产的时候也能少受不少罪。"

　　在场之人闻言视线便都放到任瑶期的肚子上，任瑶期不由得有些窘迫。

　　王妃笑眯眯地对任瑶期道："那个方子我以前也用过，既然龚嬷嬷给了你，你以后就吃吃看吧，是有些用处的。"

　　见王妃这么说，任瑶期微红着脸应下了。

　　龚嬷嬷又坐了一会儿，吃了不少点心，然后才被辛嬷嬷叫人送回去。龚嬷嬷临走时还偷偷将一盘桂花糕往自己衣袖里藏，被辛嬷嬷发现说了她一通，王妃哭笑不得地让辛嬷嬷给她再装一盘桂花糕回去。

　　龚嬷嬷走后，外头又有人来拜见王妃，龚嬷嬷来之前任瑶期与王妃的话题便继续不下去了。

　　王妃对任瑶期道："若是有什么想知道的，回去问靖西，他会告诉你的。"她顿了顿，又拍了拍任瑶期的手道："好孩子，你只要与靖西好好过日子就成，娘很想抱孙子。至于别的乱七八糟的事情，你别担心，我和你爹还在呢，不会让你们吃亏的。"

　　任瑶期想着，王妃说这些可能是担心她对王爷立世子之事有意见，所以在安慰她？

　　从九阳殿出来之后，任瑶期又回了昭宁殿，萧靖西还在书房里没有出来。

　　任瑶期想了想，便让桑葚将龚嬷嬷上次给她的那个方子拿出来，自己又仔细琢磨了一遍。之前拿到方子的时候任瑶期看了一遍，没有发现什么不妥，这会儿又仔细琢磨了一番，依旧没有发现什么不妥，这方子确实对正打算受孕的女子十分有益。

　　想着王妃对龚嬷嬷的态度并没有什么奇怪的地方，而且王妃似乎也赞成她用这方子，难道之前是她想多了？这位龚嬷嬷没有什么问题？

　　任瑶期斜倚在软榻上，手里拿着那张方子正思索着，突然手中一空，方子瞬间离了手。

　　任瑶期抬头，便看到萧靖西站在她面前，手里正拿着从她手中夺过去的那张药方子。

"看什么这么认真？"

萧靖西一边问,一边低头扫了手里的纸一眼,见全是药名还皱了皱眉,看了任瑶期一眼,又仔细看起来。

任瑶期起身想要拿回来,萧靖西微微抬高手臂,让任瑶期扑了个空。任瑶期再要动手抢的时候,却被萧靖西顺势抱在怀里,两只手臂动弹不得。

萧靖西精通药理,将手中的药方子看完之后原本皱着的眉头松开了,脸上也带了笑,低头看向正在他怀里扑腾的任瑶期:"你要用这方子？"

任瑶期红着脸挣开萧靖西的怀抱,终于将方子抢了回来。

萧靖西跟过来:"方子不错,哪里来的？"

任瑶期原本不想搭理他的,不过想到龚嬷嬷这个人,还是顿住了步子:"这方子是龚嬷嬷给我的。"

萧靖西闻言挑了挑眉。

任瑶期看到他的表情,索性问道:"这位龚嬷嬷是什么人？"

萧靖西牵了任瑶期的手,两人一起在软榻上坐下来。

"龚嬷嬷当年是跟我母亲一起进王府的,她是我母亲的生母留给她的人,也是云家的人。怎么？你觉得她有问题？"萧靖西笑问道。

任瑶期想了想,便将当初任瑶华生产的时候她的怀疑与萧靖西说了。因为当初她没什么依据,只是凭空猜测,而龚嬷嬷又是王妃的人,还救了任瑶华一命,所以她那时并没有对萧靖西说。

不想,萧靖西听了之后却笑了:"原来如此。"

任瑶期看了他一眼:"可是看母亲的态度,这位龚嬷嬷好像并没有问题,难道是我想多了？"

萧靖西叹了一口气:"不,你也不算多想,龚嬷嬷确实有问题,不过问题并不出在她身上。"

"哦？那出在谁身上？"任瑶期越发好奇了。

萧靖西沉吟片刻,然后笑了笑:"罢了,这件事原本就应该告诉你的,只是一直没有找到合适的机会,也不是什么光彩的事情,说起来都过了十几年了。"

任瑶期起身亲自给萧靖西倒了一杯温茶,递到他手上:"那你慢慢说,母亲可是说了，什么事情都可以找你解惑。"

萧靖西闻言不由得失笑，故意委屈道："为夫本来就夫纲不振，你还找了母亲为你撑腰，从今往后这个家哪里还有我置喙的余地？夫人，你好歹也要为为夫留一两分薄面吧？"

任瑶期斜睨他一眼。

"我和靖琳都是龚嬷嬷接生的。"萧靖西闹够了，总算进入正题。

任瑶期立即抓住了重点："只有你和靖琳是龚嬷嬷接生的？我记得你上次说世子也是由龚嬷嬷接生的。"

萧靖西闻言笑了笑："如果我没记错的话，我当时说的是我兄长也是龚嬷嬷接生的。"

任瑶期皱了皱眉，刚想问这两句话有什么区别吗？她还没有出口又突然想到了什么，不由得心下一突，愕然地看向萧靖西。

"世子他……不是你兄长？"

萧靖西的手轻轻地碰了碰任瑶期的头发，轻叹一声："京城的那位不是，我的亲生兄长还在母亲腹中的时候就已经死了。母亲怀着我兄长的时候，有人给她下毒，那时候胎儿已经成形了，只差十几日就能生产，若不是有龚嬷嬷在，差一点就是一尸两命。"

任瑶期虽然之前已经有过猜测，但是猜测毕竟是猜测，也没有想到真相竟这么残酷。

任瑶期不自觉地握住萧靖西的手。

萧靖西反握住任瑶期，继续道："当年先皇还在位。他是一个强势的君主，若不是他太过强势，也不会造成他晚年时候的那一场两王之争。对自己的儿子尚且这般苛刻，这样的君主怎么会容忍燕北王府的存在？且当年燕北与朝廷的形势与现在燕北同朝廷的形势也不一样。我曾祖父收复燕北之初，燕北的各个世家还很势大，隐隐有联合起来与燕北王府分庭抗礼之势。为了不让燕北沦陷在辽人的铁骑之下的屈辱重演，我曾祖父用了不少强势手段才让这些世家服帖，燕北也暂时稳定下来，所以那个时候燕北王府实在不能与朝廷硬碰硬。当初我兄长就算活下来，燕北王府也会遵从皇帝的圣旨，送他去京都为质。"

"可是他死了，那么被送去朝廷做质子的就会是你？"任瑶期皱眉。

萧靖西点了点头："是啊，他死了，自然就轮到燕北王的第二个儿子了。我母亲那时刚失去她的第一个孩子，痛不欲生。龚嬷嬷和辛嬷嬷为了让她振作起来，就出了个主意，让她对外称孩子没有死，找了个新生婴儿替代，等过几年再将他送去京城为质子，这样她的第二个儿子就能得以保全。"

"原来如此，难怪了⋯⋯"任瑶期想了想，"之前那个传言，说你是母亲的姐妹的孩子，难道事实上世子才是？他是你表兄？"

萧靖西闻言扯了扯嘴角，摇了摇头："那传言纯属胡扯，他是我母亲一个陪嫁丫鬟的孩子。"

任瑶期眨了眨眼："那⋯⋯这位'世子'真的死了吗？"

萧靖西闻言有些惊讶地看了任瑶期一眼，随即笑道："何出此言？"

其实任瑶期也只是随口问问，因为她总感觉这位世子两回都死得太赶巧了，让她不得不多想。

"只是感觉有些不对。"任瑶期道。

萧靖西笑叹着摇了摇头，半真半假地调侃道："还好你被我娶回来了，你这样的放到外头让人怎么放心。这位'世子'确实没有死，他完成了他的任务，功成身退了。原本以为这件事情做得万无一失，连朝廷都没有发觉，不想竟然让你'感觉'到了，你说你鼻子灵不灵？"

任瑶期不理会萧靖西的调侃，将话题导入正轨："那你身上的毒又是怎么回事？"

萧靖西脸上的笑淡了一些："母亲因为被人下了毒，第一胎胎死腹中，之后虽然被龚嬷嬷救回来了，毒素却没有排除干净。"

任瑶期不由得惊愕，萧靖西竟然是在王妃怀上他的时候就中毒了！她是懂些医理的，自然明白这种从娘胎里带出来的毒最难解，难怪萧靖西一病就是这么多年。他年幼的时候肯定吃过不少苦头。

这么想着，任瑶期不由得有些心疼。

萧靖西看到任瑶期的神色，就势将她抱在怀里，下巴在她头上轻轻蹭了蹭："其实也没什么，我现在不是好了嘛，而且还因祸得福，现在什么毒药到了我这里都不管用了。"

任瑶期闻言却越发心疼萧靖西，窝在他怀里没有说话。

"那……毒是谁下的查出来没有？"任瑶期闷闷地道。

萧靖西沉默一会儿才道："燕北王府虽然比不上嘉靖关的城门，却也不是什么人想进来下毒就能进来的。"

任瑶期闻言皱了皱眉头，外面的人无法下手，难道是燕北王府的人？

果然，萧靖西接着就道："当年能有机会下手的，只有这个府里的人。"

任瑶期闻言不由得沉默了。在这个府里，有动机又有能力下毒的人不是老王妃就是萧衡那一房，果然千防万防家贼难防。

见任瑶期不说话，萧靖西低头看了她一眼。想到之前被她拿在手里的那个方子，萧靖西低头亲了亲她的眉心："你放心，这种事情绝对不可能发生第二次，我不会容忍任何人伤害你和我们的孩子。"萧靖西的声音虽然一如既往地温柔，但是又带着属于他的那种笃定和强势，仿佛只要是他说出口的话就一定能做到，让人感觉万分安心。

任瑶期安静许久，才问道："龚嬷嬷也是因为这件事情才在王府深居简出？有人对世子的身份产生怀疑，又因为龚嬷嬷是当初那件事情的知情人，所以才会借我姐姐生产这件事情千方百计牵扯出龚嬷嬷。"

当时任瑶华提前生产，她们都以为是小乔氏的缘故，现在想想也有可能是那个产婆为了让她请来龚嬷嬷，用了什么手段。想到这里，任瑶期不由得出了一身冷汗。还好任瑶华和孩子最后都没事，不然……

若真是如此，那背后之人当真阴毒。任瑶华和孩子何其无辜！一个不小心就是一尸两命。

任瑶期还在萧靖西怀里，萧靖西自然感觉到了任瑶期的情绪变化，不由得抱着她轻轻拍了拍她的背，安抚道："别担心，我会找人去查的。若真是有人在背后捣鬼，我绝不放过他们。"

任瑶期叹了一口气，"嗯"了一声。

萧靖西从任瑶期的袖袋里又翻出龚嬷嬷给的那个方子："龚嬷嬷虽然不是大夫，但在妇人生产这方面比许多名医都强，既然是她给你的方子，你就吃吃看吧。"

任瑶期微微红了脸，抢过方子又放回自己的袖袋里，小声道："自己不爱吃药，倒管起我来了！"

萧靖西耳力过人，轻轻掰过任瑶期的脸，笑吟吟道："夫人，你在嘀咕什么？"

任瑶期不顾自己的脸被萧靖西恶作剧的手捏得变形，声音含混不清道："我说你书房里的那盆盆栽怎么一股子中药味！你给它浇的是什么水！"

萧靖西闻言面不改色："这是我让人从云南运回来的新品种，就是要用药水浇才能活。"

任瑶期忍不住翻了个白眼，伸手去捏萧靖西的脸，两人你捏我我捏你，脸都变了形，好不幼稚："我父亲也种过不少花草，你别以为我不知道那是什么草！你尽胡扯……"

任瑶期还没说完，萧靖西就凑了过来，堵住任瑶期的唇。

既然龚嬷嬷本人没有问题，任瑶期便开始用她给的那张药方。王妃知道了很高兴，她是真的很想抱孙子。

昭宁殿虽然不是闲杂人等想进就能进的，但对任瑶期用药的事情，萧靖西不敢有半分马虎，从抓药到煎药他都让人仔仔细细地盯好了。

第五十四章

撇　清

自从燕北王立世子之后，燕北便又恢复了平静，就连朝廷那些言官御史也不给燕北王府使绊子了，就这样转眼到了年关。

这是任瑶期在燕北王府过的第一个新年。年底燕北王府上上下下也忙了起来。燕北各个州县都开始给燕北王府送年礼，王妃还要接待那些年底跟着丈夫赶来燕北的官家夫人，每日里都忙得很。任瑶期偶尔也会被王妃叫过去陪客或者帮着处理一些王府内务，就连云太妃那边到了年底这会儿也开始给任瑶期放假，不让她每日过去抄写经文了。表面上看起来，整个燕北王府最悠闲的就是萧靖西这个"病人"了，只有任瑶期知道，虽然萧靖西比起之前那一阵要清闲不少，但是每日仍要花很长时间在他的书房里。

原本以为这个年最后也会平平顺顺过去，只可惜天不从人愿。腊月二十五这一日，任瑶期正在九阳殿与辛嬷嬷一起整理顺州、武州、冀州三府的礼单，并将今年最后一批年礼登记入库，另外今年燕北王府需要加上一份送去河中王府的礼单，王妃让任瑶期先理出一个单子给她看。

任瑶期正忙得脚不沾地的时候，李氏派喜儿来了燕北王府，告诉她任老太爷病重，恐怕撑不过这个年关了，任家大老爷派了任家大少爷来找任时敏，求他回去见任老太爷最后一面，否则任老太爷死不瞑目。

李氏之所以让喜儿来找任瑶期，是因为李氏这几年已经习惯在大事上听女儿的意见，而任时敏虽然依旧不愿意回归任家，但是任老太爷毕竟是他的生父，就算父子之间曾经有天大的怨怼，到了任老太爷人生的最后一刻，他也不可能无动于衷。

任瑶期听到这个消息的时候也愣怔了许久。王妃知道之后，让素锦叫任瑶期过去。

任瑶期让喜儿在偏殿等候，自己先去见了王妃。

王妃这会儿叫来任瑶期也是为了任老太爷的事情。她屏退闲杂人等之后，说话很直白："听说任家派人请你父亲回去给任家老太爷送终？"

任瑶期点了点头："是的。"

王妃沉吟片刻，然后道："原本这是你娘家的家务事，我不方便过问，只是我向来拿你当女儿看待，所以有些事情还是忍不住想要提醒你一声，免得你吃亏。"

任瑶期忙道："母亲您说，我知道好歹的。"

王妃点了点头："之前那件事，确实是任家理亏在先，将你们这一房赶出任氏宗族，你们不愿意再回去也理所应当，世人不会认为是你们不对。但是人生在世，除死无大事，任家老爷子临终，提出想要见你父亲，这个时候如果你们依旧置之不理，在世人心里就显得有些不近人情了。"

任瑶期点了点头，其实王妃说的也是她的顾虑，所以她并没有想要阻止她父亲回任家。

"当然，回不回任氏宗族另说，但是该出面的时候还是要出面的。"

"我知道了，母亲。"任瑶期回道。

王妃笑道："王府这边的事情你先交给辛嬷嬷和素锦吧，她们往年也都是做惯了的，出不了什么岔子，你先顾及任家那边，别让人有机会说你的闲话。"

任瑶期应下，然后退了出来。

喜儿还在偏殿等着任瑶期，任瑶期吩咐苹果准备好马车，她要回娘家一趟。

已经是昭宁殿管事的苹果很快就将马车准备好了，任瑶期带着几个丫鬟与喜儿一起回了宝瓶胡同。

任瑶期回去的时候，任益延已经走了，任老爷在书房里没有出来。任瑶期想了想，还是先去了正房，周嬷嬷得到消息，很快就迎了出来。

李氏见任瑶期回来很惊喜，想起任家的事情又忍不住叹了一口气："你怎么回来了？大过年的，王府的事情肯定不少，有什么话你让喜儿回来与我说一声也是一样的。"

李氏的话才落音，任瑶期还没来得及回话，外面就有人进来禀报说大姑奶奶回来了。

李氏心里虽然欢喜，面上却还是道："你们都回来做什么！"

任瑶华也是听到任老爷子的消息赶回来的，见任瑶期也在还愣了愣，开口就道："你怎么也回来了？王府没事吗？"

任瑶期无奈地笑了笑，同时对李氏和任瑶华解释道："没关系，是王妃让我回来的，晚些时候我就回去了，耽误不了什么事情。"

母女三人你看我我看你，任瑶华道："那先说正事吧，父亲那边怎么说？回不回任家？"

李氏不由得看了书房的方向一眼："老爷一直在书房没有出来，不过我觉得他八成还是想去见任老太爷最后一面。"

任瑶华沉默片刻，然后看向任瑶期："你怎么说？"

任瑶期也不拐弯抹角，直接道："回是肯定要回的，不然父亲、母亲以后肯定会被人戳脊梁骨。只是送任老太爷最后一程，不表示我们这一房要回任氏宗族。"

任瑶华点了点头，李氏虽然面上没有说什么，但还是松了一口气的感觉。离开任家这么久了，她不愿意再回任家。

"要是你父亲他想回任家……"李氏有些为难，尽管她心里万般不愿意回去，但是如果任时敏想回去，她也不会反对。

任瑶期想了想，摇头："父亲他已经说了不回任家，自然不会那么容易改变主意，只是……"

任瑶华看了任瑶期一眼，皱着眉头接道："只是如果任老太爷临终遗言希望父亲回去，加上祖母的恳求……父亲怕是无法拒绝。"

任瑶期叹了一口气，点了点头。

即便洒脱不羁如任时敏，很多时候也无法随心所欲，这就是道德的束缚。

"那怎么办？"一直在一旁听着的周嬷嬷急道。都走到这一步了，若还是得让李氏回任家受到任老太婆的制约，那可真憋屈。

几人都不由得看向任瑶期。

任瑶期刚刚一路上也都在想这个问题，任家是一定要回去一趟的，但是怎么回去，回去之后要如何应对就需要从长计议了。

任老太爷一去，任家做主的就是任老太太，依着她老人家胡搅蛮缠的性子，接下来他们怕是会有大麻烦。

如果任老太爷一死，任老太太对任老爷和李氏采取眼泪攻势，他们也无法当真置之不理，毕竟世人都是同情弱者的。

任瑶期叹道："这当口不能明着拒绝，只有先拖着。任老太爷一走，任家首先要办丧事，就算要重新认祖归宗，也不是说认就能认的。一切等过了这个年再做打算。"

李氏和任瑶华对视一眼。

任瑶期又对李氏道："母亲，如果老太太她们单独叫你过去，你别应下也别拒绝，把事情都推给父亲，就说这事情你做不得主，最多答应她们帮忙劝说父亲回任家。你要记得，你现在是郡主，代表的是皇室和河中王府的颜面。听她们说几句是给她们脸面，念在她们年长，若是谁敢给你脸色看，你只管冷脸就是。世人能要求父亲尽孝，却不能强求你忍气吞声，只要别与她们正面冲突，不恶语相向，她们要闹就由着她们去闹，谁也奈何不了你。"

李氏点了点头："我知道了。"

任瑶期又看了看任瑶华："我过几日可能也要去一趟白鹤镇，到时候你与我一同回去吧。"任瑶期回白鹤镇的时候，应该就是任老太爷咽气，她去吊唁了。

她们已经出嫁，还是隔了一辈的，没有特殊原因并不需要同任老爷一起回去，何况现在她们名义上已经与那个任家没有半点关系了。

任瑶华不放心地看了李氏一眼："要不我陪母亲一起去吧。"

李氏忙道："不用你陪着，我知道该如何应对，不是有周嬷嬷在吗？有什么事情她会提点我的，你们放心吧。"

任瑶华想了想，便也不再坚持。

李氏这边安抚好了，任瑶期正要去书房里找任时敏，任老爷恰好自己出来了。

见任瑶期和任瑶华都回来了,任时敏也没有太惊讶,只是对李氏道:"让人收拾一下,我们明日回一趟白鹤镇。"

李氏什么话也没有问,立即应下了,连忙吩咐人去准备。

任时敏这才问任瑶期和任瑶华:"怎么都回来了?"

任瑶期道:"听说任老太爷病重,任家派人来请父亲回任家,我和姐姐回来看看。"

任时敏点了点头,不知道想到了什么,叹了一口气,然后捧着李氏递给他的茶碗出神。

几人见任时敏如此,都没有说话。

说起来,在场之人中李氏和任瑶华对任老太爷并没有什么感情,更别说任瑶期了。而对于任时敏而言,任老太爷终究是他的父亲,现在任老太爷眼见着就要撑不过去了,任时敏的心情肯定不会好。

任瑶华向来心直口快,见任时敏如此,忍不住问道:"父亲,您打算回任家吗?我是说回任氏宗族。"

任时敏闻言皱了皱眉,看了任瑶华一眼。

任瑶期连忙道:"我和姐姐还有母亲刚刚还在说这件事情呢,我们的意思是这种大事应由父亲做主,我们都听父亲的。"

任瑶华皱眉看了任瑶期一眼,任瑶期冲她轻轻地摇了摇头,然后问任时敏:"不知父亲的意思是?"

任时敏沉默片刻,然后道:"说出来的话就如同泼出去的水,自然没有再收回来的道理。我已经脱离任氏宗族,是不会再回去的。"

李氏和周嬷嬷都松了一口气。

任瑶期想了想,然后对任时敏道:"父亲说的有道理。不过这次您和母亲回任家,任家的人肯定会想方设法让您妥协,尤其是任老太爷那里,加上任老太太……到时候来劝说父亲的人肯定不少,这个时候实在不适合与任家人硬碰硬,父亲只需给个模棱两可的答案即可,万不可拒绝得太彻底,一切等年后再说不迟。"

任瑶期怕任时敏倔脾气上来,一开始就拒绝得毫无余地,这样只能让任家千方百计想方设法逼着任时敏就范。任老太爷临终的这个时机，对任时敏很不利，而任家向来很会把握机会。

任时敏看了任瑶期一眼，想了想，还是点了点头："嗯，我知道了。"

任瑶期交代完父亲和母亲，不由得松了一口气。不管以后要如何，也得先让任老太爷安安稳稳走了。

见任时敏情绪不佳，任瑶期和任瑶华也没有在娘家多待，又说了一会儿话便一起离开了。任时敏和李氏还要忙着回白鹤镇的事情。

姐妹两人一同从娘家出来的时候，任瑶华显得有些忧心："我总觉得这件事情会有些麻烦。说起来任家也养了我多年，按理我不应该如此冷情，可是经历了这么多事情，我也渐渐看明白了很多原本看不明白的东西，任家……还是能不回就不回的好。"

任瑶期笑了笑，问任瑶华道："姐姐恨任家吗？"

任瑶华认真想了想，摇了摇头："如我刚才所言，任家再如何也养了我多年，我不恨。只是……道不同不相为谋。"

任瑶期叹了一口气，然后轻声道："我曾经恨过，恨得很。"

任瑶华闻言一怔，看着任瑶期不知道该如何接话，因为她听出来任瑶期口中的恨并不是随便说说，是真的恨任家。

任瑶期却又笑了笑："不过现在我不恨了，如你所言，任家再如何也养了我这么多年，算起来也够功过相抵了，而且任这个姓氏并没有错，错的是姓任的那些人。即便如此，我还是不愿意回到任家，不愿再做任家女。"

任瑶华皱着眉头，若有所思。

两人出门之后分别上了自己的马车，同行一段路之后便各回各家。

任时敏和李氏第二日就回了白鹤镇。

任瑶期是在除夕当日接到任老太爷去世的消息的，任老太爷终究还是没有撑过这个年。

这一阵子，虽然任瑶期没有回白鹤镇，那边发生的事情却知道得事无巨细，因为她派了乐水跟李氏一起回任家。

任瑶期知道了任老太爷果然在临终之前回光返照之际旧事重提，说出让任时敏回任家的话，任时敏当时站在任老太爷的病床前沉默很久，没有拒绝却也没有同意。

任老太爷没有得到确切的答复，便瞪着眼睛不肯咽气，任老太太见了要带头给任时敏下跪，求任时敏答应任老太爷这临终前的唯一请求。

任时敏被逼得如同走到悬崖边，尽管不想跳下去，眼前却再没有第二条路可走。任老太太哭得老泪纵横，非要给任时敏下跪，大少奶奶和三少奶奶两人一人一边架都架不住。

任时敏正要先胡乱应下来的时候，那边跟着李氏站在后面的周嬷嬷突然眯了眯眼，暗自咬了咬牙，然后与扶着李氏的乐水对视了一眼。

乐水不动声色地稍稍后退半步，借着李氏的身体遮挡住自己大半个身子，然后手腕一翻，一粒祖母绿的宝石出现在她的手掌心，只见她手指轻轻一弹，"啪"的一声轻微的声响之后，任老太太突然膝盖一软，脚底一滑，身体忍不住往前摔去，原本紧紧拉着她的三少奶奶齐氏不知是手酸了还是怎么的，竟然正好在这个时候放了手，而大少奶奶一个人根本拉不住任老太太往前摔的身躯……

于是众人眼睁睁地看着原本还在哭天抢地的任老太太，脸朝下直挺挺地摔了下去，且她的鼻子正好撞到床的围栏，一声清脆的骨头与硬木的撞击声让在场所有人都打了个冷战。

三少奶奶齐氏最先反应过来，哭天抢地扑上去扶起任老太太，那凄厉的声音比之前任老太太的更甚："老太太！老太太！老太太您怎么了！您这是怎么了啊！您醒醒！您醒醒！您醒醒啊！您可别丢下我们，别丢下我们啊！"

可惜这个时候任老太太已经疼晕过去了。

大少奶奶急忙上前帮忙，只见任老太太鼻子以下糊了一脸的鼻血，鼻梁红肿得让人不忍直视。

大太太等人没有想到任老太太会摔得这么重，一窝蜂地围上去，掐人中的掐人中，抹鼻血的抹鼻血，喊大夫的喊大夫，一时之间乱成一团，反倒是躺在床上原本只剩下一口气的任老太爷一时之间被忽略得彻底。

这次还是眼尖的三少奶奶先发现不对，瞪着一双大眼惊叫道："老太爷！老太爷！老太爷您怎么啦？哎呀不好了，老太爷被老太太吓死了！"

众人闻言一惊，都朝床上的任老太爷看过去，却发现任老太爷不知什么时候已经咽了气，只是那一双眼睛仍旧睁着，竟真的死不瞑目。

因为这一场变故，任家也乱了套。原本被逼得透不过气来的任时敏终于不再被盯着了。他愣愣地看着床上已经咽了气，正被任大老爷用手轻轻合上双目的任老太爷，红了眼睛。

任大老爷和任大太太开始处理任老太爷的丧事，而大少奶奶和三少奶奶则一起下去帮着照顾任老太太。

大少奶奶私下里感激地对三少奶奶道："刚刚真是谢谢你了，你最后若是不拉着我，我肯定也会摔倒，现在说不定也晕倒了。"

三少奶奶刚刚也跟着哭红了眼睛，不过对着大少奶奶还是很爽朗："这有什么好谢的，我就是随手那么一抓，我还以为我抓住的是老太太呢。你没摔倒真是太好了。"

大少奶奶回了三少奶奶一个真诚的笑："还是要谢谢你。"

任老太太这一摔，导致任老太爷以死相逼的戏码没有成功。任老太太因为失血过多鼻梁骨碎裂，也丧失了行动力，所以任时敏暂时清净了，而没了两位倚老卖老的，其余的任家人并不敢得罪任时敏。

只是不知道最后任老太爷死不瞑目到底是因为谁，因为最后三少奶奶哭号的那一嗓子，外面的丫鬟婆子还真以为任老太爷是被任老太太的惨状吓死的，倒给任时敏省了不少麻烦。

任老太爷死在了大年三十，按燕北的习俗大年初一是不宜办丧事的，不然这一户人家会走三年霉运，所以任老太爷的丧事要等到大年初四才开始办。

任时敏留在白鹤镇暂时没有离开，想等任老太爷的丧事办完再走，不过他拒绝住在任家大宅里，而是住在了外头。

大年初四开始，有人来任家吊唁。

任瑶期虽然是在燕北王府过的年，但是终究过得不怎么安稳。大年初四，她和任瑶华一起去了白鹤镇任家，送任老太爷最后一程。

萧靖西和燕北王府其他人并没有出面。

这还是任瑶期出嫁之后第一次回白鹤镇，踏进任家大门的时候有很多东西都已经不一样了。

任家大太太带着两个儿媳妇出来迎任瑶期，陪着她和任瑶华去灵堂给任老太爷上香。

任瑶期原本并不打算在任家多待，礼数到了就行。

从灵堂出来的时候大太太道："老太太正等着三姑奶奶和五姑奶奶呢，她老人家因老太爷去世伤心过甚，这几日一直卧病在床，也就是听说两位姑奶奶回来了才好些。三姑奶奶，老太太最疼的就是你了，之前虽然闹得有些不愉快，但是亲祖孙之间哪里有隔夜仇？老太太三天两头念叨你呢。"

任瑶华看了任瑶期一眼，抿了抿唇。没有答话。

大太太见状也看向任瑶期，态度亲切中又带了些以往没有的小心谨慎，"三姑奶奶，时间还早着呢，要不要去看看老太太？"

任瑶期扫视一圈周围看热闹的人，对任瑶华道："我们去见见老太太。"

任瑶华点了点头。大太太松了一口气，脸上也露出笑容。她将外头的事情都交代给大少奶奶和三少奶奶，然后亲自领着任瑶期和任瑶华姐妹两人去老太太的荣华院。

刚进荣华院，就有丫鬟一边喊着一边进去禀报老太太。任瑶期几人还没走到正房，正房的帘子就是一掀，一位身穿孝服的瘦削女子从里面走了出来。

照面一打，任瑶期和任瑶华都愣了愣，那女子已经走上前来给她们见礼了。

"三姐姐、五妹妹，你们回来了？祖母刚刚还在问你们呢。"任瑶音的声音和神态都带着疲惫，嘴唇干裂，眼下还有些青黑，似乎已经许久没有休息好了。

任瑶华看了她一眼，便将视线移向别处，当作没有看到。

任瑶音似乎忘记了当年与她们之间的龃龉，也不记得自己当初是因何离开了燕北，可惜任瑶华记性好得很，并且记仇。

任瑶期见大太太面色紧张，便对任瑶音点了点头："任四小姐，许久不见。"

任大太太脸色好看了些，对任瑶音道："怎么这模样也出来见客，还不下去收拾收拾？"

任瑶音苦笑着道:"祖母这边离不了人,外头的事情我帮不上忙,也只会端茶送水守夜的活儿。之前不知道三姐姐和五妹妹今日过来,倒是让你们看笑话了。"

任瑶期微笑着寒暄:"任四小姐孝心可嘉。"

任瑶音又说了几句,任瑶华从头到尾没有搭理,任瑶期倒是客气得很,却也疏离得很。

之后任瑶音先离开去更衣了,大太太带着任瑶期和任瑶华进了正房。

看到任老太太的时候,任瑶期差点认不出来,因为她的整个鼻子都被厚厚的纱布包住了,又闭着眼睛躺在床上,五官中唯一能被看清楚的就是下嘴唇和耳朵。

任瑶华看着任老太太,目光有些复杂。她和任瑶期不同,任老太太总算是疼宠过她十几年的,虽然再深厚的感情也经不起一而再再而三的折腾,但是看到虚弱至此的任老太太,任瑶华没有办法无动于衷。

大太太轻轻唤了一声,任老太太睁开了眼睛,看到任瑶期和任瑶华的时候她眼睛一亮,抓着大太太的手挣扎着想要起身。

任瑶期道:"老太太您躺着吧,我和姐姐看看您就走了。"

任老太太的眼泪一下子就流了出来,还是坚持坐起来,向她们伸出手道:"三丫头、五丫头,你们总算是回来了……你们的祖父他……呜……他一直念着你们和你们的父亲,好在还见了你们父亲最后一面……"任老太太泣不成声,那模样让人无法不同情她晚年丧夫的悲哀。

任瑶华看着任老太太向她伸过来的手,又看了任瑶期一眼,见任瑶期虽然在低声安慰任老太太,却站得有些远,想了想,便站在床尾没有动。

任老太太哭了一阵子,终于借着揩眼泪的机会将已经僵硬的手收回去,情绪稍微稳定下来的时候,才看向任瑶华:"华儿,祖母已经许久没见到你了。在祖母心里,你还是那个走路都跌跌撞撞的小女娃,不想一眨眼你就已经是孩子的母亲了。祖母不承认自己老都不行了。你站过来些让祖母好好看看,祖母现在眼睛不行了,看东西总是重影。"

任瑶华抿了抿唇,没有动。

任老太太皱了皱眉，悄悄看了任大太太一眼，大太太正要拉着任瑶华上前，却听见任瑶音似乎在外面跟谁说话，声音还不小。

任老太太原本就心情郁闷，两个孙女又这么不好搞定，当即不悦道："音儿！是你在外头？"

任瑶音在外面应了一声，很快就进来了。她已经洗过脸换过衣裳，虽然脸上依旧没有脂粉，却比之前看到的样子要好些。

任瑶音一进来，不等任老太太冲她发作就赶紧道："祖母、母亲，是外院的管事来了，说那位姓余的商人又派人来说要买我们的宅子。"

任老太太闻言恼火道："让人打出去！简直欺人太甚！以为我们任家没有人了吗？我看他们不是来买宅子的，而是故意来给我们任家找不痛快的！"

任大太太也叹了一口气："老太爷新丧，老爷他们最近也忙得脚不沾地，这个姓余的怕是瞅准了咱们家没空搭理他，所以才来闹事。"

任瑶音皱眉道："那现在要怎么办？父亲他们刚刚都不在前院。"

任老太太似是想起什么，连忙道："老三呢？老三不是在家吗？让他出去应付应付，别让人欺负我们一家子老弱妇孺！"

任大太太面露为难，然后看了任瑶期和任瑶华一眼。

任瑶期挑了挑眉，挨个儿打量眼前这三人几眼，不知道她们葫芦里卖的是什么药。

他父亲并没有住在任家她是知道的，难道老太太以为他在任家？

老太太不悦道："怎么？老三也不在家？"想了想，她的眼神又带了些黯然，"还是连这点小事，我都不能指望他了？"

任瑶音连忙道："不是的，祖母，三叔他最孝顺不过了。是因为余家这次来了个女眷，实在不好让三叔出面，听说余家这位女眷还是位官家女，我和母亲怕是……"任瑶音说着，有些为难地看了任瑶期和任瑶华一眼，"要不三姐姐和五妹妹陪我母亲出面一次？你们二位身份尊贵，余家见了肯定不敢再打任家宅子的主意了。"

任老太太立即看向任瑶期和任瑶华，目露期盼。

任瑶期看她们绕了这么大一圈儿，原来是这么个目的，借她们的手打发来买宅子的人？

任瑶华皱眉道："他们来买宅子,你们不卖就是了,他们还能逼着卖不成?"

任老太太和任大太太对视一眼,然后都不说话了。任瑶音犹豫一会儿,叹了一口气:"这也是没有办法的事情,任家欠了余家一大笔银子,据说当初是用了东府那边的宅子抵押的。"

东府的宅子以前是任家二房的人在住,自从二老太爷和老太爷翻脸之后,二房的人已经搬去云阳城住了。却不知道什么时候,东府的房契竟然被抵押出去了。

任家自从出事之后,生意损失了绝大部分,许多地方都需要用钱,还是大笔的钱,所以也借了不少外债。

任家如今今非昔比,别人也不可能随随便便就借钱,所以当初是抵押了一些房契和煤矿。只是不知道余家是怎么拿到任家的房契的,在任老太爷去世的第三日大年初二就找上门来要房子。

可是任家的房子怎么也不能交出去,这是任老太爷再三交代过的,且现在当家的任大老爷也不赞成卖房子。

正巧任瑶期和任瑶华回来给任老太爷吊唁,便被任家物尽其用了。

在世人眼中,任时敏这一房已经完全脱离任氏宗族自立门户了,任时敏虽然在任老太爷去世的时候赶了回来,却没有住在任家,这是所有有眼睛的人都能看到的,这说明任时敏没想过重新"认祖归宗"。而身为任时敏这一房的萧家少夫人和雷家家主夫人自然也跟白鹤镇的任家没有什么关系了,不然就凭着这两位姑奶奶的身份,也没有人敢在正月里就上门讨债要宅子。

任老太太也相信,只要任瑶期和任瑶华公开为任家撑一次脸面,那个什么余家的人肯定不敢再找上门来。毕竟在燕北的地头上,还没有人敢跟燕北王府作对。

可是任瑶期是这么好被利用的吗?

任瑶期想了想,问道:"任家现在能还清余家的银子吗?"

任老太太脸色有些难看:"哪里有那么多银子!"

任瑶华皱眉道:"那预计什么时候可以把欠余家的钱还清?"

任老太太和大太太对视一眼,最后大太太苦笑道:"现在我们任家已经不比当初了，外面的生意还有些周转不开，在这种情况下要还清余家的钱……怎么也需要个三年五载。"

任瑶华看了看愁云惨雾的任老太太和大太太："既然如此，就先把东府给余家也未尝不可，等还了银子之后再赎回来就是。"

任瑶华的话音才刚落下，任老太太就变了脸色，厉声道："这怎么行！"

众人都看向任老太太，任老太太察觉出自己刚刚太激动了，便缓了缓脸色，重新换上一脸悲戚："这是我们任家的祖宅，是我们任家的根！虽然你们祖父已经不在了，可是我也不能让任家败在我手里，不然以后到了地下哪里还有脸去见任家的列祖列宗？"

任瑶音走过去，帮任老太太抚了抚胸口，神色黯淡地道："祖父临终之前也对我父亲说过，任家祖宅不能卖。怎么说这也是祖父的遗愿。"

任老太太叹息一声，轻轻拍了拍任瑶音的手："音儿说的对。"

任瑶期冷眼看着她们这一番做派，若是任瑶期不知道任家这座宅子的秘密的话，怕是会被她们感动，只可惜她比谁都清楚她们不想让出宅子的秘密。

等任老太太她们感叹伤感完了，任瑶期才出声道："那么依老太太之见，这件事情要如何办？"

任老太太以为任瑶期要帮忙，连忙道："自然是让余家交出我们任家的房契！谁知道那房契是怎么到他手中的？我看他们是想要骗我们的宅子，所以蓄谋已久，一准儿不是什么好人！"

任瑶期看着一脸理所当然的任老太太暗叹一声："那房契可是真的？"

任老太太顿了顿，不情愿道："你伯父看过，可能是真的吧。"

任瑶期又问："他们手中的借契可是真的？"

大太太看了任老太太一眼，点头道："是真的。"

任瑶期摇了摇头："那就没有理由让他们交出房契了，欠债还钱天经地义，就算是闹到官府也是任家没理。"

任老太太脸色顿时就不好看了："别人的面子他们余家可能不会卖，可是你们一个燕北王府一个雷家加在一起面子比天大，余家哪里敢不给面子？我看不是你们帮不了，是不愿意帮娘家这个忙吧！"

任瑶华原本是有些同情任家这番处境的，尤其是任老太太这凄惨的模样让她心生不忍，可是现在任老太太这话就听着有些不对味了，当即正色反驳道："老太太这话不对，任是谁也没有欠了银子可以不还的！天子犯法还与庶民同罪呢，何况我和瑶期不过是一介女眷，哪里有那么大的脸面？不说别的，我小叔年前不小心打碎了聚宝斋的一个青玉盏，聚宝斋的当家已经说了不让赔，我小叔当时也没有在意，不想后来被他哥哥知道了，让管家去赔了银子不说，还把我小叔教训了一顿。老太太这是想让我也回去挨一顿骂？我这还是雷家的当家太太，瑶期她可没当燕北王府的家。听说燕北王和王妃为人正派，处事公正严明，瑶期她若是借着燕北王府的名头狐假虎威，今后还怎么在燕北王府立足？"

任瑶华这一顿抢白把任老太太气得够呛，按她以前的性子是怎么也要将任瑶华教训一顿的，可任大太太一直站在旁边给她使眼色，怕她跟任瑶华姐妹闹翻，这对任家现在的处境一点好处也没有。

任老太太最后也只能把这口气憋在心里，捂着胸口喘了好几口气，才沉着脸道："那你们说要怎么办？一家老小都被人赶出去喝西北风吗！"

任瑶华也不怵任老太太难看的脸色："我说就把东府先给余家，反正那边的院子现在也没有人住，过个三年五载银子还清了再赎回来。至于对不对得起祖宗，还是以后再考虑吧，我想祖宗若是在天有灵宁愿不要宅子也要保子孙后代平平安安，不然余家若是要与我们对簿公堂，到时候难道要大老爷像当初祖父那样被关进牢里吗？"

任瑶华的话一出，首先变了脸色的是大太太。

现在任老太爷不在了，任家当家的就是任大老爷，如果余家告了任家，倒霉的就是大老爷。

"母亲，这事情还是好好商量商量吧。余家手里也只有东府的房契，西府这边他们动不了的。"大太太也怕任老太太脾气上来了与两位姑奶奶闹僵。现在任家如此境地，任时敏虽然不愿意回任家，但是外人或多或少还是会看在这两位姑奶奶的面儿上给一两分脸面的，不然任家的境况怕是会更糟。

大太太也是在暗示任老太太，这宅子里就算是藏有财物也是藏在作为主院的西府这边，东府那一块儿是不可能有什么的，所以就算把东府抵给余家，余家也找不出什么来。

任老太太虽然心里不满，不愿意把宅子让出去一半，但是她也怕余家真的将他们告上公堂。任家刚死了任老太爷，若是连大老爷也出了岔子，那任家就真的要完了。

她脸色变了几变，才道："我瞧着余家就是冲着我们的宅子来的，若是到时候我们还了他们银子，他们不愿意把房契还回来该怎么办？"

任瑶华看向任瑶期。

任瑶期想了想，道："那就与余家事先说好，东府暂时抵押在他们手中，三年之内若是任家将欠银还清，他们就将房契交还。"

"若是三年之内还不清呢？"任老太太没好气道。

任瑶期心平气和地道："那东府就只能给余家了，毕竟房契是抵押给他们的，他们肯等三年已经算仁至义尽了。"

大太太犹豫着道："可是看余家那样子，似是对这宅子势在必得，他们未必会同意给我们三年时间还银子，毕竟三年说长不长，说短也不短。"

任瑶期点了点头，叹道："这倒也是，毕竟宅子原本就是抵押给他们的，现在任家拿不出银子，他们把房子要过去不还回来也没什么不对。所以少不得还需要周旋一番。"

任老太太道："既然你这么说，那就是有办法了？"大太太也看向任瑶期。

任瑶期摇了摇头："我一介妇人能有什么办法？只是前一阵子我听我先生徐夫人提过这个余家，似乎那位余太太与书院里哪一位夫人有些沾亲带故的关系，我想着或许可以走一走这位余太太的路子。至于成不成，我可不敢打包票。"

任瑶华不由得看了任瑶期一眼，她之前怎么没听任瑶期提起过徐夫人认识这个余太太？

任老太太和大太太对视一眼，两人都在心中估量着，原本她们欠的外债基本上都到了余家头上，若是能稳住余家，三年的时间他们也差不多马马虎虎能凑齐这笔银子，何况任家这座宅子里还藏有不少财物，这三年时间也够他们挖地三尺将东西找出来了。

所以任老太太心里还是有些满意的，只是面上依旧不情不愿："实在没办法也只能这样了。老太爷不在了，生儿子也没几个指望得上的，走一步看一步吧。"

任瑶期笑了笑:"我父亲他是个真性情的人,且向来说一不二,当初任家将我们赶出去的时候,他也是伤过心的,所以才不愿意回来。"

任瑶期旧事重提,任老太太脸上又有些不好看了。

"他是我生的!任家也养了他这么多年,受点委屈又能怎么的!"

任瑶期点了点头:"您说的没有错,所以虽然我父亲他现在与任家已经没有关系了,却还是赶回来见老太爷最后一面。我和姐姐也不是任家女了,却还是愿意在这个时候出面帮任家一把,就当是还了任家这么多年的养育之恩吧。"

任老太太愣了愣,大太太反应过来,连忙道:"五姑奶奶这是什么话,一家人哪里有说两家话的,你和三姑奶奶都是我们任家的女儿。"

任老太太扒拉开大太太,看着任瑶期皱眉道:"你这话是什么意思?"

任瑶期诚恳地道:"我父亲的性子老太太是清楚的,既然已经被除了族,他是怎么也不会回任家的,谁劝都不管用。不过我们这一房终究是出身任家,现在任家有难,我愿意尽力帮上一把就当是还了任家的养育之恩。"

任老太太气得话都说不出来了,指着任瑶期就要骂,最后被大太太扑过去拉住了。大太太生怕任老太太会动手,若是伤了任瑶期可就糟了。

好在任老太太也不敢动手,只气骂道:"任家养了你这么多年,想要两清哪里有这么容易!要走可以,把欠任家的都还清楚再说!"

"您想要我们怎么还?"任瑶华看着任老太太,冷声道。

任瑶华这么一开口,任老太太和大太太反倒不说话了。

任老太太不开口是在心里衡量,真让三房一次还清任家对他们的养育之恩是不是划算,又该如何提要求。现在任家眼瞧着一日不如一日,任老太爷不在了,任时敏又不愿意回任家,若是能利用这个机会让任家东山再起也未尝不可。

任大太太心里却在犹豫,其实依长远之见任家不应该在这个时候放弃任时敏这一房,现在任家又是他们长房当家,不过如今的任家确实需要有人拉一把。

任瑶华看着目露盘算的任老太太,心里对任家和这个祖母越加心灰意懒。她原本只是出言试探,不想任老太太对她们真的没有一点亲情可言,满心满眼全是利用和利益。

任瑶期原本没打算让任老太太掌控主动权的，不过任瑶华问出口了她也没有说什么。不管她心里再如何排斥任家，任家对她们确实是有养育之恩的，这一点谁也没有办法否认。所以她虽然没有在一开始阻止韩家的报复，却也没打算真的让任家全族覆灭。只是任老太太如果想要借此机会狮子大开口的话，恐怕只能让她老人家失望了。她想给任家的帮助与老太太想要的恐怕是不一样的东西。

也不知道过了多久，任老太太终于在心里盘算清楚了，看着任瑶期的目光带着精明算计："当初为了救你们祖父出狱，我们拿出了一百五十万两银子，这个钱既然已经出了也没有再拿回来的道理，不过那连续十年上缴百分之六十的收益……任家现在这个情形，实在有些负担不起，我看能否把这个先免了？"

在场之人闻言都愣了愣，不由得都看向任瑶期。

任瑶期反倒笑了："老太太，这个银子是任家交给官府的，能否免缴您应该去问官府的官员。"

任老太太撇了撇嘴："燕北的官员不都是听燕北王府号令的吗？你回去求求王爷、王妃或者萧二公子，这又有什么难的？"

任瑶华冷笑道："您怎么不把天捅个窟窿再让她给您补上？这还简单些。"

任老太太冷哼一声，也不与任瑶华计较，只是看着任瑶期。

任瑶期叹了一口气，摇了摇头："别说是我了，就是王妃也不能插手燕北政事的，您这是在为难我。"

任老太太看任瑶期并不像是说假的，心里有些失望，不过她原本也没有真的奢望让官府免去任家上缴那六成收益，只不过是在试探。

在心里想了想，任老太太又道："既然无法全免，那免个三成总可以吧？"

任瑶期依旧摇了摇头："我说了，我无法干预燕北政务。"

任瑶期比谁都明白，就算她能做到也不能这么做，因为只要开了这个头，他们这一房就更无法离开任家了，任老太太绝对不会放过她这么有"用处"的人。

任老太太皱眉道："谁让你干预什么政事了？你回去求求王府主事的人不

就得了吗？"

任瑶期笑了笑，反问道："如果大太太来求您，她娘家亲戚想要以市价一成的价格买任家的煤，您和大老爷会同意吗？"

任老太太闻言不由得语塞，大太太也没有说话。

任瑶华接道："我记得有一次东府二嫂娘家的一个姨表兄弟想要租用任家名下的一座山头，又觉得价钱太高，所以让二嫂来说说情，结果老太太让人将二哥叫来骂了一顿，说他们那一房没有规矩，连妇人不得干涉外务的道理都不懂。"

任老太太听了脸色一阵红一阵白。

任瑶华转头对任瑶期道："我想我们还是走吧。"说着就拉了任瑶期往外走。任老太太见状不由得急了，连忙向大太太使眼色。

大太太快步上前拉住任瑶期另一只手，好声气儿地劝任瑶华："两位姑奶奶有话好好说，你们祖母这几日伤心过甚又正病着，说话不觉就带了些火气，音儿这几日在跟前伺候着也被骂哭了好几回，你们别跟她老人家一般见识。"

任老太太一边捂着胸口直喘气，一边偷偷往任瑶华和任瑶期这边看。

任瑶期将手从大太太那里抽回来，转头对老太太道："老太太，您说的那些我确实办不到，燕北王府的女眷如任家的女眷一样也是要守规矩的，我能做的也就是托徐夫人的面子让余家给任家些时间还清欠银，如果您觉得不需要那就当我没说。"

大太太连忙道："如果五姑奶奶能帮忙，那自然是最好了。"

任老太太不情愿地道："这些年，任家花了那么多银子养你们都白养了？"

任瑶期想了想："您说的也有道理，自然不能让您白花钱养我们。这样吧，我将这些年我们这一房所花费的任家的银钱大致估算估算，然后还您现银，您看成吗？"

大太太看了任老太太一眼，想要给她使眼色让她别答应，因为这样一来任家和任时敏这一房就真的什么关系都没有了。

任老太太正要说什么，视线停留在任瑶音身上的时候突然顿了顿，似是想到了什么，又沉吟片刻才道："这样也不是不成，不过我还有一个条件，就当是利钱。"

任瑶期看了任老太太一眼，等她下文。

任老太太伸手拉了站在一旁的任瑶音到自己跟前，指着她对任瑶期道："我身边也就只剩下音儿这一个肯听话的孙女儿了，想要给她找个好归宿，但是任家现在的情形你也知道，要给她说门好亲实在有些难，我又不想让她委屈。我也不求你别的，你带她去燕北王府住一阵子。"

在场之人闻言又都愣住了，不知道任老太太这又要唱哪一出。

任瑶华倒是想起了自己出嫁的时候，任老太太想要让任瑶英也跟着一起陪嫁过去的事情，以为任老太太又打算故技重施让任瑶音和任瑶期共侍一夫，不由得火冒三丈："任家的闺女都嫁不出去了还是怎的！要您上赶着将她们送出去做妾？开始是任瑶英，现在又是任瑶音，也不怕人看了笑话！"

任老太太忍着气道："你懂什么！瑶期现在不是得了云太妃的欢心吗？我听说太妃经常让她过去陪伴。到时候瑶音要是跟着一起在云太妃跟前得了脸，以后还怕找不到好人家？何况去燕北王府住一阵，身价自然会不同。"

任瑶期闻言不由得看了任瑶音一眼，任瑶音恭恭敬敬地低着头没有说话。

任瑶期不由得想到了任瑶音对云家大少爷云文廷的执着。任老太太提到了云太妃，只是巧合吗？

任瑶期摇了摇头，她更相信是任瑶音对云家大少爷没有死心，想要借云太妃这股东风，只是不知道任瑶音是怎么说服老太太的。看来任瑶音回来之后没少在任老太太这里下功夫。

任瑶华也看了任瑶音一眼，冷笑一声，撇了撇嘴："她还有脸去住燕北王府？当年她可是把郡主和王妃都得罪了的。"

任瑶音脸色一白。

任老太太气道："我让她去云太妃跟前，又不是去王妃和郡主跟前！"

任瑶华闻言又是一声冷笑，让任老太太和大太太的脸上都有些挂不住了。

任老太太不悦道："只是让她去燕北王府住一住，让她在太妃面前露一露脸，又不费你什么事。"

任瑶期看了任老太太和任瑶音一眼："只是露一露脸而已？老太太想要做什么不妨直言，不然这个忙我是不会帮的，燕北王府也不会随便让人进府。"

任老太太道："你放心，我不是让瑶音冲着当燕北王府的妾去的。但是任家现在的情形你也看到了,你们又非要脱离任家,任家连一门像样的姻亲也没有,这实在是不妥。"

任瑶期挑眉:"所以您想……"

任老太太拍了拍任瑶音的手,面上有几分胸有成竹:"如果音儿能进云家就不同了。"

任瑶华嗤笑一声:"云家?当妾吗?"

任老太太白了任瑶华一眼:"当妾又有什么不好?尤其是正妻形同摆设的时候!现在云家大少爷被朝廷赐了一个不知道京城里哪家破落户出身的庶女,这样的女人在云家肯定讨不了长辈欢心,云家肯定是要给云大少爷纳良妾的。"

大太太闻言却是一惊:"老太太,音儿怎么能去当妾!"

原来老太太并没有与大太太商量这件事。

老太太看了大太太一眼:"怎么就不能了?是她自己愿意的,不信你问她。"

大太太立即看向任瑶音。

任瑶音咬了咬唇,轻轻地点了点头,含泪道:"母亲,为了任家我……我愿意的。"

大太太听了脸色难看至极,心里更是气得发抖。

她当初把任瑶音送去江南,除了保全她的名声之外还想要让她断了对云家大少爷的想望。任瑶音在江南期间,她的胞姐任瑶池也曾给她寻过几门不错的婚事,结果都让任瑶音以各种理由拒绝了。回到燕北之后,大太太也为任瑶音的亲事动过不少脑筋,奈何恰逢任家遭难,最后高不成低不就的。

大太太原本还觉得是自己女儿命苦,不想任瑶音到了今日还没有忘记云家大少爷,一心想要进云家的门,偏偏不知道什么时候竟然还背着她说服了老太太。

"不行!我已经给你相好了一户人家,等你祖父的孝期一过你就出嫁!"大太太语气有些强硬地道,这还是她第一次当着人的面与任老太太唱反调。

任老太太愣了愣,然后就不高兴了:"哪户人家?就是你之前说的那个姓杨的破落户?就算是长子嫡孙也没剩下几分家产可以继承的那户?音儿怎么能嫁去那样的人家?"

大太太还试图跟任老太太讲道理："老太太，虽然杨家到了这一代没剩下多少祖产，但是杨家大少爷是个难得的能干人，益延说他品性也很不错，而且杨大少娘舅家在武州也是大户人家，等过个几年他定会有出息的。"

任老太太却从来不是个会讲道理的，看着大太太冷哼一声道："等几年？任家还能等他几年？音儿的婚事你就别操心了，有我做主！你有闲工夫不如好好管教管教儿媳妇，多给她们立立规矩！"

大太太本想要说什么，看了任瑶期和任瑶华一眼之后暂时按捺下来，低头垂眼不说话了。

老太太却以为大太太服软了，看了任瑶音一眼，意味深长地道："再说了，让音儿去云家也未必是我们一厢情愿。"

大太太抬眼皱眉："老太太这话是什么意思？"

老太太微眯着眼睛对任瑶音道："音儿，你老实告诉祖母和你母亲，你与云家大少爷是不是暗中有来往？"

任瑶期闻言微讶，看向任瑶音。

任瑶音的脸上先是表现出惊慌之色，然后红着脸低头道："祖母何出此言？孙女……孙女没有……"

虽然任瑶音并未承认，她的神色却不像这么回事。

于是任老太太满意了，看着任瑶音道："你也别瞒我了，我知道你那里有几封云家大少爷写给你的信笺。"

原来前几日任老太太身边的丫鬟去找任瑶音的丫鬟拿花样子，正巧看到任瑶音慌慌张张地在藏什么东西，回去便将这件事情告诉给了老太太。任老太太听了越想越不对，便在第二日将任瑶音叫走了，然后让那丫鬟再去任瑶音的房里找出她偷偷藏着的是什么玩意儿，结果就找到了云家大少爷写给任瑶音的信，甚至还有几封是任瑶音在江南期间收到的。

任老太太知道之后不怒反喜。

这会儿任老太太点明此事，任瑶音便低着头不说话了，脸上却红得滴血，这就是默认了。

大太太震惊得说不出话来，指着任瑶音道："你们……你们……什么时候……"

任瑶音满目歉疚地看着大太太："娘，我、我不是有意瞒着你们的，我……"任瑶音咬了咬唇，鼓起勇气道，"我和云郎，是两情相悦的。"

大太太看着任瑶音，满脸都是愤怒和失望，连话都说不出来了。她曾经对任瑶音有着很高的期望，这个女儿聪明懂事，长相也出挑，任瑶音却让她一次比一次心灰意懒。

任老太太却十分满意。在她心里，任瑶音去云家当妾也比去那个杨家做当家夫人好。因为云家能给任家带来利益，杨家却指望不上。

任瑶期在一旁冷眼看着这一出大戏，心里对任瑶音的做作和任老太太的唯利是图硌硬得不行。

别人不知道，任瑶期却很清楚云家大少爷真正心仪的人是谁。她虽然与云文廷没有过几次接触，对云家人也没有几分好印象，却也不相信曾经得到过萧靖琳肯定的郡马人选会与任瑶音有什么暗地里的勾当。

这件事情很有可能从头到尾就是任瑶音自己弄出来的，目的就是得到任老太太的支持。

任老太太不是大太太，大太太虽然也不算什么好人，但是对自己的儿女们都是真心爱护，一心为他们好，任老太太则只看得到利益。在任家风雨飘摇的今日，如果能与云家攀上关系，任家以后的日子就要好过得多，尤其是云文廷被赐婚的那位京城女以后明显是要当摆设的，云家可能不会让她有孩子。

任老太太觉得就算任瑶音嫁过去是妾，只要以后有了孩子，加上云家大少爷与任瑶音又有情，那么以后在云家的地位肯定堪比正妻。

现在任时敏不愿意再回任家，任瑶华和任瑶期身份再高与她也不是一条心，任老太太自然要抓紧任瑶音这个"乖巧听话"的孙女。

不得不说，任瑶音还是有几分心计的，任老太太的心思她摸了个十成十，祖孙两人互相算计，互相利用，最后还是任瑶音占了上风。

任老太太又看向任瑶期："如何？你肯不肯帮这个忙？"

不等任瑶期说话，一个男声便硬邦邦地打断道："不帮！"

众人闻言回头，便看到任时敏和李氏掀帘子走了进来，任时敏的脸冷冰冰的什么表情也没有，李氏站在他身后一步的位置依旧是很顺从的模样。

任时敏的目光在众人脸上扫了一圈，最后停在任瑶期和任瑶华身上，淡声道："你们还在这里做什么？萧家和雷家的马车已经在外面等着了，都回你们自己家去，娘家和任家的事情还轮不到你们来插手。"

任瑶期看了李氏一眼，李氏冲她轻轻地摇了摇头，任瑶期心里便有几分明白了。

任时敏和李氏肯定在外面站了许久，不过不知道为什么没有人进来通报。

任瑶期知道这个时候不能反驳自己父亲的任何话，于是拉了任瑶华退到后面，却也不急着走。

任时敏看了她们一眼，也就不管了，直接走到任老太太床前，面无表情地行了一个礼："您今日身体可好？"

任老太太之前被他进来时候的怒气吓了一跳，这会儿反应过来不由得冷哼一声："本来还死不了，被不孝子忤逆之后就说不定了！"

任时敏不接话，只是看着任老太太道："欠任家的养育之恩我会还，她们只是出嫁之女，与任家已经没有任何关系了。"

说着任时敏又看了任瑶音一眼，原本就冷硬的脸色更加难看，语气中的不屑与鄙夷根本不加掩饰："至于上赶着去给人当妾这种事情，你们自己愿意做就做，别扯上瑶瑶，让她跟着你们一起丢人现眼。我今日把话放在这里，她要是敢帮你们这个忙，我就狠狠打她一顿板子再赶出家门，再也不认这个女儿！任瑶期，你听到没有？"

最后一句，任时敏是转过头对着任瑶期说的，这还是他第一次用这种严厉的语气和任瑶期说话，让任瑶期不由得愣了愣。

"是的，父亲，女儿知道了。"任瑶期低头道。

就连任老太太一时也被任时敏镇住了。

任时敏又回头对任老太太道："欠任家多少银子，一年之内我会还清，连本带利，您请放心。"

说着任时敏撩开下摆，在任老太太床前跪了下来，李氏一愣，连忙跟着跪下。任瑶期和任瑶华对视一眼，也跟着跪下了。

任时敏一言不发给任老太太磕头，"咚咚咚"的声响在屋里响起。李氏看着任时敏的额头一下子就青了，心疼得不行，却也只能红着眼睛跟着他一起磕头。

任时敏利索地磕了九个响头，然后拉着李氏站起来，对目瞪口呆的任老太太道："等老太爷的丧事结束我就回云阳城，除了您百年之后那时，我任时敏此生再不踏进任家大门半步。我这一房的子孙后辈，从今日起不再踏进任家大门半步。"

任时敏说完便往外走，走到任瑶期身边的时候顿了顿，淡声道："你之前说帮任家在余家面前争取三年期限，既然已经说出口了那便帮一帮吧，我们多还一些也好堵住别人的口，免得让人有机会总让你做些不知所谓的事。"

说完这一句，任时敏就顶着一头乌青头也不回地走了，李氏也跟在任时敏身后走了，从头到尾都没有发表过意见。

任瑶期弯了弯嘴角，心情十分愉悦，面对任老太太那发黑发青的脸色的时候也没有影响心情。她拉着任瑶华对任老太太行了个礼："既然如此，那我和姐姐就先走了，老太太请保重身体。"

任老太太被任时敏这场阵势吓到了，有些接不上来气的感觉，任时敏离开的时候她张了张嘴却吐不出半个字，等任瑶期和任瑶华两人也转身离开，她才捂着自己的头倒在床上，哭叫道："你们这群孽障！反了……都反了……老太爷啊！你睁开眼睛看看这群不肖子孙啊……"

任大太太看了任老太太一眼，又看了看任瑶音，想了想还是先跟在任瑶期和任瑶华身后出去了。

任瑶音默默地看着任瑶期、任瑶华和大太太的背影消失在正房里，深吸几口气之后才转身去安慰任老太太，声音很柔和，目光却极冷漠。

任瑶期和任瑶华从老太太房里出来的时候，发现院子里果然没有什么人，连守门的丫鬟婆子们都不知道哪里去了，正觉得奇怪，却见三少奶奶齐氏悄悄从院子门口的一根柱子后面探出头来，朝着她们一边招手，一边挤眉弄眼的。任瑶期便明白了任时敏能不惊动里面的人在外面站那么久，将她们的对话听个一清二楚肯定跟齐氏脱不了关系。

任瑶期正要走过去，却听到身后大太太追了上来："二位姑奶奶，请留步。"

齐氏动作飞快地又闪回柱子后头，将自己藏得严严实实。

任瑶期和任瑶华顿住步子，转身看向快步追出来的大太太。

"二位姑奶奶，老太太她……你们还请多担待，千万别放在心上。今日你们能回来一趟，我和老爷已经感激不尽，也多谢你们愿意不计前嫌帮任家这个忙。"大太太语气诚恳地道。

任瑶华扯了扯嘴角："您客气了，只可惜我们父亲性子执拗，看不上上赶着做妾的晚辈，所以我们怕是帮不上任瑶音什么忙了。"

大太太表情微僵，不过还是道："我和你们大伯也不会容忍自己女儿去给人当妾的。你们就当没有听到过，忘了吧。"

任瑶期对大太太点了点头："与余家的人谈妥之后我会派人回来说一声的。"

大太太一边送她们出门，一边反复道谢："多谢五姑奶奶，这次真的是多亏了你。"

比起任老太太，大太太是个很识时务的人，当初任瑶期她们还在任家的时候，她虽然对方姨娘欺负李氏的行为睁一只眼闭一只眼，却没有与她们撕破脸，该拨给她们的份例也没有少给，万事都留了一线。

任瑶期却意味深长地笑道："大太太可别谢得太早，能不能帮上还不一定呢，就怕到时候事情谈不拢我反倒成了罪人。"

大太太连忙道："能不能帮上忙，任家都要谢谢少夫人。少夫人放心，我和我们老爷都记得您这份情。至于老太太那里……我也会多劝劝，您请放心。"

这回大太太连对任瑶期的称呼都换了。

相较于任老太太，任瑶期还是喜欢跟大太太这种聪明人打交道，虽然她对大太太也谈不上有什么好感，不过大太太至少知道什么时候该拿出什么态度做什么事情。

"说起来老太太年纪大了，一般人家家里到了她这个年纪也该享享清福了，不然整日里操心孙儿孙女的婚事，劳心劳力的……大太太您说呢？"任瑶期笑道。

大太太闻言目光一闪，沉默一阵才低头道："少夫人说得对，是我这个当儿媳妇的疏忽。现在老太爷不在了，老太太伤心过度身子也不好，是该让她好好休养一阵了。"

任瑶期看了大太太一眼，笑了笑也不再说什么，该说的她都已经说了。

大太太亲自将任瑶期和任瑶华送上马车。在马车要离开的时候，大太太还是忍不住问道："少夫人，三叔那里……"

任瑶期掀开帘子道："我父亲之前已经将话都说清楚了，大太太还有什么不明白的？"

大太太看了任瑶期一眼，心里一叹，知道是无法挽回任时敏这一房人了，她也不想让自己讨人嫌，便立即道："我都明白，说起来这事儿还是任家做得不对，也怨不得三叔他对本家心灰意懒不愿回来。不过银子的事情还是作罢吧，我想我们老爷也不会收三叔的银子。"

任瑶期摇了摇头："这是父亲的决定，我无法反驳，而且我们确实欠了任家养育之恩。父亲既然要给，大太太还是劝大老爷收下吧，不然他心里更不痛快。"

大太太闻言，叹了一口气，然后便不再说什么了，目送着任瑶期和任瑶华的马车离开之后才转身回去。

她原本是想回任老太太的院子看看的，却在半路上碰上了三少奶奶齐氏。大太太停住步子，站在原处不动声色地看着齐氏走近，低眉顺眼地给她行礼。

齐氏行了礼，却半天不见大太太出声，不由得偷偷看了她一眼，却正好对上大太太打量评估的眼神，不由得心下一跳。

"娘？媳妇脸上有东西？"齐氏赔着笑，摸了一把自己的脸。

大太太还是看着她不说话。

齐氏想着自己这次恐怕没那么好运逃过大太太的指责了，正想着要不要索性把心一横主动认错，大太太却叹了一口气。

"你那些小动作你还以为瞒得过所有人？你告诉我，老太太那一日是怎么摔得那么重的？今日你三叔和三婶又是怎么没有惊动老太太就进了院子？"

齐氏讪讪地笑着，低下头扯着自己的衣角玩儿，准备态度端正地承受婆婆的怒火。

大太太看着齐氏的目光有些复杂，半晌才摇了摇头有些疲惫地道："罢了，这么久我也算是看明白了。那些看上去聪慧的不一定就是明白人，看上去傻乎乎的倒有可能是真聪明。各人有各人的福气和缘法，你……好自为之吧。"

齐氏眨了眨眼睛，一脸懵懂。

大太太斜了她一眼，丢下一句"不愿意明白就不明白吧，就当你是傻人有傻福"就径自走了。

齐氏看着大太太的背影消失在旁边的角门里，眨了眨眼露出一个狡黠的笑容，然后哼着不成调的歌蹦蹦跳跳走了，才走了五六步就想起来老太爷还尸骨未寒，连忙咳嗽一声收敛了笑，换上一脸哀容，只是那脚步怎么看怎么都有些轻快。

任老太爷的丧礼过后，任三老爷和李氏就回了云阳城。

任时敏说要还任家银子不是说着玩玩的，在某些时候他真是一个很较真儿的人，回去之后就开始盘算自己手头的银钱，只是这些年来任老爷虽然从来没有为银子的事情发过愁，但是手头上也没有大笔的闲钱。让账房将所有能动用的现银算出来，也不到两万两银子，这些银子自然不够还他欠任家的那些。

但是对任时敏而言，说出来的话就没有再收回去的道理，最后他犹豫地将目光投向了他收集的那些名画字帖，任老爷眼光极好，不管花什么价钱买回来的都是珍品和真品。

不过这些都是任老爷的命根子，动它们比动任老爷本人还让他难受，所以这些日子他几乎都待在自己的书房里时不时将那些宝贝拿出来，看看这个，再看看那个，一副生离死别的模样。

这一日任老爷又坐在饭桌旁食不知味的时候，李氏让周嬷嬷拿出一个樟木小匣子交给任时敏。

任时敏打开一看就是一愣，因为匣子里装了一整盒银票，大的面值有三五万的，小面值的也有三五千，林林总总加起来少说也有十几二十万。

饶是从不缺钱的任老爷也吓了一跳，愣愣地问李氏："这些是哪里来的？"

李氏抿嘴一笑，温声道："这些银子有些是老爷这些年交给妾身，妾身攒下来的，拿出来一瞧数目还不少呢。还有好几万两是前阵子我兄弟来的时候交给我的，说是当年欠了账还钱来了，我知道你向来不待见他，所以就瞒着没跟你提。不过现在既然家里要用银子，妾身就一并拿出来了。"

任时敏闻言不由得惊讶:"这些年我给你的钱你都收起来了?我还以为……"

任时敏顿了顿,还是把话咽下去了。他想说他以为这些年李氏都把他给的那些钱补贴给献王府了。他本身就不看重银钱,所以一直睁一只眼闭一只眼,就当是给妻女买胭脂水粉头面首饰了。没想到李氏居然没有把银子拿出去?

想了想,任时敏又觉出哪里不对,皱眉道:"等等,李天佑什么时候欠我银子了?"

李氏轻咳一声:"老爷忘了他当年骗了你的画拿去卖银子吗?他上次来本想跟你赔礼道歉的,又怕你还嫌弃他俗气,不乐意搭理他。"

任时敏看了那一匣子银票一眼,嘟囔道:"现在也没高雅到哪里去。"

李氏知道冰冻三尺非一日之寒,所以也没有急着为胞弟开脱,反倒附和道:"他年少的时候是有些荒唐。"

任时敏数了数银票,竟然难得精明一回:"你攒下来的加上李天佑还的,也没有这么多银子吧?"

李氏这才觑着任老爷的脸色,小心翼翼地道:"果然瞒不过老爷,其实还有期儿送回来的……"

任时敏一听果然皱起眉头:"我不是说了不让她插手这些事情吗!"

任老爷觉得身为一家之主,被驱逐出族本身就是一件很没有脸面的事情,现在还要让出嫁的女儿拿银子给他还任家的债,这让他的脸有些挂不住。

李氏想着任瑶期交代她的话,便赶紧道:"其实……其实期儿说这些钱不是白给的,她、她看上了您手里头那几幅唐淼和蒋元益的画……"

看着任时敏瞪圆了的眼睛,李氏的话音越说越小。

任时敏愣怔半响,笑骂道:"这丫头,她出嫁的时候不是送了她两幅当嫁妆吗?还惦记着我那些宝贝呢。"

李氏见任时敏不像是生气的样子,终于松了一口气,笑道:"期儿说你与其卖给别人糟蹋了,还不如卖给她。而且她买了还放你书房里让你收着,等……咳,等你百年后再给她。"

这种大逆不道的话别的长辈听了肯定得气个半死,任时敏听了却大笑起来,然后爽快地将匣子收了:"行!我也不让她吃亏,以后我书房里的东西都留给她了，现在就暂时由我收着吧。"

宝贝们不用落到别人手上，任老爷高兴得很。至于东西的所属问题，任老爷对此并没有什么野心，只要能时时赏玩就满足了，反正都是生不带来死不带去的，争个什么呢？

任时敏走后，周嬷嬷却有些担心地对李氏道："郡主，那些银子大多是王妃和王爷给您的，算是补给您的嫁妆银子，您全拿出来给了老爷，万一这以后……"

李氏摆了摆手止住周嬷嬷的话，语气坚定地道："没有什么万一！即便他以后穷困潦倒，我也会陪他一起。"

李氏拿起任时敏刚刚脱下来的外衣，目光温柔地道："何况说到底，他与家族决裂也是因为我，我怎么能看着他为这些身外之物作难。我只想看着他每日都过得快乐满足，即便令他欢喜的只是书房里那些死物。"而不是她。

周嬷嬷看着李氏，摇头叹了一口气，不再说什么。

任时敏拿了银子就想要一次性还给任家，不过之后还是让任瑶期阻止了。任瑶期说服他，让他分几次给，一年之内给齐就是了。任瑶期怕给钱给得太爽快，任老太太那边又要起什么幺蛾子。

任时敏对这些小细节倒是无所谓，听了任瑶期的意见，就先让人给任家送去八万两，剩下的再分好几次给。也不知道是不是任瑶期之前与大太太说的话起了效用，或者是任家真的很需要银子，任家最后还是把任时敏送去的银子收下了。

而任家那边自任老太爷出殡之后，内院也起了一些变化。

任老太太院子里先是放出了一批丫鬟，原本任老太太身边伺候的珊瑚、金莲那几个大丫鬟都配了外面的几个年轻管事，欢欢喜喜地拿着大太太给的丰厚嫁妆离开了荣华院。

之后大太太又找了一批新人来伺候老太太，原本任老太太是有些不满的，不过这些新来的丫鬟一个个长相水灵不说，还都很伶俐懂事，对她的各种小习惯也都了若指掌，竟然比那几个原本的大丫鬟使起来还顺手，慢慢也就习惯了。

任家内院的大小事情本来也是大太太在处理，不过每日都要向任老太太汇报。现在大太太依旧是这么做的，遇上大事也会先征求老太太的意见再做处理，任老太太并没有察觉出与之前有什么不一样。

老太太自年轻的时候嫁到任家开始就是任家内院大权在握的女主人，即便是后来儿子娶了媳妇她让长媳管了家，大太太也是唯她马首是瞻，这么多年下来任老太太也放松了警惕。

所以任老太太不知道的是，有一些原本只听从她命令的仆妇都被大太太悄无声息地换掉了，那些人也曾想偷偷去找老太太给她们做主，只是她们还没走到荣华院就被人拦下来了。

老太爷去世之后，任家的财政大权都掌控到了任大老爷手里，大太太用自己的心腹替换任老太太的心腹，任家内院的诸人也都明白了自己应该站的立场。

任家内院正悄无声息地变着天，而当事人任老太太竟然一点都没有察觉到，依旧活在大太太刻意给她营造的高高在上无人敢违拗的当家做主的氛围里。

直到有一日，任老太太发现原本每日都会来给她请安的任瑶音已经很久没有来荣华院了，听每日过来问安的大太太说任瑶音生病了，病得还不轻，见不得风，出不了门。任老太太原本计划让任瑶音嫁到云家的事情也只能暂时放下，交代大太太让人好好照顾任瑶音。

大太太当着老太太的面应得好好的，背地里却与她之前看上的那户姓杨的人家有了往来，虽然因为任老太爷孝期不能定下亲事，不过双方都有结亲的意向。

至于任瑶音，在任老太爷出殡之后不久就被大太太严加看管起来，原先伺候她的婆子丫鬟全都换了，守房门和院门的更是都换上了孔武有力的婆子，不让她踏出房门半步。大太太对外宣称任瑶音在老太爷丧礼那会儿衣不解带地服侍老太太，最后累得病倒了，要静养些时候。

任瑶期虽然答应了任家会与余家接洽，实际上却从来没有打算真的去会这个余家，因为她知道所谓的余家不过是个幌子，站在余家背后的韩家才是这件事情的主使。

但是任瑶期也没有急着去见韩家的人，因为这样就显得很被动了，她在等着韩家的人来找她。

韩老太爷最近过得舒心愉悦，因为仇人的家族正按照他的设计一步步走向败落，这个过程让他很享受，唯一可惜的是任家的老头子太不经折腾，死得太快，亏他原本还安排了一场精彩的落幕戏。

相较于日薄西山的任家，韩家却越来越顺风顺水。

韩家在燕北的根基虽然尚浅，但是这几年也慢慢在燕北的世家中站稳了脚跟，而韩老爷子钦定的下一任接班人韩大少爷更是成为燕北年轻一代的翘楚，渐渐被人拿来与云家大少爷相比，现在韩家又马上要与云家结成亲家。

不过在韩老太爷心里，这些远远不够。当年翟家遭受到的一切，他要让任家十倍奉还，除了要将原本属于韩家的东西都夺回来之外，他要看到任家的人一个个全都穷困潦倒，最后不得好死，这样才能告慰他翟家列祖列宗的在天之灵。

原本所有的事情都按照韩老太爷的意愿在进行，眼看着韩老太爷多年的夙愿就要实现了。

只可惜从任老太爷去世之后没过多久，事情就开始出现了变化，韩家像是触了哪一路的霉神，也开始不走运了。

韩家先是与一个不知道哪里冒出来的高家争夺顺州的粮油生意，最后竟然莫名其妙落败了。后来韩老太爷打听到这个高家其实是雷家大管家的妻舅家，说白了高家也不过是雷家名下的一条走狗，在燕北根本就算不上号，而韩家老爷续娶的妻子姜氏却是顺州人，姜家在顺州既有名望又有人脉，可是即便这样，韩家也败给了高家。

原本韩家以为这只是一个巧合，是因为韩家太过轻敌。

可是接下来，韩家和云家在西北地区的几处新开的盐井也出了问题。

原本以云家在燕北的地位和云家的人脉，开盐井这种行当要赚钱是十拿九稳之事，这也是当初韩家选择与云家合作的原因，可是现在出了事偏偏连云家都不知道问题是出在何处，只知道盐从盐井里被开采出来之后就断了后续，没了销路，这是以前从来没有遇到过的事情。

到了这个时候，不仅是韩家，就连云家都开始察觉到哪里不对劲了。

最先反应过来的是韩云谦和云文廷。

一开始顺州的事情发生时，韩云谦就提醒过自己的祖父韩老太爷，不过那会儿韩老太爷并没有太放在心上。这几年韩家在燕北的口碑还可以，并未结下什么仇家，加上现在又正在势头上，与云家结亲在即，韩老太爷只当是雷家在暗地里使绊子，这种事情韩家也没少对雷家做。

西北盐井出现问题之后，虽然韩云谦心里有了怀疑，但出于某些原因并没有对他祖父提起。

接下来，韩家又有好几桩生意做得不顺。

云家原本与韩家联姻，就有意借韩家的商家身份，两家合作，达成双赢的目的。但是云家的当家也是一个性子极为谨慎的人，在韩家这边接二连三出现问题，云家也跟着遭受一些损失的时候，云家当家人也警觉起来。

很显然有人在暗处针对韩家，但是现在韩家和云家绑在一条船上，俗话说不看僧面看佛面，燕北这地界敢直接与云家对上的家族还没有几个，就算是雷家的当家雷霆也要给云老爷子几分薄面，不会这么狠绝地把云家连同韩家一起坑了，以现在雷家的势力，即便雷霆有这个野心，也还没有这个能力。

那么这背后之人……

即便是见多识广的云老爷子也是越想越惊出一身冷汗。

云文廷一早就察觉出此事的不同寻常，主张先静观其变。最后云老爷子在再三斟酌衡量之下，暂缓之前与韩家定下来的合作事宜。

若是一般人家，可能一惊之下就要解除婚约与对方撇得干干净净，好在云家不是一般人家，云文廷与韩云谦依旧是至交好友，云家也没有要与韩家撇开关系的意思，只是不谈合作罢了。

但是韩家之前迅猛发展的势头因为云家的谨慎而慢了下来。

韩老太爷回过神来之后也一直在查找原因，想要知道是谁在暗中针对韩家，却一无所获。那背后之人时不时就找机会硌硬韩家一下，让韩家吃个闷亏，连带着与韩家有生意往来的人也跟着倒霉。但那背后之人不知为何就是不下死手，明明有时候可以做得更狠绝一些，他却像只将韩家当猴儿一般戏耍，但越是这样反而越让人顾忌。

韩老太爷这个时候还没有意识到,背后那只手戏耍他的手段与当初他戏耍任家的时候如出一辙,如今风水轮流转,只是没有他下手狠罢了。

就这样,直到某一日韩家的另一门亲家姜家来人,来的是姜家六小姐姜茜娘。姜茜娘的父亲姜琰在上次的姜家内斗中当上了姜家族长,他本身也是个有手段的人,因此很快就将族长的位子坐稳了。

姜六小姐这次来到了她姑母家,也就是韩家。她的姑母姜氏嫁给了韩家大老爷当续弦。

对于姜六小姐的到来,姜氏也觉得有些惊讶。姜氏虽然是姜茜娘的姑母,但是姜茜娘的父亲与她只是堂兄妹,且年纪还相差了十几岁,平日里关系不远不近的。

所以她没有想到与她少有接触的姜茜娘会特意从顺州来探望她。

不过姜氏是个聪明女子,知道现在的姜家长房当家,既然姜茜娘说是来看她的,面对这个侄女的时候她表现得倒很亲热,还特意亲自走到二门接人,外人见了还以为这对姑侄的关系有多亲密。

事实上姜氏与姜茜娘并不熟悉,反倒是与姜八小姐姜沅娘的关系要更亲密一些,因为她还没有出嫁的时候曾与姜沅娘在一座小楼里上下楼住着,姑侄两人没事还在一起绣绣花说说话,打发打发时间,那会儿姜家还是二房当家,但是精明的姜氏不会放过这个与大房拉近关系的机会。

进了韩家见过韩家的长辈之后,姑侄两人关起门来叙旧叙了一个时辰,谈了些什么没有人知道,只是不断有笑声从屋里传出来,听起来相谈甚欢。两人从屋里出来用饭的时候,姜氏眼睛微红。

姜茜娘在韩家住了一晚,第二日说是要去见几个之前在云阳城认识的友人,第一个要去拜会的竟然是嫁到燕北王府的任瑶期。

姜茜娘和姜氏离开之后,韩云谦若有所思地问韩攸:"姜家六小姐与萧家少夫人熟识?"

韩攸想了想,不确定地道:"认识是认识的,不过应该也不算熟识吧?说起来,姜家两位小姐与云家小姐要熟些呢。"韩攸说完还看了韩云谦一眼。

韩云谦没有在意,只皱眉沉思着。

任瑶期得知韩太太和姜茜娘递帖子进燕北王府要来拜访她的时候,并不是很惊讶,让她们在外头候了片刻才命人将她们领进她会客用的小花厅。

萧靖西的昭宁殿向来不接待闲杂人等,任瑶期也甚少在昭宁殿见客,一般都是用的昭宁殿前面的莹雅阁。莹雅阁地方不大,以前是空置的,任瑶期嫁进燕北王府之后让人将里面收拾了一下,当中的大花厅用来见外客。

任瑶期过去的时候,姜氏和姜茜娘已经用完了半盏茶。

"见过少夫人。"姜氏和姜茜娘连忙起来行礼。

任瑶期顺手扶住离她最近的姜氏,笑道:"别多礼,请坐。刚刚耽搁一下来晚了,请不要见怪。"

姜茜娘笑道:"少夫人言重了,您能来见我和姑母一面,已经很给我们脸面了。"

任瑶期笑看了姜茜娘一眼,姜茜娘容貌不错,通身带着一股子书卷气,让人很容易对她产生好感,不过任瑶期知道这个姑娘并不像表面上那么无害,相反她厉害得很。

姜氏是饱满的圆盘脸,柳叶弯眉,虽然容貌不如姜茜娘和姜沅娘出挑,但也与姜家姑娘一样长了一身赛雪的肌肤,很经看。任瑶期还是第一次与姜氏这个人近距离接触,第一印象还算不错。

姜茜娘也在暗自打量任瑶期,相比于上次见面,任瑶期的容貌又更为出挑一些,虽然不是她姐姐任瑶华那种令人夺目的艳丽,却自有一种让人移不开眼的风华在身,气质尤其出众。

明面上姜茜娘今日是来访友的,但是在座之人心里都明白,任瑶期和姜茜娘算不上有什么私交,完全可以不予理会她们突如其来的求见。不过在座谁都没有提起这茬。

在聊完自己这次从顺州带来的特产之后,姜茜娘歉然道:"我们今日不请自来实在有些唐突,还请少夫人不要怪罪。"

任瑶期抬眼微微一笑,并不接话,等姜茜娘说下文。

姜茜娘沉吟片刻,看了姜氏一眼,才叹了一口气道:"我们姜家从高祖定局顺州始就在顺州开设书院,说起姜家书院,虽然无法与云阳书院相提并论,但总归也是造福一方,小有名气。"

任瑶期颔首:"姜家书院在燕北确实是数一数二的书院。"

姜茜娘苦笑着摇了摇头:"是啊,但是这也只是表面的风光。我姜家祖训第一条,凡是姜家子孙皆不可从商,姜家的族田以及族中大部分财产又都只传长房长子,因此其余姜家子弟就只能依靠名下分得的几亩薄田或者靠族中接济过活。"这也是当初姜家的长房和二房争得你死我活的原因。

这些任瑶期都有耳闻,听着没有作声。

姜茜娘又道:"可是姜家一族上下少说也有四五百口人,且大部分是些手无缚鸡之力的读书人,平日里不事生产。如果只靠收租那几亩田产过活的话,大部分人都得饿死了。所以后来姜家想出了一个折中的法子,买下城中一大片地,建了两条街的商铺,打算以后将这些商铺租赁出去得些银子。这样既不算是从商,又能养活更多的姜家族人。"

说到这里,姜茜娘叹了一口气:"这原本是好事,只可惜后来又遇上了波折。建商铺的那块地是我父亲当初用一个比较低的价格买回来的,可是现在那张地契出了问题。原来那里的地是三个兄弟共同所有,两个当哥哥的背着弟弟擅自卖了属于弟弟的那一份,偏偏最近这个当弟弟的因急着用钱将属于自己的那份又卖了一次。眼见着所有的商铺都快建成了,我们才知道当中有三分之一的地方是属于别人的。我父亲最近为了此事都愁白了头发。"

也难怪姜茜娘的父亲会着急,他当初能安安稳稳赶自己的叔叔下台接任族长之位,就是因为让不少族人看到了好处,这块地就是他当初说服自己的祖父买下来建商铺街的。现在这块地出了问题,一些族人的利益要受损,很有可能会让他族长的位置不稳。

"不能找到另外那个买地的人将他手上的地买回来?"任瑶期问道。

姜茜娘闻言苦笑:"我们自然也有这个想法,不过那块地位置极好,对方买了也是有用处的,并不肯轻易相让。姜家在这些商铺上投入不少,暂时也拿不出更多的银钱来将地买回来,便只能这样僵持着。只是对方拖得起,我们却拖不起。"

任瑶期笑了笑,喝了一口茶,等着姜茜娘说明来意。

果然,姜茜娘接下来就道:"其实我们今日来找少夫人,是有个不情之请的。"

任瑶期微微挑眉。

"那与我们姜家争地的人家姓高。"姜茜娘看着任瑶期道。

任瑶期想了想："顺州有名望的家族中好像没有姓高的。"

姜茜娘点了点头："是的，少夫人，别说是您了，这个高家之前连我们顺州本地人都没听说过，但是大概一个月前高家抢了韩家一大笔粮油生意。我父亲原本想要亲自去拜访高家家主协商那块地的事情，却没有见到人。"

任瑶期歉意地笑了笑："你们顺州的事情，我恐怕帮不上什么忙。"

姜茜娘连忙道："少夫人，我听说高家与雷家有些关系，我们之前给雷家去过几封信，雷家家主都没有回复，听说最近雷家家主外出了，不在云阳城，雷夫人也不见外客。"

任瑶期笑道："我姐姐这阵子身体不适，可能带着两个孩子去庄子上住了吧。"

姜茜娘看着任瑶期试探着问："那不知少夫人能否帮忙给雷家递个话？"

正当这时候，已经梳了夫人头的苹果从外面匆匆走进来，对任瑶期低声禀报道："少夫人，王妃让辛嬷嬷来问您，上个月金州送来的礼单是不是在您这里。"

任瑶期点了点头，先让苹果退下了，然后笑着道："你刚刚说的那件事情我会让人去问问的，我还有些事情需要处理，就先失陪了。姜小姐既然来了云阳城，不如留下来多玩几天，说起来你与这云阳城还是有几分缘分的。"

姜茜娘和姜氏对视一眼。姜茜娘原本还想说什么，顿了顿之后还是咽了下去，与姜氏一起起身，笑道："我是打算多住几日的，云阳城有许多地方我还没有去过呢。那就多谢少夫人了，我回去等您的消息。"

任瑶期笑着端了茶，姜茜娘和姜氏告退离开。她们离开之后，任瑶期没有去九阳殿，而是回了昭宁殿，才迈进门槛就看到萧靖西坐在东次间的软榻上翻书，听到声音抬头朝着任瑶期微笑道："这么快就回来了？"

任瑶期走到他身边坐下，见他手里拿的是一本花卉栽种和修剪的书，接过来翻了翻，玩笑道："修个园子而已，你还打算亲自动手？"

萧靖西靠过来，搂住任瑶期的腰，将下巴搁在她的肩上："昭宁殿的一草一木都是我自己动手的，你不知道吗？"

任瑶期闻言愣了愣，偏头惊讶道："所以昭宁殿的小园子你也要自己修？你还会这个啊？"

无所不能的萧二公子理直气壮地道："现在还不会，我不正在学吗？"

任瑶期："……"

萧靖西将任瑶期手中的书拿回来，笑问她："那位姜六小姐刚刚来找你是为了姜家的事情？"

任瑶期对自家夫君的无所不知已经见怪不怪了："姜家的事情你都知道？"

萧靖西想了想，笑道："也不是都知道，我只知道你让姜家的人不得不主动找上门来，只是你醉翁之意不在酒，真正的目标并非远在顺州的姜家，而是与姜家有姻亲关系的韩家吧？"

任瑶期叹了一口气，斜睨着萧靖西道："这还不算都知道？"

萧靖西莞尔，卷起手中的书轻轻敲了任瑶期的头一记："又是云家又是姜家，还有那些与韩家有生意往来的家族这阵子都遭了池鱼之殃，这局布得还挺大，你是想要孤立韩家吗？我说我不算都知道，是因为我不明白你若是想要对付韩家，根本无须这么麻烦。打蛇打七寸，要一击毙命，不要给敌人任何可以反击的机会，你还是太过心慈手软了。"

任瑶期拍开萧靖西的手，整理自己被打乱的鬓发："我不是心慈手软，只是觉得没有必要。我与韩家没有任何私怨，何必不给人活路呢。至于韩家和任家的恩怨是怎么回事，你也知道，任家是欠了债的，应该还。只是现在韩家也该收手了，我不过是给他们提个醒，以免闹到无法收拾，对谁都不好。"

萧靖西伸手替任瑶期拨了拨鬓发，摇了摇头："你还是心慈手软。"

任瑶期对萧靖西的评价不置可否，她与韩家真没到不死不休的地步，韩家除了那位固执的韩东山之外，其余的都是正常人，她并无恶感。

何况想要保住雷家和林家，韩家的存在必不可少。如果没了韩家与云家联盟，云家再过些年定会彻底败给雷家，到时候雷家一家独大未必是好事。

很多时候有一个势均力敌的敌人存在，才是一种最好的保护。对下面的人而言这是平衡，对上位者而言这是制衡。

这个道理燕北王和燕北王妃明白，萧靖西明白，任瑶期也明白。不然仅仅是靠着云太妃的脸面，燕北王府不会这么容忍云家。只是现在这份容忍到达了极限，所以雷家才能顺势而起，渐渐露出与云家分庭抗礼的势头。

任瑶期不想让雷家以后面对云家这样的处境，所以留下一个韩家也算是未雨绸缪。

"说起来这位姜家六小姐倒是个聪明人。"任瑶期最后感叹道。

萧靖西笑着打趣："她再聪明也要按照你给的路走，所以夫人你这是在夸自己？"

任瑶期白了他一眼，反驳道："不，我这是在夸你。我再怎么布局，最后还不是都被你猜出来了？所以还是比不上你。"

萧靖西也不与任瑶期争。萧二公子深深明白一个道理，再如何聪明的女人很多时候也是不能与之理论的。于是他问道："那么接下来你要如何？"

任瑶期抿嘴一笑："你猜？"

萧靖西看着任瑶期这副娇俏的模样，忍不住伸手捏了捏她的脸，在任瑶期反应过来要反抗之前说话转移她的注意力："若是我，就等着韩家找上门来，反正醉翁之意不在酒，姜家不过是块引路石罢了，既然这次这么识相，以后自然会有他们的好处。"

第五十五章

归 还

在韩家，姜氏和姜茜娘离开之后，韩云谦又去见了自己的祖父。

韩老爷子正在书房里伏案画着什么，头也没抬。

韩云谦看了一眼，勉强能看出是一幅画，画上有房舍有树木花草，只是韩老爷子的画技实在不怎么样，看上去潦草得很。韩云谦对这幅画并不陌生，因为他从小就看韩老爷子画，已经看了二十年。如果任家人见了画，一定万分惊讶，因为韩老爷子画的就是任家大宅里的某一处。

韩老爷子落下最后一笔，将手中的羊毫随手搁在笔洗里，拿起画递给韩云谦："看看。"

韩云谦接过，默不作声地看了几眼。

韩老爷子目光灼灼地盯着他："记清楚了吗？"

韩云谦抿了抿唇，颔首："是的，祖父，孙儿记住了。"

韩老爷子狠狠地拍了一下书案，骂道："光是记住没有用！要记清楚了！记牢了！一草一木都不能忘！等到我们报了大仇，拿回自己的东西，这家贼人动过的地方都要按照原样改回去！"韩老爷子捏住韩云谦的肩膀，力气大得令他的指尖都有些发白，"祖父年纪大了，尤其是这几年，原本记得牢的东西也开始忘。所以你要代替祖父牢牢记住，知道吗？"

韩云谦脸色丝毫未变，似乎韩老爷子捏的不是他的肩膀，淡声应道："是的，祖父，孙儿知道了。"

韩老爷子终于满意了，放开韩云谦，拿起那幅图又看了看，皱眉道："不对，这盆罗汉松不是摆在这个位置……"说着拿起笔又低头画了起来。

韩云谦站在一旁静静地注视韩老爷子许久，突然道："祖父……"

韩老爷子头也不抬，漫不经心地答："嗯？"

韩云谦顿了顿，然后道："孙儿先退下了。"说着就行礼退出书房。

从韩老爷子的书房里退出来之后，韩云谦缓缓吐出那口憋在胸口许久的气。他抬手碰了碰自己有些发麻的左肩，又面无表情地放下手，在庭院里站了许久，最后叫住一个从外面进来的婆子淡声问道："太太和姜家小姐回来了吗？"

那婆子连忙道："已经回来了，少爷。"

韩云谦点了点头，让婆子下去。

这日傍晚，姜氏和姜茜娘用了饭之后打算去园子里转转消消食，不想却遇见了韩云谦。

韩云谦向姜氏行礼，姜茜娘也赶紧屈膝一福。

姜氏笑道："难得能在家里看到你，今日不忙吗？"

韩云谦与姜氏的年纪其实差不了太多，为了避嫌，除了去父亲的院子里请安，韩云谦很少会出现在姜氏面前。

韩云谦有礼地颔首，回道："有些事情回来与祖父商量。"又问姜茜娘，"姜小姐住得还习惯吗？如果有什么需要就对母亲说，不要客气。"

姜茜娘笑着应了，道了谢。

寒暄几句，三人在园子里不紧不慢地走着，韩云谦终于开口道："听阿攸说，母亲和姜小姐今日去了燕北王府？"

姜茜娘看了韩云谦一眼，笑道："是啊，之前来燕北的时候与萧家少夫人有过几面之缘，感觉还算投契，今日便厚着脸皮登门拜访了。好在少夫人为人和气，并没有怪我唐突。"

聪明如韩云谦，自然不信姜茜娘这种鬼话，不过并没有拆穿，只是点了点头。

许久之后，韩云谦才又开口道："有件事情……我想请母亲帮个忙。"

现在韩家需要一个女主人出面，他没有娶亲，亲生母亲也已经不在了，韩家另外两个女主人——韩老太太对韩老爷子向来言听计从；韩攸年纪太小，性子单纯。最后只剩下一个姜氏。

姜氏嫁进韩家也有一阵子了，韩云谦觉得这个姜氏虽然性子有些好强，也有几分小聪明，但并不是不明事理令人讨厌的，本性也不坏。

而且今日姜茜娘和姜氏去燕北王府的行为说明这两人对韩家的事情已经有些察觉，不然姜家也不会做出这种自保的举动。

韩云谦不是韩老爷子，没有被前几代人的仇恨蒙蔽双眼。比起报仇，他更在意整个家族。

如果复仇的代价是要整个韩家陪葬，他是无法接受的，因为比起素未谋面的曾祖父母，朝夕相处的家人的安危更为重要。只是韩老爷子早已经走火入魔，根本就听不进去劝，所以韩云谦在劝说几次未果之后也就不白费这个力气了。

现在想要了结这件事情，只有瞒着韩老爷子另辟蹊径。

韩云谦现在已经想明白最近的事情是谁在暗中布局。他不怨任瑶期，相反他最欣赏的女子就是她，有胆识有手段有魄力，心肠却不坏，恩怨分明。

韩云谦明白，以任瑶期现在的身份加上她的聪慧，真想要对付韩家，韩家绝对不可能到今日还好端端的。

任瑶期只是想要给韩家一个警告。

如果韩家还要一意孤行下去，韩云谦相信韩家接下来就会众叛亲离，经历任家之前所经历的。先是云家和姜家，以后还会有更多有来往的家族与韩家划清界限。

韩云谦叹了一口气，有些事情是该做个了结了，总不能让韩家一百多口人都给韩老爷子的仇恨陪葬。

姜氏和姜茜娘闻言对视一眼。姜茜娘笑着道："不如在园子里边走边说吧，韩公子需要我回避吗？"

韩云谦看了姜茜娘一眼，颔首："好，姜小姐无须回避。"

姜茜娘回了韩云谦一笑，似乎预料到自己不会被韩云谦遣开，事实上韩云谦确实不好将姜茜娘打发开只和姜氏说话，那样被人看见了怕是会传得很难听，而且韩云谦现在也需要让姜家的人安心，如果他在意这门姻亲的话。

就这样，韩云谦陪着姜氏和姜茜娘在园子里逛了半个多时辰，至于他们聊了些什么，除了三个当事人，并无人知晓。

过了几日，姜茜娘让姜氏陪着又去燕北王府求见萧家少夫人。

任瑶期依旧是在莹雅阁见的姜氏和姜茜娘。

这一次姜氏和姜茜娘要直接多了。

是姜氏首先开的口："前一阵子，我们韩家做了些错事，多谢少夫人您宽宏大量不与我们计较，韩家保证以后一定万事慎行，还望少夫人能够原谅。"

任瑶期这次也没有装傻，淡笑着看着姜氏道："这是韩太太做的保证？"

姜氏连忙道："我一个妇道人家，哪里当得了这个主？今日不过是跑跑腿，替我们韩家能当家做主的人带个话。少夫人您放心，这是韩少爷亲口说的，绝不会食言的。"

任瑶期听到是韩云谦的意思也不意外，只是语气惊讶地道："哦？现如今韩家已经是韩少爷当家了吗？"

姜氏沉吟片刻，然后叹道："少夫人您有所不知，我们家老爷子钦定的接班人不是我们老爷，而是韩少爷，这也是我嫁进韩家之后才知道的。虽然我是继室，却也不得不承认，韩少爷比我们老爷适合当这个家。说句不孝的话，我们家老太爷毕竟年纪大了，看问题不如年轻人灵活，所以……所以韩家的人还是服韩少爷的。"

姜氏说这一段话的时候，语气中也带着些无奈。她并不是一个没有一点野心的女人，也曾幻想将来自己生了孩子之后掌管韩家，可是她心里清楚，这不过是痴心妄想。就算她现在生下儿子，也与韩云谦差了二十岁，等老爷子不在了，她们母子还是要在韩云谦手底下讨生活。

昨日韩云谦说的话她还记得，韩云谦承诺她，今后她若是生了儿子，即便他当了家，该分给她儿子的也丝毫不会少。若是她无子，韩家也绝对不会亏待她。

这话韩云谦是当着姜茜娘的面说的，也就是当着她娘家的面做出的承诺，韩云谦肯定没有脸食言，姜氏想了想，这似乎是她目前能为自己和自己将来的孩子争取到的最大利益了。

任瑶期看着姜氏复杂的面色，也能将她心里所想猜个八九不离十。她想了想,笑道:"既然如此,我就等着看韩少当家的诚意了。"

说到这里,姜氏面上又露出为难之色。

任瑶期见了,笑问:"韩少当家还有什么话要转达?"

姜氏看了姜茜娘一眼,然后有些犹豫地对任瑶期道:"我们家少爷还说,身为子孙,他忤逆长辈已经极为不孝,所以有些事情无论如何他还是得去做的。他说要拿回他祖上的一些什么东西……"

姜氏其实对这段话并不太理解,她当时还追问过韩云谦是祖上的什么东西,不过韩云谦沉默许久还是没有点明,只是让她按照原话转达给萧家少夫人。

这会儿姜氏心里也有些没底,不知道这位少夫人懂不懂韩云谦的这句话,又会不会答应。

任瑶期闻言想了想,然后对姜氏道:"请帮我转达给你们少当家,只要他能践诺,该是谁的东西就是谁的,这一点我绝不会干涉。对此,韩家即便是使出什么手段我也不会过问。"

任瑶期知道韩云谦所指的是任家现在那座宅子和宅子里的东西。

这些原本就是属于翟家的,韩云谦想要拿回去实属应当,任瑶期不会阻拦。任瑶期今日插手韩家和任家的事情的目的,只是希望韩家在拿回自己应得的东西之后适可而止,给任家的人一条活路。

姜氏见任瑶期应下,不由得松了一口气,姜茜娘也是一样。

虽然她们对整件事情一知半解,至今仍不了解始末,但对于事情能够和平解决,心里还是高兴的。因为这意味着姜家的事情也能得到解决,而姜氏也能因此事在韩家站稳脚跟,简直是皆大欢喜。

事情既然已经谈妥,姜氏和姜茜娘便识趣地主动提出告辞,这一回任瑶期让苹果亲自送了她们出门。姜氏回去之后将任瑶期的话一字不漏地回复给韩云谦,韩云谦听过之后沉默半晌,点了点头就离开了。

其实韩云谦没有想到任瑶期会答应得这么爽快,他原本让姜氏提出自己想要拿回翟家的东西的时候不过是一种试探,就像做生意一样,是允许对方讨价还价的,不想对方什么话都没有说就答应了,反倒让韩云谦觉得自己还不如一个女人爽快。

◆◆◆

从姜氏和姜茜娘从燕北王府回来的第二日开始，韩家的情况就有所好转，霉运似乎有消散的趋势，各路生意也都像以往一样顺风顺水起来。

韩家上下见此都高兴了，韩老爷子的笑容都多了起来，韩云谦反倒因此感觉到了压力。

他原本想要慢慢解决这件事的，毕竟冰冻三尺非一日之寒，让韩老太爷放下仇恨并不是一件容易的事情。可是韩云谦没有料到任瑶期竟然这么有魄力，言出必行，相比较起来便显得他优柔寡断了。

每每想到这里，韩云谦都会忍不住苦笑，好像从一开始到现在，他从来都没有赢过她。不过，他也不想输得太难看。

韩家在西北的盐井依旧有些问题没有解决，所以在韩家别的生意开始恢复秩序之后，韩老爷子决定亲自去一趟西北以便解决问题，很快离开了云阳城。

在韩老爷子离开云阳城之后，姜茜娘也要回顺州了。

姜茜娘离开之后，姜氏在韩家的地位果然有了变化。

韩家内院原本都是韩老太太和几个老管家管着的，在韩云谦的主张下，开始让姜氏插手韩家的家务事。韩家是典型的男人当家做主的家族，韩老太爷不在家的时候，韩家上下包括韩老太太都听从韩云谦的，因此没有人提出异议。

好在姜氏本身就是个聪慧的，在姜家的时候也学过管家，所以这些事情她做起来并不困难，她自己忙得乐意。

韩家的女眷原本是不怎么与外界交往的，就连一些平常的宴席都很少参加。姜氏刚嫁过来的时候还感觉很奇怪，因为在她的印象里，大户人家的女眷虽然不会抛头露面，但是妇人们之间的往来和应酬是少不了的，一个月总会出那么几次门，可是韩老太太和韩家小姐真正是大门不出二门不迈。姜氏有时候要出门见什么人或者参加什么宴会，还需要详细向韩老太太报备。

现在令姜氏惧怕的韩老太爷不在家，她又能当韩家一部分的家了，姜氏便也开始与周围的几户人家家中的女眷来往，有时候还会出门参加这些女眷的聚会。

韩家老太太一开始是有些不高兴的，觉得姜氏坏了韩老太爷定下来的规矩,但是韩云谦没有说话,韩老太太便也由着她去了,只是韩老太太索性不怎么出门了,整日在自己的院子里眼不见为净。

韩云谦不仅没有阻止姜氏与别家的女眷交往,还让管家每个月拨给她一笔车马费用,让姜氏对韩云谦很有好感。韩云谦拜托姜氏,出门的时候如果场合合适把韩攸也带上,并教教她人情世故。

韩云谦这么郑重其事地拜托姜氏,姜氏倒当真没有拒绝,出门的时候都会把韩攸带上。或许是出于对自己将来在韩家的地位的考量,姜氏在教导韩攸的时候便尽心尽力,就像是当家太太在教导将要出嫁的女儿人情往来一般,这让韩攸对姜氏亲近不少,很喜欢跟着她一起出门。

韩云谦很感激姜氏对韩攸的教导,道了几次谢不说,在物质上对姜氏也很大方。如此这般,皆大欢喜。

与此同时,韩云谦也在处理与任家的事情。

余家同意给任家三年时间筹集欠银,但是如果任家在三年之内还是还不出来的话,任家的整座宅子都要归余家所有。任家当家在考虑再三之后,还是同意了,当然是瞒着任老太太同意的。

任家当家任大老爷想得很清楚,任家现在能摆脱困境的办法只有将这宅子的前主人留下来的宝藏找出来。如果三年时间不够他们找出来的话,那以后能找出来的机会也渺茫了,或者根本就没有这些所谓的财宝。

于是任家开始在宅子里大兴土木,对外说是想要在宅子里挖几口井,改一改风水,实际上这些井下面也被挖通了。任家似是下定了决心,挖地三尺也要将那些东西找出来。

任瑶期也听说了任家在宅子里四处挖挖填填的事情,自然比任何人都清楚他们在找什么,叹息之余也只能摇头笑了笑。

韩家却也沉得住气,任家闹出这么大动静韩云谦半个字都没有跟任瑶期提过,仿佛笃定任家就算是挖地三尺也找不出东西。至于韩老太爷,似乎是被西北的事情绊住了,没有回来。

令任瑶期意外的是,任家开始四处挖井之后不久,任益均和齐氏就来云阳城找她了。

任瑶期原本是想在莹雅阁见客的,萧靖西却让她将任益均夫妇请到昭宁殿。任瑶期对任益均夫妇本就亲近，所以便让人将他们领进了她和萧靖西住的地方。

任益均和齐氏都是第一回来燕北王府，齐氏一路上走走看看好奇兴奋得不行，被任益均低声训斥好几次才老实些。

萧靖西也留在昭宁殿等任益均夫妇前来。齐氏乍一看见萧靖西的时候惊为天人，直着眼睛都不会挪步了。任益均暗地里掐了她好几把，气得脸都红了。

殿里的人见了都窃笑不已，觉得任家这位三少夫人当真好玩，连任瑶期和萧靖西也忍不住笑了。

任瑶期在任益均被彻底惹毛之前，起身牵着齐氏的手一起到南炕边坐下："三嫂，过来坐吧。"

任益均觉得齐氏的行为蠢透了，大大丢了他的颜面，脸色一直不见好，连带着对萧靖西也有些爱答不理的。

萧靖西陪着说了几句话之后便很识趣地去书房处理他的公务。

萧靖西一走，任益均的脸色才好看了些。

任瑶期笑问："三哥、三嫂，今日怎么突然想起来瞧我了？"

任益均看了任瑶期一眼，一点拐弯抹角的意思也没有："家里最近四处挖井，就连我的院子前面也挖了一口，吵得我半夜都睡不着觉，我跑去问父亲，父亲却告诉我说是为了任家的风水。"任益均嗤笑一声，"骗鬼呢！"

然后，任益均微微眯着眼睛看任瑶期："我来问问你，是不是知道些什么。"

任瑶期不动声色地笑道："我一直在云阳城，三哥以为我能知道些什么？"

齐氏捂着小嘴笑："有些人啊，足不出户也能尽知天下事，你三哥坚信你就是这样的人，我怎么劝他都不听，非要来问你。"

任益均轻哼一声，依旧盯着任瑶期没有动。

任瑶期在心里考虑犹豫半晌，终于轻声叹了一口气，将周围近身伺候的丫鬟都遣了出去，连几个亲信大丫鬟都没有留。

"既然三哥你问到了我这里，那我就给你说个故事吧，这个故事有些长，听起来也会让人不怎么舒服，三哥你确定要听吗？"

任益均皱了皱眉头，却还是点头道："你说吧。"

齐氏看了看任益均，又看了看任瑶期，眨了眨眼："要不我还是先回避一下吧。"齐氏预料到接下来从任瑶期这里听到的不是什么好事，不确定自己能不能在场。

任瑶期却对她笑了笑："无妨，三哥能听的，三嫂自然也听得。"

任益均看了齐氏一眼，也默认了。

于是接下来，任瑶期对任益均和齐氏说了一个很长的故事，故事牵扯到了两个家族之间几十年的恩怨。

如果是在酒馆茶楼里听到这么曲折离奇高潮迭起的故事，听的人是怎么也要加一壶茶水叫两声好的，任益均却越听越心惊，最后脸色慢慢苍白。就连向来活泼开朗乐观豁达的齐氏，也难得一句话都没有说，安安静静听完了任瑶期的故事。

直到任瑶期的话音落下，任益均沉默许久，才哑声道："你的故事里，那个来寻仇的是韩家？"

不等任瑶期回答，任益均又道："而那个坏事做尽，该被天打雷劈的禽兽就是任家的祖先？"

齐氏不知什么时候已经起身走到任益均身边的座位上坐下，偷偷去握任益均的手，却发现任益均的手冰冷冰冷的。

"任家现在的宅子是韩家的？他们费尽心机在寻找的是韩家祖上留下来的财产？"

任瑶期没有说话，看着任益均的目光温和又带着安抚，任益均却知道自己刚刚问的那几个问题都是肯定的答案。

"呵……"任益均捂着脸笑了出来，那笑声十分讽刺。

齐氏有些担心，一直紧紧握着他的手，却并没有开口说安慰的话。

任益均笑够了，才缓缓直起腰，冷冷地道："我从来没有想过，原来自己身体里流着的血竟然这么肮脏。也难怪你们一个个都不愿意留在任家，原来如此……原来如此……"

任瑶期温声道："三哥，我今日告诉你这些事情不是为了让你自厌的。无论曾祖父当年做了什么，还掉了该还的，我们谁也不欠。"

任益均苦笑道："翟家满门的人命……我们都拿命还吗？"

齐氏认真道："冤有头债有主，当然是谁欠的人命就由谁拿命去还！你们又没有做错任何事情，关你们什么事？现在你们能做的，不过是将翟家的东西都原样还回去！至于任宝明做的事，他入了地府，自然有翟家的人找阴间的官申冤，刀山油锅，拔舌地狱，该他受的绝对跑不掉！"

任益均皱眉："刀山油锅，拔舌地狱？你以前不是说自己不信鬼神吗？"

齐氏面不改色："该信的时候就要信！反正我现在是信了！"

被齐氏这么一打岔，任益均的脸上倒是好看些了。

"三叔也知道这件事吗？"任益均问道。

任瑶期摇了摇头："我父亲并不知情。"

任益均了然地点头："也是，以三叔的性子，若是早就知道的话，不会毫无动静。"

任瑶期闻言看向任益均，"那三哥打算怎么做？"任益均其实与任时敏的性子有些像，骨子里带着些清高，并且有自己的道德观。

任瑶期听任益均这意思，似乎是要有什么动作。她没有忘记任益均当年带着她砸了任家祠堂时候的模样，这位三哥狠起来的时候是天不怕地不怕的。

任益均沉默片刻之后，冷声道："我父亲对此事就算知道得不完全，但也绝不会是一无所知，我大哥那里知不知道还不清楚。回去之后，我会先找大哥商量，如果他也不知情，我们就一起去找父亲。"任益均看了任瑶期一眼，"虽然我相信你说的话，但是此事事关重大，我还需要确认一下。"

任瑶期道："知道这件事情的人怕是不多了，除了韩家的人之外，大老爷或许会从老太爷口中听到一部分。"

任益均悄悄攥紧拳头："我会弄清楚的！如果你说的是事实，那么无论是任家的宅子还是宅子里那一批不知道藏在哪里的宝藏，都不应该是任家的东西，任家沦落至此也是咎由自取，怨不得人！"

任瑶期看着任益均的目光，心里是有些欣慰的，但是她也知道任家不是任益均当家，他的决定并不能阻止任家当家人的决定。

"三哥，韩云谦答应在三年之内不动任家，所以其实任家还可以趁着这三年的时间积聚一些实力以期东山再起，以免三年之后韩家再动手的时候你们举步维艰。"

这也是任瑶期让韩云谦给任家一个喘息机会的原因,韩家肯定会拿回他们应得的,任瑶期想给任益均这些人一个寻找出路的机会,毕竟现在任家还不是一无所有。

任益均却摇了摇头:"韩家和任家的恩怨必须迅速解决掉,如果我父亲不同意,我也只能像三叔一样带着妻子离开任家,我不能让我以后的孩子背负这种罪孽活着。"

齐氏看着任益均,虽然没有说话,但是脸上温柔的笑意表明了她对任益均的决定并无异议。她抚了抚自己的小腹,虽然他们现在还没有孩子,但是她坚信他们总会有的。与其提心吊胆地在任家衣食无忧,她倒宁愿和任益均离开任家。他们有手有脚的,总能养活自己和孩子,任家那种氛围实在不适合养孩子。

任瑶期看着任益均和齐氏夫妇,轻叹一声,也不再阻拦。任益均性子倔强,一旦决定某事,与她父亲一样,别人根本无法阻拦。

任益均原本就是为了家里挖井的事情来问任瑶期的,现在得到了答案便也不在云阳城停留,任瑶期让他们留下来用完饭再走,任益均却怎么也不肯听,拉着齐氏就走了。

任益均一回到任家,任家就不可避免地又得经历一场动荡。

任益均先是去见了自己的长兄任益延。

任益均虽然与自己的大哥不算亲近,但是知道任益延是一个正直的人,对韩家和任家的恩怨应该不知情,否则也不会几次提出要将任家的宅子卖出去。

任益均找到任益延之后,将自己在任瑶期那里听到的事情告诉了他。任益延的震惊程度丝毫不亚于任益均,且他怎么也不肯相信这件事情是真的,不愿意相信自己尊敬的祖父和父亲会做出这种事情。

任益均冷笑道:"我也不想相信,既然如此我们就去找父亲问个清楚吧!"

说着任益均拉着任益延就往他们父亲的书房去了。

性格有些优柔的任益延在进书房前还想要阻止任益均,想要回去再仔细想想,可是任益均哪里容得他逃避,直接就扯着他进去了。

任益均将伺候的书童赶出去,然后将自己刚刚酝酿了一路的话一股脑儿地道了出来,一开始任益延还总想要阻拦,到后来也沉默了。

任大老爷瞪着眼睛看着两个儿子,半晌才找回自己的声音:"这是你们从哪里听来的?"

任益均死死盯着他:"从哪里听来的您别管,您只要告诉我们这件事情是不是真的,您让人大兴土木是不是为了找那笔不义之财?"

任大老爷有些恼怒道:"别胡说八道!"

任益均却从自己父亲的眼神中看出了几分躲闪,不由得心中一沉:"我有没有胡说八道您心里清楚。"

任大老爷被任益均这么看着,心里有几分不自在,面子上也有些挂不住,板起脸道:"现在任家如此情形,你们不想着怎么帮我振兴家族,反而轻信别人的挑拨来质问你们的老子,谁给你们的胆子?"

任益延低下了头,任益均却冷静道:"我只想要知道真相!父亲,身为任家子孙,我们有权利知道真相。祖父临终前与您说了什么,您能告诉我们吗?"

任益延讶异地看了任益均一眼。他以为以任益均的火爆脾气会和父亲吵起来,因为他能感受到任益均此刻的怒火,没想到任益均问出这句话的时候还挺冷静。

任大老爷看着语气平和,气势却依旧咄咄逼人的儿子,心里又是恼怒又是疲惫,还带着一丝隐藏在心底的心虚。

任大老爷不由得想起任老太爷对他说的话,想起自己当初听到这件事情的时候的震惊。可他是任家的当家人,不能眼睁睁看着任家倒下去,有些事情他必须要做。

所以任大老爷也渐渐冷静下来:"等到我临终那一日,自然会交代你们该交代的。现在你们都从我的书房里出去,我还有很多事情要处理,没空陪你们发疯。"

任益均摇了摇头,目光嘲讽又悲哀:"您不说,我就只能当您是默认了。"

任益均其实也希望自己的父亲能理直气壮地否认,可是任大老爷的逃避让任益均的心沉到了谷底。如果他刚刚说的不是真的，以他父亲的性子绝对不会将他们赶出去了事，绝对会用棍子狠狠地抽他一顿。

"既然您不肯认，我就去祠堂里问祖父和曾祖父。都说祖先在天有灵，如果他们不肯回应我，我就把祠堂里的牌位都砸了。"任益均冷冷地说完这一句，转身冲出了书房。

任大老爷和任益延都不由得呆了呆，还是任大老爷最先回过神来，一边追出去，一边厉声道："快给我拦住他！拦住这个孽障！"

就像任益均了解自己的父亲一样，任大老爷也了解自己的儿子。任益均刚刚那话别人都只当是气话，任大老爷却知道这种事情这个天生反骨的儿子是绝对做得出来的。

可是任益均经过齐氏这段时日的调教，跑起来速度居然不慢，很快就跑出了院子，至于那些婆子丫鬟，就算听到了任大老爷的话也没有敢当真上去拦的。

开玩笑，三少爷这祖宗金贵的身子可是用无数珍贵药材小心翼翼养到这么大的，她们若是不小心把人弄伤了弄病了，大太太非要她们的命不可，所以都只是象征性地拦一下，叫声却不小。

任益延见事情要闹大，也连忙追上去。

任益均还真跑去了任家的祠堂。

任瑶期若是在这里的话肯定会感叹，今日的情形与当年何其相似？当年任益均就是这样怒不可遏地拉着她砸了任家祠堂，这一次任益均不是因为他三叔的惨死，却依旧因为对任家当家人和任家长辈的不满来了祠堂。

有些事情也许是命中注定的。

任益均闯进祠堂对他来说轻而易举，因为没有人想到他是来做什么的。他站在任家祖先的牌位面前看了半晌，不知在想什么，光线从常年紧闭的大门斜射进来，只照到他腰部以下的部位，紧紧攥着的拳头，以及飞舞着充斥整间屋子的灰尘。

大老爷气急败坏的声音从大门口传来，夹杂着大少爷任益延的劝阻声，大太太不知道什么时候听到了动静，似乎也在门外说话。

任益均没有回头，等到嘈杂声越来越近的时候缓步上前，然后一把掀了牌位前的供桌，供桌上的香炉烛台供品随着一声巨响砸了一地。外面的人听到声音似是静了静，然后脚步声越发快速地往祠堂这边移。

任益均的性子一直有些阴郁，任家很多人虽然害怕这个不喜欢说话脾气极坏的三少爷，但也没有料到他真的敢砸了自家的祠堂。

任益均拿起供案上的一个牌位，低头看着牌位上的字。

任大老爷和大太太他们就是在这个时候冲进来的。

大太太看到祠堂里一片狼藉的时候吓得腿都软了，被任益延一把扶住。

任大老爷气得浑身发抖地指着任益均。

任益均冷静地看着他们，然后缓缓举起手中的牌位，做出要摔的姿势。

任益延惊喝一声，"三弟！别干傻事！"说着放开大太太就要冲过去，阻止任益均的过激行为。

任益均冷声道："别过来，否则我就摔了。"

闻言，任益延在他面前两步的地方硬生生止住脚步，显得有些不安和焦急。

就连任大老爷也不敢上前了。

大太太猛然回头，撑着发软的身体，朝站在门口不敢进来只敢往里面张望的贴身丫鬟使了个眼色。

那个大丫鬟是个机灵的，立即带着另外几个大丫鬟退下去，将院子里惊疑不定的几个闲杂人等赶到后院，并找人看管起来。

大太太的丫鬟控制住人之后，又马不停蹄地去找三少奶奶齐氏。任家上下现在谁都知道，任三少爷这人谁的话都不听，谁也管不住他，唯独三少奶奶是他的克星。

任益均不理会在场之人的反应，只是对着手中的牌位沉声道："曾祖父在上，曾孙今日有几个问题想要请教曾祖父。听世人言，家族之所以要建祠堂供奉先祖，就是因先祖在天有灵，能在关键时刻给子孙庇佑。现在任氏家族危在旦夕，正是祖宗们显灵的时候。如果曾祖父今日不能给曾孙一个满意的答复，那这些牌位留着也没有什么用处了。"

听到他的话，任大老爷终于抖着手指着他吼道："你闹够了没有！快把牌位给我放下！"

任益均没有抬头，依旧自顾自地对牌位道："曾祖父，曾孙想要知道任家这座所谓的'祖宅'的真正来历。"

此言一出，场中气氛凝滞。

大太太看了看大老爷，知道今日这事怕是无法善了，绞着手中的手帕，心里的不安更甚，想要开口，却又知道自己这个冤孽儿子一疯起来是什么人的话都不会听的。

任大老爷见任益均居然会当着众人的面问出这句话也有些震惊，虽然现在祠堂里站着的只有他们四人，但是外面还站着几个仆从，难保不会被人听见。任大老爷冷汗都下来了。

任益均讽刺地勾了勾嘴角，抬起头对着大老爷正要说什么。

任大老爷一看他那不管不顾的眼神就知道要不好，当即气急败坏地喝道："别在这里胡说八道，你想知道什么我告诉你！"

任益均听到任大老爷的话终于扯了扯嘴角："我以为父亲不愿意说，所以只能过来问曾祖父了，毕竟是他这一辈的事情，您知道的怕是没有他老人家清楚。"

任大老爷又是愤怒又是气恨，却拿这个疯疯癫癫天不怕地不怕的儿子什么办法也没有，最后只能忍着怒火疲惫地对大太太道："你带着人先下去，别让人靠近这里。"

大太太看了看这对父子，最后还是点了点头，示意任益延与她一同出去。

任益均却道："大哥也是任家子孙，有权利知道真相！"

任大老爷沉默着没说话。

任益延看了任益均一眼，又看了看自己的父亲，面上有些犹豫，最终还是站在原地没有动。

大太太见状叹息一声，什么话也没有说就自己出去了。

任大老爷这才道："还不把牌位放下！"

任益延也劝道："三弟，父亲已经答应说出真相了，你还是把牌位放下吧。"

任益均转身走到供案前，将手中的牌位放到原处，然后站在案桌旁看着任大老爷没有动，仿佛只要任大老爷出尔反尔，他就继续向祖宗寻求答案。

任大老爷已经被这个逆子气到极点，反而渐渐冷静下来，深吸一口气冷声道："你想知道这座宅子的来历？没错，它原本确实是一户姓翟的人家的宅子，不过你刚刚那些言语不知道是从哪个不安好心的人那里听来的，简直是无稽之谈。这宅子虽然之前属于翟家，却是在翟家人都死于辽人之手后，你曾祖父花钱从官府手中买来的。"

任益均盯着任大老爷一字一顿地道："翟家人是怎么死于辽人之手的？"

任大老爷面上虽然还算淡定，暗地里却已经汗湿了衣背。

"那会儿正兵荒马乱的，翟家人运气不好……"

不想任大老爷的话还没有说话，"啪"的一声，供案上的一个牌位突然掉下来，摔到地上。

任益均看了脸色难看的任大老爷一眼，嘲讽地道："父亲，人在做天在看，您还是别说谎了，免得祖宗们到了地下日子也不好过，我们做子孙的还得替祖宗还债。翟家人死于辽人之手当真只是意外吗？"

任大老爷沉默片刻，还是道："自然是意外，不然……"

又是"啪啪"两声，这次有两个牌位从供案上掉下来。

任益延猛地瞪圆眼睛，任大老爷也死死盯着那摔下来的牌位半天说不出话来，两人同时看向任益均。

任益均淡然道："举头三尺有神灵，这可不是我摔的，谁知道是不是这座宅子里的冤魂作祟。"

一阵风吹来，案桌上的蜡烛摇曳忽闪，平添几分阴冷之气，就算任大老爷之前不信鬼神，这会儿心里也不由得有些发寒，却还是坚持道："即便是有冤魂，也不应该找到我们任家头上……"

然后令人震惊的情形出现了，供案上的牌位竟然开始噼里啪啦自己往下掉。

任大老爷和任益延都不由自主地往后退了几步，带着难以置信的神色。

任益均回头看了一眼七倒八歪的牌位，语气笃定地道："父亲，您在说谎。"

任大老爷脸色发白："这……"

"父亲，您还要继续骗我们到什么时候？您敢再否定我刚刚说的话吗？"

任大老爷再也说不出半个字。

任益延看着任大老爷的神色，心中惊疑不定，忍不住唤道："父亲？"

他是读书人，子不语怪力乱神。他还是希望能听到自己的父亲开口否定任益均的话，宁愿相信这是弟弟在胡闹。

可是任大老爷发不出声来，就像是有什么东西卡住了他的喉咙一般。

任益均道："这么说您是承认了？"

任益延等了许久不见任大老爷有所表示，目光也渐渐复杂起来，有些难以置信地道："父亲，难道三弟说的是真的？这宅子，还有翟家……"任益延想着任益均说的那些话，心里发冷。

任大老爷闭了闭眼睛，终于道："你是怎么知道这些的？"

这是承认了？

任益均慢慢握紧拳头。

虽然他刚才的行为一直显得有些咄咄逼人，但是其实他心里和任益延一样希望任大老爷能否认到底，没想到……

"这些都是上上一辈人的事情了……"任大老爷的声音很是疲惫。

虽然他之前就知道任家和翟家的一些恩怨，但具体的还是在任老太爷临终前几日才听他交代的。任大老爷听过之后心里也有过不安和惶恐，可是父亲的遗言不能违背，他不能眼睁睁看着任家的基业毁于一旦。

任大老爷原本不想让小辈们知道这些，只想先找到那笔财物帮助任家渡过难关，然后将这件事情烂在肚子里。至于翟家，如果将来有机会，再去弥补。

听到任大老爷的解释，任益均冷笑着毫不客气地道："您真是异想天开！好事都让任家占尽了，可是您有问过翟家人的意思吗？"

任大老爷闭上眼睛，无话可说，一身的疲惫倦怠让他看上去像老了十岁。

毕竟是自己的生父，任益均看到这样的任大老爷总算暂时咽下一肚子的刻薄话，可该说的还是要说："父亲，这座宅子不能再住下去了，那些矿山也不能留了，有人要就给他们吧，就当物归原主。"

任大老爷摇了摇头："你祖父的遗言……"

任益均不耐地打断道："什么狗屁倒灶的遗言！他说遗言的时候有没有考虑过子孙后代的死活？有没有考虑过子孙后代会不会良心不安，是不是会遭报应？活人的事情就应该由活人决定。"

见任大老爷不说话，任益均转头对任益延道："说说你的意见！就算任家找到了那笔财物，你敢花吗？"

任益延看了大老爷一眼，沉默片刻，语气艰涩地道："父亲，还是算了吧。"

任益均脸色微缓，接下来的话依旧锋利如刀刃，刮得人心肝肺都疼："您听到了？如果您还要一意孤行，我们自然也做不得主，不过我会像三叔和五叔那样离开任家！从此以后，任家发生的所有事情都与我无关！"

若是平时，任益延听到弟弟说这种话是无论如何都要劝说的，可是今日他看了任益均一眼之后什么也没有说，只是紧紧皱着眉头低头不语。

任益均看了任益延一眼，对任大老爷道："我和大哥都不会接手任家产业，以后您看谁顺眼就交给谁吧。不过我们这房怕是已经找不出能继承任家的男丁了。不知道留下遗言的祖父会不会觉得自己费尽心思最后还是竹篮打水一场空。"

任大老爷闻言不由得愣住。

任家东府和西府已经彻底断了关系，西府这边大老爷这一辈老三和老五都离开了任家，只余下了任大老爷这一脉。若任益均和任益延两人都放弃任家的话，任家就当真后继无人了。

"你……"任大老爷死死瞪着任益均，然后又看向任益延。

任益延注意到自己父亲的目光，向来唯长辈命令是从的他又沉默片刻，终究没敢与父亲对视，意思表达得很明显，要与任益均共进退。

任大老爷狠狠闭了闭眼，然后一个趔趄差点站不稳。

任益均抿了抿唇："您好好考虑考虑。"

说完这一句，任益均不再咄咄相逼，回头看了那些牌位一眼，嘴角露出一个讽刺的笑容，然后头也不回地离开祠堂。

之后任大老爷和任益延也离开了祠堂。

谁也没有想到的是，任大老爷和任益延刚一离开，供案上的罩布突然一动，然后从案桌下爬出一个人，还被地上的牌位磕到了膝盖，"哎哟"一声坐到地上。

想到这里是什么地方之后,她一骨碌爬起来,双手合十对着牌位求饶道:"诸位祖宗莫怪莫怪,我也是想要拯救一下任家的子孙后代,听说亏心事做多了会断子绝孙,我害怕……呵呵,你们能理解的哈?"

　　说完这一句,女子果断地从祠堂里连滚带爬地溜走了,就像是后面有鬼在追一样。

　　任益均怒闯任家祠堂的事情,最后还是被手腕高超的任大太太压了下来,没有传出去。

　　任大老爷从那一日开始就再也没有睡过一个安稳觉,夜里总是做梦,也不知道梦见了什么,半夜常常被惊醒。

　　原本那些挖井的人也都停了下来,任家恢复了久违的安静。对日薄西山的任家而言,这种诡异的安静越发令人不安。任老太太则对这些事情仍一无所觉。

　　任大老爷仍没有松口将宅子卖出去。

　　任益均看不惯任大老爷这种没有丝毫担当的举动,等了三日之后终于耐性告罄,吩咐齐氏收拾好行李离开任家。

　　任益均是认真的,他是个骄傲的人,还不允许齐氏在打包的时候拿走任家的一针一线。

　　大太太得到消息之后连忙来拦。任益均面对大太太的眼泪丝毫不为所动,只是道:"虽然我离开了任家,但您始终是我娘,等以后任家倒了,您来云阳城找我们,儿子给您养老送终。"

　　大太太原本想要让大儿子来帮忙阻止小儿子,不过任益延并没有来。大太太都快要绝望了,最后只能去见任大老爷,哭道:"儿子都走了,还守着这座宅子做什么?卖了吧,都卖了吧!谁乐意要谁要!没了儿子,你就算挣得个金山银山将来又能留给谁?你不卖的话,留下这个宅子家也散了!反正他们若是走了,我也是要跟着儿子走的!随你们怎么折腾!"

　　成亲几十年,这还是大太太第一次与大老爷闹。

　　半晌,大老爷捂住自己的脸,声音里带着些不易察觉的颤音:"罢了,罢了……"

　　大太太闻言,二话不说让人去拦住已经走出二门的任益均和齐氏,任益均得知任大老爷终究还是妥协了，便没有坚持要走。

任大老爷让人联系余家，表明想要卖掉任家的宅子和手里仅剩的几座矿山，问余家有没有兴趣想要接手。

余家那边还没有回应，任家变卖家产之事就传开了，任家下人们之间也开始人心惶惶，担心自己的去留。

然后最让任大老爷头疼的事情发生了，任老太太不知道从哪里知道了这个消息，开始在自己的院子里要死要活。

这件事情大太太是吩咐过要封锁消息的，尤其是不要传到老太太耳中，可是最后不知为何还是让老太太知道了。

大老爷去见过任老太太一次。母子两人谈了不到一刻钟，任老太太就撒起泼来，一个茶杯扔出去让任大老爷的额头鲜血直流。

任老太太死活不同意卖了任家的宅子和产业，以为任大老爷是疯魔了。

最后大太太让人将任大老爷扶下去，然后亲自抚慰任老太太，温声道："母亲您别生气，老爷只是一时糊涂，我再去劝劝他，他会改变主意的。"

说着大太太递给任老太太一杯温茶。

任老太太被大太太哄得总算心气儿顺了些，也确实有些渴了，便接过茶碗喝了半盏，喝完之后正想说教大太太几句，却连眼皮都睁不开了，最后倒在自己的炕上不省人事。

大太太弯身扶着任老太太躺好，还给她盖上被子，然后淡定地吩咐丫鬟道："老太太最近精神不好，觉比较多，你们好生伺候着。"

任老太太房里的两个大丫鬟眼观鼻鼻观心："是，大太太。"

大太太解决完任老太太之后并没有立即离开荣华院，心里还存有疑虑，那就是到底是谁将消息传到任老太太这里的，她明明吩咐过这个院子里的所有人……

想到刚刚儿子失望又决绝的目光，大太太心中一痛，眼神却渐渐锋利起来，任家到了这个时候，绝对不允许有人暗中使坏，不然这个家就真的散了。

大太太决定要彻查此事。

她本就是当家太太，又有几分手段，所以没多久就查出是任老太太房里一个二等小丫鬟趁着伺候老太太洗漱的时候告诉任老太太的，最后严刑逼供顺藤摸瓜竟然查到了四小姐任瑶音头上。大太太又惊又怒，还有一种果然如此的悲哀。

任瑶音被带到大太太面前的时候依旧面不改色。她最近被大太太软禁，消瘦不少，气色也不如以前好。

大太太看着站在自己面前的女儿，突然觉得有些陌生。

"你为何要这么做？"大太太有些不能理解地看着任瑶音。

任瑶音神色淡定，半点慌乱和不安也没有。大太太是她生母，她心里很清楚自己的母亲就算再生气也不会真的将她如何，反正她已经被禁足了，没有比这更加严厉的处置了。

"娘，我不想嫁人。"

大太太闻言拍案怒道："就因为这个家只有你祖母支持你去给人当妾，所以你连父母兄弟都能不要？你知不知道你三哥差点就要与家里断绝关系？"

任瑶音抿了抿唇，神色倔强道："我被禁足了，哪里知道这些！"

大太太冷笑道："你什么也不知道，却能将消息递给你祖母？你别以为我不知道你手底下还有几个可以给你跑腿的人。"

任瑶音咬了咬唇，别过头去。

大太太看着油盐不进的女儿，感觉心中累极又失望至极。

可是任瑶音心里想的也没错，她就算犯再大的错，大太太也不能真的将她如何。大太太不管对外人如何，对自己的几个儿女总归狠不下心。

所以，尽管证据确凿，任瑶音也没有要认错的意思，大太太还是将消息瞒了下来，只是将任瑶音手里最后那几个人都处理掉了，让她再也没有人手可用。身为一个母亲，她又能如何？

任瑶音见大太太处置了她的人之后又要将她关回去，便冷声道："娘，我说了我不嫁！如果您非要逼我嫁的话……"任瑶音顿了顿，坚决地道，"我就铰头发当姑子去，我说到做到，如果杨家不嫌晦气尽管来迎亲就是。"

大太太闻言，眼前一阵眩晕，软倒在座椅上。

最后大太太倚在座椅上，闭着眼睛摆了摆手，让人将任瑶音送回去，她已经疲惫得说不出教训的话。

虽然因为女儿的事情失望难过，大太太休息了一下，还是强撑着让人将自己的两个儿媳妇叫过来。

大少奶奶和三少奶奶见大太太精神不好，都关心地问了几句，被大太太含糊几句遮掩过去了。大太太交代两个儿媳好好开导安慰自己的夫君，大少奶奶和三少奶奶都恭恭敬敬地应下了。

大太太交代完媳妇之后正要打发她们退下，三少奶奶却笑问道："母亲，听说刚刚四妹妹出来了，她还好吗？我和大嫂去看看她如何？"

"我只是有些事情想要问她，她现在身体不大好，你们还是过一阵子再去看她吧。"虽然面前站着的是自己的媳妇，大太太还是想为女儿遮掩，并没有提她给老太太递消息的事情。

三少奶奶看了大少奶奶一眼，向来老实巴交的大少奶奶犹豫了一会儿，道："上次母亲提到的那个杨家，媳妇又托人打听了一下，杨少爷人品很不错，这门亲事是不是要定下来？"

三少奶奶双手一合，欢喜道："呀，那可真好！我们四妹妹那种人品啊，一般人哪里配得上？这门亲事得早些定下来才好。"

大太太觉得齐氏对任瑶音这番夸赞听着有些别扭，不过她现在也没有心思想这些，见两个媳妇问起任瑶音的婚事，犹豫了一下还是叹了一口气道："还是再看看吧。"

大少奶奶有些惊讶，大太太之前不是还很满意杨家吗？

三少奶奶一针见血道："娘，是不是四妹妹看不上杨家少爷不肯嫁？"

大太太沉默片刻，或许是因为心里太过苦闷，最终叹道："瑶音说若是逼她嫁人，她就铰了自己的头发当姑子。"

闻言，大少奶奶和三少奶奶对视了一眼。

三少奶奶眼珠子滴溜溜地转，然后笑道："娘，既然四妹妹想当姑子就让她当呗。"

大少奶奶一惊，连忙悄悄地拉弟媳的衣袖，给她使眼色，让她别乱说话。

大太太果然气道："胡说八道！好端端的当什么姑子！"

齐氏上前去给大太太按肩膀顺气,依旧笑嘻嘻的:"娘您别气,媳妇并不是真的想要四妹妹当姑子。媳妇听说四妹妹前几日还让人送了上好的胭脂水粉珍珠膏进府,您见过这么爱美的姑子吗?媳妇觉得四妹妹今日这么说,肯定是知道您和父亲舍不得她,吓唬您的。您不如先顺着她的意思,让她去庵堂里住住,静静心,说不定住着住着她就想通了呢?"

大太太皱了皱眉,想了想觉得齐氏所言也不是没有道理,只犹豫道:"若是被别人知道了,会不会对她的名声不好?"

三少奶奶不说话,反而向大少奶奶使眼色,因为有些话大少奶奶说出来比她靠谱。

憨厚的大少奶奶看着齐氏的眼睛像抽风似的,汗颜之余也只有硬着头皮道:"要不对外就说四妹妹是去为祖父念往生经的,加上为生病的祖母祈福?祖母之前生病的时候,四妹妹的孝顺大家都看在眼里,应该不会有人怀疑的。"

三少奶奶点头:"对啊对啊,外人反而会说咱四妹妹是真孝顺,等她出来以后名声肯定更好了啊。而且娘您想啊,四妹妹去过庵堂一次,等以后她再说出要当姑子的话,别人肯定也不会太过在意了。"

大太太听着有些动摇。她知道自己会对女儿心软,可是她若是一让再让的话,最后怕是会拗不过任瑶音。可是她能眼睁睁看着任瑶音去当妾吗?

大太太不由得看了齐氏一眼。对上齐氏眨巴眨巴的眼睛,大太太有些不悦,迁怒道:"你们就这么想把小姑子赶出门?对你们有什么好处!"

大少奶奶吓得缩了缩脖子,委屈地低下头。

三少奶奶齐氏闻言倒是一脸莫名其妙的蠢样看着大太太:"是啊,娘,对我们有什么好处啊?"

大太太:"……"

大太太也反应过来自己迁怒媳妇有些不对,任瑶音的事情也要尽快解决,最终她叹了一口气道:"罢了,那就让她去庵堂住一阵子吧。"

三少奶奶继续煽风点火:"娘,这件事情您不能亲自去办,不然您一心软就前功尽弃了!"

大少奶奶看了齐氏一眼,不知道为何总觉得向来憨厚单纯的弟媳此刻看上去有些像戏文里说的奸佞。大少奶奶眨了眨眼,又觉得自己肯定是看错了,她弟媳是个本分的好人，怎么会是奸佞小人呢？

结果，这么想着的大少奶奶下一刻就听到齐氏道："这件事情不如交给大嫂去办吧，大嫂为人沉稳又细心，肯定没问题啊。"

大少奶奶抬头呆滞地看着齐氏。

大太太想了想，看了大儿媳一眼，觉得这样也不错。

"那就交给老大媳妇吧。"大太太终于决定道。

大少奶奶冷汗瞬间就出来了，觉得欲哭无泪，这种吃力不讨好一不小心就得罪人的差事为啥会落到她头上？

从大太太那里出来的时候，大少奶奶脚步都有点飘。

齐氏挽着她大嫂的手，一脸奇怪："大嫂你怎么了？不舒服？"

大少奶奶看向齐氏，期期艾艾地道："我……我怕我应付不来，要不还是、还是跟母亲说让她另外派人吧？"

齐氏皱眉："这怎么行！长嫂如母！教育妹妹的事情还有谁能比你合适？"

大少奶奶被齐氏义正词严的语气说得一阵惭愧。

齐氏又笑着安慰道："不过大嫂你也别担心，我会帮你的嘛。"

大少奶奶眼睛一亮："真的吗？"

齐氏一脸憨笑地点头："当然，大嫂你平日里对我这么好，我不帮你谁帮你？你放心，不好办的事情我给你办，不会让你一个人去得罪人的！不过你可别告诉娘，她会骂我多管闲事的。"

单纯善良的大少奶奶连忙点头："我知道，我知道，你这么帮我我不会出卖你的。"想起四妹妹任瑶音那双让人琢磨不透的眼睛，大少奶奶觉得有了齐氏帮忙，她总算不那么害怕了。

大少奶奶心想，三弟妹果然是个大好人。

这日傍晚，当大少奶奶和齐氏站到任瑶音面前的时候，任瑶音简直不敢相信自己的耳朵。

"母亲要把我送到庵堂里当姑子？这不可能！"

大少奶奶无措道："确实是娘让我来送你去庵堂的。"

"我要见母亲！"任瑶音深吸一口气，冷静下来，看着大少奶奶冷冷地道。

大少奶奶张了张嘴，话没说出来就被齐氏打断了。

齐氏一脸惊讶:"咦?不是四妹妹你自己想去庵堂当姑子的吗?母亲她原本是舍不得的,可是当父母的总是容易心软,哪里拗得过做儿女的?母亲想来想去最后还是决定顺了你的心意。你不知道,为了做出这个决定,母亲都病倒了,所以你暂时怕是见不到母亲了。"

任瑶音被齐氏一噎,半晌说不出话来。

大少奶奶看了齐氏一眼,默默地退到她身后。

任瑶音看了看跟着两位嫂子一同进来的几个婆子,忍着气道:"现在已经很晚了,就算要去还是等明日再说吧。而且我还需要收拾一些东西。"

若是别的媳妇,见小姑子这么说肯定也就同意了,至少大少奶奶是想要点头的。

不想齐氏却难得表现得强势,憨憨地笑了笑:"四妹妹你可能不懂,这去庵堂就跟嫁人一样,出门的时候是需要选好时辰的。我已经找人算过了,这几日就今日这个时辰最好了。至于收拾东西嘛……"

齐氏一脸莫名其妙:"四妹妹你不是去当姑子的吗?出家人两袖清风,你需要收拾什么啊?不过母亲心疼你,还是让人给你准备好了铺盖。"

大少奶奶:"……"

任瑶音:"……"

"送四小姐出门。"齐氏大手一挥,气势如虹。

几个婆子连忙上前恭谨地道:"四小姐请!"

任瑶音愤怒道:"齐月桂,你疯了!"

齐氏眨了眨眼,走向任瑶音,委屈道:"四妹妹你这是什么话,我只是好心顺便过来送你一程。"

任瑶音正要发火,齐氏脸上却突然露出一个大大的笑容,然后很有气势地挥了挥手。

一个原本站在齐氏身后的高大婆子突然蹿上前,二话不说一掌劈在任瑶音的脖子上,任瑶音连声都没有发出来就翻了个白眼软在这婆子怀里。

"抱四小姐上马车,小心点,别磕着碰着了。"齐氏面不改色地吩咐道。

大少奶奶呆怔许久才回过神来,咽了咽口水,"月桂……这……这样不好吧?"大少奶奶吓得腿都软了,任瑶音可是婆婆的掌上明珠!她怎么也没想到齐氏会这么干。

齐氏给了大少奶奶一个安慰的笑容，拍了拍她的肩膀大大咧咧道："没事，我们是为她好嘛，她以后会懂的。"

脸色苍白的大少奶奶说不出话了。

直到任瑶音被人抱上马车，大少奶奶才反应过来："刚刚那几个婆子是……"

原本大少奶奶想带丫鬟过来的，结果齐氏说她带人来，大少奶奶就没有多想。可是那几个婆子看上去有些陌生，尤其是动手打晕任瑶音那个。大少奶奶心里很不安。

齐氏不在意道："哦，那是我找我家少爷借的人。你放心，要算账也算不到咱俩头上。"

大少奶奶欲言又止地道："可是我们这么做会不会过分了？万一以后四妹妹跟母亲告状，我们……"

作为一个顺从的媳妇，大少奶奶是很怕婆婆的。

齐氏安慰她道："就算四妹妹要告状，也是告我的状，大嫂你放心，到时候我不会牵连你的。"

大少奶奶急了："我不是这个意思。你是为了帮我才来的，我怎么能让你承担责任！如果四妹妹告诉母亲，我、我会一力承担下来的。"

齐氏看着明明害怕得脸色惨白，却还是一脸坚决的大少奶奶，在心里叹了一口气，轻轻挽住大少奶奶，难得正经地道："大嫂你别怕，四妹妹她若是不学好，我保证她没有机会到母亲面前告状。而且就算她告了状，也有我家少爷去承担，我们不会有事的。"

三少奶奶坑夫向来毫不手软。

大少奶奶惊讶："那万一母亲想四妹妹了去探望她……"

齐氏打断道："这些都由我来应付，我有办法的。"

看着信心满满的齐氏，大少奶奶不知道该说什么好了，只道："你不怕吗？"

齐氏微微一笑："不怕，因为我无所求。而我想要的，已经是我的了，谁也抢不走。"

大少奶奶愣愣地看着齐氏,没有想到向来大大咧咧的齐氏会说出这样一番话,心里顿时有些羡慕和崇拜。

而此刻齐氏想起那个人,心中充满了豪情,暗自握拳:少爷别怕,我会保护你的!你周围的所有妖魔鬼怪,我都帮你消灭掉!消灭掉!

任瑶音在庵堂里醒来之后,气得全身发抖。

她以为以她的本事想要从庵堂里出来会很容易,想着回去以后一定要让齐氏那个贱人好看,可是她没有想到的是无论她怎么想方设法贿赂庵堂里的尼姑,传出去的消息都如同石沉大海般杳无音信。她被拘束在一个偏僻的院子里,连自己被关在哪个庵堂里都不知道。她每日只能闻到香火味,听到沉闷的木鱼声。

任瑶音一开始还以为是她母亲对她太失望了要给她教训,因为她不信齐氏能有这个本事。她想着要不自己先在母亲面前服个软,等出去了再做计较。可是在试过与给她送饭的小尼姑沟通之后,她绝望地发现,就连她的母亲她也联系不上了。她不知道被谁软禁在了这个陌生的庵堂里,身边一个可以用的人也没有,她的人生从来没有这么绝望过。

而任瑶期却收到了三嫂齐氏的感谢信。齐氏的字写得歪歪扭扭惨不忍睹,信的内容也十分简单:地方不错!谢谢帮忙!信后还画了一个大大的笑脸。

齐氏自然没有可能将任瑶音软禁在庵堂里,不过她还有小伙伴啊!

任大老爷头上还裹着纱布,有些内疚地问大太太:"母亲的病怎么样了?我每次去看她,她都没有醒,都是我不孝……"

大太太温声打断任大老爷道:"与老爷你无关。自从老太爷去世之后,老太太的身子就一直不好,大夫来看过了,说并无大碍,只是精神不佳需要多休息,好生照料着以后会好起来的。"

大老爷叹了一口气,点头道:"你多照看点,家里的事情也要你多操心。"

大太太低头道:"我知道的,老爷放心。"

于是任老太太就这么被自己的儿媳妇软禁了。任家没有了老太太的阻拦,任大老爷与余家的接触也很顺利，余家愿意买下任家的宅子和矿山，最近几日双方正在协商。

只是大太太没有想到的是，她对付自己婆婆的这一招被儿媳妇现学现用了。

大太太问大少奶奶："音儿最近怎么样了？"

大少奶奶低头回道："四妹妹身体很好，心情也好了不少，每日里读书画画，偶尔抄抄佛经，前几日还偷偷让小尼姑给她从外面买了些雪花膏和头油。"

大少奶奶不会说谎，这些是她从三少奶奶那里听来的，单纯的大少奶奶信了，所以信任大少奶奶的大太太也信了。

大太太叹了一口气，点头道："那就再多待些日子吧，等她心都静下来了再去接她回来。"

最近任家事情太多，等卖了任家的宅子之后他们就要搬离任府，虽然已经另外买好了一处宽敞的四进宅院，不过家里的一些东西都需要归置好，库房也要重新对账，大太太忙得脚不沾地，没有空去想任瑶音的事情。所以她不知道自己的女儿正被儿媳妇往死里欺负。

倒是大太太发现自己的小儿媳妇虽然大字不认识几个，记账之类的事情却学得很快，也不知道她是怎么记账本的，且交给她一些小事情都能爽利地完成，不由得对她刮目相看，这阵子便将两个媳妇都留在身边调教。

虽然任家败了，但是总算还能保证一家子人衣食无忧，大太太希望两个儿子都能好。

就这样，在韩老太爷没有回来，任老太太被"卧病在床"的时候，任家和余家背后的韩家已经悄悄完成了一笔买卖。

翟家的祖宅和原本翟家少奶奶手里的矿山都回到了韩家人手里，任家经营了三代的基业终于彻底垮塌，任家除去从余家手里拿回来的一笔不大不小的银子之外，什么也不剩了。

不过好歹一身债务都清了。

这年五月，任家终于从住了几十年的"祖宅"搬离。一家子离开任家的时候才突然发现，原来任家只剩下他们这房的几个人，库房里的东西以及一些家具器物早几日已经搬到了新宅，所以他们一大早从任家大宅离开的时候竟然十分冷清。这种冷清让大老爷和大太太悲从中来，落寞黯然。

任老太太依旧全身无力昏昏沉沉，被人抬上马车的时候只有手指痉挛了一下，动了动唇却说不出话来，浑浊的眼泪却不停地从眼中落下。

任老太太的大丫鬟拿出帕子，仔细地替任老太太擦去眼泪，柔声道："老太太许久没出门，眼睛见不得光吧？没关系，马上就要到新宅了，到时候您再好好休息。"

任老太太身子一抽，没了动静。大丫鬟给老太太理了理衣襟，轻轻地打着扇。

两位任家少爷的马车里倒是安静得很，没人听到她们三少爷偶尔压低了声音，气急败坏的训斥声。

"蠢货！你的脚就不能放好了！踩到你家少爷我了！"

"那是我画画用的宣纸，不是给你揩鼻涕的，你个蠢货！"

"住手！放下我的……"

不远处，韩云谦静静地看着任家的马车缓缓驶出任家大门，然后他走到门前，抬头看向门楣上"任府"那两个已经有些蒙尘的字，矗立良久，才叹息一声转身离开，并没有进府。

等韩家老太爷匆匆从西北赶回来的时候，一切已经尘埃落定。

韩老太爷韩东山双目阴沉地看着站在自己面前的孙儿，抬起手狠狠地甩了他一个巴掌，力道大得几乎能让人听到骨头碎裂的声音。韩家大少爷仍旧面不改色，眉头也没有皱一下，步子更是极稳。

"谁给你的胆子！"韩东山一字一顿，咬牙切齿地道，没有人怀疑他下一秒就会扑上来亲自将自己的孙子撕了。

韩云谦不动声色地将口中的血吞咽下去，淡声道："祖父，是时候结束了。"

韩东山如同困兽一样来回走了几步，然后猛然回头一脚踹向韩云谦的腹部。

韩云谦顿了顿，还是没有动，硬生生接住韩东山这一脚，剧烈的疼痛终于让他皱了皱眉，喉中涌出来的血也从嘴角溢了出来。韩东山这一脚丝毫没有留情，韩云谦内腹重伤，但是依旧惨白着脸站直身体。

韩东山像是没有看到孙儿的惨状,面部扭曲地狠厉道:"结束?做梦!要想结束,除非任家的人死绝了或者我死了!"

"宅子和矿山都拿回来了又能怎样?别以为这就算完了!原本我还想留他们的狗命好好玩玩,不过既然你没有那个耐性,我就给他们来个痛快。"韩东山看着韩云谦,脸上突然露出一个诡异的笑容,扭曲了他本来英挺的眉目。

韩云谦看着自己的祖父,漆黑的眸子里什么情绪也没有。

韩东山冷冷地道:"既然你不愿意去做,我也不勉强你,在他们一家人死绝之前你就给我好好待在院子里,哪里也不许去!"

说着韩东山就唤人进来,把韩云谦带下去。

韩云谦抬脚的时候,步子有些虚浮,但很快就稳住了。

"祖父,就算您的行为会给韩家上下带来灭顶之灾,您还要坚持这么做吗?"韩云谦的声音依旧沉稳,听不出半分情绪。

韩东山一脸冷酷:"无论付出什么代价,这个仇非报不可!"

韩云谦闭了闭眼,叹息一声:"我知道了。"说完这一句,他便一步一步离开韩老爷子的书房,虽然步子有些慢,却让人看不出半点不稳,还顺手带上了书房的门。

韩东山看着孙儿的背影,冷哼一声,没有当一回事。他现在心里想的都是怎么将任家的人赶尽杀绝。

韩云谦走后,韩东山唤了自己的心腹进来:"任家的人都搬到了哪里?"

心腹说了一个地址,还是在白鹤镇上,只是离原本的任家宅子有些远,位置也有些偏。

韩东山露出一个令人心底发寒的阴冷笑容:"四进的院子吗?这位置倒是不错,天干物燥的,一把火就能烧个干净!"

那心腹头都不敢抬,只小心翼翼地问道:"主子的意思是……放火?"

韩东山笑容惬意:"我想不出更适合他们的死法了。你找人去办,手脚干净点,记住要给我烧活的!且一个活口都不要留。"

心腹闻言出了一身冷汗,烧活的意思就是把人活活烧死,不是杀了之后再焚烧尸身。

"属下明白了。"心腹低头退下。

当书房里只剩下韩东山一个人的时候，他突然忍不住狂笑起来。这笑声让书房外面候着的几个随从从心底深处冒起一股寒气。

这一日，韩老太爷心情极好，用晚饭的时候比平日里多添了一碗饭。

在祖母房里用饭的韩攸见祖父心情不错，便小心翼翼地道："祖父，我可不可以带些吃的去看哥哥？听说他生病了，我能不能请大夫进府？"

韩老太太看了韩老太爷一眼，虽然没有说话，眼中却含着担忧。

站在韩老太太身后布菜的姜氏不动声色地给韩老太太的菜碟里舀了一勺子豆腐。

韩老太爷脸上冷了下来，看向韩攸："谁告诉你你哥哥生病了？"

韩攸吓得一抖，差点从椅子上摔下去，红着眼睛道："我……我……我去看哥哥的时候听外面守着的人说的。"

韩老太爷冷哼一声，撂下手中的筷子拂袖而去。

韩攸眼中的泪水立即涌了出来。韩老太太轻叹一声，将韩攸抱在怀里，抚着她的背安慰道："别哭，你祖父他没有责骂你的意思。"

姜氏看着哭得上气不接下气的韩攸，又看了看韩老爷子离开的方向，不由得若有所思。

这日三更的时候，韩老太爷就起身了，韩老太太被惊醒，起身疑惑道："老爷？"

韩老太爷淡声道："我有事出门。"说完，系好外袍就离开了。

韩老太爷从自己的院子里出来之后，便看到心腹候在门口，于是走上前去问道："准备得如何了？"

心腹低头道："万事俱备，只等时辰一到就动手。主子，您还是在府中等消息吧。"

韩东山笑了："这种时候我一定要亲眼看到他们被烧成灰烬。"

韩东山抬脚出门，心腹低头跟上。

为了不被人撞上，韩东山上了一辆马车。马车从韩家驶出，缓缓向白鹤镇南面行去。

韩东山坐在马车上闭目养神，嘴角带着惬意的笑。多年的心愿眼看着今日就要达成，韩东山心里的快意自不必言说。

这一路上,他忍不住回想起当年看到自己的至亲倒在血泊中的模样,心中的仇恨今晚就要被一场大火洗涤干净。

正当韩东山想着任家一家老小惨死的惨状时,马车却突然停了下来。

韩东山眉头不由得一皱,按路程算,应该还没到地方才对。

他唤了一声心腹的名字,外头却没有人应答。韩东山想着不对,一把掀开了马车帘子。

却见自己的马车此刻正停在一处偏僻的夹道里,一轮清冷的弯月挂在上空,勉强照亮了前方的路,一个挺拔的身影正站在他的马车前方挡住了路,光线昏暗让人看不清楚他的五官,韩东山却一眼认出了来人。

韩东山微微眯眼,跳下马车,一双狠厉的眼睛死死盯着眼前那个熟悉的身影:"谁准你出来的?让开!"

相比较于韩东山的狠厉,韩云谦的声音淡然得多:"祖父,回头吧,还来得及。"

韩东山冷笑,"你好大的胆子!"似是想到了什么,韩东山不由得朝一旁看去,一个人影低头站在远处,正是他的心腹。

韩东山眯了眯眼,看向韩云谦:"李威也被你收买了?"

韩云谦没有说话,算是默认了。

韩东山气极反笑,指着韩云谦点头道:"很好!你很好!我果然没有养错你!我身边还有多少人已经是你的人了?你说出来让我开开眼。"

韩云谦对韩东山的怒火视而不见,只是道:"我不能眼睁睁看着韩家给你的仇恨陪葬。"

韩东山怒道:"我才是韩家家主,我想让谁死谁敢不死?轮得到你来指手画脚?"

韩云谦沉默一瞬,淡声道:"祖父,你忘了这是韩家,不是翟家,这一点你能忘记我却不能。"

韩云谦这一句话让韩东山脸色难看到极点。

世人都快忘了,韩老太爷并不姓韩,他是招婿进的韩家门。多年的顺风顺水说一不二让韩东山自己也忘记了这一点。他没有想到有一日会由自己的孙子挑明这一点。他是韩家家主,却并不姓韩,韩家与他其实没有什么关系。

"我并没有收买任何人，他们本就是我韩家的人。"韩云谦面无表情地道。

"很好，所以你想对我动手？"韩东山声音阴冷地道。

韩云谦顿了顿，认真问了一句："祖父愿意放过任家的人跟我回去吗？"

韩东山冷笑："不可能。"

韩云谦叹了一口气，然后没有半分犹豫地抬手道："送老太爷上马车。"

他的话音刚落，马车后面几个原本跟着韩老太爷出门的随从便迅速围了上来。

韩东山又惊又怒："韩、云、谦！"

韩云谦听而不闻，站在原地没有动，默默地看着那几个随从制服了韩东山，将他带上马车。

直到韩老爷子的马车消失在视野中，韩云谦才抿了抿唇转头看向站在一旁没有动的李威，语气没有半分起伏："你做得很好，以后你依旧跟在祖父身边伺候吧。"

李威暗中在衣服上擦干自己手中的冷汗，低头恭敬地应了一声"是"。

韩云谦点了点头，看了一眼原本自己祖父的心腹，安抚道："如果你不这么做的话，韩家就会覆灭，所以你无须自责。"

李威很感激韩云谦在这个时候还反过来安慰他，不由得道："老太爷那边……"

韩云谦语气淡然："祖父总有一日会想明白的，韩家是韩家，不该为了翟家的仇恨陪葬。"

李威看着韩云谦挺拔而孤寂的背影，重重地叹息一声。

他之所以会背叛韩老太爷，也是因为明白形势所迫，他有老有小，与少爷一样不愿意让一家人给韩老太爷的仇恨陪葬。

已经搬到新宅的任家人这时候都睡得很熟，他们永远不会知道自己曾在鬼门关前走了一圈。

第五十六章

怀 孕

这一日下午,任瑶期刚从王妃的九阳殿回来,发现上午就已经出门的萧靖西竟在屋里。

"不是说晚上才回来吗?"任瑶期惊讶道。

萧靖西微微一笑,起身道:"下午有事吗?"

任瑶期想了想:"等会儿要去太妃娘娘那里抄佛经。"

萧靖西走上前来,轻轻捏了捏任瑶期的鼻子:"我让人去太妃那里说一声今日不去了,你去换身轻便些的能出门的衣服。"

任瑶期拍开萧靖西的手疑惑道:"要出门?"

萧靖西眨了眨眼:"带你去个地方。"

任瑶期很好奇,"什么地方?"自成亲之后两人很少一同出门,看萧靖西这样,也不像是有什么重要事情。

萧靖西轻轻推了推任瑶期的肩膀,将她推到内室,笑道:"先去换衣裳,等会儿再细说。"

原本任瑶期以为萧靖西只是带她去云阳城里的什么地方,却没有想到马车竟然出了城门上了官道。任瑶期有些惊讶地发现马车竟然是朝白鹤镇的方向去的。

"我们这是去哪里?"任瑶期放下帘子问道。

萧靖西给任瑶期倒了一杯茶,微微一笑:"你猜?"

任瑶期："……"

进了白鹤镇之后，当沿途的建筑越来越熟悉，任瑶期反而淡定了。当马车在她熟悉的大门前停下来的时候，任瑶期默默地被萧靖西扶着下了马车，抬头看着那块蒙尘的门匾半晌无言。

萧靖西拉着任瑶期的手，牵着她走上台阶，进门的时候并没有人迎上来，门房里是空的，一个人也没有。

任瑶期站在前院的影壁前，看着空荡荡的宅院，忽然有种恍如隔世的感觉。

"这座宅子已经到了韩家手中吧？"任瑶期转头看向萧靖西。

她虽然大门不出二门不迈，任家的事情知道得还是很清楚的。

萧靖西点了点头，拉着她走进垂花门，沿着游廊往内院里去。

这条路任瑶期曾经走过无数遍，但还是第一次与萧靖西并肩走。四周的空旷寂静让她感觉很陌生。不知道是不是有身边这个人在的关系，这座平日里令她十分厌恶的宅子今日看起来也没有那么压抑了。她稍稍调整了一下心绪之后就跟着萧靖西往前走，甚至还有闲情跟萧靖西探讨一下这座大宅子里的风水格局。

萧靖西笑道："这里的风水格局倒是令人意外。"

任瑶期叹道："书上说命数和风水是相辅相成的，只可惜这里的风水再好，翟家和任家这样的普通人家终究压不住。"

这座宅子的两任主人，最后都没有什么好结局。

萧靖西不知道想到了什么，不由得若有所思。

"你带我来这里做什么？"任瑶期问道。

萧靖西低头看了她一眼，正要开口却被任瑶期打断："我不猜！"

萧靖西不由得低笑，捏了捏她的手道："韩云谦说要送燕北王府一份薄礼，我便带你来瞧瞧。"

任瑶期闻言一愣，心里有了些猜测。

萧靖西倒是一副熟门熟路的样子，完全不用任瑶期领路。任瑶期挑眉看了他一眼："你之前已经来过了？"

萧靖西无辜地眨了眨眼："没有啊，我想与你一起来。不过之前韩云谦给我画了张图。"

任瑶期不说话了。

萧靖西带着任瑶期转到花园。任瑶期看着花园四周新挖出来的几个深洞，不由得皱了皱眉。这些洞虽然并不算大，却挖得极深，少说也有七八丈，好好的院落被这些乱七八糟的洞破坏得失去了往日的美感，如果夜里往这边来的话，说不定还会不小心掉下去。

不过因为这些洞，如果地下有密室的话很容易会被发现。

萧靖西牵着任瑶期避开那几个黑漆漆的洞，来到池塘边。

任家的花园正中有一个荷花池，五月的燕北还带着些凉意，荷塘里的荷花并没开，就连荷叶都有些无精打采的。萧靖西牵着任瑶期绕着荷花池边上的假山转了一圈，然后对身后打了个手势。

一身灰衣的萧华不知道从哪里冒了出来，朝着萧靖西和任瑶期行了一个礼之后就转身钻进了假山。

任瑶期惊讶地挑了挑眉："在这里？"

萧靖西回了任瑶期一个微笑。

任瑶期不由得十分诧异，这园子并不是什么隐秘的去处，任家的孩子们没事就喜欢逛园子，丫鬟婆子们有时候也会进来，尤其是假山这一处因为有个荷花池，夏日里是乘凉的好去处。任瑶期没有想到韩家的密道竟然会在这里。

萧华在假山里待了大概有一刻钟，萧靖西正想问任瑶期要不要四处走走，假山里却突然传来咔嚓一声机括声，然后"轰隆轰隆"轻微震动之后不知道什么便被开启了。

任瑶期和萧靖西不由得对视一眼。

萧华很快就从假山里钻出来，低头禀报道："主子，里面确实有密道，按照您说的方法已经打开了。为安全起见，属下先下去查探一番，您和少夫人再下去吧。"

萧靖西想了想，还是点了点头。若是他自己，倒不怕什么机关陷阱，只是和任瑶期一起进去还是小心一些为好。

萧华二话不说又钻进了假山，这一次他又过了半刻钟才从里面出来。

"主子，没有机关。"

萧靖西点了点头，牵着任瑶期钻进假山。

任瑶期看到在自己背后，假山靠近池塘的那一处石壁居然打开了，被萧靖西拉着走过去一看，石壁下是一条只容一人通过的阶梯，竟然倾斜着通向荷花池下方。

萧靖西顺着那条密道走下去，任瑶期连忙跟上。由于密道只容一人通过，萧靖西便将右手背在身后小心地牵着她，还提醒她小心别碰头。

任瑶期发现密道不仅狭窄还很长，四周的空气十分湿润阴冷，钻入鼻尖的还有一股子腐烂的淤泥味道，若不是有萧靖西在，任瑶期自己就算发现了这条密道也不会想下去看看。

萧靖西一边提醒任瑶期小心，一边笑道："你知道为何萧华刚刚打开这个密道就用了近一刻钟吗？"清雅的声音在狭窄悠长的密闭空间里响起，似有回声。

任瑶期想了想："这密道不好打开？"

萧靖西道："嗯，居然用上了机关术。若是有人想用暴力挖开这条密道的话，这条密道的石阶就会坍塌，堵住里面的密室入口。"

任瑶期不由得皱眉："按理说翟家只是一户普通的富户，为何会花这么大的力气来建这样一座密室？难道还真藏了什么稀世珍宝？"

萧靖西笑道："有没有稀世珍宝，下去看看就知道了。"

因为要照顾任瑶期，两人下去的速度不快，不过总算是踩到平地上了，任瑶期不由得松了一口气。

他们前方有一个已经被打开的石门，依旧只容一人通过。

萧靖西用火折子点燃挂在石壁上的一盏油脂灯，然后提着灯牵着任瑶期走进密室。

到了这里，任瑶期心里倒真有些好奇和期待了。

她知道这个密室很久了，任家从她曾祖父开始就想要找到密道入口，翟家惹来杀身之祸也有一部分原因是怀璧其罪。没想到她有亲眼见到密室的一日。

走进去之后，任瑶期就不由得有些失望了，这只是一间十分普通的石屋，虽然不像外面的通道那般狭窄，却也仅仅是她在娘家时候的卧房那么大，石屋两边堆放着十几口大木箱子，箱子上的红漆剥落得厉害，看上去已经有些年头了。

正对着门的方向有一个供桌，供桌上有香案果盘，香灰落满香案，果盘里黑乎乎的不知道是什么东西。任瑶期拉着萧靖西走近一看，发现供桌后面供奉的玉像之后不由得愣了愣。

"这是……"任瑶期偏头仔细打量着那座不过一尺来高的玉雕像。

"是九天玄女。"萧靖西道。

任瑶期皱了皱眉："九天玄女？很少有人在家中供奉这个……"

萧靖西沉吟着接道："除了武将家。"

任瑶期挑眉看向萧靖西。

萧靖西笑道："传说九天玄女是黄帝的军师，上古时候的女战神，深谙军事韬略，所以有些武将家中会供奉这个。"

任瑶期点了点头，疑惑道："翟家祖上是武将？"

萧靖西拉着任瑶期走近那座雕像，低头打量雕像下面的那一口木箱子。箱子就放在供桌上，似是檀木所制，比旁边堆着的那十几口箱子要小一些，上面还有一把锁。

任瑶期打量一下四处，想要找一下看看有没有钥匙能打开这口箱子，却一无所获。

萧靖西拉住她，笑道："找什么？这不是普通的锁，而是机括锁，钥匙打不开。"

任瑶期拿过萧靖西手中的油灯凑过去看了看，发现那是一把看上去很普通的双虎头黄铜锁，因为这里空气湿润，上面已经起了青绿色的铜锈，如果仔细看的话，会发现上面有五个咬合在一起的齿轮，每个齿轮上都刻着密密麻麻的细小的字。

任瑶期曾经在书上看到过这种机括锁，只要转动五个齿轮将字对准到正确位置上，就能将锁打开。

任瑶期饶有兴致地打量一阵，然后问萧靖西道："既然韩云谦告诉了你密道的机关，那么应该也告诉了你这把锁的密言吧？"

谁知萧靖西却摇了摇头："没有。"

任瑶期闻言不由得有些失望："这么说看不到稀世珍宝了？"

萧靖西想了想："你很想看？"

任瑶期故意为难萧靖西，一脸失望地道："是啊，可惜你打不开，所以算了吧。"

萧靖西闻言只是挑眉笑了笑，也不辩解，拉着任瑶期走开了，并温声道："先看看别的箱子里是什么。"

除了供案上那口箱子之外，这屋子里的另外十几口大箱子都没有上锁。萧靖西随手打开一口箱子，发现里面都是瓷器，从四方的粉彩将军尊到小小的鼻烟壶，种类不同，大小各异。萧靖西仔细辨别了那只粉彩将军尊之后点了点头下结论道："是珍品。"然后关上了箱子，去开另外一口。

旁边那口大箱子里装的是玉件，也都是绝世珍品，任瑶期甚至辨认出其中一对夜光杯是南面一个小国的工艺。

不过萧靖西和任瑶期见到这么多的好东西也只是随便看看，并无惊喜之色。

直到打开第三口箱子发现里面全是保存完好的书画的时候，萧靖西笑了，对任瑶期道："这个箱子说什么也得搬回去，可以讨好泰山大人。"说着还从里面拿出一幅画仔细看了看，十分满意的样子。

任瑶期："……"

两人围着密室转了一圈，发现这些箱子里装的都是一些价值不菲又不好携带的器物，虽然只是随便看了几眼，也能看出当年翟家的家底确实不薄。

等看完箱子之后，萧靖西又拉着任瑶期走到供案前打量起那口上了锁的檀木箱子。

任瑶期看着萧靖西略带思索的表情，笑吟吟道："打不开就算了。"

萧靖西回了任瑶期一个灿烂的笑脸，差点晃花了任瑶期的眼："既然你想看，我怎么也要想办法打开。"

说着萧靖西将手中的油灯交给任瑶期，自己凑过去摆弄起那把锁。

任瑶期见状也不阻止，站在一旁看笑话。

萧靖西将那几个齿轮上的字都转着看过了，然后试着猜测锁上的密言，只可惜他终究不是神，猜了两次都猜错了。

任瑶期看他皱着眉头一脸认真的模样，忍着笑说风凉话："算了，让人弄上去找人来开吧,这种锁怕是……"

任瑶期话音还没说完,却突然听到"咔嚓"一声,然后是机括运转的声音,不由得愣了愣。

萧靖西脸上缓缓露出一个笑,回头看着任瑶期眨了眨眼。

任瑶期看着某人脸上暗暗得意的神色,不由得好笑,拍了拍手夸赞道:"公子好厉害,佩服佩服!"

萧靖西微笑着看着任瑶期,认真地低声道:"只要是你想要的。"

任瑶期不由得红了脸。萧靖西顺势低头在任瑶期额头上亲了亲,然后拉着她走过去:"如果里面不是稀世珍宝,你会不会很失望?"

任瑶期还被萧靖西刚刚那个轻柔的吻弄得没有回过神来,闻言想都没想就道:"是你打开的,我怎么会失望。"

等对上萧靖西晶亮的眼睛时,任瑶期才反应过来自己刚刚说的话竟然与萧靖西说的肉麻话有得一拼。

任瑶期有些不好意思,萧靖西却低笑出声,轻轻捏了捏任瑶期的手心,道:"那就好,因为我猜测这口箱子里怕是没有惊喜,别是惊吓就好了。"

任瑶期闻言愣了愣:"箱子还没有打开,你就知道里面装了什么?"

萧靖西叹了一口气,看着那座九天玄女的雕像道:"那倒没有,不过我猜到了这口箱子的主人的真正身份。"

任瑶期皱了皱眉:"箱子主人的真正身份?这里不是翟家的密室吗?难道这口箱子并不是翟家人留下的?"

萧靖西道:"此人应该与翟家有很深的渊源。"

任瑶期被萧靖西说得勾起了几分好奇心,不由得看向那口檀木箱子:"所以你刚刚之所以能打开这机括锁,并非随便猜出来的,而是因为猜出了这口箱子的主人的身份?"

萧靖西点了点头:"正是如此。"他冲着任瑶期一笑,"不是想看吗?要不要打开?"

任瑶期眨了眨眼,心想不知道萧靖西口中的惊吓是什么意思。

萧靖西也不说话,只是笑看着任瑶期,仿佛她说打开就打开,她说不看了他就拉着她离开一样。

任瑶期也没有犹豫太久，终究还是好奇心战胜了一切。而且她心里清楚，如果真的有什么危险，萧靖西是不会让她打开箱子的，所以最多也就是惊吓了。

任瑶期想着，就要伸手去打开箱子，却被萧靖西拦住了。

萧靖西将那把机括锁拿下来，轻轻掀开箱盖。

只是一口普通的檀木箱子，里面并没有什么机关，只是里面的东西却让任瑶期愣了愣。

里面装的似乎是一件衣服，令任瑶期惊讶的是这件衣服竟然是明黄色的。

大周朝，能以明黄色为衣饰的只有一人，那就是南面的那位皇帝。

任瑶期惊讶地看了萧靖西一眼。

萧靖西倒没有意外，伸手将箱子里的那件袍子拿出来，果真是一件绣了九爪金龙的龙袍。

萧靖西看了一眼之后就将龙袍放到一边，然后拿起箱子底部另外一个被明黄色绸布包裹起来的四四方方的东西。

任瑶期好奇地凑过去："这是什么？"

萧靖西无奈地笑了笑："我猜测可能是一个人人都想要得到的……麻烦。"

任瑶期不由得愣了愣。

萧靖西将被绸布包裹的东西放到供案上，却不急着打开，反而转过头来笑问任瑶期道："你还记得宛贵妃那两封先帝遗诏吗？"

任瑶期点了点头："自然记得。"

宛贵妃手中的两封遗诏，一封将献王一家放逐来了燕北十几年，一封让献王摇身一变成为河中王。

"你猜这两封遗诏是真的还是假的？"萧靖西眨了眨眼，轻松的语气就像是在问任瑶期"你猜我把棋子藏在左手还是右手"一样。

任瑶期毫不犹豫地道："假的。"

萧靖西不由得笑了："哦？"

任瑶期将视线放到供案上那被明黄色丝绸包裹的物件上，沉吟道："这是玉玺？真玉玺。"

萧靖西忍不住轻叹着伸手刮了刮任瑶期的鼻子，然后将那明黄色的丝绸打开，露出包裹在下面的四四方方的物件，玉质温润，螭纽，六面，果真是玉玺。

"你知道为何连裴家都承认宛贵妃手中那两封密诏吗？"萧靖西将玉玺拿在手里看了看，笑问道。

当初献王拿出先皇密诏出任河中王的时候，若不是连裴家都认定那封密诏是真的，事情不会这么顺利。

"就连颜太后和皇帝都怀疑裴家与宛贵妃有勾结，其实事实并非如此，整个大周朝最忠于李氏皇朝的莫过于裴家了。"

萧靖西似笑非笑："裴之砚或许与宛贵妃有些私交，但也仅止于私交，裴家不会因为这一点私交就与宛贵妃有什么政治上的牵连。就连裴之砚自己，皇帝若是赐他一死，他也能面不改色地谢主隆恩，然后一头撞死在金銮殿上。"

任瑶期闻言不由得愣怔。她知道萧靖西所言非虚，裴先生虽然看上去洒脱不羁，对什么事情也都不在意，但是他心里认定的是"君要臣死，臣不得不死"。

任瑶期叹了一口气："所以裴家之所以会承认那两封遗诏，是因为玉玺？"

萧靖西点了点头："其实早在夏韦明死后，真正的玉玺就失踪了。这枚玉玺传了四个朝代，据传只有拿到真正玉玺之人才是上天授命的真命天子。所以在玉玺不见之后，高祖一边派人暗中寻找，一边让人仿制了一枚假印，现在皇帝用的那一枚就是假的。知道这件事情的，到了今日怕是只有燕北王府、献王府和裴家家主了，就连当今皇帝也被蒙在鼓里，以为自己手中的是真印。"

当今皇帝并不是被先皇亲立为太子的，所以他并不知道这段皇室秘辛也在情理之中。

"其实当初高祖皇帝制造假印的时候有两枚，是用同一块玉石所制，只是因为有一枚稍有瑕疵所以被高祖下令销毁，却不想领命之人不知道是出于什么原因，将那枚玉玺偷偷留了下来，最后又不知道是何故落到了宛贵妃手里。"

萧靖西说起这些事情来就像是在说故事一般轻松，任瑶期却听得直冒冷汗。

"所以裴家不是因为与宛贵妃有所勾结才会承认遗诏，而是因为裴家家主认出了上面的印正是那一枚假印，因怕假玉玺之事毁了皇家颜面所以才……"

萧靖西笑道:"两枚假玉玺除了在螭纽上有区别,宛贵妃手中的那一枚稍微有些瑕疵之外,如果印在纸上是看不出一点差异的,所以裴家也分不清楚这两封遗诏是真还是假,却又不能说出真相,还真是被冤枉了。"

任瑶期好奇地问道:"那另外一枚假玉玺……在哪里?"

萧靖西:"你猜。"

任瑶期:"……"

萧靖西将玉玺放回盒子里,牵着任瑶期的手笑道:"其实你应该能猜到,另外一枚玉玺现在在你外祖父手里。"

任瑶期:"……"

"这口箱子的主人与夏韦明有关?"任瑶期终于找回了自己的声音。

萧靖西点了点头:"传说夏韦明有一位女下属与他关系匪浅,还给他生了一个女儿。夏韦明在被杀之前察觉出不对,便将真正的玉玺交给了这名女下属,让她带出宫。或许翟家与夏韦明的那位女儿有些牵连吧。"

任瑶期面色古怪地看了萧靖西一眼,嘀咕道:"看来位高权重的男子保留自己血脉的一个安全之法就是利用外室,多撒网。"

雷家和吴家不都是如此吗?

萧靖西似笑非笑地看了任瑶期一眼:"夫人,你在嘀咕什么?不会是在说为夫的坏话吧?"

任瑶期轻咳一声,岔开话题道:"在打开这口箱子之前你就猜到了这口箱子与夏将军有关?"

萧靖西闻言也不再追问她刚刚在嘀咕些什么,只是不轻不重地捏了捏她的脸当作警告:"我们之前不是看过那十几口箱子吗,第一口箱子里的那只粉彩将军尊是当年太祖皇帝赐给夏将军的,第二口箱子里的那对夜光杯是当年西羌人进献进宫的,第五口箱子里的书画我刚才拿出一幅看了一眼,上面有夏将军的藏印,所以才确定了这些东西与他有关。至于这把锁的密言,我猜了三次,最后猜出来是'大顺赤虎军'。大顺是夏韦明定的年号,赤虎军是他麾下那支最有名的军队的名号。"

任瑶期早就知道萧靖西心思缜密,没想到他竟然会凭着这些蛛丝马迹推论出箱子主人的身份,最后猜出锁的密言,心里也不得不佩服。

"好了，所谓的稀世珍宝已经看完了，我们该上去了。这里待太久你受不住。"萧靖西将龙袍放回箱子里把锁挂上，然后拉着任瑶期的手就要离开。

任瑶期不由得回头看了一眼那口箱子，犹豫着问道："那个……你不拿走？"

她说的是那枚玉玺，按照萧靖西所言，传国玉玺的意义非同小可，难道萧靖西不想要吗？

萧靖西闻言回头看了任瑶期一眼，眼中含笑却也带着几分认真："你想要吗？你想要的话我就拿。"

任瑶期不由得愣住了。

她听明白了萧靖西问的其实不仅仅是那枚玉玺，而是那枚玉玺所象征的……

对上萧靖西的视线，任瑶期沉默片刻，然后也认真回道："你想要的话，我就想要你拿。"

萧靖西笑叹一声，将任瑶期抱在怀里，然后在她眉心印下郑重的一吻，之后却什么也没有说，牵着任瑶期的手头也不回地出了密室。

直到台阶上了一半，萧靖西才道："我一只手要牵着你，一只手要拿着火折子看路，没有多余的手来拿别的无关紧要的东西。一会儿让萧华下来拿吧。"

任瑶期闻言不知怎么的眼眶就是一热，然后紧紧握住萧靖西的手。

萧靖西突然低笑道："嗯，如果跟来的是外室的话，我就让她一只手拿火折子，另一只手抱着箱子在前面开路，为夫今日真是失策。"

任瑶期"扑哧"一笑，用另外一只手狠狠地掐了萧靖西一把。

从密室出来之后，萧华果然还尽职地守在假山旁，萧靖西吩咐他下去将上锁的箱子和另外一口装着书画的箱子拿上来。他可是时时刻刻没有忘记要讨好自家岳父大人。

等两人一起上了马车之后，任瑶期才问道："韩家的人有没有进过密室？"

萧靖西揽着任瑶期靠在车壁上："韩家别的人应该是没有下去过，不过韩云谦……我猜测他去过密室。他可能猜出了翟家和夏家有牵连，不过那口带锁的箱子他并没有打开过，不然不管他想不想要那个东西，他都不可能将那玩意儿留下。而且我刚刚开锁的时候听机括的声音，察觉到那把锁已经有很多年没有开过了。"

任瑶期闻言不由得笑了:"难怪他把密室的东西都当人情送给了燕北王府,他倒是聪明。"

萧靖西笑睨着任瑶期问道:"哦?"

任瑶期头头是道地分析道:"首先,那些东西虽然价值连城,但也都是烫手山芋,一个不慎就会惹祸上身。也难怪当初翟家南逃的时候没有带上,夏家对朝廷而言始终是忌讳,如今敢接手这些东西的除了朝廷,就只有燕北王府和献王府了。其次,韩云谦这么做就等于是亲手将自己致命的把柄送到你手里,让你以后可以放心用他。他用一堆对他而言与废铜烂铁无异的玩意儿换来燕北王府对他的信任和支持,这桩买卖值不值?再来,他一猜到翟家与夏韦明的关系之后就没有出于好奇而打开那口上了锁的箱子,能在关键时刻克制住自己的好奇心的人往往比一般人命要长。"

韩云谦要真的打开了那口箱子,因为传国玉玺的关系,他这条命怕是就要保不住了。

萧靖西微微眯了眯眼,然后一把将任瑶期抱在怀里,任瑶期被他突如其来的动作惊得一跳。

萧靖西用自己的鼻尖轻轻碰触任瑶期的鼻尖,在她唇上点吻,撒娇般喃喃道:"别琢磨别人琢磨得这么透彻,我心里也会不舒服的。"

任瑶期闻言脸上一红,推了推他,没有推开……两人回来的时候太阳已经西斜,到了日落之时。

萧靖西因有事需要处理,在前殿就独自下了马车,任瑶期则回了内殿。任瑶期才下马车,就看到前面有一行人往这边走来。

她抬头一看,却发现原来是赵映秋。

赵映秋这阵子依旧每隔几日就来给老王妃和王妃请安,有时候会留在寿安殿用饭,大多数时候请完安就离开。任瑶期与她虽然没有深交,但也常能见到。

赵映秋上来与任瑶期见礼,看了任瑶期刚刚下来的那辆马车一眼,笑道:"少夫人刚刚是与二公子一同外出了吗?"

任瑶期笑了笑,岔开话题道:"赵小姐上次送我的茶我很喜欢,谢谢你了。"

赵映秋笑道:"那是我母亲从京城捎来的,不是什么金贵东西,少夫人若是喜欢的话,我那里还有不少,下次给你送些来。"

任瑶期客气地道了谢。

原本两人一番寒暄到了这里,接下来就该各走各路了,赵映秋却没有立即要走的意思,反而笑道:"对了,再过两个月凝霜就要出嫁了,燕北王府又要有喜事了。"

任瑶期闻言才想起来,颜凝霜已经被太后许给萧靖岳,任瑶期之前听辛嬷嬷说婚期近了,当时也没有太在意,现在看来婚期就是下下个月了。

于是,任瑶期点了点头笑道:"确实是一桩喜事,老王妃和王妃这阵子也高兴得很呢。"

任瑶期纯属睁着眼睛说瞎话,她难得见老王妃一次,哪里会知道老王妃的喜怒哀乐。老王妃见她与云太妃亲近,每次看到她就跟看到脏东西似的,她也不会去讨嫌。就连王妃对这桩喜事的评价也不可能是喜闻乐见。

偏偏赵映秋还能接下去:"是啊,今日老王妃还过问了呢。"

两人又聊了几句闲话,赵映秋才礼貌地告辞。

说起来,赵映秋算是一位性情温和的姑娘,对她也有意交好,可是不知道为什么,任瑶期总是与她亲近不起来,两人每次遇见都只聊一些无关紧要的废话。

任瑶期与赵映秋擦肩而过的时候无意间在她的头发上看到了一朵小小的槐花,不由得挑了挑眉,却什么也没有说就离开了。

等回了昭宁殿之后,任瑶期才让苹果去打听一下赵映秋今日来燕北王府之后去了哪些地方。

苹果回来禀报道:"赵小姐给老王妃和王妃分别请了安,在老王妃的寿安殿里坐了大概半个时辰,并没有去别的地方。"

"公主是不是与她碰过面?"任瑶期问道。

不知道是不是因为这阵子燕北王很少在府中,那位辽国公主也很少出现在人前,每日都在自己的书房里读书练字,因为她听说王爷喜欢知书达理有才华的女子。

苹果道:"公主今日在去藏书阁的路上正巧遇见了从老王妃那里出来的赵小姐,两人只是打了一声招呼,并没有多说话。"

任瑶期闻言不由得若有所思。

她之所以会让苹果去打探赵映秋和辽国公主的行踪,是因为整个燕北王府只有耶律萨格住着的冷香院前面才有槐树。

任瑶期其实也只是灵机一动,随便问一下,并没有以此就断定耶律萨格和赵映秋有什么牵扯,赵映秋头上那朵槐花也许是她从外头带进来的。

问过之后,任瑶期就将这件事暂时放下了。

五月末的一日,韩家和云家迎来了一场久违的喜事,韩家大少爷韩云谦迎娶云家二小姐云秋苹。

听说在韩家的要求下,韩家大少爷和云家二小姐的婚期提前了几日。云家因为很满意这个姑爷,所以就同意了。不少人都知道,现在韩家几乎已经是这位韩大少爷在当家。韩老爷子因为这阵子身体不适,已经将韩家大部分事务交给了韩大少爷,也有人说是韩老爷子快不行了,韩家和云家怕韩老爷子一走,韩云谦要守孝,才会急着将婚期提前。

韩云谦早一年就在云阳城里置了一座三进的宅子,他的亲事就是在这座宅子里办的,并没有回白鹤镇。韩云谦的祖父因身体不适未能出席他的婚礼,祖母要照顾韩老太爷也没有来,倒是他的继母姜氏早几日就带着韩小姐来了云阳城,帮着筹备婚礼,忙里忙外十分尽心。很快姜氏贤惠能干的名声就传了出来。

这一日,无论是云家还是韩家都是张灯结彩,一派热闹景象。

韩家大少爷坐着高头大马去云家迎亲,俊朗沉稳的模样惹得一干云阳城里的姑娘少妇都红了脸,也红了眼。

任瑶期自然也知道韩云谦这日成亲的事情。出于对韩云谦的感谢,任瑶期还以自己和萧靖西的名义送了一份不薄不厚的礼过去,算是很给韩家脸面了。

七月,燕北的天气也炎热起来。

任瑶期不喜欢用冰釜，萧靖西为了迁就她，吩咐了不在屋子里放冰釜。实在太热的时候，他就指使任瑶期给他打扇。任瑶期虽然鄙视萧靖西的少爷做派，不过看他不舒服她也不好受，所以每次萧靖西装可怜哄哄她，她就老老实实给他扇风了。

就如同此刻，萧靖西坐在书桌前看公文，任瑶期就坐在他旁边给他打扇。

萧靖西头也不抬："风太小了。"

任瑶期用力扇风。

萧靖西皱眉："太大了，把纸张都吹走了。"

任瑶期轻柔地扇风。

萧靖西视线转移到身旁之人脸上，支着下颌道："扇扇子应该时快时慢，时轻时重，就像是自然而然吹过来的风，这样才会舒服。"

任瑶期冲他笑了笑，然后将扇子用力拍到萧靖西身上，起身就要走，被萧靖西一把拉了回来。

萧靖西笑道："你这是做什么？"

任瑶期白了他一眼。

萧靖西语气中带着委屈哄道："我刚刚说的'时快时慢，时轻时重'不是想要你那样伺候我，我给你扇还不成吗？"

说着高贵冷艳的萧靖西果然拿起那把扇子，给任瑶期扇起风来，还笑眯眯地问道："怎么样？还热不热？"

任瑶期："风太小。"

萧靖西便无怨无悔地加大力度。

任瑶期正想说风又太大了，外面便有人进来禀报说萧靖西的某位下属求见，及时解救出了萧靖西。

萧靖西很快就回来了，见屋里没有旁人，便在任瑶期脸上轻柔地亲了一下才坐下。

"怎么这么快就回来了？"任瑶期随口问道。

"没有什么重要的事情就回来了，是颜家小姐来了，我已经派人通知了萧靖岳，让他派人去接。"萧靖西道。

萧靖岳和颜凝霜的大喜日子很快就到了，燕北王府处处张灯结彩，入目都是喜庆之色。

不过因为萧靖岳不是王府嫡支，他成亲并没有萧靖西成亲那么隆重，只与普通大户人家娶亲的礼节差不多，也不需要在成亲当日去祠堂拜祭祖先，只需要第二日认亲。

王妃过问了一下萧靖岳和颜凝霜的婚礼，不过也只是将事情都安排给几个管事和礼官，她自己是不需要亲力亲为的。

隔了一层的任瑶期就更没有什么可忙的了，只在需要她穿上礼服露脸的时候露一下脸就行，只是任瑶期没有想到就这么一小会儿露脸还出了岔子。

萧靖琳最近不在府中，也不知道忙什么去了，任瑶期跟着王妃一起出席酒席，老王妃也在，云太妃没有来。

任瑶期这几日有些不舒服，吃饭也没有胃口，尤其是今日，不知道是不是宴席厅里的人太多了，酒菜的味道和各种胭脂水粉的香气混合在一起，让任瑶期坐了半刻钟就难受得不行。

王妃注意到任瑶期的异状，问她怎么了，是不是不舒服。

任瑶期正想跟王妃说一声，看看能不能暂时先退下，不想恰好有人过来给王妃祝酒。

对方年纪辈分不小，出于礼貌任瑶期也端了端酒杯，她没打算喝，就是端起来做做样子，不想当酒的味道充斥在鼻间的时候，她却突然克制不住连忙放下酒杯，捂着唇干呕起来，且这一呕就有些止不住。

主桌这边除了任瑶期和王妃之外就是老王妃和苏氏了，听见响动都不由得愣住了。

就连旁边那几桌人也都停了筷子看过来，安静也是会传染的，不多会儿整个宴厅都鸦雀无声了。

最先反应过来的是坐在任瑶期身边的王妃。

任瑶期捂着唇在一边干呕的时候，王妃就放下手中的酒杯扶住了她，正想问问她是不是生病了，却又突然想到了什么，身子不由得僵住，然后脸上带了些难以置信的喜色。

"期儿，你是不是……"王妃满目期待地看着任瑶期，说到一半才发现整个厅里都安静下来，同桌的老王妃和苏氏的目光也都盯在任瑶期身上，十分复杂。

任瑶期呕了几声并没有吐出什么来,见众人的视线都停留在自己身上,不由得歉意地笑了笑。

王妃一把握住任瑶期的手,面色和语气还算平静地对任瑶期道:"你既然不舒服,就先回去歇着吧。"

任瑶期察觉到王妃握着自己的手有些抖,便反过来握了握她。

任瑶期并不傻,原本她对自己最近的状态就有些怀疑,只是还没有来得及证实,现在见王妃这么紧张和欢喜,也不由得有了期盼。

老王妃将手中的筷子放下来,发出"啪"的一声,打断厅里诡异的安静,"既然有了身子就好好在屋里待着,跑到这里搅和什么?哪有人大着肚子来参加别人的婚宴的?"

王妃听了,眼神不由得一冷。

任瑶期连忙道:"还没有确定……"

王妃温声打断任瑶期的话:"你年纪小又没有经验,所以才会如此,没关系,谁都有第一次,一回生二回熟嘛。"

王妃的话才刚落下,刚刚来给王妃敬酒的那位中年妇人就笑道:"王妃说得对,当年我怀上我家老大的时候,我还以为自己是吃多长胖了,后来有了老二的时候就有经验了。"

其余的人纷纷笑着凑趣。

老王妃脸色却有些难看,难道现在她连说教一个小辈的资格也没有了吗?

任瑶期见到众人的反应不由得苦笑,大家你一言我一语的好像确定她真的有了身孕一般,她自己都还没有确定呢。

任瑶期想起自己上个月癸水确实没有来,不过她血气不足,偶尔也有不准的时候,所以这一点并不足以用来判断。万一只是身体不适,而非有了身孕,以后哪里还有脸出来见人啊?

王妃似是料到她心中所想,笑着拍了拍她的手:"你先回去,我找人给你把脉,就算错了也是我想错了,她们跟着瞎起哄,跟你没有关系。"

在场之人不由得都笑了。

在王妃的坚持下,任瑶期只好起身先离席。

王妃不忘小声交代她道:"我马上就来,你别怕。"

任瑶期心里微暖,点了点头,先退下了。

不想她才走出宴厅,远远就看到一个熟悉的身影往这边走来,不由得顿住了。等人走近了,她看着来人笑道:"你怎么来了?"

萧靖西不知道是从什么地方赶过来的,看着她的眼睛亮晶晶的,闪着喜悦的光。

他一走近就握住了任瑶期的手:"你……"

任瑶期发现,萧二公子的手心居然是湿的。她笑着止住他的话:"现在还不能确定,先回去再说吧。"

萧二公子二话不说,弯身一把将任瑶期抱了起来。

任瑶期双脚离地,吓了一跳,连忙抱住萧靖西的脖子稳住自己,"你干什么?快放我下来!"她看了看四周,还好这里除了自己带来的丫鬟之外并没有外人,可她还是觉得尴尬羞窘。

萧靖西将她抱紧,低声道:"我抱你回去。"

任瑶期掐了他一把:"不行!你快放我下来!让人看见了怎么办!"

萧靖西仍抱着她往前走,任性地道:"看见就看见,谁敢乱说。"

任瑶期恼怒道:"萧靖西!你放不放!"

萧靖西的步子立即停了下来,任瑶期只有在真正发火的时候才会连名带姓地叫他。萧靖西犹豫了一下,最后还是轻轻把任瑶期放下来,手依旧放在她的腰上不肯动。

"那我扶着你走……"萧靖西眼巴巴地看着任瑶期道。

对上他的眼睛,任瑶期只能望着天无奈地叹了一口气,径自往前走了。萧靖西亦步亦趋地跟着,手还在她的后腰上。

好在这会儿天色已经暗了,人也都集中在宴客厅,所以一路上除了遇上几个侍女之外并没有遇上其他人。

被萧靖西扶着回了昭宁殿,任瑶期才发现龚嬷嬷已经坐在殿中等着了,不由得看了萧靖西一眼。

萧靖西低声道:"是我让人去请龚嬷嬷来的,她号脉很准。"

任瑶期正要说话,就听到外头又有人进来禀报道:"公子,张大夫请来了。"

任瑶期看萧靖西。

萧靖西让人将张大夫请进殿,然后对任瑶期解释道:"你如果是身子不适,就让张大夫看。"

任瑶期没脾气了。

龚嬷嬷看到两人进来的时候,颤巍巍地起身行礼,被萧靖西亲手扶住了:"嬷嬷免礼,劳您帮她号号脉。"

龚嬷嬷摸了摸萧靖西的手,笑出一口豁牙:"放心放心,有嬷嬷在。"

萧靖西扶着任瑶期在炕上坐下,龚嬷嬷微凉的手指摸上任瑶期的脉。在龚嬷嬷把脉期间,整个内殿静得掉一根针都能听见,丫鬟婆子们屏息看着,似乎想要从龚嬷嬷脸上每一个细微的表情上看出结果,那位张大夫也坐在一边不敢出声。

萧靖西坐在任瑶期旁边,紧紧握着她另一只手,别人的视线都停留在龚嬷嬷脸上,他却一直注视着任瑶期。

龚嬷嬷把了一次脉之后又让任瑶期换一只手给她,萧靖西便将任瑶期的手放开了。

这样反复把了两次脉之后,龚嬷嬷终于睁开眼睛,对着一屋子眼巴巴看着她的人露出一个笑:"少夫人……是喜脉。"

龚嬷嬷的话音刚落,几个丫鬟婆子都高兴地惊呼出声。

桑葚欢喜地道:"奴婢这就去告诉王妃这个好消息。"

萧靖西紧紧握住任瑶期的手,目不转睛地看着她笑。

这一刻,任瑶期觉得自己心里涌上了一股难以言喻的酸酸软软的感觉。

王妃是急匆匆走进来的,任瑶期还是第一次看到向来淡定优雅的王妃露出这种包含着喜悦、急切的表情。

"是喜脉?"王妃一把握住任瑶期的手,双眼一眨不眨地看着她。她刚刚在外面就听到院子里传出丫鬟婆子们的欢呼声,所以心里已经有了几分确定。

任瑶期红着脸微微颔首:"龚嬷嬷已经把过脉了。"

在一旁吃点心的龚嬷嬷道:"主子们都安心吧,脉象稳得很,虽然不到两个月,不过少夫人身体调理得很不错。"

王妃欣喜得说不出话来,直拉着任瑶期的手不断地说:"好,好……"说着说着,连眼眶也红了。

　　萧靖西无奈道:"母亲,您这是做什么?"

　　王妃一边笑,一边拿出帕子捂住眼睛:"没事,我就是高兴的。"

　　任瑶期和萧靖西对视一眼,一人一边拉着王妃在炕上坐下。

　　王妃终于稳定下情绪,具体问了问龚嬷嬷任瑶期的脉象,然后要龚嬷嬷亲自交代任瑶期的几个丫鬟注意事项。

　　"这阵子你先少出门,我那里和老王妃那里也不用天天去了,孩子还不到三个月,需要仔细一些,等过了三个月你再适当地走动走动。"王妃交代任瑶期道。

　　燕北这边确实有这种风俗,在怀孕初期需要好生养胎,尤其是第一胎,需要特别注意,等三个月过后胎儿稳定下来才能出门走动。

　　任瑶期听着王妃的交代,乖巧地点头道:"我知道了,母亲。我会注意的。"

　　王妃今日很高兴,在昭宁殿里待了许久才离开,离开之后又想起还有事情没交代清楚,就派了辛嬷嬷过来传话。

　　因为任瑶期之前在众人面前显出怀孕的症状,所以到了第二日,不仅仅是燕北王府的人,几乎整个云阳城的人都知道燕北王府那位去年才进门的少夫人有了身孕。

　　第二日是颜凝霜的认亲礼,原本按规矩任瑶期是要出席的,不过王妃一早就让辛嬷嬷来告诉任瑶期,让她在屋里好好歇着,不用去承德殿。任瑶期没有违拗王妃的意思,并未出席颜凝霜的认亲礼。

　　萧靖西从昨日到现在虽然表现得都很正常,但是任瑶期看出来他还没有从初为人父的震惊中回过神来,一大早的不睡觉,在任瑶期醒过来的时候跟她说的第一句话是:"窈窈,你觉得阿宝这个乳名怎么样?"任瑶期的回答是转个身,闭上眼睛继续睡。

之后，任瑶期把萧靖西赶出门，让苹果将几本账册拿来给她打发时间。最近任瑶期正在熟悉王府的账目，既然近期都要好好待在屋里，她决定利用这段时间将燕北王府近几年的账目理清楚。

正当她核对去年的账目支出的时候，桑葚欢欢喜喜地跑进来说："太太和大小姐来了。"

任瑶期本来打算等颜凝霜的认亲礼结束之后再把她怀孕的消息告诉给娘家人，听到她们自己过来，还以为是萧靖西派人去通知的。

李氏和任瑶华很快就来了昭宁殿。李氏一脸欢喜，看到任瑶期就疾步走过来，一边扶着她一边喜道："期儿，是真的吗？你有身孕了？"

任瑶期抿嘴一笑："是的，母亲，已经确诊过了。"李氏闻言大喜。

任瑶华打量着任瑶期的腹部，笑道："一大早盼儿就跑来告诉我，她又要当姐姐了，我还没有明白过来是怎么回事，后来才知道她是听到出门负责采买的婆子在议论你有了身孕的事情，她刚刚还吵着要来看你呢。"

因献王府和颜家的恩怨，昨日的婚宴李氏和任瑶华皆没有到场，只是礼节性地送了随礼过来，所以她们并不知道婚宴上发生的事情。

李氏也道："周嬷嬷也是听到外头议论才赶紧跑来告诉我的，听说现在全云阳城的人都知道你有了身孕的事情。你这孩子也真是的，这么大的事情怎么不派人回来告诉我？反而让我从别人口中听到此事。"

李氏语气有些嗔怪，任瑶期连忙态度良好地认错。

母女三人坐到一起聊天，李氏问了任瑶期好些问题，譬如是不是胃口不好？怎么看着像是瘦了？喜欢吃酸的还是辣的？任瑶期一一耐心回了。

李氏拉着任瑶期的手道："要是能一举得男就好了。"

生男生女几乎已经成了李氏的一块心病。当初任瑶华第一胎生下女儿的时候，李氏就好生失望，现在任瑶期有了身孕，李氏自然盼望任瑶期第一胎能生个小子。

倒是任瑶华不在意地道："娘你现在说这些做什么？生男生女又不是她能决定的，我第一胎生了颐姐儿，也没见雷家要休了我。"

任瑶华的长女取名雷长颐，小名颐姐儿。虽然任瑶华生了女儿，但是因为有雷霆的敬重和维护，雷家上下没有一个人敢说闲话。任瑶华现在日子过得舒心，心也宽了不少。

李氏瞪着她不悦道："燕北王府的情况能一样吗？"

见任瑶华还想说什么，任瑶期连忙道："姐姐说得对，孩子是男是女不是我能决定的，他能平平安安出生健健康康长大就好，母亲您别担心，王爷王妃和相公都是通情达理的人，不会因为我生了女孩就如何的。"

李氏最终叹了一口气："但愿如此。"

因屋子里除了母女三人就只有任瑶期的几个陪嫁丫鬟，所以李氏说话也随便些，直接问道："那你婆婆有没有提房里人的安排？"

任瑶期和任瑶华闻言都愣了愣。任瑶华皱眉看了任瑶期一眼。

任瑶期面色平静道："还没有。"

李氏犹豫了一会儿，道："王府里头规矩都大得很。当年你外祖母怀上我的时候，宫里也是送了人进府的，听说在王府里头都有这种规矩，不知道燕北王府是不是这样……"

任瑶期笑了笑，道："可能那是京城王府的规矩吧，我没有听王妃提过，王爷没有纳妾也没有收通房。"

李氏脸色稍霁："那就好，其实我也只是担心，当年宫里按规矩给你外祖父安排人的时候，你外祖父只是收了做做样子，后来全打发出去了。我看靖西那孩子也是个重情重义的……"

李氏刚刚说到这里，就听到外头守着的苹果一板一眼地禀报道："小姐，姑爷回来了。"

李氏连忙将话咽下去。

萧靖西进来的时候见屋里几人都看着他，不动声色地上前给李氏问安，然后才笑着道："我之前正想要派人去跟母亲说一声，没想到您就来了。"

李氏便将自己和任瑶华听到消息就赶过来确认的事情说了一遍。李氏现在对萧靖西这个二女婿很满意，所以即便是萧靖西回来了，屋里的气氛也没有变得尴尬。

萧靖西看了看任瑶期，对李氏笑道："我在这里是不是打扰到你们说话了？"

李氏想要说话，却不想被一直没吭声的任瑶华打断了。任瑶华看着萧靖西直白地道:"那倒没有,我母亲只是想起了王府的一些规矩,怕我妹妹年纪轻不懂事疏忽了,所以提点她一二,免得她以后被有心人诟病。"

李氏皱眉:"华儿!"

任瑶期:"……"

萧靖西对任瑶华的态度并不在意,笑道:"哦?什么规矩?"

任瑶华正色道:"既然这里没有外人,我就直说了。听说王府里有个规矩,在正妻有身孕期间,王府要安排屋里人伺候,不知道燕北王府是不是也有这个规矩?"

萧靖西闻言愣了愣,然后不由得在心里苦笑。

虽然他早就知道自己这位妻姐很厉害,却也是今日才亲眼见识到。

萧靖西面对大姨子如此强悍的提问只是顿了顿,然后笑容不变地道:"我们燕北王府倒是没有这个规矩,我父王也没有通房。"

当年王妃有孕的时候,老王妃倒是给王爷安排了好几个如花似玉的大美人,个个色艺双绝。王爷当面收得毫不手软,转身就全部赏赐给了自己的部下,令一批忙着打仗没空娶老婆的老光棍感激不尽,发誓要以命效忠如此体贴部下的王爷。

任瑶华闻言满意地笑了,转头对李氏道:"娘,您说得不错,咱家姑爷果然是重情重义又通情达理的好人。"

众人:"……"

李氏虽然怪长女言语莽撞不管不顾,但是萧靖西的回答还是让她安心不少。她被一个妾室压制了十几年,很不乐意见到女儿也遇到这种糟心事。

于是接下来,谈话的气氛又轻松许多,李氏也对这个女婿越发满意,一口一个"我儿""靖西",完全忘记了她当初嫌弃萧靖西身体不好的事。

几人正说着话,桑葚又进来禀报说萧三公子和三少夫人来了。

任瑶期皱了皱眉,和萧靖西对视一眼,犹豫着要不要现在让人进来,她主要是担心李氏这边和颜家的人遇上了会尴尬。

最后还是李氏道:"既然人都来了,哪里有避而不见的道理,还是让他们进来吧。"

任瑶期想了想觉得李氏说得也对,不然倒显得李氏她们有多顾忌颜家的人了。

于是萧靖岳和颜凝霜很快就被带了进来。

萧靖岳还是那副吊儿郎当的模样,颜凝霜眉间带着一抹轻愁,进来第一眼就往萧靖西身上瞟。

不想这含幽带怨的一眼正好被任瑶华看到了,任瑶华眉头一皱,微微眯眼从头到脚打量着颜凝霜。

各自见过礼之后,萧靖岳笑嘻嘻地道:"今儿认亲礼上没见到二嫂,凝霜她心里十分不安,我们便自己过来好全了礼数。听说二嫂有了身孕,小弟在这里给二哥、二嫂道喜了。"说着他转头目光温柔地注视着自己的新婚妻子,"凝霜?还不快恭喜二哥、二嫂?"

颜凝霜闻言脸色微微发白。

任瑶期笑道:"今日是我失礼了,还请三弟妹勿怪。"

颜凝霜看了任瑶期一眼,僵硬道:"恭喜。"她咬了咬唇,脸色苍白地道,"听说是昨日发现的,还真是巧。"

颜凝霜这话说得阴阳怪气,好像任瑶期是故意挑着她成亲那一日将自己怀孕的事说出来一样。

任瑶期懒得与她计较,加上李氏和任瑶华还在,任瑶期更不想跟她多言,只想随便打发几句就送客。

不过她好说话,不代表任瑶华就好说话,尤其是颜凝霜这明摆着想要让人硌硬的语气让任瑶华十分不悦。

"听说三少夫人身为颜家大小姐,是颜大人的掌上明珠?"任瑶华悠然开口道。

颜凝霜看了她一眼,不知道她想说什么,一时没有搭腔。

任瑶华笑了笑,"既然如此,那想必家教也甚严吧?你们京城里的规矩,认亲礼认到兄嫂面前不用敬茶的?"说着,任瑶华还别有意味地看了颜凝霜一眼,仿佛在嘲笑颜家的家教。

颜凝霜闻言脸色微冷。她自然知道认亲礼是要向萧靖西和任瑶期敬茶,然后改口唤他们一声二哥、二嫂,可她实在叫不出口。虽然她无时无刻不在想着萧靖西,但是今日这种时刻,若不是萧靖岳硬拉着她过来,她其实并不想来见任瑶期。如今，任瑶期怀了她爱的那个人的孩子，她却阴错阳差成为别人的妻子，若不是……

反正，任瑶期脸上的笑容让她觉得十分刺眼。

颜凝霜转过脸，当作没有听到任瑶华的嘲讽，萧靖岳却笑着道："雷太太说得对，我们可不就是来敬茶的吗？"说着萧靖岳看了站在一边的桑葚一眼，"可否劳烦姑娘给我们端两杯茶来？"

桑葚看了任瑶期一眼，任瑶期点了点头，桑葚便下去端茶了。

桑葚很快就端了茶上来。萧靖岳端起一碗递给颜凝霜，颜凝霜皱了皱眉，最后还是接下了。他笑了笑，自己也端了一碗。

因是平辈，两人敬茶的时候并不需要跪，萧靖岳一边看着颜凝霜，一边对任瑶期和萧靖西道："二哥、二嫂请喝茶。"

颜凝霜咬了咬唇，在萧靖岳含笑的注视下，闷闷地喊了一声："二哥、二嫂喝茶。"声音比蚊子嗡嗡大不了多少。

全了礼，萧靖岳也没再留下来讨嫌，主动带着颜凝霜告辞。

任瑶华也起身说要告退。

李氏原本还有些话想要跟任瑶期说，不过今日这情形也不好再留下来说什么了，所以任瑶华提出要告辞的时候她也没有多想。

任瑶期和萧靖西亲自起身送李氏和任瑶华出了昭宁殿。

等他们的身影全消失在视野中的时候，萧靖西才松了一口气，凑过来对任瑶期笑道："你姐姐这性子，应该与靖琳比较合拍吧？"

任瑶期想起了萧靖琳曾经对她说想要带任瑶华去军中的事情，不由得笑出声来。

萧靖西看着她笑意满面的样子，突然又叹了一口气，语带委屈地道："夫人，你不厚道。"

任瑶期被他指责得莫名其妙："我怎么了？"

萧靖西一边拉着她进屋，一边偏头看了她一眼，戏谑地道："你不愿意的事情与我直说就是，身为惧妻人士，为夫自然是你怎么说怎么算的，可是你怎么能不声不响就找了帮手来？"

任瑶期闻言知道萧靖西说的是任瑶华刚刚提起的通房的事情，不由得也有些尴尬，便疾步往前走。

萧靖西紧紧跟着她，然后故意凑到她耳边低笑着道："夫人放心，为夫身子不好，所以有你一个正妻就可以了。"

任瑶期脸上一红，忍不住狠狠地瞪了某人一眼。她想起他之前在外人面前病恹恹的形象，这不是扮猪吃老虎是什么？

这一日，外面有人禀报说郡主回来了。

任瑶期听到这个消息不由得喜形于色，立即起了身。

萧靖琳最近很忙，萧靖岳和颜凝霜成亲的时候她没有在府里。萧靖琳出门的时候只跟任瑶期打了声招呼，说自己有要事要离开燕州一阵，还把红缨和南星都带走了，甚至连她院子里那些跟着她上过战场的侍女都没有留在府里。任瑶期知道萧靖琳不是普通的闺中女子，出门肯定不是为了游山玩水，所以也没有问太多。

现在听说萧靖琳回来了，任瑶期很高兴，这阵子没有萧靖琳在身边，她还真是有些想念。

任瑶期才起身，就看到一个身穿蓝色束袖长袍的女子快步走了进来。萧靖琳看到任瑶期第一眼，开口问的就是："你有了身孕？"她晶亮的眸子在任瑶期脸上和腹部来回看着，带着些好奇，还有掩饰不住的喜悦。

任瑶期看到萧靖琳这模样就知道她是刚从外头回来，且还没有回自己的住处就过来找她了。

"嗯。"任瑶期冲着萧靖琳一笑，一边吩咐丫鬟端茶上来，一边拉着萧靖琳在炕上坐下。

萧靖琳眨了眨眼，然后小心翼翼地伸手去摸任瑶期的腹部，任瑶期怕痒，下意识地侧身避了避，无奈地笑道："才两个来月，摸不出来的。"

萧靖琳仔细看了看，发现果然还看不出什么，不由得有些遗憾地收回手。

"我在外面听人说起才知道，所以回来看看你。"萧靖琳接过丫鬟端来的茶水，饮下大半碗，然后道。

虽然萧靖琳说话的语气很寻常，任瑶期听到之后却有几分感动，不过她还是笑道："离生产还早着呢，你何必急着赶回来看我，有母亲她们在，我很好。"

萧靖琳不在意道："反正我这几日正好有空。"

"这几日？"任瑶期听她这话不由得问道，"你近期还要出门吗？"

萧靖琳颔首："嗯，待几日就走。你生产的时候不知道我能不能回来，所以趁着有时间的时候回来看看你。"

任瑶期想了想，见周围没有旁人，问道："最近边境不太平？"

任瑶期知道萧靖琳在军中是有官职的，对边关之事很关注，她若是忙的话，十有八九是为了边关战事。

萧靖琳闻言道："不，恰好相反，最近边境太平得很，不少原本有些萧条的边镇最近也热闹起来了。"没有战事这原本是一件好事，不过萧靖琳在说起这件事情的时候却微微眯了眯眼，这让她的目光看起来多了几分极少在任瑶期面前出现的凌厉。

任瑶期一听就知道这件事情肯定不简单，想了想道："因为重开边贸的事情？"

萧靖琳点了点头，似是想说什么，不过看了任瑶期的腹部一眼，还是将快到嘴边的话咽了下去："嗯，有些关系，我还是不与你说这些了，怀了身孕的人不适合多思多想，对孩子不好。"

两人聊了许久，萧靖琳没有再提边关之事，只是问了任瑶期她不在府中的时候发生的琐事，两人是知心好友，即便聊些枯燥无味的芝麻小事也十分惬意。

最后，任瑶期见萧靖琳的神态中露出几分疲惫，知道她肯定因为赶路这几日都没有好好休息，所以在萧靖琳陪了她一阵之后，便笑道："你先回去沐浴，换一身衣服，再休息休息，有话我们晚些时候再说。"

萧靖琳确实累了，她这一阵子基本上都没有好好休息过，所以任瑶期让她先去休息她也没有推辞，爽快地离开了。

第二日，任瑶期原本想要让人去找萧靖琳来陪她说话，不过还不等她派人过去把萧靖琳请来，外面就有人禀报说雷家大太太身边的大丫鬟又来了。

任瑶期闻言不由得无奈，这个雷家大太太的大丫鬟自然是香芹。

任瑶华这些日子总是派她送东西过来，且一待就是大半日，现在别人都快以为香芹是燕北王府的丫鬟了。幸好香芹性子活泼，说话又很能逗趣儿，不光与燕北王府的丫鬟们都相处很好，连任瑶期也很喜欢她，虽然这丫头一开口说话就停不下来。

香芹很能认清楚自己的职责，觉得自己每日过来除了盯着看有没有贱人敢欺负自家二小姐之外，还要逗二小姐开心，听说怀了孩子的人每日多笑笑，孩子生下来以后也会快快乐乐的，所以她每次过来之前都会想方设法搜罗些云阳城里近期发生的趣事或者怪事。

所以香芹今日一进门就兴冲冲地给任瑶期说了个大八卦："二小姐，二小姐，您知道吗？云家大公子也要娶亲了。"

香芹这话一出，屋里别的丫鬟也都起了兴致，就连向来沉稳的桑葚也不由得问道："这次是真的吗？云大公子要成亲的消息已经传了好几次，最后不都没有成吗？"

任瑶期闻言皱了皱眉。

颜凝霜来燕北的时候就带来了太后的旨意，让云文廷和赵映秋完婚。任瑶期之前也听说云家在筹备婚礼，不过云家原本对这门亲事就不怎么热衷，抱着能拖就拖的态度，别的被太后点了鸳鸯谱的家族也都在看云家行事，巴不得云家拖得越久越好。

任瑶期看着脸蛋儿红扑扑情绪有些激动的丫鬟，问道："你是哪里听来的？"

香芹露齿一笑，狗腿地蹲到任瑶期面前给她捏腿："是听我们府里厨房的一个婆子说的。她侄女的表嫂的二大爷的拜把兄弟是跟了云家老太爷几十年的老人，说云家现在已经在准备云大少爷的婚礼了，下个月就会把那位赵小姐娶进门。"

云家大少爷云文廷在燕北有不少爱慕者，对于他的婚事，关注的人也很多，就连这些丫鬟平日里私下闲聊的时候也会经常说起云文廷，云文廷的人气不可谓不高。

香芹与任瑶期身边的几个丫鬟正热火朝天地聊着云文廷的婚事，萧靖琳恰好掀帘子走进来。

任瑶期和萧靖琳彼此之间没有太多的规矩,萧靖西不在的时候,萧靖琳过来不需要有人进来禀报。

萧郡主在外人面前向来是没有太多表情的,虽然她对下头的人很少责骂也并不严厉,不过见她进来,屋子里立即安静下来。原本正说得高兴的香芹也吐了吐舌头,再不敢造次地低头站到一边。

任瑶期想着刚刚丫鬟们正在说的话题,不由得看了萧靖琳一眼,萧靖琳的表情很正常,并没有表现出不悦。不过任瑶期还是将包括香芹在内的丫鬟们都打发了出去。香芹一边走,一边还用那双会说话的眼睛可怜兮兮地瞟任瑶期,就差在脸上写几个大字:"我还有话要说,可不可以不走?"可惜任瑶期没有理她。

在屋子里只剩下任瑶期和萧靖琳的时候,任瑶期提起了云文廷和赵映秋的婚事:"听说云家又要办喜事了。"

萧靖琳看上去很平静:"这是太后的旨意,云家这时候遵旨也好。"

任瑶期闻言一想,现在燕北王府和朝廷以及辽人之间的关系很微妙,表面上看着风平浪静,实则一不小心就会彻底撕破脸。

如果当真开战,燕北说不定会面对前有狼后有虎的窘境,就目前而言,燕北王府显然想要暂时延缓这种正面作战的局势。

燕北王接受了耶律萨格,并让颜家女进了萧家门,云家这种紧跟燕北王府脚步的家族可能是将之当作了一个信号,所以云家也开始筹备云文廷和赵映秋的婚礼。

任瑶期笑道:"我总觉得赵小姐此人不简单,以后有很长一段时日燕北或许不会太平,将她放到云家倒也是个不错的选择。"

萧靖琳闻言看向任瑶期,挑眉道:"连你都认为不简单的人……我很好奇她做了什么让你如此忌惮她?"

任瑶期闻言笑了,摇头道:"就是因为她看上去什么都没有做,我才不放心。"

萧靖琳转眼一想不由得了然,太后千里迢迢将人送来,总不见得是真的想让她们来"和亲",闹腾不奇怪,不闹腾才奇怪,而赵映秋的表现太好了,完全不让人操心。

"不只是赵小姐，公主那边这阵子也平静得很。"任瑶期道。

萧靖琳在家的时候，耶律萨格是由她负责监视的。萧靖琳一走，带走了她自己的全部人马，原本还以为耶律萨格那边会因此而坐不住，不想这位辽国公主很沉得住气，一直按兵不动，一心想的就是怎么讨燕北王喜欢，就连任瑶期都开始怀疑这位公主是不是真的奔着燕北王来的。

听任瑶期提起耶律萨格，萧靖琳的神情变得有些微妙。

任瑶期见了，有些好奇地问："怎么？你查出这位公主有动作？"

萧靖琳摇头，看了任瑶期一眼："那倒不是，不过我查出了她和我父王的一些渊源。"

任瑶期闻言有些犹豫是否要问下去，虽然她挺好奇，但打听公公的风流韵事，似乎有些不妥？

显然萧靖琳不在意这些，道："听说我父王曾经在战场上擒了耶律萨格三次，最后都放她走了，她回去之后扬言要抓我父王回去……咳……当然她不可能抓到我父王，所以在大辽派人来和亲的时候就自动请命了。"

任瑶期听了之后，神情也有些古怪。

燕北王不杀耶律萨格，可能是因为不杀女人，也可能是因为看到她想到了同样上战场杀敌的女儿，不想却让这位辽国公主惦记上了。不过即便耶律萨格对燕北王的这份爱慕之情有几分真实性，任瑶期也不会相信她背井离乡来到这里只是为了给一个男人当妾，因为任瑶期总觉得耶律萨格和萧靖琳的性格有几分相似，而萧靖琳是绝不可能做出这种事情的。

任瑶期和萧靖琳正聊着，红缨走进来低声禀报道："郡主，闵将军来了。"

萧靖琳闻言皱了皱眉，"他不是去武州了吗？"想了想，她又了然道，"想必是武州那边有什么事情需要他亲自回来禀报二哥。"

红缨道："闵将军已经去见过公子了，将军……"红缨抬头看了萧靖琳一眼，"将军求见郡主您。"

萧靖琳皱眉沉默了一会儿。

任瑶期在一旁虽然没有插话，但视线一直停留在萧靖琳身上。看到萧靖琳的表情，任瑶期不由得有些好奇，不知道这位闵将军是怎么把她家郡主得罪了,看上去得罪得还不轻。不然萧靖琳对于来求见她的军中同僚不会是这种态度。

萧靖琳想了想才面无表情地开口道:"我今日要陪二嫂,你让他先回去吧,不是顶要紧之事,等我过些日子与他会合再说。"

闵文清既然已经见过萧靖西了,那么重要的军情肯定已经禀报过了,萧靖琳想不出他还有什么要特意来求见她的理由。萧靖琳对闵文清这种表面上温文尔雅,实则一肚子坏水的人向来没有好感。

任瑶期看了萧靖琳一眼,面色平常地问:"这阵子,你在外头是与闵将军一起的?"

萧靖琳点了点头:"嗯,有些事情需要他手上的人马配合。"

任瑶期闻言不由得若有所思。

见红缨退下去,任瑶期想着这位闵将军怕是不会这么容易被打发掉。

果然,她们才聊了几句,红缨又回来了。

"郡主,闵将军说有要事要与您相商。"

萧靖琳眉头皱得更紧,"什么要事?他不是见过二哥了吗?"萧靖琳不觉得萧靖西不能解决的问题,她能解决。

红缨眨了眨眼,脸上也带了些笑:"闵将军说他是为了周副将来向您提亲的,周副将想求娶丘虹。"

萧靖琳闻言愣了愣,似是没有想到闵文清是为了这个找她。丘虹是她手下一员女兵,跟随她有些年头了,很得她器重。周副将则是闵文清身边的一个年轻小将,因为这阵子闵文清与她一同行动的时候不少,所以连带着她手下的人与闵文清手下的人接触也比较频繁。萧靖琳仔细想想,她的爱将与那位少年老成的周副将倒也算般配。

萧郡主虽然从不着急自己的婚姻大事,但是对手下那些如花似玉的姑娘的终身大事却很关心。

所以萧靖琳想了想,还是对任瑶期道:"我先去处理些事情,等会儿再来陪你说话。"

任瑶期打量了萧靖琳两眼,笑眯眯地道:"嗯,你去忙你的吧。"

萧靖琳觉得任瑶期的笑容似乎另有深意,不过她并没有多问,只是带着红缨离开了。

任瑶期看着萧靖琳的背影笑着摇了摇头,不由得回想起那位曾经见过面的闵将军。

闵家与献王府有一笔烂账,任瑶期对闵文清这个人虽然谈不上喜欢,但也并无恶感。想起她听闻的关于这位闵将军的为人,她并不认为闵文清会闲到在这个时候亲自上门找萧靖琳为手下副将提亲。

就是不知道她家郡主能不能识破闵文清的小算盘。

想到这里,任瑶期又不由得叹了一口气。萧靖琳的愿望是能驻守边关,任瑶期虽然希望她能活得遂心如意,却不想看到萧靖琳一个人在那苦寒之地孤独终老。如果能有一个志同道合的人陪伴,任瑶期会放心得多。

第五十七章

情　结

　　萧靖琳到外殿的时候，闵文清正坐在客座上悠然品茶。
　　闵文清身为燕北最年轻的将军，长相俊秀儒雅，看上去像一个文人，只是身上又比文人多了几分在金戈铁马中熏陶出来的强势果决，所以不论是相比于文人还是相比于武人，都显得气质独特。
　　闵文清原本正一边喝茶，一边与伺候在身边的小厮说笑，抬眼见萧靖琳走了进来，立即将手中的茶碗放下，站起身笑弯了一双明亮的眼睛："郡主。"
　　萧靖琳看到闵文清这个笑容就不由得暗自皱眉，心里想着：不知这只黑心狐狸在打什么主意，可要小心应付了。
　　萧郡主端出在外人面前的高贵冷艳模样，微微颔首："闵将军。"
　　闵文清注视着萧靖琳，微微一笑。
　　两人分主宾入座。
　　坐下之后，萧靖琳等着闵文清说明来意，不想闵文清一开口就从燕州的天气扯到了嘉靖关西城门外那棵被雷劈了之后摇摇欲坠的歪脖子树上，完全没有提正事的意思。
　　虽然闵文清声音低沉，言语幽默，是一个令人十分舒心的聊天对象，但萧靖琳还是逐渐有些不耐烦了，打断道："闵将军，你很闲？"
　　"郡主何出此言？"
　　萧靖琳淡淡地瞥了他一眼："若是不闲，你为何与那些内宅妇人一样与我扯半天东家长西家短的闲话？"

闵文清脸上的笑容一僵，随即又露出几分无奈的神色。他想，最近燕北天气多变，我关心一下你的身体，怎么算是闲话？嘉靖关外那棵歪脖子树，我多次见你在那里驻足打量，显然颇有几分眼缘，如今眼见着它将要魂断边关，我来告诉你一声怎么能算闲话？

这些话闵文清没有说出口。他是个斯文人，向来喜欢含蓄，讲究说话说三分留七分那份美感。

所以闵文清顿了顿之后，还是笑得如沐春风地道："还有一件正事，就是周副将和丘虹小将的亲事。"

萧靖琳的脸色这才缓和了，一板一眼地与闵文清谈论起来。因为都是军中将领，所以即便是人生大事，他们也比普通人做得利索，并没有太多繁文缛节，很快萧靖琳就与闵文清说清楚了。

一说完这件"正事"，萧靖琳就站起身，颔首道："没有其他事我就先走了。"

闵文清不由得苦笑，跟着起身问道："郡主什么时候回嘉靖关？"

萧靖琳闻言皱眉想了想："我还有些事情需要处理，要在云阳城里多留些日子，嘉靖关那边就先仰仗将军了。"

闵文清原本应该应下之后笑着告退，可他看了萧靖琳一会儿，却微笑着问道："郡主有什么事情需要处理？用不用我帮忙？"

萧靖琳眉头皱得更紧，似有些不耐，但还是回道："只是一些私事，我自己就能应付，多谢将军。"

闵文清低头一笑，然后忽然抬头看着萧靖琳道："难道郡主要留下来参加云家大公子的婚礼？"

萧靖琳面无表情地沉默片刻，冷淡道："闵将军，你管得太宽了。"

闵文清下意识地微敛眼眸，遮掩住眼中的情绪，嘴角微勾，语气却是轻柔的："我与你们年少相识，自然要比别人多几分关心，郡主因何动怒？"

萧靖琳淡声道："我并没有动怒，只是私是私公是公，我不喜欢与将军谈论我的私事。"

闵文清看着神色冷淡的萧靖琳，神情复杂。

如果是性子冲动的人，这会儿怕是会质问一句：云家大公子的婚事算你的哪门子私事？可闵文清毕竟不是冲动的人，刚刚问出那一句的时候他就有些后悔了。

闵文清轻叹一声，还是露出一个笑容："是我僭越了，还请郡主息怒。"

萧靖琳依旧面无表情，点了点头就想离开，不想正当这时，外头有人进来禀报说云大公子来了。

萧靖琳抿了抿唇，站在原地没有动，眉头却不由得蹙了起来。

闵文清看了萧靖琳一眼，笑了笑，反倒恢复了之前的悠闲态度。

云文廷很快就进来了，他一看到萧靖琳，目光就不由得柔和了几分，上来与萧靖琳见礼。

萧靖琳看了他一眼，点了点头。

闵文清轻笑道："云大公子，许久不见。"

云文廷似是这时候才看到闵文清，点头微笑道："确实是许久不见，闵将军。"

场中有片刻的沉默，虽然沉默的时间很短，但是萧靖琳还是感觉出了几分别扭。

直到云文廷打破沉默道："闵将军这次来云阳城也是为了公事？不知道这回会待多久？前几次将军过来，我想找将军喝酒，最后都没有找到机会。"

闵文清看了萧靖琳一眼，"原本想过几日与郡主一起回嘉靖关的，不过刚刚郡主说还有些私事要处理，所以我……"说到这里，闵文清微微勾起嘴角，没有再说下去，不过听这话的意思好像是要等郡主忙完之后与她一同离开。

云文廷沉默片刻，看向萧靖琳。

萧靖琳抿了抿唇，对闵文清道："闵将军还是先回嘉靖关吧，别耽误了正事。"

闵文清脸上的笑容微僵。

云文廷却眼睛晶亮，注视着萧靖琳。

萧靖琳冷淡地道："既然你们这么投缘，那就好好聊一聊，叙叙旧，我还有事，先走了。"说完这一句，萧靖琳谁也没有看，面无表情地越过云文廷离开了。

云文廷怔怔地看着她的背影，半响没有动作。

闵文清轻笑一声，回到刚刚的座位上坐下。

云文廷看了闵文清一眼，刚刚还十分温和的目光变得有些冷漠："闵将军离开之前告诉我一声，我好为将军饯行。"

闵文清坐在那里慢条斯理地道："多谢云公子，不过云公子好日子将近，闵某哪敢这般不识相？只可惜你这杯喜酒我怕是无缘喝了。"

云文廷听了并没有对闵文清怒目相向，也没有表示出任何不悦，表情依旧是冷漠的："闵文清，许久不见，你还是这么讨人嫌。"

闵文清闻言反而笑眯了一双狐狸眼，语气和煦："彼此彼此！"

云文廷冷冷地看他一眼，转身欲走，不想却被闵文清叫住了。

闵文清站起身，缓步走到云文廷面前，微笑着轻声道："郡主这次离开燕州之后应该就会常驻嘉靖关，你应该知晓驻守边关保家卫国是她一直以来的愿望。身为她的表兄，你难道不应该为她感到高兴？海阔凭鱼跃，天高任鸟飞，你们这些家族中钩心斗角的把戏只会令她痛苦不堪，所以……云文廷，你该放手了，因为你并不适合她。"

云文廷冷声道："我不适合她，你就适合了？闵文清，别以为我不知道你心里在打什么算盘。"

闵文清挑了挑眉："哦？我在打什么算盘我怎么不知道？你说来听听？"

云文廷看着闵文清淡声道："闵家虽然自始至终听命于燕北王府，但是军中不少后进将领并不知道这一段渊源，只当闵家是背叛献王府投靠来的。这些年你虽然军功不断，但若非有王爷处处维护重用，你在燕北军中怕是举步维艰吧？"

闵文清收敛了脸上的笑，微微眯起眼睛。

云文廷有些讽刺地一笑，脸上的冷意像一柄利刃，完全不同于他平日里表现出来的温文尔雅："当年你祖父为何非要你与琳儿拜同一个师父学武？"

闵文清脸上也泛起了冷意："什么意思？"

云文廷对上闵文清的视线："闵文清，别把别人当傻子，琳儿她虽然从来不说这些，但是她心里再通透不过了。你知道为何明明你当了她几年师兄，与她是再亲近不过的关系，她却从来都对你避而远之吗？因为她清楚你祖父当年让你接近她的目的，不过是为了稳固闵家在燕北军中的地位！"

闵文清脸上半分笑意都没有了。不笑的闵文清身上那点文人的温雅风流气质不见了，从战场上淬炼出来的煞气毫无顾忌地释放出来，看着竟然比那些有着凶神恶煞相貌的人更加令人胆寒。

这样的闵文清死死盯着人的时候是令人不寒而栗的，可是云文廷依旧冷漠地看着他，没有半分闪避。

半晌，闵文清终于收敛了自己身上的气势，脸上也渐渐恢复常态，甚至还微微勾起嘴角笑了笑："云文廷，你凭什么认为除了你之外别人就都是虚情假意？"

云文廷却点了点头，看着闵文清的目光中还带了些悲悯："或许你现在并不是虚情假意，可是已经晚了。"

闵文清闻言，脸上的笑容僵住了。

云文廷没有看他："当年，我以为那并不是我们在一起的最好的时候，因为我比谁都清楚她真正想要的生活是什么，可是那个时候的我非但无法令她如愿，反而会拖累她。"

云文廷年少时以为，那样的选择对当时的他们是最好的，那是他再三权衡后的结果。可是他忘了，萧靖琳最不屑感情中的权衡。

云文廷这一辈子都无法忘记，再见萧靖琳的时候，见她看着自己如同看到一个陌生人一样时，他心底泛出的冷意。

在离开嘉靖关之前，他是与萧靖琳最亲近的人，那时候萧靖琳还爱笑，会笑弯了一双明亮的眼睛唤他"文廷哥哥"。可是再见到萧靖琳的时候一切都变了，她看人的目光总像是隔着千山万水，对他的称呼也变成了"云公子"。

云文廷也曾试图改变这种状况，想要努力让萧靖琳回忆起两人亲密的过往，可是没有用，萧靖琳并不是忘记了什么，只是彻底地抛弃了什么。

他也想过解释，说自己当年之所以离开嘉靖关并不是因为放弃了她，只是想要迂回地解决横亘在两人之间的障碍，那是当时的他能够想出来的对家族和他们两人最没有冲突的办法。可是没有用，因为萧靖琳并不是不懂，只是对他失望了。

云文廷终于明白，萧靖琳身上的那种纯粹曾经是最吸引他的，到头来也是最伤人的，她从来不给人第二次机会。

闵文清与云文廷、萧靖琳算是从小一起长大的，所以对于云文廷和萧靖琳的这一段过往看得很清楚，可是今日听云文廷亲口说出来的时候，他还是不由得有些怔然。

闵文清用复杂的目光盯了云文廷半晌，终于哂笑一声，眼神也渐渐恢复了平日的冷静："等你成了亲，不管你有什么不得已的理由或者又是为了什么狗屁的权宜之计，你也半点机会都不会有了。"

他看着云文廷，一字一句认真道："我会陪着她驻守嘉靖关。不管她曾经对我有什么样的偏见，我相信人心都是肉长的，等过个十年八年，她总会看明白我是真心还是虚情假意。"

云文廷缓缓握紧拳头，听着闵文清不紧不慢地说出最后一句："而你，就好好当你的云家家主，子孙万代。"

云文廷用尽全身力气才勉强克制住自己，没有将拳头挥出去。

闵文清说完这句话之后，便对着云文廷挑衅地一笑，然后擦着他的肩膀离开了。

云文廷被闵文清擦身而过的力道带得轻微晃了晃，不过他很快就站稳了，他闭了闭眼，再睁开眼睛的时候又恢复了沉着冷静，站在原地许久没有动。

第二日，云家大公子马上将要成亲的消息果然传了出来，虽然云家筹办婚事的时候很低调，但不可能半点风声也不透露，云阳城里不少闺中佳人都因此失望不已。

虽然云家想要低调举办这桩婚事，但是太后那边和赵映秋的娘家显然不是这么想的。没过多久，太后和赵家就陆陆续续送了不少东西过来，俨然一副要为赵映秋大操大办的模样，丝毫不比前一阵子嫁颜凝霜的动静小。

赵映秋在婚期定下来之后就很少出门了。虽然赵家给她准备了丰厚的嫁妆，但她还是坚持亲自绣嫁衣、喜被以及进门献给姑翁的鞋袜。

颜凝霜与赵映秋的关系还不错，两人在京中的时候就是手帕交。这阵子颜凝霜郁郁寡欢，便时常去别院里看望赵映秋，两人在一起说话解闷。

这一日下午，颜凝霜在用过午膳之后又出门去别院找赵映秋说话，赵映秋正带着两个大丫鬟在做针线。她也算心灵手巧，喜帕上那一对戏水鸳鸯被她绣得活灵活现。

颜凝霜今日不知为何一直心不在焉，突然道："映秋，你为何会来燕北？"

赵映秋手中的针线微顿，抬头看了颜凝霜一眼，笑道："这是太后的意思啊，我难道还能抗旨不遵吗？"

颜凝霜沉浸在自己的思绪里："当初太后下旨挑选名媛淑女来燕北，各家族报上去的都是家中不得宠的庶女，或者失了母族倚仗的嫡女，真正得宠的谁也不愿意来。只有我……只有我是跪在太后娘娘面前求了三日她才同意的。我来燕北是有非来不可的理由，可是你又为何要来呢？你在家中还算受宠，太后娘娘也肯疼你，留在京城肯定能得一门上好的姻缘，到时候有李家给你做主，夫家必不敢薄待了你。"

赵映秋沉默片刻，然后微微一笑，抬头道："我自幼在京城长大，去过最远的地方是离京八十里外的昭德寺，所以我自幼就对燕北很向往。怎么？我来燕北不好吗？还能与你做个伴儿。"

颜凝霜并没有注意到赵映秋对她的问题的刻意含糊，只是自顾自地道："我只是为你可惜罢了。听说云家大公子之所以一直不肯成亲，是有了意中人。你嫁过去，不怕两人同床异梦吗？"

赵映秋笑了笑，低下头继续穿针引线，拿着针线的手依旧稳当："现在想这些太早了吧？这是以后的事情。"

颜凝霜看着赵映秋，叹了一口气，很有一种同病相怜的悲戚感。

赵映秋突然道："对了，再过一阵子燕北又要热闹了吧？我听下头的人议论说朝廷和辽国就快要重开边贸了。想必战争也会减少。"

颜凝霜不知道想到了什么，皱了皱眉："现在下定论还太早。"

赵映秋有些惊讶地抬头看了颜凝霜一眼："怎么？"

颜凝霜沉默片刻，还是摇了摇头："没什么。"

赵映秋笑了笑，也不在意，只是似乎无意般道："听说到时候朝廷与辽国签订国书的时候，燕北王府也会有人到场。"

颜凝霜眼皮子一跳："燕北王府去的是谁？"

赵映秋想了想，随口道："不清楚呢，不过我猜测应该是萧二公子吧？王爷与辽国人年年交战，听说辽人都恨不得杀了王爷而后快，这种场合还是萧二公子出面最合适。"

颜凝霜闻言一惊，差点跳起来："不行！他不能去！"

赵映秋有些奇怪地看了颜凝霜一眼："为何不能去？萧二公子不去的话，燕北王府还有谁能去？"

颜凝霜脸都白了，却又说不出什么来。

赵映秋见她不说话，便又低头去绣她的鸳鸯。

颜凝霜坐立难安，也不知过了多久，突然站起身，把赵映秋吓得一针戳到了手指头上，一粒细小的血珠子印在绣了一半的喜帕上。

"你怎么了？"赵映秋担心地问。

颜凝霜摇了摇头："我突然想起来还有些事情，就先回去了，下回再来看你。"说完这一句，不等赵映秋说话，她便匆匆忙忙地离开了。

赵映秋看着她的背影消失在屋里，微微一笑，低头在刚刚的血迹上绣了一只眼睛，血红色的鸳鸯眼睛。

颜凝霜从别院回去之后径直去了昭宁殿，这一回她还是毫无意外地被拦在了殿外。

"我有重要的事情要见你们少夫人。"颜凝霜一脸焦急地道。

守门的婆子一脸恭谨地道："我们少夫人正在休息，三少夫人，您还是改日再来吧。"

"我有急事一定要见任瑶期！她不见我会后悔的！"颜凝霜加重语气道。

守门的婆子满是歉意地赔着罪，却死活不肯让颜凝霜进去。

颜凝霜咬了咬牙，转身作势要走，但是等那守门的婆子一转身，她突然回转身一个箭步越过守门的两个婆子冲了进去。

守门婆子愣了愣，然后立即上前去拦："三少夫人！"

这些昭宁殿外的守门婆子都是有一两把刷子的，所以很快就将颜凝霜拦住了。正当双方僵持不下的时候，颜凝霜抬头看见一个做妇人装扮的年轻女子从里面走了出来，立即认出来这是任瑶期的一个心腹。

"你等等,去帮我禀报任瑶期一声,我有重要的事情要告诉她。"颜凝霜急忙道。

那年轻女子正是昭宁殿的管事苹果,她看了颜凝霜一眼没有动。

颜凝霜看了看左右,然后快速道:"我真有要事!她不见我会后悔的。"

苹果看着她,沉默了一会儿,似乎想了想,然后道:"您稍等。"说着转身又进去了。

任瑶期听说颜凝霜求见有些头疼,不过想了想还是让苹果去把颜凝霜带了进来。

颜凝霜进来的时候有些气喘吁吁,额头上还冒出了薄汗。

任瑶期招呼人去给她端茶,却被颜凝霜打断了:"我知道你不喜欢我,我也不喜欢你,我今日不是过来做客的,是为了萧郎,你让你的人先退下。"

任瑶期也不恼,好脾气地让奉茶的小丫鬟先退下,只留下苹果和乐山两个丫鬟伺候:"颜小姐有话但说无妨。"

颜凝霜自从不小心发现那件事之后,这几日就一直辗转反侧睡不着,若不是今日听说萧靖西可能会去武州,她也不会急着来找任瑶期,所以她单刀直入地问道:"过不了多久,朝廷会和辽国在武州正式签订互通边贸的文书,你可知道此事?"

任瑶期想了想,颔首道:"之前好像听靖琳提起过。"

颜凝霜皱了皱眉:"届时朝廷会要求燕北王府也派人过去,你知道燕北王府去的是谁吗?"

任瑶期挑了挑眉:"不知颜小姐想说什么?"

颜凝霜叹了一口气,眼中浮现出真实的忧虑,手指将手中的一块帕子绞得紧紧的:"我听说这次代表王府前去武州的是萧郎,不知是不是真的?"

还不等任瑶期回答,颜凝霜就接着道:"无论如何萧郎绝对不能去,因为此行会很危险,如果去了很有可能有去无回。"

任瑶期闻言虽然心中微惊,面上却依旧不动声色:"颜小姐何出此言?可是在哪里听说了些什么谣言?"

颜凝霜摇了摇头:"我说的这些绝非谣言!在来燕北之前,我曾无意间听到了一些事情。前日我看到萧靖岳写给朝廷的秘奏,这次朝廷和辽国签订边贸文书的时候，萧靖岳也会想办法跟过去，但是他过去并没有安什么好心，而是想要趁机设伏杀人。之前我还不敢肯定他要害的人是谁，现在我知道了，他想要害的人就是萧郎。"

任瑶期皱了皱眉："颜小姐，此事关系重大，你可不能信口开河。"

颜凝霜脸色很难看："事关萧郎的安危，我怎么会信口开河？萧靖岳此人阴险狡诈，当初若不是他使出下三烂的手段算计我，我怎么会……他嫉妒萧郎的本事，也嫉妒萧郎出身王府嫡脉，比他身份高，所以想要趁机除掉萧郎，取而代之！"

任瑶期闻言不由得沉思。

颜凝霜咬了咬唇，似是下了什么决心地看向任瑶期："我对萧郎是真心的，也绝不会与你争抢什么，如果有机会你……你可不可以接纳我？"

任瑶期愕然。

颜凝霜努力忽略心里的屈辱："我可以为萧郎做任何事……"

任瑶期温声打断了颜凝霜："颜小姐，很感激你今日告知我这些，不过你的请求我不能答应。"

颜凝霜绝望地道："为什么！我不会跟你争抢什么，我只是想要留在他身边……"

任瑶期端起了茶碗："苹果，替我送颜小姐出门。"

颜凝霜死死盯了任瑶期一会儿，倏然起身："我会证明给你看，我比你更爱他！萧郎总有一日会明白我的真心。"

香芹进来给任瑶期送补汤，正好听见这一句，不由得狠狠瞪向颜凝霜。

颜凝霜说完就转身走了。

任瑶期看着她的背影消失在内殿，忍不住叹了一口气。

颜凝霜从昭宁殿冲出去之后，乐山原本想要奉命送她回去的，不过香芹突然追了出来，主动请缨道："我送三少夫人吧。"

乐山看了看已经走到前面去的颜凝霜，又看了看香芹，想了想还是让香芹去了。

等出了昭宁殿，香芹一阵小跑赶上走在前面的颜凝霜。

颜凝霜一路上情绪不稳，所以直到走了老远才发现跟在她身后的香芹。

香芹见颜凝霜终于注意到她了，便露出一个大大的笑容："三少夫人好，奴婢香芹。"

颜凝霜看着她，有些莫名。

香芹自来熟地道："主子让奴婢送三少夫人回去。"

颜凝霜一言不发。

香芹笑道："都说燕北王府风水好，尽出神仙眷侣，比方说咱们王爷和王妃，我们少夫人和二公子，还有三夫人您和三公子。"

颜凝霜不由得皱起了眉头。

"这姻缘啊都是天注定的，不管是佳偶还是怨侣都是上辈子修来的，被月老他老人家拿红线一拴，谁也跑不掉，敢动那歪脑筋的就会遭报应。我姥姥在的时候就给我讲过一个故事，她年幼的时候村里有个水性杨花的贱人，仗着自己有几分姿色就背着她相公去偷汉子，结果呢？被她相公村里的人绑了浸猪笼。"

颜凝霜听着听着顿住了步子，脸色难看地盯着香芹："你……"

香芹对她露出一个天真灿烂的笑容，那笑容却让人觉得毛骨悚然："别急，故事还没完呢。都说人死如灯灭，可是那些干了缺德事的人死了就干净了吗？可别忘了阴间的阎王老子那里还有一笔账要算呢，这女人进了阴曹地府之后……呵呵，你猜会怎么的？我猜除了刀山油锅，她会被阴差用锯子锯成对半，给她相公和姘头一人留一半。"

颜凝霜从小到大哪里听过这种话，吓得脸色发青的同时又气得浑身发抖。

"你、你这贱婢！"

香芹眨了眨眼，看了看左右，一脸无辜懵懂："贱什么？贱人？三少夫人，贱人叫谁呢？"

颜凝霜抖着手指着她道："你……"

香芹撇了撇嘴，委屈地道："贱人叫我干吗？"

颜凝霜被她气得差点两眼一翻晕过去。她今日过来找任瑶期的时候将丫鬟都打发走了，这会儿想要叫人帮她教训这个胆敢以下犯上的贱婢都找不到人，自己动手跟个丫鬟厮打到一起又实在有辱身份。

而身为任家第一丫鬟的香芹自然也不是傻的，她之所以敢这么明目张胆地欺负颜凝霜，就是瞅准了她身边无人，颜凝霜就算是想告她的状也找不出证据啊。而且她又能往哪里告？还能一张状纸告到太后面前？香芹在心里得意地笑，吃准了颜凝霜这会儿拿她没辙。

正在香芹暗暗想要再加把火把颜凝霜气死吓死的时候，从一旁的岔路上突然走出一个人。

她们正走在长长的回廊上，而那人出来的岔道被浓密的灌木和一棵大树挡住了，所以两人都没有看到，也没有听到脚步声。

香芹心里"咯噔"一声，想着自己刚刚欺负颜凝霜的事情不会被别人听到了吧？这下可要糟糕了。这么想着，香芹的脸色也变得不好看了，不由得偷偷打量来人。

突然冒出来的是一位身穿浅蓝色直裰的年轻男子，个子不算高，看着有些瘦弱，生得唇红齿白，好看得紧。

香芹看清楚他的长相之后不由得愣了愣，心想这是王府的账房先生还是从哪里冒出来的书生啊？不过这个念头一冒出来，香芹又觉得有些不对，因为这个年轻男子虽然看上去斯文俊秀，但那双眼睛黑沉沉的，看进去就像是看不见底般，实在不像书生该有的眼神。香芹琢磨着人家的长相，一时忘记了害怕。

倒是气急了的颜凝霜先反应过来，指着香芹就对来人命令道："把这贱婢给我抓起来！"

这王府里的主子颜凝霜都认识。这年轻男子穿着朴素又能在这里出现，她就将他当成了王府里的账房或者小管事。她身为燕北王府的三少夫人，指使个下人的资格还是有的。

可惜的是，她命令完之后，那年轻男子只是看了她一眼，连脚步都没有停，那一眼虽然没有情绪却不知为何让颜凝霜全身都起了鸡皮疙瘩。

不过颜凝霜这会儿被香芹撩拨得肝火旺盛，便忽略了心中的不适，怒道："站住！"

那年轻男子皱了皱眉，停住步子，转过头看着颜凝霜，也不说话。

想着这男子刚刚肯定听到了这个丫鬟无理的话，她一定要把事情闹到王爷和王妃面前，让这丫鬟的主子任瑶期当着所有人的面给她赔礼道歉。于是，颜凝霜忍住莫名其妙想要后退的冲动，放缓语气对那年轻男子道："你是哪里的管事？刚刚是不是听到了这丫鬟那些以下犯上的话？"

年轻男子顺着颜凝霜的手转头看了正在一边提心吊胆的香芹一眼。

香芹脸色发白，倒不怕被责骂，是怕自己的鲁莽给她家二小姐惹祸，这对于第一丫鬟而言简直是耻辱。于是不知不觉间，香芹看着那年轻男子的目光就有些可怜巴巴的。

年轻男子看了香芹一会儿，快把香芹看哭的时候才冷冰冰地说了三个字："没听到！"

颜凝霜和香芹都愣了愣，颜凝霜是目瞪口呆，香芹则是狂喜，下意识地用了她平日里在主子面前谄媚撒娇的技能，对着那年轻男子傻笑。

颜凝霜回过神来脸都绿了，原本以她的身份她也不屑跟个下人较劲，可是她今日心情实在糟透了，偏偏这丫鬟又欺人太甚，她这一口气实在咽不下去，而突然冒出来的这个男子还敢当着她的面信口开河，这里这般安静，她不信他刚刚什么也没有听到。

"怎么可能没听到！难不成你跟这贱婢是一伙的？"

年轻男子有些阴郁的目光又定在颜凝霜身上，似是终于正眼看她了一般将她从头到脚打量了一番，然后像是进冰碴子一般道："你又是谁？"

颜凝霜愣住了。

"扑哧——"这回香芹忍不住笑出声来，刚刚的紧张感也都烟消云散。

香芹这丫鬟有个很不好的毛病，那就是喜欢以貌取人，当年在任家的时候她对那些长相好的小厮就比较和气，见这年轻男子不仅长得好，心肠也是大大的好，便立即将他当成了自己人，笑嘻嘻地道："小哥你不认识她吗？你不是燕北王府的人？这位可是千里迢迢从京都过来的太后娘娘的侄孙女，名满燕北的颜家大小姐，现在是王府里的三少夫人。"

那年轻男子没有再看颜凝霜一眼，只冷冷地回了一句："不认识。"

颜凝霜看着这两人一唱一和地侮辱自己，知道再与他们耗下去也是自取其辱，便咬牙忍住心中的怒意和屈辱，狠狠地瞪了他们一眼，然后挺直腰背越过他们快步离开了。

香芹看着颜凝霜的背影，眨了眨眼，转头问刚刚认识的小伙伴："不对啊！她就这么走了？"

小伙伴看了她一眼。

香芹有些郁闷地问小伙伴道："按理说她不是应该气急败坏地指着我们说'你们给我走着瞧'才离开吗？或者扑上来挠我一脸？"

对于颜凝霜的"不按常理出牌"，香芹很不满意，她还没有虐够这不要脸的女人呢。

她的小伙伴静静地看着她脸上丰富多彩的表情无语。

不过香芹很快就把这点小小的疑惑抛到了脑后，给自家小姐报了仇，她心情很好，对着新认识的小伙伴一脸灿烂地道："你是我家姑爷手下的人吧？你真是个好人！"

香芹也不傻，这府里会不把萧家三少夫人当一回事，还肯给她打掩护的肯定是自己人。

"好人？"那年轻男子似是惊讶地转头看了她一眼，半晌突然勾起唇角笑了。他长相本就有些艳丽，突然这么一笑竟然带了些勾人的味道，让香芹不由得盯着他看愣了。

年轻男子看着傻乎乎盯着他的小丫鬟，难得没有生气，脸上的笑反而更浓了，声音也一改刚刚的冰冷，轻轻软软的带着些诱哄的味道："你是少夫人的丫鬟吗？叫什么名字？"

傻乎乎的大丫鬟被美色冲昏了头脑，没有意识到危险，愣愣地回道："我叫香芹，不是燕北王府的丫鬟，我是雷家大太太身边的第一丫鬟。"

"雷家的人？"年轻男子闻言似是遇到了什么难题般皱了皱眉，不过很快就又笑了，对香芹点了点头。

"香芹，我记住了。"

香芹有些不好意思地笑了笑，那笑容怎么看怎么傻。

"萧顺。"年轻男子突然开口道。

"啊？"香芹一时没有反应过来。

"我叫萧顺。"萧顺对香芹笑着道。

"哦，萧顺。"香芹眨了眨眼，点头。

萧顺又看了香芹一会儿，然后语气柔和地说了一句："那么，我们走着瞧。"说完这一句，他便头也不回地离开了。

"嗯，啊？"香芹看着萧顺的背影愣了半晌，莫名其妙喃喃道，"这、这句话不是这么用的啊！喂！"

晚上萧靖西回来的时候，任瑶期把颜凝霜今日说的话对萧靖西转述了一遍。萧靖西听过之后想了一会儿，却并没有说什么。

任瑶期问道："你真要去武州吗？什么时候动身？"

萧靖西小心地扶着任瑶期坐下，才道："下个月。"

任瑶期皱了皱眉。

萧靖西用手指轻轻抚平任瑶期的眉心："别皱眉。此事我早就有了计较，就算他们真的想要借此对我动手也不怕。"

萧靖西将任瑶期抱在怀里，手放到任瑶期还未显怀的腹部，贴在她耳边温柔地道："我有了你和孩子，做不到悍不畏死，所以没有万全的准备，我不会让自己真正陷入险境。窈窈，你愿意相信我吗？"

任瑶期靠在萧靖西怀里，双手覆盖在他的手上："嗯，我们都相信你。"

某一日，萧靖西与任瑶期就寝的时候，萧靖西突然问道："你姐姐身边是不是有个叫香芹的丫鬟？"

任瑶期正在伺候萧靖西更衣，闻言有些莫名："怎么？她又闯祸了？"

萧靖西轻咳一声："她有没有婚配？"

任瑶期闻言愣了愣。

萧靖西道："我有个属下和她年纪正合适，如果她还没有婚配的话……"

任瑶期一听这话就明白了，不由得好笑道："你怎么也管起这些事情来了？而且香芹是我姐姐身边的丫鬟，就算是要婚配也轮不到我做主啊。"

萧靖西想了想，尴尬地道："不知姐姐那边能否割爱？母亲那里还有几个得用的丫鬟，可以送去雷家。"

萧靖西一般不管这些事情，不过他明明知道香芹是雷府的人还这么问，那个属下肯定是得他重用的人或者跟他还有些渊源。

"不知是哪位看上了香芹？"任瑶期好奇地问道。

萧靖西笑道："是萧华的弟弟萧顺，掌管王府刑狱，你应该没有见过他。"

任瑶期见过萧华，暗卫出身，据说自幼就跟随萧靖西，是他的心腹。萧顺既然是萧华的弟弟，那肯定也是与萧靖西一起长大的，难怪萧靖西肯为他开这个口。

"我去问问姐姐，不过如果她舍不得放人的话，就没有办法了。"任瑶期想了想，道。

萧靖西凑过来亲了亲任瑶期的脸颊，低声道："有劳夫人了。"

第二日，香芹没有来燕北王府，任瑶期让苹果去了一趟雷府见任瑶华，没想到任瑶华下午来了燕北王府。

任瑶华不是喜欢寒暄的人，等任瑶期一屏退闲杂人等，就皱眉道："香芹是不是在王府惹祸了？不然怎么会被人看上？"

任瑶期："……"

任瑶华斜睨任瑶期一眼，道："罢了，那人若是当真合适，我把香芹嫁来你们府上也行。"

任瑶期有些意外："你之前不是说要留她在身边当管事吗？"

任瑶华有些不耐烦："我身边不缺人，她跟着你也一样，她自己也会愿意。何况这丫头别的本事没有，狐假虎威这一套倒是做得娴熟无比，让她跟在你身边当马前卒也好。你这性子说好听点是温柔和顺，说难听点就是太面了！什么阿猫阿狗的都能骑到头上来，这像话吗？我看你就需要个能豁出去脸面胡搅蛮缠的丫头在关键时刻站出来帮你出出气。"

昨日的事情香芹回去之后就告诉给了任瑶华，把任瑶华气得不行。听到香芹把颜凝霜教训了一顿，任瑶华虽然意思意思说教了香芹一顿，转眼又赏了她一根金簪。今日听任瑶期问香芹的婚配，她想着把香芹弄到任瑶期身边也挺好，任瑶期的几个大丫鬟沉稳倒是沉稳，但是有些时候那些不要脸的人就需要用豁得出去的人来对付。

萧顺在燕北王府是有正式官职的，香芹嫁过去算是高嫁，婚事比一般的丫鬟要郑重一些。尽管如此，任瑶华还是将婚期定在了十月，对此香芹很是伤心了一阵，以为她家主子巴不得将她扫地出门，直到桑葚劝她说主子让她早些嫁过来，是为了照顾正在孕期的小姐，香芹才又高兴起来。

任瑶华虽然面上对香芹嫌弃得很，在给她嫁妆的时候却一点儿也不含糊，加上任瑶期不管是出于本身的感情，还是出于萧靖西对萧顺的重用，也给了香芹不少添妆，以致香芹这个第一丫鬟嫁人的排场丝毫不比一般富户人家的小姐差，着实羡煞不少人。

转眼到了九月，任瑶期已经有了三个多月的身孕，王妃不再限制她四处走动，反而让萧靖琳在家的时候有空多陪任瑶期走走。不过任瑶期知道分寸，每日都只待在燕北王府，并不出门，就算是走动也都是从昭宁殿到九阳殿走几个来回，或者与萧靖琳去园子里转转。

萧靖琳之前说在云阳城待些日子就要离开，任瑶期猜测可能与武州和谈之事有关。萧靖西再过两日就要出发去武州了，任瑶期虽然心中担忧，但是并没有表现出来。

这一日萧靖琳陪着任瑶期逛花园子，颜凝霜气急败坏地冲过来对任瑶期道："不是要你阻止萧郎去武州的吗？你怎么连这点事也做不到！"

萧靖琳皱了皱眉正要说话，颜凝霜却自顾自道："算了，我自己想办法，我不能眼睁睁看着他送了性命。"说完这句话，颜凝霜又跑走了。

任瑶期和萧靖琳对视一眼。任瑶期满脸无奈，萧靖琳想了想皱眉道："看到她，我总算明白什么叫走火入魔。这就是喜欢一个人吗？"

萧靖琳的眼中有迷惘。

任瑶期摇了摇头，对萧靖琳温声道："靖琳，喜欢一个人除了牺牲、奉献、无怨无悔，最重要的是会感到快乐。否则就不是喜欢，而是执念了。你觉得颜凝霜快乐吗？"

萧靖琳回想起颜凝霜的模样，摇了摇头："我觉得她可怜又可悲。"

任瑶期叹了一口气，拉住萧靖琳的手："我知道你向来聪明，但是感情的事情不能太过较真，不然就容易钻牛角尖。"

萧靖琳怔了怔，沉默许久，然后没头没脑地说了一句："父王已经同意让我驻守嘉靖关了。"

任瑶期之前听萧靖西说起过，虽然她很舍不得，不过如果这是萧靖琳希望的，她还是会支持萧靖琳。

见萧靖琳在这个时候突然提起这件事情，任瑶期也没有多说什么，只是笑问道："那你会回来看我和孩子吗？"

萧靖琳点了点头，认真道："嗯，我每年都会回来看你们。"

两人不由得相视一笑。

颜凝霜回去之后，坐立不安了一个下午，又辗转难眠了一个晚上，第二天一早就又出门去别院找赵映秋。

最近颜凝霜经常去见赵映秋。她们本就要好，赵映秋又马上要出嫁，所以并没有人觉得有什么不对。

只是今日颜凝霜一见到赵映秋，就要求她屏退左右。

赵映秋如她所言将丫鬟们都打发出去之后才问道："你的脸色怎么这么差？可是出了什么事？"

颜凝霜摇了摇头，犹豫半晌，终于下定决心走到赵映秋面前压低声音道："你手里是不是还有那种药？给我一些。"

赵映秋愣了愣："什么药？"

颜凝霜咬了咬唇："就是那种服用之后会让人看起来像得了风寒，身体虚弱下不了床，连续服用三个月之后会咯血……"

赵映秋瞪圆眼睛，连忙一把捂住颜凝霜的嘴，低声道："你、你在胡说什么！"

颜凝霜一把甩开赵映秋的手，看着她道："我听太后娘娘提起过，这种药原本是宫里的，无色无味还能杀人于无形，后来长安公主出嫁的时候带去了赵家。长安公主那么疼你，我知道你手里肯定有的。你给我一些！"

赵映秋脸色惨白，看着颜凝霜说不出话来。颜凝霜却固执地盯着赵映秋。最后还是赵映秋败下了阵，软下态度道："我手里是有这种药，但是我并没有打算用，这种药一般是用来对付不听话的妾室的，极其阴损，你要它做什么？"

颜凝霜咬了咬唇："这个你别管，你只管给我就是。你放心，就算以后出了什么事情，我也绝对不会把你供出来。"

赵映秋有些犹豫，可是颜凝霜一副不达目的誓不罢休的模样，最后赵映秋还是无奈地去内室拿出了一个小瓷瓶。

颜凝霜一把夺过赵映秋手里的瓷瓶，手却有些发抖："就是这个吗？"

赵映秋点了点头，想了想，劝道："凝霜，你若是真有什么难处就告诉我，我会想办法帮你的，这种东西能不用还是不用吧。"

颜凝霜没有听进去，只死死盯着手里的瓷瓶，手指和嘴唇都在颤抖。

"凝霜？"赵映秋轻声唤道。

颜凝霜像是突然被惊醒了一般，猛地颤抖一下，抬头看了赵映秋一眼，然后咬牙将那瓷瓶藏到了袖子里。

"谢谢你，映秋。以后你有什么事情告诉我，我也会帮你的。"颜凝霜轻声道。

赵映秋勉强笑了笑，还想再劝，颜凝霜却摇了摇头，打断道："别说了，我知道自己在做什么，你放心，不管发生什么事情我都不会连累你的。你忙你的，我还有事情就先回去了。"

赵映秋叹了一口气，没有再留她，只道："好吧，你如果有什么事情需要我帮忙，就来找我。咱们两人在燕北都无亲无故，应该守望相助才对。"

颜凝霜神不守舍地点了点头，然后告辞离开了别院。

第二日，颜凝霜没有出门，只是让自己的丫鬟给任瑶期送了一封信。

任瑶期接到颜凝霜的信，看到上面"祸端已经解决，要萧郎放心"的几个字的时候还愣了愣，皱着眉头让人打听了之后才知道萧靖岳突发高热，这会儿已经起不来床了。

萧靖西过来的时候，任瑶期将这件事告诉给了他。萧靖西皱了皱眉，并没有说什么。

任瑶期想了想，还是叮嘱道："我总觉得事情没有那么简单，你这一路上还是不要放松警惕，要有防备。"

萧靖西低头看了任瑶期半响，然后郑重地在她额间印下一吻，如同印下了某种承诺："放心，我惜命得很。"

任瑶期虽然很担心萧靖西的安危，但是她也知道自己不能阻止男人做决定，所以她并没有说挽留的话，只是上前主动抱住了萧靖西。

萧靖西看着趴在自己怀里，比往日更加乖巧的任瑶期愣了愣，心下一软，在她耳边故意笑着打趣道："这么舍不得我吗？那你主动亲亲我，让我感受一下你的诚意？"

萧靖西这话只是玩笑，可是他的话才落音，就感觉到一个软软的湿润的东西覆在了他的唇上。虽然他能感觉到那张唇在颤抖，却也足够温暖到令他无法拒绝。

等两人分开的时候，萧靖西用拇指轻轻抚摸着任瑶期柔软的唇瓣。

"我走了。"

任瑶期没有说话，只是拿过萧靖西的外出服，仔细地给他穿上，还细心地帮他抚平衣服上的皱褶。

"早去早回，我们等你回来。"任瑶期看着萧靖西微笑着温声道。

任瑶期送萧靖西出门，目送他挺拔的背影消失在屋外。

萧靖西带着自己的一小部分人马，去了武州。

萧靖岳因为突然生病，果然没有离开燕北王府。颜凝霜从那以后也很少出门，每日在萧靖岳跟前伺候，之前传言萧家三少爷和三少夫人不合的人都不由得打了自己的嘴巴。

任瑶期听到这些消息，想到颜凝霜之前给她的那封信，心里对萧靖岳的突然生病产生了怀疑。

她怀疑的不是颜凝霜为了萧靖西算计自己的夫君，这位姑娘的想法向来异于常人，不能以常理推断，而是颜凝霜是如何让萧靖岳在短时间之内"病倒"的。

不是任瑶期看不起颜凝霜，而是真的觉得这姑娘没有这个本事。

所以任瑶期借着王妃三天两头请大夫来给她把脉的机会，特意让人将之前给萧靖岳看病的那位大夫也请了过来。

颜凝霜让人去请大夫给萧靖岳看病的时候是随便请的，并没有指定让哪个大夫过去。任瑶期问过萧靖琳之后得知，这位去给萧靖岳看病的大夫应该算是王爷和王妃的人，所以她问起问题来也直接不少。

任瑶期仔细过问了萧靖岳的病情和脉象，最后得出的结论与大夫得出的差不多，萧靖岳的症状只是感染了风寒发了高热。

这个结论非但没有让任瑶期放松警惕，反而让她越发起了疑心。

想了想，任瑶期让人去查了颜凝霜这两日的行踪，以及她见过什么人。

于是任瑶期很快就知道了，颜凝霜昨日去见了赵映秋，且颜凝霜从王府出去的时候愁眉不展，回来的时候却一脸紧张不安。

扯上赵映秋，任瑶期并不意外，反而觉得这才是情理之中的事。

之后她又查到，颜凝霜前两次来找她之前都曾与赵映秋有过接触。

恰好这一日任瑶期的母亲李氏来燕北王府看望任瑶期，任瑶期便问李氏有没有什么方法能让人看起来像是受了风寒而高热不退，连大夫也诊断不出来。

任瑶期想着李氏出身王府，说不定曾经听说过。

李氏想了想，摇头表示不知。倒是周嬷嬷突然道："听小姐这么一说，奴婢想起了一种毒。"

任瑶期连忙道："什么毒？"

周嬷嬷皱了皱眉："奴婢曾经听奴婢的姑姑提起过，宫里有一种名叫'钩吻'的毒，初次服用会高热不退就像是染了风寒，如果只服一次，这病过几日就能痊愈，但如果连续服用三个月，身体便慢慢虚弱下来，让人死得神不知鬼不觉。这种毒即便是在宫中也不是什么人都能得到，也不太可能流落到民间。"

周嬷嬷的姑姑曾经是宛贵妃身边的一等大宫女，在宛贵妃自尽之后也跟着悬了梁。周嬷嬷会从她姑姑那里知道这些也不奇怪。

果然是宫里的东西……任瑶期不由得皱眉。可是他们这样做的目的是什么？

萧靖岳是朝廷的人，为何会被下毒？这当中又有什么阴谋？

想着想着，任瑶期难得有些焦躁起来。

等李氏和周嬷嬷离开之后，任瑶期又让人把萧靖琳请了过来，与她商讨此事。

萧靖琳听完之后，冷静地道："如果这是苦肉计，你想到的是什么？"

任瑶期在等萧靖琳的这段时间里也想了许多，闻言反问道："你觉得颜凝霜这个人可信吗？"

萧靖琳皱了皱眉，然后直言道："颜凝霜虽然是颜家的人，但是此女算不上多聪慧，如果她来燕北有什么阴谋的话……怕是很容易就会被人识破。"

任瑶期赞同地点了点头："没错，颜凝霜应该只是一枚棋子，而且还是一枚被人利用、从头到尾被蒙在鼓里的棋子。"

虽然任瑶期不喜欢颜凝霜，但是颜凝霜对萧靖西的迷恋不似作假，她做的那些事情任瑶期也相信是出于她喜欢萧靖西的本心。

萧靖琳冷声道："这位颜大小姐真蠢！"萧郡主说话依旧这么直接中肯。

任瑶期苦笑着摇了摇头。

颜凝霜为了萧靖西，背叛了朝廷和她的家族，想必也会心有不安，可惜她并不知晓，或许在很久以前她就已经是颜氏家族手中的棋子，而且还是一枚被废弃的棋子，也不知道颜凝霜知道之后会做何感想。

萧靖琳道："若是如此，那我们也只有暂时按兵不动，看他们还想要使出什么招数。"

任瑶期一直留意着萧靖岳那边的情况，过了几日，萧靖岳那边还不见好，症状倒是与之前周嬷嬷告诉任瑶期的连续服用"钩吻"的症状相同。

他的母亲苏氏见他总不见好，便给他换了个大夫，请了一个府外的大夫给他看病。

任瑶期在这边冷眼瞧着，几乎可以肯定萧靖岳这会儿怕是已经好了，只是故意装作被颜凝霜接二连三下毒成功的样子罢了。

任瑶期和萧靖琳都相信他们肯定另有图谋，所以也一直按兵不动。

眼瞧着就到了十月，萧靖西那边突然失了联系，接连好几日都没有消息传回府。任瑶期心里焦急，萧靖琳安慰她道："别担心，他出门之前已经做了万全的准备，这样音信全无应该是计。"

话虽然这么说，但是在任瑶期没有看到的地方，萧靖琳还是皱起了眉头。

她接到的消息是萧靖西一行人遇到了追杀，然后在武州附近失踪了。在之前萧靖西和她商议的那些事情当中，并没有这一桩。朝廷和辽国的和谈眼见着就要开始了，代表燕北王府的萧靖西如果一直不出现的话很不好，所以萧靖琳也开始怀疑是不是萧靖西那边出了什么意外。

又过了几日，燕北王回府，突然把萧靖琳叫了过去。

不知燕北王与萧靖琳谈了什么，第二日萧靖琳就过来与任瑶期辞行。

"你现在回嘉靖关？"任瑶期皱眉问道，"之前不是说要过一阵子的吗？"

萧靖琳道："父王怕辽国趁着双方和谈的时候使坏，所以让我回嘉靖关。"萧靖琳说着看了任瑶期一眼，补充道，"等你生孩子的时候，我会回来看你的。"

任瑶期打量萧靖琳片刻，突然问道："靖琳，你与我说实话，你这次是去嘉靖关还是去武州？"不等萧靖琳回答，任瑶期就道，"是不是你哥哥那边出了什么事，所以王爷才让你过去接应？"

萧靖琳面不改色地摇头道："并不是，我是要回嘉靖关，你别想多了，对孩子不好。"

任瑶期看了萧靖琳一会儿，苦笑道："靖琳，有没有人告诉你，如果你撒谎的话，眼睛会连续眨两下？"

萧靖琳神色一僵，许久之后才叹了一口气，道："对不起，瑶期，我不是故意要骗你的。父亲是让我去武州接应二哥，他受伤了。"

任瑶期闻言，面上虽然看不出什么表情，脸色却有些发白。

"伤到哪儿了，严不严重？"

萧靖琳犹豫一会儿，看到任瑶期的神色，最后还是说了实话："具体情形我要去了之后才能知晓，王府派出去的探子看到了他发出来的求援暗号，行踪暂时还不清楚。"

任瑶期缓缓吸了一口气，强迫自己冷静下来："你什么时候出发？"

萧靖琳扶着任瑶期在南炕上坐下，回道："马上，等红缨调集了人马就走。"

任瑶期点了点头，想要再问却又不知道该问些什么，她已经许久没有经历这种六神无主的情况了。

想着萧靖西离开的时候说过的话，任瑶期觉得她应该相信萧靖西，相信他会为了她和孩子完好无损地回来。

萧靖琳看着任瑶期，心里有些担心。若是别的女子听到这种消息肯定会哭出来，可是任瑶期不会，正是因为任瑶期不会，萧靖琳才更加担心，怕她把什么情绪都憋在心里，伤了身子。

可是她现在也想不出什么话来安慰她。以任瑶期的聪慧，她说什么安慰的话都没有用。现在她能做的，只有尽快接应上萧靖西，让他平安回来。

萧靖琳说的马上果然很快,没过多久红缨就过来复命了。

萧靖琳想了想,最后只是将手按在任瑶期的肩膀上,道:"放心。"

任瑶期这会儿已经冷静下来,至少面上已经不见半分慌乱。她抬头对萧靖琳微笑着点头:"嗯,你也要注意安全,我等你们回来。"

萧靖琳点了点头,起身离开。

萧靖琳走了以后,任瑶期随手拿起一本自己搁在炕桌上的书看,想要让自己平静下来,可是看了半天,她发现自己一页都没有翻过。

任瑶期苦笑一声,终于将书放下,卸下伪装出来的淡定。她也只是一个普通妇人,会为身陷险境的夫君坐立难安、心绪难宁。

北面形势复杂,萧靖西下落不明,虽然萧靖琳带人去接应了,任瑶期还是没有办法完全放心。

难道她只能坐在这里等他的消息吗?任瑶期向来认为,尽了人事之后才能听天命。虽然萧靖西现在远在千里之外,她也被拘在王府内院,但是总有些事情是她能做的。

这么想着,任瑶期站起身来。

在一旁小心伺候的苹果立即过来扶住任瑶期:"小姐,您想要什么?"

任瑶期道:"去书房。"

苹果以为任瑶期想要去书房练字画画,不想任瑶期却往外走去。

昭宁殿里有两个书房,正殿的西次间就是一个小书房,平日里都是任瑶期在用,有时候萧靖西也会在这里陪任瑶期看书写字。

萧靖西自己还有一个书房,在昭宁殿的外殿,是他平日里处理公务的地方。任瑶期说要去的书房就是这个外书房。

苹果看了任瑶期一眼,还是什么话都没有说,安静地跟在她身边扶着她的手臂。

虽然萧靖西从未阻止任瑶期去他的外书房,但是任瑶期自己很少会过去。内宅妇人该守的规矩,她都守得让人挑不出错处。

萧靖西的书房有人留守,留守的人是同喜和同贺。

见任瑶期过来,同喜和同贺恭谨地上前行礼叫了一声"少夫人"。

任瑶期点了点头,问道:"你们有书房的钥匙?"

同喜和同贺对视一眼。同贺低头道："回少夫人，小的们每日要打扫书房，钥匙在小的手里。"

"那你帮我把门打开，我要进去。"

同贺看了任瑶期一眼，想了想，最后还是什么也没有问就将钥匙拿了出来，把书房打开。

任瑶期进去之后，同贺和同喜为了避嫌都没有跟进去，只苹果跟着进去伺候。

同喜动了动嘴皮子小声问道："这不合规矩吧？"

同贺撩起眼皮看了同喜一眼，同样动了动嘴皮子："我开门的时候你怎么不说？"

同喜眨了眨眼，他原本是献王府的人，本来就把任瑶期当主子，主子有命，他只能遵从。

同贺面不改色地轻轻动了动嘴皮子："主子很早以前就交代过了，少夫人的命令就是他的命令，我不过奉命行事。规矩再重要也不及主子的命令重要。"

同喜看了同贺一眼，咧嘴一笑，老老实实给里面的主子守起了门。

任瑶期进去之后环顾了一圈，然后径直走到堆满公文的书案后坐下，翻起了书案上的公文。

虽然书案上东西不少，公文成堆，但是萧靖西都是按照类别放置的，所以并不杂乱，任瑶期也不心急，拿起一本本公文细细看了起来。

苹果站在任瑶期身后，一言不发地伺候着。

任瑶期在那里一坐就是好几个时辰，眼见着天色暗了下来，苹果找来灯台点了蜡烛放在书案上，然后不声不响地退了出去。

过了一会儿，苹果端了个茶盘进来搁在一旁的小几上，茶盘里放了一盅鸡汤、一碗粥，还有几碟小点心。

"小姐，先用点东西吧。"

正在琢磨一纸文书的任瑶期回过神来，虽然没有胃口，但是想到肚子里的孩子，她还是走到小几前坐下，一口一口将苹果端来的食物都吃下肚，只剩下几块糕点。

吃完东西之后，任瑶期在书房里来回走了走，便又在书案后坐下了。

直到外头敲响了三更的更鼓,任瑶期才起身,带着苹果出了书房。任瑶期休息了一晚,第二日的早膳依旧用了平日里的量,让王妃特意派来盯着她吃饭的大丫鬟满意地回去了。

　　而任瑶期用完早膳之后便又带着苹果去了书房。

　　任瑶期将昨日找出来的几本公文放在一起,又仔细看了一遍,然后沉思起来。

　　从这些公文中,任瑶期拼凑出一些信息。这个时候任瑶期尤其感激裴先生。她当年跟在裴先生身边读书的时候,裴先生最喜欢考校她从文字中分析有用信息的能力。有时候一本书不能给你答案,但是几本书拼凑在一起就能找到答案。

　　任瑶期思考许久,然后从萧靖西的书案上拿出一张空白的信笺,提笔写了一封信。

　　她写完之后封好口,将信交给苹果:"让袁大勇去一趟河中,将这封信送到我外祖母手上。"

　　苹果双手接过信,低头应下。

　　从书房出去之后,任瑶期带着乐山和乐水去了九阳殿。她还记得王妃交代她的,让她没事多走走。

　　当日,萧靖琳从燕北王府离开之后,带着她的人立即出了城,一路疾驰北上。

　　在离开云阳城半日,抵达圣安县时,萧靖琳突然毫无预兆地停了马。

　　这次萧靖琳带出来的人都是她的心腹精英,她停下马一扬手,所有人都停了下来,动作整齐划一,连马嘶声都是整齐的。

　　"郡主?要原地休息吗?"红缨拉紧马头,出声请示道。

　　萧靖琳淡声道:"你带着他们继续赶路,我会在下一个休息的地点与你们会合。"

　　红缨低头应了一声"是",然后朝后面的人打了一个手势,打马领头飞奔而去。一队人马都跟了上去，没有人往停在一边的萧靖琳身上看一眼。

萧靖琳等人都离开之后才掉转马头。

他们走的并不是官道，而是一条比较宽敞的小路，来路上除了马队经过扬起的灰尘之外，什么都没有。

萧靖琳却冷声道："都跟一路了，出来吧。"

面前依旧什么动静也没有，萧靖琳也不再说话，只冷冷地看着不远处的一条隐藏在石壁后面的山路路口。

过了一会儿，那里终于有了动静，一人一马从石壁后现身，从岔道口走了出来。

萧靖琳看清来人之后微怔，然后很快又恢复成面无表情的样子，盯着策马走到她面前的来人，没有说话。

"怎么发现的？"来人看着萧靖琳，笑叹一声，"我以为自己隐藏得很好。"

萧靖琳淡声道："你的马蹄声与我们的不一样。"

来人闻言看了一眼萧靖琳的马，发现她的马马蹄上包了一层布，这样赶路的时候比较方便，动静会小很多。

来人翻身下马，将马缰牵在手里，抬头看向萧靖琳，笑了笑："果然是在安逸的环境里待太久了。"

萧靖琳皱了皱眉，沉默片刻后也下了马："你来做什么？云家有什么事情需要你出面吗？"

来人不答反问："你是回嘉靖关吗？"

萧靖西受伤的事情，燕北王府并没有外传，所以目前为止只有王府里的几个人知道。

萧靖琳淡声道："你想干涉军务吗？"

来人摇头，看着萧靖琳认真道："不，我只在意你去哪里。"

萧靖琳似是没有料到他会说出这种话，愣了愣，然后又皱起眉头："所以打算一路跟着我去嘉靖关吗？"

"如果我说是呢？"

萧靖琳有些不耐烦，不过还是忍住了，淡声道："我记得你的婚期就定在十几日后？嘉靖关一个来回，你就赶不上了。"

来人，也就是云家大少爷云文廷，闻言眼中却有了些神采："你知道？"

别人不了解萧靖琳，云文廷却是清楚的，像那些无关紧要的小事，萧靖琳向来漠不关心，她却知道他的婚期在十几日后。这让云文廷不得不多想，萧靖琳是不是有那么一点点在意他。

可是萧靖琳依旧没有什么表情："出门的时候听母亲说了，她让我给你留一份贺礼，以免失了礼数。"

云文廷的眸子又黯淡下来。

萧靖琳看着他道："我有军务要处理，你别再跟着我。"

说完这一句，萧靖琳便翻身上马。她正打算掉转马头去追红缨他们，却见云文廷也上了马，且并没有离开的意思。

萧靖琳看了他一眼，抿了抿唇，然后抽了马身一记，她的马便像离弦的箭一般冲了出去，速度快得惊人。云文廷一言不发地跟在她后面。

萧靖琳的马是战马，等闲的马匹肯定跑不过，但是跑了大约一刻钟之后，云文廷还是紧紧地跟在身后，并没有被甩开。

萧靖琳毫无预兆地突然发难，将手中的马鞭狠狠一甩，却不是抽向自己身下的马匹，而是向着只落后她半个马身的云文廷去的。

她动手的时候并没有减速，那马鞭依旧带着凌厉之势，若是真的抽到人身上，肯定得皮开肉绽。云文廷也没有减速，在马鞭快要落到他手臂上的时候，突然往后一仰，轻巧地避开了。

萧靖琳一击不成，在马上一个侧身，抬腿就往云文廷那边扫去，云文廷原本刚要直起身子，听到风声不对，一个侧翻堪堪避过萧靖琳这一脚。

萧靖琳轻哼一声，手里的鞭子又挥过来，这一次她将鞭子舞得虎虎生威，令人眼花缭乱。云文廷便在马上不停地闪避，虽然看起来有些狼狈，却没有被萧靖琳的鞭子甩到，身手竟是罕见地灵活。

这两人一边策马疾驰，一边你攻我躲，幸好这条路偏僻，除了他们二人之外再没有旁人，不然不知道会不会殃及池鱼。

萧靖琳见自己这么久都没有将云文廷打下马，在一鞭子甩向云文廷的同时，突然一脚踢向云文廷身下的那匹马。萧靖琳平日里不会对马这么凶残，今日也是被逼急了，这一脚下去虽然不会真的把马踢伤，但是肯定能让马匹受惊跑不起来。

云文廷躲过萧靖琳带着雷霆之势的一鞭子之后才发现萧靖琳的意图，这时候想要让马避开已经晚了。云文廷突然放开马缰，手在马背上一撑，再轻巧地一跃，在萧靖琳没有反应过来的时候竟然跳到了萧靖琳的马背上，坐在她身后。

萧靖琳一惊，反手就想要把云文廷推下去，云文廷却一把揽住萧靖琳的腰，无奈喊道："琳儿别闹了！会出人命的！"

萧靖琳咬了咬牙，低声喝道："下去！"

云文廷沉默一瞬，然后道："我的马已经被你吓跑了，这里是荒郊野岭，就算要下去也要等到了下一个城镇。"

萧靖琳冷声道："你不下去就别怪我不客气！"说着就要动手。

云文廷道："琳儿，你再闹我就把这匹马踢伤，我不介意跟你走着去嘉靖关。"

萧靖琳呆了呆，似是有些难以置信云文廷会说出这种无赖的话。

萧靖琳认识云文廷十几年，云文廷对萧靖琳就算说不上言听计从，也向来事事顺着她，并且比她这个女孩子还要注意修养，恪守礼仪。可是今日的云文廷让萧靖琳感到陌生。无论是他不管不顾非要跟上来，还是他与她共乘一骑，甚至威胁她。

年幼的时候两人在一起好几年，几乎形影不离，但即便是那个时候，云文廷也会注意男女大防，不会做出任何逾矩的事情。

而那时候萧靖琳喜欢云文廷，正冥思苦想着要如何表白才能让意中人心甘情愿地当她的郡马。萧靖琳曾看到一些关外的男女会同乘一骑，美好的画面让她心生向往，便约了云文廷骑马出城，然后趁着云文廷去给她摘野果的时候故意把自己的马放跑……

小小年纪的萧郡主一本正经地对捧着野果回来的俊美少年道："表哥，我的马刚刚受惊自己跑了，你带我回去。"

俊美少年连忙上前查看她有没有受伤，见她没有大碍之后松了一口气，让她上了自己的马，然后……

然后就没有然后了。

守规矩的好少年云文廷让萧靖琳骑上他的马，他则一路牵着马走回去。

表白心意失败的萧郡主一连冷了三天的脸，把嘉靖关西城门外的一棵大树踢歪了，最后长成了歪脖子树。

王妃总是抱怨自己的女儿长这么大了还不开窍，其实王妃当真误会萧靖琳了，萧靖琳在民风彪悍的边关长大，从小就知道感情的事情要顺从自己的心意，所以她不是不开窍，而是开窍开早了。

萧靖琳思绪飘远，便忘记了挣扎。

云文廷在萧靖琳身后轻轻环住她，手臂却忍不住发颤。

萧靖琳回过神来之后也不挣扎了，淡声道："放开我，坐好。你抖得我快握不住缰绳，腿软吗？"

云文廷："……"

揭人揭短，打人打脸，这是萧郡主向来坚持并贯彻的。

云文廷将手松开些，但没有完全放开，仍虚扶在萧靖琳的腰侧。

"我暂时不回嘉靖关，等到了前面的大安城，你自己去找匹马回去。"

萧靖琳也不管云文廷了，虽然云文廷的贴近让她感觉有些别扭，但也不是无法忍受，她打架的时候也不是没有跟男子过过招，肢体接触也是有的。

云文廷却道："你去哪里？"

他说话的气息就在萧靖琳的耳后，萧靖琳痒得想要缩脖子，不过还是忍住了。

"这是军务，我不能告诉你。"萧靖琳冷冷道。

云文廷也不在意，只是低声道："那我跟你一起去，我的身手还未荒废，总能帮上你。"

萧靖琳终于不耐地勒住马："你到底想做什么？"

云文廷叹了一口气，语气却很温柔："不做什么，你去哪里我就去哪里。"

萧靖琳愣了愣，然后一把挥开云文廷放在她腰间的手，淡声道："我已经决定常驻嘉靖关，父王也已经同意了，难不成你要跟我一起守边关吗？"

"有何不可。"云文廷低声道，"琳儿，人一生中难免会犯错误，我是普通人，所以自然也不例外。但是错过一次就不能有改正的机会了吗？"

萧靖琳沉默片刻，索性下了马，顺手将云文廷也拉下来。

两人相对站立，萧靖琳皱着眉头对云文廷认真道："我陪母亲看戏的时候，发现世人总喜欢看一些破镜重圆的戏码。我不懂，一段关系会破裂，就说明双方之间的矛盾无法调和，或者经过权衡之后将这段关系舍弃了。既然如此，即使再开始一万次，结果不都是一样吗？矛盾依旧存在，被舍弃的也仍然会被舍弃。你是聪明人，为何不明白这个道理？"

云文廷看着萧靖琳，神色晦暗难明，声音暗哑："不管你信不信，我从来没有拿你与任何东西做权衡，如果有，被舍弃的也绝不会是你。"

萧靖琳面无表情地看着云文廷："那又如何？矛盾依旧摆在那里，不是你装作看不见它就不存在。你能躲开一次，还能躲开第二次、第三次吗？你是普通人，你会犯错，我也是普通人，所以我年少时也犯过一个错误，不过我已经改了。希望你也能改了。"

说完这一句，萧靖琳利落地上马，这一次她没有给云文廷爬上她的马背的机会，双腿一夹马腹，半点犹豫也没有就绝尘而去。

云文廷看着那一人一马渐渐消失在自己的视线里，苦笑一声，喃喃道："错误吗？"

云文廷不知道在那里站了多久，直到他叹息了一声，将手放在唇边打了个呼哨，不多会儿来路上就响起一阵马蹄声，之前被萧靖琳赶跑的那匹马很快就跑了回来。

云文廷摸了摸马头，然后翻身上马，朝着萧靖琳消失的方向追了过去。

萧靖琳心情很不好，因为当她如约到达大安城与自己一干下属会合之后不久，发现云文廷又跟了上来。这一次云文廷没有隐藏行踪，而是光明正大地跟在他们的马队后面。

萧靖琳的下属大部分都认识云文廷，不由得好奇地看看云文廷，又看看萧靖琳。他们都看出来萧靖琳脸色不好看，所以什么也没有问。

萧靖琳想着要尽快赶去武州找到萧靖西，没有时间与云文廷磨叽，所以见他非要跟在他们后面，也就懒得去赶人了。她倒是想动用武力把云文廷打趴下，可是云文廷的身手并不比她弱多少，不动真格的她还真拿不下云文廷。

离开大安城之后，萧靖琳不眠不休地赶路，终于到了武州边界。他们还未进城，就有一队人马迎了过来，打头一人身穿白色儒袍，端坐马上，看起来儒雅又英挺，让萧靖琳队伍里不少女将都红了脸。

"闵将军，有消息了吗？"萧靖琳看到闵文清的时候，并没有什么特别的反应。

闵文清正要说话，转眼看到不远处下马走过来的云文廷，眼睛微微一眯，然后转头对萧靖琳笑道："还请郡主借一步说话。"

萧靖琳点了点头，跟着闵文清走到一旁去说话了。

云文廷看了一眼，没有不识相地跟上去。

萧靖琳见离着别人都远了，便停住步子："行了，就在这里说吧。"

闵文清看了一眼远处站立着的云文廷，笑道："云大少爷怎么来了？"

萧靖琳皱了皱眉："不知道，你可以去问他，现在先说正事。"

闵文清看了看萧靖琳，微微一笑，然后拿出一封信笺递给萧靖琳："郡主先看看再说。"

萧靖琳接过闵文清手里的信展开，里面熟悉的字迹让她愣了愣。她看了闵文清一眼，皱了皱眉，然后将那封信迅速看完。

"这是他什么时候给你的？"萧靖琳抬头问闵文清道。

"在接到二公子受伤的消息之后。"闵文清回道，不待萧靖琳再问，闵文清又道，"二公子在信中说，要郡主尽快赶来武州，代替他主持大局并参加和谈。我怕把这封信捎去燕北王府，时间太长会引起什么变故，所以就干脆等您过来再说。"

萧靖琳抿了抿唇："他人在何处？"

闵文清叹了一口气，摇头道："二公子的行踪……依然不明。"

萧靖琳的脸色有些不好看了。

闵文清安慰道："我想二公子让人捎这封信给郡主，应该还有报平安的意思。二公子他智计卓绝，肯定是在路上遇上了突发状况，然后改变了行程。"

萧靖琳皱了皱眉："信上头也不交代一下他的伤势，不知道伤得重不重。"

闵文清想了想，问道："不知郡主能否肯定这封信确实是出自二公子之手？"

萧靖琳闻言将萧靖西的信又看了一遍，然后颔首道："是他亲笔所写。"

闵文清闻言笑了："那郡主可以放心了，二公子应该没有受伤，就算是伤了也肯定是轻伤。"

萧靖琳不由得抬头看向闵文清。

"虽然二公子并未在信上交代自己的伤势,不过之前的消息说二公子被人用箭射伤了右胸。"闵文清指了指那封信上的字迹给萧靖琳看,"可是,这信上的字分毫不见滞凝,郡主你也是习武之人,应该知道胸腹部的伤势或多或少会影响到手的力道,所以我说这封信其实是二公子写来报平安的。"

萧靖琳听闵文清这么一说,又仔细想了想,果然展了颜。她将信收了起来:"我等会儿让人把这封信捎给瑶期,她肯定能看懂萧靖西的意思。"

闵文清盯着萧靖琳脸上的笑颜看了好一会儿才笑道:"郡主何必这么麻烦?直接给少夫人报个平安不就好了?"

萧靖琳摇了摇头,脸上的笑意也收敛了:"他既然选择用这种方式报平安,那就自有他的理由,所以他没有受伤的消息,我们先不要传出去。"

闵文清若有所思地看了萧靖琳一眼:"郡主的意思是……二公子身边有敌人安插进来的眼线?"

萧靖琳道:"谁知道呢,谨慎点总是好的。"

闵文清点了点头:"好,我知道了。"

两人谈话告一段落之后,萧靖琳二话不说就走了,闵文清只有无奈地跟上去。

云文廷虽然站得很远,但是视线一直没有离开过萧靖琳,包括萧靖琳对着闵文清笑的时候。

云文廷和闵文清两个相看两厌的人再一次见面,气氛一点也不像上次那般剑拔弩张,当着萧靖琳的面,两人依旧笑着打了招呼。

云文廷将挂在萧靖琳那匹马上的水壶拿下来,动作自然地递给萧靖琳,萧靖琳也顺手接过去,然后两人都愣了愣。

云文廷看向萧靖琳的眼中带着笑意,萧靖琳拿着自己的水壶面无表情地离开,去找红缨吩咐送信的事情。

闵文清双眼微眯,嘲讽地看着云文廷:"云大少爷,你这又是唱的哪一出?"

今日的云文廷脾气倒是很好,甚至对着闵文清的时候还肯和颜悦色:"说起来我还要谢谢闵将军。"

闵文清勾了勾嘴角，看上去皮笑肉不笑的。

云文廷也笑了："若不是有闵将军的出现，我怕是不会这么快就想通。"

闵文清挑了挑眉："哦？不知道云大少爷想通了什么大事。"

云文廷看着他笑道："想通了该放手的东西就放手，然后用余生好好珍惜自己放不下的。"

闵文清闻言，冷冷一笑："哦？那不知云大少爷有没有问过让你放不下的那人的意愿？"

云文廷微微一笑，语气却没有什么温度："干卿何事？"

闵文清正要回话，却见那边萧靖琳已经上了马，正要进城。

云文廷没有再看闵文清，自顾自地上了自己的马，闵文清冷眼看着云文廷上了马，自己也上了马，然后策马走到萧靖琳身侧，笑道："郡主请跟我来，我已经安排好了休息的地方。"

说着，闵文清又看向云文廷，笑容不变："云大少爷应该不会在武州久待吧？再过几日就是你大喜的日子，我与郡主都有公务在身，怕是赶不及去喝你的喜酒了。我一会儿就派人送你回燕北。"

云文廷见他几次三番在萧靖琳面前提及他的婚事，心中不悦，面上却不显，只淡声道："不劳将军费心。"

闵文清微笑，正要再说几句，却突然听到一声马嘶，转头便看到萧靖琳已经策马离开。

云文廷没有再搭理闵文清的挑衅，骑马跟了上去。

第五十八章

反 叛

萧靖琳到了武州之后便按萧靖西信中所言接手一应事务。

此时朝廷的人和辽国使臣也陆续抵达武州，萧靖琳将这些人交给闵文清周旋，她自己则派出人马暗中去查探萧靖西的行踪。

燕北王府在武州有一座官邸，萧靖琳来武州之后便住在这座官邸里。云文廷虽然一直跟着萧靖琳，却没有去住官邸，而是住在武州的驿站，只是白天的时候才会去帮萧靖琳处理一些公务。这段时日，萧靖琳最烦的那些文书工作就由云文廷接手了。为了避嫌，他也自觉地只处理一些普通公务。

萧靖琳对云文廷也没辙，云文廷虽然总是在她左右出现，但是人家只干活儿不说话，不仅十分识趣，还任劳任怨。萧靖琳就算一开始有些生气，慢慢地对云文廷也发不出火了。所以说，云文廷对萧靖琳的脾气的把握还是十分精准的。

直到有一日，萧靖琳实在忍不住对云文廷道："你现在离开的话，还赶得及回去成亲。"

云文廷闻言只是笑了笑，又低头去看文书。

萧靖琳心情烦躁，走过去敲了敲那张云文廷暂用的厚实而朴素的榆木书案，居高临下地看着他："没有用的云文廷，你还是赶紧麻溜儿地滚蛋吧！你留在这里只是浪费时间，根本不可能改变任何结果。"

在云阳城的时候，萧靖琳受任瑶期的影响又有王妃的压制，还是很文明守礼的，这是环境的约束。现在到了这里，成日跟军营里的人混在一处，粗鲁的话便能很自然地说出口，虽然她自认为是燕北军中最有风度的将领。

云文廷抬头看了萧靖琳一眼，然后将之前沏好的一杯苦丁茶递给萧靖琳，淡声道："我没想要改变什么结果。"

萧靖琳挑眉："那你这阵子纯粹是跑来干好事的？"

云文廷闻言看着萧靖琳笑了笑："不是。"

"那是为什么？"萧靖琳暗中翻了一个白眼。

云文廷想了想："因为我高兴。"

萧靖琳："……"

萧靖琳从来不知道原来云文廷也有噎人的本事。

"陪在喜欢的人身边，做自己力所能及的事情，不是一件令人愉悦的事情吗？"云文廷反问道。

萧靖琳愣了愣。她并没有因为云文廷的表白而脸红心跳，倒是想起了之前任瑶期说的那句话，任瑶期告诉她"喜欢一个人除了牺牲、奉献、无怨无悔，最重要的是会感到快乐。否则就不是喜欢，而是执念。"。

萧靖琳不由得问道："云文廷，你喜欢我多久了？"

云文廷并不惊讶萧靖琳的直白，但是这个问题还真不好回答，他有些尴尬地道："很久了。"

萧靖琳点了点头："那这些年你快乐吗？你离开嘉靖关之后的这些年。"

云文廷微怔，这一次他沉默了许久。

萧靖琳就站在那里看着他，也不催促，只是目光中隐含着一丝复杂，她也不知道自己想要听到怎样的回答。

云文廷想了许久，才又抬头看向萧靖琳："从我出生开始，就被定为云家的继承人，肩上的担子太重，这些年我只能做自己应该做的事，却不是自己想做的事。"云文廷顿了顿，低声道："我以为自己是不快乐的，但是并不是没有心情愉悦的时候。琳儿，我的不快乐是我的出身决定的，但是我所有快乐的事情都与你有关。"

这些年，云文廷在闲暇之余最喜欢做的事情就是搜罗天下的美食，再暗中透露给萧靖琳身边的人知晓，因为他知道这是萧靖琳喜欢的。但他做这些并不是为了讨好萧靖琳，也不是道歉，只是自私地想让自己开心一些。所有与萧靖琳有关的事情，他做起来都能感到身心愉悦。

萧靖琳没有说话，端起那碗苦丁茶喝了一口，皱了皱眉："苦的。"

云文廷笑看她一眼："你需要清清火。而且，你仔细品品，并不全是苦味。"

萧靖琳看了云文廷一眼，然后仰头豪迈地将那一碗已经放温的茶灌下喉。什么品不品的，她从来没那份闲工夫。

云文廷有些无奈又宠溺地看着她，接过她手里的空碗。

萧靖琳喝完之后心想，这茶苦中带甘，也不是完全下不了口。

萧靖琳还是什么也没有说就转身出门了，今日还有不少事情要忙。

云文廷目送她离开，然后又低头看起了公文。

等手中的事情暂时告一段落之后，云文廷才铺开一张信笺提笔写信。他写好信之后封好，然后召来自己的小厮，交代了他几句。云文廷独身一人跟着萧靖琳来了武州，他的小厮是后来才追上来的。

萧靖琳很快就知道云文廷送了一封信出去，派人跟了上去，最后得知那封信是送往燕北军某一驻地给他弟弟云文放的。

云文放自上次逃婚离开云阳城之后就与云家断了往来，云家的长辈都不太清楚云文放的行踪，只有云文廷知道。

同一时间，任瑶期在云阳城里也接到了萧靖琳派人送回来的萧靖西的那封信。将信看过两遍之后，任瑶期终于松了一口气。她熟悉萧靖西的笔迹，又精通书法，闵文清能看出来的问题她自然也能看出来。

云家的气氛却不怎么轻松。

之前云文廷让人交代一声就离开了云阳城，云家的长辈们原本并不怎么担心，因为云文廷毕竟不是云文放。身为云家的继承人，云文廷做事从来不会任性妄为，知道以大局为重，所以云家的长辈也只以为云文廷同以往一样是去什么地方处理云家的事情了。

但是在离着云文廷成亲的日子只有两日的时候，云文廷还没有回来，云家就不得不着急了。云家开始派人去找云文廷，却始终一无所获。云文廷毕竟在嘉靖关的军营里待了几年，隐藏行踪摆脱追踪这种事情他做起来并不难。

在云文廷成亲的前一日傍晚，云家长辈都急上火的时候，云家少爷终于回来了，只是回来的不是新郎官云文廷，而是云家的不肖子云文放。

这还是云文放成亲之后第一次回云家。

云文放的父亲云大老爷看到他就骂："你还回来做什么！"

云文放的相貌并没有变，只是那双原本晶亮的星眸，变得越发深邃而暗沉，整个人的气质也不一样了。云家的人也不得不承认，这个总是捣蛋惹祸的小儿子终于长大了。

"回来成亲。"云文放弯了弯嘴角。

他一说话，还是能气死一干长辈。

"你成什么亲？"

云文放的目光在厅里扫了一圈，在自己名义上的妻子孟氏身上顿了顿，然后又不带任何情绪地转开眼，漫不经心道："明天不是要娶那个什么赵家女嘛，我不赶回来她怎么进门？"

这回连云老太太也忍不住皱眉道："什么意思？"

云文放对着他祖母恭谨地道："我哥他回不来了，不就是娶个女人嘛，我替他娶了，反正娶一个还是娶两个都没差。"

孟氏闻言一呆，又是委屈又是气愤。

她嫁到云家快一年了，云文放连面都没有露，若不是她之前就对云文放有好感，云家长辈又都拿她当女儿疼，早就气得回娘家了。

今日得知云文放回来，她心里欢喜得不行，出来的时候衣裳换了三套。她以为自己终于熬过来了，她夫君愿意回来了，却不想云文放只是轻飘飘看了她一眼。

云文放那一眼很冷淡，就像他看的并不是他的妻，而是一件可有可无的摆件，且这摆件还没有放对地方，阻了他的视线。孟氏刚刚还热乎的心瞬间就被浇了一盆凉水。

偏偏他还说出这种戳她心窝子的话。

云老太爷正从外面进来，听到这不着调的话气急攻心："胡闹！婚姻大事岂可儿戏！"

"那就当是替我哥娶的？当初你们给我娶妻的时候不是让我哥代劳的吗？

他帮我，我帮他这不挺好？"云文放笑道。

还是老太太稳得住。她止住云老太爷的斥责，问云文放道："你的意思是要替你兄长迎亲？"

云文放弯唇道："嗯，就是这个意思。不过如果你们能找到比我更适合的人，我就不凑这个热闹了。"

云文放说完，众人都沉默了。

这场婚礼势必是要进行的，如果云文廷真的不回来，云家确实找不到比云文放还合适的人。

听明白云文放的意思，云老太爷的脸色也缓和一些。

云老太太想了想，最后道："你先准备准备，如果你哥哥到明日还不回来，就由你替他去迎亲吧。"

众人也都赞成。

云家的人对云文廷能回来还是抱有几分希望的，毕竟云文廷从未出过差错。

云文放闻言只是挑了挑眉，也没再多言。

云老太太又将大太太叫过去交代了几件大事，云老太爷先走了，临走还冷着脸示意云大老爷带着云文放去书房找他。

云文放正琢磨着是不是要找个机会溜走，好逃避长辈的说教，正在与大太太说话的云老太太却突然开口道："其他人都退下吧，放儿你留下，祖母有话与你说。"

云大老爷看了看自己的母亲，然后撇下云文放自己先跟老太爷去书房了，其他人也都依言退了下去。

整个云府，云文放也就是对这个自幼就疼爱他的祖母的话还听上几分，所以云老太太开口他便留下了，等着他祖母和母亲谈完正事之后，老太太让大太太也先下去了。

屋子里只剩下祖孙二人。

云老太太面上的表情柔和了几分，冲云文放招了招手："过来让祖母看看，我怎么瞧着你又瘦了，还黑了？"

云文放走到云老太太的罗汉床上坐下，任由他祖母掰着他的脑袋左右打量，与以往一样脸上带着讨喜的笑。

云老太太突然皱了皱眉，摸到他的耳朵上方的发际线处："头上受伤了？什么时候的事？"

云文放闻言伸手摸了摸之后才想起来，不甚在意道："之前伤到的，没事，只是擦破了点皮。"在军队里哪里有不受伤的？他身上比这严重得多的伤口多的是。

云老太太摸着那道伤疤，看了云文放半晌，终于叹了一口气。

"你从小没吃过苦，我们都以为你在外面受了罪就会自己回来，却不想……放儿，你告诉祖母你是怎么想的，走这条路，你是认真的，还是只是想玩玩？"

云老太太对着云文放从来都是嘘寒问暖关心衣食住行，还是第一次和他聊起正事，这反而让习惯在老太太面前插科打诨的云文放不适应了。

"是认真的如何，玩玩的又如何？"云文放笑着问他祖母。

云老太太并不生气："你若是认真的，家族自然会支持你。"

云文放扯了扯嘴角："那倒不必，我要走的路云家帮不了我。我从来没有为家族做过什么，自然也无须家族插手我的前程。"

云老太太看了云文放半晌，神情有些复杂。她终于明白，这个孙儿尽管在自己面前与年少时并没有太大的变化，但是他确实已经长大了。

云文放却有些好奇地问道："孙儿一直有一事不明，想要请祖母解惑。"

"何事？"云老太太问。

"自小您对我与对我哥的态度就不同，长辈们不都盼望自己的儿孙成才吗？您对我好像并没有期许。"云文放看着云老太太道。

云老太太沉默许久，终于叹了一口气："你还记得你小时候养过一条狗吗？"

云文放闻言不由得挑了挑眉，那一次他哥也提起过这件事情。

"记得，它咬了我一口，然后被管事打死了。"

云老太太却摇了摇头，看着云文放道："你心里明明清楚，让它死的不是管事，而是我。"

"然后你却让人将管事的双腿打折了。"云老太太叹了一口气，"一个人手中有多大的权力决定了他能成多大的事，同样也决定他会犯多大的错。放儿，你脑子聪明，性情坚定，这原本是你的优点，可是你太执拗了，不懂得放弃和妥协。在你指使得动两三个随从的时候，就能为了自己喜欢的一只畜生杖责祖母的心腹，如果你手中握有更大的权力又会如何？"

云文放不由得愕然，难以置信地道："就因为这件事情，您决定把我当废物养？"

云老太太皱了皱眉，似是对云文放的形容不赞同，不过她还是没有说什么，只是道："我问你，如果你是云家的继承人，云家半数的势力和云家上下大部分人听你调遣，当初萧家二公子成亲的时候，你会怎么做？"

云文放听到萧靖西的名字，眼神便冷淡下来。

云老太太看着孙子苦笑着摇头道："但凡有一分成功的希望，你都会去跟萧二公子抢人吧？你不会因为顾忌着萧二公子的身份和燕北王府的势力而退却。放儿，这样的你，祖母怎么能放心将云家交到你手中？"

云文放冷着脸没有说话。

云老太太轻轻摸了摸云文放的头："放儿，你别怨祖母。祖母当的是整个云氏一族的家，实在不能拿家族的命运开玩笑，不然等祖母老了下了地府，哪里有颜面去面对云家的列祖列宗？"

"难怪这些年您这么纵容我，比起拖累云家而言，那些小错根本就不算什么……"云文放嘲讽地扯了扯嘴角。

云老太太看着这个天生反骨的孙儿，张了张嘴，终究没有说什么。

云文放道："那您刚刚问我以后的打算，说家族会给予我支持，也只是随口说说？"

云老太太摇了摇头："不，放儿。我之所以会这么说是因为你现在长大了，或许祖母以前有些事情做得并不正确。"

云文放点了点头，扯了扯嘴角道："您说得没错，我确实是得到教训了，且终生难忘。您以后也无须担心我会为了什么人或者事拉着云家一起陪葬，有些事情经历一次就已经足够，我也没有什么可坚持的事情了。"

云老太太闻言却并没有表现出高兴："我一直盼望着你能明白这个道理，可是到了你真的明白这一日，我却宁愿你不明白。"

云文放闻言不由得笑了，还顺口说了句软话："那是您疼我。"说着就想要起身告退。

云老太太却突然问道："廷儿到底在哪里？他……还回来吗？"

云文放转头看了云老太太一眼，认真道："祖母，我哥已经为家族牺牲了那么多，家族能放过他一回吗？比起我这个不肖子，他其实并不欠云家什么。"

云老太太摇了摇头："他是长子嫡孙，云家是他应该肩负起来的责任，逃脱不得。这阵子就暂且让他出门透透气儿吧，让他玩够了就回来，我不责罚他。"

云文放闻言突然笑了，有些吊儿郎当地眨了眨眼："祖母您看我怎么样？"

云老太太有些不解地看向云文放。

云文放半真半假地道："您可不止他一个孙子啊，您自己也说我现在长大了，有些事情我以前做不来，不代表现在的我做不来。我哥他心不在此，您勉强将他拘起来又有什么意思？"

云老太太看了云文放半晌，皱眉道："你是认真的？"

云文放笑道："自然是真的，我哪敢与祖母您开玩笑？"

云老太太眉头皱得更紧："放儿，你的性子不合适……"

云文放不在意地挥了挥手："合适不合适得干了才知道，当初我去军营的时候您觉得我合适吗？结果我不是过得很好？"

云老太太不说话了。

云文放也没有再说这件事情，祖母总是说他太执拗，她老人家自己不也一样吗？

"时候不早了，孙儿先下去休息了。"赶了几日的路，回来之后也没得到放松，云文放就算是铁打的身子也有些吃不消了。

云老太太原本正皱着眉头想事情，闻言回神连忙道："你既然回来了，就好好在家待着别四处走了。孟氏她现在住在你院子里，你过去看看她。你既然已经长大了，那就要有大人的样子，就算不喜欢孟氏也要掂量一下她背后的孟家，不要再意气用事。"

云文放闻言，正往外走的步子微微顿了顿，然后露出一个笑容："知道了，祖母。"

云文放从云老太太房里出来之后,想了想,还是回了一趟自己的院子。

一踏进院门,云文放就不由得顿住了步子。

原本摆放在院子里的那对五彩琉璃鱼缸不见了,倒是多了好些花花草草。他一进院子就能闻到一阵花香。

云文放原本的大丫鬟玉珠一早就候在院子里了,见他回来连忙跑过来,眼眶红红地道:"少爷,您回来了?"

云文放看到自己的丫鬟,露出个懒懒的笑容,一边往正房走,一边随口问道:"那两只鱼缸呢?"

玉珠道:"少爷您原本养的那两对金鱼死了,少夫人不爱养鱼,索性让人将那对空鱼缸搬下去了。"

云文放闻言挑了挑眉。

孟氏是先云文放一步回来的。因为云文放的态度,孟氏一回来就躲在东次间里哭。

听到丫鬟禀报说二少爷回来了的时候,孟氏犹豫了一下,便依旧坐在南炕上抹眼泪,没有迎出去。她的几个大丫鬟都在她身边安慰她。

云文放一进来就发现自己住了十几年的屋子竟然变得有些陌生。孟氏换了他房里好几件家具,都是式样花哨繁复的黄花梨木,还有博古架上陈列的几件古玩瞧着也眼生得很,应该是孟氏带来的嫁妆。

"少爷,少夫人在那边。"玉珠朝云文放使着眼色,小声地道。

云文放扯了扯嘴角。他自然知道孟氏在里间,都已经听到她的哭声了。

一个丫鬟还刻意扬声道:"小姐您别哭了,仔细哭坏了身子,老爷太太心疼。太太不是说了吗,如果云家容不下您,总还有一个孟家在。而且您看姑爷不是回来了吗?这是大喜事啊!姑爷瞧着就是个明辨是非的,肯定能明白您这些日子的苦楚……"

云文放站在原地听了一会儿,然后便过去撩开了东次间的帘子。

哭得眼睛都肿了的孟氏,和围在她身边的四个丫鬟也都看了过来。

孟氏哭了一场,看到云文放进来的时候不免有些窘迫,最后还是站起身,吸着鼻子屈膝福了福。

云文放声音懒洋洋的:"怎么哭了?谁惹你们少夫人生气了?"

之前那伶牙俐齿的丫鬟闻言,气得脸都白了,张嘴想要说什么,孟氏却轻轻地拉了拉她的衣袖。

云文放这才将目光放到孟氏身上,笑道:"我有些话要与少夫人说,都先下去吧。"

几个陪嫁丫鬟都看向孟氏,孟氏点了点头,她们才离开。

云文放没有与孟氏同坐炕上,而是将远处一张凳子扯过来,离着孟氏不远不近地坐了。

"你有什么想要对我说的吗?"云文放看着孟氏笑着问道。

孟氏还是头一回与云文放坐这么近单独说话,又对云文放有情,说起话便因心里紧张而结巴起来。

"我……我唤人上茶来……"

云文放闻言似笑非笑地看了她一眼:"不必客气。"

孟氏咬了咬唇,一副又快哭出来的样子。

云文放环顾了一下四周,随意问道:"住得可还习惯?"

这像是一句关心的话,孟氏不由得抬头看了云文放一眼:"还、还习惯。"

云文放点了点头,笑道:"我想也是,因为我瞧着倒是不习惯了。"云文放院子里的摆设被孟氏换掉了大半,虽然他平日里并不在意这些事情,但他以前是很讨厌别人不经他的命令动他的东西的。

孟氏脸色一白,张了张嘴想要解释什么,却被云文放打断了:"倒也无妨,你喜欢这样的布置,那就继续住着吧。"

孟氏闻言,不由得鼓起勇气期期艾艾地道:"你这次回来多久,住在府里吗?"

云文放挑了挑眉,嘴角挂着笑,眼神却冷冰冰的,还带着些讽意:"你希望我住多久?"

孟氏不敢看他,所以没有听出他话中的嘲讽,红着脸道:"祖母、母亲她们都很惦记相、相公你,若是能多留些日子,她们定会欢喜的。"

云文放听到这个陌生的称呼时微微眯了眯眼,盯着孟氏半晌没说话。

孟氏红着脸抬头偷看了云文放一眼,却看不懂云文放的眼神。

"等我兄长的婚事告一段落就离开。"云文放扯了扯嘴角回道,"之前你丫鬟说让你回孟家的话也有些道理,你若是在云家住得不愉快,就回孟家住吧。"

孟氏立即解释道:"我……那只是她们随口说的气话,相公你别生气。"

"我不生气。还有,别让我再听到相公这个称呼。"云文放哼了一声,眼中的厌恶一闪而逝。

见孟氏愣愣的不说话,云文放笑吟吟道:"孟姑娘,想必你也清楚,当初娶你进门并非我的本意。云家未曾过问我的意思就将你迎进门,让你独守空闺这么久,你若是心有怨言,就跟云家的长辈和你们孟家的长辈说。"

孟氏已经当场惊呆,忘记反应了。

"开诚布公地说,之后几年我会一直待在军中,没有时间回云家,就算回了云家,这陌生的院子我也不打算住了。你我虽有夫妻之名,却无夫妻之实。这一点,大家都清楚,这么一直耽误你,我也挺不忍心的。所以你若是想要和离,我也没有意见。你年纪还小,离了云家之后,以孟家的条件仍可另寻一门合意的婚事。"

云文放难得耐心地循循善诱。

孟氏呆怔半晌突然就哭了起来:"你、你这是何意?"

孟氏的长相其实还算不错,尤其她哭得梨花带雨的时候,一般的男子见了难免会心生怜惜。

只可惜云文放并不是一般男子。他冷漠地挑明道:"意思就是你若是愿意待在云家那就继续待着,以你云家二少奶奶的身份。但是我不会回家,不会与你共睡一榻,更不会动你。你在云家与守活寡无甚区别。所以你若是想要与我和离另寻美好姻缘的话,我很赞成并且会很配合。"

云文放觉得,自己能如此直白地告诉孟氏这些话已经算仁至义尽了,不然就与之前孟氏独守空闺的这一年一样,维持着两人虚假的婚姻关系,才是对他有益的。

云文放也曾努力忽视自己妻子这个位置已经被一个不相干的人占了这件事,但是他原本就是一个纯粹又自我的人,也不屑占女人的便宜。

这些话对于孟氏而言犹如晴天霹雳。她只有一个想法，那就是她相公要休了她。两人婚后第一次见面，还没有圆房，他就要将她休了，这对于一个女人而言简直是奇耻大辱。

孟氏在做姑娘的时候算得上是一个本分的姑娘，太撕破脸的事情她还从未做过，所以就算是被云文放的话气得发抖，也没有闹起来，只是捂着脸在那里哭。

云文放毫不怜香惜玉，见自己的话已经说完了，便拍了拍衣裳的下摆，站起身准备走了。

"我近三日还在云阳城里，你若是有了决定可以派人告知我，我不会让云家的人拦你。"

说完这一句，云文放转身就走，哭得不能自已的孟氏猛地抬头道："你是不是已经有了心仪之人？"

孟氏并不笨，云文放这般言行再结合她之前偶尔从云家下人可怜她的那些话里听出来的端倪，云文放像是另有喜欢的人。

见云文放不说话，孟氏忍着心酸和屈辱道："你若真放不下那人，我也不是容不得人的，你将她纳进府为妾，我、我不嫉妒就是了。"

孟氏这种大家族出身的女子，自是听过一些故事的，孟氏猜测那女子可能是因为身份与云文放不相配，所以云文放无法将那姑娘娶进门。既是如此，她也能忍受云文放纳那姑娘为妾，毕竟再如何也只是一个妾，身份上越不过她去。

孟氏的话倒真让云文放停住步子朝她看了过来。

"你为正妻，她为妾？"云文放玩味地问。

孟氏咬牙点头："你若是不方便说，我可以去找祖母和母亲说。"

孟氏心里委屈得不行，却还是愿意为挽救自己的婚姻而妥协。

不想云文放却笑了，说出来的话像是叹息，只是一字一句让人忍不住心里发寒："很久以前我也曾这样想过，不计一切代价将她弄进府里再说。那时候我觉着名分并不算什么，她在名分上吃点亏，大不了我宠着护着她就是。如果她与正妻相处不来，我可以让正妻变成祠堂里的一座牌位，逢年过节三炷香就打发了，这样也没有人能压着她。"

这下孟氏脸上的血色立即就褪尽了，怔怔地看着云文放逆着光的身影，说不出话来。

云文放看着孟氏的脸色，笑得有些恶劣："所以你应该庆幸，她不能进云家的门，否则……"

云文放没有把话说完，意味深长地看了孟氏一眼之后就转身离开了。

孟氏身子一软，面无血色地瘫倒在炕上。

没有人看到，云文放一离开自己的院子，脸上那玩世不恭的笑容就消失了，眼眸乌黑深沉，浓得好似拨不开的云雾，将一切失意痛苦都掩映在当中。

四个大丫鬟在云文放离开之后不久就进来了，看到孟氏脸色惨白浑身发抖地趴伏在炕上一动不动，都吓了一跳，全围了过去。

"小姐！"

"小姐您怎么了？"

走近一看，丫鬟们才发现孟氏无声无息地流了一脸的泪，眼神却空洞无神，像是被什么东西拘了魂魄似的。

也不知道过了多久，孟氏才窸窸窣窣地爬起来，一边抹泪一边吩咐丫鬟道："去收拾东西。"

"小姐？收拾东西做什么？"丫鬟们不解。

孟氏闭了闭眼："我要回家见母亲。"

一个大丫鬟劝道："小姐，明日就是云家大少爷娶亲的日子，这个时候回去怕是不太好吧？不如再等几日？"

孟氏一脸心如死灰地摇了摇头："不，现在就走，马上，立刻就走。我一刻钟也待不下去了。"说完孟氏又趴伏着哭了起来。

丫鬟们面面相觑之后也只能去请示了。

虽然云家的长辈对孟氏向来很宽容，但是如果要出门的话，还是需要与云大夫人报备一声。

云家大夫人这会儿正为云文廷的婚事焦头烂额，生怕明日里会因云文廷不在而出什么纰漏。向来乖巧的二儿媳偏偏这时候来添乱，云大夫人心里对媳妇的要求有些不悦，和颜悦色地拒绝了孟氏的丫鬟。云家明日就要办喜事了，孟氏这个时候离开夫家回娘家，肯定会惹来不少闲言碎语。

丫鬟回来禀报大太太的意思之后，孟氏咬了咬牙第一回无视了婆母的意见："不，我要回去。"

孟氏也不再收拾什么行李，带着几个陪嫁丫鬟直接走了。

原本还没有人在意，就连云大太太也不怎么操心这种小事。毕竟孟氏平日里除了爱哭之外还是很乖巧的，所以一路上也没有什么人敢拦着她。等到云家的长辈从百忙之中明白过来孟氏自己回了娘家的时候，才意识到事情的严重性。

明日是个大日子，云家不想节外生枝，只能派人去孟家打探消息，想要先把孟氏接回来再说。可惜云家派去孟家的人都吃了闭门羹。孟家大太太让人将门关了，吩咐了但凡是云家的人都不放进去。

云大太太猜到肯定与云文放有关，怒火冲天地让人将云文放叫过去，只是云文放哪里还会乖乖地等在家中挨骂？

云家就这么过了混乱而忙碌的一日。

第二日，云文廷还是不见踪影，想必是当真不会在婚礼上现身了，好在云文放在云家去迎亲之前出现了。

云文放一身大红色喜服站在那里，挺拔的身姿和俊俏的面容连见过他的云家小丫鬟们也挪不开眼。他本人倒像没有注意到似的，一脸淡然。

云老太太和大太太都想问问他孟氏的事情，只是想到今日情形特殊，怕耽误了吉时，所以最后都将质问的话忍下了，让云文放穿着吉服出了门。

从云家到别院这一路上围满了出来看热闹的人，当看到高头大马上坐着的不是云家大少爷而是云家二少爷的时候，便开始低声议论起来。

"怎么迎亲的是二少爷？大少爷哪儿去了？"

"是啊，不过云家二少爷可真俊俏。"

"孟家小姐真有福气。"

"什么福气不福气的，我听说昨日云家二少奶奶回娘家了，指不定受了什么天大的委屈呢。"

"嫂子进门她回娘家？这孟家大小姐可真不识大体！"

"我记得当初二少爷和孟小姐成亲的时候就没有露面，将新娘子抛下一年半载才回来，若是我早就气得回娘家了。"

"你们说会不会是云家二少爷对孟家小姐不满意，却看上了那位南边来的赵小姐？然后大少爷性子谦和愿意成人之美，所以就将媳妇让给了兄弟？"

虽然这话十分不靠谱，但是世人都喜欢听八卦，越低俗离奇的越好，所以不少人的关注点早就偏离了这场婚礼本身。原本好奇为何是云文放代替兄长迎亲的人，这会儿都被孟家小姐回娘家的事情吸引了注意力。

云文放在马上坐得随意，唇边还挂着笑，似是并不介意自己成为话题的中心。反正孟家小姐早晚都要走，这会儿离开还有些用处，能扰乱一下视线。云文放偏挑着昨日那时候跟孟小姐摊牌，就是衡量过利弊的。

别院里早已经梳妆完毕的赵映秋，听下面的人禀报说来迎亲的是云文放的时候，不由得皱了皱眉。

"云文廷还没有回云阳城？"

"是的，还没有消息，说是跟着萧郡主离开了。"

赵映秋似笑非笑："没看出来这位云大少爷倒真是个痴情种子。"

"那计划还要继续吗？"下面的人轻声问道。

赵映秋理了理自己的裙摆，漫不经心地道："当然继续。现在萧靖西下落不明，萧靖琳去了武州，没有比这更好的机会了。云文廷追着心上人走了，不在云阳城，说明他们没有将这婚事放在心上，我们布置起来也容易些。"

"那颜小姐那边……"

赵映秋脸上的笑容带着些嘲讽："一个连自己的家族都能背叛的女人，利用价值是有限的，太后既然让她来了燕北，就没打算让她回去。"

这时候，外面响起了喧闹声，说是迎亲的人来了。

赵映秋收敛了脸上的表情，示意丫鬟将红盖头给她盖上。

云文放来接赵映秋的时候，看着那端坐在床边的女子，不由得有些晃神，赵映秋的身形与他记忆中的那个人有些相似，现在她被喜帕遮住容貌坐在那里，让云文放觉得自己像是走进了一场梦里。

赵映秋跟着云文放往外走的时候心里有些纳闷。她早就听闻云家二少爷性情乖张，可是今日走在她旁边的男子十分温柔，甚至在她下台阶的时候还小声提醒了一声。

就这样，赵映秋被云文放迎去了云家，从拜堂行礼到送入洞房都顺利得很。云家上下和赵映秋的人都不约而同地松了一口气。

赵映秋进了新房之后就没有云文放什么事情了，他面色如常地去了前院陪宾客。

赵映秋身份特殊，新郎又不在府中，没有哪个不识相的想要闹新房，就连平常喜宴上劝酒灌酒的事情都没有发生，宴席上沉闷得很。

今日王妃也来云家赴宴了，云家毕竟是王妃的娘家，这次又是太后赐婚，无论如何王妃都该露一露脸。

云家的女眷们让王妃坐了上席，云老太太、云大太太等云家女眷陪坐。

王妃在和云老太太说话的时候，随意打量了一下厅内众人，发现云家的姻亲孟家竟然没有一人入席。

孟氏昨日回娘家的事情她听说了，今日是由云文放迎亲的事情她也知道。至于云文廷是因为什么离开云阳城，她有所听闻，事到如今也只能叹息一声。

其实平心而论，王妃还是很喜欢云文廷的，容貌情性上佳，又是与萧靖琳一起长大的，知根知底最后只能叹一声造化弄人。

王妃心里这么想着，面上却不露分毫，只与云老太太聊些无关紧要的小事。

云家三位姑娘也都在座上。

云家大小姐依旧是美丽的，坐在那里让云家另外两位盛装打扮的小姐都黯然失色。只是这会儿的云秋晨已经没有了她以前一直挂在脸上的温婉笑容，表情淡然到有些冷漠，席间一言不发。

以前性子木讷的云二小姐云秋苹却活泼了不少。她坐在云秋晨旁边，一直在与云秋晨说话，时而还会稍稍探过头去与坐在云秋晨另外一侧的云秋芳搭几句，一副生活顺遂无忧无虑的模样。

云三小姐云秋芳脸色也不大好看，云秋苹与她说话的时候她也爱答不理的，偶尔回几句还带着讽意，似是很瞧不上回娘家显摆的云秋苹。云秋芳这阵子正在说亲，只是长辈们提出的那几个人虽然家世都不算差，但是论起相貌和才学来是半点都及不上韩云谦的，这让觉得自己样样都比云秋苹好的云秋芳实在意难平。偏偏云秋苹每次回来都是这么一副拿自己的夫婿出来显摆的模样。

王妃的视线在那三姐妹面上转了一圈，想起今日来之前云太妃的话，开口问云老太太道："秋芳的婚事也快定下来了，云家对秋晨是如何打算的？"

王妃是不太乐意管云家的家务事的，只是云太妃对娘家的小辈们终究还是关心的。

王妃的声音不大不小，别桌的人听不见，云家的女眷们却都听到了，一时间都静了下来，就连正在说话的云秋苹也突兀地掐断话头，看向云秋晨。

云大太太看了看云秋晨，又看向云老太太和王妃，叹了一口气，没有说话。云秋晨被云家冷落了许久，还是最近才重新出现在众人面前，只是老太太出门的时候不再带上云秋晨了。

云老太太顿了顿，便开口道："多谢王妃记挂，只是秋晨她身子才刚好些，所以暂时没有考虑她的亲事。"

云秋晨并没有什么大病，只是左耳已经聋了。云家找了不少大夫给她医治，结果都不怎么如意。云秋晨这模样，虽然要找个人家出嫁并不难，但是……

云秋晨突然开口淡淡地道："王妃，我想出家。"

此言一出，云老太太和云大太太的脸色都不大好看了。

云秋晨这样的女子，从出生开始就是万众瞩目的，她这小半生都在为当一个上位者的正妻而努力，又怎么会甘心嫁给凡夫俗子？这样的话，她还不如去守着佛祖过一辈子。

云老太太和云大太太是不乐意看到云秋晨去当姑子的，但是云秋晨的性子她们都清楚，这丫头太有主意了，若是逼着她出嫁，结果肯定不是她们想要的。所以云秋晨的事情就拖了下来。

王妃并没有对云秋晨的话感到惊讶，沉吟着道："你年纪还轻，不用急着做这种决定。太妃娘娘明年要回去给老王爷守陵了，你若是不愿意待在家中，可以去陪陪她老人家。那附近就有个庵堂，你没事的时候就去转转。等什么时候想通了还可以回来，这样也没有人敢传什么闲言碎语。"

云老太太和云大太太一听这话就知道是云太妃对云秋晨还有几分怜惜，才让云秋晨跟她一同去给老王爷守陵，这样外头就没有人敢传云秋晨的闲话了，所以她们也没有出言反对。

云秋晨只是沉默了一瞬，便点头道："好，我去。"

王妃点了点头，又与云老太太说起了别的。

王妃自然不用在这喜宴上从头坐到尾，只动了几筷子，饮了几杯酒就起身准备离开。云家大太太亲自将王妃送了出去。

王妃的车驾从云府出来的时候天色已经晚了，因别的宾客还没有离席，所以一路上倒也清净。

只是王妃的马车刚从云府所在的那条巷子里出来就被拦住了。

"王妃，是穆大人来了。"辛嬷嬷掀开帘子看了一眼，小声道。

穆虎带着一队人马过来，见王妃的马车停了便立即下马，快步走到王妃的马车边行礼。

"末将见过王妃。"

王妃是认识穆虎的，隔着帘子温和地问道："穆大人怎么在这里？"

穆虎打量了王妃带来的侍从几眼，王妃出门除了带上侍女婆子外，还带了十几个侍卫，只是跟在最后面的两个侍卫头埋得有些低，大晚上的更是看不清楚容貌。

穆虎面上不动声色，一板一眼地回道："回王妃的话，最近云阳城来了几个小贼，所以末将正带着人在这附近巡逻。听闻王妃来云府赴宴，末将便带人过来送王妃回府，以免让那些宵小冲撞了您的车驾。"

王妃闻言不由得皱了皱眉。

以穆虎的身份，抓几个小贼根本无须他亲自出马，而且她出门带的侍卫不算少，仅仅是对付几个小贼的话，也用不了穆虎带来的这么多人护驾。不过王妃对穆虎很信任，因为她对自己的儿子很信任。

所以王妃只是微微顿了顿之后就笑道："既然如此，就有劳穆大人了。"

穆虎二话不说，对自己带来的人打了个手势，将王妃的马车围住，就连王妃原本带来的那些侍卫也都退到了车尾。王府的侍卫大多是穆虎带出来的，又有王妃的应允，因此无人敢违令。

穆虎自己则策马跟在王妃的马车旁边，虽然面上没有什么表情，身体却绷得很紧，就连空气中微小的风声都被他听在耳中。

王妃的车驾以不快不慢的速度在长安街上行驶，在快要路过与长安街相交的太平街的时候，突然出现了凌乱的蹄声和炮仗声，太平街的路口处隐隐有火光晃动，且这声响和火光似乎越来越近。

穆虎反应很快，几乎是在听到异响的那一瞬间就抽出了腰间的长刀，喊道："下马！将马放走！护住王妃车驾！不要慌！"

穆虎带来的人以及王妃带来的侍卫都是燕北军精锐，别的不说，反应是极快的。穆虎的话一落音，他们就翻身下了马。

穆虎下完命令之后，突然从马上飞身而下，借着冲力踢翻侍卫队伍中趁着众人下马的机会偷偷往马车方向靠近的两人，然后二话不说，"唰唰"两刀砍断了两人的脖子，皆是一刀毙命。

侍卫队伍先是被这一变故惊了一下，不过很快就镇定下来。

与此同时从太平街的街口冲出五辆大牛车，牛尾上挂了炮仗，牛车上装满了点燃的稻草，这五辆牛车齐齐朝着这边跑来，并将前路堵住了，眼见着就要将王府的车驾和侍卫都冲散，好在他们的坐骑刚刚已经被赶走，不然马匹发起狂来更加混乱。

不待穆虎下令，从他带来的人当中就跳出五个大汉，手拿大刀朝着那五辆牛车冲了过去，将马上就要近前来的牛车车斗砍断。没了那点燃了稻草的大车斗，这五头疯牛奔过来的时候就没有那么凶险了。穆虎带着人将往他们这边冲来的两头牛用蛮力砍杀，飙出来的牛血甚至染红了众人的脸。

就在此时，从他们后方冲杀出来一队人马。穆虎将脸上溅到的血一把抹开，冷静地指挥着自己的人上前迎战，双方人马冲杀到了一起。穆虎自己却带着几个人一脸肃凝地将王妃的车驾团团围住，警戒着周围，并没有上前杀敌。

马车里，王妃在听到穆虎下令下马的时候就察觉出了不对，立即往后靠了靠，避开车窗等容易被人偷袭的位置。马车里的辛嬷嬷和素锦更是一左一右地将王妃护了起来。

等到外面的人杀到一起，马车里还是安静的，王妃没有出声，辛嬷嬷和素锦也没有说话，只是全神贯注地听着外头的动静，时刻警惕着。

直到穆虎在马车外头道："王妃，您还好吗？"

王妃沉声道："无事，现在外头是什么情形？"

穆虎冷静地道："对方大概来了二十几人，都是好手，不过我们人多，已经控制住了。戍城军听到动静很快就会赶来，王妃请安心。"

王妃点了点头，却依旧皱着眉头，"你在这里，那王府是谁守着？"萧靖西出事后不久，萧华也离开了燕北王府。

穆虎往燕北王府的方向看了一眼："今日是周成带人守卫。"

王妃总觉得心神不宁，闻言便道："太妃和瑶期还在府里，我不放心。既然这边已经控制住了，你便先带着人回去吧。"

"这……"穆虎抓了抓头，"南星也在府里。她会护好少夫人的，末将送您一起回府。"

王妃语气坚决道："我这边没事，他们不会派第二批人来杀我的，却有可能派人潜入王府。"对方这次很明显是有备而来，计划详密，不可能只是为了劫她的车驾。

穆虎沉默片刻："那末将等戍城军的人来了再走。"

王妃还想再说什么，穆虎却跟个木头桩子一样站在外头一声不吭。王妃虽然着急，却也无奈。

燕北王府里，在王妃去云家之后，任瑶期就在昭宁殿里看闲书打发时间，看了不到半个时辰香芹就来捣乱了。

"小姐别看书了，当心眼睛！奴婢拿了厨房里新出锅的马蹄糕，您尝两口？"香芹献宝似的将那碟子马蹄糕放到任瑶期眼睛底下，挡住她看书的视线。

香芹几日前嫁给了萧顺，现在正式在任瑶期房里当差。这丫头除了会时不时因想念前主子哭一场，适应性还挺强，不过几日就在燕北王府里混得如鱼得水,入燕北王府的厨房就跟进自家后院似的。偏偏那些厨娘还都很喜欢她。

"你们分着吃了吧,我吃不下。"任瑶期将书放下,笑着拒绝。

任瑶期有孕在身,口味变得很快,时而想吃酸的,时而想吃甜的。这阵子厨房里变着法子给她做吃食,只要做了她喜欢的,王妃就会有赏。

香芹劝了几句,见任瑶期实在不想吃,就喜滋滋地应了,招呼在屋里伺候的桑葚和苹果。

桑葚取笑道:"你天天往厨房跑,说得好听是去给小姐拿吃食,其实是你自己嘴馋想吃吧?厨房里送来的东西,大半进了你的肚子。"

香芹不乐意了,一边咬着马蹄糕,一边含混着道:"怎么就大半进了我的肚子啦?那是主子疼我赏的!而且主子不是也赏你了嘛!你自己怕胖不肯吃怪谁!"香芹虽然仍舍不得任瑶华,但是她不得不承认,燕北王府的厨子比雷府的好,就因为这一点,让她少掉了不少的眼泪。

桑葚性子好,也不跟她计较,只道:"我怕胖,苹果又不乐意吃这些点心,不过乐山和乐水却是喜欢的,你记得给她们留几块。"

乐山、乐水年纪小,又正是长身体的时候,很喜欢吃点心,也多亏了她们跟着任瑶期,任瑶期对自己身边的丫鬟都很宽容,昭宁殿是从来不缺她们点心的。

"哎,我这就去叫她们。"香芹吃够了自己的那一份,就将碟子收好,转身出门去寻乐山和乐水。

不过她将昭宁殿都找遍了,姐俩住的屋子里也去过了,仍没有找到人,只能跑回来跟苹果和桑葚道:"她们不在昭宁殿。这马蹄糕趁热才好吃呢,要不我先都吃了?"

桑葚不信:"主子在这里,她们是不会离开昭宁殿的,是你没有仔细找吧?"

乐山和乐水会武,一般至少会留一个在任瑶期身边保护她的安全,只要任瑶期在昭宁殿,她们就不会出去。两个小丫头年纪虽然不大,却被教导得很好。

正坐在书案旁准备给萧靖琳写家书的任瑶期闻言抬头,对苹果道:"你再去找找乐山和乐水,看她们是不是去了外殿。"

苹果应声去了，香芹噘了噘嘴委屈道："小姐，奴婢真的仔细找过了。"

任瑶期朝她安抚地笑了笑："她们说不定去外殿练功了，马蹄糕你先吃了吧，等会儿再去给她们拿些回来。"

香芹立即笑开了："哎，小姐您真好！"

桑葚在一边笑，香芹给了她一个大白眼，然后乐颠颠儿地跑去一边吃她的马蹄糕。

不久之后苹果独自一人回来了。

"小姐，奴婢找不到乐山和乐水，昭宁殿上下已经有一个时辰没有见到她们了。"

任瑶期皱了皱眉，慢慢将手中的笔放下。

屋子里突然安静下来，刚吃完独食的香芹也不说话了，眼巴巴地看着任瑶期。

任瑶期想了想，突然吩咐道："香芹，你去找南星，告诉她最近云阳城里出现了几个小贼，王妃出门赴宴不知道安全不安全，让她去接应一下。"

香芹连忙应下，却听任瑶期继续道："你找到南星之后就不用回来了，去告诉你家当家的，我的两个丫鬟不见了，让他帮我找找看是不是去了别的地方。"

"桑葚，去把同贺和同喜叫来，我有话要问他们。"

香芹和桑葚都应声下去。

任瑶期支着下颌靠坐在书案后的靠椅上，不知道在想什么，眉头是皱着的。

"小姐，是不是出事了？"苹果担心地问道。

任瑶期抬头对苹果笑了笑："没有，我只是觉得有些不对劲，小心些总是好的。"

任瑶期是个冷静谨慎的人，不太相信巧合，过多的巧合碰到一起就是蹊跷了。

比如说萧靖岳"卧病"，萧靖西遇险失踪，萧靖琳去武州，赵映秋出嫁，王妃去云家赴宴，加上她的两个从不离她左右的丫鬟突然不见，这些事情都赶在一起发生，让她心生警惕。

桑葚很快就将同贺和同喜两人带进来，两人上前来恭敬地行了一礼。

任瑶期点了点头，问道："今日府里有没有什么不对劲的地方？"

同贺和同喜闻言对视一眼，同贺小心地问道："少夫人的意思是？"

任瑶期想了想，直接问道："比方说二房那边有没有什么事情发生。"

萧靖西和萧靖琳都不在府里，王府里肯定留了"照看"他们的人。同贺和同喜虽然只是萧靖西的小厮，却不是普通的小厮，府里很多事情都要经他们的手。

同喜和同贺两人想了想，还是同贺先开口道："二老爷一早就出门了，三少爷一直病着还未好转，耶律公主从早上开始就一直没有出门，听说是在书房里练字。"

这一切听上去似乎并无异常。

正在这时候，外面有人禀报说云太妃来了。

云太妃进来第一句话就是："听说你不舒服？现在如何了？"

任瑶期看了跟在云太妃身后的南星一眼，微笑着起身给云太妃行礼："没什么大事，只是刚刚吐得厉害，没想到她们惊动了您。"

云太妃止住任瑶期行礼，松了一口气，指着南炕让任瑶期同她一起坐了，然后才道："你母亲不在府里，她们只能来找我了，还好没什么事。你已经有三个多月的身子，等再过一阵子就会好些，你且再忍忍吧。有没有去请大夫？吐得厉害的话，还是让大夫看看。"

这还是云太妃第一次对任瑶期一口气说这么多话，任瑶期却不觉得烦，还亲自接过了丫鬟送来的茶奉给云太妃，笑道："龚嬷嬷昨日才来给我瞧过，说我身子很好，孩子也很好。"

云太妃点了点头："嗯，这就好。"说完抬头，这才看见同贺和同喜两人还隔着帘子站在外头，不由得皱了皱眉。

任瑶期没有说什么，只是对他两人吩咐道："你们先下去吧，再派人四处找找看有没有野猫，那东西不是家养的野性得很，若是冲撞到了府里的主子可不是闹着玩儿的。"

同贺和同喜听到这不着边际的话一点也不诧异，恭敬地行了一礼，回道："少夫人请放心，属下不会让那野猫进来的。"

云太妃看着他们离去的背影，皱眉道："府里有野猫？"

任瑶期笑道："今儿丫鬟听到猫叫，我便让他们帮忙找一找。"

云太妃点了点头："小心点总没错。"

接下来云太妃和任瑶期就开始有一句没一句地说着闲话。云太妃不是个善谈的人，虽然经过一段时日的相处任瑶期与她已经很熟了，但是她冷淡的性子始终没有变，只不过态度和蔼不少。

见任瑶期当真没有什么不妥，云太妃便想回去了，不想任瑶期却笑眯眯地央求道："祖母，时候还早呢，不如我陪您下一局？"

云太妃看了任瑶期几眼，淡声道："是你陪我下棋还是我陪你下棋？我看你是在院子里待太久，技痒了吧？还把主意打到我头上了！"

话虽这么说，云太妃却没有起身。

任瑶期依旧笑眯眯的，也不反驳："确实是手痒了。"

桑葚机灵，立即把棋盘捧了出来。

云太妃冷着一张脸拿起一枚黑子道："只下一局，你有着身子，不宜多思多想。"

任瑶期连忙应下了。

这一局却不是那么容易结束的，眼见着大半个时辰过去了，黑白双方的棋子还在胶着着。云太妃皱眉道："和了吧，再下也没有什么意思了。"云太妃出身云家，自然也精通琴棋书画，只是她不怎么喜欢这些东西，今日也是耐着性子陪任瑶期下棋的。

任瑶期懂得见好就收，所以云太妃说不下了她也就笑着应了。

"母亲还没有回来？"云太妃在一边喝茶，任瑶期一边捡棋子儿，一边问苹果。

苹果道："王妃还没有回府。"

云太妃皱眉道："难不成你还想让你母亲再陪你下一局不成？以前怎么没看出来你这么黏人。"

任瑶期闻言不好反驳，只是笑了笑："只是瞧着时候不早了。"

云太妃闻言看了看外头的天色："也不算晚，这会儿吉时刚过，应该正开着席。"

正说着话，外头又有人来报说耶律萨格来了。

云太妃不由得惊讶地看了任瑶期一眼，然后有些不悦道："她怎么来了？你跟她个外族人牵牵扯扯做什么？"

任瑶期听说辽国公主来找她倒没有表现出惊讶，见云太妃不高兴，便笑道："她这还是头一回来昭宁殿找我呢，我也不知道她来做什么。"

云太妃便道："那就让她回去，不见！"

任瑶期却问道："公主她是一个人来的还是带了人来？"

苹果低头回道："只带了个侍女。"

任瑶期想了想，跟云太妃商量道："她从不来昭宁殿，这会儿过来说不定真有什么事情，要不还是见一见吧？"

云太妃虽然不悦，不过这毕竟不是她的兰樨殿，所以听完只是淡淡地哼了一声，却没有再坚持。

任瑶期不由得笑了笑。她最喜欢云太妃这一点，虽然脾气说不上好，性子还冷淡得很，但是她从不以势压人，也不倚老卖老。到了她这个年纪、她这种身份，能做到这一点的人是很少的。

任瑶期对苹果道："带公主进来，不过她的侍女就在外头候着吧。"

苹果应声下去，很快就把耶律萨格领进来了。

耶律萨格还穿着一身汉服，是火红色的，裙摆上除了绣着精致而繁复的大丽花，还有带着异族特色的火云图腾。

任瑶期见过几个很适合穿红色衣裳的女子，比如她的姐姐任瑶华，再比如眼前这位异族公主。任瑶华穿红色会给人一种华丽雅致的美感，而穿着红衣的耶律萨格则让人感觉烈性如火，瞧久了刺得眼睛疼。

云太妃一看见耶律萨格这身衣裳脸色就冷了下来，毫不留情地叱责道："你不是在学规矩吗？谁准你穿红的！"那一身火红，同样也刺伤了云太妃的眼。

耶律萨格低头给云太妃行了一个辽国的礼，抬起头来的时候笑容爽朗，并不因为云太妃的话难堪或者生气："萨格不知太妃娘娘也在，失礼了。"顿了顿，她低头看了看自己的衣裳，有些无奈地道，"我最爱红色，可惜来燕北这么久，今日还是第一次穿。"

说着耶律萨格看向任瑶期，认真地道："你觉得我穿红的好看吗？"

任瑶期仔细打量她几眼，然后笑道："好看是好看，只是不合规矩。"

耶律萨格在椅子上坐下来，闻言叹了一口气："你们汉人什么都好，住的地方好，穿的衣裳好，吃的食物好，男男女女的容貌也好，就是有一点不好，规矩太多了。有时候我真不明白，明明可以活得无拘无束，为何要弄出那么多的规矩自己为难自己？这不是自讨苦吃吗？"

任瑶期认真想了想，然后笑着道："公主说得有道理，春去冬来，花落花开，草木枯荣，这些事物都顺遂自然，再美好不过。但是公主，你头上那朵大丽花可还是去年那朵？"

耶律萨格闻言愣了愣。

任瑶期叹了一口气，微笑道："所以，人若是不定那么多的规矩为难自己，就会被老天爷为难。你们的部族想要活得无拘无束，就需要不停地迁徙以保证牛羊有丰富的水草可以生息，而我们因为有太多的规矩，所以祖祖辈辈都被拘束在这片土地上，落地生根，只要人在根就在。"

耶律萨格沉默许久，然后道："你的意思是，守规矩是为了更长久？"

任瑶期但笑不语。

耶律萨格看了任瑶期一眼，皱眉道："听起来好像有些道理。有一点我不得不服你们汉人，那就是聪明人太多，瞧你两句话就能把我说服。我曾经听闻你们这里的女子样样不如男子，所以女人只能被关在家里给男人生娃娃，但是从我来到这里之后才发现事实并非如此。比如郡主，比如你，都是让人意外的女人。再比如燕北王妃，她能将这么大个王府打理得井井有条，并不比一个能治理郡县的官员差。可是既然如此，你们为何会甘愿居于男人身后？"

任瑶期挑了挑眉，似笑非笑地道："公主这话是在为我们汉人女子打抱不平，还是在表示自己心中的不甘？公主样样不比自己的兄弟差，可是最终做了辽王的为何不是公主？不知公主甘愿否？"

耶律萨格闻言又是一愣，然后冲着任瑶期露齿一笑："萧少夫人还真是伶牙俐齿。"

云太妃看了看耶律萨格，又看了看任瑶期，皱了皱眉，到了这会儿也慢慢察觉出一丝不对劲，不再轻易开口说话。

耶律萨格也没有再说什么，注意力转移到挂在墙上的一幅字上，还特意走过去仔细看了许久，末了转过头来好奇地指着那幅字问任瑶期："这是你写的吗？"

任瑶期抬头看了一眼，点了点头。

那幅字是她写的，上头还有她的落款，是萧靖西坚持要挂上去的。她想着进这屋里来的不会有外人，就由着他去了。

耶律萨格眼中的钦佩是实实在在的："虽然我不懂这些风雅之物，但是我也看得出来写得很好。不怕你笑话，我练汉字有一段时日了，写出来的字却实在拿不出手。真羡慕你们这些多才多艺的女人。"

任瑶期笑了笑："人各有长，公主何必妄自菲薄。你擅长的我未必会。"

耶律萨格想了想，点头："说得有道理，不过我还是羡慕你。有时候我总是忍不住想，要是我也有你们这样的风雅之技，王爷是不是就会对我刮目相看？"说到这里，耶律萨格自己笑了起来。

事关自己的公公，任瑶期不好说什么，只是笑了笑。

倒是云太妃瞥了耶律萨格一眼，从鼻腔里发出一声"哼"，虽然没有言语，但是那神态动作很能说明她心中所想。

耶律萨格一点儿也不介意，反而朝云太妃和任瑶期灿烂地笑了笑："我知道王爷不喜欢我，虽然我心里觉得有些遗憾。"

任瑶期低头喝茶，当作没有听到。不过她正在暗中注意着外头的动静，只可惜耶律萨格进来这么半天，外头却一点儿动静也没有，安静得近乎诡异。

耶律萨格一直注意着任瑶期的神情，看了她一会儿，不由得若有所思地道："萧少夫人可是在等什么人或事？"

任瑶期平静地看了耶律萨格一眼。

耶律萨格的笑容有些得意，也有些狡黠："如果是这样的话，那么结果可能要令你失望了。在我跟你说话的这会儿工夫，燕北王府外头已经被围住了，连一只苍蝇也飞不进来，当然，也飞不出去。"

云太妃突然坐直身子，冷冷地看着耶律萨格，身子不由自主地向任瑶期的方向挪了挪。

任瑶期坐在那里没有动，仿佛刚刚耶律萨格说出来的只是一句无关紧要的玩笑话。

耶律萨格有些好奇地问任瑶期："怎么？萧少夫人你不怕吗？我的意思是，你们现在已经落到我手里了。"

任瑶期看着她，微笑着淡定地道："那么公主又在等什么？等什么人或者等什么事情发生？"

耶律萨格闻言不由得微微眯了眯眼。

任瑶期注意到她的表情，不由得笑了。

她与耶律萨格之所以你来我往地说这么久的废话，是因为她在拖延时间，而耶律萨格也在拖延时间。只是她们想要等的结果不同。

耶律萨格仔细打量任瑶期几眼，也笑了起来，试探地问道："少夫人这是在虚张声势吗？萨格在王府住了这么久，早已摸清楚王府里的布防。今日在外头守卫的是副将周成，不过他现在还有没有命在就难说了，至于他手下那些个侍卫，这会儿怕是已经倒下去一片了。"

任瑶期没有搭理她。

耶律萨格继续道："少夫人知道是谁做的吗？"

耶律萨格的话才刚说完，外头就响起了嘈杂声，仿佛突然有许多人往昭宁殿的方向来了。

任瑶期和耶律萨格都被外头的声响吸引了注意，直到一个张扬的男声在外头大声道："耶律公主？你在昭宁殿吗？"

耶律萨格闻言脸上露出一个大大的笑容，还顽皮地对任瑶期眨了眨眼："我等的人来了，少夫人你等的人怕是来不了了。"

任瑶期还没有说话，云太妃就在一旁怒道："萧靖岳这个孽障！他竟敢……"

萧靖岳带着他的人控制住周成的人，将整个王府围了起来。他隐忍了这么多年，装了这么多天的病，等的就是这一天。

第五十九章
孤 胆

此刻，萧靖岳站在昭宁殿外，看着敞开的殿门以及门匾上"昭宁殿"那三个字半晌，嘴角挂着一抹惬意的笑容，然后懒洋洋地朝着身后摆了摆手。

两个侍从模样的人押着一个女人走到萧靖岳旁边。这女人鬓发散乱，形容狼狈，看着萧靖岳的目光却是不变的厌恶和憎恨。

萧靖岳转过头看着她，笑了笑，动作轻柔地捏住女人的下巴，语气还很温柔："娘子，你看看这是哪里？你不是一直想要住进去吗？今日为夫就满足你这个心愿，让你死在这里都行。"

萧靖岳的话让颜凝霜忍不住打了一个冷战。她脸色苍白，心里很害怕，但是不愿意轻易在萧靖岳面前露怯，便强撑着，冷眼看着他，一言不发。

颜凝霜到现在都还没有弄明白，明明萧靖岳已经中了毒，为什么今日却突然清醒过来，而且看上去还好端端的。

萧靖岳轻轻拍了拍颜凝霜的脸，笑容戏谑："别害怕，你给为夫送了那么大一个礼，为夫可都记在心里了。"见颜凝霜眼中的恐惧无法掩饰，萧靖岳又是一笑，然后指着昭宁殿道，"你可知道这里是什么地方？你只知道这里是你的好萧郎住的地方，却不知昭宁殿其实是每一任燕北王府继承人住的地方。燕北王和王妃撒了一个弥天大谎，把天下人都当成傻子，至于那位入京为质的可怜世子，不过是个笑话。"

颜凝霜闻言震惊地看着萧靖岳。

萧靖岳却没有看她，只是抬头看着昭宁殿的大门，眼中涌动着不为人知的狂热。

"不过这里以后就是我的地方了。"

萧靖岳弯了弯嘴角，然后拉着颜凝霜走进昭宁殿，他带来的十几个侍卫也跟在他身后走了进去。颜凝霜被萧靖岳拖着，走得跌跌撞撞，萧靖岳像没有看见一般，直接拉着她走到主殿门前。

那十几个侍卫没有再跟上前，而是站在主殿前的庭院里。

萧靖岳进去的时候，任瑶期并没有表现出诧异，只是平静地看了他一眼，然后又看了看被他拽进来的颜凝霜。

萧靖岳看到云太妃的时候还惊讶了一下，随即就无所谓地笑了笑，吊儿郎当地行了个礼："原来太妃娘娘也在这里，幸亏我没有轻举妄动惊吓到您老人家。"

云太妃冷脸看着他，就像是在看什么入不了人眼的脏东西。

萧靖岳却并不在意，转头盯着任瑶期，目光放肆地在她脸上看了个来回，笑眯眯道："见过二嫂，许久不见，二嫂越发美丽了。"

对于他的冒犯任瑶期也不生气，就当他是唱大戏的。

没有在任瑶期脸上看到愤怒或者惊慌失措的表情，萧靖岳有些失望，装模作样地叹了一口气道："真可惜，听说我二哥已经死了，二嫂你年纪轻轻就要当寡妇，真是为难你了。"

不知道想到了什么，萧靖岳突然笑了，对任瑶期道："二嫂这样的美人守寡倒真是可惜了，你若是愿意的话，可以改嫁他人，我给你出一份嫁妆如何？如果不想嫁给别人的话……跟着我也是可以的，小叔子和嫂子双宿双飞也是一桩佳话……"

"放肆！"

萧靖岳的话还没有落音，云太妃就抄起手边的茶碗朝着他脸上砸去。萧靖岳反应还算灵敏，微微偏过头，茶盏就擦着他的鬓角飞了出去，"啪"的一声砸碎在地上。

云太妃指着他怒骂道："你这孽障！还不给我闭嘴！"

萧靖岳抬手摸了摸鬓角，看了云太妃一眼，依旧笑得吊儿郎当："太妃娘娘这是生的哪门子气？我二哥确实死了，我这也是为了二嫂好。"

任瑶期虽然知道萧靖岳的话信不得，她前不久还看到了萧靖西报平安的信，可是听到这一句的时候心里还是狠狠地揪了一把，疼得她忍不住颤了颤。

原本呆立在一旁的颜凝霜听到这话突然抬起头，一把抓住萧靖岳的胳膊，"你说什么？萧郎他……不，萧郎怎么会死？他不会死！一定是你这卑鄙小人造谣！"

萧靖岳怜悯地看了颜凝霜一眼，说出来的话却很残酷："他死了！死在了去武州的路上！尸体都残缺不全，最后喂了鹰。"

"不——"颜凝霜双手捂住耳朵尖叫起来，然后红着眼睛扑过去打萧靖岳，"你胡说！胡说！"

萧靖岳厌恶地撇了撇嘴，一脚将颜凝霜踹了出去。

颜凝霜撞在屋子当中的桌腿上，惨叫一声晕了过去。

萧靖岳看也不看颜凝霜一眼，拍了拍自己袍子上根本不存在的灰尘，看向任瑶期的目光依旧轻佻放肆，仿佛在看一个能够任他欺凌蹂躏的女子，眼中闪烁着兴奋莫名的光。

萧靖岳这辈子最讨厌的人就是萧靖西，萧家的子嗣少，所以从小到大不断有人拿他和萧靖西对比，可惜就连萧靖西病得快要死的那时候他都比不上萧靖西。到后来倒是没有人拿他们对比了，因为在外人眼中，他们两人已经站在了不一样的高度，他已经失去了被拿来比较的资格。

萧靖岳对萧靖西从一开始的羡慕、嫉妒，演变成厌恶和憎恨。到了后来，他只要一听到萧靖西这个名字都会觉得浑身不自在。不过，很矛盾的是，他又对萧靖西所拥有的一切事物感到渴望和向往，包括燕北王府实质上的继承人身份、萧靖西所住的昭宁殿，甚至当初他之所以会答应娶颜凝霜也不仅仅是因为与朝廷的计划，而是因为颜凝霜疯狂地迷恋萧靖西。在面对颜凝霜的时候，只要一想到这一点，萧靖岳就会感到兴奋。

任瑶期从萧靖岳看着她的目光中看懂了此人隐藏在内心深处的肮脏欲望，这让她觉得十分不适，胃里一阵酸水往上涌，忍不住捂着唇呕了起来。

苹果连忙拿了个痰盂跑到任瑶期身边。

萧靖岳微微眯了眯眼，视线顺着任瑶期的脸移到她的腹部，眼中闪烁着兴奋而诡异的光。任瑶期下意识地将手挡在自己的小腹上。

云太妃怒瞪了萧靖岳一眼，却也为他的眼神感到一丝紧张。她连忙起身站到任瑶期前面，帮任瑶期轻轻拍着背，顺势挡住萧靖岳的视线。

萧靖岳微笑着一步一步朝任瑶期走近。

任瑶期半靠在云太妃怀里，尽力压下呕吐的欲望，垂眸看到了萧靖岳逐渐靠近的一片袍脚。

任瑶期提醒自己要沉住气，越是这个时候就越要稳住阵脚。

萧靖岳似是对屋子里一触即发的紧张氛围十分满意，伸手想要将挡在他面前的碍眼的人拉扯开，不想半路上却被一只手拦住了动作。

萧靖岳挑了挑眉，然后似笑非笑地看着突然拦住他去路的红衣女子："公主这是何意？如果我没有记错的话，当初你们答应我的条件就是，事成之后这个王府里的所有东西和所有人都归我处置？"

耶律萨格看了萧靖岳一眼，心里其实有些看不上萧靖岳这种为了利益出卖家族，还想欺凌怀有身孕的妇人的男人。在她眼里，把怒火发泄在女人身上的男人都不算男人，只能算是孬种。

不过耶律萨格还是回了萧靖岳一个灿烂的笑容道："萧三公子急什么？你们中原有句话叫作心急吃不了热豆腐。既然条件里说的是事成之后，那就要等到事成之后，这王府上下才都是你的。"

萧靖岳扯了扯嘴角道："成事又有何难，等燕北王妃身首异处的消息传来，整个云阳城差不多就都在我们的控制之中了。"

耶律萨格笑着颔首："那就再多等会儿吧。"

萧靖岳哼笑一声，没有再上前，只是那双眼睛一直没有从任瑶期这边移开。

任瑶期松了一口气的同时，心又不由得提了起来。她有些担心王妃的安危，听刚刚萧靖岳的意思，他们当真派了人去拦截王妃，且还没打算留下活口。

燕北王、萧靖西和萧靖琳都不在王府，若是王府出了什么紧急状况，以王妃的身份说不定能以不为人知的方式暗地里调动人马，所以萧靖岳他们才打算在王妃回府之前让她死，以免紧要关头出什么岔子。

萧靖岳在屋里找了把椅子坐下来，耶律萨格也坐了下来。云太妃坐在任瑶期身边，将她抱在自己怀里，紧紧抿着唇一言不发。

屋子里奇异地安静下来。

也不知过了多久，从外头走进来一个侍卫打扮的男子，走到萧靖岳面前叫了一声"公子"。

萧靖岳和耶律萨格的目光都投向了他。萧靖岳懒懒地道："如何？人死了没？"

云太妃和任瑶期也朝他看过去。

那侍卫顿了顿，然后艰难地道："回公子的话，半途穆虎突然带着一队人马冒了出来，救了王妃，派出去的人死伤大半。"

萧靖岳闻言立即坐直身子，眯着眼睛去看那侍卫，咬牙道："穆虎？他今日不是在守城门吗？怎么会突然冒出来！"

侍卫低着头不敢看萧靖岳的眼睛："属下不知，穆虎的出现应该是……是巧合。"

他们今日的行动已经布置许久，按理王府的人不该察觉，不然王妃也不会在今日出门，王府也不会这么快就被他们控制住。

他们没有想到，他们仅仅是为了稳妥起见而引开任瑶期身边的两个会武功的丫鬟就引起了任瑶期的注意和怀疑，所以任瑶期才会让南星去接王妃，而南星自然而然就将接王妃回府的任务交给了穆虎，自己则留下来保护少夫人和少夫人肚子里的孩子。

萧靖岳放在椅子上的手狠狠一用力，"咔嚓"一声，那张梨花木椅子上的扶手就缺了一个角。

"去给我继续盯着外头的动静，告诉我父亲，他的人可以准备了！"

侍卫领了命令，连忙退下去。

耶律萨格脸色也不好，看向萧靖岳道："惊动了穆虎就等于惊动了云阳城的守军，这下我们反倒成'瓮中捉鳖'中的那只鳖了？真是三十年河东三十年河西。"

萧靖岳冷着脸沉默片刻，突然又笑了。他将视线移到任瑶期和云太妃身上，摸着下巴不怀好意地道："鳖就鳖吧，我们这里也不缺鱼饵。不知道王妃会不会为了婆婆和儿媳妇自己回来。"

耶律萨格的目光也停在任瑶期和云太妃身上，虽然她不屑欺凌老弱妇孺，但终究还是一国公主，该妥协的时候就需要妥协的道理她明白，所以她在犹豫了一会儿之后并没有再说什么。

萧靖岳看了不说话的耶律萨格一眼，起身笑着缓步走到任瑶期和云太妃面前，看看这个又看看那个。云太妃身体紧绷着将任瑶期抱紧，冷眼看着萧靖岳。

萧靖岳龇牙一笑，半真半假地道："你们说我要不要砍下一条胳膊给王妃送过去，好让她快速做出正确的决定？不过砍谁的好呢？"

云太妃警惕地看着他。萧靖岳嗤笑道："太妃娘娘不是向来对儿孙们冷漠吗？今儿怎么一副护犊子的样子？看来以前我们都误会您老人家了。"

萧靖岳嘴里这么说着，却突然抬掌朝着任瑶期的腹部拍去，云太妃大惊，转过身子挡在了任瑶期面前，正在这时候破风声传来，萧靖岳是练过武的，武人的本能让他察觉出危险，当即收回手闪身朝一边避开。

可惜还是迟了，一枚不知道什么形状的暗器以凌厉的气势划破萧靖岳的脸，"叮咚"一声，暗器掉在地上，竟然是一根女子的发簪。

几乎在萧靖岳闪身避开的同时，从内室方向闪出一个纤细的人影。站得较远的耶律萨格察觉出不对，想要扑身过来，不想那从内室里出来的人一脚重重踹在萧靖岳的胸口，萧靖岳被那力道带得往耶律萨格的方向倒去。

耶律萨格被逼得不得不往一旁闪避，萧靖岳重重摔在地上，与之前已经晕过去的颜凝霜摔在一堆。他闷哼一声，嘴里吐出一口鲜血。

耶律萨格没有工夫去管萧靖岳，已经上前与那从内室里冲出来的人交上了手。

任瑶期抬头，认出那个正与耶律萨格打斗的女子是南星，原来南星在耶律萨格进来之前闪身躲进了内室。

南星能得到萧靖西的重用，能降服住穆虎那样的男人，自然是有几分本事的。耶律萨格功夫不低，可是南星与她打起来并没有落于下风。

萧靖岳脸色惨白地捂着胸口想要站起来，他刚刚被南星重重踢了一脚，胸骨可能已经断了，且还伤了内腹。

站在任瑶期身边的苹果注意到萧靖岳凶狠地看着任瑶期，咬了咬牙，反手抄起搁在架子上许久未用的铜香炉，然后也不顾会不会被南星她们的打斗误伤到，猛地冲到萧靖岳面前，举起手里的铜香炉就往萧靖岳头上猛砸。

第一下，萧靖岳就被砸蒙了，苹果却对他额头上涌出的鲜血视而不见，抿着唇一言不发地继续砸萧靖岳的头。

第二下、第三下……

苹果砸得一下比一下狠，萧靖岳的头上脸上很快就血肉模糊，最后终于翻着白眼彻底栽倒在地。苹果见他倒了下去，像失去所有力气一般瘫倒在地上，视线却一刻不离地继续盯着萧靖岳，手里的香炉也没有放下来，大有只要萧靖岳睁眼她就继续砸的架势。苹果脸上湿漉漉的，上头有萧靖岳溅到她脸上的血，还有她自己不知道什么时候流出来的眼泪，她却像没有发觉一般，只是狠狠地盯着萧靖岳，就像一只被激怒的母兽。

苹果是任瑶期身边最沉默寡言的一个丫鬟，但论忠心，没有人比得上她。在苹果心目中，她家小姐就与那天上的神明一般，是不容许任何人亵渎的。

萧靖岳这个畜生竟然敢出言侮辱她家小姐，还想害小姐肚子里的孩子，这简直不可饶恕！所以苹果爆发了。

就连正在打斗的耶律萨格和南星都被苹果这边的动静吸引了注意，转头看了一眼躺在地上惨不忍睹的萧靖岳，然后才面容古怪地继续开打。

任瑶期和云太妃愣愣地看着苹果，任瑶期也是第一次看到苹果如此凶悍的一面。

耶律萨格和南星打了个平分秋色，谁也奈何不了谁，这时候萧靖岳留在外头的十几个侍卫听到动静往正殿赶来。

听到脚步声，耶律萨格挑眉一笑："我的人很快就来了，再打下去也没有意义。"

南星一掌朝耶律萨格拍去，将她逼开两三步，冷冷道："那可未必！"

南星的话刚落，外头突然响起了接二连三的惨叫声。

耶律萨格脸色一变，南星却不给她反应的机会，趁着这个机会屈指成爪朝耶律萨格的喉咙攻去，耶律萨格被外头的动静分去了一半注意力，虽然及时偏头躲过了致命一击，却被南星在侧颈留下了三道深深的抓痕。

南星这一爪下去自是与寻常女子打架的力道不同，若非耶律萨格运气好避开了颈部动脉，很有可能会飙血而亡，现在就算是避开了要害，肩膀处也很快就被脖子上流下来的鲜血染红了。

而仅仅在这短暂的时间内，外头的脚步声和惨叫声都停止了，什么动静也没有了。耶律萨格后退几步，捂着自己脖子上的伤口，从心底深处泛起一股冷意。

南星没有再乘胜追击，只是站在那里，将耶律萨格和任瑶期以及云太妃隔开，双眼没有丝毫情绪地盯着耶律萨格。

耶律萨格也不敢再动手，她脖子上的伤口深，不管不顾地动武只会令血流加速，加上外头似乎发生了变故，她就算能打赢眼前这名女子，也未必能逃过这女子埋伏在外头的帮手。

耶律萨格凭着出色的听力已经判断出跟着萧靖岳进来的那十几名侍卫此刻怕是已经凶多吉少，这么短的时间内解决十几个体格健壮的侍卫，说明敌人的数量绝对不止一两个，可是她偏偏听不出来任何陌生气息，这说明对方突然冒出来的那些帮手武功比她好。

就在这时候外头响起了脚步声，有一人走了进来。

屋里的人都转头看过去，任瑶期的视线也紧紧盯着门口，然后便看到萧顺出现在那里。

任瑶期垂下眸子掩饰住眼中的失望之色。

萧顺向任瑶期和云太妃行了一礼，然后开口道："我劝公主还是不要轻举妄动，虽然论单打独斗我可能打不过你，但是你信不信你的手再抬高半寸，喉咙就会被刺穿？"

耶律萨格刚刚抬起来的手一僵，然后苦笑着摊开手掌，一枚菱形暗器随着她的动作掉落在地。

萧顺微微一笑："公主这么识时务，真是一件令大家都愉快的事情。"

耶律萨格知道这个时候反抗是不明智的，所以顺从地让南星将她制服了。

萧顺这才走上前又行了一礼："属下来迟，让太妃娘娘和少夫人受惊了。"

任瑶期到了此刻还能平和地朝着萧顺笑了笑："辛苦了，萧大人，你来得很及时。"

同喜和同贺两人在这个时候也连忙跑进来，见任瑶期和云太妃都无事，终于松了一口气，帮着收拾屋子里的残局。

任瑶期见萧靖岳和耶律萨格都被绑了起来，便开口问萧顺道："外头的情形如何了？"

萧顺略低着头回道："萧靖岳的人围了王府，我们的人虽然少，但也可以让他们无法靠近昭宁殿。现在萧靖岳重伤，围府的那些人失了主心骨，并不足为惧。"

任瑶期听完这些，眉头并没有放松，反而问道："那现在值得我们引以为惧的是什么？"

萧顺意外地看了任瑶期一眼，犹豫了一下才道："萧衡手中还有五百人马，此刻怕是正在与云阳城城门守卫交手。"

云太妃倒吸一口凉气。

任瑶期闻言并不意外，萧衡和萧靖岳这对父子既然反叛了燕北王府，自然会拉开阵仗，一个围府，一个围城，他们是笃定了燕北王府此刻无人。

这时候，昭宁殿外头突然有了动静，像是有不少人往这边来了。

南星闪身出殿，然后很快就又回来了，禀报道："少夫人，是萧靖岳的人发现不对围了过来。"

萧顺道："不过是些乌合之众，我这就带人把他们赶走。"

任瑶期闻言不由得问道："昭宁殿还有多少我们的人？"

萧顺笑回道："只有二十六人，不过少夫人请放心，这二十六人是燕云十八卫，每一人都能以一敌百。"

任瑶期闻言一惊："燕云十八卫？"

燕云十八卫她倒是听说过，不过一直以为只是存在于茶楼说书先生口中。传说中燕云十八卫是燕北王府最神秘的一支护卫，从第一任燕北王在任时就存在了，他们来无影去无踪，每一人都精通十八般武艺，有以一敌百之力。

萧顺行了一礼之后就退出去了。

南星依旧留在殿内守护任瑶期，见任瑶期一副若有所思的模样，便主动解惑道："虽然传言并不可全信，不过燕云十八卫确实是最厉害的护卫。他们虽然被称为燕云十八卫，却并不止十八人，而是有四十人。公子离开的时候带走了十四人，剩下的二十六人则被留下来保护少夫人。少夫人大可放心，有他们在这里，谁也进不了昭宁殿。"

任瑶期愣了愣，萧靖西把大部分厉害的侍卫都留下来保护她了，那他那边……

南星不是多话的人，见任瑶期不说话了，便也站在一边不开口了。

外头似乎传来了打斗声，不过这一刻任瑶期也不在意了，她相信萧靖西留下来的人足以保证她和孩子的安全。

过了大概一刻钟，萧顺又回来了，低头禀报道："少夫人，萧靖岳的人已经被逼退了。我们在这里等着穆虎的人来。"

任瑶期点了点头，没有说什么。

没过多久，昭宁殿外有人喊话说萧衡来了，有事情要找任瑶期商议。

任瑶期坐在那里没有动。

云太妃皱眉道："这个畜生还想做什么？"

任瑶期看了血肉模糊躺在地上人事不省的萧靖岳一眼，笑了笑："他想要做什么，听听看就知道了。"

没过多久，萧衡的声音便在殿外响起。

"侄媳，二叔有些话想要与你说。"

屋子里的人都没有作声。

萧衡接着道："你是河中王的外孙女，无论二叔与燕北王府的恩怨如何，二叔都绝对不敢伤你分毫，所以这件事情你大可以置身事外。现在萧靖西已经死了，你若是愿意的话，等过一阵子二叔就把你送回去，或者送去河中王那里如何？"

依旧没有人搭话。

"侄媳，能否让萧靖岳出来让我见见？无论他说了什么混账话做了什么混账事，我这个当父亲的都代替他向你赔罪，还请你不要与这混账一般见识。"

萧衡又等了一会儿，可是昭宁殿里依旧没有消息传出来，也没有人回应他的话。他不由得皱了皱眉，开始担心独子。

这次不知道等了多久，萧衡才道："侄媳，二叔的话你可能不愿意听，不过老王妃的话你总愿意听吧？"

屋里众人闻言都不由得愣了愣。

然后就听到一个尖利的声音在外头响起，"萧衡你想做什么？带我来这里干什么？"正是老王妃的声音。

萧衡似乎低声与老王妃说了几句什么，老王妃毫不领情地怒骂道："你之前突然让人围住我的寿安殿，现在又不顾我的意愿把我带到这里来，你想做什么？"

萧衡闻言笑了："母亲，岳儿还在昭宁殿里，你能否叫您孙媳妇放他出来？"

"萧靖岳在昭宁殿，你带我来做什么？"老王妃不满道。

萧衡却没有理她，只是对着昭宁殿大声道："侄儿媳妇，都说你是孝顺之人，想必你也不愿意看到老王妃如何吧？你放岳儿出来，我便让老王妃进去休息怎么样？"

老王妃这才听明白，萧衡竟然想要用自己换萧靖岳，不由得大怒道："你这畜生……"

可惜她的话还没有说完就顿住了，因为萧衡身后的一个侍卫上前用刀抵住了她的脖子。

萧衡看也不看老王妃，只道："侄儿媳妇，你若是不顾老王妃的死活，说不过去吧？只要你把岳儿送出来，我也不追究今日之事，如何？"

任瑶期被他的厚颜无耻逗笑了，不过依旧没有出声，只听着他在外头唱独角戏。

云太妃突然道："让我出面吧，你在这里别出声。"

任瑶期看向云太妃，云太妃笑了："他用老王妃威胁你，你若是见死不救以后难免被人诟病，不过这世上有一个人对她见死不救外人反而会觉得理所应当，那个人就是我。笑话，谁都知道我与姓李的那女人势不两立，瞎了眼的人才会觉得我会想要救她。"

说着云太妃拍了拍任瑶期的手，然后冲着外头扬声道："萧靖岳这个孽障刚才竟然敢对我这个长辈行凶，已经被我命人绑了起来，稍后我自有处置。至于你带来的人还是再带回去吧，我不想见到她。"

萧衡愣了愣，然后道："太妃娘娘？侄儿媳妇她……"

云太妃冷声道:"你还敢提!她已经被你们的行径吓得晕厥过去了!她要是有什么事,我饶不了你们!"

被"吓晕过去"的任瑶期:"……"

萧衡试探地问道:"太妃娘娘,昭宁殿里现在是您做主?"

太妃娘娘重重地冷哼一声。

萧衡道:"太妃娘娘,侄儿媳妇现在如何了?我派个大夫进去给她瞧瞧?"

云太妃冷冷地道:"免了,我还想让她好好地活着。"

萧衡见云太妃油盐不进,心里也很郁闷烦躁,这么久了都不见萧靖岳说话,让他很担心:"太妃娘娘,岳儿他现在可好,我想与他说几句话。"

云太妃闻言闲闲地道:"听萧靖岳说他让人偷袭了王妃的车驾,不知我儿媳妇现在可好?我想与她说几句话。"

萧衡语塞,他一直以为云太妃不理世事是个好说话的,却忘了她与老王妃几十年斗下来,总能压老王妃一头,怎么可能是省油的灯。

"太妃娘娘,虽说您与老王妃素来不和,但是当着这么多人的面不顾她的安危怕是不好吧?"萧衡道。

云太妃闻言觉得有些好笑,讽刺道:"一个能做出挟持嫡母之事的畜生来教我如何处事?萧衡,你未免太看得起自己那张脸了。"

这脸打得,萧衡被噎得半晌说不出话。

被迫坐在一边看热闹的任瑶期想,她现在总算明白王爷和萧靖琳那一开口就噎死人的性子是从何而来了。

云太妃转换语气义正词严地道:"公主殿下,当年先皇的赐婚圣旨上说您贞顺和慧,为了对得起这个'贞'字,在燕北王府被人如此威胁的时候您应当做个决断。毕竟我们王府可是从未接受过敌人的威胁。"

众人愣了愣才想起来云太妃口中的公主殿下是老王妃。

老王妃则又惊又怒,云氏这贱人是在暗示她为了不拖累燕北王府应该自尽吗?

"你这是巴不得我死是吗?我不会如你的意的!"老王妃愤怒地喊道。

云太妃轻笑一声:"那可真遗憾。让人吩咐下去,等会儿若是要放箭的时候无须投鼠忌器,如果公主殿下不幸被误伤,就当她是为了燕北王府不被恶人威胁牺牲的。"后面那一句云太妃不知道是对她身边的何人交代的。

老王妃脸色发白，吓得连话也说不出来了。

萧衡在一边听着，眼神变幻莫测，老王妃和云太妃是生死对头，看来用老王妃威胁云太妃的事情行不通了。今日如果换成王妃或者任氏都肯定会投鼠忌器。而且萧衡也不能真把老王妃如何，毕竟老王妃是倾向朝廷那一派，真在他手里出了事情他不好与朝廷交代。

萧衡软的硬的都用了，却还是没有办法救萧靖岳，而拿着弓箭守在昭宁殿四周的那些侍卫等得不耐烦了，都抬起手臂将箭指向了他们的方向。萧衡毕竟还是怕死的，僵持片刻之后终于带着人先退了下去。

萧衡也不是没有想过把昭宁殿的侍卫先解决了，可是无论他派出多少人都没有办法在伤到这些侍卫之前躲过他们的箭。

见萧衡终于走了，昭宁殿里也安静了。

向来少言的云太妃将萧衡生生骂退的事情让所有人都有些回不过神来。云太妃喝了半盏茶润润喉咙之后，又恢复了平日里的冰冷模样。

任瑶期已经不会被她的冰冷吓到，轻咳一声恭维道："祖母好厉害。"

云太妃斜睨她一眼，哼了一声，明显表示不吃她那一套。

任瑶期抿嘴一笑。

沉默地在一边坐了很久的俘虏耶律萨格在此刻开口道："就算你们看不起萧衡这个背叛者，但是他的人已经围住了整个王府，并且可能已经控制住了整个云阳城。等到他调来大队人马，你的侍卫就算能以一敌百也抵抗不了太久。"

屋里的人没有说话。

耶律萨格又道："或许你们不信他有那个本事，他自己当然没有那个本事，但如果有你们朝廷的帮助呢？这次借着赵家小姐和云家少爷成亲的机会，朝廷安插进来不少人马，萧衡早就与你们的朝廷勾结上了。"

她顿了顿："你们如果落到萧衡手上，肯定逃不了一死，不如与我合作吧？我如今在大辽还有些话语权，保下你们的性命并不是难事。"

云太妃看了她一眼："你见我们内讧就觉得自己有机会坐收渔翁之利？算盘不要打得太响。"

耶律萨格脸色一变，勉强道："我只是在找一条对我们大家都好的路。"

任瑶期被云太妃影响,忍不住对耶律萨格笑了笑,道:"找一条'对我们大家都好'的路恐怕有些难度,以我们双方的立场,难道不是应该抱着'宁愿自己吃亏也不要让对方好过'的心态吗?不然我们何必打这么多年的仗呢?"

耶律萨格:"……"

云太妃看了任瑶期一眼,心里道:干得好!

最后云太妃总结:"非我族类,其心必异。别以为我们是无知妇孺就会上你的当!"

也不知道过了多久,天色已经彻底黑了,昭宁殿的人却无一人能睡着,这注定是一个难熬的夜晚。

云太妃劝任瑶期道:"你休息休息,有什么动静我就叫醒你。你这么坐着也帮不上什么忙。"

任瑶期想了想,还是点头应了,屋里所有人都不约而同地松了一口气。即便形势并不乐观,他们也希望任瑶期和孩子都能平安。

任瑶期回了内室,南星和苹果跟着贴身守卫。

任瑶期躺在床上也睡不着,只能闭上眼睛养神。不知道过了多久,她突然开口唤道:"苹果,你过来。"

正垂头坐在一边盯着自己的手发呆的苹果回过神来,连忙走到床前:"小姐,怎么了?要喝水吗?"

任瑶期睁眼,冲她笑了笑,轻轻拍了拍床沿,苹果会意,坐了下来。

任瑶期伸手拉住苹果的手,然后在她惊怔的目光下牵着她的手覆盖在自己的腹部。苹果的手有些抖,小心翼翼地抬起手掌,似是担心自己那一点点重量会压到任瑶期肚子里的孩子。

任瑶期温声道:"今天多亏了你和南星。"

苹果手足无措,坐在一旁假寐的南星睁开了眼。

任瑶期微笑道:"不过你明明做了一件好事,为什么会满脸不安?"

苹果低下头不敢看任瑶期:"小姐,我当时不知道怎么了,控制不住自己，你会不会怕我，觉得我不适合待在你身边？"

任瑶期愣了愣，没想到她担心的竟然是这个。

任瑶期叹了一口气："苹果，你在我身边多年，在我心里你一直都是乖巧懂事的。今天你之所以下狠手，是不是因为看到南星在和耶律萨格交手，害怕萧靖岳伤害我和孩子？"

苹果想了想，然后点头："嗯。"顿了顿又补充道，"我还很生气。"

任瑶期笑了："这就对了，所以你下狠手并没有错。"

苹果向来是个听话的丫鬟，听主子这么说心里果然轻松多了。她当时砸完萧靖岳回过神来，就害怕主子嫌弃她太过凶悍，不够良善。

南星也开口了："你没错，下次遇到这种人，还是得这么干。燕北王府的丫鬟怎么能胆小怕事！"

于是苹果释怀了，她本来就是个心思简单的人。

正在这个时候，任瑶期听到外头远远传来各种声音，仔细一听隐隐是喊杀声、兵器碰撞声，还有马嘶声。

任瑶期不由得从床上坐起来，皱眉道："外头怎么回事？"

南星不能离开任瑶期半步，苹果正想要起身去外头问问，桑葚正好跑了进来，激动地道："小姐，听外头的侍卫说，穆大人带人来了，现在跟外头那些人打起来了。"

任瑶期点了点头，想要下床。

桑葚又连忙道："太妃娘娘让您继续歇着，别起身了，穆大人的人要打进来还得费些时候呢。"

任瑶期哭笑不得，这会儿她哪里还睡得着。不过她也没有违拗云太妃的意思，索性倚靠在床头假寐，对桑葚道："你去外头，有什么消息进来告诉我。"

桑葚应声出去了。

不过令人意外的是，这一仗并没有打太久就结束了，穆虎带着人进来的时候天还没有亮。

原来那些之前以为已经被萧靖岳控制的侍卫并没有完全失去行动力，他们一开始只是在示弱。等到穆虎带人打回来的时候，这些侍卫就里应外合从王府里冲杀了出去，所以穆虎进来得很顺利。

"萧衡呢？"云太妃冷着脸问满脸是血的穆虎道。

穆虎还没来得及去换一身干净的衣服就急急忙忙赶来昭宁殿，见云太妃和少夫人以及自己的媳妇都没事，这黑脸的汉子总算松了一口气，收敛住满身的煞气。

"属下们进来的时候，萧衡已经不在府里了。"

云太妃冷哼一声："他跑得倒是快！"

话音刚落，见任瑶期从内室里走了出来，云太妃看了看穆虎，对任瑶期道："你出来做什么？"

云太妃不怕满身血腥气的穆虎，却担心他们身上的煞气冲撞了任瑶期肚子里的孩子。

任瑶期此时却没有工夫注意穆虎那满身的狼狈，只是对云太妃道："我没事的，祖母。"然后又急急转头问穆虎，"王妃可好？有没有受伤？"

穆虎低头回道："王妃没有受伤，属下已经把她送到安全的地方了。等王府这边的形势控制下来，属下就去接她回府。王妃也很惦念太妃娘娘和少夫人。"

任瑶期终于松了一口气，只要人没事就好。

虽然有太妃娘娘这个长辈在，任瑶期不好越过她多问别的，但她也没有回避，坐到了云太妃身边。

云太妃看了她一眼，终究叹了一口气没有赶她。

"寿安殿的那位呢？救出来没有？"云太妃继续问道。

穆虎皱眉道："老王妃不在府中，可能是被萧衡劫持走了，不过二夫人母女都还在府里。"

萧衡带走了老王妃，却留下了自己的妻女？

云太妃叹了一口气："由此可见他走得仓促。派人看着苏氏母女，但是对她们客气些，不要为难。男人们混账，却让女人受过，她们又何错之有。"

穆虎应下了。

"外头的形势如何？"任瑶期还是忍不住开了口。

穆虎回道："城门倒是夺回来了，只是城里还有一些萧衡的人。这些人成不了气候，属下已经派人去围剿。"顿了顿，穆虎迟疑着道，"现在最麻烦的不是云阳城，而是云阳城外。"

云太妃皱起眉头："城外出了什么事？"

现在燕北王府里的主子只剩下几个女人，穆虎也没有刻意隐瞒："派出去的斥候来报，云阳城临近的西远镇五公里外发现了行军痕迹，应该是朝廷的军队，人数不少。"

云太妃惊道："朝廷的军队怎么无声无息地到了燕北？还已经兵临城下了！"

穆虎冷凝着一张脸道："这恐怕就要问萧衡了。"

屋子里的气氛瞬间凝重起来。

任瑶期叹了一口气："云阳城附近能调动的人马有多少？"

穆虎道："粗略估计有五千，不过太妃娘娘和少夫人也别太担心，现在几座城门已经在王府的控制之下，城内粮草也算充足，如果打守城战的话，支撑到援兵赶来不成问题。"

如果今日萧衡真的顺利拿下燕北王府，并且掌控云阳城的四座城门，等到他把朝廷的人马放进城，后果将不堪设想。众人不由得想到几十年前燕北王府的那场浩劫。燕北王府覆灭在自己人手里，接着辽人的兵马大举南下，整个燕北满目疮痍。

云太妃疲惫地按了按自己的太阳穴："你们都先去干正事吧，外头有什么情况派人来报。"

穆虎等人都应声退下，萧靖岳和耶律萨格则被穆虎的人带下去，也不知道关到了哪里，南星和燕云十八卫依旧留在昭宁殿。

云太妃见任瑶期不说话，叹了一口气，拍了拍她的手，以难得一见的柔和语气道："别怕，论行兵打仗，南边的人不可能打得过燕北军，不然也不会有我们燕北王府，且他们这次已经失了先机。如果……如果真的到了兵临城下的境地，我就让侍卫们护送你出城，你和孩子都不会有事的。"

任瑶期回了云太妃一个笑容："祖母，我不怕。"若真到了那时候，她又怎么能撇开长辈独自逃亡。

而且，任瑶期相信萧靖西，她不信萧靖西没有一点防范，她更愿意相信燕北王府如今的局面是萧靖西布下的一个局。

只是不知道萧靖西现在在哪里……任瑶期轻轻地抚摸着自己的小腹，她想他了，很想很想。

没过多久，同贺来了，禀报道："少夫人，已经找到乐山和乐水了。"

任瑶期闻言立即问道："她们怎么样了？"乐山、乐水年纪还很小，任瑶期绝对不希望看到她们年纪轻轻就折在这里。

同贺低头道："乐山伤势很严重，乐水受伤稍微轻一些，找到她们的时候两人都已经昏迷，现在还未醒。"

"让大夫去给她们治，尽力保住她们，需要什么药材尽管开口。"任瑶期连忙吩咐道。

云太妃也是见过那两个双胞胎丫鬟的，听着不由得摇了摇头："造孽了。"

然后香芹跑了回来，任瑶期看她那鬼鬼祟祟的模样就知道她是偷偷跑来的，不然在这个时候萧顺怎么会允许她乱走，万一在外头遇上萧衡一党的漏网之鱼可怎么办。

可惜香芹并不以为然，还气哄哄地道："奴婢是小姐的人！小姐在哪里，奴婢就在哪里！之前要不是萧顺把奴婢锁了起来，奴婢怎么会这会儿才回来！听说辽国公主和萧靖岳那两个混账来过了，当时奴婢居然没有陪在您身边！这是奴婢失职啊！不过，小姐，您可要为奴婢做主啊！萧顺他欺负奴婢啊！"

任瑶期不由得捂着额头哀叹。

有了香芹，任瑶期因两个丫鬟受伤而低落的情绪稍有好转。

天色逐渐转亮，约莫再过一个时辰就要大亮了，就是在这个时候穆虎派人回来禀报道："天亮之前云大人带着一百多人马出城了。"

任瑶期闻言不由得坐直身子，面色也凝重起来："哪个云大人？"

"是云家二少爷云文放，云家大少爷还没有回云阳城。"

任瑶期深吸一口气，"云文放带着一队人马出去做什么？"虽然她心里隐隐有了些猜测，却还是难以置信。

回来禀报的侍卫眼中闪现一抹敬重和向往之色："云大人是奔着那一队军队去的，听说想要突袭。"

云太妃也惊呆了："突袭？云文放他带了多少人马？"

"云大人带了一百四十人出城。"侍卫禀报道。

"敌方呢?敌方有多少人马?"

"少说也有三四千……吧?"侍卫察觉到云太妃语气不对,硬着头皮道。

云太妃揉着额头靠在引枕上,口中喃喃道:"这孩子,这孽障,这……他也太逞能了。"

任瑶期也叹了一口气,没有再问。

云文放确实带着一百多个人出城了。他出门的时候并没有惊动云家人,云家上下都被蒙在鼓里,云大太太甚至还在考虑如何才能劝服云文放,拉着他一起去孟家请孟氏回来。

云文放找到穆虎的时候倒是表示过想要带些人马去迎战,可惜穆虎想的是守城之策,太妃、王妃和少夫人都在云阳城,穆虎不敢冒险,只敢寻求一个最稳妥的方式。云文放对此嘲讽地笑了笑,却也没有说什么,只道:"既然如此,我也不找你要人马了,不过我带着自己的人出城,你给我放行!"

穆虎皱紧眉头:"你想做什么?"

云文放笑得满不在乎又带着些玩世不恭:"被人找上门来了,你忍得下,我却忍不下。我带人出城自然是去杀人。"

穆虎问清楚他手上有多少人,不由得摇头劝道:"云大人还是不要去送死了,你若是有心,不如留下来替我守城。"穆虎以前都是称呼云文放为云少爷,这会儿不由得改了口。

云文放似笑非笑地瞥了穆虎一眼:"我只会攻城,不会守城。"

穆虎有些无奈:"云大人,您这又是何苦?"

云文放闻言沉默一瞬,然后往某个方向深深看了一眼,漫不经心地道:"我只想把敌人拦在城门外,不让他们攻城。"

穆虎愣了愣,看向云文放的目光似有意外:"可是您这点人马怎么拦得住?"

云文放笑了笑:"这是我的事,说不定我就拦住了呢?"

穆虎劝了半天,云文放还是坚持要出城,穆虎最后竟然也没有拦他。

因为云文放半真半假地对穆虎道:"如果我有非出城不可的理由呢?我喜欢的人身子不适,不能受惊,所以我要拦住外面那些想要攻城的人,以免兵临城下吓到她。"

虽然云文放说这句话的时候从表情到语气都没有什么诚意,但是不知道为何穆虎竟然觉得云文放说的是真的。他这一迟疑,云文放就带着人出了城。

云文放出城之后遇上的第一批人马竟然是萧衡的人。

萧衡也没想到云文放会出现在云阳城外,还只带了一百多人。

在萧衡震惊的时候,云文放冲他露出一个略带挑衅的笑容,然后招呼也不打一声就带头冲杀上前。

萧衡带着的人比云文放的人马多了三倍,但是一开始就被杀了个措手不及。云文放虽然只有一百多号人,却个个勇猛无匹,悍不畏死,萧衡之前好不容易躲过穆虎的人马逃出城,正疲惫得很,所以一开始就落了下风。

萧衡看着云文放不要命似的带头冲杀,悄悄地策马往后撤躲在自己的人马后头。

"住手!"萧衡喝道。

云文放原本不耐搭理,等看到被萧衡挟持在前的人的时候动作却停下了。

"云文放,让你的人退下,否则我就杀了她祭旗。"萧衡让人将老王妃押过来,挡在自己身前。

老王妃发髻散乱,头上的珠钗早已经不知散落到了何处,哪里还有半分贵气,看起来不过是一个普通老妪。此时被人推到刀光剑影当中,她忍不住惊叫起来。

虽然之前萧衡安抚她说,挟持她不过是为了做做样子,并不会真的伤害她,但是老王妃已经不敢轻信萧衡的话了。

云文放眯了眯眼,抬起手,交战的双方瞬时都止住兵刃。

萧衡见威胁奏效,不由得松了一口气,用居高临下的语气对云文放道:"云文放,你云家再如何也不过是燕北王府的一条狗,与其陷入王府的权力之争,还不如保持中立,静观其变。聪明人才能活得更长远一点。否则,燕北王府的老王妃若是出了一点岔子,你问问萧衍会不会放过你!现在,带着你的人马给我退下!"

云文放静静地看着萧衡，一双漆黑的眸子里看不出半分情绪。当听萧衡说完话之后，他突然笑了，然后在萧衡震惊的目光中，拿过身边一名下属的弓箭，拉弓如满月，箭尖指向萧衡。

云文放嚣张的态度让萧衡又惊又怒，一把抓过老王妃挡在自己身前："云文放你敢！你看清楚我身前的是谁！"

云文放的回答是以迅雷不及掩耳之势松了手中的箭弦，离弦的箭瞬间划破场中凝滞的气氛，带着破风之声直中目标咽喉，箭刃刺穿血肉的声音让在场之人皆是一凛。

萧衡被那支箭的力道带得从马上摔了下去，脊背狠狠撞在地上，发出一声闷哼。温热黏稠的液体喷了萧衡满脸，耳边听到的是如同破风箱发出来的"呵呵"声。

有一瞬间，萧衡以为自己中箭了，马上就要死了，惊恐得全身止不住地颤抖着。可是当他身边的侍卫将他从地上拉起来的时候，他才看清楚中箭的并不是他，而是被他拉着当护身符的老王妃，被一箭穿喉。

老王妃抬手想要摸自己的喉咙，可是还不等她的手碰到箭就咽了气，瞪大的眼中毫无生气，瞳孔中却依旧残存着惊恐。

萧衡咽了咽口水，难以置信地看向云文放："你……你……你杀……"

云文放眼中没有丝毫情绪，嘴角弯着，淡定地道："老王妃已被萧衡杀害，众将士听我号令，给我杀光叛军，拿下萧衡的项上人头，以告慰老王妃在天之灵，杀——"

随着云文放那一声"杀"，他手下的那一百多人马毫不迟疑地冲上前去，砍刀切菜般斩杀着萧衡的近卫军，空气中弥漫着浓浓的血腥味。

萧衡的人抵挡不了云文放手底下那一百来个身经百战的精兵，被逼得且战且退。

萧衡咬牙喊道："云文放，你杀了老王妃！燕北王府不会放过你的。"

云文放笑道："老王妃可不是我挟持出府的，我杀了你就能给她报仇了。"

"你——"

萧衡的话没能说完，因为云文放的人已经杀到了萧衡面前，他被一刀砍伤了肩膀，血流如注，若不是旁边的人为他挡了一下，恐怕脖子以上已经落地了。

云文放身边一个沉静的年轻人凑到他身边小声道:"将军,那毕竟是燕北王府的老王妃,你就这么一箭射死了她,万一王爷秋后算账……"

云文放淡声道:"她必须死!否则萧衡今日能威胁我让路,明日也能拿她威胁别人开城门,云阳城里那么多人,难道都要为她一人陪葬?她也配?"

沉静的年轻人张了张嘴,说不出话了。

其实云文放说的也不是没有道理,如果老王妃不死,萧衡就能用她威胁燕北王府,万一他要求燕北王府开城门放朝廷的军队进城怎么办?燕北王府是答应还是不答应?要知道萧衡之前之所以能毫发无损地从云阳城里逃出来,就是因为有老王妃这个护身符在手。

现在云文放一箭射杀了萧衡的护身符,燕北王府就能少去顾忌。

云文放看了那年轻人一眼,笑了笑:"人是我杀的,到时候燕北王府若是追究起来,自有我一力承担。你们别怕。"

那年轻人忙道:"将军,属下不是这个意思。属下只是……将军,历史向来是由胜利者书写。属下只是想说做都做了,就不要留下活口。"

云文放闻言不由得放声大笑,拍了拍那年轻人的肩膀:"说得有道理。"说完就又带头杀进去。那年轻人也立即跟上去为他掩护。

这一场仗并没有耗时太久,萧衡眼见着自己的人只剩下几十个,便想要让那些人挡住攻势,自己逃走。

云文放远远瞥见他的意图,微微弯了弯唇,然后搭弓射箭,尽管有那么多的人墙挡着,云文放的箭还是从空隙中钻入,直取萧衡后心。萧衡听到破风之声心中一惊,俯下身子想要躲避,不想在他刚刚弯下腰的那一刻,身后又有两箭追至,这两箭分别射向他的臀部和马的臀部,萧衡和马躲避不及,纷纷中箭。马因吃痛而发起狂来,萧衡一个没坐稳就被甩了下来。

摔下马之后,萧衡还想爬起来逃,可是他的腿竟然使不上力气,爬不起来了。

云文放慢悠悠地策马行到萧衡面前,居高临下地看着他,嗤笑道:"你不是血统高贵吗?怎么连门下的一条狗都打不过?岂不是连狗都不如!"云二少爷从来都是睚眦必报的。

萧衡抬头看着这个高高在上的俊美青年，对上他那毫无情绪的眼眸，心里一阵发凉，直到这个时候萧衡才发觉自己是怕死的。

"你不能杀我！"他喃喃道。

云文放挑了挑眉，好整以暇地道："哦？为何不能杀你？"

萧衡一边用手撑着往后退，一边道："因为我姓萧！即便我犯了错也应当由燕北王府处置，你不能随便杀了我，否则你就是蔑视萧家！"

云文放沉默片刻，突然发出低沉的笑声，这笑声让萧衡心底发毛，从内心深处涌起一股恐惧感。

云文放带着笑意的声音在萧衡头上响起："你知道吗？曾经有人跟我说过同样的话，他说我应该感谢我姓云，不然不可能活到今日。听到这句话的时候我还年轻气盛，所以对此嗤之以鼻，不过现在我却有些赞同他说的了。同人不同命就是这个意思。"

萧衡不由得略微松了一口气，以为自己逃过了一死。

接下来云文放却道："只可惜，你还是要死。"

萧衡惊恐地抬起头，云文放已经挥剑而下，利落地砍掉萧衡的头，萧衡连惊呼都来不及发出，就殒了命。

云文放面无表情地将萧衡的头用佩剑挑起来，扯下自己的披风包裹住，挂在马首。

他扯了扯嘴角，低声道："因为说那句话的是我最讨厌的人，就因为他那与你相同的姓氏，我失去了这一生中最重要的人。"

云文放这边解决了萧衡，他身后的那些下属也顺利地结束了战斗，萧衡带的这些人虽然不是乌合之众，却依旧落了个全军覆没的下场。云文放的人虽然并不是毫发无伤，但这战绩的确值得他们骄傲。

云文放带着萧衡的人头回去的时候，那个沉静的青年对着下面的人吩咐了几句，然后那些精兵就开始分散下去给已经倒在地上的敌人补刀。

云文放不在意道："别管这些废物了，还有更重要的事情要做。"说着便掉转马头，往朝廷的军队埋伏的地方奔去。

那青年见了连忙吩咐几句，留下十几个人打扫战场，并让人将老王妃的尸首送回城内，他自己则跟上云文放。

一百多人马对上几千人的军队无异于以卵击石自不量力,但是云文放不怕。他带着他的精兵从朝廷的军队中冲杀而过,谁也没有料到突袭的人晚上不来,天亮了却来了,他们当时正在吃早饭,因此被杀了个措手不及。

这些被朝廷用优渥的条件驯养出来的兵士大部分没有经历过真正的战争,这些年大周朝的北部和西部边境都是燕北军队在守卫,所以云文放这一百多人杀到敌人的阵营中如入无人之境。

云文放将他们的队伍冲散之后也没有恋战,又从另外一面冲杀出去。朝廷的兵马也反应过来,组织四五百人马追了上去,只可惜他们骑的战马比不上西北产的良驹,最后被云文放仗着知晓地形的优势引入一处峡谷。

峡谷狭长,人数再多也占不到优势,最后那四五百的人马只能被动地被云文放的人斩杀殆尽。

云文放本就没打算直面那几千人马,只打偷袭和游击,将对方的兵马耍得团团转。

诱敌深入,分而击之,对于实力相对弱小的一方而言是一个好战术,但是如果交战双方实力太过悬殊,这战术在用过几次之后也就不管用了,毕竟人的体力是有极限的。

云文放带着自己的部下在杀敌五六百之后,己方也折损了将近一半的人马,剩下的那一半不是受了伤就是已经精疲力竭,最后他们被朝廷的人马围堵在一片树林里。若非有这一大片树木掩护,又熟悉地形,恐怕他们早已经全军覆没了。

在进入这片树林之时,他们已经弃了马。

云文放左肩胛处中了一箭,腹部也被利刃击伤,伤口颇深,失血过多导致他脸色十分苍白。此时他正靠在一棵树后,面色异常平静地任由自己的部下帮他包扎腹部的伤口,等那部下帮他简单处理好腹部的大伤口,想要帮他把背后的箭伤也处理了的时候,却被云文放伸手制止了。

"先这样吧,你去看看别人。"

那部下看了一眼云文放那已经砍断箭尾还留了箭头在身体里的伤口,想要再说些什么,云文放已经冷淡地闭上了眼睛。那部下不敢违背命令,应声退下去看其他受伤的人。

一直跟在云文放身边作战的那个沉稳青年步履略沉地走过来:"将军,我们还剩下六十八人,且有十几人受了重伤,怕是……"

他咬了咬牙,通红着眼睛低下头,虽说在成为军人的那一日他们就有了马革裹尸的准备,但是这些人都是与他们浴血共战过的兄弟,他们一同在边关经历过无数凶险都挺了过来,最后却死在了同族人手里,心里总归是有些怨愤的。

云文放睁开眼,看了看或坐或站围绕在他身边的将士们,冷淡的眼中终于起了一丝波动,他嗓音暗哑地道:"是我对不住你们。"

那青年闻言眼中的泪差点落下来,忙强忍着哽咽道:"将军这是什么话,之前若不是您帮属下挡下一刀,属下哪里还有命站在这里?何况身为燕北军人,守卫百姓和燕北王府本就是我们的职责,将军何苦将责任往自己身上揽?我们都是自愿跟随您的。如果能让云阳城的百姓们活着等到援军赶来,那么我们与将军您一样,就算是万死也不辞。"

云文放扯了扯嘴角,露出一个带着疲惫和嘲讽的笑容:"我没有你想的那么无私,我只是……"

只是什么?云文放的目光有些恍惚。

他觉得自己出城迎敌只是为了保护他想保护的人,想要让她平平安安,不要像梦中那样死于非命。他从不觉得自己是一个胸襟宽广的人,甚至燕北王府在他面前覆灭他都不会有多大的感慨,说不定还会暗中快慰,他的所作所为皆是顺应自己的本心罢了。

可是看着四周这些年轻的面孔,看着这些与自己出生入死并对自己付出全部信任的下属,云文放终究还是说不出那个只是,尽管他从不在意他在别人眼中的样子,但是在这一刻,他选择了沉默。

正在这时候,稍微站在外围的那些人中产生骚动,站在云文放身边的青年正要喝问,却已经有人匆匆跑过来道:"将军,前面起烟了,怕是那些孬种不敢进林子里与我们对上,所以想放火将我们逼出去。"

云文放这时候也闻到了烟味,并隐隐看到了烟火,好在风暂时还不是往他们这边吹,不然他们恐怕会不太好受。

那沉稳青年去观察了一下,很快又跑了回来,脸色难看地道:"这些人,简直卑鄙无耻！有种真刀真枪地干一场。"

云文放凉薄地笑了笑："生死对敌的时候使一点小手段也无可厚非，何况他们被我们杀了那么多人，你还想让他们对我们以礼相待不成？"

青年虽然脸色依旧不太好看，但是终究没有再说什么。

"将军，现在怎么办？"旁边一位下属担忧地看着远处越来越浓的烟雾，"虽然现在吹的还是西南风，但是过一会儿可能会改变风向。"

云文放盯着远处的烟雾看了一会儿，然后带着他惯有的懒洋洋的笑伸了一个懒腰。随着他的动作，他背后的箭伤又裂开了，就连腹部刚刚包好的伤口也溢出血渍，只是他就像感觉不到痛一般。

他环顾一圈，然后笑道："儿郎们，你们愿意就这样被人当王八一样熏得灰头土脸之后再自己爬出去吗？"

"不愿意！"剩下的几十个人尽管大多已经伤残，喊起这三个字的时候却依然气势如虹。

云文放拿起自己的佩剑，手指微屈轻弹剑身，淡声道："那随我杀出去如何？"

云文放的话音刚落，原本还坐靠在地上的人都站起身，无论是重伤的还是轻伤的，只要还能动弹的都拿起自己的武器，肃杀地喊道："杀出去！"

"杀出去！"

"杀出去！"

一时间树林里到处回荡着这杀气腾腾的几个字。

云文放缓缓地露出一个微笑，这个笑容带着一些释然。

敌我力量悬殊，他们都知道自己今日可能会埋骨于此，却没有人退缩。云文放心中被一股自己从未真正体会到的豪情充斥着，不知道为何他突然有些为以前的自己感到羞耻，因为在这一刻，站在这里，听到这些属于真正的男人的声音，他终于明白了点什么。

即便到了现在，他都不后悔喜欢上一个注定不属于自己的女人，也从不打算让自己的心屈服。他只是觉得或许自己以前真的不像一个真正的男人，所以那个他这辈子唯一放在心上的人才看不上他。

虽然他的感悟看起来已经晚了。

云文放闭了闭眼,再次睁开的时候目光已经没有了分毫软弱,变得锐利而坚定,在战场上淬炼过的肃杀气势从他身上散发出来。

"儿郎们,随我杀出去——"

云文放嘶吼一声,提着剑当先冲了出去,那个一直跟随他的沉稳青年立即跟在了他身后,其他人紧随其后。

正在四处放火的那些人似乎没有料到这些已经被逼到绝境的燕北军人竟然会冲出来。他们早已经被之前的那几场战斗吓破了胆,这些燕北军人个个悍勇无匹,他们两三个围攻一个都不一定能赢,所以明知道这些燕北军人已经是强弩之末却仍不敢进树林子冒险。

听着喊杀声来了,这些朝廷的士兵大多选择扔了手中的火把往外撤。可是对云文放他们而言,这一战应该是他们这一生的最后一战了,自然要痛痛快快地杀,怎么能允许敌人临阵脱逃?

这些已经精疲力竭或者身受重伤的燕北军人就像是刚刚出笼的猛兽一般大笑着追上了敌人。

这是一场奇怪的对战,人数少的受伤重的追着人数多的受伤轻的杀,却依旧令本该占优势的那一方胆战心惊,步步后退。

最后还是这些燕北军人自己耗尽了最后一丝力气,一个一个地倒了下去,只是他们倒下去的时候都至少拉上了两个人陪葬。

云文放一直冲在最前面,这是他一贯的作风,也是他能这么年轻就聚集一批忠诚下属的原因。

他感觉自己身上的力气在一点一点抽离,身上的温度也渐渐下降,视线开始变得模糊。

云文放感觉到有人拿着刀往他脖子砍来,明明知道应该怎样才能闪避开的,身体却不受控制地越来越慢,然而此时他的思绪前所未有地清晰,周围变得很安静,所有的兵戎相接之声都离他远去,只有那致命的一刀越来越近。

云文放笑了笑,没有闭眼,倒不是因为他觉得自己死不瞑目,只是那朝他砍来的刀锋并不能令他恐惧和退缩,还让他想起了任瑶期。

云文放以为这个时候他想起来的应该是十几年来在午夜梦回中出现的那一幕,任瑶期跪着求他放过她,可是并没有,他回想起来的是刻印在他脑海中的她所有的笑颜。云文放的目光变得柔和，手动了动不知道想要伸向何处，直到他想起任瑶期的笑容没有一个是为了他而绽放的。

任瑶期当然也有朝他笑的时候，但是那疏淡的笑容每次都让他恨得牙痒痒，所以最后连这种客套的笑容她也欠奉了，对着他的时候她总是防备的、不耐的，恨不能装作没有看到他。

云文放突然觉得有些疲惫，不是身体力竭那种疲惫，而是从灵魂深处涌出的绝望和无可奈何。他闭上了眼睛。

"将军——"跌跌撞撞护在他身后的亲随目眦尽裂，没有再去招架砍向他自己的刀，而是用尽最后的力气不管不顾地朝云文放扑撞过去。

刀刃入肉的声音已经令在场所有人都麻木了，喷涌而出的鲜血不过是染红了脚下的方寸之地。

"将军——"

云文放倒下了，原本苦苦支撑的将士们眼前没有了那个奋勇杀敌的身影，目光开始变得茫然，有人因为体力精神不支也跟着倒在了地上。

就在这个将要全军覆没的当口，突然从林子外头传来了砍杀声。

一个想要偷偷靠近云文放，将他的头颅砍下来回去邀功的士兵，手中的刀还没有抬起来就被不知道从哪里来的一支箭矢一箭穿心，钉在前面一棵树的树干上。

"燕北军的援军来了——"

不知道谁喊了这么一句，让想要冲上来将这些残余的燕北军人都解决掉的朝廷军队瞬间乱了阵脚，原本还以为是有人趁乱瞎喊，可是当看到从树林外杀进来的那些身穿燕北军盔甲的军人的时候，他们能想到的只有转身逃跑。

第六十章

定 局

树林外，一身软甲的萧靖西坐在马上，遥遥看向云阳城城门方向。

同德上前道："公子，树林里只是一小股人马，祝将军已经带了人进去，应该很快就能结束战斗。"

萧靖西没有说话。

同德又道："王爷刚刚派的人来禀报，与张将军一同前来的林公公要求停战，并承诺会马上退兵。"

跟在萧靖西后头的一个年轻将领小声嗤笑道："打不赢就喊停战，这还真是他们的一贯作风。只是我们燕北是想来就来想走就走的吗？他们想得未免太美了！"

"祝将军回来了！"同德眼尖，看到祝若梅带着人从树林里走出来，肩头上还扛着一个人。

"这是……云将军？"

萧靖西看向祝若梅扛出来的那个人。那人满脸血污，一身狼狈，就像是从血水里泡过之后被人拉出来的一样，几乎看不清楚容貌，不过在场还是有不少人将他认了出来。

祝若梅对萧靖西道："属下是从一具尸身下面将他翻出来的，还有些气息，不过也是出气多进气少了。"

萧靖西皱了皱眉，然后翻身下马走到祝若梅面前去探云文放的脉搏，片刻后叹息一声,吩咐同德道:"先处理一下他身上的伤,然后送他回城,请大夫尽力救治。"

同德应了一声,然后立即从祝若梅手中将云文放接过去,扛着药箱的随军大夫也跑了过来。只是一般的随军大夫医术都是广而不精,而燕北军中唯一一个擅长外伤的大夫跟着燕北王走了。

那大夫看到云文放身上的伤势倒吸一口凉气,然后摇了摇头,什么也没有说就开始帮他处理身上大大小小的伤口。

萧靖西看了一眼,提醒道:"先用针灸给他止血,然后尽快送回城。"

大夫闻言立即应了一声。

萧靖西吩咐完大夫这一句,就对祝若梅道:"这里交给你,我先回城了。"

祝若梅面容严肃地行了一礼:"属下领命!"

萧靖西吩咐其他几位将领一番,然后便上马带着他自己的侍卫往云阳城方向去了。

等萧靖西的人马连个影子都看不到了,有人轻咳一声,小声道:"公子爷看着像不像归心似箭?"

祝若梅耳朵尖听到了,眼睛一瞪:"小兔崽子,你胡咧咧什么!公子爷是能让你随便编派的?欠揍吧!"

那副将面色一正,正要认罪,却见祝若梅翻了个白眼:"你个连媳妇都没有的人,知道个屁!这不叫归心似箭,这叫意恐迟归!"

众人一愣,然后哄堂大笑,那副将也摸着头傻笑起来。

燕北王妃已经回了王府,看到任瑶期安然无恙的时候大大松了一口气,然后转身就开始重新梳理王府秩序,云太妃也被送回了自己的兰樨殿。

"小姐,您脸色不太好,要不要去床上休息一下?"桑葚问道。

任瑶期昨夜一夜未睡,脸色自然好不到哪里去,好在她心性坚定,从头到尾都努力控制着自己的情绪,所以并没有影响到肚子里的胎儿。

任瑶期也觉得自己应该去休息一下,尽管她觉得肯定睡不着,不过为了孩子,她还是让桑葚伺候她在里间的床上躺下,闭目养神。

也不知道过了多久,任瑶期听到帘子被掀开的声音,然后是轻不可闻的脚步声,她以为是苹果或者哪个小丫鬟进来了,因为守在她身边的桑葚和南星都没有出声，所以她也没有在意。

直到那人走到她床边停下，身影挡住从南窗照进来的光线，任瑶期皱了皱眉，眼睫一动想要睁开眼，那人却在她床边坐下来，在她还来不及睁眼的时候就落入一个温暖的怀抱。

任瑶期身子一僵，然后脸上便露出柔软的微笑，没有挣扎，在来人脖颈间轻轻蹭了蹭："你回来了？"

这寻常的一句就好像那人是今日早上出门办了一件小事，傍晚便回了家。

来人的回答是收紧手中的力道，将她抱紧。

屋子里的丫鬟不知道什么时候已经都退下去了，任瑶期安安静静地让萧靖西抱了一会儿，然后睁开眼睛抬起头看向他。

萧靖西比离开的时候瘦了一些，下巴上还冒出了青色的胡茬。任瑶期抬起手，一寸一寸地抚摸他的容颜，虽然什么也没有说，但是动作间满是两人才能体会到的柔情。

"对不起……"萧靖西开口道，声音低沉喑哑。

任瑶期闻言笑了，探头主动在他唇上亲了一下："不，谢谢。"

两人对视着，都听明白了对方话里的意思。

萧靖西说对不起是因为他觉得自己让任瑶期陷入了危险之中，且在她最需要他的时候他并没有在她身边，还让她挂心这么久。

她说谢谢是感谢他守诺归来，只要他回来，对她而言，别的什么都不重要。

萧靖西忍不住想要亲吻她，可是唇才碰上他就又直起身子，有些懊恼道："我应该换一身再进来的。"

萧靖西回来的时候心里唯一的念头就是看到她，尽快看到她，看到她安然无恙，所以他几乎是脚步不停地回到了昭宁殿，连想要进来通报的人都被他抛到身后，当看到她的第一眼，他的心终于安稳下来。

萧靖西意识到自己一身风尘仆仆地就进了房，很后悔，他这一路并不轻松，身上难免沾染了血腥。所以在任瑶期还来不及说什么的时候，他就起身快步走了出去。

任瑶期有些无奈地看着他的背影，脸上仍旧挂着温柔的笑。

任瑶期原本想要等萧靖西回来与他说会儿话的，可是这一回不知为何，她的头才靠上枕头就不知不觉睡了过去。

等任瑶期再次醒过来的时候天已经黑了，南窗的炕几上点了烛台，微弱柔和的光线让屋里显得安宁静谧。

任瑶期伸手摸了摸身侧却摸了个空，立即坐起了身，面上有些茫然。

她好像梦到萧靖西回来了。

守在一旁的苹果连忙走过来："小姐您醒了？要不要吃点东西？姑爷他吩咐厨房准备了粥，奴婢……"

苹果的话还没有说完就看到任瑶期抬头看向她，话音不由得顿了顿，被所有人认定不够聪明变通的苹果话锋一转："姑爷之前一直在屋里陪着您，不久前才被同德请去书房。"

任瑶期笑了："知道了，我饿了。"

当食物摆在眼前的时候，任瑶期才意识到自己是真饿了。她认真吃下两碗粥、一笼蒸饺、一个半春卷，还有一些小菜。

刚感觉有些饱了，萧靖西回来了。

"吃饱了？"萧靖西在任瑶期身边坐下。

任瑶期点了点头，然后萧靖西就拿过任瑶期的碗筷，将她碟子里那半块吃剩下的春卷夹起来吃了。

在旁边伺候的桑葚连忙道："奴婢让厨房再送些吃食来。"

萧靖西抬头笑了笑："不用了，我等会儿还要出去，桌上的这些够我吃了。"

任瑶期没有说什么，让桑葚她们退下，然后给萧靖西盛了一碗粥，坐在那里看着他吃饭，并给他布菜。

直到萧靖西放下手中的筷子，任瑶期才又叫了丫鬟上来将饭桌撤下。

吃完饭之后，萧靖西没有忙着走，而是扶着任瑶期在南炕上坐下，两人默不作声地依偎在一起，谁也没有说话。

"现在外面什么情形？"任瑶期靠在萧靖西怀里轻声问道，打破了屋里温馨的寂静。

"萧衡的人已经清理完毕，城外军队也退兵了，不用担心，已经没事了。"萧靖西抚摸着任瑶期冰凉顺滑的发丝，轻声道。

"你给河中王府送信了？"萧靖西低头问道。

任瑶期顿了顿，点头道："我进了你的书房，查看了你的文书，猜想到朝廷那边可能会有大动作，所以……我不知道我做对了没有，对不起，这次是我僭越了。"

萧靖西轻轻敲了敲任瑶期的头，笑道："傻话！谁说你僭越了？是我允许你进我的书房的，这燕北王府只要是我能去的地方你都能去。何况这次也多亏了你反应迅速。若不是河中王的人马大规模频繁调动震慑住了南边那些人，今日围云阳城的人马又何止这些？你这着棋走得实在是妙不可言。手下的那帮人都道是我算无遗策，不用河中王府当真出动一兵一卒就牵制住了南边大部分兵力，解了燕北之困。我实在是无颜告诉他们，并非我有多厉害，纯粹是因为我福气好，娶了一位十分厉害的夫人。"

听出萧靖西话中的戏谑，任瑶期忍不住想笑，最后叹道："不能求祖父明目张胆地出兵燕北，甚至为免被人诟病，围魏救赵都不好用，也只能用震慑这一招了。也多亏了南边那些人温柔乡里待久了，胆子都被腐蚀掉了。"

燕北王府与河中王府关系再紧密，河中王府也不好派兵来燕北，这是招人忌讳的事情。若是河中王府为了解燕北之危，当真派人围了京城，在世人眼中就是燕北王府与河中王府相互勾结，朝廷反倒成了师出有名，燕北王府与河中王府在舆论上就占了下风，说不定还会让辽人有机可乘。

所以任瑶期考虑再三之后，并没有请求河中王府出兵相助，而是让河中王府做出频繁调动人马的举动。朝廷因为始终顾忌河中王府这只暂时静伏在脚边，随时有可能跳起来威胁性命的老虎，所以并不敢将所有人马派来燕北孤注一掷。

"宁夏那边如何了？"任瑶期又问道。

萧靖西闻言脸上露出几分惊讶："宁夏？宁夏怎么了？"

任瑶期忍不住翻了一个白眼，觑着他道："你'失踪'的这段时日难道不是去宁夏解决曾家的事情？"

萧靖西忍不住笑了，半真半假地叹道："窈窈，你若是男儿身……"

任瑶期听见萧靖西说到这里便打住话头，不由得好奇地问："我若是男儿身如何？"

萧靖西故作愁眉不展，满脸都是为难："不对，你若是男儿身，我也得把你娶进门，只是这事情就比较难办了……"

任瑶期脸色一红，瞪了他一眼："胡言乱语。"话虽然是这么说，但是不可否认，任瑶期心里还是愉悦的。

萧靖西捧着她的脸将她的头转过来，在她脸上亲了一下，笑道："我是说真的，也幸亏你生为女儿身，不然世人可就要骂我荒唐了。"

任瑶期手背贴在自己的脸上，不自在地道："曾家现在到底如何了？"

萧靖西见她害羞了，也不再逗她，继续抱着她道："曾家啊……曾潜勾结辽人设伏袭击燕北王府二公子证据确凿，所以他这个总兵怕是做不下去了。"

任瑶期皱了皱眉："你在武州被人袭击之事当真与曾家有关？"

萧靖西闻言不在意地笑了笑："有没有关又有什么关系，不过曾家想要趁乱夺权倒是真的，只是最后没有如愿罢了。经此一事，狄家在宁夏气势大涨，用不了多久就能替代吴家。西北稳了，燕北的后院也就稳了。"

任瑶期虽然听萧靖西说得轻松，但也知道事情肯定没有这么简单。宁夏那地方虽然算不上大，但是各方势力复杂得很，萧靖西借着这个机会对曾家发难，扶持狄家上位，肯定是经过多番衡量的。

"曾潜父子现在何处？"

曾家始终是扎在任瑶期心中的一根刺。她更是比谁都清楚，对上曾潜和曾奎这样的人，要么不要打，要打就得一棍子打死，不然的话会后患无穷。所以尽管听到曾氏父子在宁夏已然失势，任瑶期却依旧不敢掉以轻心。

显然与曾家交手过数次的萧靖西也是明白这个道理的，闻言对任瑶期安抚地笑道："这次我剪除了曾家大部分羽翼，剩下的交给狄家善后，毕竟是宁夏的事情，我不好明目张胆地伸手。不过你也别担心，曾家父子现在是秋后的蚂蚱，蹦跶不了多久了。"

任瑶期见萧靖西说得这般笃定，心里安稳不少："吴夫人呢？"

任瑶期记得萧微手里也聚拢了一些始终忠于吴家的势力，只是这些势力在吴萧和的遗腹子出生之后流失了大半。这女人并不聪明，野心却不小，以萧家掌控宁夏的力度来看，她想要再在宁夏掀起风浪怕是难了。

燕北王和萧微终究是兄妹，任瑶期之前听王妃提起过，燕北王曾想要接萧微和吴依玉回燕北王府陪伴老王妃，老王妃也提起过多次。不过现在老王妃已经死在了萧衡手里，萧微母女若是回来的话，燕北王府怕是安稳不了。

于私，任瑶期是不愿意萧微和吴依玉回来的，这对母女太能闹腾了，且心术不正。

萧靖西像是能明白任瑶期心中所想，笑道："吴夫人的儿子在宁夏，她自然不能离得太远。吴家小公子虽然年幼却肩负重任，身边怎么能没个长辈看顾？"

任瑶期愣了愣，然后才想起萧靖西所言的吴夫人的儿子是吴萧和的那位狄氏所出的遗腹子，不由得好笑，看着自己身边这个满脸狡黠的男人道："你把吴夫人交给了狄家？你坏不坏啊！"

萧靖西捏了捏任瑶期的脸，不乐意道："娘子，话可不能乱说，为夫才高八斗，品貌端正，是你可遇而不可求的良人，坏在哪里？"

任瑶期："……"

"每个人都有每个人的位置，站错了的话会乱套。吴夫人既然已经嫁到吴家，那她就是吴家的人，出嫁从夫，夫死从子，这是她该守的规矩。至于吴依玉，她现在还是曾家少夫人，等到有一日曾氏父子都不在了，她该回的地方也是娘家，而非舅家。"吴依玉的娘家自然是她弟弟吴家小公子那里。

萧靖西在说这些话的时候语气淡淡的，却很坚决。

像萧靖西这样的人，自然明白不是什么阿猫阿狗都能往自家后院里捡的。燕北王顾念兄妹之情，他却无须顾及，他的心比燕北王要狠。只是萧靖西的狠能让他亲近之人安心。

夫妻两人正说着话，苹果进来禀报说王妃来请萧靖西过去一趟。

萧靖西对任瑶期道："母亲找我应是为了老王妃的丧礼，我去一趟九阳殿。"

老王妃的尸身已经被送回燕北王府，王妃命人搭建起了灵堂。王妃让任瑶期在昭宁殿待着不要出门,因为老王妃不是寿终正寝,王妃怕冲撞了任瑶期肚子里的孩子,当然这种话王妃是不会明说的,对外只称任瑶期受了惊吓。

任瑶期起身送萧靖西出门。

"靖琳是不是也要回来了?"

原本萧靖琳不会这么快回来,但是老王妃身死,她作为孙女是要回来奔丧的。

萧靖西点了点头:"已经去了信,靖琳这几日就会回来。你回去吧,今日外头风大,别出门了。"

任瑶期闻言没有再坚持出门相送,等萧靖西走了之后她便转身回来。

因为之前睡了一觉,任瑶期精神尚好,想着要去书房找本闲书打发时间,顺便等萧靖西回来。等她走到书房的时候,听到几个洒扫的小丫鬟在小声说话。

"王妃将张大夫、李大夫、顾大夫都派去了云家,只是伤得太重,也不知道救不救得活。"

"可一定要救活啊,不然我们燕北就损失了云二公子这一员猛将。"

说话的丫鬟一抬头看到任瑶期进来了,连忙止住话头,上前行礼。

"少夫人。"

任瑶期微笑着点了点头。

有丫鬟机灵地道:"少夫人是要找书吗?奴婢给您找。"

几个负责书房洒扫的丫鬟是识过些字的,认认书名绰绰有余。

任瑶期也没有回绝她的好意,随口说了一本书的书名,那丫鬟便连忙去书架上找了。

任瑶期被丫鬟扶着坐下,问道:"你们刚刚在说什么,谁受了重伤?"

几个丫鬟对视一眼,觉得这事儿她们不说少夫人也会从别人口中听到,并且没什么不可说的,于是刚刚说话的那个丫鬟便道:"云二公子出城迎敌的时候受了重伤,王妃派了几个擅长医治外伤的大夫去云府。"

任瑶期皱了皱眉："重伤？有多重？"

丫鬟闻言，犹豫了一会儿才道："听说云二公子送回来的时候都快没气儿了，云大夫人让人灌了一碗老参汤下去才勉强缓过劲儿来，现在正吊着命呢，据说情形十分凶险。"

丫鬟们胆子大了，另外一个丫鬟不由得道："听说云二公子带着百来号人不光杀光了叛军，还将朝廷的军队拦了下来，最后他带去的人都战死了，只剩下他还留有一口气被我们公子派人从死人堆里扒了出来。"

"云二公子真是我们燕北的英雄。"

"是啊，希望大夫能把他救回来。"

任瑶期听着几个丫鬟七嘴八舌地说着，虽然丫鬟们所言难免有几分夸张，不过并不妨碍任瑶期将事情的始末猜测个十之八九。

虽然料到云文放这几年肯定有成长，不过还是让她感到意外，她没想到他还能做到这一步。尽管之前萧靖琳也在她面前提到过云文放的变化，不过任瑶期并没有太放在心上。

任瑶期想着云文放现在生死未卜，心里终究有几分复杂。抛开她与云文放的私人恩怨，云文放算得上是一位合格的燕北军人。那个霸道专横的少年也终于长大成人，能够独当一面了。

之后，任瑶期虽然并没有刻意去打听云文放的消息，不过他的情况她还是陆陆续续从不同的人口中听到了，关心云文放伤势的人有很多，尤其是未婚配的姑娘们，就连云文放一天睁了几回眼、喝了几碗药，她们都清楚。

云文放以前就因为皮相不错拥有不少爱慕者，这一次更是引来了更多的姑娘为他的伤势心疼。

说起来也多亏了云文放身体健硕，心性坚定，不然若是一般人受了他这么重的伤，哪里还有活命的可能？偏偏云文放最后还是撑了过来。只是因为伤势实在太重，接下来很长一段时日都需要卧床静养。

云文放被救活之后，世人又谈论起了他的八卦。

在云文放帮兄长迎亲的前一日，他的妻子孟氏回了娘家，听说孟氏吵着要和云文放和离。孟家听了女儿的哭诉，原本也想同意的，只是云文放受了这么一次重伤之后，事情又有了变化。

孟家在云文放被送回云家的第二日就主动将女儿孟氏送回了云家，还当着云家人的面教训孟氏，让她从今往后好好伺候夫婿、孝顺长辈，若是下次再敢不经夫家允许偷偷摸摸地回娘家，云家就与孟氏断绝关系，不认这个女儿了。

孟氏回到云家的时候形容憔悴，眼睛肿得像包子，也不知道是为云文放哭的，还是为了她自己哭的。不管她心里是如何想的，却也老老实实地在云文放床头侍奉起汤药来，只是眼睛里再也没有了少女时候的神采。

孟家已经对孟氏表过态了，若是云文放能好起来，就让孟氏跟着云文放好好过日子，若是云文放救不回来，孟氏就待在云家为云文放守节，反正决计不会由着孟氏的性子让她回娘家或者改嫁。

云文放的事迹已经在燕北传开了，不管云文放的私生活如何，都已经用生命证明了自己是一名出色的燕北军人，孟家若是在这时候把女儿接回去，不管孟家有理没理，最后都是孟家没理。世人对英雄总是多了几分宽容，而孟家还需要在燕北立足。

任瑶期并没有特意避讳听云文放的事情，对于云文放，任瑶期唯有一声叹息。事到如今，她早已经不恨他了，倒也愿意如同一位交情浅淡的故人一般看待他，希望他能好起来。

萧靖琳是在老王妃发丧前一日赶回云阳城的，云家大少爷云文廷与她一同回来了。萧靖琳是白天到的，进城门的时候不少人都认出了她，虽然云文廷是在萧靖琳进城一个时辰之后才进的城，不过很多人还是将云文廷的离开与萧靖琳联想到了一起，对此无论是当事人还是云家和燕北王府都没有做出回应。

萧靖琳回了燕北王府，云文廷则赶回云家看望重伤的弟弟。

自云文放受伤之后，不少人都将目光盯在云家，等到云家大少爷回来，众人也分了不少目光给他。莫名其妙地失了踪，甚至还缺席了自己的亲事，最后却与萧郡主前后脚回了云阳城，云家大少爷身上的谈资可不少。

只是还不等众人将云大少爷看出个所以然，云家就宣布了云文廷和那位朝廷来的赵小姐婚约不作数，虽然云家没有明目张胆地说出悔婚的原因，不过隐隐有消息传出说赵家小姐是朝廷派来燕北的探子，上回燕北的动乱就是这位赵小姐勾结辽人和一些叛徒所致。此消息一出，燕北人无不对这位赵小姐恨之入骨，没有人认为云家大少爷悔婚有什么不对。

奇怪的是这一次朝廷没有就此事多言，云家悔婚朝廷也没有任何表示，在外人眼中就是朝廷心虚，更加坐实了这个传言。

朝廷的军队大多撤离了，只留下一小队人马与燕北王府协商，正巧云家打算让赵映秋跟着这一小队人马回京。

云家动了，其余的家族也都动起来，之前被太后指了婚的那几家都紧跟在云家身后要与那几位闺秀解除婚约。这些被精挑细选出来的姑娘最后还是要被送回朝廷。

至于已经嫁到燕北王府的颜凝霜则留了下来。

萧衡父子叛乱，萧衡被诛，燕北王府没有杀萧靖岳和萧衡的妻女，而是将他们圈禁在西郊的一所别院中，颜凝霜身为萧靖岳的嫡妻，自然要陪伴左右，同甘共苦。

而赵映秋最后还是没能离开燕北，在跟着那一小队人马回京的当夜，与其他几位姑娘全部吊死在驿站里。至于是自尽而亡还是惨遭什么人的毒手，就没有人知晓了。

朝廷退兵之后辽国也悄无声息地收敛了兽爪，宁夏在狄家的经营下逐渐安稳，大周朝表面上又恢复了平静。

燕北王府对外宣称辽国公主耶律萨格逃离燕北王府，事实上以现在燕北王府的守卫，耶律萨格想要逃脱无疑是痴人说梦。所以，这位公主是被故意放走的。

任瑶期小声问萧靖西道："今日早膳之时，父王所言可是当真？"

萧靖西挑眉："不知夫人指的是哪一句？"

任瑶期轻咳一声面色古怪道："就是父王说他感念公主对他痴心一片，不忍她成为阶下囚，所以才故意放她走了，希望她回去之后能找个好男儿嫁了。"

萧靖西："……"

夫妻两人面面相觑半晌，最后双双忍不住笑出了声。

任瑶期意识到自己这样拿公公的话说笑是很要不得的，勉强止住笑意。

萧靖西看着任瑶期笑道："为何会放耶律萨格回去你难道不知道？"

任瑶期也笑："我还真不知道。"

萧靖西似笑非笑："'公主样样不比自己的兄弟差，可是最终做了辽王的为何不是公主？不知公主甘愿否？'这句话难道不是你说的？"

任瑶期眨了眨眼，笑而不语。

萧靖西道："这位公主虽然是女儿身，志气却不输男儿。当初她之所以主动提出和亲，就是为了躲避耶律莫奇的暗算，韬光养晦。"

"你对她评价这么高，难不成真以为她能扳倒耶律莫奇的势力？"

萧靖西点了点任瑶期的额头："你觉得如果她真能轻松扳倒在位的辽王，我会放她回去？换个辽王于我们有何益处？让她回去无非因为她的势力逊于耶律莫奇，却心有不甘。"

任瑶期偏头躲开萧靖西的手指："然后在她露出败绩的时候给她加点小助力，让她能看到夺位的希望？"

萧靖西叹了一口气："你可知为何北境安稳了这么些年，这几年才闹腾起来？"

任瑶期装模作样地做一脸顿悟状："无非日子太安稳了。"

夫妻两人相视片刻，又是一笑。

不出萧靖西所料，耶律萨格回去之后立即投入到夺位斗争当中。辽国南院大王自是支持耶律莫奇这个女婿，北院却分成了两股势力，一股支持前任辽王的幼子，另外一股势力则隐隐被耶律萨格收拢。虽然人人都清楚这个时候军政分散于国无益，但是人的欲望是一种很神奇的东西，没有站在权力顶峰的人永远无法体会权力对人的诱惑力。"攘外必先安内"绝不是一两位当政者会采用的策略。

而耶律萨格之所以在一回去之后就能收拢北院势力，自然少不了云阳城里某位算无遗策的男人的功劳。

这一年发生的事情在大周朝的历史上是大事件，不过再大的事情过去之后，民众们还是该怎么过就怎么过，大军压城的惊慌也渐渐被普通燕北百姓抛到脑后，毕竟吃饭睡觉活下去才是大事。

转眼就到了三月，草长莺飞，欣欣向荣，处处生机。

燕北王府这一日却从上到下都紧张得不行，因为任瑶期要生产了。

王妃早三个月就开始为任瑶期的生产做准备，任瑶期也在预计生产之日开始腹痛，龚嬷嬷带着另外两个接生嬷嬷最近几日一直住在昭宁殿，所以一开始任瑶期的生产进行得十分顺利。

之所以说一开始顺利倒不是后来任瑶期在生产过程中遇到了什么危险，而是在孩子就要呱呱落地的时候，天气突变，原本晴空万里的天空突然间就阴下来，黑云翻滚，雷电相交，偏偏只打雷闪电不下雨。

云阳城中原本还热闹的各处街道上，行人一下子都跑了个没影，大家都躲在街道两旁的房子里或者屋檐下，仰头看着头上那被雷电照得黑得发紫的云层。

春天多雷雨原本也常见，对农人而言是好事，虽然只打雷闪电不下雨有些奇怪，但也不算离奇，可是到了后世还是有人觉得这一日天象有异。

任瑶期就在这滚滚雷鸣中将孩子生了下来。

"恭喜王爷、王妃，恭喜二公子，少夫人生了，是位小公子。"随着一阵嘹亮的哭声，产房门打开，产房里的人欢天喜地地出来报喜。

王爷和王妃闻言大喜，王妃情绪激动，抬手捂住嘴才没有让自己哭出来，站在一旁的王爷见了轻轻揽住王妃的肩，难得轻声细语地安慰起来。

萧靖西第一句话却是问道："少夫人如何？"

报喜的人连忙道："是顺产，少夫人好得很，就是有些脱力。"

萧靖西难看的脸色终于放松，眼中也染上了喜悦之色。

不用说，这一日燕北王府里无人不喜悦，各处前来道贺的人也络绎不绝。

任瑶期再醒来的时候天已经黑了，这会儿倒不是因为天气，而是天色已晚。白日的雷电来得突然，去得也快，没过多久就又恢复了阳光普照，晴空万里。不过那时候任瑶期正在努力生孩子，自是不知。

一睁开眼，任瑶期就看见了坐在床头盯着她看的萧靖西，手心里传来一阵暖意，她的手被萧靖西握在手中。

任瑶期依旧感觉疲累，不过她还是努力对萧靖西笑了笑："怎么坐在这里？我没事，就是有些累。"

萧靖西轻轻地撩开贴在她脸颊上的发丝："嗯，我也是刚刚进来的，在这里坐会儿。"

任瑶期猜到他肯定坐了不止一会儿,因为她睡着的时候就隐隐感觉到有人一直坐在她旁边,让她很安心。

不过任瑶期并没有说破。她看了看屋里,发现只有她和萧靖西在,连丫鬟也不见一个。

萧靖西注意到她的视线,温声道:"我怕她们吵着你休息,所以都打发了。孩子在旁边屋里,要看看吗?"

孩子生下来之后任瑶期只看了一眼,知道是个儿子,后来就昏昏沉沉睡过去了,听萧靖西提到孩子,心中微暖,点了点头:"好。"

萧靖西给任瑶期理了理被角,然后起身走出去,没过多久就抱着一个大红色的小襁褓进来了。任瑶期的目光一动不动地定在他们身上。

萧靖西将襁褓轻轻地放在任瑶期身侧,自己也在床沿坐下,小声道:"现在还皱巴巴的不好看,母亲说等过几日就能好看了。"

任瑶期看萧靖西一副想要安慰自己的模样,不由得觉得好笑。她偏头去看儿子,正闭着眼睛的小家伙脸上还有些红,头上毛发稀疏,果然不怎么好看,且因为太小了,还看不出五官像谁。

"要抱抱吗?"萧靖西见任瑶期的视线一直盯着儿子那张不怎么好看的小脸,小声问道。

任瑶期摇了摇头,也小声道:"让他睡着吧,我现在也没什么力气。"

萧靖西也是随便说说,闻言也不说什么,夫妻两人一个躺着一个坐着,都看着那呼呼大睡的孩子,时而相视一笑,萧靖西始终握着任瑶期的手。

第二日,任时敏和李氏以及任瑶华夫妇来了。

李氏看到小外孙高兴得不行,一个劲儿地说"菩萨保佑,菩萨保佑",抱着孩子就不肯放。

任时敏皱着眉头仔细看了看李氏怀里的孩子,矜持地评价道:"看上去倒是聪敏伶俐得很。"

李氏也低头看了看孩子,又看了看任时敏,这孩子五官都没长开,一直闭着眼睛睡觉,这得多偏心才能得出一个聪敏伶俐的评价?就算李氏很喜欢外孙也实在苟同不了啊!

不过好在李氏向来对任时敏的话不怎么反驳，闻言面不改色地点头附和："老爷说得对，瞧着孩子的额头与老爷还有几分像呢。"

任时敏偏头打量了一番，颔首道："嗯，确实如此。"

任瑶华夫妇："……"

孩子满月这一日，燕北王给孩子起名萧惟拙，小名"阿拙"。"大直若屈，大巧若拙，大辩若讷"燕北王起这个名字或许是因为孩子出生时风头太盛。

几位娘家的女眷在任瑶期这里说笑，三嫂齐氏也来了。任家那边只来了齐氏和任益均夫妇。因齐氏和任益均在任瑶期面前比任家其他人有脸面，如今在任家他们也有很大的发言权，不过无论是任益均还是齐氏都从未为了任家到任瑶期面前提过半分条件。

任家如今远不比当年，别人提起任家之时都说任家败落了。任家确实是败落了，当年的产业一分不剩，连祖宅都抵了债，手中钱财只够一家老小吃用，连丫鬟仆从都散去了十之七八。但是任瑶期觉得如今的任家比以往任何时候都要好。

任大老爷经受这番打击有些心灰意懒，任益延和任益均这两个小辈倒是站了出来，如今正试着跟他们的五叔任时茂学做生意，不求东山再起，只求能维持一家老小的温饱。

任益延还好说，任益均倒是让任瑶期有些惊讶，这位少爷的性子与任时敏有些相像，视商贾为贱业，颇有几分清高。

任瑶期拿这话问过任益均，这位少爷拿眼角瞥着任瑶期道："一家老小都要饿死了，拿什么去附庸风雅？小爷还能赖着女人养活不成？大丈夫能屈能伸，等小爷养活了老娘和媳妇再回来听圣人言！"

把任瑶期和齐氏逗得都笑个不停。

任益均和任益延在外养家，大太太教赵氏和齐氏两个媳妇管家，一家人倒也和乐融融，只可惜赵氏和齐氏都没有孩子，让大太太愁白了头发。若还是任老太爷和任老太太当家，长房无出，两个媳妇肯定得受大罪，现在大太太虽然也心有不满，想着要不要给两个儿子纳妾，却被任益均一句话打发了："没银子养闲人！"

大太太知道任家现在已经经不住折腾了，想想也就罢了，没有再提。

任瑶音还在庵里待着，大太太也想过要接她回来，毕竟任瑶音年纪大了，齐氏和赵氏也没有拦着说不让大太太接人。

齐氏是这么说的："四妹妹在庵里待了这么久，也该接回来了，不过就这么贸贸然把人接回来，怕是会让那多嘴多舌的人说四妹妹闲话。四妹妹年纪也不小了，娘不如先帮四妹妹物色一户好人家？到时候接回来便可对外言说是接四妹妹回来备嫁的。"

赵氏也连忙在旁附和。

大太太想想觉得也对，她心里清楚现在实际上已经算是任瑶音的兄长当家了，两个嫂嫂的意见也是很重要的，毕竟任瑶音的嫁妆到时候是要从公中出的，她私下能补贴的也只有一些她留下来的旧首饰。

但是等到真的要说亲的时候，大太太就发愁了。任家沦落至此，以前与任家相交的人家自然是不会看上任瑶音的，能娶任瑶音的也只有一些乡绅和普通商户，甚至还有鳏夫。心理落差太大，大太太一时无法接受，不由得怨怪自己没有早些将任瑶音嫁出去，又有些恨任瑶音自己胡闹耽误了自己的前程。大太太怕任瑶音回来之后看到这种情形越发闹着不想嫁人，接任瑶音回来的事情便又搁置下来。任瑶期也是从任瑶音这件事情看出了她这位三嫂是很有手段的，且该狠心的时候绝不会手软。

齐氏一边抱着阿拙逗弄，一边随意道："九妹妹那边婚期也近了。"

任瑶期闻言不由得挑眉看了齐氏一眼，齐氏向来知道她和任瑶华都不待见任瑶英，所以极少在她们面前提起，说起来若不是齐氏提起，任瑶期几乎要忘了任瑶英这个人。

任瑶华果然冷下脸色道："大好的日子提她做什么？她嫁与不嫁与我们有什么相干，父亲都说了，这门亲我们是不会认的。"

任瑶英的婚事因为各种事被拖到现在，原本那个何家是想要退婚的，不过何家老爷有一次因生意之事去白鹤镇见了任瑶英一面，便打消了退婚的念头。

任瑶华冷笑道："内院深宅的，说见就见，她倒也有几分本事！"

齐氏闻言不由得有几分尴尬："太太原本吩咐了人看住她的，不过现在任家人手不足，一个没看住就……"

任瑶华道："三嫂不必说了，我并没有责备你们的意思，原本管教任瑶英的事情也到不了大伯母和你们这些当嫂子的头上,说起来还是我们的不是。若不是祖母她……任瑶英是什么样的货色我们清楚得很,你们就算是派人寸步不离地看着她,她想要钻空子会男人也总能想到法子。"

齐氏被任瑶华毫不留情简单粗暴的鄙视逗笑了:"不过九妹妹自己想嫁的话,倒也省了不少事。她一心要当何家的当家太太,这阵子自然会安心备嫁,少整些幺蛾子。"

任瑶华正要说话,突然脸色一变,转过身捂着嘴干呕起来。

齐氏看她脸色突然白了,吓了一跳,连忙上前扶住她:"这是怎么了?"

任瑶华不停干呕着,想要说话却说不出来。

任瑶期原本也有些着急,想要派丫鬟去请大夫,不过转念一想似是想到了什么,眼中带了几分期盼,小声问道:"姐姐,你上个月癸水来了没?"

齐氏闻言一愣,也想到了,目光看向任瑶华的腹部。

任瑶华脸色还有些白,只是暂时止住了干呕,闻言不确定地道:"没有,不过我有时候日子有些不准。"

任瑶期闻言大喜,连忙吩咐桑葚道:"去请龚嬷嬷来。"顿了顿,又道:"另外,再请个大夫来。"

外头的人也被里头的动静惊动了,李氏她们连忙走进来,还以为是任瑶期怎么了。

龚嬷嬷很快就来了,给任瑶华把过两回脉之后笑眯眯地点头:"是滑脉,这是有喜了!"

一句话安了众人的心,另外请来的大夫自然就没了用处。任瑶华轻抚着自己的腹部惊喜不已。

雷盼儿在一旁拍着手欢喜道:"又要有弟弟了!又要有弟弟了!"

一直为女儿担心的李氏当即想要去给菩萨上香,不过她心下却认定任瑶华这次怀上是阿拙的功劳,是因为任瑶华最近时常抱阿拙的缘故。

因任瑶华被诊出有了身孕,萧惟拙小娃娃的满月宴越发热闹了,更多的人认定阿拙是个有福气的孩子,齐氏更是抱着阿拙不肯放,被众人善意地笑话了也不在乎。

萧惟拙的出生也让人联想到了与他同辈的另外一个孩子,燕北王府的小世子，远在京城的萧惟雍。

很多人都认为当初燕北王立萧惟雍为世子是权宜之计，世子之位最后还是要落到萧靖西头上，现在小公子萧惟拙的出生就是一个很好的机会。

不过无论外界如何猜测，燕北王府都没有要改立世子的意思。有人旁敲侧击，燕北王都会很真挚地表达一番对那位远在京城的长子嫡孙的喜爱，让人摸不着头脑。

任瑶期坐完了月子之后便恢复了日常应酬，王妃开始逐渐将王府大部分内务交给她，自己倒是过起了含饴弄孙的悠闲日子。好在任瑶期聪慧，又有王妃从旁指点，当起家来也得心应手。

萧靖琳之前说过要收小侄儿为徒的话，所以每日都会来与未来的徒弟培养师徒感情。小阿拙很喜欢萧靖琳，每次被萧靖琳一抱就不哭不闹，萧郡主对此很满意，若不是王妃严令禁止，估计她会开始教几个月的小阿拙蹲马步。

这一日，萧靖琳又来与任瑶期和阿拙道别。

"这次又要去哪里？"任瑶期看着一身戎装，英姿飒爽的萧靖琳问道。

萧靖琳抓住阿拙抠她胸腔软甲的小胖手："曾氏父子躲进了党项人的地盘，我这次去是为了斩草除根。"

任瑶期闻言有些狐疑地看着萧靖琳："这也用不着你亲自去吧？"

曾家父子现在不过是丧家之犬，已经翻不出什么风浪，燕北王府就算想要斩草除根也无须萧靖琳出马。

萧靖琳抿了抿唇，低头去逗阿拙，当作没有听到。

任瑶期微眯着眼睛打量她几眼，突然心中一动："难道是为了躲某人？"

萧靖琳捏着阿拙小爪子的手一顿，任瑶期便明白了个八九不离十。

之前云文廷跟着萧靖琳回来之后，因云文放受了重伤，萧靖琳也有很多事情要忙，所以云文廷先回了云家。现在云文放的伤势逐渐好转，并出乎所有人意料开始接手云家之事，云文廷这个被指定为下一任云家接班人的长子嫡孙反而闲了下来，所以最近云文廷时不时就出现在燕北王府。

云大公子倒不是来找萧靖琳的,而是给云太妃和王妃请安的。云太妃一直很喜欢娘家这个大侄孙。王妃对云文廷的态度虽然有些让人摸不透,但是也没有讨厌他的意思,毕竟放眼整个燕北,要找出一个比云家大公子优秀的人也不容易。

所以最近萧靖琳见到云文廷的次数有点多。当初有事情忙着的时候,云文廷跟在萧靖琳后面帮她看看文书、善善后,萧靖琳也没觉得他怎么烦。现在渐渐闲下来了,云文廷还是时时刻刻在她面前晃悠,她就有些焦躁了。

任瑶期见萧靖琳如此,只是叹了一口气,并不想劝她。

感情的事情别人帮不上什么忙,只能自己想清楚。

不过萧靖琳不知道的是,王妃曾经私底下和任瑶期谈论过云文廷和萧靖琳的事情。王妃是个开明的人,虽然云家的事情有些复杂,但是她对云文廷这个晚辈还是没有什么偏见的,如果萧靖琳自己同意,王妃并不会阻拦。

至于燕北王的意见……王妃很淡定地表示,那不是问题。

倒是后来萧靖西来了,听到她们婆媳在谈论云家大少爷,难得地发表了一下意见:"云文廷这个人大毛病没有,只是身上缺了股锐气,性子太软绵了些。"

王妃笑道:"这是挑女婿,不是挑领军大将,要锐气做什么?一山不容二虎,就算是一公一母也不成,一对夫妇想要长长久久,一刚一柔才是最为般配的,两个性子强硬的人凑成一对儿,日子久了就容易磕磕碰碰。"

说到这里,王妃叹了一口气:"琳儿心心念念想要去守边关,如果真如她所愿,还是云文廷这种性子的最适合她。"

萧靖西和任瑶期对视一眼,纷纷低头表示受教了。

萧靖琳同任瑶期和阿拙道别之后就离开了云阳城,带着自己的亲兵往宁夏去了。萧靖琳离开不到半日,云文廷也离开了云阳城。

萧靖琳和云文廷这一走就是将近一年。

在此期间,任家也发生了一件事情,任瑶英和那位何家老爷的亲事终究还是没成,任瑶英在成亲前一个月悔婚并逃离了任家。

任家现在不比当年,下人都遣散不少,门禁自然也比不得深宅大院,任瑶英使了些银钱买通几个人,装扮成小丫头从后门逃了,逃走之前还偷走了大太太的首饰盒。

大太太发现之后立即派人去追，本想着她一个十几岁的女子跑不了多远，却不想找了三天都没有找到人，任瑶英莫名其妙失踪了。

何家的人不知道怎么知道了，找上门来，任家实在是交不出任瑶英，便将聘礼都退了，还赔了何家五百两银子。何家虽然不乐意，却也只能自认倒霉。

任时敏和李氏这边也知道了这件事。

任时敏已经不认任瑶英这个女儿了，听到任瑶英逃走的消息并没有发怒，只是冷着脸让人报了官府，然后让李氏准备五百两银票给任家送去，并将大太太丢失的首饰也折合成银两赔给了大太太。

任瑶期因接手了燕北王府大部分事情，又加上临近年关，所以比较忙，任瑶英的事情她虽然听李氏派人来说了，却也没怎么花心思在上头。

任瑶期虽然没有插手，但是是任时敏派人去报的官，官府的人自然不敢怠慢，所以在腊月十五这一日任瑶英失踪十天的时候，李氏派人来告诉任瑶期，已经找到了任瑶英。

原来任瑶英从任家逃走之后并没有离开燕州，而是来了云阳城，就住在云阳城西吉祥胡同的一座两进宅子里。

官府找到人之后倒也没有贸然进去抓人，而是先派人去禀报任时敏，恰好任时敏出门访友去了，李氏一时拿不定主意，就派人来燕北王府问任瑶期。

任瑶期虽然很好奇任瑶英在搞些什么名堂，却并不想让任瑶英这一粒老鼠屎坏了整个任家的名声，所以让官府那边不要声张，然后派了几个人去任瑶英住的吉祥胡同里盯着任瑶英。

第一日，任瑶英那边没有什么动静。她那座宅子里除了有一个新买的小丫鬟伺候她的起居，还有一对老夫妇负责门房和厨房。除了清早的时候那个婆子出门买一次菜，那座宅子的门一直没有开过。

第二日晚上，负责盯着任瑶英那边的人终于有了消息，有个男子进了任瑶英住的宅子，这男子进去之后直到第二日清早才出来。

这名男子的身份自然很快就被查出来了，听到下面的人报出来的名字，任瑶期倒是没有太意外，这男子还是位熟人，正是当年与任瑶英牵扯不清的那位周少爷周汶。

周汶现在过得顺风顺水。他在学问上确实有几分真材实料，那一次考场失意之后虽然消沉了一阵子，不过自成亲之后运道又回来了，今年的乡试他考得不错。他的岳父在涿州是个不大不小的地方官，给他找门路在易州谋了一份肥差，可谓前途无量。

虽然周汶已经有了娇妻，他的妻子去年给他生了个儿子，又将自己一个貌美的陪嫁丫鬟给他收了房，不过周汶本性风流，不知怎么的就又与任瑶英勾搭上了。果然是妻不如妾，妾不如偷。

任瑶英将现在意气风发玉树临风的周汶与那一脸褶子能当她祖父的何老爷放在一处比较，高下立现。于是她便不乐意嫁去何家了，不知怎么的说动了周汶，让他在云阳城里租一座宅子让她暂住，等何家那边退了亲，任家也不找她了，便可以跟着周汶去易州上任。

周家只有周汶一个儿子，所以他的妻子是要留在云阳城侍奉公婆的。任瑶英想着，等她跟着周汶去了任上，周汶一年难得回一次云阳城，与正妻的感情自然比不上她这个随身伺候的，再过个三五年待周汶站稳脚跟不需要岳家的帮衬了，就休了正妻，她再恢复任家小姐的身份，周汶就能娶她进门了，到时候她就是正经的官夫人。

任瑶英算盘打得极好，只可惜她有她姨娘的心气儿，却没有她姨娘的脑子。

任瑶期查清楚这些事情之后就让人与李氏说了，让李氏等任时敏回来了交给任时敏处理，她自己则继续为今年的年礼忙了起来。

任时敏访友回来之后听李氏说了任瑶英的事情，当时什么话也没有说，第二日就派人拿着自己的帖子去了官府。

中午吃饭的时候，任时敏轻描淡写地对李氏道："派人去白鹤镇收拾几件她用过的旧物，念在她姓了十几年的任，就在任家的祖坟附近找个地方埋了吧。她生前还未嫁，找一口薄棺，一切从简。"

李氏闻言愣怔半天："老爷的意思是……"

任时敏拿起筷子："以后没有任瑶英这个人了。"

任老爷干脆利落地消了任瑶英的户籍，让她变成一个已死之人，官府文书上记载的死因是：遇匪，自尽而亡。

❖❖❖

萧靖琳离开燕北之后，任瑶期偶尔能收到她捎回来的信。在阿拙过周岁不久，任瑶期终于收到了好消息，曾潜和曾奎父子被萧靖琳带兵围杀身死。

曾奎离开宁夏的时候带走了吴依玉。萧靖琳杀了曾氏父子之后找到了吴依玉，只可惜吴依玉这时候已经疯了，萧靖琳将吴依玉送去宁夏交给了狄家照看。

任瑶期看到这封信的时候，心情有些复杂，原本她以为自己在得知曾氏父子的死讯的时候心里会有几分快意，可事到临头觉得很平静。她更关心萧靖琳什么时候能回来，小阿拙现在已经会说话了，只是他说的话除了他亲爹没有人能听懂。

这一日任瑶期从九阳殿回来，就看到萧靖西抱着阿拙站在昭宁殿的庭院里。萧靖西指着庭院里的琉璃鱼缸对阿拙道："这是鱼。"

阿拙扯着他爹的头发吐了个泡泡："啊——噗——"

萧靖西淡定地将自己的头发从儿子手里夺回来，继续耐心地道："再说一遍，鱼。"

阿拙："啊噗——"

萧靖西微笑："嗯，不错，再来一遍。"

任瑶期忍不住笑出声，惹得父子两人都看了过来，阿拙立即拍着手向任瑶期这边扑来："扑——扑——嘛——扑——"

任瑶期捏了捏阿拙的小胖脸，问萧靖西："笨儿子说什么？"

萧靖西将阿拙抱稳了，一本正经地翻译道："他说娘，抱抱。"

任瑶期接过阿拙，还不等阿拙笑开，转手就将他递给一旁的奶娘，示意奶娘把孩子抱进屋里："乖，等娘能听懂了再抱你。"

阿拙趴在奶娘背上，眼巴巴地看着他娘，却不敢哭出来，小模样惹人怜爱得很。不过他娘只是笑眯眯地朝他挥了挥手，他爹则在他娘出现之后眼里就没他了。

"今日怎么回来这么早？"孩子被抱进屋后，任瑶期问萧靖西。

萧靖西牵起任瑶期的手："嗯，回来处理些事情。"

任瑶期点了点头也没多问。在两人要进正房的时候，萧靖西突然道："对了，小别院那边今日来人禀报说，方姨娘昨日夜里死了。"

任瑶期闻言步子一顿，她已经许久没有听到方姨娘的消息了，不想这会儿突然听到方姨娘的死讯。

任瑶期点了点头，继续往前走："怎么死的？"

萧靖西言简意赅："病入膏肓，救不回来了。"

方姨娘自得知任瑶英跟周汶跑了，任时敏对外宣称任瑶英已经死了那会儿就病倒了，而方姨娘的兄弟方雅存这几年一直被方家打压，郁郁不得志，上个月江南那边来了消息说方雅存穷困潦倒，去酒肆借酒消愁却付不起酒钱，被酒肆老板带着伙计狠狠教训了一顿，回去之后便病倒了，最后被一场突如其来的伤寒夺去了性命。

接二连三的噩耗让方姨娘再也承受不住。

方姨娘临终前提出想要再见任瑶期一面，报到萧靖西这里来的时候，萧靖西很干脆利落地拒绝了，方姨娘当夜就去了，死的时候眼睛都没有闭上。

不过这些无关紧要的细节萧靖西是不会与任瑶期提的。

与方姨娘的过节，任瑶期现在想起来就像是上辈子的事情，听过之后就放到了一边。

又过了十几日，萧靖琳回来了，比任瑶期预计的日子晚了好些天。后来才知道之所以会耽搁是为了配合云文廷的行程。云文廷受了重伤，经不起颠簸。

对于云文廷受伤之事，萧靖琳解释得很简洁，在围剿曾家父子的时候，曾奎设计想要与萧靖琳同归于尽，最后萧靖琳没有受伤，却把云文廷伤到了。

不过任瑶期看萧靖琳的脸色就知道事情绝不会像萧靖琳说的这么简单，之后王妃特地将红缨叫过去问话，任瑶期才知道整件事情的始末。

总的来说，这是一个英雄救美的故事，云文廷是为了救萧靖琳受的伤，当时伤势颇为严重，差一点就救不过来了，现在人虽然救了回来，左手却废了，以后不能用左手提重物，遇到阴雨天气还会疼痛。

萧靖琳回来第三日，来找王妃说等云文廷伤势好了，就要与他成亲。

王妃和任瑶期听了，不由得面面相觑。

王妃回过神来之后，小心地劝道："琳儿，终身大事不能马虎，你要不要再想想？你之前不是不同意吗？难道是因为他这次救了你，你才改变主意的？"

任瑶期也点头道："是该好好想想，要不过一阵子等云大少爷好了你再做决定？"

萧靖琳摇头，坚持道："我已经想好了，不打算改主意，娘你先准备着吧。"

王妃偷偷向任瑶期使眼色，让她私底下再打探一下。

不过不等任瑶期去找萧靖琳，萧靖琳主动来找任瑶期说话了。

"当时他就快要死了，大夫们都说救不活了，我问他还有什么遗愿没有完成，他说他从小到大只有一个愿望，就是娶我为妻。"

萧靖琳当时看着血色尽褪的云文廷，心里突然有些难受，坐在云文廷的床边轻声道："我师父花了五年的时间才攒齐了给我师母的聘礼，最终感动了我师母下嫁于他，他们相爱相伴了许多年，感情一直如初。我自幼就羡慕他们，想着也要像我师母那样找一个一心一意爱我的夫君，可惜我找了很多年都没有找到。"

萧靖琳对上云文廷的视线，认真地道："一个男人爱不爱一个女人，并不是看他能给她多少，而是看他能给她自己仅有的多少。你说你喜欢我，我信的，可是一直以来，你对我的感情都比不上你的家族在你心里的重量，现在你愿意把我排在家族前面了，我却已经不信你了。"

云文廷的目光渐渐暗淡下去。

萧靖琳继续道："不过现在，我想给你一次机会，也给我自己一次机会。我要你给我你现在仅有的、最珍贵的东西，如果你给得起，我就嫁给你。"

云文廷定定地看着萧靖琳："是什么？"

"你的生命，你的勇气，你活着的信念。"

云文廷看着萧靖琳笑了笑，想说他的生命已经给了她。

萧靖琳似是知道云文放心中所想，摇了摇头："不，我要你的生命，却不要你为我而死，喜欢应该是一件快乐的事情，它应该给人带来好的结果。所以，如果你愿意为了我活下去，我就接受你，并用我的余生去爱你。"

云文廷听懂了萧靖琳的意思，轻轻握住萧靖琳的手："好，我会为了你活下去。"

　　最后，云文廷真的靠着自己的信念活了下来，萧靖琳是个言出必行的人，既然答应了云文廷要嫁给他，自然不会反悔。

　　任瑶期听完故事也实在是不知道该说什么好了，不过她希望萧靖琳能幸福，也相信萧靖琳做出的决定。云文廷就算有一千种不好，但是他爱萧靖琳的心是可贵的。

　　云文廷伤势好了之后，燕北王府和云家也为云文廷和萧靖琳的婚事做好了准备，云文廷终于排除万难，娶到了他自小就认定的新娘。

　　成亲前一个晚上，云文放去找云文廷喝酒。

　　两人一人手执一个酒坛子，云文放将坛子里的酒一饮而尽，拍着兄长的肩膀道："恭喜你得偿所愿。"

　　云文廷也笑着拍了拍云文放："谢谢。"

　　云文放道："从此以后，你与郡主双宿双飞，海阔天空，我就要被关在这个笼子里了此余生了。"

　　云文廷闻言不由得笑了："整个云家都给你了，你倒是委屈了？"

　　云文放斜睨了云文廷一眼："你要，还给你？"

　　云文廷但笑不语。

　　云文放嗤笑一声，夺过云文廷的酒坛子，仰头喝了几大口。

　　云文廷看着云文放道："阿放，谢谢你，真心的！"

　　云文放将酒坛子抛给云文廷，仰躺在地上："所有人都说我能有你这么个哥哥，是上辈子修来的福气，自小到大，你为我背了多少黑锅，收拾了多少烂摊子，你自己也数不清了吧？不过所有欠过的债都是要还的，所以你不必谢我，我只是在还你的债，这辈子不还清的话，下辈子说不定要给你做牛做马。"

　　云文廷学着云文放的样子躺下来，笑道："其实我并不适合当云家的家主，阿放，说不定你比我更适合。"

　　云文放嗤笑道："或许吧，毕竟还没有爷做不好的事情，爷这辈子所有的霉运和挫折都在感情上耗尽了。"

　　云文廷听完什么也没有说，只是将手里的酒坛子又递给云文放，云文放接过之后，潇洒地一饮而尽，然后将空酒坛子远远地摔了出去。

萧靖琳与云文廷成亲当日，云阳城里万人空巷，燕北人都很兴奋，因为郡主终于嫁出去了，还是郎才女貌般配得紧。

萧靖琳与云文廷成亲之后不久，夫妻二人就一起去了嘉靖关，从此以后萧靖琳负责边关军务，云文廷则负责一切文书工作，也算得上是妇唱夫随，和和美美。

送萧靖琳夫妇离开云阳城的那一日，萧靖西牵着任瑶期上了城墙，两人依偎在高处看着萧靖琳的人马慢慢地消失在地平线的另一面，思绪万千。

萧靖西突然道："夫人。"

任瑶期抬头："嗯？"

萧靖西皱眉："我们是不是忘了一件重要的事情？"

任瑶期不解："什么重要的事情？"

萧靖西："刚刚阿拙睡着了，你好像把他放到靖琳那辆装嫁妆的马车上了。"

任瑶期："……"

当然，最后证明是虚惊一场，小阿拙并没有跟着他姑姑的嫁妆一起被带到嘉靖关去，任瑶期和萧靖西从城墙上下来的时候，南星抱着阿拙正等在城门口。

他们出门的时候没有带丫鬟婆子，只是夫妻两人带着孩子，加上护卫的南星和穆虎，还好南星机警，在萧靖琳的车马离开之前想起小公子还在装嫁妆的马车里呼呼大睡。

任瑶期接过孩子，由萧靖西护着上了马车。

马车颠簸中，小阿拙揉着眼睛醒过来，一睁眼看到他娘，便笑弯了一双眼睛："娘——"

任瑶期看到阿拙那双像极了他父亲的眸子，心里软得不行，摸了摸他头上的软毛："乖。"

萧靖西在一旁微笑："会叫娘了？以后你娘就不会把你扔马车里随便送人了。"

阿拙看了看他爹，又看了看她娘，似是听懂了，"哇"的一声哭了。

番外之君临天下

承乾二十八年冬，年幼即位，在位近二十九个年头的平帝崩，平帝正宫皇后所出太子李茂即位，第二年改年号为太安。

是时，大周朝的朝廷已被权相颜鼎把持，满朝文武只知有颜家不知有李家，颜氏一族权势滔天。

太安帝即位第三年，太安帝在太皇太后颜氏的支持下，联合皇后娘家沈氏一族发动政变，力图打击颜党，却因亲信太监告密被颜鼎所察，最后太安帝死于非命，太皇太后和沈皇后被鸩杀，沈氏一族满门被屠。

太安帝死后，颜鼎拥立太安帝八个月的幼子李桓即位，改年号长顺。

长顺元年，太安帝皇后——太后周氏因在后宫中骂了颜鼎一句"老狗"，被颜鼎知道后将之缢杀。同年，燕北王世子萧惟雍，在皇宫内暴毙，有传言说萧惟雍不满颜鼎限制了他的行动自由，因此言辞上对颜鼎有所冒犯，才会被颜鼎杀害。

萧惟雍死后，燕北民众震怒，燕北大小官员联名上书燕北王府，要求燕北王为世子讨一个公道。

燕北王对嫡长孙的死悲恸不已，大病一场，病愈之后立了二子萧靖西为燕北王世子，并将燕北大小事务都交由世子处理。

长顺三年春，四岁的小皇帝李桓被一块糕点噎死，宫人皆言小皇帝是被颜相毒杀，颜相妄图灭绝李氏血脉，鱼目混珠立自己的嫡长孙为帝。

长顺三年夏，燕北王府与河中王府相继发表讨伐檄文，打着"除奸臣，清君侧"的旗号联合发兵南下，两军统帅为燕北王世子萧靖西。

大周朝军队常年养尊处优，虽在数量上不输燕北军，但是双方实力差距悬殊，燕北军在萧靖西的带领下一路南下，势如破竹，朝廷军队节节败退，最后燕北军一口气打到了京城，兵临城下。

燕北军治军严谨，一路南下从不扰民，一开始普通百姓看到燕北军还会逃散躲避，后见燕北军并无烧杀抢掠，就算沿途征集粮草，也会给百姓们个合理的价钱，渐渐地百姓们也就不怕了。

长顺三年冬，燕北军打到了大周朝皇宫。

平帝这一脉已经死绝了，当今皇帝是颜鼎从宗室里找出来的小傀儡，还是个一岁多的奶娃娃，真要论起血脉来，还没有河中王来得名正言顺。就连大周朝廷也分成了两派，不少被颜党迫害的正直臣子觉得与其让颜党挟持皇室远亲血脉把持朝政，还不如拥立河中王。

萧靖西麾下祝将军在进城当日就带人抄了颜府，颜鼎与其长子嫡孙躲在皇宫，颜家其他主子都被活捉。燕北军围宫三日，围而不攻，颜鼎与其子见大势已去，搜刮了皇宫内所有值钱之物，想要从宫内密道逃走，不想却撞上了早已候在密道出口的河中王世子李天佑，颜氏父子双双被擒。

燕北军悄无声息地接管了京城防务，躲在家中的京城人都不知道什么时候就改了朝换了代。

奸党已除，接下来就是新皇登基。

虽说这次燕北军变，在后世看来也算是谋朝篡位，但是因为整个过程和风细雨，所以当时的朝臣们还没有意识到这个问题，见颜党下台便理所当然准备拥立河中王即位，毕竟河中王也姓李嘛。

可是直到颜党被剿灭干净，京城重新恢复秩序，河中王都没有要登基的意思，渐渐地朝臣们就觉出不对劲了。

长顺四年元月，河中王带头上书，恳请不知何时已经进京的燕北王登基，满朝哗然。

大周朝的一些遗老遗少当然不肯别家的人当皇帝，可是等他们想要反抗的时候才发现整个京城都在燕北军的掌控下了。当皇帝虽然也讲究个名正言顺，但是终究还是要看谁的拳头硬，试图与燕北王讲道理的人不是被他揍趴下了就是还没出生。

长顺四年二月初八，废帝退位，燕北王萧衍登基为帝，改国号为明，当年定年号为建元，登基当日萧衍拿出了真正的传国玉玺，世人这才发现这些年皇帝们用的所谓玉玺都是假的，民间有传言李家气数已尽，萧家才是真龙。

萧衍登基之后，立原本的燕北王正妃云氏为皇后，这是没有什么悬念的，燕北王只有这么一个正妻。不过在接下来立太子的时候，萧衍的行为又引来了后世的一番争论，因为他没有立自己的嫡子，也就是唯一的儿子萧靖西为太子，他立的是嫡孙萧惟拙。

萧靖西在萧衍登基之后被封为燕北王，继续镇守燕云十六州。

后世有不少学者分析这一段历史之后得出结论，萧衍之所以立孙不立子，是因为这是燕北与河中双方相互妥协的结果。

萧衍想要当皇帝，李乾就不想吗？和萧衍比起来，李乾才是正儿八经的凤子龙孙，就算燕北王府和河中王府关系再好，在皇位面前，再多的交情都是浮云，那么为什么最后当了皇帝的是身为燕北王的萧衍，而不是河中王李乾呢？李乾就真的甘心吗？

后世学者得出的理由一：李乾并非不想当这个皇帝，他是有心无力。

燕北王在燕北经营多年，燕北军兵强马壮，真要论武力，李乾打不过燕北王。毕竟河中王掌控河中势力没有几年，手中更没有多少人马。所以李乾不得不识时务，你自己拳头没人家硬，大好河山除了拱手相让还能怎么样？

理由二：河中王一脉无后。

河中王与王妃只生有一子一女，儿子成亲多年无所出，据说是因为当年被颜太后下了毒，绝了血脉。河中王就算登上了皇位，最后也还是要立宗室子弟为嗣，何苦来着？唯一的女儿嫁到了燕北，外孙女还是燕北王萧衍的儿媳妇，萧衍亲立的皇太孙的生母，所以算起来河中王的血脉其实在燕北王府。

理由三：这是燕北王和河中王双方相互妥协的结果。

河中王后继无人也无力登上皇位，与其便宜不知道哪里冒出来的远亲，还不如支持自家曾外孙，毕竟是自家血脉。燕北王也退一步，立孙不立子，以保证河中王府的利益。燕北王若是立了自己的儿子当太子，谁知道几十年后皇帝的位子会不会落到河中王亲外孙女的子嗣头上？谁知道萧靖西会娶几个小老婆生几个儿子？

理由四：老子在外打江山，儿子在后面捡便宜，这才天经地义嘛！

燕云十六州是大明朝的北部屏障，燕北王府守了北疆好几代，是无论如何都不能放弃的，但是当时有能力有名望守住燕云十六州的除了萧靖西，已经找不到第二人了。若是别的什么人手握重兵，萧衍或者还会担心，但是儿子给孙子守江山的话，还担心个屁。他这个当爷爷的背负天下骂名辛辛苦苦打来的江山，将来还不是给宝贝孙子的？

出于以上种种原因，萧靖西当了燕北王，带着他的王妃和幼子留守燕北，长子阿拙当了太子捡便宜。

云阳城燕北王府，任瑶期正在教五岁的女儿阿妩写字，阿妩年纪虽小，性子却沉静乖巧，很有她母亲的风范，是她父亲的掌上明珠。

萧靖西从外头走进来，静静地立在一旁看女儿写字。

"爹爹，你挡着光了。"阿妩抬起头，眨巴着眼睛软软糯糯地看着她父亲道。

萧靖西连忙让开，在女儿另外一边坐下，俯身在她的小脸蛋上亲了一下："抱歉，爹爹没注意。"

阿妩笑容软软的："没关系，爹爹下次要注意。"

任瑶期看了看萧靖西身后，皱眉道："阿暄呢？你不是带他出去玩了？"

萧靖西一边看女儿一笔一画地写字，一边拉着妻子的手，淡定地道："我让傻妞陪他玩。"

任瑶期闻言，心里便有了不好的预感，瞪了萧靖西一眼，立即站起身往外走。

阿妩转头看了她娘一眼，又看了看她爹，一本正经地批判道："爹爹，你又欺负弟弟了？娘要生气的。"

萧靖西冲着女儿笑得温柔："物以类聚，所以爹爹让阿暄和傻妞玩，爹爹来陪你和你娘不好吗？"

小阿妩看着她爹的目光有些同情："阿妩和爹爹说好不好没有用，娘说不好，爹爹你就要不好了，爹爹快些躲到阿妩衣柜里去吧。"

任瑶期从屋里出去，远远就看到自己的小儿子，今年才刚两岁的阿暄和一团白花花的庞然大物在草丛里打滚，时不时还滚成一团，身上头上全是草屑。

见任瑶期走过去，阿暄流着口水傻笑："娘……玩……"

傻妞跑过来谄媚："嗷呜——"

任瑶期咬了咬牙："萧靖西！"

屋里，萧靖西耳朵动了动，然后淡定地抱起女儿往侧门走："阿妩，爹爹带你去别处玩。"

番外之人不中二枉少年（上）

萧衍十五岁那一年情窦初开，喜欢上一名女子。

这女子的长相很普通，家里是在云阳城西凤街小胡同里卖汤面的。按理说以萧衍的身份不可能与这种身份的平民女子有交集。

只是那一日教萧衍读书的先生在他祖父面前告了他一状，说他在交上去的五篇文章里竟然夹杂了一张《雄鹰戏王八图》，原本萧衍学习之余涂涂丹青也没什么，可是偏偏他手贱，在那王八脑门上题了个"赵"字，偏偏那位先生就姓赵。

于是老先生要死要活地跑到老王爷面前告状，求老王爷为他做主，可怜那赵先生已经快七十了，哭着哭着好几次因为那口气喘不上来，差点横尸当场。

萧衍的爷爷萧岐山年轻的时候也是一代枭雄，脾气火爆，最烦读书人叽叽歪歪一哭二闹三上吊那套，不过年纪大了反而和气起来了，好生安慰那赵先生一番，说一定好好管教萧衍那小王八犊子云云。

老王爷将赵先生哄走之后没有让人去叫孙子，反而把儿子也就是萧衍的父亲萧行简叫过来狠狠地抽打一顿，然后将管教萧衍的任务交给了他。

那时候萧行简已经开始当燕北王府的家了，每日忙得跟狗一样，无故被他老子训了一顿又是委屈又是愤怒，当即就让人去把萧衍绑过来打板子。

萧家的板子与一般人家家中的家法还不一样，那是军棍，一板子下去就得血肉模糊，挨一顿不死也得半残。萧衍得知他爹要打他，赶紧逃跑了。

其实萧衍也很委屈，那王八是他画的，但是那个"赵"字并不是影射那赵先生，不知怎么就到了赵先生手上。

那会儿已经是十一月末了，外头滴水成冰，萧衍从家里跑出来之后怕他爹派人来捉，只敢在云阳城里的小巷子里四处溜达，直到天色渐晚，他又冷又饿才在一家破旧的汤面馆前停下来。

在这种简陋的食肆里用饭的一般是一些贩夫走卒，桌椅碗筷都缺胳膊少腿的。萧衍犹豫半晌还是没有进去，倒不是他嫌弃这地方鄙陋，而是他出门没带钱。

正在萧衍想着要不要偷偷溜回王府的时候，一个爽利的女声在旁边道："客人，要来碗汤面吗？我们的汤底是用猪骨和鸡骨熬的，鲜美着哩。"

萧衍一转头就看到一个十五六岁的少女站在汤面店前看着她，食肆里只点了一盏煤油灯，摇曳的火光将那少女的五官衬得有些模糊，不过依然可以看出这少女生得浓眉大眼，笑容爽利。

若是别的公子就算是出门没带钱，这会儿也得装装，肯定不愿意在平头百姓面前丢人，可是萧衍不是别的公子哥儿，他无所谓地冲那姑娘露齿一笑，理直气壮地道："我没带银子，你请客我就来一碗尝尝。"

那少女显然没有遇到过这种状况，愣了愣，然后给了萧衍一个白眼，扭身进去了。

萧衍不知道怎么回事，刚刚还觉得这少女长相乏善可陈，不过那一枚白眼却像突然打通了他的任督二脉，让他觉得这妞儿长得还挺鲜活的，够劲儿。

于是少女在食肆里忙活，他就乐呵呵地站在外头盯着人看，也不觉得冷了。

也不知道看了多久，食肆里的客人越来越少，萧衍被冻得手脚冰凉的时候那少女又走了出来。

"喂！还剩一碗汤面你吃不吃？"

萧衍也不觉得被怠慢了，看着那少女，笑容灿烂地道："你请我吃？"

少女又给了他一个白眼，转身就进去了，片刻之后从伙房里端出一大海碗汤面，见萧衍还站在外头，有些不耐烦地道："喂！快进来啊！吃完收摊了！"

萧衍美滋滋地进去了。

虽然以萧衍的身份，若想要吃白食，云阳城里有的是人哭着求着他吃，不过今日没人知道他的身份，他身上穿得普通，所以他觉得这碗汤面是他用自己的个人魅力赚来的。

说实话，那汤面并不怎么好吃，虽然份大量足，但是口味一般，不过萧衍确实饿得狠了，所以依旧吃得很香，何况还能看着那少女坐在不远处的煤油灯下算账，侧脸的剪影温馨美好。

萧衍吃完一碗汤面，身上心里都暖和了，起身悄悄走到那少女身后，探着脖子看她记账本。

少女皱了皱眉，回头看了他一眼。

萧衍努力让自己的笑容看起来俊朗迷人，只可惜他当时只有十五岁，青涩得很，嘴角还沾着葱花，模样傻得可以，"你识字啊？"

问完之后才看清楚那少女在账本上记的并非文字，而是他看不懂的符号。

毫无疑问地，又赚了少女的白眼一枚："不识字咋的？还不是照样能赏你一口饭吃！"

萧衍连忙点头："姑娘说得对，我平日里最烦读书读傻了的书呆子，动不动就一哭二闹三上吊，没点子爷们派头。"

少女嗤笑一声："草包都这么说。"

萧衍正想辩驳，里间有人唤了一声"阿莲"，少女应了一声"就来"。

萧衍贱兮兮地道："原来你叫阿莲啊，好名字。"

那少女斜了他一眼，随口问道："你叫什么？"

萧衍道："我叫阿衍。"

少女看了他一眼，起身往里间去了，还道："我们要收摊了，你快走吧。"

果然，阿莲进去没多久，就有一对中年夫妻出来收拾桌椅。萧衍又等了一会儿，见阿莲没有再出来的意思，就摸着鼻子走了。

从西凤街里出来，萧衍琢磨着他爹这会儿说不定已经忘了要收拾他这茬儿，便偷偷摸摸地回了燕北王府。

不想他父亲今日心情不怎么好，一直惦记着他。等他好不容易摸到自己的院子的时候，他父亲的四个侍卫正站在黑灯瞎火的院子里等着他。

这次萧衍再想要逃就没那么容易了，所以最后他还是鬼哭狼嚎地吃了二十军棍。

萧衍原本想着第二日还要去阿莲家的汤面馆的，可惜他屁股开了花，就算是铜皮铁骨也爬不起来了。

萧衍在床上趴到第三天的时候，他表妹来看他了。

萧衍听到之后就撇了撇嘴，跟左右道："说爷睡着了，没空。"

萧衍有两个表妹，都是他生母云侧妃娘家的侄女，今日来的这个叫云初雪。初雪，出血，萧衍嫌弃人家名字难听，尤其今日一听到就觉得屁股蛋子疼。

萧衍自幼就不喜欢他的两个表妹，尤其是这个云初雪，无趣得很，还很阴险。

幼时萧衍揪她辫子，小丫头片子就是不肯哭，只拿一双黑溜溜的眼睛看着他，看得萧衍自己心虚放手。结果不知道为何，每次欺负完云初雪之后他就要倒霉，不是被莫名其妙地罚写大字，就是被发配到军营里操练。萧衍怀疑云初雪暗地里告他黑状，虽然他这么多年都没有找到过有力证据。

上个月萧衍无意中听到他父亲和母亲说话，要给他和云初雪定亲，这个消息对萧衍来说简直是晴天霹雳。

虽然萧衍不想承认，但是他心里对云初雪这个表妹是有些顾忌的。就凭所有跟他差不多年纪的男娃女娃都在他手里哭过，只有云初雪是个例外这一点，就能让萧衍本能地觉得云初雪不好惹。

从那以后，萧衍更是看见云初雪就躲着走。

萧衍正趴在那里东想西想，就突然听到一个温柔的女声在不远处响起："表哥好些了吗？"

萧衍一听这声音，吓了一跳，差点从床上跳起来，结果牵动了臀部的肌肉，疼得他龇牙咧嘴，眼泪都出来了。

"不是说了老子睡了吗！谁让你们放人进来的！"萧衍悲愤地吼道。

他的话音刚落，一个冷冷的声音就道："说的什么混账话？看来你这一顿板子打少了。"

萧衍转头就看到他生母云侧妃冷着一张脸站在旁边，一个相貌美丽的少女温顺地在她生母身侧站着。

萧衍突然就觉得牙疼，然后趁着他母亲没有看到的时候狠狠地瞪了云初雪一眼。

云初雪冲他温柔地笑了笑，笑得萧衍心里凉飕飕的。

云侧妃去一旁看大夫给萧衍开的药方的时候，云初雪站在床前不远。

她声音还是很温柔："表哥要喝水吗？"

萧衍给了她一个大白眼，样子拽拽的："不劳费心。"

云初雪好脾气地笑了笑，没说什么。

见云侧妃没有注意这边，萧衍偏过头来，用挑剔的目光上上下下打量了云初雪一番，然后小声警告她道："我不会娶你的，你别做梦了！"

云初雪闻言没有脸红，也没有变色，反而以聊家常的语气心平气和地道："为何？"

萧衍语塞片刻，然后突然想到那一日阿莲的那枚白眼，于是理直气壮地道："老子有心上人了，老子不喜欢你。"

云初雪沉默了。

云初雪的沉默让萧衍有些不自在，又有些隐隐的得意，于是他装作不在意地转过头，然后对上一双乌黑沉静的眸子，萧衍与她对视一会儿，忍不住把头又转了回去。

没多久，云初雪依旧平静温和的声音响起："你不喜欢我没关系。"

不知怎么的，云初雪这句话让萧衍愤怒了，因为他怎么听怎么觉得这句话还有一句潜台词：你不喜欢我没关系，反正我也不喜欢你，只要你姓萧就成了。

于是萧衍气急败坏地低吼道："你没有关系，老子有关系，老子不想娶一个不喜欢的女人当媳妇，老子这辈子只娶自己喜欢的人！"

云初雪若有所思地打量萧衍一会儿，然后给了萧衍一个模棱两可又敷衍的回答："哦。"

萧衍觉得自己的伤势加重了，还是内伤。

最后云初雪跟着云侧妃一起离开了，可是萧衍接下来的几天心情都不怎么美好，直到他伤势好得差不多，又能活蹦乱跳了。

萧衍屁股好了之后，第一件事就是出门去阿莲的面馆，这次萧衍也没带银子,而且还是故意的。

阿莲看到萧衍,有些意外,给了他一个白眼之后又去忙活了。

萧衍乐呵呵地坐到面馆里,看着阿莲忙上忙下。

他越看越觉得阿莲不错,不像云初雪那样喜怒不形于色,成天脸上像戴着个面具似的。萧衍觉得他要是娶了云初雪,他们肯定一辈子都吵不了一次架,这样的日子又有什么意思?

阿莲就不同了,在阿莲面前他就是个普通男人,阿莲要是喜欢他喜欢的也是他这个人,不是他的身份。年少时的萧衍其实有一颗隐藏得很深的少女心,骄傲又矫情,不过这一点他自己是不会承认的。

萧衍依旧坐到食肆收摊,然后阿莲又从后厨给他端了一碗面汤出来,重重地放到他面前:"喏,吃吧。"

萧衍美滋滋地吃了这一碗他觉得依旧是靠着自己的魅力换来的汤面。

自那以后,萧衍每日都会来阿莲的汤面馆,每次都故意不带银子,每次都等到阿莲收摊,每次都吃一碗不花钱的汤面。

萧衍一日比一日喜欢阿莲,一日比一日觉得娶了阿莲这样的女子才算是真真实实过一遭自己的人生。

不过萧衍知道长辈们是不会允许他娶阿莲这种身份的女子的,所以萧衍这段时间快乐并痛苦着。

后来萧衍想清楚了,如果爷爷和父亲不同意他娶自己喜欢的女人,他就带着阿莲走。反正他也不稀罕继承燕北王府,他多每天累得跟条狗似的,还得看朝廷的脸色,这燕北王没什么好当的。

他带着自己的女人去守一辈子嘉靖关,再生一窝孩子,人生岂不肆意?

想通之后萧衍就高兴了,觉得每日天也蓝了水也清了,就连教他读书的老赵先生瞧着也美貌了。

不过萧衍的好心情没有维持多久,因为他爷爷在他生辰的当日突然宣布了一桩"喜讯",他与云初雪定亲了。

萧衍看着一脸平静的云初雪温顺地接过他母亲给她的簪子,心里愤怒得不行,不过他并没有当场闹开。

这一日,萧衍去找阿莲的时候去得比平时晚一些,不过阿莲没有问。等到阿莲收摊照旧给他端来一碗热气腾腾的汤面的时候，萧衍拿着筷子没有吃。

阿莲瞪他道："不吃？不吃我端走了。"

萧衍看着阿莲生动的面容，突然不知道该说什么。

阿莲皱了皱眉："怎么了？"

萧衍看了阿莲半晌，突然道："你愿意跟我走吗？"

阿莲一愣。

萧衍认真道："就是当我媳妇，你放心，我一定会对你好的，一辈子都对你好。"

阿莲沉默许久，然后道："你说要走？去哪里？云阳城不好吗？"

萧衍苦笑道："家里出了些事，我打算去宁夏投靠朋友。不过你放心，我还有些积蓄，也有些本事，不会让你跟着我吃苦的。"

这次阿莲沉默得更久，萧衍有些忐忑，半晌阿莲才道："我要想一想。"

萧衍见阿莲没有一口拒绝心中一喜，想想又有些甜蜜，立即从怀里摸出一块玉佩塞到阿莲手里："这个给你，你好好想。"

阿莲低头看了看自己手中的玉佩，没有说话。

萧衍表白之后第三天，阿莲终于给了他答复。

"什么时候离开？"

萧衍闻言眼睛晶亮地看着阿莲："下个月初五，我先安排一下。"

这一日萧衍没有留在阿莲这里吃面，他要回去好好为自己和阿莲的未来打算，阿莲站在食肆门口目送他离开，一站就是许久。

接下来的日子萧衍很忙碌，也很消停。他打算先带着阿莲去宁夏住一阵子，宁夏的吴萧和与他交情不错，等他借着吴家的力量站稳脚跟之后再转去嘉靖关。十五岁的萧衍一心一意想要过自己想过的人生。

初三这一日，也就是离着萧衍离开云阳城的日子还有两天的时候，萧衍又在燕北王府见到了云初雪。

云初雪站在三步之外静静地看着萧衍。

萧衍被她这么一看突然有些心虚，又觉得对不住云初雪，说起来云初雪也没做错什么，只是他不喜欢她。

于是萧衍难得和颜悦色地对云初雪关心道："天还凉着，表妹出门怎么不多穿一件?"

云初雪看了萧衍一会儿,然后突然问道:"表哥最近很忙吗?"

萧衍闻言心中一惊,心想云初雪这么问难不成是看出什么了?不过他想想又觉得不太可能,于是不耐烦地道:"嗯,父亲吩咐给我一些事情,不过不是你能问的。"

云初雪却继续问道:"那要出远门吗?"

萧衍:"……"

云初雪看着萧衍,似是在等他回答,萧衍待答不理的,最终还是没好气道:"不出门!"

云初雪点了点头,温声道:"那就好,刚刚在姑母那里看到李嬷嬷翻皇历,说这个月是几十年难得一见的煞月,不适合出远门,表哥要有事情打算外出,还请推迟一些日子才好。"

说完这一句,云初雪就施施然走了。

萧衍看着云初雪的背影,突然觉得烦躁。

初五那日夜晚,萧衍还是去了食肆接阿莲。阿莲收拾了一个包袱等在那里,萧衍知道阿莲没有父母,她是跟着自己的叔叔婶婶的,她叔叔婶婶对她并不怎么关心,也不知道她是怎么跟自己的叔叔婶婶说的,萧衍之前给了阿莲两百两银子让她给她的家人,当作聘礼。

萧衍上前牵住阿莲的手,这还是他们之间第一次肢体接触,阿莲的手有些冷,萧衍给她哈了哈气。

"走吧,马车就在前面。"

阿莲却没有动,只是看着萧衍。

萧衍笑嘻嘻的,其实他也紧张:"怎么了?不会是反悔了吧?现在反悔就晚了啊。"

阿莲摇了摇头,让萧衍牵着她走了。

马车出了云阳城,趁着夜色上了官道,马车里萧衍和阿莲都没有说话,萧衍是在心里琢磨着那一日云初雪的话,阿莲可能是从来没有出过远门有些不安。

所以当马车突然急停,有箭射到马车壁上的时候,萧衍差点没有回过神来。不过他并不是普通的文弱少年，很快就知道自己是中了埋伏，当即抱着阿莲扑倒在马车里躲避暗箭。

萧衍这次是私奔，所以只带了八名一直跟随他的贴身侍卫。他没有想到会暴露行踪，因为出门的准备工作是他自己做的，没有假手他人。现在萧衍不愿意去细想为什么会有人等在这里暗杀他。

萧衍揭开帘子往外看了一眼，月色之下，二十来个黑衣人与他的八个侍卫战成一团。他的侍卫都是好手，对方却也不弱，且这里离着云阳城已经有些远了，又地处荒僻，除了他这一行之外并没有人经过，求救无门。

萧家是没有缩头乌龟的，萧衍只是往外看了一眼就冷静地取下自己的佩剑，要出门迎敌。他正要下马车，衣袖却被人扯住了。

萧衍回头看了看正拉着他袖子的阿莲，抿了抿唇："你在马车里躲着吧。"

阿莲摇了摇头，拼命拽着他，泪水流了满脸。

番外之人不中二枉少年（下）

萧衍心中一软，心想说不定是自己不小心泄露了行踪，与旁人无关。

他温柔又坚决地将阿莲的手掰开："我很快就回来，你别怕。"说着正要往外跳，不想胸口一滞，然后腿一软坐倒在马车上。

阿莲哭了起来。

萧衍脸色冷得像冰，却没有往阿莲那里看一眼，只是面无表情地盯着自己刚刚喝下去的那杯茶水，眼神有些茫然又有些黯淡。

"对不起，对不起……"阿莲捂着脸哭出声来。

萧衍没有问为什么，出卖可以有很多理由，但是他的真心只有一颗，他这一辈子或许也只会鼓起勇气冲动这一回。

外头的侍卫一个一个地倒下，萧衍再一次拿起自己的剑，他从小就觉得自己若是有一日会死，除了寿终正寝外只有一种死法，那就是死在战场上。

萧衍没有再看阿莲一眼，连一个眼风都没有再给她，他在仔细计算以自己目前的状况能杀几个人。萧衍知道自己今日是必死无疑了，不过他并不害怕，只要他死的时候剑还在手上，他就还是萧家的子孙。

就在外头的侍卫抵挡不住，萧衍用剑支撑着自己挣扎着出了马车的时候，突然有箭矢射过来，萧衍以为敌人还有埋伏，之后却发现倒下的都是对方的人。

萧衍惊讶地转头，就看到有一百来人马朝他们冲了过来，马蹄上包着布，动静很小，不过萧衍眼尖地认出了那是燕北军中的精兵。

虽然不知道为什么这里会出现燕北军中的精兵，不过萧衍知道自己得救了。

等那些刺客被杀得死的死逃的逃，萧衍才看清楚带兵来救他的是他的损友赵宁和。

赵宁和的爷爷是跟着老王爷上过战场的，他和赵宁和两人从小一起长大，一同在军中历练，有时候好得穿同一条裤子，有时候又相互埋汰互相揭短。

最近赵宁和和萧衍不怎么对付，看到他就没给过好脸。

赵宁和的心上人是云初雪。

赵宁和走过来往马车里看了一眼，什么也没有问，握着拳头就狠狠地给了萧衍一拳，没打他的脸，而是砸在肚子上，疼得萧衍脸色一白。

萧衍不愿意再上马车，挣扎着爬上一匹马，跟着赵宁和回云阳城。

"你怎么来了？"

赵宁和冷冷道："我不来，你现在还有命吗？"

萧衍赔笑："多谢赵爷救命之恩。"

赵宁和看了萧衍一眼："你放心，王爷他们都不知道，这些都是我手下的兵，最近正好在这附近操练。你回去之后老实点，就当什么事都没发生。"

萧衍松了一口气，他倒不怕被爷爷和父亲责骂，顶多再挨一顿板子，但是他丢不起这个人。好在来的是赵宁和，他们两人在一起什么丢人的事情都干过，见识过彼此最丢人现眼的一面。如果来的是别人，他宁愿去死一死。

不过萧衍这口气松得太早了，当他进城之后看到云初雪的马车等在城门口的时候，他的脸色已经无法用难看来形容了。

赵宁和看了看萧衍那辆从刚刚开始就一直没有动静的马车，又看了看云家的马车，弯了弯嘴角，露出一抹不怀好意的笑，没什么诚意地道歉道："哦，对不起，我忘了告诉你，是云小姐让人给我通风报信，我才能及时赶到救下你这条狗命。"

说完赵宁和摆了摆手，牵着自己的马，头也不回地走了。

云初雪下了马车，走到萧衍的马前，仔仔细细打量他一番，见他没事才道："没受伤就好，我记得我提醒过你最近最好不要出远门的。"

萧衍被她这话噎得一口气差点没上来。

"你怎么在这里！我是说这么晚了你怎么出来的？"萧衍这会儿也不腿软了，从马上下来咬牙切齿地道。

云初雪语气很淡定："我今日去白云寺烧香。"

然后在这里等着看我热闹？萧衍悲愤地想。

两人静静地站了一会儿，云初雪温声道："今日你先去赵家住一晚吧，这么晚回去惊动王爷就不好了。"

萧衍怒道："我住哪里是我的事情，不用你管！"

云初雪点了点头，温声道："哦，那我走了，你自己小心。"

"等等！"萧衍脸色难看地阻止道。

云初雪疑惑地转头，想了想善解人意地道："表哥放心，今日的事情我不会说出去的。"

萧衍依旧眼睛不是眼睛，鼻子不是鼻子："谁知道你说话算不算数啊，你这女人向来阴险！"

云初雪皱了皱眉，然后疑惑道："表哥何出此言？八岁那年你趁着赵先生打瞌睡用墨汁染黑了他的胡子，十岁那年你偷了公主最喜欢的夜光杯埋在茅厕半个月又悄悄还回去，十一岁那年你打碎了王爷最喜欢的鼻烟壶嫁祸给萧衡……"

萧衍悲愤地指着云初雪："这些你是怎么知道的？难道是姓赵的王八蛋告诉你的？不对，他又怎么会知道？"

云初雪淡定地接着道："诸如此类的事情我都帮你保守秘密了，没有告诉任何人，这次自然也不会。"

萧衍抽搐着嘴角，觉得他若是真的娶了云初雪这种女人，日子就没法过了。

云初雪说完就转身，萧衍又一次拦住："等等！"

云初雪好脾气地回头。

萧衍深吸一口气道："你去哪里？你今天不是去、白、云、寺、了吗？"

云初雪和气地道："表哥不用担心我，我赁了一个院子，已经安排好了。"

萧衍实在是看不透云初雪这个女人，从小到大她知书达理，算得上是闺阁典范，可是哪个知书达理的闺阁小姐敢面不改色地跟家里撒谎夜不归宿？哪个女人能在猜到未婚夫跟别的女人私奔会遇到危险后，不但不吵不闹，还默不作声地安排救兵？

云初雪简直是胆大包天，或者说是无法无天！

萧衍烦躁地道："在哪里？我跟你一起去！"

云初雪闻言只是看了萧衍一眼就点了点头，也没羞羞答答地说什么住在一个院子于理不合，更没拿自己的名声说事。

萧衍又是一阵气闷。

就在这个时候，刚刚一直没有动静的马车传来了响动，萧衍身体一僵，转过头去，就看到阿莲从马车里下来了。

萧衍站在那里没有动。他是故意不去想阿莲的事情的，打算等下安排人先把阿莲看好了，明日再审审，今天他累得很，不想应对阿莲。

云初雪听到动静也看过去。

阿莲看到云初雪的第一眼愣了愣，然后恍惚道："是你……"

萧衍一听就炸毛了，瞪着云初雪怀疑道："她怎么认识你？"

萧衍霎时脑补了云初雪端着大小姐的架子去找阿莲，然后趾高气扬地威胁她离开自己的画面。

云初雪没有理会阿莲，只是淡淡地瞥了萧衍一眼："你想多了。"

萧衍悲愤：你又知道老子在想什么？

云初雪根本不需要对阿莲端架子或者趾高气扬，只是随随便便站在那里，她与阿莲之间就有一道无法逾越的天堑。

云初雪语气平淡温和地道："你说你有了心上人，我不放心就去看了几次，不过我并没有上前打扰。"

萧衍刚想呛声说老子的心上人你不放心个屁，不过想想今日的结果，这话就说不出来了。

云初雪道："我原本想着如果当真合适的话，我就帮表哥达成心愿，不想却看出这位姑娘有些问题。"

"然后你就躲在暗处笑我傻是吧！"萧衍吼道。

云初雪摇了摇头，叹道："表哥为何要这么想，我总是想你好的。"

阿莲站在三步开外看了云初雪半晌，然后又看了看萧衍，突然朝他们走了过来。云初雪余光瞥到阿莲的手抚向袖口，向来不动声色的她表情一变，想也没想就扯住萧衍的手臂想要挡到他身前。

萧衍的反应比云初雪更快。他搂着云初雪急退，然后手腕一甩，银光一闪，一把柳叶刀"噗"地射向阿莲的喉咙，一刀穿喉。

阿莲捂着自己的脖子倒在地上，嘴角的弧度有些苦涩，然后一句话也没有说就咽了气。

萧衍只看了阿莲一眼就转过头，站在那里许久没动，怀里还一直抱着云初雪。

云初雪也没有动，许久才有些好奇地道："表哥，你哭了？"

萧衍刚刚酝酿出来的那点悲伤顷刻间被怒火取代，他一把推开云初雪，"你看清楚，老子一个大男人为个女人哭个屁啊！"

云初雪当真仔细看了看他的眼睛，然后微笑点头："嗯，没哭。"

萧衍气闷。

云初雪看了倒在地上的阿莲一眼："你不看看她袖子里是什么？"

萧衍顿了顿，然后道："人都死了，有什么好看的。"

其实以萧衍的目力，他防身的柳叶刀出手的时候就已经看清楚阿莲衣袖里的东西了，并不是凶器或者暗器，而是他之前送给阿莲的那枚玉佩。

不过萧衍没有告诉云初雪。

萧衍想着，阿莲就这么死在他手里也不错，他手头准，阿莲死的时候应该不会感到痛苦。不然不管以后他能不能从阿莲口中得到她与刺客勾结的消息，阿莲都不会比今日更轻松。

放过阿莲吗？那不可能。

他冷血无情吗？萧衍觉得或许是这样。

他对阿莲只犯那么一次傻，也只对自己喜欢的人犯傻，犯过之后他依旧是燕北王府的继承人，该下狠手的时候从不手软。

回去的路上，萧衍与云初雪上了同一辆马车，他今日有些狼狈，不想被别人看到。

"喂，我真的就这么差？"萧衍忍不住问道。

云初雪温和的眸子注视着他："嗯？"

萧衍偏过头去，不自在地道："我是说难道这辈子就没有女人只是因为我这个人喜欢我？一个个除了看中了我的身份，就是心怀鬼胎？"

云初雪想了想，然后道："不知道，或许有吧，不过就算有，你也不知道她喜欢你多一些还是喜欢你的身份多一些。"

萧衍惆怅了，然后嫌被打击得不够，又问："那你呢？你干吗要死要活地想要嫁给我？"

云初雪看了萧衍一眼，没有与他计较"要死要活"这个词用得对不对："你若不姓萧，我不会嫁给你，你不也是这么想的吗？"

萧衍嘴角一抽，你又知道！

不过他听到云初雪亲口说出来，心里还是有些黯然。

"不过……"云初雪慢悠悠地接口。

萧衍不自觉地直起腰竖起耳朵："不过什么？"

"不过在长辈们能接受的婚姻对象里，我还是想选择表哥你。"云初雪很淡定地说着孟浪的话，从她口中说出来居然让人觉得十分正经。

萧衍的嘴角终于忍不住往上翘了翘，装作不在意地道："哦，为什么？我有什么比别人好的？"

云初雪继续淡定地道："表哥曾说不想娶一个不喜欢的女人当媳妇，这辈子只娶自己喜欢的人。一生一世一双人是世上所有女人奢望的，表哥若是真的做到了，那嫁给你的女人就是这世上最幸福的人。初雪也是寻常女子，自然也有寻常女子的奢望。"

萧衍闻言轻哼一声："娶一个就娶一个，老子是顶天立地的汉子，说出口的话当然能做到，你要死要活地想要嫁老子是应该的。"

萧衍这时候没想起来，云初雪已经是他未婚妻了。

云初雪低头微微一笑："嗯，我相信表哥。"

萧衍突然觉得哪里不对。

不过云初雪没有给萧衍机会想清楚，继续温和地道："明日表哥能与我去温泉山庄的摘星楼吗？"

萧衍皱眉："去那里做什么？"

云初雪看着他，叹了一口气，有些向往地道："我听说摘星楼里有一个梵文阵法，是萧家一位先祖传下来的。萧家的男人一生只能带一个女人上去，只要用古语念出那些梵文，就能得到祖先的祝福，同时这个萧家男人这一生只能有一个女人，不然萧家就要……断子绝孙。"

萧衍："……"

云初雪凑过来一些，笑容温软地看着萧衍："表哥，带我去好不好？"

萧衍愣愣地看着云初雪说不出话来，这是云初雪第一次用这种语气和他说话！他心里怎么这么……这么美呢！

萧衍在回过神来的时候就已经别过头去，酷酷地开了口："你想去就带你去吧。"

云初雪笑了，然后又坐了回去。

萧衍看着两人之间又变得有些远的距离，突然觉得自己好像上当受骗了……

不过不等他发火，云初雪就温柔地开口道："身处表哥的位置想要看懂女人的真心是不易，我也是一样的，所以与其去相信别的知人知面不知心的陌生人，倒不如我们彼此信任，扶持相守。至少我相信表哥的人品，而表哥与我一起长大，自然也知道我所有的不好，我就算是有什么目的也都摊开在你面前，保证不会欺你、骗你。"

萧衍不说话了。

云初雪主动拉住萧衍的手，看着他道："这么想的话，我们成亲是不是也不是那么难以接受了？"

萧衍想了想，觉得云初雪说的有道理。而且云初雪牵着他的手的时候与他之前牵着阿莲的手的时候感觉不一样，云初雪的手心暖暖的，很舒服，他并不讨厌。

等到萧衍终于和云初雪成亲以后，云初雪步步为营小心翼翼又游刃有余地调教出了燕北一代王爷，与之相比，她儿子萧靖西后来玩的那些都不够看的。

番外之只记当年年纪小

萧靖琳年幼的时候极其讨厌萧靖西。

萧靖西幼时体弱多病,每次一生病王妃都会衣不解带地亲自照顾他,这个时候萧靖琳就觉得自己被母亲忽视了。

争夺父母的关注似乎是每个年幼孩子的本能,萧靖琳吸引王妃注意力的办法就是不停地调皮捣蛋,所以王妃每日都会听到各种各样告状的声音。

"王妃,郡主用箭射断了前殿屋脊上的蹲兽!"

"王妃,郡主用弹弓打了靖岳少爷的鼻子,太妃娘娘要抓她去跪祠堂!"

"王妃,大事不好了!郡主她、她拿了供桌上的祭肉去喂狗了!"

……

日子久了,王妃也习惯了,哪天萧靖琳不闯祸她反而奇怪了。

虽然王妃也想管教一下女儿,但想到她年纪还小,又觉得她健健康康活蹦乱跳的样子让人心安,便不忍心太过苛责。

燕北王嘴上不说,心里却很是心疼王妃既要担心儿子又要操心女儿,便主动提出要照顾女儿。王妃不好打击燕北王想要与她一同分担家庭责任的积极性,没有多想就同意了,当时她想着燕北王毕竟是亲爹,总不会害了女儿。

燕北王是真心想要帮王妃减轻负担的,但是对于要怎么照顾女儿他心里并没有底,最后他决定去请教一下自己曾经的老师,为燕北教育出了无数优秀人才的德高望重的赵先生。

那时候赵先生已经年近八十，牙齿都快掉光了，燕北王把问题说了三遍他才听清楚。

老先生伸出颤巍巍的手摸了摸白花花的胡子道："哦，教孩子啊！自诚明，谓之性；自明诚，谓之教。诚则明矣，明则诚矣……"

燕北王牙疼地打断："先生，道理我都懂，您就用一句话告诉我怎么做就成了！"

赵先生看到他这样子就想到当年教这熊孩子时的艰辛，咬着没牙的牙龈道："就是说要言传身教！"说完这一句，老先生就气呼呼地送客了。

老先生的儿子客客气气地送燕北王出门，燕北王一路都在心里想：到底是怎么个言传身教法？

他这么想着，也就问了出来，老先生的儿子以为是在问他，便随口回道："应该就是用自己的言行来给孩子做榜样吧。"

燕北王闻言若有所思地点了点头。

从那天起，燕北王开始时刻把萧靖琳带在身边，连在书房里与人议事的时候都带着。除此之外，他还会抽出点平日里耍刀弄剑的功夫坐在书案前摆出一副看书的姿势。

萧靖琳见父亲一动不动地在书房里坐了半盏茶时间，便好奇地问："爹，你在做什么？"

燕北王回过神来，正色道："你没看到吗？爹在看书！"

"骗人！你明明在睡觉。"萧靖琳皱眉反驳，想了想又正直地补充道，"爹从来不看书。"

燕北王有些手痒地捏了捏自己的拳头，想着眼前是自己的小女儿才勉强忍住揍人的冲动："胡说八道！爹从小就爱看书，读书使人愉悦。"

萧靖琳一脸不信："读书会让人变傻子，读书人都是书呆子！"

燕北王怒而拍桌："这是谁跟你放的屁！"

萧靖琳偏头，一脸懵懂："不是爹你吗？"

"放……咳，不可能，我什么时候说的？"

萧靖琳一板一眼地学道："'周虔那傻子读书把脑子读坏了吧，这些榆木脑袋书呆子屁都不会，一天到晚就会一哭二闹三上吊地哭穷找老子要钱要粮，娘们都比他像爷们！'你那天就是这么跟闵大人说的。"

燕北王："……"

父女两人大眼瞪小眼了半天。燕北王抹了一把脸，挫败地对女儿道："不要跟你娘说。"

萧靖琳眨了眨眼："哦。"

想了想，燕北王问女儿："我说宝贝蛋子啊，你以后想要成为一个什么样的人？"

萧靖琳想也不想地道："爹这样的人！"

燕北王闻言十分惊喜："爹、爹这样的？"

萧靖琳一脸严肃地点头："嗯，爹最威风了！"

燕北王心里更加美滋滋："是吗？"

"嗯，爹骂人傻子的时候最威风了。"

燕北王："……"

萧靖琳体会不到燕北王此刻复杂的心境，继续道："爹，娘说一年之计在于春，一日之计在于晨。你该去演武场练武了！"

燕北王看了看外头正好的天色，有些心动，不过还是拿着手里的书挣扎道："不行，我要给你当榜样。"

萧靖琳不解："什么是榜样？"

燕北王耐着性子解释："就是我做什么你要跟着我学！"

萧靖琳似懂非懂："哦，可是我想跟你学耍枪，爹耍枪的时候比骂人的时候还威风。"

燕北王立即就被说服了，扔下书起身道："那我们先去耍枪，爹给你耍一套独创的'横扫千军霸王枪'。"

萧靖琳自从被燕北王带在身边以后果然乖巧许多，再也没有人到王妃面前告状了，王妃虽然有些不放心，但是当时萧靖西身体很不好，王妃要片刻不离地照顾他，所以就没有多插手。

直到有一天，燕北王带着萧靖琳出门，一个转身的工夫，萧靖琳就用一柄长枪打趴下三个在路边欺凌一对孤儿寡母的瘪三。

燕北王对女儿嫉恶如仇的善良品格以及继承于自己的武学天赋十分骄傲，

事后非但没有骂她,还将自己珍藏的一根银枪送给她作为奖励。

这件事最后传到了王妃耳中。

王妃将父女两人叫到面前,听他们说了事情的经过,虽然觉得有些不妥,但是燕北王告诉她练武有利于强身健体,看着女儿比以前还要健康的样子,王妃在犹豫了许久之后还是妥协了。毕竟对于她而言,儿女身体健康才是最重要的。

不过王妃交代燕北王,教女儿练武可以,但是修身之余也要养性,以后萧靖琳上午跟着燕北王练武,下午就在她房里练字。燕北王虽然不爱读书,但是不代表他想要女儿成为一个大字不识一个的粗鲁丫头,便爽快地应下了。

这以后他刻意把需要骂下属的活计留到下午再干,憋了几个月不敢随意骂人,差点憋死他。

正好这时候云老夫人带着云文廷来探望萧靖西。

云文廷从小就是个沉稳温和的性子,眼睛天生带笑,看着人的时候暖暖的,就像是秋日里的暖阳,有着最为妥帖柔和的温度。

王妃对于赵先生"言传身教"的言论还是十分赞同的,在看到云文廷的时候心中一动,决定让他来影响一下女儿的性情,云老太太自然欣然同意。

于是从这一日起,云文廷每日下午就来燕北王府陪萧靖琳一同读书写字。

云文廷年纪虽不大,脾气却很好,还很有耐心,一开始萧靖琳看他不太顺眼,故意找茬儿,他也从来不发脾气。萧靖琳见云文廷一副很好欺负的样子,便将王妃布置给她的功课推给他做。

见云文廷看着自己不说话,萧靖琳面无表情地抬着小下巴道:"你不肯?"

云文廷摇了摇头,温声道:"表妹,你的字和我的字差别太大,若是我帮你写的话,王妃一眼就能看出来,到时候会罚你的。"

萧靖琳闻言看了一眼云文廷那工整俊秀的字迹,又低头看了看自己的,发现差别果然有点大,不由得皱了皱眉。

云文廷微笑道:"这样好不好,王妃让你抄两遍书,你只需抄一遍,我再照着你写的字给你临摹一遍,这样王妃就看不出来了。"

萧靖琳想了想,觉得这样的话自己就可以少做一半的功课,便同意了,开始耐着性子学着云文廷的样子写字。

云文廷果然说话算数，以极快的速度完成自己的功课之后，就开始帮萧靖琳写。萧靖琳写一张，他便临摹一张，将萧靖琳的字迹学得八九不离十，倒是萧靖琳看着自己那不甚工整的字从云文廷的笔下写出来，不知怎么的就有些脸红，不知不觉她下笔的时候就认真不少，字也工整许多。

几个月下来，萧靖琳的文字功课居然突飞猛进，王妃见了十分欣慰。

只是萧靖琳是个静不下来的性子，每日读书写字一个时辰对她来说已是极限，超过一个时辰她就开始分神。

"表妹想去演武场？"云文廷见萧靖琳写字写到一半，就开始望着窗外出神，便轻声问道。

"嗯。"萧靖琳点了点头，"爹昨日教我的一套枪法我刚刚突然有了点领悟，想要去练一练。"

云文廷看了看萧靖琳写的功课，想了想道："一个时辰之后回来可以吗？"

萧靖琳眼睛一亮，立即点头："嗯！"

云文廷看着她亮晶晶的眼眸忍不住笑了："那你去吧。"

萧靖琳起身就想走，但看到云文廷坐在那里安安静静写字的样子，又犹豫着道："你、你要不要一起去？"

云文廷有些惊讶地看了萧靖琳一眼。

萧靖琳被他看得有些不好意思，尽管一开始她并不怎么喜欢这个表哥，但到底不是一个不知道好歹的人。

"太娘……太文弱了不好，看在你教我功课的分上，我可以教你打拳。"萧靖琳觉得自己是一个知恩图报的人，云文廷对她好，她便要还他几分人情。

云文廷想了想："表妹想要我练武？"

萧靖琳理所当然地道："不会武怎么保家卫国。"

云文廷更为惊讶："表妹练武的目的是要保家卫国？"

"嗯。"萧靖琳坚定地点了点头，"我爹娘只有三个孩子，大哥远在京城回不来，二哥是个指望不上的病秧子，我自然要担负起燕北王府的重任！等我再长大一点，就去嘉靖关！"

云文廷闻言皱了皱眉。

萧靖琳看到了，不悦地问："怎么？你觉得我守不了边关吗？"

云文廷摇了摇头，看着萧靖琳道："去边关很辛苦，我只是……"

"我不怕苦。"萧靖琳不在意地道。

云文廷沉默了，低着头不知道在想什么。

萧靖琳有些不耐烦了："你去不去，不去我走了！"

云文廷将手中的笔放下，起身走到萧靖琳面前，看着她温和地一笑："我陪你一起去。"

萧靖琳看了云文廷一眼，面上没表现出来，心里却有些开心。

从这一日起，云文廷开始陪着萧靖琳一起练武，这一陪就是很多年。

……

这一年，萧靖琳决定去嘉靖关。

知道王妃不会同意让自己走，萧靖琳苦恼于要怎么说服王妃。这一日，她本打算去探一探王妃的口风，不想走到王妃的内殿却听到辛嬷嬷在与王妃说自己的亲事。

"……云老太太今日那话的意思，是不是想要将郡主和表少爷的婚事定下来？"

王妃道："靖琳还小，我还想把她留在身边多教导几年，不过文廷这孩子是个好的……"

萧靖琳听到这里便没有再听下去，悄悄地从内殿退出来，有些神不守舍。

萧靖琳知道她的婚事一旦定下，她想要去嘉靖关就更加不可能了，但是如果与她定亲的人是……

人是经不起念的，萧靖琳刚刚想到云文廷，云文廷就出现在她面前。

"表妹可是身体不适？脸怎么这么红？"云文廷皱着眉头问道。

不知道为何，萧靖琳今日有些不敢与云文廷对视。她看了云文廷一眼便低下了头："无事，今日日头有点大，晒的。"

云文廷看了看天上的日头，拉着萧靖琳的衣袖将她带到阴凉处，打开手中的折扇轻轻地给她扇风："以后不要大正午的时候出来，等会儿记得喝一碗避暑汤。"

萧靖琳默不作声地站着，没有说话。

云文廷发觉今日的萧靖琳有些不对劲，正想问她，萧靖琳突然开口道：

"文廷哥哥,我要去嘉靖关了。"

云文廷扇扇子的手顿了顿。

萧靖琳抬头看着云文廷,云文廷也正注视着她。

"我知道我娘不会同意,也知道你不想我去,但是我已经决定了。"萧靖琳静静地看着云文廷。

许久之后,云文廷才开口道:"要去多久?"

"不知道,也许三年,也许五年,甚至十年或者更久。你知道的,驻守嘉靖关是我的梦想,此生都不会改变。"萧靖琳目光坚定地道。

云文廷垂眸,轻声道:"此生不变吗?"

萧靖琳点了点头,犹豫了一下,突然鼓起勇气道:"你、你要不要跟我一起去?"

云文廷抬头看向萧靖琳。

萧靖琳没有移开视线,微红着脸道:"你愿不愿意陪我一起、一起去……"

"好。"云文廷突然一笑,温声回道。

萧靖琳一直悬着的心随着这一声"好"落下来,心脏却在云文廷一如既往的温柔目光下越跳越急,越跳越急。

萧靖琳晕晕乎乎地想:有个文廷哥哥这样的郡马似乎也不错,他们两人一文一武,以后一起守着嘉靖关。